GEVANGEN

Van Stephen King zijn verschenen:

Carrie*
Bezeten stad*
De Shining*
Dodelijk dilemma*
Ogen van vuur*
Cujo*
Christine*
4 Seizoenen*
Dodenwake*
Satanskinderen*
Duistere krachten*
4 x Stephen King
Het*
Silver Bullet*
De ogen van de draak*
Misery*
De gloed*
De duistere kant*
Tweeduister*
Schemerwereld*
De scherpschutter*
(De Donkere Toren 1)
Het teken van de drie*
(De Donkere Toren 2)
Het verloren rijk*
(De Donkere Toren 3)
Tovenaarsglas* *(De Donkere Toren 4)*
Wolven van de Calla
(De Donkere Toren 5)
Een lied van Susannah
(De Donkere Toren 6)
De Donkere Toren
(De Donkere Toren 7)
De Noodzaak*
De beproeving*
De spelbreker*
Dolores Claiborne*

Droomlandschappen*
Nachtmerries*
Insomnia*
Rosie*
Midlife Confidential *(Stephen King, Amy Tan e.a.)*
The Green Mile*
Desperation*
De Regelaars* *(geschreven onder pseudoniem Richard Bachman)*
Macabere Liefde* *(Stephen King e.a.)*
Het meisje dat hield van Tom Gordon*
De Talisman*
(samen met Peter Straub)
Zwart huis* *(samen met Peter Straub)*
De storm van de eeuw*
Vel over been*
Harten in Atlantis*
Razernij*
De marathon*
Werk in uitvoering*
Vlucht naar de top*
Over leven en schrijven*
Achtbaan*
Dromenvanger*
Alles is eventueel*
Het geheim van de Buick*
De Colorado Kid*
Mobiel*
Lisey's verhaal*
De ontvoering *(geschreven onder pseudoniem Richard Bachman)*
Dichte mist
Duma
De vervloeking
Gevangen

*In Poema pocket verschenen

STEPHEN KING
GEVANGEN

UITGEVERIJ LUITINGH

© 2009 by Stephen King
All rights reserved
© 2009 Nederlandse vertaling
Uitgeverij Luitingh - Sijthoff B.V., Amsterdam
Alle rechten voorbehouden
Oorspronkelijke titel: *Under the Dome*
Vertaling: Hugo Kuipers
Omslagbelettering: Karel van Laar
Omslagbeeld: Rex Bonomelli
Omslagfotobewerking: Platinum FMD, vertegenwoordigd door Ray Brown
Copyright ontwerp kaart: Simon & Schuster
Foto auteur: Dick Dickinson, Dickinson Studios

ISBN 978 90 245 3067 0 (gebonden)
ISBN 978 90 245 3125 7 (paperback)
NUR 330

www.boekenwereld.com
www.uitgeverijluitingh.nl
www.watleesjij.nu

Ter nagedachtenis aan Surendra Dahyabhai Patel.

We missen je, mijn vriend.

Who you lookin' for?
What was his name?
You can prob'ly find him at the football game.
It's a small town, know what I mean?
It's a small town, son,
And we all support the team.

— JAMES MCMURTRY,
 'Talkin' at the Texaco'

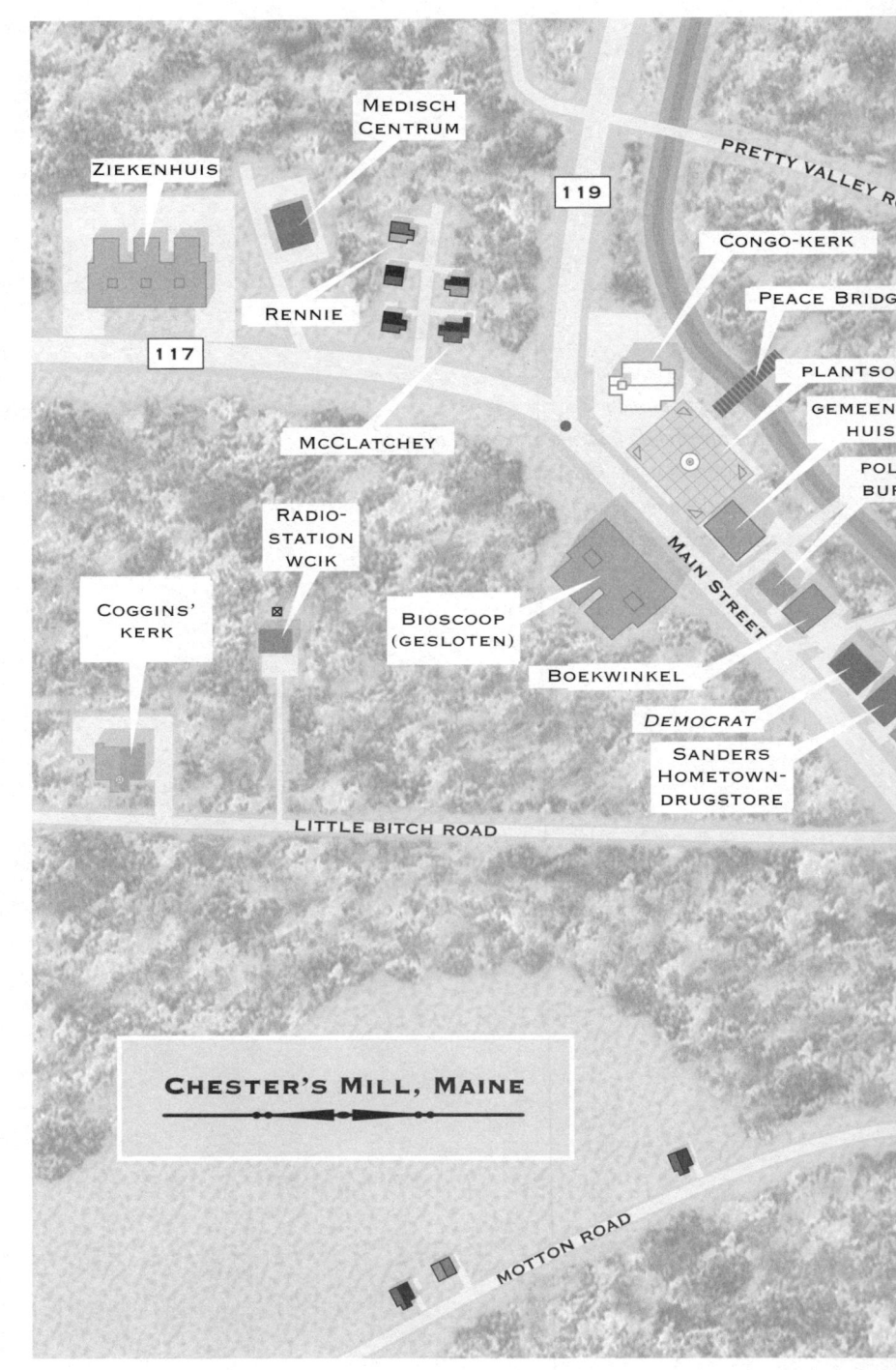

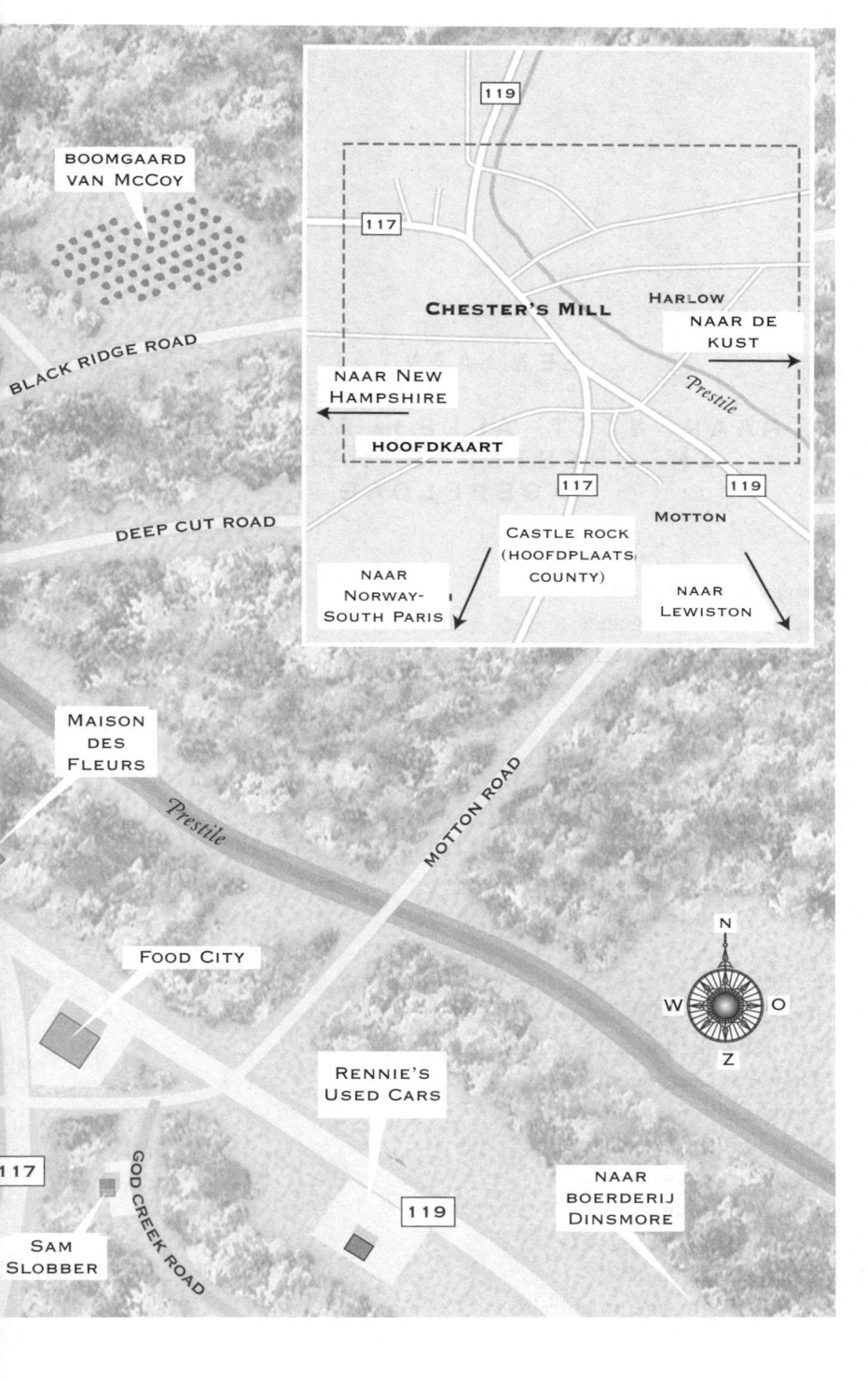

EEN AANTAL

(MAAR NIET ALLE) AANWEZIGEN IN CHESTER'S MILL OP KOEPELDAG

GEMEENTEBESTUURDERS
Andy Sanders, burgemeester
Jim Rennie, eerste wethouder
Andrea Grinnell, tweede wethouder

PERSONEEL SWEETBRIAR ROSE
Rose Twitchell, eigenaar
Dale Barbara, kok
Anson Wheeler, afwasser
Angie McCain, serveerster
Dodee Sanders, serveerster

POLITIE
Howard 'Duke' Perkins, commandant
Peter Randolph, adjunct-commandant
Marty Arsenault, agent
Freddy Denton, agent
George Frederick, agent
Rupert Libby, agent
Toby Whelan, agent
Jackie Wettington, agent
Linda Everett, agent
Stacey Moggin, agent/centrale

Junior Rennie, hulpagent
Georgia Roux, hulpagent
Frank DeLesseps, hulpagent
Melvin Searles, hulpagent
Carter Thibodeau, hulpagent
Todd Wendlestat, hulpagent

PREDIKANTEN
Dominee Lester Coggins, Kerk van Christus de Heilige Verlosser
Dominee Piper Libby, Eerste Congregationalistische Kerk (Congo-kerk)

MEDISCH PERSONEEL
Ron Haskell, geneesheer-directeur
Rusty Everett, praktijkondersteuner
Ginny Tomlinson, verpleegkundige
Dougie Twitchell, verpleegkundige
Gina Buffalino, vrijwilligster
Harriet Bigelow, vrijwilligster

DORPSKINDEREN
Joe 'de Vogelverschrikker' McClatchey
Norrie Calvert
Benny Drake
Judy en Janelle Everett
Ollie en Rory Dinsmore

DORPELINGEN VAN BELANG
Tommy en Willow Anderson, eigenaars van de Dipper
Stewart en Fernald Bowie, eigenaars van uitvaartbedrijf Bowie
Joe Boxer, tandarts
Romeo Burpee, eigenaar van warenhuis Burpee
Phil Bushey, kok met dubieuze reputatie
Samantha Bushey, zijn vrouw
Jack Cale, bedrijfsleider supermarkt
Ernie Calvert, bedrijfsleider supermarkt (gepensioneerd)
Johnny Carver, bedrijfsleider winkel
Alden Dinsmore, melkveehouder
Roger Killian, kippenboer
Lissa Jamieson, bibliothecaris

Claire McClatchey, moeder van Joe de Vogelverschrikker
Alva Drake, moeder van Benny
Stubby Norman, antiekhandelaar
Brenda Perkins, vrouw van commandant Perkins
Julia Shumway, eigenaar/hoofdredacteur van plaatselijke krant
Tony Guay, sportverslaggever
Pete Freeman, persfotograaf
Sam 'Slobber' Verdreaux, dronkenlap

MENSEN VAN BUITEN HET DORP
Alice en Aidan Appleton, Koepelwezen
Thurston Marshall, letterkundige met medische vaardigheden
Carolyn Sturges, promovenda

HONDEN VAN BELANG
Horace, corgi van Julia Shumway
Clover, Duitse herder van Piper Libby
Audrey, golden retriever van de Everetts

HET VLIEGTUIG EN DE BOSMARMOT

1

Vanaf zeshonderd meter hoogte, waar Claudette Sanders leerde vliegen, glansde het plaatsje Chester's Mill in het ochtendlicht als iets wat net gemaakt was en even was neergelegd. De auto's die door Main Street reden, flikkerden knipogend in de zon. De torenspits van de Congo-kerk leek scherp genoeg om de smetteloze hemel door te prikken. De zon gleed met grote snelheid over het oppervlak van de rivier de Prestile toen de Seneca v eroverheen vloog. Vliegtuig en water sneden schuin door het plaatsje.

'Chuck, ik zie twee jongens bij de Peace Bridge! Ze zijn aan het vissen!' Ze was zo uitbundig dat hij erom moest lachen. De vlieglessen had ze cadeau gekregen van haar man, de gekozen burgemeester van de gemeente. De burgemeester en de twee wethouders vormden het gekozen bestuur van het plaatsje. Hoewel Andy van mening was dat God de mens wel vleugels zou hebben gegeven als Hij had gewild dat hij ging vliegen, was hij altijd bijzonder gemakkelijk over te halen, en uiteindelijk had Claudie haar zin gekregen. Ze had het vanaf de allereerste les prachtig gevonden, maar dit was niet zomaar plezier; dit was bijna extase. Vandaag had ze voor het eerst echt begrepen waarom vliegen zo geweldig was. Wat er zo fijn aan was.

Chuck Thompson, haar vlieginstructeur, tikte even tegen de stuurknuppel en wees naar het instrumentenpaneel. 'Vast wel,' zei hij, 'maar zullen we rechtop blijven vliegen, Claudie?'

'Sorry, sorry.'

'Geen probleem.' Hij leerde mensen al jaren te vliegen, en hij hield van leerlingen als Claudie, degenen die graag iets nieuws wilden leren. Het zou best eens kunnen dat ze Andy Sanders binnenkort veel geld ging kosten. Ze was gek op de Seneca en had gezegd dat ze er ook een wilde, maar dan nieuw. Zo'n toestel kostte iets in de buurt van een miljoen dollar. Hoewel ze niet echt verwend was, viel niet te ontkennen dat Claudie Sanders een dure smaak had, maar haar man Andy, de geluksvogel, had er blijkbaar geen moeite mee om haar wensen in vervulling te laten gaan.

Chuck hield ook van dit soort dagen: onbeperkt zicht, geen wind, ideale omstandigheden om iemand te leren vliegen. Evengoed schommelde de Seneca een beetje doordat ze te heftig reageerde.

'Je bent er niet helemaal met je gedachten bij. Pas op. Ga naar honderdtwintig. We volgen Route 119. En daal naar driehonderd.'

Ze deed het en de Seneca kwam weer volkomen horizontaal in de lucht te liggen. Chuck ontspande.

Ze vlogen over Jim Rennie's Used Cars, de plaatselijke autohandel en toen lag het dorp achter hen. Er waren velden aan weerskanten van de 119, en bomen die vlamden van kleur. De kruisvormige schaduw van de Seneca gleed over het asfalt; een van de donkere vleugels streek even over een miniatuurmannetje met een rugzak. Het mannetje keek op en zwaaide. Chuck zwaaide terug, al wist hij dat de man hem niet kon zien.

'Een verdómd mooie dag!' riep Claudie uit. Chuck lachte.

Ze hadden nog veertig seconden te leven.

2

De bosmarmot drentelde in de berm langs Route 119. Hij liep in de richting van Chester's Mill, al lag het plaatsje nog tweeënhalve kilometer verderop en was Jim Rennie's Used Cars niet meer dan een reeks twinkelende zonneflitsen, in rijen gerangschikt op het punt waar de weg naar links afboog. De bosmarmot was van plan (voor zover je kunt zeggen dat bosmarmotten plannen maken) al veel eerder het bos weer in te gaan, maar voorlopig vond hij het prima om in de berm te lopen. Hij was verder bij zijn hol vandaan geraakt dan zijn bedoeling was geweest, maar de zon had warm op zijn rug geschenen en hij had frisse geuren geroken waardoor primitieve, net niet concrete beelden in hem waren opgekomen.

Hij bleef staan en verhief zich even op zijn achterpoten. Zijn ogen waren niet zo goed meer, maar goed genoeg om een mens te kunnen onderscheiden die langs de andere kant van de weg in zijn richting kwam.

De bosmarmot besloot nog een stukje verder te gaan. Mensen lieten vaak goed voedsel achter.

Het was een oude bosmarmot, en een dikke. Hij had in zijn tijd heel wat vuilnisbakken doorzocht en kende de weg naar de vuilstortplaats van Chester's Mill net zo goed als hij de drie tunnels van zijn eigen hol kende. Op de stortplaats was altijd veel te eten. Bedaagd waggelde hij langs de weg en keek naar de mens die aan de overkant liep.

De man bleef staan. De bosmarmot besefte dat hij gezien was. Schuin rechts voor hem lag een omgevallen berk. Daar zou hij zich onder verstoppen, wachten tot de man voorbij was en dan op zoek gaan naar een smakelijk...

Zo ver kwam de bosmarmot nog met zijn gedachten – en hij zette ook nog drie waggelende stappen – hoewel hij in tweeën was gesneden. Toen viel hij uiteen op de rand van de weg. Het bloed gutste eruit; ingewanden vielen in het zand. Zijn achterpoten maakten twee snelle trapbewegingen en hielden er toen mee op.

Voordat de duisternis viel, de duisternis die ons ooit allemaal overvalt, of we nu bosmarmot of mens zijn, dacht hij: *Wat is er gebeurd?*

3

Alle naalden op het instrumentenpaneel vielen naar nul.

'Wat krijgen we nou?' zei Claudie Sanders. Ze keek Chuck aan. Haar ogen waren wijd open, maar er stond geen paniek in te lezen, alleen verbijstering. Er was geen tijd voor paniek.

Chuck zag het instrumentenpaneel niet meer. Hij zag dat de neus van de Seneca in elkaar werd geperst. Toen zag hij beide propellers uit elkaar vallen.

Hij had geen tijd om nog meer te zien. Geen tijd voor wat dan ook. De Seneca explodeerde boven Route 119 en viel in een regen van vuur op het land. Het regende ook lichaamsdelen. Een rokende onderarm – van Claudette – kwam met een plof naast de netjes in tweeën gesneden bosmarmot neer.

Het was 21 oktober.

BARBIE

1

Barbie voelde zich beter toen hij de Food City-supermarkt voorbij was en de binnenstad achter zich liet. Toen hij het bord zag met U VERLAAT HET DORP CHESTER'S MILL KOM HEEL GAUW TERUG!, voelde hij zich nog beter. Hij was blij dat hij daar weg was, en niet alleen omdat hij een fiks pak slaag had gekregen in Chester's Mill. Alleen al het feit dat hij onderweg was gaf hem een goed gevoel. Voordat hij op het parkeerterrein van de Dipper in elkaar was geslagen, had hij al twee weken met een somber gevoel rondgelopen.

'Ik ben nou eenmaal een zwerver,' zei hij lachend. 'Een zwerver op weg naar de wijd open vergezichten.' En waarom ook niet? Montana! Of Wyoming. Desnoods Rapid City in South Dakota. Overal, behalve hier.

Hij hoorde een auto naderen, draaide zich om, liep achteruit en stak zijn duim op. Hij zag een geweldige combinatie: een vuile oude Ford pick-up met een fris jong blondje achter het stuur. Asblond, zijn favoriete soort blond. Barbie toverde zijn beste glimlach op zijn gezicht. Het meisje in de pick-up glimlachte terug, en o god, als ze ook maar een dag boven de negentien was, at hij zijn laatste looncheque van de Sweetbriar Rose op. Ongetwijfeld te jong voor een man van dertig zomers, maar helemaal legaal, zoals ze in zijn jeugd op het platteland van Iowa zeiden.

De pick-up ging langzamer rijden, hij liep erheen... en toen maakte het ding weer vaart. In het voorbijgaan wierp het meisje hem een snelle blik toe. De glimlach zat nog op haar gezicht, maar had iets meewarigs gekregen. *Ik was daarnet even niet goed bij mijn hoofd*, zei die glimlach, *maar nu heb ik mijn verstand terug.*

En Barbie dacht dat hij haar ergens van kende, al zou hij dat niet met zekerheid kunnen zeggen. Op zondagochtenden was het in de Sweetbriar altijd een gekkenhuis. Hij dacht dat hij haar met een oudere man had gezien, waarschijnlijk haar vader, allebei met hun gezicht voor een groot deel achter *The Sunday Times*. Als hij iets tegen haar had kunnen zeggen toen ze voorbijreed, zou dat zijn geweest: *Als je me genoeg vertrouwde om omelet met worst voor je te maken, kun je het ook riskeren me een paar kilometer mee te nemen.*

Maar natuurlijk kreeg hij de kans niet om dat te zeggen, en dus stak hij alleen zijn hand op om te laten weten dat hij zich niet beledigd voelde. De remlichten van de pick-up knipperden, alsof ze van gedachten veranderd was. Toen doofden ze en maakte de pick-up weer vaart.

In de daaropvolgende dagen, toen het in Chester's Mill van kwaad tot erger ging, zou hij dat moment in de warme oktoberzon steeds weer door zijn gedachten laten gaan. Dan dacht hij aan die opflikkerende remlichten... alsof ze hem toch nog had herkend. *Dat is de kok van de Sweetbriar Rose. Dat weet ik bijna zeker. Misschien moet ik...*

Maar 'misschien' was een kuil waar betere mannen dan hij in gevallen waren. Als ze inderdaad van gedachten was veranderd, zou alles in zijn leven daarna anders zijn geweest. Want ze moest zijn weggekomen; hij zag het frisse blondje en de vuile oude Ford niet meer terug. Ze was waarschijnlijk net de gemeentegrens van Chester's Mill gepasseerd, minuten (of zelfs seconden) voordat hij dichtging. Als ze hem had meegenomen, zou hij ook veilig zijn weggekomen.

Natuurlijk niet als ze meer tijd kwijt was geweest om mij op te pikken, zou hij later denken. *In dat geval zou ik hier waarschijnlijk niet zijn. En zij ook niet. Want de maximumsnelheid op dat stuk van de 119 is tachtig kilometer per uur. En met tachtig kilometer per uur...*

En dan dacht hij altijd aan het vliegtuig.

2

Het vliegtuig vloog over hem heen toen hij langs Jim Rennie's Used Cars liep, een bedrijf waar Barbie niets van moest hebben. Niet dat ze hem daar een kat in de zak hadden verkocht (hij had meer dan een jaar geen auto bezeten; zijn laatste had hij verkocht in Punta Gorda in Florida), maar Jim Rennie junior was een van de kerels op die avond op het parkeerterrein van de Dipper geweest. Een student die iets te bewijzen had, en wat hij niet in zijn eentje kon bewijzen bewees hij wel als lid van een groep. Zo deden de Jim juniors van de wereld dat, was Barbies ervaring.

Dat lag nu achter hem. Jim Rennies bedrijf, Jim junior, de Sweetbriar Rose ('Gebakken mosselen Onze Specialiteit: Altijd "Heel" Nooit "Stukjes"'), Angie McCain, Andy Sanders. Alles, inclusief de Dipper. ('Aframmelingen op het Parkeerterrein Onze Specialiteit!') Alles lag nu achter hem. En vóór hem? Nou, heel Amerika. Vaarwel, bekrompen Maine. Hallo, wijde verten.

Of misschien ging hij gewoon weer naar het zuiden. Hoe mooi het die dag ook was, nog een paar dagen op de kalender en de winter kwam eraan. Het zuiden was zo gek nog niet. Hij was nog nooit in Muscle Shoals geweest, maar hij vond het een mooie naam. Het was je reinste poëzie, Muscle Shoals, en die gedachte gaf hem zo'n goed gevoel dat hij uitbundig zwaaide toen hij het vliegtuigje hoorde naderen. Hij hoopte dat de piloot zijn groet zou beantwoorden door met de vleugels te schommelen, maar dat gebeurde niet, al vloog het toestel met weinig snelheid op geringe hoogte. Barbie dacht dat het dagjesmensen waren – dit was net een dag voor hen, met de bomen in vlammende herfstkleuren – of misschien een jongen die vliegles had en te bang voor fouten was om zich druk te maken om aardbewoners als Dale Barbara. Toch wenste hij hun niets dan goeds. Of het nu dagjesmensen waren of een jongen die pas over zes weken zijn eerste solovlucht zou maken, Barbie wenste hun het allerbeste. Het was een goede dag, en elke stap bij Chester's Mill vandaan maakte de dag nog beter. Er waren te veel klootzakken in Chester's Mill, en trouwens: reizen was goed voor de ziel.

Misschien zou het bij de wet verplicht moeten zijn om in oktober verder te trekken, dacht hij. *Een nieuw nationaal motto:* IEDEREEN GAAT IN OKTOBER WEG. *In augustus krijg je je bagagevergunning, half september je Vereiste Aanzegging, en dan...*

Hij bleef staan. Niet ver voor hem uit, aan de overkant van de asfaltweg, liep een bosmarmot. Een dikke. Brutaal en welgedaan. In plaats van weg te rennen, het hoge gras in, ging hij gewoon door. Er lag een omgevallen berk met de bovenste helft in de berm, en Barbie dacht dat de bosmarmot daaronder zou wegkruipen tot de grote, slechte Tweepoter voorbij was. Zo niet, dan zouden ze elkaar passeren, twee zwervers, de een op vier poten op weg naar het noorden, de ander op twee poten op weg naar het zuiden. Barbie hoopte dat het zo zou gaan. Dat zou mooi zijn.

Die gedachten gingen in enkele seconden door Barbies hoofd. De schaduw van het vliegtuig bevond zich nog tussen hem en de bosmarmot, een zwart kruis dat over de weg gleed. Toen gebeurden twee dingen bijna tegelijk.

Het eerste overkwam de bosmarmot. Zo was hij nog heel; zo lag hij in twee stukken. Beide stukken stuiptrekten en bloedden. Barbie bleef staan, zijn kaakgewricht verslapte en zijn mond viel open. Het was of er een onzichtbaar guillotinemes was neergekomen. Dat was het moment waarop vlak boven de in tweeën gesneden bosmarmot het vliegtuigje explodeerde.

3

Barbie keek op. Een verkreukelde, bizarre versie van het mooie vliegtuigje dat enkele seconden daarvoor over hem heen was gevlogen kwam nu uit de hemel vallen. Wervelende, oranjerode bloemblaadjes van vuur hingen boven het toestel in de lucht: een bloem die zich opende, een ramproos. Rook kolkte op uit het neerstortende toestel.

Er kletterde iets op de weg. Het sloeg brokken asfalt omhoog en bleef ten slotte tollend in het hoge gras aan de linkerkant liggen. Een propeller.

Als dat ding niet naar het gras was gestuiterd, maar mijn kant op...

Barbie zag plotseling voor zich hoe hij net als die onfortuinlijke bosmarmot in tweeën werd gesneden. Hij draaide zich om, wilde wegrennen. Er plofte iets voor hem neer en hij gaf een schreeuw, maar het was niet de andere propeller; het was het been van een man, een been in spijkerstof. Barbie zag geen bloed, maar de zijnaad was opengesprongen, zodat hij witte huid en draderig zwart haar kon zien.

Er zat geen voet aan vast.

Barbie rende weg en het leek wel of het slow motion was. Hij zag een van zijn eigen voeten, met een oude versleten werkschoen aan, naar voren gaan en neerploffen. Toen verdween die voet achter hem en kwam de andere voet naar voren. Allemaal heel langzaam. Alsof hij naar een herhaling van een honkbalmoment keek: iemand die nog net het tweede honk wilde veroveren.

Ik probeer mijn leven te veroveren.

Die gedachte was zo helder alsof de woorden in neon schitterden. Toen hoorde hij een ontzaglijke holle klap achter zich, vervolgens de donderslag van een tweede explosie, gevolgd door een golf van hitte die hem van top tot teen trof. Als een warme hand duwde die golf hem een eind verder. Toen verdween elke gedachte en restte alleen nog de woeste drang van het lichaam om in leven te blijven.

Dale Barbara rende voor zijn leven.

4

Honderd meter verderop werd de grote warme hand een spookhand, al was de geur van brandende benzine – plus een weeïger stank die van een mengeling van smeltend plastic en geroosterd vlees moest komen – nog sterk en kwam die als een lichte bries achter hem aan. Barbie rende nog ongeveer vijftig meter, bleef toen staan en draaide zich om. Hij hijgde. Volgens hem kwam dat niet van het rennen; hij rookte niet en verkeerde in goede conditie (nou ja, de ribben aan zijn rechterkant deden nog pijn van het pak slaag op het parkeerterrein van de Dipper). Hij hijgde van schrik en angst, dacht hij. Voor hetzelfde geld was hij gedood door vallende brokstukken van het vliegtuig – niet alleen de propeller – of levend verbrand. Het was stom geluk dat hij nog leefde.

Toen zag hij iets waardoor zijn snelle ademhaling midden in een diepe zucht stokte. Hij richtte zich op en keek achterom naar de plaats van het ongeluk. De weg lag bezaaid met brokstukken – het was echt een wonder dat hij niet door iets was getroffen, of op zijn minst gewond geraakt was. Rechts lag een verwrongen vleugel; de andere vleugel stak omhoog uit het ongemaaide timoteegras aan de linkerkant, niet ver van de plaats waar de losgeslagen propeller was blijven liggen. Hij zag nu niet alleen het in spijkerstof gehulde been, maar ook een losse arm met een hand. De hand leek naar een hoofd te wijzen, alsof hij wilde zeggen: *Dat is van mij.* Aan het haar was te zien dat het een vrouwenhoofd was. De elektriciteitslijnen langs de weg waren geknapt en lagen knetterend en kronkelend in de berm.

Voorbij het hoofd en de arm lag de verwrongen romp van het vliegtuig. Barbie las NJ3. Als er meer te lezen had gestaan, was dat weggescheurd.

Toch was er iets anders dat hem de adem benam. De bloem van vuur was nu weg, maar er brandde nog steeds vuur in de hemel. Dat zou wel brandstof zijn, maar...

Maar het vuur hing als een dun laken in de lucht. Erachter en erdoorheen zag Barbie het landschap van Maine – nog steeds vredig, nog steeds onaangedaan, maar toch in beweging. Zinderend als de lucht boven een gasvlam of een vuurpot. Het was of iemand benzine over een glasplaat had gegoten en vervolgens in brand had gestoken.

Bijna gehypnotiseerd – tenminste, zo voelde het aan – liep Barbie terug naar de wrakstukken van het vliegtuig.

5

Eerst wilde hij de lichaamsdelen bedekken, maar het waren er te veel. Hij zag nu nog een been (in groen katoen) en het bovenlijf van een vrouw dat in een jeneverbes was blijven hangen. Hij kon zijn shirt uittrekken en over het hoofd van de vrouw leggen, maar wat dan? Nou, hij had nog twee shirts in zijn rugzak...

Er kwam een auto aangereden uit de richting van Motton, het volgende plaatsje aan de weg naar het zuiden. Een klein soort suv, en hij reed hard. Iemand die de klap had gehoord of de flits had gezien. Hulp. Goddank, er kwam hulp. Barbie ging met zijn voeten aan weerskanten van de witte middenstreep staan, een heel eind bij het vuur vandaan dat nog op die vreemde manier uit de hemel kwam, als water dat over een ruit droop, en zwaaide met zijn armen boven zijn hoofd, de ene grote x na de andere.

De automobilist toeterde bij wijze van antwoord en trapte toen uit alle macht op de rem, zodat er een tien meter lang spoor van rubber op de weg kwam te liggen. Hij was al uitgestapt toen zijn kleine groene Toyota nog maar amper tot stilstand was gekomen, een forse, rijzige kerel met lang grijs haar dat in golven onder een Sea Dogs-honkbalpet vandaan kwam. Hij rende naar de kant van de weg om het vuur te ontwijken.

'Wat is er gebeurd?' riep hij. 'Wat is er in gods...'

Toen kwam hij tegen iets aan. En hard ook. Er was daar niets, maar Barbie zag dat de neus van de man opzij klapte en brak. De man stuiterde terug van het niets; er kwam bloed uit zijn mond, neus en voorhoofd. Hij viel op zijn rug en kreeg zichzelf met veel moeite in zittende positie. Vol verbijstering keek hij Barbie aan, terwijl het bloed uit zijn neus en mond over de voorkant van zijn werkoverhemd liep, en Barbie keek terug.

JUNIOR EN ANGIE

1

De twee jongens die bij de Peace Bridge aan het vissen waren, keken niet op toen het vliegtuig over hen heen vloog, maar Junior Rennie deed dat wel. Hij was een huizenblok verderop in Prestile Street en herkende het geluid. Het was de Seneca v van Chuck Thompson. Hij keek op, zag het vliegtuig en boog vlug zijn hoofd, want de felle zon scheen tussen de bomen door en veroorzaakte een pijnscheut in zijn ogen. Weer hoofdpijn. Daar had hij de laatste tijd vaak last van. Soms werkte het medicijn dat hij had. Soms, vooral in de laatste drie of vier maanden, werkte het niet.

Migraine, zei dokter Haskell. Junior wist alleen dat het verschrikkelijk pijn deed, en fel licht maakte het erger, vooral wanneer de pijn er toch al aan zat te komen. Soms dacht hij aan de mieren die Frank DeLesseps en hij hadden verbrand toen ze nog kinderen waren. Je nam een vergrootglas en richtte de gebundelde zonnestralen op die mieren als ze hun hoop in en uit kropen. Het resultaat was gebraden mier. Alleen waren tegenwoordig, als de hoofdpijn opkwam, zijn hersenen de mierenhoop en waren zijn ogen de vergrootglazen.

Hij was eenentwintig. Dokter Haskell had gezegd dat er rond zijn vijfenveertigste misschien een eind aan de migraine kwam. Moest hij al die jaren pijn blijven lijden?

Misschien wel. Toch zou hij zich deze ochtend niet door hoofdpijn laten weerhouden. Als hij de 4Runner van Henry McCain of de Prius van LaDonna McCain op het pad had zien staan, had hij misschien wel rechtsomkeert gemaakt. Dan was hij misschien naar zijn eigen huis teruggegaan, had nog een Imitrex genomen en was in zijn slaapkamer gaan liggen, met de gordijnen dicht en een koud washandje op zijn voorhoofd. Misschien zou de pijn dan minder zijn geworden, maar waarschijnlijk niet. Als die zwarte spinnen je eenmaal te pakken hadden...

Hij keek weer op, zijn ogen halfdicht tegen de zon, maar de Seneca was weg, en zelfs het geronk van de motor (ook irritant – alle geluiden waren irritant als hij die koppijn had) werd zwakker. Chuck Thompson met een vliegenier of vliegenierster in spe. En hoewel Junior niets tegen Chuck had – hij kende hem amper – wenste hij met een plotselinge, kinderlijke intensiteit dat Chucks leerling een kolossale fout maakte en het vliegtuig neerstortte.

Bij voorkeur midden in de autozaak van zijn vader.

Er ging weer een afschuwelijke rilling van pijn door zijn hoofd, maar hij ging toch het trapje op naar de deur van de McCains. Dit moest gebeuren. Dit had al veel eerder moeten gebeuren. Angie had een lesje nodig.

Een kleintje maar. Je moet je beheersen.

Alsof ze werd geroepen, hoorde hij de stem van zijn moeder. Haar irritant zelfingenomen stem. *Junior was altijd driftig, maar hij heeft zich tegenwoordig veel beter in de hand. Nietwaar, Junior?*

Nou. Tja. Het was inderdaad zo. Football had geholpen. Maar er was nu geen football. Er was niet eens universiteit. In plaats daarvan was er hoofdpijn. En die maakte een agressieve klootzak van hem.

Je moet je beheersen.

Nee. Maar hij zou met haar praten, hoofdpijn of geen hoofdpijn.

Of misschien wel zoals het gezegde luidde: wie niet horen wil, moet maar voelen. Wie zou het zeggen? Misschien knapte hij er wel van op als hij ervoor zorgde dat Angie zich beroerd voelde.

Junior belde aan.

2

Angie McCain had net gedoucht. Ze schoot een badjas aan, knoopte de ceintuur om en sloeg een handdoek om haar natte haar. 'Ik kom!' riep ze terwijl ze nog net niet dravend de trap afging naar de begane grond. Dat deed ze met een glimlachje. Het was Frankie; ze was er vrij zeker van dat het Frankie was. Eindelijk kwam alles goed. Die schofterige hulpkok (knap om te zien maar toch een schoft) was de stad al uit of ging binnenkort weg, en haar ouders waren niet thuis. Die twee dingen bij elkaar vormden een teken van God dat alles goed kwam. Frankie en zij konden al die rottigheid achter zich laten en weer bij elkaar komen.

Ze wist precies hoe ze het zou aanpakken: ze zou de deur openmaken en dan haar ochtendjas opendoen. Op klaarlichte dag op zaterdagochtend, terwijl iedereen die voorbijkwam haar kon zien. Natuurlijk zou ze eerst kijken of het Frankie wel was – ze was niet van plan zich in volle glorie aan de dikke oude meneer Wicker te vertonen als die had aangebeld met een pakje of een aangetekende brief –, maar het was nog minstens een halfuur te vroeg voor de post.

Nee, het was Frankie. Daar was ze zeker van.

Ze maakte de deur open en veranderde haar glimlachje al in een verwelkomende grijns – al deed ze daar misschien niet zo goed aan, want haar tanden waren aan de grote kant en stonden nogal dicht op elkaar. Ze had haar hand al op de knoop van haar ceintuur, maar ze trok hem niet los. Want het was Frankie niet. Het was Junior, en hij keek zo kwááád...

Ze had hem wel vaker duister zien kijken – heel vaak zelfs –, maar niet meer zo duister sinds de achtste klas, toen Junior de arm van die jongen van Dupree had gebroken. Het lulletje had het lef gehad om het basketbalveld van het plaatsje op te rennen en te vragen of hij mocht meedoen. En ze nam aan dat Junior dezelfde onweer voorspellende uitdrukking op zijn gezicht had gehad op die avond op het parkeerterrein van de Dipper, maar daar was ze natuurlijk niet bij geweest; daar had ze alleen over gehoord. Iedereen in Chester's Mill had erover gehoord. Ze was opgeroepen door politiecommandant Perkins, en die verrekte Barbie was daar ook geweest, en toen was dat uiteindelijk ook uitgekomen.

'Junior? Junior, wat...'

Toen gaf hij haar een klap en kwam er niet veel meer van denken.

3

Hij legde niet veel kracht in die eerste klap, want hij stond nog in de deuropening en had niet veel ruimte om uit te halen; hij moest zijn elleboog gekromd houden. Misschien zou hij haar helemaal niet hebben geslagen (in elk geval niet meteen), als ze die grijns niet op haar gezicht had gehad – god, die tánden, daar had hij al van gegriezeld toen ze nog op de lagere school zaten – en als ze hem niet Junior had genoemd.

Natuurlijk noemde iedereen in het dorp hem Junior en beschouwde hij zichzelf ook als Junior, maar hij had niet beseft hoezeer hij de pest aan die naam had, hoezeer hij een godsgruwelijke pest aan die naam had, tot hij hem tussen die rare grafsteentanden vandaan hoorde komen van het kreng dat hem zoveel moeilijkheden had bezorgd. Het geluid van de klap sneed dwars door zijn hoofd, net als het felle zonlicht toen hij had opgekeken om het vliegtuig te zien.

Maar voor zo'n halfslachtige dreun was deze niet slecht. Ze wankelde achteruit, kwam tegen de trapstijl terecht en de handdoek vloog van haar haar. Er hingen natte bruine haarslierten om haar wangen, zodat ze eruitzag als Medusa. De glimlach had plaatsgemaakt voor een uitdrukking van verbijstering, en Junior zag een stroompje bloed uit haar mondhoek lopen. Dat was goed. Heel goed. Het kreng moest bloeden voor wat ze had gedaan. Ze had zoveel moeilijkheden veroorzaakt, niet alleen voor hem, maar ook voor Frankie, Mel en Carter.

De stem van zijn moeder in zijn hoofd: *Je moet je beheersen, jongen.* Ze was dood, maar bleef hem raad geven. *Leer haar een lesje, maar ga niet te ver.*

En dat zou hem misschien nog zijn gelukt ook, als haar badjas niet was opengevallen, en daaronder was ze naakt. Hij zag het donkere plukje op haar broedstoof, die verrekte broedstoof die de oorzaak van alle moeilijkheden was – en als je er goed over nadacht, waren die broedstoven altijd de oorzaken van de moeilijkheden in de hele wereld. Zijn hoofd klopte, bonsde, dreunde, vlamde. Het voelde aan alsof het elk moment in een atoomboom kon veranderen. Dan zou er een volmaakte kleine paddenstoelwolk uit zijn beide oren schieten, net voordat alles boven zijn hals explodeerde en Junior Rennie (die niet wist dat hij een hersentumor had – die aftandse oude dokter Haskell had niet eens aan de mogelijkheid gedacht, niet bij een verder gezonde jongeman die de tienerjaren nog maar amper ontgroeid was) gek werd. Het was geen geluksdag voor Claudette Sanders, maar voor alle anderen in Chester's Mill was het dat ook niet.

Toch waren weinigen zo onfortuinlijk als de ex-vriendin van Frank DeLesseps.

4

Ze had toch nog twee min of meer coherente gedachten toen ze tegen de trapstijl leunde, in zijn uitpuilende ogen keek en zag dat hij zo hard op zijn tong beet dat zijn tanden erin verdwenen.

Hij is gek. Ik moet de politie bellen voordat hij me echt iets doet.

Ze wilde door de hal naar de keuken rennen, daar de telefoon van de muur trekken, 911 intoetsen en dan alleen nog maar gillen. Ze kwam twee stappen ver en struikelde toen over de handdoek die om haar haar had gezeten.

Ze herwon haar evenwicht – ze was vroeger cheerleader geweest en was die handigheidjes nog niet verleerd –, maar het was te laat. Haar hoofd klapte achterover en haar voeten vlogen voor haar uit. Hij had haar bij haar haren gegrepen.

Hij trok haar tegen zich aan. Hij was verhit alsof hij hoge koorts had. Ze voelde zijn hartslag: vlug-vlug, op hol geslagen.

'*Liegend kreng!*' schreeuwde hij recht in haar oor. Die woorden dreven een spijker van pijn in haar hoofd. Ze schreeuwde zelf ook, maar het geluid klonk zwak en onbeduidend in vergelijking met dat van hem. Toen had hij zijn armen om haar middel en werd ze met maniakale snelheid door de hal geduwd. Alleen haar tenen raakten nog de vloerbedekking. Heel even voelde ze zich net het ornament op de motorkap van een vluchtauto. Toen waren ze in de keuken, die baadde in stralend zonlicht.

Junior schreeuwde weer. Nu niet van woede, maar van pijn.

5

Het licht maakte hem kapot, verbrandde zijn krijsende hersenen, maar hij liet zich er niet door weerhouden. Daar was het nu te laat voor.

Zonder ook maar even te vertragen smakte hij haar tegen de keukentafel met formicablad. De tafel trof haar in haar buik, gleed toen opzij en dreunde tegen de muur. De suikerpot en het peper-en-zoutstel vlogen door de keuken. Haar adem ontsnapte met een hard, gierend geluid. Junior hield zijn ene arm om haar middel en trok met zijn andere hand aan de natte slierten van haar haar. Hij draaide haar om en gooide haar tegen de koelkast. Ze kwam er met zo'n harde dreun tegenaan dat de meeste deurmagneetjes in het rond vlogen. Haar gezicht was verdoofd en wit als papier. Ze bloedde niet alleen uit haar onderlip, maar ook uit haar neus. Het bloed stak fel af tegen haar witte huid. Hij zag haar even naar het messenblok op het aanrecht kijken, en toen ze overeind kwam, stootte hij met zijn knie keihard midden in haar gezicht. Er was een zacht geknerp te horen, alsof iemand een groot stuk porselein – een bord of zo – in een andere kamer op de vloer had gegooid.

Dat had ik met Dale Barbara moeten doen, dacht hij, en hij deed een stap terug, waarbij hij zijn handen tegen zijn pijnlijke slapen drukte. De tranen rolden uit zijn waterige ogen over zijn wangen. Hij had lelijk op zijn tong gebeten – het bloed liep over zijn kin en drupte op de vloer –, maar hij was zich daar niet van bewust. Daar was de pijn in zijn hoofd te fel voor.

Angie lag op haar buik tussen de koelkastmagneetjes. Op de grootste stond ELK PONDJE GAAT DOOR HET MONDJE. Hij dacht dat ze buiten westen was, maar plotseling gingen er rillingen door haar hele lichaam. Haar vingers beefden alsof ze op het punt stonden iets ingewikkelds op de piano te spelen. (*Dat kreng heeft nooit een ander instrument gespeeld dan de pielefluit*, dacht hij.) Toen bewogen haar benen heftig op en neer, en even later deden haar armen dat ook. Het leek alsof Angie bij hem vandaan probeerde te zwemmen. Ze had verdomme een attaque.

'Hou op!' riep hij. En toen ze haar ontlasting liet lopen: 'O, shit! Hou op! Hou daarmee op, trut!'

Hij liet zich op zijn knieën zakken, een knie aan elke kant van haar hoofd, dat nu op en neer ging. Haar voorhoofd sloeg steeds weer tegen de tegels, als een moslim die Allah groette.

'Hou op! Hou op, verdomme!'

Ze maakte een grommend geluid. Het klonk verrassend hard. Jezus, als iemand haar nu eens had gehoord? Als hij hier nu eens werd betrapt? Dat zou heel wat anders zijn dan wanneer hij zijn vader moest uitleggen waarom hij met zijn studie was gestopt (iets waarvoor Junior nog steeds niet de moed had gehad). Ditmaal kon het wel eens wat erger zijn dan dat zijn maandtoelage met vijfenzeventig procent werd verlaagd vanwege die stomme vechtpartij met die kok – die vechtpartij waarmee die stomme klootzak begonnen was. Deze keer zou Grote Jim Rennie commandant Perkins en de smerissen uit het dorp niet kunnen ompraten. Dit zou wel eens...

Plotseling stonden hem de sombere groene muren van de Shawshank-gevangenis voor ogen. Daar wilde hij niet heen; hij had zijn hele leven nog voor zich. Maar hij zou er terechtkomen. Zelfs als hij haar nu liet beloven dat ze niets zou zeggen, zou hij daar terechtkomen. Want later zou ze praten. En anders zou haar gezicht – dat er veel erger uitzag dan dat van Barbie na die vechtpartij op het parkeerterrein – wel genoeg zeggen.

Tenzij hij haar voorgoed tot zwijgen bracht.

Junior greep haar haar vast en hielp haar met haar hoofd tegen de tegels te bonken. Hij hoopte dat ze daardoor bewusteloos zou raken, zodat hij kon afmaken wat hij... nou, wat hij ook maar... Maar de attaque werd alleen maar heviger. Ze trapte tegen de koelkast, en de rest van de magneetjes regende neer.

Hij liet haar haar los, greep haar bij de keel en zei: 'Het spijt me, Ange. Dit was niet de bedoeling.' Maar het speet hem niet echt. Hij was alleen maar bang en zijn hoofdpijn was er ook nog. Hij was ervan overtuigd dat er nooit een eind aan haar gespartel in die afschuwelijk lichte keuken zou komen. Zijn vingers werden al moe. Wie had ooit gedacht dat het zo moeilijk was iemand te wurgen?

Ergens, ver weg in het zuiden, was een knal te horen. Alsof iemand met een heel groot geweer had geschoten. Junior lette er niet op. Junior verstevigde zijn greep, en eindelijk spartelde Angie niet meer zo hevig. Ergens veel dichterbij – in het huis, op deze verdieping – was een zacht getinkel te horen. Hij keek met grote ogen op. Eerst was hij er zeker van dat het de deurbel was: iemand had het lawaai gehoord en daar had je de politie al. Zijn hoofd stond op springen en hij had een gevoel alsof hij al zijn vingers had verstuikt, en dat alles voor niets. Er ging een vreselijk beeld door zijn hoofd: Junior Rennie die met het colbertje van een rechercheur over zijn hoofd naar het gerechtsgebouw van Castle County werd gebracht om daar te worden voorgeleid.

Toen herkende hij het geluid. Het was het getinkel dat zijn eigen computer ook maakte als de stroom uitviel en hij op de accu moest overschakelen.

Ping... Ping... Ping...

Roomservice, dacht hij, en hij ging verder met wurgen. Ze bewoog al niet meer, maar hij ging er nog een minuut mee door. Zijn hoofd hield hij afgewend om minder last van de stank van haar stront te hebben. Dat was net wat voor haar: weggaan met zo'n goor afscheidscadeau. Zo waren ze allemaal. Vrouwen! Vrouwen en hun broedstoven! Niets dan mierenhopen waar haar op groeide. En dan zeiden ze dat mánnen het probleem waren!

6

Hij stond bij het bebloede, ondergescheten en zonder enige twijfel dode lichaam en vroeg zich af wat hij nu moest doen, toen er in het zuiden weer een knal te horen was. Geen geweer; daar was het geluid veel te hard voor. Een explosie. Misschien was Chuck Thompsons mooie vliegtuigje inderdaad neergestort. Dat was niet onmogelijk. Op een dag ging je op pad om alleen maar tegen iemand te schreeuwen – iemand alleen maar een beetje op haar nummer te zetten, meer niet – en dwong ze je uiteindelijk haar dood te maken. Alles was mogelijk.

Er klonk een politiesirene. Junior was ervan overtuigd dat het voor hem was. Iemand had door het raam naar binnen gekeken en gezien dat hij haar wurgde. Hij kwam meteen in actie. Hij liep door de hal naar de voordeur, kwam tot aan de handdoek die hij met die eerste klap van haar hoofd had geslagen en bleef toen staan. Daar zouden ze langs komen; dat was precies waar ze langs zouden gaan. Ze zouden voor het huis stoppen, met die felle nieuwe LED-flitslichten die pijlen van pijn in zijn krijsende arme hersenen schoten...

Hij draaide zich om en rende naar de keuken terug. Voordat hij over Angies lijk heen stapte, keek hij omlaag; hij kon het niet helpen. In de eerste klas hadden Frank en hij soms aan haar vlechten getrokken, en dan had ze haar tong naar hen uitgestoken en met opzet scheel gekeken. Nu puilden haar ogen als oude knikkers uit hun kassen en zat haar mond vol bloed.

Heb ik dat gedaan? Heb ik dat echt gedaan?

Ja. Dat had hij gedaan. En zelfs die ene vluchtige blik vertelde hem waarom. Die stomme tanden van haar. Die knoerten van tanden.

Een tweede sirene voegde zich bij de eerste, en toen een derde. Maar ze gingen weg. Goddank, ze gingen weg. Ze reden door Main Street naar het zuiden, op die bulderende geluiden af.

Evengoed treuzelde Junior niet. Hij sloop door de achtertuin van de McCains, zonder te beseffen dat iedereen die toevallig naar hem keek (niemand deed dat) meteen zou denken dat hij iets op zijn kerfstok had. Voorbij LaDonna's tomatenplanten stond een hoge schutting met een deur. Op die deur zat een hangslot, maar dat hing open. In zijn jeugd was Junior hier van tijd tot tijd geweest, en de schuttingdeur had nooit op slot gezeten.

Hij maakte de deur open. Achter de schutting was struikgewas, met een pad dat naar de zacht kabbelende Prestile leidde. Ooit, toen Junior dertien was, had hij Frank en Angie op dat pad zien staan. Ze hadden elkaar gekust, haar armen om zijn hals, zijn hand op haar borst, en toen had hij begrepen dat zijn kindertijd bijna voorbij was.

Hij boog zich voorover en kotste in het stromende water. Een ogenblik had hij het sterke gevoel dat zijn pijnlijke hersenen dwars door zijn schedeldak naar buiten zouden springen, en hij zou het bijna wensen. De zonnevlekken op het water glinsterden kwaadaardig. Toen kon hij weer helder genoeg zien om rechts van hem de Peace Bridge te onderscheiden. De vissende jongens waren weg, maar net op dat moment reden twee politiewagens met grote snelheid over Town Common Hill.

De plaatselijke sirene ging. De generator in het gemeentehuis was aangegaan, zoals de bedoeling was bij een stroomstoring. Daardoor kon de sirene zijn schelle rampsignaal uitzenden. Junior kreunde en drukte tegen zijn oren.

De Peace Bridge was eigenlijk alleen maar een overdekt looppad, verzakt en vervallen. De officiële naam was de Alvin Chester Passage, maar hij heette de Peace Bridge sinds 1969, toen jongeren (indertijd werd er in het dorp over geroddeld wie het waren) een groot blauw vredesteken op de zijkant hadden geschilderd. Het zat er nog, al was het nu niet meer dan een schim van wat het vroeger was. Officieel was de Peace Bridge al tien jaar buiten gebruik. Er zat afzettingslint van de politie aan beide uiteinden, maar natuurlijk werd hij nog steeds gebruikt. Twee of drie avonden per week schenen leden van Perkins' smerisbrigade er met hun zaklantaarns op, altijd aan het ene of het andere eind, nooit aan beide einden tegelijk. Ze wilden de jongeren die daar zaten te drinken en vrijen niet oppakken, alleen wegjagen. Elk jaar deed iemand op de gemeentevergadering het voorstel de Peace Bridge af te breken en stelde iemand anders voor hem op te knappen, en dan werden beide voorstellen verworpen. Blijkbaar had het dorp een geheime wil: de Peace Bridge moest blijven zoals hij was.

Op deze dag was Junior Rennie daar blij om.

Hij liep vlug over de noordelijke oever van de Prestile, tot hij onder de brug was – de politiesirenes stierven weg, maar de gemeentesirene gilde nog net zo hard – waarna hij de helling naar Strout Lane op ging. Hij keek naar beide kanten en draafde toen langs het bord met DOODLOPENDE WEG, BRUG AFGESLOTEN. Hij dook onder het kruiselings gespannen gele afzettingslint door, de schaduw in. De zon scheen door de gaten van het dak en liet dubbeltjes van licht op de verweerde houten brugplanken vallen, maar na het felle licht in die helse keuken was het hier heerlijk donker. Duiven koerden tussen de dakbalken. Bierblikjes en flesjes koffielikeur lagen verspreid langs de houten zijkanten.

Ik kom hier nooit mee weg. Ik weet niet of ik iets van mezelf onder haar nagels heb achtergelaten, kan me niet herinneren of ze me te pakken heeft gehad of niet, maar ze vinden daar mijn bloed. En ook mijn vingerafdrukken. Eigenlijk kan ik maar twee dingen doen: vluchten of mezelf aangeven.

Nee, er was een derde mogelijkheid. Hij kon zelfmoord plegen.

Hij moest naar huis. Hij moest alle gordijnen in zijn kamer dichttrekken om er een grot van te maken. Nog een Imitrex nemen, gaan liggen, misschien een beetje slapen. Daarna kon hij misschien weer denken. En als ze hem kwamen halen terwijl hij sliep? Nou, dan zat hij niet meer met het probleem dat hij moest kiezen uit deur 1, deur 2 en deur 3.

Junior stak het plantsoen over. Toen iemand – een oude man die hij maar vaag herkende – zijn arm vastpakte en aan hem vroeg 'Wat is er gebeurd, Junior? Wat is er aan de hand?', schudde Junior alleen maar zijn hoofd. Hij duwde de hand van de oude man weg en liep door.

Achter hem gilde de sirene alsof het einde der tijden was aangebroken.

HOOFDWEGEN EN ZIJWEGEN

1

Chester's Mill had een weekblad dat *The Democrat* heette. Die naam klopte niet, want de eigenaar/hoofdredacteur – de gevreesde Julia Shumway had beide petten op – was fervent republikein. Het impressum zag er zo uit:

> THE CHESTER'S MILL *DEMOCRAT*
> Sinds 1890
> Voor 'Het plaatsje dat eruitziet als een laars!'

Dat motto klopte ook niet. Chester's Mill zag er niet uit als een laars; het zag eruit als de sportsok van een kind, zo vuil dat hij bijna uit zichzelf overeind kon staan. Hoewel Chester's Mill aan het veel grotere en veel welvarender Castle Rock (de hiel van de sok) grensde, werd het plaatsje omringd door vier gemeenten die meer oppervlakte maar minder inwoners hadden: Motton in het zuiden en zuidoosten; Harlow in het oosten en noordoosten; de TR-90 in het noorden, die niet onder een county en dus rechtstreeks onder het bestuur van de staat Maine viel, en Tarker's Mills in het westen. Chester's en Tarker's werden soms de Twin Mills genoemd, en samen hadden ze – in de tijd waarin de textielfabrieken in centraal en westelijk Maine nog op volle kracht draaiden – de rivier de Prestile veranderd in een vervuilde, visloze stroom die onderweg steeds andere kleuren aannam en ook nog bijna dagelijks van kleur veranderde. Als je in die tijd met een kano op weg ging, begon je in Tarker's in groen water dat tegen de tijd dat je Chester's Mill voorbij was en Motton naderde knalgeel was geworden. En als je kano van hout was, moest je niet raar staan te kijken als de verf onder de waterlijn was verdwenen.

De laatste van die winstgevende, vervuilende fabrieken was in 1979 gesloten. De vreemde kleuren waren uit de Prestile verdwenen en de vissen waren teruggekomen, al stond nog steeds ter discussie of ze geschikt waren voor menselijke consumptie. (*The Democrat* stemde 'Voor!')

Het aantal inwoners was seizoensgebonden. Van mei tot september waren het er bijna vijftienduizend. De rest van het jaar waren het er ongeveer tweeduizend, afhankelijk van het aantal geboorten en sterfgevallen in het Catherine Russell, dat als het beste ziekenhuis ten noorden van Lewiston werd beschouwd.

Als je de zomergasten vroeg hoeveel wegen er in en uit Chester's Mill leidden, zouden de meesten zeggen dat het er twee waren: Route 117, die naar Norway-South Paris leidde, en Route 119, die via het centrum van Castle Rock naar Lewiston liep.

Mensen die er een jaar of tien woonden, konden er nog minstens acht opnoemen, allemaal tweebaans asfaltwegen, van Black Ridge Road en Deep Cut Road die naar Harlow gingen tot Pretty Valley Road (ja, dat dal is even *pretty* als zijn naam) die zich in noordelijke richting naar de TR-90 slingerde.

Mensen die er dertig jaar of langer woonden, konden, als ze de tijd kregen om erover na te denken (misschien in de achterkamer van Brownie's Store, waar nog steeds een houtkachel stond), er nog wel tien opnoemen, met zowel gewijde (God Creek Road) als profane namen (Little Bitch Road, die op stafkaarten alleen maar een nummer kreeg).

Op wat later als Koepeldag bekend zou worden, was Clayton Brassey de oudste bewoner van Chester's Mill. Hij was ook de oudste inwoner van Castle County en dus de bezitter van de Boston Post-stok, de stok die de *Boston Post* ooit ter beschikking had gesteld van de oudste inwoner van een plaats. Jammer genoeg wist hij niet meer wat een Boston Post-stok was, of zelfs precies wie hijzelf was. Soms zag hij zijn achter-achterkleindochter Nell voor zijn vrouw aan, die al veertig jaar dood was, en *The Democrat* was er al drie jaar geleden mee opgehouden hem voor het interview met de 'oudste bewoner' op te zoeken. (De laatste keer had Clayton, gevraagd naar het geheim van zijn hoge ouderdom, geantwoord: 'Waar is mijn kerstendiner?') De seniliteit had zich kort na zijn honderdste verjaardag aangediend; op deze 21 oktober was hij honderdvijf. Ooit was hij een uitstekend timmerman geweest, gespecialiseerd in kasten, trapleuningen en lijstwerk. Tegenwoordig was hij er vooral in gespecialiseerd gelatinepudding te eten zonder dat het in zijn neus kwam en, soms, op tijd op het toilet te komen om een stuk of wat bloederige keutels in de wc-pot te laten vallen.

Maar in zijn beste jaren – laten we zeggen, toen hij achtenvijftig was – had hij alle wegen naar Chester's Mill kunnen opnoemen, en dat zouden er in totaal vierendertig zijn geweest. De meeste waren onverhard, vele waren

vergeten, en bijna alle vergeten wegen slingerden door een dichte wirwar van secundair bos die eigendom was van de houtbedrijven Diamond Match, Continental Paper Company en American Timber.
En kort voor het middaguur van Koepeldag gingen ze allemaal dicht.

2

Op de meeste van die wegen deden zich niet zulke spectaculaire dingen voor als de explosie van de Seneca v en het daaruit voortkomende ongeluk van de houtwagen, maar moeilijkheden waren er wel. Natuurlijk waren die er. Als plotseling het equivalent van een onzichtbare stenen muur rondom een hele gemeente wordt opgetrokken, kunnen moeilijkheden niet uitblijven.

Op exact hetzelfde moment dat de bosmarmot in twee stukken viel gebeurde hetzelfde met een vogelverschrikker in het pompoenveld van Eddie Chalmers, niet ver van Pretty Valley Road. De vogelverschrikker stond precies op de grens met de gemeente Chester's Mill en de TR-90. Eddie had die positie precies op de grens altijd grappig gevonden en sprak dan ook van de Vogelverschrikker Zonder Land – kortweg Vozola. De ene helft van Vozola viel in Chester's Mill; de andere helft 'op de TR', zoals de mensen uit de omgeving het zouden hebben genoemd.

Seconden later vloog een zwerm kraaien, op weg naar Eddies pompoenen (de kraaien waren nooit bang geweest voor Vozola), tegen iets aan waar voorheen nooit iets was geweest. De meeste braken hun nek en vielen als zwarte hoopjes neer op Pretty Valley Road en de aangrenzende velden. Overal aan weerskanten van de Koepel vlogen vogels te pletter; aan hun kadavers kon je later zien waar de nieuwe barrière zich bevond.

Op God Creek Road reed Bobby Roux, die aardappels had gerooid. Hij ging naar huis voor het middageten. Gezeten op zijn oude Deere-tractor luisterde hij naar zijn gloednieuwe iPod, een cadeau van zijn vrouw voor wat zijn laatste verjaardag zou blijken te zijn. Zijn huis stond nog geen kilometer bij de akker vandaan waarin hij aan het rooien was geweest, maar helaas voor hem lag het veld in Motton en stond het huis in Chester's Mill. Terwijl hij naar 'You're Beautiful' van James Blunt luisterde, botste hij met een snelheid van vijfentwintig kilometer per uur tegen de barrière. Hij had het stuur van de tractor losjes in de hand, want hij kon de weg helemaal tot aan zijn huis overzien en er was daar niets. Dus toen zijn tractor van het ene op het andere moment tot stilstand kwam, en de aardappelrooier achter hem omhoogkwam om vervolgens omlaag te klappen, werd Bobby over het motorblok naar voren gegooid, recht tegen de Koepel aan. Zijn iPod explodeerde in de brede voorzak van zijn overall, maar dat voelde hij niet meer. Hij brak zijn nek en zijn schedel aan het niets waartegen hij was gebotst en stierf kort daarna in het zand naast een van de hoge wielen van zijn tractor, waarvan de motor nog draaide. Zoals uit de reclame bekend is, loopt niets zo goed als een Deere.

3

Motton Road leidde nergens door Motton; hij liep net langs de gemeentegrens van Chester's Mill. Er stonden daar nieuwe huizen in een wijk die ongeveer vanaf 1975 Eastchester werd genoemd. De eigenaren waren dertigers en veertigers die naar Lewiston-Auburn forensden, waar ze voor het merendeel met witteboordenbanen een goed salaris verdienden. De huizen stonden in Chester's Mill, maar veel van hun achtertuinen lagen in Motton. Dat was het geval met het huis van Jack en Myra Evans op nummer 379 aan Motton Road. Myra had een moestuin achter hun huis, en hoewel het meeste daaruit al geoogst was, waren er nog een paar dikke Blue Hubbard-pompoenen. Ze groeiden achter de overgebleven (en behoorlijk verrotte) gewone pompoenen. Ze stak net haar hand ernaar uit toen de Koepel omlaagkwam, en hoewel ze met haar knieën in Chester's Mill zat, reikte ze toevallig naar een Blue Hubbard die een centimeter of dertig voorbij de gemeentegrens met Motton groeide.

Ze gaf geen schreeuw, want ze voelde geen pijn – niet meteen. Daarvoor was het te snel, te scherp, te onberispelijk.

Jack Evans was in de keuken eieren aan het kloppen voor een *frittata* die ze die middag wilden eten. Het LCD-geluidssysteem stond aan – 'North American Scum' – en Jack zong mee, tot een klein stemmetje achter hem zijn naam uitsprak. Hij hoorde eerst niet dat het de stem was van de vrouw met wie hij al veertien jaar getrouwd was; het klonk als de stem van een kind. Toen hij zich omdraaide, zag hij dat het Myra was. Ze stond in de deuropening en hield haar rechterarm voor haar middel. Ze had moddersporen op de vloer gemaakt, en dat was niets voor haar. Meestal trok ze haar tuinschoenen uit voordat ze naar binnen ging. Haar linkerhand, waaraan ze een vuile tuinhandschoen droeg, hield haar rechterhand vast, en er liep rood spul tussen de modderige vingers door. Eerst dacht hij dat het cranberrysap was, maar dat was maar heel even. Het was bloed. Jack liet het kommetje met ei uit zijn handen vallen. Het viel op de vloer aan scherven.

Myra zei zijn naam opnieuw met dat kleine, bevende kinderstemmetje.

'Wat is er gebeurd? Myra, wat is er met je gebeurd?'

'Ik heb een ongeluk gehad,' zei ze, en ze liet hem haar rechterhand zien. Alleen had ze daar geen modderige tuinhandschoen zoals links, en geen rechterhand. Ze keek hem met een zwak glimlachje aan en zei: 'Oeps.' Ze rolde met haar ogen tot alleen het wit te zien was. Het kruis van haar tuinbroek werd donker omdat ze haar plas liet lopen. Toen bezweken haar knieën en zakte ze in elkaar. Het bloed gutste uit haar rauwe pols – net een dwarsdoorsnede uit een anatomieles – en vermengde zich met het roerei dat op de vloer gespetterd was.

Toen Jack bij haar neerknielde, stak een scherf van het schaaltje diep in zijn knie. Hij merkte het nauwelijks, hoewel hij voortaan mank zou zijn aan dat been. Hij pakte haar arm vast en kneep erin. De vreselijke stroom bloed uit haar pols werd minder hevig, maar hield niet op. Hij trok zijn riem uit de lussen en bond hem strak om haar onderarm. Dat hielp, maar hij kon de riem niet vastzetten; er zaten geen gaatjes waar hij ze nodig had.

'Jezus,' zei hij tegen de lege keuken. 'Jezus.'

Het was donkerder dan het geweest was, besefte hij. De stroom was uitgevallen. Hij hoorde het storingssignaal van de computer in de studeerkamer. De gettoblaster op het aanrecht deed het nog, want die liep op batterijen. Niet dat het Jack nog iets kon schelen; hij had geen zin meer in techno.

Zoveel bloed. Zoveel.

De vraag hoe ze haar hand was kwijtgeraakt verdween uit zijn gedachten. Hij had eerst iets anders aan zijn hoofd. Hij kon het schroefverband niet loslaten om naar de telefoon te gaan; dan ging ze weer bloeden en misschien was ze al bijna leeggebloed. Ze zou met hem mee moeten. Hij probeerde haar aan haar shirt mee te trekken, maar dat schoot uit haar broek en dreigde haar toen met de kraag te verstikken – hij hoorde dat ze moeizaam ging ademhalen. Daarom draaide hij zijn hand in haar lange bruine haar en sleepte haar als een holbewoner naar de telefoon.

Het was een mobiele telefoon, en hij deed het. Hij draaide 911 en 911 was in gesprek.

'Dat kan niet!' riep hij naar de lege keuken, waar de lichten nu uit waren (al speelde de band in de gettoblaster gewoon door): '911 kan niet bezet zijn!'

Hij drukte op nummerherhaling.

Bezet.

Hij zat met zijn rug tegen het aanrecht, hield het schroefverband zo strak mogelijk en staarde naar het bloed en beslag op de vloer. Van tijd tot tijd drukte hij op de nummerherhaling en kreeg dan steeds weer dat stomme *tuut-tuut-tuut*. Niet al te ver weg ontplofte iets, maar hij hoorde het nauwelijks boven de muziek uit, die heel hard stond (en de explosie van de Seneca hoorde hij helemaal niet). Hij wilde de muziek afzetten, maar om bij de gettoblaster te kunnen komen moest hij Myra optillen. Haar optillen of de riem enkele seconden loslaten. Hij wilde geen van beide doen. En dus zat hij daar en ging 'North American Scum' over in 'Something Great', en 'Something Great' in 'All My Friends', en toen was de cd, die *Sound of Silver* heette, afgelopen. Toen dat gebeurde, dus toen het stil werd, afgezien van politiesirenes in de verte en de onvermoeibaar tinkelende computer dichterbij, besefte Jack dat zijn vrouw niet meer ademhaalde.

Maar ik was de lunch aan het klaarmaken, dacht hij. *Een fijne lunch, waarvoor je Martha Stewart kon uitnodigen zonder je te hoeven schamen.*

Met zijn rug tegen het aanrecht, de riem nog stevig vast (het zou bijna ondraaglijk pijn doen als hij zijn hand weer opende), en terwijl de onderkant van zijn rechterbroekspijp donker werd van het bloed uit zijn kapotte knie, wiegde Jack Evans het hoofd van zijn vrouw tegen zijn borst. Hij huilde.

4

Niet erg ver weg, op een uitgestorven bosweg die zelfs de oude Clay Brassey zich niet zou hebben herinnerd, deed een hert zich aan de rand van de Prestile Marsh te goed aan jonge scheuten. Toevallig rekte ze haar hals over de gemeentegrens met Motton, en toen de Koepel neerkwam, viel haar kop eraf. Het ging zo snel en zuiver dat de valbijl van een guillotine het niet had kunnen verbeteren.

5

We hebben nu een rondreis gemaakt door het sokvormige Chester's Mill en zijn op Route 119 teruggekomen. Dankzij de magie van de vertelkunst is er nog geen seconde verstreken sinds de zestiger in de Toyota zijn neus brak doordat hij frontaal tegen iets opbotste wat onzichtbaar maar heel erg hard was. Hij zit nu rechtop en kijkt met volslagen verbijstering naar Dale Barbara. Een meeuw, waarschijnlijk op zijn dagelijkse pendelreis van het smakelijke buffet op de vuilnisbelt van Motton naar het iets minder smakelijke op de stortplaats van Chester's Mill, valt als een steen omlaag en plof op nog geen meter afstand van de honkbalpet van de zestiger neer. De man pakt de pet op, veegt hem af en zet hem weer op zijn hoofd.

Beide mannen kijken op naar de plaats waar de vogel vandaan kwam en zien, niet voor het laatst die dag, iets volslagen onbegrijpelijks.

6

Barbie dacht eerst dat hij naar een nabeeld van een exploderend vliegtuig keek – zoals je soms een grote blauwe stip ziet zweven wanneer iemand dicht bij je gezicht met een fototoestel heeft geflitst. Alleen was dit geen stip en was het ook niet blauw. Het zweefde ook niet met hem mee, want toen hij in een andere richting keek – in dit geval naar zijn nieuwe kennis – bleef de vlek op precies dezelfde plaats in de lucht hangen.

De man met de Sea Dogs-pet keek op en wreef over zijn ogen. Blijkbaar dacht hij niet meer aan zijn gebroken neus, zijn gezwollen lippen, zijn bloedende voorhoofd. Hij stond op en verloor bijna zijn evenwicht, zo erg rekte hij zijn hals uit.

'Wat is dat?' vroeg hij. 'Wat is dat nou weer?'

Een grote zwarte veeg – in de vorm van een kaarsvlam, als je je fantasie liet werken – verkleurde de blauwe hemel.

'Is het... een wolk?' vroeg Sea Dogs. Hij klonk aarzelend; hij wist al dat het geen wolk was.

'Ik denk...' zei Barbie. Eigenlijk wilde hij zichzelf dit niet horen zeggen. 'Ik denk dat het vliegtuig daar te pletter is gevlogen.'

'Wát?' vroeg Sea Dogs, maar voordat Barbie antwoord kon geven, vloog vijftien meter boven hen een glanstroepiaal. Hij kwam tegen niets aan – tenminste niets wat ze konden zien – en viel niet ver van de meeuw op de grond.

'Zag je dat?' zei Sea Dogs.

Barbie knikte en wees naar een brandend stuk hooiveld links van hem. Ook rechts van de weg stond hier en daar hooi in brand, en er stegen zuilen dichte zwarte rook uit op, die zich vermengden met de rook van de wrakstukken van de Seneca, maar het vuur ging niet ver. Het had de vorige dag hevig geregend en het hooi was nog vochtig. Dat was maar goed ook, anders zou het vuur zich in beide richtingen door de velden hebben verspreid.

'Zie je dát?' vroeg Barbie aan Sea Dogs.

'Krijg nou wat,' zei Sea Dogs, nadat hij goed had gekeken. Het vuur had een stuk veld van zo'n twintig bij twintig meter in bezit genomen en bewoog zich naar voren tot bijna tegenover de plek waar Barbie en Sea Dogs stonden. En daar verspreidde het zich – in westelijke richting naar de weg, in oostelijke richting naar anderhalve hectare weiland van een veehouder. Het verspreidde zich niet onregelmatig, zoals met grasvuren meestal het geval is, met hier en daar een oplaaiende plek, maar alsof het langs een liniaal lag.

Er vloog weer een meeuw in hun richting. Deze was niet op weg naar Chester's Mill, maar naar Motton.

'Kijk,' zei Sea Dogs. 'Die vogel daar.'

'Misschien redt hij het wel,' zei Barbie, die met zijn hand boven zijn ogen omhoogkeek. 'Misschien vliegen ze alleen te pletter als ze uit het zuiden komen.'

'Dat lijkt me stug. Denk maar eens aan dat vliegtuig,' zei Sea Dogs met verbijstering in zijn stem.

De meeuw die Chester's Mill wilde verlaten vloog tegen de barrière en viel recht op het grootste stuk van het brandende vliegtuig.

'Het houdt ze in beide richtingen tegen,' zei Sea Dogs. Hij sprak op de toon van iemand die opeens zijn gelijk bewezen ziet. 'Het is een soort krachtveld, net als in die film *Star Trick*.'

'*Trek*,' zei Barbie.

'Hè?'

'O nee,' zei Barbie. Hij keek over de schouder van Sea Dogs.

'Hè?' Sea Dogs keek achterom. 'Godskelere!'

Er kwam een houtwagen aan. Een grote truck, beladen met veel meer kolossale boomstammen dan wettelijk was toegestaan. Hij reed ook veel harder dan wettelijk was toegestaan. Barbie probeerde in te schatten hoe lang de remweg van zo'n monster was. Hij had geen flauw idee.

Sea Dogs rende naar zijn Toyota, die hij scheef op de onderbroken witte middenstreep van de weg had laten staan. De man achter het stuur van de houtwagen – misschien high van pillen, misschien stijf van de speed, misschien alleen maar jong, in elk geval had hij grote haast en voelde hij zich onsterfelijk – zag hem en drukte op de claxon. Hij ging niet langzamer rijden.

'Godskelere!' riep Sea Dogs, en hij sprong achter het stuur. Hij startte de motor en reed de Toyota de weg af; het portier aan de bestuurderskant hing nog klapperend open. De kleine suv dreunde de greppel in en kwam met zijn vierkante neus schuin omhoog te staan. Het volgende moment was Sea Dogs eruit. Hij struikelde, kwam op zijn knie terecht en rende het veld in.

Barbie, die aan het vliegtuig en de vogels dacht – en aan die vreemde zwarte vlek waar het vliegtuig waarschijnlijk zijn botsing had gemaakt –, rende ook het weiland in, eerst door de lage, lusteloze vlammen, zodat er wolkjes zwarte as opstoven. Hij zag de sportschoen van een man – het ding was te groot om van een vrouw te zijn – met de voet van de man er nog in.

De piloot, dacht hij. En toen: *Ik moet niet rennen als een kip zonder kop.*

'REMMEN, IDIOOT!' schreeuwde Sea Dogs met een hoge paniekstem naar de houtwagen, maar het was te laat voor zulke instructies. Barbie, die achterom keek (hij kon gewoon niet anders), dacht dat de chauffeur misschien op het laatste moment nog remde. Waarschijnlijk zag hij de wrakstukken van het vliegtuig. In elk geval was het niet genoeg. Hij raakte de Motton-kant van de Koepel met een snelheid van minstens honderd kilometer per uur en met een lading hout van twintigduizend kilo. De cabine, abrupt tot stilstand gekomen, viel uiteen. De overbelaste laadbak kon niets tegen de natuurwetten beginnen en reed gewoon door. De brandstoftanks kwamen onder de houtblokken terecht en werden verpletterd terwijl de vonken eraf sprongen. Toen ze ontploften, vloog de lading al door de lucht, over de plaats heen waar de cabine – nu een accordeon van groen metaal – was geweest. De stammen verspreidden zich naar voren en naar boven, sloegen tegen de onzichtbare barrière en kaatsten in alle richtingen terug. Een dikke pluim van vuur en zwarte rook kolkte omhoog. Een verschrikkelijke klap rolde als een rotsblok door de lucht. Toen regende het boomstammen aan de Motton-kant. Ze ploften als enorme mikadostokken op de weg en in de velden neer. Een van de stammen trof het dak van Sea Dogs' suv en drukte het plat. De voorruit kletterde in kleine schitterende stukjes op de motorkap neer. Een andere stam kwam vlak voor Sea Dogs zelf terecht.

Barbie hield op met rennen en keek alleen nog maar.

Sea Dogs stond op, viel neer, greep de boomstam vast die hem bijna had verpletterd en stond weer op. Met een verwilderde blik in zijn ogen bleef hij wankelend staan. Barbie liep naar hem toe en botste na twaalf stappen tegen iets op wat aanvoelde als een muur. Hij wankelde achteruit en voelde een warme stroom die uit zijn neus kwam en over zijn lippen gleed. Hij veegde een handvol bloed weg, keek er ongelovig naar en smeerde het af aan zijn shirt.

Er kwamen nu auto's uit beide richtingen – van Motton en van Chester's

Mill. Drie rennende figuren, voorlopig nog klein, kwamen over het weiland van een boerderij aan de andere kant. Sommige automobilisten claxonneerden, alsof dat alle problemen zou oplossen. De eerste auto die van de kant van Motton kwam stopte een heel eind voor de brandende vrachtwagen in de berm. Er stapten twee vrouwen uit. Ze schermden hun ogen af en keken verbijsterd naar de zuil van rook en vuur.

7

'Verrek,' zei Sea Dogs met een dun, ademloos stemmetje. Hij liep voorzichtig door het veld naar Barbie toe, schuin bij de laaiende brandstapel vandaan. De trucker mocht zijn wagen dan hebben overbelast en te hard hebben gereden, dacht Barbie, maar hij kreeg tenminste wel een Vikingbegrafenis. 'Zag je waar die ene boomstam neerkwam? Ik was bijna dood. Platgedrukt als een tor.'

'Heb je een mobieltje?' Barbie moest zijn stem verheffen om boven het bulderen van de brandende truck uit te komen.

'In mijn wagen,' zei Sea Dogs. 'Ik wil hem wel halen.'

'Nee, wacht,' zei Barbie. Hij besefte opeens immens opgelucht dat het allemaal een droom zou kunnen zijn, zo'n irrationele droom waarin het heel normaal is om onder water te fietsen of over je seksleven te praten in een taal die je helemaal niet kent.

De eerste die aan zijn kant van de barrière arriveerde, was een dikke man in een oude GMC-pick-up. Barbie kende hem van de Sweetbriar Rose: Ernie Calvert, de vroegere bedrijfsleider van de Food City, nu met pensioen. Ernie keek met grote ogen naar de brandende ravage op de weg, maar hij had zijn mobiele telefoon in zijn hand en was druk aan het praten. Barbie kon hem nauwelijks boven het gebulder van de brandende houtwagen uit horen, maar hij verstond 'Ziet er lelijk uit' en nam aan dat Ernie met de politie praatte. Of met de brandweer. In het laatste geval hoopte Barbie dat het die van Castle Rock was. Er stonden twee wagens in de keurige kleine brandweerschuur van Chester's Mill, maar Barbie had het idee dat als ze hierheen kwamen ze alleen maar een grasvuur konden blussen dat toch al gauw vanzelf uit zou gaan. De brandende houtwagen was dichtbij, maar Barbie dacht niet dat ze erbij konden komen.

Het is een droom, zei hij tegen zichzelf. *Als je dat tegen jezelf blijft zeggen, kun je normaal functioneren.*

De twee vrouwen aan de Motton-kant hadden gezelschap gekregen van een stuk of vijf mannen, die ook hun ogen afschermden. Er stonden nu auto's in beide bermen geparkeerd. Steeds meer mensen stapten uit om toe te kijken. Hetzelfde gebeurde aan Barbies kant. Het was of er twee rivaliserende vlooienmarkten werden gehouden, vol geweldige koopjes: een aan de Motton-kant van de gemeentegrens en een aan de kant van Chester's Mill.

De drie van de boerderij kwamen eraan: een boer en zijn tienerzoons. De jongens renden met gemak, de boer hijgend en met een rood gezicht.

'Shit!' zei de oudste jongen, waarop zijn vader hem meteen een pets tegen zijn achterhoofd gaf. De jongen merkte het blijkbaar niet eens. Zijn ogen puilden uit. De jongste van de twee jongens stak zijn hand uit. De oudste pakte hem vast en de jongste huilde.

'Wat is hier gebeurd?' vroeg de boer aan Barbie. Tussen 'hier' en 'gebeurd' onderbrak hij zichzelf even om diep adem te halen.

Barbie negeerde hem. Hij liep langzaam naar Sea Dogs toe, zijn rechterhand naar voren gestoken alsof hij een stopgebaar maakte. Zonder iets te zeggen deed Sea Dogs hetzelfde. Toen Barbie bij de plaats kwam waar hij wist dat de barrière zou zijn – hij hoefde alleen maar naar de merkwaardige rechte rand van het verschroeide gras te kijken – ging hij langzamer lopen. Hij had zijn gezicht al eens gestoten; dat overkwam hem geen tweede keer.

Plotseling kreeg hij kippenvel. Het verspreidde zich vanaf zijn enkels helemaal tot aan zijn nek, waar de haartjes omhoogkwamen. Zijn ballen trilden als stemvorken, en enkele ogenblikken had hij een zurige metaalsmaak in zijn mond.

Anderhalve meter bij hem vandaan – al werd de afstand steeds kleiner – werden Sea Dogs' grote ogen nog een beetje groter. 'Voelde je dat?'

'Ja,' zei Barbie. 'Maar het is nu weg. En bij jou?'

'Weg,' antwoordde Sea Dogs.

Hun uitgestoken handen raakten elkaar net niet aan, en Barbie moest weer aan een glazen ruit denken. Je drukte de binnenkant van je hand tegen de hand van een vriend aan de andere kant van de ruit, en de vingers kwamen bij elkaar maar raakten elkaar niet aan.

Hij trok zijn hand terug. Het was de hand die hij had gebruikt om zijn bloedneus af te vegen en nu zag hij de rode vorm van zijn vingers in de lucht hangen. Het bloed vormde druppeltjes, net zoals het op glas zou doen.

'Jezus, wat is dit?' fluisterde Sea Dogs.

Barbie had geen antwoord. Voordat hij iets kon zeggen, tikte Ernie Calvert hem op zijn rug. 'Ik heb de politie gebeld,' zei hij. 'Ze komen, maar bij de brandweer neemt niemand op. Ik krijg een bandje dat ik Castle Rock moet bellen.'

'Doe dat dan,' zei Barbie. Toen viel er zes meter bij hen vandaan weer een vogel neer. Hij viel in het weiland van de boer en verdween. Toen Barbie dat zag, kwam er een nieuw idee bij hem op. Waarschijnlijk kwam dat voort uit de tijd dat hij aan de andere kant van de wereld met een geweer rondliep. 'Maar ik denk dat je beter eerst de Air National Guard in Bangor kunt bellen.'

Ernie keek hem met grote ogen aan. 'De Guard?'

'Dat zijn de enigen die een vliegverbod boven Chester's Mill kunnen afkondigen,' zei Barbie. 'En ik denk dat ze dat meteen moeten doen.'

EEN HOOP DOOIE VOGELS

1

De politiecommandant van Chester's Mill hoorde geen van beide explosies, al was hij wel buiten. Hij harkte bladeren op het gazon van zijn huis aan Morin Street. De portable radio stond op de motorkap van de Honda van zijn vrouw en bracht gewijde muziek van WCIK ten gehore (de roepletters waren een afkorting van *Christus Is Koning*, al noemden jongeren het Jezus Radio). Bovendien was zijn gehoorvermogen niet meer wat het geweest was. Wat wilde je, hij was zevenenzestig.

De eerste sirene die door het plaatsje galmde hoorde hij wel; zijn oren waren op dat geluid afgestemd, zoals die van een moeder op de kreten van haar kinderen. Howard Perkins wist zelfs welke auto het was en wie er achter het stuur zat. Alleen Drie en Vier hadden de oude sirenes, maar Johnny Trent was met de Drie en de brandweer naar Castle Rock, voor die verrekte oefening. Een 'gecontroleerde brand', noemden ze het, al kwam het er in feite op neer dat een stel volwassen kerels fikkie aan het stoken waren. En dus was het auto Vier, een van de twee overgebleven Dodges, met Henry Morrison achter het stuur.

Hij hield op met harken en bleef met scheefgehouden hoofd staan luisteren. De sirene verwijderde zich, en hij ging weer verder met harken. Brenda kwam de veranda op. Bijna iedereen in Chester's Mill noemde hem Duke – die bijnaam had hij overgehouden aan zijn middelbareschooltijd, toen hij nooit een film met John Wayne oversloeg in de Star-bioscoop – maar Brenda was algauw na hun trouwen overgegaan op zijn andere bijnaam. De naam waar hij een hekel aan had.

'Howie, de stroom is uitgevallen. En er waren knállen.'

Howie. Altijd Howie. Alsof hij een schlemielige cowboy was. Hij deed zijn best om er tolerant mee om te gaan – ach, hij gíng er tolerant mee om –, maar toch vroeg hij zich soms af of die bijnaam niet minstens voor een deel verantwoordelijk was voor het apparaatje dat hij tegenwoordig in zijn borst had zitten.

'Wat?'

Ze rolde met haar ogen, liep met grote stappen naar de motorkap van haar auto en drukte op de aan- en uitknop om het Norman Luboff Choir midden in 'What A Friend We Have in Jesus' tot zwijgen te brengen.

'Hoe vaak heb ik je nou al verteld dat je dat ding niet op de kap van mijn auto moet zetten? Je maakt er krassen op en dan gaat de inruilwaarde omlaag.'

'Sorry, Bren. Wat zei je?'

'De stróóm is uitgevallen! En er knálde iets. Die sirene daar in de verte zal Johnny Trent wel zijn.'

'Het is Henry,' zei hij. 'Johnny is met de brandweer naar The Rock.'

'Nou, wie het ook is...'

Er ging weer een sirene aan. Een nieuwe; Duke Perkins noemde ze bij zichzelf Tweety's. Dat zou auto Twee zijn, met Jackie Wettington achter het stuur. Het moest Jackie wel zijn. Randolph zou wel op de winkel passen, achterovergekanteld met zijn stoel, zijn voeten op het bureau, verdiept in *The Democrat*. Of hij zat op de plee. Peter Randolph was een redelijk goede politieagent, die als het nodig was ook hard kon zijn, maar Duke mocht hem niet. Voor een deel omdat hij zo duidelijk Jim Rennies vazal was, voor een deel omdat Randolph ook hard kon zijn als het niet nodig was, maar vooral omdat hij Randolph lui vond, en Duke Perkins had een hekel aan luie politieagenten.

Brenda keek hem met grote ogen aan. Ze was al drieënveertig jaar met een politieman getrouwd en wist dat twee knallen, twee sirenes en een stroomstoring niets goeds voorspelden. Het zou haar verbazen als het gazon dit weekend werd aangeharkt, of als Howie nog de kans kreeg om op de radio naar de wedstrijd te luisteren van zijn dierbare Twin Mills Wildcats tegen het footballteam van Castle Rock.

'Ga maar naar het bureau,' zei ze. 'Er is iets gebeurd. Hopelijk zijn er geen doden gevallen.'

Hij pakte zijn mobiele telefoon van zijn riem. Dat verrekte ding hing daar als een bloedzuiger van 's morgens vroeg tot 's avonds laat, maar hij moest toegeven dat het handig was. Hij belde geen nummer, stond er alleen maar naar te kijken, en wachtte tot hij werd gebeld.

Toen ging er weer een Tweety-sirene van start: auto Een. Randolph kwam toch nog in actie. Dat betekende dat het iets ernstigs was. Duke dacht niet dat de telefoon nog zou overgaan en maakte al aanstalten hem weer aan zijn riem te hangen, maar toen liet het ding toch nog van zich horen. Het was Stacey Moggin.

'*Stacey?*' Hij wist dat hij niet in dat rotding hoefde te schreeuwen, dat had Brenda wel al honderd keer tegen hem gezegd, maar hij kon het niet helpen. '*Wat doe jij op zaterdagmorgen op het bur...*'

'Daar ben ik niet. Ik ben thuis. Peter belde me. Ik moest tegen je zeggen dat er iets op de 119 is gebeurd, en dat het iets ergs is. Hij zei... dat een vliegtuig en een houtwagen op elkaar zijn gebotst.' Ze klonk onzeker. 'Ik weet niet hoe dat kan, maar...'

Een vliegtuig. Jezus. Vijf minuten geleden, misschien iets langer, terwijl hij bladeren aan het harken was en meezong met 'How Great Thou Art'...

'Stacey, was het Chuck Thompson? Ik zag die nieuwe Piper van hem overvliegen. Nogal laag.'

'Ik weet het niet, commandant. Meer heeft Peter niet gezegd.'

Brenda, die niet dom was, was haar auto al aan het verplaatsen, zodat hij zijn woudgroene commandantswagen achteruit over het pad kon rijden. Ze had de portable radio naast zijn hoopje geharkte bladeren gezet.

'Oké, Stace. Is de stroom aan jouw kant van het dorp ook uitgevallen?'

'Ja, en de vaste telefoonlijnen doen het ook niet meer. Ik gebruik mijn mobieltje. Het is iets ergs, hè?'

'Ik hoop van niet. Kun je naar het bureau gaan? Ik wed dat er niemand is en dat het niet op slot zit.'

'Ik ben er over vijf minuten. Je kunt me bereiken op de basis-unit.'

'Begrepen.'

Toen Brenda het pad weer opkwam, ging opeens de sirene. Als Duke Perkins dat schelle geluid hoorde, dat telkens aanzwol en afzwakte, trok zijn maag zich altijd samen. Niettemin nam hij de tijd om zijn arm om Brenda heen te slaan. Ze zou later nooit vergeten dat hij de tijd nam om dat te doen. 'Maak je geen zorgen, Brennie. Die sirene gaat automatisch aan als de stroom uitvalt. Over drie minuten houdt het op. Of vier minuten. Dat ben ik vergeten.'

'Dat weet ik, maar toch heb ik er een hekel aan. Die idioot van een Andy Sanders ging helemaal over de rooie op 11 september, weet je nog wel? Alsof *wij* aan de beurt waren voor een zelfmoordbom.'

Duke knikte. Andy Sanders was inderdaad een idioot. Jammer genoeg was hij ook de burgemeester, de blije buiksprekpop op de schoot van Grote Jim Rennie.

'Schat, ik moet weg.'

'Dat weet ik.' Maar ze liep met hem mee naar de auto. 'Wat is het? Weet je het al?'

'Stacey zei dat een truck en een vliegtuig op elkaar zijn gebotst op de 119.'

Brenda glimlachte aarzelend. 'Dat zal toch wel een grap zijn?'
'Niet als het vliegtuig motorpech had en een noodlanding op de weg maakte,' zei Duke. Haar glimlachje vervaagde en ze hield de vuist van haar rechterhand tussen haar borsten: lichaamstaal die hij goed kende. Hij ging achter het stuur zitten. Hoewel zijn commandantswagen relatief nieuw was, had de zitting zich al naar zijn achterste gevormd. Duke Perkins was geen lichtgewicht.
'Op je vrije dag!' riep ze uit. 'Het is een schande! En dat terwijl je al met volledig pensioen had kunnen zijn!'
'Ze moeten me maar in mijn zaterdagse plunje accepteren,' zei hij, en hij grijnsde haar toe. Die grijns kostte hem moeite. Hij had het gevoel dat het een lange dag zou worden. 'Gewoon zoals ik ben. Wil je een paar broodjes voor me in de koelkast leggen?'
'Eentje maar. Je wordt te dik. Zelfs dokter Haskell zei dat en hij heeft nooit aanmerkingen op iemand.'
'Eentje dan.' Hij zette de auto in zijn achteruit... en toen in de parkeerstand. Hij boog zich uit het raam, en ze besefte dat hij een kus wilde. Ze gaf hem een stevige pakkerd, terwijl de sirene door de frisse oktoberlucht schalde, en hij streelde de zijkant van haar hals toen ze hun monden op elkaar drukten, iets wat altijd een trilling door haar heen liet gaan en wat hij bijna nooit meer deed.
Zijn aanraking daar in de zon; die zou ze ook nooit vergeten.
Toen hij het pad af reed, riep ze hem na. Hij ving er iets van op, maar niet alles. Hij moest echt een keer zijn oren laten nakijken. Desnoods moest hij maar een gehoorapparaat. Al zou dat waarschijnlijk het laatste zijn wat Randolph en Grote Jim nodig hadden om de oude man eruit te schoppen.
Duke remde en boog zich weer naar buiten. 'Wááár moet ik om denken?'
'Je pacemaker!' Ze schreeuwde het bijna uit. Lachend. Geërgerd. Ze voelde zijn hand nog op haar hals, zoals hij haar huid had gestreeld die – het leek wel gisteren – ooit glad en stevig was geweest. Of misschien was het wel eergisteren, toen ze naar K.C. and the Sunshine Band luisterden in plaats van Jezus Radio.
'Tuurlijk!' riep hij terug, en toen reed hij weg. De volgende keer dat ze hem zag, was hij dood.

2

Billy en Wanda Debec hoorden de dubbele knal niet, omdat ze over Route 117 reden en omdat ze ruzie hadden. Die ruzie was simpel genoeg begonnen. Wanda had opgemerkt dat het een mooie dag was en Billy had gezegd dat hij hoofdpijn had en niet wist wat ze op de zaterdagse vlooienmarkt in Oxford Hills te zoeken hadden; het was altijd dezelfde ouwe troep.

Wanda zei dat hij geen hoofdpijn zou hebben gehad als hij de vorige avond geen twintig biertjes had gedronken.

Billy vroeg haar of ze de blikjes in de recyclingbak had geteld (hoeveel hij ook naar binnen goot, Billy dronk altijd thuis en gooide de blikjes altijd in de recyclingbak – daar ging hij prat op, net als op zijn werk als elektricien).

Ja, zei ze, dat had ze gedaan, reken maar. Bovendien...

Ze kwamen tot aan Patel's Market in Castle Rock, en waren al van 'Jij drinkt te veel, Billy' en 'Jij zeurt te veel, Wanda' overgegaan op 'Mijn moeder zei nog, trouw niet met die vent', en 'Waarom moet je toch zo'n kreng zijn?'. Dat was routine geworden in de laatste twee jaar van de vier jaar dat ze getrouwd waren, een clichématig vraag- en antwoordspel, maar deze ochtend vond Billy plotseling dat de maat vol was. Zonder te vertragen of richting aan te geven reed hij het grote parkeerterrein van de supermarkt op en daarna meteen de 117 weer op zonder zelfs maar een blik in zijn spiegeltje te werpen, laat staan achterom te kijken. Op de weg, achter hem, drukte Nora Robichaud verwijtend op haar claxon. Haar beste vriendin, Elsa Andrews, maakte een sussend gebaar. De twee vrouwen, allebei gepensioneerd verpleegkundige, wisselden een blik maar geen enkel woord. Ze waren al zo lang vriendinnen dat ze in zulke situaties geen woord hoefden te zeggen.

Intussen vroeg Wanda aan Billy waar hij in vredesnaam naartoe ging.

Billy zei dat hij naar huis wilde om een dutje te doen. Ze ging maar in haar eentje naar die klotemarkt.

Wanda merkte op dat hij bijna die twee oude dames had geraakt (deze oude dames waren een heel eind achtergebleven. Tenzij je een verdomd goede reden had, waren snelheden van boven de zestig kilometer per uur volgens Nora Robichaud het werk van de duivel).

Billy zei dat Wanda net zo klonk als haar moeder en er ook zo uitzag.

Wanda vroeg hem wat hij daar precies mee bedoelde.

Billy zei dat moeder en dochter allebei een dikke kont hadden en uit hun nek kletsten.

Wanda zei tegen Billy dat hij een kater had.

Billy zei tegen Wanda dat ze lelijk was.

Ze maakten van hun hart geen moordkuil, en toen ze van Castle Rock in Motton kwamen, op weg naar een onzichtbare barrière die ontstaan was toen Wanda hun levendige discussie net in gang had gezet door te zeggen dat het een mooie dag was, reed Billy meer dan honderd kilometer per uur. Dat was ook wel zo ongeveer het maximum voor die schijtbak van een Chevrolet van Wanda.

'Wat is dat voor rook?' vroeg Wanda plotseling. Ze wees naar de 119 in het noordoosten.

'Weet ik veel,' zei hij. 'Mijn schoonmoeder die een scheet heeft gelaten?' Dat vond hij zo grappig dat hij in de lach schoot.

Wanda Debec had er nu eindelijk genoeg van. Opeens, als bij toverslag, had ze een helder beeld van de wereld en van haar toekomst. Ze draaide zich met de woorden 'Ik wil scheiden' op het puntje van haar tong naar hem toe, maar op dat moment bereikten ze de grens tussen de gemeenten Motton en Chester's Mill en dreunden tegen de barrière. De schijtbak van een Chevrolet was voorzien van airbags, maar die van Billy ging helemaal niet open en die van Wanda maar voor een deel. Het stuur vloog tegen Billy's borst; de stuurkolom vermorzelde zijn hart; hij was bijna op slag dood.

Wanda klapte met haar hoofd tegen het dashboard, en het motorblok van de Chevrolet, dat plotseling en catastrofaal in beweging kwam, brak een van haar benen (het linker) en een van haar armen (de rechter). Ze was zich niet bewust van pijn, alleen van de claxon die loeide. De auto stond plotseling scheef op het midden van de weg, de voorkant bijna helemaal ingedrukt, en ze zag alleen nog een rood waas.

Toen Nora Robichaud en Elsa Andrews een eindje ten zuiden van hen de bocht omkwamen (ze praatten al een paar minuten opgewonden over de rook die in het noordoosten opsteeg en prezen zich gelukkig omdat ze de minder drukke weg hadden genomen), sleepte Wanda Debec zich op haar ellebogen naar de middenstreep. Het bloed stroomde over haar gezicht en onttrok het bijna aan het oog. Ze was half gescalpeerd door een stuk van de voorruit en een groot stuk huid hing als een flap over haar linkerwang.

Nora en Elsa keken elkaar grimmig aan.

'Potverdikkie,' zei Nora, en meer werd er niet door hen gezegd. Elsa stapte uit zodra de auto tot stilstand was gekomen en rende naar de vrouw op de weg toe. Voor een oude dame (Elsa was kort daarvoor zeventig geworden) was ze opvallend kwiek.

Nora liet de motor van de auto aan en volgde haar vriendin. Samen hielpen ze Wanda naar Nora's oude maar perfect onderhouden Mercedes. Wanda's lichtbruine jasje was nu modderig donkerbruin, en haar handen zagen eruit alsof ze ze in rode verf had gedoopt.

'Waa's Billy?' vroeg ze, en Nora zag dat de meeste tanden van de arme vrouw waren uitgeslagen. Drie zaten er vastgeplakt aan de voorkant van haar bebloede jasje. 'Waa's Billy? Wa's gebeurd?'

'Het gaat goed met Billy en met jou ook,' zei Nora, en toen keek ze Elsa vragend aan. Elsa knikte en liep vlug naar de Chevrolet, die nu voor een deel schuilging achter de stoom die uit de gescheurde radiator spoot. Eén blik door de wijd open passagiersdeur, die aan één scharnier hing, was genoeg voor Elsa, die bijna veertig jaar verpleegster was geweest (laatste werkgever: Ron Haskell, medicus, al vonden sommigen dat hij zich beter slager kon noemen) om te weten dat het juist helemaal niet goed ging met Billy. De jonge vrouw van wie de helft van het haar nu ondersteboven naast haar hoofd hing, was weduwe geworden.

Elsa liep naar de Mercedes terug en ging op de achterbank naast de half bewusteloze jonge vrouw zitten. 'Hij is dood, en dat is zij straks ook, als je ons niet gauw in het Catherine Russell krijgt,' zei ze tegen Nora.

'Hou je vast,' zei Nora, en ze trapte het gaspedaal in. De Mercedes had een zware motor en sprong naar voren. Nora reed netjes met een boog om de Chevrolet van de Debecs heen en vloog tegen de onzichtbare barrière op toen ze nog aan het accelereren was. Voor het eerst in twintig jaar had Nora haar gordel niet vastgemaakt, en ze vloog dwars door de voorruit naar buiten om vervolgens net als Bob Roux haar nek te breken op de onzichtbare barrière. De jonge vrouw schoot tussen de voorstoelen van de Mercedes naar voren, door de verbrijzelde voorruit heen, en landde met haar gezicht omlaag en met haar bebloede benen gespreid op de motorkap. Haar voeten waren bloot. Haar loafers (gekocht op de vorige vlooienmarkt in Oxford Hills) waren in de eerste crash al van haar voeten gevlogen.

Elsa Andrews smakte tegen de achterkant van de bestuurdersstoel en stuiterde terug, verdoofd maar in feite ongedeerd. Haar portier zat eerst klem, maar sprong open toen ze er met haar schouder tegenaan stootte. Ze stapte uit en keek naar de ravage. De plassen bloed. De verpletterde schijtbak van een Chevrolet, waar nog een beetje stoom uit kwam.

'Wat is er gebeurd?' vroeg ze. Dat was ook Wanda's vraag geweest, al was Elsa dat vergeten. Ze stond daar tussen de stukken chroom en bebloed glas en hield de rug van haar linkerhand tegen haar voorhoofd alsof ze wilde nagaan of ze koorts had. 'Wat is er gebeurd? Wat is er daarnet gebeurd? Nora? Nora-meid? Waar ben je?'

Toen zag ze haar vriendin en slaakte een kreet van verdriet en afschuw.

Een kraai, hoog in een den aan de Chester's Mill-kant van de barrière, kraste een keer, een geluid alsof hij haar uitlachte.

Elsa's benen waren opeens van rubber. Ze liep achteruit tot ze met haar achterste tegen de verkreukelde neus van de Mercedes kwam. 'Nora-meid,' zei ze. 'O, schat.' Er kriebelde iets in haar nek. Ze wist het niet zeker, maar dacht dat het waarschijnlijk een lok van het gewonde meisje was. Alleen was ze nu natuurlijk het dode meisje.

En die arme lieve Nora, met wie ze soms stiekem slokjes gin of wodka had genomen in de linnenkamer op de tweede verdieping van het Cathy Russell, samen giechelend als meisjes op schoolkamp. Nora's ogen waren open en staarden in de felle middagzon, en haar hoofd was op een akelige manier verdraaid, alsof ze op het allerlaatst nog achterom had willen kijken om te zien of Elsa ongedeerd was.

Elsa, die ongedeerd wás – 'alleen wat door elkaar geschud,' zoals ze in hun tijd op de spoedgevallenafdeling over sommige fortuinlijke overlevenden hadden gezegd – huilde nu. Ze gleed langs de zijkant van de auto omlaag (scheurde haar jas aan een scherp stuk metaal) en ging op het asfalt van Route 117 zitten. Daar zat ze nog steeds te huilen toen Barbie en zijn nieuwe vriend met de Sea Dogs-pet naar haar toe kwamen.

3

Sea Dogs bleek Paul Gendron te heten. Hij was autoverkoper geweest in het noorden van de staat en was na zijn pensionering, twee jaar geleden, op de boerderij van zijn overleden ouders in Motton gaan wonen. Barbie hoorde dit en nog veel meer over Gendron vanaf het moment waarop ze van de ongeluksplaats op Route 119 vertrokken tot het moment waarop ze de volgende ongeluksplaats – niet helemaal zo spectaculair, maar toch gruwelijk genoeg – op Route 117 ontdekten, op het punt waar die de gemeente Chester's Mill in kwam. Barbie had Gendron best een hand willen geven, maar zulke beleefdheden zouden moeten wachten tot ze de plaats vonden waar de onzichtbare barrière ophield.

Ernie Calvert had contact gekregen met de Air National Guard in Bangor, maar hij was onder de knop gezet voordat hij de kans kreeg om te zeggen waarom hij belde. Intussen kondigden naderende sirenes de komst van de politie aan.

'Reken maar niet op de brandweer,' zei de boer, die met zijn zoons over het weiland was komen aanrennen. Hij heette Alden Dinsmore en was nog steeds niet helemaal op adem. 'Ze zijn naar Castle Rock. Daar steken ze een huis in brand om te oefenen. Ze hadden hier genoeg oefening kunnen kr...' Toen zag hij dat zijn jongste zoon naar de plek liep waar Barbies bloederige handafdruk leek op te drogen in niets dan zonnige lucht. 'Rory, ga daar weg!'

Rory negeerde hem, zijn ogen groot van nieuwsgierigheid. Hij stak zijn hand uit en sloeg rechts van Barbies handafdruk in de lucht, maar voordat hij dat deed, zag Barbie het kippenvel op de armen van de jongen verschijnen, onder de rafelige, afgeknipte mouwen van zijn Wildcats-sweatshirt. Er was daar iets; iets wat geactiveerd werd als je dichtbij kwam. Zoiets had Barbie alleen meegemaakt in de buurt van de grote energiecentrale in Avon, Florida, waar hij een keer met een meisje naartoe was gegaan om te vrijen.

De vuist van de jongen maakte een geluid alsof hij met knokkels tegen de zijkant van een vuurvaste schaal tikte. Het groepje babbelende toeschouwers was er even stil van. Ze hadden naar de brandende resten van de houtwagen gekeken (en sommigen hadden daar foto's van gemaakt met hun mobiele telefoon).

'Wat krijgen we nou?' zei iemand.

Alden Dinsmore sleurde zijn zoon aan de rafelige hals van zijn sweatshirt weg en gaf hem een pets op zijn achterhoofd, zoals hij nog niet zo lang daarvoor bij de oudere broer had gedaan. 'Doe dat nooit meer!' riep Dinsmore, en hij schudde de jongen door elkaar. 'Doe dat nóóit meer, als je niet weet wat het is!'

'Pa, het is net een glazen wand! Het is...'

Dinsmore schudde hem nog een beetje meer door elkaar. Hij hijgde nog steeds, en Barbie hoopte dat zijn hart het uithield. 'Doe dat nóóit meer!' herhaalde hij, en hij duwde de jongen naar zijn oudere broer. 'Hou die stomkop bij je, Ollie.'

'Ja, pa,' zei Ollie, en hij grijnsde naar zijn broer.

Barbie keek in de richting van Chester's Mill. Hij kon de naderende zwaailichten van een politiewagen nu zien, maar ver daarvoor – alsof hij de politie namens een hoger gezag escorteerde – reed een groot zwart voertuig dat eruitzag als een rijdende doodkist: de Hummer van Grote Jim Rennie. De bulten en blauwe plekken die Barbie aan het gevecht op het parkeerterrein van de Dipper had overgehouden begonnen bij die aanblik pijnlijk te kloppen.

Rennie senior was er natuurlijk niet bij geweest, maar zijn zoon was de hoofdaanstichter geweest, en Grote Jim had zich over zijn zoon ontfermd.

Als dat betekende dat het leven in Chester's Mill onaangenaam werd voor een zekere rondtrekkende hulpkok – onaangenaam genoeg om de hulpkok in kwestie tot het besluit te brengen zijn biezen te pakken en het dorp te verlaten –, dan was dat des te beter.

Barbie wilde er niet bij zijn als Grote Jim aankwam. Vooral niet met de politie erbij. Commandant Perkins had hem goed behandeld, maar die andere – Randolph – had naar hem gekeken alsof Dale Barbara een hondendrol op een pas gepoetste schoen was.

Barbie keek Sea Dogs aan en zei: 'Zin in een wandelingetje? Jij aan jouw kant, ik aan de mijne? Kijken hoe ver dit ding gaat?'

'En weg zijn voordat die windbuil hier is?' Gendron had de naderende Hummer ook gezien. 'Mij best, vriend. Oost of west?'

4

Ze liepen naar het westen, de kant van Route 117 op, en vonden het einde van de barrière niet, maar zagen wel de wonderen die het ding had aangericht toen het naar beneden kwam. Boomtakken waren afgesneden, zodat er nieuwe paden naar de hemel waren ontstaan. Boomstronken waren in tweeën gespleten. En overal lagen gevederde kadavers. Ze gaven de rand van het onzichtbare ding bijna even duidelijk aan als de doorgesneden takken.

'Een hoop dooie vogels,' zei Gendron. Met enigszins bevende handen zette hij zijn pet recht. Hij was bleek. 'Nog nooit zoveel gezien.'

'Voel je je wel goed?' vroeg Barbie.

'Lichamelijk? Ja, ik geloof van wel. Geestelijk voel ik me alsof ik gek ben geworden. En jij?'

'Hetzelfde,' zei Barbie.

Drie kilometer ten westen van Route 119 kwamen ze bij God Creek Road en vonden daar het lijk van Bob Roux naast zijn tractor, waarvan de motor nog draaide. Barbie liep instinctief naar de man toe en stootte weer tegen de barrière... al dacht hij er nu op het laatste moment aan en hield hij zich op tijd in om te voorkomen dat hij weer een bloedneus kreeg.

Gendron knielde neer en legde zijn hand even op de grotesk verdraaide hals van de boer. 'Dood.'

'Wat ligt daar om hem heen? Die witte dingetjes?'

Gendron raapte het grootste stuk op. 'Ik denk dat het zo'n dingetje met computermuziek is. Blijkbaar kapotgevallen toen hij tegen de...' Hij wees voor zich. '... tegen de je-weet-wel opreed.'

Uit de richting van het dorp kwam weer een sirene, heser en luider dan de sirene op het gemeentehuis had geklonken.

Gendron keek er even naar. 'De brandsirene,' zei hij. 'Niet dat we daar veel aan hebben.'

'Er komen brandweerwagens uit Castle Rock,' zei Barbie. 'Ik hoor ze.'

'O ja? Dan zijn jouw oren beter dan de mijne. Hoe heet je ook weer, vriend?'

'Dale Barbara. Mijn vrienden noemen me Barbie.'

'Nou, Barbie, wat nu?'

'Doorgaan, zou ik zeggen. We kunnen niets voor deze man doen.'

'Nee, we kunnen niet eens iemand bellen,' zei Gendron somber. 'Niet nu mijn mobieltje daar is achtergebleven. Jij hebt er zeker geen?'

Barbie had er wel een, maar dat lag nog in het appartement dat hij had verlaten, samen met wat sokken, overhemden, spijkerbroeken en ondergoed. Hij was de wijde wereld ingegaan met alleen de kleren die hij droeg, want hij wilde niets uit Chester's Mill meenemen. Behalve een paar goede herinneringen, en daar had hij geen koffer en zelfs geen plunjezak voor nodig. Omdat hij dat allemaal niet zo gauw aan een vreemde kon uitleggen, schudde hij alleen zijn hoofd.

Er lag een oude deken over de zitting van de Deere. Gendron zette de motor van de tractor uit, pakte de deken en legde hem over het lijk.

'Ik hoop dat hij luisterde naar iets wat hij mooi vond, toen het gebeurde,' zei Gendron. Hij huilde een beetje.

'Ja,' zei Barbie.

'Kom mee. Laten we naar het eind gaan van wat dit ook is. Ik wil je een hand geven. En als ik het echt te kwaad krijg, sla ik mijn armen om je heen.'

5

Kort nadat ze Roux' lijk hadden gevonden – ze waren nu erg dicht bij het wrak op Route 117, al wisten ze dat niet – kwamen ze bij een beekje. De twee mannen bleven daar even staan, ieder aan een kant van de barrière, en keken er in stille verwondering naar.

Ten slotte zei Gendron: 'Allemachies.'

'Hoe ziet het er aan jouw kant uit?' vroeg Barbie. Hij zag alleen maar dat het water omhoogkwam en zich in de struiken verspreidde. Het leek wel of

de stroom op een onzichtbare dam was gestuit.
'Ik kan het niet beschrijven. Ik heb nog nooit zoiets gezien.' Gendron zweeg even. Hij krabde over beide wangen, waardoor zijn toch al lange gezicht omlaag werd getrokken, zodat hij nu wel wat weg had van de schreeuwer op dat schilderij van Edvard Munch. 'Nou, toch wel. Eén keer. Min of meer. Toen mijn dochter zes werd en ik een paar goudvissen mee naar huis bracht. Of misschien werd ze dat jaar zeven. Ik nam ze uit de dierenwinkel mee in een plastic zak, en zo ziet dit eruit: water op de bodem van een plastic zak. Maar dan plat in plaats van ingezakt. Het water loopt te hoop tegen dat... ding en loopt dan aan jouw kant naar weerskanten weg.'
'Gaat er helemaal niets doorheen?'
Gendron bukte zich met zijn handen op zijn knieën en tuurde ernaar. 'Ja, er gaat wel iets doorheen. Maar het is niet veel; een heel dun stroompje. En niks van de troep die door het water wordt meegenomen. Je weet wel, stokjes en blaadjes en zo.'
Ze liepen door, ieder aan een kant van de barrière. Op dat moment dachten ze geen van beiden in termen van binnen en buiten. Ze kwamen niet op het idee dat er misschien geen eind aan de barrière zou komen.

6

Toen kwamen ze bij Route 117, waar ook een vreselijk ongeluk was gebeurd: twee auto's en minstens twee doden, zoals Barbie met zekerheid kon vaststellen. Er was er nog een, dacht hij, onderuitgezakt achter het stuur van een oude Chevrolet die voor het grootste deel verwoest was. Alleen was er deze keer ook een overlevende. Ze zat met gebogen hoofd naast een te pletter gereden Mercedes-Benz. Paul Gendron liep vlug naar haar toe, terwijl Barbie alleen maar kon toekijken. De vrouw zag Gendron en probeerde overeind te komen.
'Nee, mevrouw, niet doen. U kunt beter blijven zitten,' zei hij.
'Ik geloof dat ik niets mankeer,' zei ze. 'Alleen... U weet wel, door elkaar geschud.' Om de een of andere reden moest ze daarom lachen, al was haar gezicht opgezwollen van het huilen.
Op dat moment kwam er weer een auto aan, een slome met een oude kerel achter het stuur, gevolgd door een optocht van drie of vier vast en zeker ongeduldige automobilisten. Hij zag het ongeluk en stopte. De auto's achter hem deden dat ook.

Elsa Andrews was opgestaan, en ze was genoeg bij haar positieven om de vraag te stellen die de vraag van de dag zou worden: 'Waar zijn we tegenop gebotst? Het was niet die andere auto. Nora reed om die andere auto heen.'
Gendron antwoordde volkomen naar waarheid: 'Ik weet het niet, mevrouw.'
'Vraag haar of ze een mobiele telefoon heeft,' zei Barbie. Toen riep hij naar de mensen die stonden te kijken. 'Hé! Wie heeft er een mobieltje?'
'Ik,' zei een vrouw, maar voordat ze nog iets kon zeggen, hoorden ze allemaal een naderend *wup-wup-wup*-geluid. Een helikopter.
Barbie en Gendron keken elkaar geschrokken aan.
De helikopter was blauw met wit en vloog laag. Hij was op weg naar de zuil van rook die was opgestegen van de gecrashte houtwagen op Route 119. De lucht was volkomen helder, met dat bijna vergrotende effect dat de beste dagen in het noorden van New England leken te hebben. Barbie kon met gemak de grote blauwe 13 op de zijkant van de helikopter lezen en het logo van CBS onderscheiden. Het was een nieuwshelikopter uit Portland. Hij was waarschijnlijk al in de buurt geweest, dacht Barbie. En de weersomstandigheden waren ideaal om sappige rampbeelden voor het nieuws van zes uur te maken.
'O nee,' kreunde Gendron, die zijn ogen afschermde. Toen riep hij: '*Terug, idioten! Terug!*'
Barbie riep mee: '*Nee! Ga niet verder! Ga terug!*'
Het was natuurlijk zinloos. En het was al even nutteloos dat hij drukke gaweg-gebaren met zijn armen maakte.
Elsa keek verbaasd van Gendron naar Barbie.
De helikopter daalde tot vlak boven de boomtoppen en bleef daar hangen.
'Ik denk dat hij het redt,' zei Gendron ademloos. 'De mensen daar staan natuurlijk ook te zwaaien. De piloot moet hebben gezien...'
Maar toen zwenkte de helikopter naar het noorden om over het weiland van Alden Dinsmore te vliegen en de ramp vanuit een andere hoek te benaderen. Meteen daarop dreunde hij tegen de barrière. Barbie zag een van de rotoren afbreken. De helikopter dook omlaag en tolde in het rond. Toen explodeerde hij en liet nieuw vuur op de weg en velden aan de andere kant van de barrière neerregenen.
Gendrons kant.
De buitenkant.

7

Junior Rennie sloop als een dief het huis in waar hij was opgegroeid. Of als een geest. Natuurlijk was er niemand thuis. Zijn vader zou op zijn gigantische terrein met tweedehands auto's aan Route 119 zijn – wat Juniors vriend Frank soms Het Heilige Tabernakel Van Geen Aanbetaling noemde – en Francine Rennie verbleef al vier jaar non-stop op de begraafplaats Pleasant Ridge. De gemeentesirene was tot zwijgen gekomen en de politiesirenes waren ergens in het zuiden verdwenen. Het was weldadig stil in het huis.

Junior nam twee Imitrex-tabletten, trok zijn kleren uit en ging onder de douche staan. Toen hij daaronder vandaan was gekomen, zag hij dat er bloed op zijn shirt en broek zat. Daar kon hij nu niets aan doen. Hij schopte de kleren onder zijn bed, trok de gordijnen dicht, kroop in bed en trok de dekens over zijn hoofd, zoals hij als kind had gedaan toen hij bang voor monsters uit de kast was. Huiverend bleef hij liggen; alle klokken van de hel beierden in zijn hoofd.

Hij was net ingedommeld toen de brandsirene loeide. Hij schrok wakker en huiverde weer, maar zijn hoofdpijn was minder erg. Hij had een beetje geslapen en vroeg zich af wat hij nu moest doen. Zelfmoord leek hem nog steeds verreweg de beste optie. Want ze zouden hem te pakken krijgen. Hij kon niet eens teruggaan om de boel schoon te maken; hij zou niet genoeg tijd hebben voordat Henry en LaDonna McCain terugkwamen van hun zaterdagse boodschappen. Hij kon vluchten – misschien – maar dan moest er eerst een eind aan zijn hoofdpijn komen. En natuurlijk zou hij kleren moeten aantrekken. Je kon niet spiernaakt aan een leven als voortvluchtige beginnen.

Over het geheel genomen zou het waarschijnlijk het beste zijn als hij zich van kant maakte. Alleen zou die verrekte hulpkok dan winnen. En als je er goed over nadacht, was dit allemaal de schuld van die verrekte kok.

Op een gegeven moment hield de brandsirene ermee op. Junior viel in slaap met de dekens over zijn hoofd. Toen hij wakker werd, was het negen uur 's avonds. Zijn hoofdpijn was weg.

En het huis was nog leeg.

SUPERFLOP

1

Toen Grote Jim Rennie knarsend met zijn H3 Alpha Hummer (kleur: Black Pearl; accessoires: alles) tot stilstand kwam, had hij ruim drie minuten voorsprong op de politie, en dat was precies zoals hij het wilde. De concurrentie voor blijven: dat was Rennies motto.

Ernie Calvert was aan het telefoneren, maar hij stak zijn hand omhoog voor een halfslachtige groet. Zijn haar was in de war en hij leek bijna krankzinnig van opwinding. 'Hé, Grote Jim, ik heb ze aan de lijn!'

'Wie heb je aan de lijn?' vroeg Rennie zonder veel aandacht aan hem te schenken. Hij keek naar de nog brandende ravage van de houtwagen en naar de wrakstukken van wat duidelijk een vliegtuig was geweest. Het was een puinhoop en het zou een blamage voor de gemeente kunnen worden, vooral omdat de twee nieuwste brandweerwagens in The Rock waren. Het was een oefening die hij had goedgekeurd... maar Andy Sanders' handtekening stond op het goedkeuringsformulier, want Andy was de burgemeester. Dat was goed. Rennie geloofde heilig in wat hij 'het beschermbaarheidsquotiënt' noemde, en het feit dat hij eerste wethouder was bewees de waarde daar weer eens van: je had alle macht (tenminste als de burgemeester een imbeciel als Sanders was), maar je hoefde bijna nooit de schuld op je te nemen als er iets misging.

En dit noemde Rennie – die op zestienjarige leeftijd zijn hart aan Jezus had geschonken en geen schuttingtaal gebruikte – een 'superflop'. Er moesten stappen worden ondernomen. Er moest gezag worden uitgeoefend. En hij kon er niet op rekenen dat die ouwe lul van een Howard Perkins de leiding nam. Perkins mocht twintig jaar geleden dan een redelijk goede politiecommandant zijn geweest, dit was een nieuwe eeuw.

Er kwamen nog diepere rimpels in Rennies voorhoofd toen hij de situatie in ogenschouw nam. Te veel toeschouwers. Natuurlijk waren het er bij zulke dingen altijd te veel; mensen waren gek op bloed en ravage. En het leek wel of sommigen een bizar spel speelden: kijken hoe ver ze voorover konden buigen of zoiets.

Bizar.

'Hé mensen, ga daar weg!' riep hij. Hij had een goede stem om bevelen te geven, zwaar en zelfverzekerd. 'Er is hier een ongeluk gebeurd!'

Ernie Calvert – ook een idioot, het dorp zat er vol mee, elk dorp, nam Rennie aan – trok aan zijn mouw. Hij keek waanzinnig opgewonden. 'Ik heb de ANG aan de lijn, Grote Jim, en...'

'De wie? De wát? Waar heb je het over?'

'De Air National Guard!'

Het werd steeds erger. Mensen die spelletjes speelden en deze idioot die de...

'Ernie, waarom zou je die in godsnaam bellen?'

'Omdat hij zei... Die man zei...' Ernie wist niet meer precies wat Barbie had gezegd en ging dus maar verder. 'Hoe dan ook, de kolonel van de ANG luisterde naar wat ik zei en verbond me toen door met het kantoor in Portland van het ministerie van Binnenlandse Veiligheid. Hij verbond me meteen door!'

Rennie sloeg met zijn handen op zijn wangen, iets wat hij vaak deed als hij zich kwaad maakte. Hij leek dan sterk op Jack Benny. Net als Benny mocht Grote Jim van tijd tot tijd graag grappen vertellen (altijd nette). Hij maakte grappen omdat hij auto's verkocht en omdat hij wist dat van politici werd verwacht dat ze grappen maakten, vooral tegen verkiezingstijd. En dus hield hij een wisselend voorraadje aan van wat hij 'geintjes' noemde ('Willen jullie een geintje horen?'). Hij leerde ze uit zijn hoofd zoals een toerist in een vreemd land de frases in zijn hoofd leert voor dingen als 'Waar is het toilet?' of 'Is er in dit dorp een hotel met internet?'.

Maar hij maakte nu geen grapje. 'Binnenlandse Veiligheid! Alle katoenplukkers nog aan toe, waar is dat goed voor?' Dat van die katoenplukkers was Rennies zwaarste krachtterm.

'Omdat die jongen zei dat er iets over de weg heen lag. En dat is ook zo, Jim! Iets wat je niet kunt zien! Mensen kunnen ertegen leunen! Zie je wel? Ze doen het nu ook. Of... Als je er een steen tegen gooit, stuitert hij terug! Kijk!' Ernie pakte een steen op en gooide ermee. Rennie nam niet de moeite om te kijken waar de steen terechtkwam; als hij een van de toeschouwers had getroffen, had de kerel wel een schreeuw gegeven. 'De truck vloog ertegenaan... tegen wat het ook maar is... en het vliegtuig ook! En dus zei die kerel tegen me dat ik...'

'Rustig aan. Over welke kerel hebben we het precies?'

'Hij is nog jong,' zei Rory Dinsmore. 'Hij werkt in de Sweetbriar Rose. Als je om een hamburger medium vraagt, krijg je hem ook. Mijn vader zegt dat je bijna nergens een medium kunt krijgen, omdat niemand weet hoe dat moet, maar die kerel kan het.' Opeens kwam er een bijna gelukzalige glimlach op zijn gezicht. 'Ik weet hoe hij heet.'

'Hou je kop, Roar,' waarschuwde zijn broer. Rennies gezicht was betrokken. Het was Ollie Dinsmores ervaring dat leraren zo keken als ze op het punt stonden je met een week nablijven te straffen.

Rory trok zich niets van hem aan. 'Het is een meisjesnaam! Het is *Baaarbara.*'

Net als ik denk dat ik die kerel kwijt ben, duikt die katoenplukker weer op, dacht Rennie. *Die verdraaide nietsnut.*

Hij keek Ernie Calvert aan. De politie was er bijna, maar Rennie dacht dat hij de tijd had om een eind te maken aan het nieuwste staaltje van waanzin dat door die Barbara was veroorzaakt. Niet dat Rennie hem daar ergens zag staan. Dat verwachtte hij eigenlijk ook niet. Het was net iets voor Barbara om onrust te stoken, de boel in het honderd te laten lopen en er dan vandoor te gaan.

'Ernie,' zei hij, 'je bent verkeerd geïnformeerd.'

Alden Dinsmore kwam naar voren. 'Meneer Rennie, ik begrijp niet hoe u dat kunt zeggen als u niet weet wat de informatie is.'

Rennie keek hem glimlachend aan. Tenminste, hij trok zijn lippen weg. 'Ik ken Dale Barbara, Alden; zóveel informatie heb ik.' Hij keek Ernie Calvert weer aan. 'Nou, als je nu...'

'Stil,' zei Calvert, en hij stak zijn hand op. 'Ik heb iemand.'

Grote Jim Rennie hield er niet van om tot zwijgen te worden gemaand, zeker niet door een gepensioneerde bedrijfsleider van een winkel. Hij griste de telefoon uit Ernies hand alsof Ernie een ondergeschikte was die het ding alleen maar even voor hem had vastgehouden.

Een stem uit de mobiele telefoon zei: 'Met wie spreek ik?' Nog geen vijf woorden, maar het waren er genoeg om Rennie duidelijk te maken dat hij te maken had met een bureaucratische druiloor. God wist dat hij in zijn dertig jaar als gemeentepoliticus met genoeg van die druiloren te maken had gehad, en bij de federale diensten zaten de ergsten.

'Met James Rennie, eerste wethouder van Chester's Mill. Wie bent u?'

'Donald Wozniak, ministerie van Binnenlandse Veiligheid. Ik begrijp dat u een probleem hebt op Route 119. Een soort interdictie.'

Interdictie? Interdíctie? Wat was dat nou voor ambtenarentaal?

'U bent verkeerd ingelicht, meneer,' zei Rennie. 'Een vliegtuig – een búrgervliegtuig, een pláátselijk vliegtuig – probeerde op de weg te landen en botste tegen een vrachtwagen. De situatie is volledig onder controle. We hebben de hulp van Binnenlandse Veiligheid niet nodig.'

'Meneer Rennie,' zei de boer. 'Dat is níét gebeurd.'

Rennie wapperde met zijn hand naar hem en liep naar de eerste politiewagen toe. Hank Morrison stapte uit. Groot, meer dan een meter negentig, maar zo goed als nutteloos. En achter hem die meid met die grote tieten. Wettington, heette ze, en ze was nog erger dan nutteloos: een grote bek in een domme kop. Maar achter háár stopte Peter Randolph. Randolph was de adjunct-commandant en een man naar Rennies hart. Een man die iets voor elkaar kon krijgen. Als Randolph de dienstdoende agent was geweest op de avond dat Junior in de problemen kwam in dat duivelshol van een kroeg, was meneer Dale Barbara vandaag vast niet meer in het dorp geweest om rottigheid uit te halen. Nee, dan had meneer Barbara nu achter de tralies gezeten in The Rock. En dat zou Rennie heel goed zijn uitgekomen.

Intussen praatte de man van Binnenlandse Veiligheid – hadden ze het lef zich federaal agent te noemen? – maar door.

Rennie onderbrak hem. 'Ik dank u voor uw belangstelling, meneer Wozner, maar we redden het hier zelf wel.' Hij verbrak de verbinding zonder afscheid te nemen. Toen gooide hij de telefoon naar Ernie Calvert terug.

'Jim, dat was niet verstandig.'

Rennie negeerde hem en zag Randolph met flikkerend zwaailicht achter de politiewagen van die meid van Wettington stoppen. Hij dacht erover om naar Randolph toe te lopen, maar verwierp dat idee al voordat het zich goed en wel had gevormd. Randolph moest maar naar hem toe komen. Zo hoorde het te gaan. En zo zóú het gaan, god nog aan toe.

2

'Jim,' zei Randolph. 'Wat is hier gebeurd?'

'Dat lijkt me wel duidelijk,' zei Grote Jim. 'Chuck Thompsons vliegtuig kreeg ruzie met een houtwagen. Zo te zien is de strijd onbeslist gebleven.' Hij hoorde nu sirenes uit de richting van Castle Rock komen. Dat moest wel de brandweer zijn (Rennie hoopte dat zijn eigen twee nieuwe – en verschrikkelijk dure – brandweerwagens erbij waren; het zou een betere indruk maken als niemand besefte dat de nieuwe wagens de stad uit waren toen deze superflop zich voordeed). Die zou op de voet gevolgd worden door ambulances en politie.

'Zo was het niet,' zei Alden Dinsmore koppig. 'Ik was in de tuin en ik zag het vliegtuig...'

'Zou je die mensen niet eens wegsturen?' vroeg Rennie aan Randolph, en hij wees naar de nieuwsgierigen. Het waren er nogal wat aan de kant van de houtwagen, op behoedzame afstand van de brandende resten, en nog meer aan de kant van Chester's Mill. Het leek zo langzamerhand wel een publieke bijeenkomst.

Randolph wendde zich tot Morrison en Wettington. 'Hank,' zei hij, wijzend naar de toeschouwers aan de kant van Chester's Mill. Sommigen waren al tussen de verspreide stukken van Thompsons vliegtuig aan het zoeken. Ze vonden nog meer lichaamsdelen en er gingen kreten van afschuw op.

'Yo,' zei Morrison, en hij liep erheen.

Randolph wilde Wettington naar de toeschouwers aan de kant van de houtwagen sturen. 'Jackie, neem jij...' Maar toen stierf zijn stem weg.

De ramptoeristen aan de zuidkant van het ongeluk stonden in de koeienweide aan de ene kant van de weg, en aan de andere kant tot hun knieën in laag struikgewas. Hun mond hing open, zodat hun gezicht de stompzinnige belangstelling uitdrukte die Rennie zo goed kende. Hij zag die uitdrukking elke dag op gezichten van mensen, vooral in maart op de gemeentevergadering. Alleen keken deze mensen niet naar de brandende truck. En nu keek Peter Randolph, die zeker niet dom was (niet briljant, bij lange na niet, maar hij wist tenminste wat goed voor hem was), naar dezelfde plek als de anderen, ook met open mond en net zo verbijsterd. En Jackie Wettington ook.

Ze keken naar de rook. De rook die opsteeg uit de brandende houtwagen. Die rook was donker en vettig. De mensen die in de wind stonden hadden er bijna in moeten stikken, vooral omdat er een lichte bries uit het zuiden kwam, maar dat gebeurde niet. En Rennie zag ook waarom. Het was bijna niet te bevatten, maar hij zag het. De rook blies inderdaad naar het noorden, tenminste eerst wel, maar maakte dan een bocht – bijna een rechte hoek – en steeg zo recht als een zuil op, alsof hij door een schoorsteen ging. Met achterlating van een donkerbruine aanslag. Een lange veeg die in de lucht leek te hangen.

Jim Rennie schudde zijn hoofd om het beeld te verdrijven, maar het was er nog toen hij daarmee ophield.

'Wat is dat?' vroeg Randolph. Hij sprak zacht van verwondering.

Dinsmore, de boer, ging tegenover Randolph staan. 'Híj daar...' Hij wees naar Ernie Calvert. '... had Binnenlandse Veiligheid aan de lijn, en híj...' Hij wees met een theatraal gebaar naar Rennie, als een advocaat in een rechtszaal, en Rennie vond dat helemaal niet leuk. '... greep de telefoon uit zijn hand en hing op! Dat had hij niet moeten doen, Pete. Want het was geen botsing. Het vliegtuig was hoog in de lucht. Ik heb het gezien. Ik was planten aan het afdekken omdat het misschien gaat vriezen, en ik heb het gezíén.'

'Ik ook...' begon Rory, en nu was het zijn broer Ollie die hem een pets op zijn achterhoofd verkocht. Rory jengelde.

Alden Dinsmore ging verder: 'Het ráákte iets. En de truck raakte hetzelfde. Het is daar. Je kunt het aanraken. Die jonge kerel – die kok – zei dat ze een vliegverbod boven Chester's Mill moeten afkondigen, en hij had gelijk. Maar meneer Rennie...' Hij wees opnieuw naar Rennie alsof hij godbetert dacht dat hij Perry Mason zelf was, in plaats van een kerel die zijn dagelijks brood verdiende door zuignappen op koeientieten te drukken. '... wilde niet eens práten. Hij hing gewoon op.'

Rennie verwaardigde zich niet hem tegen te spreken. 'Je verspilt je tijd,' zei hij tegen Randolph. Hij ging een beetje dichter naar hem toe en zei bijna fluisterend: 'De commandant komt eraan. Ik raad je aan om een ijverige indruk te maken en alles in goede banen te leiden voordat hij er is.' Hij wierp een kille blik op de boer. 'De getuigen kun je later nog ondervragen.'

Toch was het – de ergerlijke kerel – Alden Dinsmore die het laatste woord kreeg. 'Die Barber had gelijk. Hij had gelijk en Rennie had ongelijk.'

Rennie zou Alden Dinsmore niet vergeten. Vroeg of laat kwamen boeren altijd met de pet in de hand naar de gemeente – voor een recht van overpad, een uitzondering op het bestemmingsplan, dat soort dingen – en als meneer Dinsmore zich weer aandiende, zou hij van een koude kermis thuiskomen, als Rennie er iets over te zeggen had. En meestal had hij dat.

'Leid alles in goede banen!' zei hij tegen Randolph.

'Jackie, haal die mensen daar weg,' zei de adjunct-commandant, en hij wees naar de nieuwsgierigen aan de houtwagenkant. 'Zet de plaats van het ongeluk af.'

'Eh, ik denk dat die mensen eigenlijk in de gemeente Motton...'

'Kan me niet schelen. Haal ze daar weg.' Randolph keek over zijn schouder en zag Duke Perkins met enige moeite uit de groene commandantswagen stappen – een auto die Randolph graag op zijn eigen garagepad zou zien staan. En dat zou ook gebeuren, met hulp van Grote Jim Rennie. Over hooguit drie jaar. 'Geloof me: de politie van Castle County zal je daar dankbaar voor zijn.'

'Maar...' Ze wees naar de rookvlek, die zich nog steeds verspreidde. Als je erdoorheen keek, leken de met herfstkleuren getooide bomen allemaal donkergrijs en had de lucht een ongezonde, gelig blauwe tint.

'Blijf daarvandaan,' zei Randolph, en hij ging Hank Morrison helpen het terrein aan de kant van Chester's Mill af te zetten. Maar eerst moest hij Perk op de hoogte stellen.

Jackie liep naar de mensen aan de kant van de houtwagen toe. De menigte daar werd steeds groter, want de eersten hadden hun mobiele telefoon gebruikt. Sommigen hadden vuurtjes uitgetrapt in de struiken, en dat was goed, maar nu stonden ze daar alleen maar te kijken. Om ze daar weg te krijgen maakte Jackie dezelfde gebaren als Hank aan de kant van Chester's Mill, en ze gebruikte ook dezelfde woorden.

'Terug, mensen. Het is allemaal voorbij. Er is niets te zien wat jullie nog niet gezien hebben. Maak de weg vrij voor brandweer en politie. Ga terug, ga hiervandaan, ga naar huis, ga...'

Ze liep tegen iets op. Rennie had geen idee wat het was, maar hij kon het resultaat zien. De klep van haar pet kwam er het eerst tegenaan. Hij verboog, en de pet viel achter haar op de grond. Even later werden die brutale tieten van haar – een stel katoenplukkende granaathulzen waren dat – platgedrukt. Toen werd haar neus geplet en kwam er een straal bloed uit die tegen iets op spatte... en met lange strepen omlaagliep, als verf op een muur. Met een verbijsterd gezicht plofte ze op haar stevige achterwerk neer.

Die verrekte boer deed weer een duit in het zakje: 'Zie je wel? Wat zei ik nou?'

Randolph en Morrison hadden het niet gezien. Perkins ook niet. Ze stonden met zijn drieën te overleggen bij de motorkap van de commandantswagen. Rennie dacht er even over om naar Wettington toe te gaan, maar anderen deden dat al, en trouwens... ze was een beetje te dicht bij wat het ook maar was waar ze tegenaan gelopen was. In plaats daarvan liep hij vlug naar de mannen toe, zijn gezicht strak en zijn dikke, harde buik naar voren: de man van het gezag. In het voorbijgaan wierp hij boer Dinsmore een dreigende blik toe.

'Commandant,' zei hij, en hij wurmde zich tussen Morrison en Randolph in.

'Grote Jim.' Perkins knikte. 'Je bent er gauw bij, zie ik.'

Dat was misschien een grapje, maar Rennie, een sluwe oude vos, ging er niet op in. 'Ik ben bang dat hier meer aan de hand is dan je op het eerste gezicht zou zeggen. Ik denk dat iemand contact moet opnemen met Binnenlandse Veiligheid.' Hij zweeg even en keek met gepaste ernst. 'Ik wil niet zeggen dat er terrorisme in het spel is... maar ik wil ook niet zeggen van niet.'

3

Duke Perkins keek langs Grote Jim. Jackie werd overeind geholpen door Ernie Calvert en Johnny Carver, de bedrijfsleider van de Mill Fuel & Discount Grocery. Ze was versuft en bloedde uit haar neus, maar verder mankeerde ze blijkbaar niets. Evengoed was het linke soep. Natuurlijk had je dat gevoel bij elk ongeluk dat mensenlevens had gekost, maar hier was meer aan de hand.

Al was het alleen maar omdat het vliegtuig niet had geprobeerd een noodlanding te maken. Daarvoor waren er te veel wrakstukken en lagen ze te veel verspreid. En die toeschouwers. Dat klopte ook niet. Het was Randolph niet opgevallen, maar Duke Perkins wel. Ze hadden één grote menigte moeten vormen. Dat deden ze altijd, alsof ze bij de aanblik van de dood onderling troost zochten. Alleen hadden deze mensen twéé menigten gevormd, en de mensen aan de Motton-kant van het grenspaaltje tussen de twee gemeenten stonden griezelig dicht bij de nog brandende truck. Niet dat ze gevaar liepen, dacht hij... maar waarom gingen ze niet aan deze kant staan?

Vanuit het zuiden kwamen de eerste brandweerwagens de bocht om. Drie stuks. Duke was blij dat er BRANDWEER CHESTER'S MILL POMPWAGEN 2 in goudkleurige letters op de zijkant van de tweede wagen stond. Om ruimte voor hen te maken schuifelde de menigte wat meer achteruit in het lage struikgewas. Duke keek Rennie weer aan. 'Wat is hier gebeurd? Weet je dat?'

Rennie deed zijn mond open om antwoord te geven, maar voordat hij dat kon doen, zei Ernie Calvert: 'Er staat een barrière over de weg. Je kunt hem niet zien, maar hij is er, commandant. De vrachtwagen kwam ertegenaan. Het vliegtuig ook.'

'Zo is het!' riep Dinsmore uit.

'Agent Wettington liep er ook tegenaan,' zei Johnny Carver. 'Gelukkig voor haar ging zij langzamer.' Hij had zijn arm om Jackie heen geslagen, die nog steeds versuft keek. Duke zag haar bloed op de mouw van Carvers jasje met de opdruk EVEN BIJTANKEN BIJ MILL DISCOUNT.

Aan de Motton-kant was weer een brandweerwagen gearriveerd. De twee eerste waren in een v-formatie gaan staan om de weg te blokkeren. Manschappen rolden slangen uit. Duke hoorde de sirene van een ambulance uit de richting van Castle Rock komen. *Waar is die van ons?* vroeg hij zich af. Was die ook naar die stomme oefening gegaan? Hij hoopte echt van niet. Iemand die ook maar een beetje bij zijn verstand was stuurde toch geen ambulance naar een brandend leeg huis?

'Blijkbaar is er een onzichtbare barrière...' begon Rennie.

'Ja, dat had ik begrepen,' zei Duke. 'Ik weet niet wat het betekent, maar ik had het begrepen.' Hij liep bij Rennie vandaan naar zijn bloedende agente toe, zonder de donkerrode kleur te zien die zich over de wangen van de vernederde wethouder verspreidde.

'Jackie?' vroeg Duke, en hij pakte haar voorzichtig bij haar schouder vast. 'Gaat het?'

'Ja.' Ze raakte haar neus aan, waar al wat minder bloed uitkwam. 'Ziet hij er gebroken uit? Hij voelt niet gebroken aan.'

'Hij is niet gebroken, maar hij zwelt op. Ach, tegen de tijd dat je naar het herfstbal gaat, ziet hij er weer goed uit.'

Ze keek hem met een zwak glimlachje aan.

'Commandant,' zei Rennie, 'ik vind echt dat we hier iemand over moeten bellen. Zo niet Binnenlandse Veiligheid – bij nader inzien lijkt dat me een beetje ver gaan – dan misschien toch de politie van de staat Maine...'

Duke manoeuvreerde hem opzij. Het was een zacht maar onmiskenbaar gebaar, bijna een duw. Rennie balde zijn handen tot vuisten en ontspande ze weer. Hij had een leven opgebouwd waarin hij vaker duwde dan geduwd werd, maar dat veranderde niets aan het feit dat vuisten iets voor idioten waren. Neem nou zijn eigen zoon. Natuurlijk moest je beledigingen onthouden en er iets aan doen. Meestal op een later tijdstip... maar soms was het beter om even te wachten.

Dan gaf het meer voldoening.

'Peter!' riep Duke naar Randolph. 'Bel het medisch centrum en vraag waar onze ambulance blijft! Ik wil hem hier hebben!'

'Dat kan Morrison doen,' zei Randolph. Hij had een camera uit zijn auto gepakt en wilde foto's van het ongeluk maken.

'*Jij* kunt het doen, en nu direct.'

'Commandant, ik geloof dat het met Jackie wel meevalt, en er is niemand anders...'

'Als ik je mening wil horen, vraag ik er wel om, Peter.'

Randolph wilde hem kwaad aankijken, maar zag de uitdrukking op Dukes gezicht. Hij gooide de camera weer op de voorbank van zijn auto en pakte zijn mobiele telefoon.

'Wat was het, Jackie?' vroeg Duke.

'Ik weet het niet. Eerst was er een trillend gevoel, zoals wanneer je per ongeluk de polen aanraakt van een stekker die je in het contact steekt. Het ging voorbij, maar toen kwam ik tegen... Jezus, ik weet niet waar ik tegenaan kwam.'

Er ging een geluid van 'ahhh' op in de menigte. De brandweerlieden hadden hun slangen op de brandende houtwagen gericht, maar voorbij de wagen stuiterde het water terug. Het kwam tegen iets aan, spetterde terug en maakte regenbogen in de lucht. Duke had in zijn hele leven nog nooit zoiets gezien... behalve misschien in een autowasserij, als je de keiharde stralen tegen je voorruit zag komen.

Toen zag hij ook een regenboog aan de Mill-kant, een kleintje. Een van de toeschouwers – Lissa Jamieson, de plaatselijke bibliothecaresse – liep erheen.

'Lissa, ga daar weg!' riep Duke.

Ze sloeg geen acht op hem. Het leek wel of ze gehypnotiseerd was. Ze bleef met gespreide handen vlak bij de plaats staan waar een harde waterstraal tegen de lucht stuiterde en terug spetterde. Hij zag druppeltjes nevel fonkelen in haar haar, dat in een strakke knot op haar hoofd zat. De kleine regenboog werd doorbroken en vormde zich opnieuw achter haar.

'Alleen maar nevel!' riep ze. Ze klonk enthousiast. 'Al dat water daar en hier niets dan nevel! Het is net een verstuiver.'

Peter Randolph hield zijn mobiele telefoon omhoog en schudde zijn hoofd. 'Ik krijg wel een signaal, maar ik kom er niet door. Ik denk dat al die toeschouwers...' Hij maakte een wijde boog met zijn arm. '... het net blokkeren.'

Duke wist niet of dat kon, maar het was waar dat bijna iedereen die hij zag in zijn telefoon praatte of foto's nam. Dat wil zeggen, behalve Lissa, die nog steeds een bosnimf imiteerde.

'Haal haar daar weg,' zei Duke tegen Randolph. 'Haal haar weg voordat ze gekke dingen gaat doen.'

Aan Randolphs gezicht was te zien dat hij zulke karweitjes ver beneden zijn salarisschaal achtte, maar hij ging toch. Duke lachte. Een kort lachje, maar uit de grond van zijn hart.

'Zie je iets wat om te lachen is?' vroeg Rennie. Er arriveerden nog meer politiewagens van Castle County aan de Motton-kant. Als Perkins niet uitkeek, nam The Rock straks de leiding. En dan gingen zij ook met alle eer strijken.

Duke hield op met lachen, maar hij had nog steeds een glimlach op zijn gezicht. Ongegeneerd. 'Het is een superflop,' zei hij. 'Is dat niet jouw woord, Grote Jim? En het is mijn ervaring dat lachen soms de enige manier is om met een superflop af te rekenen.'

'Ik weet niet waar je het over hebt!' Rennie schreeuwde het bijna uit. De Dinsmore-jongens liepen bij hem vandaan en gingen naast hun vader staan.

'Dat weet ik.' Duke sprak hem sussend toe. 'En het geeft niet. Op dit moment hoef je alleen maar te begrijpen dat ik de hoogste politiefunctionaris ter plaatse ben, in elk geval tot de sheriff van de county er is, en dat jij een wethouder bent. Je hebt hier geen officiële functie, en daarom wil ik dat je achter de afzetting gaat staan.'

Duke verhief zijn stem en wees naar het gele lint dat agent Henry Morrison aan het spannen was. Om dat te kunnen doen moest de agent om twee tamelijk grote stukken vliegtuig heen stappen. 'Iedereen naar achteren! Dan kunnen wij ons werk doen. Volg gemeenteraadslid Rennie. Hij leidt jullie tot achter het gele lint.'

'Ik stel dit niet op prijs, Duke,' zei Rennie.

'God zegene je, maar het kan me geen moer schelen,' zei Duke. 'Ga hier weg, Grote Jim. En loop om het lint heen. Dan hoeft Henry het geen twee keer te spannen.'

'Commandant Perkins, onthoud goed hoe je vandaag tegen mij hebt gesproken. Want ik zal het ook onthouden.'

Rennie liep naar het afzettingslint toe. De toeschouwers volgden hem. De meesten keken over hun schouder naar het water dat tegen de barrière met de dieselvlek spatte en een natte strook op de weg vormde. De slimsten (bijvoorbeeld Ernie Calvert) hadden al gezien dat die strook precies de grens tussen Motton en Chester's Mill aangaf.

Rennie voelde een kinderlijke aandrang om Hank Morrisons zorgvuldig gespannen afzettingslint met zijn borst te doorbreken, als een hardloper aan het eind van een wedstrijd, maar hij hield zich in. Evengoed vertikte hij het om een omweg te maken en met zijn Land's End-broek in de klissen te komen. Die broek had hem zestig dollar gekost. En dus dook hij onder het lint door, dat hij met zijn ene hand omhoogheld. Zijn buik maakte het onmogelijk diep te bukken.

Achter hem liep Duke langzaam naar de plaats waar Jackie tegen iets opgebotst was. Hij hield zijn hand voor zich uitgestoken als een blinde die een onbekende kamer verkent.

Hier was ze gevallen... en híer...

Hij voelde het trillen dat ze had beschreven, maar nu ging het niet voorbij. Het werd heviger en ging over in een schroeiende pijn in de holte van zijn linkerschouder. Hij had nog net tijd genoeg om zich het laatste te herinneren wat Brenda had gezegd – *Denk om je pacemaker* – en toen explodeerde het ding met zoveel kracht in zijn borst dat zijn Wildcats-sweatshirt openscheurde, het shirt dat hij die ochtend had aangetrokken ter ere van de wedstrijd van die middag. Bloed, flarden katoen en stukjes vlees vlogen tegen de barrière.

De menigte deed van 'aaah'.

Duke probeerde de naam van zijn vrouw uit te spreken. Het lukte hem niet, maar haar gezicht stond hem wel helder voor ogen. Ze glimlachte.

Toen was er duisternis.

4

De jongen was Benny Drake. Hij was veertien jaar oud en een Razor. De Razors waren een klein maar fanatiek skateboardclubje. De politie was er niet gek op maar had het niet verboden, ondanks oproepen daartoe van de gemeenteraadsleden Rennie en Sanders (op de vorige gemeentevergadering, in maart, was datzelfde dynamische duo erin geslaagd een voorstel om op kosten van de gemeente een veilig skateboardterrein achter de muziektent op het plantsoen aan te leggen weggestemd te krijgen).

De volwassene was Eric 'Rusty' Everett, zevenendertig jaar oud. Hij was praktijkondersteuner en werkte voor dokter Ron Haskell, die door Rusty in stilte De Grote Tovenaar van Oz werd genoemd. *Omdat*, zou Rusty hebben uitgelegd (als hij iemand anders dan zijn vrouw zoiets oneerbiedigs over zijn werkgever zou durven te vertellen) *hij zo vaak achter het gordijn blijft zitten terwijl ik het werk doe.*

Hij keek nu wanneer de jongeheer Drake zijn laatste tetanusinjectie had gehad. Najaar 2006; heel goed. Vooral omdat jongeheer Drake een smak op het beton had gemaakt en zijn kuit lelijk had opengehaald. Het been was niet echt kapot, maar het was veel erger dan een gewone schaafwond.

'Er is weer stroom, man,' merkte de jongeheer Drake op.

'Een generator, man,' zei Rusty. 'Die geeft stroom aan het ziekenhuis én het medisch centrum. Niet gek, hè?'

'Vet,' beaamde de jongeheer Drake.

Een ogenblik keken de volwassene en de puber zwijgend naar de vijftien centimeter lange snee in de kuit van Benny Drake. Nu het vuil en het bloed eruit verwijderd waren, zag de wond er nog wel lelijk maar niet meer zo gruwelijk uit. De sirene was ermee opgehouden, maar heel in de verte hoorden ze andere sirenes. Toen loeide opeens de brandsirene; ze schrokken er allebei van.

Straks moet de ambulance ook uitrukken, dacht Rusty. *Reken maar. Twitch en Everett trekken ten strijde. Ik moet dit gauw afwerken.*

Alleen zag de jongen erg bleek en dacht Rusty dat er tranen in zijn ogen stonden.

'Bang?' vroeg Rusty.

'Een beetje,' zei Benny Drake. 'Mijn moeder geeft me vast huisarrest.'

'Ben je daar bang voor?' Want het zou wel niet de eerste keer zijn dat Benny Drake huisarrest kreeg. Heel vaak, man.

'Nou... hoeveel pijn gaat het doen?'

Rusty had de spuit verborgen gehouden, maar nu injecteerde hij drie cc xylocaïne en epinefrine – een verdovend middel dat hij nog steeds novocaïne noemde. Hij deed het zorgvuldig om de jongen niet meer pijn te doen dan nodig was. 'Ongeveer zoveel.'

'Whoa,' zei Benny. 'Strak, man. Alarmfase twee.'

Rusty lachte. 'Heb je een full-pipe gemaakt voordat je onderuitging?' Als skateboarder in ruste had hij nog steeds belangstelling.

'Een halve, maar die was super!' zei Benny, die meteen weer opklaarde. 'Hoeveel hechtingen, denk je? Norrie Calvert kreeg er twaalf toen ze vorige zomer in Oxford van een richel viel.'

'Niet zoveel,' zei Rusty. Hij kende Norrie wel, een vijftienjarig meisje dat het blijkbaar als haar hoogste streven zag te pletter te vliegen met een skateboard voordat ze zich voor het eerst zwanger liet schoppen. Hij drukte met de injectienaald op een plek dicht bij de wond. 'Voel je dat?'

'Ja, man, heel goed. Hoorde jij ook een knal buiten?' Benny wees vaag naar het zuiden. Hij zat in zijn onderbroek op de onderzoekstafel en bloedde op de papieren overtrek.

'Nee,' zei Rusty. In werkelijkheid had hij twee geluiden gehoord: geen knallen, maar explosies, vreesde hij. Hij moest dit snel doen. En waar was De Tovenaar? Volgens Ginny deed hij zijn ronde. Dat betekende waarschijnlijk dat hij in de artsenkamer van het Cathy Russell zat te snurken. Daar deed De Grote Tovenaar tegenwoordig zijn meeste rondes.

'Voel je het nu?' Rusty porde weer met de naald. 'Niet kijken. Kijken is valsspelen.'

'Nee, man, niks. Je neemt me in de zeik.'

'Nee hoor. Je bent verdoofd.' *In meer dan een opzicht*, dacht Rusty. 'Oké, daar gaan we. Ga achteroverliggen, ontspan je en geniet van je vlucht met Cathy Russell Airlines.' Hij maakte de wond schoon met een steriele zoutoplossing, verwijderde verontreinigd weefsel en werkte hem bij met zijn beproefde scalpel. 'Zes hechtingen met mijn allerbeste nylondraad.'

'Te gek,' zei de jongen. En toen: 'Ik denk dat ik ga nekken.'

Rusty gaf hem een overgeefbakje, dat ook wel vaak het kotspannetje werd genoemd. 'Nek hier maar in. Als je flauwvalt, heb je er geen last meer van.'

Benny viel niet flauw. Hij gaf ook niet over. Rusty legde net een steriel gaassponsje op de wond toen er vluchtig op de deur werd geklopt, waarna Ginny Tomlinson haar hoofd door de opening stak. 'Kan ik je even spreken?'

'Maak je over mij maar geen zorgen,' zei Benny. 'Ik ben cool.' Het brutale rotzakje.

'Op de gang, Rusty,' zei Ginny. Ze keek de jongen niet eens aan.

'Ik ben zo terug, Benny. Ga maar zitten chillen.'

'Geen probleem.'

Rusty liep achter Ginny de gang op. 'Tijd voor de ambulance?' vroeg hij. Achter Ginny, in de zonnige wachtkamer, keek Benny's moeder grimmig op van een pocket met een romantisch omslag.

Ginny knikte. 'Route 119, op de gemeentegrens met Tarker's. Er is ook een ongeluk op de ándere gemeentegrens – met Motton – maar ik heb gehoord dat daar alle betrokkenen TPO zijn.' Ter plaatse overleden. 'Een botsing van een vliegtuig en een truck. Het vliegtuig wilde een noodlanding maken.'

'Shit! Neem je me in de maling?'

Alva Drake keek met gefronste wenkbrauwen op en boog zich toen weer over haar pocket. Tenminste, ze keek ernaar en vroeg zich intussen af of haar man haar zou steunen als ze Benny huisarrest gaf tot zijn achttiende verjaardag.

'Dit is echt niet iets om grappen over te maken,' zei Ginny. 'Ik krijg ook meldingen van andere ongelukken...'

'Vreemd.'

'... maar de man op de gemeentegrens met Tarker's leeft nog. Reed in een vrachtwagen, geloof ik. Opschieten. Twitch wacht al.'

'Ga jij verder met die jongen?'

'Ja. Ga nou maar.'

'Dokter Rayburn?'

'Had patiënten in het Stephens Memorial.' Dat was het ziekenhuis in Norway-South Paris. 'Hij is onderweg, Rusty. Ga nou maar.'

Op weg naar buiten zei hij nog even tegen mevrouw Drake dat het goed kwam met Benny. Zo te zien was Alva niet eens zo blij met het nieuws, maar ze bedankte hem evengoed. Dougie Twitchell – Twitch – zat op de bumper van de verouderde ambulance die Jim Rennie en de rest van de gemeenteraad maar niet wilden vervangen. Hij rookte een sigaret en genoot van de zon. Hij had een CB-radio in zijn hand, en daarin werd druk gepraat; het leek wel of de stemmen opensprongen als maïs, allemaal door elkaar heen.

'Doe die kankerstok uit, en dan gaan we,' zei Rusty. 'Je weet waar we heen moeten, hè?'

Twitch gooide de peuk weg. Ondanks zijn bijnaam was hij de kalmste verpleegkundige die Rusty ooit had ontmoet, en dat zei wel iets. 'Ik weet wat Gin-Gin je heeft verteld – de gemeentegrens met Tarker's, hè?'

'Ja. Een ongeluk met een vrachtwagen.'

'Ja, nou, de plannen zijn veranderd. We moeten de andere kant op.' Hij wees naar de zuidelijke horizon, waar een dikke, zwarte rookzuil opsteeg. 'Heb je altijd al een neergestort vliegtuig willen zien?'

'Ik heb er al eens een gezien,' zei Rusty. 'In dienst. Twee mannen. Wat er van ze over was, had je op brood kunnen smeren. Daar had ik genoeg aan. Ginny zegt dat ze daar allemaal dood zijn, dus waarom...'

'Misschien wel, misschien niet,' zei Twitch, 'maar nu is Perkins in elkaar gezakt, en hij is misschien niet dood.'

'Commandánt Perkins?'

'Dezelfde. De prognose lijkt me niet gunstig, als de pacemaker uit zijn borst is gevlogen – dat zegt Peter Randolph –, maar hij ís de commandant van politie. Onze onverschrokken leider.'

'Twitch. Jongen. Een pacemaker kan er niet zomaar uitspringen. Dat is volslagen onmogelijk.'

'Dan leeft hij misschien toch nog en kunnen we iets voor hem doen,' zei Twitch. Hij liep om de motorkap van de ambulance heen en haalde zijn sigaretten tevoorschijn.

'Je rookt niet in de ambulance,' zei Rusty.

Twitch keek hem zielig aan.

'Tenzij je mij er ook een geeft.'

Twitch zuchtte en gaf hem het pakje.

'Aha, Marlboro's,' zei Rusty. 'Mijn favoriete gif.'

'Amen,' zei Twitch.

5

Ze reden door rood op het punt waar Route 117 midden in het dorp op de 119 uitkwam. De sirene loeide en ze rookten allebei als schoorstenen (met de ramen open, zoals standaardprocedure was) en luisterden naar het gepraat op de radio. Rusty begreep er niet veel van, maar één ding was duidelijk: hij zou die dag tot lang na vier uur werken.

'Man, ik weet niet wat er gebeurd is,' zei Twitch. 'maar in elk geval gaan we naar de plek waar een vliegtuig is neergestort. Nou ja, we komen te laat om het te zien gebeuren, maar je kunt niet alles hebben.'

'Twitch, jij bent ziek.'

Er was veel verkeer. Het meeste was op weg naar het zuiden. Sommige mensen moesten daar misschien echt heen, maar Rusty dacht dat het voor het merendeel menselijke vliegen waren die aangetrokken werden door de geur van bloed. Twitch haalde er moeiteloos vier achter elkaar in; de rijbaan van de 119 die naar het noorden leidde was opvallend leeg.

'Kijk!' Twitch wees. 'Een nieuwshelikopter! We komen op het nieuws van zes uur, Rusty! Heldhaftige ziekenbroeders strijden voor...'

Maar daar hield Dougie Twitchells fantasie op. Voor hen uit – op de plaats van het ongeluk, vermoedde Rusty – klapte de helikopter ineens opzij. Een ogenblik las hij het nummer **13** op de zijkant en zag hij het logo van CBS. Toen explodeerde het toestel en regende het vuur uit de wolkeloze middaghemel.

Twitch riep uit: 'Jezus, het spijt me! Ik meende het niet!' En toen zei hij zo kinderlijk dat Rusty er ondanks zijn ontreddering van schrok: 'Ik neem het terug!'

6

'Ik moet terug,' zei Gendron. Hij zette zijn Sea Dogs-pet af en veegde ermee over zijn bebloede, vuile, bleke gezicht. Zijn neus was opgezwollen en leek net de duim van een reus. Zijn ogen tuurden vanuit donkere kringen de wereld in. 'Sorry, maar ik heb verschrikkelijke koppijn en... Nou, ik ben niet meer zo jong. En verder...' Hij bracht zijn armen omhoog en liet ze zakken. Ze stonden tegenover elkaar, en Barbie zou zijn armen om de man heen hebben geslagen en hem op zijn rug hebben geklopt, als dat mogelijk was geweest.

'Het komt allemaal hard aan, hè?' zei hij tegen Gendron.

Gendron liet een schor lachje horen. 'Die helikopter deed het 'm.' Ze keken allebei naar de nieuwe zuil van rook.

Barbie en Gendron waren bij het ongeluk op Route 117 vandaan gelopen zodra ze zich ervan hadden vergewist dat de getuigen hulp lieten komen voor Elsa Andrews, de enige overlevende. Ze leek tenminste niet ernstig gewond, al was ze diep geschokt door de dood van haar vriendin.

'Ga dan maar terug. Rustig aan. Neem de tijd. Rust uit wanneer het nodig is.'

'Ga jij verder?'

'Ja.'

'Denk je nog steeds dat je het einde vindt?'

Barbie zweeg even. In het begin was hij er zeker van geweest, maar nu... 'Ik hoop het,' zei hij.

'Nou, succes dan.' Gendron groette Barbie met zijn pet voordat hij hem weer opzette. 'Ik hoop je vandaag nog een hand te kunnen geven.'

'Ik ook,' zei Barbie. Hij zweeg even. Hij had nagedacht. 'Wil je iets voor me doen, als je bij je mobieltje kunt komen?'

'Ja.'

'Wil je de legerbasis in Fort Benning bellen? Vraag naar de verbindingsofficier en zeg dat je in contact wilt komen met kolonel James O. Cox. Zeg dat het dringend is, en dat je belt namens kapitein Dale Barbara. Kun je dat onthouden?'

'Dale Barbara. Dat ben jij. James Cox, dat is hij. Begrepen.'

'Als je hem te spreken krijgt... ik weet niet of het lukt, maar áls... vertel hem dan wat er hier aan de hand is. Zeg tegen hem dat hij contact moet opnemen met Binnenlandse Veiligheid, als niemand anders dat is gelukt. Kun je dat?'

Gendron knikte. 'Als het kan, doe ik het. Veel succes, soldaat.'

Barbie had er geen behoefte aan om weer zo genoemd te worden, maar hij tikte bij wijze van groet tegen zijn hoofd. Toen ging hij verder, op zoek naar iets waarvan hij niet meer dacht dat hij het zou vinden.

7

Hij vond een bosweg die min of meer evenwijdig aan de barrière liep. De weg was in onbruik geraakt en overwoekerd, maar nu hoefde hij tenminste niet meer door de struiken te ploegen. Nu en dan ging hij even naar het westen om te voelen of de muur tussen Chester's Mill en de buitenwereld er nog was. Die was er altijd.

Toen Barbie op de plaats kwam waar de 119 de grens tussen Chester's Mill en Tarker's Mills overstak, bleef hij staan. De chauffeur van de gekantelde vrachtwagen was weggehaald door een barmhartige samaritaan aan de andere kant van de barrière, maar de wagen zelf blokkeerde de weg als een groot dood dier. De achterdeuren waren door de schok opengesprongen en het asfalt lag bezaaid met Devil Dogs, Ho-Ho's, Ring-Dings, Twinkies en pindakaascrackers. Een jongeman in een George Strait-T-shirt zat op een boomstronk een van die crackers te eten. Hij had een mobiele telefoon in zijn hand en keek op naar Barbie. 'Yo. Kom je van...?' Hij wees vaag achter Barbie. Hij zag er moe, bang en gedesillusioneerd uit.

'Van de andere kant van de gemeentegrens,' zei Barbie. 'Ja.'

'Is er het hele eind een onzichtbare muur? Is de grens dicht?'

'Ja.'

De jongeman knikte en drukte op een toets van zijn mobieltje. 'Dusty? Ben je daar nog?' Hij luisterde weer even en zei toen: 'Oké.' Hij maakte een eind aan het gesprek. 'Mijn vriend Dusty en ik zijn ten oosten van hier begonnen. We zijn uit elkaar gegaan. Hij ging naar het zuiden. We zijn per telefoon met elkaar in contact gebleven. Dat wil zeggen, als we erdoor konden komen. Hij is nu op de plek waar de helikopter is neergestort. Hij zegt dat daar veel mensen zijn.'

Dat wilde Barbie wel geloven. 'Zit er nergens aan jouw kant een opening in dat ding?'

De jongeman schudde zijn hoofd. Hij zei niets meer en hoefde ook niets te zeggen. Ze konden openingen over het hoofd hebben gezien, wist Barbie, openingen ter grootte van ramen of deuren, maar hij betwijfelde het.

Hij dacht dat ze waren afgesneden.

WE STAAN
ALLEMAAL
ACHTER
HET TEAM

1

Barbie liep over Route 119 naar het dorp, een afstand van ongeveer vijf kilometer. Toen hij daar aankwam, was het zes uur. Main Street was bijna verlaten, al hoorde je overal het bulderen van generatoren; het moesten er wel tientallen zijn. Het stoplicht op het kruispunt van de 119 en de 117 deed het niet, maar de Sweetbriar Rose was verlicht en zat vol klanten. Toen Barbie door het grote raam aan de voorkant naar binnen keek, zag hij dat alle tafels bezet waren, maar toen hij naar binnen ging, hoorde hij niets van de gebruikelijke gespreksonderwerpen: politiek, de Red Sox, de plaatselijke economie, de Patriots, pas gekochte auto's en pick-ups, de Celtics, de benzineprijs, de Bruins, pas gekocht elektrisch gereedschap, de Twin Mills Wildcats. Er werd ook niet gelachen.

Er stond een tv op het buffet, en iedereen keek daarnaar. Ongelovig en met het gedesoriënteerde gevoel dat iedereen moet hebben die aanwezig is op de plaats van een grote ramp, zag Barbie dat Anderson Cooper van CNN op Route 119 stond, met het nog smeulende karkas van de houtwagen op de achtergrond.

Rose bediende zelf aan de tafels en ging nu en dan vlug naar het buffet om een bestelling op te nemen. Slierten van haar anders zo keurige haar waren aan het netje ontsnapt en hingen langs haar gezicht. Ze zag er moe en opgejaagd uit. Het buffet was van vier uur tot sluitingstijd altijd het domein van Angie McCain, maar Barbie zag haar nergens. Misschien was ze de gemeente uit geweest toen de barrière omlaagkwam. In dat geval kon het een hele tijd duren voor ze weer achter het buffet stond.

Anson Wheeler – die Rosie meestal alleen maar 'de jongen' noemde, al moest hij minstens vijfentwintig zijn – stond in de keuken, en Barbie moest er niet aan denken wat Anse met iets zou doen wat een beetje verder ging dan bonen met knakworst, het traditionele zaterdagavondgerecht in de Sweetbriar Rose. Wee degene die ontbijt-als-diner bestelde en Ansons verschrikkelijke gebakken eieren kreeg voorgezet. Toch was het goed dat hij er was, want niet alleen Angie ontbrak, maar Dodee Sanders was ook nergens te bekennen. Al had díé trut geen ramp nodig om niet op haar werk te verschijnen. Niet dat ze echt lui was, maar ze was gauw afgeleid. En als het op hersenen aankwam... tja, wat kon je ervan zeggen? Haar vader – Andy Sanders, de burgemeester van Chester's Mill – kon je nou niet bepaald hoogbegaafd noemen, maar vergeleken met Dodee was hij zoiets als Albert Einstein.

Op televisie landden helikopters achter Anderson Cooper. Zijn hippe witte haar wapperde ervan en zijn stem ging bijna in het lawaai verloren. De helikopters leken op de Pave Lows waarmee Barbie had gevlogen toen hij dienst deed in Irak. Er kwam nu een legerofficier. Hij legde zijn hand, waaraan hij een handschoen droeg, over Coopers microfoon en zei iets in het oor van de verslaggever.

De klanten in de Sweetbriar Rose mompelden onder elkaar. Barbie had begrip voor hun onrust. Hij voelde zich zelf ook niet op zijn gemak. Als een geüniformeerde man zonder plichtplegingen de microfoon van een beroemde tv-journalist afdekte, was dat het einde der tijden.

De militair, een kolonel maar niet zíjn kolonel – als hij Cox had gezien, had Barbie zich nog meer gedesoriënteerd gevoeld – maakte af wat hij te zeggen had. Zijn handschoen maakte een suizend *wwjoep*-geluid toen hij hem van de microfoon af haalde. Met een volstrekt onbewogen gezicht liep hij het beeld uit. *Legerwindbuil*, dacht Barbie. Hij herkende die houding.

Cooper zei: 'De pers heeft gehoord dat we een kleine kilometer achteruit moeten, naar het bedrijf Raymond's Roadside Store.' De klanten mompelden weer. Iedereen kende Raymond's Roadside in Motton, waar op het bord in het raam KOUD BIER WARME BROODJES VERS AAS stond. 'Dit gebied, nog geen honderd meter verwijderd van wat wij de barrière noemen – bij gebrek aan een betere term – is tot veiligheidszone uitgeroepen. We hervatten onze reportage zodra het kan, maar voorlopig gaan we terug naar jou in Atlanta, Wolf.'

De headline op de rode strook onder de locatiebeelden luidde NIEUWSFLITS RAADSEL VAN AFGESLOTEN DORP IN MAINE STEEDS GROTER. En in de rechterbovenhoek knipperde in rode letters het woord ERNSTIG.

Wolf Blitzer nam Anderson Coopers plaats in. Rose viel op Blitzer en wilde op doordeweekse middagen niet dat de tv op iets anders werd afgestemd dan *The Situation Room*; ze noemde hem 'mijn Wolfie'. Deze avond droeg Wolfie een das, maar die was slecht geknoopt en Barbie vond dat de rest van zijn kleren ook verdacht veel op een vrijetijdsplunje leek.

'Eerst een samenvatting,' zei Roses Wolfie. 'Vanmiddag om ongeveer één uur...'

'Het was eerder, veel eerder,' zei iemand.

'Is het waar van Myra Evans?' vroeg iemand anders. 'Is ze echt dood?'

'Ja,' zei Fernald Bowie. Stewart Bowie, de enige begrafenisondernemer van het dorp, was Ferns oudere broer. Fern hielp hem soms een handje als hij nuchter was, en vanavond zag hij er nuchter uit. Nuchter van schrik. 'Hou even je klep. Ik wil dit horen.'

Barbie wilde het ook horen, want Wolfie ging nu in op de vraag die Barbie het meest bezighield. Hij zei wat Barbie wilde horen: voor het luchtruim boven Chester's Mill was een vliegverbod afgekondigd. Sterker nog: dat verbod gold in het hele westen van Maine en het oosten van New Hampshire, van Lewiston-Auburn tot North Conway. De president was op de hoogte gesteld. En voor het eerst in negen jaar kwam de kleur van het nationale dreigingsadvies boven oranje uit. Vandaar die knipperende tekst in de hoek van het televisiescherm.

Julia Shumway, eigenaar en hoofdredacteur van *The Democrat*, keek Barbie even aan toen hij langs haar tafel kwam. Toen verscheen op haar gezicht dat samengeknepen, geheimzinnige glimlachje dat haar specialiteit, bijna haar handelsmerk was. 'Blijkbaar wil Chester's Mill u niet laten vertrekken, meneer Barbara.'

'Daar lijkt het op,' beaamde Barbie. Het verbaasde hem niet dat ze wist dat hij vertrok – en waarom. Hij was lang genoeg in Chester's Mill geweest om te weten dat Julia Shumway alles wist wat het weten waard was.

Rose zag hem toen ze bonen met knakworst opdiende (plus een rokend overschot dat ooit misschien een karbonaadje was geweest) voor zes personen die opeengedrongen aan een tafel voor vier zaten. Ze verstijfde met een bord in elke hand en nog twee op elke arm, haar ogen wijd open. Toen glimlachte ze. Het was een glimlach vol onverholen blijdschap en opluchting, en hij voelde zich meteen veel beter.

Zo voelt het aan om thuis te zijn, dacht hij. *Verdomd als het niet waar is.*

'Goeie grutten, ik had nooit gedacht jóú terug te zien, Dale Barbara!'

'Heb je mijn schort nog?' vroeg Barbie een beetje verlegen. Per slot van rekening had Rose hem opgenomen – een zwerver met een paar slordige referenties in zijn rugzak – en hem werk gegeven. Ze had tegen hem gezegd dat ze er alle begrip voor had dat hij het dorp uit wilde. De vader van Junior Rennie was niet iemand die je als vijand wilde hebben, maar toch had Barbie het gevoel gehad dat hij haar in de steek liet. 'Mag ik het aantrekken en weer aan het werk gaan?'

Rose zette haar lading borden op de eerste de beste vrije plek neer en liep vlug naar Barbie toe. Ze was een dik, klein vrouwtje en ze moest op haar tenen gaan staan om hem te omhelzen, maar het lukte haar.

'Ik ben zo verrekte blij dat ik je zie!' fluisterde ze. Barbie omhelsde haar ook en gaf haar een kus op haar kruintje.

'Grote Jim en Junior zullen niet zo blij zijn,' zei hij, maar geen van beide Rennies was in de zaak; daar kon hij tenminste nog blij om zijn. Barbie wist dat hij, al was het maar even, voor de verzamelde Mill-bewoners nog interessanter was dan hun eigen dorp op de landelijke tv.

'Grote Jim Rennie kan mijn rug op!' fluisterde ze. Barbie lachte, blij met haar felheid en discretie. 'Ik dacht dat je was weggegaan,' voegde ze eraan toe.

'Dat was ik bijna, maar ik ben te laat vertrokken.'

'Heb je... het gezien?'

'Ja. Vertel ik je later.' Hij liet haar los, hield haar op armslengte van zich af en dacht: *Als je tien jaar jonger was, Rose... of zelfs vijf.*

'Dus ik mag mijn schort terug?'

Ze streek over haar ooghoeken en knikte. 'Alsjeblíéft, neem het terug. Stuur Anson weg voordat hij ons allemaal vergiftigt.'

Barbie salueerde voor haar en liep vlug om het buffet heen naar de keuken, waar hij Anson Wheeler naar het buffet stuurde, tegen hem zei dat hij de bestellingen moest opnemen, de boel moest schoonmaken en daarna Rose in de zaal moest helpen. Anson ging met een zucht van verlichting bij de grill vandaan. Voordat hij naar het buffet ging, pakte hij Barbies rechterhand met beide handen vast. 'Goddank, man – ik heb nog nooit zo'n drukte meegemaakt. Ik wist me geen raad.'

'Maak je geen zorgen. We gaan de vijfduizend te eten geven.'

Anson, geen Bijbellezer, keek hem nietszeggend aan. 'Huh?'

'Laat maar.'

De bel in de hoek van het doorgeefluik klingelde. 'Bestelling!' riep Rose. Barbie pakte een spatel voordat hij het bonnetje pakte – de grill was een puinhoop, zoals altijd wanneer Anson zich bezighield met de rampzalige, door hitte opgewekte veranderingen die hij koken noemde – en trok toen zijn schort over zijn hoofd, maakte het op zijn rug vast en keek in het kastje boven het aanrecht. Dat lag vol honkbalpetten, die de grillkoelies van de Sweetbriar Rose als koksmutsen gebruikten. Hij koos een Sea Dogs-pet ter ere van Paul Gendron (inmiddels in de boezem van zijn naasten, hoopte Barbie), zette hem achterstevoren op en liet zijn knokkels knakken.

Toen pakte hij het eerste bonnetje en ging aan het werk.

2

Om kwart over negen, meer dan een uur na hun gebruikelijke sluitingstijd op zaterdagavond, werkte Rose de laatste klanten naar buiten. Barbie deed de deur op slot en draaide het bord van OPEN naar GESLOTEN. Hij keek de laatste vier of vijf bezoekers na die de straat overstaken naar het plantsoen in het midden van het dorp, waar zeker vijftig mensen stonden te praten. Ze keken naar het zuiden, waar een groot wit licht een koepel boven de 119 vormde. Geen cameralampen, dacht Barbie; dat was het Amerikaanse leger dat een zone afzette. En hoe zette je in het donker een zone af? Nou, je posteerde schildwachten en zette schijnwerpers op de dode zone.

Dode zone. Dat klonk niet goed.

Op Main Street daarentegen was het onnatuurlijk donker. In sommige gebouwen schenen elektrische lampen – waar generatoren aan het werk waren – en er brandde noodverlichting op accu's in warenhuis Burpee, de Gas & Grocery, Mill New & Used Books, de Food City aan de voet van Main Street Hill en een stuk of vijf andere winkels, maar de straatlantaarns waren uit en achter de meeste ramen op bovenverdiepingen in Main Street, waar woningen waren, brandden kaarsen.

Rose zat aan een tafel midden in het restaurant een sigaret te roken (dat was verboden in openbare gelegenheden, maar Barbie zou haar nooit verraden). Ze trok het netje van haar hoofd en keek Barbie met een vaag glimlachje aan toen hij tegenover haar kwam zitten. Achter hen lapte Anson het buffet schoon. Zijn haar, dat tot op zijn schouders hing, was uit zijn Red Sox-pet bevrijd.

'Ik dacht dat de nationale feestdag erg was, maar dit was erger,' zei Rose. 'Als jij niet was gekomen, zou ik in een hoekje zijn weggekropen, schreeuwend om mijn mammie.'

'Er kwam een blondje in een F-150 voorbij,' zei Barbie, glimlachend bij de herinnering. 'Ze gaf me bijna een lift. Als ze dat had gedaan, zou ik er misschien uit zijn geweest. Aan de andere kant had mij dan ook kunnen overkomen wat met Chuck Thompson en de vrouw in het vliegtuig is gebeurd.' Thompsons naam was in de reportage van CNN genoemd; de vrouw was nog niet geïdentificeerd.

Maar Rose wist het wel. 'Het was Claudette Sanders. Dat weet ik bijna zeker. Dodee zei gisteren tegen me dat haar moeder vandaag een les had.'

Er stond een bord patat tussen hen op de tafel. Barbie had er een willen pakken, maar deed het niet. Plotseling wilde hij geen patat meer. Hij wilde helemaal niets meer. En de rode plas aan de zijkant van het bord leek meer op bloed dan op ketchup.

'Dus daarom is Dodee niet gekomen.'

Rose haalde haar schouders op. 'Misschien is dat de reden. Dat weet ik niet zeker. Ik heb niets van haar gehoord. Dat had ik ook niet verwacht, want de telefoons doen het niet.'

Barbie nam aan dat ze de vaste lijnen bedoelde, maar zelfs vanuit de keuken had hij mensen horen klagen over hun mobiele telefoons waarmee ze geen verbinding konden krijgen. De meesten dachten dat het net overbelast was omdat iedereen tegelijk belde. Sommigen dachten dat de toestroom van televisiemensen – het zouden er wel al honderden zijn, met Nokia's, Motorola's, iPhones en BlackBerries – het probleem veroorzaakte. Barbie had duisterder vermoedens; per slot van rekening was dit een nationale veiligheidssituatie in een tijd waarin het hele land een paranoïde angst voor terrorisme had. Er kwamen nog wel telefoonverbindingen tot stand, maar naarmate de avond vorderde, werden het er minder en minder.

'Natuurlijk,' zei Rose, 'kan Dodes het zich ook in haar zaagselkop hebben gehaald om haar werk te laten barsten en lekker te gaan shoppen in Auburn.'

'Weet Sanders dat Claudette in dat vliegtuig zat?'

'Dat kan ik niet met zekerheid zeggen, maar het zou me heel erg verbazen als hij het nu nog niet wist.' En zacht maar melodieus zong ze: '*It's a small town, know what I mean?*'

Barbie glimlachte een beetje en zong de volgende regel met haar mee: '*It's a small town, son, and we all support the team.*' Het kwam uit een oud nummer van James McMurtry dat de vorige zomer opeens was opgedoken en om duistere redenen twee maanden populair was geweest op enkele country & westernstations in het westen van Maine. Niet op WCIK natuurlijk; James McMurtry was niet het soort artiest dat door Jezus Radio werd gesteund.

Rose wees naar de patat. 'Ga je daar nog iets van eten?'

'Nee. Geen trek meer.'

Barbie moest ook niet veel hebben van de eeuwig grijnzende Andy Sanders en van Dodee de Dombo, die bijna zeker haar goede vriendin Angie had geholpen het gerucht te verspreiden dat Barbie in moeilijkheden had gebracht bij de Dipper, maar het idee dat die lichaamsdelen (het been in de groene broekspijp dook steeds weer voor zijn geestesoog op) van Dodees moeder waren geweest... de vrouw van de burgemeester...

'Ik ook niet,' zei Rose, en ze drukte haar sigaret uit in de ketchup. Hij maakte een *pfisss*-geluid, en een afschuwelijk moment dacht Barbie dat hij moest overgeven. Hij draaide zijn hoofd opzij en keek door het raam naar Main Street, al was van daaruit niets van de straat te zien. Van daaruit was alles donker.

'De president gaat om twaalf uur vanavond iets zeggen,' zei Anson vanaf het buffet. Achter hem was het diepe, constante gekreun van de vaatwasmachine te horen. Barbie bedacht dat die grote ouwe Hobart misschien wel de laatste keer draaide, in elk geval voor een tijdje. Hij zou Rosie daarvan moeten overtuigen. Ze zou tegenstribbelen, maar uiteindelijk zou ze inzien dat hij gelijk had. Ze was een intelligente, praktisch ingestelde vrouw.

De moeder van Dodee Sanders. Jezus. Hoe groot is die kans?

Hij besefte dat die kans vrij groot was. En als het mevrouw Sanders niet was geweest, had het heel goed iemand anders kunnen zijn die hij kende. *It's a small town, son, and we all support the team.* Het is een kleine plaats, en we staan allemaal achter het team.

'Ik hoef vanavond geen president,' zei Rose. 'Hij moet zich maar zien te redden met zijn "God zegene Amerika". Het is zo weer vijf uur.' De Sweetbriar Rose ging op zondagmorgen pas om zeven uur open, maar er moest van alles worden voorbereid. Altijd. En op zondag ook kaneelbroodjes. 'Jullie mogen opblijven en kijken, als jullie willen. Zorg wel dat alles goed op slot zit als jullie weggaan. Voor én achter.' Ze maakte aanstalten om op te staan.

'Rose, we moeten over morgen praten,' zei Barbie.

'Morgen zien we wel verder. Laat het nu maar rusten, Barbie. Alles op zijn tijd.' Maar ze moest iets op zijn gezicht hebben gezien, want ze leunde achterover. 'Oké, waarom kijk je zo grimmig?'

'Wanneer heb je voor het laatst propaangas gekregen?'

'Vorige week. We zijn bijna vol. Is dat alles waar je je zorgen over maakt?'

Dat was het niet, maar het was wel het begin van zijn zorgen. Barbie rekende het uit. Sweetbriar Rose had twee tanks die aan elkaar gekoppeld waren. Elke tank had een capaciteit van dertienhonderd of veertienhonderd liter; dat wist hij niet meer. Hij zou de volgende morgen gaan kijken, maar als Rose het goed had, had ze een kleine tweeënhalfduizend liter in voorraad. Dat was mooi. Een beetje geluk op een dag die het dorp als geheel bijzonder weinig geluk had gebracht. Aan de andere kant wist je nooit hoeveel tegenslag je nog te wachten stond. En ook tweeënhalfduizend liter propaan ging geen eeuwigheid mee.

'Hoeveel verbruik je per dag?' vroeg hij haar. 'Heb je daar enig idee van?'

'Waarom doet dat ertoe?'

'Omdat alles hier nu op je generator draait. Verlichting, verwarming, koelkasten, pompen. De verwarmingsketel ook, als hij koud genoeg wordt om vannacht weer aan te slaan. En de generator vreet propaan om dat allemaal voor elkaar te krijgen.'

Ze zwegen even en hoorden het gestage gebrom van de bijna nieuwe Honda-generator achter het restaurant.

Anson Wheeler kwam naar hem toe en ging zitten. 'De generator verbruikt acht liter propaan per uur als hij voor zestig procent wordt gebruikt,' zei hij.

'Hoe weet je dat?'

'Het staat op het etiket. Als alles aan staat, zoals vandaag vanaf een uur of twaalf, toen de stroom uitviel, zal het zo'n twaalf liter per uur zijn. Misschien nog wat meer.'

Rose reageerde meteen. 'Anse, doe alle lichten uit, behalve die in de keuken. Direct. En zet de thermostaat terug tot tien graden.' Ze dacht even na. 'Nee, zet de verwarming uit.'

Barbie glimlachte en stak zijn duimen naar haar op. Ze had het begrepen. Niet iedereen in Chester's Mill zou het begrijpen. Niet iedereen zou het wíllen begrijpen.

'Oké.' Maar Anson keek aarzelend. 'Je denkt toch niet dat morgenvroeg... uiterlijk morgenmiddag...?'

'De president van de Verenigde Staten gaat een televisietoespraak houden,' zei Barbie. 'Om twaalf uur vannacht. Wat denk jíj, Anse?'

'Ik denk dat ik beter het licht kan uitdoen,' zei hij.

'En vergeet de thermostaat niet,' zei Rose. Toen hij vlug wegliep, zei ze tegen Barbie: 'Ik doe hetzelfde bij me thuis als ik boven ben.' Ze was al minstens tien jaar weduwe en woonde boven haar restaurant.

Barbie knikte. Hij had een van de papieren placemats omgedraaid ('Hebt U Deze 20 Bezienswaardigheden Van Maine Al Gezien?') en keek naar de achterkant. Sinds de barrière kwam, was er honderd tot honderdtwintig liter propaan verstookt. Er bleef dus drieëntwintighonderd liter over. Als Rose haar verbruik tot honderd liter per dag kon terugbrengen, kon ze het in theorie drie weken volhouden. Als ze het beperkte tot tachtig liter per dag – bijvoorbeeld door tussen het ontbijt en de lunch dicht te gaan, en ook tussen de lunch en het diner –, had ze genoeg voor bijna een maand.

Dat is goed genoeg, dacht hij. *Want als deze gemeente na een maand nog steeds dicht zit, is er hier toch geen eten meer om klaar te maken.*

'Wat denk je?' vroeg Rose. 'En wat zijn dat voor cijfers? Ik begrijp er niets van.'

'Omdat je ze ondersteboven ziet,' zei Barbie, en hij besefte dat iedereen in de stad graag hetzelfde zou doen. Dit waren cijfers die iedereen het liefst ondersteboven zou zien.

Rose draaide Barbies geïmproviseerde blocnote naar zich toe. Ze nam de cijfers door. Toen wierp ze Barbie een geschokte blik toe. Op dat moment deed Anson de meeste lichten uit en keken zij tweeën elkaar aan in een schemering die – althans voor Barbie – erg beklemmend was. Ze zouden best eens in moeilijkheden kunnen verkeren. Diepe, diepe moeilijkheden.

'Achtentwintig dagen?' vroeg ze. 'Denk je dat we plannen moeten maken voor vier weken?'

'Ik weet niet of we dat moeten, maar toen ik in Irak was, gaf iemand me Mao's *Rode Boekje*. Ik had het altijd bij me, las het van begin tot eind. Het meeste wat erin staat, is zinvoller dan wat onze politici op hun beste dagen te zeggen hebben. Eén ding is me altijd bijgebleven: *Wens zonneschijn, maar bouw dijken*. Ik denk dat we... jij, ik bedoel...'

'Wij,' zei ze, en ze raakte zijn hand aan. Hij draaide zijn hand om en pakte de hare vast.

'Oké, wij. Ik denk dat we daar plannen voor moeten maken. Dat betekent dat we dichtgaan tussen de etenstijden, dat we minder met de ovens doen – geen kaneelbroodjes, al ben ik daar net zo gek op als ieder ander – en geen vaatwasmachine. Die is oud en niet bepaald energiezuinig. Ik weet dat Dodee en Anson het niet leuk vinden om de afwas met de hand te doen...'

'Dodee komt vast niet gauw terug. Misschien komt ze helemaal niet meer. Niet nu haar moeder dood is.' Rose zuchtte. 'Ik hoop bijna dat ze inderdaad in Auburn is gaan shoppen. Al zal het morgen wel in de kranten staan.'

'Misschien wel.' Barbie wist niet hoeveel informatie er Chester's Mill in en uit zou gaan als deze situatie niet snel met een rationele verklaring tot een oplossing kwam. Waarschijnlijk niet veel. Hij dacht dat de Kegel van Stilte van Agent 86 straks over hen zou neerdalen, als dat niet al gebeurd was.

Anson kwam naar de tafel waaraan Barbie en Rose zaten. Hij had zijn jasje aan. 'Kan ik nu gaan, Rose?'

'Ja,' zei ze. 'Morgen zes uur?'

'Is dat niet een beetje laat?' Hij grijnsde en voegde eraan toe: 'Niet dat ik klaag.'

'We gaan laat open.' Ze aarzelde. 'En we sluiten tussen de etenstijden.'

'O ja? Cool.' Hij keek Barbie aan. 'Heb je een slaapplaats voor vannacht? Anders kun je bij mij overnachten. Sada is naar haar ouders in Derry.' Sada was Ansons vrouw.

Barbie had inderdaad onderdak, en wel aan de overkant van de straat.

'Dank je, maar ik ga naar mijn appartement terug. Dat heb ik betaald tot het eind van de maand, dus waarom niet? Voordat ik vanmorgen wegging, heb ik de sleutel bij Petra Searles in de winkel achtergelaten, maar ik heb nog een reserve aan mijn sleutelring.'

'Oké. Tot morgenvroeg, Rose. Ben jij er dan ook, Barbie?'
'Ik zou het niet willen missen.'
Ansons grijns werd nog breder. 'Goed.'
Toen hij weg was, wreef Rose in haar ogen. Toen keek ze Barbie grimmig aan. 'Hoe lang gaat dit door? Wat is je gunstigste inschatting?'
'Ik heb geen gunstigste inschatting, want ik weet niet wat er gebeurd is. Of wanneer het ophoudt.'
Zachtjes zei Rose: 'Barbie, je maakt me bang.'
'Ik maak mezelf bang. We moeten allebei gaan slapen. Morgenvroeg ziet alles er beter uit.'
'Na dit gesprek mag ik wel een pilletje nemen om in slaap te komen,' zei ze. 'Al ben ik nog zo moe. Gelukkig ben je teruggekomen.'
Barbie herinnerde zich wat hij over voorraden had gedacht.
'Nog iets. Als de Food City morgen opengaat...'
'Die is op zondag altijd open. Van tien tot zes.'
'Nou, áls hij morgen opengaat, moet je boodschappen gaan doen.'
'Maar de Sysco levert op...' Ze zweeg en keek hem triest aan. 'Op dinsdag, maar daar kunnen we niet op rekenen, hè? Natuurlijk niet.'
'Nee,' zei hij. 'Zelfs als die barrière opeens verdwijnt, is de kans groot dat het leger de hele gemeente een tijdje in quarantaine houdt.'
'Wat moet ik kopen?'
'Alles, maar vooral vlees. Vlees, vlees, vlees. Als de winkel opengaat. Ik weet niet of dat gebeurt. Misschien vraagt Jim Rennie aan degene die daar de leiding heeft...'
'Jack Cale. Hij nam het over toen Ernie Calvert vorig jaar met pensioen ging.'
'Nou, Rennie haalt hem misschien over om tot nader order dicht te gaan. Of anders laat hij commandant Perkins hem bevélen dicht te gaan.'
'Weet je het dan niet?' vroeg Rose, en toen hij haar nietszeggend aankeek, ging ze verder: 'Je weet het niet. Duke Perkins is dood, Barbie. Hij is daar omgekomen.' Ze wees naar het zuiden.
Barbie keek haar stomverbaasd aan. Anson had de televisie niet uitgezet, en achter hen vertelde Roses Wolfie weer aan de wereld dat een onbekende kracht een kleine gemeente in het westen van Maine had afgesloten. Het gebied was geïsoleerd door de strijdkrachten, de gezamenlijke chefs van staven waren bijeengekomen in Washington en de president zou het land om twaalf uur 's nachts toespreken, maar intussen vroeg hij het Amerikaanse volk om net als hij te bidden voor de bevolking van Chester's Mill.

3

'Pa? Pá?'

Junior Rennie stond boven aan de trap. Hij hield zijn hoofd schuin en luisterde. Er kwam geen reactie, en hij hoorde ook geen geluid van de tv. Zijn vader was om deze tijd altijd thuis van zijn werk, en dan zat hij voor de tv. Op zaterdagavond keek hij eens niet naar CNN en FOX News, maar naar Animal Planet of History Channel. Maar vanavond niet. Junior luisterde of zijn horloge nog tikte. Dat deed het, en de tijd kon ook wel kloppen, want het was donker buiten.

Er kwam een vreselijke gedachte bij hem op: misschien was Grote Jim nu bij commandant Perkins. Misschien zaten ze op datzelfde moment met zijn tweeën te bespreken hoe ze Junior zo geruisloos mogelijk konden arresteren. En waarom hadden ze zo lang gewacht? Om hem in het donker het dorp uit te kunnen smokkelen. Om hem naar het huis van bewaring in Castle Rock te brengen. En dan een proces. En dan?

Dan de Shawshank-gevangenis. Als hij daar een paar jaar zat, zou hij het waarschijnlijk kortweg de Shank noemen, net als de rest van de moordenaars, dieven en sodomieten.

'Dat is stom,' fluisterde hij, maar was het dat wel? Toen hij wakker werd, had hij gedacht dat de moord op Angie alleen maar een droom was geweest. Dat moest wel, want hij zou nooit iemand vermoorden. Iemand in elkaar slaan misschien wel, maar vermoorden? Belachelijk. Hij was... was... nou... een gewóne jongen!

Toen had hij naar zijn kleren onder het bed gekeken en het bloed erop gezien, en meteen had het hem allemaal weer voor ogen gestaan. De handdoek die van haar haar was weggevallen. Het bosje schaamhaar, dat hem op de een of andere manier had aangemoedigd. Dat vreemde knerpende geluid achter haar gezicht toen hij haar een stoot met zijn knie had gegeven. De regen van koelkastmagneetjes, en zoals ze om zich heen had geslagen.

Maar dat was ik niet. Dat was...

'Het was de hoofdpijn.' Ja. Zeker. Maar wie zou dat geloven? Dan kon hij nog beter zeggen dat de butler het had gedaan.

'Pá?'

Niets. Zijn vader was er niet. En hij zat hem ook niet op het politiebureau zwart te maken. Niet zijn pa. Die zou dat niet doen. Zijn pa zei altijd dat de familie op de eerste plaats kwam.

Maar kwam de familie wel op de eerste plaats? Natuurlijk zéí hij dat – per slot van rekening was hij baptist, en voor de helft eigenaar van WCIK –, maar

Junior had het gevoel dat Jim Rennie's Used Cars voor zijn vader misschien wel belangrijker was dan de familie, en dat zijn ambt van eerste wethouder misschien weer meer voor hem betekende dan Het Heilige Tabernakel Van Geen Aanbetaling.

Junior zou wel eens – het was mogelijk – op de derde plaats kunnen komen.

Hij besefte (voor het eerst in zijn leven; het was een plotseling inzicht) dat hij er maar wat naar raadde. Misschien kende hij zijn vader helemaal niet.

Hij ging naar zijn kamer terug en deed het licht aan. De plafondlamp wierp een vreemd onzeker licht, nu eens fel, dan weer zwak. Een ogenblik dacht Junior dat hij iets aan zijn ogen mankeerde. Toen besefte hij dat hij hun generator achter het huis kon horen. En niet alleen die van hen. De stroom was uitgevallen in Chester's Mill. Er ging een golf van opluchting door hem heen. Als overal de stroom was uitgevallen, verklaarde dat alles. Het betekende dat zijn vader in de vergaderkamer van het gemeentehuis zou zitten en de zaak zou bespreken met die twee andere idioten, Sanders en Grinnell. Misschien prikten ze spelden in de grote kaart van de gemeente en voelden ze zich net generaal Patton in oorlogstijd. Misschien schreeuwden ze tegen het energiebedrijf, Western Maine Power, en noemden ze de mensen daar een stelletje luie katoenplukkers.

Junior pakte zijn bebloede kleren, haalde de spullen uit zijn spijkerbroek – portefeuille, kleingeld, sleutels, kam, een extra hoofdpijntablet – en stopte ze in de zakken van zijn schone broek. Hij ging vlug naar beneden, stopte de bebloede kledingstukken in de wasmachine, zette hem op warm water en veranderde toen van gedachten, want hij herinnerde zich iets wat zijn moeder tegen hem had gezegd toen hij een jaar of tien was: koud water voor bloedvlekken. Terwijl hij de knop naar KOUD WASSEN/KOUD SPOELEN draaide, vroeg Junior zich onwillekeurig af of zijn vader toen al de hobby had secretaresses te neuken of dat hij zijn katoenplukkende piemel nog thuishield.

Hij zette de wasmachine aan en vroeg zich af wat hij nu moest doen. Nu de hoofdpijn weg was, merkte hij dat hij kón denken.

Hij besloot toch naar Angies huis terug te gaan. Hij wilde dat niet – o nee, het was wel het laatste wat hij wilde – maar het was waarschijnlijk verstandig om op verkenning te gaan. Hij kon voorbijlopen en kijken hoeveel politiewagens er stonden. En ook of het busje van de forensische dienst van Castle County er stond. Hij wist daarvan, want hij keek naar CSI. Hij had het grote blauwmetwitte busje eerder gezien toen hij met zijn pa naar de rechtbank van de county was geweest. En als het bij de McCains stond...

Dan vlucht ik.
Ja. Zo snel en zo ver als hij kon. Maar voordat hij dat deed, zou hij hier terugkomen en naar de safe in de studeerkamer van zijn vader gaan. Zijn vader dacht dat Junior de combinatie van die safe niet wist, maar Junior wist hem. Zoals hij ook het wachtwoord van de computer van zijn vader wist, en dus ook wist dat zijn vader graag mocht kijken naar wat Junior en Frank DeLesseps 'Oreo-koekjes-seks' noemden: twee zwarte meiden, één blanke kerel. Er lag genoeg geld in die safe. Duizenden dollars.
En als je het busje ziet en terugkomt, en hij is hier?
Dus eerst het geld. Nu meteen het geld.

Hij ging naar de studeerkamer en dacht even dat hij zijn vader in de stoel met hoge rug zag zitten van waaruit hij altijd naar het nieuws en de natuurprogramma's keek. Hij was in slaap gevallen of... als hij nu eens een hartaanval had gehad? Grote Jim had de afgelopen drie jaar nu en dan problemen met zijn hart gehad, vooral ritmestoornissen. Hij ging meestal naar het Cathy Russell-ziekenhuis en dan gaf dokter Haskell of dokter Rayburn hem iets om het ritme weer normaal te krijgen. Haskell zou het geen punt vinden om daar een eeuwigheid mee door te gaan, maar Rayburn (die door zijn vader een 'een intellectuele katoenplukker' werd genoemd) had er ten slotte op gestaan dat Grote Jim naar een cardioloog in het CMG in Lewiston ging. De cardioloog zei dat hij geopereerd moest worden om voorgoed een eind aan die onregelmatige hartslag te maken. Grote Jim (die doodsbang voor ziekenhuizen was) zei dat hij meer met God moest praten en dat je dat een gebedsoperatie noemde. Intussen nam hij zijn pillen, en de laatste maanden was er niets aan de hand geweest, maar nu... misschien...

'Pa?'

Geen antwoord. Junior deed het licht aan. De plafondlamp scheen al net zo onregelmatig, maar verdreef wel de schaduw die Junior voor het achterhoofd van zijn vader had aangezien. Niet dat zijn hart zou breken als zijn vader ertussenuit kneep, maar over het geheel genomen was hij blij dat het niet deze avond was gebeurd. Je kon ook te veel complicaties hebben.

Toch liep hij met grote geruisloze stappen, zijn voeten hoog optillend als in een tekenfilm, naar de muur met de safe, voortdurend bedacht op koplampen die door het raam zouden schijnen als zijn vader terugkwam. Hij zette het schilderij weg dat voor de safe hing (Jezus die de Bergrede hield) en voerde de combinatie in. Omdat zijn handen beefden, moest hij dat twee keer doen voordat de handgreep in beweging wilde komen.

De safe zat vol bankbiljetten en stapeltjes perkamentachtige papieren met het opschrift OBLIGATIE AAN TOONDER. Junior floot zacht. De laatste keer dat hij dit had opengemaakt – vorig jaar om vijftig dollar te pikken voor de kermis in Fryeburg – had er veel geld in gelegen, maar lang niet zoveel als nu. En geen OBLIGATIES AAN TOONDER. Hij dacht aan de plaquette op het bureau van zijn vader in de autozaak: ZOU JEZUS DEZE TRANSACTIE GOEDKEUREN? Zelfs in zijn angst en ellende vroeg Junior zich nog even af of Jezus zijn goedkeuring zou hechten aan wat het ook maar was dat zijn vader tegenwoordig deed om er een centje bij te verdienen.

'Wat kunnen mij zijn zaken schelen? Ik moet aan mijn eigen zaken denken,' zei hij zacht. Hij pakte vijfhonderd dollar in vijftigjes en twintigjes, wilde de safe weer dichtdoen, bedacht zich en pakte ook wat honderdjes. Er lag zoveel geld in die kluis dat zijn vader het misschien niet eens zou missen. En als hij het miste, begreep hij misschien wel waarom Junior het had meegenomen. En dan keurde hij het misschien nog goed ook. Zoals Grote Jim altijd zei: 'De Heer helpt hen die zichzelf helpen.'

Daardoor geïnspireerd pakte Junior nog eens vierhonderd dollar. Toen sloot hij de safe, draaide de schijf rond en hing Jezus weer aan de muur. Hij pakte een jasje uit de kast in de hal en ging naar buiten, terwijl de generator ronkte en de wasmachine Angies bloed uit zijn kleren waste.

4

Er was niemand in het huis van de McCains.

Helemaal niemand.

Junior stond aan de overkant, waar esdoornbladeren op hem neerdwarrelden, en vroeg zich af of hij kon afgaan op wat hij zag: het huis donker, de 4Runner van Henry McCain en de Prius van LaDonna nog nergens te bekennen. Het leek te mooi om waar te zijn.

Misschien waren ze op het plantsoen. Daar waren die avond veel mensen. Misschien stonden ze te praten over de stroomuitval, al kon Junior zich van de vorige keren dat de stroom uitviel niet herinneren dat er toen zoveel mensen op het plantsoen bij elkaar kwamen. Meestal gingen de mensen naar huis en naar bed, in de overtuiging dat – tenzij er een gigantische storm had gewoed – er weer stroom was als ze de volgende morgen opstonden.

Misschien was deze stroomuitval veroorzaakt door een spectaculair ongeluk, zoiets waarvoor de normale tv-uitzendingen werden onderbroken. Junior kon zich vaag herinneren dat iemand hem op straat had gevraagd wat er aan de hand was; dat was niet lang na Angies ongeluk geweest. In elk geval had Junior ervoor gezorgd dat hij op weg hierheen met niemand praatte. Hij had met gebogen hoofd en opgezette kraag door Main Street gelopen (hij was trouwens bijna tegen Anson Wheeler opgebotst toen die de Sweetbriar Rose uitkwam). De straatlantaarns waren uit, en dat hielp hem anoniem te blijven. Ook een geschenk van de goden.

En nu dit. Een derde geschenk. Een fantastisch geschenk. Was het echt mogelijk dat Angies lijk nog niet was ontdekt? Of was het een val?

Junior kon zich voorstellen dat de sheriff van Castle County of een rechercheur van de politie van de staat Maine zei: *'We hoeven ons alleen maar verdekt op te stellen, jongens. Een moordenaar keert altijd naar de plaats van het misdrijf terug. Dat is algemeen bekend.'*

Televisiegelul. Toch verwachtte Junior, toen hij de straat overstak (aangetrokken door een kracht buiten hemzelf, leek het wel) elk moment dat er schijnwerpers aangingen en hem vastpinden als een vlinder op een stuk karton. Elk moment kon iemand roepen – waarschijnlijk door een megafoon: *'Blijf daar staan en steek je handen in de lucht!'*

Er gebeurde niets.

Toen hij bij het pad van de McCains kwam, terwijl zijn hart roffelde en zijn bloed in zijn slapen bonkte (maar nog steeds geen hoofdpijn, en dat was mooi, een goed teken), bleef het donker en stil in het huis. Er was niet eens een generator te horen, al ronkte er een bij de buren, de Grinnells.

Junior keek achterom en zag een grote witte koepel van licht boven de bomen. Ergens ten zuiden van het dorp, of misschien in Motton. Was daar het ongeluk gebeurd waardoor de stroom was uitgevallen? Waarschijnlijk wel, maar hij had nu iets anders aan zijn hoofd.

Hij liep naar de achterdeur. Als er na Angies ongeluk niemand was teruggekomen, zou de voordeur niet op slot zitten, maar die wilde hij niet gebruiken. Als het moest, zou hij dat doen, maar misschien hoefde het niet. Misschien bleef het hem meezitten.

De deurknop gaf mee.

Junior stak zijn hoofd de keuken in en rook meteen het bloed – een geur als van stijfsel voor de was, maar dan muf geworden. 'Hallo? Is daar iemand?' riep hij. Hij was er bijna zeker van dat er niemand was, maar als er iemand was, als Henry en LaDonna nu eens om de een of andere reden hun auto's bij het plantsoen hadden geparkeerd en te voet naar huis waren gegaan (en op de een of andere manier niet hadden gezien dat hun dochter dood op de keukenvloer lag), zou hij een schreeuw geven. Ja! Een schreeuw geven en 'het lijk ontdekken'. Dan kwam het gevreesde busje van de forensische dienst evengoed, maar het zou hem een beetje tijd opleveren.

'Hallo? Meneer McCain? Mevrouw McCain?' En toen, slim als hij was: 'Angie? Ben je thuis?'

Zou hij haar zo roepen als hij haar had vermoord? Natuurlijk niet! Toen ging er een verschrikkelijke gedachte door hem heen: als ze nu eens antwoord gaf? Antwoord gaf vanaf de keukenvloer? Antwoord gaf door een keel vol bloed?

'Doe normaal,' mompelde hij. Ja, dat moest hij, maar het was moeilijk. Vooral in het donker. Trouwens, in de Bijbel gebeurden zulke dingen aan de lopende band. In de Bijbel werden mensen soms weer levend, net als de zombies in *Night of the Living Dead*.

'Iemand thuis?'

Niets. *Nada*.

Zijn ogen waren enigszins aan het donker gewend geraakt, maar niet genoeg. Hij had licht nodig. Hij had een zaklantaarn van thuis moeten meenemen, maar zoiets vergat je als je altijd alleen maar op een knopje hoefde te drukken om licht te hebben. Junior liep door de keuken, stapte over Angies lijk heen en maakte de eerste van de twee deuren aan de andere kant open. Het was de deur van een provisiekast. Hij kon nog net de planken met blikken en potten zien. Hij probeerde de andere deur en had meer succes. Het was de wasruimte. En tenzij hij zich vergiste in de vorm van het ding dat op de plank rechts van hem stond, zat het hem nog steeds mee.

Hij vergiste zich niet. Het was een zaklantaarn, en die gaf goed licht. Hij zou voorzichtig moeten zijn als hij ermee door de keuken scheen – hij kon de gordijnen maar beter dichtdoen – maar in de wasruimte kon hij er naar hartenlust mee schijnen. Hier was niets aan de hand.

Wasmiddel. Bleekmiddel. Wasverzachter. Een emmer en een swiffer. Goed. Zonder generator zou er alleen koud water zijn, maar er was waarschijnlijk genoeg om een emmer met water uit de kraan te vullen, en daarna waren er natuurlijk de toiletreservoirs. En hij had juist koud water nodig. Koud voor bloed.

Hij zou schoonmaken als de maniakale huisvrouw die zijn moeder ooit was geweest, geheel in overeenstemming met de aansporing van haar man: 'Schoon huis, schone handen, schoon hart.' Hij zou het bloed wegboenen. En dan zou hij alles afvegen waarvan hij zich herinnerde dat hij het had aangeraakt, en alles wat hij misschien had aangeraakt zonder dat hij het zich herinnerde. Maar eerst...

Het lijk. Hij moest iets met het lijk doen.

Junior besloot het voorlopig in de provisiekast te leggen. Hij sleepte haar aan haar armen naar binnen en liet haar toen los: *plof*. Daarna ging hij aan het werk. Zachtjes zingend zette hij eerst de koelkastmagneetjes terug en trok toen de gordijnen dicht. De emmer was al bijna helemaal vol toen de kraan begon te sputteren. Weer een meevaller.

Hij was nog aan het boenen, al een heel eind op weg maar nog lang niet klaar, toen er op de voordeur werd geklopt.

Junior keek met grote ogen op, zijn lippen weggetrokken in een vreugdeloze grijns die bijna al zijn tanden liet zien.

'Angie?' Het was een meisje, en ze snikte. 'Angie, ben je daar?' Ze klopte opnieuw, en toen ging de deur open. Blijkbaar zat het hem opeens niet meer mee. 'Angie, alsjeblíéft. Ik zag je auto in de garage staan...'

Shit. De garage! Hij had helemaal niet in de garage gekeken!

'Angie?' Weer snikkend. Iemand die hij kende. O god, was het die trut van een Dodee Sanders? Ja, die was het. 'Angie, ze zei dat mijn moeder dood is! Mevrouw Shumway zei dat ze dóód is!'

Junior hoopte dat ze eerst naar boven ging om in Angies kamer te kijken. Maar in plaats daarvan kwam ze door de hal naar de keuken. Ze liep langzaam en aarzelend in het donker.

'Angie? Ben je in de keuken? Ik dacht dat ik licht zag.'

Juniors hoofdpijn kwam weer opzetten, en dat was de schuld van die bemoeizieke, dope rokende trut. Wat nu gebeurde... Dat zou ook haar schuld zijn.

5

Dodee Sanders was nog een beetje stoned en een beetje dronken; ze had een kater; haar moeder was dood; ze schuifelde in het donker door het huis van haar beste vriendin; ze trapte op iets wat onder haar voet vandaan gleed en ging bijna onderuit. Ze greep zich aan de trapleuning vast, twee van haar vingers knakten zo ver naar achteren dat het pijn deed, en gaf een schreeuw. Ze begreep wel ongeveer dat dit alles haar overkwam, maar kon het tegelijkertijd niet geloven. Ze had het gevoel alsof ze in een parallelle dimensie verzeild was geraakt, als in een sciencefictionfilm.

Ze bukte zich om te kijken waarover ze bijna was uitgegleden. Het was blijkbaar een handdoek. Een of andere idioot had een handdoek op de vloer van de hal laten liggen. Toen meende ze iemand te horen bewegen in de duisternis die voor haar lag. In de keuken.

'Angie? Ben jij dat?'

Niets. Ze had nog steeds het gevoel dat daar iemand was. Maar misschien ook niet.

'Angie?' Ze schuifelde weer naar voren en hield daarbij haar pijnlijke rechterhand – haar vingers zouden opzwellen, dacht ze terwijl ze al opzwollen – tussen haar andere arm en haar zij. Ze stak haar linkerhand voor zich uit, tastend in het donker. 'Angie, alsjeblíéft! Mijn moeder is dood, het is geen grap, mevrouw Shumway zei het en die maakt geen grappen. Ik heb je nodig!'

De dag was zo goed begonnen. Ze was vroeg opgestaan (nou ja... om tien uur; vroeg voor haar), en ze was van plan geweest gewoon naar haar werk te gaan. Toen had Samantha Bushey gebeld om te zeggen dat ze nieuwe Bratz-poppen had gekocht op eBay, en om te vragen of Dodee wilde komen om te helpen ze te martelen. Dat Bratz-martelen was iets waarmee ze waren begonnen toen ze nog op de middelbare school zaten – je kocht ze op rommelmarkten, hing ze op, sloeg spijkers in die stomme kleine koppen van ze, goot aanstekerbrandstof over ze heen en stak ze in brand – en Dodee wist dat ze het ontgroeid zouden moeten zijn; ze waren nu volwassen, of bijna. Het was iets voor kinderen. En ook een beetje griezelig, als je er goed over nadacht. Maar ja, Sammy woonde in haar eentje aan Motton Road – het was maar een woonwagen, maar ze had hem helemaal voor zichzelf sinds haar man er in het voorjaar vandoor was gegaan – en Little Walter sliep bijna de hele dag. Bovendien had Sammy meestal wiet in huis. Dat zou ze wel krijgen van de mannen met wie ze omging, dacht Dodee. In het weekend had ze vaak bezoek in haar woonwagen. Aan de andere kant had Dodee zich voorgenomen geen wiet meer te gebruiken. Nooit meer, niet na al die problemen met die kok. Nooit meer – dat duurde al meer dan een week toen Sammy belde.

'Jij mag Jade en Yasmin hebben,' paaide Sammy. 'En ik heb ook hartstikke goeie je-weet-wel.' Dat zei ze altijd, alsof iemand die meeluisterde niet zou weten waar ze het over had. 'En we kunnen ook je-weet-wel.'

Dodee wist ook wat dát je-weet-wel was, en ze voelde een lichte tinteling Daar Beneden (in haar je-weet-wel), al was dát ook iets voor kinderen; ze hadden er al lang geleden mee moeten ophouden.

'Dat gaat niet, Sam. Ik moet om twee uur op mijn werk zijn, en...'

'Yasmin wacht op je,' zei Sammy. 'En je weet dat je de pest hebt aan dat kreng.'

Nou, dat was waar. Yasmin was volgens Dodee de ergste van de Bratz. En het was nog lang geen twee uur. Bovendien: als ze een beetje te laat kwam, wat dan nog? Zou Rose haar dan ontslaan? Wie anders zou die snertbaan willen?

'Oké. Maar niet te lang. En alleen omdat ik de pest heb aan Yasmin.'
Sammy giechelde.
'Maar ik doe niet meer aan je-weet-wel. Aan geen van beide.'
'Dat is goed,' zei Sammy. 'Kom gauw.'
En dus was Dodee erheen gereden, en natuurlijk had ze ontdekt dat Bratzmartelen niet leuk was als je niet een beetje high was, en dus werd ze een beetje high en werd Sammy dat ook. Samen onderwierpen ze Yasmin aan plastische chirurgie door middel van gootsteenontstopper, en dat was best grappig. Toen wilde Sammy het leuke nieuwe negligeetje laten zien dat ze bij Deb had gekocht, en hoewel Sam al een buikje kreeg, vond Dodee dat ze er nog goed uitzag, misschien omdat ze een beetje stoned waren – nou, wel meer dan een beetje. En omdat Little Walter nog sliep (zijn vader had erop gestaan het kind naar een blueszanger van vroeger te noemen die ook Little Walter werd genoemd, en al dat slápen, goh, Dodee dacht dat Little Walter achterlijk was, en dat zou helemaal niet zo vreemd zijn als je bedacht hoeveel wiet Sam had gerookt toen ze zwanger van hem was), kwamen ze in Sammy's bed terecht en deden ze een beetje je-weet-wel. Na afloop vielen ze in slaap, en toen Dodee wakker werd, was Little Walter aan het brabbelen – dat mocht wel in de krant – en was het al vijf uur geweest. Te laat om nog naar haar werk te gaan, en trouwens, Sam had een fles Johnnie Walker Black tevoorschijn gehaald, en ze namen er een, en nog een, en nogeen-en-nog-een, en toen wilde Sammy wel eens zien wat er met een Baby Bratz in de magnetron gebeurde, maar de stroom was uitgevallen.

Dodee was met een slakkengang van zo'n vijfentwintig kilometer per uur naar het dorp teruggereden, nog steeds high en zo paranoïde als het maar kon. Ze keek steeds in haar spiegeltje of er politie was, want ze wist dat als ze werd aangehouden het dat roodharige kreng van een Jackie Wettington zou zijn. Of anders kwam haar vader misschien even uit de winkel naar huis en rook hij dat ze naar drank stonk. Of haar moeder was thuis, zo moe van die stomme vliegles dat ze maar eens niet naar bingo ging.

Alsjeblieft, God, bad ze. *Alsjeblieft, help me hierdoorheen. Dan doe ik nooit meer je-weet-wel. Geen van beide. Nooit meer.*

God verhoorde haar gebed. Er was niemand thuis. De stroom was daar ook uitgevallen, maar in de staat waarin ze verkeerde merkte Dodee het nauwelijks. Ze sloop de trap op naar haar kamer, trok haar broek en shirt uit en ging op bed liggen. Een paar minuutjes maar, zei ze tegen zichzelf. Toen had ze haar kleren, die naar *ganja* roken, in de wasmachine gestopt en was onder de douche gaan staan. Ze rook naar Sammy's parfum. Sammy moest dat spul wel met liters tegelijk bij de Burpee kopen.

Omdat er geen stroom was, kon ze de wekker niet zetten, en toen ze wakker werd doordat er op de deur werd geklopt, was het donker. Ze pakte haar ochtendjas en ging naar beneden. Plotseling was ze er zeker van dat het die roodharige agente met grote tieten was, die haar kwam arresteren omdat ze onder invloed had gereden. Misschien ook wegens drugsgebruik. Dodee dacht dat het andere je-weet-wel ook in strijd met de wet was, maar daar was ze niet helemaal zeker van.

Het was Jackie Wettington niet. Het was Julia Shumway, de hoofdredacteur en uitgever van *The Democrat*. Ze had een zaklantaarn in haar hand. Ze scheen daarmee in Dodees gezicht – dat waarschijnlijk opgezet was van de slaap, de ogen rood, het haar net een hooiberg – en liet hem toen weer zakken. Er kwam nog genoeg licht omhoog om Julia's eigen gezicht te laten zien, en Dodee zag daarop zo'n groot medelijden dat ze ervan schrok.

'Arm meisje,' zei Julia. 'Je weet het niet, hè?'

'Wat weet ik niet?' had Dodee gevraagd. Ongeveer op dat moment was het gevoel van het parallelle universum komen opzetten. 'Wát weet ik niet?'

En toen had Julia Shumway het haar verteld.

6

'Angie? Angie, alsjebliéft!'

Ze liep op de tast door de hal. Pijn in haar hand. Pijn in haar hoofd. Ze had op zoek kunnen gaan naar haar vader – mevrouw Shumway had aangeboden haar in de auto mee te nemen en eerst bij uitvaartbedrijf Bowie te gaan kijken –, maar bij de gedachte aan dat bedrijf gingen de rillingen door haar heen. Trouwens, ze wilde Angie. Angie, die haar zou omhelzen zonder je-weet-wel te willen. Angie, die haar beste vriendin was.

Een silhouet kwam de keuken uit en bewoog zich snel naar haar toe.

'Goddank, daar ben je!' Ze snikte nog harder en liep met uitgestrekte armen naar het silhouet toe. 'O, het is verschrikkelijk! Ik word gestraft omdat ik een stout meisje ben. Dat weet ik!'

Het donkere silhouet stak ook de armen uit, maar ze omhelsden Dodee niet.

In plaats daarvan sloten de handen aan het eind van die armen zich om haar keel.

VOOR DE GEMEENTE EN VOOR DE MENSEN

VOOR DE
GEMEENTE
EN VOOR
DE MENSEN

1

Andy Sanders was inderdaad bij uitvaartbedrijf Bowie. Hij was daar met een zware last op zijn schouders naar binnen gelopen: vol verbijstering, verdriet en met een gebroken hart.

Hij zat in herdenkingsruimte 1, met als enig gezelschap de doodkist die voor in het vertrek stond. Gertrude Evans, achtenzeventig jaar (of misschien achtentachtig) was twee dagen eerder aan een hartinfarct gestorven. Andy had een condoleancebriefje gestuurd, al mocht God weten bij wie dat uiteindelijk zou aankomen; Gerts man was tien jaar daarvoor gestorven. Het deed er niet toe. Hij stuurde altijd condoleancebriefjes wanneer iemand uit zijn gemeente overleed, met de hand geschreven op een vel roomkleurig briefpapier waarop VAN HET BUREAU VAN DE BURGEMEESTER te lezen stond. Hij vond dat het bij zijn plicht hoorde.

Grote Jim had geen tijd voor zulke dingen. Grote Jim was altijd bezig 'onze zaak' te runnen, waarmee hij Chester's Mill bedoelde. Hij leidde de gemeente alsof hij er eigenaar van was, maar Andy had dat nooit erg gevonden; hij begreep dat Grote Jim schrander was. Andy begreep ook nog iets anders: zonder Andrew DeLois Sanders had Grote Jim waarschijnlijk niet eens tot hondenvanger gekozen kunnen worden. Grote Jim kon auto's verkopen met verleidelijke aanbiedingen, supervoordelige financiering en extraatjes als goedkope Koreaanse stofzuigers, maar toen hij indertijd het General Motors-dealerschap had willen krijgen had de onderneming niet voor hem maar voor Will Freeman gekozen. Gezien zijn verkoopcijfers en zijn locatie aan Route 119, had Grote Jim niet kunnen begrijpen hoe General Motors zo dom had kunnen zijn.

Andy kon dat wel begrijpen. Hij had weliswaar het buskruit niet uitgevonden, maar hij wist dat Grote Jim geen warmte uitstraalde. Grote Jim was een harde man (sommigen – bijvoorbeeld degenen die een zeperd hadden gehaald met die supervoordelige financiering – zouden zeggen dat hij over lijken ging), en hij bezat overredingskracht, maar hij was ook kil. Andy daarentegen was de warmte zelve. Als hij tegen verkiezingstijd de huizen af ging, zei hij tegen de mensen dat Big Jim en hij de ideale combinatie waren, zoiets als pindakaas en jam, en dat Chester's Mill nooit meer hetzelfde zou zijn als zij niet beiden aan de leiding waren (samen met welke nummer drie er op dat moment ook maar met hen meedeed – op dit moment Andrea Grinnell, de zus van Rose Twitchell). Andy had altijd graag met Grote Jim samengewerkt. Zeker financieel, vooral de afgelopen twee, drie jaar, maar ook in zijn hart. Grote Jim wist dingen gedaan te krijgen, en hij wist ook waaróm ze gedaan moesten worden. *We doen dit voor de lange termijn*, zei hij altijd. *We doen dit voor de gemeente. Voor de mensen. In hun eigen belang.* En dat was goed. Het was goed om goed te doen.

Maar nu... vanavond...

'Ik vond die vlieglessen meteen al niks,' zei hij, en hij begon weer te huilen. Even later snikte hij luidruchtig, maar dat gaf niet, want Brenda Perkins was in stilte en in tranen weggegaan nadat ze het stoffelijk overschot van haar man had gezien, en de gebroeders Bowie waren beneden. Ze hadden het druk (het was vaag tot Andy doorgedrongen dat er iets heel ergs was gebeurd). Fern Bowie was een hapje gaan eten in de Sweetbriar Rose, en toen hij terugkwam, dacht Andy dat Fern hem eruit zou schoppen, maar Fern liep door de hal zonder in het vertrek te kijken waar Andy met zijn handen tussen zijn knieën zat, zijn das los en zijn haar in de war.

Fern was de trap afgegaan naar wat zijn broer Stewart en hij de werkplaats noemden. (Afschuwelijk, afschuwelijk!) Duke Perkins was ergens daar beneden. En ook die verrekte oude Chuck Thompson, die zijn vrouw misschien niet had overgehaald om vlieglessen te nemen maar ook niet had geprobeerd haar ervan af te brengen. Misschien lagen er daar nog meer.

Claudette in elk geval.

Er ontsnapte Andy een snotterig kreungeluid en hij vouwde zijn handen nog strakker samen. Hij kon niet leven zonder haar; met geen mogelijkheid kon hij zonder haar leven. En niet alleen omdat hij zielsveel van haar had gehouden. Het was ook aan Claudette te danken (en aan regelmatige, zwarte en steeds grotere geldinjecties van Jim Rennie) dat zijn drugstore annex apotheek zo goed liep. Als hij het in zijn eentje had moeten doen, zou Andy al voor de eeuwwisseling failliet zijn gegaan. Hij was gespecialiseerd in mensen, niet in boekhouding. Zijn vrouw was gespecialiseerd in cijfers. Nou ja, dat was ze gewéést.

Toen die voltooid verleden tijd door zijn hoofd galmde, kreunde Andy opnieuw.

Claudette en hij hadden zelfs samen aan de boekhouding van de gemeente gesleuteld toen de staat Maine een controle kwam houden. Die controle had onverwachts moeten zijn, maar Grote Jim had er van tevoren iets over gehoord. Niet veel, maar ze waren aan het werk gegaan met een computerprogramma dat Claudette MR. CLEAN noemde. Zo noemden ze het omdat het alle onregelmatigheden in de getallen opruimde. Ze waren glansrijk door de controle gekomen in plaats van in de gevangenis te belanden. Dat zou ook niet eerlijk zijn geweest, want het meeste van wat ze deden – bijna alles zelfs – was in het belang van de gemeente.

De waarheid omtrent Claudette Sanders was als volgt: ze was een aantrekkelijker soort Jim Rennie, een áárdiger soort Jim Rennie, iemand met wie hij kon slapen en aan wie hij zijn geheimen kon vertellen, en een leven zonder haar was ondenkbaar.

De tranen sprongen Andy weer in de ogen, en op dat moment legde Grote Jim zelf een hand op zijn schouder en gaf er een kneepje in. Andy had hem niet horen binnenkomen, maar hij schrok niet. Hij had die hand bijna verwacht, want de eigenaar van die hand verscheen altijd ten tonele als Andy hem het meest nodig had.

'Ik dacht wel dat ik je hier zou vinden,' zei Grote Jim. 'Andy, jongen, ik vind het zo, zo erg.'

Andy kwam overeind, sloeg zijn armen om het enorme lijf van Grote Jim heen en snikte tegen diens jasje. *'Ik zei nog tegen haar dat die vlieglessen gevaarlijk waren! Ik zei tegen haar dat Chuck Thompson een klootzak was, net als zijn vader!'*

Grote Jim wreef kalmerend over zijn rug. 'Ik weet het. Maar ze is nu op een betere plaats, Andy. Ze heeft vanavond gegeten met Jezus Christus: rosbief, verse doperwten, puree met jus! Is dat zo'n afschuwelijk idee? Denk daar nou maar aan. Zullen we bidden?'

'Ja!' snikte Andy. 'Ja, Grote Jim. Bid met me.'

Ze lieten zich op hun knieën zakken en Grote Jim bad lang en luid voor de ziel van Claudette Sanders. (Beneden hen, in de werkplaats, hoorde Stewart Bowie het; hij keek naar het plafond en zei: 'Die kerel zeikt aan beide uiteinden.')

Na vier of vijf minuten van *Wij zien door een spiegel in een duistere rede* en *Toen ik een kind was, sprak ik als een kind* (de relevantie daarvan ontging Andy, maar dat maakte niet uit, want het troostte hem al om naast Grote Jim op de knieën te zitten) sloot Rennie het gebed af met 'OmJezuswilamen' en hielp hij Andy overeind.

Oog in oog en borst aan borst, pakte Grote Jim hem bij zijn bovenarmen vast. Hij keek hem recht in de ogen. 'Wel, compagnon,' zei hij. In moeilijke tijden noemde hij Andy altijd compagnon. 'Ben je er klaar voor om aan het werk te gaan?'

Andy keek hem verdoofd aan.

Grote Jim knikte alsof Andy een (onder de omstandigheden) redelijk bezwaar had gemaakt. 'Ik weet dat het moeilijk is. En oneerlijk. Dit is niet het moment om het je te vragen. En je zou in je recht staan – God weet dat – als je me een dreun op mijn katoenplukkerskop gaf. Maar soms moeten we het welzijn van anderen op de eerste plaats stellen. Zo is het toch?'

'Het belang van de gemeente,' zei Andy. En voor het eerst sinds hij het nieuws over Claudie had gehoord zag hij een sprankje licht.

Grote Jim knikte. Zijn gezicht was ernstig, maar zijn ogen schitterden. Er kwam een vreemde gedachte bij Andy op: *hij lijkt tien jaar jonger*. 'Zo is dat. We zijn hoeders, compagnon. Hoeders van het algemeen belang. Dat is niet altijd gemakkelijk, maar wel altijd noodzakelijk. Ik heb die vrouw van Wettington erop uitgestuurd om Andrea te vinden. Ik heb gezegd dat ze Andrea naar de vergaderkamer moet brengen. Desnoods in de boeien.' Grote Jim lachte. 'Ze zal er zijn. En Pete Randolph maakt een lijst van alle politiemensen die we hier beschikbaar hebben. Het zijn er niet genoeg. Daar moeten we iets aan doen, compagnon. Als het zo doorgaat, draait alles om het gezag. Dus wat zeg je? Kan ik op je rekenen?'

Andy knikte. Hij dacht dat het hem zou afleiden. Ook als dat niet lukte, moest hij maar doen alsof. Die doodkist van Gert Evans gaf hem een rotgevoel. En de geluidloze tranen van de weduwe van de politiecommandant hadden hem ook een rotgevoel gegeven. En zo moeilijk zou het niet zijn. Hij hoefde alleen maar aan de vergadertafel te zitten en zijn hand op te steken als Grote Jim de zijne opstak. Andrea Grinnell, die nooit helemaal wakker leek, zou hetzelfde doen. Als er noodmaatregelen genomen moesten worden, zou Grote Jim daarvoor zorgen. Grote Jim zou alles regelen.

'Laten we gaan,' zei Andy.

Grote Jim klopte hem op zijn rug, sloeg zijn arm om Andy's magere schouders en leidde hem de herdenkingsruimte uit. Het was een zware arm. Vlezig. Maar hij voelde goed aan.

Hij had geen moment aan zijn dochter gedacht. In zijn verdriet was Andy Sanders haar helemaal vergeten.

2

Julia Shumway liep langzaam door Commonwealth Street, de goudkust van het dorp, naar Main Street. Ze was al twintig jaar gelukkig gescheiden en woonde met Horace, haar bejaarde Welsh corgi, boven het kantoor van *The Democrat*. Ze had haar hond naar de grote Horace Greeley genoemd, die slechts met één citaat in de herinnering voortleefde – *Go West, young man, go West* –, maar die volgens Julia vooral eer had ingelegd met zijn werk als hoofdredacteur. Als Julia haar werk half zo goed kon doen als Greeley met de *New York Tribune* had gedaan, zou ze zichzelf als een succes beschouwen.

Natuurlijk had háár Horace haar altijd al een succes gevonden, en dat maakte hem voor Julia de liefste hond van de wereld. Ze liet hem altijd uit zodra ze thuiskwam en steeg daarna nog meer in zijn achting door een paar stukjes steak van de vorige avond op zijn brokken te leggen. Dat gaf hun allebei een goed gevoel, en zij wilde zich goed voelen – over alles, wat dan ook – omdat ze zich zorgen maakte.

Dat was niets nieuws voor haar. Ze had alle drieënveertig jaren van haar leven in Chester's Mill gewoond, en de laatste tien jaar was ze steeds minder te spreken geweest over haar geboorteplaats. Ze maakte zich zorgen over de onverklaarbare achteruitgang van het rioolstelsel en de afvalverwerkingsfabriek in de gemeente, ondanks al het geld dat erin werd gestopt. Ze maakte zich zorgen over de op handen zijnde sluiting van Cloud Top, het skihotel van de gemeente. Ze was bang dat James Rennie nog meer uit de gemeentekassa stal dan ze vermoedde (en ze vermoedde dat hij al tientallen jaren heel wat achteroverdrukte). En natuurlijk maakte ze zich zorgen over dat nieuwe ding, dat haar bijna te groot leek om het te kunnen begrijpen. Telkens wanneer ze er vat op probeerde te krijgen, concentreerden haar gedachten zich op een klein maar concreet aspect: bijvoorbeeld het feit dat het steeds moeilijker werd iemand met haar mobieltje te bellen. En ze had niet één telefoontje gekregen; dat was heel zorgwekkend. En dan dacht ze nog niet eens aan bezorgde vrienden en familieleden van buiten het dorp die met haar in contact probeerden te komen; ze had overstelpt moeten worden door telefoontjes van andere kranten: *The Sun*, de *PressHerald*, misschien zelfs de *New York Times*.

Had iedereen in Chester's Mill dezelfde problemen?

Ze zou naar de grens met de gemeente Motton moeten gaan om zelf te kijken hoe het daar was. Als ze haar telefoon niet kon gebruiken om Pete Freeman, haar beste fotograaf, te bellen, kon ze zelf foto's maken met wat ze haar nood-Nikon noemde. Ze had gehoord dat er aan de Motton- en Tarker's

Mills-kant van de barrière een soort quarantainezone was afgekondigd – waarschijnlijk ook in de andere gemeenten –, maar aan haar eigen kant kon ze er vast wel dichtbij komen. Misschien zouden ze proberen haar weg te sturen, maar als de barrière zo ondoordringbaar was als ze had gehoord, konden ze roepen wat ze wilden.

'Schelden doet geen pijn,' zei ze. Dat was volkomen waar. Als schelden wél pijn deed, zou Jim Rennie haar een plaatsje op de intensive care hebben bezorgd na het verhaal dat ze had geschreven over die belachelijke financiële controle die drie jaar geleden door de staat Maine was gehouden. Hij had in niet mis te verstane termen te kennen gegeven dat hij een proces tegen de krant zou aanspannen, maar verder was het niet gekomen. Ze had er zelfs over gedacht een hoofdartikel over dat onderwerp te schrijven, vooral omdat ze een geweldige kop had bedacht: DREIGEND GEDING IS AFGEWENTELD.

Dus ja, ze had zo haar zorgen. Die hoorden bij haar werk. Daarentegen was ze het niet gewend zich zorgen te maken over haar eigen gedrag, maar nu ze daar op de hoek van Main Street en Commonwealth Street stond, had ze daar last van. In plaats van linksaf Main Street in te slaan, keek ze in de richting vanwaar ze gekomen was. En toen zei ze zachtjes mompelend, op de manier waarmee ze meestal alleen Horace toesprak: 'Ik had dat meisje niet alleen moeten laten.'

Als Julia met haar auto was gegaan, zou ze dat ook niet hebben gedaan. Maar ze was te voet gegaan, en trouwens... Dodee had haar verzekerd dat ze zich wel zou redden. Er had ook een geur om haar heen gehangen. Hasj? Misschien wel. Niet dat Julia daar veel bezwaar tegen had. Ze had in de loop van de jaren zelf ook haar portie gerookt. En misschien had het spul een kalmerende uitwerking op het meisje. Misschien nam het de scherpste kantjes weg van het verdriet, juist nu dat verdriet haar zo diep kon treffen.

'Maak je om mij maar geen zorgen,' had Dodee gezegd. 'Ik ga mijn vader zoeken. Maar eerst moet ik andere kleren aantrekken.' En ze wees naar de jurk die ze aanhad.

'Ik wacht wel,' had Julia geantwoord... al wílde ze niet wachten. Ze had een lange nacht voor de boeg, te beginnen met haar verplichtingen ten opzichte van haar hond. Horace moest zo langzamerhand op springen staan, want hij had zijn wandelingetje van vijf uur niet gehad – en reken maar dat hij honger had. Als ze dat had afgehandeld, moest ze toch echt eens gaan kijken bij wat mensen de barrière noemden. Ze moest het met eigen ogen zien. Foto's maken van wat er maar gefotografeerd kon worden.

Zelfs dat zou niet alles zijn. Ze moest aan een extra editie van *The Democrat* gaan werken. Dat was belangrijk voor haar en waarschijnlijk ook belangrijk voor het dorp. Natuurlijk kon het allemaal de volgende dag al voorbij zijn, maar Julia had het gevoel – zowel in haar hoofd als in haar hart – dat het langer zou duren.

En toch. Ze had Dodee Sanders niet alleen moeten laten. Dodee had een redelijk kalme indruk gemaakt, maar misschien was het geen kalmte geweest maar een shocktoestand, een ontkenningsfase. En natuurlijk ook de dope. Aan de andere kant had ze coherent gepraat.

'U hoeft niet te wachten. Ik wil niet dat u wacht.'

'Ik weet niet of het verstandig is dat je nu alleen bent, meisje.'

'Ik ga naar Angies huis,' zei Dodee, en ze klaarde een beetje op bij die gedachte, al bleven de tranen over haar wangen rollen. 'Ze gaat samen met mij naar papa zoeken.' Ze knikte. 'Ik wil naar Angie.'

Julia vond dat de dochter van McCain maar een heel klein beetje meer gezond verstand had dan dit meisje, dat het uiterlijk van haar moeder maar – helaas – de hersenen van haar vader had geërfd. Aan de andere kant was Angie een vriendin, en als er ooit iemand was geweest die in nood verkeerde en behoefte had aan een vriendin, dan was het Dodee Sanders op deze avond.

'Ik kan met je meegaan...' Eigenlijk wilde ze dat niet. Ze wist dat het meisje, hoe diep ze ook door het nieuws was geschokt, het aan haar kon zien.

'Nee. Het is maar een paar straten.'

'Nou...'

'Mevrouw Shumway... weet u het zeker? Weet u zeker dat mijn moeder...?'

Met grote tegenzin had Julia geknikt. Ze had het staartnummer van het vliegtuig bevestigd gekregen van Ernie Calvert. Ze had nog iets anders van hem gekregen, iets wat eigenlijk bij de politie terecht had moeten komen. Julia zou er misschien op hebben gestaan dat Ernie de politie informeerde, als hij niet met het ontstellende nieuws was gekomen dat Duke Perkins dood was en dat die onbekwame zak van een Randolph nu de leiding had.

Ernie had haar het met bloed bevlekte rijbewijs van Claudette gegeven. Dat had in Julia's zak gezeten toen ze bij Sanders voor de deur had gestaan, en het zat nog steeds in haar zak. Ze zou het aan Andy of aan dat bleke meisje met haar verwarde haren hebben gegeven als het daar het juiste moment voor was geweest... maar dat was het niet.

'Dank u,' had Dodee met een trieste, formele stem gezegd. 'Gaat u nu alstublieft weg. Ik wil niet vervelend doen, maar...' Ze maakte de zin niet af en deed gewoon de deur voor Julia's neus dicht.

En wat had Julia Shumway gedaan? Het bevel opgevolgd van een diep getroffen twintigjarig meisje dat misschien te stoned was om volledig verantwoordelijk te kunnen zijn voor wat ze deed. Maar ja, Julia had die avond nog andere verantwoordelijkheden, hoe hard dat ook was. Horace bijvoorbeeld. En de krant. Mensen mochten dan de spot drijven met Pete Freemans korrelige zwart-witfoto's in *The Democrat*, en de uitgebreide verslagen van plaatselijke evenementen als het schoolbal van de Mill Middle School; ze mochten dan beweren dat de krant alleen nut had als kattenbakvulling – maar ze hadden hem nodig, vooral wanneer er iets was gebeurd. Julia wilde ervoor zorgen dat ze de volgende dag een krant hadden, al moest ze er de hele nacht voor opblijven. Dat zou waarschijnlijk inderdaad moeten, want haar twee vaste verslaggevers waren allebei het weekend weg.

Julia merkte dat ze zich zowaar op die uitdaging verheugde. Het trieste gezicht van Dodee Sanders vervaagde al in haar gedachten.

3

Horace keek haar verwijtend aan toen ze binnenkwam, maar er zaten geen vochtplekken op de vloerbedekking en er lag geen bruin pakketje onder de stoel in de hal – een magisch plekje waarvan hij blijkbaar geloofde dat het onzichtbaar was voor menselijke ogen. Ze pakte vlug zijn riem, ging met hem naar buiten en wachtte geduldig terwijl hij op zijn favoriete plek ging pissen en daarbij enigszins wankelde: Horace was vijftien, oud voor een corgi. Terwijl hij bezig was, keek ze naar de witte koepel van licht aan de zuidelijke horizon. Het leek haar net een beeld uit een sciencefictionfilm van Steven Spielberg. De koepel was groter dan ooit, en ze hoorde het *wuppa-wuppa-wuppa* van helikopters, zwak maar voortdurend aanwezig. Ze zag er zelfs een in silhouet; die bewoog zich snel door die hoge boog van licht. Hoeveel schijnwerpers zouden ze daar hebben neergezet? North Motton leek wel een landingszone in Irak.

Horace liep nu in lome kringetjes, snuffelend op zoek naar de perfecte plaats om het afscheidingsritueel van die avond te voltooien. Hij maakte het altijd weer populaire hondendansje, de poepwals. Julia nam de gelegenheid te baat om haar mobieltje nog eens te proberen. Zoals die avond maar al te vaak het geval was geweest, kreeg ze de normale reeks pieptonen... en daarna niets dan stilte.

Ik zal de krant moeten fotokopiëren. Dat betekent dus maximaal zevenhonderdvijftig exemplaren.

The Democrat drukte al twintig jaar niet meer zijn eigen krant. Tot aan 2002 had Julia de wekelijkse dummy naar View Printing in Castle Rock gebracht, en nu hoefde ze zelfs dat niet meer te doen. Ze e-mailde de pagina's op dinsdagavond, en de kranten, netjes in plastic verpakt, werden de volgende morgen voor zeven uur door View Printing afgeleverd. Voor Julia, die was opgegroeid met getypte kopij en correcties in potlood, was het bijna tovenarij. En net als alle tovenarij was het een beetje onbetrouwbaar.

Deze avond was dat wantrouwen gerechtvaardigd. Misschien kon ze nog wel pagina's naar View Printing e-mailen, maar niemand zou de volgende morgen de voltooide krant kunnen brengen. Ze vermoedde dat de volgende morgen niemand de grens van Chester's Mill tot op tien kilometer zou kunnen naderen. Geen van de grenzen. Gelukkig had ze in de vroegere drukkerij een mooie grote generator staan, bezat ze een kolossaal fotokopieerapparaat en had ze meer dan vijfhonderd riem papier in het magazijn liggen. Als ze hulp van Pete Freeman kon krijgen... of Tony Guay, die sport deed...

Intussen had Horace eindelijk de houding aangenomen die Julia in gedachten de Corgi Sukasna noemde. Toen hij klaar was, kwam ze in actie met een groen zakje dat de naam Doggie Doo droeg, en vroeg ze zich af wat Horace Greeley van een wereld zou hebben gevonden waarin het oprapen van hondenpoep uit de goot niet alleen sociaal wenselijk maar ook wettelijk verplicht was. Ze dacht dat hij zich een kogel door het hoofd zou hebben gejaagd.

Zodra het zakje gevuld en dichtgebonden was, probeerde ze haar mobiele telefoon weer.

Niets.

Ze ging weer met Horace naar binnen en gaf hem te eten.

4

Haar mobieltje ging terwijl ze haar jas aantrok om naar de barrière te rijden. Ze had haar fototoestel aan haar schouder hangen en liet het bijna vallen toen ze in haar zak graaide. Ze keek naar het nummer en zag de woorden NUMMER ONBEKEND.

'Hallo?' zei ze, en er moest iets aan haar stem te horen zijn geweest, want Horace – die bij de deur wachtte, helemaal klaar voor een avondwandeling nu hij zijn behoefte had gedaan en te eten had gekregen – spitste zijn oren en keek haar aan.

'Mevrouw Shumway?' Een mannenstem. Afgemeten. Officieel.

'Ja. Met wie spreek ik?'

'Kolonel James Cox, mevrouw Shumway. Defensie.'

'En waaraan dank ik de eer van dit telefoontje?' Ze hoorde het sarcasme in haar stem en ergerde zich eraan – het was niet professioneel –, maar ze was bang, en sarcasme was altijd haar reactie op angst geweest.

'Ik wil in contact komen met een zekere Dale Barbara. Kent u hem?'

Natuurlijk kende ze hem. Ze was verbaasd geweest toen ze hem eerder die avond in de Sweetbriar zag. Hij moest wel gek zijn dat hij nog in het dorp was. En had Rose de vorige dag niet zelf gezegd dat hij ontslag had genomen? Dale Barbara's verhaal was een van de honderden verhalen die Julia kende maar niet had opgeschreven. Als je een dorpskrant publiceerde, liet je veel dingen die onder het tapijt geveegd werden daar rustig liggen. Je koos je gevechten zorgvuldig uit. Zoals Junior Rennie en zijn vrienden ongetwijfeld ook deden. Bovendien twijfelde ze er sterk aan of de geruchten over Barbara en Dodees goede vriendin Angie waar waren. Al was het alleen maar omdat ze dacht dat Barbara meer smaak had.

'Mevrouw Shumway?' Zakelijk. Officieel. Een stem van buiten. Alleen al vanwege dat laatste kon ze een hekel krijgen aan de eigenaar van die stem. 'Bent u daar nog?'

'Ik ben er nog. Ja, ik ken Dale Barbara. Hij kookt in het restaurant aan Main Street. Hoezo?'

'Hij heeft blijkbaar geen mobiele telefoon, en het restaurant neemt niet op...'

'Het is gesloten...'

'... en de vaste telefoons werken natuurlijk niet.'

'Niets in dit dorp schijnt vanavond goed te werken, kolonel Cox. Ook de mobiele telefoons niet. Maar nu ik merk dat het u geen moeite kost om contact met mij te krijgen, vraag ik me af of uw mensen er misschien achter zitten.' Haar woede – die net als haar sarcasme uit angst voortkwam – verraste haar zelf. 'Wat hebt u gedaan? Wat hebben uw mensen gedaan?'

'Niets. Voor zover ik nu weet: niets.'

Ze was zo verrast dat ze niet wist wat ze nu moest zeggen. Dat was niets voor de Julia Shumway die de inwoners van Chester's Mill kenden.

'De mobiele telefoons, ja,' zei hij. 'De telefoonverbindingen met Chester's Mill zijn nu min of meer afgesloten. Vanwege de nationale veiligheid. En met alle respect, mevrouw: u zou hetzelfde hebben gedaan als u in onze positie had verkeerd.'

'Dat betwijfel ik.'

'O ja?' Hij klonk geïnteresseerd, niet kwaad. 'In een situatie die zich nooit eerder in de geschiedenis van de wereld heeft voorgedaan en die aan een technologie doet denken die veel verder gaat dan alles wat wij zelfs maar kunnen begrijpen?'

Opnieuw wist ze geen antwoord.

'Het is heel belangrijk dat ik kapitein Barbara te spreken krijg,' zei hij, terugkomend op zijn oorspronkelijke tekst. Eigenlijk verbaasde het Julia dat hij zo ver was afgedwaald.

'Kapitéín Barbara?'

'Buiten dienst. Kunt u hem opsporen? Neemt u uw mobiele telefoon mee. Ik zal u een nummer geven dat u kunt bellen. U krijgt dan verbinding.'

'Waarom ik, kolonel Cox? Waarom hebt u de politie niet gebeld? Of het gemeentebestuur? Ik geloof dat ze er alle drie zijn.'

'Dat heb ik niet eens geprobeerd. Ik ben opgegroeid in een klein plaatsje, mevrouw Shumway...'

'Fijn voor u.'

'... en het is mijn ervaring dat dorpspolitici een beetje weten, dat de politie een heleboel weet en dat de hoofdredacteur van de plaatselijke krant alles weet.'

Nu moest ze onwillekeurig lachen.

'Waarom telefoneren als u hem ook persoonlijk kunt spreken? Natuurlijk met mij als chaperonne. Ik ga naar mijn kant van de barrière – ik wou er net heen gaan toen u belde. Ik zoek Barbie op...'

'Zo noemt hij zich nog steeds, hè?' Cox klonk geamuseerd.

'Ik zoek hem op en breng hem mee. We kunnen een minipersconferentie houden.'

'Ik ben niet in Maine. Ik ben in Washington. Bij de gezamenlijke chefs van staven.'

'Moet dat indruk op mij maken?' Al was dat inderdaad een beetje het geval.

'Mevrouw Shumway, ik heb het druk, en u waarschijnlijk ook. Dus om tot een oplossing te komen...'

'Is dat mogelijk, denkt u?'

'Houdt u daarmee op,' zei hij. 'U zult wel verslaggever zijn geweest voordat u hoofdredacteur werd, en daarom stelt u automatisch vragen, maar de tijd dringt. Kunt u doen wat ik vraag?'

'Ja. Maar als u hem wilt, krijgt u mij ook. We rijden de 119 op en bellen u vandaar.'

'Nee,' zei hij.

'Goed,' zei ze vriendelijk. 'Prettig met u te hebben gesproken, kolonel C...'
'Laat u me uitspreken. Uw kant van de 119 is totaal FUBAR. Dat betekent...'
'Ik ken die uitdrukking, kolonel. Ik heb veel van Tom Clancy gelezen. *Fucked up beyond all repair*. Hopeloos onbruikbaar. Wat bedoelt u daar precies mee in verband met Route 119?'
'Ik bedoel dat het daar – neemt u me niet kwalijk dat ik me zo vulgair uitdruk – net de openingsavond van een gratis hoerentent is. Uw halve dorp heeft daar auto's en pick-ups aan weerskanten van de weg en in een weiland geparkeerd.'
Ze legde haar fototoestel op de vloer, haalde een notitieboekje uit haar jaszak en noteerde: *Kol. James O. Cox* en *Net openingsavond gratis h'tent*. Toen voegde ze daar *boerderij Dinsmore?* aan toe. Ja, waarschijnlijk bij Alden Dinsmore.
'Goed,' zei ze. 'Wat stelt u voor?'
'Nou, ik kan u niet beletten daarheen te gaan. Daar hebt u volkomen gelijk in.' Hij zuchtte, alsof hij wilde zeggen dat het er niet eerlijk aan toeging in de wereld. Julia glimlachte een beetje. 'En ik kan ook niets doen aan wat u in uw krant afdrukt, al denk ik niet dat het van belang is, want niemand buiten Chester's Mill krijgt het te zien.'
Ze hield op met glimlachen. 'Kunt u iets duidelijker zijn?'
'Liever niet, maar u komt er zelf wel achter. Als u de barrière zelf wilt zien – al kunt u hem niet echt zíen, zoals u vast wel verteld is –, stel ik voor dat u met kapitein Barbara naar de plaats gaat waar hij Town Road 3 kruist. Kent u Town Road 3?'
Eerst niet. Toen besefte ze waar hij het over had en lachte.
'Zei ik iets grappigs, mevrouw Shumway?'
'In Chester's Mill noemen ze die weg Little Bitch Road. Want in de moddertijd is het een *bitch*, een kreng.'
'Erg kleurrijk.'
'Er staan geen menigten op Little Bitch, neem ik aan?'
'Op dit moment is daar helemaal niemand.'
'Goed.' Ze stopte het notitieboekje in haar zak en pakte het fototoestel op. Horace stond nog geduldig bij de deur te wachten.
'Goed. Wanneer kan ik uw telefoontje verwachten? Of beter gezegd, Barbies telefoontje met uw toestel?'
Ze keek op haar horloge en zag dat het net tien uur was geweest. Hoe was het in godsnaam opeens zo laat geworden? 'We zijn daar om halfelf, tenminste als ik hem kan vinden. En ik denk van wel.'
'Dat is goed. Zeg tegen hem dat hij de groeten van Ken moet hebben. Dat is een...'

'... een grapje, ja, ik begrijp het. Ontmoeten we daar iemand?'

Het was even stil. Toen hij weer sprak, hoorde ze onwil in zijn stem. 'Er zijn daar lichten en schildwachten, soldaten bij een wegafzetting, maar ze hebben opdracht niet met de bewoners te praten.'

'Niet met... waarom? In godsnaam, waarom?'

'Als er geen eind aan deze situatie komt, mevrouw Shumway, zal dat u allemaal duidelijk worden. Het meeste zult u zelf ontdekken – u lijkt me een heel intelligente dame.'

'Nou, hartelijk dank, kolonel!' zei ze sarcastisch. Horace, bij de deur, spitste zijn oren.

Cox lachte, een harde, onbeledigde lach. 'Ja, mevrouw, de boodschap komt luid en duidelijk door. Halfelf?'

Ze kwam in de verleiding om nee tegen hem te zeggen, maar dat kon ze natuurlijk niet doen.

'Halfelf. Als ik hem kan vinden. En ik bel u?'

'U of hij, maar hem wil ik spreken. Ik wacht met mijn hand op de telefoon.'

'Geeft u me dan het magische nummer.' Ze hield de telefoon tegen haar oor en haalde het notitieboekje weer tevoorschijn. Natuurlijk wilde je altijd je notitieboekje opnieuw hebben als je het had weggestopt; dat hoorde er nu eenmaal bij als je verslaggever was, wat zij op dit moment was. Opnieuw. Het telefoonnummer dat hij haar gaf, maakte haar vreemd genoeg banger dan alles wat hij nog meer had gezegd. Het netnummer was 000.

'Nog één ding, mevrouw Shumway: hebt u een geïmplanteerde pacemaker? Een geïmplanteerd gehoorapparaat? Iets van dien aard?'

'Nee. Hoezo?'

Ze dacht dat hij weer geen antwoord wilde geven, maar dat deed hij wel. 'Als u dicht bij de Koepel komt, krijgt u te maken met een soort storing. Die is niet schadelijk voor de meeste mensen. Die voelen alleen een lichte elektrische schok, die na een seconde of twee verdwijnt. Maar elektrische apparaten kunnen er helemaal niet tegen. Sommige worden afgesloten – de meeste mobiele telefoons bijvoorbeeld, als de afstand kleiner dan anderhalve meter wordt – en andere exploderen. Als u een taperecorder meebrengt, zet de barrière hem uit. Als u een iPod of zoiets geavanceerds als een BlackBerry meebrengt, is de kans groot dat hij ontploft.'

'Is de pacemaker van commandant Perkins ontploft? Is hij daardoor omgekomen?'

'Precies. Brengt u Barbie mee, en zegt u vooral tegen hem dat hij de groeten van Ken moet hebben.'

Hij verbrak de verbinding, zodat Julia in stilte naast haar hond bleef staan.

Ze probeerde haar zus in Lewiston te bellen. De cijfers piepten... en toen kwam er niets. Niets dan stilte, net als tevoren.

De Koepel, dacht ze. *Op het laatst noemde hij het niet de barrière. Hij noemde het de Koepel.*

5

Barbie had zijn shirt uitgetrokken en zat op zijn bed om zijn sportschoenen uit te trekken, toen er op de deur werd geklopt. Die deur kon je bereiken door een buitentrap aan de zijkant van de Sanders Hometown-drugstore te nemen. Hij vond het niet leuk dat er werd aangeklopt. Hij had het grootste deel van de dag gelopen, daarna een schort aangetrokken en de hele avond in het restaurant gewerkt. Hij was doodmoe.

En stel nu eens dat het Junior en een paar van zijn vrienden waren, die hem een warm onthaal wilden bereiden? Je zou kunnen zeggen dat het onwaarschijnlijk, ja zelfs paranoïde was om dat te denken, maar de hele dag was een opeenvolging van onwaarschijnlijkheden geweest. Trouwens, Junior, Frank DeLesseps en de rest van hun vrolijke troepje behoorden tot de weinige mensen die hij die avond niet in de Sweetbriar had gezien. Hij nam aan dat ze als ramptoeristen op de 119 of de 117 stonden, maar misschien had iemand hun verteld dat hij in het dorp terug was en zouden ze hem later die avond een bezoek brengen. Later, dus nu.

Er werd opnieuw geklopt. Barbie stond op en legde zijn hand op het portable tv-toestel. Als wapen stelde het niet veel voor, maar het zou enige schade aanrichten als hij het naar de eerste de beste gooide die binnenkwam. Er was een ronde stok uit een kleerkast, maar alle drie kamers waren klein en de stok was te lang om er goed mee te kunnen uithalen. Verder had hij zijn padvindersmes, maar daar kon je niet goed mee snijden. Of hij moest al...

'Meneer Barbara?' Het was een vrouwenstem. 'Barbie? Ben je daar?'

Hij haalde zijn hand van de tv weg en liep door het keukentje. 'Wie is daar?' Maar al terwijl hij het vroeg, wist hij wie het was.

'Julia Shumway. Ik heb een boodschap van iemand die je wil spreken. Hij zei dat je de groeten van Ken moet hebben.'

Barbie deed open en liet haar binnen.

6

In de vergaderkamer met grenenhouten lambriseringen in het souterrain van het gemeentehuis van Chester's Mill was het lawaai van de generator buiten (een oude Kelvinator) niet meer dan een zwak gezoem in de verte. De tafel in het midden van de kamer was van fraai rood esdoornhout, vier meter lang en opgewreven tot hij glansde. De meeste stoelen die eromheen stonden waren die avond onbezet. De vier aanwezigen bij wat Grote Jim de noodevaluatie noemde zaten allemaal aan het ene uiteinde. Grote Jim zat zelf aan het hoofd van de tafel, al was hij maar de eerste wethouder. Achter hem hing een kaart van de sokvormige gemeente.

Aanwezig waren de drie leden van het gemeentebestuur en Peter Randolph, de plaatsvervangend politiecommandant. Rennie was de enige die blijkbaar volkomen bij zijn positieven was. Randolph keek geschokt en bang. Andy Sanders was natuurlijk overmand door verdriet. En Andrea Grinnell – een dikke, grijzende versie van haar zuster Rose – maakte een versufte indruk. Dat was niets nieuws.

Vier of vijf jaar eerder was Andrea op een ochtend in januari, toen ze naar de brievenbus liep, uitgegleden op haar beijzelde paadje. Ze was hard genoeg neergekomen om kneuzingen in twee rugwervels op te lopen (het had waarschijnlijk niet geholpen dat ze veertig of vijftig kilo te zwaar was). Dokter Haskell had het nieuwe wondermiddel OxyContin voorgeschreven tegen de ongetwijfeld folterende pijn. En hij schreef het nog steeds aan haar voor. Dankzij zijn goede vriend Andy van de plaatselijke apotheek wist Grote Jim dat Andrea met veertig milligram per dag was begonnen en was opgeklommen tot maar liefst vierhonderd. Dat was nuttige informatie.

Grote Jim zei: 'Vanwege Andy's grote verlies zal ik deze bijeenkomst voorzitten, als niemand daar bezwaar tegen heeft. We vinden het allemaal heel erg, Andy.'

'Nou en of,' zei Randolph.

'Dank je,' zei Andy, en toen Andrea even haar hand op de zijne legde, schoot hij weer vol.

'Nou, we hebben allemaal een indruk van wat hier is gebeurd,' zei Grote Jim, 'al is er nog niemand in het dorp die het begrijpt...'

'Buiten het dorp vast ook niet,' zei Andrea.

Grote Jim negeerde haar. '... en de militairen die daar zijn hebben het niet nodig gevonden contact op te nemen met de gekozen functionarissen van de gemeente.'

'Problemen met de telefoons, weet u,' zei Randolph. Hij tutoyeerde al deze mensen – beschouwde Grote Jim zelfs als een vriend – maar achtte het in deze kamer verstandig om 'u' te zeggen. Perkins had dat ook gedaan, en in ieder geval wat dat betrof had de ouwe idioot waarschijnlijk gelijk gehad.

Grote Jim zwaaide met zijn hand alsof hij een lastige vlieg verjoeg. 'Er had iemand naar de Motton- of Tarker's-kant moeten komen om met mij – ons – te praten. Niemand heeft het nodig gevonden om dat te doen.'

'De situatie is nog erg... eh, instabiel.'

'Ongetwijfeld, ongetwijfeld. En dat is waarschijnlijk de reden waarom nog niemand ons op de hoogte heeft gesteld. Het zou kunnen, ja, en ik bid ervoor dat het zo is. Ik hoop dat jullie allemaal bidden.'

Ze knikten plichtsgetrouw.

'Maar op dit moment...' Grote Jim keek ernstig om zich heen. Hij vóélde zich ook ernstig. En hij was er klaar voor. Hij achtte het niet onmogelijk dat zijn portret binnen een jaar op de cover van *Time* zou staan. Een ramp – vooral wanneer er terroristen achter zaten – had ook zijn goede kanten. Kijk maar naar burgemeester Rudy Giuliani van New York. 'Nou, dame en heren, het lijkt er sterk op dat we op onszelf zijn aangewezen.'

Andrea sloeg haar hand voor haar mond. Haar ogen glansden van angst of te veel dope. Misschien beide. 'Vast niet, Jim!'

'Hoop op het beste en bereid je voor op het ergste – dat zegt Claudette altijd,' merkte Andy peinzend op. 'Zei, bedoel ik. Ze heeft vanmorgen een lekker ontbijt voor me klaargemaakt. Roerei met restjes taco en kaas. Goh!'

De tranen, die enigszins opgedroogd waren, stroomden hem weer over de wangen. Andrea legde haar hand weer over de zijne. Deze keer pakte Andy hem vast. *Andy en Andrea*, dacht Grote Jim, en er verscheen een vaag glimlachje op zijn vlezige gezicht. *De twee dombo's.*

'Hoop op het beste, maak plannen voor het ergste,' zei hij. 'Wat is dat een goede raad! In het ergste geval zou dit kunnen betekenen dat we een paar dagen van de buitenwereld zijn afgesneden. Of een week. Misschien zelfs een maand.' Hij geloofde dat niet echt, maar als ze bang waren, deden ze eerder wat hij zei.

'Vast niet!' herhaalde Andrea.

'We weten het gewoon niet,' zei Grote Jim. Dat was tenminste de onverbloemde waarheid. 'Hoe kunnen we het weten?'

'Misschien moeten we de Food City-supermarkt sluiten,' zei Randolph. 'In elk geval voorlopig. Doen we dat niet, dan komt er misschien een run als voor een sneeuwstorm.'

Rennie ergerde zich daaraan. Hij had een lijstje van wat er moest gebeuren, en dit stond erop, maar het stond niet bovenaan.

'Of misschien is dat niet zo'n goed idee,' zei Randolph, die het gezicht van de eerste wethouder zag.

'Nou, Pete, ik vind het inderdaad geen goed idee,' zei Grote Jim. 'Net of je de banken zou sluiten wanneer er weinig geld is. Dan lok je juist een run uit.'

'Hebben we het ook over een sluiting van de banken?' vroeg Andy. 'Wat doen we met de geldautomaten? Er is er een in Brownie's Store... de Mill Gas & Grocery... mijn eigen winkel natuurlijk...' Hij keek vaag en toen klaarde zijn gezicht op. 'Ik denk dat ik er zelfs een in het medisch centrum heb gezien, al ben ik daar niet helemaal zeker van...'

Rennie vroeg zich even af of Andrea de man wat van haar pillen had gegeven. 'Ik maakte maar een vergelijking, Andy.' Hij sprak zacht en vriendelijk. Dit was precies wat je kon verwachten als mensen afdwaalden. 'In een situatie als deze is voedsel in feite hetzelfde als geld. Ik bedoel dat alles zijn gewone gang moet gaan. Dan blijven de mensen rustig.'

'Aha,' zei Randolph. Dit kon hij begrijpen. 'Ik snap het.'

'Maar je moet wel met de bedrijfsleider van de supermarkt praten. Hoe heet hij – Cade?'

'Cale,' zei Randolph. 'Jack Cale.'

'En ook met Johnny Carver van de Gas & Grocery, en... wie staat er in Brownie's sinds Dil Brown dood is?'

'Velma Winter,' zei Andrea. 'Ze komt uit Away, maar ze is heel aardig.'

Rennie zag tot zijn genoegen dat Randolph de namen in zijn notitieboekje schreef. 'Zeg tegen die drie mensen dat er tot nader order geen alcoholische dranken verkocht mogen worden.' Zijn gezicht kreeg een nogal angstaanjagende uitdrukking van genoegen. 'En de Dipper gaat dicht.'

'Veel mensen zullen het niet leuk vinden dat er geen drank meer te krijgen is,' zei Randolph. 'Mensen als Sam Verdreaux.' Verdreaux was de ergste dronkenlap van het dorp, een wandelend argument voor herinvoering van de drooglegging, vond Grote Jim.

'Sam en consorten moeten maar lijden als hun voorraad bier en koffielikeur op is. We kunnen niet hebben dat het halve dorp dronken rondloopt als op oudejaarsavond.'

'Waarom niet?' vroeg Andrea. 'Ze drinken de voorraad op en dan is het afgelopen.'

'En als ze intussen in opstand komen?'

Andrea zweeg. Ze wist niet waartégen mensen in opstand zouden komen – zolang ze te eten hadden –, maar ze wist uit ervaring dat het meestal zinloos en altijd vermoeiend was om met Jim Rennie in discussie te gaan.

'Ik stuur wel een paar kerels om met ze te praten,' zei Randolph.

'Ga persóónlijk met Tommy en Willow Anderson praten.' De Andersons waren eigenaar van de Dipper. 'Ze kunnen lastig zijn.' Hij dempte zijn stem. 'Radicalen.'

Randolph knikte. 'Línks-radicalen. Ze hebben een foto van oom Barack boven de bar hangen.'

'Precies.' *En, hoefde hij niet te zeggen, Duke Perkins heeft die twee katoenplukkers van hippies in het dorp toegelaten met hun dansen, drinken en harde rockmuziek tot één uur 's nachts. Hij heeft ze beschermd. En moet je zien hoe mijn zoon en zijn vrienden daardoor in de problemen zijn gekomen.* Hij keek Andy Sanders aan. 'En stop ook alle medicijnen achter slot en grendel. O, niet de neusspray en de aspirine en dat soort dingen. Je weet wel wat ik bedoel.'

'Alles wat mensen kunnen gebruiken om high te worden,' zei Andy, 'ligt al achter slot en grendel.' Hij vond dat het gesprek een ongelukkige wending nam. Rennie wist waarom, maar hij maakte zich nu niet druk over de omzet van hun bedrijven; ze hadden dringender zaken aan hun hoofd.

'Neem toch maar extra voorzorgsmaatregelen.'

Andrea keek geschrokken. Andy gaf een klopje op haar hand. 'Maak je geen zorgen,' zei hij. 'We hebben altijd genoeg voor de mensen die het echt nodig hebben.'

Andrea glimlachte naar hem.

'We willen dat het dorp nuchter blijft tot de crisis voorbij is,' zei Grote Jim. 'Maar zijn we het eens? Steek jullie handen op.'

De handen gingen omhoog.

'Kan ik dan nu teruggaan naar waar ik ben begonnen?' vroeg Rennie. Hij keek Randolph aan, die zijn handen spreidde, een gebaar dat tegelijk *ga je gang* en *sorry* betekende.

'We moeten onder ogen zien dat mensen bang kunnen worden. En als mensen bang zijn, gaan ze verkeerde dingen doen, drank of geen drank.'

Andrea keek naar het kastje rechts van Grote Jim: schakelaars voor de tv, de radio en het ingebouwde opnamesysteem, een vernieuwing waar Grote Jim een hekel aan had. 'Moet dat niet aan staan?'

'Dat lijkt me niet nodig.'

Dat verrekte opnamesysteem (een schim van Richard Nixon) was het idee geweest van een bemoeizieke medicus, Eric Everett, een lastpak van in de dertig die in het dorp meestal Rusty werd genoemd. Everett was op de dorpsbijeenkomst van twee jaar geleden met het voorstel voor dat idiote opnamesysteem op de proppen gekomen. Hij had gezegd dat het een grote sprong voorwaarts zou zijn. Het voorstel was een onwelkome verrassing geweest voor Rennie, die zelden verrast werd, en zeker niet door politieke buitenstaanders.

Grote Jim had gezegd dat het veel te duur was. Die tactiek werkte meestal bij de zuinige New-Englanders, maar die keer niet. Everett had cijfers gepresenteerd, die hem misschien verstrekt waren door Duke Perkins. Uit die cijfers was gebleken dat de federale overheid tachtig procent zou betalen. Een of andere wet op de rampenhulp of zoiets, een overblijfsel uit de verkwistende Clinton-jaren. Rennie had het onderspit gedolven.

Dat laatste gebeurde niet vaak en hij was er niet blij mee, maar hij zat al veel langer in de politiek dan dat Eric 'Rusty' Everett een jeukende prostaat had, en hij wist dat er een groot verschil was tussen een slag verliezen en de oorlog verliezen.

'Moet dan niet iemand aantekeningen maken?' vroeg Andrea timide.

'Het lijkt me het beste om dit voorlopig informeel te houden,' zei Grote Jim. 'Iets van alleen ons vieren.'

'Nou... als jij dat denkt...'

'Twee kunnen iets geheim houden als een van hen dood is,' zei Andy dromerig.

'Zo is het, jongen,' zei Rennie, alsof dat ergens op sloeg. Toen keek hij Randolph weer aan. 'Ik zou zeggen dat het onze voornaamste taak is – onze voornaamste verantwoordelijkheid ten opzichte van de gemeente – dat we de orde handhaven zolang deze crisis duurt. Dat betekent politie.'

'Nou en of!' zei Randolph ijverig.

'Nu ben ik er zeker van dat commandant Perkins van Hierboven op ons neerkijkt...'

'Met mijn vrouw,' zei Andy. 'Met Claudie.' Hij produceerde een snotterig getoeter waar Grote Jim het heel goed zonder had kunnen stellen. Evengoed gaf hij een klopje op Andy's andere hand.

'Zo is het, Andy, zij samen, badend in Jezus' glorie. Maar voor ons hier op aarde... Pete, hoeveel man kun je oproepen?'

Grote Jim wist het antwoord al. Hij wist het antwoord op de meeste van zijn eigen vragen. Op die manier was het leven gemakkelijker. Er stonden achttien agenten op de loonlijst van het politiekorps, twaalf fulltimers en zes parttimers (de laatsten allemaal boven de zestig, zodat hun diensten geweldig goedkoop waren). Hij was er vrij zeker van dat vijf van de fulltimers het dorp uit waren; ze waren met hun vrouw en kinderen naar de schoolfootballwedstrijd van die dag of naar de gecontroleerde brand in Castle Rock. Een zesde, commandant Perkins, was dood. En hoewel Rennie nooit kwaad over de doden zou spreken, geloofde hij dat het voor de gemeente beter was dat Perkins in de hemel was dan dat hij op aarde pogingen deed een superflop te beheersen die zijn beperkte capaciteiten verre te boven ging.

'Dat kan ik gauw vertellen,' zei Randolph. 'Het ziet er niet zo goed uit. We hebben Henry Morrison en Jackie Wettington, die allebei met mij op het eerste alarm af gingen. Dan hebben we Rupe Libby, Fred Denton en George Frederick – al heeft die zo'n last van zijn astma dat ik niet weet wat we aan hem zouden hebben. Hij was van plan aan het eind van dit jaar met vervroegd pensioen te gaan.'

'Die arme ouwe George,' zei Andy. 'Hij leeft zo ongeveer op Advair.'

'En zoals bekend zijn Marty Arsenault en Toby Whelan niet veel meer waard. De enige parttimer die ik capabel zou willen noemen is Linda Everett. Met die verrekte brandweeroefening en die footballwedstrijd had dit niet op een beroerder moment kunnen gebeuren.'

'Linda Everett?' vroeg Andrea een beetje geïnteresseerd. 'Rusty's vrouw?'

'Hmpf!' Grote Jim zei vaak 'Hmpf' als hij zich ergerde. 'Dat is alleen maar een veredelde klaar-over.'

'Ja,' zei Randolph, 'maar ze is vorig jaar door het schietexamen in The Rock gekomen en ze heeft een pistool. Volgens mij kan ze daar goed mee rondlopen en dienstdoen. Misschien niet fulltime, de Everetts hebben een paar kinderen, maar ze kan worden ingezet. Per slot van rekening is het een crisis.'

'Ongetwijfeld, ongetwijfeld.' Maar Rennie verdomde het om die Everetts elke keer dat hij zich omdraaide als een duveltje uit een doosje te zien opduiken. Kortom: hij wilde de vrouw van die katoenplukker niet in zijn eerste team. Al was het alleen maar omdat ze nog vrij jong was, niet ouder dan dertig, en bloedmooi. Ze zou vast een slechte invloed op de mannen hebben. Dat had je altijd met mooie vrouwen. Wettington met haar tieten als granaathulzen was al erg genoeg.

'Dus het zijn er maar acht van de achttien,' zei Randolph.

'Je vergeet jezelf mee te rekenen,' zei Andrea.

Randolph sloeg met zijn hand tegen zijn voorhoofd, alsof hij zijn hersenen in het gareel stampte. 'O. Ja. Goed. Negen.'

'Dat is niet genoeg,' zei Rennie. 'We moeten het korps versterken. Tijdelijk maar, weet je, totdat deze situatie is opgelost.'

'Aan wie denkt u?' vroeg Randolph.

'Mijn zoon, om te beginnen.'

'Junior?' Andrea trok haar wenkbrauwen op. 'Die is nog niet eens oud genoeg om te stemmen... of wel?'

Grote Jim maakte zich een voorstelling van Andrea's hersenen: vijftien procent favoriete onlinewinkels, tachtig procent medicijnreceptoren, twee procent geheugen en drie procent denkvermogen. Nou ja, hij moest het er maar mee doen. En, zei hij tegen zichzelf, *de domheid van je collega's maakt je leven eenvoudiger.*

'Hij is al eenentwintig. Tweeëntwintig in november. En door een gelukkig toeval of de genade Gods is hij dit weekend thuis van de universiteit.'

Peter Randolph wist dat Junior Rennie voorgoed thuis was van de universiteit – dat had hij eerder die week op de telefoonblocnote in het kantoor van wijlen de commandant zien staan, al wist hij niet hoe Duke aan die informatie kwam of waarom hij het nodig had gevonden het op te schrijven. Er had daar nog iets anders geschreven gestaan: *gedragsproblemen?*

Dit was waarschijnlijk niet het moment om dergelijke informatie aan Grote Jim te verstrekken.

Rennie ging verder, nu op de enthousiaste toon van een quizmaster die een bijzonder mooie prijs in de bonusronde aankondigt. 'En Junior heeft drie vrienden die ook geschikt zouden zijn: Frank DeLesseps, Melvin Searles en Carter Thibodeau.'

Andrea keek weer ongemakkelijk. 'Eh... waren dat niet de jongens... de jongemannen... van die vechtpartij bij de Dipper...?'

Grote Jim schonk haar een glimlach die een soort blijmoedige razernij uitstraalde, waardoor ze in haar stoel ineenkromp.

'Die kwestie is overtrokken. En er was drank in het spel, zoals je dat zo vaak ziet. Daar komt nog bij dat die Barbara de aanstichter was. Daarom is niemand in staat van beschuldiging gesteld. Het stelde niks voor. Of heb ik het mis, Peter?'

'Absoluut niet,' zei Randolph, al zat het hem blijkbaar ook niet lekker.

'Die kerels zijn allemaal minstens eenentwintig. Ik geloof dat Carter al drieëntwintig is.'

Thibodeau was inderdaad drieëntwintig. De laatste tijd werkte hij parttime als monteur bij de Mill Gas & Grocery. Hij was twee keer ergens ontslagen – wegens zijn opvliegende karakter, had Randolph gehoord –, maar blijkbaar voelde hij zich bij de Gas & Grocery op zijn plaats. Johnny zei dat hij nooit iemand had gehad die zo goed met elektriciteit en ventilatiesystemen kon omgaan.

'Ze hebben met elkaar gejaagd. Ze kunnen goed schieten...'

'Goddank hoeven we dát niet uit te testen,' zei Andrea.

'Er wordt niemand neergeschoten, Andrea, en niemand stelt voor dat we die jonge kerels fulltime bij de politie in dienst nemen. Ik zeg alleen dat we een sterk uitgedund korps moeten aanvullen, en snel ook. Dus wat vind je, commandant? Ze kunnen tijdelijk bij het korps komen, tot de crisis voorbij is. We betalen ze uit het potje voor noodgevallen.'

Randolph vond het niet zo'n goed idee om Junior met een pistool door de straten van Chester's Mill te laten rondlopen – Junior met zijn mogelijke gedragsproblemen –, maar hij hield er ook niet van om Grote Jim tegen te spreken. En misschien was het inderdaad een goed idee om een paar kerels achter de hand te hebben. Al waren ze jong. Hij voorzag geen problemen in het dorp, maar die jongens konden de orde handhaven op de plaatsen waar de grote wegen op de barrière stuitten. Als de barrière er nog was. En als die er niet meer was? Dan waren alle problemen opgelost.

Hij glimlachte als een teamspeler. 'Weet u, ik vind dat een geweldig idee. Stuurt u ze morgenvroeg om tien uur maar naar het bureau...'

'Negen uur is misschien beter, Pete.'

'Negen uur is prima,' zei Andy met zijn dromerige stem.

'Nog meer dingen die we moeten bespreken?' vroeg Rennie.

Die waren er niet. Andrea keek alsof ze misschien iets had willen zeggen maar niet meer wist wat het was.

'Dan breng ik het in stemming,' zei Rennie. 'Verzoekt het gemeentebestuur aan politiecommandant Randolph om Junior, Frank DeLesseps, Melvin Searles en Carter Thibodeau als tijdelijke agenten op basissalaris in dienst te nemen? Voor zolang als deze verrekte crisis duurt? Willen degenen die voor zijn dat op de gebruikelijke manier te kennen geven?'

Ze staken allemaal hun hand op.

'Het voorstel is aange...'

Hij werd onderbroken door twee knallen die als schoten klonken. Ze schrokken er allemaal van. Toen kwam er een derde knal, en Rennie, die bijna zijn hele leven met motoren had gewerkt, wist wat het was.

'Rustig maar, mensen. Een motor die terugslaat. Een generator die zijn keel schr...'

De oude generator gaf een vierde knal en hield er toen mee op. De lichten gingen uit, en een ogenblik zaten ze in diepe duisternis. Andrea gilde.

Links van hem zei Andy Sanders: 'O nee, Jim, het propaan...'

Rennie stak zijn vrije hand uit en pakte Andy's arm vast. Andy hield zijn mond. Terwijl Rennie zijn greep liet verslappen, kwam er weer wat licht in de lange kamer met grenenhouten lambriseringen. Niet de felle plafondlampen, maar de noodverlichting in de vier hoeken. In het zwakke schijnsel leken de gezichten aan het eind van de vergadertafel vergeeld en jaren ouder. Iedereen keek angstig. Zelfs Grote Jim Rennie keek angstig.

'Geen probleem,' zei Randolph met een opgewektheid die nogal kunstmatig klonk. 'De tank is leeg; dat is alles. Er is nog genoeg in de opslagloods van de gemeente.'

Andy wierp Grote Jim een blik toe. Het was een nauwelijks waarneembare beweging van zijn ogen, maar Rennie had de indruk dat Andrea het zag. Het was de vraag wat ze er uiteindelijk van zou denken.

Ze is het na haar volgende dosis OxyContin weer vergeten, zei hij tegen zichzelf. *Zeker morgenvroeg.*

En intussen maakte hij zich niet druk om de propaanvoorraad van de gemeente – of het gebrek daaraan. Dat zou hij afhandelen als het zover was.

'Oké, mensen, ik weet dat jullie hier net zo graag weg willen als ik, dus laten we op het volgende punt overgaan. Ik vind dat we Pete hier moeten benoemen tot tijdelijk commandant van politie.'

'Ja, waarom niet?' vroeg Andy. Hij klonk moe.

'Als er geen discussie is,' zei Grote Jim, 'breng ik het in stemming.'

Ze stemden zoals hij wilde.

Dat deden ze altijd.

7

Junior zat op het trapje van het grote huis van de Rennies aan Mill Street toen de koplampen van zijn vaders Hummer over het pad schenen. Junior voelde zich op zijn gemak. De hoofdpijn was niet teruggekomen. Angie en Dodee lagen in de provisiekast, en daar lagen ze prima – tenminste voorlopig. Het geld dat hij had weggenomen lag weer in de safe van zijn vader. Hij had een pistool in zijn zak, de .38 met paarlemoeren kolf die hij op zijn achttiende verjaardag van zijn vader had gekregen. Nu zouden zijn vader en hij met elkaar praten. Junior zou heel goed luisteren naar wat de Koning van Geen Aanbetaling te zeggen had. Als hij het gevoel had dat zijn vader wist wat hij, Junior, had gedaan – eigenlijk kon hij dat niet weten, maar zijn vader wist altijd veel –, zou Junior hem doodschieten. Daarna zou hij zichzelf doodschieten. Want hij kon niet vluchten, deze avond niet en de volgende dag waarschijnlijk ook niet. Op de terugweg had hij op het plantsoen staan luisteren naar de gesprekken die daar werden gevoerd. Het was waanzinnig wat de mensen zeiden, maar de grote bel van licht in het zuiden en de kleinere in het zuidwesten, waar Route 117 naar Castle Rock leidde, wezen erop dat de waanzin deze avond wel eens de waarheid zou kunnen zijn.

De deur van de Hummer ging open en klapte dicht. Zijn vader liep naar hem toe, zijn koffertje bungelend tegen zijn dij. Hij keek niet argwanend, achterdochtig of kwaad. Zonder een woord te zeggen ging hij naast Junior op het trapje zitten. Toen deed hij iets wat Junior volkomen verraste: hij sloeg zijn hand om de hals van de jonge man en kneep er zacht in.

'Heb je het gehoord?' vroeg hij.

'Iets,' zei Junior. 'Maar ik begrijp het niet.'

'We begrijpen het geen van allen. Zolang niet duidelijk is wat er aan de hand is, staan ons moeilijke dagen te wachten. Daarom moet ik je iets vragen.'

'Wat dan?' Juniors hand sloot zich om de kolf van het pistool.

'Wil jij je steentje bijdragen? Jij en je vrienden? Frankie? Carter en die jongen van Searles?'

Junior zweeg en wachtte af. Wat was dit voor gelul?

'Peter Randolph is nu waarnemend politiecommandant. Het korps is niet compleet; hij heeft mannen nodig. Goede mannen. Ben jij bereid tijdelijk bij de politie te gaan tot die verrekte superflop achter de rug is?'

Junior voelde een wilde aandrang om het uit te schreeuwen van het lachen. Of van triomf. Of van beide. De hand van Grote Jim lag nog om zijn nek. Hij kneep niet. Het leek wel of hij... streelde.

Junior haalde zijn hand van het pistool in zijn zak weg. Hij bedacht dat het hem nog steeds meezat. Hij had ontzettend veel geluk.

Vandaag had hij twee meisjes vermoord die hij sinds zijn kinderjaren had gekend.

Morgen werd hij politieagent.

'Goed, pa,' zei hij. 'Als je ons nodig hebt, zijn we er.' En voor het eerst in misschien wel vier jaar (het kon ook langer zijn) kuste hij de wang van zijn vader.

GEBEDEN

1

Barbie en Julia Shumway praatten niet veel; er viel niet veel te zeggen. Voor zover Barbie kon zien was hun auto de enige op de weg, maar toen ze het dorp uit waren, zag hij in de meeste boerderijen licht branden. Hier in het veld, waar altijd karweitjes te doen waren en niemand een onbegrensd vertrouwen in het energiebedrijf Western Maine Power had, had bijna iedereen een generator. Toen ze langs de zendmast van WCIK kwamen, knipperden de twee rode lichten in de top zoals ze altijd deden. Het elektrische kruis voor het kleine studiogebouw was ook verlicht: een stralend wit baken in de duisternis. Daarboven stonden de sterren in hun gebruikelijke overdaad aan de hemel, een nimmer eindigende stortvloed van energie die geen generator nodig had.

'Ik ging hier vaak vissen,' zei Barbie. 'Het is hier vredig.'

'Iets gevangen?'

'Genoeg, maar soms ruikt het daar naar het vuile ondergoed van de goden. Kunstmest of zoiets. Ik heb nooit iets van die vis durven eten.'

'Dat was geen kunstmest, maar gezeik. Ook wel de stank van de zelfgenoegzaamheid genaamd.'

'Sorry?'

Ze wees naar een donkere torenspits die een deel van de sterrenhemel aan het oog onttrok. 'De Kerk van Christus de Heilige Verlosser,' zei ze. 'Ze zijn eigenaar van WCIK, waar we net langskwamen. Ook wel Jezus Radio genoemd?'

Hij haalde zijn schouders op. 'Misschien heb ik die kerktoren wel gezien. En ik ken dat radiostation. Dat kan bijna niet missen als je hier woont en een radio hebt. Fundamentalistisch?'

'Vergeleken met hen zijn de zwaarste baptisten nog frivool. Ik ga zelf naar de congregationalistische kerk – de Congo-kerk, zeggen ze hier. Ik kan niet tegen Lester Coggins en ik heb de pest aan al dat geblaat van ha-hajullie-gaan-naar-de-hel-en-wij-niet. Nou ja, ieder zijn meug. Al heb ik me vaak afgevraagd waar ze het geld voor een radiostation van vijftig watt vandaan halen.'

'Donaties?'

Ze snoof. 'Misschien moet ik het Jim Rennie vragen. Hij is diaken.'

Julia reed in een compacte Prius Hybrid, een auto die Barbie niet van een fervent republikeinse kranteneigenares zou hebben verwacht (al paste zo'n auto wel weer bij een lid van de Eerste Congregationalistische Kerk), maar hij maakte niet veel lawaai en de radio deed het. Nu was er wel het probleem dat hier ten westen van het dorp het signaal van wcik zo krachtig was dat het de rest van de fm-stations wegdrukte. En vanavond zonden ze vrome harmoniumshit uit waar Barbies hoofd pijn van deed. Het klonk als polkamuziek, gespeeld door een orkest dat bezig was dood te gaan aan de builenpest.

'Probeer de middengolf maar eens,' zei ze.

Hij deed het en kreeg alleen gebabbel van avondprogramma's, tot hij bijna aan het begin van de schaal een sportstation vond. Daar hoorde hij dat er voor de wedstrijd van de Red Sox tegen de Mariners in het Fenway Park een minuut stilte in acht was genomen voor de slachtoffers van wat de presentator 'het gebeuren in het westen van Maine' noemde.

'Het gebeuren,' zei Julia. 'Net wat voor een sportstation om het zo te noemen. Zet hem maar uit.'

Een kleine twee kilometer voorbij de kerk zagen ze een schijnsel tussen de bomen door. Ze namen een bocht en kwamen opeens in het licht van lampen die bijna zo groot waren als schijnwerpers bij een première in Hollywood. Twee wezen in hun richting; twee andere schenen recht omhoog. Elke kuil in de weg was in scherp contrast te zien. De stammen van de berken leken net magere geesten. Barbie had een gevoel alsof ze een *film noir* uit het eind van de jaren veertig waren binnengereden.

'Stop, stop, stop,' zei hij. 'Verder moet je niet gaan. Het lijkt of daar niets is, maar geloof me: er is iets. De elektronica in je autootje zou kunnen ontploffen, of erger.'

Ze stopte en ze stapten uit. Enkele ogenblikken stonden ze alleen maar voor de auto, turend in het felle licht. Julia bracht haar hand omhoog om haar ogen af te schermen.

Achter de lichten stonden twee militaire trucks met een zeildoeken dek bumper aan bumper geparkeerd. Voor de goede orde waren er zaagbokken op de weg gezet, hun poten versterkt met zandzakken. Motoren ronkten gestaag in de duisternis: niet één generator, maar vele. Barbie zag dikke elektrische kabels van de schijnwerpers het bos in leiden, waar nog meer lichten tussen de bomen schitterden.

'Ze gaan de rand verlichten,' zei hij, en hij maakte een draaiende beweging met zijn vinger, als een honkbalscheidsrechter die het teken van een homerun geeft. 'Lichten om de hele gemeente heen. Ze schijnen naar binnen en omhoog.'

'Waarom ook omhoog?'

'Om het vliegverkeer te waarschuwen. Tenminste, als er een vliegtuig doorkomt. Ik denk dat ze zich vooral zorgen maken over de komende nacht. Morgen is het hele luchtruim boven Chester's Mill zo goed dichtgesnoerd als de geldzakken van oom Dagobert.'

Aan de donkere kant van de schijnwerpers, maar nog zichtbaar in hun schijnsel, stonden zes gewapende soldaten op een rij met hun rug naar hen toe. Ze hadden blijkbaar gehoord dat de auto eraan kwam, hoe weinig geluid de Prius ook maakte, maar niet een van hen keek zelfs maar om.

'Hé, mannen!' riep Julia.

Niemand draaide zich om. Barbie verwachtte dat ook niet – toen ze uit het dorp wegreden, had Julia hem verteld wat Cox had gezegd –, maar hij moest het proberen. En omdat hij hun insignes kon lezen, wist hij wát hij moest proberen. De landmacht mocht dan de leiding hebben – Cox' betrokkenheid wees daarop –, maar deze kerels waren niet van de landmacht.

'Yo, mariniers!' riep hij.

Niets. Barbie ging dichterbij. Hij zag een donkere horizontale lijn in de lucht boven de weg hangen, maar negeerde hem voorlopig. Hij interesseerde zich meer voor de mannen die de barrière bewaakten. Of de Koepel. Shumway had gezegd dat Cox hem de Koepel noemde.

'Het verbaast me dat jullie van Force Recon hier in Amerika zijn,' zei hij, en hij kwam nog een beetje dichterbij. 'Is dat akkefietje in Afghanistan voorbij?'

Niets. Hij ging dichterbij. Het gruis van het wegdek onder zijn schoenen knerpte hard.

'Het schijnt dat er veel watjes in Force Recon zitten. Eigenlijk ben ik daar blij om. Als het echt ernstig was, hadden ze wel de Rangers gestuurd.'

'Dat zijn mietjes,' mompelde een van hen.

Het was niet veel, maar Barbie vond het bemoedigend. 'Op de plaats rust, mannen; op de plaats rust, dan praten we hierover.'

Weer niets. En hij was nu zo dicht bij de barrière (of de Koepel) als hij wilde komen. Hij kreeg geen kippenvel en zijn nekhaartjes gingen niet overeind staan, maar hij wist dat het ding daar was. Hij voelde het.

En hij kon het zien: die streep die in de lucht hing. Hij wist niet welke kleur die streep bij daglicht had, maar vermoedde dat het rood was, de kleur van gevaar. Het was spuitverf en hij zou er het hele saldo van zijn bankrekening om durven te verwedden (op dat moment ruim vijfduizend dollar) dat het op de hele barrière zat.

Als een streep op de mouw van een overhemd, dacht hij.

Hij balde zijn vuist en sloeg tegen zijn kant van de streep. Opnieuw was het geluid van knokkels op glas te horen. Een van de mariniers schrok.

Julia begon: 'Ik weet niet of dat een goed...'

Barbie negeerde haar. Hij maakte zich kwaad. Eigenlijk had hij er de hele dag op gewacht om zich kwaad te maken, en dit was zijn kans. Hij wist dat het geen zin had om die kerels uit te schelden – ze waren alleen maar voetvolk –, maar hij kon zich niet inhouden. 'Yo, mariniers! Help een kameraad.'

'Hou op, makker.' Hoewel degene die dat zei zich niet omdraaide, wist Barbie dat het de commandant van dit vrolijke troepje was. Hij herkende de toon, had die toon zelf ook aangeslagen. Vaak. 'We hebben onze orders, dus help jíj een kameraad. Op een andere tijd, op een andere plaats, wil ik je best op een biertje trakteren of je een schop tegen je kont geven. Maar niet hier, niet vanavond. Nou, wat zeg je daarvan?'

'Ik zeg oké,' zei Barbie. 'Maar hoewel we allemaal aan dezelfde kant staan, hoef ik het nog niet leuk te vinden.' Hij keek Julia aan. 'Heb je je telefoon?'

Ze hield hem omhoog. 'Je zou er ook een moeten nemen. Ze hebben de toekomst.'

'Ik heb er een,' zei Barbie. 'Een wegwerpding. Ik gebruik hem bijna nooit. Toen ik de stad uit wou, heb ik hem in de la laten liggen. Ik zag vanavond ook geen reden om hem mee te nemen.'

Ze gaf hem de hare. 'Je moet zelf het nummer intoetsen. Ik moet aan het werk.' Ze verhief haar stem opdat de soldaten die voorbij de felle lampen stonden haar zouden horen. 'Per slot van rekening ben ik de hoofdredacteur van de krant hier, en ik wil foto's maken.' Ze verhief haar stem nog een beetje meer. 'Vooral van een paar soldaten die met hun rug naar een dorp toe staan dat in moeilijkheden verkeert.'

'Mevrouw, ik heb liever niet dat u dat doet,' zei de commandant. Hij was stevig gebouwd, met een brede rug.

'Hou me dan tegen,' nodigde ze hem uit.

'U weet vast wel dat we dat niet kunnen,' zei hij. 'En we hebben nu eenmaal bevel met onze rug naar u toe te staan.'

'Marinier,' zei ze. 'Pak je bevelen, rol ze strak op, buig je voorover en steek ze waar de luchtkwaliteit niet al te best is.' In het felle licht zag Barbie iets opmerkelijks: haar mond nam een harde, onverbiddelijke stand aan en er liepen tranen uit haar ogen.

Terwijl Barbie het nummer met het vreemde netnummer intoetste, pakte zij haar camera en maakte foto's. Het flitslicht was niet erg fel in vergelijking met het licht van de grote schijnwerpers, maar Barbie zag de soldaten huiveren bij elke flits. *Die hopen natuurlijk dat hun insignes niet te zien zijn*, dacht hij.

2

Kolonel James O. Cox had gezegd dat hij om halfelf met zijn hand op de telefoon zou wachten tot hij overging. Barbie en Julia Shumway waren een beetje laat en Barbie belde pas om twintig voor elf, maar Cox' hand was blijkbaar niet van zijn plaats gekomen, want de telefoon was nog maar een halve keer overgegaan toen Barbies vroegere baas zei: 'Hallo, met Ken.'

Barbie maakte zich nog steeds kwaad, maar hij lachte evengoed. 'Ja, kolonel. En ik ben nog steeds de trut die alle mooie spullen krijgt.'

Cox lachte ook. Hij dacht ongetwijfeld dat ze goed van start gingen. 'Hoe gaat het met je, kapitein Barbara?'

'Goed, kolonel. Maar met alle respect: het is nu Dale Barbara. De enige dingen waarvan ik tegenwoordig de kapitein ben zijn de grill en frituurpan in het restaurant hier in het dorp, en ik ben niet in de stemming voor zomaar een praatje. Ik sta perplex, kolonel, en omdat ik tegen de ruggen aankijk van een stel mietjes van mariniers die zich niet willen omdraaien om me in de ogen te kijken, ben ik ook verrekte kwaad.'

'Begrepen. En jíj moet je ook in mijn positie verplaatsen. Als al die mannen ook maar iets konden doen om te helpen of een eind aan deze situatie te maken, zou je nu niet naar hun reet kijken maar naar hun gezicht. Geloof je dat?'

'Ik hoor het, kolonel.' Dat was niet bepaald een antwoord.

Julia was nog druk aan het fotograferen. Barbie ging naar de kant van de weg. Vanaf zijn nieuwe positie kon hij een bivaktent achter de trucks zien staan. Hij zag ook een tent die misschien als kleine kantine fungeerde, plus een parkeerterrein met nog meer trucks. De mariniers bouwden hier een kamp op, en waarschijnlijk hadden ze nog grotere kampen op de plaatsen waar de Routes 119 en 117 de barrière kruisten. Dat wees op een permanente situatie. Hij voelde zich meteen moedeloos worden.

'Is die krantenvrouw daar ook?' vroeg Cox.

'Ja. Ze maakt foto's. En kolonel, voor alle duidelijkheid: wat u mij vertelt, vertel ik haar. Ik sta nu aan deze kant.' *In meer dan één opzicht.*

Julia hield lang genoeg op met foto's maken om naar Barbie te glimlachen.

'Begrepen, kapitein.'

'Kolonel, u wint er niets mee als u mij zo noemt.'

'Oké. Alleen Barbie dan. Is dat beter?'

'Ja.'

'Wat de dame betreft, en wat ze gaat publiceren... Ik hoop voor de mensen in dat dorpje van jullie dat ze verstandig genoeg is om zorgvuldig te kiezen.'

'Volgens mij doet ze dat wel.'

'En als ze foto's naar iemand van buiten mailt – bijvoorbeeld een van de opiniebladen of de *New York Times* – gaat het met jullie internet dezelfde kant op als met jullie telefoonlijnen.'

'Kolonel, dat is een rotstr...'

'Die beslissing zou ergens boven mij genomen worden. Ik zeg het alleen maar.'

Barbie zuchtte. 'Ik zal het tegen haar zeggen.'

'Wat zeggen?' vroeg Julia.

'Dat ze wraak nemen op het dorp door de internettoegang af te sluiten, als je die foto's naar buiten stuurt.'

Julia maakte een gebaar dat Barbie doorgaans niet met aantrekkelijke republikeinse dames associeerde. Hij praatte weer in de telefoon.

'Hoeveel kunt u me vertellen?'

'Alles wat ik weet,' zei Cox.

'Dank u, kolonel.' Al betwijfelde Barbie of Cox alles zou vertellen. Het leger vertelde nooit alles wat het wist. Of meende te weten.

'We noemen het de Koepel,' zei Cox, 'maar het is geen Koepel. Tenminste, we denken van niet. Het is blijkbaar een capsule waarvan de randen precies samenvallen met de gemeentegrenzen. En dan bedoel ik precies.'

'Weet u hoe hoog hij is?'

'Hij schijnt op te houden bij zo'n veertienduizend meter hoogte. We weten niet of het plafond plat is of rond. In elk geval nog niet.'

Barbie zei niets. Hij was met stomheid geslagen.

'Wat de diepte in de grond betreft... Wie zal het zeggen? Op dit moment weten we alleen dat het meer dan dertig meter is. Dat is de diepte van een uitgraving die we aan het doen zijn op de grens tussen Chester's Mill en dat gebied in het noorden dat niet bij een county is ingedeeld.'

'De TR-90.' Barbie vond dat zijn eigen stem dof en lusteloos klonk.

'Ja, zoiets. We zijn begonnen in een grindkuil die al een meter of twaalf diep was. Ik heb spectografische beelden gezien waar je steil van achteroverslaat. Lange platen metamorf gesteente die in tweeën gesneden zijn. Er is geen opening, maar je kunt een verschuiving zien doordat het noordelijke deel van de plaat een beetje is verzakt. We hebben naar seismografische rapporten van de meteorologische dienst in Portland gekeken, en bingo. Er was een uitschieter om 11.44 uur vanmorgen. Twee punt één op de schaal van Richter. Dus toen is het gebeurd.'

'Geweldig,' zei Barbie. Hij wilde sarcastisch klinken, maar was te verbaasd, te diep geschokt, om er zeker van te zijn dat het lukte.

'We hebben nog meer testgaten gemaakt, allemaal met hetzelfde resultaat. Dit biedt geen zekerheid, maar het is overtuigend. Natuurlijk zijn de verkenningen nog maar net begonnen, maar op dit moment ziet het ernaar uit dat het ding niet alleen naar boven maar ook naar beneden gaat. En als hij veertienduizend meter naar boven gaat...'

'Hoe weten jullie dat? Radar?'

'Nee, dit is niet op het radarscherm te zien. Je weet pas dat het er is als je ertegenaan komt of zo dichtbij bent dat je niet meer kunt stoppen. Er zijn opmerkelijk weinig menselijke slachtoffers gevallen toen het ding kwam opzetten, maar er zijn onnoemelijk veel vogels te pletter gevlogen. Aan de binnen- én de buitenkant.'

'Ik weet het. Ik heb ze gezien.' Julia was klaar met fotograferen. Ze stond naast Barbie en luisterde naar zijn aandeel in het gesprek. 'Hoe weten jullie dan hoe hoog het is? Laser?'

'Nee, laserstralen gaan er gewoon doorheen. We hebben raketten zonder lading gebruikt. Vanaf vier uur vanmiddag vliegen we met F-15A's vanuit Bangor. Vreemd dat je ze niet hebt gehoord.'

'Misschien heb ik wel iets gehoord,' zei Barbie, 'maar ik had andere dingen aan mijn hoofd.' Bijvoorbeeld dat vliegtuig. En de houtwagen. De doden op Route 117. Enkele van de opmerkelijk weinige menselijke slachtoffers.

'Ze stuiterden steeds terug... maar toen, boven de veertienduizend meter, vlogen ze er gewoon overheen. Onder ons gezegd verbaast het me dat we niet één van die piloten zijn kwijtgeraakt. We mogen blij zijn dat we die nieuwe geleidingssystemen hebben.'

'Zijn jullie er al overheen gevlogen?'

'Nog geen twee uur gelegen. Missie geslaagd.'

'Wie heeft dit gedaan, kolonel?'

'Dat weten we niet.'

'Waren we het zelf? Is dit een experiment dat misging? Of godbetert een of andere test? U bent het me verschuldigd me de waarheid te vertellen. Mij en dit dorp. De mensen zijn doodsbang.'

'Begrepen. Maar wij waren het niet.'

'Zou u het weten als wij het waren?'

Cox aarzelde. Toen hij weer sprak, dempte hij zijn stem. 'In mijn dienst hebben we goede bronnen. Als ze bij de NSA een scheet laten, horen wij het. Hetzelfde geldt voor Group 9 van de CIA en een paar andere clubjes waar jij nooit van hebt gehoord.'

Het was mogelijk dat Cox de waarheid sprak. En het was ook mogelijk van niet. Per slot van rekening was hij een militair in hart en nieren. Als hij hier met de rest van die mariniers in de kille herfstige duisternis was geposteerd, had Cox ook met zijn rug naar hem toe gestaan. Hij zou het niet leuk hebben gevonden, maar orders waren orders.

'Enige kans dat het een natuurverschijnsel is?' vroeg Barbie.

'Dat zich dan precies aan de door de mens gemaakte grenzen van een hele gemeente heeft aangepast? Tot in alle hoekjes? Wat denk je?'

'Ik moest het vragen. Is het doordringbaar? Wat denkt u?'

'Er gaat water doorheen,' zei Cox. 'Tenminste, een beetje.'

'Hoe kan dat?' Al had hij het vreemde gedrag van water met eigen ogen gezien; Gendron ook.

'Hoe zouden we dat kunnen weten?' Cox klonk geërgerd. 'We werken er nog geen twaalf uur aan. De mensen hier vinden het al prachtig dat ze weten hoe hoog het ding is. Misschien komen we er nog achter, maar op dit moment weten we het gewoon niet.'

'Lucht?'

'Lucht gaat er makkelijker door. We hebben hier een onderzoeksstation. Jullie gemeente grenst hier aan... eh...' Barbie hoorde papier ritselen. 'Harlow. Ze hebben "puftests" gedaan, zoals ze dat noemen. Ik geloof dat ze de luchtdruk meten in vergelijking met wat er terugkomt. Hoe dan ook, lucht gaat erdoorheen, en ook veel beter dan water, maar niet helemaal, zeggen de onderzoekers. Dit gaat het weer bij jullie in de war sturen, maar niemand kan zeggen in welke mate dat gebeurt en of jullie slecht weer krijgen. Misschien verandert Chester's Mill wel in Palm Springs.' Hij lachte nogal zwakjes.

'Deeltjes?' Barbie dacht dat hij het antwoord daarop al wist.

'Nee,' zei Cox. 'Er gaat geen deeltjesmaterie doorheen. Tenminste, we denken van niet. En het zal je interesseren dat het in beide richtingen werkt.

Als er geen deeltjes ingaan, komen ze er ook niet uit. Dat betekent dat uitlaatgassen van auto's...'

'Niemand kan hier ver rijden. Chester's Mill is op het breedste punt zo'n zeven kilometer breed. Als je een schuine streep trekt...' Hij keek Julia aan.

'Twaalf kilometer op zijn hoogst,' zei ze.

Cox zei: 'We denken dat de vervuiling door olieverbranding ook wel meevalt. Iedereen in het dorp heeft vast wel een mooie dure oliekachel – in Saoedi-Arabië hebben ze tegenwoordig bumperstickers met "Ik – hartje – New England" – maar moderne oliekachels hebben elektriciteit nodig voor de vonk. Jullie hebben waarschijnlijk flinke olievoorraden, zo vlak voordat de winter begint, maar we denken niet dat jullie daar veel aan hebben. Op de lange termijn is dat misschien ook wel goed, gezien de vervuiling.'

'Denkt u dat? Komt u dan maar eens hierheen als het dertig graden onder nul is, met windkracht...' Hij zweeg even. 'Komt er eigenlijk wel wind?'

'Dat weten we niet,' zei Cox. 'Als je me dat morgen vraagt, heb ik misschien een theorie.'

'We kunnen hout stoken,' zei Julia. 'Zeg dat tegen hem.'

'Mevrouw Shumway zegt dat we hout kunnen stoken.'

'Daar moeten de mensen voorzichtig mee zijn, kapitein Barbara – Barbie. Zeker, jullie hebben daar veel hout en jullie hebben geen elektriciteit nodig om het aan te steken en in de brand te houden, maar hout produceert as. Erger nog: het produceert kankerverwekkende stoffen.'

'De mensen stoken hier de kachel vanaf...' Barbie keek Julia aan.

'15 november,' zei ze. 'Of daaromtrent.'

'Half november, zegt mevrouw Shumway. Dus vertelt u me nu maar dat dit dan opgelost is.'

'Ik kan alleen zeggen dat we ons uiterste best doen. Dat brengt me op het onderwerp van dit gesprek. De slimme jongens – degenen die we tot nu toe bij elkaar hebben kunnen krijgen – zijn het er allemaal over eens dat we met een krachtveld te maken hebben...'

'Net als in *Star Trick*,' zei Barbie. '*Beam me up, Snotty.*'

'Pardon?'

'Laat maar. Gaat u verder, kolonel.'

'Ze zijn het er allemaal over eens dat een krachtveld niet zomaar ontstaat. Iets dicht bij het terrein of iets in het midden daarvan moet het opwekken. Onze jongens houden het op het midden. "Als de handgreep van een paraplu," zei een van hen.'

'Denken jullie dat het van binnenuit is gedaan?'

'Dat is een mogelijkheid, denken we. En omdat we toevallig een soldaat met een onderscheiding in het dorp hebben...'

Ex-soldaat, dacht Barbie. *En de onderscheidingen zijn anderhalf jaar geleden in de Golf van Mexico verdwenen.* Toch had hij het gevoel dat zijn diensttijd zojuist was verlengd, of hij dat nu leuk vond of niet. In het assortiment gehouden omdat er veel vraag naar is, zoals ze dat zeggen.

'... die er in Irak in gespecialiseerd was bommenfabrieken van Al Qaida op te sporen. Ze op te sporen en buiten gebruik te stellen.'

Het was in feite dus gewoon een generator. Hij dacht aan alle generatoren die Julia Shumway en hij op weg hierheen waren gepasseerd, machines die in de duisternis bromden en warmte en licht verschaften. En daarbij propaan verbruikten. Hij besefte dat propaan en accu's meer nog dan voedsel de nieuwe gouden standaard in Chester's Mill waren geworden. Eén ding wist hij: de mensen zouden hout stoken. Als het koud werd, en het propaan was op, dan zouden ze veel hout stoken. Hardhout, zachthout, afvalhout. Kankerverwekkers of niet.

'Het zal iets anders zijn dan de generatoren die vanavond in jouw deel van de wereld aan het werk zijn,' zei Cox. 'Iets wat dit voor elkaar kan krijgen... We weten niet hoe het eruitziet of wie zoiets kan bouwen.'

'Maar Uncle Sam wil het hebben,' zei Barbie. Hij hield de telefoon nu bijna hard genoeg vast om hem te vermorzelen. 'Dat heeft in werkelijkheid de hoogste prioriteit, nietwaar, kolonel? Want zo'n ding zou de wereld kunnen veranderen. De inwoners van dit dorp komen op de tweede plaats. Bijkomende schade, zou je kunnen zeggen.'

'O, zo melodramatisch moet je het niet zien,' zei Cox. 'Laten we het erop houden dat in deze zaak onze belangen samenvallen. Spoor de generator op, als die daar te vinden is. Spoor hem op zoals je die bommenfabrieken hebt opgespoord en zet hem dan uit. Probleem opgelost.'

'Als hij er is.'

'Ja, als hij er is. Wil je het proberen?'

'Heb ik een keus?'

'Niet voor zover ik kan zien, maar ik ben een carrièresoldaat. Voor ons is vrije wil geen optie.'

'Ken, dit is geen eerlijke wedstrijd.'

Cox wachtte even met zijn antwoord. Hoewel het stil was op de lijn (afgezien van een zwakke maar hoge zoemtoon die misschien betekende dat alles werd opgenomen), kon Barbie hem bijna horen denken. Toen zei Cox: 'Dat is waar, maar jij krijgt nog steeds alle mooie spullen, trut.'

Barbie lachte. Hij kon het niet helpen.

3

Toen ze op de terugweg langs het donkere silhouet van de Kerk van Christus de Heilige Verlosser kwamen, keek hij Julia aan. In het schijnsel van de dashboardverlichting zag ze er moe en ernstig uit.

'Ik zal niet tegen je zeggen dat je hier iets van moet achterhouden,' zei hij, 'maar ik vind dat je één ding niet in de openbaarheid moet brengen.'

'De generator die misschien wel en misschien niet in het dorp is.' Ze nam een hand van het stuur, stak hem naar achteren en aaide Horaces kop, alsof ze troost en geruststelling bij hem zocht.

'Ja.'

'Want als er een generator is die het krachtveld in stand houdt – die de Koepel van jouw kolonel creëert – dan moet iemand hem aan de gang houden. Iemand hier.'

'Dat heeft Cox niet gezegd, maar hij denkt het vast wel.'

'Ik houd het achter. En ik mail geen foto's.'

'Goed.'

'Ze moeten eerst in *The Democrat* staan.' Julia ging door met de hond aaien. Barbie had er gewoonlijk een hekel aan als mensen met één hand reden, maar vanavond niet. Ze hadden zowel Little Bitch Road als Route 119 voor zich alleen. 'Ik begrijp ook dat het algemeen belang soms boven een goed verhaal gaat. In tegenstelling tot de *New York Times*.'

'Die zit,' zei Barbie.

'En als je de generator vindt, hoef ik niet te vaak mijn boodschappen te doen in de Food City. Ik heb de pest aan die winkel.' Ze keek geschrokken. 'Denk je dat hij morgen wel opengaat?'

'Ik denk van wel. Mensen doen er vaak lang over om zich bij veranderingen aan te passen.'

'Dan moet ik maar wat zondagse boodschappen gaan doen,' zei ze peinzend.

'Als je daar bent, zeg dan Rose Twitchell gedag. Waarschijnlijk heeft ze de trouwe Anson Wheeler bij zich.' Hij herinnerde zich de raad die hij Rose eerder had gegeven en zei lachend: 'Vlees, vlees, vlees.'

'Pardon?'

'Als je een generator in je huis hebt...'

'Natuurlijk heb ik er een. Ik woon boven de krant. Het is geen huis, maar een heel mooi appartement. De generator kon ik van de belastingen aftrekken.' Ze zei het trots.

'Koop vlees. Vlees en blikvoedsel, blikvoedsel en vlees.'

Ze dacht na. Ze naderden nu het midden van het dorp. Er brandden veel minder lichten dan anders, maar toch nog een heleboel. *Hoe lang nog?* vroeg Barbie zich af. Toen vroeg Julia: 'Heeft je kolonel je ook verteld hoe je het best naar die generator kunt zoeken?'

'Nee,' zei Barbie. 'Het opsporen van dingen was vroeger mijn werk. Dat weet hij.' Hij zweeg even en vroeg toen: 'Zou er een geigerteller in het dorp zijn?'

'Ik weet het wel zeker. In het souterrain van het gemeentehuis. Of het subsouterrain, zou je moeten zeggen. Er is daar een schuilkelder.'

'Je meent het!'

Ze lachte. 'Echt waar, Sherlock. Ik heb daar drie jaar geleden een verhaal over geschreven. Pete Freeman maakte de foto's. Het souterrain beschikt over een grote vergaderkamer en een kleine keuken. De schuilkelder ligt een halve trap lager dan de keuken. Vrij groot. Gebouwd in de jaren vijftig, toen iedereen erop gokte dat we onszelf naar de hel zouden bombarderen.'

'*On the Beach*,' zei Barbie.

'Ja, en vergeet vooral *Alas, Babylon* niet. Het is daar nogal deprimerend. Petes foto's deden me aan de *Führerbunker* denken, kort voor het eind. Er is een soort provisiekamer – planken en nog eens planken vol blikvoedsel – en er staan zes bedden. Er zijn ook wat apparaten die door de overheid zijn geleverd. Zoals een geigerteller.'

'Dat ingeblikte spul is na vijftig jaar vast heel lekker.'

'Ze vervangen het van tijd tot tijd. Na 9/11 hebben ze daar zelfs een kleine generator geïnstalleerd. Kijk maar in de gemeentebegroting, dan zie je elke vier jaar een bedrag dat voor de schuilkelder bestemd is. Het was altijd driehonderd dollar. Het is nu zeshonderd. Je krijgt je geigerteller.' Ze keek hem even aan. 'Natuurlijk beschouwt James Rennie alles wat zich in het gemeentehuis bevindt, van de zolder tot de schuilkelder, als zijn persoonlijk eigendom. Hij zal dus willen weten waarom je hem wilt hebben.'

'Grote Jim Rennie komt het niet te weten,' zei hij.

Ze accepteerde dat zonder erop in te gaan. 'Wil je met me naar het kantoor teruggaan? Naar de toespraak van de president kijken terwijl ik de krant in elkaar zet? Het wordt snel en grof werk; dat kan ik je wel vertellen. Eén verhaal, een stuk of vijf foto's voor plaatselijk gebruik, geen advertentie voor de herfstuitverkoop van de Burpee.'

Barbie dacht na. Hij zou het de volgende dag druk hebben, niet alleen in het restaurant maar ook met het stellen van vragen. Hij zou weer helemaal opnieuw beginnen met het werk dat hij vroeger deed. Aan de andere kant: als hij naar zijn appartement boven de drugstore terugging, zou hij dan kunnen slapen?

'Oké. En ik zou je dit waarschijnlijk niet moeten vertellen, maar ik ben heel goed als kantoorbediende. Verder zet ik verrekt goeie koffie.'

'Afgesproken.' Ze haalde haar rechterhand van het stuur en Barbie gaf haar een high-five.

'Mag ik je nog één vraag stellen? Niet voor publicatie?'

'Ja,' zei hij.

'Die sciencefictiongenerator. Denk je dat je hem vindt?'

Barbie dacht daarover na terwijl ze naast het winkelpand met het kantoor van The Democrat parkeerde.

'Nee,' zei hij ten slotte. 'Dat zou te gemakkelijk zijn.'

Ze zuchtte en knikte. Toen pakte ze zijn vingers. 'Denk je dat het zou helpen als ik ervoor ging bidden?'

'Kwaad kan het nooit,' zei Barbie.

4

Er waren op Koepeldag maar twee kerken in Chester's Mill, die allebei het protestantse assortiment voerden (zij het op verschillende manieren). Katholieken gingen naar de Onze Lieve Vrouwe van Kalme Wateren in Motton, en als de ongeveer tien joden van het dorp behoefte hadden aan spirituele troost, gingen ze naar Beth Shalom in Castle Rock. Er was ooit een unitarische kerk geweest, maar die was eind jaren tachtig een zachte dood gestorven door gebrek aan belangstelling. Iedereen was het er trouwens over eens dat het een belachelijke kerk was. In het gebouw zat nu Mill New and Used Books.

Beide predikanten van Chester's Mill waren die avond 'op de knieschijven', zoals Grote Jim Rennie het graag mocht noemen, maar hun manier van preken, hun gemoedstoestand en hun verwachtingen waren totaal verschillend.

Dominee Piper Libby, die haar kudde toesprak vanaf de preekstoel van de Eerste Congregationalistische Kerk, geloofde niet meer in God, al was dat niet iets wat ze aan haar gemeente mededeelde. Lester Coggins daarentegen ging met zijn geloof tot aan het martelaarschap of de waanzin (misschien wel twee termen voor hetzelfde).

Dominee Libby, die haar zaterdagse plunje droeg – en er zelfs op haar vijfenveertigste nog leuk genoeg in uitzag – knielde in bijna volslagen duisternis voor het altaar neer (de Congo had geen generator). Clover, haar Duitse herder, lag achter haar, zijn ogen halfdicht, zijn snuit op zijn poten.

'Hallo, Bestaat-Niet,' zei Piper. Bestaat-Niet was de laatste tijd haar eigen naam voor God. Eerder in de herfst was het Het Grote Misschien geweest, en in de zomer daarvoor De Almachtige Wie-Weet. Dat laatste klonk wel goed, vond ze. 'U weet wat ik heb meegemaakt – dat moet wel, want ik heb U lang genoeg aan de kop gezeurd –, maar daar wil ik het vanavond niet over hebben. Dat zult U wel een opluchting vinden.'

Ze zuchtte.

'We zitten in de rottigheid, mijn Vriend. Ik hoop dat U het begrijpt, want ik snap er niks van. In elk geval weten we allebei dat deze kerk morgen vol mensen zit die rampenhulp uit de hemel verwachten.'

Het was stil in de kerk, en buiten ook. 'Te stil,' zoals ze in oude films zeiden. Had ze ooit meegemaakt dat het op zaterdagavond zo stil was in Chester's Mill? Er was geen verkeer, en de basdreun van welke band het ook maar was die in de Dipper speelde (altijd geadverteerd als RECHTSTREEKS UIT BOSTON), was ook al afwezig.

'Ik ga U niet vragen mij Uw wil te tonen, want ik ben er niet meer van overtuigd dat U een wil hébt. Maar voor het geval U toch bestaat – ik wil best toegeven dat het in theorie mogelijk is – vraag ik U iets te zeggen waar ik verder mee kom. Hoop niet in de hemel, maar hier op aarde. Want...' Het verbaasde haar niet dat ze huilde. Ze vergoot tegenwoordig veel tranen, zij het altijd wanneer ze alleen was. New Englanders zagen predikanten en politici niet graag openlijk huilen.

Clover merkte dat ze van streek was en jankte. Piper zei dat hij stil moest zijn en wendde zich toen weer tot het altaar. Ze zag het kruis daar vaak als de religieuze versie van de Chevrolet Bowtie, een logo dat alleen maar tot stand was gekomen omdat iemand het honderd jaar geleden op het behang van een Parijse hotelkamer zag en het mooi vond. Als je zulke symbolen als goddelijk beschouwde, was je waarschijnlijk gek.

Evengoed ging ze verder.

'Want zoals U vast wel weet, is de aarde het enige wat we hebben. Het enige waar we zeker van zijn. Ik wil mijn mensen helpen. Dat is mijn taak, en dat wil ik nog steeds. Vooropgesteld dat U bestaat, en dat het U iets kan schelen – vergezochte veronderstellingen, geef ik toe –, wilt U me dan helpen? Amen.'

Ze stond op. Ze had geen zaklantaarn, maar verwachtte dat ze zonder schaafwonden op haar schenen buiten kon komen. Ze kende deze kerk stap voor stap, obstakel voor obstakel. Ze hield er ook veel van. Ze nam zichzelf niet in de maling over haar gebrek aan geloof of haar hardnekkige liefde voor het idee zelf.

'Kom, Clove,' zei ze. 'Over een halfuur de president. De andere Grote Bestaat-Niet. We kunnen naar de autoradio luisteren.'

Clover volgde haar kalm. Hij ging niet gebukt onder vragen des geloofs.

5

Aan Little Bitch Road (door gelovigen van de Heilige Verlosser altijd Nummer Drie genoemd) ging het heel wat dynamischer toe, en nog in fel elektrisch licht ook. Het bedehuis van Lester Coggins bezat zo'n nieuwe generator dat de verladingsbonnen nog op de knaloranje zijkant geplakt zaten. Het apparaat had zijn eigen in dezelfde kleur oranje geverfde schuurtje naast het opslaggebouw achter de kerk.

Lester was vijftig, maar hij was zo goed geconserveerd – een kwestie van genen, maar ook doordat hij alles op alles zette om de tempel van zijn lichaam in stand te houden – dat hij niet ouder dan vijfendertig leek (verstandig gebruik van het haarkleurmiddel Just For Men was daar ook debet aan). Hij droeg vanavond alleen een sportbroekje met ORAL ROBERTS GOLDEN EAGLES op de rechterpijp, en bijna alle spieren van zijn lichaam waren markant aanwezig.

Tijdens diensten (vijf per week) bad Lester met het vibrato van een televisiedominee. Dan maakte hij de naam van de Grote Baas tot iets wat klonk alsof het uit een opgevoerd wah-wah-pedaal kon zijn gekomen: niet *God* maar GGG-OO-OO-DD! In zijn persoonlijke gebeden verviel hij soms zonder het te merken in dezelfde intonaties. Maar als hij diep verontrust was, als hij echt te rade wilde gaan bij de God van Mozes en Abraham, Hij die bij dag als een zuil van rook en bij nacht als een zuil van vuur reisde, voerde Lester zijn kant van het gesprek met diepe gromtonen als van een hond die op het punt staat een indringer te lijf te gaan. Hij was zich daar zelf niet van bewust, want er was niemand in zijn leven die hem kon horen bidden. Piper Libby was weduwe; drie jaar geleden had ze haar man en haar twee jonge zoons door een ongeluk verloren. Lester Coggins was altijd vrijgezel gebleven; als puber had hij nachtmerries gekregen van het masturberen en had hij, als hij dan opkeek, Maria Magdalena in de deuropening van zijn slaapkamer zien staan.

De kerk was bijna even nieuw als de generator, en opgetrokken uit duur rood esdoornhout. Hij was ook onopgesmukt, op het grimmige af. Achter Lesters blote rug strekten zich drie rijen banken onder een balkenplafond uit. Voor hem verhief zich de preekstoel: slechts een lessenaar met een bijbel erop en een groot roodhouten kruis dat op een dieppaars laken hing. Het oksaal bevond zich rechtsboven hem, met aan het ene eind muziekinstrumenten, waaronder de Stratocaster waarop Lester zelf soms speelde.

'God, hoor mijn gebed,' zei Lester met zijn gromstem van ik-ben-niet-echt-aan-het-bidden. In zijn hand had hij een dik eind touw met twaalf knopen erin, een voor elke discipel. De negende knoop – die van Judas – was zwart geverfd. 'God, hoor mijn gebed. Ik vraag het in de naam van de gekruisigde en wederopgestane Jezus.'

Hij sloeg zichzelf met het touw op zijn rug, eerst over de linker- en toen over de rechterschouder. Zijn arm ging soepel op en neer, en op zijn aanzienlijke biceps en deltaspieren kwam een glans van zweet. Als het touw met de knopen zijn huid raakte, waar al veel littekens op zaten, maakte het een mattenkloppersgeluid. Hij had dat al vele malen eerder gedaan, maar nooit met zoveel kracht.

'God, hoor mijn gebéd! God, hoor míjn gebed. God, hóór mijn gebed. Gód, hoor mijn gebed!'

Pats en *pats* en *pats* en *pats*. Het touw brandde als vuur, als brandnetels. Drong door tot de snelwegen en zijwegen van zijn armzalige menselijke zenuwen. Tegelijk verschrikkelijk en verschrikkelijk bevredigend.

'Heer, wij hebben gezondigd in dit dorp, en ik ben de ergste der zondaren. Ik luisterde naar Jim Rennie en geloofde zijn leugens. Ja, ik geloofde ze, en dit is de prijs die we moeten betalen, en het is nu weer als vroeger. Het is niet één die voor de zonde van één moet boeten, maar het zijn velen. U wordt niet gauw kwaad, maar als het dan toch gebeurt, is Uw woede als de storm die over een tarweveld gaat en niet slechts één halm neerslaat, of twintig halmen, maar álle halmen. Ik heb wind gezaaid en storm geoogst, niet slechts voor één maar voor velen.'

Er waren nog meer zonden en nog meer zondaren in Chester's Mill – dat wist hij, hij was niet naïef, ze vloekten, dansten en seksten en gebruikten drugs, dat wist hij maar al te goed – en ze verdienden het ongetwijfeld dat ze gestraft werden, dat ze gegéseld werden, maar dat gold dan toch zeker voor elke plaats, en juist deze plaats was uitgekozen voor deze vreselijke straffe Gods.

En toch... en toch... was het mogelijk dat deze vreemde vloek niet door zíjn zonde over hen was gekomen? Ja. Mogelijk. Maar niet waarschijnlijk.

'Heer, ik moet weten wat ik moet doen. Ik sta op een tweesprong. Als het

Uw wil is dat ik morgenochtend in deze preekstoel sta en beken waartoe die man me heeft overgehaald – de zonden waaraan we ons samen hebben overgegeven, de zonden waaraan ik me alleen heb overgegeven –, zal ik dat doen. Maar dat zou het einde van mijn tijd als predikant zijn, en dat kan toch niet Uw wil zijn in zo'n moeilijke tijd? Als het Uw wil is dat ik wacht... dat ik afwacht wat er gaat gebeuren ... dat ik wacht en met mijn kudde bid dat deze last van onze schouders wordt genomen... dan zal ik dat doen. Uw wil geschiede, Heer. Nu en in de eeuwigheid.'

Hij onderbrak zijn kastijding (er liepen warme, troostende druppels over zijn blote rug; sommige knopen in het touw waren rood geworden) en keerde zijn betraande gezicht naar het balkenplafond.

'Want deze mensen hebben mij nodig, Heer. Dat wéét U. Nu meer dan ooit. Dus... als het Uw wil is dat deze beker van mijn lippen wordt weggenomen... geeft U me dan een teken.' Hij wachtte. En ziedaar, de Here God zeide tot Lester Coggins: 'Ik zal u een teken laten zien. Wendt u tot de Bijbel, gelijk u als kind deed na die nare dromen van u.'

'Deze minuut nog,' zei Lester. 'Deze secónde.'

Hij hing het touw met de knopen om zijn hals, waar het een hoefijzer van bloed op zijn borst en schouders afdrukte, en ging achter de preekstoel staan, terwijl nog meer bloed over de holte van zijn wervelkolom liep en de elastische band van zijn sportbroekje vochtig maakte.

Hij stond achter de lessenaar alsof hij een preek ging houden (al had hij er zelfs in zijn ergste nachtmerries nooit van gedroomd dat hij zo schaars gekleed zou preken), sloot de bijbel die daar open lag en deed zijn ogen dicht. 'Heer, Uw wil geschiede. Ik vraag dit in de naam van Uw Zoon, gekruisigd in schande en herrezen in glorie.'

En de Heer zei: 'Open Mijn boek, en zie wat je ziet.'

Lester deed wat hem werd opgedragen (waarbij hij ervoor zorgde dat hij de grote bijbel niet te dicht bij het midden opensloeg – als ooit het Oude Testament van pas kwam, dan nu). Hij stak zijn vinger op een bladzijde, deed zijn ogen open en boog zich naar het boek toe. Het was het achtentwintigste hoofdstuk van Deuteronomium, en ook het achtentwintigste vers daarvan. Hij las:

'*De Heer zal u treffen met waanzin, blindheid en verstandsverbijstering.*'

Die verstandsverbijstering kon wel kloppen, maar over het geheel genomen was dit niet bemoedigend. En ook niet duidelijk. Toen sprak de Heer opnieuw, zeggende: 'Houd daar niet op, Lester.'

Hij las het negenentwintigste vers.

'*En gij zult op klaarlichte dag in het duister tasten...*'

'Ja, Heer, ja,' fluisterde hij, en hij las verder.

'*... zoals een blinde op de tast zijn weg moet zoeken. Alles wat u onderneemt zal mislukken. Dag in dag uit zult ge worden beroofd en uitgebuit, en niemand zal u komen redden.*'

'Zal ik met blindheid geslagen worden?' vroeg Lester, wiens grommende bidstem nu enigszins in toon omhoogging. 'O, God, doet U dat niet... Hoewel, als het Uw wil is...'

De Heer sprak weer tot hem, zeggende: 'Ben je vandaag aan de domme kant uit bed gestapt, Lester?'

Zijn ogen gingen wijd open. Gods stem, maar een gezegde van zijn moeder. Een waar wonder. 'Nee, Heer, nee.'

'Kijk dan nog eens. Wat laat ik je zien?'

'Het gaat over krankzinnigheid. Of blindheid.'

'Welk van de twee acht ge het waarschijnlijkst?'

Lester tuurde naar de regels. Het enige woord dat werd herhaald was 'blind'.

'Is dat... Heer, is dat mijn teken?'

De Heer antwoordde, zeggende: 'Ja, waarlijk, maar niet uw eigen blindheid, want nu zien uw ogen des te helderder. Zoekt ge naar de verblinde die krankzinnig is geworden. Als je hem ziet, moet je tegen je gemeente zeggen wat Rennie heeft uitgespookt en welke rol jij daarbij hebt gespeeld. Je moet beide vertellen. We praten hier nog wel eens over, maar niet nu, Lester. Ga nu naar bed. Je drupt op de vloer.'

Lester gehoorzaamde, maar eerst veegde hij de bloedspatjes van het hardhout achter de preekstoel. Hij deed dat op zijn knieën. Terwijl hij bezig was, bad hij niet maar dacht hij na over de verzen. Hij voelde zich veel beter.

Voorlopig zou hij alleen in algemene zin over de zonden praten die misschien de onbekende barrière tussen Chester's Mill en de buitenwereld hadden doen neerdalen. Intussen zou hij uitkijken naar het teken. Want een blinde man of vrouw die gek geworden was...

6

Brenda Perkins luisterde naar WCIK omdat haar man daarvan hield (daarvan hád gehouden), maar ze zou nooit een voet in de Kerk van de Heilige Verlosser hebben gezet. Ze was Congo in hart en ziel, een echte congregationaliste, en ze zorgde ervoor dat haar man met haar meeging.

Hád daarvoor gezorgd. Howie zou nog maar één keer in de Congo-kerk komen. Hij zou daar liggen zonder het te weten, terwijl Piper Libby over hem sprak.

Dit besef – zo grimmig en onveranderlijk – trof doel. Voor het eerst sinds ze het nieuws had gehoord liet Brenda zich gaan en huilde ze. Misschien omdat ze het nu kon doen. Ze was nu alleen.

Op de televisie zei de president, die er heel ernstig en angstaanjagend oud uitzag: 'Mijn mede-Amerikanen, u wilt antwoorden. En ik beloof u dat ik ze zal geven zodra ik ze heb. In deze zaak zal niets geheim worden gehouden. Wat ik weet, zult u weten. Dat is mijn plechtige belofte...'

'Ja, en je wilt me ook nog een brug verkopen,' zei Brenda, en nu huilde ze nog harder, want dat was een van Howies gezegden geweest. Ze zette de televisie uit en liet de afstandsbediening op de vloer vallen. Ze had zin om hem kapot te trappen, maar deed dat niet, vooral omdat ze zich voorstelde dat Howie zijn hoofd schudde en zei dat ze niet zo belachelijk moest doen.

In plaats daarvan ging ze naar zijn kleine werkkamer. Ze wilde hem op de een of andere manier aanraken zolang ze nog het gevoel had dat hij enigszins aanwezig was. Ze móést hem aanraken. Buiten ronkte de generator. *Als een tierelier*, zou Howie hebben gezegd. Ze had het zonde van het geld gevonden toen Howie hem na 11 september 2001 had besteld (*Voor de zekerheid*, had hij tegen haar gezegd), maar nu had ze spijt van elk snibbig woord dat ze erover had gezegd. Ze zou zich nog veel ellendiger, veel eenzamer, hebben gevoeld als ze hem in het donker had moeten missen.

Op zijn bureau stond alleen zijn laptop, die open was. Zijn screensaver was een foto van een jeugdhonkbalwedstrijd van lang geleden. Howie en Chip, toen elf of twaalf, droegen de groene shirts van de Sanders Drug Monarchs; de foto was genomen in het jaar dat Howie en Rusty Everett ervoor hadden gezorgd dat het Sanders-team in de finale van de staat kwam. Chip stond met zijn armen om zijn vader heen en Brenda had haar armen om hen beiden heen. Een mooie dag. Maar kwetsbaar. Zo kwetsbaar als een kristallen bol. Wie kon toen al zulke dingen weten, toen het nog steeds mogelijk was om een tijdje door te gaan?

Ze had Chip nog niet kunnen bereiken, en de gedachte aan dat telefoontje – gesteld dat ze verbinding met hem kon krijgen – werd haar te veel. Snikkend zakte ze achter het bureau van haar man op haar knieën. Ze vouwde haar handen niet maar drukte ze met de palmen tegen elkaar, zoals ze als kind had gedaan toen ze in een flanellen pyjama naast haar bed neerknielde, met altijd dezelfde woorden: *God zegene mama, God zegene papa, God zegene mijn goudvis die nog geen naam heeft.*

'God, met Brenda. Ik wil hem niet terug... nou, dat wel, maar ik weet dat U dat niet kunt doen. Maar wilt U me de kracht geven om dit te doorstaan? En ik vraag me af of ik misschien... ik weet niet of dit godslastering is of niet, waarschijnlijk wel, maar ik vraag me af of ik nog één keer met hem zou kunnen praten. Of dat hij me misschien nog één keer zou kunnen aanraken, zoals hij vanmorgen deed.'

En bij de gedachte daaraan – zijn vingers op haar huid in de zon – begon ze nog harder te huilen.

'Ik weet dat U niet aan geesten doet – natuurlijk met uitzondering van de Heilige – maar misschien in een droom? Ik weet dat het veel gevraagd is, maar... o, God, er zit vanavond zo'n leegte in mij. Ik wist niet dat er zo'n leegte in iemand kon bestaan, en ik ben bang dat ik erin zal vallen. Als U dit voor mij doet, zal ik iets voor U doen. U hoeft het maar te vragen. Alsjeblieft, God, een kleine aanraking. Of een woord. Al is het in een droom.' Ze haalde diep en snikkend adem. 'Dank U. Uw wil geschiede, natuurlijk. Of ik het nu leuk vind of niet.' Ze lachte zwakjes. 'Amen.'

Ze deed haar ogen open en steunde op het bureau om overeind te komen. Haar ene hand kwam tegen de computer en het scherm lichtte meteen op. Hij vergat hem altijd uit te zetten, maar hij had de stekker er tenminste wel altijd in, dan liep de batterij niet leeg. En hij hield zijn bureaublad veel netter dan zij; dat van haar zat altijd vol met downloads en elektronische boodschappen. Op Howies bureaublad stonden altijd maar drie mappen onder het icoon van de harde schijf: ACTUEEL, waarin hij gegevens van lopende onderzoeken bewaarde; RECHTBANK, waarin hij een lijst bijhield van degenen (inclusief hijzelf) die een getuigenverklaring moesten afleggen, en waar, en waarom. De derde map was MORIN STR. HUIS, waarin hij alles bijhield wat met het huis te maken had. Ze bedacht dat als ze een van die mappen opende ze misschien iets over de generator zou vinden, en ze moest daar meer over weten om hem zo lang mogelijk te laten draaien. Henry Morrison van de politie zou waarschijnlijk best de gasfles willen vervangen, maar als er nu eens geen gasflessen meer waren? In dat geval zou ze bij de Burpee of de Gas & Grocery extra flessen moesten kopen voordat ze op waren.

Ze legde haar vingertop op de muismat, maar bewoog toen niet meer. Er zat een vierde map op het scherm, ergens in de linkerbenedenhoek. Die had ze nooit eerder gezien. Brenda vroeg zich af wanneer ze voor het laatst op het scherm van deze computer had gekeken, maar wist het niet meer.

DARTH VADER, luidde de naam van de map.

Nou, Howie noemde maar één persoon Darth Vader: Grote Jim Rennie.

Nieuwsgierig verplaatste ze de cursor naar de map en klikte erop. Zou hij met een wachtwoord zijn beschermd?

Dat was hij. Ze probeerde WILDCATS, waarmee zijn map ACTUEEL te openen was (hij had niet de moeite genomen RECHTBANK te beschermen), en het werkte. In de map zaten twee documenten. Het ene had de naam LOPEND ONDERZOEK. Het andere was een pdf-document met de naam BRIEF VAN PGSM. Dat was Howie-taal en betekende 'procureur-generaal, staat Maine'. Ze klikte erop.

Brenda las de brief van de procureur-generaal met groeiende verbazing, terwijl de tranen op haar wangen droogden. Het eerste wat haar opviel, was de aanhef: niet *Geachte commandant Perkins*, maar *Beste Duke*.

Hoewel de brief niet in Howie-taal maar in juridisch jargon was gesteld, vielen haar meteen bepaalde frasen op, alsof ze vet waren afgedrukt. **Verduistering van goederen en diensten van de gemeente** was de eerste. **Betrokkenheid van burgemeester Sanders nagenoeg zeker** was de volgende. En dan: **Dit ambtsmisdrijf gaat verder dan we drie maanden geleden hadden kunnen denken.**

En bijna onderaan: PRODUCTIE EN VERKOOP VAN DRUGS. Die woorden troffen haar alsof ze niet alleen vet maar ook in hoofdletters waren afgedrukt.

Blijkbaar was haar gebed verhoord, en wel op een volslagen onverwachte manier. Brenda ging in Howies stoel zitten, klikte op LOPEND ONDERZOEK in de map DARTH VADER en liet wijlen haar man tegen haar praten.

7

De toespraak van de president – veel geruststelling, weinig informatie – was afgelopen om 0.21 uur die nacht. Rusty Everett keek ernaar in de huiskamer op de tweede verdieping van het ziekenhuis. Daarna deed hij een laatste ronde langs de patiënten en ging naar huis. In de loop van zijn medische carrière had hij wel eens vermoeiender dagen meegemaakt, maar hij had zich nooit eerder zo bezorgd en moedeloos gevoeld.

Het huis was donker. Linda en hij hadden het er verleden jaar (en het jaar daarvoor) over gehad om een generator te kopen, want Chester's Mill zat 's winters altijd vier of vijf dagen zonder stroom, en meestal ook een paar keer in de zomer. Western Maine Power was niet het betrouwbaarste energiebedrijf. Ze waren tot de conclusie gekomen dat ze zich zo'n ding gewoon niet konden veroorloven. Misschien wel als Lin fulltime bij de politie ging werken, maar dat wilden ze geen van beiden zolang de meisjes nog klein waren.

We hebben tenminste een goede kachel en een fikse houtstapel. Mochten we hem nodig hebben.

Er lag een zaklantaarn in het dashboardkastje, maar toen hij hem aandeed, kwam daar vijf seconden een zwak straaltje uit en toen niets meer. Rusty mompelde een lelijk woord en nam zich voor de volgende dag batterijen te kopen – of later vandaag, of nu meteen. Als de winkels open waren.

Als ik hier na twaalf jaar nog steeds niet in het donker de weg weet, ben ik een aap.

Ja, nou. Hij vóélde zich die avond ook een aap – pas gevangen en in een kooi in de dierentuin gezet. En hij rook daar ook naar. Misschien zou hij nog even gaan douchen voordat hij naar bed...

Maar nee. Geen elektriciteit: geen douche.

Het was een heldere avond, en hoewel er geen maan stond, schitterden er wel een miljoen sterren boven het huis, en ze zagen er precies zo uit als altijd. Misschien bestond de barrière daarboven niet. De president had er niets over gezegd, dus misschien wisten de mensen die de leiding van het onderzoek hadden het nog niet. Als Chester's Mill op de bodem van een pas ontstane put lag, en dus niet onder een vreemde stolp gevangen zat, kwam het misschien nog goed. Dan kon de overheid dingen droppen die ze nodig hadden. Als het land honderden miljarden kon uitgeven om bedrijven te redden, konden ze ook wel wat voedsel en generatoren aan parachutes laten neerkomen.

Hij liep de verandatrap op, haalde zijn huissleutel tevoorschijn, maar toen hij bij de deur kwam, zag hij iets over de slotplaat hangen. Hij boog zich ernaar toe, tuurde ernaar en glimlachte. Het was een zaklantaarntje. Op de nazomeruitverkoop van de Burpee had Linda er zes gekocht voor vijf dollar. Indertijd had hij dat een domme uitgave gevonden en zelfs gedacht: *Vrouwen kopen dingen in de uitverkoop om dezelfde reden als mannen bergen beklimmen: omdat ze er zijn.*

Er zat een metalen ringetje aan de onderkant van de zaklantaarn. Daar was een veter van zijn oude tennisschoenen doorheen gehaald, en aan die veter was een briefje vastgeplakt. Hij haalde het eraf en scheen er met het zaklantaarntje op.

Hallo, lieve man. Ik hoop dat het goed met je gaat. De twee J's zijn eindelijk naar bed. Allebei ongerust en angstig, maar ten slotte gingen ze onder zeil. Ik heb morgen de hele dag dienst & dan bedoel ik de héle dag, van zeven tot zeven, zegt Peter Randolph (onze nieuwe commandant – KREUN*). Marta Edmunds zei dat ze op de meisjes zou passen, dus God zegene Marta. Doe je* best om me niet wakker te maken. *(Al slaap ik misschien niet.)* Ik ben bang dat ons zware dagen te wachten staan, maar we komen er wel doorheen. Gelukkig is de provisiekast goed gevuld.

Lieverd, ik weet dat je moe bent, maar wil je Audrey uitlaten? Ze jankt nog steeds op die rare manier. Zou ze hebben geweten dat dit op komst was? Ze zeggen dat honden aardbevingen kunnen voorvoelen, dus misschien...?

Judy en Jannie zeggen dat ze van hun papa houden. Ik ook.

We vinden morgen wel tijd om te praten. Om te praten en de balans op te maken.

Ik ben een beetje bang.

Lin

Hij was ook bang, en hij vond het ook niet zo'n geweldig idee dat zijn vrouw de volgende dag twaalf uur zou werken, terwijl hijzelf waarschijnlijk een dag van zestien uur of nog langer zou maken. En evenmin dat Judy en Janelle de hele dag bij Marta zouden zijn, terwijl zíj natuurlijk ook bang waren.

Bovendien had hij er helemaal geen zin in om nu, om bijna één uur 's nachts, hun golden retriever te gaan uitlaten. Hij sloot niet uit dat de hond inderdaad de komst van de barrière had voorvoeld; hij wist dat honden gevoelig waren voor veel dreigende natuurverschijnselen, niet alleen aardbevingen. Alleen: als dat zo was, zou er toch een eind zijn gekomen aan het gejank? De andere honden in het dorp had hij onderweg niet gehoord. Ze blaften niet, huilden niet. En hij had ook geen andere meldingen gehoord over honden die op een rare manier aan het janken waren.

Misschien ligt ze op haar bed naast het fornuis te slapen, dacht hij terwijl hij de keukendeur van het slot haalde.

Audrey sliep niet. Ze kwam meteen naar hem toe, niet met grote blije stappen zoals ze anders altijd deed – *Je bent thuis! Je bent thuis! O goddank, je bent thuis!* – maar schuifelend, bijna sluipend, met haar staart over haar schoften, alsof ze een klap (die ze nooit had gekregen) verwachtte in plaats van een aai over haar kop. En ja, ze jengelde weer op die rare manier. Dat had ze al gedaan voordat de barrière er was. Ze hield er soms een paar weken mee op, en dan hoopte Rusty dat het voorbij was, maar dan begon ze weer, soms zachtjes, soms hard. Vanavond was het hard – of misschien leek dat alleen maar zo in de donkere keuken, want de digitale schermpjes van het fornuis en de magnetron waren uit en het lichtje dat Linda altijd boven het aanrecht voor hem liet branden was ook niet aan.

'Hou op, meisje,' zei hij. 'Je maakt het hele huis nog wakker.'

Maar Audrey wilde niet ophouden. Ze drukte zacht met haar kop tegen zijn knie en keek naar hem op in de felle, smalle lichtstraal die hij in zijn rechterhand had. Hij zou hebben gezworen dat ze een smekende blik in haar ogen had.

'Goed,' zei hij. 'Goed, goed. We gaan naar buiten.'

Haar riem hing aan een haakje naast de deur van de provisiekast. Toen hij hem ging halen (en intussen de zaklantaarn met de schoenveter om zijn hals hing), rende ze voor hem uit, meer als een kat dan als een hond. Als de zaklantaarn er niet was geweest, zou hij over haar zijn gestruikeld. Daarmee zou deze rotdag dan op waardige wijze zijn afgesloten.

'Even geduld, even geduld.'

Ze blafte tegen hem en ging een stap terug.

'Stil! Audrey, stil!'

In plaats daarvan blafte ze opnieuw. Het geluid klonk schokkend hard in het slapende huis. Hij schrok ervan. Audrey sprong naar voren, nam zijn broekspijp tussen haar tanden en probeerde hem mee te trekken naar de hal.

Nieuwsgierig geworden liet Rusty zich meetrekken. Toen Audrey zag dat hij meeging, liet ze hem los en rende naar de trap. Ze ging twee treden omhoog, keek achterom en blafte opnieuw.

Boven, in hun slaapkamer, ging het licht aan. 'Rusty?' Dat was Lin. Ze klonk slaperig.

'Ja, ik ben het,' riep hij zo zacht mogelijk. 'Eigenlijk is het Audrey.'

Hij volgde de hond naar boven. In plaats van te rennen, zoals ze anders altijd deed, bleef Audrey steeds staan en keek naar hem achterom. Hondenbezitters kunnen vaak veel van de snuit van hun huisdier aflezen, en Rusty zag op die snuit nu vooral angst. Audreys oren lagen plat tegen haar hoofd en ze hield haar staart nog steeds tussen haar poten. Als dit bij haar vreemde gejank hoorde, was het een heel nieuwe ontwikkeling. Plotseling vroeg Rusty zich af of er een inbreker in het huis was. De keukendeur had op slot gezeten, en Lin dacht er altijd aan om alle deuren op slot te doen als ze met de meisjes alleen was, maar...

Linda verscheen boven aan de trap. Ze knoopte de ceintuur van een witte badstoffen ochtendjas vast. Audrey zag haar en blafte opnieuw: ga opzij.

'Audi, hou óp!' zei ze, maar Audrey liep haar vlug voorbij en kwam zo hard tegen Lins rechterbeen dat Lin met haar rug tegen de muur viel. Toen rende de golden retriever door de gang naar de meisjeskamer, waar alles nog stil was.

Lin viste haar eigen zaklantaarntje uit een zak van haar ochtendjas. 'Wat in gódsnaam...'

'Ik denk dat je beter naar de slaapkamer terug kunt gaan,' zei Rusty.

'Vergeet het maar!' Ze rende voor hem uit door de gang. De lichtstraal ging wild op en neer.

De meisjes waren zeven en vijf en waren kort geleden in de 'vrouwelijke privacyfase' gekomen, zoals Lin het noemde. Audrey liep naar hun deur toe, ging op haar achterpoten staan en krabde er met haar voorpoten over.

Rusty kwam bij Lin aan toen ze de deur openmaakte. Audrey vloog naar binnen en keek geen moment naar Judy's bed. Hun vijfjarige dochter was diep in slaap.

Janelle sliep niet. Maar ze was ook niet wakker. Rusty begreep alles zodra de lichtstralen van de twee zaklantaarntjes op haar samenkwamen, en vloekte op zichzelf omdat hij niet eerder had beseft wat er aan de hand was, wat er aan de hand moest zijn geweest sinds augustus of misschien zelfs vanaf juli. Want het gedrag dat Audrey had vertoond – dat rare gejank – was goed gedocumenteerd. Hij had de waarheid niet willen zien, al had hij er met zijn neus bovenop gestaan.

Janelle had haar ogen open, maar alleen het wit was zichtbaar. Ze stuiptrekte niet – goddank –, maar haar hele lichaam beefde. Ze had de lakens naar beneden getrapt, waarschijnlijk toen het begon, en in het licht van de twee zaklantaarntjes zag hij een vochtige plek op het zitvlak van haar pyjama. Haar vingertoppen wriemelden alsof ze zich losser maakten om piano te gaan spelen.

Audrey ging naast het bed zitten en keek gefascineerd naar haar kleine bazin.

'*Wat is er met haar aan de hand?*' riep Linda uit.

In het andere bed bewoog Judy en zei: 'Mama? Is het ontbijt? Heb ik de bus gemist?'

'Ze heeft een toeval,' zei Rusty.

'*Nou, help haar dan!*' riep Linda uit. '*Doe iets! Gaat ze dood?*'

'Nee,' zei Rusty. Het deel van zijn brein dat analytisch bleef wist dat het bijna zeker alleen maar een petit mal was – net zoals de vorige waarschijnlijk ook waren geweest, want anders zouden ze hier al van hebben geweten. Maar het was anders als het een van je eigen kinderen was.

Judy schoot overeind in bed; de pluchen dieren vielen alle kanten op. Haar ogen waren wijd open en doodsbang, en ze voelde zich ook niet erg getroost toen Linda haar uit het bed pakte en in haar armen nam.

'*Laat haar ophouden! Laat haar ophouden, Rusty!*'

Als het een petit mal was, zou het vanzelf ophouden.

Alsjeblieft, God, laat het vanzelf ophouden, dacht hij.

Hij legde zijn handen tegen de zijkanten van Janelles bevende, gonzende hoofd en probeerde het naar boven te draaien om er zeker van te zijn dat haar luchtwegen vrij waren. Eerst lukte hem dat niet – dat verrekte schuimkussen verzette zich tegen hem. Hij gooide het op de vloer, waarbij het eerst nog tegen Audrey aankwam, maar die gaf geen krimp en bleef gefascineerd kijken.

Rusty kon Jannies hoofd nu een beetje achteroverhouden, en hij luisterde naar haar ademhaling. Die was niet versneld; het klonk niet alsof ze naar zuurstof snakte.

'Mama, wat is er met Jan-Jan aan de hand?' vroeg Judy huilend. 'Is ze gek? Is ze ziek?'

'Niet gek en maar een beetje ziek.' Rusty verbaasde zich over de kalmte van zijn eigen stem. 'Mama zal je naar onze...'

'Néé!' riepen ze precies tegelijk.

'Oké,' zei hij, 'maar je moet wel stil zijn. Maak haar niet aan het schrikken als ze wakker wordt, want ze is nu vast ook bang. Een béétje bang,' verbeterde hij zichzelf. 'Audi, brave meid. Een héél brave meid.'

Zulke complimenten brachten Audrey gewoonlijk tot stuiptrekkingen van pure blijdschap, maar deze avond niet. Ze kwispelde niet eens. Toen blafte de golden retriever zacht en ging weer liggen, haar snuit op een van haar poten. Even later kwam er een eind aan het beven van Janelle en gingen haar ogen dicht.

'Wel alle...' zei Rusty.

'Wat?' Linda zat op de rand van Judy's bed, met Judy op haar schoot. 'Wát?'

'Het is voorbij,' zei Rusty.

Maar het was niet voorbij. Niet helemaal. Toen Jannie haar ogen weer opendeed, waren ze terug op hun plaats, maar ze zagen hem niet.

'De grote pompoen!' riep Janelle uit. 'Het is de schuld van de grote pompoen! Je moet de grote pompoen tegenhouden!'

Rusty schudde haar zacht heen en weer. 'Het was een droom, Jannie. Een nare droom, denk ik. Maar het is voorbij en er is niets met je aan de hand.'

Enkele ogenblikken was ze er nog niet helemaal bij, al bewogen haar ogen en wist hij dat ze hem nu zag en hoorde. 'Hou Halloween tegen, papa! Je moet Halloween tegenhouden!'

'Oké, schatje, dat doe ik. Halloween gaat niet door.'

Ze knipperde met haar ogen en deed toen haar hand omhoog om het bezwete, samengeklitte haar van haar voorhoofd weg te strijken. 'Wat? Waarom? Ik zou prinses Leia zijn! Moet alles dan misgaan met mijn leven?' Ze huilde.

Linda kwam naar hen toe – Judy kwam achter haar aan en hield zich vast aan de ochtendjas van haar moeder – en nam Janelle in haar armen. 'Je kunt nog steeds prinses Leia zijn, liefje. Dat beloof ik.'

Janelle keek haar ouders met verbazing, argwaan en toenemende angst aan. 'Wat doe jíj hier? En waarom is zíj op?' Ze wees naar Judy.

'Je hebt in je bed gepist,' zei Judy zelfvoldaan, en toen Janelle het zag – het zag en nog harder begon te huilen – had Rusty zin Judy een fikse klap te geven. Meestal voelde hij zich een tamelijk verlichte ouder (zeker in vergelijking met degenen die hij soms naar het medisch centrum zag sluipen met kinderen die een gebroken arm of een blauw oog hadden), maar vanavond niet.

'Het geeft niet,' zei Rusty, en hij drukte Jan tegen zich aan. 'Het was niet jouw schuld. Je had een probleempje, maar dat is nu voorbij.'

'Moet ze naar het ziekenhuis?' vroeg Linda.

'Alleen maar naar het medisch centrum, en niet vannacht. Morgenvroeg. Dan geef ik haar de juiste medicijnen.'

'GEEN PRIK!' riep Jannie uit, en nu huilde ze nog harder. Rusty vond dat een goed geluid. Het klonk gezond. Sterk.

'Geen prik, liefje. Pillen.'

'Weet je het zeker?' vroeg Lin.

Rusty keek naar hun hond, die nu vredig met haar snuit op haar poot lag, alsof ze zich nergens van bewust was.

'Audrey weet het zeker,' zei hij. 'Maar ze moet vannacht maar hier bij de meisjes op de kamer slapen.'

'Ja!' riep Judy uit. Ze liet zich op haar knieën zakken en omhelsde Audi uitbundig.

Rusty sloeg zijn arm om zijn vrouw heen. Ze legde haar hoofd op zijn schouder alsof ze te moe was om het nog langer overeind te houden.

'Waarom nu?' vroeg ze. 'Waarom nú?'

'Ik weet het niet. Wees maar blij dat het niet meer dan een petit mal was.'

Wat dat betrof, was zijn gebed verhoord.

WAANZIN, BLINDHEID EN VERSTANDS-VERBIJS-TERING

1

Joe de Vogelverschrikker was niet vroeg op; hij was laat op. De hele nacht opgebleven zelfs.

We hebben het over Joseph McClatchey, dertien jaar oud, ook wel bekend als de Koning van de Nerds en Skeletor, wonend op 19 Mill Street. Met zijn een meter vijfennegentig en vijfenzestig kilo was hij inderdaad net een skelet. En hij had een goed stel hersenen. Joe zat alleen nog maar in de achtste klas omdat zijn ouders er fel op tegen waren dat hij een klas oversloeg.

Dat vond Joe niet erg. Zijn vrienden (voor een mager genie van dertien had hij er verrassend veel) zaten ook in die klas. Bovendien was het schoolwerk een makkie en waren er een heleboel computers om mee te klooien; in de staat Maine was er een voor elke leerling. Sommige van de betere websites waren natuurlijk geblokkeerd, maar Joe had er niet lang over gedaan om zulke kleine hindernissen te overwinnen. Hij vond het geen enkel probleem om de informatie te delen met zijn vrienden, onder wie de onversaagde skateboarders Norrie Calvert en Benny Drake. (Benny hield in zijn dagelijkse bibliotheekperiode vooral van de site *Blondjes in witte slipjes*.) Dat kon Joe's populariteit ongetwijfeld voor een deel verklaren, maar niet helemaal; de kinderen vonden hem gewoon cool. De bumpersticker op zijn rugzak kwam waarschijnlijk het dichtst bij een verklaring. Daarop stond: BESTRIJD DE HOGERE MACHTEN.

Joe was een uitmuntende leerling, een goede en soms briljante basketballer in het schoolteam (als zevendeklasser al in het team!) en een kei van een voetballer. Zijn vingers gleden vliegensvlug over de pianotoetsen, en twee jaar eerder had hij met een grappig relaxt dansnummer op 'Redneck Woman' van Gretchen Wilson de tweede prijs gewonnen in de jaarlijkse talentenjacht van het dorp. De volwassenen in het publiek hadden geapplaudisseerd en het uitgeschaterd. Lissa Jamieson, de bibliothecaresse, had gezegd dat hij er de kost mee zou kunnen verdienen, als hij dat wilde, maar het was niet Joe's ambitie om zo iemand te worden als Napoleon Dynamite uit de gelijknamige film.

'Het was doorgestoken kaart,' had Sam McClatchey gezegd, terwijl hij de medaille die zijn zoon voor de tweede plaats had gekregen somber door zijn handen liet glijden. Waarschijnlijk klopte dat. De winnaar van dat jaar was Dougie Twitchell geweest, de broer van de tweede wethouder. Dougie had met zes gymnastiekknotsen gejongleerd terwijl hij 'Moon River' zong.

Het kon Joe niet schelen of het doorgestoken kaart was of niet. Hij had zijn belangstelling voor het dansen verloren, zoals het geval was met de meeste dingen die hij tot op zekere hoogte onder de knie had gekregen. Zelfs zijn liefde voor basketbal, waarvan hij als vijfdeklasser had gedacht dat hij er eeuwig van zou blijven houden, nam af.

Alleen zijn hartstocht voor het internet, dat elektronische melkwegstelsel met eindeloos veel mogelijkheden, verbleekte niet.

Het was zijn ambitie president van de Verenigde Staten te worden, al had hij dat zelfs nooit aan zijn ouders verteld. *Misschien*, dacht hij soms, *doe ik zoiets als Napoleon Dynamite als ik mijn inaugurele rede houd. Daarmee sta ik dan voor eeuwig op YouTube.*

Joe bracht de eerste nacht sinds de barrière er was helemaal op internet door. De McClatcheys hadden geen generator, maar Joe's laptop was helemaal opgeladen en hij had bovendien zes extra batterijen. Hij had er bij de andere zeven of acht kinderen van zijn informele computerclub op aangedrongen dat ze ook reserves bij de hand hielden, en hij wist waar er nog meer te vinden waren als hij ze nodig had. Misschien zou hij ze niet nodig hebben, want de school had een prima generator en hij dacht dat hij ze daaraan moeiteloos kon opladen. Zelfs als de school dichtging, zou meneer Allnut, de portier, hem vast wel even zijn batterijen laten opladen; Allnut was ook een fan van blondjesinwitteslipjes.com. Om nog maar te zwijgen van al die downloads van countrymuziek die Joe de Vogelverschrikker hem gratis had zien downloaden.

Die eerste nacht versleet Joe zijn WiFi-verbinding zo ongeveer. Met de nerveuze springerigheid van een kikker die over hete stenen danste ging hij van blog naar blog. Elke blog was weer somberder dan de vorige. Er waren weinig feiten beschikbaar, en de complottheorieën tierden welig. Joe was het eens met zijn ouders, die de aanhangers van de bizarste complottheorieën, mensen die op (en voor) het internet leefden, 'de ufogekken' noemden, maar hij geloofde wel dat als je ergens rook zag, er ook vuur moest zijn.

Toen Koepeldag overging in Dag Twee, stond in alle blogs hetzelfde te lezen: het waren in dit geval geen terroristen, buitenaardse wezens of Grote Cthulhu, maar het was het goeie ouwe militair-industriële complex. De details varieerden van site tot site, maar uit het geheel kwamen drie elementaire theorieën naar voren. Een daarvan hield in dat de Koepel een hardvochtig experiment was met de mensen van Chester's Mill als proefkonijnen. Volgens een andere theorie was het een experiment dat uit de hand gelopen was ('Net als in die film *The Mist*,' schreef een blogger). Een derde theorie wilde dat het helemaal geen experiment was, maar een meedogenloos gecreëerd voorwendsel om een oorlog met de vijanden van Amerika te kunnen rechtvaardigen. 'En WE ZULLEN WINNEN!' schreef ToldjaSo87. 'Want met dit nieuwe wapen ZIJN WE IEDEREEN DE BAAS. Mijn vrienden, WE ZIJN DE GROTE PATRIOTTEN VAN NEW ENGLAND GEWORDEN!!!!'

Joe wist niet of een van die theorieën de waarheid was. Het kon hem ook niet schelen. Hij zag een grote gemene deler: de overheid.

Het was tijd voor een demonstratie, en die zou hij natuurlijk gaan leiden. Niet in het dorp, maar op Route 119, waar ze de overheid konden laten zien hoe ze over haar dachten. Misschien waren het in het begin alleen Joe en zijn vrienden, maar het zouden er meer worden. Daar twijfelde hij niet aan. De overheid hield de pers waarschijnlijk nog steeds op een afstand, maar al was hij nog maar dertien, Joe was wereldwijs genoeg om te weten dat ze de pers helemaal niet nodig hadden. Want er zaten ménsen in die uniformen, en er zaten denkende hersenen achter in elk geval sommige van die onbewogen gezichten. Al die militairen mochten dan de overheid vormen, er zaten individuen in het geheel, van wie sommigen in het geheim ook blogger zouden zijn. Ze zouden het naar buiten brengen, en sommigen zouden hun berichten vergezeld doen gaan van foto's die ze met hun mobieltje hadden gemaakt: Joe McClatchey en zijn vrienden die borden omhooghielden met GEEN GEHEIMHOUDING, STOP HET EXPERIMENT, BEVRIJD CHESTER'S MILL enzovoort enzovoort.

'We moeten ook posters in het dorp aanplakken,' mompelde hij. Maar dat zou geen probleem zijn. Al zijn vrienden hadden een printer. En een fiets.

Bij het eerste ochtendlicht verstuurde Joe de Vogelverschrikker zijn eerste e-mails. Straks zou hij op zijn fiets door het dorp gaan en Benny Drake vragen hem te helpen. Misschien Norrie Calvert ook. Meestal sliepen de leden van Joe's troepje in het weekend uit, maar Joe dacht dat iedereen in het dorp deze ochtend vroeg op zou zijn. De overheid zou het internet vast en zeker gauw afsluiten, want die beschikte over de telefoons, maar voorlopig was het Joe's wapen, het wapen van het volk.

Het was tijd om in verzet te komen tegen de hogere machten.

2

'Jongens, doe je hand omhoog,' zei Peter Randolph. Moe en met wallen onder zijn ogen stond hij tegenover de nieuwe rekruten, maar hij beleefde er ook een zeker grimmig genoegen aan. De groene commandantswagen stond op het parkeerterrein van het bureau, volgetankt en klaar om te vertrekken. Die auto was nu van hem.

De nieuwe rekruten – Randolph was van plan hen in het officiële rapport dat hij voor het gemeentebestuur moest opstellen hulpagenten te noemen – staken gehoorzaam hun hand op. Het waren er vijf, en een van hen was geen jongen, maar een potige jonge vrouw die Georgia Roux heette. Ze was kapster zonder werk en de vriendin van Carter Thibodeau. Junior had zijn vader aangeraden ook een vrouw aan te nemen, dan was iedereen tevreden, en Grote Jim was meteen akkoord gegaan. Randolph was het er eerst niet mee eens geweest, maar toen Grote Jim de nieuwe commandant met zijn felste glimlach aankeek, was Randolph gezwicht.

En toen hij de eed afnam (gadegeslagen door enkele professionele leden van zijn korps), zagen ze er behoorlijk stoer uit. Junior was de afgelopen zomer enigszins afgevallen. Hij was lang niet meer zo dik als hij geweest was, maar hij liep nog steeds tegen de honderd kilo, en de anderen, zelfs het meisje, waren echte zwaargewichten.

Ze herhaalden de woorden frase voor frase: Junior helemaal links, naast zijn vriend Frankie DeLesseps; dan Thibodeau en het meisje van Roux; Melvin Searles aan het eind. Searles had een stompzinnige grijns op zijn gezicht, als een boerenknuppel die naar de kermis ging. Randolph zou daar korte metten mee maken als hij drie weken de tijd had om die jongens te trainen (één week was al genoeg), maar die tijd had hij niet.

Alleen toen het om vuurwapens ging had hij Grote Jim níét zijn zin gegeven. Rennie had ervoor gepleit dat de jongens ze kregen. Het waren 'evenwichtige, godvrezende jonge mensen,' had hij gezegd, en zo nodig zou hij ze met het grootste genoegen zelf van wapens voorzien.

Randolph had zijn hoofd geschud. 'De situatie is te onzeker. Laten we eerst kijken hoe ze het doen.'

'Als een van hen gewond raakt terwijl jij kijkt hoe ze het doen...'

'Er raakt niemand gewond, Grote Jim,' zei Randolph, in de hoop dat hij gelijk had. 'Dit is Chester's Mill. Als het New York was, lag het misschien anders.'

3

Nu zei Randolph: 'En ik zal, voor zover in mijn vermogen ligt, de bevolking van deze gemeente beschermen en dienen.'

Ze herhaalden het zo netjes als een zondagschoolklas op ouderdag. Zelfs de stompzinnig grijnzende Searles had het in één keer goed. En ze zagen er ook goed uit. Geen wapens – nog niet – maar wel walkietalkies. En wapenstokken. Stacey Moggin (die zelf ook een straatdienst zou draaien) had voor iedereen uniformoverhemden gevonden, behalve voor Carter Thibodeau. Ze hadden niets wat hem paste omdat zijn schouders te breed waren, maar het effen blauwe werkoverhemd dat hij van thuis had meegenomen zag er goed uit. Niet volgens de voorschriften, maar wel schoon. En het zilveren insigne boven het linkerborstzakje straalde de juiste boodschap uit.

Misschien zou dit werken.

'Zo helpe mij God almachtig,' zei Randolph.

'Zo helpe mij God almachtig,' herhaalden ze.

Vanuit zijn ooghoek zag Randolph de deur opengaan. Het was Grote Jim. Hij ging achter in de kamer staan bij Henry Morrison, de astmatische George Frederick, Fred Denton en een sceptisch kijkende Jackie Wettington. Rennie was erbij om de beëdiging van zijn zoon mee te maken, wist Randolph. En omdat het hem nog steeds niet lekker zat dat hij de nieuwe mannen vuurwapens had geweigerd (het was in strijd met Randolphs politiek ingestelde aard om Grote Jim iets te weigeren), improviseerde de nieuwe commandant nog even. Dat deed hij vooral omwille van de eerste wethouder.

'En ik laat me door niemand een grote bek geven.'

'En ik laat me door niemand een grote bek geven!' herhaalden ze enthousiast. Ze glimlachten nu allemaal. Gretig. Klaar om de straat op te gaan.

Grote Jim knikte en stak ondanks het lelijke woord zijn duimen naar hem omhoog. Randolph voelde zich groeien, niet wetend dat de woorden hem nog zouden achtervolgen: *Ik laat me door niemand een grote bek geven.*

4

Toen Julia Shumway die ochtend de Sweetbriar Rose binnenkwam, waren de meeste ontbijters al naar de kerk of naar spontane bijeenkomsten op het plantsoen. Het was negen uur. Barbie was alleen; Dodee Sanders en Angie

McCain waren niet komen opdagen, en dat verbaasde niemand. Rose was naar de Food City. Anson was met haar mee. Hopelijk kwamen ze terug met een hele lading boodschappen, maar Barbie wilde dat pas geloven als hij het zag.

'We zijn gesloten tot de lunch,' zei hij, 'maar ik heb koffie.'

'En een kaneelbroodje?' vroeg Julia hoopvol.

Barbie schudde zijn hoofd. 'Die heeft Rose niet gemaakt. We willen zo lang mogelijk met de generator doen.'

'Daar zit wat in,' zei ze. 'Alleen koffie dan.'

Hij had de pot al meegenomen en schonk in. 'Je ziet er moe uit.'

'Barbie, iedereen ziet er vanmorgen moe uit. En doodsbang.'

'Hoe gaat het met die krant?'

'Ik had gehoopt dat hij om tien uur kon uitkomen, maar het zal wel drie uur vanmiddag worden. De eerste extra editie van *The Democrat* sinds de Prestile overstroomde in '03.'

'Productieproblemen?'

'Niet zolang mijn generator het doet. Ik wil alleen nog even naar de winkel om te kijken of daar een run op is. Als dat zo is, wil ik dat deel van het verhaal ook opnemen. Pete Freeman is er al om foto's te maken.'

Barbie hield niet van het woord 'run'. 'Jezus, ik hoop dat ze zich gedragen.'

'Vast wel. Per slot van rekening is dit Chester's Mill, niet New York.'

Barbie betwijfelde of er zoveel verschil was tussen stadsmuizen en dorpsmuizen als ze onder druk stonden, maar hij hield zijn mond. Zij kende de plaatselijke bevolking beter dan hij.

Julia kon blijkbaar zijn gedachten lezen: 'Natuurlijk kan ik het mis hebben. Daarom heb ik Pete gestuurd.' Ze keek om zich heen. Aan het buffet voorin zaten nog een paar mensen achter hun omelet en koffie, en natuurlijk zat de grote tafel achterin – de 'zwamtafel', zoals ze hier zeiden – vol met oude mannen die alles herkauwden wat er was gebeurd en bespraken wat er nog zou kunnen gebeuren. Het midden van het restaurant hadden Barbie en zij voor zich alleen.

'Ik moet je een paar dingen vertellen,' zei ze met gedempte stem. 'Blijf daar niet zo lullig met die koffiepot staan en ga zitten.'

Barbie deed het en schonk ook een kop koffie voor zichzelf in. Het was het onderste uit de pot en smaakte naar diesel... maar onder in de pot zat natuurlijk de meeste cafeïne.

Julia greep in de zak van haar jurk, haalde haar mobieltje tevoorschijn en schoof hem naar Barbie toe. 'Die Cox van jou heeft om zeven uur vanmorgen weer gebeld. Die zal vannacht ook vast niet veel slaap hebben gekregen. Hij vroeg me je dit te geven. Hij weet niet dat je er zelf ook een hebt.'

Barbie liet de telefoon op de tafel liggen. 'Als hij denkt dat ik nu al verslag kan uitbrengen, overschat hij me.'

'Dat heeft hij niet gezegd. Hij wil je kunnen bereiken als hij je moet spreken, zei hij.'

Dat gaf voor Barbie de doorslag. Hij schoof de telefoon naar haar terug. Zonder verbaasd te kijken pakte ze hem op. 'Hij zei ook dat je hem moet bellen als je om vijf uur vanmiddag nog niets van hem hebt gehoord. Dan heeft hij nieuws. Wil je het nummer met dat gekke netnummer?'

Hij zuchtte. 'Ja.'

Ze schreef het op een servet: keurige kleine cijfers. 'Ik denk dat ze iets gaan proberen.'

'Wat?'

'Dat zei hij niet. Ik had gewoon het gevoel dat ze verschillende opties overwegen.'

'Reken maar. Wat heb je nog meer op je hart?'

'Wie zegt dat ik iets op mijn hart heb?'

'Ik heb gewoon dat gevoel,' zei hij grijnzend.

'Oké. De geigerteller.'

'Daar wou ik met Al Timmons over praten.' Timmons was de portier van het gemeentehuis en een vaste klant van Sweetbriar Rose. Barbie kon goed met hem opschieten.

Julia schudde haar hoofd.

'Nee? Waarom niet?'

'Raad eens van wie Al een renteloze persoonlijke lening heeft gekregen om zijn jongste zoon aan Heritage Christian in Alabama te laten studeren?'

'Jim Rennie, misschien?'

'In één keer goed. Nou, en dan nu de bonusvraag, die de stand radicaal kan veranderen. Raad eens van wie Al het geld voor zijn sneeuwruimer heeft geleend.'

'Dat was misschien ook wel Jim Rennie.'

'Helemaal goed. En omdat jij het stuk hondenstront bent dat wethouder Rennie niet van zijn schoen kan schrapen, is het misschien niet zo'n goed idee om een beroep te doen op mensen van wie hij nog geld krijgt.' Ze boog zich naar voren. 'Toevallig weet ik wie een compleet stel sleutels van het hele koninkrijk had: gemeentehuis, ziekenhuis, medisch centrum, scholen, noem maar op.'

'Wie?'

'Wijlen onze politiecommandant. En toevallig ken ik zijn vrouw – weduwe – heel goed. Ze moet niets van James Rennie hebben. Bovendien kan ze een geheim bewaren, als iemand haar daar de noodzaak van laat inzien.'

'Julia, haar man is nog niet eens koud.'

Julia dacht aan het naargeestige uitvaartbedrijfje van Bowie en trok een grimas van verdriet en walging. 'Misschien niet, maar waarschijnlijk wel op kamertemperatuur. Ik begrijp wel wat je bedoelt en ik stel je compassie op prijs. Maar...' Ze pakte zijn hand vast. Dat verbaasde Barbie, maar hij vond het wel prettig. 'Dit zijn geen gewone omstandigheden. En dat weet Brenda Perkins ook, hoe diep ze ook is getroffen. Jij hebt werk te doen. Ik kan haar daarvan overtuigen. Jij bent de man ter plaatse.'

'De man ter plaatse,' zei Barbie, en plotseling kwamen er onwelkome herinneringen bij hem op: een gymnastiekzaal in Fallujah en een huilende Irakese man die alleen een rafelige *keffiyeh* aanhad. Na die dag en die gymnastiekzaal had hij geen man ter plaatse meer willen zijn. Maar hier zat hij dan.

'Zal ik...'

Het was die ochtend warm voor oktober, en hoewel de deur nu op slot zat (mensen konden weggaan, maar niet binnenkomen), stonden de ramen open. Door de ramen die op Main Street uitkeken klonk een doffe metalen klap, toen een schreeuw van pijn, gevolgd door kreten van protest.

Barbie en Julia keken elkaar over hun koffiekopjes aan met dezelfde verbazing en angst op hun gezicht.

Het begint nu al, dacht Barbie. Hij wist dat het niet waar was – het was de vorige dag begonnen, toen de Koepel omlaagkwam –, maar toch had hij het gevoel dat het wél waar was.

De mensen die aan het buffet hadden gezeten, renden naar de deur. Barbie stond op om achter hen aan te gaan, en Julia volgde hem.

Op straat, aan het noordelijk eind van het dorpsplantsoen, luidde de klok in de toren van de Congregationalistische Kerk om de gelovigen tot de dienst op te roepen.

5

Junior Rennie voelde zich geweldig. Hij had deze ochtend nauwelijks nog hoofdpijn en het ontbijt was hem goed bekomen. Misschien zou hij zelfs kunnen lunchen. Dat was goed. Hij had de laatste tijd niet veel trek meer gehad. De helft van de tijd hoefde hij maar naar eten te kijken of hij werd al misselijk. Vanmorgen niet. Pannenkoeken met spek!

Als dit de Apocalyps is, dacht hij, *had hij best eerder mogen komen.*

Iedere hulpagent was aan een gewone agent gekoppeld. Junior had Freddy Denton gekregen, en dat was ook goed. Denton, kalend maar op zijn vijftigste nog slank, stond bekend als een echte rotzak... maar er waren uitzonderingen. Hij was voorzitter van de supportersvereniging van de Wildcats geweest in de tijd dat Junior daarin speelde, en ze zeiden dat hij nooit een lid van het eerste team een bekeuring had gegeven. Junior kon niet namens iedereen spreken, maar hij wist dat Frankie DeLesseps een keer door Freddy was gematst, en Junior zelf had twee keer het gebruikelijke 'Ik zal je geen bon geven, maar rijd voortaan wat langzamer' te horen gekregen. Junior had ook Wettington kunnen treffen, die waarschijnlijk nog nooit een kerel in haar broek had gehad. Ze had een puik stel tieten, maar wie zou er nu iets met haar willen? Bovendien had ze hem na de beëdiging, toen Freddy en hij langs haar liepen om naar buiten te gaan, ijzig aangekeken.

Als je mij dwarszit, heb ik nog wel ruimte voor je in de provisiekast, dacht hij, en hij lachte. God, wat voelden de warmte en het licht goed aan op zijn gezicht! Hoe lang was het geleden dat hij zich zo goed had gevoeld?

Freddy keek haar aan. 'Valt er iets te lachen, Junior?'

'Niets in het bijzonder,' zei Junior. 'Ik voel me gewoon goed.'

Het was die ochtend hun taak om te voet door Main Street te patrouilleren ('om te laten zien dat we er zijn', had Randolph gezegd), de ene kant heen, de andere kant terug. Best leuk werk in de warme oktoberzon.

Toen ze langs de Mill Gas & Grocery liepen, hoorden ze daaruit opgewonden stemmen komen. Een van die stemmen was van Johnny Carver, de bedrijfsleider en mede-eigenaar. De andere stem klonk zo onduidelijk dat Junior niet wist wie het was, maar Freddy Denton rolde met zijn ogen.

'Als dat Sam Verdreaux niet is. Sam Slobber,' zei hij. 'Shit! En het is nog niet eens halftien.'

'Wie is Sam Verdreaux?' vroeg Junior.

Freddy's mond vormde een dunne witte streep die Junior zich uit zijn footballtijd herinnerde. Het was Freddy's blik van *Verdomme, we staan achter.* En ook van *Verdomme, dat was slecht gespeeld.* 'Jij verkeert blijkbaar niet in de betere kringen, Junior, maar daar ga je nu mee kennismaken.'

Ze hoorden Carver weer: 'Ik wéét dat het negen uur is geweest, Sammy, en ik zie dat je geld hebt, maar ik mag je nog steeds geen wijn verkopen. Vanmorgen niet, vanmiddag niet, vanavond niet. Morgen waarschijnlijk ook niet, tenzij er een eind aan deze ellende komt. Het is een opdracht van Randolph zelf. Hij is de nieuwe commandant.'

'Lul niet!' zei de andere stem, maar die klonk zo onduidelijk dat het in Juniors oren als *lunnie* klonk. 'Pete Randolph is niks meer dan een stukkie stront op de reet van Duke Perkins.'

'Duke is dood en Randolph zegt dat er geen drank mag worden verkocht. Sorry, Sam.'

'*Eén fles vruchtenwijn*,' jengelde Sam. *Eeffels vukkewijn*. 'Ik heb het nodig. En ik kan ervoor betalen. Kom op nou. Hoe lang ben ik hier al klant?'

'Ach, shit.' Hoewel hij klonk alsof hij van zichzelf walgde, draaide Johnny zich om naar de kast met bier en *vino* die zich over de hele wand uitstrekte, net op het moment dat Junior en Freddy door het gangpad kwamen aanlopen. Waarschijnlijk had hij er wel een fles vruchtenwijn voor over om die oude zuiplap zijn winkel uit te krijgen, vooral omdat andere klanten stonden toe te kijken, nieuwsgierig naar de afloop van de zaak.

Op de wand hing een met de hand geschreven bordje: TOT NADER ORDER GEEN VERKOOP VAN ALCOHOL, maar de slapjanus stak evengoed zijn hand uit naar de middelste vitrinedeur. Daarachter stond het goedkope bocht. Junior was nog geen twee uur bij de politie, maar hij wist dat het een heel slecht idee was. Als Carver toegaf aan zo'n zatladder met vieze haren, zouden andere, minder weerzinwekkende klanten hetzelfde willen.

Freddy Denton was het daar blijkbaar mee eens. 'Niet doen,' zei hij tegen Johnny Carver. En tegen Verdreaux, die hem aankeek met de rode ogen van een mol die in een bosbrand verzeild was geraakt, zei hij: 'Ik weet niet of je nog genoeg hersencellen hebt om dat bord te kunnen lezen, maar ik weet wel dat je hem hebt gehoord: vandaag geen alcohol. Dus ga de frisse lucht maar weer in. Dan zijn ze hier van je stank af.'

'Dat kun je niet maken, agent,' zei Sam, die zich oprichtte met zijn volle lengte van een meter vijfenzestig. Hij droeg een vuile katoenen broek, een Led Zeppelin-T-shirt en oude instappers met kapotte hielen. Zijn haar zag eruit alsof het voor het laatst was geknipt toen Bush junior nog hoog in de peilingen stond. 'Ik heb mijn rechten. Vrij land. Dat staat in de grondwet.'

'De grondwet is opgeschort in Chester's Mill,' zei Junior, die niet kon weten dat hij daarmee profetische woorden uitsprak. 'Daar is het gat van de deur.' God, wat voelde hij zich goed! In amper één dag van doffe ellende naar stralend geluk!

'Maar...'

Sam stond daar even met een trillende onderlip, op zoek naar meer argumenten. Junior zag met walging, en ook gefascineerd, dat de ogen van die ouwe zak vochtig werden. Sam stak zijn handen uit. Die beefden nog veel erger dan zijn mond, die hij maar niet stil kon houden. Hij had nog één argument, maar het kostte hem moeite om dat naar voren te brengen waar publiek bij was. Omdat het moest, deed hij het toch.

'Ik heb het echt nodig, Johnny. Ik meen het. Een beetje maar om een eind aan de rillingen te maken. Ik zal er lang mee doen. En ik haal geen rottigheid uit. Dat zweer ik je op de naam van mijn moeder. Ik ga gewoon naar huis.' Het 'huis' van Sam Slobber was een hutje op een naargeestig kaal stukje land, waar alleen hier en daar wat oude auto-onderdelen lagen.

'Misschien moet ik...' begon Johnny Carver.

Freddy negeerde hem. 'Slobber, jij hebt in je hele leven nog nooit lang met een fles gedaan.'

'Noem me niet zo!' riep Sam Verdreaux uit. De tranen sprongen in zijn ogen en liepen over zijn wangen.

'Je gulp zit los, ouwe,' zei Junior, en toen Sam naar het kruis van zijn groezelige broek keek, prikte Junior met zijn vinger in de slappe onderkin van de oude man en kneep toen in zijn neus. Oké, een trucje van de lagere school, maar nog steeds leuk. Junior zei zelfs wat ze toen ook al zeiden: 'Broek met een vlek, knijp in je bek!'

Freddy Denton lachte. Een paar andere mensen ook. Zelfs Johnny Carver glimlachte, al ging dat zo te zien niet van harte.

'Wegwezen, Slobber,' zei Freddy. 'Het is een mooie dag. Dan wil je niet in een cel zitten.'

Iets – misschien omdat hij Slobber was genoemd, misschien omdat Junior in zijn neus had geknepen, misschien beide – had de smeulende woede doen oplaaien waar Sams kameraden veertig jaar geleden zo'n ontzag voor hadden gehad toen hij houthakker aan de Canadese kant van de Merimachee was. Zijn lippen en handen trilden nu even niet meer. Zijn blik bleef op Junior rusten, en hij schraapte zijn keel met veel slijm en onmiskenbaar ook veel minachting. Toen hij sprak, klonk zijn stem heel duidelijk.

'Rot op, jochie. Jij bent geen politieman, en als footballer stelde je ook niet veel voor. Ik heb gehoord dat je op college niet eens in het tweede team kon komen.'

Hij keek agent Denton aan.

'En jij, Brigadier Dog. Op zondag mag er na negen uur drank worden verkocht. Dat mag al sinds de jaren zeventig, en daarmee uit.'

Nu keek hij Johnny Carver aan. Johnny's glimlach was verdwenen en de toekijkende klanten waren ook erg stil geworden. Een vrouw hield haar hand op haar keel.

'Ik heb geld, wettig betaalmiddel, en ik neem wat van mij is.'

Hij wilde om de toonbank heen lopen. Junior greep hem bij de hals van zijn T-shirt en het zitvlak van zijn broek, draaide hem om en dirigeerde hem naar de voorkant van de winkel.

'*Hé!*' riep Sam, wiens voeten over de oude geoliede planken trappelden. '*Blijf met je handen van me af! Blijf met je poten...*'

Junior duwde de oude man de deur uit en het trapje af. Sam was zo licht als een zak met veren. En jezus, hij liet een schéét! Rat-tat-tat, als een mitrailleur!

De vrachtwagen van Stubby Norman stond voor de deur geparkeerd, de wagen met INKOOP & VERKOOP MEUBILAIR en HOOGSTE PRIJZEN VOOR ANTIEK. Stubby zelf stond er met open mond naast. Junior aarzelde niet. Hij smakte de wauwelende oude dronkenlap met zijn hoofd tegen de zijkant van de wagen. Het dunne metaal liet een warm BONNG horen.

Junior had er niet bij stilgestaan dat zoiets de dood van die stinkende schooier kon veroorzaken, totdat Sam Slobber als een baksteen neerviel, half op het trottoir en half in de goot. Nu zou er meer dan zo'n dreun tegen de zijkant van een oude vrachtwagen voor nodig zijn om Sam Verdreaux dood te maken. Of hem tot zwijgen te brengen. Hij gaf een schreeuw en barstte in huilen uit. Hij ging op zijn knieën zitten. Het bloed stroomde over zijn gezicht vanaf zijn kruin, waar de huid was opengescheurd. Hij veegde iets weg, keek er ongelovig naar en stak toen zijn druipnatte vingers naar voren.

Het voetgangersverkeer op het trottoir was zo volledig tot stilstand gekomen dat het leek of iedereen voor standbeeld speelde. Mensen keken met grote ogen naar de knielende man die zijn handen vol bloed naar voren stak.

'Dit is mishandeling! Ik span een proces tegen de politie aan!' schreeuwde Sam. 'EN DAN WIN IK!'

Freddy kwam het trapje van de winkel af en ging naast Junior staan.

'Toe dan, zeg het maar,' zei Junior tegen hem.

'Wat moet ik zeggen?'

'Dat ik overdreven reageerde.'

'Natuurlijk niet. Je hebt gehoord wat Pete zei: laat je door niemand een grote bek geven. Dat begint hier en nu, collega.'

Collega! Juniors hart maakte een sprongetje bij dat woord.

'*Je mag me er niet uitgooien als ik geld heb!*' ging Sam tekeer. '*Je mag me niet slaan! Ik ben een Amerikaans staatsburger! Ik sleep je voor de rechter!*'

'Veel succes daarmee,' zei Freddy. 'De rechtbank is in Castle Rock, en het schijnt dat de weg daarheen is afgesloten.'

Hij hees de oude man overeind. Sam had ook een bloedneus, en door de stroom daaruit leek zijn shirt net een rood slabbetje. Freddy haalde vanachter zijn rug een stel plastic handboeien tevoorschijn (*Die moet ik ook hebben*, dacht Junior vol bewondering). Even later zaten ze om Sams polsen.

Fred keek om zich heen naar de getuigen – op straat, in de deuropening van de Gas & Grocery. 'Deze man wordt gearresteerd voor verstoring van de openbare orde, belemmering van politiewerk en poging tot mishandeling!' zei hij met een schetterende stem die Junior zich heel goed van zijn jaren op het footballveld herinnerde. Donderpreken vanaf de zijlijn – Junior had zich er altijd aan geërgerd, maar nu klonk het hem als muziek in de oren.

Ik word volwassen, dacht Junior ernstig.

'Hij wordt ook gearresteerd voor schending van het alcoholverbod dat door commandant Randolph is uitgevaardigd. Kijk maar eens goed!' Freddy schudde Sam heen en weer. Het bloed vloog uit Sams gezicht en vuile haar. 'We zitten met een crisissituatie, mensen, maar we hebben een nieuwe sheriff en die is van plan er iets aan te doen. Wen er maar aan, leer ermee te leven, leer ervan te houden. Dat raad ik jullie aan. Hou je aan de regels, en het komt allemaal wel goed. Verzet je ertegen, en...' Hij wees naar Sams handen, die op zijn rug geboeid waren.

Enkele mensen applaudisseerden zowaar. Het geluid was voor Junior Rennie zoiets als koud water op een hete dag. Toen Freddy de bloedende oude man over de straat dirigeerde, voelde Junior dat er ogen op hem gericht waren. Het was een gevoel alsof iemand met vingers in zijn nek prikte. Hij draaide zich om en daar was Dale Barbara. Hij stond daar met de hoofdredacteur van de krant en keek met een doffe blik naar hem. Barbara, die hem die avond op het parkeerterrein flink in elkaar had geslagen. Die hen alle drie te grazen had genomen, voordat hij het tegen de overgrote overmacht had moeten afleggen.

Van Juniors goede gevoelens bleef niet veel over. Hij kon bijna voelen dat ze als vogels door zijn schedeldak omhoogvlogen. Of als vleermuizen van een klokkentoren.

'Wat doe jíj hier?' vroeg hij Barbara.

'Ik heb een betere vraag,' zei Julia Shumway. Ze keek hem met dat strakke glimlachje van haar aan. 'Wat doe jíj hier? Een man in elkaar slaan die een kwart van jouw gewicht heeft en drie keer zo oud is?'

Junior wist niets te zeggen. Hij voelde dat het bloed naar zijn hoofd steeg en uitwaaierde over zijn wangen. Plotseling zag hij dat krantenkreng in de provisiekast van de McCains liggen, bij Angie en Dodee. En Barbara ook. Misschien lag hij boven op dat krantenkreng, alsof hij daar een beetje aan het rampetampen was.

Freddy kwam Junior te hulp. Hij sprak kalm en met de onverstoorbare gelaatsuitdrukking van politiemannen over de hele wereld. 'Als u vragen hebt over politiebeleid, moet u bij de nieuwe commandant zijn, mevrouw. Intussen doet u er goed aan om te bedenken dat we voorlopig op onszelf zijn aangewezen. Als mensen op zichzelf zijn aangewezen, moeten er soms voorbeelden worden gesteld.'

'Als mensen op zichzelf zijn aangewezen, doen ze soms dingen waar ze later spijt van krijgen,' wierp Julia tegen. 'Meestal wanneer de onderzoeken worden ingesteld.'

Freddy's mondhoeken gingen omlaag. Toen trok hij Sam met zich mee over het trottoir.

Junior keek Barbie nog even aan en zei toen: 'Pas jij maar op je woorden als ik in de buurt ben. En kijk uit wat je doet.' Hij drukte zijn duim nadrukkelijk op zijn glanzende nieuwe insigne. 'Perkins is dood en ik ben de politie.'

'Junior,' zei Barbie, 'je ziet er niet goed uit. Ben je ziek?'

Junior keek hem aan met ogen die net een beetje te groot waren. Toen draaide hij zich om en liep achter zijn nieuwe collega aan. Dat deed hij met gebalde vuisten.

6

In tijden van crisis zoeken mensen vaak troost in vertrouwde dingen. Dat geldt net zo goed voor gelovigen als voor heidenen. Er stonden de gelovigen en Chester's Mill die ochtend geen verrassingen te wachten; Piper Libby preekte in de Congo over hoop en Lester Coggins preekte in de Kerk van de Heilige Verlosser over het hellevuur. Beide kerken zaten stampvol.

Pipers schriftlezing kwam uit het boek Johannes: *Ik geef jullie een nieuw gebod: hebt elkaar lief. Zoals ik jullie heb liefgehad, zo moeten jullie elkaar liefhebben.* Ze zei tegen de mensen in de banken van de Congo-kerk dat in tijden van crisis het gebed – de troost van het gebed, de kracht van het gebed – belangrijk was, maar dat het ook belangrijk was om elkaar te helpen, elkaar te vertrouwen, elkaar lief te hebben.

'God beproeft ons met dingen die we niet begrijpen,' zei ze. 'Soms is het ziekte. Soms is het de onverwachte dood van een dierbare.' Ze keek meelevend naar Brenda Perkins, die met gebogen hoofd zat, haar handen gevouwen op de schoot van een zwarte jurk. 'En nu is het een onverklaarbare barrière die ons van de buitenwereld heeft afgesneden. We begrijpen het niet, maar we begrijpen ziekte, verdriet of de onverwachte dood van goede mensen ook niet. We vragen God waarom, en in het Oude Testament vinden we het antwoord dat Hij aan Job gaf; "Was jij erbij toen ik de wereld schiep?" In het Nieuwe – en meer verlichte – Testament zien we het antwoord dat Jezus aan zijn discipelen gaf: "Hebt elkaar lief, zoals ik jullie heb liefgehad." Dat moeten we vandaag doen, en elke dag totdat dit voorbij is: elkaar liefhebben. Elkaar helpen. En wachten tot er een eind aan de beproeving komt, want er komt altijd een eind aan Gods beproevingen.'

Lester Coggins' schriftlezing kwam uit Numeri (een deel van de Bijbel dat niet bekendstaat om zijn optimisme): *Ziet, ge hebt gezondigd tegen de Heer; en gij zult uw zonde gewaar worden als zij u vinden zal.*

Net als Piper zei Lester dat ze door God op de proef werden gesteld – dat is een kerkelijke hit in alle grote superfloppen uit de geschiedenis –, maar zijn hoofdthema had te maken met de besmetting van de zonde, en hoe God met zulke besmettingen afrekende, namelijk door ze met Zijn vingers uit te knijpen zoals iemand in een lastige puist knijpt tot de pus eruit spuit als heilige tandpasta.

En omdat hij er zelfs in het heldere licht van een prachtige oktobermorgen nog steeds vrij zeker van was dat de zonde waarvoor het dorp werd gestraft door hemzelf was begaan, was Lester buitengewoon welsprekend. In veel ogen stonden tranen, en kreten van '*Ja, Heer!*' galmden van de ene hoek van de kerk naar de andere. Als hij zo geïnspireerd was, kwamen er soms onder het preken nog geweldige nieuwe ideeën bij Lester op. Dat gebeurde die dag ook, en hij sprak dat idee meteen uit zonder er ook maar even over na te denken. Nadenken was niet nodig. Sommige dingen waren gewoon zo zonneklaar, zo schitterend, dat ze wel goed moesten zijn.

'Vanmiddag ga ik naar de plaats waar Route 119 op Gods raadselachtige poort is gestuit,' zei hij.

'*Ja, Jezus!*' riep een huilende vrouw. Anderen klapten in hun handen of hieven ze ten hemel.

'Ik denk om twee uur. Daar op die weide ga ik op de knieën, jazeker, en dan bid ik tot God om dit onheil te doen ophouden.'

Ditmaal waren de kreten van *Ja, Heer* en *Ja, Jezus* en *God weet het* nog luider.

'Maar eerst...' Lester bracht de hand omhoog waarmee hij in het holst van de nacht zijn blote rug had gegeseld. 'Eerst ga ik bidden over de ZONDE die deze ELLENDE, dit VERDRIET en dit ONHEIL heeft veroorzaakt! Als ik alleen ben, zal God mij misschien niet horen. Als ik met twee, drie of zelfs vijf ben, zal

God mij misschien nog STEEDS NIET horen. Kunt u amen zeggen?'

Ze konden het. Ze deden het. Ze staken nu allemaal hun handen op en deinden heen en weer, meegesleept door de vervoering, ingegeven door de goede God.

'Maar als jullie ALLEMAAL zouden komen – als we daar in Gods gras, onder Gods blauwe hemel in een kring gaan bidden... in het zicht van de soldaten die zeggen dat ze het werk van Gods rechtvaardige hand bewaken... als U ALLEN zou komen, als WIJ ALLEN samen zouden bidden, kunnen we misschien tot de kern van deze zonde doordringen en hem in het volle licht zetten om hem te laten afsterven, en dan kunnen wij een godalmachtig *wonder* tot stand brengen? WILT U KOMEN? WILT U MET MIJ KNIELEN?'

Natuurlijk zouden ze komen. Natuurlijk zouden ze knielen. Of het nu goede of slechte tijden zijn, mensen zijn altijd gek op een enthousiaste gebedsbijeenkomst. En toen de band 'Whate'er My God Ordains is Right' inzette (in G, met Lester op leadgitaar) zongen ze zo hard dat het dak ervan schudde.

Jim Rennie was er natuurlijk ook; hij was degene die het carpoolen organiseerde.

7

**STOP DE GEHEIMHOUDING!
BEVRIJD CHESTER'S MILL!
DEMONSTREER!**

WAAR? Melkveehouderij Dinsmore aan Route 119 (Kijk uit naar de TE PLETTER GEREDEN TRUCK en de MILITAIRE AGENTEN VAN DE ONDERDRUKKING!)
WANNEER? 14 UUR, OOT (Oostelijke Onderdrukkings Tijd)!
WIE? JIJ, en alle vrienden die je kunt meebrengen! Zeg tegen ze: WE WILLEN ONS VERHAAL AAN DE MEDIA VERTELLEN! Zeg tegen ze: WE WILLEN WETEN WIE ONS DIT HEEFT AANGEDAAN! EN WAAROM!
Zeg vooral tegen hen: WE WILLEN ERUIT!!!

Dit is ONZE STAD! We moeten ervoor vechten!
WE MOETEN ONZE STAD TERUGNEMEN!!!

Enige protestborden aanwezig, maar breng ze zelf ook mee (en bedenk dat schuttingtaal contraproductief is).

VECHT TEGEN DE MACHT!
MAAK EEN VUIST TEGEN DE REGERING!

Het bevrijdingscomité van Chester's Mill

8

Als er één persoon in het dorp was die het oude Nietzscheaanse gezegde 'Alles wat me niet doodt, maakt me sterker' als zijn persoonlijke motto zou kunnen gebruiken, dan was het Romeo Burpee, een ritselaar met een opzichtig Elvis-pak en puntschoenen met elastische zijkanten. Hij dankte zijn voornaam aan een romantische Franco-Amerikaanse moeder en zijn achternaam aan een keiharde yankee-vader die praktisch ingesteld was tot in zijn vrekkerige ziel. Romeo had een kindertijd met genadeloze bespottingen – en nu en dan een pak slaag – overleefd om de rijkste man van het dorp te worden. (Nou... nee. Grote Jim was de rijkste man van het dorp, maar een groot deel van diens rijkdom bleef noodzakelijkerwijs verborgen.) Rommie bezat het grootste en meest winstgevende onafhankelijke warenhuis van de hele staat Maine. In de jaren tachtig hadden zijn potentiële financiers tegen hem gezegd dat het krankzinnig was om van start te gaan met zo'n lelijke naam als Burpee. Rommie had daarop geantwoord dat wat geen kwaad kon voor Burpee Seeds, een groot landelijk bedrijf dat zaden en tuinartikelen verkocht, ook geen kwaad kon voor hem. En nu was 's zomers hun grootste verkoophit een t-shirt met de tekst NEEM EEN SLURPEE BIJ DE BURPEE. Dat konden die fantasieloze bankiers in hun zak steken!

Hij had vooral succes gehad door grote kansen te zien en ze stelselmatig te grijpen. Om tien uur die zondagochtend – niet lang nadat hij Sam Slobber naar het politiebureau had zien slepen – kwam er weer een kans op zijn weg. Dat gebeurde altijd, als je er maar oog voor had.

Romeo zag tieners posters aanplakken. Die posters waren met een computer gemaakt en zagen er heel professioneel uit. De tieners – de meesten op fietsen, een paar op skateboards – hadden hun posters overal in Main Street aangeplakt. Een protestdemonstratie op Route 119. Romeo vroeg zich af wie op dát idee was gekomen.

Hij vroeg het aan een van de tieners.
'Het was mijn idee,' zei Joe McClatchey.
'Echt waar?'
'Helemaal waar,' zei Joe.
Rommie gaf de jongen een vijfje. Hij negeerde zijn protesten en stopte het diep in zijn achterzak. Informatie was het waard dat je ervoor betaalde. Rommie dacht dat er wel mensen naar de demonstratie van die jongen zouden gaan. Ze wilden niets liever dan uiting geven aan hun angst, frustratie, verontwaardiging en woede.

Kort nadat hij Joe de Vogelverschrikker had laten doorlopen, hoorde Romeo mensen over een gebedsbijeenkomst praten die 's middags onder leiding van dominee Coggins zou plaatsvinden. Zelfde tijd, zelfde plaats.

Alsof er een bord aan de hemel stond: VERKOOPKANSEN GEBODEN.

Romeo ging naar zijn winkel, waar het niet bepaald druk was. De mensen die 's zondags gingen winkelen, deden dat nu bij de Food City of de Mill Gas & Grocery. En die waren dan nog in de minderheid. De meeste mensen zaten in de kerk of keken thuis naar het nieuws. Toby Manning zat achter de kassa. Hij keek naar CNN op een klein tv'tje dat op batterijen liep.

'Zet dat gebazel af en sluit je kassa,' zei Romeo.

'Echt waar, meneer Burpee?'

'Ja. Haal de grote tent uit het magazijn. Laat Lily je helpen.'

'De tent van de zomeruitverkoop?'

'Ja, die,' zei Romeo. 'We zetten hem op in het weiland waar Chuck Thompsons vliegtuig is neergestort.'

'Het weiland van Alden Dinsmore? En als hij daar geld voor wil hebben?'

'Dan betalen we hem.' Romeo was al aan het rekenen. In zijn warenhuis werd van alles verkocht, ook levensmiddelen tegen discountprijzen, en op dat moment had hij ongeveer duizend dozen met Happy Boy-frankfurters in de vriesruimte achter de winkel staan. Die had hij gekocht van het hoofdkantoor van Happy Boy in Rhode Island (die onderneming was inmiddels ter ziele gegaan door een probleempje met bacteriën, godzijdank geen E. coli), en hij was van plan geweest ze te verkopen aan toeristen en aan dorpelingen die gingen barbecueën. Door die verrekte recessie hadden ze niet zo goed gelopen als hij had verwacht, maar hij had ze toch vastgehouden, zo koppig als een aap die een banaan in zijn handen heeft. En nu kon hij misschien...

We zetten ze op die prikkers uit Taiwan, dacht hij. *Ik heb nog een miljard van die dingen liggen. En we geven ze een grappige naam, zoals Frank-en-vrijtjes.* Verder hadden ze zo'n honderd dozen limonadepoeder van het merk Yummy Tum-

my staan, ook een discountartikel waarvan hij niet veel meer had verwacht.
'We nemen ook alle gasflessen mee.' In zijn hoofd klikte het nu als een rekenmachine, en dat was precies zoals Romeo wilde dat het klikte.
Toby keek opgewonden. 'Wat bent u van plan, meneer Burpee?'
Rommie ging na wat hij nog meer aan dingen had die hij in gedachten al had afgeschreven. Die goedkope molentjes voor kinderen... sterretjes die waren overgebleven van het zomerfeest... die muffe snoep die hij voor Halloween had bewaard...
'Toby,' zei hij, 'we gaan de grootste barbecue en buitenverkoop organiseren die dit dorp ooit heeft meegemaakt. Schiet op. We hebben veel te doen.'

9

Rusty deed met dokter Haskell de ronde door het ziekenhuis toen de walkietalkie die hij van Linda in zijn zak moest hebben opeens zoemde.
Haar stem klonk ijl maar helder. 'Rusty, ik heb toch dienst. Randolph zegt dat zo ongeveer het halve dorp vanmiddag naar de barrière op Route 199 gaat – een aantal naar een gebedsbijeenkomst, anderen naar een demonstratie. Romeo Burpee zet daar een tent op om hotdogs te verkopen, dus vanavond kun je een hoop patiënten met maag- en darmklachten verwachten.'
Rusty kreunde.
'Ik moet de meisjes dus toch bij Marta laten.' Linda klonk zorgelijk en alsof ze zich moest verdedigen: een vrouw die wist dat ze eigenlijk op meerdere plaatsen tegelijk zou moeten zijn. 'Ik zal haar over Jannies probleem vertellen.'
'Oké.' Hij wist dat ze thuis zou blijven als hij zei dat ze dat moest doen... en daarmee zou hij alleen maar bereiken dat ze zich weer meer zorgen ging maken terwijl ze zich zo langzamerhand juist een beetje gerustgesteld voelde. En als er inderdaad een grote horde mensen kwam opdraven, zou ze daar dringend nodig zijn.
'Dank je,' zei ze. 'Dank je voor je begrip.'
'Vergeet niet de hond met de meisjes mee naar Marta te brengen,' zei Rusty. 'Je weet wat Haskell heeft gezegd.'
Dokter Ron Haskell – de Wiz, zoals hij werd genoemd – had de familie Everett die ochtend fantastisch geholpen. Eigenlijk had hij sinds het ontstaan van de crisis iedereen fantastisch geholpen. Rusty had dat nooit ver-

wacht, maar hij stelde het op prijs. En hij kon aan de wallen onder de ogen van de oude man en aan diens openhangende mond zien dat Haskell daar de prijs voor betaalde. De Wiz was te oud voor medische crises; tegenwoordig praktiseerde hij de geneeskunde vooral door dutjes te doen in de huiskamer op de tweede verdieping van het ziekenhuis. Toch had hij het tempo flink opgevoerd. Afgezien van Ginny Tomlinson en Twitch kwam het nu aan op Rusty en de Wiz. Het was pech dat de Koepel juist op een mooie zaterdagochtend was neergekomen, toen iedereen die het dorp uit kon gaan dat ook had gedaan.

Haskell liep al tegen de zeventig, maar hij was de vorige avond bij Rusty in het ziekenhuis gebleven tot het elf uur was en Rusty hem letterlijk de deur uit had moeten werken. De volgende morgen was hij om zeven uur terug geweest, toen Rusty en Linda met hun dochters arriveerden. En ook met Audrey, die de nieuwe omgeving van het Cathy Russell-ziekenhuis kalmpjes in zich opnam. Judy en Janelle hadden aan weerskanten van de grote golden retriever gelopen en haar geaaid om zichzelf te troosten. Janelle had doodsbang gekeken.

'Wat is er met die hond?' vroeg Haskell, en toen Rusty het hem vertelde, had Haskell geknikt en tegen Janelle gezegd: 'Laten we jou eens onderzoeken, meisje.'

'Doet het pijn?' had Janelle angstig gevraagd.

'Alleen als het pijn doet om een snoepje aan te pakken als ik in je ogen heb gekeken.'

Toen hij haar had onderzocht, lieten de volwassenen de twee meisjes en de hond in de onderzoekskamer achter en liepen ze de gang op. Haskells schouders waren ingezakt. Het leek wel of zijn haar in één nacht spierwit was geworden.

'Wat is jouw diagnose, Rusty?' had Haskell gevraagd.

'Een petit mal. Het zal wel door de opwinding en de zorgen zijn gekomen, maar Audi jengelt al maanden op die rare manier.'

'Goed. Dan geven we haar eerst Zarontin. Akkoord?'

'Ja.' Rusty was ontroerd omdat de arts hem om zijn mening vroeg. Hij kreeg zo langzamerhand spijt van een aantal gemene dingen die hij over Haskell had gezegd.

'En wil je de hond bij haar houden?'

'Absoluut.'

'Komt het goed met haar, Ron?' vroeg Linda. Ze was toen nog niet van plan geweest te gaan werken. Ze was van plan geweest de hele dag rustige dingen te doen met de meisjes.

'Het ís goed met haar,' zei Haskell. 'Veel kinderen hebben wel eens een petit mal. De meesten krijgen er maar een of twee. Anderen krijgen er in de loop van de jaren meer, maar dan komt er een eind aan. Er is bijna nooit blijvende schade.'

Linda keek opgelucht. Rusty hoopte dat ze nooit zou hoeven te weten wat Haskell verzweeg: dat sommige kinderen pech hadden, nooit hun weg uit het neurologische struikgewas vonden en er steeds dieper in verdwaald raakten, tot aan een *grand mal*. En grand mal-toevallen konden wél schade aanrichten. Ze konden zelfs dodelijk zijn.

En nu hij net klaar was met zijn ochtendronde (niet meer dan zes patiënten, onder wie een kraamvrouw zonder complicaties) en een kop koffie wilde nemen voordat hij vlug naar het medisch centrum ging, kwam dat telefoontje van Linda.

'Marta vindt het vast geen probleem om Audi erbij te krijgen,' zei ze.

'Goed. Je hebt je walkietalkie van de politie bij je, als je dienst hebt, hè?'

'Ja. Natuurlijk.'

'Geef je persoonlijke walkietalkie dan aan Marta. Spreek een kanaal af. Als er iets mis is met Janelle, kom ik meteen.'

'Goed. Dank je, schat. Is er een kans dat je daar vanmiddag ook nog even komt?'

Terwijl Rusty daarover nadacht, zag hij Dougie Twitchell door de gang lopen. Twitch had een sigaret achter zijn oor gestoken en liep op zijn gebruikelijke onverschillige manier, maar Rusty zag bezorgdheid op zijn gezicht.

'Misschien kan ik een uurtje spijbelen, maar ik beloof niets.'

'Dat begrijp ik, maar ik zou het geweldig vinden je te zien.'

'Dat is wederzijds. Wees voorzichtig daar. En zeg tegen de mensen dat ze niet van die hotdogs moeten eten. Die heeft Burpee waarschijnlijk al tienduizend jaar in de vriesruimte liggen.'

'Dat zijn die mastodontensteaks van hem,' zei Linda. 'Over en sluiten, lieve man. Ik zal naar je uitkijken.'

Rusty stopte de walkietalkie in de zak van zijn witte jas en keek Twitch aan. 'Wat is er? En haal die sigaret achter je oor vandaan. Dit is een ziekenhuis.'

Twitch plukte de sigaret van zijn plek en keek ernaar. 'Ik wilde hem oproken bij de opslagloods.'

'Lijkt me geen goed idee,' zei Rusty. 'Daar staan de extra propaantanks.'

'Dat kwam ik je net vertellen. De meeste tanks zijn weg.'

'Onzin. Het zijn kolossale dingen. Ik weet niet meer of er nu tienduizend of vijftienduizend liter in zit.'

'Wat bedoel je? Dat ik vergeten ben achter de deur te kijken?'
Rusty wreef over zijn slapen. 'Als ze – wie *ze* ook mogen zijn – er meer dan drie of vier dagen over doen om dat krachtveld uit te schakelen, hebben we een heleboel propaan nodig.'
'Alsof ik dat niet weet,' zei Twitch. 'Volgens de inventariskaart op de deur zouden er zeven van die dingen moeten staan, maar er zijn er maar twee.' Hij stopte de sigaret in de zak van zijn eigen witte jas. 'Ik heb voor alle zekerheid in de andere schuur gekeken, voor het geval iemand de tanks had verplaatst...'
'Waarom zou iemand dat doen?'
'Dat weet ik niet, O Grote Man. Hoe dan ook, die andere schuur is bestemd voor de allerbelangrijkste ziekenhuisbenodigdheden: tuingereedschap. En al het gereedschap staat netjes op een rij, maar de kunstmest is weg.'
Rusty maakte zich niet druk om de kunstmest; hij maakte zich druk om het propaan. 'Nou... als de nood aan de man komt, krijgen we wel gas van de gemeente.'
'Dat wordt ruzie met Rennie.'
'Als dat hart van hem verstopt raakt en hij kan alleen in het Cathy Russell terecht? Ik denk het niet. Zeg, zou ik vanmiddag een tijdje weg kunnen?'
'Daar moet de Wiz over beslissen. Die heeft volgens mij nu de leiding.'
'Waar is hij?'
'Hij slaapt in de huiskamer. En hij snurkt als een bezetene. Wil je hem wakker maken?'
'Nee,' zei Rusty. 'Laat hem maar slapen. En ik noem hem niet meer de Wiz. Als je nagaat hoe hard hij heeft gewerkt sinds we met die rottigheid zitten, verdient hij iets beters.'
'*Ah so, sensei*. Je hebt een nieuw niveau van verlichting bereikt.'
'Rot op, sprinkhaan,' zei Rusty.

10

Zie dit nu; en zie dit goed.
Het is twintig voor drie 's middags op een schitterende herfstdag in Chester's Mill. Als de pers niet op een afstand werd gehouden, zou die aan een stuk door fotograferen – en niet alleen vanwege de bomen die deze tijd van het jaar in vuur en vlam staan. De mensen die in de gemeente gevangen-

zitten zijn massaal naar het weiland van Alden Dinsmore getrokken. Alden is het met Romeo Burpee eens geworden over de prijs: zeshonderd dollar. Beide mannen zijn tevreden, de boer omdat hij veel meer heeft losgekregen dan de tweehonderd dollar die Burpee eerst had geboden, en Romeo omdat hij desnoods tot duizend zou zijn gegaan.

Van de demonstranten en Jezus-schreeuwers kreeg Alden geen cent, maar dat wil niet zeggen dat hij niets aan hen heeft verdiend. Boer Dinsmore is namelijk niet van gisteren. Toen hij zijn kans zag, zette hij een groot parkeerterrein af ten noorden van de plaats waar de wrakstukken van Chuck Thompsons vliegtuig de vorige dag waren neergekomen, en daar posteerde hij zijn vrouw (Shelley), zijn oudste zoon (Ollie; je kent Ollie nog wel) en zijn knecht (Manuel Ortega, een illegaal, maar wel een echte yankee die net zo goed '*ayuh*' kan zeggen als de rest). Alden vangt vijf dollar per auto, een fortuin voor een gesjochten veehouder die de afgelopen twee jaar alles op alles heeft moeten zetten om zijn boerderij uit handen van de Keyhole Bank te houden. Er zijn wel klachten over het tarief, maar niet veel. Op de kermis van Fryeburg moet je meer parkeergeld betalen, en tenzij je langs de kant van de weg wilt parkeren – en daar staan al twee lange rijen auto's van de mensen die het eerst waren – en dan een kilometer wilt lopen om bij de evenementen te komen, heb je geen keus.

En wat zijn het een vreemde, uiteenlopende evenementen! Je kunt het gerust een circus met drie ringen noemen, met de gewone burgers van Chester's Mill in alle hoofdrollen. Als Barbie daar met Rose en Anse Wheeler aankomt (het restaurant is weer gesloten en gaat pas weer open voor het avondeten: alleen koude broodjes, geen grillgerechten), staan ze met open mond te kijken. Julia Shumway en Pete Freeman maken foto's. Julia onderbreekt haar werk om Barbie met haar aantrekkelijke maar ook enigszins naar binnen gerichte glimlach te begroeten.

'Een hele show, hè?'

Barbie grijnst. 'Nou en of.'

In de eerste ring van het circus zien we de dorpelingen die op de posters van Joe de Vogelverschrikker en zijn team hebben gereageerd. De demonstratie heeft een heel bevredigende opkomst, bijna tweehonderd mensen, en de zestig protestborden die de tieners hebben gemaakt (de populairste: LAAT ONS ERUIT, VERDOMME!!) waren binnen de kortste keren op. Gelukkig hebben veel mensen hun eigen protestbord meegebracht. Joe's favoriete bord is er een met gevangenistralies over een kaart van Chester's Mill. Lissa Jamieson houdt het niet alleen omhoog maar beweegt het ook agressief op en neer. Jack Evans is er; hij ziet bleek en kijkt grimmig. Zijn protestbord is een collage van foto's van zijn vrouw, die de vorige dag is doodgebloed. WIE HEEFT MIJN VROUW VERMOORD? schreeuwt het uit. Joe de Vogelverschrikker heeft medelijden met hem... maar wat een goed bord! Als de journalisten dat bord zagen, zouden ze van pure blijdschap in hun broek schijten.

Joe heeft de demonstranten in een grote kring gezet. Die kring beweegt zich in het rond voor de Koepel, die aan de Mill-kant wordt aangegeven door een rij dode vogels (aan de Motton-kant waren ze weggehaald door de militairen). De kring geeft al Joe's mensen – want zo ziet hij hen – de kans om met hun borden naar de militaire bewakers te zwaaien, die resoluut (en om gek van te worden) met hun rug naar hen toe blijven staan. Joe heeft ook geprinte scandeerteksten uitgedeeld. Die heeft hij samen met Benny Drakes skateboardvriendinnetje Norrie Calvert geschreven. Norrie is niet alleen supergoed met haar Blitz-plank, maar kan ook vet rijmen, yo? Een van haar leuzen luidt: '*Ha-ha-ha! Hij-hij-hij! Chester's Mill moet weer vrij!*' Een andere: '*Jullie zijn de daders! Jullie zijn de daders! Geef het toe, vuile verraders!*' Joe heeft – met grote tegenzin – zijn veto uitgesproken over een ander meesterwerk van Norrie: '*Landjepikkers! Stuur de pers hierheen, stelletje flikkers!*' 'We moeten politiek correct blijven,' heeft hij tegen haar gezegd. Op dit moment vraagt hij zich af of Norrie Calvert te jong is om haar te kussen. En of ze zou tongen als hij dat deed. Hij heeft nog nooit een meisje gekust, maar als ze toch allemaal doodgaan als stikkende insecten onder een tupperwareschaal, kan hij dit meisje net zo goed eerst nog even kussen.

In de tweede ring zien we de gebedskring van dominee Coggins. De goddelijke geest wordt over hen vaardig. En het is een fraai staaltje van interkerkelijke samenwerking dat het koor van de Heilige Verlosser gezelschap heeft gekregen van een stuk of tien mannen en vrouwen uit het koor van de Congo-kerk. Ze zingen 'Een vaste burcht is onze God', en nogal wat onkerkelijke dorpelingen die de woorden kennen, zingen met hen mee. Hun stemmen verheffen zich naar de onschuldige blauwe hemel, en Lesters schelle aansporingen en de ondersteunende kreten – 'amen' en 'halleluja' – van de gebedskring vormen een volmaakt contrapunt (van harmonie zullen we maar niet spreken – dat zou te ver gaan). De gebedskring groeit, want steeds meer andere dorpelingen gaan op de knieën om mee te doen; ze leggen hun protestborden even weg om hun gevouwen handen smekend ten hemel te heffen. De soldaten hebben hun de rug toe gekeerd; God misschien niet.

Toch is de middelste ring van het circus de grootste en opzichtigste. Romeo Burpee heeft de tent van de zomeruitverkoop een heel eind bij de

Koepel vandaan gezet, ongeveer vijftig meter ten oosten van de gebedskring. Die positie heeft hij gekozen door eerst te kijken waar de zwakke bries vandaan komt. Hij wil dat de rook van zijn rij barbecues tot zowel de demonstranten als de bidders doordringt. Hij doet maar één concessie aan het religieuze aspect van deze middag: hij laat Toby Manning zijn gettoblaster uitzetten, waaruit dat nummer van James McMurtry over het leven in een klein plaatsje schetterde. Dat nummer ging niet goed samen met 'Hoe groot zijt Gij' en 'Kom toch bij Jezus'. De zaken gaan goed en zullen straks alleen nog maar beter gaan. Daar is Romeo zeker van. De hotdogs – die nog ontdooien terwijl ze worden gebraden – mogen later dan enige buikklachten veroorzaken, op dit moment ruiken ze héérlijk in de middagzon. Als je ze ruikt, denk je niet aan schafttijd in de gevangenis maar aan een kermis op het platteland. Kinderen rennen met molentjes rond en dreigen Dinsmores gras in brand te steken met de sterretjes die van het zomerfeest zijn overgebleven. Overal liggen lege kartonnen bekertjes waarin poederlimonade (vies) of haastig gezette koffie (nog viezer) heeft gezeten. Later zal hij Toby Manning opdracht geven een tiener, misschien die van Dinsmore, tien dollar te betalen om de rommel op te ruimen. Goodwill kweken in de gemeenschap: altijd belangrijk. Toch is Romeo op dit moment helemaal gespitst op zijn geïmproviseerde kasregister, een doos waarin ooit toiletpapier heeft gezeten. Hij pakt bankbiljetten aan en geeft er muntjes voor terug: zo doet Amerika zaken, schatje. Hij rekent vier dollar per hotdog, en verdomd als ze niet in de rij staan om het ervoor neer te tellen. Hij verwacht die middag minstens drieduizend dollar om te zetten, misschien nog veel meer.

En kijk! Daar heb je Rusty Everett! Hij kon toch nog even weg komen! Goed zo! Hij zou bijna willen dat hij de meisjes onderweg had opgehaald – die zouden hiervan hebben genoten, en als ze al dat plezier zagen, waren ze misschien niet zo bang meer –, maar misschien zou het voor Jannie te veel opwinding zijn.

Hij ziet Linda op het moment dat zij hem ook ziet en zwaait uit alle macht naar haar; hij springt zowat op en neer. Zoals altijd wanneer ze aan het werk is, heeft Lin haar haar in korte vlechten hangen, als een onversaagde politiemeid of als een klaar-over bij een middelbare school. Ze staat bij Twitch' zus Rose en de jongeman die voor kok speelt in het restaurant. Rusty is een beetje verbaasd. Hij dacht dat Barbara het dorp uit was. Barbara had Grote Jim Rennie tegen zich in het harnas gejaagd. Een kroeggevecht, had Rusty gehoord, al had hij geen dienst toen de deelnemers binnenkwamen om zich te laten oplappen. Dat had Rusty helemaal niet erg gevonden. Hij had zijn portie Dipper-klanten al opgelapt.

Hij omhelst zijn vrouw, kust haar op de mond en drukt dan een kus op Rose' wang. Hij geeft de kok een hand en wordt opnieuw aan hem voorgesteld.

'Moet je die hotdogs zien,' kreunt Rusty. 'O nee.'

'Zet de ondersteken maar op een rij, dokter,' zegt Barbie, en ze lachen allemaal. Het is vreemd om onder die omstandigheden te lachen, maar ze zijn niet de enigen... en ach, waarom ook niet? Als je niet kunt lachen wanneer het slecht gaat – lachen en een beetje circus maken –, ben je dood of zou je dat willen zijn.

'Dit is leuk,' zegt Rose, die niet weet hoe snel er een eind aan de pret zal komen. Een frisbee zweeft voorbij. Ze plukt hem uit de lucht en gooit hem terug naar Benny Drake, die opspringt om hem te vangen en zich bliksemsnel omdraait om hem naar Norrie Calvert te gooien, die hem achter haar rug opvangt – de uitsloofster! De gebedskring bidt. Het gemengde koor, dat nu goed op gang komt, is overgegaan op de eeuwige aanvoerder van de religieuze hitlijsten: 'Onward Christian Soldiers'. Een kind dat niet ouder is dan Judy huppelt voorbij, haar jurk fladderend om haar mollige knieën, een sterretje in haar hand en een beker afschuwelijke limonade in de andere. De demonstranten draaien en draaien maar rond in een steeds grotere kring en scanderen nu: '*Ha-ha-ha! Hij-hij-hij! Chester's Mill moet weer vrij!*' Hoog boven hen komen dikke wolken met een donkere onderkant vanuit Motton aangegleden... om zich op te splitsen wanneer ze de soldaten naderen en vervolgens om de Koepel heen te gaan. De hemel recht boven hen is wolkeloos, smetteloos blauw. Sommige mensen op Dinsmores weiland kijken naar die wolken en vragen zich af of het ooit nog zal regenen in Chester's Mill, maar niemand spreekt dat uit.

'Ik vraag me af of we volgende week zondag nog net zoveel plezier hebben,' zegt Barbie.

Linda Everett kijkt hem aan. Ze kijkt niet erg vriendelijk. 'Je denkt toch niet dat we dan...'

Rose onderbreekt haar. 'Kijk daar eens. Die jongen zou niet zo hard met dat ding moeten rijden – straks slaat hij over de kop. Ik heb de pest aan die quads.'

Ze kijken allemaal naar het wagentje met dikke luchtbanden en zien het schuin door het oktobergele hooi rijden. Niet precies naar hen toe, maar wel degelijk in de richting van de Koepel. Het gaat te hard. Twee soldaten horen de motor van de quad naderen en draaien zich nu eindelijk om.

'O jezus, straks rijdt hij zich te pletter,' kreunt Linda Everett.

Rory Dinsmore rijdt zich niet te pletter. Misschien zou dat wel beter zijn geweest.

11

Een idee is zoiets als een verkoudheidsbacil: vroeg of laat krijgt iemand het te pakken. De gezamenlijke chefs van staven hadden het al te pakken gekregen; het was al ter sprake gekomen op verscheidene bijeenkomsten die Barbies vroegere baas, kolonel James O. Cox, had bijgewoond. Vroeg of laat zou iemand in Chester's Mill op hetzelfde idee komen, en het was niet verrassend dat die iemand Rory Dinsmore was, verreweg het scherpste mes in de keukenla van de Dinsmores ('Ik weet niet waar hij het vandaan heeft,' zei Shelley Dinsmore toen Rory voor het eerst thuiskwam met een rapport vol achten en negens... en ze had eerder zorgelijk dan trots geklonken). Als hij in het dorp zelf had gewoond – en als hij een computer had gehad, wat niet het geval was –, had Rory ongetwijfeld deel uitgemaakt van het troepje van Joe de Vogelverschrikker.

Het was Rory verboden naar de kermis/gebedsbijeenkomst/demonstratie te gaan. In plaats van verdachte hotdogs te eten en bij het beheer van het parkeerterrein te helpen, moest hij van zijn vader thuisblijven en de koeien voeren. Als hij daarmee klaar was, moest hij hun uiers invetten met Bag Balm, iets waar hij de pest aan had. 'En als die tieten mooi glimmen,' had zijn vader gezegd, 'mag je de stallen aanvegen en een paar hooibalen uit elkaar trekken.'

Hij werd gestraft omdat hij de vorige dag in strijd met het uitdrukkelijke verbod van zijn vader naar de Koepel toe was gelopen. Hij had er zelfs op geklopt, jezus nog aan toe. Vaak hielp het als hij een beroep op zijn moeder deed, maar deze keer niet. 'Je had wel dood kunnen zijn,' zei Shelley. 'En je vader zei ook dat je je mond voorbij hebt gepraat.'

'Ik noemde ze alleen de naam van de kok!' protesteerde Rory, en dat leverde hem weer een pets tegen zijn hoofd op, terwijl Ollie zwijgend en zelfvoldaan toekeek.

'Jij bent slimmer dan goed voor je is,' zei Alden.

Ollie, veilig achter de rug van zijn vader, had zijn tong uitgestoken. Shelley zag het... en nu kreeg Ollie een pets. Toch wilde ze Ollie het plezier en de opwinding van de geïmproviseerde kermis van die middag niet ontzeggen.

'En je laat dat rotding staan,' zei Alden, wijzend naar de quad die in de schaduw tussen de stallen 1 en 2 geparkeerd stond. 'Als je hooi moet verplaatsen, draag je het maar. Daar word je sterk van.' Kort daarna waren de domme Dinsmores samen vertrokken. Ze waren over het veld naar Romeo's tent gelopen. De slimme bleef achter met een hooivork en een pot Bag Balm zo groot als een bloempot.

Terneergeslagen maar grondig verrichtte Rory zijn karweitjes. Zijn snelle brein bracht hem soms in de problemen, maar evengoed was hij een brave zoon, en het kwam geen moment bij hem op dat hij zijn strafcorvee kon laten voor wat het was. In het begin kwam er helemaal niets bij hem op. In zijn hoofd heerste vooral de genadige leegte die soms zo'n vruchtbare voedingsbodem voor ideeën is. Uit die leegte kunnen opeens onze helderste dromen en grootste ideeën (zowel de goede als de spectaculair slechte ideeën) ontspruiten, vaak al helemaal compleet. Toch is het altijd nog een kwestie van de ene gedachte die tot de andere leidt.

Toen Rory het middenpad van stal 1 aanveegde (hij was van plan dat verschrikkelijke invetten van uiers tot het laatst te bewaren), hoorde hij een snel pang-plof-beng dat alleen maar van rotjes kon komen. Het klonk een beetje als geweerschoten. Dat deed hem denken aan het jachtgeweer van zijn vader, dat rechtop in de kast aan de voorkant van het huis stond. De jongens mochten daar alleen onder strikt toezicht – om schietoefeningen te doen, of in het jachtseizoen – aan komen, maar de kast zat niet op slot en de munitie stond op de plank boven het geweer.

En toen kwam het idee. Rory dacht: *ik kan een gat in dat ding schieten; misschien krijg ik het kapot.* Er stond hem heel helder een beeld voor ogen van een lucifer die hij bij de zijkant van een ballon hield.

Hij liet de bezem vallen en rende naar het huis. Zoals veel intelligente kinderen (juist intelligente kinderen) liet hij zich meer door inspiratie dan door redeneringen leiden. Als zijn oudere broer op zo'n idee was gekomen (iets wat onwaarschijnlijk was), zou Ollie hebben gedacht: *Als een vliegtuig er niet doorheen kon komen, of als een houtwagen ertegen te pletter reed, welke kans maakt een kogel dan nog?* Hij zou misschien ook hebben geredeneerd: *ik zit al in de problemen omdat ik ongehoorzaam ben geweest, en dit is ongehoorzaamheid tot in de negende macht.*

Nou... nee, dat zou Ollie waarschijnlijk niet hebben gedacht. Ollies rekenkundige vaardigheden gingen niet verder dan vermenigvuldigen.

Rory daarentegen volgde al algebra op middelbareschoolniveau en had daar geen enkele moeite mee. Als je hem vroeg hoe een kogel tot stand kon brengen wat een vrachtwagen en een vliegtuig niet was gelukt, zou hij hebben gezegd dat de slagkracht van een Winchester Elite XP3 veel groter was. Dat was ook logisch. Ten eerste was de snelheid van de kogel veel groter. Ten tweede zou de inslag zich concentreren op de punt van een kogel van twaalf gram. Hij was er zeker van dat het zou werken. Het bezat de onbetwistbare elegantie van een algebraïsche vergelijking.

Rory zag zijn glimlachende (maar natuurlijk bescheiden) gezicht al op de voorpagina van USA Today. Hij zou worden geïnterviewd in *Nightly News with Brian Williams*; hij zou op een met bloemen bedekte praalwagen in een optocht ter ere van hem zitten, met de mooiste meisjes om hem heen (waarschijnlijk in strapless jurken, maar misschien wel in badpakken), terwijl hij naar de menigte zwaaide en de confetti over zich neer liet regenen. Want dan was hij DE JONGEN DIE CHESTER'S MILL REDDE!

Hij greep het geweer uit de kast, pakte het krukje en haalde een doos XP3's van de plank. Hij stopte twee patronen in het staartstuk van het geweer (een als reserve) en rende als een zegevierende *rebelista* met het geweer boven zijn hoofd weer naar buiten (maar – dit moet je hem nageven – hij haalde zonder erbij na te denken de veiligheidspal over). De sleutel van de Yamaha ATV waarop het hem verboden was te rijden hing aan het pennenbord in stal 1. Met de sleutelhanger tussen zijn tanden maakte hij het geweer met twee spankoorden aan de achterkant van de quad vast. Hij vroeg zich af of er iets te horen zou zijn als de Koepel uit elkaar sprong. Waarschijnlijk had hij de oordopjes van de bovenste kastplank moeten meenemen; maar hij ging nu echt niet meer terug. Hij moest dit nú doen.

Zo gaat dat met grote ideeën.

Hij reed met de quad om stal 2 heen en stopte even om naar de menigte in het veld te kijken. Opgewonden als hij was, liet hij het wel uit zijn hoofd om naar de plaats te gaan waar de Koepel de weg kruiste (en waar de vlekken van de botsingen van de vorige dag als vuil op een ongewassen ruit waren blijven hangen). Daar zou iemand hem misschien tegenhouden voordat hij op de Koepel kon schieten, en dan werd hij niet DE JONGEN DIE CHESTER'S MILL REDDE, maar DE JONGEN DIE EEN JAAR LANG UIERS INVETTE. Ja, en in de eerste week zou hij dat gehurkt moeten doen, omdat het te veel pijn deed om te gaan zitten. Dan ging iemand anders met de eer voor zíjn geweldige idee aan de haal.

En dus volgde hij een schuine route die hem op vijfhonderd meter afstand van de tent bij de Koepel zou brengen. Hij stopte zodra hij kuiltjes in het gras zag. Die kuiltjes, wist hij, waren ontstaan doordat er vogels in het veld vielen. Hij zag de soldaten die daar stonden zich omdraaien naar het naderende geknetter van de quad. Hij hoorde geschrokken kreten van het kermis- en gebedsvolk. Aan het zingen van de gelovigen kwam een dissonant eind.

En het ergste: hij zag zijn vader met zijn vuile John Deere-pet naar hem zwaaien en bulderen: 'RORY O VERDOMME STOP!'

Rory was al te ver gegaan om nog te kunnen stoppen, en – brave zoon of niet – hij wílde ook niet stoppen. De quad reed tegen een bult en hij stuiterde van de zitting omhoog. Hij hield zich met zijn handen vast, lachend als een idioot. Zijn eigen Deere-pet zat achterstevoren en hij herinnerde zich niet eens dat hij hem zo had opgezet. De quad kantelde maar bleef overeind. Hij was er nu bijna. Een van de in camouflagekleding gehulde soldaten riep nu ook dat hij moest stoppen.

Rory deed het, en wel zo plotseling dat hij bijna over het stuur van de Yamaha heen vloog. Hij vergat dat verrekte ding in zijn vrij te zetten en het schoot naar voren en sloeg tegen de Koepel voordat de motor uitviel. Rory hoorde het kreukelen van metaal en het tinkelen van de aan scherven springende koplamp.

De soldaten, bang dat ze door de quad geraakt zouden worden (het oog dat niets ziet wat een naderend object kan tegenhouden zet krachtige instincten in werking), stoven uiteen, zodat er een mooi groot gat in hun gelederen kwam en Rory niet meer tegen hen hoefde te zeggen dat ze opzij moesten gaan omdat hij ging schieten. Hij wilde een held zijn, maar daarvoor wilde hij niet iemand verwonden of doodmaken.

Hij moest opschieten. De mensen op het parkeerterrein en degenen die zich om Burpees tent hadden verzameld, waren het dichtst in de buurt en ze kwamen hard aangerend. Zijn vader en broer waren er ook bij. Ze riepen naar hem dat hij niet moest doen wat hij van plan was.

Rory trok het geweer uit de spankoorden los, zette de kolf tegen zijn schouder en mikte op de onzichtbare barrière, anderhalve meter boven drie dode mussen.

'*Nee, jongen, slecht idee!*' riep een van de soldaten.

Rory negeerde hem, want het was een góed idee. De mensen uit de tent en van het parkeerterrein waren nu dichtbij. Iemand – het was Lester Coggins, die veel beter kon hardlopen dan gitaarspelen – riep: '*In Godsnaam, doe dat niet!*'

Rory haalde de trekker over. Nee; hij probeerde het alleen maar. De veiligheidspal zat er nog op. Hij keek achterom en zag de lange, magere dominee van de Heilige Verlosser zijn hijgende, rood aangelopen vader inhalen. Lesters overhemd kwam aan de achterkant boven zijn broek uit en wapperde in de lucht. Zijn ogen waren opengesperd. De kok van de Sweetbriar Rose kwam vlak achter hem aan. Ze waren nu ongeveer vijftig meter van Rory verwijderd, en de dominee liep alsof hij zojuist op de vierde versnelling was overgeschakeld.

Rory haalde de veiligheidspal over.

'Nee, jongen, nee!' riep de soldaat weer, en tegelijk hurkte hij aan zijn kant van de Koepel neer en hield zijn gespreide handen omhoog.

Rory negeerde hem opnieuw. Zo gaat dat met grote ideeën. Hij schoot.

Helaas voor Rory was het een heel goed schot. De kogel sloeg recht in de Koepel, ketste en kwam terug als een rubberen balletje aan een koord. Rory voelde niet meteen pijn, maar een fel wit licht vulde zijn hoofd zodra de kleinste van de twee kogelfragmenten zijn linkeroog indrukte en zich in zijn hersenen boorde. Het bloed spoot in het rond en liep tussen zijn vingers door. Met zijn handen voor zijn gezicht zakte hij op zijn knieën.

12

'Ik ben blind! Ik ben blind!' riep de jongen, en Lester dacht meteen aan de Bijbeltekst waarop zijn vinger was terechtgekomen: *waanzin, blindheid en verstandsverbijstering.*

'Ik ben blind! Ik ben blind!'

Lester trok de handen van de jongen weg en zag de rode oogkas die zich met bloed vulde. De resten van het oog zelf bungelden op Rory's wang. Toen hij opkeek naar Lester, plopten de kledderige resten in het gras.

Lester kon het kind nog even in zijn armen nemen voordat de vader er was en hem wegtrok. Dat was goed. Dat was zoals het moest zijn. Lester had gezondigd en de Heer om leiding gesmeekt. Er was leiding gegeven; er was een antwoord verstrekt. Hij wist nu wat hij moest doen aan de zonden waartoe James Rennie hem had gebracht.

Een blind kind had hem de weg gewezen.

DIT IS
NOG NÍÉT
ZO ERG
ALS HET
KAN WORDEN

1

Rusty Everett zou zich later vooral de verwarring herinneren. Het enige beeld dat hem volkomen helder voor ogen bleef staan was dat van dominee Coggins' naakte bovenlichaam: een huid zo wit als een vissenbuik en ribben die je kon tellen.

Barbie daarentegen zag alles – misschien omdat kolonel Cox hem had gevraagd weer de pet van onderzoeker op te zetten. En wat hem het helderst voor ogen bleef staan was niet Coggins met zijn overhemd uit, maar Melvin Searles die met zijn vinger naar hem wees en zijn hoofd toen enigszins scheef hield – gebarentaal die iedereen zou begrijpen: *Wij zijn nog niet klaar, makker.*

Wat alle anderen zich herinnerden – wat de situatie waarin het dorp verkeerde beter tot hen liet doordringen dan wat ook – waren de kreten van de vader, die zijn deerniswekkende, bloedende zoon in zijn armen hield, en de moeder die riep: '*Is hij ongedeerd, Alden?* IS HIJ ONGEDEERD?', terwijl ze zich moeizaam met haar dertig kilo te zware lichaam naar de plaats van het ongeluk bewoog.

Barbie zag dat Rusty Everett zich een weg door de kring rond de jongen baande en zich bij de twee knielende mannen – Alden en Lester – voegde. Alden wiegde zijn zoon in zijn armen, en dominee Coggins stond toe te kijken, zijn mond zo scheef als een hek met een kapot scharnier. Rusty's vrouw kwam meteen achter hem aan. Rusty liet zich tussen Alden en Lester op zijn knieën zakken en probeerde Rory's handen van zijn gezicht weg te trekken. Alden gaf hem meteen een stomp – dat verbaasde Barbie niet. Rusty's neus bloedde.

'Nee! Laat hem helpen!' riep de vrouw van de praktijkondersteuner.

Linda, dacht Barbie. *Ze heet Linda en ze is bij de politie.*

'Nee, Alden! Nee!' Linda legde haar hand op de schouder van de boer, en hij draaide zich om, blijkbaar met de bedoeling haar ook een opstopper te verkopen. Al het gezond verstand was uit zijn gezicht verdwenen; hij was een dier dat zijn jong beschermde. Barbie kwam naar voren om de vuist op te vangen in het geval de boer hem liet uitschieten, maar toen kreeg hij een beter idee.

'Hospik!' riep hij, en hij boog zich naar Aldens gezicht en probeerde hem het zicht op Linda te ontnemen. 'Hospik, hospik, hosp...'

Barbie werd aan de boord van zijn shirt naar achteren getrokken en omgedraaid. Hij had nog net tijd om te zien dat het Mel Searles was – een van de vrienden van Junior – en dat Searles een blauw uniformoverhemd en een insigne droeg. *Dit is zo erg als het kan worden*, dacht Barbie, maar alsof Searles wilde bewijzen dat hij zich vergiste, gaf hij hém een opstopper, precies zoals hij die avond op het parkeerterrein van de Dipper had gedaan. Hij miste Barbies neus, die waarschijnlijk zijn doelwit was geweest, maar sloeg Barbies lippen kapot tegen zijn tanden.

Searles haalde uit met zijn vuist om het nog een keer te doen, maar Jackie Wettington – Mels onvrijwillige koppelgenote van die dag – greep zijn arm vast voordat hij dat kon doen. 'Niet doen!' riep ze. 'Agent, niet doen!'

Een ogenblik spande het erom. Toen liep Ollie Dinsmore, op de voet gevolgd door zijn snikkende, hijgende moeder, tussen hen door, zodat Searles een stap terug moest doen.

Searles liet zijn vuist zakken. 'Oké,' zei hij. 'Maar je bent op de plaats van een misdrijf, lul. Hier vindt een politieonderzoek plaats. Of zoiets.'

Barbie streek met zijn hand over zijn bloedende mond en dacht: *dit is nog niét zo erg als het kan worden. Dat is juist de ellende: het wordt nog erger.*

2

Het enige wat Rusty van dit alles hoorde, was Barbie die om een ziekenbroeder riep. Nu zei hij het zelf. 'Ziekenbroeder, meneer Dinsmore. Rusty Everett. U kent me. Laat me naar uw zoon kijken.'

'Laat hem, Alden!' riep Shelley. 'Laat hem voor Rory zorgen!'

Alden liet de jongen enigszins los. Rory schommelde op zijn knieën heen en weer, zijn spijkerbroek doorweekt van het bloed. Hij had zijn handen weer voor zijn gezicht geslagen. Rusty pakte ze beiden vast – heel voorzichtig – en trok ze omlaag. Hij had gehoopt dat het niet zo erg zou zijn als hij vreesde, maar de oogkas was rauw en leeg en er liep bloed uit. En de hersenen achter die kas waren zwaar getroffen. Het overgebleven oog was strak naar boven gericht, uitpuilend naar niets.

Rusty trok zijn shirt uit, maar de dominee hield hem zijn eigen overhemd al voor. Coggins bovenlichaam, mager en wit van voren, met rode striemen kriskras op de rug, was drijfnat van het zweet. Hij bood hem het overhemd aan.

'Nee,' zei Rusty. 'Scheur het.'

Eerst begreep Lester het niet. Toen scheurde hij het overhemd doormidden. De rest van de politie was nu ook ter plaatse, en sommige beroepsagenten – Henry Morrison, George Frederick, Jackie Wettington, Freddy Denton – riepen tegen de nieuwe hulpagenten dat ze de menigte terug moesten dringen om ruimte te maken. De nieuwkomers deden dat met veel enthousiasme. Sommige nieuwsgierigen werden tegen de grond geslagen, onder anderen de befaamde Bratz-beul Samantha Bushey. Sammy had Little Walter in een draagzak, en toen ze op haar achterste viel, krijsten ze het allebei uit. Junior Rennie stapte over haar heen zonder zelfs maar een blik op haar te werpen en greep Rory's moeder vast. Hij had de moeder van de gewonde jongen al bijna ondersteboven getrokken toen Freddy Denton hem tegenhield.

'Nee, Junior, nee! Dat is de moeder van die jongen! Laat haar los!'

'Mishandeling door de politie!' riep Sammy Bushey, die nog in het gras lag.

'Mishand...'

Georgia Roux, het nieuwste lid van wat Peter Randolphs politiekorps was geworden, arriveerde met Carter Thibodeau (ze hield zelfs zijn hand vast). Georgia duwde met haar laars tegen een van Sammy's borsten – het was net geen trap – en zei: 'Yo, lesbo, hou je bek.'

Junior liet Rory's moeder los en ging bij Mel, Carter en Georgia staan. Ze keken naar Barbie. Junior keek met hen mee en bedacht dat de kok net onkruid was: je dacht dat je het kwijt was, maar daar was het weer. Hij dacht dat *Baarbie* precies de juiste persoon was voor een cel naast die van Sam Slobber. Junior dacht ook dat het altijd al zijn lotsbestemming was geweest om politieman te worden; in elk geval was zijn hoofdpijn er veel minder erg door geworden.

Rusty pakte de helft van Lesters gescheurde overhemd en scheurde het nog een keer in tweeën. Hij vouwde een stuk op, wilde het over de gapende wond in het gezicht van de jongen leggen, veranderde toen van gedachten en gaf het aan de vader. 'Hou het op de...'

De woorden kwamen er nauwelijks uit; zijn keel zat vol bloed van zijn kapotgeslagen neus. Rusty rochelde het op, draaide zijn hoofd opzij, spuwde een half gestolde klodder in het gras en probeerde het opnieuw. 'Hou het op de wond, pa. Oefen druk uit. Hand op zijn nek en drúkken.'

Verdoofd maar bereidwillig deed Alden Dinsmore wat hem werd gezegd. Het geïmproviseerde verband werd meteen rood, maar de man werd er kalmer door. Het hielp dat hij iets te doen had. Dat hielp meestal.

Rusty gooide Lester het overgebleven stuk overhemd toe. 'Meer!' zei hij, en Lester scheurde het overhemd in kleinere stukken. Rusty tilde Dinsmores hand op en verwijderde de eerste lap, die inmiddels doorweekt en nutteloos was. Shelley Dinsmore gilde toen ze de lege oogkas zag. 'O, mijn jongen! Mijn jóngen!'

Peter Randolph kwam aangedraafd, hijgend en puffend. Toch lag hij nog een heel eind voor op Grote Jim, die – denkend aan zijn ondermaats presterende hart – het hellende veld af sjokte over het gras dat de rest van de menigte al tot een breed pad had vertrapt. Hij bedacht weer eens wat een superflop dit was geworden. Voortaan zouden bijeenkomsten alleen gehouden mogen worden als er een vergunning was verstrekt. En als hij er iets mee te maken had (en dat had hij; hij had altijd met alles te maken), zouden die vergunningen moeilijk te krijgen zijn.

'Stuur die mensen verder naar achteren!' snauwde Randolph tegen agent Morrison. En toen Henry aanstalten maakte om dat te doen: '*Achteruit, mensen! Maak een beetje ruimte!*'

Morrison bulderde: '*Agenten, vorm een rij! Dring ze terug! Iedereen die zich verzet gaat in de boeien!*'

De menigte schuifelde langzaam achteruit. Barbie aarzelde. 'Meneer Everett... Rusty... heb je hulp nodig? Gaat het een beetje?'

'Prima,' zei Rusty, en zijn gezicht vertelde Barbie alles wat hij moest weten: de praktijkondersteuner mankeerde niets, alleen een bloedneus. De jongen mankeerde wel degelijk iets en zou nooit meer de oude worden, gesteld dat hij in leven bleef. Rusty legde een nieuwe lap op de bloedende oogkas van de jongen en legde de hand van de vader daar weer overheen. 'In de nek,' zei hij. 'Hard drukken. Hárd.'

Barbie ging een stap terug, maar toen deed de jongen zijn mond open om iets te zeggen.

3

'Het is Halloween. Jullie kunnen niet... wíj kunnen niet...'

Rusty, die net weer een stuk overhemd aan het opvouwen was om het als verband te gebruiken, verstijfde. Plotseling was hij weer in de kamer van zijn dochters en hoorde hij Janelle uitroepen: *'Het is de schuld van de Grote Pompoen!'*

Hij keek op naar Linda. Zij had het ook gehoord. Haar ogen waren groot en alle kleur trok uit haar daarstraks nog zo rode wangen weg.

'Linda!' snauwde Rusty tegen haar. 'Pak je walkietalkie! Zeg tegen Twitch in het ziekenhuis dat hij de ambulance...'

'Het vuur!' riep Rory Dinsmore met een schelle, trillende stem. Lester staarde hem aan zoals Mozes naar de brandende braamstruik gekeken moest hebben. *'Het vuur! De bus staat in brand! Iedereen gilt! Pas op voor Halloween!'*

De menigte zweeg en luisterde naar het kind dat tekeerging. Zelfs Jim Rennie hoorde het. Hij kwam bij de achterkant van de menigte aan en werkte zich met zijn ellebogen naar voren.

'Linda!' riep Rusty. 'Pak je walkietalkie! *We hebben de ambulance nodig!'*

Ze schrok zichtbaar, alsof iemand vlak voor haar gezicht in zijn handen had geklapt. Ze trok de walkietalkie uit haar riem.

Rory viel op het platgetrapte gras voorover en maakte wilde bewegingen.

'Wat gebeurt er?' Dat was zijn vader.

'O god nog aan toe, hij gaat dood!' Dat was zijn moeder.

Rusty keerde het trillende, stuiptrekkende kind om (hij deed zijn best om daarbij niet aan Jannie te denken, maar dat was natuurlijk onmogelijk) en hield zijn kin omhoog om de luchtwegen vrij te houden.

'Kom op, pa,' zei hij tegen Alden. 'Laat me nu niet in de steek. Hou je hand stevig in zijn nek en druk op de wond. Laten we een eind maken aan het bloeden.'

De druk zou het fragment dat het oog van de jongen had weggenomen nog dieper in de hersenen kunnen drijven, maar daar zou Rusty zich later wel zorgen over maken. Tenminste, als de jongen niet daar in het gras doodging.

Dichtbij – maar o zo ver weg – deed nu eindelijk een van de soldaten zijn mond open. Hij was de tienerjaren amper ontgroeid en zag er angstig en ellendig uit. 'We probeerden hem tegen te houden. De jongen wilde niet luisteren. We konden niets doen.'

Pete Freeman, wiens Nikon aan zijn riem bij zijn knie bungelde, keek de jonge krijger met een uitermate bittere glimlach aan. 'Dat weten we. Als we het nog niet wisten, weten we het nu zeker.'

4

Voordat Barbie in de menigte kon opgaan, pakte Mel Searles hem bij zijn arm vast.

'Blijf van me af,' zei Barbie zachtjes.

Searles liet bij wijze van grijns zijn tanden zien. 'Vergeet het maar, klojo.' Toen verhief hij zijn stem. 'Commandant! Hé, commandant!'

Peter Randolph draaide zich geërgerd fronsend naar hem om.

'Deze kerel werkte me tegen toen ik de plaats delict afschermde. Mag ik hem arresteren?'

Randolph deed zijn mond open, misschien om te zeggen: *Verspil mijn tijd niet.* Toen keek hij om zich heen. Jim Rennie had zich nu eindelijk aangesloten bij het groepje dat toekeek terwijl Everett de jongen behandelde. Rennie keek Barbie aan met de doffe blik van een reptiel op een rots. Toen keek hij Randolph weer aan en knikte vaag.

Mel zag het. Zijn grijns werd breder. 'Jackie? Agent Wettington, bedoel ik? Mag ik een stel handboeien van je lenen?'

Junior en de rest van zijn groepje grijnsden nu ook. Dit was beter dan naar een bloedend kind kijken, en véél beter dan een stel jezusmensen en stomkoppen met protestborden terugdringen. 'We zetten het je betaald, *Baaarbie*,' zei Junior.

Jackie keek twijfelend. 'Pete... Commandant, bedoel ik... Ik geloof dat hij alleen maar probeerde te h...'

'Doe hem de boeien om,' zei Randolph. 'We zoeken later wel uit wat hij wel of niet heeft geprobeerd. Intussen wil ik dat er een eind aan deze puinhoop komt.' Hij verhief zijn stem. 'Het is voorbij, mensen! Jullie hebben je pretje gehad, en kijk nou wat ervan komt! *Ga nu naar huis!*'

Jackie haalde een stel handboeien van haar riem (ze was niet van plan ze aan Mel Searles te geven en wilde ze zelf omdoen), toen Julia Shumway zich erin mengde. Ze stond vlak achter Randolph en Grote Jim (Grote Jim had haar met zijn elleboog opzij geport om vooraan te komen).

'Dat zou ik niet doen, commandant Randolph. Of je moest al willen dat het politiekorps in zijn hemd wordt gezet op de voorpagina van *The Democrat*.' Ze liet haar Mona Lisa-glimlach zien. 'En dat terwijl jij net die nieuwe baan hebt.'

'Waar heb je het over?' vroeg Randolph. De rimpels op zijn voorhoofd waren dieper geworden. Zijn gezicht leek nu net een lelijke landkaart.

Julia hield haar camera omhoog – een iets oudere versie van die van Pete Freeman. 'Ik heb nogal wat foto's waarop je kunt zien hoe meneer Barbara probeert Rusty Everett met dat gewonde kind te helpen, en een paar foto's van agent Searles die meneer Barbara zonder duidelijke reden wegsleurt... en een van agent Searles die meneer Barbara op zijn mond slaat. Ook zonder duidelijke reden. Ik ben niet zo'n geweldige fotograaf, maar die laatste is erg goed. Wilt u hem zien, commandant Randolph? Dat kan; het is een digitale camera.'

Barbie kreeg nog meer bewondering voor haar, want hij dacht dat ze blufte. Als ze foto's had gemaakt, waarom had ze de lenskap dan in haar linkerhand, alsof ze hem net van het toestel had gehaald?

'Dat is een leugen, commandant,' zei Mel. 'Hij wilde me een stomp geven. Vraag het Junior maar.'

'Ik denk dat op mijn foto's te zien zal zijn dat de jongeheer Rennie de menigte aan het terugdringen was en met zijn rug naar het tafereel toe stond,' zei Julia.

Randolph keek haar woedend aan. 'Ik kan je camera in beslag nemen,' zei hij. 'Bewijsmateriaal.'

'Dat kun je zeker,' beaamde ze opgewekt, 'en dan maakt Pete Freeman een foto van je terwijl je het doet. En dan kun je zíjn camera in beslag nemen... maar iedereen hier zou dat zien.'

'Aan wiens kant sta je, Julia?' vroeg Grote Jim. Hij liet zijn kwaadaardige glimlach zien – de glimlach van een haai die op het punt staat een hap uit de dikke reet van een zwemmer te nemen.

Julia keek hem eveneens glimlachend aan, haar ogen zo onschuldig en onderzoekend als die van een kind. 'Zíjn er kanten, James? Afgezien van die kant...' Ze wees naar de toekijkende soldaten. '... en deze kant?'

Grote Jim keek haar aan. Zijn lippen bogen nu de andere kant op: een omgekeerde glimlach. Toen maakte hij een laatdunkend gebaar in Randolphs richting.

'We laten het maar passeren, meneer Barbara,' zei Randolph. 'U deed het in het vuur van het moment.'

'Dank u,' zei Barbie.

Jackie pakte de arm van haar woedende jonge collega vast. 'Kom op, agent Searles. Dit is voorbij. Laten we die mensen terugdringen.'

Searles ging met haar mee, maar eerst keek hij Barbie aan en maakte het gebaar: wijzende vinger, hoofd een beetje scheef. *Wij zijn nog niet klaar, makker.*

Rommies assistent Toby Manning en Jack Evans verschenen. Ze droegen een geïmproviseerde brancard, die ze van zeildoek en tentstokken hadden gemaakt. Rommie deed zijn mond open om te vragen wat ze in godsnaam aan het doen waren en deed hem weer dicht. De kermis was stopgezet, dus wat maakte het uit?

5

Degenen die met de auto waren, stapten in. Daarna wilden ze allemaal tegelijk wegrijden.

Voorspelbaar, dacht Joe McClatchey. *Volkomen voorspelbaar.*

De meeste politieagenten gingen aan het werk om de resulterende opstopping uit de knoop te halen, al kon zelfs een stel kinderen (Joe stond daar met Benny Drake en Norrie Calvert) zien dat het nieuwe en verbeterde korps absoluut niet wist wat het deed. De vloeken van de agenten schalden door de zomerlucht (*'Kan je niet achteruit met die klotekar?'*) Ondanks de chaos drukte niemand op de claxon. De meeste mensen waren waarschijnlijk te diep geschokt om te toeteren.

'Moet je die idioten toch eens zien,' zei Benny. 'Hoeveel liters benzine zouden ze verbranden? Alsof ze denken dat de voorraad eindeloos is.'

'Zeg dat wel,' zei Norrie. Ze was een pittig meisje, een hard type met rechtopstaand haar, maar nu zag ze er alleen nog maar bleek, triest en angstig uit. Ze pakte Benny's hand vast. Het hart van Joe de Vogelverschrikker brak zowat, maar het genas op slag toen ze de zijne ook vastpakte.

'Daar heb je die man die bijna gearresteerd werd.' Benny wees met zijn vrije hand. Barbie en de krantendame liepen over het veld naar het geïmproviseerde parkeerterrein. Dat deden ze samen met zestig of tachtig andere mensen, waarvan sommigen hun protestborden moedeloos achter zich aan trokken.

'Keetje Krant was helemaal geen foto's aan het maken, weet je,' zei Joe de Vogelverschrikker. 'Ik stond achter haar. Ze heeft wel lef.'

'Ja,' zei Benny, 'maar toch zou ik niet graag in zijn schoenen staan. Zolang dit duurt, kunnen die politieagenten min of meer doen wat ze willen.'

Dat was waar, dacht Joe. En die nieuwe agenten waren niet bepaald aardig. Junior Rennie bijvoorbeeld. Het verhaal van de arrestatie van Sam Slobber deed al de ronde.

'Wat bedoel je?' vroeg Norrie aan Benny.

'Op dit moment niets. Het gaat nu nog goed.' Hij dacht even na. 'Tamelijk goed. Maar als dit doorgaat... kun je je *Heer der vliegen* herinneren?' Dat hadden ze op school moeten lezen.

Benny scandeerde: ' "Dood aan de zwijnen. Snij hun keel door. Sla ze de kop in." Ze noemen politieagenten zwijnen, maar weet je wat ík denk? Ik denk dat die agenten pas in zwijnen veranderen als de rottigheid erg genoeg wordt. Misschien omdat zij ook bang worden.'

Norrie Calvert barstte in tranen uit. Joe de Vogelverschrikker sloeg zijn arm om haar heen. Dat deed hij behoedzaam, alsof hij dacht dat ze door zoiets allebei konden ontploffen, maar ze drukte haar gezicht tegen zijn shirt aan en omhelsde hem. Het was een omhelzing met één arm, want met haar andere hand hield ze Benny nog vast. Joe dacht dat hij in zijn hele leven nog nooit zo'n geweldig gevoel had gehad als toen zijn shirt nat werd van haar tranen. Over haar hoofd heen keek hij Benny verwijtend aan.

'Sorry, gozer,' zei Benny, en hij klopte op haar rug. 'Wees maar niet bang.'

'*Zijn oog was weg!*' riep ze uit. De woorden klonken gesmoord tegen Joe's borst. Toen liet ze hem los. 'Dit is niet leuk meer. Dit is níét leuk.'

'Nee.' Joe zei dat alsof hij een grote waarheid ontdekte. 'Dat is het niet.'

'Kijk,' zei Benny. Het was de ambulance. Twitch hobbelde met rode zwaailichten over Dinsmores weiland. Zijn zus, de eigenares van de Sweetbriar Rose, liep voor hem uit en wees hem op de ergste kuilen. Een ambulance in een hooiveld onder een heldere middaghemel in oktober: het ultieme surrealisme.

Plotseling wilde Joe de Vogelverschrikker niet meer protesteren. En hij wilde ook niet naar huis.

Op dat moment wilde hij alleen nog maar het dorp uit.

6

Julia ging achter het stuur van haar auto zitten, maar startte hem niet; ze zouden hier nog wel even blijven en ze wilde geen benzine verspillen. Ze boog zich langs Barbie, maakte het dashboardkastje open en haalde een oud pakje sigaretten tevoorschijn. 'Noodvoorraad,' zei ze verontschuldigend tegen hem. 'Wil je er ook een?'

Hij schudde zijn hoofd.

'Heb je bezwaar? Want ik kan ermee wachten.'

Hij schudde opnieuw zijn hoofd. Ze stak er een op en blies rook uit haar open raam. Het was nog warm – het was een herfstdag alsof het nog zomer was –, maar dat zou het niet blijven. Nog een week en het weer ging de verkeerde kant op, zoals ze vroeger zeiden. *Of misschien niet*, dacht ze. *Wie zal het zeggen?* Als de Koepel op zijn plaats bleef, zouden ongetwijfeld een heleboel meteorologen hun zegje doen over het weer daarbinnen, maar wat had je daaraan? De kenners van Weather Channel konden niet eens voorspellen welke kant een sneeuwstorm op ging. Volgens Julia waren ze geen spat geloofwaardiger dan de politieke genieën die de hele dag aan de zwamtafel in de Sweetbriar Rose zaten.

'Bedankt dat je voor me opkwam,' zei hij. 'Je hebt mijn hachje gered.'

'En dan nu een nieuwsflits, schat: je hachje hangt nog steeds aan een zijden draad. Wat ga je de volgende keer doen? Laat je je vriend Cox dan naar de ACLU, de burgerrechtenbeweging, bellen? Die zijn misschien wel geïnteresseerd, maar ik denk niet dat er voorlopig iemand van de afdeling Portland naar Chester's Mill komt.'

'Niet zo pessimistisch. Misschien waait de Koepel vannacht naar zee. Of lost hij gewoon op. We weten het niet.'

'Vergeet het maar. Dit is het werk van de overheid – *een* overheid – en ik durf te wedden dat jouw kolonel Cox het weet.'

Barbie zweeg. Hij had Cox geloofd toen die zei dat de Amerikaanse overheid niet verantwoordelijk was voor de Koepel. Niet omdat Cox per definitie de waarheid sprak, maar omdat Barbie niet geloofde dat Amerika over de technologie beschikte. En een ander land ook niet. Maar wat wist hij ervan? Zijn laatste baan in dienst had ingehouden dat hij bange Irakezen bedreigde. Soms met een pistool tegen hun hoofd.

Juniors vriend Frankie DeLesseps was op Route 119 om te helpen het verkeer te regelen. Hij droeg een blauw uniformoverhemd over een spijkerbroek – waarschijnlijk hadden ze op het bureau geen uniformbroek in zijn maat gehad. Hij was een kolossale rotzak. En, zag Julia met een bang voorgevoel, hij droeg een pistool op zijn heup. Kleiner dan de Glocks van de gewone agenten van Chester's Mill, waarschijnlijk zijn eigen bezit, maar evengoed een pistool.

'Wat doe je als je de Hitlerjugend achter je aan krijgt?' vroeg ze, en ze wees met haar kin in Frankies richting. 'Als ze je in de bak gooien en korte metten met je maken, kun je protesteren zoveel je wilt, maar je schiet er niets mee op. Er zijn maar twee advocaten in de stad. De een is seniel en de ander rijdt in een Boxster die hij met korting van Jim Rennie heeft gekregen. Tenminste, dat heb ik gehoord.'

'Ik kan op mezelf passen.'

'O, wat een macho.'

'Waar blijft je krant? Ik dacht dat hij klaar was toen ik vannacht wegging.'

'Strikt genomen ging je pas vanmorgen weg. En ja, hij is klaar. Pete, ik en een paar vrienden zorgen ervoor dat hij wordt verspreid. Ik zag er alleen het nut niet van in om daarmee te beginnen terwijl het dorp voor driekwart leeg was. Heb je zin om voor krantenjongen te spelen?'

'Dat wel, maar ik moet honderdduizend broodjes smeren. Vanavond is er in het restaurant alleen koud eten te krijgen.'

'Misschien kom ik nog even langs.' Ze gooide haar nog maar half opgerookte sigaret uit het raam. Toen stapte ze na een korte aarzeling uit en trapte erop. Het zou geen goed idee zijn om een grasbrand te veroorzaken, niet nu de nieuwe brandweerwagens van de gemeente in Castle Rock waren gestrand.

'Ik ben vandaag nog even bij het huis van commandant Perkins langs geweest,' zei ze, toen ze weer achter het stuur ging zitten. 'Alleen zit Brenda daar nu natuurlijk in haar eentje.'

'Hoe gaat het met haar?

'Verschrikkelijk. Maar toen ik zei dat jij haar wilde spreken, en dat het belangrijk was – al zei ik niet waar het over ging –, vond ze het goed. Je kunt het beste gaan als het donker is. Ik neem aan dat je vriend ongeduldig wordt...'

'Noem Cox nou niet steeds mijn vriend. Hij is mijn vriend niet.'

Ze keken zwijgend toe terwijl de gewonde jongen in de ambulance werd gelegd. De soldaten keken ook toe. Waarschijnlijk in strijd met hun orders; dat nam Julia een beetje voor hen in. De ambulance hobbelde met zijn zwaailicht over het veld terug.

'Dit is verschrikkelijk,' zei ze met een dun stemmetje.

Barbie sloeg zijn arm om haar heen. Ze kromp even ineen, maar ontspande toen. Ze keek recht voor zich uit – naar de ambulance, die nu een vrijgemaakte baan in het midden van Route 119 opdraaide – en zei: 'Als ze me nu eens sluiten, mijn vriend? Als Rennie en zijn schoothondjes van de politie nu eens besluiten mijn mooie krantje te sluiten?'

'Dat gaat niet gebeuren,' zei Barbie. Maar hij vroeg het zich af. Als dit maar lang genoeg duurde, dacht hij, was niets onmogelijk in Chester's Mill.

'Ze had iets anders aan haar hoofd,' zei Julia Shumway.

'Mevrouw Perkins?'

'Ja. In veel opzichten was het een heel vreemd gesprek.'

'Ze heeft verdriet om haar man,' zei Barbie. 'Verdriet doet iets met mensen. Ik zei Jack Evans gedag – zijn vrouw is gisteren omgekomen toen de Koepel naar beneden kwam – en hij keek me aan alsof hij me niet kende, al heb ik hem sinds het afgelopen voorjaar elke woensdag mijn befaamde gehaktschotel voorgezet.'

'Heb je zijn protestbord gezien, met al die foto's van zijn vrouw?'
Barbie knikte.
'Ik ken Brenda Perkins al sinds ze Brenda Morse heette,' zei Julia. 'Bijna veertig jaar. Ik dacht dat ze me zou vertellen wat haar dwarszat... maar dat deed ze niet.'
Barbie wees naar de weg. 'Ik denk dat je nu kunt gaan.'
Toen Julia de motor startte, trilde haar mobieltje. In haar haast om het tevoorschijn te halen liet ze bijna haar tasje vallen. Ze luisterde en gaf de telefoon toen met haar ironische glimlachje aan Barbie. 'Het is voor jou, baas.'
Het was Cox, en Cox had iets te zeggen. Eigenlijk nogal veel. Barbie onderbrak hem lang genoeg om te vertellen wat er was gebeurd met de jongen die nu op weg was naar het ziekenhuis, maar Cox bracht wat er met Rory Dinsmore was gebeurd niet in verband met wat hij zei, of wilde dat niet. Hij luisterde beleefd en ging toen verder. Toen hij klaar was, stelde hij Barbie een vraag die een bevel zou zijn geweest als Barbie nog steeds een uniform had gedragen en onder zijn bevel had gestaan.
'Kolonel, ik begrijp wat u vraagt, maar u hebt geen inzicht in de... tja, je zou het de politieke situatie hier kunnen noemen. En de kleine rol die ik daarin speel. Ik heb een tijdje geleden wat problemen gehad, en...'
'Daar weten we alles van,' zei Cox. 'Een ruzie met de zoon van de eerste wethouder en enkele van zijn vrienden. Je bent bijna gearresteerd, als ik mag afgaan op wat ik in mijn map heb staan.'
Een map. Nu heeft hij weer een map. God helpe me.
'Die gegevens zijn op zichzelf juist,' zei Barbie, 'maar ik zal u wat meer vertellen. Ten eerste: de politiecommandant die voorkwám dat ik werd gearresteerd is om het leven gekomen op Route 119, niet ver van de plaats waar ik nu met u zit te praten...'
Heel zwakjes, in een wereld waar hij nu niet kon komen, hoorde Barbie papier ritselen. Plotseling zou hij kolonel James O. Cox met zijn blote handen willen vermoorden, alleen omdat kolonel James O. Cox naar de McDonald's kon gaan wanneer hij maar wilde, en hij, Dale Barbara, niet.
'Daar weten we ook van,' zei Cox. 'Een probleem met zijn pacemaker.'
'Ten tweede,' ging Barbie verder, 'heeft de nieuwe commandant, die de beste maatjes is met de enige machtige bestuurder van deze gemeente, nieuwe hulpagenten in dienst genomen. Het zijn de jongens die op het parkeerterrein van de nachtclub hier hebben geprobeerd mijn kop van mijn romp te slaan.'
'Daar zul je boven moeten staan, kolonel.'
'Waarom noemt u me kolonel? U bent de kolonel.'

'Gelukgewenst,' zei Cox. 'Je hebt niet alleen weer dienst genomen bij de landmacht; je hebt ook een duizelingwekkende promotie gemaakt.'

'Nee!' riep Barbie. Julia keek hem bezorgd aan, maar daar was hij zich nauwelijks van bewust. 'Nee, dat wil ik niet!'

'Misschien niet, maar het is wel zo,' zei Cox kalm. 'Ik ga een kopie van de essentiële papieren naar je vriendin de hoofdredactrice mailen voordat we de internettoegang van je onfortuinlijke dorpje afsluiten.'

'Internet afsluiten? Dat kunnen jullie niet doen.'

'De papieren zijn getekend door de president zelf,' zei Cox. 'Ga je nee tegen hem zeggen? Ik heb gehoord dat hij knap chagrijnig wordt als hij zijn zin niet krijgt.'

Barbie gaf geen antwoord. Er ging van alles door zijn hoofd.

'Je moet op bezoek gaan bij het gemeentebestuur en de politiecommandant,' zei Cox. 'Je moet tegen ze zeggen dat de president de staat van beleg heeft afgekondigd in Chester's Mill en dat jij de leiding hebt. Je zult in het begin vast wel op verzet stuiten, maar de informatie die ik je zojuist heb gegeven zal je helpen als verbindingspersoon met de buitenwereld te fungeren. En ik weet hoeveel overtuigingskracht je bezit. Dat heb ik in Irak zelf meegemaakt.'

'Kolonel,' zei hij. 'U hebt de situatie hier volkomen verkeerd beoordeeld.' Hij streek met zijn hand door zijn haar. Zijn oor bonsde van die verrekte telefoon. 'Blijkbaar kunt u het idee van de Koepel wel begrijpen, maar niet wat er als gevolg daarvan in dit dorp gebeurt. En het is nog geen dertig uur aan de gang.'

'Help me dan het te begrijpen.'

'U zegt dat de president wil dat ik dit doe. Als ik hem nu eens belde en tegen hem zei dat hij mijn reet kan likken?'

Julia keek hem verschrikt aan, en dat inspireerde hem.

'Als ik nu eens zei dat ik een geheim agent van Al Qaida was en dat ik van plan was hem te vermoorden – pang, een kogel door zijn hoofd. Wat dan?'

'Kapitein Barbara – kolonel Barbara, bedoel ik –, je hebt genoeg gezegd.'

Barbie had het gevoel van niet. 'Kan hij de FBI sturen om me op te pakken? De Geheime Dienst? Het Rode Leger? Nee, kolonel. Dat zou hij niet kunnen.'

'We zijn van plan daar verandering in te brengen, zoals ik daarnet heb verteld.' Cox klonk niet meer ongedwongen en goedgehumeurd. Het was nu de ene oude vechtjas die tegen de andere praatte.

'En als het werkt, kunt u elke federale dienst laten komen om me te arresteren. Maar als we van de buitenwereld afgesneden blijven, wie zal er dan naar me luisteren? Laat het nou tot u doordringen: *deze gemeente heeft zich afgescheiden.* Niet alleen van Amerika, maar van de hele wereld. Daar kunnen wij niets aan doen, en daar kunt u ook niets aan doen.'

Zachtjes zei Cox: 'We willen jullie helpen.'

'Dat zegt u en ik zou u bijna geloven, maar zal iemand anders hier het ook geloven? Als ze kijken wat voor hulp er met hun belastinggeld wordt gegeven, zien ze soldaten op wacht staan met hun rug naar hen toe. Dat is een krachtige boodschap.'

'Je praat wel veel voor iemand die nee zegt.'

'Ik zeg níét nee, maar ik kan elk moment gearresteerd worden, en het zal niet helpen als ik mezelf tot tijdelijk commandant uitroep.'

'Als ik nu eens met de burgemeester ga praten... hoe heet hij ook weer... Sanders... en tegen hem zeg...'

'Dat bedoel ik nou als ik zeg dat u er zo weinig van begrijpt. Het is hier net Irak, alleen bent u deze keer in Washington en niet ter plaatse en weet u er blijkbaar net zo weinig van als de andere militairen die achter een bureau zitten. Neemt u dit maar van mij aan, kolonel: een béétje informatie is erger dan helemaal geen informatie.'

'Een beetje kennis is een gevaarlijke zaak,' zei Julia dromerig.

'Als ik niet met Sanders moet praten, met wie dan wel?'

'Met James Rennie. De eerste wethouder. Hij is de grote baas hier.'

Het was even stil. Toen zei Cox: 'Misschien kunnen we jullie toegang tot internet laten houden. Sommigen van ons vinden het toch al een krampachtige reactie om jullie daarvan af te snijden.'

'Waarom zouden jullie dat denken?' vroeg Barbie. 'Weten jullie dan niet dat als we van jullie op internet mogen blijven tante Sarahs recept voor cranberrybrood vroeg of laat naar buiten komt?'

Julia ging rechtop zitten en vormde met haar lippen: *Willen ze ons van internet afsnijden?* Barbie stak zijn vinger naar haar op: *wacht.*

'Luister nou even, Barbie. Stel, we bellen die Rennie en zeggen tegen hem dat het internet moet verdwijnen, sorry, crisissituatie, extreme maatregelen enzovoort enzovoort. Dan breng jij ons zogenaamd op andere gedachten en overtuigt hem daarmee van je nut.'

Barbie dacht na. Het zou kunnen werken. Een tijdje in elk geval. Of niet.

'Daar komt nog bij,' zei Cox opgewekt, 'dat je hun die andere informatie zou geven. Misschien red je daarmee levens, maar in elk geval behoed je mensen voor de schrik van hun leven.'

'Internet blijft, en de telefoon blijft ook,' zei Barbie.

'Dat is moeilijk. Misschien kan ik internet voor je behouden, maar... luister nou, man. Er zitten minstens vijf ijzervreters in de commissie die hier de leiding over heeft, en wat hen betreft, is iedereen in Chester's Mill een terrorist tot het tegendeel bewezen is.'

'Wat kunnen die hypothetische terroristen doen om Amerika te schaden? Een zelfmoordaanslag in de Congregationalistische Kerk?'

'Barbie, je preekt voor de bekeerden.'

Natuurlijk was dat zo.

'Wil je het doen?'

'Ik bel daar nog over terug. Wacht op mijn telefoontje voordat u iets doet. Ik moet eerst met de weduwe van de politiecommandant praten.'

Cox had nog iets te zeggen. 'Wil je de koehandel uit dit gesprek voor je houden?'

Opnieuw viel het Barbie op hoe weinig zelfs Cox – die voor militaire begrippen een vrijdenker was – begreep van de veranderingen die de Koepel al teweeg had gebracht. In Chester's Mill was Cox' soort geheimhouding niet meer van belang.

Wij tegen hen, dacht Barbie. *Nu is het een kwestie van wij tegen hen. Dat wil zeggen, tenzij hun absurde idee werkt.*

'Kolonel, ik moet u daar echt over terugbellen. De accu van deze telefoon is bijna leeg.' Een leugen die hij zonder enige wroeging vertelde. 'En u moet er niet met iemand anders over praten voordat u van mij hebt gehoord.'

'Vergeet niet: de grote knal staat voor morgenmiddag één uur op het programma. Als je de uitvoerbaarheid hiervan wilt handhaven, moet je er vaart achter zetten.'

De uitvoerbaarheid handhaven. Ook weer zo'n frase die onder de Koepel geen enkele betekenis had. Tenzij je ermee bedoelde dat je je generator van voldoende brandstof wilde voorzien.

'We spreken elkaar nog,' zei Barbie. Hij verbrak de verbinding voordat Cox nog meer kon zeggen. Route 119 was nu bijna vrij, al stond DeLesseps er nog. Hij leunde met zijn armen over elkaar tegen zijn klassieke slee. Toen Julia langs de Nova reed, zag Barbie een sticker met NEUKEN, RACEN EN BLOWEN – DAT IS LEVEN. En een politiezwaailicht op het dashboard. Dat contrast gaf alles weer wat er nu verkeerd was aan Chester's Mill, vond hij.

Onder het rijden vertelde Barbie haar alles wat Cox had gezegd.

'Eigenlijk zijn ze hetzelfde van plan als wat die jongen daarnet probeerde,' zei ze. Ze klonk geschokt.

'Nou, niet helemaal hetzelfde,' zei Barbie. 'Die jongen probeerde het met een geweer. Zij hebben een kruisraket klaarstaan. Je kunt het de theorie van de oerknal noemen.'

Ze glimlachte. Het was niet haar gebruikelijke glimlach. Deze was vaag en verbaasd en ze leek er zestig door in plaats van drieënveertig. 'Ik denk dat ik de volgende krant eerder ga uitbrengen dan ik dacht.'

Barbie knikte. 'Extra editie, extra editie! Lees die krant!'

7

'Hallo, Sammy,' zei iemand. 'Hoe gaat het?'

Samantha Bushey herkende de stem niet en draaide zich er behoedzaam naar om, waarbij ze de draagzak met haar kind ook ophees. De slapende Little Walter woog duizend kilo. Haar achterste deed nog pijn van de val, en haar gevoelens waren ook gekwetst – die verrekte Georgia Roux, die haar een lesbo had genoemd. Georgia Roux, die meer dan eens jengelend voor de deur van Sammy's woonwagen had gestaan, hunkerend naar wat coke voor haarzelf en die dubbelgespierde freak waar ze mee omging.

Het was Dodees vader. Sammy had duizenden keren met hem gepraat, maar ze had zijn stem niet herkend; ze herkende hém zelfs nauwelijks. Hij zag er oud en bedroefd uit – gebroken. Hij keek niet eens naar haar tieten, en dat was voor het eerst.

'Hallo, meneer Sanders. Goh, ik zag u niet op de...' Ze maakte een nonchalant gebaar naar het platgetrapte veld en de grote tent, die nu half in elkaar gezakt was en er troosteloos bij stond. Maar niet zo troosteloos als Sanders.

'Ik zat in de schaduw.' Diezelfde aarzelende stem, met een verontschuldigende, aangrijpende glimlach waar je bijna niet naar kon kijken. 'Maar ik heb wel iets te drinken gehad. Was het niet warm voor oktober? Nou en of. Ik vond het een goede middag – een echte middag van ons allemaal – totdat die jongen...'

O gossie, hij huilde.

'Ik vind het heel erg van uw vrouw, meneer Sanders.'

'Dank je, Sammy. Dat is heel aardig van je. Zal ik je baby voor je naar je auto terugdragen? Ik denk dat je nu wel kunt gaan – de weg is bijna vrij.'

Dat was een aanbod dat Sammy niet kon weigeren, of hij nu huilde of niet. Ze tilde Little Walter uit de draagzak – het was net of ze een groot stuk warm brooddeeg oppakte – en gaf hem aan Sanders. Little Walter deed zijn ogen open, glimlachte glazig, liet een boer en ging weer slapen.

'Ik denk dat hij een pakketje in zijn luier heeft,' zei Sanders.

'Ja, hij is een echte schijtmachine. Die goeie ouwe Little Walter.'
'Walter is een heel mooie ouderwetse naam.'
'Dank u.' Het leek haar niet de moeite waard om tegen hem te zeggen dat de voornaam van de baby in werkelijkheid Little was... en trouwens, dat had ze waarschijnlijk al eens tegen hem gezegd. Hij was het gewoon vergeten. Zoals ze daar nu met hem liep – al droeg hij de baby – was het een belabberd einde van een belabberde middag. In elk geval had hij gelijk wat het verkeer betrof; de mierenhoop van auto's was eindelijk weg. Sammy vroeg zich af hoe lang het zou duren voordat het hele dorp weer ging fietsen.
'Ik heb het nooit een goed idee gevonden dat ze in dat vliegtuig ging zitten,' zei Sanders. Blijkbaar pikte hij de draad op van een gesprek dat hij in zijn eigen gedachten had gevoerd. 'Soms vroeg ik me zelfs af of Claudette met die kerel naar bed ging.'
Dodees moeder die het met Chuck Thompson deed? Sammy was geschokt en gefascineerd.
'Waarschijnlijk niet,' zei hij met een zucht. 'In elk geval doet het er niet meer toe. Heb jij Dodee gezien? Ze is gisteravond niet thuisgekomen.'
Sammy zei bijna: *Ja, gistermiddag.* Maar als Dodee de afgelopen nacht niet thuis had geslapen, zou Dodee's pa zich alleen maar zorgen maken als hij dat hoorde. En dat kwam Sammy dan te staan op een lang gesprek met een man bij wie de tranen over zijn gezicht liepen en die een snotpegel uit zijn neusgat had hangen. Dat zou niet cool zijn.
Ze waren bij haar auto aangekomen, een oude Chevrolet met kanker aan de dorpels. Ze nam Little Walter over en trok een vies gezicht bij de stank. In zijn luier zat geen gewoon postpakketje, eerder het gezamenlijke postverkeer van UPS en Federal Express.
'Nee, meneer Sanders, ik heb haar niet gezien.'
Hij knikte en veegde met de rug van zijn hand langs zijn neus. De snotpegel verdween of ging tenminste ergens anders heen. Dat was een opluchting. 'Ze zal wel met Angie McCain naar het winkelcentrum zijn gegaan, en naar haar tante Peg in Sabbatus toen ze niet naar het dorp terug kon.'
'Ja, dat denk ik ook.' En als Dodee opeens in Chester's Mill opdook, zou dat een prettige verrassing voor hem zijn. Die verdiende hij. Sammy maakte het autoportier open en legde Little Walter op de passagiersstoel. Ze gebruikte al maanden geen kinderzitje meer. Te lastig. Trouwens, ze reed altijd veilig.
'Het was fijn om je even te zien, Sammy.' Een korte stilte. 'Wil je voor mijn vrouw bidden?'

'Eh... Goed, meneer Sanders, geen probleem.'

Ze wilde in haar auto stappen, maar herinnerde zich toen twee dingen: dat Georgia Roux met die verrekte motorlaars van haar tegen haar tiet had gepord – waarschijnlijk hard genoeg om een blauwe plek achter te laten – en dat Andy Sanders, overmand door verdriet of niet, de burgemeester was.

'Meneer Sanders?'

'Ja, Sammy?'

'Sommige van die politieagenten waren daar nogal hardhandig. Misschien kunt u daar iets aan doen. U weet wel, voordat het uit de hand loopt.'

Er kwam geen verandering in zijn bedroefde glimlach. 'Nou, Sammy, ik weet hoe jullie jongeren over de politie denken – ik ben zelf ook jong geweest –, maar we hebben hier met een heel ernstige situatie te maken. En hoe eerder we een beetje gezag vestigen, des te beter het is voor iedereen. Dat begrijp je toch wel?'

'Ja,' zei Sammy. Ze begreep dat verdriet, hoe echt ook, geen enkele belemmering vormde voor het gelul dat uit een politicus kwam. 'Nou, tot ziens.'

'Het is een goed team,' zei Andy vaag. 'Pete Randolph zorgt er wel voor dat ze goed samenwerken. Eén lijn trekken. Eh... dat alle neuzen dezelfde kant op staan. De taak van de politie. Dienen en beschermen.'

'Ja,' zei Samantha. Dienen en beschermen, en nu en dan tegen een tiet trappen. Hoera. Ze reed weg terwijl Little Walter weer lag te snurken op de passagiersplaats. De stank van babypoep was niet te harden. Ze maakte de raampjes open en keek in het spiegeltje. Sanders stond nog op het geïmproviseerde parkeerterrein, dat nu bijna helemaal verlaten was. Hij stak zijn hand naar haar op.

Sammy stak haar hand ook op en vroeg zich af waar Dodee de afgelopen nacht was geweest, als ze niet thuis was geweest. Toen zette ze die gedachte uit haar hoofd – het ging haar niet aan – en deed ze de radio aan. Het enige station dat duidelijk doorkwam was WCIK, de hallelujazender, en ze zette de radio weer af.

Toen ze opkeek, stond Frankie DeLesseps met opgestoken hand voor haar op de weg – net een echte politieman. Ze moest op de rem trappen om hem niet te raken en haar hand op de baby leggen om te voorkomen dat hij viel. Little Walter werd wakker en zette het op een blèren.

'Kijk nou wat je doet!' schreeuwde ze tegen Frankie (met wie ze op de middelbare school twee dagen iets had gehad, toen Angie met het schoolorkest op kamp was). 'De baby viel bijna op de vloer!'

'Waar is zijn zitje?' Frankie boog zich met uitpuilende biceps naar haar raampje toe. Grote spieren, kleine pik: dat was Frankie DeLesseps. Wat Sammy betrof, mocht Angie hem hebben.

'Bemoei je met je eigen zaken.'

Een echte agent zou haar een bon hebben gegeven – niet alleen vanwege dat zitje maar ook omdat ze brutaal was –, maar Frankie grijnsde alleen maar. 'Heb je Angie gezien?'

'Nee.' Ditmaal was het de waarheid. 'Die zal wel buiten de gemeente zijn blijven steken.' Al had Sammy het idee dat je juist was blijven steken als je ín de gemeente was.

'En Dodee?'

Sammy zei weer nee. Ze moest wel, want Frankie zou misschien met Sanders praten.

'Angies auto staat bij haar huis,' zei Frankie. 'Ik heb in de garage gekeken.'

'Nou en? Ze zullen wel ergens met de Kia van Dodee naartoe zijn.'

Blijkbaar dacht hij daarover na. Ze waren nu bijna alleen. De verkeersopstopping was verleden tijd. Toen zei hij: 'Heeft Georgia je pijn gedaan aan je tiet, schat?' En voordat ze antwoord kon geven, stak hij zijn hand naar binnen en pakte hem vast. En niet zo zachtzinnig ook. 'Zal ik er een kusje op geven om hem beter te maken?'

Ze gaf een tik op zijn hand. Rechts van haar blèrde en blèrde Little Walter maar door. Soms vroeg ze zich af waarom God eigenlijk mannen had geschapen; echt waar. Altijd maar blèren en graaien, graaien of blèren.

Frankie glimlachte nu niet. 'Ik zou maar uitkijken,' zei hij. 'De dingen zijn veranderd.'

'Wat ga je doen? Me arresteren?'

'Ik zou wel iets beters weten,' zei hij. 'Nou, wegwezen. En als je Angie ziet, zeg dan tegen haar dat ik haar wil spreken.'

Ze reed weg, kwaad en – ze gaf het zichzelf niet graag toe, maar het was waar – ook een beetje bang. Een kilometer verder stopte ze om Little Walters luier te verschonen. Er lag een zak voor gebruikte luiers achterin, maar ze was te kwaad om die moeite te nemen. In plaats daarvan gooide ze de volgescheten Pamper in de berm, niet ver van het grote bord met:

JIM RENNIE'S USED CARS
BUITENLANDS & BINNENLANDS
EVT. OP AFBETALING!
KOOP BIJ JIM RENNIE – SPIJT HEBBEN KENNIE!

Ze reed langs kinderen op fietsen en vroeg zich af hoe lang het zou duren voordat iedereen fietste. Alleen zou het niet zover komen. Iemand zou erachter komen hoe het zat, net als in die rampenfilms op tv waar ze zo graag naar mocht kijken als ze stoned was: vulkanen die tot uitbarsting kwamen in Los Angeles, zombies in New York. En als alles weer normaal was, werden Frankie en Carter Thibodeau weer wat ze altijd waren geweest: sukkels met weinig of geen geld op zak. Intussen kon ze zich maar beter gedeisd houden.

Al met al was ze blij dat ze niets over Dodee had gezegd.

8

Rusty hoorde de bloeddrukmonitor hard piepen en wist dat ze de jongen niet konden redden. Eigenlijk had hij al geen kans meer gehad sinds hij in de ambulance lag – ach, al niet meer toen de teruggekaatste kogel hem trof –, maar het geluid van de monitor zette er een uitroepteken achter. Rory had direct met de traumahelikopter naar het CMG gebracht moeten worden, meteen toen hij zo ernstig gewond was geraakt. In plaats daarvan lag hij in een gebrekkig ingerichte operatiekamer die te warm was (de airconditioning was uitgezet om de generator te sparen), waar hij werd geopereerd door een arts die al jaren geleden met pensioen had moeten gaan, een praktijkondersteuner die nooit eerder bij een neurochirurgische ingreep had geassisteerd, en een uitgeputte verpleegster, die nu van zich liet horen.

'V-fib, dokter Haskell.'

De hartmonitor sloeg ook alarm. Het leek wel een koor.

'Ik weet het, Ginny. Ik ben niet dood.' Hij zweeg even. 'Doof, bedoel ik. Jezus.'

Een ogenblik keken Rusty en hij elkaar over het in lakens gehulde lichaam van de jongen aan. Haskells ogen waren helder en alert – dit was niet de met een stethoscoop behangen lijntrekker die de afgelopen jaren als een uitgebluste geest door de kamers en gangen van het Cathy Russell had gesjokt –, maar hij zag er nu wel vreselijk oud en zwak uit.

'We hebben het geprobeerd,' zei Rusty.

Eigenlijk had Haskell meer gedaan dan alleen proberen. Hij had Rusty doen denken aan die sportromans waar hij als kind zo gek op was geweest, die romans waarin de oude werper in de zevende wedstrijd van de World Series uit het inwerpveldje kwam om nog één keer een gooi naar de roem te doen. Alleen hadden Rusty en Ginny Tomlinson nu op de tribune gestaan en zou de oude kampioen deze keer geen nieuw succes behalen.

Rusty had een infuus met een zoutoplossing aangelegd en voegde daar Mannitol aan toe om te voorkomen dat er een zwelling in de hersenen optrad. Haskell was op een drafje de operatiekamer uitgegaan om in het lab verderop in de gang een volledig bloedonderzoek te doen. Haskell moest dat wel zelf doen, want Rusty was niet gekwalificeerd en er was geen laboratoriumpersoneel. Het Cathy Russell was verschrikkelijk onderbemand. Rusty dacht dat de jongen van Dinsmore misschien alleen nog maar de aanbetaling was op de prijs die de gemeente uiteindelijk voor het gebrek aan personeel in het ziekenhuis zou moeten betalen.

Het werd erger. De jongen had bloedgroep A negatief, en die ontbrak in hun kleine bloedvoorraad. Ze hadden wel O negatief – de universele donor – en daar hadden ze Rory vier units van gegeven, zodat er nog precies negen in voorraad waren. In plaats van het aan de jongen te geven hadden ze het waarschijnlijk ook door het afvoerputje kunnen spoelen, maar dat had niemand van hen uitgesproken. Terwijl de jongen bloed werd toegediend, had de dokter Ginny naar het kleine kamertje gestuurd dat als de bibliotheek van het ziekenhuis fungeerde. Ze kwam terug met een beduimeld exemplaar van *Neurochirurgie: een kort overzicht*. Haskell opereerde met het boek naast zich; hij had een otoscoop op de bladzijden gelegd om ze op hun plaats te houden. Rusty dacht dat hij het nooit zou vergeten: het gieren van de zaag, de geur van botstof in de onnatuurlijk warme lucht, en de prop gestold bloed die eruitkwam toen Haskell het stukje bot verwijderde.

Enkele minuten had Rusty nog durven hopen. Toen de druk van het hematoom door het boorgat werd weggenomen, waren Rory's levenstekenen gestabiliseerd – tenminste, dat hadden ze geprobeerd. Maar terwijl Haskell probeerde vast te stellen of het kogelfragment binnen zijn bereik was gekomen, was alles weer bergafwaarts gegaan, en snel ook.

Rusty dacht aan de ouders, die zaten te wachten en tegen beter weten in bleven hopen. Het zag ernaar uit dat ze Rory straks niet naar links zouden brengen – naar de intensive care van het Cathy Russell, waar zijn ouders bij hem op bezocht mochten –, maar naar rechts, naar het mortuarium.

'Als dit een gewone situatie was, zou ik de levensfuncties in stand houden en de ouders naar orgaandonatie vragen,' zei Haskell, 'maar als dit een gewone situatie was, zou hij hier natuurlijk niet zijn. En zelfs als hij hier was, zou ik hem niet opereren met een... een *Toyota*-handboek, verdomme.' Hij pakte de otoscoop op en gooide hem door de operatiekamer. Het ding raakte de groene tegels, sloeg een schilfer uit een daarvan en viel op de vloer.

'Wil je epinefrine toedienen?' vroeg Ginny hem. Kalm en beheerst... maar ze zag eruit alsof ze elk moment van pure vermoeidheid in elkaar kon zakken.

'Was ik niet duidelijk? Ik wil het lijden van die jongen niet verlengen.' Haskell stak zijn hand uit naar de rode schakelaar op de achterkant van het beademingsapparaat. Een grappenmaker – Twitch misschien – had daar een stickertje met LEKKER PUH op geplakt. 'Denk jij er anders over, Rusty?'

Rusty dacht na en schudde toen langzaam zijn hoofd. De Babinski-test was positief geweest, hetgeen op ernstig hersenletsel wees, maar er was gewoon geen schijn van kans. Die was er eigenlijk ook nooit geweest.

Haskell haalde de schakelaar over. Toen wachtten ze een tijdje. Rory Dinsmore haalde nog één keer zelf adem, probeerde het blijkbaar een tweede keer, en gaf het toen op.

'Ik zie dat het...' Haskell keek naar de grote klok aan de wand. 'Ik zie dat het zeventien uur vijftien is. Wil je dat als tijdstip van overlijden noteren, Ginny?'

'Ja, dokter.'

Haskell trok zijn masker omlaag en Rusty zag tot zijn schrik dat de lippen van de oude man blauw waren. 'Laten we hier weggaan,' zei hij. 'Ik ga dood van de hitte.'

Maar het kwam niet door de hitte; het was zijn hart. Halverwege de gang, op weg naar Alden en Shelley Dinsmore om hun het slechte nieuws te vertellen, zakte hij in elkaar. Rusty kon toch nog epinefrine toedienen, maar dat hielp niet. Hartmassage evenmin. De defibrillator ook niet.

Tijdstip van overlijden: zeventien uur negenenveertig. Ron Haskell had zijn laatste patiënt vierendertig minuten overleefd. Rusty ging met zijn rug tegen de muur op de vloer zitten. Ginny had Rory's ouders het nieuws verteld. Vanaf de plaats waar hij met zijn gezicht in zijn handen zat kon Rusty de moeder kreten van verdriet horen slaken. Die kreten galmden door het bijna lege ziekenhuis. Ze klonk alsof ze nooit zou ophouden.

9

Barbie dacht dat de weduwe van de politiecommandant ooit een buitengewoon mooie vrouw moest zijn geweest. Zelfs nu, met wallen onder haar ogen en onverschillig gekozen kleding (een verbleekte spijkerbroek en iets wat volgens hem de bovenhelft van een pyjama was), was Brenda Perkins opvallend mooi. Volgens hem verloren intelligente mensen bijna nooit hun knappe uiterlijk– dat wil zeggen, als ze dat van begin af aan hadden gehad – en hij zag het heldere licht van de intelligentie in haar ogen. Hij zag ook nog iets anders. Ze mocht dan in de rouw zijn, nieuwsgierig was ze nog steeds. En op dit moment was ze nieuwsgierig naar hem.

Ze keek over zijn schouder naar Julia's auto, die achteruit het pad afreed, en stak haar handen naar voren: *waar ga je heen?*

Julia boog zich uit het raam en riep: 'Ik moet ervoor zorgen dat de krant uitkomt! Ik moet ook naar de Sweetbriar Rose om Anson Wheeler het slechte nieuws te brengen: hij moet vanavond broodjes smeren! Maak je geen zorgen, Bren – Barbie kun je vertrouwen!' En voordat Brenda kon antwoorden of protesteren, reed Julia al weg door Morin Street: een vrouw met een missie. Barbie wilde dat hij met haar mee kon gaan en geen andere missie had dan het smeren van veertig broodjes ham en kaas en veertig broodjes tonijn.

Nu Julia weg was, ging Brenda verder met haar inspectie. Ze stonden aan weerskanten van de hordeur. Barbie voelde zich net een sollicitant die naar een lastig gesprek ging.

'Is dat zo?' vroeg Brenda.

'Pardon, mevrouw?'

'Bent u te vertrouwen?'

Barbie dacht na. Twee dagen geleden zou hij ja hebben gezegd, natuurlijk was hij te vertrouwen, maar deze middag voelde hij zich meer de soldaat uit Fallujah dan de kok uit Chester's Mill. En dus zei hij maar dat hij zindelijk was, en daar moest ze om glimlachen.

'Nou, dan zal ik zelf moeten oordelen,' zei ze. 'Al laat mijn beoordelingsvermogen op dit moment te wensen over. Ik heb een verlies geleden.'

'Dat weet ik, mevrouw. Ik vind het heel erg.'

'Dank u. Morgen wordt hij begraven. Vanuit dat tweederangs uitvaartbedrijfje van Bowie, dat op de een of andere manier het hoofd boven water kan houden, al maakt iedereen hier in het dorp tegenwoordig gebruik van Crosman in Castle Rock. Ze noemen Stewart Bowies bedrijf hier Bowies Begraafschuur. Stewart is een idioot en zijn broer Fernald is nog erger, maar nu zijn ze het enige wat we hebben. Het enige wat *ík* heb.' Ze zuchtte als een vrouw die aan een enorm karwei moet beginnen. *En waarom ook niet?* dacht Barbie. *De dood van een dierbare kan van alles zijn, maar het is in ieder geval een heleboel werk.*

Ze verraste hem door bij hem op de veranda te komen. 'Loopt u met me om het huis heen, meneer Barbara. Misschien nodig ik u later binnen uit, maar pas als ik zeker van u ben. Normaal gesproken zou ik een aanbeveling van Julia onmiddellijk accepteren, maar dit zijn geen normale tijden.' Ze leidde hem langs de zijkant van het huis, over een strak gemaaid gazon waar de herfstbladeren vanaf geharkt waren. Rechts stond een schutting die het perceel van de Perkins' van dat van de buren scheidde; links lagen keurig onderhouden bloembedden.

'De bloemen waren het domein van mijn man. U zult dat wel een vreemde hobby voor een politieman vinden.'

'Nou, eigenlijk niet.'

'Ik heb het ook nooit vreemd gevonden. Dat betekent dat we in de minderheid zijn. Kleine plaatsjes hebben kleine fantasieën. Dat hadden de schrijvers Grace Metalious en Sherwood Anderson goed begrepen. En bovendien,' zei ze terwijl ze naar de achterkant van het huis liep, waar ze een ruime tuin had, 'blijft het hier buiten langer licht. Ik heb wel een generator, maar die ging vanmorgen uit. Geen brandstof meer, geloof ik. Er is een reservetank, maar ik weet niet hoe je ze moet verwisselen. Vroeger zeurde ik Howie aan zijn kop over de generator. Hij wilde me leren hoe ik hem moest onderhouden. Ik wilde dat niet leren. Vooral uit rancune.' In een van haar ogen sprong een traan, die over haar wang rolde. Ze veegde hem gedachteloos weg. 'Ik zou me nu bij hem verontschuldigen, als ik kon. Toegeven dat hij gelijk had. Maar dat gaat niet, hè?'

Barbie wist dat het een retorische vraag was. 'Als het alleen de gasfles is,' zei hij, 'kan ik hem verwisselen.'

'Dank u,' zei ze. Ze liep met hem naar een tuintafel met een koelkast ernaast. 'Ik wilde het Henry Morrison vragen, en ik wilde ook meer gas bij de Burpee halen, maar toen ik vanmiddag in Main Street kwam, was de Burpee dicht en was Henry naar het weiland van Dinsmore, net als alle anderen. Denkt u dat ik morgen extra gas kan krijgen?'

'Misschien wel,' zei Barbie. In werkelijkheid betwijfelde hij dat.

'Ik heb over dat jongetje gehoord,' zei ze. 'Gina Buffalino van hiernaast kwam het me vertellen. Ik vind het verschrikkelijk erg. Blijft hij in leven?'

'Ik weet het niet.' En omdat zijn intuïtie hem vertelde dat eerlijkheid de kortste weg naar het vertrouwen van deze vrouw was (hoezeer dat vertrouwen ook een voorlopig karakter had), voegde hij eraan toe: 'Ik denk van niet.'

'Nee.' Ze zuchtte en streek weer over haar ogen. 'Nee, het klonk erg slecht.' Ze maakte de koelkast open. 'Ik heb water en cola light. Dat was de enige frisdrank die Howie van mij mocht drinken. Wat hebt u liever?'

'Water, mevrouw.'

Ze maakte twee flesjes Poland Spring open en ze dronken. Toen keek ze hem met haar trieste maar nieuwsgierige ogen aan. 'Julia zei dat u een sleutel van het gemeentehuis wilt. Ik begrijp waarom u dat wilt. Ik begrijp ook

waarom u niet wilt dat Jim Rennie het weet...'
'Misschien moet hij het weten. De situatie is veranderd. Weet u...'
Ze stak haar hand op en schudde haar hoofd. Barbie zweeg.
'Voordat u me dat vertelt, moet u me vertellen over de moeilijkheden die u met Junior en zijn vrienden hebt gehad.'
'Mevrouw, heeft uw man u niet...'
'Howie praatte bijna nooit over zijn zaken, maar over deze zaak praatte hij wél. Het zat hem dwars, denk ik. Ik wil nagaan of uw verhaal met het zijne overeenkomt. Als dat zo is, kunnen we over andere dingen praten. Zo niet, dan verzoek ik u om weg te gaan, al mag u dan wel uw flesje water meenemen.'

Barbie wees naar het schuurtje bij de linkerhoek van het huis. 'Is dat uw generator?'
'Ja.'
'Als ik de gasflessen verwissel terwijl we praten, kunt u me dan horen?'
'Ja.'
'En u wilt alles horen, nietwaar?'
'Ja. En als u me nog een keer mevrouw noemt, moet ik u misschien de hersens inslaan.'

De deur van het generatorschuurtje werd dichtgehouden met een haakje en een oogje van glanzend geelkoper. De man die hier tot de vorige dag had gewoond had goed voor zijn spullen gezorgd... al was het jammer dat er maar één extra gasfles was. Barbie nam zich voor om, hoe dit gesprek ook verliep, de volgende dag te proberen haar er nog een paar te bezorgen.

Intussen, zei hij tegen zichzelf, *vertel ik haar alles wat ze over die avond wil weten*. Het zou gemakkelijker zijn het te vertellen met zijn rug naar haar toe. Hij vond het niet prettig om te zeggen dat de moeilijkheden waren ontstaan omdat Angie McCain hem als een lichtelijk overjarig speeltje had gezien.

Voor de dag ermee, zei hij tegen zichzelf, en hij vertelde zijn verhaal.

10

Van de afgelopen zomer herinnerde hij zich vooral het nummer van James McMurtry dat overal gedraaid werd – 'Talkin' at the Texaco', heette het. En de regel die hij zich het best herinnerde ging erover dat in een klein plaatsje *'we all must know our place'* ('we allemaal onze plaats moeten kennen'). Als Angie te dicht bij hem stond wanneer hij in de keuken bezig was, of als ze haar borst tegen zijn arm liet komen wanneer ze naar iets reikte wat hij voor haar had kunnen pakken, kwamen die woorden steeds bij hem op. Hij wist wie haar vriendje was, en hij wist dat Frankie DeLesseps deel uitmaakte van de machtsstructuur van het dorp, al was het alleen maar omdat hij bevriend was met de zoon van Grote Jim Rennie. Dale Barbara daarentegen was weinig meer dan een zwerver. In de structuur van Chester's Mill hád hij geen plaats.

Op een avond had ze langs zijn heup gereikt en zacht in zijn kruis geknepen. Hij reageerde, en hij zag aan haar ondeugende grijns dat ze zijn reactie had gevoeld.

'Jij mag dat ook bij mij doen, als je wilt,' zei ze. Ze hadden in de keuken gestaan, en ze had de zoom van haar rok, die kort was, een beetje opgehesen om hem een glimp van haar roze slipje te laten zien. 'Eerlijk is eerlijk.'

'Ik pas,' zei hij, en ze stak haar tong naar hem uit.

Hij had soortgelijke streken in wel meer restaurantkeukens meegemaakt en het spelletje zelfs van tijd tot tijd meegespeeld. Misschien stelde het niet meer voor dan dat een jong meisje op een oudere en redelijk knappe collega viel. Vervolgens waren Angie en Frankie uit elkaar gegaan, en toen Barbie op een avond na sluitingstijd het afval in de vuilcontainer achter het restaurant gooide, maakte ze serieus avances.

Hij draaide zich om, en daar stond ze. Ze sloeg haar armen om zijn nek en kuste hem. Eerst kuste hij haar terug. Angie maakte een van haar armen los om zijn hand vast te pakken en op haar linkerborst te leggen. Dat zette zijn hersenen in werking. Het was een lekkere borst, jong en stevig. Het was ook een bron van moeilijkheden. Zíj was een bron van moeilijkheden. Hij wilde zich terugtrekken, en toen ze hem met één hand bleef vasthouden (haar nagels groeven zich nu in zijn nek) en haar heupen tegen hem aan probeerde te stoten, duwde hij haar met iets meer kracht weg dan zijn bedoeling was geweest. Ze kwam tegen de vuilcontainer aan, keek hem woedend aan, streek over het zitvlak van haar spijkerbroek en keek nog woedender.

'Bedankt! Nou heb ik troep op mijn broek!'

'Je had op tijd moeten loslaten,' zei hij op milde toon.

'Je hield ervan!'

'Misschien wel,' zei hij, 'maar ik hou niet van jou.' En toen hij op haar gezicht zag hoe woedend en gekwetst ze was, voegde hij eraan toe: 'Ik bedoel van wel, maar niet op die manier.' Maar natuurlijk zeggen mensen vaak wat ze echt bedoelen als ze van streek zijn.

Vier avonden later goot iemand in de Dipper een glas bier over de achterkant van zijn shirt. Hij draaide zich om en zag Frankie DeLesseps.

'Vond je dat fijn, *Baaarbie*? In dat geval kan ik het nog een keer doen – het is vanavond twee dollar per kan bier. Als je het niet fijn vond, kunnen we natuurlijk naar buiten gaan.'

'Ik weet niet wat ze tegen je heeft gezegd, maar het klopt niet,' zei Barbie. De jukebox had aangestaan – niet het nummer van McMurtry, maar dat hoorde hij wel in zijn hoofd: *we moeten allemaal onze plaats kennen.*

'Ze heeft tegen me gezégd dat ze nee zei en dat jij toch doorging en haar hebt geneukt. Hoeveel zwaarder dan zij ben jij? Veertig kilo? Dat lijkt mij verkrachting.'

'Dat heb ik niet gedaan.' Hij wist dat het waarschijnlijk hopeloos was.

'Wil je naar buiten, klootzak, of ben je te laf?'

'Te laf,' zei Barbie, en tot zijn verbazing ging Frankie weg. Barbie vond dat hij genoeg bier en muziek voor één avond had gehad en wilde net vertrekken toen Frankie terugkwam, ditmaal niet met een glas maar met een kan.

'Niet doen,' zei Barbie, maar natuurlijk trok Frankie zich daar niets van aan. Plens, in zijn gezicht. Een douche met Bud Light-bier. Sommige mensen lachten en applaudisseerden in hun dronkenschap.

'Je kunt nu mee naar buiten komen om dit te regelen,' zei Frankie, 'of anders wacht ik wel. Het laatste rondje komt eraan, *Baaarbie*.'

Barbie ging. Hij besefte dat er toch niet aan te ontkomen viel, en als hij Frankie snel tegen de vlakte sloeg, voordat veel mensen het konden zien, was het afgehandeld. Hij kon zich zelfs verontschuldigen en herhalen dat hij nooit iets met Angie had gedaan. Hij zou er niet bij vertellen dat Angie hem had benaderd, al nam hij aan dat veel mensen dat wisten (in elk geval Rose en Anson). Misschien zou Frankie door een bloedneus bij zijn positieven worden gebracht en inzien wat Barbie wel duidelijk leek: dit was een wraakneming van dat kleine kreng.

Eerst zag het ernaar uit dat het zo zou gaan. Frankie zette zich schrap op het grind. Zijn schaduw viel twee kanten op door het felle licht van de natriumlampen aan weerszijden van het parkeerterrein. Hij hield zijn vuisten omhoog in de bokshouding van John L. Sullivan. Gemeen, sterk en dom: een vechtersbaas van het platteland. Hij was gewend zijn tegenstanders met één stoot tegen de grond te slaan, ze daarna op te pakken en een heleboel kleine stoten te geven tot ze om genade riepen.

Hij schuifelde naar voren en zette zijn niet zo erg geheime wapen in: een uppercut die Barbie ontweek door simpelweg zijn hoofd een beetje opzij te houden. Barbie stelde er een rechte stoot tegen het middenrif tegenover. Frankie zakte met een verbijsterd gezicht in elkaar.

'We hoeven niet...' begon Barbie, maar op dat moment trof Junior Rennie hem van achteren, in de nieren, waarschijnlijk met zijn handen samengevouwen om één grote vuist te maken. Barbie strompelde naar voren. Daar stond Carter Thibodeau voor hem klaar. Carter kwam tussen twee geparkeerde auto's vandaan en gaf hem een zwaaistoot. Die zou Barbies kaak hebben gebroken als hij doel had getroffen, maar Barbie bracht op tijd zijn arm omhoog. Dat leverde hem zijn ergste kneuzing op, die nog steeds lelijk geel was toen hij op Koepeldag het dorp wilde verlaten.

Hij draaide zich opzij. Hij begreep dat dit een hinderlaag was en dat hij daar weg moest komen voordat iemand ernstig gewond raakte. Niet noodzakelijkerwijs hijzelf. Hij was bereid te vluchten; hij was niet trots. Hij had drie stappen gezet toen Melvin Searles hem liet struikelen. Barbie viel languit op zijn buik in het grind, en het schoppen begon. Hij beschermde zijn hoofd, maar een regen van laarzen trof zijn benen, zitvlak en armen. Een van de trappen trof hem hoog in zijn ribbenkast, net voordat het hem lukte op zijn knieën achter de vrachtwagen van Stubby Norman te krabbelen.

Op dat moment liet zijn gezond verstand hem in de steek. Hij dacht niet meer aan vluchten. Hij stond op, recht tegenover hen en stak zijn handen naar hen uit, de palmen omhoog en de vingers wriemelend. Wenkend. De ruimte waarin hij stond was smal. Ze zouden een voor een moeten komen.

Junior kwam als eerste. Zijn enthousiasme werd beloond met een schop in zijn buik. Barbie droeg geen laarzen maar Nikes, maar het was een harde trap en Junior klapte dubbel naast de vrachtwagen, happend naar adem. Frankie klauterde over hem heen en Barbie stompte hem twee keer in zijn gezicht – keiharde stoten, maar net niet hard genoeg om iets te breken. Het gezond verstand liet zich weer gelden.

Er knerpte grind. Hij draaide zich om, nog net op tijd om een stoot van Thibodeau op te vangen, die hem van achteren had beslopen. De vuist trof zijn slaap. Barbie zag sterretjes. ('Of misschien zat er een komeet bij,' zei hij tegen Brenda, terwijl hij de kraan van de nieuwe gasfles opendraaide.) Thibodeau kwam op hem af. Barbie schopte hem hard tegen zijn enkel, en Thibodeaus grijns ging over in een grimas. Hij liet zich op een knie zakken en leek nu net een footballspeler die de bal vasthield om een poging tot een *field goal* te doen. Alleen klampen zulke spelers meestal niet hun enkel vast.

Absurd genoeg riep Carter Thibodeau: 'Jij vecht gemeen!'

'Wie vecht er hier ge...' Verder kwam Barbie niet, want Melvin Searles stootte zijn elleboog in Barbies keel. Barbie stootte met zijn eigen elleboog tegen Searles' middenrif en hoorde het geluid van ontsnappende lucht. Hij rook die lucht ook: bier, sigaretten, metworst. Hij draaide zich om. Hij wist dat Thibodeau zich waarschijnlijk weer op hem zou storten voordat hij weg kon komen uit de smalle ruimte tussen de auto's waarin hij zich had teruggetrokken, maar het kon hem niet meer schelen. Zijn gezicht en zijn ribben bonkten van de pijn. En hij had plotseling besloten – het leek hem heel redelijk – dat hij ze alle vier het ziekenhuis in zou slaan. Dan konden ze daar bespreken wat gemeen vechten was terwijl ze hun handtekening op elkaars gips zetten.

Op dat moment kwam commandant Perkins – gebeld door Tommy of Willow Anderson, de eigenaren van de Dipper – met zwaailichten het parkeerterrein oprijden. De vechtenden werden belicht als acteurs op een toneel.

Perkins drukte een keer op de claxon; die liet een half signaal horen en stierf weg. Toen stapte hij uit en hees zijn riem over zijn aanzienlijke buik.

'Is het hier niet een beetje vroeg in de week voor, jongens?'

Waarop Junior Rennie antwoordde

11

Brenda hoefde dat niet van Barbie te horen; ze had het al van Howie gehoord en was niet verbaasd geweest. Als kind al had de zoon van Grote Jim de ene leugen na de andere verteld, vooral wanneer zijn eigenbelang op het spel stond.

'Waarop hij antwoordde: "De kok is begonnen." Heb ik gelijk?'

'Ja.' Barbie drukte op de startknop van de generator en die kwam ronkend tot leven. Hij glimlachte naar haar, al voelde hij dat hij een kleur kreeg. Wat hij zojuist had verteld, was niet zijn favoriete verhaal. Al vertelde hij het liever dan het verhaal over de gymnastiekzaal in Fallujah. 'Kijk – spot aan, camera aan, actie.'

'Dank u. Hoe lang doe ik ermee?'

'Niet meer dan een paar dagen, maar dan is dit misschien voorbij.'

'Of niet. Ik neem aan dat u weet waarom u die avond niet in de cel bent beland?'

'Ja,' zei Barbie. 'Uw man zag het gebeuren. Vier tegen een. Dat kon niemand ontgaan.'

'Een andere politieman zou het misschien níét hebben gezien, al gebeurde het vlak voor zijn ogen. En het was puur geluk dat Howie die avond dienst had; George Frederick had dienst moeten hebben, maar die had buikgriep.' Ze zweeg even. 'Misschien was het geen geluk, maar de voorzienigheid.'

'Misschien wel,' beaamde Barbie.
'Wilt u binnenkomen, meneer Barbara?'
'We kunnen ook buiten gaan zitten. Als u daar geen bezwaar tegen hebt. Het is een mooie avond.'
'Goed. Het weer zal gauw genoeg omslaan. Of niet?'
Barbie zei dat hij het niet wist.
'Toen Howie met jullie allemaal op het bureau kwam, zei DeLesseps tegen Howie dat je Angie McCain had verkracht. Is het zo gegaan?'
'Dat was zijn eerste verhaal. Later zei hij dat het misschien geen verkrachting was, maar dat ze bang werd en zei dat ik moest ophouden en ik dat niet deed. Dan zou het een tweedegraads verkrachting zijn, denk ik.'
Ze glimlachte even. 'Zeg nooit tegen feministes dat er gradaties van verkrachting zijn.'
'Nee, dat zou niet verstandig zijn. Hoe dan ook, uw man zette me in de verhoorkamer, die blijkbaar ook als bezemkast fungeert...'
Brenda lachte nu.
'... en haalde toen Angie erbij. Ze zat daar en moest me recht in de ogen kijken. We zaten zowat tegen elkaar aan. Als je zo'n grote leugen wilt vertellen, moet je je goed voorbereiden, vooral wanneer je nog jong bent. Daar ben ik in het leger achtergekomen. Uw man wist dat ook. Hij zei tegen haar dat het een rechtszaak zou worden. Legde haar uit welke straf er op meineed stond. Om een lang verhaal kort te maken: ze kwam erop terug. Ze zei dat er geen geslachtsgemeenschap had plaatsgevonden, laat staan verkrachting.'
Brenda knikte tevreden. 'Howie had een motto: "Rede voor recht." Dat was zijn uitgangspunt. Het zal níet het uitgangspunt van Peter Randolph zijn, voor een deel omdat hij niet veel tussen de oren heeft, maar vooral omdat hij Rennie niet de baas kan. Mijn man wel. Howie zei dat toen het nieuws over uw... onenigheid... aan Rennie werd verteld, Rennie erop stond dat u voor íets vervolgd zou worden. Hij was woedend. Wist u dat?'
'Nee.' Maar het verbaasde hem niet.
'Howie zei tegen Rennie dat als hier iets van voor de rechter kwam, hij ervoor zou zorgen dat álles voor de rechter kwam, ook die vechtpartij van vier tegen een op het parkeerterrein. Hij zei ook dat een verdediger misschien zelfs enkele tienerescapades van Frankie en Junior naar voren zou kunnen brengen. Dat waren er nogal wat, zij het niets in vergelijking met wat u is overkomen.'
Ze schudde haar hoofd.
'Junior Rennie was nooit een geweldig leuke jongen, maar vroeger was hij tamelijk onschuldig. In het afgelopen jaar is hij veranderd. Howie zag het,

en het zat hem dwars. Ik heb ontdekt dat Howie dingen wist over de zoon én de vader...' Haar stem stierf weg. Barbie zag dat ze zich afvroeg of ze verder moest gaan en dat ze besloot het niet te doen. Als vrouw van een politieman in een klein plaatsje had ze geleerd discreet te zijn, en dat leerde ze niet zomaar af.

'Hij raadde u aan het dorp uit te gaan voordat Rennie een manier bedacht om u in de problemen te brengen, nietwaar? Ik denk dat u door dat Koepelding bent verrast voordat u weg kon komen.'

'Ja, dat is zo. Mag ik nu die cola light, mevrouw Perkins?'

'Zeg maar Brenda. En ik zal Barbie tegen jou zeggen, als je zo genoemd wordt. Pak maar iets te drinken.'

Dat deed Barbie.

'Je wilt een sleutel van de schuilkelder om bij de geigerteller te komen. Daar kan en zal ik je mee helpen. Maar ik kreeg de indruk alsof je wilde dat Jim Rennie het wist, en daar heb ik moeite mee. Misschien kan ik door mijn verdriet niet helder meer denken, maar ik begrijp niet waarom je de confrontatie met hem zou aangaan. Grote Jim wordt woedend als iemand zijn gezag in twijfel trekt, en aan jou heeft hij toch al een hekel. Bovendien hoeft hij je geen diensten te bewijzen. Als mijn man nog commandant was, zouden jullie misschien samen naar Rennie gaan. Dat zou ik wel leuk hebben gevonden, denk ik.' Ze boog zich naar voren en keek hem met haar vermoeide ogen ernstig aan. 'Maar Howie is er niet meer en als je niet uitkijkt, kom je in een cel terecht en dan kun je helemaal niet meer naar een raadselachtige generator zoeken.'

'Dat weet ik allemaal wel, maar er is iets nieuws bijgekomen. De luchtmacht gaat morgenmiddag om dertien uur een kruisraket op de Koepel afschieten.'

'Jezus. Wat betekent dat?'

'Eén uur 's middags. Ze hebben er al andere raketten op afgeschoten, maar alleen om vast te stellen hoe hoog de barrière is. De radar is niet te gebruiken. Die raketten hadden koppen zonder lading. Die van morgenmiddag heeft een echte lading. Genoeg om een bunker kapot te slaan.'

Ze verbleekte zichtbaar.

'Op welk deel van onze gemeente gaan ze schieten?'

'De kruisraket zal inslaan op het punt waar Little Bitch Road en de Koepel elkaar snijden. Julia en ik zijn daar vanavond geweest. Hij ontploft ongeveer anderhalve meter boven de grond.'

Haar mond viel niet al te elegant open. 'Dat kan niet!'

'Jammer genoeg wel. Ze schieten hem af met een B-52, en hij volgt een voorgeprogrammeerde koers. En dan bedoel ik écht geprogrammeerd. Hij volgt elke glooiing van het terrein om uiteindelijk tot doelhoogte te dalen. Die dingen zijn niet mis. Als hij explodeert en niet door de barrière komt, zal iedereen in het dorp alleen heel hard schrikken – alsof de Dag des Oordeels is aangebroken. Maar als hij er wél doorheen komt...'

Haar hand was naar haar keel gegaan. 'Hoeveel schade? Barbie, we hebben geen brandweerwagens!'

'Ze hebben vast wel brandweermaterieel klaarstaan. En de schade?' Hij haalde zijn schouders op. 'De hele omgeving moet worden geëvacueerd. Dat staat vast.'

'Is het verstandig? Is het verstandig wat ze van plan zijn?'

'Dat is een theoretische vraag, mevrouw... Brenda. Ze hebben hun besluit genomen. Jammer genoeg is er nog meer.' En toen hij haar zag kijken: 'Voor mij, niet voor de gemeente. Ik ben tot kolonel bevorderd. Op bevel van de president.'

Ze rolde met haar ogen. 'Wat leuk voor je.'

'Het is de bedoeling dat ik de staat van beleg afkondig en in feite Chester's Mill overneem. Wat zal Jim Rennie dat prachtig vinden!'

Ze verraste hem door in lachen uit te barsten. En Barbie verraste haar door met haar mee te lachen.

'Snap je mijn probleem? De gemeente hoeft niet te weten dat ik een oude geigerteller leen, maar ze moeten wel weten dat er een kruisraket hun kant op komt. Als ik het nieuws niet verspreid, doet Julia Shumway het wel, maar de vroede vaderen van de gemeente moeten het van mij horen. Want...'

'Ik weet waarom.' Dankzij de rode avondzon was Brenda's gezicht niet bleek meer. Toch wreef ze peinzend over haar armen. 'Als je hier enig gezag wilt vestigen... zoals je superieur van je verlangt...'

'Ik denk dat Cox nu eerder mijn gelijke is,' zei Barbie. 'Al heeft hij natuurlijk meer dienstjaren.'

Ze zuchtte. 'Andrea Grinnell. We kunnen dit met haar bespreken. En dan gaan we samen naar Rennie en Andy Sanders. Dan zijn we tenminste in de meerderheid: drie tegen twee.'

'De zus van Rose? Waarom?'

'Weet je niet dat ze de tweede wethouder van de gemeente is?' En toen hij zijn hoofd schudde, zei ze: 'Kijk niet zo geërgerd. Veel mensen weten dat niet, al heeft ze die functie al jaren. Meestal is ze alleen een jaknikker van die twee mannen – van Rennie dus, want Andy Sanders is zelf ook een jaknikker – en ze heeft... problemen... maar er zit een harde kern in haar. Of tenminste, die zat er.'

'Wat voor problemen?'

Hij dacht dat ze dat misschien ook voor zich zou houden, maar dat deed ze niet. 'Medicijnenverslaving. Pijnstillers. Ik weet niet hoe erg het is.'

'En die pillen krijgt ze zeker uit de apotheek van Sanders.'

'Ja. Ik weet dat het geen ideale oplossing is, en je zult erg voorzichtig moeten zijn, maar... Jim Rennie ziet misschien in dat hij je een tijdje moet accepteren. Of je echt de leider zult worden?' Ze schudde haar hoofd. 'Hij veegt zijn achterste af met elke afkondiging van de staat van beleg, of die nu is ondertekend door de president of niet. Ik...'

Ze hield op. Haar ogen werden groot toen ze langs hem heen keek.

'Mevrouw Perkins? Brenda? Wat is er?'

'O,' zei ze. 'O mijn gód.'

Barbie draaide zich om en kon zelf ook meteen geen woord meer uitbrengen. De zon ging rood onder, zoals hij vaak deed na een warme mooie dag waarop het niet had geregend, maar in zijn hele leven had hij nog nooit zo'n zonsondergang gezien. Hij had het gevoel dat alleen mensen die in de buurt van heftige vulkaanexplosies waren geweest zoiets hadden meegemaakt.

Nee, dacht hij. *Zelfs zij niet. Dit is helemaal nieuw.*

De ondergaande zon was geen bol. Hij had de vorm van een kolossale rode vlinderstrik met een rond vuur in het midden. De westelijke hemel leek besmeurd te zijn met een dun laagje bloed dat naar boven toe oranje werd. In dat wazige schijnsel was de horizon bijna onzichtbaar.

'Lieve help, het lijkt wel of je door een vuile voorruit kijkt terwijl je tegen de zon in rijdt,' zei ze.

En natuurlijk was het ook zo, alleen was de Koepel de voorruit. Er had zich stof en stuifmeel op vastgezet. En ook allerlei vervuiling. En dat zou nog erger worden.

We moeten hem wassen, dacht hij, en hij stelde zich rijen vrijwilligers met emmers en dweilen voor. Absurd. Hoe zouden ze hem op tien meter hoogte wassen? Of op honderd meter hoogte? Of duizend?

'Hier moet een eind aan komen,' fluisterde ze. 'Bel ze en zeg dat ze de grootste raket moeten afschieten die ze hebben. Het kan me niet schelen wat er dan gebeurt. Want hier moet een eind aan komen.'

Barbie zei niets. Hij wist niet zeker of hij wel had kunnen spreken als hij iets te zeggen had gehad. Dat immense, stoffige schijnsel had hem de spraak ontnomen. Het was of hij door een patrijspoort naar de hel keek.

NJUK-NJUK-NJUK

1

Jim Rennie en Andy Sanders keken vanaf de trappen van uitvaartbedrijf Bowie naar de vreemde zonsondergang. Ze moesten om zeven uur in het gemeentehuis zijn voor weer een 'noodevaluatie', en Grote Jim wilde al wat eerder gaan om voorbereidingen te treffen, maar voorlopig stonden ze daar te kijken hoe de dag zijn vreemde, besmeurde dood stierf.

'Het is net het einde van de wereld.' Andy sprak met een zachte, van ontzag vervulde stem.

'Drommels!' zei Grote Jim, en als zijn stem scherp klonk – zelfs voor hem – kwam dat doordat er een soortgelijke gedachte door zijn hoofd was gegaan. Voor het eerst sinds de Koepel naar beneden was gekomen, was het hem te binnen geschoten dat ze de situatie misschien niet konden beheersen – dat híj dat misschien niet kon – en hij had dat idee meteen verworpen. 'Zie je Christus de Heer uit de hemel komen?'

'Nee,' gaf Andy toe. Hij zag dorpelingen die hij zijn hele leven had gekend bij elkaar staan in Main Street. Ze praatten niet, keken alleen met hun hand boven hun ogen naar die vreemde zonsondergang.

'Zie je míj?' drong Grote Jim aan.

Andy keek hem aan. 'Ja,' zei hij. Hij klonk verbaasd. 'Ja, ik zie je, Grote Jim.'

'Dat betekent dat ik niet naar de hemel ben weggevoerd,' zei Grote Jim. 'Ik heb mijn hart jaren geleden aan Jezus gegeven, en als dit het einde der tijden was, zou ik hier niet zijn. En jij ook niet, hè?'

'Misschien niet,' zei Andy, maar hij twijfelde. Als ze Gered waren – gewassen in het Bloed van het Lam – waarom hadden ze dan net met Stewart Bowie gepraat over wat Grote Jim 'ons zaakje' noemde? En hoe waren ze eigenlijk in dat zaakje verzeild geraakt? Wat had hun methamfetaminefabriekje ermee te maken dat ze Gered werden?

Andy wist welk antwoord hij zou krijgen als hij het Grote Jim vroeg: soms heiligt het doel de middelen. In dit geval had het doel ooit bewonderenswaardig geleken: de nieuwe Kerk van de Heilige Verlosser (de oude was weinig meer dan een planken schuurtje met een kruis op het dak geweest); het radiostation dat onnoemelijk veel zielen had gered; de tien procent die ze aan het Zendingsgenootschap Here Jezus afstonden – heel zorgvuldig, via een bank op de Kaaimaneilanden – om 'de kleine bruine broeders' te helpen, zoals dominee Coggins ze noemde.

Maar nu Andy naar die gigantische wazige zonsondergang keek, leken alle menselijke zaken hem nietig en onbelangrijk en moest hij toegeven dat die dingen niet meer dan rechtvaardigingen waren. Zonder de inkomsten van de speed, de methamfetamine, zou zijn drugstore annex apotheek al zes jaar geleden op de fles zijn gegaan. Hetzelfde gold voor het uitvaartbedrijf. En ook – waarschijnlijk, al zou de man naast hem het nooit toegeven – voor Jim Rennie's Used Cars.

'Ik weet wat je denkt, vriend,' zei Grote Jim.

Andy keek timide naar hem op. Grote Jim glimlachte... maar het was niet die kwaadaardige glimlach van hem. Andy glimlachte terug, probeerde dat althans. Hij had veel aan Grote Jim te danken. Alleen leken dingen als de winkel en Claudies BMW hem nu veel minder belangrijk. Wat had een dode vrouw aan een BMW, al was het er een die zichzelf kon parkeren en een geluidssysteem had dat je met je stem kon bedienen?

Als dit achter de rug is en Dodee terugkomt, geef ik haar de BMW, dacht Andy. *Dat zou Claudie hebben gewild.*

Grote Jim stak een hand met dikke vingers op naar de ondergaande zon, die zich als een groot vergiftigd ei over de westelijke hemel uitspreidde. 'Jij denkt dat dit op de een of andere manier allemaal onze schuld is. Dat God ons straft omdat we de gemeente in moeilijke tijden vooruit hebben geholpen. Dat is gewoon niet waar, vriend. Dit is niet Gods werk. Als je wilde zeggen dat onze nederlaag in Vietnam het werk van God was – Gods waarschuwing dat Amerika in spiritueel opzicht was afgegleden – zou ik je gelijk geven. Als je zou zeggen dat 11 september de reactie van het Opperwezen was op de uitspraak van het hooggerechtshof dat kleine kinderen hun dag niet meer mogen beginnen met een gebed tot de God Die hen heeft gemaakt, zou ik daarmee instemmen. Maar God Die Chester's Mill straft omdat we niet wilden eindigen als een wegkwijnend gehucht ergens in het binnenland, zoals Jay of Millinocket?' Hij schudde zijn hoofd. 'O nee. Nee.'

'We hebben ook zelf nogal wat geld in onze zak gestoken,' zei Andy voorzichtig.

Dat was waar. Ze hadden meer gedaan dan hun bedrijf in stand houden en de kleine bruine broeders een helpende hand toesteken; Andy had zijn eigen rekening op de Kaaimaneilanden. En telkens wanneer Andy één dollar had gekregen – of de Bowies – had Grote Jim er wel drie opzijgelegd. Misschien zelfs vier.

'"De arbeider is het waard dat er in zijn onderhoud wordt voorzien",' zei Grote Jim op pedante maar vriendelijke toon. 'Matteüs tien-tien.' Hij noemde het daaraan voorafgaande vers niet: *Neem in je beurs geen gouden, zilveren of koperen munten mee.*

Hij keek op zijn horloge. 'Over werk gesproken: laten we aan de slag gaan. We moeten veel besluiten nemen.' Hij liep weg. Andy volgde hem zonder zijn blik van de zonsondergang weg te nemen, die nog fel genoeg was om hem aan ontstoken vlees te doen denken. Toen bleef Grote Jim weer staan.

'Trouwens, je hebt gehoord wat Stewart zei: we zijn gesloten. "Helemaal klaar en dichtgeknoopt," zoals het kleine jongetje zei toen hij voor het eerst had gepist. Dat heeft hij tegen Chef zelf gezegd.'

'Díé kerel,' zei Andy stug.

Grote Jim grinnikte. 'Maak je geen zorgen om Phil. We zijn gesloten en we blijven gesloten tot de crisis voorbij is. Misschien is dit wel een teken dat we voorgoed gesloten moeten blijven. Een teken van de Almachtige.'

'Dat zou goed zijn,' zei Andy. Evengoed had hij een deprimerende gedachte: als de Koepel verdween, zou Grote Jim van gedachten veranderen, en als hij dat deed, zou Andy met hem meegaan. Stewart Bowie en zijn broer Fernald ook. Maar al te graag. Enerzijds omdat ze ontzettend veel geld konden verdienen – nog belastingvrij ook – en anderzijds omdat ze er al te diep in zaten. Hij herinnerde zich iets wat een filmster lang geleden had gezegd: 'Tegen de tijd dat ik merkte dat ik niet van acteren hield, was ik al te rijk om ermee op te houden.'

'Maak je niet zoveel zorgen,' zei Grote Jim. 'Over een paar weken brengen we het propaan naar het dorp terug, of dat gedoe met die Koepel nu voorbij is of niet. We gebruiken de zandwagens van de gemeente. Jij kunt toch wel in een handgeschakelde wagen rijden?'

'Ja,' zei Andy somber.

'En...' Grote Jim klaarde op, want er schoot hem een idee te binnen. 'We kunnen Stewies lijkwagen gebruiken! Dan kunnen we het gas nog eerder overbrengen!'

Andy zei niets. Het zat hem dwars dat ze zoveel propaan uit verschillende gemeentebronnen hadden gerekwireerd (dat woord gebruikte Grote Jim ervoor), maar het had de veiligste manier geleken. Ze produceerden op grote schaal, en daarvoor moest veel worden verwarmd en moesten veel kwalijke gassen worden afgevoerd. Grote Jim had erop gewezen dat het vragen zou oproepen als ze zulk grote hoeveelheden propaan kochten. Net zoals het zou opvallen dat ze grote hoeveelheden van allerlei chemicaliën kochten die in die troep gingen. Dat zou hen in de problemen kunnen brengen.

Het had geholpen dat hij eigenaar van een apotheek was, al hadden de grote hoeveelheden die hij bij Robitussin en Sudafed had besteld hem wel verschrikkelijk veel zorgen gebaard. Hij had gedacht dat ze dááraan ten onder zouden gaan, als dat ooit zou gebeuren. Hij had nooit eerder aan de enorme voorraad propaantanks achter de WCIK-studio gedacht.

'We hebben vanavond trouwens genoeg elektriciteit in het gemeentehuis.' Grote Jim zei dat op de toon van iemand die met een leuke verrassing kwam. 'Ik heb Randolph opdracht gegeven mijn zoon en zijn vriend Frankie naar het ziekenhuis te sturen om een van hun tanks weg te halen voor onze generator.'

Andy keek geschrokken. 'Maar we hebben daar al...'

'Ik weet het,' zei Rennie geruststellend. 'Ik weet dat we dat hebben gedaan. Maak je geen zorgen om het Cathy Russell. Daar hebben ze voorlopig genoeg.'

'Je had er een bij het radiostation vandaan kunnen halen... Er staat daar zoveel...'

'Dit was dichterbij,' zei Grote Jim. 'En veiliger. Pete Randolph staat aan onze kant, maar dat wil nog niet zeggen dat hij van ons zaakje mag weten. Nu niet en in de toekomst ook niet.'

Nu was Andy er zeker van dat Grote Jim de fabriek niet echt wilde opgeven, zelfs nu niet.

'Jim, als we propaan naar het dorp terug smokkelen, waar zeggen we dan dat het vandaan komt? Zeggen we tegen de mensen dat de gaskaboutertjes het hebben meegenomen en het daarna hebben teruggebracht?'

Rennie fronste zijn wenkbrauwen. 'Vind je dat grappig, vriend?'

'Nee! Ik vind het angstaanjagend!'

'Ik heb een plan. We richten een brandstofdepot voor de gemeente op en rantsoeneren het propaan. En ook stookolie, als we een manier vinden om dat zonder elektriciteit te laten branden. Ik heb een hekel aan rantsoenering – het is zo on-Amerikaans – maar dit is net het verhaal van de krekel en de mier, weet je. Er zijn katoenplukkers in het dorp die alles in een maand zouden verbruiken en bij het eerste teken dat de winter eraan komt tegen óns zouden roepen dat we voor ze moeten zorgen!'

'Je denkt toch niet dat dit een máánd gaat duren?'

'Natuurlijk niet, maar je weet wat ze vroeger zeiden: hoop op het beste, bereid je voor op het slechtste.'

Andy zou willen opmerken dat ze al een groot deel van de gemeentevoorraad hadden gebruikt om speed te maken, maar hij wist wat Grote Jim dan zou zeggen: *Hoe hadden we dit kunnen weten?*

Natuurlijk hadden ze het niet kunnen weten. Wie had ooit kunnen denken dat er opeens een tekort aan alles zou komen? Je zorgde dat je *meer dan genoeg* had. Dat was de Amerikaanse mentaliteit. *Lang niet genoeg* was een belediging voor de geest en de ziel van Amerika.

Andy zei: 'Jij bent niet de enige die een hekel aan rantsoenering heeft.'

'Daarvoor hebben we een politiekorps. Ik weet dat we allemaal om de dood van Howie Perkins rouwen, maar hij is nu bij Jezus en we hebben Pete Randolph. En die is in deze situatie veel beter voor het dorp. Want hij lúístert.' Hij wees met zijn vinger naar Andy. 'De mensen in zo'n dorp als dit – of eigenlijk alle mensen – zijn net kinderen als het op hun eigenbelang aankomt. Hoe vaak heb ik dat al gezegd?'

'Heel vaak,' zei Andy met een zucht.

'En wat moet je met kinderen doen?'

'Zorgen dat ze hun groente opeten als ze een toetje willen.'

'Precies! En soms moet je er dan de zweep over laten gaan.'

'Dat doet me aan iets anders denken,' zei Andy. 'Ik praatte op het weiland van Dinsmore met Sammy Bushey, je weet wel, een vriendin van Dodee. Ze zei dat sommige politieagenten daar nogal hardhandig hadden opgetreden. Verrekte hardhandig. Misschien moeten we daar met commandant Randolph over praten.'

Jim keek hem met gefronste wenkbrauwen aan. Andy deinsde terug voor die uitdrukking op zijn gezicht. Dat deed hij altijd. 'Wat verwacht je dan, vriend? Fluwelen handschoentjes? Het liep daar bijna op rellen uit. We hadden bijna een katoenplukkende rel in Chester's Míll!'

'Ik weet het. Je hebt gelijk. Alleen...'

'Ik ken dat meisje van Bushey. Ik heb haar hele familie gekend. Drugsgebruikers, autodieven, wetsovertreders, mensen die hun leningen niet afbetalen en de belastingen ontduiken. Wat we vroeger blank uitschot noemden, voordat die term politiek incorrect werd. Dat zijn juist de mensen voor wie we nu op onze hoede moeten zijn. Juist die mensen! Als ze ook maar enigszins de kans krijgen, helpen ze het dorp naar de bliksem. Wil je dat?'

'Nee, natuurlijk niet...'

Maar Grote Jim was op dreef. 'Elke plaats heeft zijn mieren – dat is goed – en zijn krekels, en dat is niet zo goed, maar we kunnen ermee leven, want we begrijpen ze en kunnen ze laten doen wat in hun eigen belang is, al moeten we ze daarvoor wel eens in hun nekvel grijpen. Elke stad heeft ook zijn sprinkhanen, net als in de Bijbel, en dat zijn mensen als de Busheys. Die moeten we keihard aanpakken. Jij vindt het misschien niet leuk en ik vind het misschien niet leuk, maar zolang dit aan de gang is, moeten persoonlijke vrijheden op een laag pitje worden gezet. En wij brengen ook offers. Wij sluiten toch ons zaakje?'

Andy wilde er niet op wijzen dat ze eigenlijk geen keus hadden, omdat ze het spul toch niet de gemeente uit konden krijgen, maar hij koos voor een eenvoudig 'ja'. Hij wilde er niet meer over praten, en hij zag op tegen de vergadering in het gemeentehuis, die best wel eens tot middernacht kon duren. Hij wilde alleen maar naar zijn lege huis om daar een stevige borrel te nemen, in zijn bed te gaan liggen, aan Claudie te denken en huilend in slaap te vallen.

'Het gaat er nu om dat we de dingen overeind houden. Dat betekent: orde, gezag en leiding. Die leiding moet van ons komen, want wij zijn geen krekels. Wij zijn mieren. Soldátenmieren.'

Grote Jim dacht na. Toen hij weer sprak, klonk hij heel zakelijk: 'Ik kom terug op ons besluit om de Food City gewoon open te laten. Ik zeg niet dat we hem gaan sluiten – tenminste, nog niet – maar we moeten hem de komende paar dagen wel goed in de gaten houden. Als een katoenplukkende hávik. Dat geldt ook voor de Gas & Grocery. En misschien is het geen slecht idee als we een deel van het bederfelijke voedsel rekwireren voor onze persoonlijke...'

Hij zweeg en keek naar de trappen van het gemeentehuis. Hij kon niet geloven wat hij zag en bracht zijn hand omhoog om zijn ogen tegen de ondergaande zon te beschermen, maar het was er nog steeds: Brenda Perkins en die vervloekte onruststoker van een Dale Barbara. En niet eens met zijn tweeën. Tussen hen in zat Andrea Grinnell, de tweede wethouder, in levendig gesprek met de weduwe van commandant Perkins. Zo te zien gaven ze papieren aan elkaar door.

Dat stond Grote Jim niet aan.

Helemaal niet.

2

Hij liep meteen door, want hij wilde een eind aan het gesprek maken, ongeacht het onderwerp. Voordat hij vijf stappen had kunnen zetten, rende er een kind naar hem toe. Het was een van de jongens van Killian. Er waren een stuk of twaalf Killians. Ze woonden op een vervallen kippenboerderij bij de gemeentegrens met Tarker's Mills. Geen van de kinderen was erg slim – dat hadden ze eerlijk geërfd van de ouders uit wier versleten lendenen ze waren voortgekomen –, maar ze waren allemaal trouw lid van de Kerk van de Heilige Verlosser. Met andere woorden: allemaal Gered. Dit was Ronnie... Tenminste, dat dacht Rennie, maar het was niet met zekerheid te zeggen. Ze hadden allemaal dezelfde kogelkoppen, lage voorhoofden en spitse neuzen.

De jongen droeg een rafelig WCIK-T-shirt en had een briefje bij zich. 'Hallo, meneer Rennie!' zei hij. 'Gossie, ik heb overal naar u gezocht!'

'Jammer genoeg heb ik nu geen tijd om met je te praten, Ronnie,' zei Grote Jim. Hij keek nog naar de drie mensen op de trappen van het gemeentehuis. De Three Stooges, verdikkie. 'Misschien morg...'

'Ik ben Richie, meneer Rennie. Ronnie is mijn broer.'

'Richie. Natuurlijk. Als je me nu wilt excuseren...' Grote Jim liep door.

Andy pakte het briefje van de jongen aan en haalde Rennie in voordat hij bij de drie op de trappen was aangekomen. 'Kijk hier toch maar even naar.'

Grote Jim keek eerst naar Andy's gezicht, dat zorgelijker en meer samengeknepen was dan ooit. Toen keek hij naar het briefje.

James...
Ik moet je vanavond spreken. God heeft tot me gesproken. Nu moet ik jou spreken voordat ik het dorp toespreek. Alsjeblieft, stuur me antwoord. Richie Killian brengt je boodschap naar me toe.
Dominee Lester Coggins

Niet Les; zelfs niet Lester. Nee. *Dominee Lester Coggins*. Dat was niet gunstig. Waarom, o waarom moest alles ook tegelijk gebeuren?

De jongen was voor de boekwinkel blijven staan. Met zijn verbleekte shirt en flodderige, half afgezakte spijkerbroek leek hij verdikke net een weeskind. Grote Jim wenkte hem. De jongen kwam enthousiast naar hem toe. Grote Jim nam zijn pen uit zijn zak (met in goudkleurige letters het opschrift: EEN AUTO VAN JIM, DA'S WEL ZO SLIM') en schreef een antwoord van drie woorden: *Middernacht. Bij mij thuis.* Hij vouwde het op en gaf het aan de jongen.

'Breng dit naar hem terug. En lees het niet.'

'Doe ik niet! O nee! God zegene u, meneer Rennie.'

'Jou ook, jongen.' Hij keek de jongen na toen hij wegrende.

'Wat was dát nou weer?' vroeg Andy. En voordat Grote Jim kon antwoorden: 'De fabriek? Is het de meth...'

'Hou je mond.'

Andy bleef geschokt een stap achter. Grote Jim had nooit eerder tegen hem gezegd dat hij zijn mond moest houden. Dit kon wel eens ernstig zijn.

'Eén ding tegelijk,' zei Grote Jim, en hij liep naar het volgende probleem.

3

Toen hij Rennie zag aankomen, dacht Barbie eerst: *Hij loopt als iemand die ziek is en het zelf niet weet.* Hij liep ook als iemand die zijn hele leven mensen had gecommandeerd. Met zijn roofdierachtige, innemende glimlach pakte hij Brenda's beide handen vast en gaf er een kneepje in. Ze liet dat met kalme beleefdheid toe.

'Brenda,' zei hij. 'Mijn innige deelname. Ik zou al eerder naar je toe zijn gekomen... en natuurlijk kom ik naar de begrafenis... maar ik heb het een beetje druk gehad. Wij allemaal.'

'Dat begrijp ik,' zei ze.

'We missen Duke zo erg,' zei Grote Jim.

'Zo is het,' merkte Andy op, die nu achter Grote Jim stond, als een sleepbootje in het kielzog van een oceaanstomer. 'Nou en of.'

'Allebei heel erg bedankt.'

'En al zou ik graag met je over je problemen praten... Ik begrijp dat je die hebt...' De glimlach van Grote Jim werd breder, al deden zijn ogen beslist niet mee. 'We hebben een heel belangrijke bespreking. Andrea, zou je vast vooruit willen gaan om de mappen klaar te leggen?'

Hoewel ze tegen de vijftig liep, zag Andrea er op dat moment uit als een kind dat betrapt was op het stelen van warme taartjes van een vensterbank. Ze wilde opstaan (huiverend van de pijn in haar rug), maar Brenda pakte stevig haar arm vast. Andrea ging weer zitten.

Barbie besefte dat Grinnell en Sanders allebei doodsbang keken. Dat kwam niet door de Koepel; in elk geval op dat moment niet. Het kwam door Rennie. Opnieuw dacht hij: *Het wordt nog veel erger.*

'Ik denk dat je maar beter tijd voor ons kunt vrijmaken, James,' zei Brenda vriendelijk. 'Je zult wel begrijpen dat als dit niet belangrijk was – heel belangrijk – ik nu thuis zou zijn en om mijn man zou rouwen.'

Deze ene keer kon Grote Jim geen woord uitbrengen. De mensen op straat die naar de zonsondergang hadden gekeken, keken nu naar deze spontane bijeenkomst. Misschien kenden ze aan Barbara een belang toe dat hij niet verdiende, alleen omdat hij daar met de tweede wethouder van de gemeente en de weduwe van de politiecommandant zat. En omdat ze een papier aan elkaar doorgaven alsof het een brief van de paus van Rome was. Wie was op het idee van deze publieke vertoning gekomen? Die vrouw van Perkins natuurlijk. Andrea was niet slim genoeg. En ook niet moedig genoeg om hem in het openbaar dwars te zitten.

'Nou, misschien hebben we wel een paar minuten tijd voor je. Hè, Andy?'

'Ja,' zei Andy. 'Altijd een paar minuten voor u, mevrouw Perkins. Ik vind het heel erg van Duke.'

'En ik vind het heel erg van je vrouw,' zei ze ernstig.

Ze keken elkaar in de ogen. Dit was een echt Teder Moment, en Grote Jim kon zich de haren wel uit zijn hoofd trekken. Hij wist dat hij niet aan zulke gevoelens mocht toegeven – dat was slecht voor zijn bloeddruk, en wat slecht voor zijn bloeddruk was, was slecht voor zijn hart – maar soms viel het niet mee. Vooral wanneer hij net een briefje had ontvangen van een kerel die veel te veel wist en nu opdracht van God meende te hebben om het dorp toe te spreken. Als Grote Jims vermoeden over wat Coggins zich in zijn hoofd had gehaald juist was, was het probleem waarmee hij nu te maken had in vergelijking daarmee volstrekt onbeduidend.

Alleen was het misschien níét onbeduidend. Want Brenda Perkins had hem nooit gemogen, en Brenda Perkins was de weduwe van een man die in het dorp nu – om geen enkele goede reden – als een held werd beschouwd. Het eerste wat hij moest doen...

'Kom binnen,' zei hij. 'We praten verder in de vergaderkamer.' Hij keek Barbie aan. 'Maakt u hier deel van uit, meneer Barbara? Want ik kan me niet voorstellen waarom.'

'Misschien helpt dit,' zei Barbie, en hij hield hem een van de papieren voor die ze aan elkaar hadden doorgegeven. 'Ik heb vroeger in het leger gezeten. Ik was kapitein. Blijkbaar is mijn diensttijd verlengd. Ik heb ook promotie gekregen.'

Rennie nam de papieren aan en hield ze bij de hoek vast, alsof ze heet waren. De brief zag er veel stijlvoller uit dan het groezelige briefje dat Richie Killian hem had gegeven, en het kwam ook van iemand die meer bekendheid genoot. De kop luidde simpelweg: VAN HET WITTE HUIS. De datum van die dag stond erop.

Rennie betastte het papier. Er was een diepe verticale streep tussen zijn borstelige wenkbrauwen gekomen. 'Dit is geen briefpapier van het Witte Huis.'

Natuurlijk wel, sufkop, wilde Barbie bijna zeggen. *Het is een uur geleden bezorgd door iemand van het kaboutertjesteam van FedEx. Dat gekke kleine kereltje ging zomaar even door middel van telekinese door de Koepel.*

'Nee, dat klopt.' Barbie zei het zo vriendelijk mogelijk. 'Het is via het internet gekomen, als pdf-bestand. Mevrouw Shumway heeft het gedownload en afgedrukt.'

Julia Shumway. Ook zo'n onruststoker.

'Lees het, James,' zei Brenda kalm. 'Het is belangrijk.'

Grote Jim las het.

4

Benny Drake, Norrie Calvert en Joe McClatchey de Vogelverschrikker stonden voor het kantoor van *The Democrat*. Ze hadden ieder een zaklantaarn. Benny en Joe hadden die van hen in hun hand, en die van Norrie zat in de brede voorzak van haar capuchontrui. Ze keken door de straat naar het gemeentehuis, waar enkele mensen – onder wie alle drie de leden van het gemeentebestuur en de kok van de Sweetbriar Rose – blijkbaar in bespreking waren.

'Waar zou dat over gaan?' zei Norrie.

'Shit van volwassenen,' zei Benny met een superieur gebrek aan belangstelling, en hij klopte op de deur van het krantenkantoor. Toen er geen reactie kwam duwde Joe hem opzij en probeerde de knop. De deur ging open. Hij wist meteen waarom mevrouw Shumway hen niet had gehoord; haar kopieerapparaat draaide op volle toeren, en intussen praatte ze met de sportverslaggever van de krant en de man die foto's had gemaakt op het weiland van Dinsmore.

Ze zag de kinderen en gaf hun een teken dat ze konden binnenkomen. De vellen papier gleden snel in de bak van het kopieerapparaat. Pete Freeman en Tony Guay pakten ze er om beurten uit en maakten er stapels van.

'Daar zijn jullie dan,' zei Julia. 'Ik was al bang dat jullie niet kwamen. We zijn bijna klaar. Dat wil zeggen, als dat verrekte kopieerapparaat geen stront in het eten gooit.'

Joe, Benny en Norrie hoorden dat bekoorlijke *bon mot* met zwijgende waardering aan. Ze namen zich voor die zo gauw mogelijk zelf te gebruiken.

'Hebben jullie toestemming van jullie ouders?' vroeg Julia. 'Ik wil niet een stel woedende ouders achter me aan krijgen.'

'Ja, mevrouw,' zei Norrie. 'Wij alle drie.'

Freeman bond touw om een pak papieren. Hij bracht daar niet veel van terecht, zag Norrie. Zelf beheerste ze vijf verschillende knopen. En ze kon ook kunstvliegen maken. Dat had haar vader haar geleerd. Zij had hem van haar kant een paar trucjes met haar skateboard geleerd, en toen hij voor het eerst van de plank viel, had hij gelachen tot de tranen over zijn gezicht rolden. Volgens haar had ze de beste vader van het hele universum.

'Zal ik dat doen?' vroeg Norrie.

'Ja, als je het beter kunt.' Pete ging opzij.

Ze kwam naar voren, gevolgd door Joe en Benny. Toen zag ze de grote zwarte kop op de extra kranteneditie van één pagina, en meteen bleef ze staan. 'Shit!'

Zodra dat woord eruit was, sloeg ze haar handen voor haar mond, maar Julia knikte. 'Ja, het is echt shit. Ik hoop dat jullie op de fiets zijn en dat jullie daar een mand op hebben. Je kunt die dingen niet verspreiden op een skateboard.'

'Dat zei u al, dus we zijn op de fiets,' antwoordde Joe. 'Die van mij heeft geen mand, maar wel een bagagedrager.'

'En ik bind zijn lading voor hem vast,' zei Norrie.

Pete Freeman, die met bewondering had gezien hoe het meisje de pakken vlug samenbond (blijkbaar met een vlinderknoop), zei: 'Vast wel. Dat zijn goede knopen.'

'Ja, ik kan het,' zei Norrie nuchter.

'Hebben jullie zaklantaarns?' vroeg Julia.

'Ja,' zeiden ze alle drie tegelijk.

'Goed. *The Democrat* heeft in geen dertig jaar met krantenjongens gewerkt. Vandaag dus weer voor het eerst, en ik wil niet dat jullie ter gelegenheid daarvan op de hoek van Main Street of Prestile Street over de kop vliegen.'

'Ja, dat zou klote zijn,' beaamde Joe.

'Elk huis en elk bedrijf aan die twee straten krijgt er een. Oké? Plus Morin Street en St. Anne Avenue. Daarna verspreiden jullie je. Jullie doen wat jullie kunnen, maar als het negen uur is, gaan jullie naar huis. Laat eventuele overgebleven kranten op straathoeken achter. Leg er een steen op om ze op hun plaats te houden.'

Benny keek weer naar de kop:

CHESTER'S MILL, LET OP!
EXPLOSIE BIJ BARRIÈRE VERWACHT!
kruisraket op komst
evacuatie westelijke grens aanbevolen

'Wedden dat het niet werkt?' zei Joe somber. Hij keek naar de met de hand getekende kaart onder aan het vel papier. De grens tussen Chester's Mill en Tarker's Mills was met een rode lijn aangegeven. Op de plaats waar Little Bitch Road de gemeentegrens kruiste, was een zwarte x gezet, voorzien van het bijschrift **Inslagpunt**.

'Pas op. Straks krijg je nog gelijk, jongen,' zei Tony Guay.

5

VAN HET WITTE HUIS

Groeten
aan het gemeentebestuur van Chester's Mill:
Andrew Sanders
James P. Rennie
Andrea Grinnell

Geachte dame en heren,

Allereerst groet ik u en wil ik uiting geven aan de grote bezorgdheid en beste wensen van onze natie. Ik heb morgen tot nationale gebedsdag uitgeroepen. In heel Amerika zullen kerken geopend zijn en zullen mensen van alle geloofsovertuigingen bidden voor u en voor degenen die eraan werken om datgene wat aan de grenzen van uw gemeente is gebeurd te begrijpen en te bestrijden. Ik verzeker u dat wij niet zullen rusten voordat de mensen van Chester's Mill bevrijd zijn en voordat degenen die voor uw gevangenneming verantwoordelijk zijn hun straf hebben gekregen. Ik beloof u en de bevolking van Chester's Mill dat deze situatie zal worden opgelost – en gauw ook. Ik zeg dit met al het plechtige gewicht van mijn ambt, als uw opperbevelhebber.

Ten tweede is dit een introductiebrief voor kolonel Dale Barbara van de Amerikaanse landmacht. Kolonel Barbara heeft in Irak gediend, waar hem de Bronze Star, een Merit Service Medal en twee Purple Hearts zijn toegekend. Hij is opnieuw ingelijfd en bevorderd, opdat hij als uw verbindingsman met ons kan fungeren, en als de onze met u. Ik weet dat u als trouwe

Amerikanen hem alle hulp zult verlenen. Zoals u hem helpt, zo zullen wij u helpen.

In overeenstemming met het advies dat mij is gegeven door de gezamenlijke chefs van staven en de ministers van Defensie en Binnenlandse Veiligheid was ik oorspronkelijk van plan de staat van beleg in Chester's Mill af te kondigen en kolonel Barbara tot tijdelijk militair gouverneur te benoemen. Kolonel Barbara heeft me echter verzekerd dat dit niet nodig zal zijn. Hij zegt dat hij op de volledige medewerking van zowel gemeentebestuur als politie rekent. Hij gelooft dat hij een positie van 'adviseren en toestemming geven' dient in te nemen. Ik laat me tot nader order door zijn beoordeling leiden.

Ten derde weet ik dat u zich er zorgen over maakt dat u uw vrienden en dierbaren niet kunt bellen. Wij hebben begrip voor uw zorgen, maar het is van dwingend belang dat we deze 'telefonische verduistering' handhaven om het risico te beperken dat geheime informatie naar en van Chester's Mill gaat. Wellicht denkt u dat deze bezorgdheid niet oprecht is, maar ik verzeker u van wel. Het is heel goed mogelijk dat iemand in Chester's Mill in het bezit is van informatie over de barrière rond uw gemeente. Telefoongesprekken binnen de gemeente kunnen wel plaatsvinden.

Ten vierde mag u tot nader order geen mededelingen aan de pers doen, al zal daar wellicht verandering in komen. Misschien komt er een tijd waarop het voor het gemeentebestuur en kolonel Barbara opportuun zal zijn een persconferentie te houden, maar momenteel zijn we van mening dat een dergelijke bijeenkomst met de pers niet noodzakelijk is voor een spoedige beëindiging van de crisis.

Mijn vijfde punt betreft de internetverbindingen. De gezamenlijke chefs van staven zijn sterk voorstander van een tijdelijke afsluiting van e-mailverbindingen en ik was geneigd het met hen eens te zijn. Kolonel Barbara heeft er echter sterk voor gepleit de burgers van Chester's Mill internettoegang te blijven geven. Hij wijst erop dat e-mailverkeer mag worden gevolgd door de NSA, en dat zulke verbindingen om praktische redenen gemakkelijker gevolgd kunnen worden dan mobiel telefoonverkeer. Aangezien hij onze 'man ter plaatse' is, ben ik daarmee akkoord gegaan, deels ook op humanitaire gronden.

Niettemin is ook deze beslissing slechts tot nader order genomen; het is mogelijk dat wij ons beleid zullen veranderen. Kolonel Barbara zal bij een dergelijke herziening worden betrokken, en we verwachten soepele werkverhoudingen tussen hem en alle gemeentefunctionarissen.

Ten zesde is er een grote kans dat er morgenmiddag om één uur al een eind aan uw beproeving zal komen. Kolonel Barbara zal uitleg verschaffen over de militaire operatie die op dat tijdstip zal plaatsvinden, en hij heeft me verzekerd dat u met hulp van mevrouw Julia Shumway, eigenaar en hoofdredacteur van de plaatselijke krant, in staat zult zijn de burgers van Chester's Mill duidelijk te maken wat ze kunnen verwachten.

En ten slotte: u bent burgers van de Verenigde Staten van Amerika, en wij zullen u nooit in de steek laten. Onze voornaamste belofte, gebaseerd op onze idealen, is eenvoudig: *Geen man, vrouw of kind wordt achtergelaten.* Alle middelen die wij nodig hebben om een eind aan uw gevangenneming te maken zúllen worden ingezet. Elke dollar die we moeten uitgeven, zál worden uitgegeven. In ruil daarvoor verwachten wij geloof en medewerking van u. Alstublieft, geeft u ons beide.

Met alle gebeden en alle goede wensen,
Geheel de uwe,

6

Welke pennenlikkende duvelstoejager dit ook had geschreven, de kerel zelf had zijn handtekening gezet, met alle drie zijn namen, ook de terroristische naam in het midden. Grote Jim had niet op hem gestemd, en als de man op dat moment door middel van telekinese voor hen had kunnen staan, had Rennie hem met het grootste genoegen gewurgd.

En Barbara ook.

Het allerliefst had Grote Jim zijn nieuwe politiecommandant opgeroepen om kolonel Frituurpan achter de tralies te zetten. Dan had hij die verrekte staat van beleg van hem kunnen leiden vanuit de kelder van het politiebureau, met Sam Verdreaux als zijn adjudant. Misschien kon Sam Slobber het delirium lang genoeg onderdrukken om te salueren zonder zijn duim in zijn oog te steken.

Maar niet nu. Nog niet. Enkele frasen van de opperbandiet stonden hem helder voor ogen:

Zoals u hem helpt, zo zullen wij u helpen.
Een soepele werkrelatie met alle gemeentefunctionarissen.
Deze beslissing is tot nader order genomen.
Wij verwachten geloof en medewerking.

Die laatste woorden waren veelzeggend. Grote Jim was er zeker van dat die voorstander van abortus niets van geloof wist – voor hem was het alleen maar een stopwoord –, maar als hij het over medewerking had, wist hij precies wat hij zei, en dat wist Jim Rennie ook: *Dit is een fluwelen handschoen, maar vergeet niet dat er een ijzeren vuist in zit.*

De president verzekerde hem van zijn medeleven en steun (hij zag dat de gedrogeerde Grinnell tranen in haar ogen kreeg toen ze de brief las), maar als je tussen de regels door las, zag je de waarheid. Het was een dreigbrief; niets meer en niets minder. Jullie werken mee of jullie raken internet kwijt. Jullie werken mee, want we maken lijsten van degenen die stout en degenen die braaf zijn geweest, en je wilt niet aan de verkeerde kant van de streep staan als we door de barrière heen breken. Want we zúllen het onthouden.

Meewerken, jongen. Of anders...

Rennie dacht: *Ik vertik het om mijn gemeente over te dragen aan een hamburgerkok die het lef had mijn zoon te slaan en mijn gezag in twijfel te trekken. Dat gebeurt nooit, aap. Nooit.*

Hij dacht ook: *Zachtjes, kalm aan.*

Kolonel Frituurpan moest eerst maar eens het grote plan van het leger uiteenzetten. Als het werkte, was het goed. Als het niet werkte, zou de nieuwste kolonel van het Amerikaanse leger een heel andere betekenis van de term 'diep in vijandelijk territorium' ontdekken.

Grote Jim glimlachte en zei: 'Zullen we naar binnen gaan? Blijkbaar hebben we veel te bespreken.'

7

Junior zat met zijn vriendinnen in het donker.

Het was vreemd – zelfs híj vond dat –, maar het was ook geruststellend.

Toen hij en de andere nieuwe hulpagenten na het kolossale fiasco op het weiland van Dinsmore op het politiebureau waren teruggekomen, had Stacey Moggin (zelf nog in uniform, en doodmoe) tegen hen gezegd dat ze nog eens vier uur dienst konden draaien, als ze wilden. Er was genoeg overwerk in de aanbieding, tenminste voorlopig wel, en als het voor de gemeente tijd werd om te betalen, zei Stacey, zouden ze vast ook wel een premie krijgen. Waarschijnlijk zou die door een dankbare regering van de Verenigde Staten worden verstrekt.

Carter, Mel, Georgia Roux en Frank DeLesseps waren allemaal bereid geweest de extra uren te draaien. Ze deden het niet echt voor het geld; ze kickten gewoon op het werk. Junior ook, maar zijn hoofdpijn was weer komen opzetten. Dat was deprimerend, vooral omdat hij zich de hele dag prima had gevoeld.

Hij had tegen Stacey gezegd dat hij het liever niet deed, als dat goed was. Ze had hem verzekerd dat het geen enkel probleem was, al had ze hem er ook aan herinnerd dat hij de volgende morgen om zeven uur terug werd verwacht. 'Dan is er veel te doen,' zei ze.

Op de trappen van het gebouw hees Frankie zijn riem op (daar hing nog geen pistool aan, maar ze verwachtten allemaal dat ze snel hun wapens zouden krijgen als de Koepel op zijn plaats bleef) en zei: 'Ik denk dat ik even naar Angies huis ga. Ze zal wel ergens met Dodee heen zijn, maar ik moet er niet aan denken dat ze onder de douche is uitgegleden – dat ze daar verlamd ligt of zoiets.'

Junior voelde een kloppende pijn in zijn hoofd. Er danste een wit vlekje voor zijn linkeroog. Het leek wel of het op en neer ging met zijn hartslag, die zojuist versneld was.

'Ik ga wel, als je wilt,' zei hij tegen Frankie. 'Ik kom er toch langs.'

'O ja? Vind je het niet erg?'

Junior schudde zijn hoofd. Het witte vlekje voor zijn oog sprong meteen wild heen en weer; hij werd er misselijk van. Toen kwam het tot rust.

Frankie dempte zijn stem. 'Sammy Bushey was nogal brutaal tegen me op het weiland.'

'Díé trut,' zei Junior.

'Ja. Ze zei: "Wat wou je doen, me arresteren?"' Frankie sprak met een bekakte falsetstem die pijn deed aan Juniors zenuwen. Het dansende witte vlekje leek nu rood te worden, en een ogenblik dacht hij erover zijn handen om de nek van zijn oude vriend te leggen en het leven uit hem te wringen, opdat hij, Junior, die falsetstem nooit meer zou hoeven te horen.

'Ik denk erover,' ging Frankie verder, 'om daarheen te gaan als mijn dienst erop zit. Haar een lesje leren. Je weet wel: Respect Voor Uw Plaatselijke Politie.'

'Ze is een slet. En nog een lesbo ook.'

'Dat maakt het misschien zelfs beter.' Frankie zweeg even en keek naar de vreemde zonsondergang. 'Dat Koepelding heeft ook zijn voordelen. We kunnen min of meer doen wat we willen. Tenminste, voorlopig. Denk daar maar eens over na, makker.' Frankie kneep in zijn kruis.

'Ja,' had Junior geantwoord, 'alleen ben ik niet erg geil.'

Maar dat was hij nu wél. Nou ja, min of meer. Niet dat hij ze ging neuken of zoiets, maar...

'Maar jullie zijn nog steeds mijn vriendinnen,' zei Junior in de duisternis van de provisiekast. Hij had eerst een zaklantaarn gebruikt maar hem later uitgedaan. De duisternis was beter. 'Nietwaar?'

Ze gaven geen antwoord. *Als ze dat wel deden*, dacht Junior, *had ik een groot wonder te melden aan mijn pa en dominee Coggins.*

Hij zat tegen een muur met planken vol conservenblikken. Hij had Angie rechts van hem en Dodee links van hem gezet. Een *ménage à trio*, zoals ze in het *Forum* van *Penthouse* zeiden. Zijn meisjes hadden er niet zo goed uitgezien toen de zaklantaarn nog aan was. Hun gezwollen gezichten en uitpuilende ogen waren maar voor een deel door hun loshangende haar aan het oog onttrokken, maar toen hij het ding uitzette... hé! Toen leken het net een paar levende meiden!

Dat wil zeggen, afgezien van de stank. Er was een mengeling van oude stront en rotting komen opzetten. Het viel wel mee, want er hingen andere, aangenamere geuren in de provisiekast: koffie, chocolade, stroop, gedroogd fruit en – misschien – bruine suiker.

En ook een vaag parfum. Van Dodee? Van Angie? Hij wist het niet. Hij wist wel dat zijn hoofdpijn weer minder erg was en dat het irritante witte vlekje weg was. Hij liet zijn hand omlaagglijden en omvatte Angies borst.

'Je vindt het toch niet erg dat ik dat doe, Angie? Ik bedoel, ik weet dat je Frankies vriendin bent, maar het is toch zo'n beetje uit tussen jullie, en hé, ik voel alleen maar even. En ook... Ik vind het erg dat ik dit tegen je moet zeggen, maar ik denk dat hij vanavond vreemd wil gaan.'

Hij tastte met zijn andere hand en vond een hand van Dodee. Die was koud, maar hij legde hem toch op zijn kruis. 'Nee maar, Dodee,' zei hij. 'Wat stout van jou. Maar doe wat je wilt, meid: ik ben er wel voor in.'

Hij zou ze natuurlijk moeten begraven. En gauw ook. Het zat er dik in dat de Koepel als een zeepbel uit elkaar zou spatten of dat de wetenschappers een oplossing vonden. Als dat gebeurde, zouden de onderzoekers over de gemeente uitzwermen. En als de Koepel op zijn plaats bleef, zou er waarschijnlijk een voedselcommissie komen die van huis tot huis ging, op zoek naar voorraden.

Gauw. Maar niet nu meteen. Want dit voelde goed aan.

En ook opwindend. De mensen zouden het natuurlijk niet begrijpen, maar ze hóéfden het ook niet te begrijpen. Want...

'Dit is ons geheim,' fluisterde Junior in het donker. 'Nietwaar, meisjes?'

Ze gaven geen antwoord (al zouden ze dat na verloop van tijd wel doen). Junior zat met zijn armen om de meisjes die hij had vermoord, en op een gegeven moment viel hij in slaap.

8

Toen Barbie en Brenda Perkins om elf uur het gemeentehuis verlieten, was de bespreking nog aan de gang. Ze liepen samen door Main Street naar Morin Street, en in het begin zeiden ze niet veel. Er lag nog een stapeltje extra edities van *The Democrat* op de hoek van Main Street en Maple Street. Barbie trok er een onder de steen vandaan die op het stapeltje lag. Brenda had een zaklantaarntje in haar tas en scheen daarmee op de kop.

'Het zou gemakkelijker te geloven moeten zijn als het in druk staat, maar dat is niet zo,' zei ze.

'Nee,' beaamde hij.

'Julia en jij hebben hier samen aan gewerkt om ervoor te zorgen dat James het niet stil kon houden,' zei ze. 'Zo is het toch?'

Barbie schudde zijn hoofd. 'Hij zou het niet proberen, want het is niet te doen. Als die kruisraket inslaat, krijgen we een gigantische knal. Julia wilde er alleen voor zorgen dat Rennie het nieuws niet op de een of andere manier zou verdraaien.' Hij tikte op het papier. 'Eerlijk gezegd zie ik dit als een verzekeringspolis. Wethouder Rennie moet nu wel denken: als hij me hiermee een stap voor was, welke andere informatie heeft hij dan die ik nog niet heb?'

'James Rennie kan een heel gevaarlijke tegenstander zijn, mijn vriend.' Ze liepen door. Brenda vouwde de krant van één pagina op en stak hem onder haar arm. 'Mijn man deed een onderzoek naar hem.'

'In verband waarmee?'

'Ik weet niet hoeveel ik je mag vertellen,' zei ze. 'Dat is blijkbaar een kwestie van alles of niets. En Howie had geen onweerlegbaar bewijs – dat weet ik wél. Al was hij dicht in de buurt.'

'Het gaat niet om bewijs,' zei Barbie. 'Het gaat erom dat ik uit de gevangenis wil blijven als het morgen niet goed gaat. Als de dingen die jij weet me daarmee kunnen helpen...'

'Als je je er alleen druk over maakt dat je in de gevangenis kunt komen, stel je me teleur.'

Dat was niet alles, en Barbie nam aan dat de weduwe Perkins dat wist. Hij had in het gemeentehuis aandachtig geluisterd, en hoewel Rennie moeite had gedaan zich zo redelijk en vriendelijk mogelijk op te stellen, was Barbie toch geschokt. Volgens hem ging achter de joviale woorden van de man een roofdier schuil. Rennie zou de macht uitoefenen totdat die hem met geweld werd ontnomen. Hij zou alles naar zich toe trekken wat hij nodig had, totdat iemand hem tegenhield. Dat maakte hem gevaarlijk voor iedereen, niet alleen voor Dale Barbara.

'Mevrouw Perkins...'

'Brenda, weet je nog wel?'

'Brenda, ja. Laat ik het zo stellen, Brenda: als de Koepel op zijn plaats blijft, heeft deze gemeente hulp nodig van iemand anders dan een handelaar in tweedehands auto's met grootheidswaan. Ik kan niemand helpen als ik achter de tralies zit.'

'Mijn man geloofde dat Grote Jim zichzelf hielp.'

'Hoe? Waaraan? En hoeveel?'

Ze zei: 'Laten we eerst kijken wat er met die kruisraket gebeurt. Als dat niet werkt, vertel ik je alles. Als het wel werkt, ga ik te zijner tijd met de officier van justitie van de county om de tafel zitten en dan... nou, dan heeft James Rennie het een en ander uit te leggen.'

'Jij bent niet de enige die afwacht wat er met de kruisraket gaat gebeuren. Vanavond was Rennie poeslief, maar als de raket niet door de barrière heen breekt maar terugstuitert, denk ik dat we zijn andere kant te zien krijgen.'

Ze deed het zaklantaarntje uit en keek omhoog. 'Kijk eens naar de sterren,' zei ze. 'Zo helder. Daar heb je de Kleine Beer... Cassiopeia... de Grote Beer. Allemaal nog hetzelfde. Ik vind dat geruststellend. Jij ook?'

'Ja.'

Ze zeiden een tijdje niets, keken alleen naar het schitterend uitspansel van de Melkweg. 'Die sterren geven me ook altijd het gevoel dat ik erg klein en erg... erg kortstondig ben.' Ze lachte en zei toen een beetje verlegen: 'Mag ik je arm vastpakken, Barbie?'

'Natuurlijk.'

Ze pakte zijn elleboog vast. Hij legde zijn hand over de hare. En toen bracht hij haar naar huis.

9

Grote Jim maakte om twintig over elf een eind aan de bespreking. Peter Randolph wenste hun allemaal goedenavond en ging weg. Hij wilde de volgende morgen om zeven uur precies met de evacuatie van de westkant van de gemeente beginnen en hoopte de hele omgeving van Little Bitch Road om twaalf uur te hebben vrijgemaakt. Andrea volgde hem. Ze liep langzaam, met haar handen onder in haar rug. Het was een houding waarmee ze allemaal vertrouwd waren geraakt.

Hoewel zijn afspraak met Lester Coggins hem dwarszat (en zijn gebrek aan slaap; hij zou best eens een beetje willen slapen), vroeg Grote Jim haar of ze even kon achterblijven.

Ze keek hem vragend aan. Achter hem was Andy Sanders bezig papieren op te stapelen en in de grijze stalen kast terug te leggen.

'En doe de deur dicht,' zei Grote Jim vriendelijk.

Ze keek nu zorgelijk en deed wat hij vroeg. Andy ging verder met opruimen, maar zijn schouders waren ingetrokken, alsof hij een klap verwachtte. Wat het ook was waarover Jim met haar wilde praten, Andy wist het al. En aan zijn houding te zien was het niets goeds.

'Wat is er, Jim?' vroeg ze.

'Niets bijzonders.' Dat betekende dat het wel iets bijzonders was. 'Maar voordat we hier naar binnen gingen, Andrea, had ik de indruk dat je nogal goede maatjes met die Barbara was. En ook met Brenda.'

'Brenda? Dat is...' Ze wilde 'belachelijk' zeggen, maar dat ging haar een beetje te ver. 'Dat is heel gewoon. Ik ken Brenda al dertig jaa...'

'En meneer Barbara al drie maanden. Dat wil zeggen, voor zover je iemand kent wanneer hij wafels en spek voor je klaarmaakt.'

'Ik geloof dat hij nu kolonel Barbara is.'

Grote Jim glimlachte. 'Dat is moeilijk serieus te nemen zolang hij geen ander uniform heeft dan een spijkerbroek en t-shirt.'

'Je hebt de brief van de president gezien.'

'Ik heb iets gezien wat Julia op haar eigen computer in elkaar kan hebben gedraaid. Zo is het toch, Andy?'

'Ja,' zei Andy zonder zich om te draaien. Hij was nog aan het opruimen.

En toen ruimde hij blijkbaar nog een keer op wat hij al had opgeruimd.

'En gesteld dat het echt van de president kwam?' zei Grote Jim. Die glimlach waaraan ze zo'n hekel had verspreidde zich over zijn brede, vlezige gezicht. Gefascineerd zag Andrea dat hij stoppels op zijn wangen had, misschien wel voor het eerst, en ze begreep nu ook waarom Jim zich altijd zo zorgvuldig schoor. Door die stoppels zag hij er sinister uit, net Nixon.

'Nou...' Haar zorgen gingen nu bijna over in angst. Ze wilde tegen Jim zeggen dat ze alleen maar beleefd was geweest, maar in werkelijkheid was het een beetje meer geweest en dat zou Jim wel hebben gezien. Hij zag veel. 'Nou, de president ís de opperbevelhebber, weet je.'

Grote Jim maakte een laatdunkend gebaar. 'Weet je wat een bevelhebber is, Andrea? Dat zal ik je vertellen. Iemand die trouw en gehoorzaamheid verdient omdat hij de middelen kan verschaffen om mensen te helpen die in nood verkeren. Het moet een eerlijke ruil zijn.'

'Ja!' zei ze enthousiast. 'Middelen zoals die kruisraket!'

'En als het werkt, is het allemaal prima in orde.'

'Hoe zou het niet kunnen werken? Hij zei dat er misschien wel een lading van vijfhonderd kilo in ging!'

'We weten eigenlijk maar heel weinig over de Koepel. Hoe kunnen we dan ooit zeker zijn van zoiets? Misschien slaat die raket de Koepel wel aan gruzelementen en blijft er dan alleen maar een krater van duizend meter diep over op de plaats waar vroeger Chester's Mill was.'

Ze keek hem ontzet aan. Haar handen onder in haar rug, wrijvend en knedend op de plaats waar de pijn zat.

'Nou, dat is in Gods hand,' zei hij. 'En je hebt gelijk, Andrea. Misschien werkt het. Maar als het niet werkt, zijn we op onszelf aangewezen, en een president die zijn burgers niet kan helpen is wat mij betreft nog geen straaltje warme pis in een koude pispot waard. Als het niet werkt, en als ze ons niet allemaal naar de eeuwigheid knallen, moet iemand de leiding nemen in deze gemeente. Wordt het dan een of andere zwerver die door de president met een toverstokje is aangeraakt, of worden het de gekozen functionarissen die we al hebben? Snap je waar ik heen wil?'

'Kolonel Barbara leek me heel capabel,' fluisterde ze.

'*Noem hem niet zo!*' schreeuwde Grote Jim. Andy liet een map vallen, en Andrea ging een stap achteruit en slaakte daarbij een gilletje van schrik.

Toen richtte ze zich op. Heel even had ze weer iets van de moed terug die haar er indertijd toe had gebracht zich kandidaat te stellen voor het wethouderschap. 'Schreeuw niet tegen me, Jim Rennie. Ik ken jou al vanaf de kleuterschool, toen je plaatjes uit postordercatalogussen knipte en op karton plakte. Dus je hoeft niet tegen me te schreeuwen.'

'O, gossie, nu is ze belédigd.' Die kwaadaardige glimlach verspreidde zich weer van oor tot oor en vertrok het bovenste deel van zijn gezicht tot een verontrustend masker van vrolijkheid omhoog. 'Och, wat is dat erg. Het is bij de katoenplukkers af. Maar het is laat, en ik ben moe en ik heb voor vandaag wel weer genoeg zoete broodjes gebakken. Dus luister nu naar me en laat het me geen twee keer zeggen.' Hij keek op zijn horloge. 'Het is nu vijf over half twaalf, en ik wil om twaalf uur thuis zijn.'

'Ik begrijp niet wat je van me wilt!'

Hij rolde met zijn ogen alsof hij versteld stond van zoveel domheid. 'In een notendop? Ik wil weten dat je aan mijn kant staat – de kant van mij en Andy – als dat stomme idee van die kruisraket niet werkt. En niet aan de kant van een bordenwasser van buiten het dorp.'

Ze trok haar schouders recht en haalde haar handen bij haar rug vandaan. Het lukte haar hem in de ogen te kijken, maar haar lippen trilden. 'En als ik nu eens denk dat kolonel Barbara – menéér Barbara, als je dat liever hoort – beter gekwalificeerd is om in een crisissituatie de leiding te nemen?'

'Nou, dan moet ik Japie Krekel citeren,' zei Grote Jim. 'Laat je leiden door je geweten.' Hij sprak nu zo zacht dat hij bijna niet te verstaan was, maar dat was angstaanjagender dan toen hij schreeuwde. 'Maar dan zijn er wel die pillen die je inneemt. De OxyContin.'

Andrea merkte dat haar huid koud werd. 'Wat is daarmee?'

'Andy heeft een mooie voorraad voor je opzijgelegd, maar als je op het verkeerde paard gaat wedden, zouden die pillen best eens kunnen verdwijnen. Nietwaar, Andy?'

Andy was het koffiezetapparaat aan het schoonmaken. Hij trok een ongelukkig gezicht en wilde Andrea niet in de betraande ogen kijken, maar in zijn antwoord klonk geen enkele aarzeling door. 'Ja,' zei hij. 'In zo'n geval moet ik ze misschien door het toilet van de apotheek spoelen. Het is gevaarlijk om zulke geneesmiddelen te laten rondslingeren nu de gemeente van de buitenwereld is afgesneden.'

'Dat kun je niet doen!' riep ze uit. 'Ik heb een recept!'

Grote Jim zei vriendelijk: 'Het enige recept dat jij nodig hebt, is dat je de kant kiest van de mensen die dit dorp het best kennen, Andrea. Voorlopig is dat het enige soort recept waar jij iets aan hebt.'

'Jim, ik heb mijn pillen nodig.' Ze hoorde dat haar stem jengelend klonk – ongeveer als de stem van haar moeder in haar laatste jaren, toen ze bedlegerig was – en had daar de pest aan. 'Ik heb ze nodig.'

'Dat weet ik,' zei Grote Jim. 'God heeft je met veel pijn belast.' *Om nog maar te zwijgen van een gigantische verslaving*, dacht hij.

'Doe nou maar wat goed is,' zei Andy. Zijn ogen, met donkere wallen, stonden triest en ernstig. 'Jim weet wat het beste is voor de gemeente; dat heeft hij altijd geweten. We hebben geen behoefte aan een buitenstaander die zegt wat we moeten doen.'

'Als ik het doe, krijg ik dan mijn pijnstillers?'

Andy glimlachte. 'Reken maar! Misschien voer ik zelfs de dosering een beetje op. Zullen we zeggen, honderd milligram per dag erbij? Zou je dat niet kunnen gebruiken? Je ziet eruit alsof je veel last hebt van pijn.'

'Ik zou inderdaad wel een beetje extra kunnen gebruiken,' zei Andrea met doffe stem. Ze liet haar hoofd zakken. Ze had sinds haar eindexamenfeest, toen ze misselijk was geworden, geen alcohol meer gedronken, niet eens een glas wijn, en ze had nog nooit een joint gerookt en cocaïne zelfs nooit gezien, behalve op tv. Ze was een goed mens. Een erg goed mens. Hoe was ze dan zo in de penarie gekomen? Door te vallen toen ze de post ging halen? Was dat genoeg om drugsverslaafde te worden? In dat geval was het oneerlijk. En verschrikkelijk. 'Maar niet meer dan veertig milligram. Veertig meer zou genoeg zijn, denk ik.'

'Weet je het zeker?' vroeg Grote Jim.

Ze wist het helemaal niet zeker. Dat was juist het probleem.

'Misschien tachtig,' zei ze, en ze veegde de tranen van haar gezicht. En fluisterend: 'Je chanteert me.'

Ze fluisterde het zacht, maar Grote Jim hoorde het. Hij stak zijn hand naar haar uit. Andrea kromp even ineen, maar Grote Jim pakte alleen haar hand vast. Voorzichtig.

'Nee,' zei hij. 'Dat zou een zonde zijn. We helpen je. En in ruil daarvoor willen we alleen dat jij ons ook helpt.'

10

Er bonkte iets.

Sammy lag opeens klaarwakker in bed, al had ze een halve joint gerookt en drie van Phils biertjes gedronken voordat ze om tien uur in slaap viel. Ze had altijd een paar sixpacks in de koelkast staan en beschouwde ze nog steeds als 'Phils bier', al was hij sinds april verdwenen. Ze had geruchten gehoord dat hij nog in de buurt was, maar daar geloofde ze niet in. Als hij nog in de buurt was, had ze hem in de afgelopen zes maanden toch wel een keer moeten tegenkomen? Het was een kleine plaats, net als in dat nummer.

Bonk!

Nu zat ze recht overeind. Ze verwachtte dat Little Walter ging huilen, maar dat gebeurde niet en ze dacht: *O God, dat verrekte bedje is weer uit elkaar gevallen! En als hij niet eens kan huilen...*

Ze gooide de dekens van zich af en rende naar de deur. In plaats daarvan botste ze tegen de muur links daarvan. Ze viel bijna. Die verrekte duisternis! Dat verrekte energiebedrijf! Die verrekte Phil, die haar zomaar in de steek had gelaten, met niemand om voor haar op te komen wanneer kerels als Frank DeLesseps gemeen tegen haar deden en haar bang maakten en...

Bonk!

Ze viel over de bovenkant van de kaptafel en vond de zaklantaarn. Ze deed hem aan en liep vlug de kamer uit. Ze wilde naar links gaan, naar de slaapkamer waar Little Walter sliep, maar dat gebonk was er weer. Niet links, maar recht voor haar, aan de andere kant van de rommelige huiskamer. Er stond iemand voor de deur van de woonwagen. En nu was er ook gedempt gelach te horen. Wie het ook waren, het klonk alsof ze hadden gedronken.

Ze liep door de kamer terwijl het T-shirt waarin ze sliep omhoogkroop over haar dikke dijen (ze was wat aangekomen sinds Phil weg was, ongeveer twintig kilo, maar als die Koepel-shit voorbij was zou ze serieus op dieet gaan en weer op het gewicht komen dat ze op de middelbare school had gehad) en gooide de deur open.

Zaklantaarns – vier stuks, en krachtig – schenen in haar gezicht. Daarachter was nog meer gelach te horen. Een van die lachjes klonk meer als een *njuk-njuk-njuk*, als Curly van de Three Stooges. Ze herkende die lach, want ze had hem haar hele schooltijd gehoord: Mel Searles.

'Moet je jou toch eens zien!' zei Mel. 'Helemaal gekleed voor een gezellig avondje.'

Nog meer gelach. Sammy deed haar arm omhoog om haar ogen af te schermen, maar dat hielp niet; de mensen achter de zaklantaarns waren niet meer dan silhouetten. Toch was er een vrouwenlach bij. Dat was waarschijnlijk gunstig.

'Doe die dingen uit voor ik blind word! En hou je kop, anders wordt de baby wakker!'

Nog meer gelach, harder dan daarvoor, maar drie van de vier lichten gingen uit. Ze richtte haar eigen zaklantaarn naar buiten en voelde zich niet gerustgesteld door wat ze zag: Frankie DeLesseps en Mel Searles naast Carter Thibodeau en Georgia Roux. Georgia, het meisje dat die middag haar voet op Sammy's tiet had gezet en haar een lesbo had genoemd. Een vrouw, maar geen betrouwbare vrouw.

Ze droegen hun insignes. En ze waren inderdaad dronken.

'Wat willen jullie? Het is laat.'

'We willen dope,' zei Georgia. 'Jij verkoopt het, dus verkoop wat aan ons.'

'Dan word ik zo high als een kraai in een baai,' zei Mel, en hij lachte: *njuk-njuk-njuk.*

'Ik heb niks,' zei Sammy.

'Onzin, je kunt het hier al ruiken,' zei Carter. 'Verkoop ons wat. Doe niet zo lullig.'

'Ja,' zei Georgia. In het licht van Sammy's zaklantaarn hadden haar ogen een zilverige glinstering. 'Vergeet maar even dat we van de politie zijn.'

Daar moesten ze allemaal heel hard om lachen. Nu zouden ze de baby inderdaad nog wakker maken.

'Nee!' Sammy probeerde de deur dicht te doen. Thibodeau duwde hem weer open. Hij deed dat met de palm van zijn hand – op zijn dooie gemak –, maar Sammy strompelde achteruit. Ze struikelde over dat verrekte treintje van Little Walter en plofte voor de tweede keer die dag op haar reet. Haar T-shirt vloog omhoog.

'Ooo, een roze slipje. Verwacht je een van je vriendinnen?' vroeg Georgia, en ze bulderden allemaal weer van het lachen. De zaklantaarns die uit waren gegaan, gingen weer aan en schenen allemaal op haar.

Sammy rukte het T-shirt bijna hard genoeg omlaag om de kraag te laten scheuren. Toen kwam ze wankelend overeind. De lichtbundels van de zaklantaarns dansten over haar lichaam op en neer.

'Wees nou eens gastvrij en laat ons binnenkomen,' zei Frankie, terwijl hij al door de deuropening kwam. 'Hartelijk dank. Wat ben je toch een goed klein gastvrouwtje.' Hij scheen met de zaklantaarn door de kamer. 'Wat een zwijnenstal.'

'Een zwijnenstal voor een zwijn!' bulderde Georgia, en ze barstten weer in lachen uit. 'Als ik Phil was, zou ik misschien uit mijn schuilplaats komen om je in elkaar te slaan!' Ze balde haar vuist; Carter Thibodeau drukte zijn eigen vuist er bij wijze van groet tegenaan.

'Verstopt hij zich nog in het radiostation?' vroeg Mel. 'Stijf van de drugs? Paranoïde voor Jezus?'

'Ik weet niet wat je...' Ze was niet kwaad meer, alleen nog maar bang. Op deze onsamenhangende manier praatten mensen in de nachtmerries die je kreeg als je wiet met PCP rookte. 'Phil is weg!'

Haar vier bezoekers keken elkaar aan en lachten. Searles' idiote *njuk-njuk-njuk* kwam boven de rest uit.

'Weg! Pleite!' kraaide Frankie.

'Maar niet heus!' antwoordde Carter, en toen lieten zíj hun knokkels tegen elkaar komen.

Georgia pakte een stel van Sammy's pockets van de bovenste plank van de boekenkast en bekeek ze. 'Nora Roberts? Sandra Brown? Stephenie Meyer? Lees jij die dingen? Weet jij niet dat iedereen Harry Potter leest?' Ze hield de boeken voor zich uit, opende haar handen en liet ze op de vloer vallen.

De baby was nog steeds niet wakker geworden. Dat was een wonder. 'Als ik jullie wat dope verkoop, gaan jullie dan weg?' vroeg Sammy.

'Tuurlijk,' zei Frankie.

'En vlug wat,' zei Carter. 'We moeten morgen vroeg op. Voor een e-va-cu-aa-sie. Dus zet die dikke reet van je eens in beweging.'

'Wacht even.'

Ze ging naar het keukentje, maakte de koelkast open – die nu lauw was, alles ontdooide, en om de een of andere reden moest ze daar bijna om huilen – en haalde er een van de zakjes dope uit die ze daar bewaarde. Er lagen nog drie andere zakjes.

Ze wilde zich omdraaien, maar voordat ze dat kon doen, greep iemand haar vast en griste iemand anders het zakje uit haar hand. 'Ik wil dat roze slipje nog eens zien,' zei Mel in haar oor. 'Kijken of er ZONDAG op je reet staat.' Hij trok haar shirt omhoog tot aan haar middel. 'Nee, zo te zien niet.'

'Hou op! Hou óp!'

Mel lachte: *njuk-njuk-njuk*.

Een zaklantaarn scheen in haar ogen, maar ze herkende het smalle hoofd erachter: Frankie DeLesseps. 'Je was vandaag brutaal tegen me,' zei hij. 'En je hebt me geslagen en mijn meisje kwaad gedaan. En ik deed alleen maar dit.' Hij stak zijn hand uit en pakte haar borst weer vast.

Ze probeerde zich los te rukken. De lichtstraal die op haar gezicht was gericht ging even naar het plafond. Toen kwam hij snel weer omlaag. De pijn explodeerde in haar hoofd. Hij had haar met zijn zaklantaarn geslagen.

'*Au! Au, dat doet pijn! Hou óp!*'

'Shit, dat deed geen pijn. Je mag blij zijn dat ik je niet arresteer voor drugshandel. Blijf stilstaan als je er niet nog een wilt.'

'Die dope ruikt vies,' zei Mel op zakelijke toon. Hij stond achter haar en hield nog steeds haar shirt omhoog.

'Zij ook,' zei Georgia.

'We moeten de wiet in beslag nemen, kreng,' zei Carter. 'Sorry.'
Frankie had haar borst weer vastgepakt. 'Blijf staan.' Hij kneep in de tepel. 'Blijf nou staan.' Zijn stem klonk ruwer. Zijn ademhaling was sneller geworden. Ze wist waar dit heen ging en deed haar ogen dicht. *Zolang de baby maar niet wakker wordt*, dacht ze. *En zolang ze maar geen ergere dingen doen.*

'Toe dan,' zei Georgia. 'Laat haar zien wat ze mist sinds Phil weg is.'
Frankie wees met zijn zaklantaarn naar de huiskamer. 'Ga op de bank liggen. En spreid je benen.'

'Wil je haar niet eerst haar rechten voorlezen?' vroeg Mel, en hij lachte: *njuk-njuk-njuk*. Sammy dacht dat haar hoofd uit elkaar zou springen als ze dat lachje nog één keer moest horen. Toch liep ze met gebogen hoofd en ingezakte schouders naar de bank.

Carter greep haar vast, draaide haar om en scheen met zijn zaklantaarn omhoog naar zijn eigen gezicht, zodat het op een griezelig masker leek. 'Ga je hierover praten, Sammy?'

'N-N-Nee.'
Het masker knikte. 'Vergeet dat niet. Want niemand zou je geloven. Behalve wij natuurlijk, en dan komen we terug om je écht te grazen te nemen.'
Frankie duwde haar op de bank.

'Pak haar,' zei Georgia opgewonden, en ze richtte haar zaklantaarn op Sammy. 'Pak dat kreng!'

Alle drie jonge mannen namen haar. Frankie was de eerste. Terwijl hij bij haar binnendrong, fluisterde hij: 'Je moet leren je mond dicht te houden, behalve als je op je knieën zit.'

Carter was de volgende. Toen hij haar bereed, werd Little Walter wakker. Het kind huilde.

'Hou je bek, joch, of ik moet je arresteren!' brulde Mel Searles, en hij lachte. *Njuk-njuk-njuk.*

11

Het was bijna middernacht.
Linda Everett lag in diepe slaap op haar helft van het bed; ze had een zware dag achter de rug en moest de volgende morgen vroeg op (e-va-cu-aa-sie), en zelfs haar zorgen om Janelle konden haar niet wakker houden. Ze snurkte niet echt, maar er kwam wel een zacht *kwiep-kwiep-kwiep*-geluid van haar helft van het bed.

Rusty had net zo'n zware dag gehad, maar hij lag wakker, en niet omdat hij zich zorgen maakte om Janelle. Hij dacht dat het wel goed met haar zou komen, tenminste voorlopig. Hij kon haar toevallen wel tegenhouden, als ze niet erger werden. Als hij geen Zarontin in de ziekenhuisapotheek meer had, kon hij het bij de apotheek van Sanders halen.

Dokter Haskell beheerste zijn gedachten. En Rory Dinsmore natuurlijk. Rusty zag steeds weer de gescheurde, bebloede lege oogkas van de jongen. Hij hoorde Ron Haskell steeds weer tegen Ginny zeggen: *Ik ben niet dood. Doof, bedoel ik.*

Alleen was hij wel degelijk dood geweest.

Rusty draaide zich om in bed, probeerde die herinneringen uit zijn hoofd te zetten en hoorde in plaats daarvan Rory mompelen: *Het is Halloween.* En daaroverheen de stem van zijn eigen dochter: *Het is de schuld van de Grote Pompoen! Je moet de Grote Pompoen tegenhouden!*

Zijn dochter had een toeval gehad. Die jongen van Dinsmore had een terugkaatsende kogel in zijn oog en een kogelfragment in zijn hersenen gekregen. Wat wilde dat zeggen?

Het zegt me niets. Wat zei die Schotse kerel in Lost*? 'Zie het toeval niet voor het lot aan?'*

Misschien was dat het geweest. Misschien wel. Maar *Lost* was lang geleden. Die Schot kon ook hebben gezegd: '*Zie het lot niet voor het toeval aan.*'

Hij draaide zich op zijn andere zij en zag nu de zwarte kop van de uit één pagina bestaande extra editie van *The Democrat* van die avond: **VERWACHTING: EXPLOSIEVEN TEGEN BARRIÈRE!**

Het was hopeloos. Van slapen kon nu geen sprake meer zijn, en het ergste wat je in zo'n situatie kon doen was proberen toch met alle geweld in dromenland door te dringen.

Beneden lag nog een helft van Linda's befaamde cranberry-sinaasappelbrood; hij had hem op het aanrecht zien liggen toen hij binnenkwam. Rusty zou er een stuk van nemen aan de keukentafel en intussen in het laatste nummer van *De Amerikaanse Huisarts* lezen. Als een artikel over kinkhoest hem niet in slaap kon brengen, zou niets dat kunnen.

Hij stond op, een grote man in het blauwe chirurgenpak waarin hij meestal sliep, en ging stilletjes weg om Linda niet wakker te maken.

Halverwege de trap bleef hij staan en spitste zijn oren.

Audrey jengelde heel zachtjes. Het geluid kwam uit de kamer van de meisjes. Rusty ging daarheen en deed de deur voorzichtig open. De golden retriever, niet meer dan een vaag silhouet tussen de bedden van de meisjes, draaide zich naar hem om en liet dat zachte gejengel weer horen.

Judy lag op haar zij met haar hand onder haar wang. Ze haalde diep en langzaam adem. Jannie was een ander verhaal. Ze draaide zich rusteloos van de ene op de andere zij, schopte tegen de dekens en mompelde. Rusty stapte over de hond heen en ging op haar bed zitten, onder de poster van Jannies nieuwste jongensband.

Ze droomde. Aan haar gezicht was te zien dat het geen prettige droom was. En dat gemompel klonk als een protest. Rusty deed zijn best om de woorden te verstaan, maar voordat hem dat lukte, hield ze op.

Audrey jengelde weer.

Janelles nachthemd was helemaal verdraaid. Rusty trok het recht, legde de dekens weer over haar heen en streek Jannies haar van haar voorhoofd weg. Haar ogen gingen snel heen en weer onder de gesloten leden, maar haar armen en benen trilden niet, haar vingers fladderden niet en haar lippen maakten niet de kenmerkende smakgeluiden. Het was eerder remslaap dan een toeval; dat was wel bijna zeker. Dat riep een interessante vraag op: konden honden ook nare dromen ruiken?

Hij boog zich voorover en gaf Janelle een kus op haar wang. Toen hij dat deed, gingen haar ogen open, maar hij was er niet helemaal zeker van dat ze hem zag. Dat kon een symptoom van een petit mal zijn, maar Rusty geloofde niet dat het dat was. Hij was er zeker van dat Audi dan geblaft zou hebben.

'Ga maar weer slapen, schatje,' zei hij.

'Hij heeft een gouden honkbal, papa.'

'Dat weet ik, schatje. Ga maar weer slapen.'

'Het is een sléchte honkbal.'

'Nee. Hij is goed. Honkballen zijn goed, vooral gouden.'

'O,' zei ze.

'Ga maar weer slapen.'

'Oké, papa.' Ze draaide zich om en deed haar ogen dicht. Ze maakte het zich nog even gemakkelijk en bleef toen stilliggen. Audrey, die met haar kop omhoog op de vloer had gelegen en naar hen had gekeken, legde nu haar snuit op haar voorpoot en ging zelf ook slapen.

Rusty bleef nog een tijdje zitten. Hij luisterde naar de ademhaling van zijn dochter en zei tegen zichzelf dat hij nergens bang voor hoefde te zijn: het was heel gewoon dat mensen in hun dromen praatten, en ook als ze net daaruit waren ontwaakt. Hij zei tegen zichzelf dat alles in orde was – als hij daaraan twijfelde, hoefde hij alleen maar naar de slapende hond op de vloer te kijken –, maar midden in de nacht viel het niet mee om optimist te zijn. Als de ochtend nog lange uren op zich liet wachten, namen nare gedachten vaste vormen aan en gingen alle kanten op. Midden in de nacht werden gedachten zombies.

Hij had inmiddels geen trek meer in cranberry-sinaasappelbrood. Hij wilde alleen maar in bed tegen zijn warme, slapende vrouw aan kruipen. Voordat hij de kamer uitging, aaide hij Audreys zijdezachte kop. 'Let goed op, meid,' fluisterde hij. Audi deed haar ogen even open en keek hem aan.

Hij dacht: *golden retriever*. En daarna aan de Retrievers en honkballen. Het was de perfecte connectie: een gouden honkbal. Een sléchte honkbal.

Die nacht liet Rusty, ondanks de pas ontdekte vrouwelijke privacy van de meisjes, hun deur open.

12

Lester Coggins zat op Rennies stoep toen Grote Jim terugkwam. Coggins las zijn bijbel bij het licht van een zaklantaarn. De geloofsijver van de dominee inspireerde Grote Jim niet, maar zorgde ervoor dat zijn toch al slechte humeur alleen maar verslechterde.

'God zegene je, Jim,' zei Coggins, en hij stond op. Toen Grote Jim zijn hand uitstak, pakte Coggins hem enthousiast vast en zwengelde hem op en neer.

'Jou ook,' zei Grote Jim lusteloos.

Coggins schudde nog een laatste keer aan zijn hand en liet hem toen los. 'Jim, ik ben hier omdat ik een openbaring heb gehad. Ik vroeg daar gisteravond om – ja, want ik was diep verontrust – en vanmiddag kwam hij. God heeft tot mij gesproken, zowel door de Schrift als door die jongen.'

'Die jongen van Dinsmore?'

Coggins gaf een smakkende kus op zijn gevouwen handen en hield ze toen omhoog. 'Ja, die. Rory Dinsmore. Moge God hem tot in de eeuwigheid behoeden.'

'Hij eet nu aan Jezus' tafel,' zei Grote Jim automatisch. Hij bekeek de dominee in de lichtbundel van zijn eigen zaklantaarn en zag niet veel goeds. Hoewel het snel afkoelde, glansde het zweet op Coggins' huid. Zijn ogen waren wijd open en lieten te veel van het wit zien. Zijn haar stond in grote krullen en plukken overeind. Al met al zag hij eruit als iemand die op het punt stond door te draaien.

Dit is niet goed, dacht Grote Jim.

'Ja,' zei Coggins. 'Ik weet het zeker. Hij zit aan bij het grote feestmaal... in de eeuwige omarming van...'

Het leek Grote Jim moeilijk om beide dingen tegelijk te doen, maar hij zweeg daarover.

'En toch had zijn dood een doel, Jim. Dat kom ik je vertellen.'

'Vertel het me binnen,' zei Grote Jim, en voordat de dominee kon antwoorden, ging hij verder: 'Heb je mijn zoon gezien?'

'Junior? Nee.'

'Hoe lang ben je hier al?' Grote Jim deed het licht in de hal aan en zegende in stilte de generator.

'Een uur. Misschien minder. Ik zat op de trap... ik las... ik bad... ik mediteerde.'

Rennie vroeg zich af of iemand hem had gezien, maar vroeg daar niet naar. Coggins was al van streek en zo'n vraag zou dat nog erger maken.

'Laten we naar mijn werkkamer gaan,' zei hij. Hij ging met gebogen hoofd voorop, langzaam schuifelend met grote passen. Van achteren gezien leek hij net een beer in mensenkleren, een beer die oud en traag maar toch nog gevaarlijk was.

13

Behalve de afbeelding van de Bergrede waarachter zich de kluis van Grote Jim bevond, hingen er aan de muren van zijn werkkamer veel plaquettes waarmee hij was geëerd voor allerlei dingen die hij voor de samenleving had gedaan. Er hing ook een ingelijste foto van Grote Jim die Sarah Palin een hand gaf en een foto waarop hij de hand schudde van de autoracer Dale Earnhardt, toen Earnhardt op de jaarlijkse Oxford Plains Crash-A-Rama een geldinzamelingsactie voor een of ander goed doel, iets met kinderen, had gepresenteerd. Er was zelfs een foto van Grote Jim die de hand schudde van Tiger Woods, die hem een heel aardige neger had geleken.

Het enige souvenir op zijn bureau was een vergulde honkbal op een voetstuk van perspex. Daaronder stond (ook in perspex) in schrijfletters te lezen: *Voor Jim Rennie, met dank voor je hulp bij het organiseren van het Western Maine Charity Softball Tournament van 2007!* De ondertekenaar was *Bill 'Spaceman' Lee.*

Toen hij op zijn hoge stoel achter zijn bureau was gaan zitten, pakte Grote Jim de bal van zijn voetstuk en gooide hem van hand tot hand. Het was een mooi ding om mee te gooien, vooral wanneer je een beetje van streek was: mooi zwaar, met gouden naden die aangenaam tegen je handpalmen smakten. Grote Jim vroeg zich wel eens af hoe het zou zijn om een massief gouden bal te hebben. Misschien zou hij dat eens nagaan als die Koepeltoestand achter de rug was.

Coggins ging aan de andere kant van het bureau zitten, in de stoel voor bezoekers. De stoel van de smekelingen. En daar wilde Grote Jim hem ook hebben. De ogen van de dominee gingen heen en weer als de ogen van iemand die naar een tenniswedstrijd kijkt. Of wellicht in de kristallen bol van een hypnotiseur.

'Nou, wat is er aan de hand, Lester? Vertel het eens. Maar zullen we het kort houden? Ik moet slapen. Ik heb morgen veel te doen.'

'Wil je eerst met me bidden, Jim?'

Grote Jim glimlachte. Het was die kwaadaardige glimlach van hem, zij het niet op maximale sterkte. Nog niet. 'Als je me nou eerst eens vertelt waar je voor komt? Voordat ik op de knieën ga, wil ik graag weten waar ik voor bid.'

Lester hield het niet kort, maar dat viel Grote Jim nauwelijks op. Hij luisterde met steeds meer ontzetting, bijna met afgrijzen. Het verhaal van de dominee was onsamenhangend en doorspekt met Bijbelcitaten, maar de strekking was duidelijk: hij was tot de slotsom gekomen dat hun zaakje de Heer zozeer had misnoegd dat Hij een grote glazen stolp over de hele gemeente heen had gezet. Lester had gebeden om erachter te komen wat ze eraan moesten doen en zich daarbij gegeseld (misschien alleen maar bij wijze van spreken – tenminste, dat hoopte Grote Jim) en de Heer had hem naar een Bijbelvers over waanzin, blindheid en verbijstering geleid enzovoort enzovoort.

'De Heer zei dat Hij me een teken zou geven, en...'

'Toch geen stopteken?' Grote Jim trok zijn dikke wenkbrauwen op.

Lester negeerde hem en ging verder, zwetend als een malarialijder, zijn ogen nog steeds gericht op de gouden bal. Heen... en weer.

'Het was als toen ik een tiener was en ik klaarkwam in mijn bed.'

'Les, dat is... een beetje te veel informatie.' Hij gooide de bal van hand tot hand.

'God zei dat Hij me blindheid zou tonen, maar niet míjn blindheid. En vanmiddag op dat weiland heeft Hij dat gedaan. Dat is toch zo?'

'Nou, dat zou een interpretatie kunnen...'

'Néé!' Coggins sprong overeind. Hij liep in een kringetje over het vloerkleed, zijn bijbel in zijn ene hand. Met zijn andere hand trok hij aan zijn haar. 'God zei dat als ik dat teken zag, ik mijn gemeente precies moest vertellen wat jij in je schild hebt gevoerd...'

'Alleen ik?' vroeg Grote Jim. Hij zei het peinzend. Hij gooide de bal nu een beetje sneller van hand tot hand. *Smak. Smak. Smak.* Heen en weer tegen handpalmen die vlezig maar nog hard waren.

'Nee,' zei Lester bijna kreunend. Hij liep nu vlugger en keek niet meer naar de bal. Hij zwaaide met de bijbel en probeerde met zijn andere hand zijn haren met wortel en al uit te trekken. Soms deed hij dat ook op de preekstoel, als hij goed op dreef was. Dat was allemaal prima in de kerk, maar hier was het buitengewoon irritant. 'Jij en ik hebben het gedaan, en ook Roger Killian, en de gebroeders Bowie en...' Hij dempte zijn stem. 'En die ander. Chef. Ik denk dat die man gek is. Als hij dat het afgelopen voorjaar niet was, dan nu toch zeker wel.'

Hoor wie dat zegt, dacht Grote Jim.

'Ja, we zijn er allemaal bij betrokken, maar jij en ik moeten het bekennen, Jim. Dat heeft de Heer tegen me gezegd. Dat betekende de blindheid van die jongen; daar is hij voor gestórven. We zullen bekennen, en we zullen die loods van Satan achter de kerk in vlammen laten opgaan. Dan zal God ons laten gaan.'

'Ja, Lester, en dan ga je regelrecht naar de Shawshank-gevangenis.'

'Ik aanvaard de straf die God me geeft. En blijmoedig ook.'

'En ik? Andy Sanders? De gebroeders Bowie? En Roger Killian! Hij heeft, geloof ik, negen kinderen te onderhouden! Als wij nu eens niet zo blijmoedig zijn, Lester?'

'Dat kan ik niet helpen.' Lester sloeg zich nu met zijn bijbel op de schouders. Heen en weer; eerst de ene kant, toen de andere. Grote Jim merkte dat hij de gouden honkbal automatisch in het ritme van de bijbelslagen heen en weer gooide. *Pets...* en *smak. Pets...* en *smak. Pets...* en *smak.* 'Het is natuurlijk jammer voor de kinderen Killian, maar... Exodus twintig, vers vijf: "Want ik, de Heer, uw God, ben een jaloerse god, die de schuld van de vaders op de kinderen wreekt, tot in de derde en vierde generatie." Daar moeten we voor buigen. We moeten deze kanker uitdrijven, hoeveel pijn dat ook doet. We moeten goedmaken wat we verkeerd hebben gedaan. Dat betekent dat we moeten bekennen en ons moeten zuiveren. Zuiveren door het vuur.'

Grote Jim stak de hand omhoog die op dat moment de gouden honkbal niet had. 'Hé, hé, hé. Denk eens na over wat je zegt. Deze gemeente moet in normale tijden al op mij – en natuurlijk ook op jou – kunnen rekenen, maar in tijden van crisis zijn we nódig.' Hij stond op en schoof zijn stoel achteruit. Dit was een lange, verschrikkelijke dag geweest, hij was moe, en nu dit. Daar werd je kwaad van.

'Wij hebben gezondigd,' hield Coggins koppig vol en sloeg zichzelf nog steeds met de bijbel. Alsof hij dacht dat het volkomen in orde was om op die manier met Gods heilige boek om te gaan.

'Wij hebben duizenden kinderen in Afrika voor de hongerdood behoed, Les. We hebben zelfs voor de behandeling van hun duivelse ziekten betaald. We hebben ook een nieuwe kerk voor jou en het krachtigste christelijke radiostation van het noordoosten van het land opgericht.'

'En we hebben onze zakken gevuld. Vergeet dat niet!' zei Coggins met schelle stem. En nu sloeg hij zich met het heilige boek in zijn gezicht. Er sijpelde een stroompje bloed uit een van zijn neusgaten. 'We hebben ze volgestopt met smerig drugsgeld!' Hij sloeg zichzelf opnieuw. 'En Jezus' radiostation wordt geleid door een gek die het gif klaarmaakt dat jongeren in hun aderen spuiten!'

'Nou, ik geloof dat de meesten het roken.'

'Is dat gráppig bedoeld?'

Grote Jim kwam om het bureau heen. Zijn slapen klopten en zijn wangen waren zo rood als een baksteen. Toch probeerde hij het opnieuw. Hij sprak zacht, alsof hij het tegen een kind met een driftbui had. 'Lester, de gemeente heeft mijn leiding nodig. Als jij je klep opendoet, kan ik die leiding niet meer geven. Niet dat iemand je zal geloven...'

'Ze zullen het allemáál geloven,' riep Coggins uit. 'Als ze de duivelse werkplaats zien die jij van mij achter mijn kerk mocht inrichten, geloven ze het alleemáál! En Grote Jim – zie je dat dan niet? – als de zonde eenmaal in de openbaarheid is... als de zweer is uitgesneden... zal God zijn barrière opheffen! Dan komt er een eind aan de crisis! Dan hebben ze jouw leiding niet meer nódig!'

Op dat moment knapte er iets in James P. Rennie. '*Ze zullen mijn leiding altijd nodig hebben!*' bulderde hij, en hij haalde met de honkbal in zijn vuist geklemd naar hem uit.

Op het moment dat Lester zich naar hem omdraaide, spleet de bal de huid van zijn linkerslaap. Het bloed liep over de zijkant van Lesters gezicht. Zijn linkeroog ging wijd open tussen al dat bloed. Hij viel met uitgestoken handen naar voren. De bijbel ging vlak voor Grote Jim open en dicht, als een druk pratende mond. Het bloed druppelde op het vloerkleed. De linkerschouder van Lesters trui was al doorweekt. '*Nee, dit is niet de wil van de Hee...*'

'Het is míjn wil, lastig insect.' Grote Jim haalde opnieuw uit met de bal en trof ditmaal het voorhoofd van de dominee, precies in het midden. Grote Jim voelde hoe de schok zich helemaal tot in zijn schouder voortplantte. Toch wankelde Lester nog naar voren, zwaaiend met zijn bijbel. Het leek wel of het boek probeerde te praten.

Grote Jim liet de bal naar zijn zij zakken. Zijn schouder deed pijn. Er stroomde nu bloed op het vloerkleed, en nog steeds wilde die klootzak niet in elkaar zakken. Nog steeds kwam hij naar voren. Hij probeerde te praten en spuwde een rode spray uit.

Coggins stootte tegen het bureau – het bloed spatte over het smetteloze vloeiblad – en schuifelde toen langs de rand. Grote Jim wilde de bal weer omhoogbrengen, maar hij kon het niet.

Ik wist wel dat al dat kogelstoten op de middelbare school me op een dag lelijk zou opbreken, dacht hij.

Hij nam de bal in zijn linkerhand en zwaaide hem opzij en omhoog. Hij trof Lesters kin. De onderste helft van Lesters gezicht raakte uit het lood en er sproeide nog meer bloed in het niet helemaal stabiele licht van de plafondlamp. Enkele druppels troffen het melkwitte glas.

'*Goh!*' riep Lester. Hij wilde nog steeds langs het bureau schuifelen. Grote Jim trok zich in de knieruimte terug.

'Pa?'

Junior stond met grote ogen en open mond in de deuropening.

'*Goh!*' zei Lester, en hij strompelde nu in de richting van de andere stem. Hij hield de bijbel voor zich uit. '*Goh... Goh... Goh-oh-*ODD...'

'Blijf daar niet staan! Help me!' bulderde Grote Jim naar zijn zoon.

Lester waggelde nu op Junior af. Hij zwaaide de bijbel op en neer. Zijn trui was doorweekt; zijn broek was donkerbruin geworden; zijn gezicht ging schuil onder het bloed.

Junior kwam hem vlug tegemoet. Toen Lester in elkaar zakte, pakte Junior hem vast en hield hem overeind. 'Ik heb u vast, dominee Coggins... Ik heb u vast. Maakt u zich geen zorgen.'

Toen klemde Junior zijn handen om Lesters plakkerige, bebloede keel en kneep erin.

14

Vijf eindeloze minuten later.

Grote Jim zat diep onderuitgezakt in zijn bureaustoel. Zijn das, die hij speciaal voor de gelegenheid had omgedaan, was losgetrokken en er waren knopen van zijn overhemd los. Hij masseerde zijn omvangrijke linkerborst. Daaronder galoppeerde zijn hart met de ene ritmestoornis na de andere, al voelde het niet aan alsof het plotseling zou stilstaan.

Junior ging weg. Rennie dacht eerst dat hij Randolph ging halen, wat een fout zou zijn geweest, maar hij had geen lucht genoeg om de jongen terug te roepen. Toen kwam de jongen terug met het dekzeil uit de achterkant van de camper. Jim zag Junior het uitschudden op de vloer – op een merkwaardig nuchtere manier, alsof hij het al duizend keer eerder had gedaan. *Het komt door al die gewelddadige films waar ze tegenwoordig naar kijken*, dacht Grote Jim. Hij wreef over het slappe vlees dat ooit zo hard en stevig was geweest.

'Ik... help je,' piepte hij, al wist hij dat hij dat niet kon.

'Jij blijft daar mooi zitten om op adem te komen.' Zijn zoon, die op de knieën zat, keek hem duister en ondoorgrondelijk aan. Misschien zat er liefde in die blik – Grote Jim hoopte dat echt, maar er zaten zeker ook andere dingen in.

Nou heb ik je? Zat er ook *Nou heb ik je* in die blik?

Junior rolde Lester op het dekzeil. Het zeil kraakte. Junior keek naar het lijk, rolde het een beetje verder en sloeg toen het eind van het zeil eroverheen. Het was een groen dekzeil. Grote Jim had het bij de Burpee gekocht. In de uitverkoop. Hij herinnerde zich dat Toby Manning had gezegd: *Spijt hebben kennie, meneer Rennie*.

'Bijbel,' zei Grote Jim. Hij piepte nog, maar hij voelde zich al iets beter. Zijn hart kwam gelukkig tot bedaren. Wie wist dat de helling na je vijftigste zo steil werd? Hij dacht: *Ik moet gaan trainen. Weer in vorm komen. God geeft je maar één lichaam.*

'Goed dat je het zegt,' mompelde Junior. Hij pakte de bebloede bijbel, stak hem tussen Coggins' dijen en rolde het lijk in het dekzeil.

'Hij had ingebroken, jongen. Hij was gek.'

'Ja.' Dat interesseerde Junior blijkbaar niet. Het interesseerde hem nu alleen dat hij het lijk goed in het zeil rolde.

'Het was een kwestie van hij of ik. Je moet...' Weer een rondedansje in zijn binnenste. Jim hijgde, hoestte, sloeg op zijn borst. Zijn hart kwam weer tot bedaren. 'Je moet hem naar de Kerk van de Heilige Verlosser brengen. Als hij wordt gevonden, is er iemand... die misschien...' Hij dacht aan de Chef, maar misschien was het niet zo'n goed idee om de Chef hiervoor te laten opdraaien. Chef Bushey wist dingen. Natuurlijk zou hij zich waarschijnlijk tegen arrestatie verzetten. In dat geval werd hij misschien niet levend gevangengenomen.

'Ik heb een betere plek,' zei Junior. Hij klonk kalm. 'En als je het iemand anders in de schoenen wilt schuiven, heb ik ook een beter idee.'

'Wie?'

'Die klote Dale Barbara.'

'Je weet dat ik zulke woorden niet goedkeur...'

Junior keek hem met schitterende ogen over het dekzeil aan en zei het opnieuw. '*Die... klote... Barbara.*'

'Hoe?'

'Dat weet ik nog niet. Ga jij die gouden bal nou maar wassen, als je hem wilt houden. En doe dat vloeiblad weg.'

Grote Jim stond op. Hij voelde zich al beter. 'Het is goed van je dat je je oude vader helpt, Junior.'

'Als jij het zegt,' zei Junior. Er lag nu een grote groene burrito op het vloerkleed. Met voeten die eruit staken. Junior trok het dekzeil eroverheen, maar het wilde niet blijven zitten. 'Ik heb ducttape nodig.'

'Als je hem niet naar de kerk brengt, waar dan...'

'Doet er niet toe,' zei Junior. 'Het is veilig. De dominee kan daar blijven liggen tot we weten hoe we Barbara de schuld kunnen geven.'

'Voordat we iets doen, moeten we afwachten wat er morgen gebeurt.'

Junior keek hem aan met een vage minachting die Grote Jim nooit eerder in zijn ogen had gezien. Hij besefte dat zijn zoon nu veel macht over hem uitoefende. Maar zijn eigen zóón zou toch niet...

'We moeten je vloerkleed begraven,' zei Junior kalm. 'Gelukkig is het niet de kamerbrede vloerbedekking die je hier vroeger had. En het heeft de meeste troep mooi opgevangen.' Toen tilde hij de grote burrito op en droeg hem door de gang. Even later hoorde Rennie de camper starten.

Grote Jim keek naar de gouden honkbal. *Die moet ik ook wegdoen*, dacht hij, en hij wist dat hij het niet zou doen. Het was bijna een erfstuk.

En trouwens, wat kon die bal voor kwaad? Wat kon hij voor kwaad als hij schoon was?

Toen Junior een uur later terugkwam, stond de gouden honkbal weer te glanzen op zijn voetstuk van perspex.

RAKET-AANVAL OP KOMST

1

'ATTENTIE! HIER SPREEKT DE POLITIE VAN CHESTER'S MILL! DE OMGEVING WORDT GEËVACUEERD! ALS U ME HOORT, KOM DAN OP HET GELUID VAN MIJN STEM AF! DE OMGEVING WORDT GEËVACUEERD!'

Thurston Marshall en Carolyn Sturges zaten rechtop in bed. Ze hoorden die vreemde schetterende stem en keken elkaar met grote ogen aan. Ze waren allebei verbonden aan het Emerson College in Boston – Thurston was hoogleraar Engels (en gasthoofdredacteur van het nieuwste nummer van het prestigieuze literaire tijdschrift *Ploughshares*) en Carolyn had een promotieplaats op dezelfde faculteit. Ze waren nu zes maanden minnaars en het vuur was nog lang niet gedoofd. Ze waren in Thurstons vakantiehuisje aan Chester Pond, dat tussen Little Bitch Road en de Prestile lag. Ze waren hierheen gekomen voor een lang 'herfstbladweekend', maar de meeste bosschages die ze sinds vrijdagmiddag hadden bekeken waren op de schaamstreek te vinden. Er was geen televisie in het huisje; Thurston Marshall had een grote hekel aan tv. Er was wel een radio, maar die hadden ze niet aangezet. Het was halfnegen 's morgens op maandag 23 oktober. Ze wisten geen van beiden dat er iets mis was, totdat die schetterende stem hen wakker maakte.

'ATTENTIE! HIER SPREEKT DE POLITIE VAN CHESTER'S MILL! DE OMGEVING...' Dichterbij. Steeds dichterbij.

'Thurston! De dope! Waar heb je de dope gelaten?'

'Maak je geen zorgen,' zei hij, maar aan zijn trillende stem was te horen dat hij zich niet aan zijn eigen advies kon houden. Hij was een lange, magere man met veel grijzend haar dat hij meestal in een staart droeg. Het hing nu los, bijna tot op zijn schouders. Hij was zestig; Carolyn was drieëntwintig. 'Al deze huisjes zijn leeg om deze tijd van het jaar. Ze rijden hier alleen maar langs en gaan dan terug naar de Little Bitch R...'

Ze stompte tegen zijn schouder – voor het eerst. 'De auto staat op het pad! Ze zien de auto.'

Er kwam een uitdrukking van *o, shit* op zijn gezicht.

'... GEËVACUEERD! ALS U ME HOORT, KOM DAN OP HET GELUID VAN MIJN STEM AF! ATTENTIE! ATTENTIE!' Nu heel dichtbij. Thurston hoorde nog meer versterkte stemmen – mensen die megafoons gebruikten, politieagenten –, maar deze was wel heel dichtbij. 'DE OMGEVING WORDT GEËVAC...' Er volgde een korte stilte. En toen: 'HALLO, HUISJE! KOM NAAR BUITEN! SCHIET OP!'

O, dit was een nachtmerrie.

'Waar heb je de dope gelaten?' Ze stompte hem opnieuw.

De dope lag in de andere kamer. In een zakje dat nu half leeg was, naast een schaaltje met kaas en crackers van de vorige avond. Als iemand binnenkwam, was dat zakje het eerste wat hij zag.

'HIER SPREEKT DE POLITIE! WE LULLEN NIET UIT ONZE NEK! DEZE OMGEVING WORDT GEËVACUEERD! ALS U DAARBINNEN BENT, KOM DAN NAAR BUITEN VOORDAT WIJ U NAAR BUITEN SLEUREN!'

Smerissen, dacht hij. *Plattelandssmerissen met achterlijke, smerige gedachten.*

Thurston sprong het bed uit en rende de kamer door. Zijn haar wapperde en het was te zien hoe de spieren van zijn magere billen bewogen.

Zijn grootvader had het huisje na de Tweede Wereldoorlog gebouwd en het had maar twee kamers: een grote slaapkamer met uitzicht op het meer en de huiskamer annex keuken. De stroom kwam van een oude generator die Thurston had uitgezet voordat ze naar bed gingen; het rommelige geknetter was niet bepaald romantisch. De kooltjes van het vuur van de vorige avond – dat was niet echt nodig, maar wél erg romantisch – knipoogden nog slaperig in de haard.

Misschien heb ik het mis. Misschien heb ik de dope weer in mijn tas...

Helaas niet. De dope lag nog naast de resten van de brie waaraan ze zich te goed hadden gedaan voordat ze aan de neukmarathon van de afgelopen nacht waren begonnen.

Hij rende erheen, en toen werd er op de deur geklopt. Nee, er werd op de deur gebéúkt.

'Wacht even!' riep Thurston waanzinnig uitgelaten. Carolyn stond met een laken om zich heen in de deuropening van de slaapkamer, maar hij zag haar nauwelijks. Thurston was nog paranoïde van de excessen van de vorige avond, en er gingen allerlei onsamenhangende gedachten door hem heen: ontslag op de universiteit, gedachtepolitie uit *1984*, ontslag, de walging van zijn drie kinderen (bij twee eerdere echtgenotes) en natuurlijk ontslag. 'Wacht even. Ik kom zo. Ik moet me even aankleden...'

Maar de deur vloog open, en in flagrante strijd met een stuk of tien artikelen van de grondwet liepen twee jongemannen naar binnen. Een van hen had een megafoon in zijn hand. Ze droegen allebei een spijkerbroek en een blauw overhemd. De spijkerbroeken waren bijna geruststellend, maar op de overhemden zaten schouderstukken en insignes.

Weg met die rotinsignes, dacht Thurston verdoofd.

'Ga weg!' gilde Carolyn.

'Kijk eens aan, Junior,' zei Frankie DeLesseps. 'De ouwe bok en het groene blaadje.'

Thurston pakte vlug het zakje op, hield het achter zijn rug en liet het in de gootsteen vallen.

Junior keek naar het gereedschap dat door deze beweging in zicht kwam. 'Dat is wel zo ongeveer de langste en dunste snikkel die ik ooit heb gezien,' zei hij. Hij zag er moe uit en was op een eerlijke manier aan die vermoeidheid gekomen – hij had maar twee uur geslapen –, maar hij voelde zich hartstikke goed. Geen zweem van hoofdpijn.

Dit werk was helemaal zijn pakkie-an.

'ERUIT!' schreeuwde Carolyn.

Frankie zei: 'Hou jij maar je bek, liefje, en doe wat aan. Iedereen aan deze kant van de gemeente wordt geëvacueerd.'

'Dit is ons huis! SODEMIETER OP!'

Frankie had geglimlacht, maar dat deed hij nu niet meer. Hij liep langs de magere naakte man die bij het aanrecht stond (die bij het aanrecht stond te bibberen, kon je beter zeggen) en pakte Carolyn bij haar schouders vast. Hij schudde haar ruw heen en weer. 'Niet brutaal worden, liefje. Ik wil voorkomen dat je de lucht in vliegt. Jij en je vrie...'

'Blijf met je handen van me af! Hiervoor ga je de bak in! Mijn vader is advocaat!' Ze wilde hem slaan. Frankie – geen ochtendmens, nooit geweest – greep haar hand vast en boog hem naar achteren. Niet zo hard, maar Carolyn gilde. Het laken viel op de vloer.

'Hé! Dat is een fikse bos hout,' zei Junior tegen Thurston Marshall, die met open mond toekeek. 'Kun je dat wel aan, ouwe?'

'Trek jullie kleren aan, allebei,' zei Frankie. 'Ik weet niet hoe stom jullie zijn, maar volgens mij vrij stom, anders zouden jullie hier niet meer zijn. Weten jullie niet...' Hij zweeg. Hij keek van de vrouw naar de man. Ze waren allebei even bang. Even verbijsterd.

'Junior!' zei Frankie.

'Wat?'

'Tietenmeid en Rimpelmans weten niet wat er aan de hand is.'

'*Heb niet het lef me met je seksist...*'

Junior hield zijn handen omhoog. 'Mevrouw, kleedt u zich aan. U moet hier weg. De Amerikaanse luchtmacht gaat een kruisraket op dit deel van de gemeente afschieten. Dat gebeurt...' Hij keek op zijn horloge. 'Dat gebeurt over minder dan vijf uur.'

'ZIJN JULLIE GEK?' riep Carolyn uit.

Junior slaakte een zucht en ging toen verder. Hij meende nu wat beter te begrijpen hoe het was om bij de politie te zijn. Het was geweldig werk, maar mensen konden zo stóm zijn. 'Als die raket terugstuitert, hoor je alleen een harde klap. Misschien doe je het dan in je broek – als je die aan hebt – maar er gebeurt je niets. Maar als hij erdoorheen gaat, zit het er dik in dat je levend wordt begraven, want dan krijgen we een gigantische ontploffing, en jullie zitten hier binnen drie kilometer afstand van wat volgens hen het inslagpunt wordt.'

'Wáár zou hij tegenaan stuiteren, idioot?' wilde Thurston weten. Nu hij de dope in de gootsteen had liggen, gebruikte hij één hand om zijn geslachtsdelen te bedekken. Tenminste, dat probeerde hij; zijn liefdesapparaat was inderdaad buitengewoon lang en dun.

'De Koepel,' zei Frankie. 'En ik vind dat je knap brutaal wordt.' Hij nam een grote stap naar voren en stompte de gasthoofdredacteur van *Ploughshares* in zijn buik. Thurston maakte een schor geluid, klapte voorover, wankelde, kon zich bijna in evenwicht houden, zakte toen toch op zijn knieën en braakte een beetje dunne witte drab op die nog naar brie rook.

Carolyn hield haar opzwellende pols vast. 'Jullie gaan hiervoor de bak in,' verzekerde ze Junior met zachte, bevende stem. 'Bush en Cheney zijn er niet meer. We leven niet meer in de Verenigde Staten van Noord-Korea.'

'Dat weet ik,' zei Junior met bewonderenswaardig geduld voor iemand die dacht dat hij best nog wel iemand wilde wurgen. Er zat een kleine donkere hagedis in zijn hersenen die vond dat een wurgpartijtje helemaal geen slecht begin van de dag zou zijn.

Maar nee. Nee. Hij moest zijn rol spelen bij de evacuatie. Hij had de eed van plicht gezworen, of hoe heette dat ook weer?

'Dat wéét ik,' herhaalde hij. 'Maar wat jullie twee idioten uit Massachusetts niet snappen, is dat jullie ook niet meer in de Verenigde Staten van Amérika leven. Jullie zijn nu in het koninkrijk Chester, en als jullie je niet gedragen, komen jullie in de kerkers van Chester terecht. Neem dat maar van mij aan. Geen telefoontje, geen advocaat, geen gerechtelijke procedure. We proberen jullie leven te redden. Zijn jullie te achterlijk om dat te begrijpen?'

Ze keek hem stomverbaasd aan. Thurston probeerde op te staan, kreeg het niet voor elkaar en kroop naar haar toe. Frankie hielp hem voort met een trap tegen zijn achterste. Thurston schreeuwde het uit van schrik en pijn. 'Die krijg je omdat je ons ophoudt, opa,' zei Frankie. 'Ik moet zeggen dat je smaak hebt wat meiden betreft, maar wij hebben nog meer te doen.'

Junior keek naar de jonge vrouw. Geweldige mond. Lippen als Angelina Jolie. Hij durfde te wedden dat ze, zoals ze dan zeiden, het chroom van een trekhaak kon zuigen. 'Als hij zich niet zelf kan aankleden, moet je hem helpen. We moeten nog bij vier huisjes langs, en als we hier terug zijn, kunnen jullie maar beter in die Volvo van jullie zitten, op weg naar het dorp.'

'*Ik begrijp hier niets van!*' jammerde Carolyn.

'Dat verbaast me niet,' zei Frankie, en hij pakte het zakje dope uit de gootsteen. 'Weet je niet dat je hier stompzinnig van wordt?'

Ze huilde.

'Maak je geen zorgen,' zei Frankie. 'Ik neem het in beslag, en over een paar dagen snappen jullie het vanzelf wel.'

'Je hebt ons onze rechten niet voorgelezen,' snikte ze.

Junior keek verbaasd. Toen lachte hij. 'Je hebt het recht om op te sodemieteren en je bek te houden. Oké? In deze situatie zijn dat de enige rechten die je hebt. Begrijp je dat?'

Frankie keek naar de in beslag genomen dope. 'Junior,' zei hij, 'er zitten bijna geen zaadjes in. Dit is van *primo* kwaliteit.'

Thurston was bij Carolyn aangekomen. Hij stond op en liet daarbij een harde scheet. Junior en Frankie keken elkaar aan. Ze probeerden zich in te houden – per slot van rekening waren ze gezagsdragers –, maar dat lukte niet. Ze barstten tegelijk in lachen uit.

'*Trombone-Charlie is weer in de stad!*' riep Frankie, en ze gaven elkaar een high five.

Thurston en Carolyn stonden in de deuropening van de slaapkamer. Ze bedekten hun gezamenlijke naaktheid met een omhelzing en keken intussen naar de lachende indringers. Op de achtergrond bleven megafoons als stemmen in een nachtmerrie bekendmaken dat de omgeving werd geëvacueerd. De meeste versterkte stemmen trokken zich nu in de richting van Little Bitch Road terug.

'Ik wil die auto weg hebben als we terugkomen,' zei Junior. 'Anders sla ik jullie in elkaar.'

Ze gingen weg. Carolyn kleedde zich aan en hielp Thurston – zijn buik deed zoveel pijn dat hij zich niet voorover kon buigen om zijn schoenen aan te trekken. Toen ze klaar waren, huilden ze allebei. In de auto, rijdend over de weg die van de vakantiehuisjes naar Little Bitch Road leidde, probeerde Carolyn met haar mobieltje haar vader te bereiken. Ze kreeg alleen maar stilte.

Op het kruispunt van Little Bitch Road en Route 119 stond een politiewagen dwars over de weg. Een potige vrouwelijke agent met rood haar wees naar de berm en gaf te kennen dat ze daaroverheen moesten rijden. In plaats daarvan stopte Carolyn en stapte ze uit. Ze hield haar opgezwollen pols omhoog.

'We zijn mishandeld! Door twee kerels die zich politieagenten noemden! De ene heette Junior en de andere heette Frankie! Ze...'

'Flikker op of ik ga je ook mishandelen,' zei Georgia Roux. 'Ik meen het, trut.'

Carolyn keek haar stomverbaasd aan. Terwijl ze lagen te slapen, was de wereld gekanteld en in een aflevering van *Twilight Zone* gegleden. Dat moest wel; er was geen andere zinnige verklaring te bedenken. Ze konden nu elk moment de commentaarstem van Rod Serling horen.

Ze stapte weer in de Volvo (de bumpersticker was verbleekt maar nog leesbaar: OBAMA 2012! YES WE CAN – OOK DAN) en reed om de politiewagen heen. Daar zat een andere, oudere politieman in die een checklist afwerkte op een klembord. Ze dacht erover een beroep op hem te doen, maar zag daarvan af.

'Probeer de radio,' zei ze. 'Misschien is er echt iets aan de hand.'

Thurston zette hem aan en kreeg alleen maar Elvis Presley en de Jordanaires, die zich door 'How Great Thou Art' heen werkten.

Carolyn zette hem uit. Ze wilde zeggen: *De nachtmerrie is nu officieel compleet*, maar zei het niet. Ze wilde nu alleen nog maar zo snel mogelijk uit dit griezelige dorp weg.

2

Op de kaart was Chester Pond Camp Road een dunne draad in de vorm van een haak. Hij was bijna niet te zien. Nadat ze de hut van Marshall hadden verlaten, bleven Junior en Frankie even in de auto zitten om op de kaart te kijken.

'Er kan daar niemand meer zijn,' zei Frankie. 'Niet om deze tijd van het jaar. Wat denk je? Ermee kappen en naar het dorp teruggaan?' Hij wees met zijn duim naar het huisje. 'Ze komen wel, en wat dondert het als ze niet komen?'

Junior dacht daar even over na en schudde zijn hoofd. Ze hadden de eed afgelegd. Trouwens, hij had helemaal geen zin om terug te gaan naar zijn vader, die hem aan zijn kop zou zeuren over wat hij met het lijk van de dominee had gedaan. Coggins hield zijn vriendinnen nu gezelschap in de provisiekast van de McCains, maar dat hoefde zijn vader niet te weten. In elk geval niet voordat de grote man wist hoe hij Barbara ervoor kon laten opdraaien. En Junior was ervan overtuigd dat zijn vader iets zou bedenken. Als er één ding was waar Jim Rennie goed in was, dan was het mensen voor iets laten opdraaien.

Nu mag hij voor mijn part ook wel weten dat ik met mijn studie ben gestopt, dacht Junior, *want ik weet ergere dingen over hem. Veel ergere dingen.*

Niet dat het hem nu erg belangrijk leek dat hij met zijn studie was gestopt. Dat was klein bier in vergelijking met wat er allemaal in Chester's Mill gebeurde. Evengoed zou hij voorzichtig moeten zijn. Junior dacht dat zijn vader niet te beroerd zou zijn om hém voor alles te laten opdraaien, als de situatie dat vereiste.

'Junior? Aarde roept Junior op.'

'Ik ben er,' zei hij een beetje geërgerd.

'Naar het dorp terug?'

'Laten we bij de andere huisjes gaan kijken. Het is amper een halve kilometer en als we naar het dorp teruggaan, heeft Randolph wel weer een ander karweitje voor ons.'

'Ik zou wel een hapje lusten.'

'Waar? Bij de Sweetbriar Rose? Wou je rattengif in je omelet, met de complimenten van Dale Barbara?'

'Dat zou hij niet durven.'

'Weet je dat zeker?'

'Oké, oké.' Frankie startte de auto en reed achteruit het korte pad af. De felgekleurde bladeren hingen roerloos aan de bomen en de lucht voelde drukkend aan. Het leek wel juli in plaats van oktober. 'Maar die idioten uit Massachusetts kunnen maar beter weg zijn als we terugkomen, anders moet ik Tietenmeid misschien laten kennismaken met mijn gehelmde wreker.'

'Ik wil haar best voor je vasthouden,' zei Junior. 'Jippie-a-jee!'

Ze gaven elkaar weer een high five.

3

De eerste drie vakantiehuisjes waren duidelijk verlaten; ze stapten niet eens uit de auto. Inmiddels was de weg niet meer dan een karrenspoor met gras in het midden. Bomen bogen zich er aan beide kanten overheen en sommige lagere takken schraapten bijna over het dak.

'Volgens mij krijgen we voorbij die bocht het laatste huisje,' zei Frankie. 'De weg houdt op bij een aanlegplaatsje...'

'*Kijk uit!*' riep Junior.

Ze kwamen uit de blinde bocht, en twee kinderen, een jongen en een meisje, stonden op de weg. De kinderen maakten geen aanstalten opzij te gaan en keken met geschokte, nietszeggende gezichten naar hen. Als Frankie niet bang was geweest dat hij de uitlaat van de Toyota zou openhalen aan de middenberm van de weg – als hij ook maar enige snelheid had gehad – zou hij hen hebben geraakt. In plaats daarvan trapte hij op de rem en kwam de auto een halve meter voor hen tot stilstand.

'Jezus, dat scheelde niet veel,' zei hij. 'Straks krijg ik nog een hartaanval.'

'Als mijn vader er niet een kreeg, dan jij ook niet,' zei Junior.

'Hè?'

'Laat maar.' Junior stapte uit. De kinderen stonden er nog. Het meisje was het grootst en het oudst. Een jaar of negen. De jongen leek ongeveer vijf. Ze hadden bleke, smoezelige gezichten. Het meisje hield de hand van de jongen vast. Ze keek op naar Junior, maar de jongen keek recht voor zich uit, alsof er iets belangwekkends in de koplamp aan de bestuurderskant van de Toyota te zien was.

Junior zag de angst op haar gezicht en liet zich op een knie voor haar neerzakken. 'Schatje, voel je je wel goed?'

De jongen gaf antwoord, al bleef hij strak naar de koplamp kijken. 'Ik wil mijn moeder. En ik wil mijn ombijt.'

Frankie ging naar hem toe. 'Zijn ze echt?' Hij zei dat met een stem in de trant van *ik maak een grapje, maar niet heus*. Hij stak zijn hand uit en raakte de arm van het meisje aan.

Ze schrok een beetje, maar keek hem aan. 'Mama is niet teruggekomen.' Ze sprak zachtjes.

'Hoe heet je, schatje?' vroeg Junior. 'En wie is je mama?'

'Ik ben Alice Rachel Appleton,' zei ze. 'Dit is Aidan Patrick Appleton. Onze moeder is Vera Appleton. Onze vader is Edward Appleton, maar mama en hij zijn vorig jaar gescheiden en hij woont nu in Plano, Texas. Wij wonen in Weston, Massachusetts, op 16 Oak Way. Ons telefoonnummer is...' Ze zei het op met de toonloze nauwkeurigheid van een automatische stem op het inlichtingennummer.

O nee, nog meer idioten uit Massachusetts, dacht Junior. Maar het zou wel kloppen. Wie anders zou voor een vermogen aan benzine verbruiken om die klotebladeren van die klotebomen te zien vallen?

Frankie knielde nu ook neer. 'Alice,' zei hij. 'Luister, schatje. Waar is je moeder nu?'

'Weet ik niet.' Er rolden tranen – grote, heldere druppels – over haar wangen. 'We kwamen naar de bladeren kijken. En we zouden ook gaan kajakken. We vinden kajakken leuk, hè, Aide?'

'Ik heb honger,' zei Aidan verdrietig, en toen begon hij ook te huilen.

Toen Junior dat zag, moest hij zelf ook bijna huilen. Hij hield zichzelf voor dat hij politieman was. Politiemannen huilden niet, tenminste niet als ze dienst hadden. Hij vroeg het meisje opnieuw waar haar moeder was, maar het antwoord kwam van de kleine jongen.

'Ze is Whoops halen.'

'Hij bedoelt Whoopie-pasteitjes,' zei Alice. 'Maar ze ging ook andere dingen halen, want meneer Killian heeft het huisje niet zo goed onderhouden als zou moeten. Mama zei dat ik op Aidan moest passen, omdat ik nu een grote meid ben, en ze zou gauw terugkomen – ze ging alleen maar naar Yoder. Ze zei alleen dat ik Aide niet bij het water mocht laten komen.'

Junior begreep het nu. Blijkbaar had de vrouw verwacht dat het huisje voorzien was van eten – in elk geval een basisvoorraad –, maar als ze Roger Killian goed had gekend, zou ze wel beter hebben geweten dan op hem te rekenen. De man was een eersteklas stomkop en had zijn ondermaatse intellect aan zijn hele gebroed doorgegeven. Yoder was een winkeltje van niks, net over de gemeentegrens met Tarker's Mills. Het was gespecialiseerd in bier, koffielikeur en blikken spaghetti. Onder normale omstandigheden was het twintig minuten heen en twintig minuten terug. Alleen was ze niet teruggekomen, en Junior wist waarom.

'Is ze zaterdagmorgen weggegaan?' vroeg hij. 'Ja, hè?'

'Ik wíl dat ze komt!' riep Aidan. 'En ik wil mijn ombíjt! Mijn buik doet pijn!'

'Ja,' zei het meisje. 'Zaterdagmorgen. We keken naar tekenfilms, alleen kunnen we nu nergens meer naar kijken, want de stroom is uitgevallen.'

Junior en Frankie keken elkaar aan. Twee nachten alleen in het donker. Het meisje ongeveer negen, het jongetje een jaar of vijf. Junior moest er niet aan denken.

'Hadden jullie iets te eten?' vroeg Frankie aan Alice Appleton. 'Schatje? Iets, wat dan ook?'

'Er lag een ui in de groentela,' fluisterde ze. 'We hebben allebei de helft genomen. Met suiker.'

'Verdomme,' zei Frankie. En toen: 'Dat zei ik niet. Dat heb je me niet horen zeggen. Wacht even.' Hij liep naar de auto terug, maakte de deur aan de passagierskant open en zocht in het dashboardkastje.

'Waar wilden jullie heen gaan, Alice?' vroeg Junior.

'Naar het dorp. Om mama te zoeken en eten te vinden. We wilden langs de huisjes lopen en dan dwars door het bos gaan.' Ze wees vaag naar het noorden. 'Dat leek me vlugger.'

Junior glimlachte, maar kreeg het koud vanbinnen. Ze wees niet naar Chester's Mill; ze wees in de richting van de TR-90. Naar niets dan kilometers van wild struikgewas en zompig moeras. Plus de Koepel natuurlijk. Daar in dat bos zouden Alice en Aidan bijna zeker van honger zijn omgekomen. Hans en Grietje, maar dan zonder happy end.

En het scheelde zo weinig of we waren teruggereden. Jezus.

Frankie kwam terug. Met een Milky Way. Die zag er oud en geplet uit, maar hij zat nog in de verpakking. Toen Junior de kinderen er met grote ogen naar zag kijken, moest hij denken aan de kinderen die je soms op het journaal zag. Alleen waren het dan kinderen in verre delen van de wereld, zoals Afrika. Het was irreëel en afschuwelijk om zo'n uitdrukking op Amerikaanse gezichten te zien.

'Meer kon ik niet vinden,' zei Frankie, en hij haalde de verpakking eraf. 'In het dorp geven we jullie wel iets beters.'

Hij brak de Milky Way in tweeën en gaf een stuk aan ieder kind. De reep was in vijf seconden op. Toen hij klaar was met zijn stuk, stak de jongen zijn vingers tot aan de knokkels in zijn mond om eraan te zuigen. Zijn wangen bolden ritmisch op.

Als een hond die vet van een stok likt, dacht Junior.

Hij keek Frankie aan. 'We wachten niet tot we in het dorp terug zijn. We gaan naar het huisje van die oude kerel en die meid. En dan krijgen deze kinderen alles wat ze daar hebben.'

Frankie knikte en tilde de jongen op. Junior pakte het meisje op. Hij rook haar zweet, haar angst. Hij streelde haar haar alsof hij die vettige stank kon wegstrijken.

'Het komt wel goed, schatje,' zei hij. 'Met jou en met je broertje. Het komt goed met jullie. Jullie zijn in veiligheid.'

'Belooft u dat?'

'Ja.'

Ze sloeg haar armen strakker om zijn hals. Het was een van de beste dingen die Junior ooit in zijn leven had gevoeld.

4

De westkant van Chester's Mill was het dunst bevolkte deel van de gemeente, en om kwart voor negen die ochtend was er bijna niemand meer. Op Little Bitch Road was alleen nog wagen 2. Jackie Wettington zat achter het stuur en Linda Everett zat naast haar. Commandant Perkins, een dorpspolitieman van de oude school, zou nooit twee vrouwen samen op pad hebben gestuurd, maar natuurlijk had commandant Perkins niet meer de leiding, en de vrouwen zelf vonden het wel een prettige nieuwigheid. Mannen, vooral mannelijke politieagenten met hun eindeloze machogezeur, waren soms heel vermoeiend.

'Klaar om terug te gaan?' vroeg Jackie. 'De Sweetbriar Rose zal wel dicht zijn, maar misschien kunnen we toch een kop koffie krijgen.'

Linda gaf geen antwoord. Ze dacht aan de plaats waar de Koepel en Little Bitch Road elkaar kruisten. Ze had het verontrustend gevonden om daarheen te rijden, en niet alleen omdat de schildwachten daar nog steeds met hun rug naar de gemeente toe stonden en geen enkele beweging hadden gemaakt toen zij hen door de luidspreker op het dak van de auto een goede morgen had gewenst. Nee, het was vooral verontrustend geweest omdat er een grote rode x op de Koepel was gespoten. Die letter hing als een hologram uit een sciencefictionfilm in de lucht. Het was de bedoeling dat de kruisraket daar zou inslaan. Het leek haar onmogelijk dat een projectiel dat op drie- of vierhonderd kilometer afstand was gelanceerd zo'n kleine plek kon raken, maar Rusty had haar verzekerd dat het kon.

'Lin?'

Ze kwam in het hier en nu terug. 'Ja, als jij klaar bent, ben ik dat ook.'

De radio knetterde. 'Wagen 2, wagen 2, hoort u mij, over?'

Linda pakte de microfoon. 'Basis, hier 2. We horen je, Stacey, maar de ontvangst is hier niet erg goed, over?'

'Iedereen zegt hetzelfde,' antwoordde Stacey Moggin. 'Het is erger bij de Koepel en het wordt beter als je dichter bij het dorp komt. Maar jullie zijn nog op Little Bitch, hè? Over.'

'Ja,' zei Linda. 'We hebben net bij de Killians en de Bouchers gekeken. Allemaal weg. Als die raket erdoorheen gaat, heeft Roger Killian een hoop gebraden kippen. Over.'

'Dan gaan we picknicken. Pete wil met je praten. Commandant Randolph, bedoel ik. Over.'

Jackie zette de wagen langs de kant van de weg. Er volgde een korte stilte met statisch geknetter, en toen hoorde ze Randolphs stem. Hij deed niet aan 'over'; daar had hij nooit aan gedaan.

'Ben je bij de kerk geweest, wagen 2?'

'De Heilige Verlosser?' vroeg Linda. 'Over.'

'Dat is de enige kerk die ik daar ken, agent Everett. Tenzij er opeens een hindoemoskee is neergezet.'

Volgens Linda hadden hindoes geen moskeeën, maar dit leek haar niet het juiste moment voor dat soort verbeteringen. Randolph klonk vermoeid en chagrijnig. 'De Heilige Verlosser stond niet in onze sector,' zei ze. 'Die was van twee van de nieuwe agenten. Thibodeau en Searles, geloof ik. Over.'

'Ga er nog eens kijken,' zei Randolph. Hij klonk enorm prikkelbaar. 'Niemand heeft Coggins gezien, en twee van zijn gemeenteleden willen even met hem samenzijn, zoals ze dat noemen.'

Jackie drukte met een vinger tegen haar slaap en deed alsof ze zich een kogel door het hoofd joeg. Linda, die naar het dorp terug wilde om bij haar kinderen in Marta Edmunds' huis te kijken, knikte.

'Begrepen, commandant,' zei Linda. 'Doe ik. Over.'

'Kijk ook bij de pastorie.' Het was even stil. 'En ook bij het radiostation. Dat verrekte ding schettert maar door, dus er moet daar iemand zijn.'

'Doe ik.' Ze wilde 'over en sluiten' zeggen, maar dacht toen aan iets anders. 'Commandant, is er nieuws op tv? Heeft de president iets gezegd? Over?'

'Ik heb geen tijd om te luisteren naar alles wat die kerel uitkraamt. Ga nou maar op zoek naar de dominee en zeg tegen hem dat hij als de gesmeerde bliksem met zijn luie reet hierheen moet komen. En jullie met die van jullie. Sluiten.'

Linda hing de microfoon op en keek Jackie aan.

'Wij met onze luie reet daarheen?' zei Jackie.

'Hij zit zelf op zijn luie reet,' zei Linda.

Die opmerking was grappig bedoeld, maar had niet de gewenste uitwerking. Enkele ogenblikken zaten ze zwijgend in de stilstaande auto. Toen zei Jackie zo zacht dat ze amper te verstaan was: 'Dit is heel erg.'

'Randolph in plaats van Perkins, bedoel je?'

'Ja, en die nieuwe agenten.' Ze sprak dat laatste woord uit alsof er aanhalingstekens omheen stonden. 'Die jóngens. Weet je wat? Toen ik vanmorgen op het bureau kwam, zei Henry Morrison tegen me dat Randolph er vanmorgen nog twee heeft aangenomen. Ze kwamen met Carter Thibodeau mee naar binnen en Pete heeft ze zomaar in dienst genomen, zonder vragen te stellen.'

Linda wist met wat voor types Carter omging, zowel bij de Dipper als bij de Gas & Grocery, waar ze de garage gebruikten om hun gefinancierde motoren op te voeren. 'Nog twee? Waarom?'

'Pete zei tegen Henry dat we ze misschien nodig hebben als die raket niet werkt. "Om ervoor te zorgen dat de situatie niet uit de hand loopt," zei hij. En je weet wie hem dat heeft aangepraat.'

Ja, Linda wist het. 'Maar ze lopen tenminste niet met vuurwapens rond.'

'Een paar wel. Geen politiewapens; hun eigen wapens. En als hier vandaag geen eind aan komt, lopen ze allemaal met wapens rond. En met ingang van morgen laat Pete ze samen op pad gaan in plaats van ze aan echte agenten te koppelen. Een lange opleiding krijgen ze, hè? Vierentwintig uur. Besef je dat die jongens nu in de meerderheid zijn in het korps?'

Linda dacht daar zwijgend over na.

'Hitlerjugend,' zei Jackie. 'Daar moet ik steeds aan denken. Dat zal wel overdreven van me zijn, maar ik hoop echt dat hier vandaag een eind aan komt en dat ik er niet achter kom of het echt zo is.'

'Ik kan me Peter Randolph niet goed als Hitler voorstellen.'

'Ik ook niet. Ik zie hem meer als Hermann Göring. Als ik aan Hitler denk, zie ik eerder Rennie voor me.' Ze zette de wagen in de versnelling, maakte rechtsomkeert en reed terug in de richting van de Kerk van Christus de Heilige Verlosser.

5

De kerk zat niet op slot. Hij was leeg en de generator was uit. In de pastorie heerste diepe stilte, maar de Chevrolet van dominee Coggins stond in de kleine garage geparkeerd. Linda gluurde naar binnen en kon twee bumperstickers lezen. Aan de rechterkant: ALS VANDAAG DE DAG DES OORDEELS IS, GRIJP DAN MIJN STUUR VAST! Aan de linkerkant: MIJN ANDERE AUTO HEEFT TIEN VERSNELLINGEN.

Linda vestigde Jackies aandacht op de tweede. 'Hij heeft inderdaad een fiets. Ik heb hem daarop zien rijden, maar ik zie hem niet in de garage staan, dus misschien is hij op de fiets naar het dorp. Om benzine te besparen.'

'Misschien wel,' zei Jackie. 'En misschien moeten we in het huis gaan kijken. Straks is hij uitgegleden onder de douche en heeft hij zijn nek gebroken.'

'Bedoel je dat we hem misschien naakt te zien krijgen?'

'Niemand heeft gezegd dat politiewerk leuk is,' zei Jackie. 'Kom mee.'

Het huis zat op slot, maar in streken waar seizoengasten een groot deel van de bevolking vormen, is de politie er handig in om binnen te komen. Ze zochten op de gebruikelijke plaatsen naar een reservesleutel. Jackie vond hem; hij hing aan een haakje achter een luik van een keukenraam. Hij paste op de achterdeur.

'Dominee Coggins?' riep Linda toen ze haar hoofd naar binnen stak. 'Politie. Dominee Coggins, bent u daar?'

Geen antwoord. Ze gingen naar binnen. De benedenverdieping was keurig, maar Linda had er geen prettig gevoel bij. Ze zei tegen zichzelf dat het alleen maar kwam doordat ze in andermans huis was. In het huis van een dominee, en ook nog ongenood.

Jackie ging naar boven. 'Dominee Coggins? Politie. Als u hier bent, geeft u dan antwoord.'

Linda stond onder aan de trap en keek naar boven. Het huis voelde op de een of andere manier verkeerd aan. Dat deed haar denken aan Janelle, zoals die had gebeefd toen ze die toeval had. Dat was ook verkeerd geweest. Er kwam een bizarre zekerheid bij haar op: als Janelle hier nu was, zou ze weer een toeval krijgen. Ja, en dan zou ze weer over vreemde dingen praten. Misschien over Halloween en de Grote Pompoen.

Het was een heel gewone trap, maar ze wilde niet naar boven gaan. Ze wilde alleen dat Jackie zou zeggen dat er niemand was, want dan konden ze naar het radiostation gaan. Maar toen haar collega riep dat ze boven moest komen, deed Linda het.

6

Jackie stond midden in Coggins' slaapkamer. Aan de ene muur hing een eenvoudig houten kruis en aan de andere een plaquette. Op de plaquette stond: HIJ ZIET HET KLEINSTE MUSJE. Het bed was opgeslagen. Er zaten sporen van bloed op het onderlaken.

'En dit,' zei Jackie. 'Kom eens hier.'

Met tegenzin deed Linda het. Op de glanzende houten vloer tussen het bed en de muur lag een eind touw met knopen erin. Er zat bloed op de knopen.

'Zo te zien is hij geslagen,' zei Jackie grimmig. 'Misschien wel zo hard dat hij bewusteloos is geraakt. En toen legden ze hem op het...' Ze keek de andere vrouw aan. 'Nee?'

'Blijkbaar ben jij niet opgegroeid in een gelovig gezin,' zei Linda.

'Toch wel. We aanbaden de heilige drie-eenheid: Kerstman, paashaas en tandenfee. En jij?'

'Wij waren doodgewone kraanwaterbaptisten, maar ik heb over dit soort dingen gehoord. Ik denk dat hij zichzelf geselde.'

'Jakkes! Dat deden mensen als ze zonden hadden begaan, hè?'

'Ja. En ik denk dat het nog niet is uitgestorven.'

'Dan is dit te begrijpen. Min of meer. Ga maar eens naar de badkamer en kijk op het toiletreservoir.'

Linda maakte geen aanstalten om dat te doen. Dat eind touw met knopen was al erg genoeg, en het hele huis, dat op de een of andere manier te leeg was, voelde nog veel erger aan.

'Toe dan. Er is niets wat je zal bijten, en ik durf te wedden dat je wel ergere dingen hebt gezien.'

Linda ging naar de badkamer. Er lagen twee tijdschriften op het toiletreservoir. Een daarvan was een gewijd blad, *De bovenzaal*. Het andere heette *Jonge oosterse spleetjes*. Linda betwijfelde of dat in veel religieuze boekwinkels werd verkocht.

'Wel,' zei Jackie. 'Zie je het voor je? Hij zit op de plee, gooit zijn truffel...'

'Gooit zijn trúffel?' Ondanks haar zenuwen moest Linda giechelen. Of juist daardoor.

'Zo noemde mijn moeder het altijd,' zei Jackie. 'Hoe dan ook, als hij daarmee klaar is, geeft hij zichzelf er eens lekker van langs om voor zijn zonden te boeten, en daarna gaat hij naar bed en heeft daar blije Aziatische dromen. Vanmorgen staat hij verkwikt en zondenvrij op, zegt zijn ochtendgebeden en rijdt op de fiets naar het dorp. Kun je het je voorstellen?'

Ja. Het verklaarde alleen niet waarom het huis zo verkeerd aanvoelde. 'Laten we bij het radiostation gaan kijken,' zei ze. 'En dan gaan we zelf naar het dorp om koffie te drinken. Ik trakteer.'

'Goed,' zei Jackie. 'Ik wil de mijne zwart. Het liefst in een injectiespuit.'

7

De lage wcɪк-studio met voornamelijk glazen wanden zat ook op slot, maar uit de luidsprekers onder de dakranden kwam 'Good Night, Sweet Jesus' in de versie van de gevoelvolle zanger Perry Como. Achter de studio verrees de zendtoren, met rode flikkerlichtjes in de top die nauwelijks zichtbaar waren in het helle ochtendlicht. Bij de toren stond een hoog soort loods waarvan Linda dacht dat de generator van het station erin ondergebracht was, plus eventuele andere dingen die nodig waren om het wonder van Gods liefde naar het westen van Maine, het oosten van New Hampshire en misschien ook de meest nabije planeten van het zonnestelsel uit te zenden.

Jackie klopte aan en bonkte toen op de deur.

'Ik denk niet dat er iemand is,' zei Linda... maar dit gebouw voelde ook verkeerd aan. En er hing een vreemde lucht, muf en ranzig. Ze moest denken aan de geur die in de keuken van haar moeder had gehangen, zelfs wanneer die eens goed was gelucht. Want haar moeder rookte als een schoorsteen en vond iets alleen eetbaar als het gebakken was in een hete koekenpan met een heleboel vet.

Jackie schudde haar hoofd. 'We hoorden toch iemand?'

Linda had daar geen antwoord op, want het was waar. Onderweg van de pastorie hadden ze naar het station geluisterd en een gladde dj de volgende plaat als 'weer een song met een boodschap van Gods liefde' horen aankondigen.

Ditmaal moesten ze langer naar de sleutel zoeken, maar Jackie vond hem ten slotte in een envelop die onder de brievenbus geplakt zat. Er zat een stukje papier bij waarop iemand '1 6 9 3' had geschreven.

De sleutel was een duplicaat, en een beetje kleverig, maar na enig gewurm kregen ze het slot in beweging. Zodra ze binnen waren, hoorden ze het gestage piepen van het beveiligingssysteem. Het toetsenbordje zat op de muur. Toen Jackie de vier cijfers had ingetoetst, hield het piepen op. Nu was er alleen nog de muziek. Perry Como had plaatsgemaakt voor iets instrumentaals; Linda vond dat het verdacht veel leek op de orgelsolo uit 'In-A-Gadda-Da-Vida'. De luidsprekers waren hier duizend keer zo goed als buiten, en de muziek was harder, bijna als iets levends.

Konden mensen in deze heilige herrie nog wel werken? vroeg Linda zich af. *De telefoons opnemen? Zakendoen? Hoe konden ze dat?*

Er was hierbinnen ook iets mis. Daar was Linda zeker van. Het gebouw voelde griezelig aan, vond ze, ja zelfs regelrecht gevaarlijk. Toen ze zag dat Jackie het riempje van haar dienstpistool had losgemaakt, deed Linda hetzelfde. Het was een goed gevoel om de kolf van het wapen onder haar hand te voelen. *Uw stok en uw pistoolkolf, zij geven mij moed*, dacht ze.

'Hallo?' riep Jackie. 'Dominee Coggins? Is hier iemand?'

Er kwam geen antwoord. Er was niemand op de receptie. Links daarvan waren er twee dichte deuren. Recht voor hen was een raam dat zich over de hele lengte van het hoofdvertrek uitstrekte. Linda kon daar knipperende lichten zien. De uitzendstudio, nam ze aan.

Jackie duwde de dichte deuren met haar voet open, maar ging niet naar binnen. Achter de ene deur bevond zich een kantoor, achter de andere deur een vergaderkamer met een verrassende luxe, die beheerst werd door een gigantische flatscreentelevisie. Die stond aan, maar zachtjes. Presentator Anderson Cooper, bijna levensgroot, stond zo te zien in de hoofdstraat van Castle Rock. De gebouwen waren behangen met vlaggen en gele linten. Linda zag een bord op de ijzerwarenzaak met LAAT ZE VRIJ. Dat gaf Linda een nog akeliger gevoel. De tekst die langs de onderkant van het scherm liep luidde DEFENSIEBRONNEN ZEGGEN RAKETAANVAL OP KOMST.

'Waarom staat de tv aan?' vroeg Jackie.

'Omdat degene die op de winkel paste hem aan heeft laten staan toen...'

Ze werd onderbroken door een bulderende stem: 'Dat was Raymond Howells versie van "Christ My Lord and Leader".'

Beide vrouwen schrokken ervan.

'En dit is Norman Drake, die u aan drie belangrijke dingen herinnert: u luistert naar het Revival-uur op WCIK, God heeft u lief, en Hij stuurde Zijn Zoon om voor u te sterven aan het kruis op de Calvarieberg. Het is vijf voor halftien in de morgen, en zoals we altijd graag onder uw aandacht mogen brengen: de tijd is beperkt. Hebt u úw hart aan de Heer gegeven? Wij komen zo terug.'

Norman Drake maakte plaats voor een duivel met een zilveren tong die de hele Bijbel op dvd's verkocht, en dan was het nog het mooiste dat je in maandelijkse termijnen kon betalen en dat je de hele zaak ongedaan kon maken als je geen gat in de lucht sprong van blijdschap. Linda en Jackie gingen naar het raam van de uitzendstudio en keken naar binnen. Noch Norman Drake noch de duivel met de zilveren tong was daar aanwezig, maar toen het spotje was afgelopen en de dj het volgende stichtelijke nummer aankondigde, ging een groen lichtje over in rood en een rood lichtje in groen. Toen de muziek begon, werd er nog een rood lichtje groen.

'Het is geautomatiseerd!' zei Jackie. 'Het hele radiostation!'

'Waarom hebben we dan het gevoel dat er nog iemand is? En zeg niet dat jij dat gevoel niet hebt.'

Jackie zei dat niet. 'Omdat het vreemd is. De dj geeft zelfs de juiste tijd. Dit alles bij elkaar moet een fortuin hebben gekost! Over de geest in de machine gesproken – hoe lang denk je dat het doorgaat?'

'Waarschijnlijk tot het propaan op is en de generator ermee ophoudt.' Linda zag nog een dichte deur en maakte hem met haar voet open, zoals Jackie had gedaan... alleen trok ze in tegenstelling tot Jackie haar pistool en hield het, met de veiligheidspal erop en de loop omlaag, langs haar been.

Het was een badkamer, en hij was leeg. Er hing wel een afbeelding van een erg blanke Jezus aan de muur.

'Ik ben niet gelovig,' zei Jackie, 'dus je moet me maar eens uitleggen waarom mensen willen dat Jezus hen ziet poepen.'

Linda schudde haar hoofd. 'Laten we hier weggaan voordat ik het niet meer uithoud,' zei ze. 'Het lijkt hier wel de *Mary Celeste*, dat spookschip.'

Jackie keek onbehaaglijk om zich heen. 'Nou, het voelt griezelig aan. Dat wil ik wel toegeven.' Ze verhief plotseling haar stem en riep zo hard dat Linda ervan schrok. Ze wilde tegen Jackie zeggen dat ze niet zo moest schreeuwen. Want iemand zou haar kunnen horen en naar hen toe kunnen komen. Of íets.

'*Hé! Yo! Is er iemand? Laatste kans!*'

Niets. Niemand.

'Laten we gaan,' zei Linda. Ze smeekte het bijna.

Buiten haalde Linda diep adem. 'Toen ik nog een tiener was, ging ik een keer met vrienden naar Bar Harbor, en onderweg gingen we picknicken op een mooie plek met een fantastisch uitzicht. We waren met zijn zessen. Het was een heldere dag en je kon bijna tot Ierland kijken. Toen we klaar waren met eten, zei ik dat ik een foto wilde maken. Mijn vrienden waren aan het klieren en ik liep steeds meer achteruit om ze allemaal in beeld te krijgen. Een van de meisjes – Arabella, mijn beste vriendin in die tijd – was bezig een ander meisje aan de achterkant van haar slipje omhoog te trekken, maar daar hield ze opeens mee op en riep: "Stop, Linda, stóp!" Ik bleef staan en keek om. Weet je wat ik zag?'

Jackie schudde haar hoofd.

'De Atlantische Oceaan. Ik was achteruitgelopen tot aan de afgrond aan de rand van het picknickterrein. Er stond een waarschuwingsbord, maar er was geen hek of vangrail. Nog één stap en ik zou naar beneden zijn gevallen. En zoals ik me toen voelde, zo voelde ik me ook toen ik daarbinnen was.'

'Lin, er was daar níémand.'

'Ik denk van wel. En volgens mij denk jij dat ook.'

'Natuurlijk, het was griezelig. Maar we hebben in de kamers gekeken...'

'Niet in de studio. En de tv stond aan en de muziek was te hard. Je denkt toch niet dat ze die muziek altijd zo hard zetten?'

'Hoe moet ik nou weten wat jezusfreaks doen?' vroeg Jackie. 'Misschien verwachtten ze de Apocalyk.'

'Lyps.'

'Ook goed. Zal ik in die schuur gaan kijken?'
'Beslist niet,' zei Linda, en daar moest Jackie even om lachen.
'Oké. We melden dat de dominee nergens te bekennen was. Goed?'
'Goed.'
'Dan gaan we nu naar het dorp. En naar de koffie.'

Voordat ze op de passagiersplaats van wagen 2 ging zitten, wierp Linda nog een blik op het studiogebouw, dat in kleinburgerlijke, blije audioklanken gehuld was. Er was geen ander geluid te horen. Ze besefte dat ze geen enkele vogel hoorde zingen en vroeg zich af of ze allemaal te pletter waren gevlogen tegen de Koepel. Dat kon toch niet? Of wel?

Jackie wees naar de microfoon. 'Zal ik door de luidspreker roepen? Zeggen dat mensen die daarbinnen verstopt zitten als de gesmeerde bliksem naar het dorp moeten gaan? Want – dat bedacht ik net – misschien waren ze wel bang voor ons.'

'Hou nou maar op met dat gedoe. Laten we maken dat we hier wegkomen.'

Jackie sprak haar niet tegen. Ze reed achteruit het korte pad naar Little Bitch Road op en zette koers naar Chester's Mill.

8

De tijd verstreek. Het ene na het andere religieuze nummer kwam voorbij. Norman Drake kwam terug en zei dat het vier minuten over halftien was, Oostelijke God-Houdt-Van-Je Tijd. Dat werd gevolgd door een spotje voor Jim Rennie's Used Cars, gepresenteerd door de eerste wethouder zelf. 'Het is onze jaarlijkse spectaculaire herfstuitverkoop, en jonge jonge, we hebben veel te veel in voorraad!' zei Grote Jim op zogenaamd spijtige toon, alsof iedereen reden had hem uit te lachen. 'We hebben Fords, Chevrolets, Plymouths! We hebben de moeilijk te krijgen Dodge Ram en de nog moeilijker te krijgen PT Cruiser! Mensen, ik heb hier niet één of twee maar dríé Mustangs die zo goed als nieuw zijn, waaronder de beroemde v6 cabriolet, en ze zijn allemaal te koop met de beroemde Christelijke Garantie van Jim Rennie. We onderhouden wat we verkopen, we financieren, en dat doen we allemaal voor lage, lage prijzen. En op dit moment...' Hij grinnikte nog spijtiger. 'We moeten hier gewoon RUIMTE MAKEN! Dus kom allemaal! De koffie is altijd klaar, beste mensen. Koop bij Jim Rennie – spijt hebben kennie!'

Aan de achterkant van de studio ging een deur open die door geen van beide vrouwen was opgemerkt. Binnen waren nog meer knipperende lichtjes – een gigantisch aantal. De ruimte was weinig meer dan een hokje met draden, splitters, routers en elektronische kastjes. Je zou zeggen dat er geen ruimte voor een mens was, maar Chef was niet gewoon mager maar broodmager. Zijn ogen waren niet meer dan glittertjes, diep weggezakt in zijn schedel. Zijn huid was bleek en vlekkerig. Zijn lippen waren naar binnen getrokken over tandvlees waar niet veel tanden en kiezen meer uitstaken. Zijn overhemd en broek waren vies, en zijn heupen waren naakte vleugels; voor Chef was ondergoed tegenwoordig iets uit het verre verleden. Het is sterk de vraag of Sammy Bushey haar verdwenen echtgenoot zou hebben herkend. Hij had een broodje met jam en pindakaas in zijn ene hand (hij kon tegenwoordig alleen zachte dingen eten) en een Glock 9 in zijn andere hand.

Hij liep naar het raam met uitzicht op het parkeerterrein. Als de indringers er nog waren, zou hij naar buiten rennen en ze doodschieten; dat had hij al bijna gedaan toen ze binnen waren. Alleen was hij bang geweest. Want demonen kon je niet echt doodmaken. Als hun menselijke lichaam doodging, vluchtten ze gewoon naar een andere gastheer. Als ze op weg waren van het ene naar het andere lichaam, leken ze net merels. Chef had dat zelf gezien in de levendige dromen die hij had wanneer hij sliep, al gebeurde dat laatste steeds minder.

Ze waren weg, zag hij. Zijn *atman* was te sterk voor hen geweest.

Rennie had hem verteld dat hij het fabriekje achter de studio moest sluiten, en Chef Bushey had dat gedaan, maar misschien moest hij een aantal machines weer opstarten, want er was een week geleden een grote partij naar Boston gegaan en hij had bijna geen voorraad meer. Hij moest iets roken. Daar voedde zijn *atman* zich tegenwoordig mee.

Voorlopig had hij trouwens wel genoeg. Hij had de bluesmuziek opgegeven die zo belangrijk voor hem was geweest in de Phil Bushey-fase van zijn leven: B.B. King, Koko Taylor, Hound Dog Taylor, Muddy Waters, Howlin' Wolf, zelfs de onsterfelijke Little Walter – en hij was gestopt met neuken. Hij was zelfs gestopt met het legen van zijn darmen; sinds juli had hij constipatie. Het was niet zo erg. Wat het lichaam vernederde, voedde de *atman*.

Hij keek nog eens naar het parkeerterrein en de weg daarachter om er zeker van te zijn dat de demonen niet op de loer lagen. Toen stak hij het pistool achter zijn riem op zijn rug en liep naar de opslagloods, die tegenwoordig als fabriek fungeerde. Een fabriek die was gesloten, maar daar kon hij zo nodig wel iets aan doen.

Chef ging zijn pijp halen.

9

Rusty Everett keek in de opslagloods achter het ziekenhuis. Hij gebruikte een zaklantaarn, want hij en Ginny Tomlinson – nu administratief hoofd medische diensten in Chester's Mill, hoe absurd dat ook was – hadden besloten de energie af te sluiten in elk deel van het complex dat het niet absoluut nodig had. Links van hem ronkte de grote generator in een eigen schuur. Het ding vrat zich steeds dieper in de lange propaantank waar het op dat moment mee bezig was.

De meeste tanks zijn weg, had Twitch gezegd, en inderdaad, dat was zo. *Volgens de kaart op de deur zouden er zeven moeten zijn, maar het zijn er niet meer dan twee.* Twitch had zich vergist. Het was er maar één. Rusty scheen met zijn zaklantaarn op de blauwe letters CR ZKH op de zilverkleurige zijkant van de tank. Daarboven stond het logo van leverancier Dead River.

'Zei ik het niet?' zei Twitch achter hem. Rusty schrok ervan.

'Je zei het verkeerd. Ik zie er maar één.'

'Onzin!' Twitch ging in de deuropening staan. Hij keek terwijl Rusty met zijn zaklantaarn in het rond scheen en de lichtbundel op dozen met materialen richtte, rondom een grote – en grotendeels lege – ruimte in het midden. Hij zei: 'Het is géén onzin.'

'Nee.'

'Dappere Leider, iemand steelt ons propaan.'

Rusty wilde het niet geloven, maar er viel niet aan te ontkomen.

Twitch hurkte neer. 'Kijk eens.'

Rusty liet zich op een knie zakken. De duizend vierkante meter achter het ziekenhuis waren de afgelopen zomer geasfalteerd, en omdat er geen vorst was geweest die barsten of bobbels kon maken – tenminste, nog niet – was het net een glad zwart laken. Daardoor waren de bandensporen voor de schuifdeuren van de opslagloods gemakkelijk te zien.

'Dat kon wel eens een wagen van de gemeente zijn geweest,' merkte Twitch op.

'Of een andere vrachtwagen.'

'Evengoed is het misschien verstandig om in de schuur achter het gemeentehuis te kijken. Twitch groot opperhoofd Rennie niet vertrouwen. Hij slechte medicijn.'

'Waarom zou hij ons propaan stelen? De gemeente heeft zelf genoeg.'

Ze liepen naar de wasserij van het ziekenhuis, die ook gesloten was, althans voorlopig. Naast de deur stond een bank. Op een bord aan de muur stond: MET INGANG VAN 1 JANUARI IS ROKEN HIER VERBODEN. STOP NU EN VERMIJD DE DRUKTE!

Twitch haalde zijn Marlboro's tevoorschijn en bood Rusty er een aan. Rusty weigerde, veranderde van gedachte en nam er toch een. Twitch stak ze aan.
'Hoe weet je dat?' vroeg hij.
'Hoe weet ik wat?'
'Dat ze zelf genoeg propaan hebben. Ben je dat nagegaan?'
'Nee,' zei Rusty. 'Maar als ze gingen stelen, waarom dan van ons? Niet alleen keuren nette mensen het af dat je van het ziekenhuis steelt, maar het postkantoor is hier praktisch naast de deur. Daar hebben ze vast wel iets.'
'Misschien hebben Rennie en zijn vrienden het gas van het postkantoor al ingepikt. Hoeveel zouden ze daar trouwens hebben? Eén tank? Twee? Een lachertje.'
'Ik begrijp niet waarvoor ze propaan nodig hebben. Dat is toch onzin?'
'Niets van dit alles is te begrijpen,' zei Twitch, en hij gaapte zo wijd dat Rusty zijn kaken hoorde kraken.
'Je bent klaar met je rondes, hè?' Rusty besefte hoe vreemd die vraag eigenlijk was. Sinds Haskells dood was Rusty in feite de geneesheer-directeur van het ziekenhuis en was Twitch – drie dagen geleden nog ziekenbroeder – wat Rusty was geweest: praktijkondersteuner.
'Ja.' Twitch zuchtte. 'Meneer Carty haalt het einde van de dag niet.'
Rusty had dezelfde kijk op Ed Carty, die een week geleden al in het laatste stadium van maagkanker was en nog steeds volhield. 'Comateus?'
'Jazeker, *sensei*.'
Twitch kon hun andere patiënten op de vingers van één hand aftellen – en dat was een groot geluk, wist Rusty. Hij dacht dat hij zich misschien zelfs gelukkig had geprezen, als hij niet zo moe en bezorgd was geweest.
'George Werner zou ik stabiel willen noemen.'
Werner, een inwoner van Eastchester, zestig jaar oud en veel te dik, had een hartinfarct gekregen op Koepeldag. Rusty dacht dat hij het wel zou halen. Deze keer tenminste.
'Wat Emily Whitehouse betreft...' Twitch haalde zijn schouders op. 'Het ziet er niet goed uit, *sensei*.'
Emmy Whitehouse, veertig jaar oud en geen grammetje te veel, had ongeveer een uur na Rory Dinsmores ongeluk ook een hartinfarct gehad. Het was veel erger geweest dan dat van George Werner, omdat ze een fitnessfreak was en 'een sportschoolklapband' had, zoals dokter Haskell het noemde.
'Met het meisje van Freeman gaat het beter, Jimmy Sirois doet het goed, en Nora Coveland is helemaal beter. Die kan vanmiddag naar huis. Over het geheel genomen gaat het niet zo slecht.'

'Nee,' zei Rusty, 'maar het wordt erger. Neem dat maar van mij aan. En... als je catastrofaal hersenletsel had opgelopen, zou je dan door mij geopereerd willen worden?'

'Liever niet,' zei Twitch. 'Ik hoop nog steeds dat Gregory House komt opdagen. Je weet wel, van de televisie.'

Rusty drukte zijn sigaret in het blik uit en keek naar de bijna lege opslagloods. Misschien moest hij inderdaad eens een kijkje nemen in de loods achter het gemeentehuis – wat zou dat voor kwaad kunnen?

Nu was hij het die gaapte.

'Hoe lang houd je dit nog vol?' vroeg Twitch. Alle luchtigheid was uit zijn stem verdwenen. 'Ik vraag dat alleen omdat jij op dit moment het enige bent wat we hier hebben.'

'Zolang het moet. Ik ben alleen bang dat ik zo moe word dat ik fouten ga maken. En dat ik met dingen te maken krijg die me ver boven mijn macht gaan.' Hij dacht aan Rory Dinsmore... en Jimmy Sirois. Het was erger om aan Jim te denken, want Rory kon niet meer het slachtoffer van een medische fout worden. Jimmy daarentegen...

Rusty zag zichzelf weer in de operatiekamer, luisterend naar het zachte piepen van de apparatuur. Hij zag zichzelf naar Jimmy's bleke blote been kijken, met een zwarte lijn op de plaats waar de incisie moest worden gedaan. Hij dacht aan Dougie Twitchell die voor anesthesist zou moeten spelen. Voelde al hoe Ginny Tomlinson een scalpel in zijn hand legde en hem met haar kalme blauwe ogen over de bovenrand van haar masker aankeek.

God bespare me dat, dacht hij.

Twitch legde zijn hand op Rusty's arm. 'Rustig maar,' zei hij. 'Eén dag tegelijk.'

'Nee, een úúr tegelijk,' zei Rusty, en hij stond op. 'Ik moet naar het medisch centrum – kijken hoe het daar gaat. Goddank is dit niet in de zomer gebeurd; dan hadden we ook nog met drieduizend toeristen en zevenhonderd kinderen in zomerkampen gezeten.'

'Wil je dat ik meega?'

Rusty schudde zijn hoofd. 'Wil je nog even naar Ed Carty gaan? Om te zien of hij nog in het land der levenden is.'

Rusty wierp nog één blik op de opslagloods, ging toen de hoek van het gebouw om en liep in een schuine lijn naar het medisch centrum aan de andere kant van Catherine Russell Drive.

10

Ginny was natuurlijk in het ziekenhuis; ze zou mevrouw Covelands pasgeboren baby nog een laatste keer wegen voordat ze hen naar huis stuurde. De receptioniste die op dat moment dienstdeed in het medisch centrum, Gina Buffalino, had welgeteld zes weken medische ervaring. Als ziekenverzorgster. Toen Rusty binnenkwam, keek ze hem aan als een hert dat in koplampen kijkt. Hij voelde zich meteen moedeloos, maar de wachtkamer was leeg en dat was een goed teken. Een héél goed teken.

'Nog gebeld?'

'Eén keer. Mevrouw Venziano van Black Ridge Road. Haar kindje kwam met zijn hoofd tussen de spijlen van de box. Ze wilde een ambulance. Ik... ik zei tegen haar dat ze het hoofd van het kind met olijfolie moest insmeren en moest kijken of ze hem dan los kon krijgen. Het werkte.'

Rusty grijnsde. Misschien was er nog hoop voor dit meisje. Gina grijnsde terug. Ze keek immens opgelucht.

'Er is hier tenminste niemand,' zei Rusty. 'Dat is geweldig.'

'Niet helemaal. Mevrouw Grinnell is er – Andrea? Ik heb haar in drie gezet.' Gina aarzelde. 'Ze leek nogal van streek.'

Rusty had zich al wat beter gevoeld, maar nu niet meer. Andrea Grinnell. En van streek. Dat betekende dat ze extra OxyContin voorgeschreven wilde hebben. En dat kon hij niet met een gerust geweten doen, gesteld dat Andy Sanders genoeg van dat middel in voorraad had.

'Oké.' Hij liep door de gang naar onderzoekskamer drie. Toen bleef hij staan en keek achterom. 'Je hebt me niet opgeroepen.'

Gina kreeg een kleur. 'Ze vroeg me uitdrukkelijk dat niet te doen.'

Dat verbaasde Rusty, zij het maar even. Andrea mocht dan een pillenprobleem hebben, ze was niet dom. Ze had geweten dat als Rusty in het ziekenhuis was, hij waarschijnlijk Twitch bij zich had. En Dougie Twitchell was haar kleine broertje, dat zelfs op zijn negenendertigste nog tegen de slechte dingen in het leven beschermd moest worden.

Rusty bleef bij de deur staan, waarop een zwarte **3** was afgedrukt, en probeerde moed te verzamelen. Dit zou moeilijk worden. Andrea was niet een van die opstandige drinkers die hij meemaakte, mensen die zeiden dat alcohol helemaal geen deel uitmaakte van hun problemen; ze was ook niet een van die speedgebruikers die hij de laatste tijd steeds vaker tegenkwam. Andrea's verantwoordelijkheid voor haar probleem was moeilijker vast te stellen, en dat maakte de behandeling gecompliceerder. In elk geval had ze pijn geleden na haar val. OxyContin was het beste middel voor haar geweest; het maakte de pijn draaglijk, waardoor ze kon slapen en met therapie kon beginnen. Het was niet haar schuld dat het middel dat haar tot die dingen in staat stelde juist het middel was dat artsen soms 'heroïne voor het volk' noemden.

Hij maakte de deur open en ging naar binnen, alvast voorbereid op een weigering. *Vriendelijk maar standvastig*, zei hij tegen zichzelf. *Vriendelijk maar standvastig.*

Ze zat in de hoek met de cholesterolposter, haar knieën tegen elkaar, haar hoofd gebogen over het tasje op haar schoot. Ze was een grote vrouw die er nu klein uitzag. Alsof ze was verschrompeld. Toen ze haar hoofd omhoogbracht om hem aan te kijken en hij zag hoe ingevallen haar gezicht was – diepe lijnen om haar mondhoeken, de huid onder haar ogen bijna zwart –, veranderde hij van gedachten en besloot hij toch het recept op een van dokter Haskells roze bonnenboekjes uit te schrijven. Als de Koepelcrisis was afgelopen, zou hij misschien proberen haar te laten afkicken. Desnoods zou hij dreigen het aan haar broer te vertellen. Maar nu zou hij haar geven wat ze nodig had. Want hij had zelden zo'n dringende behoefte gezien.

'Eric... Rusty... Ik heb een probleem.'

'Dat weet ik. Ik kan het zien. Ik zal een rec...'

'Nee!' Ze keek hem met afgrijzen aan. 'Zelfs niet als ik erom smeek! Ik ben verslaafd aan dat medicijn en ik moet ervan af! Ik ben een doodgewone junkie!' Haar hele gezicht vertrok. Ze deed haar best om het weer in de plooi te krijgen, maar dat lukte niet. In plaats daarvan legde ze haar handen eroverheen. Er kwamen hartverscheurende snikken tussen haar vingers door, bijna te erg om aan te horen.

Rusty ging naar haar toe, liet zich op een knie zakken en sloeg zijn arm om haar heen. 'Andrea, het is goed dat je wilt stoppen – heel goed –, maar dit is er misschien niet het juiste moment voor...'

Ze keek hem met betraande, rood aangelopen ogen aan. 'Daar heb je gelijk in, het is de sléchtste tijd daarvoor, maar toch moet het nu gebeuren! En je moet het niet aan Dougie of Rose vertellen. Kun je me helpen? Is het zelfs wel te doen? Want het is me in mijn eentje niet gelukt. Die afschuwelijke roze pilletjes! Ik leg ze in het medicijnkastje en zeg: "Vandaag niet meer", en een uur later neem ik ze weer in! Ik heb nog nooit zo'n ellende meegemaakt, in mijn hele leven niet.'

Ze dempte haar stem alsof ze hem een groot geheim toevertrouwde.

'Ik denk niet dat het nog steeds mijn rug is. Ik denk dat mijn hérsenen tegen mijn rug zeggen dat hij pijn moet doen, want dan kan ik die rotpillen weer innemen.'

'Waarom nu, Andrea?'

Ze schudde alleen maar haar hoofd. 'Kun je me helpen of niet?'

'Ja, maar als je erover denkt om gewoon helemaal te stoppen, doe dat dan niet. Al was het alleen maar omdat je...' Een ogenblik zag hij Jannie weer voor zich, bevend in haar bed, mompelend over de Grote Pompoen. 'Je zou toevallen kunnen krijgen.'

Dat drong niet tot haar door, of ze wilde het niet weten. 'Hoe lang?'

'Om over de fysieke verslaving heen te komen? Twee weken. Misschien drie.' *En dan doe je het nog heel vlug*, dacht hij, maar zei hij niet.

Ze greep zijn arm vast. Haar hand voelde erg koud aan. 'Te langzaam.'

Er kwam een buitengewoon onaangenaam idee bij Rusty op. Waarschijnlijk was het alleen maar paranoia, veroorzaakt door stress, maar het was hardnekkig. 'Andrea, word je door iemand gechanteerd?'

'Meen je dat nou? Iedereen weet dat ik die pillen inneem. We leven in een dorp.' Dat was niet echt een antwoord op de vraag, vond Rusty. 'Wat is de kortste weg?'

'Met B12-injecties – plus thiamine en vitaminen – zou je het in tien dagen kunnen redden. Je zou niet veel kunnen slapen en je zou last krijgen van het restless leg-syndroom. En het zou zeker geen pretje zijn. Je zou iemand moeten hebben die je de afnemende dosering toedient – iemand die de pillen kan bewaren en je niets geeft als je erom vraagt. Want je zult erom vragen.'

'Tien dagen?' Ze keek hoopvol. 'Dan zou dit voorbij kunnen zijn, nietwaar? Dit Koepelding.'

'Misschien vanmiddag al. Dat hopen we allemaal.'

'Tien dagen,' zei ze.

'Tien dagen.'

En, dacht hij, *je zult de rest van je leven naar die rotdingen verlangen*. Dat zei hij ook niet hardop.

11

In de Sweetbriar Rose was het buitengewoon druk geweest voor een maandagmorgen... maar natuurlijk was er in de geschiedenis van het dorp nooit eerder zo'n maandagmorgen als deze geweest. Evengoed waren de klanten meteen weggegaan toen Rose zei dat er niets meer werd klaargemaakt en dat ze pas weer om vijf uur 's middags opengingen. 'En misschien kunnen jullie dan bij Moxie in Castle Rock terecht!' zei ze tot slot. Dat had haar een spontaan applaus opgeleverd, al stond Moxie bekend als een smerige tent waar je alleen een vette hap kon krijgen.

'Geen lunch?' vroeg Ernie Calvert.

Rose keek Barbie aan, die zijn handen ter hoogte van zijn schouders bracht: dat moet je mij niet vragen.

'Broodjes,' zei Rose. 'Tot ze op zijn.'

Dat had haar nog meer applaus opgeleverd. De mensen waren vanmorgen in een verrassend goed humeur; er werd gelachen en er werden grappen gemaakt. Het hele dorp voelde zich beter en misschien was dat vooral achter in het restaurant te zien, waar de zwamtafel weer in sessie was.

De tv op het buffet – die nu voortdurend op CNN stond afgestemd – was daar voor een groot deel verantwoordelijk voor. De presentatoren konden weinig meer doen dan geruchten doorgeven, maar de meeste daarvan waren hoopvol. Verscheidene geïnterviewde deskundigen zeiden dat de kruisraket een goede kans maakte door de barrière heen te breken en een eind aan de crisis te maken. Een van hen schatte de kans van slagen op 'meer dan tachtig procent'. *Maar natuurlijk is hij van het MIT in Cambridge*, dacht Barbie. *Hij kan zich het optimisme veroorloven.*

Terwijl hij de grill schoonmaakte, werd er op de deur geklopt. Barbie keek om en zag Julia Shumway. Ze had drie kinderen bij zich en leek daardoor net een lerares op een schoolreisje. Barbie veegde zijn handen aan zijn schort af en liep naar de deur.

'Als we iedereen binnenlaten die wil eten, zijn we zo door onze voorraden heen,' zei Anson prikkelbaar. Hij was tafels aan het aflappen. Rose was naar de Food City gegaan om meer vlees te kopen.

'Ik denk niet dat ze wil eten,' zei Barbie, en daar had hij gelijk in.

'Goedemorgen, kolonel Barbara,' zei Julia met haar Mona Lisa-lachje. 'Ik wil je steeds majoor Barbara noemen. Naar het...'

'Het toneelstuk, ik weet het.' Barbie had dat al vaker gehoord. Zo'n tienduizend keer. 'Is dit jouw vrolijke troepje?'

Een van de kinderen was een opvallend lange, opvallend magere jongen met een bos donkerbruin haar. Dan was er nog een stevig gebouwde jongen in een wijde broek en een verbleekt 50Cent-T-shirt. Nummer drie was een leuk ogend meisje met een bliksemschicht op haar wang. Het zou wel geen echte tatoeage zijn, maar ze leek daardoor wel een meisje met wie niet te spotten viel. Hij besefte dat als hij tegen haar zei dat ze op een tienerversie van hardrock-zangeres Joan Jett leek, ze niet zou weten over wie hij het had.

'Norrie Calvert,' zei Julia, en ze tikte op de schouder van het meisje. 'Benny Drake. En dit lange eind is Joseph McClatchey. De protestdemonstratie van gisteren was zijn idee.'

'Maar ik heb nooit gewild dat er slachtoffers vielen,' zei Joe.

'Dat was ook niet jouw schuld,' zei Barbie tegen hem. 'Wees daar maar gerust over.'

'Bent u echt de grote pief?' vroeg Benny, die hem kritisch bekeek.

Barbie lachte. 'Nee,' zei hij. 'Ik zal niet eens probéren de grote pief te zijn, tenzij het absoluut moet.'

'Maar u kent de soldaten daarbuiten, hè?' vroeg Norrie.

'Nou, niet persoonlijk. Alleen al omdat het mariniers zijn. Ik was bij de landmacht.'

'Volgens kolonel Cox ben je nog steeds bij de landmacht,' zei Julia. Ze had dat nonchalante glimlachje weer, maar haar ogen dansten van opwinding. 'Kunnen we met je praten? De jongeheer McClatchey heeft een idee, en ik denk dat het briljant is. Als het werkt.'

'Het werkt,' zei Joe. 'Als het op computershi... dingen aankomt, ben ík de grote pief.'

'Kom mee naar mijn kantoor,' zei Barbie, en hij leidde hen naar de inmiddels vrijgekomen zwamtafel.

12

Het was inderdaad briljant, maar het liep al tegen halfelf, en als ze het echt in praktijk wilden brengen, zouden ze snel moeten zijn. Hij keek Julia aan. 'Heb je je mob...'

Julia stopte het apparaatje in zijn hand voordat hij zijn zin kon afmaken. 'Cox' nummer zit in het geheugen.'

'Goed. Als ik nu eens wist hoe ik bij het geheugen kon komen...'

Joe nam de telefoon over. 'Waar komt u vandaan, uit de middeleeuwen?'

'Ja!' zei Barbie. 'Met ridders uitblinkend in moed, en dames zonder ondergoed.'

Norrie moest daar hard om lachen, en toen ze haar vuist opstak, stootte Barbie met zijn grote vuist tegen haar kleine.

Joe drukte op een paar toetsen van het telefoontje. Hij luisterde en gaf het apparaatje toen aan Barbie.

Cox moest wel met zijn hand op de telefoon hebben gezeten, want hij was er al toen Barbie het mobieltje van Julia tegen zijn oor hield.

'Hoe gaat het, kolonel?' vroeg Cox.

'Het gaat naar omstandigheden goed met ons.'

'Dat is een begin.'

Jij hebt makkelijk praten, dacht Barbie. 'Ik denk dat het goed met ons zal blijven gaan tot die raket terugstuitert of een gat slaat en grote schade aanricht aan de bossen en boerderijen aan onze kant. Iets waar de inwoners van Chester's Mill blij mee zouden zijn. Wat denken jullie ervan?'

'Niet veel. Niemand durft een voorspelling te doen.'

'Op tv horen we heel wat anders.'

'Ik heb geen tijd om naar al die programma's te kijken,' zei Cox, en Barbie kon aan zijn stem horen dat hij zijn schouders ophaalde. 'We zijn hoopvol. Niet geschoten is altijd mis. Als ik het zo mag zeggen.'

Julia opende en sloot haar handen, een gebaar van: *Is er nieuws?*

'Kolonel Cox, ik zit hier met vier vrienden. Een van hen is een jongeman die Joe McClatchey heet en die een vrij goed idee heeft. Ik geef de telefoon nu aan hem door...'

Joe schudde zijn hoofd zo hevig dat zijn haar heen en weer wapperde. Barbie negeerde dat.

'... dan kan hij het uitleggen.'

En hij gaf Joe het mobieltje. 'Vertel het,' zei hij.

'Maar...'

'Spreek de grote pief niet tegen, jongen. Vertel het.'

Joe deed het, eerst aarzelend, met veel 'eh' en 'hm' en 'weet u', maar toen zijn idee hem weer te pakken kreeg, ging het vlotter en werd hij welbespraakter. Toen luisterde hij. Na een tijdje grijnsde hij. Even later zei hij: 'Ja, meneer! Dank u, meneer!' Hij gaf de telefoon aan Barbie terug. 'Hé, ze gaan proberen onze WiFi te versterken voordat ze de raket afschieten! Jezus, wat retevet!' Julia pakte zijn arm vast en Joe zei: 'Sorry, mevrouw Shumway. Ik bedoel: mieters.'

'Laat maar. Kun je echt met dat ding werken?'

'Meent u dat nou? Geen probleem.'

'Kolonel Cox?' vroeg Barbie. 'Is het waar van die WiFi?'

'We kunnen niet alles tegenhouden wat jullie willen proberen,' zei Cox. 'Ik geloof dat jij me daar zelf op hebt gewezen. En dus kunnen we maar net zo goed helpen. Jullie krijgen het snelste internet van de wereld, in elk geval vandaag. Je hebt daar trouwens een slimme jongen bij je.'

'Ja, dat was ook mijn indruk,' zei Barbie, en hij stak zijn duim op naar Joe. De jongen straalde.

Cox zei: 'Als het idee van die jongen werkt en jullie leggen het vast, dan willen we graag een kopie. We maken natuurlijk zelf ook een rapport op, maar de geleerden die de leiding van de operatie hebben willen weten hoe de treffer er aan jullie kant van de Koepel uitziet.'

'Ik denk dat we wel iets beters kunnen,' zei Barbie. 'Als Joe hier dit voor elkaar krijgt, denk ik dat het grootste deel van de gemeente het live kan zien.'

Ditmaal stak Julia haar vuist op. Grijnzend stootte Barbie ertegenaan.

13

'Shit,' zei Joe McClatchey. Door de uitdrukking van groot ontzag op zijn gezicht leek hij eerder acht dan dertien. Al het zelfvertrouwen was uit zijn stem verdwenen. Barbie en hij stonden op zo'n dertig meter afstand van de plaats waar Little Bitch Road op de Koepel stuitte. Hij keek niet naar de soldaten, al hadden die zich omgedraaid om toe te kijken. Nee, hij werd gefascineerd door de waarschuwingsstreep en de grote rode x die op de Koepel waren gespoten.

'Ze verplaatsen hun bivak, of hoe je dat ook noemt,' zei Julia. 'De tenten zijn weg.'

'Ja. Over...' Barbie keek op zijn horloge. 'Over anderhalf uur gaat hier van alles gebeuren. Aan de slag, jongen.' Maar nu ze hier op deze lege weg stonden, vroeg Barbie zich af of Joe kon doen wat hij had beloofd.

'Ja, maar... ziet u die bómen?'

Barbie begreep het eerst niet. Hij keek Julia aan, die haar schouders ophaalde. Toen wees Joe en zag hij het. De bomen aan de Tarker's-kant van de Koepel dansten in de herfstwind en lieten kleurrijke bladeren omlaagdwarrelen, om de toekijkende mariniers heen. Aan de Chester's Mill-kant bewogen de takken nauwelijks en hadden de bomen nog hun volledige bladertooi. Barbie was er vrij zeker van dat er lucht door de barrière kwam, maar veel kracht zat daar niet in. De Koepel dempte de wind. Hij herinnerde zich dat Paul Gendron, de man met de Sea Dogs-pet, en hij bij dat beekje waren gekomen en hadden gezien hoe het water omhoogkwam tegen de barrière.

Julia zei: 'Die bladeren hier zien er... hoe zal ik het zeggen... lústeloos uit. Slap.'

'Alleen omdat zij aan hun kant wind hebben en wij alleen maar een zuchtje krijgen,' zei Barbie, en toen vroeg hij zich af of het daar werkelijk door kwam. En of het de enige oorzaak was. Maar wat had het voor zin om te speculeren over de actuele luchtkwaliteit in Chester's Mill als ze er toch niets aan konden doen? 'Toe dan, Joe. Doe het.'

Ze waren met Julia's Prius langs het huis van de McClatcheys gegaan om Joe's PowerBook te halen. (Mevrouw McClatchey had Barbie laten zweren dat hij haar zoon veilig terug zou brengen.) Nu wees Joe naar de weg. 'Hier?'

Barbie bracht zijn handen naar de zijkanten van zijn gezicht en tuurde naar de rode x. 'Een beetje naar links. Kun je het proberen? Kijken hoe het eruitziet?'

'Ja.' Joe maakte de PowerBook open en zette het aan. Het Mac-riedeltje bij het opstarten klonk zo opgewekt als altijd, maar Barbie dacht dat hij nog nooit zoiets surrealistisch had gezien als die zilverkleurige computer die met zijn scherm omhoog op het opgelapte asfalt van Little Bitch Road stond. Dit beeld vatte de afgelopen drie dagen goed samen.

'De accu is opgeladen, dus hij moet het minstens zes uur doen,' zei Joe.

'Gaat hij niet in de slaapstand?' vroeg Julia.

Joe keek haar aan met een toegeeflijke blik van *moeder, alsjeblieft*. Toen keek hij Barbie weer aan. 'Als die raket mijn Pro verwoest, belooft u dan dat u een nieuwe voor me koopt?'

'Dan krijg je een nieuwe van de overheid,' beloofde Barbie. 'Ik zal zelf het verzoek indienen.'

'Leuk.'

Joe boog zich over de PowerBook. Er zat een zilveren kokertje boven op het scherm. Joe had hun uitgelegd dat het een nieuw computerwonder was dat 'iSight' heette. Hij streek met zijn vinger over het touchpad van de computer, drukte op ENTER, en plotseling verscheen er op het scherm een helder beeld van Little Bitch Road. Vanaf de grond gezien leek elke hobbel en onregelmatigheid in het asfalt op een berg. Op middellange afstand zag Barbie de mariniers vanaf de grond tot aan hun knieën.

'Heeft hij beeld, kolonel?' vroeg een van hen.

Barbie keek op. 'Laten we het zo stellen, marinier: als ik een inspectie hield, zou je nu push-ups doen met mijn voet op je reet. Er zit een kaal plekje op je linkerlaars. Onaanvaardbaar voor iemand die niet op een gevechtsmissie is.'

De marinier keek naar zijn laars, die inderdaad zo'n plekje had. Julia lachte. Joe niet. Hij was verdiept in zijn werk. 'Het is te laag. Mevrouw Shumway, hebt u iets in de auto dat we kunnen gebruiken om...' Hij bracht zijn hand ongeveer een meter boven het wegdek.

'Ja,' zei ze.

'En neemt u dan ook mijn gymtas mee.' Hij deed nog wat met de Power-Book en stak toen zijn hand uit. 'Mobieltje?'

Barbie gaf het aan hem. Joe drukte met oogverblindende snelheid op de kleine toetsen. 'Benny? O, Norrie, goed. Zijn jullie daar?... Goed. Vast nooit eerder in een biertent geweest. Zijn jullie klaar?... Prima. Wachten.' Hij luisterde en grijnsde toen. 'Meen je dat nou? Hé, als ik zie wat ik hier krijg, is het fenomenaal. Ze hebben de WiFi enorm sterk gemaakt! Ik moet ophangen.' Hij klapte de telefoon dicht en gaf hem weer aan Barbie.

Julia kwam terug. Ze had Joe's gymtas en een doos met onverspreide exemplaren van de extra zondagseditie van *The Democrat* bij zich. Joe zette het PowerBook op de doos (toen het beeld plotseling van de grond omhoogkwam, werd Barbie een beetje duizelig), controleerde het en zei dat het nu helemaal goed stond. Hij zocht in de gymtas, haalde er een zwart kastje met een antenne uit en sloot het aan op de computer. De soldaten stonden belangstellend bij elkaar aan hun kant van de Koepel. *Nu weet ik hoe een vis in een aquarium zich voelt*, dacht Barbie.

'Ziet er goed uit,' mompelde Joe. 'Ik krijg een groen lampje.'

'Moet je niet bellen met je...'

'Als het werkt, bellen ze mij,' zei Joe. En toen: 'Oei, dat kan een probleem worden.'

Barbie dacht dat hij het over de computer had, maar de jongen keek daar niet eens naar. Barbie volgde zijn blik en zag de groene auto van de politiecommandant. Hij reed niet hard, maar had zijn zwaailicht aan. Pete Randolph kwam achter het stuur vandaan. Van de passagierskant (de wagen schommelde een beetje toen de schokdempers van zijn gewicht werden verlost) kwam Grote Jim Rennie.

'Wat zijn jullie voor de drommel aan het doen?' vroeg hij.

De telefoon in Barbies hand zoemde. Hij gaf hem aan Joe zonder zijn blik van de naderende wethouder en politiecommandant weg te nemen.

14

Op het bord boven de deur van de Dipper stond WELKOM OP DE GROOTSTE DANSVLOER VAN MAINE!, en voor het eerst in de geschiedenis van het etablissement was het om kwart voor elf 's morgens al druk op die vloer. Tommy en Willow Anderson begroetten de mensen bij de deur als ze aankwamen, ongeveer zoals dominees gemeenteleden in hun kerk verwelkomden. In dit geval de Kerk van Rockbands Rechtstreeks Uit Boston.

Eerst was het publiek stil, want er was op het grote scherm alleen maar één blauw woord te zien: WACHTEN. Benny en Norrie hadden hun apparatuur aangesloten en de tv-invoer op Input 4 gezet. Toen was Little Bitch Road opeens in alle kleuren te zien, compleet met felgekleurde bladeren die om de mariniers heen dwarrelden.

De menigte barstte in applaus en gejuich uit.

Benny gaf Norrie een high five, maar dat was niet genoeg voor Norrie; ze kuste hem op zijn mond, en hard ook. Het was het mooiste moment in Benny's leven, nog mooier dan toen hij een full-pipe roughie deed en overeind bleef staan.

'Bel hem!' beval Norrie.

'Oké,' zei Benny. Zijn gezicht zag eruit alsof het elk moment vlam kon vatten, maar hij grijnsde. Hij drukte op de herhaaltoets en hield de telefoon bij zijn oor. 'Hé, we hebben het! Het beeld is zo goed dat...'

Joe onderbrak hem. 'Houston, we hebben een probleem.'

15

'Ik weet niet waar jullie mee bezig zijn,' zei commandant Randolph, 'maar ik wil een verklaring, en dat ding gaat uit totdat ik die verklaring heb.' Hij wees naar de PowerBook.

'Neemt u me niet kwalijk, meneer,' zei een van de mariniers. Hij droeg de strepen van een tweede luitenant. 'Dat is kolonel Barbara, en de regering heeft hem officieel toestemming hiervoor gegeven.'

Grote Jim reageerde met zijn meest sarcastische grijns. Een adertje in zijn hals ging op en neer. 'Deze man is alleen maar kolonel van een stel onruststokers. Hij is kok in het restaurant hier.'

'Meneer, mijn orders...'

Grote Jim schudde met zijn vinger naar de tweede luitenant. 'In Chester's Mill erkennen we op dit moment maar één officiële regering, en dat is die van onszelf, soldaat, en ik ben daar de vertegenwoordiger van.' Hij keek Randolph aan. 'Commandant, als die jongen hem niet uitzet, trek je de stekker eruit.'

'Ik zie geen stekker,' zei Randolph. Hij keek Barbie, de tweede luitenant en toen weer Grote Jim aan. Hij zweette.

'Schop dat verrekte scherm dan kapot! Als het ding maar uitgaat!'

Randolph kwam naar voren. Joe ging, bang maar vastbesloten, voor de PowerBook op de doos staan. Hij had de mobiele telefoon nog in zijn hand. 'Doet u dat niet! Hij is van mij, en ik overtreed geen enkele wet!'

'Ga terug, commandant,' zei Barbie. 'Dat is een bevel. Als u de regering van het land waarin u leeft nog steeds erkent, moet u zich daaraan houden.'

Randolph keek om. 'Jim, misschien...'

'Misschien niets,' zei Grote Jim. 'Op dit moment is dít het land waarin je leeft. *Zet die katoenplukkende computer uit.*'

Julia kwam naar voren, pakte de PowerBook op en richtte de iSight-camera op de nieuwkomers. Aan haar knotje waren slierten haar ontsnapt die tegen haar roze wangen hingen. Barbie vond haar ongelooflijk mooi.

'Vraag Norrie of ze het kunnen zien!' zei ze tegen Joe.

De glimlach van Grote Jim verstijfde tot een grimas. 'Vrouw, zet dat neer!'

'Vraag ze of ze het zien!'

Joe sprak in de telefoon. Luisterde. Zei toen: 'Ze zien het. Ze zien meneer Rennie en agent Randolph. Norrie zegt dat ze willen weten wat er aan de hand is.'

Randolph keek ontzet; Rennie woedend. 'Wíé willen dat weten?' vroeg Randolph.

Julia antwoordde: 'We zenden de beelden live uit in de Dipper...'

'Die poel der zonde!' zei Grote Jim. Zijn vuisten waren gebald. Barbie schatte dat de man vijftig kilo te zwaar was, en toen hij zijn rechterarm bewoog, trok hij een grimas — alsof hij zijn spieren had verrekt — maar hij zag eruit alsof hij nog steeds iemand kon raken. En op dit moment leek hij kwaad genoeg om uit te halen... al was het de vraag naar wie: Julia, de jongen of naar hem? Misschien wist Rennie dat zelf niet.

'Er zitten daar al mensen sinds kwart voor elf,' zei ze. 'Nieuws verspreidt zich snel.' Ze glimlachte met haar hoofd schuin. 'Wil je even zwaaien naar je kiezers, Grote Jim?'

'Het is bluf,' zei Grote Jim.

'Waarom zou ik bluffen over iets wat zo gemakkelijk te controleren is?' Ze keek Randolph aan. 'Bel een van je agenten en vraag waar alle dorpelingen vanmorgen zijn.' Toen keek ze Jim weer aan. 'Als je dit ding uitzet, weten honderden mensen dat ze door jouw toedoen niets te zien krijgen van een gebeurtenis die voor hen van het grootste belang is. Iets waarvan hun leven misschien afhangt.'

'Jullie hadden geen toestemming!'

Barbie, die zich gewoonlijk vrij goed kon beheersen, merkte dat er een eind aan zijn geduld kwam. Niet dat die man zo dom was; dat was hij beslist niet. En juist dat maakte Barbie kwaad.

'Wat is nou eigenlijk je probleem? Zie je hier gevaar? Ik niet. We zijn van plan dit ding neer te zetten, het aan te laten staan zodat het beelden kan uitzenden, en dan weg te gaan.'

'Als de raket niet werkt, kan er paniek ontstaan. Het is tot daaraantoe om te weten dat iets is mislukt. Het is heel iets anders om het met eigen ogen te zien. Wie weet wat ze dan gaan doen?'

'Je hebt een erg lage dunk van de mensen die je bestuurt, wethouder.'

Grote Jim deed zijn mond open om iets terug te zeggen – iets in de trant van *En daar heb ik keer op keer gelijk in gekregen*, vermoedde Barbie –, maar herinnerde zich toen dat een groot deel van de gemeente dit gesprek op een scherm kon volgen. Misschien zelfs haarscherp op een heel groot scherm.

'Ik heb zin om die sarcastische grijns van je gezicht te slaan, Barbara.'

'Treden we nu ook op tegen gelaatsuitdrukkingen?' vroeg Julia.

Joe de Vogelverschrikker sloeg zijn hand voor zijn mond, maar Randolph en Grote Jim zagen de jongen net nog grijnzen. Ze hoorden ook het grinniklachje dat tussen zijn vingers door kwam.

'Mensen,' zei de tweede luitenant, 'jullie kunnen hier beter weggaan. De minuten tikken voorbij.'

'Julia, richt die camera op mij,' zei Barbie.

Ze deed het.

16

Er waren nog nooit zoveel mensen in de Dipper geweest, zelfs niet toen er op die gedenkwaardige oudejaarsavond van 2009 een optreden van The Vatican Sex Kittens op het programma stond. En het was er ook nog nooit zo stil geweest. Meer dan vijfhonderd mensen stonden schouder aan schouder en heup aan heup. Ze keken allemaal naar het scherm terwijl de camera op Joe's PowerBook Pro een duizelingwekkende draai van honderdtachtig graden maakte en op Dale Barbara bleef rusten.

'Daar heb je hem,' mompelde Rose Twitchell met een glimlach.

'Hallo daar, mensen,' zei Barbie, en het beeld was zo scherp dat sommige mensen 'hallo' terugzeiden. 'Ik ben Dale Barbara, en ik ben opnieuw bij het Amerikaanse leger ingelijfd met de rang van kolonel.'

Er ging een verrast geroezemoes door de zaal.

'Deze uitzending vanaf Little Bitch Road is geheel en al mijn verantwoordelijkheid. Zoals u hebt kunnen horen, bestaat er een verschil van mening tussen mijzelf en wethouder Rennie over de vraag of we deze beelden moeten blijven uitzenden.'

Ditmaal was het geroezemoes luider. Het klonk misnoegd.

'We hebben vanmorgen geen tijd om de finesses van de gezagsverhoudingen te bespreken,' ging Barbie verder. 'We gaan de camera op het punt richten waar de raket zal inslaan. Het is aan jullie eerste wethouder om te beslissen of de uitzending al dan niet doorgaat. Als hij de beelden stopzet, moeten jullie het maar met hem opnemen. Bedankt voor jullie aandacht.'

Hij liep uit beeld. Een ogenblik zagen de mensen op de dansvloer niets dan bos, en toen draaide het beeld weer. Het zakte omlaag en bleef op de zwevende x gevestigd. Daarachter legden de mariniers de laatste onderdelen van hun uitrusting in twee grote vrachtwagens.

Will Freeman, eigenaar van het plaatselijke Toyota-dealerschap (en geen vriend van James Rennie), richtte het woord tot het scherm. 'Laat dat ding aanstaan, Jimmy, anders hebben we aan het eind van de week een nieuwe eerste wethouder in Chester's Mill.'

Er werd instemmend gemompeld. De dorpelingen stonden zwijgend te kijken. Ze wachtten af of het programma – dat tegelijk saai en enorm opwindend was – zou worden voortgezet of dat er een eind aan de uitzending zou komen.

17

'Wat wil je dat ik doe, Grote Jim?' vroeg Randolph. Hij haalde een zakdoek tevoorschijn en veegde over zijn nek.

'Wat wil jíj doen?' vroeg Grote Jim op zijn beurt.

Voor het eerst sinds hij de sleutels van de groene commandantswagen had overgenomen had Pete Randolph het geen enkel probleem gevonden ze aan iemand anders over te dragen. Hij zuchtte en zei: 'Ik wil dit met rust laten.'

Grote Jim knikte alsof hij wilde zeggen: *dan moet je het zelf maar weten.* Toen glimlachte hij – als je het tenminste glimlachen kunt noemen wanneer iemand zijn lippen intrekt. 'Nou, jij bent de commandant.' Hij wendde zich weer tot Barbie, Julia en Joe de Vogelverschrikker. 'Jullie hebben succes gehad met jullie spelletje. Nietwaar, meneer Barbara?'

'Ik verzeker je dat we geen enkel spelletje hebben gespeeld,' zei Barbie.

'Ge... zwam. Dit is een machtsgreep – niets meer en niets minder. Ik heb dat al vaak genoeg meegemaakt. Ik heb ze zien slagen... en mislukken.' Hij kwam dichter bij Barbie staan en ontzag daarbij zijn nog steeds pijnlijke rechterarm. Van dichtbij kon Barbie aftershave en zweet ruiken. Rennie haalde diep en moeizaam adem. Hij dempte zijn stem. Misschien hoorde Julia niet wat er nu kwam, maar Barbie wel.

'Voor jullie is het alles of niets, jongen. Als de raket erdoorheen breekt, hebben jullie gewonnen. Als hij terugstuitert... bewaar me!' Zijn ogen – diep weggestopt in grote vleesplooien, maar glinsterend met een kille, messcherpe intelligentie – keken in die van Barbie en bleven dat enkele ogenblikken doen. Toen draaide hij zich om. 'Kom, commandant Randolph. Dankzij meneer Barbara en zijn vrienden is deze situatie al gecompliceerd genoeg. Laten we naar het dorp teruggaan. We moeten je mensen op de juiste plaatsen zetten, voor het geval er rellen uitbreken.'

'Dat is het belachelijkste wat ik ooit heb gehoord!' zei Julia.

Grote Jim wapperde met zijn hand naar haar zonder zich om te draaien.

'Wil je naar de Dipper, Jim?' vroeg Randolph. 'We hebben daar tijd voor.'

'Ik zou geen voet in die hoerentent zetten,' zei Grote Jim. Hij maakte de deur aan de passagierskant van de politiewagen open. 'Het liefst zou ik een dutje doen. Dat zal er niet van komen, want er is veel te doen. Ik heb grote verantwoordelijkheden. Daar heb ik niet om gevraagd, maar ik heb ze.'

'Sommige mannen zijn groot van zichzelf, en sommige mannen krijgen de grootheid opgedrongen, nietwaar, Jim?' vroeg Julia. Ze keek hem met haar typische glimlachje aan.

Grote Jim wendde zich tot haar, en toen ze de pure haat op zijn gezicht zag, ging ze een stap terug. Toen zette hij haar uit zijn gedachten. Of deed alsof. 'Kom mee, commandant.'

De politiewagen reed in de richting van Chester's Mill terug. Zijn zwaailichten flitsten nog in het wazige, merkwaardig zomerse licht.

'Oef,' zei Joe. 'Die gast is lijp.'

'Ik ben het helemaal met je eens,' zei Barbie.

Julia keek naar Barbie. Er was niets van haar glimlach over. 'Je had een tegenstander,' zei ze. 'Nu heb je een doodsvijand.'

'Jij ook, denk ik.'

Ze knikte. 'Ik hoop voor ons allebei dat die raket werkt.'

De tweede luitenant zei: 'Kolonel Barbara, wij gaan weg. Ik zou me meer op mijn gemak voelen als ik u drieën dat ook zag doen.'

Barbie knikte en salueerde voor het eerst in jaren.

18

Een B-52 die in de vroege uurtjes van die maandagochtend was opgestegen van de luchtmachtbasis Carswell, bevond zich sinds 10.40 uur boven Burlington, Vermont (de luchtmacht komt altijd vroeg op het bal). De missie had de codenaam GROOT EILAND. De piloot en commandant was majoor Gene Ray, die zowel in de Golfoorlog als in de oorlog in Irak had gediend (in persoonlijke gesprekken noemde hij die laatste oorlog 'het vlooiencircus van Bush junior'). Hij had twee Fasthawk-kruisraketten aan boord. Het was een prima projectiel, die Fasthawk, betrouwbaarder en krachtiger dan de oude Tomahawk, maar het gaf hem een vreemd gevoel dat hij een geladen raket op een Amerikaans doel zou afschieten.

Om 12.53 uur ging een rood lichtje op zijn besturingspaneel over in oranje. De COMCOM nam de besturing van het toestel van hem over en bracht het in positie. Beneden hem verdween Burlington onder de vleugels.

Ray sprak in de headset: 'Het is bijna tijd, kolonel.'

In Washington zei kolonel Cox: 'Begrepen, majoor. Veel succes. Knal dat rotding weg.'

'Dat gaat gebeuren,' zei Ray.

Om 12.54 uur knipperde het oranje lichtje. Om 12.54:55 werd het groen. Ray haalde schakelaar 1 over. Hij voelde niets, alleen een zwak *woesjjj* van beneden, maar hij zag op zijn videoscherm dat de Fasthawk aan zijn vlucht begon. De raket kwam in korte tijd op maximumsnelheid en liet een dampspoor achter alsof iemand met zijn nagel over de hemel kraste.

Gene Ray bekruiste zich en drukte tot slot daarvan een kus op de onderkant van zijn duim. 'God zij met je, mijn zoon,' zei hij.

De maximumsnelheid van de Fasthawk was vijfenvijftighonderd kilometer per uur. Op tachtig kilometer afstand van zijn doel – ongeveer vijftig kilometer ten westen van Conway, New Hampshire, en nu aan de oostkant van de White Mountains – berekende de computer de definitieve koers en gaf daar toestemming voor. De snelheid van de raket zakte van vijfenvijftighonderd naar vierduizend kilometer per uur en hij ging ook omlaag. Hij volgde nu Route 302, die in North Conway de hoofdstraat is. Voetgangers keken zorgelijk op toen de Fasthawk over hen heen kwam.

'Vliegt die straaljager niet te laag?' vroeg een vrouw op het parkeerterrein van Settlers Green Outlet Village aan haar metgezellin, en ze schermde haar ogen af. Als het besturingssysteem van de Fasthawk had kunnen praten, had het misschien gezegd: 'Dit is nog niets, liefje.'

De kruisraket vloog op duizend meter hoogte over de grens van Maine en

New Hampshire en trok een supersonische knal achter zich aan die tanden liet klapperen en ruiten aan scherven liet gaan. Toen het besturingssysteem Route 119 oppikte, daalde hij eerst naar driehonderd en toen naar honderdvijftig meter. Inmiddels draaide de computer op volle toeren. Hij verzamelde de gegevens van het besturingssysteem en bracht duizend koerswijzigingen per minuut aan.

In Washington zei kolonel James O. Cox: 'Het laatste eind, mensen. Hou je hart maar vast.'

De Fasthawk vond Little Bitch Road en daalde bijna tot de grond, nog steeds met een snelheid van bijna Mach 2. Hij volgde elke heuvel en inzinking in het terrein, met een oogverblindend fel brandende staart en met achterlating van een giftige stank van verbruikte stuwstof. Hij rukte bladeren van bomen, stak er zelfs een paar in brand. Hij liet een kraam langs de weg in Tarker's Hollow imploderen en joeg planken en verbrijzelde pompoenen hoog de lucht in. De knal volgde en maakte dat mensen zich met hun handen op hun hoofd op de vloer lieten vallen.

Dit gaat werken, dacht Cox. *Dat kan toch niet anders?*

19

In de Dipper zaten nu achthonderd mensen dicht opeengepakt. Niemand zei iets, al bewogen Lissa Jamiesons lippen geluidloos, want ze bad tot welke New Age-algeest het maar was die op dat moment haar aandacht had. Ze had een kristal in haar hand. Dominee Piper Libby hield het kruis van haar moeder tegen haar lippen.

'Daar heb je hem,' zei Ernie Calvert.

'Waar?' wilde Marty Arsenault weten. 'Ik zie n...'

'Luister!' zei Brenda Perkins.

Ze hoorden het aankomen: een aanzwellend buitenaards gezoem vanuit de westelijke rand van de gemeente, een *mmmm* dat binnen enkele seconden overging in MMMMMM. Op het grote televisiescherm zagen ze bijna niets, tot een halfuur later, lang nadat de raket had gefaald. Voor degenen die nog in de Dipper zaten kon Benny Drake de opname vertraagd weergeven, beeld voor beeld. Ze zagen de raket om de bocht heen komen die Little Bitch Bend werd genoemd. Hij vloog ruim een meter boven de grond en raakte bijna zijn eigen wazige schaduw. Daarna zagen ze dat de Fasthawk, met in de punt een fragmentatiekop die ontworpen was om bij contact te exploderen, in de lucht bleef hangen, ongeveer op de plaats waar het bivak van de mariniers was geweest.

Op de volgende beelden was het scherm gevuld met zo'n fel wit dat de toeschouwers hun ogen moesten afschermen. Toen het wit wegtrok, zagen ze de raketfragmenten – een heleboel zwarte strepen tegen de achtergrond van de afnemende explosie – en een gigantisch schroeispoor op de plaats waar de rode x had gezeten. De raket had zijn doel precies geraakt.

Daarna zagen de mensen in de Dipper het bos aan de Tarker's-kant van de Koepel in brand vliegen. Ze zagen het asfalt aan die kant eerst opbollen en toen smelten.

20

'Lanceer nummer twee,' zei Cox met doffe stem, en Gene Ray deed het. Die raket brak nog meer ramen en maakte nog meer mensen bang in het oosten van New Hampshire en het westen van Maine.

Verder was het resultaat hetzelfde.

IN DE VAL

1

Op 19 Mill Street, waar de familie McClatchey woonde, was het, toen de beelden voorbij waren, enkele ogenblikken helemaal stil. Toen barstte Norrie Calvert weer in tranen uit. Benny Drake en Joe McClatchey keken elkaar eerst over haar gebogen hoofd aan, elk met dezelfde *Wat nu?*-uitdrukking op zijn gezicht, sloegen toen hun armen om haar trillende schouders heen en pakten elkaars polsen vast.

'Was dat het?' vroeg Claire McClatchey ongelovig. Joe's moeder huilde niet, maar het scheelde niet veel; haar ogen glansden. Ze hield de foto van haar man in haar handen. Die had ze van de muur genomen toen Joe en zijn vrienden met de dvd waren binnengekomen. 'Is dat alles?'

Niemand gaf antwoord. Barbie zat op de armleuning van de fauteuil waarin Julia zat. *Ik zou wel eens in grote moeilijkheden kunnen verkeren*, dacht hij, maar toch was dat niet zijn eerste gedachte. Hij had als eerste gedacht dat de gemeente in grote moeilijkheden verkeerde.

Mevrouw McClatchey stond op. Ze had de foto van haar man nog in haar hand. Sam was naar de vlooienmarkt gegaan die elke zaterdag op de Oxford Speedway werd gehouden, totdat het te koud werd. Zijn hobby was het opknappen van oude meubelen, en hij vond op die rommelmarkten vaak goed materiaal. Nu, drie dagen later, was hij nog steeds in Oxford, waar hij in het Raceway Motel zat met pelotons verslaggevers en televisiemensen; Claire en hij konden niet door de telefoon met elkaar praten, maar hij kon via e-mail met haar in contact blijven. Tot nu toe.

'Wat is er met je computer gebeurd, Joey?' vroeg ze. 'Is hij ontploft?'

Joe, die zijn arm nog om Norries schouders had en Benny's pols nog vasthield, schudde zijn hoofd. 'Ik denk het niet,' zei hij. 'Hij zal wel gesmolten zijn.' Hij keek Barbie aan. 'De hitte kan het bos daar in brand steken. Daar moet iets aan gedaan worden.'

'Ik geloof niet dat er brandweerwagens in de gemeente zijn,' zei Benny.

'Nou ja, misschien een paar oude.'

'Ik zal zien wat ik daaraan kan doen,' zei Julia. Claire McClatchey torende boven haar uit; het was niet moeilijk te zien waar Joe zijn lengte vandaan had. 'Barbie, het is waarschijnlijk het beste als ik dit in mijn eentje afhandelde.'

'Waarom?' Claire keek verbijsterd. Haar ogen stonden vol tranen en er liep eentje over haar wang. 'Joe zei dat de regering u de leiding heeft gegeven, meneer Barbara – de president zelf!'

'Ik had onenigheid met meneer Rennie en commandant Randolph over de videobeelden,' zei Barbie. 'De gemoederen liepen nogal hoog op. Ik denk niet dat ze nu naar me willen luisteren. Julia, ik denk dat ze jouw advies ook niet op prijs stellen. In elk geval nog niet. Als Randolph ook maar enigszins competent is, stuurt hij daar een stel hulpagenten heen met wat er nog in de brandweerschuur staat. Er zullen op zijn minst nog slangen en pompen zijn.'

Julia dacht daarover na en zei toen: 'Wil je even met me mee naar buiten komen, Barbie?'

Hij keek Joe's moeder aan, maar Claire schonk hun geen aandacht meer. Ze had haar zoon opzij geduwd en zat nu naast Norrie, die haar gezicht tegen Claires schouder drukte.

'Hé, de overheid is me een computer schuldig,' zei Joe toen Barbie en Julia naar de voordeur liepen.

'Ik zal het onthouden,' zei Barbie. 'En dank je, Joe. Je hebt het goed gedaan.'

'Veel beter dan die verrekte raket van hen,' mompelde Benny.

Op de stoep van het huis van de McClatcheys stonden Barbie en Julia zwijgend naar het dorp, de Prestile en de Peace Bridge te kijken. Toen zei Julia, met een stem die tegelijk laag en woedend was: 'Hij is het niet. Dat is het nou juist. Dat is de ellende.'

'Wie is niet wat?'

'Peter Randolph is niet enigszins competent. Hij is helemaal niet competent. Ik heb met hem op school gezeten vanaf de kleuterschool, waar hij wereldkampioen broekplasser was, tot en met de twaalfde klas, waar hij kampioen beha's kapottrekken was. Hij was een slechte leerling die middelmatige cijfers kreeg omdat zijn vader in het schoolbestuur zat, en zijn verstand is altijd op dat lage peil gebleven. Onze meneer Rennie heeft zich omringd met domkoppen. Andrea Grinnell is een uitzondering, maar ze is ook verslaafd aan een medicijn. OxyContin.'

'Rugklachten,' zei Barbie. 'Daar heeft Rose me over verteld.'

Op het plantsoen hadden al zoveel bomen hun bladeren laten vallen dat

Barbie en Julia tot in Main Street konden kijken. Daar was nu niemand – de meeste mensen zouden nog in de Dipper zijn om na te praten over wat ze hadden gezien –, maar straks zouden de trottoirs zich vullen met verbijsterde, ongelovige dorpelingen die naar huis gingen. Mannen en vrouwen die elkaar niet durfden te vragen wat er nu zou gaan gebeuren.

Julia zuchtte en streek met haar handen door haar haar. 'Jim Rennie denkt dat alles vanzelf goed komt als hij alle touwtjes maar in eigen hand houdt. Tenminste, wat hemzelf en zijn vrienden aangaat. Hij is het ergste soort politicus: egoïstisch, te egocentrisch om te beseffen dat dit hem boven zijn macht gaat, en onder die arrogante bluf van hem nog een lafaard ook. Als het helemaal misgaat, laat hij de hele gemeente desnoods naar de bliksem gaan als hij zichzelf daarmee denkt te kunnen redden. Een laffe leider is het gevaarlijkste wat er is. Jij zou hier de leiding moeten hebben.'

'Ik stel je vertrouwen op prijs...'

'Maar dat gaat niet gebeuren, of jouw kolonel Cox en de president van de Verenigde Staten dat nu willen of niet. Het gaat niet gebeuren, al lopen er vijftigduizend mensen door Fifth Avenue in New York te demonstreren met protestborden waar jouw portret op staat. Niet zolang die verrekte Koepel nog over ons heen hangt.'

'Je begint steeds minder republikeins te klinken,' merkte Barbie op.

Ze trof hem met een verrassend harde vuist tegen zijn bovenarm. 'Dit is geen grapje.'

'Nee,' zei Barbie. 'Het is geen grapje. Het wordt tijd om verkiezingen te houden. En ik vind dat jij je dan kandidaat moet stellen voor eerste wethouder.'

Ze keek hem meewarig aan. 'Denk je dat Jim Rennie verkiezingen toestaat zolang de Koepel er nog is? In wat voor wereld leef jij, mijn vriend?'

'Onderschat de wil van de bevolking niet, Julia.'

'En onderschat jíj James Rennie niet. Hij heeft hier al een eeuwigheid de leiding en de mensen zijn hem gaan accepteren. Daar komt nog bij dat hij erg goed is in het vinden van zondebokken. Iemand van buiten het dorp – vooral een soort zwerver – zou hem in deze situatie heel goed uitkomen. Kennen wij zo iemand?'

'Ik verwachtte een idee van jou, geen politieke analyse.'

Even dacht hij dat ze hem weer ging slaan. Toen ademde ze diep in, liet de lucht ontsnappen en glimlachte. 'Je wilt een heel bescheiden indruk maken, maar je hebt stekels, hè?'

De sirene op het gemeentehuis stootte een reeks korte salvo's de warme, windstille lucht in.

'Iemand heeft een brand gemeld,' zei Julia. 'Ik denk dat we wel weten waar.'

Ze keken naar het westen, waar de opstijgende rook de blauwe hemel besmeurde. Barbie dacht dat de meeste rook vanaf de Tarker's Mills-kant van de Koepel zou komen, maar het kon bijna niet anders of de hitte had ook kleine brandjes veroorzaakt aan de Chester-kant.

'Wil je een idee? Oké, hier heb je er een. Ik ga Brenda opzoeken – ze zal wel thuis zijn of bij alle anderen in de Dipper – en voorstellen dat zij de leiding neemt over de brandbestrijding.'

'En als ze nee zegt?'

'Dat zegt ze vast niet. Aan deze kant van de Koepel staat tenminste geen noemenswaardige wind. Waarschijnlijk beperkt de brand zich tot gras en struiken. Ze kan de hulp van mensen inroepen; ze weet wie ze moet vragen. Het zullen de mensen zijn die Howie zou hebben uitgekozen.'

'De nieuwe hulpagenten zitten daar niet bij, neem ik aan.'

'Ik laat het aan haar over, maar ik denk niet dat ze Carter Thibodeau of Melvin Searles zal oproepen. En Freddy Denton ook niet. Hij is al drie jaar bij de politie, maar ik weet van Brenda dat Duke van plan was hem te ontslaan. Freddy speelt elk jaar voor Kerstman op de lagere school, en de kinderen zijn gek op hem – hij kan heel goed van "ho-ho-ho" doen. Hij heeft ook gemene trekjes.'

'Je gaat weer achter Rennies rug om.'

'Ja.'

'Dat kan hij je lelijk betaald zetten.'

'Ik kan zelf ook heel lelijk doen, als het moet. En Brenda ook, als ze zich maar kwaad genoeg maakt.'

'Toe dan maar. En zorg ervoor dat ze die Burpee vraagt. Als het op het blussen van natuurbranden aankomt, verwacht ik meer van hem dan van wat er toevallig nog in de brandweerschuur staat. Hij heeft alles in die winkel van hem.'

Ze knikte. 'Dat is een verdomd goed idee.'

'Wil je echt niet dat ik meega?'

'Jij hebt andere dingen aan je hoofd. Heeft Bren je Dukes sleutel van de schuilkelder gegeven?'

'Ja.'

'Dan is die brand misschien precies de afleiding die je nodig hebt. Ga die geigerteller halen.' Ze liep naar haar Prius, maar bleef toen staan en draaide zich om. 'Als je die generator vindt – vooropgesteld dat er een is –, is dat waarschijnlijk de beste kans die deze gemeente heeft. Misschien wel de enige. En, Barbie?'

'Ik ben er nog,' zei hij met een glimlachje.

Zij glimlachte niet. 'Zolang je Grote Jim Rennie geen toespraak voor de kiezers hebt horen houden, moet je niet te gering over hem denken. Hij heeft het niet voor niets zo lang uitgehouden.'

'Hij is er vast goed in om met een beschuldigende vinger te wijzen.'

'Ja. En deze keer wijst hij naar jou.'

Ze reed weg om Brenda en Romeo Burpee op te zoeken.

2

Degenen die hadden gezien dat het de luchtmacht niet was gelukt de Koepel te doorbreken, verlieten de Dipper ongeveer zoals Barbie zich dat had voorgesteld: langzaam, hun hoofd omlaag, zwijgzaam. Velen liepen met hun armen om elkaar heen; sommigen huilden. Er stonden drie politiewagens tegenover de Dipper, en daar stonden zes agenten tegenaan geleund, klaar om in te grijpen als er moeilijkheden kwamen. Maar die kwamen er niet.

De groene commandantswagen stond verderop geparkeerd bij Brownie's Store (waar een met de hand geschreven bord in de etalage mededeelde: GESLOTEN TOT 'VRIJHEID!' NIEUWE AANVOER MOGELIJK MAAKT). Commandant Randolph en Jim Rennie zaten in de auto te wachten.

'Nou,' zei Grote Jim met onmiskenbare voldoening, 'ik hoop dat ze nu blij zijn.'

Randolph keek hem vragend aan. 'Wílde je niet dat het werkte?'

Grote Jim trok een grimas, want zijn schouder speelde weer op. 'Natuurlijk wel, maar ik heb daar nooit op gerekend. En die kerel met die meisjesnaam en zijn nieuwe vriendin Julia zijn er goed in geslaagd iedereen enthousiast te maken, hè? O ja, reken maar. Weet je dat ze me met dat vod van haar nooit heeft gesteund als er verkiezingen waren? Niet één keer.'

Hij wees naar de menigte die naar het dorp terugliep.

'Kijk maar eens goed – dat krijg je nou van onbekwaamheid, valse hoop en te veel informatie. Ze zijn nu alleen nog maar ongelukkig en teleurgesteld, maar als ze daaroverheen zijn, worden ze kwaad. We hebben meer politie nodig.'

'Nog meer? We hebben al achttien agenten, als je de parttimers en de nieuwe hulpagenten meerekent.'

'Het zijn er niet genoeg. En we moeten...'

De gemeentesirene schalde met korte stoten door de lucht. Ze keken naar

het westen en zagen de rook opstijgen.
'Dat hebben we aan Barbara en Shumway te danken,' zei Grote Jim.
'Misschien moeten we iets aan die brand doen.'
'Het is een probleem van Tarker's Mill. En natuurlijk van de Amerikaanse overheid. Ze hebben brand gesticht met die katoenplukkende raket van ze. Nu moeten zij het ook maar oplossen.'
'Maar als de hitte brand heeft veroorzaakt aan deze kant...'
'Praat niet als een oud wijf en breng me naar het dorp terug. Ik moet Junior vinden. Hij en ik hebben dingen te bespreken.'

3

Brenda Perkins en dominee Piper Libby stonden naast de Subaru van Piper op het parkeerterrein van de Dipper.
'Ik heb nooit gedacht dat het zou werken,' zei Brenda, 'maar ik zou liegen als ik zei dat ik niet teleurgesteld was.'
'Ik ook,' zei Piper. 'Diep teleurgesteld. Ik zou je graag een lift naar het dorp aanbieden, maar ik moet bij een gemeentelid gaan kijken.'
'Niet op Little Bitch Road, mag ik hopen,' zei Brenda. Ze wees met haar duim naar de opstijgende rook.
'Nee, de andere kant op. Eastchester. Jack Evans. Hij heeft zijn vrouw verloren op Koepeldag. Een bizar ongeluk. Net zo bizar als de rest van dit alles.'
Brenda knikte. 'Ik zag hem op het weiland van Dinsmore. Hij liep met een bord waarop een portret van zijn vrouw stond. Die arme, arme man.'
Piper liep naar het open raam aan de bestuurderskant van haar auto, waar Clover achter het stuur zat en naar de vertrekkende menigte keek. Ze zocht in haar zak, gaf hem iets lekkers en zei: 'Opzij, Clove – je weet dat je voor je rijexamen bent gezakt.' En Brenda vertrouwde ze toe: 'Hij kan niet inparkeren.'
De Duitse herder sprong naar de passagierskant. Piper deed het portier open en keek naar de rook. 'Het bos aan de Tarker's Mills-kant staat vast wel in lichterlaaie, maar daar hoeven wij ons niet druk om te maken.' Ze keek Brenda met een zuur glimlachje aan. 'Wij worden beschermd door de Koepel.'
Brenda was daar niet zo zeker van, maar ze hield haar mond. 'Veel succes,' zei ze. 'Zeg tegen Jack dat ik met hem meeleef.'

'Doe ik,' zei Piper, en ze reed weg. Brenda liep met haar handen in de zakken van haar spijkerbroek het parkeerterrein af. Ze vroeg zich net af wat ze de rest van de dag zou gaan doen, toen Julia Shumway kwam aanrijden en die vraag voor haar beantwoordde.

4

Sammy Bushey werd niet wakker van de raketten die tegen de Koepel explodeerden, maar wel van de klap van kletterend hout, gevolgd door Little Walters kreten van pijn.

Carter Thibodeau en zijn vrienden hadden bij hun vertrek alle dope uit haar koelkast meegenomen, maar ze hadden de woonwagen niet doorzocht en de schoenendoos met de primitief getekende doodskop stond nog in de kast. Er stond ook een boodschap op, in het krabbelige, naar achteren hellende handschrift van Phil Bushey: MIJN SHIT! BLIJF AF OF JE GAAT DOOD!

Er zat geen wiet in (Phil had wiet altijd smalend een 'drug voor cocktailparty's' genoemd) en ze interesseerde zich niet voor het zakje methamfetamine. De 'hulpagenten' zouden het vast wel graag hebben gerookt, maar Sammy vond meth gekke shit voor gekke mensen – wie anders zou rook inhaleren waar stukjes strijkvlak van luciferboekjes in zaten, gemarineerd in aceton? Maar er was nog een ander, kleiner zakje, en daar zaten zes Dreamboats in, en toen Carter en zijn vrienden weg waren, had ze er eentje ingenomen met lauw bier uit het flesje dat ze onder het bed had liggen waar ze nu alleen in sliep... behalve als ze Little Walter bij zich had liggen. Of Dodee.

Ze had er even over gedacht alle Dreamboats in te nemen en voorgoed een eind aan haar rottige, ellendige leven te maken. Misschien zou ze dat nog hebben gedaan ook, als Little Walter er niet was geweest. Wie zou er voor hem zorgen als zij dood was? Misschien zou hij zelfs van honger omkomen in zijn bedje – een afschuwelijke gedachte.

Van zelfmoord kon geen sprake zijn, maar ze had zich in haar hele leven nog nooit zo neerslachtig, verdrietig en gekwetst gevoeld. En ook vies. Ze was wel vaker vernederd, soms door Phil (die van gedrogeerde triootjes had gehouden voordat hij al zijn belangstelling voor seks verloor), soms door anderen, soms door haarzelf – Sammy Bushey had nooit begrepen dat ze haar eigen beste vriendin zou moeten zijn.

In elk geval had ze haar portie eenmalige vrijpartijen gehad. Toen ze nog op de middelbare school zat en het basketbalteam van de Wildcats kampioen van klasse D was geworden, had ze het op een feest na afloop met vier van de vaste leden van het team gedaan, de een na de ander (de vijfde had uitgeteld in een hoek gelegen). Dat was haar eigen stomme idee geweest. Ze had ook verkocht wat Carter, Mel en Frankie DeLesseps met geweld hadden genomen. Het vaakst aan Freeman Brown, eigenaar van Brownie's Store, waar ze meestal haar boodschappen deed omdat Brownie haar krediet gaf. Hij was oud en rook niet erg goed, maar hij was geil en dat was duidelijk een pluspunt. Het maakte hem snel. Verder dan zes keer pompen op het matras in het magazijn kwam hij meestal niet, en dan kreunde hij nog even en spoot hij leeg. Het was nooit het hoogtepunt van haar week, maar het was een prettig idee dat ze daar krediet had, vooral wanneer ze aan het eind van de maand door haar geld heen was en Little Walter nieuwe pampers nodig had.

En Brownie had haar nooit pijn gedaan.

De vorige avond was het heel anders gegaan. DeLesseps was nog niet zo erg geweest, maar Carter had haar veel pijn gedaan waardoor ze beneden was gaan bloeden. Daarna was het nog erger geworden; toen Mel Searles zijn broek liet zakken, bleek hij over zo'n instrument te beschikken als ze soms in de pornofilms had gezien waarnaar Phil had gekeken voordat zijn belangstelling voor speed het van zijn belangstelling voor seks won.

Searles had zich met veel geweld op haar gestort. Ze had geprobeerd terug te denken aan wat Dodee en zij twee dagen eerder hadden gedaan, maar dat werkte niet. Ze bleef zo droog als augustus zonder regen. Dat wil zeggen, totdat wat door Carter Thibodeau alleen maar geschuurd was plotseling wijd openscheurde. Toen voelde ze iets nats. Ze voelde dat het een plas onder haar vormde, warm en kleverig. Er had ook iets nats op haar gezicht gezeten, tranen die over haar wangen liepen en in de holten van haar oren bleven zitten. Tijdens Mel Searles' eindeloze rit bedacht ze dat hij misschien zelfs haar dood zou worden. Wat zou er in dat geval van Little Walter worden?

En door dat alles heen hoorde ze de schelle eksterstem van Georgia Roux: *'Pak haar, pak haar, pak dat kreng. Laat haar schreeuwen!'*

Sammy had inderdaad geschreeuwd. Ze had heel hard geschreeuwd, net als Little Walter in zijn bedje in de andere kamer.

Ten slotte hadden ze haar gewaarschuwd dat ze haar mond moest houden en haar op de bank achtergelaten, bloedend maar nog in leven. Ze had het schijnsel van hun koplampen over het plafond van de huiskamer zien glijden en zien verdwijnen toen ze wegreden in de richting van het dorp. Toen was ze met Little Walter alleen geweest. Ze had met hem heen en weer gelopen, heen en weer, en was alleen een keer blijven staan om een slipje aan te trekken (niet het roze; dat deed ze nooit meer aan) en toiletpapier in haar kruis te proppen. Ze had Tampax, maar ze moest er niet aan denken dat ze iets naar binnen zou steken.

Ten slotte had Little Walter zijn hoofdje op haar schouder laten zakken en voelde ze dat haar huid vochtig werd van zijn kwijl – een duidelijk teken dat hij echt onder zeil was. Ze had hem in zijn bedje teruggelegd (vurig hopend dat hij de hele nacht zou blijven slapen) en daarna de schoenendoos uit de kast gepakt. De Dreamboat – een soort krachtige tranquillizer, ze wist niet precies wat het was – had eerst de pijn Daar Beneden verdoofd en daarna alles weggevaagd. Ze had meer dan twaalf uur aan een stuk geslapen.

En nu dit.

De kreten van Little Walter waren zoiets als een fel licht dat door dichte mist scheen. Ze wankelde het bed uit en rende naar zijn slaapkamer. Ze wist dat zijn klotebedje, dat Phil half stoned in elkaar had gezet, eindelijk was bezweken. Little Walter had het de vorige avond kapot geschud toen de 'hulpagenten' met haar bezig waren. Dat moest het zo erg hebben verzwakt dat het vanochtend, toen hij weer lag te woelen...

Little Walter lag op de vloer in de ravage. Toen hij naar haar toe kroop, zag ze dat er bloed uit een snee in zijn voorhoofd liep.

'*Little Walter!*' riep ze uit, en ze nam hem in haar armen. Ze draaide zich om, struikelde over een losse lat van het bedje, kwam op haar knie terecht, krabbelde overeind en liep vlug met de krijsende baby in haar armen naar de slaapkamer. Ze draaide de kraan open, maar natuurlijk kwam er geen water; er was geen stroom om de pomp van haar put aan de gang te houden. Ze pakte een handdoek en veegde daarmee zijn gezicht af, zodat ze de snee kon zien: niet diep en lang, maar onregelmatig en rafelig. Er zou een litteken achterblijven. Ze drukte de handdoek er zo hard tegenaan als ze durfde en deed haar best om zich niets aan te trekken van de kreten van pijn en woede die Little Walter weer liet horen. Het bloed spatte met druppels zo groot als muntjes op haar blote voeten. Toen ze omlaagkeek, zag ze dat het blauwe slipje dat ze na het vertrek van de 'hulpagenten' had aangetrokken nu drijfnat en paars was. Eerst dacht ze dat het bloed van Little Walter was, maar haar dijen zaten ook onder.

5

Op de een of andere manier wist ze Little Walter lang genoeg stil te houden om drie SpongeBob-pleisters over de wond te plakken en hem een hemdje en zijn enige overgebleven schone hansopje aan te trekken (op de voorkant stond met rood gestikte letters MAMMIES KLEINE DEUGNIET). Ze kleedde zichzelf aan terwijl Little Walter over de vloer van de slaapkamer rondkroop. Zijn gekrijs was afgezwakt tot dreinerig gesnotter. Ze gooide het met bloed doorweekte slipje in de vuilnisbak en trok een schoon aan. Met een opgevouwen vaatdoek veegde ze haar kruis af. Ze pakte een volgende doek voor later. Ze bloedde nog. Niet overdadig, maar het was een veel ergere vloed dan bij haar ergste menstruaties. En het was de hele nacht doorgegaan. Het bed was drijfnat.

Ze pakte Little Walters tas in en tilde hem op. Hij was zwaar en ze voelde meteen een nieuwe pijn Daar Beneden: een kramperige buikpijn zoals wanneer je iets verkeerds had gegeten.

'We gaan naar het medisch centrum,' zei ze, 'en maak je geen zorgen, Little Walter: dokter Haskell lapt ons allebei wel op. Trouwens, littekens zijn niet zo erg voor jongens. Soms vinden meisjes ze zelfs sexy. Ik rijd zo hard als ik kan, dan zijn we er gauw.' Ze maakte de deur open. 'Alles komt goed.'

Maar met haar oude roestbak van een Toyota was het helemaal niet goed. De 'hulpagenten' hadden niets aan de achterbanden gedaan, maar wel beide voorbanden doorgeprikt. Sammy keek een hele tijd naar de auto en voelde dat er een nog diepere neerslachtigheid over haar neerdaalde. Er ging een idee door haar hoofd, heel even maar wel helder: ze kon de overige Dreamboats met Little Walter delen. Ze kon ze fijnstampen en in een van zijn Playtex-flesjes doen. Ze kon de smaak camoufleren met chocolademelk. Little Walter was gek op chocolademelk. Tegelijk kwam de titel van een van Phils oude platenalbums bij haar op: *Nothing Matters and What If It Did?*

Ze zette het idee uit haar hoofd.

'Zo'n soort mama ben ik niet,' zei ze tegen Little Walter.

Hij keek haar met grote ogen aan en deed haar daarmee aan Phil denken, maar dan wel op een goede manier: dezelfde uitdrukking die bij haar man op verbaasde domheid had geleken zag er op het gezicht van haar zoon vertederend grappig uit. Ze gaf een kus op zijn neus en hij lachte. Dat was mooi, een mooi lachje, maar de pleisters op zijn voorhoofd werden rood. Dat was niet zo mooi.

'We veranderen van plan,' zei ze, en ze ging weer naar binnen. Eerst kon ze de draagzak niet vinden, maar ten slotte vond ze hem achter wat ze voortaan de verkrachtingsbank zou noemen. Met enige moeite kreeg ze Little Walter in de zak, al had ze meteen weer overal pijn toen ze hem optilde. De vaatdoek in haar slipje voelde onheilspellend vochtig aan, maar toen ze naar het kruis van haar trainingsbroek keek, zag ze geen vlekken. Dat was goed.

'Klaar voor een wandelingetje, Little Walter?'

Little Walter drukte alleen maar zijn wang tegen de holte van haar schouder. Soms zat het haar dwars dat hij zo weinig praatte – baby's van vriendinnen maakten met zestien maanden al hele zinnen, en Little Walter kende nog maar negen of tien woorden –, maar deze ochtend niet. Deze ochtend had ze andere dingen aan haar hoofd.

Het was een verontrustend warme dag voor de laatste hele week van oktober. De hemel was van het allerlichtste blauw en het licht zelf was wazig. Het zweet stond bijna meteen op haar gezicht en hals, en haar kruis deed lelijk pijn – dat werd erger bij elke stap, leek het wel, en ze had er nog maar een paar gezet. Ze dacht erover om terug te gaan en een aspirientje te nemen, maar werd het bloeden daar niet juist erger van? Trouwens, ze wist niet of ze ze nog had.

Er was ook nog iets anders, iets wat ze zichzelf nauwelijks durfde toe te geven: als ze haar woonwagen weer binnenging, zou ze misschien niet de moed hebben om weer naar buiten te gaan.

Er zat een wit papiertje onder de linker ruitenwisser van de Toyota. Langs de bovenkant stond **Gewoon een briefje van** SAMMY afgedrukt, omringd door madeliefjes. Uit het schrijfblok in haar keuken gescheurd. Het idee wekte een lusteloze verontwaardiging bij haar op. Onder de madeliefjes was geschreven: *Als je het iemand vertelt, gaat er meer dan je banden kapot.* En daaronder, in een ander handschrift: *De volgende keer keren we je om en doen het aan de andere kant.*

'Dat had je gedroomd, klootzak,' zei ze met een vermoeide, zwakke stem.

Ze verfrommelde het papiertje, liet het bij een van de lekke banden vallen – die arme oude Corolla leek bijna net zo moe en moedeloos als zij zich voelde – en liep naar het eind van het pad, waar ze even tegen de brievenbus geleund bleef staan. Het metaal voelde warm aan en de zon brandde in haar nek. En er stond amper een zuchtje wind. In oktober zou het koel en fris moeten zijn. *Misschien is dit die globale opwarming,* dacht ze. Ze was de eerste die op dat idee kwam, maar niet de laatste, en het woord dat uiteindelijk bleef hangen was niet 'globaal' maar 'lokaal'.

Motton Road lag verlaten en troosteloos voor haar. Links van haar stonden vanaf een kleine twee kilometer de mooie nieuwe huizen van Eastchester, waar de beter gesitueerde werkpapa's en werkmama's van de gemeente Chester's Mill thuiskwamen nadat ze de hele dag in de winkels, kantoren en banken van Lewiston-Auburn hadden gewerkt. Rechts van haar leidde de weg naar het dorp Chester's Mill zelf. Daar was ook het medisch centrum.

'Klaar, Little Walter?'

Little Walter zei niet of hij klaar was of niet. Hij snurkte in de holte van haar schouders en kwijlde op haar Donna the Buffalo-t-shirt. Sammy haalde diep adem en deed haar best om de pijn Daar Beneden te negeren. Ze hees de draagzak op en ging op weg naar het dorp.

Toen de sirene op het gemeentehuis zich liet horen, met de korte stootjes die betekenden dat er brand was, dacht ze eerst dat het geluid in haar eigen hoofd zat, want dat voelde heel vreemd aan. Toen zag ze de rook, maar het was helemaal in het westen. Little Walter en zij hadden er niets mee te maken – tenzij er mensen voorbijkwamen die naar het vuur wilden gaan kijken. In dat geval zouden ze vast wel zo goed zijn haar bij het medisch centrum af te zetten voordat ze van de sensatie gingen genieten.

Ze zong het nummer van James McMurtry dat een zomerhit was geweest, kwam tot aan *'We roll up the sidewalks at quarter of eight, it's a small town, can't sell you no beer,'* en hield er toen mee op. Haar mond was te droog om te zingen. Ze knipperde met haar ogen en zag dat ze op het punt stond in de greppel te vallen, en niet eens de greppel waar ze naast had gelopen toen ze op weg ging. Ze was helemaal over de weg geslingerd: een uitstekende manier om aangereden te worden in plaats van een lift te krijgen.

Ze keek achterom, hopend op verkeer. Dat was er niet. De weg naar Eastchester was leeg; het asfalt was net niet heet genoeg om te glanzen.

Ze ging terug naar wat ze als haar kant beschouwde. Ze wankelde inmiddels op haar benen, alsof ze haar niet meer konden dragen. Net een dronken zeeman, dacht ze. *What do you do with a drunken sailor, ear-lye in the morning?* Maar het was geen ochtend, het was middag, ze had de klok rond geslapen, en toen ze omlaag keek, zag ze dat het kruis van haar trainingsbroek paars was geworden, net als het slipje dat ze eerder had gedragen. *Dat gaat er nooit meer uit, en ik heb maar twee andere trainingsbroeken die me passen.* Toen herinnerde ze zich dat een daarvan een groot gat in het zitvlak had en begon ze te huilen. De tranen voelden koel aan op haar warme wangen.

'Het komt wel goed, Little Walter,' zei ze. 'Dokter Haskell lapt ons weer op. Het komt goed. Helemaal goed. Zo goed als...'

Toen bloeide er een zwarte roos voor haar ogen op en verdween het laatste beetje kracht uit haar benen. Sammy voelde dat. Het was alsof de kracht als water uit haar spieren wegliep. Ze zakte in elkaar en klampte zich vast aan één laatste gedachte: *Op je zij, op je zij, druk de baby niet plat!*

Dat lukte haar nog. Toen lag ze languit in de berm van Motton Road, roerloos in de wazige, juli-achtige zon. Little Walter werd wakker en huilde. Hij probeerde uit de draagzak te komen, maar slaagde daar niet in. Sammy had hem goed vastgemaakt, en hij zat in de klem. Little Walter huilde nu nog harder. Een vlieg streek op zijn voorhoofd neer, proefde van het bloed dat door de cartoonplaatjes van SpongeBob en Patrick heen drong en vloog weg. Misschien om verslag van zijn vondst uit te brengen aan het vliegenhoofdkwartier en versterkingen op te roepen.

Sprinkhanen tsjirpten in het gras.

De sirene op het gemeentehuis loeide.

Little Walter, beklemd bij zijn bewusteloze moeder, huilde een tijdje in de warmte, hield er toen mee op en bleef zwijgend liggen, lusteloos om zich heen kijkend terwijl het zweet in grote heldere druppels uit zijn dunne haartjes viel.

6

Barbie stond naast de dichtgetimmerde kassa van het Globe-theater, onder de ingezakte luifel (het Globe-theater was al vijf jaar dicht) en had daar een goed zicht op zowel het gemeentehuis als het politiebureau. Zijn goede vriend Junior zat op de trappen van het bureau en masseerde zijn slapen, alsof het ritmische loeien van de sirene pijn aan zijn hoofd deed.

Al Timmons kwam het gemeentehuis uit en draafde door de straat. Hij had zijn grijze portierspak aan, maar er hing een kijker om zijn hals en hij had een sproeipomp op zijn rug hangen – blijkbaar zonder water, want hij droeg hem met groot gemak. Barbie nam aan dat Al de sirene had laten afgaan.

Ga weg, Al, dacht Barbie. *Nou, komt er nog wat van?*

Er kwamen zes wagens aanrijden. De eerste twee waren pick-ups; de derde was een kleine vrachtwagen. Op de portieren van de pick-up stond WARENHUIS BURPEE en op de vrachtwagen prijkte de legendarische slogan NEEM EEN SLURPEE BIJ DE BURPEE. Romeo zelf zat achter het stuur van de voorste wagen. Zijn haar was het gebruikelijke Daddy Cool-wonder van golven en spiralen. Brenda Perkins zat naast hem. In de laadbak van de pick-up lagen schoppen, slangen en een gloednieuwe dompelpomp met de stickers van de fabrikant er nog op.

Romeo stopte bij Al Timmons. 'Spring maar achterin,' zei hij, en Al deed het. Barbie trok zich zo ver mogelijk in de schaduw van de theaterluifel terug. Hij wilde niet worden gerekruteerd om de brand op Little Bitch Road te bestrijden; hij had werk te doen in het dorp zelf.

Junior was niet van de trap van het politiebureau gekomen, maar hij wreef nog steeds over zijn slapen en hield zijn hoofd in zijn handen. Barbie wachtte tot de wagens waren verdwenen en stak toen vlug de straat over. Junior keek niet op en was even later door het met klimop begroeide gemeentehuis aan Barbies zicht onttrokken.

Barbie ging de trap op en bleef even staan om het papier op het mededelingenbord te lezen: GEMEENTEVERGADERING DONDERDAG 19.00 ALS CRISIS NIET IS OPGELOST. Hij dacht aan Julia, die zei: *Zolang je Grote Jim Rennie geen toespraak voor de kiezers hebt horen houden, moet je niet te gering over hem denken.* Misschien kreeg hij donderdagavond de gelegenheid; in elk geval zou Rennie dan de bevolking toespreken om de leiding te houden.

En om meer macht te krijgen, hoorde hij Julia in zijn hoofd zeggen. *Die zal hij natuurlijk ook willen. In het belang van de gemeente.*

Het gemeentehuis was honderdzestig jaar geleden van natuursteen gebouwd, en de hal was koel en schemerig. De generator stond uit; die hoefde niet te draaien als er niemand was.

Maar er was wel iemand. Barbie hoorde twee kinderstemmen in de grote vergaderzaal. De hoge eikenhouten deuren stonden op een kier. Hij keek naar binnen en zag een magere man met veel grijzend haar aan de tafel van het gemeentebestuur zitten. Tegenover hem zat een leuk meisje van een jaar of tien. Ze hadden een dambord tussen hen in; de man met lang haar steunde met zijn kin op zijn hand en dacht na over zijn volgende zet. Beneden, in het gangpad tussen de banken, speelde een jonge vrouw haasje-over met een jongetje van vier of vijf. De dammers waren aandachtig; de jonge vrouw en het jongetje lachten.

Barbie wilde zich terugtrekken, maar het was te laat. De jonge vrouw keek op. 'Hé! Hallo!' Ze pakte de jongen op en kwam naar Barbie toe. De dammers keken ook op. En dat terwijl hij onzichtbaar had willen blijven.

De jonge vrouw stak de hand die ze niet gebruikte om het zitvlak van het jongetje te ondersteunen naar hem uit. 'Ik ben Carolyn Sturges. Die meneer daar is mijn vriend Thurston Marshall. Dit jongetje is Aidan Appleton. Zeg eens dag, Aidan.'

'Dag,' zei Aidan met een klein stemmetje, en toen stak hij zijn duim in zijn mond. Hij keek Barbie aan met ogen die rond, blauw en enigszins nieuwsgierig waren.

Het meisje rende door het middenpad om naast Carolyn Sturges te komen staan. De langharige man volgde in een bedaarder tempo. Hij zag er moe en geschokt uit. 'Ik ben Alice Rachel Appleton,' zei ze. 'Aidans grote zus. Haal je duim uit je mond, Aide.'

Aide deed het niet.

'Nou, leuk om met jullie kennis te maken,' zei Barbie. Hij noemde hun zijn eigen naam niet. Eigenlijk zou hij willen dat hij een valse snor droeg. Evengoed viel het misschien nog wel mee. Hij was er bijna zeker van dat dit mensen van buiten het dorp waren.

'Bent u van de gemeente?' vroeg Thurston Marshall. 'Als u van de gemeente bent, wil ik een klacht indienen.'

'Ik ben maar de portier,' zei Barbie, en toen herinnerde hij zich dat ze bijna zeker Al Timmons hadden zien weggaan. Waarschijnlijk hadden ze hem zelfs gesproken. 'De andere portier. Jullie zullen Al wel hebben ontmoet.'

'Ik wil naar mijn moeder,' zei Aidan Appleton. 'Ik mis haar héél erg.'

'We hebben hem ontmoet,' zei Carolyn Sturges. 'Hij zegt dat de overheid raketten heeft afgeschoten op wat het ook maar is dat ons gevangenhoudt, en dat die raketten alleen maar terugstuiterden en brand veroorzaakten.'

'Dat is waar,' zei Barbie, en voordat hij meer kon zeggen, mengde Marshall zich weer in het gesprek.

'Ik wil een klacht indienen. Sterker nog: ik wil aangifte doen. Ik ben mishandeld door een zogenaamde politieagent. Hij stompte me in mijn buik. Een paar jaar geleden heb ik mijn galblaas eruit laten halen, en ik ben bang dat ik inwendig letsel heb opgelopen. Bovendien is Carolyn verbaal mishandeld. Er werd een naam voor haar gebruikt die seksueel vernederend was.'

Carolyn legde haar hand op zijn arm. 'Voordat we aanklachten indienen, Thurse, moet je bedenken dat we d-o-p-e hadden.'

'Dope!' zei Alice meteen. 'Onze mama rookt soms marihuana, want dat helpt als ze o-n-g-e-s-t-e-l-d is.'

'O,' zei Carolyn. 'Ja.' Ze glimlachte vaag.

Marshall richtte zich in zijn volle lengte op. 'Bezit van marihuana is een licht delict,' zei hij. 'Wat ze met mij hebben gedaan, was mishandeling, een ernstig delict! En het doet verschrikkelijk pijn!'

Carolyn keek hem aan met een mengeling van genegenheid en ergernis. Barbie begreep plotseling hoe het tussen hen zat. De jonge studente had de oude professor leren kennen, en nu zaten ze aan elkaar vast, vluchtelingen in de New England-versie van *Met gesloten deuren* van Sartre. 'Thurse... Ik weet niet of de rechter het ook zo'n ernstig misdrijf vindt.' Ze glimlachte verontschuldigend naar Barbie. 'We hadden nogal veel. Ze hebben het meegenomen.'

'Misschien roken ze het bewijsmateriaal op,' zei Barbie.

Ze lachte daarom. Haar grijzende vriend niet. Zijn borstelige wenkbrauwen waren naar elkaar toe gekomen. 'Evengoed ben ik van plan een klacht in te dienen.'

'Ik zou daarmee wachten,' zei Barbie. 'De situatie hier... Nou, laten we zeggen dat een stomp in de buik niet zo belangrijk wordt gevonden zolang we onder de Koepel zitten.'

'Maar ík vind het belangrijk, mijn jonge vriend de portier.'

De jonge vrouw keek nu met meer ergernis dan genegenheid. 'Thurse...'

'Daar staat tegenover dat ook niemand zich erg druk zal maken om een beetje wiet,' zei Barbie. 'Misschien is dat weer een meevaller. Hoe zijn jullie aan die kinderen gekomen?'

'De politieagenten met wie we in Thurstons huisje te maken hadden, zagen ons in het restaurant,' zei Carolyn. 'De vrouw die daar de leiding heeft zei dat ze dicht waren tot het avondeten, maar ze kreeg medelijden met ons toen we zeiden dat we uit Massachusetts kwamen. Ze gaf ons broodjes en koffie.'

'Ze gaf ons píndakaas en jám en koffie,' verbeterde Thurston haar. 'Er was geen keus, zelfs geen tonijn. Toen ik tegen haar zei dat die pindakaas aan mijn gehemelte bleef plakken, zei ze dat ze zich aan een rantsoen hielden. Is dat niet het krankzinnigste wat je ooit hebt gehoord?'

Barbie vond het niet krankzinnig, maar omdat het ook zijn idee was geweest, zei hij niets.

'Toen ik de politie zag binnenkomen, dacht ik dat we weer in de problemen zaten,' zei Carolyn, 'maar blijkbaar waren ze door Aide en Alice milder gestemd.'

Thurston snoof. 'Niet zo mild dat ze zich verontschuldigden. Of is dat me ontgaan?'

Carolyn zuchtte en keek toen Barbie weer aan. 'Ze zeiden dat de dominee van de Congregationalistische Kerk misschien een leeg huis kon vinden waar wij met zijn vieren kunnen wonen tot dit voorbij is. Ik denk dat we als pleegouders moeten fungeren, in elk geval voorlopig.'

Ze streek door het haar van de jongen. Zo te zien was Thurston Marshall minder blij met het vooruitzicht van pleegouderschap, maar hij sloeg zijn arm om de schouders van het meisje, en dat nam Barbie voor hem in.

'Een van die agenten heette Junior,' zei Alice. 'Hij is aardig. En heel knap. Frankie ziet er niet zo knap uit, maar hij was ook aardig. Hij gaf ons een

Milky Way. Mama zegt dat we geen snoep van vreemden mogen aanpakken, maar...' Ze haalde haar schouders op om te kennen te geven dat de dingen waren veranderd, iets wat Carolyn en zij beter schenen te begrijpen dan Thurston.

'Daarvoor waren ze niet aardig,' zei Thurston. 'Ze waren niet aardig toen ze mij in mijn buik stompten, Caro.'

'Je moet niet alleen het zoet maar ook het zuur aanvaarden,' zei Alice filosofisch. 'Dat zegt mijn moeder.'

Carolyn lachte. Barbie lachte mee, en Marshall even later ook, al hield hij daarbij zijn buik vast en keek hij zijn jonge vriendin enigszins verwijtend aan.

'Ik ben de straat op gegaan en heb op de kerkdeur geklopt,' zei Carolyn. 'Er kwam niemand, en ik ging naar binnen – de deur zat niet op slot, maar er was daar niemand. Hebt u enig idee wanneer de dominee terugkomt?'

Barbie schudde zijn hoofd. 'Als ik u was, zou ik met het dambord naar de pastorie gaan. Die is achter de kerk. U moet mevrouw Piper Libby hebben.'

'*Cherchez la femme*,' zei Thurston.

Barbie haalde zijn schouders op en knikte. 'Ze is aardig, en er zijn lege huizen in Chester's Mill genoeg. U kunt bijna kiezen. En waarschijnlijk ligt er overal eten in de provisiekast.'

Dat deed hem weer aan de schuilkelder denken.

Intussen had Alice de damstenen in haar zakken gedaan en het dambord in haar handen genomen. 'Meneer Marshall heeft tot nu toe steeds van me gewonnen,' zei ze tegen Barbie. 'Hij zegt dat het pa-ter-na-listisch is om kinderen te laten winnen omdat ze kinderen zijn. Maar ik word steeds beter, toch, meneer Marshall?'

Ze keek glimlachend naar hem op. Thurston Marshall glimlachte terug. Barbie dacht dat het wel goed zou komen met dit onwaarschijnlijke viertal.

'De jeugd moet zijn zin krijgen, Alice meisje,' zei hij. 'Maar niet onmiddellijk.'

'Ik wil naar mama,' zei Aidan verdrietig.

'Was er maar een manier om met haar in contact te komen,' zei Carolyn. 'Alice, kun je je echt niet haar e-mailadres herinneren?' En tegen Barbie zei ze: 'Mama heeft haar mobiele telefoon in het huisje achtergelaten, dus daar komen we ook niet verder mee.'

'Ze is een hotmail,' zei Alice. 'Dat is alles wat ik weet. Ze zegt wel eens dat ze vroeger een *hot female* was, maar daar heeft papa iets aan gedaan.'

Carolyn keek haar oudere vriend aan. 'Zullen we hier weggaan?'

'Ja. Laten we maar naar die pastorie gaan, en hopen dat die dame gauw terug is van de herderlijke boodschap die ze doet.'

'De pastorie is misschien ook niet op slot,' zei Barbie. 'Als hij toch op slot is, kijk dan onder de deurmat.'

'Dat zou ik niet wagen,' zei Thurston.

'Ik wel,' zei Carolyn giechelend. Het jongetje moest lachen om het geluid.

'Wagen!' riep Alice Appleton, en ze rende met uitgestrekte armen en met het dambord in één hand door het middenpad. 'We nemen de wagen. Kom op, vooruit met de wagen!'

Thurston zuchtte en liep achter haar aan. 'Als je dat dambord breekt, Alice, kun je nooit van me winnen.'

'Toch wel, want de jéúgd moet zijn zín krijgen!' riep ze over haar schouder terug. 'Trouwens, we kunnen het met tape aan elkaar plakken. Kom méé!'

Aidan wriemelde ongeduldig in Carolyns armen. Ze zette hem neer om achter zijn zus aan te rennen. Carolyn stak haar hand uit. 'Dank u, meneer...'

'Graag gedaan,' zei Barbie, en hij schudde haar de hand. Toen wendde hij zich tot Thurston. De man gaf het slappe handje dat Barbie altijd in verband bracht met mannen bij wie de verhouding van intelligentie tot lichaamsbeweging scheefgetrokken was.

Ze liepen achter de kinderen aan. Bij de dubbele deur keek Thurston Marshall achterom. Door een van de hoge ramen viel een bundel wazig zonlicht op zijn gezicht, waardoor hij ouder leek dan hij was. Hij leek nu wel tachtig. 'Ik was gasthoofdredacteur van het nieuwste nummer van *Ploughshares*,' zei hij. Zijn stem trilde van verontwaardiging en verdriet. 'Dat is een heel goed literair tijdschrift, een van de beste in het land. Ze hadden niet het recht om me in mijn buik te stompen of me uit te lachen.'

'Nee,' zei Barbie. 'Natuurlijk niet. Pas goed op die kinderen.'

'Doen we,' zei Carolyn. Ze pakte de arm van de man vast en gaf er een kneepje in. 'Kom mee, Thurse.'

Barbie wachtte tot hij de buitendeur hoorde dichtgaan en ging toen op zoek naar de trap die naar de vergaderkamer van het gemeentebestuur en de keuken leidde. Jules had gezegd dat je vandaar een halve trap af moest om in de schuilkelder te komen.

7

Piper dacht eerst dat iemand een tas met boodschappen langs de weg had laten liggen. Toen kwam ze een beetje dichterbij en zag ze dat het een mens was.

Ze stopte en kwam zo snel uit de auto dat ze op haar knie viel en hem schaafde. Toen ze opstond, zag ze dat het niet één persoon was maar dat het er twee waren: een moeder en een klein kind. Het kind leefde in ieder geval. Het zwaaide zwakjes met zijn armpjes.

Ze rende naar hen toe en draaide de vrouw op haar rug. De vrouw was jong en kwam haar vaag bekend voor, maar ze was geen lid van Pipers gemeente. Haar wang en voorhoofd zaten onder de blauwe plekken. Piper bevrijdde het kind uit de draagtas, en toen ze hem tegen zich aan hield en door zijn bezwete haar streek, huilde hij met schorre stem.

De ogen van de vrouw gingen fladderend open toen ze dat hoorde, en Piper zag dat haar broek doorweekt was met bloed.

Lieve help.

'L'il Walter,' kreunde de vrouw, maar Piper verstond haar verkeerd.

'Maak je geen zorgen. Er is water in de auto. Blijf stilliggen. Ik heb je baby. Het gaat goed met hem.' Al wist ze dat eigenlijk niet. 'Ik zal voor hem zorgen.'

'L'il Walter,' zei de vrouw met de bebloede spijkerbroek opnieuw, en ze deed haar ogen dicht.

Toen Piper naar haar auto rende, bonkte haar hart zo erg dat ze het in haar oogballen voelde. Ze had een kopersmaak op haar tong. *God helpe me,* bad ze, en omdat ze niets anders kon bedenken, dacht ze het opnieuw: *God, o God, help die vrouw.*

De Subaru had airconditioning, maar die had ze ondanks de warmte van die dag niet aangezet. Ze gebruikte hem zelden, want ze vond het niet milieuvriendelijk. Nu zette ze hem aan, en op volle kracht ook. Ze legde de baby op de achterbank, deed de ramen dicht, sloot de portieren en liep toen terug naar de jonge vrouw die langs de kant van de weg lag. Toen kwam er een vreselijke gedachte bij haar op: als de baby nu eens kans zag over de leuning heen te klimmen, op de verkeerde knop te drukken en haar buiten te sluiten?

God, wat ben ik dom. De ergste dominee van de hele wereld als zich een echte crisis voordoet. Help me niet zo dom te zijn.

Ze liep vlug terug, maakte het portier aan de bestuurderskant weer open, keek over de leuning en zag dat het jongetje nog lag waar ze hem had neergelegd, al zoog hij nu op zijn duim. Hij keek haar even aan en richtte zijn blik toen op het plafond van de auto, alsof hij daar iets interessants zag. Misschien fantaseerde hij tekenfilms. Hij had dwars door zijn t-shirtje onder zijn hansop heen gezweet. Piper draaide de elektronische sleutelhanger in haar hand heen en weer tot hij los kwam van haar sleutelring. Toen rende ze naar de vrouw terug, die overeind wilde gaan zitten.

'Niet doen,' zei Piper. Ze knielde bij haar neer en sloeg haar arm om haar heen. 'Ik geloof niet dat je...'

'L'il Walter,' kreunde de vrouw.

Shit, ik ben het water vergeten! God, waarom liet U me het water vergeten?

Nu probeerde de vrouw te gaan staan. Piper vond dat niet zo'n goed idee. Het was in strijd met alles wat ze van eerste hulp wist, maar wat kon ze anders doen? Er was niemand op de weg, en ze kon de vrouw niet achterlaten in de felle zon, die nog erger zou worden. En dus duwde ze haar niet terug maar hielp ze haar om te gaan staan.

'Langzaam,' zei ze. Ze hield de vrouw om haar middel vast en deed haar best haar wankele stappen zo goed mogelijk te ondersteunen. 'Rustig aan, dan breekt het lijntje niet. Het is koel in de auto. En er is water.'

'L'il Walter!' De vrouw zwaaide heen en weer, hervond haar evenwicht en liep een beetje vlugger.

'Water,' zei Piper. 'Ja. En dan breng ik je naar het ziekenhuis.'

'Nee... centrum.'

Dat begreep Piper, maar ze schudde vastbesloten haar hoofd. 'Geen denken aan. Je gaat regelrecht naar het ziekenhuis. En je baby ook.'

'L'il Walter,' fluisterde de vrouw. Ze stond te wankelen, haar hoofd omlaag, haar haren voor haar gezicht, terwijl Piper het portier aan de passagierskant openmaakte. Ze hielp de vrouw naar binnen.

Piper pakte de fles bronwater uit het middenvak en haalde de dop eraf. De vrouw griste hem uit haar hand voordat Piper hem kon aanbieden en dronk gretig. Het water morste over haar hals, droop van haar kin en maakte donkere vlekken op de bovenhelft van haar t-shirt.

'Hoe heet je?' vroeg Piper.

'Sammy Bushey.' En terwijl Sammy maagkrampen kreeg van het water, bloeide die zwarte roos weer op voor haar ogen. De fles gleed uit haar hand en viel gorgelend op de vloermat. Ze verloor het bewustzijn.

Piper reed zo hard als ze kon, en dat was flink hard, want er was nog steeds geen verkeer op Motton Road, maar toen ze bij het ziekenhuis kwam, hoorde ze dat dokter Haskell de vorige dag was overleden en dat de praktijkondersteuner, Everett, er niet was.

Sammy werd onderzocht en in het ziekenhuis opgenomen door de befaamde medisch expert Dougie Twitchell.

8

Terwijl Ginny haar best deed om een eind aan Sammy Busheys vaginale bloeding te maken en Twitch de uitgedroogde Little Walter infuusvloeistof toediende, zat Rusty Everett kalmpjes op een bankje aan het plantsoen, aan de kant van het gemeentehuis. Het bankje stond onder de grote takken van een hoge blauwspar, en hij dacht dat hij voldoende in de schaduw zat om in feite onzichtbaar te zijn. Tenminste, zolang hij niet te veel bewoog.

Er waren interessante dingen om naar te kijken.

Hij was van plan geweest regelrecht naar de opslagloods achter het gemeentehuis te gaan (Twitch had het een schuur genoemd, maar het lange houten gebouw, waarin ook de vier sneeuwruimers van Chester's Mill waren ondergebracht, verdiende een betere benaming) om te kijken hoe het daar met de propaanvoorraad gesteld was, maar toen was daar een van de politiewagens gestopt, met Frankie DeLesseps achter het stuur. Junior Rennie was aan de andere kant uitgestapt. Ze hadden nog even met elkaar gepraat, en toen was DeLesseps weggereden

Junior ging de trappen van het politiebureau op, maar in plaats van naar binnen te gaan bleef hij op de trap zitten en wreef over zijn slapen alsof hij hoofdpijn had. Rusty besloot te wachten. Hij wilde niet gezien worden als hij bij de gasvoorraad van de gemeente ging kijken, zeker niet door de zoon van de eerste wethouder.

Op een gegeven moment haalde Junior zijn mobiele telefoon uit zijn zak, klapte hem open, luisterde, zei iets, luisterde opnieuw, zei weer iets en klapte hem weer dicht. Hij wreef weer over zijn slapen. Had dokter Haskell niet iets over die jongeman gezegd? Migraine? Het leek zeker op migraine. Niet alleen omdat hij over zijn slapen wreef maar ook omdat hij zijn hoofd op een bepaalde manier omlaag hield.

Hij wil zo min mogelijk last hebben van de zon, dacht Rusty. *Hij heeft zeker zijn Zomig thuis laten liggen. Tenminste, als Haskell hem dat heeft voorgeschreven.*

Rusty was half overeind gekomen. Hij was van plan Commonwealth Lane over te steken en zo achter het gemeentehuis te komen – Juniors waarnemingsvermogen was duidelijk niet op zijn best –, maar toen zag hij iemand anders en ging weer zitten. Dale Barbara, de kok die tot kolonel scheen te zijn bevorderd (nog wel door de president zelf, volgens sommigen), stond onder de luifel van het Globe-theater, nog dieper in de schaduw dan Rusty zelf. En Barbara keek blijkbaar ook naar de jongeheer Rennie.

Interessant.

Barbara kwam blijkbaar tot de conclusie die Rusty al had getrokken: Junior zat niet te kijken, maar te wachten. Misschien tot iemand hem kwam oppikken. Barbara liep vlug de straat over, en zodra hij door het gemeentehuis aan Juniors zicht was onttrokken, bleef hij naar het mededelingenbord aan de voorkant staan kijken. Toen ging hij naar binnen.

Rusty besloot daar nog even te blijven zitten. Het was prettig onder die boom en hij wilde graag weten op wie Junior wachtte. Er kwamen nog steeds mensen terug uit de Dipper (sommigen zouden nog veel langer zijn gebleven als de drank rijkelijk had gevloeid). De meesten hadden, net als de jongeman op de trap, hun hoofd gebogen. Niet van pijn, veronderstelde Rusty, maar van verslagenheid. Of misschien was dat hetzelfde. Het was in elk geval iets om over na te denken.

Toen kwam er een grote benzineslurper aan die Rusty heel goed kende: de Hummer van Grote Jim Rennie. Hij toeterde ongeduldig naar drie dorpelingen die op straat liepen en joeg hen opzij alsof ze schapen waren.

De Hummer stopte voor het politiebureau. Junior keek op maar kwam niet overeind. De portieren gingen open. Andy Sanders kwam achter het stuur vandaan en Rennie stapte aan de andere kant uit. Rennie, die Sanders in zijn dierbare zwarte parel liet rijden? Rusty, nog steeds op zijn bankje, fronste zijn wenkbrauwen. Hij dacht dat hij nog nooit iemand anders dan Grote Jim zelf achter het stuur van dat monsterlijke ding had zien zitten. *Misschien heeft hij Andy van manusje-van-alles tot chauffeur gepromoveerd*, dacht hij, maar toen hij Grote Jim de trap op zag gaan naar zijn zoon, veranderde hij van gedachten.

Net als de meeste ervaren artsen kon Rusty ook op grote afstand vrij goed diagnoses stellen. Hij zou er nooit een behandeling op hebben gebaseerd, maar aan de manier van lopen kon je het verschil zien tussen iemand die zes maanden geleden een nieuwe heup had gekregen en iemand die last had van aambeien. Aan de manier waarop een vrouw haar hele lichaam draaide in plaats van alleen maar over haar schouder te kijken, kon je zien dat ze pijn in haar nek had. Aan een kind dat steeds over zijn hoofd krabde, kon je zien dat het een partijtje luizen had opgedaan op het zomerkamp. Grote Jim hield zijn arm tegen de bovenhelling van zijn aanzienlijke buik toen hij de trap opging: de klassieke lichaamstaal van iemand die kortgeleden zijn schouder, bovenarm of beide had verrekt. Het was dus toch niet zo verrassend dat Sanders opdracht had gekregen dat monster te besturen.

Ze praatten met zijn drieën. Junior stond niet op, maar Sanders ging naast hem zitten, zocht in zijn zak en haalde iets tevoorschijn wat twinkelde in het wazige middaglicht. Rusty had goede ogen, maar hij was er minstens vijftig meter te ver vandaan om te kunnen zien wat het voor voorwerp was. Het was van glas of metaal; meer zou hij niet met zekerheid kunnen zeggen. Junior stopte het in zijn zak, en de drie mannen praatten verder. Rennie wees naar de Hummer – dat deed hij met zijn goede arm – en Junior schudde zijn hoofd. Toen wees Sanders naar de Hummer. Junior weigerde opnieuw, liet zijn hoofd zakken en wreef weer over zijn slapen. De twee mannen keken elkaar aan, Sanders met verdraaide hals, want hij zat nog op de trap, en in de schaduw van Grote Jim, wat Rusty wel passend vond. Grote Jim haalde zijn schouders op en opende zijn handen, een gebaar van *wat moet je anders?* Sanders stond op en de twee mannen gingen het politiebureau in, al bleef Grote Jim nog even staan om op de schouder van zijn zoon te kloppen. Junior reageerde daar niet op. Hij bleef zitten waar hij zat, alsof hij van plan was daar het einde van de eeuw af te wachten. Sanders speelde portier voor Grote Jim en liet hem naar binnen gaan alvorens hem te volgen.

De twee gemeentebestuurders waren nog maar net weg of er kwamen vier mensen uit het gemeentehuis: een oudere man, een jonge vrouw, een meisje en een jongen. Het meisje hield de hand van de jongen vast en droeg een dambord. De jongen keek bijna even troosteloos als Junior, vond Rusty... en verdomd als hij met zijn vrije hand niet over zijn slaap wreef. Ze staken met zijn vieren Commonwealth Lane over en liepen vlak voor Rusty's bankje langs.

'Hallo,' zei het meisje opgewekt. 'Ik ben Alice. Dit is Aidan.'

'We gaan in de passionie wonen,' zei het jongetje dat Aidan heette somber. Hij wreef nog over zijn slaap en zag erg bleek.

'Dat lijkt me opwindend,' zei Rusty. 'Soms zou ik willen dat ik in een passionie woonde.'

De man en de vrouw waren bij de kinderen aangekomen. Ze hielden elkaars hand vast. Vader en dochter, dacht Rusty.

'Eigenlijk willen we alleen maar praten met dominee Libby,' zei de vrouw. 'U weet zeker niet of ze al terug is?'

'Geen idee,' zei Rusty.

'Nou, dan wachten we daar wel. In de passionie.' Ze glimlachte naar de oudere man toen ze dat zei. Rusty dacht dat ze misschien toch niet vader en dochter waren. 'De portier zei dat we dat konden doen.'

'Al Timmons?' Rusty had Al achter in een wagen van warenhuis Burpee zien springen.

'Nee, de andere,' zei de oudere man. 'Hij zei dat de dominee ons misschien kon helpen onderdak te vinden.'

Rusty knikte. 'Heette hij Dale?'

'Ik geloof niet dat hij ons zijn naam heeft genoemd,' zei de vrouw.

'Kóm!' De jongen liet de hand van zijn zus los en trok nu aan die van de vrouw. 'Ik wil dat andere spel spelen waar je het over had.' Maar hij klonk eerder verongelijkt dan enthousiast. Misschien een beetje geschokt. Hij kon ook een fysieke kwaal hebben. In het laatste geval hoopte Rusty dat hij alleen maar kou had gevat. Het laatste waaraan Chester's Mill op dit moment behoefte had, was een griepepidemie.

'Hun moeder is zoek, tenminste tijdelijk,' zei de vrouw zachtjes. 'Wij zorgen voor ze.'

'Goed zo,' zei Rusty, en dat meende hij. 'Jongen, heb je pijn in je hoofd?'

'Nee.'

'Zere keel?'

'Nee,' zei de jongen die Aidan heette. Hij keek Rusty met zijn ernstige ogen aan. 'Weet u wat? Van mij mogen we dit jaar Halloween overslaan.'

'Aidan Appleton!' riep Alice. Ze klonk diep geschokt.

Rusty huiverde een beetje op de bank; hij kon het niet helpen. Toen glimlachte hij. 'O ja? Waarom dan?'

'Omdat mama altijd met ons meegaat en mama is schappen doen.'

'Hij bedoelt boodschappen,' zei het meisje dat Alice heette toegeeflijk.

'Ze ging Whoops halen,' zei Aidan. Hij leek net een oud mannetje – een zórgelijk oud mannetje. 'Ik durf geen Halloween te vieren zonder mama.'

'Kom op, Caro,' zei de man. 'We moeten...'

Rusty kwam van de bank. 'Kan ik u even spreken, mevrouw? Een paar stappen deze kant op.'

Caro keek verbaasd en op haar hoede, maar ze ging toch met hem naar de andere kant van de blauwspar.

'Heeft de jongen tekenen van een toeval vertoond?' vroeg Rusty. 'Bijvoorbeeld plotseling ophouden met wat hij deed... je weet wel, gewoon een tijdje stilstaan... of strak voor zich uit kijken... met zijn lippen smakken...'

'Niets van dat alles,' zei de man, die bij hen kwam staan.

'Nee,' beaamde Caro, maar ze keek angstig.

De man zag het en keek Rusty met een diepe frons aan. 'Bent u arts?'

'Praktijkondersteuner. Ik dacht dat...'

'Nou, we stellen uw goede zorgen zeer op prijs, meneer...'

'Eric Everett. Ze noemen me Rusty.'

'We stellen uw zorgen op prijs, meneer Everett, maar ik denk dat ze overbodig zijn. Vergeet u niet dat deze kinderen hun moeder missen...'

'En ze zijn twee nachten bijna zonder eten met zijn tweeën geweest,' voegde Caro eraan toe. 'Ze probeerden samen naar het dorp te gaan toen die twee... agénten...' Ze trok haar neus op, alsof het woord stonk. '... hen vonden.'

Rusty knikte. 'Dat kan het verklaren, denk ik. Al is er blijkbaar niets met het meisje aan de hand.'

'Kinderen reageren verschillend. En we kunnen beter gaan. Ze zijn al een heel eind bij ons vandaan, Thurse.'

Alice en Aidan renden over het plantsoen en schopten kleurrijke hoopjes herfstbladeren op. Alice zwaaide met het dambord en riep zo hard als ze kon: '*Passionie Passionie!*'. De jongen hield haar stap voor stap bij en riep hetzelfde.

Die jongen zal een dissociatieve fugue hebben gehad, dacht Rusty. *De rest was toeval. En zelfs dat niet. Welk Amerikaans kind denkt in de tweede helft van oktober niet aan Halloween?* Eén ding stond vast: als het deze mensen later zou worden gevraagd, zouden ze precies weten waar en wanneer ze Eric 'Rusty' Everett hadden gezien. En dat terwijl hij onzichtbaar had willen blijven.

De man met de grijze haren verhief zijn stem. 'Kinderen! Langzamer!'

De jonge vrouw keek Rusty aan en stak haar hand uit. 'Dank u voor uw zorgen, meneer Everett. Rusty.'

'Ik zal wel overbezorgd zijn. Beroepsdeformatie.'

'Het is u vergeven. Dit is het krankzinnigste weekend uit de geschiedenis van de wereld. Schrijft u het daar maar aan toe.'

'Ja. En als u me nodig hebt, komt u maar naar het ziekenhuis of het medisch centrum.' Hij wees in de richting van het Cathy Russell, dat door de bomen heen te zien zou zijn als de rest van de bladeren viel. Tenminste, áls de bladeren vielen.

'Of naar deze bank,' zei ze, nog glimlachend.

'Ja, of naar deze bank.' Hij glimlachte ook.

'Caro!' Thurse klonk ongeduldig. 'Kóm!'

Ze wuifde even naar Rusty – een heel licht fladderen van haar vingertoppen – en liep vlug achter de anderen aan. Ze liep soepel en gracieus. Rusty vroeg zich af of Thurse wist dat meisjes die soepel en gracieus konden lopen vroeg of laat altijd bij hun oudere minnaar wegliepen. Misschien wist hij het. Misschien was het hem al eens eerder overkomen.

Rusty zag hen over het plantsoen in de richting van de spits van de Congo-kerk lopen. Uiteindelijk onttrokken de bomen hen aan het zicht. Toen hij weer naar het politiebureau keek, was Junior Rennie weg.

Rusty bleef daar nog even zitten en trommelde met zijn vingers op zijn dijen. Toen nam hij een besluit en stond op. Hij zou later wel kijken of het verdwenen propaangas van het ziekenhuis in de opslagloods van de gemeente te vinden was. Op dit moment interesseerde het hem meer wat de enige legerofficier van Chester's Mill in het gemeentehuis deed.

9

Toen Rusty over Commonwealth Lane naar het gemeentehuis liep, floot Barbie waarderend. De schuilkelder was zo lang als een restauratiewagen van de Amtrak-treinen, en de planken stonden vol met conservenblikken. Er zat nogal veel vis bij: stapels sardineblikjes, rijen blikken zalm en veel met iets wat Snow Clam Fry-Ettes heette, waarvan Barbie hoopte het nooit te hoeven eten. Er stonden dozen met droge producten, en hij zag ook veel grote plastic trommels met RIJST, MEEL, MELKPOEDER en SUIKER. Er waren stapels flessen met het opschrift DRINKWATER. Hij telde tien grote dozen met CRACKERS MINISTERIE VAN DEFENSIE. Op twee andere stond CHOCOLADEREPEN MINISTERIE VAN DEFENSIE. Op de muur daarboven hing een vergeeld bord met 700 CALORIEËN PER DAG ZEGGEN DE HONGER GEDAG.

'Droom maar lekker verder,' mompelde Barbie.

Er was een deur aan het eind. Hij deed hem open, keek in het pikkedonker, tastte om zich heen en vond een lichtschakelaar. Nog een kamer, niet helemaal zo groot maar zeker niet klein. Hij leek oud en niet meer in gebruik, hoewel niet vuil, Al Timmons moest er in elk geval van weten, want iemand had de planken afgestoft en de vloer geveegd, maar toch zeker verwaarloosd. Het opgeslagen water zat in glazen flessen, en die had hij niet meer gezien sinds zijn korte verblijf in Saoedi-Arabië.

In deze tweede kamer stonden twaalf vouwbedden met effen blauwe dekens en matrassen in doorzichtige plastic ritshoezen, klaar voor gebruik. Ook hier stonden voorraden, zoals zes kartonnen vaten met het opschrift SANITAIR en nog eens twaalf met GASMASKERS. Er was een kleine hulpgenerator die voor minimale stroom kon zorgen. Hij stond aan; blijkbaar was hij in werking gesteld toen de lichten aan gingen. Naast de kleine generator bevonden zich twee planken. Op een daarvan stond een radio die eruitzag alsof hij nieuw was geweest in de tijd dat het nummer 'Convoy' van C.W.

McCall een hit was. Op de andere plank stonden twee kookplaatjes en een knalgele metalen doos. Het logo op de zijkant dateerde uit de tijd dat cd nog iets anders betekende dan compact disc. Het was de geigerteller waarom het hem te doen was.

Barbie pakte hem op en liet hem bijna vallen – het ding was zwaar. Op de voorkant zat een metertje met cps. Als je het instrument aanzette en met de sensor naar iets wees, bleef de naald in het groen, of ging hij omhoog naar het gele midden van de meter... of zelfs naar het rood. Dat zou niet goed zijn, nam Barbie aan.

Hij zette hem aan. Het energielampje bleef donker en de naald bleef rustig tegen de o liggen.

'De accu is leeg,' zei iemand achter hem. Barbie maakte bijna een sprongetje van schrik. Hij keek om en zag een grote, zwaargebouwde man met blond haar in de deuropening tussen de twee kamers staan.

Een ogenblik kon hij niet op de naam komen, al kwam die man de meeste zondagochtenden naar het restaurant, soms met zijn vrouw, altijd met zijn twee dochtertjes. Toen wist hij het weer. 'Rusty Evers, nietwaar?'

'Bijna goed. Het is Everett.' De nieuwkomer stak zijn hand uit. Een beetje behoedzaam liep Barbie naar hem toe en schudde de hand. 'Ik zag je naar binnen gaan. En dat...' Hij knikte naar de geigerteller. '... is waarschijnlijk wel een goed idee. Er moet íets zijn dat het op zijn plaats hield.' Hij zei niet wat hij met 'het' bedoelde en dat hoefde ook niet.

'Blij dat je het goedkeurt. Ik schrok zo dat ik bijna een hartaanval kreeg. Maar daar zou jij dan weer iets aan kunnen doen. Je bent arts, nietwaar?'

'Praktijkondersteuner,' zei Rusty. 'Dat betekent...'

'Ik weet wat het betekent.'

'Oké, je wint de snelkookpan.' Rusty wees naar de geigerteller. 'Dat ding zal wel op een accu van zes volt lopen. Ik ben er vrij zeker van dat ik ze bij de Burpee heb zien liggen. En ik ben er minder zeker van dat daar nu iemand is. Dus... voel je iets voor nog een kleine verkenningstocht?'

'Wat zouden we precies verkennen?'

'De opslagloods hierachter.'

'En waarom zouden we dat willen doen?'

'Dat hangt ervan af wat we vinden. Als we vinden wat we in het ziekenhuis zijn kwijtgeraakt, kunnen jij en ik misschien wat informatie uitwisselen.'

'Wil je vertellen wat jullie kwijt zijn?'

'Propaan, beste kerel.'

Barbie dacht na. 'Vooruit maar. Laten we gaan kijken.'

10

Junior stond onder aan de gammele trap die naar de zijkant van de Sanders Hometown-drugstore leidde. Hij vroeg zich af of hij die trap kon beklimmen zolang hij die gruwelijke pijn in zijn hoofd had. Misschien wel. Waarschijnlijk wel. Aan de andere kant zou hij misschien nog maar op de helft zijn wanneer zijn schedel uit elkaar sprong als vuurwerk op oudejaarsavond, zodat er bloed en hersenweefsel de lucht in vlogen in plaats van confetti. De vlek zat weer voor zijn ogen, dansend op het ritme van zijn hart, maar nu niet wit meer. Hij was knalrood geworden.

In het donker zou ik geen last hebben, dacht hij. *In de provisiekast, bij mijn vriendinnen.*

Als dit goed ging, kon hij daarheen gaan. Op dit moment leek de provisiekast van de McCains aan Prestile Street hem de begeerlijkste plaats op aarde. Natuurlijk was Coggins daar ook, maar wat gaf dat? Junior kon die klootzak van een evangelieschreeuwer altijd opzij duwen. En Coggins moest verborgen blijven, in elk geval voorlopig. Junior had er geen belang bij om zijn vader te beschermen (en hij was noch verrast noch geschokt door wat zijn ouweheer had gedaan; Junior had altijd geweten dat Grote Jim Rennie iets moorddadigs in zich had), maar hij had er wél belang bij dat Dale Barbara een loer werd gedraaid.

Als we dit goed aanpakken, kunnen we meer doen dan hem onschadelijk maken, had Grote Jim die ochtend gezegd. *We kunnen hem gebruiken om de bevolking in deze tijden van crisis te verenigen. En die katoenplukkende krantenvrouw ook. Ik heb ook plannen met haar.* Hij had zijn warme, vlezige hand op de schouder van zijn zoon gelegd. *We zijn een team, jongen.*

Misschien waren ze dat en misschien ook niet, maar voorlopig trokken ze dezelfde ploeg. En ze zouden iets doen aan *Baaarbie.* Junior was zelfs op de gedachte gekomen dat Barbie verantwoordelijk was voor zijn hoofdpijn. Als Barbie werkelijk in het buitenland was geweest –in Irak volgens de geruchten – was hij misschien thuisgekomen met een paar vreemde souvenirs uit het Midden-Oosten. Vergif bijvoorbeeld. Junior had vaak in de Sweetbriar Rose gegeten. Barbara kon gemakkelijk iets in zijn eten hebben gedaan. Of in zijn koffie. En als Barbie niet persoonlijk achter de grill stond, had hij Rose het misschien laten doen. Dat kreng was in zijn ban.

Junior ging langzaam de trap op; om de vier treden bleef hij staan. Zijn hoofd ontplofte niet, en toen hij boven kwam, zocht hij in zijn zak naar de huissleutel die Andy Sanders hem had gegeven. Eerst kon hij hem niet vinden en dacht hij dat hij hem misschien had verloren, maar ten slotte vonden zijn vingers hem; het ding zat verborgen onder los wisselgeld.

Hij keek om zich heen. Er kwamen nog steeds mensen terug van de Dipper, maar niemand keek naar hem op toen hij daar op de overloop voor Barbies appartement stond. De sleutel paste in het slot, en hij glipte naar binnen.

Hij deed het licht niet aan, al voorzag Sanders' generator het appartement waarschijnlijk van stroom. De schemering maakte de pulserende vlek voor zijn ogen minder zichtbaar. Hij keek nieuwsgierig om zich heen. Het eerste wat hem opviel, was dat er geen tv was. Waarom niet? In plaats daarvan waren er boeken, vele planken met boeken. Was *Baaarbie* van plan geweest ze achter te laten toen hij de stad uitging? Of had hij een regeling getroffen – misschien met Petra Searles, die beneden werkte – om ze ergens heen te laten sturen? Zo ja, dan had hij waarschijnlijk ook iets geregeld voor het kleed op de huiskamervloer – een of ander kamelendrijversding dat Barbie waarschijnlijk in de plaatselijke bazaar had opgepikt als er even geen verdachten waren om te waterboarden of kleine jongetjes om mee te sodemieteren.

Hij had geen regelingen getroffen om die dingen te laten versturen, dacht Junior. Dat had hij niet hoeven te doen, want hij was nooit van plan geweest weg te gaan. Zodra dat idee bij Junior opkwam, vroeg hij zich af waarom hij dat niet eerder had ingezien. *Baaarbie* vond het hier heerlijk; hij zou nooit uit vrije wil vertrekken. Hij was zo tevreden als een made in de hondenkots.

Zoek naar iets wat hij niet kan goedpraten, had Grote Jim hem opgedragen. *Iets wat alleen van hem kan zijn. Begrijp je me?*

Denk je dat ik achterlijk ben, pa? dacht Junior nu. *Als ik dom ben, hoe komt het dan dat ik gisteravond je hachje heb gered?*

Maar zijn vader kon een harde stoot verkopen als hij kwaad werd; dat viel niet te ontkennen. Hij had Junior als kind nooit geslagen, maar dat had Junior altijd toegeschreven aan de verzachtende invloed van wijlen zijn moeder. Nu vermoedde hij dat zijn vader diep in zijn hart begreep dat hij niet meer kon stoppen als hij eenmaal begonnen was.

'Zo vader, zo zoon,' zei Junior, en hij giechelde. Het deed pijn aan zijn hoofd, maar hij giechelde evengoed. Zeiden ze vroeger niet dat lachen het beste medicijn was?

Hij liep Barbies slaapkamer in, zag dat het bed netjes was opgemaakt en dacht er even aan hoe geweldig het zou zijn om midden in dat bed een dikke drol te draaien. Ja, en dan zijn reet afvegen met de kussensloop. *Wat zou je daarvan vinden, Baaarbie?*

In plaats daarvan liep hij naar de ladekast. Drie of vier spijkerbroeken in de bovenste la, plus twee kaki korte broeken. Onder de korte broeken lag een mobiele telefoon, en een ogenblik dacht hij dat hij had gevonden wat hij zocht. Maar nee. Het was een ding uit een discountwinkel; wat studenten een weggooiertje noemden. Barbie kon altijd zeggen dat het niet van hem was.

In de tweede la lagen een stuk of vijf hemden en vier of vijf paar effen witte sportsokken. De derde la was helemaal leeg.

Hij keek onder het bed en het was meteen of zijn hele hoofd klopte en dreunde – hij was dus toch nog niet beter. En daar lag ook niets, zelfs geen stofvlokken. *Baaarbie* was een netheidsfreak. Junior dacht erover de Zomigtablet te nemen die hij in zijn horlogezakje had, maar deed het niet. Hij had er al twee ingenomen, en die hadden geen enkele uitwerking gehad, behalve dat hij een metaalsmaak achter in zijn keel had gekregen. Hij wist welk medicijn hij nodig had: de donkere provisiekast in Prestile Street. En het gezelschap van zijn vriendinnen.

Intussen was hij hier. En er moest iets zijn.

'Iets,' fluisterde hij. 'Er moet ietsepiets zijn.'

Hij liep naar de huiskamer terug, veegde traanvocht uit de hoek van zijn pijnlijke linkeroog (zonder te merken dat er een beetje bloed in zat) en bleef toen staan. Hij had een idee. Hij ging naar de ladekast terug en maakte de la met sokken en ondergoed weer open. Barbie had balletjes van de sokken gemaakt. Als tiener had Junior soms een beetje wiet of enkele peppillen in zijn sokken verborgen; ook een keer een slipje van Adriette Nedeau. Sokken waren een goede bergplaats. Hij haalde de sokken een voor een uit de la en betastte ze.

Bij de derde sok was het raak: iets wat aanvoelde als een plat stukje metaal. Nee, twee. Hij haalde de twee sokken uit elkaar en schudde de zwaardere leeg op de bovenkant van de ladekast.

Dale Barbara's militaire identiteitsplaatjes vielen eruit. En ondanks zijn vreselijke hoofdpijn moest Junior glimlachen.

Je zit in de val, Baaarbie, dacht hij. *Je bent er gloeiend bij.*

11

Aan de Tarker's Mill-kant van Little Bitch Road woedden nog steeds de branden die door de Fasthawk-raketten waren veroorzaakt, maar als het donker werd, zouden ze uit zijn. Brandweerkorpsen uit vier gemeenten, aangevuld met soldaten en mariniers, waren ermee bezig en wonnen steeds meer terrein. De branden hadden al eerder uit kunnen zijn, dacht Brenda Perkins, als de bestrijders niet met een harde wind te maken hadden gehad. Aan de kant van Chester's Mill hadden ze dat probleem niet. Vandaag was dat een zegen. Later zou het misschien een vloek zijn. Dat was niet te voorspellen.

Brenda zou zich daar die middag niet druk om maken, want ze voelde zich goed. Als iemand haar die ochtend had gevraagd wanneer ze verwachtte zich ooit weer zo goed te voelen, zou Brenda hebben gezegd: *Misschien volgend jaar. Misschien nooit.* En ze was verstandig genoeg om te weten dat dit gevoel waarschijnlijk niet blijvend was. Het kwam ook door anderhalf uur lichaamsbeweging. Daardoor kwamen er endorfinen vrij, of je nu ging joggen of hardlopen of het vuur van een bosbrand uitsloeg met de vlakke kant van een schop. Toch was het niet alleen een kwestie van endorfinen. Het was belangrijk dat ze de leiding had van iets en dat ze dat aankon.

Er waren nog meer vrijwilligers op de rook afgekomen. Veertien mannen en drie vrouwen stonden aan weerskanten van Little Bitch Road, sommigen nog met de schoppen en rubberen matten die ze hadden gebruikt om de voortkruipende vlammen uit te slaan, anderen met de sproeipompen die ze op hun rug hadden gedragen en die ze nu naast zich neergezet hadden op de onverharde weg. Al Timmons, Johnny Carver en Nell Toomey rolden slangen op en gooiden ze achter in de vrachtwagen van Burpee. Tommy Anderson van de Dipper en Lissa Jamieson – een beetje new age-achtig maar ook zo sterk als een paard – droegen de pomp die ze hadden gebruikt om water uit de Little Bitch Creek te halen naar een van de andere wagens. Brenda hoorde gelach en besefte dat ze niet de enige was die zich opgetogen voelde door de extra dosis endorfinen.

De struiken aan weerskanten van de weg waren zwartgeblakerd en smeulden nog na, en er waren bomen verbrand, maar dat was alles. De Koepel had de wind tegengehouden en hen ook nog in een ander opzicht geholpen, namelijk door de beek af te dammen en het terrein aan deze kant in een moeras-in-wording te veranderen. Het vuur aan de andere kant was een heel ander verhaal. De mannen die er daar tegen vochten, waren vage figuren die nog net door de hitte en het roet op de Koepel zichtbaar waren.

Romeo Burpee slenterde naar haar toe. Hij had een drijfnatte bezem in zijn ene en een rubberen vloermat in zijn andere hand. Het prijskaartje zat nog op de onderkant van de mat. De woorden daarop waren geschroeid maar leesbaar: ELKE DAG UITVERKOOP BIJ DE BURPEE! Hij liet hem vallen en stak zijn vuile hand uit.

Brenda was verbaasd, maar wilde hem best een hand geven. Ze deed dat met kracht. 'Waarom doe je dat, Rommie?'

'Omdat je hier verdomd goed werk hebt geleverd,' zei hij.

Ze lachte, in verlegenheid gebracht maar blij. 'Onder deze omstandigheden had iedereen dat kunnen doen. Het vuur brandde alleen aan de oppervlakte, en de grond is zo vochtig dat het tegen de avond waarschijnlijk vanzelf zou zijn uitgegaan.'

'Misschien wel,' zei hij, en toen wees hij door de bomen naar een ruig veldje waar zich een slordig muurtje van op elkaar gestapelde keien doorheen slingerde. 'Of misschien zou het in dat hoge gras zijn gekomen, en dan in de bomen aan de andere kant, en dan was er misschien geen houden meer aan geweest. Het had wel een week of een maand kunnen branden. Vooral omdat we geen brandweer hebben.' Hij keek opzij en spuwde. 'Zelfs zonder wind brandt een vuur hardnekkig door als het eenmaal aan de gang is. In het zuiden hebben ze mijnbranden die al twintig, dertig jaar branden. Dat heb ik in de *National Geographic* gelezen. Onder de grond is geen wind. En hoe weten we dat er geen wind gaat opsteken? We weten helemaal niet wat dat ding wel of niet doet.'

Ze keken allebei naar de Koepel. De roet en as hadden hem tot op een hoogte van ongeveer dertig meter min of meer zichtbaar gemaakt. Hij belemmerde ook hun zicht op de Tarker's-kant, en dat beviel Brenda niet. Ze wilde er niet te veel over nadenken, want dan zou ze misschien niet meer zo blij zijn met het werk dat die middag was verzet, maar nee – dat beviel haar helemaal niet. Het deed haar denken aan de vreemde, besmeurde zonsondergang van de vorige avond.

'Dale Barbara moet zijn vriend in Washington bellen,' zei ze. 'En tegen hem zeggen dat ze die troep van de Koepel moeten spuiten als ze aan hun kant klaar zijn met het vuur. Wij kunnen dat niet vanaf onze kant doen.'

'Goed idee,' zei Romeo. Maar hij wilde nog iets anders zeggen. 'Is jouw mensen iets opgevallen, Brenda? Mij wel.'

Brenda keek geschrokken. 'Het zijn niet mijn mensen.'

'O ja, dat zijn ze wel,' zei hij. 'Jij gaf de bevelen en dus zijn ze jouw mensen. Heb je hier politie gezien?'

Ze keek nog eens.

'Niet één,' zei Romeo. 'Randolph niet, Henry Morrison niet, Freddy Denton en Rupe Libby niet, Georgie Frederick niet... en ook geen van de nieuwen. Die jongens.'

'Die zullen het wel druk hebben met...' Haar stem stierf weg.

Romeo knikte. 'Ja. Druk waarmee? Dat weet jij niet en dat weet ik ook niet. Maar wat het ook is waar ze het druk mee hebben, ik weet niet of het me wel aanstaat. En of ik het de moeite waard vind dat ze er druk mee bezig zijn. Er komt donderdagavond een gemeentevergadering, en als dit dan nog aan de gang is, vind ik dat er een paar dingen moeten veranderen.' Hij zweeg even. 'Misschien ga ik nu buiten mijn boekje, maar ik vind dat jij je kandidaat moet stellen voor commandant van politie en brandweer.'

Brenda dacht daarover na. Ze dacht ook aan de DARTH VADER-map die ze had gevonden en schudde toen langzaam haar hoofd. 'Het is te vroeg voor zoiets.'

Hij was blijkbaar niet tevreden met haar antwoord. 'Of alleen commandant van de brandweer? Wat zou je daarvan zeggen?'

Brenda keek naar de smeulende struiken en verkoolde bomen. Zeker, het zag er lelijk uit, als een slagveld uit de Eerste Wereldoorlog, maar het was niet gevaarlijk meer. Daar hadden de mensen voor gezorgd die hier waren komen opdagen. De mensen. Háár mensen.

Ze glimlachte. 'Misschien moet ik dat maar eens in overweging nemen.'

12

De eerste keer dat Ginny Tomlinson door de gang van het ziekenhuis kwam, liep ze op een drafje, want er was een hard gepiep te horen dat erg onheilspellend klonk. Piper had niet de kans gekregen met haar te praten. Dat had ze niet eens geprobeerd. Ze had lang genoeg in de wachtkamer gezeten om te zien wat er aan de hand was: drie mensen – twee verpleegkundigen en een jonge ziekenverzorgster die Gina Buffalino heette – hadden de leiding van het hele ziekenhuis. Ze konden het aan, zij het maar net. Toen Ginny terugkwam, liep ze langzaam. Haar schouders waren ingezakt. Aan haar hand hing een medische kaart.

'Ginny?' vroeg Piper. 'Hoe gaat het met je?'

Piper verwachtte een snauw, maar in plaats daarvan keek Ginny haar met een vermoeid glimlachje aan. En ging naast haar zitten. 'Goed. Alleen moe.' Ze zweeg even. 'En Ed Carty is zojuist gestorven.'

Piper pakte haar hand vast. 'Ik vind het erg om dat te horen.'

Ginny gaf een kneepje in haar vingers. 'Dat hoeft niet. Je weet hoe vrouwen over het krijgen van kinderen praten? De een had een zware bevalling, maar nu is hij verlost?'

Piper knikte.

'Zo is de dood ook. Carty heeft een hele tijd weeën gehad, maar dit was zijn bevalling.'

Piper vond het een heel mooi idee. Ze dacht dat ze het in een preek kon gebruiken... al wilden de mensen de komende zondag vermoedelijk geen preek over de dood horen. Niet als de Koepel er dan nog was.

Ze zaten een tijdje naast elkaar. Piper zocht naar de beste manier om te vragen wat ze moest vragen. Maar uiteindelijk was dat niet nodig.

'Ze is verkracht,' zei Ginny. 'Waarschijnlijk meer dan eens. Ik was al bang dat Twitch moest laten zien of hij kon hechten, maar ten slotte kon ik de bloeding stelpen met maandverband.' Ze zweeg even. 'Ik huilde. Gelukkig was het meisje te stoned om het te merken.'

'En de baby?'

'Een normaal gezond kind van achttien maanden, maar hij maakte ons wel even aan het schrikken. Hij had een lichte toeval. Waarschijnlijk door de zon. Plus uitdroging... honger... en hij heeft zelf ook een wond.' Ginny bewoog haar vinger over haar voorhoofd.

Twitch liep door de gang naar hen toe. Het leek wel of hij zijn opgewektheid lichtjaren achter zich had gelaten.

'Hebben de mannen die haar hebben verkracht de baby ook iets aangedaan?' Pipers stem klonk kalm, maar binnen in haar hoofd was een dunne rode kloof ontstaan.

'Little Walter? Ik denk dat hij gewoon gevallen is,' zei Twitch. 'Sammy zei dat zijn bedje was ingestort, geloof ik. Het klonk niet helemaal samenhangend, maar het is vast een ongeluk geweest. Dát tenminste wel.'

Piper keek hem verrast aan. 'Dus dát zei ze. Ik dacht dat ze het over water had.'

'Ze wilde vast wel water,' zei Ginny, 'maar Sammy's baby heeft officieel de voornamen Little en Walter. Ze hebben hem naar een blueszanger genoemd; die speelde ook mondharmonica, geloof ik. Zij en Phil...' Ginny beeldde uit hoe iemand een joint rookte en de rook binnenhield.

'O, Phil was veel meer dan een wietroker,' zei Twitch. 'Als het op drugs aankwam, was Phil Bushey van alle markten thuis.'

'Is hij dood?' vroeg Piper.

Twitch haalde zijn schouders op. 'Ik heb hem sinds het voorjaar niet meer gezien. Als hij dood is, zou ik zeggen: opgeruimd staat netjes.'

Piper keek hem verwijtend aan.

Twitch boog zijn hoofd een beetje. 'Sorry, dominee.' Hij keek Ginny aan. 'Nog iets van Rusty gehoord?'

'Hij wilde even vrijaf,' zei ze, 'en ik zei dat hij kon gaan. Hij komt vast wel gauw terug.'

Piper zat tussen hen in. Ze maakte een kalme indruk, maar binnen in haar werd de rode kloof steeds breder. Ze had een zurige smaak in haar mond. Ze herinnerde zich een avond waarop haar vader haar had verboden naar de skatebaan bij het winkelcentrum te gaan omdat ze iets brutaals tegen haar moeder had gezegd (als tiener was Piper Libby een goudmijn van brutale opmerkingen geweest). Ze was naar boven gegaan, had de vriendin gebeld met wie ze daar had afgesproken en tegen die vriendin gezegd – met een heel vriendelijke, volkomen kalme stem – dat er iets tussen gekomen was en ze niet kon komen. Volgend weekend? Ja, natuurlijk, reken maar, veel plezier, nee, ik voel me prima, tot ziens. En toen had ze een ravage aangericht in haar kamer. Ten slotte had ze haar dierbare Oasis-poster van de muur gerukt en in stukken gescheurd. Inmiddels had ze luidkeels gehuild, niet van verdriet maar van woede. Zulke woedeaanvallen waren als orkanen door haar tienerjaren getrokken. Op een gegeven moment, toen ze nog bezig was, kwam haar vader naar boven en bleef in de deuropening naar haar staan kijken. Toen ze hem eindelijk daar zag staan, keek ze hijgend en uitdagend naar hem terug. Ze haatte hem. Wat haatte ze hen beiden. Als ze dood waren, kon ze bij haar tante Ruth in New York gaan wonen. Tante Ruth wist hoe je plezier kon maken. In tegenstelling tot sommige andere mensen. Hij had zijn open handen naar haar uitgestoken. Het was een nederig gebaar geweest en het had haar woede bedwongen en bijna haar hart verpletterd.

'Als je je drift niet beheerst, beheerst je drift jou,' had hij gezegd, en toen was hij met gebogen hoofd door de gang bij haar kamer vandaan gelopen. Ze had de deur niet achter hem dichtgegooid, maar heel zachtjes gesloten.

Dat was het jaar waarin ze haar vaak zo slechte humeur tot prioriteit nummer één had gemaakt. Als ze een eind aan dat humeur maakte, doodde ze als het ware iets van haarzelf, maar als ze geen fundamentele veranderingen aanbracht, zou een belangrijk deel van haar nog heel lang vijftien jaar oud blijven. Ze werkte eraan om zich te beheersen, en meestal slaagde ze daarin. Als ze voelde dat ze zich niet goed kon beheersen, dacht ze aan wat haar vader had gezegd, en aan die uitgestrekte open handen, en aan de manier waarop hij langzaam door de gang was gelopen van het huis waarin ze was opgegroeid. Negen jaar later had ze op zijn begrafenis gesproken: *'Mijn vader vertelde me het belangrijkste wat ik ooit heb gehoord.'* Ze had niet gezegd wat dat was, maar haar moeder had het geweten; ze had op de voorste rij gezeten in de kerk waar haar dochter nu predikant was.

Als ze in de afgelopen twintig jaar de aandrang had gevoeld om naar iemand uit te halen – en vaak was die aandrang bijna niet te beheersen, want mensen konden zo dom zijn, zo halsstarrig dóm – riep ze de stem van haar vader weer op: *'Als je je drift niet beheerst, beheerst je drift jou.'*

Maar nu werd de rode kloof breder en voelde ze de oude aandrang om met dingen te gooien. Om iemands huid open te krabben tot het bloed eruit sijpelde.

'Heb je haar gevraagd wie het hebben gedaan?'

'Natuurlijk,' zei Ginny. 'Ze wil het niet zeggen. Ze is bang.'

Piper herinnerde zich dat ze de moeder en de baby die naast de weg lagen eerst voor een zak vuilnis had aangezien. Dat waren ze natuurlijk ook geweest voor degenen die dit hadden gedaan. Ze stond op. 'Ik ga met haar praten.'

'Dat lijkt me op dit moment niet zo'n goed idee,' zei Ginny. 'Ze heeft een kalmerend middel gekregen, en...'

'Laat haar het proberen,' zei Twitch. Hij zag bleek en zijn handen zaten tot vuisten gebald tussen zijn knieën. De knokkels kraakten. 'Zet hem op, dominee.'

13

Sammy's ogen stonden op halfstok. Toen Piper naast haar bed kwam zitten, gingen ze langzaam open. 'Jij... was degene die...'

'Ja,' zei Piper, en ze pakte haar hand vast. 'Ik ben Piper Libby.'

'Dank je,' zei Sammy. Haar ogen gingen langzaam weer dicht.

'Je kunt me bedanken door de namen te noemen van de mannen die je hebben verkracht.'

In de schemerige kamer – warm, want de airconditioning van het ziekenhuis stond uit – schudde Sammy haar hoofd. 'Ze zeiden dat ze me iets aan zouden doen. Als ik het vertelde.' Ze keek Piper aan. Het was een blik als van een koe: een en al domme berusting. 'Misschien doen ze Little Walter dan ook iets aan.'

Piper knikte. 'Ik begrijp dat je bang bent,' zei ze. 'Vertel me nu wie het waren. Geef me de namen.'

'Heb je me niet gehóórd?' Ze wendde zich nu van Piper af. 'Ze zeiden dat ze...'

Piper had hier geen tijd voor; straks viel het meisje in slaap. Ze pakte Sammy's pols vast. 'Ik wil die namen, en jij zult me ze geven.'

'Ik dúrf het niet.' De tranen liepen Sammy nu over de wangen.

'Je moet het doen, want als ik niet voorbij was gekomen, zou je nu misschien dood zijn.' Ze zweeg even en dreef de dolk er toen verder in. Misschien kreeg ze daar later spijt van, maar nu niet. Op dit moment was het meisje in het bed alleen maar een obstakel dat haar de weg versperde naar wat ze moest weten. 'Om van je baby nog maar te zwijgen. Hij had ook dood kunnen zijn. Ik heb jouw leven gered, ik heb zijn leven gered, en ik wil die námen.'

'Nee.' Maar het meisje werd nu zwakker, en in zekere zin genoot dominee Piper Libby hiervan. Later zou ze ervan walgen. Later zou ze denken: *jij bent met je dwang niet veel anders dan die jongens.* Maar nu, ja, nu beleefde ze er plezier aan, zoals ze er ook plezier aan had beleefd om die dierbare poster van de muur te trekken en aan flarden te scheuren.

Ik vind het prettig omdat het ellendig is, dacht ze. *En omdat mijn hart het me ingeeft.*

Ze boog zich over het huilende meisje heen. 'Haal het smeer uit je oren, Sammy, want dit moet je horen. Wat ze één keer hebben gedaan, zullen ze opnieuw doen. En als ze dat doen, als hier in het ziekenhuis een andere vrouw binnenkomt met een bloedende spleet en misschien ook nog zwanger van een van de verkrachters, kom ik naar jou toe en zeg ik...'

'*Nee! Hou op!*'

'"Dit is ook jouw schuld. In feite heb je ze aangemoedigd."'

'*Nee!*' riep Sammy uit. '*Ik niet. Dat was Georgia! Georgia heeft ze aangemoedigd!*'

Piper voelde een kille walging. Een vrouw. Er was een vrouw bij geweest. De rode kloof in haar hoofd werd nog breder. Straks zou hij lava spuwen.

'Geef me de namen,' zei ze.

En Sammy deed het.

14

Jackie Wettington en Linda Everett stonden voor de Food City geparkeerd. Die ging om vijf in plaats van acht uur dicht. Randolph had hen erheen gestuurd omdat hij dacht dat de vervroegde sluitingstijd problemen zou veroorzaken. Dat was een belachelijk idee, want de supermarkt was bijna leeg. Er stonden amper tien auto's op het parkeerterrein, en de weinige overgebleven klanten bewogen zich in een soort verdoving, alsof ze allemaal dezelfde nachtmerrie hadden. De twee agentes zagen alleen Bruce Yardley, die achter de kassa zat. De tiener nam geld aan en schreef bonnetjes uit; creditcards waren niet meer te gebruiken. De vleesafdeling was bijna leeg, maar er was nog genoeg kip en veel schappen met blikvoedsel en droge producten stonden ook nog vol.

Ze zaten nog te wachten tot de laatste klanten weggingen toen Linda's telefoon ging. Ze keek wie het was en voelde een steek van angst in haar buik. Het was Marta Edmunds, die op Janelle en Judy paste als Linda en Rusty allebei werkten – zoals ze bijna aan een stuk door hadden gedaan sinds de Koepel er was. Ze nam op.

'Marta?' zei ze. Ze hoopte vurig dat er niets aan de hand was, dat Marta wilde vragen of ze met de meisjes naar het plantsoen kon gaan, of zoiets. 'Is alles in orde?'

'Eh... ja. Dat wil zeggen, ik denk van wel.' Marta klonk zorgelijk, hoorde Linda tot haar schrik. 'Maar... weet je, dat van die toeval?'

'O god. Heeft ze er weer een gehad?'

'Ik denk van wel,' zei Marta, en toen ging ze vlug verder: 'Er is op dit moment niets met ze aan de hand. Ze zitten in de kamer hiernaast te kleuren.'

'Wat is er gebeurd? Vertel het me!'

'Ze waren aan het schommelen. Ik was met mijn bloemen bezig, maakte ze klaar voor de winter...'

'Marta, alsjeblíéft!' zei Linda, en Jackie legde haar hand op haar arm.

'Sorry. Audi blafte en ik draaide me om. Ik zei: "Schatje, voel je je wel goed?" Ze gaf geen antwoord, kwam gewoon van de schommel en ging eronder zitten – je weet wel, in dat kuiltje van al die voeten. Ze viel er niet uit of zoiets, maar ging gewoon zitten. Ze keek recht voor zich uit en smakte met haar lippen, zoals jullie zeiden dat ze in zo'n geval zou doen. Ik rende naar haar toe... schudde haar door elkaar... en ze zei... even nadenken...'

Nu komt het, dacht Linda. *Hou Halloween tegen, je moet Halloween tegenhouden.* Maar nee. Het was iets heel anders.

'Ze zei: "De roze sterren vallen. De roze sterren vallen in lijnen." Toen zei ze: "Het is zo donker en alles ruikt vies." Toen werd ze wakker en nu is alles weer in orde.'

'Goddank,' zei Linda, en ze dacht even aan haar meisje van vijf. 'Gaat het goed met Judy? Is ze erg geschrokken?'

Er volgde een lange stilte en toen zei Marta: 'O.'

'O? Wat betekent dat: o?'

'Het wás Judy, Linda. Niet Janelle. Deze keer was het Judy.'

15

Ik wil dat andere spel spelen waar je het over had, had Aidan tegen Carolyn Sturges gezegd toen ze op het plantsoen waren blijven staan om met Rusty te praten. Dat andere spel was Stoplicht, en Carolyn kon zich de regels niet goed herinneren – wat niet zo gek was, want ze had het niet meer gespeeld sinds ze zes of zeven was.

Zodra ze in de royale tuin van de 'passionie' stond, wist ze de regels weer. En onverwachts wist Thurston ze ook weer. Niet alleen wilde hij het spel spelen: hij had er ook zin in.

'Goed onthouden,' zei hij tegen de kinderen (die de lol van Stoplicht op de een of andere manier blijkbaar waren misgelopen), 'ze mag zo snel als ze wil tot tien tellen, en als ze zich omdraait en ze ziet je bewegen, dan moet je helemaal terug.'

'Mij ziet ze niet bewegen,' zei Alice.

'Mij ook niet,' zei Aidan dapper.

'Dat zullen we nog wel eens zien,' zei Carolyn, en ze draaide zich om naar de boom: 'Een, twee, drie, vier... vijf, zes, zeven... acht-negen-tien STOPLICHT!'

Ze draaide zich bliksemsnel om. Alice stond doodstil, een glimlach om haar mond en haar ene been uitgestrekt alsof ze een gigantische stap aan het nemen was. Thurston, die ook glimlachte, had zijn handen uitgestrekt alsof het klauwen uit *Het spook van de opera* waren. Ze zag Aidan nog net een heel klein beetje bewegen, maar peinsde er niet over hem terug te sturen. Hij keek blij, en ze was niet van plan dat te bederven.

'Goed,' zei ze. 'Mooie standbeelden. Nu komt de tweede ronde.' Ze draaide zich om naar de boom en telde opnieuw. Ze voelde weer de oude, kinderlijk heerlijke angst, de wetenschap dat er mensen naar haar toe kwamen terwijl ze met haar rug naar hen toe stond. 'Eentwee drievier vijfzes zevenachtnegentien STOPLICHT!'

Ze draaide zich snel om. Alice was nog maar iets van twintig stappen bij haar vandaan. Aidan stond ongeveer tien meter achter haar, trillend op één voet, met een duidelijk zichtbare schaafwond op zijn knie. Thurston stond achter de jongen, glimlachend en met zijn hand op zijn borst als een redenaar. Alice zou bij haar aankomen, maar dat gaf niet; in het tweede spel zou het meisje 'hem' zijn en zou haar broer winnen. Daar zouden Thurse en zij voor zorgen.

Ze draaide zich weer om naar de boom. 'Eentweedrievie...'

Toen gilde Alice.

Carolyn draaide zich om en zag Aidan Appleton op de grond liggen. Eerst dacht ze dat hij nog steeds het spel speelde. Zijn ene knie – die met de schaafwond – stak omhoog, alsof hij, op zijn rug liggend, probeerde te hardlopen. Zijn grote ogen staarden naar de hemel. Zijn lippen vormden een pruilende kleine o. Op zijn korte broek verspreidde zich een donkere vlek. Ze liep vlug naar hem toe.

'Wat is er met hem aan de hand?' vroeg Alice. Carolyn zag dat alle stress van het verschrikkelijke weekend zich op haar gezicht samenbalde. 'Komt het goed met hem?'

'Aidan?' vroeg Thurston. 'Gaat het een beetje, kerel?'

Aidan trilde nog steeds. Het leek of zijn lippen aan een onzichtbaar rietje zogen. Zijn gebogen been ging omlaag... en schopte toen. Zijn schouders schokten.

'Hij heeft een soort toeval gehad,' zei Carolyn. 'Waarschijnlijk van de opwinding. Ik denk dat hij wel bijkomt als we even wach...'

'De roze sterren vallen,' zei Aidan. 'Ze maken lijnen achter zich. Het is mooi. Het is eng. Iedereen kijkt. Het is Halloween. Ik krijg bijna geen lucht. Hij noemt zich Chef. Het is zijn schuld. Hij is het.'

Carolyn en Thurston keken elkaar aan. Alice knielde bij haar broer neer en pakte zijn hand vast.

'Roze sterren,' zei Aidan. 'Ze vallen, ze vallen, ze v...'

'*Wakker worden!*' riep Alice in zijn gezicht. '*Maak ons niet bang!*'

Thurston Marshall tikte op haar schouder. 'Schatje, dat helpt niet.'

Alice negeerde hem. '*Wakker worden, jij... jij* STRONTZAK!'

En Aidan werd wakker. Hij keek verbaasd naar het betraande gezicht van zijn zus. Toen keek hij Carolyn aan en glimlachte. Het was verdomme de liefste glimlach die ze in haar hele leven had gezien.

'Heb ik gewonnen?' vroeg hij.

16

De generator in de opslagloods van het gemeentehuis was oud, slecht onderhouden (iemand had er een ouderwetse zinken teil onder gezet om de lekkende olie op te vangen) en, zo vermoedde Rusty, ongeveer even energiezuinig als de Hummer van Grote Jim Rennie. Overigens interesseerde hij zich meer voor de zilverkleurige tank die eraan vastgemaakt was.

Barbie keek even naar de generator, trok een vies gezicht vanwege de stank en liep toen naar de tank. 'Hij is niet zo groot als ik zou verwachten,' zei hij... al was hij heel wat groter dan de tanks die ze in de Sweetbriar Rose gebruikten, of de fles die hij bij Brenda Perkins had vervangen.

'Dat heet "gemeentelijk formaat",' zei Rusty. 'Dat weet ik nog van de gemeentevergadering van vorig jaar. Sanders en Rennie hadden er nogal een punt van gemaakt dat die kleinere tanks ons veel geld zouden besparen in "deze tijden van dure energie". Er kan drieduizend liter in.'

'Dat betekent een gewicht van... hoeveel? Drieduizend kilo?'

Rusty knikte. 'Plus het gewicht van de tank zelf. Het is veel om op te tillen – je hebt er een vorkheftruck of een hydraulische hijsinstallatie voor nodig – maar niet om te verplaatsen. Een Ram-pick-up mag officieel drieduizend kilo vervoeren en kan waarschijnlijk nog wel meer aan. Een van die middelgrote tanks zou ook in de laadbak passen. Hij zou een beetje naar achteren steken; dat is alles.' Rusty haalde zijn schouders op. 'Je hangt er een rode lap aan en karren maar.'

'Dit is de enige hier,' zei Barbie. 'Als hij weg is, gaan de lichten in het gemeentehuis uit.'

'Tenzij Rennie en Sanders er nog meer weten te staan,' beaamde Rusty. 'En ik durf te wedden dat ze dat weten.'

Barbie streek met zijn hand over de blauwe letters op de tank: CR ZKH. 'Deze zijn jullie kwijtgeraakt.'

'We zijn hem niet kwijtgeraakt; hij is gestolen. Dat denk ik. Alleen zouden er hier nog een stuk of vijf van onze tanks moeten staan, want we missen er in totaal zes.'

Barbie keek in de lange loods. Ondanks de sneeuwruimers en dozen met reserveonderdelen zag de loods er leeg uit. Vooral in de buurt van de generator. 'Nog even afgezien van wat er uit het ziekenhuis is gegapt: waar zijn de andere tanks van de gemeente?'

'Ik weet het niet.'

'En waar zouden ze ze voor kunnen gebruiken?'

'Ik weet het niet,' zei Rusty, 'maar ik ga het uitzoeken.'

VALLENDE
ROZE
STERREN

1

Barbie en Rusty liepen naar buiten en ademden de buitenlucht diep in. Die lucht was een beetje rokerig van de gedoofde branden ten westen van de stad, maar rook fris na de uitlaatdampen in de loods. Een flauw briesje streek over hun wangen. Barbie had de geigerteller in een bruine draagtas die hij in de schuilkelder had gevonden.

'Ze komen niet weg met deze shit,' zei Rusty. Zijn gezicht stond grimmig.

'Wat ga je eraan doen?' vroeg Barbie.

'Nu? Niets. Ik ga naar het ziekenhuis terug en doe mijn ronde. Maar vanavond klop ik bij Jim Rennie aan en vraag hem om een verklaring. Ik hoop voor hem dat hij er een heeft, en dan doet hij er ook goed aan ons de rest van ons propaan te geven, want overmorgen zijn we in het ziekenhuis door onze voorraad heen, ook als we alle apparaten uitzetten die niet strikt noodzakelijk zijn.'

'Dit kan overmorgen al achter de rug zijn.'

'Geloof je dat?'

In plaats van de vraag te beantwoorden, zei Barbie: 'Het zou wel eens gevaarlijk kunnen zijn om wethouder Rennie op dit moment onder druk te zetten.'

'Op dit moment? Daaruit blijkt weer eens dat jij een nieuwkomer in de stad bent. Ik hoor dat al over Grote Jim in de minstens tienduizend jaar dat hij het in deze gemeente voor het zeggen heeft. Hij zegt tegen mensen dat ze kunnen oprotten of hij vraagt om geduld. "In het belang van de gemeente," zegt hij. Dat staat op één in zijn hitparade. De gemeentevergadering in maart is een aanfluiting. Een voorstel om een nieuw rioolstelsel te laten aanleggen? Sorry, de gemeente heeft daar het geld niet voor. Meer vergunningen voor het vestigen van bedrijven? Een geweldig idee; de gemeente heeft de inkomsten nodig; laten we een Walmart aan de 117 bouwen. Zit er volgens een onderzoek van de universiteit van Maine te veel rioolwater in Chester Pond? Het gemeentebestuur raadt af daarover te discussiëren, want iedereen weet dat al die wetenschappelijke onderzoeken het werk zijn van radicale, humanistische, weekhartige atheïsten. Maar het ziékenhuis is er in het belang van de gemeente, denk je ook niet?'

'Ja. Dat denk ik ook.' Barbie verbaasde zich een beetje over deze uitbarsting.

Rusty staarde met zijn handen in zijn achterzakken naar de grond. Toen keek hij op. 'Ik begrijp dat de president jou heeft aangewezen om de leiding te nemen. Volgens mij is het hoog tijd dat je dat doet.'

'Dat is een idee.' Barbie glimlachte. 'Alleen... Rennie en Sanders hebben hun politiekorps. Waar is het mijne?'

Voordat Rusty antwoord kon geven, ging zijn mobieltje. Hij klapte het open en keek naar het schermpje. 'Linda? Wat is er?'

Hij luisterde.

'Goed, ik begrijp het. Als je er zeker van bent dat er nu met geen van beiden iets aan de hand is. En weet je zeker dat het Judy was? Niet Janelle?' Hij luisterde nog even en zei toen: 'Ik denk dat dit eigenlijk wel goed nieuws is. Ik heb vanmorgen twee andere kinderen bij me gehad die allebei een kortstondige toeval hadden gehad, lang voordat ik ze zag. Daarna was er niets meer met hen aan de hand. Ik ben gebeld over nog drie gevallen. Ginny T. kreeg ook een telefonische melding over zo'n geval. Het kan een bijwerking zijn van de kracht die achter de Koepel zit.'

Hij luisterde.

'Omdat ik niet de káns kreeg,' zei hij. Hij klonk geduldig, verzoenend. Barbie kon zich voorstellen welke vraag daaraan vooraf was gegaan: *De hele dag hadden kinderen toevallen en je vertelt het me nu pas?*

'Haal jij de kinderen op?' vroeg Rusty. Hij luisterde. 'Oké. Dat is goed. Als je het gevoel hebt dat er iets mis is, moet je me onmiddellijk bellen. Dan kom ik direct. En zorg ervoor dat Audi bij hen blijft. Ja... Goed... Ik hou ook van jou.' Hij hing de telefoon aan zijn riem en streek zo krachtig met beide handen door zijn haar dat zijn ogen er op dat moment Chinees uitzagen. 'Jezus gloeiende christus.'

'Wie is Audi?'

'Onze golden retriever.'

'Vertel me over die toevallen.'

Rusty deed het. Hij liet niet weg wat Jannie over Halloween en Judy over roze sterren had gezegd.

'Die uitspraken over Halloween lijken op wat die jongen van Dinsmore uitkraamde,' zei Barbie.

'Ja, hè?'

'En de andere kinderen? Hadden die het ook over Halloween? Of roze sterren?'

'De ouders die ik vandaag heb gesproken zeiden dat hun kinderen onzin uitkraamden tijdens de toeval, maar ze waren zo erg geschrokken dat ze niet goed hadden geluisterd.'

'De kinderen zelfs wisten het niet meer?'

'De kinderen wisten niet eens dat ze een toeval hadden gehad.'

'Is dat normaal?'

'Het is niet ábnormaal.'

'Zou het kunnen dat je jongste dochter de oudste imiteerde? Misschien... ik weet het niet... om ook aandacht te krijgen?'

Rusty had daar niet bij stilgestaan – daar had hij eigenlijk ook niet de tijd voor gehad. Nu wel. 'Het zou kunnen, maar het is niet waarschijnlijk.' Hij knikte naar de ouderwetse gele geigerteller in de draagtas. 'Ga je op onderzoek uit met dat ding?'

'Ik niet,' zei Barbie. 'Dit dingetje is gemeente-eigendom, en de machthebbers hier moeten niet veel van mij hebben. Ik zou er niet mee betrapt willen worden.' Hij hield Rusty de draagtas voor.

'Ik kan niet. Ik heb het op dit moment te druk.'

'Ik weet het,' zei Barbie, en hij zei tegen Rusty wat hij wilde dat hij deed. Rusty luisterde aandachtig en glimlachte een beetje.

'Oké,' zei hij. 'Ik doe het. Wat ga jij doen terwijl ik die dingen voor je doe?'

'Eten klaarmaken in de Sweetbriar Rose. De specialiteit van vanavond is kip à la Barbara. Zal ik wat naar het ziekenhuis sturen?'

'Graag,' zei Rusty.

2

Op de terugweg naar het Cathy Russell ging Rusty even naar het kantoor van *The Democrat* en gaf de geigerteller aan Julia Shumway.

Ze luisterde toen hij Barbies instructies doorgaf en glimlachte zwakjes. 'De man kan delegeren; dat moet ik hem nageven. Ik zal hier met veel genoegen voor zorgen.'

Rusty wilde haar waarschuwen dat ze niet iedereen mocht laten zien dat ze de geigerteller in bezit had, maar dat was niet nodig. De draagtas was al in de knieruimte van haar bureau verdwenen.

Tijdens zijn gang naar het ziekenhuis kreeg hij Ginny Tomlinson aan de telefoon en vroeg haar naar het telefoontje over de toeval.

'Een jongetje dat Jimmy Wicker heet. Zijn opa belde erover. Bill Wicker?' Rusty kende hem. Bill bracht de post rond.

'Hij zorgde voor Jimmy terwijl de moeder van het jongetje benzine ging tanken. Ze zijn bij de Gas & Grocery trouwens bijna door gewone benzine heen, en Johnny Carver had het lef de prijs te verhogen naar drie dollar per liter. Dríé!'

Rusty hoorde het geduldig aan. Hij dacht dat hij dit gesprek ook persoonlijk met Ginny kon voeren, want hij was bijna bij het ziekenhuis. Toen ze klaar was met klagen, vroeg hij haar of de kleine Jimmy iets had gezegd terwijl hij zijn toeval had.

'Jazeker. Bill zei dat hij druk had gebabbeld. Ik geloof dat het over roze sterren ging. Of Halloween. Of misschien ben ik nu in de war met wat Rory Dinsmore zei toen hij die kogel in zijn hoofd had gekregen. Daar hebben mensen over gepraat.'

Natuurlijk hebben ze dat, dacht Rusty grimmig. *En ze gaan hier ook over praten, als ze ervan horen. En dat laatste is heel waarschijnlijk.*

'Goed,' zei hij. 'Dank je, Ginny.'

'Wanneer kom je terug, cowboy?'

'Ik ben er bijna.'

'Goed. Want we hebben een nieuwe patiënt. Sammy Bushey. Ze is verkracht.'

Rusty kreunde.

'Het wordt nog erger. Piper Libby bracht haar binnen. Ik kon de namen van de daders niet uit het meisje krijgen, maar ik geloof dat het Piper wel is gelukt. Ze liep hier weg alsof haar haar in brand stond en haar reet...' Een korte stilte. Ginny gaapte zo hard dat Rusty het kon horen. '... en haar reet vlam had gevat.'

'Ginny meisje, wanneer heb je voor het laatst geslapen?'

'Ik voel me prima.'

'Ga naar huis.'

'Méén je dat nou?' Ze klonk ontzet.

'Nee. Ga naar huis. Ga slapen. En zet de wekker niet.' Toen kreeg hij een idee. 'Maar ga onderweg even naar de Sweetbriar Rose. Ze hebben een kipspecialiteit. Dat heb ik uit betrouwbare bron.'

'Het meisje Bushey...'

'Ik ben over vijf minuten bij haar. Jij gaat nu meteen lekker knorren.'

Hij verbrak de verbinding voordat ze nog een keer kon protesteren.

3

Grote Jim Rennie voelde zich opmerkelijk goed voor iemand die de vorige avond een moord had gepleegd. Dat kwam ook doordat hij het niet als een moord beschouwde, net zomin als hij de dood van wijlen zijn vrouw als moord had beschouwd. De kanker had haar doodgemaakt. Niet te opereren. Zeker, hij had haar in de laatste week waarschijnlijk te veel pijnstillers gegeven, en op het laatst had hij haar toch nog moeten helpen met een kussen over haar gezicht (maar zachtjes, heel zachtjes, om haar ademhaling te vertragen en haar in de armen van Jezus te laten glijden), maar dat had hij gedaan uit liefde en goedheid. Wat met dominee Coggins was gebeurd, was een beetje gewelddadiger – dat gaf hij toe –, maar de man was zo dom en zo koppig geweest. De man was absoluut niet in staat geweest het belang van de gemeente boven dat van hemzelf te stellen.

'Nou, hij zit vanavond aan tafel met Christus de Heer,' zei Grote Jim. 'Rosbief, aardappelpuree met jus en appelschijfjes als toetje.' Hijzelf at een groot bord met *fettuccine alfredo*. Een hoop cholesterol, nam hij aan, maar er was geen dokter Haskell die hem daarover aan zijn kop kon zeuren.

'Ik heb je overleefd, ouwe gek,' zei Grote Jim tegen zijn lege werkkamer, en hij lachte goedgehumeurd. Zijn bord pasta en een glas melk (Grote Jim dronk geen alcohol) stonden op zijn vloeiblad. Hij at vaak in de werkkamer en vond het niet nodig daar verandering in te brengen omdat Lester Coggins in die kamer aan zijn eind was gekomen. Trouwens, de kamer was weer helemaal opgeruimd en blinkend schoon. O, zo'n onderzoeksteam als je op tv zag zou wel een heleboel bloedspetters kunnen vinden, met al hun Luminol en speciale lampen en zo, maar die mensen waren hier nou niet zo een-twee-drie te verwachten. En dat Pete Randolph dat soort speurwerk ging doen... Dat idee was belachelijk. Randolph was een idioot.

'Maar,' zei Grote Jim op belerende toon, 'hij is míjn idioot.'

Hij slurpte de laatste slierten pasta op, veegde met een servet over zijn aanzienlijke kin en maakte toen weer aantekeningen op het gele schrijfblok naast het vloeiblad. Hij had sinds zaterdag veel notities gemaakt; er was zoveel te doen. En als de Koepel op zijn plaats bleef, kwam er nog meer.

Grote Jim hoopte min of meer dat de Koepel op zijn plaats zou blijven, in elk geval nog een tijdje. De Koepel stelde hem voor uitdagingen waaraan hij meende te kunnen voldoen (met Gods hulp, natuurlijk). Eerst moest hij zijn greep op de gemeente verstevigen. Daarvoor had hij meer dan een zondebok nodig; hij had een boeman nodig. De voor de hand liggende keuze was Barbara, de man die door die communist van een president tot vervanger van James Rennie was benoemd.

De deur van de werkkamer ging open. Toen Grote Jim opkeek van zijn notities, zag hij zijn zoon staan. Juniors gezicht was bleek en onbewogen. Er was de laatste tijd iets met Junior aan de hand. Hoe druk hij het ook met de zaken van de gemeente had gehad (en met hun andere onderneming; die had hem ook beziggehouden), Grote Jim had dat toch opgemerkt. Evengoed had hij alle vertrouwen in de jongen. En ook als Junior hem teleurstelde, kon Grote Jim het wel aan. Hij had altijd zijn eigen kansen gecreëerd; daar zou dit geen verandering in brengen.

Trouwens, de jongen had het lijk verplaatst. Dat maakte hem deel van dit alles. Dat was goed – de essentie van het dorpsleven. In zo'n dorp werd iedereen geacht deel van alles uit te maken. Hoe zeiden ze het ook weer in dat stomme liedje? *We all support the team.* We staan allemaal achter het team.

'Jongen, alles in orde?' vroeg hij.

'Ik voel me prima,' zei Junior. Dat klopte niet, maar hij voelde zich beter, want de laatste giftige hoofdpijn was eindelijk op de terugtocht. Het had geholpen dat hij bij zijn vriendinnen was geweest, precies zoals hij had verwacht. In de provisiekast van de McCains hing niet zo'n prettige geur, maar toen hij daar een tijdje had gezeten en hun handen had vastgehouden, was hij eraan gewend geraakt. Hij dacht dat hij zelfs van die geur zou kunnen houden.

'Heb je iets bij hem thuis gevonden?'

'Ja.' Junior vertelde hem wat hij had gevonden.

'Dat is uitstekend, jongen. Uitstekend. En wil je me nu ook vertellen waar je het... waar je hem hebt opgeborgen?'

Junior knikte langzaam met zijn hoofd, maar zijn ogen bleven daarbij recht op het gezicht van zijn vader gericht. Het was een beetje griezelig. 'Je hoeft het niet te weten. Dat heb ik je gezegd. Het is een veilige plaats. Dat is genoeg.'

'Dus nu bepaal jij wat ik moet weten.' Maar Grote Jim zei het zonder zijn gebruikelijke felheid.

'In dit geval wel.'

Grote Jim keek zijn zoon aandachtig aan. 'Weet je zeker dat je niets mankeert? Je ziet bleek.'

'Ik voel me prima. Alleen een beetje hoofdpijn. Het gaat alweer weg.'

'Wil je wat eten? Er liggen nog een paar fettuccini's in de vriezer, en de magnetron maakt er iets geweldigs van.' Hij glimlachte. 'We moeten er maar van genieten zolang het nog kan.'

Junior liet zijn donkere, peinzende ogen even afdwalen naar de plas witte saus op het bord van Grote Jim en keek toen weer naar het gezicht van zijn vader. 'Ik heb geen trek. Wanneer moet ik de lijken vinden?'

'Lijken?' Grote Jim staarde hem aan. 'Hoe bedoel je, lijken?'

Junior glimlachte. Zijn lippen kwamen net genoeg omhoog om de puntjes van zijn tanden te laten zien. 'Laat maar. Je komt geloofwaardiger over als je net zo verrast bent als ieder ander. Laten we het zo stellen: als we eenmaal de trekker hebben overgehaald, staat het hele dorp te dringen om *Baaarbie* op te hangen aan een zureappelenboom. Wanneer wil je het doen? Vanavond? Want dat kan wel.'

Grote Jim dacht over die vraag na. Hij keek op zijn schrijfblok. Dat stond vol met notities (en was bespat met alfredosaus). Een daarvan was omcirkeld: *krantenkreng.*

'Niet vanavond. Als we dit handig spelen, kunnen we hem voor meer gebruiken dan alleen Coggins.'

'En als de Koepel omlaag komt terwijl jij daarmee bezig bent?'

'We redden ons wel,' zei Grote Jim. Hij dacht: *En als meneer Barbara op de een of andere manier kans ziet eronderuit te komen – dat is niet waarschijnlijk, maar kakkerlakken vinden vaak kieren als het licht aangaat – ben jij er altijd nog. Jij en die andere lijken.* 'Nou, ga iets eten, al is het maar een salade.'

Junior kwam niet in beweging. 'Wacht niet te lang, pa,' zei hij.

'Dat zal ik niet doen.'

Junior dacht daarover na, keek hem peinzend aan met die donkere ogen die nu zo vreemd leken, en verloor toen blijkbaar zijn belangstelling. Hij gaapte. 'Ik ga naar mijn kamer om een tijdje te slapen. Ik eet later wel.'

'Als je het maar doet. Je wordt te dun.'

'Dun is in,' antwoordde zijn zoon met een dof glimlachje dat nog verontrustender was dan zijn ogen. Grote Jim vond het net de grijns van een doodskop. Hij moest denken aan de man die zich tegenwoordig alleen nog maar Chef noemde – alsof zijn vroegere leven als Phil Bushey was uitgewist. Toen Junior de kamer verliet, slaakte Grote Jim ongemerkt een zucht van verlichting.

Hij pakte zijn pen op: er was zoveel te doen. Hij zou het doen, en goed ook. Als dit alles voorbij was, zou zijn portret wel eens op het omslag van *Time* kunnen staan.

4

Omdat haar generator nog draaide – al zou dat niet veel langer meer duren, tenzij ze wat meer propaan kon vinden – kon Brenda Perkins de printer van haar man aanzetten en afdrukken maken van alles in de DARTH VADER-map. De ongelooflijke lijst van vergrijpen die Howie had verzameld – en waaraan hij blijkbaar iets had willen doen toen hij stierf – leek op papier nog echter dan op het computerscherm. En hoe meer ze ernaar keek, des te meer leek dat alles te passen bij de Jim Rennie die ze het grootste deel van haar leven had gekend. Ze had altijd geweten dat hij een monster was, alleen niet dat hij zo'n gróót monster was.

Zelfs het materiaal over Coggins' kerk van jezushuppelaars klopte... Maar als ze het goed las, was het helemaal geen kerk, maar een grote heilige wasmachine om geld in plaats van kleren wit te wassen. En dan ook nog geld van een drugsfabriek. 'Misschien wel een van de grootste uit de geschiedenis van de Verenigde Staten', zoals haar man het noemde.

Toch waren er problemen, en zowel politiecommandant Howie 'Duke' Perkins als de procureur-generaal van de staat Maine hadden dat erkend. Die problemen waren de reden waarom het zo lang had geduurd om in het kader van operatie Darth Vader de nodige bewijzen te verzamelen. Jim Rennie was niet zomaar een groot monster; hij was een slím monster. Daarom had hij er altijd genoegen mee genomen eerste wethouder te blijven. Hij had Andy Sanders om het pad voor hem te effenen.

En om als schietschijf te fungeren – dat ook. Een hele tijd was Andy de enige geweest tegen wie Howie harde bewijzen had gevonden. Andy was een stroman en wist dat waarschijnlijk zelf niet eens, want hij was een opgewekte, vriendelijke onbenul. Andy was burgemeester, eerste diaken van de Heilige Verlosser, een man die de inwoners van de gemeente in hun hart hadden gesloten. Zijn naam kwam ook voor op allerlei zakelijke papieren die ten slotte in de troebele financiële moerassen van Nassau en Grand Cayman Island verdwenen. Als Howie en de procureur-generaal te snel in actie waren gekomen, zou hij ook de eerste zijn geweest die met een nummer op zijn borst op de foto was gekomen. Misschien wel als enige, als hij geloof had gehecht aan de onvermijdelijke belofte van Grote Jim dat alles goed zou komen wanneer Andy gewoon zijn mond hield. En waarschijnlijk zou hij dat doen. Wie kon zich beter van den domme houden dan een domkop?

De vorige zomer had het ernaar uitgezien dat het eindspel was begonnen, zoals Howie het zag. Toen was Rennies naam verschenen op papieren die de procureur-generaal in handen had gekregen, vooral die van een onderneming in Nevada die Town Ventures heette. Het geld van Town Ventures was niet naar het westen maar naar het oosten verdwenen, niet naar het Caribisch gebied maar naar het vasteland van China, een land waar de essentiële ingrediënten van allerlei drugs in bulkpartijen konden worden gekocht zonder dat er veel vragen werden gesteld.

Waarom zou Rennie dat risico nemen? Howie Perkins had maar één reden kunnen bedenken: het geld was te snel en te veel gegroeid voor één heilige wasmachine. Rennies naam was daarna verschenen op papieren die betrekking hadden op zes andere fundamentalistische kerken in het noordoosten. Town Ventures en de andere kerken (om nog maar te zwijgen van een stuk of vijf andere religieuze radiostations, geen van alle zo groot als WCIK) waren Rennies eerste echte fouten. Er kwamen losse eindjes. Er kon aan touwtjes worden getrokken, en dan werd vroeg of laat – meestal vroeg – alles ontrafeld.

Je kon er niet mee stoppen, hè? dacht Brenda, terwijl ze achter het bureau van haar man zat en de papieren doornam. *Je had miljoenen verdiend – misschien wel tientallen miljoenen – en de risico's werden veel te groot, maar je kon er gewoon niet mee stoppen. Als een aap die zichzelf in de val laat lopen omdat hij de banaan niet kan loslaten. Je zat boven op een fortuin en je bleef gewoon in dat oude huis van je wonen en auto's verkopen in die dumpzooi van je aan Route 119. Waarom?*

Maar ze wist het wel. Het ging niet om het geld; het ging om de gemeente. Die hij als *zíjn* gemeente zag. Als hij ergens in Costa Rica op een strand zat, of in een bewaakt landhuis in Namibië, zou hij niet meer Grote Jim zijn, maar Kleine Jim. Want een man zonder doel is altijd een kleine man, al bulkten zijn bankrekeningen van het geld.

Als ze hem voorlegde wat ze had, zou ze dan een akkoord met hem kunnen sluiten? Hem dwingen af te treden, in ruil voor haar stilzwijgen? Daar was ze niet zeker van. En ze zag erg tegen zo'n confrontatie op. Die zou uitermate onaangenaam zijn, misschien zelfs gevaarlijk. Ze zou Julia Shumway bij zich willen hebben. En Barbie. Alleen liep Dale Barbara nu zelf als schietschijf rond.

Howies stem, kalm maar zeker, klonk in haar hoofd. *Je kunt nog wel even wachten – ik wachtte zelf ook op een laatste paar stukjes bewijs –, maar ik zou niet te lang wachten, schat. Want hoe langer dit beleg duurt, des te gevaarlijker wordt hij.*

Ze dacht aan Howie die over het pad achteruit was gereden en toen gestopt was om zijn lippen in de warmte van de zon op de hare te drukken. Zijn mond was haar bijna even vertrouwd geweest als die van haarzelf, en beslist even dierbaar. Hij had toen ook de zijkant van haar hals gestreeld. Alsof hij wist dat het einde naderde en dat hij met één aanraking alles moest zeggen. Dat was een gemakkelijke en romantische fantasie, maar ze geloofde er bijna in en haar ogen liepen vol met tranen.

Plotseling leken de papieren en alle machinaties die daaruit naar voren kwamen haar minder belangrijk. Zelfs de Koepel leek niet erg belangrijk. Belangrijk was alleen nog het gat dat zo plotseling in haar leven was gekomen, het gat waarin al het geluk was verdwenen dat ze zo vanzelfsprekend had gevonden. Ze vroeg zich af of die arme domme Andy Sanders dat gevoel ook had. Ze nam aan van wel.

Ik wacht nog vierentwintig uur. Als de Koepel er morgenavond nog is, ga ik met dit materiaal — met kopieën van dit materiaal — naar Rennie en zeg ik tegen hem dat hij ontslag moet nemen ten gunste van Dale Barbara. Dan zeg ik dat zijn hele drugsonderneming in de krant komt als hij dat niet doet.

'Morgen,' mompelde ze, en ze deed haar ogen dicht. Twee minuten later zat ze in Howies stoel te slapen. In Chester's Mill was het etenstijd geworden. Sommige maaltijden (waaronder kip à la Barbara voor zo'n honderd mensen) werden klaargemaakt op gasstellen of elektrische kookplaten, dankzij de generatoren die nog werkten, maar er waren ook mensen die hun houtfornuis gebruikten, hetzij om hun generator te sparen hetzij omdat ze alleen nog maar hout hadden. De rook steeg uit honderden schoorstenen in de roerloze lucht op.

En verspreidde zich.

5

Nadat ze de geigerteller had afgeleverd — de ontvanger nam hem graag, zelfs gretig, aan en beloofde dinsdagmorgen in alle vroegte te beginnen met zoeken — ging Julia met Horace aan de riem naar warenhuis Burpee. Romeo had haar verteld dat hij twee gloednieuwe Kyocera-kopieerapparaten in zijn magazijn had, beide nog in de oorspronkelijke doos. Ze mocht ze allebei hebben.

'Ik heb ook een beetje propaan weggestopt,' zei hij, en hij aaide Horace even. 'Ik zal ervoor zorgen dat je krijgt wat je nodig hebt — in elk geval zo lang als ik kan. We moeten de krant laten draaien, nietwaar? Dat is nu belangrijker dan ooit.'

Dat was precies zoals Julia erover dacht, en dat zei ze ook tegen hem. Ze had ook een kus op zijn wang gedrukt. 'Dit ben ik je schuldig, Rommie.'

'Ik reken op een grote korting op mijn wekelijkse advertentie als dit voorbij is.' Hij had met zijn wijsvinger tegen de zijkant van zijn neus getikt, alsof ze samen een groot geheim hadden. Misschien hadden ze dat ook.

Toen ze wegging, tsjilpte haar mobiele telefoon. Ze haalde hem uit haar broekzak. 'Hallo, met Julia.'

'Goedenavond, mevrouw Shumway.'

'O, kolonel Cox, wat geweldig uw stem te horen,' zei ze opgewekt. 'U kunt zich niet voorstellen hoe blij wij boerenkinkels met een telefoontje van buiten zijn. Hoe is het leven buiten de Koepel?'

'Het leven in het algemeen is waarschijnlijk wel goed,' zei hij. 'Waar ik ben, is het nogal naargeestig. Weet u van de raketten?'

'Ik heb ze zien komen. En terugstuiteren. Ze hebben een fikse brand gesticht aan uw kant...'

'... Het is niet míjn...'

'... en ook nogal wat brand aan onze kant.'

'Ik wilde eigenlijk kolonel Barbara spreken,' zei Cox. 'Die zou verdomme met zijn eigen telefoon moeten rondlopen.'

'U hebt volkomen gelijk!' riep ze uit, nog steeds heel opgewekt. 'En in de hel zouden ze verdomme ijswater moeten hebben!' Ze bleef voor de Gas & Grocery staan, die nu potdicht zat. In de etalage stond een met de hand beschreven bord: OPENINGSTIJD MORGEN 11-14 UUR WEES ER VROEG BIJ!

'Mevrouw Shumway...'

'We hebben het straks over kolonel Barbara,' zei Julia. 'Ik wil eerst twee dingen weten. Ten eerste: wanneer mag de pers bij de Koepel komen? Want het Amerikaanse volk verdient meer dan alleen de mededelingen van de regering hierover, vindt u niet?'

Ze verwachtte dat hij zou zeggen dat hij dat níét vond, dat er in de nabije toekomst geen *New York Times* of CNN bij de Koepel zou komen, maar Cox verraste haar. 'Waarschijnlijk vrijdag, als de andere trucs die we nog achter de hand hebben niet werken. Wat wilt u nog meer weten, mevrouw Shumway? Maak het kort, want ik ben geen persvoorlichter. Dat is een andere salarisschaal.'

'U hebt mij gebeld, en dus zit u nu met mij opgescheept, kolonel.'

'Mevrouw Shumway, met alle respect. Uw telefoon is niet de enige in Chester's Mill die ik kan bereiken.'

'Dat kan wel zo zijn, maar ik denk niet dat Barbie met u wil praten als u mij niet te woord wilt staan. Hij is toch al niet zo blij met zijn nieuwe positie van toekomstige gevangenisdirecteur.'

Cox zuchtte. 'Wat is uw vraag?'

'Ik wil de temperatuur aan de zuid- of oostkant van de Koepel weten – de échte temperatuur, dus een eind bij de brand vandaan die jullie hebben veroorzaakt.'

'Waarom...'

'Heeft u die informatie of niet? Ik denk van wel, of dat u eraan kunt komen. Volgens mij zit u nu voor een computerscherm en heeft u toegang tot alles, waarschijnlijk inclusief mijn maat ondergoed.' Ze zweeg even. 'En als u maat 46 zegt, is dit gesprek afgelopen.'

'Geeft u nu blijk van uw gevoel voor humor, mevrouw Shumway, of bent u altijd zo?'

'Ik ben moe en bang. Schrijf het daar maar aan toe.'

Er volgde een korte stilte aan Cox' kant van de lijn. Ze meende het klikken van computertoetsen te horen. Toen zei hij: 'In Castle Rock is het acht graden boven nul. Neemt u daar genoegen mee?'

'Ja.' Het verschil was niet zo groot als ze had gevreesd maar toch nog aanzienlijk. 'Ik kijk nu naar de thermometer in de etalage van de Mill Gas & Grocery. Die geeft aan dat het veertien graden is. Dat is een verschil van zes graden tussen plaatsen die nog geen dertig kilometer bij elkaar vandaan liggen. Tenzij er vanavond een gigantisch warmtefront door het westen van Maine komt opzetten, zou ik zeggen dat er iets aan de hand is. Bent u het daarmee eens?'

Hij gaf geen antwoord op haar vraag, maar wat hij wél zei, deed haar de vraag vergeten. 'We gaan iets anders proberen. Vanavond om een uur of negen. Dat wilde ik Barbie vertellen.'

'Het is te hopen dat plan B beter werkt dan plan A. Ik geloof dat de gemachtigde van de president van de Verenigde Staten op dit moment bezig is de clientèle van de Sweetbriar Rose te eten te geven. Er schijnt een kipspecialiteit op het menu te staan.' Ze zag de lichten verderop in de straat, en haar maag knorde.

'Wilt u luisteren en een boodschap doorgeven?' En ze hoorde wat hij er niet aan toevoegde: *tegendraads wijf*.

'Met het grootste genoegen,' zei ze. Glimlachend. Want als het moest, wás ze een tegendraads wijf.

'We gaan het met een experimenteel zuur proberen. Een speciale waterstoffluoride. Negen keer zo bijtend als het gewone spul.'

'Een beter leven door chemie.'

'Ik heb me laten vertellen dat je er in theorie een gat van drieduizend meter in harde rots mee kunt branden.'

'Wat werkt u toch voor een grappige mensen, kolonel.'

'We gaan het proberen op de kruising van Motton Road met...' Er was geritsel van papier te horen. 'Op de grens met de gemeente Harlow. Ik verwacht daar zelf ook te zijn.'

'Dan zeg ik tegen Barbie dat iemand anders moet afwassen.'

'Wilt u ons ook met uw gezelschap vereren, mevrouw Shumway?'

Ze deed haar mond open om 'Ik zou het voor geen goud willen missen' te zeggen, maar toen brak er op straat een groot tumult uit.

'Wat is daar aan de hand?' vroeg Cox.

Julia gaf geen antwoord. Ze klapte haar telefoon dicht en stopte hem in haar zak, en intussen rende ze al op het geluid van schreeuwende stemmen af. En er was nog iets anders. Iets wat als grommen klonk.

Het schot kwam toen ze er nog een half huizenblok vandaan was.

6

Piper ging naar de pastorie terug en trof daar Carolyn, Thurston en de kinderen Appleton aan. Ze was blij hen te zien, want ze leidden haar gedachten af van Sammy Bushey. In elk geval tijdelijk.

Ze luisterde naar Carolyns verhaal over de toeval van Aidan Appleton, maar er was nu blijkbaar niets meer met de jongen aan de hand – hij viel met veel enthousiasme op een stapel vijgenkoekjes aan. Toen Carolyn vroeg of de jongen naar een dokter moest, zei Piper: 'Als het niet nog een keer gebeurt, kunnen we er wel vanuit gaan dat het van de honger kwam, en van de opwinding van het spel.'

Thurston glimlachte zuur. 'We waren allemaal opgewonden. We hadden plezier.'

Toen ze het over een mogelijk onderkomen hadden, dacht Piper eerst aan het huis van de McCains, dat dichtbij was. Alleen wist ze niet waar hun reservesleutel verborgen zou kunnen zijn.

Alice Appleton zat op de vloer en voerde koekkruimels aan Clover. De herder wreef tussen de hapjes door met zijn snuit over haar enkel om te laten zien dat hij haar beste vriend was. 'Dit is de beste hond die ik ooit heb gezien,' zei ze tegen Piper. 'Ik wou dat wíj een hond kregen.'

'Ik heb een draakje,' merkte Aidan op. Hij zat behaaglijk op Carolyns schoot.

Alice glimlachte toegeeflijk. 'Dat is zijn onzichtbare V-R-I-E-N-D-J-E.'

'Ik begrijp het,' zei Piper. Ze dacht dat ze altijd nog een ruit van de McCains konden inslaan. Nood brak wet.

Maar toen ze opstond om naar de koffie te kijken, kreeg ze een beter idee.
'Het huis van de Dumagens. Ik had meteen aan hen moeten denken. Ze zijn naar een congres in Boston. Coralee Dumagen heeft me gevraagd haar planten water te geven zolang ze weg zijn.'

'Ik doceer in Boston,' zei Thurston. 'Op Emerson. Ik was gasthoofdredacteur van het laatste nummer van *Ploughshares*.' En hij zuchtte.

'De sleutel ligt achter het raamluik links van de deur,' zei Piper. 'Ik geloof niet dat ze een generator hebben, maar er is een houtfornuis in de keuken.'

Ze aarzelde en dacht: stadsmensen. 'Kunnen jullie op een houtfornuis koken zonder het huis in brand te steken?'

'Ik ben in Vermont opgegroeid,' zei Thurston. 'Het was mijn taak om alle kachels te laten branden – in het huis én in de stal – totdat ik van huis ging om te studeren. Alles komt een keer terug, hè?' Hij zuchtte weer.

'Er ligt vast wel eten in de provisiekast,' zei Piper.

Carolyn knikte. 'Dat zei de portier van het gemeentehuis ook.'

'En Junior,' merkte Alice op. 'Hij is politieagent. En knap.'

Thurstons mondhoeken gingen omlaag. 'Dat stuk van een politieagent heeft mij mishandeld,' zei hij. 'Hij en die andere. Ik kon ze niet eens uit elkaar houden.'

Pipers wenkbrauwen gingen omhoog.

'Hij stompte Thurse in zijn buik,' zei Carolyn kalm. 'Scholden ons uit voor idioten uit Massachusetts – wat we in feite ook zijn – en lachte ons uit. Dat vond ik nog het ergste: dat ze ons uitlachten. Ze gedroegen zich iets beter toen ze de kinderen bij zich hadden, maar...' Ze schudde haar hoofd. 'Ze hadden zichzelf niet in de hand.'

En op dat moment dacht Piper weer aan Sammy. Ze voelde dat er een adertje ging kloppen in de zijkant van haar hals, heel langzaam en nadrukkelijk, maar haar stem bleef kalm. 'Hoe heette die andere politieman?'

'Frankie,' zei Carolyn. 'Junior noemde hem Frankie D. Kent u ze? Dat moet wel, hè?'

'Ik ken ze,' zei Piper.

7

Piper wees het nieuwe, geïmproviseerde gezin de weg naar het huis van de Dumagens. Dat huis had het voordeel dat het dicht bij het Cathy Russellziekenhuis stond, voor het geval de jongen weer een toeval kreeg. Toen ze weg waren, zat ze een tijdje aan haar keukentafel en dronk thee. Dat deed ze langzaam. Ze nam een slokje en zette de kop neer. Nam een slokje en zette hem neer. Clover jengelde. Hij was op haar afgestemd en blijkbaar voelde hij haar woede.

Misschien verandert daardoor mijn geur. Misschien wordt die zuurder of zoiets.

Er vormde zich een beeld. Geen mooi beeld. Veel nieuwe agenten, erg jonge agenten, nog geen achtenveertig uur geleden beëdigd en nu al op drift. Wat ze zich bij Sammy Bushey en Thurston Marshall hadden gepermitteerd, zouden ervaren agenten als Henry Morrison en Jackie Wettington niet overnemen – tenminste, dat dacht ze niet –, maar hoe zat het met Fred Denton? George Frederick? Toby Whelan? Misschien die wel. Waarschijnlijk. Toen Duke de leiding had, was er niets met hen aan de hand geweest. Ze deden het niet geweldig, en ze waren geneigd je onnodig uit te kafferen als je een overtreding had begaan, maar het ging wel. In elk geval waren ze de besten geweest die je voor het budget van de gemeente kon krijgen. Haar moeder had altijd gezegd: 'Je koopt goedkoop, je krijgt goedkoop.' En nu Peter Randolph de leiding had...

Er moest iets worden gedaan.

Alleen moest ze eerst haar drift beheersen. Deed ze dat niet, dan zou haar drift háár beheersen.

Ze pakte de hondenriem van het haakje bij de deur. Clover stond meteen kwispelstaartend op, zijn ogen helder, zijn oren recht omhoog.

'Kom, grote lobbes. We gaan een klacht indienen.'

Haar herder likte nog koekkruimels van de zijkant van zijn snuit weg toen ze hem naar de deur meenam.

8

Toen Piper met Clover rechts achter haar over het plantsoen liep, had ze het gevoel dat ze haar drift inderdaad beheerste – totdat ze bij het politiebureau kwam en gelach hoorde. Ze zag de kerels wier namen ze uit Sammy Bushey had gekregen: DeLesseps, Thibodeau, Searles. Georgia Roux was er ook. Georgia, die hen volgens Sammy had aangemoedigd: *pak dat kreng.* Freddy Denton was er ook. Ze zaten onder het genot van frisdrank op de stenen trap van het politiebureau met elkaar te ouwehoeren. Duke Perkins zou zoiets nooit hebben toegestaan. Als hij hen nu kon zien vanaf de plaats waar hij ook maar was, dacht Piper, zou hij zich snel genoeg in zijn graf omdraaien om zijn eigen stoffelijk overschot in vlammen te laten opgaan.

Mel Searles zei iets. Ze barstten allemaal weer in lachen uit en sloegen elkaar op de rug. Thibodeau had zijn arm om het meisje van Roux heen, met zijn vingertoppen op de zijkant van haar borst. Toen ze iets zei, lachten ze allemaal nog harder.

Piper dacht dat ze om de verkrachting zaten te lachen – wat hadden ze toch een lol gehad – en daarna maakte het advies van haar vader geen kans meer. De Piper die de armen en zieken bijstond, die huwelijks- en begrafenisdiensten leidde, die op zondag over naastenliefde en verdraagzaamheid preekte, werd ruw op haar herinnering teruggeworpen, vanwaar ze als het ware door een krom en wazig stuk glas moest toekijken. De andere Piper kreeg de overhand, de Piper die op haar vijftiende een ravage in haar kamer had aangericht en tranen van woede in plaats van verdriet had vergoten.

Tussen het gemeentehuis en het nieuwere, bakstenen politiebureau lag een met leisteen geplaveid pleintje met als middelpunt een oorlogsmonument: een standbeeld van Ernie Calverts vader, Lucien Calvert, die postuum een Silver Star had gekregen voor heldhaftigheid in Korea. De namen van de andere oorlogsdoden van Chester's Mill, vanaf de Amerikaanse Burgeroorlog, waren in het voetstuk van het beeld gegraveerd. Er stonden ook twee vlaggenstokken, met respectievelijk de vlag van de Verenigde Staten en de vlag van de staat Maine, waarop een boer, een zeeman en een eland te zien waren. Beide vlaggen hingen slap in het rode schijnsel van de naderende zonsondergang. Piper Libby liep als in een droom tussen de vlaggenstokken door, Clover nog steeds schuin achter haar, zijn oren omhooggestoken.

De 'politieagenten' op de trap barstten weer in hard lachen uit. Het deed haar denken aan de trollen uit een van de sprookjes die haar vader haar had voorgelezen. Trollen in een grot, die zich verlustigden in bergen gestolen goud. Toen zagen ze haar en kwamen tot bedaren.

'Goedenavond, dominee,' zei Mel Searles. Hij stond op en hees daarbij gewichtig zijn riem op. *Hij staat op omdat er een dame aankomt*, dacht Piper. *Heeft hij dat van zijn moeder geleerd? Waarschijnlijk wel. De schone kunst van het verkrachten zal hij wel ergens anders hebben opgedaan.*

Hij glimlachte nog steeds toen ze bij de trap aankwam, maar toen werd zijn blik onzeker, want hij zag blijkbaar de uitdrukking op haar gezicht. Ze wist zelf niet wat voor uitdrukking dat was. Vanbinnen voelde haar gezicht verstijfd aan. Strak.

Ze zag dat de grootste van hen aandachtig naar haar keek. Het was Thibodeau, wiens gezicht net zo strak stond als dat van haar aanvoelde. *Hij is net Clover*, dacht ze. *Hij ruikt het aan mij. De woede.*

'Dominee?' vroeg Mel. 'Is alles in orde? Is er een probleem?'

Ze ging de trap op, niet snel, niet langzaam, Clover nog steeds rechts achter haar. 'Nou en of er een probleem is,' zei ze, en ze keek naar hem op.

'Wat...'

'Júllie,' zei ze. 'Júllie zijn het probleem.'

Ze gaf hem een duw. Dat had Mel niet verwacht. Hij had zijn bekertje frisdrank nog in zijn hand. Hij viel op Georgia Roux' schoot, vergeefs met zijn armen zwaaiend om in evenwicht te blijven, en een ogenblik vormde de frisdrank een donkere reuzenmanta tegen de achtergrond van de rode hemel. Georgia slaakte een kreet van schrik toen Mel op haar terechtkwam. Ze viel achterover en morste haar eigen frisdrank, die uitliep over de brede granietplaat voor de dubbele deur. Piper rook whisky. Er zat iets in hun cola's wat de rest van de gemeente niet meer kon kopen. Geen wonder dat ze hadden zitten lachen.

De rode kloof in haar hoofd ging nog verder open.

'U mag niet...' begon Frankie, en hij kwam overeind. Ze gaf hem een zet. In een melkwegstelsel ver weg begon Clover – die normaal gesproken geen vlieg kwaad deed – te grommen.

Frankie viel op zijn rug, zijn ogen wijd open van schrik, en leek op dat moment net de zondagsschooljongen die hij ooit moest zijn geweest.

'Verkráchting is het probleem!' schreeuwde Piper. 'Verkráchting!'

'Hou je bek,' zei Carter. Hij zat nog, en hoewel Georgia zich tegen hem aan drukte, bleef Carter kalm. Onder zijn blauwe overhemd met korte mouwen werden zijn spieren zichtbaar. 'Hou je bek en ga weg, als je de nacht niet wil doorbrengen in een cel beneden het...'

'Jij bent degene die de cel ingaat,' zei Piper. 'Jullie allemaal.'

'Zorg dat ze haar bek houdt,' zei Georgia. Ze jammerde niet, maar het scheelde niet veel. 'Zorg dat ze haar bek houdt, Cart.'

'Mevrouw...' Freddy Denton. Zijn overhemd kwam uit zijn broek en ze rook whisky in zijn adem. Duke zou hem op staande voet hebben ontslagen. Hen allemaal. Freddy kwam overeind en deze keer was híj het die languit ging, met op zijn gezicht een verraste uitdrukking die onder andere omstandigheden komisch zou zijn geweest. Het was prima dat zij hadden gezeten terwijl zij stond. Dat maakte het gemakkelijker. Maar o, wat klopten haar slapen. Ze richtte haar aandacht weer op Thibodeau, de gevaarlijkste van het stel. Hij keek haar nog steeds aan met een kalmte om razend van te worden. Alsof ze een gedrocht was en ze een kwartje hadden neergeteld om haar in een kermistent te mogen aanschouwen. Maar hij keek óp naar haar, en dat was haar voordeel.

'Het wordt geen cel onder het bureau,' zei ze, nu rechtstreeks tegen Thibodeau. 'Het wordt de Shawshank-gevangenis, waar ze met hufters zoals jij doen wat jij met dat meisje hebt gedaan.'

'Stom kreng,' zei Carter. Hij zei dat alsof hij het over het weer had. 'We zijn helemaal niet bij haar huis geweest.'

'Dat klopt,' zei Georgia, die weer rechtop ging zitten. Er zaten colaspatten op haar ene wang, waar de laatste jeugdpuistjes die haar gezicht hadden geteisterd langzaam wegtrokken (maar nog even standhielden). 'En trouwens, iedereen weet dat Sammy Bushey alleen maar een leugenachtige lesbotrut is.'

Piper glimlachte. Ze richtte die glimlach op Georgia, die terugdeinsde voor de gekke vrouw die zo plotseling op de trap was verschenen, terwijl ze daar toch zo gezellig in het licht van de ondergaande zon hadden gezeten. 'Hoe wist je de naam van die leugenachtige lesbotrut? Die heb ík niet genoemd.'

Georgia's mond vormde een o van ontzetting. En voor het eerst werd Carter Thibodeaus kalmte doorbroken. Piper wist niet of het door angst of alleen maar door ergernis was veroorzaakt.

Frank DeLesseps kwam behoedzaam overeind. 'U kunt zulke beschuldigingen, waarvoor u geen enkel bewijs hebt, maar beter voor u houden, dominee Libby.'

'En u kunt ook maar beter geen politieagenten aanvallen,' zei Freddy Denton. 'Ik wil het deze keer wel door de vingers zien – we staan allemaal onder druk –, maar u moet nu onmiddellijk ophouden met die beschuldigingen.' Hij zweeg even, en voegde er zwakjes aan toe: 'En natuurlijk ook met duwen.'

Piper bleef Georgia strak aankijken, en haar rechterhand kromde zich zo krampachtig om de zwarte plastic greep van Clovers riem dat ze voelde hoe haar aderen klopten. De hond had zijn voorpoten gespreid en zijn kop laten zakken, en hij gromde nog steeds. Hij klonk als een krachtige buitenboordmotor die stationair draaide. De vacht op zijn nek stond rechtop en onttrok zijn halsband aan het zicht.

'Hoe wist je haar naam, Georgia?'

'Ik... ik... ik dacht...'

Carter pakte haar schouder vast en kneep erin. 'Stil, schatje.' En toen zei hij tegen Piper, nog steeds zonder te gaan staan (*want hij wil niet omlaaggeduwd worden, de lafaard*): 'Ik weet niet wat u zich in uw jezushoofd heeft gehaald, maar we waren gisteravond met zijn allen bij de boerderij van Alden Dinsmore. We probeerden iets los te krijgen van de soldaten op Route 119, maar dat lukte niet. Dat is heel ver bij Bushey vandaan, aan de andere kant van de gemeente.' Hij keek om naar zijn vrienden.

'Ja,' zei Frankie.

'Ja,' viel Mel hem bij, met een wantrouwige blik op Piper.

'Nou en of!' zei Georgia. Carter had zijn arm weer om haar heen, en haar kortstondige onzekerheid was helemaal verdwenen. Ze keek Piper uitdagend aan.

'Georgie dacht dat u over Sammy stond te schreeuwen,' zei Carter met diezelfde irritante kalmte. 'Want Sammy is de grootste leugenachtige slettenbak van de hele gemeente.'

Mel Searles liet een kakelende lach horen.

'Maar jullie hebben geen condoom gebruikt,' zei Piper. Sammy had haar dat verteld, en toen ze zag dat Thibodeaus gezicht vertrok, wist ze dat het waar was. 'Jullie hebben geen condoom gebruikt en ze hebben haar onderzocht en materiaal verzameld.' Ze had geen idee of dát waar was, maar dat kon haar niet schelen. Ze kon aan hun steeds grotere ogen zien dat ze het geloofden, en dat was genoeg. 'Als ze jullie DNA vergelijken met wat ze hebben gevonden...'

'Zo kan ie wel weer,' zei Carter. 'Hou je bek.'

Ze keek hem met een valse glimlach aan. 'Nee, meneer Thibodeau. We zijn nog maar net begonnen.'

Freddy Denton stak zijn hand naar haar uit. Ze duwde hem omlaag en voelde toen dat haar linkerarm werd vastgepakt en omgedraaid. Ze draaide zich om en keek in Thibodeaus ogen. Daar was geen kalmte meer in te bespeuren; ze schitterden van woede.

Van hetzelfde laken een pak, dacht ze onsamenhangend.

'Rot op, stom kreng,' merkte hij op, en deze keer was zij het die een duw kreeg.

Piper viel achterwaarts de trap af. Ze deed een instinctieve poging om haar hoofd in te trekken en zich zo klein mogelijk te maken, want ze wilde niet met haar hoofd tegen de stenen treden slaan, want dat zou haar schedel niet overleven. De klap zou haar doden of – erger nog – een plant van haar maken. In plaats daarvan kwam ze neer op haar linkerschouder, en de pijn vlamde er meteen doorheen. Een vertrouwde pijn. Twintig jaar geleden was op de middelbare school tijdens het voetballen haar arm uit de kom geschoten, en verdomd als het nu niet opnieuw was gebeurd.

Haar benen vlogen over haar hoofd en ze maakte een achterwaartse koprol, waarbij ze haar hals verrekte. Ze kwam op haar knieën neer en schaafde ze beide. Ten slotte bleef ze op haar buik en borsten liggen. Ze was bijna helemaal tot beneden aan de trap getuimeld. Haar wang bloedde, haar neus bloedde, haar lippen bloedden, haar nek deed pijn, maar o god, haar schouder was het ergst, met een bult en helemaal verdraaid zoals ze zich dat maar al te goed herinnerde. De laatste keer dat ze zo'n bult had gezien, had ze een rood nylon shirt van de Wildcats aangehad. Evengoed krabbelde ze overeind. Goddank kon ze haar benen nog gebruiken; ze had ook verlamd kunnen zijn.

Tijdens haar val had ze de riem losgelaten, en Clover sprong nu op Thibodeau af. Hij hapte naar zijn borst en buik, scheurde het overhemd open, gooide Thibodeau achterover en stortte zich op de vitale organen van de jongeman.

'*Haal hem van me af!*' gilde Carter. Er was nu niets kalms meer aan hem. '*Straks vermoordt hij me nog!*'

En ja, Clover deed zijn best. Hij had zijn voorpoten op Carters dijen geplant, en doordat Carter bleef spartelen, ging hij daarmee op en neer. Hij leek net een Duitse herder op een fiets. Toen gooide hij het over een andere boeg en beet diep in Carters schouder. Carter krijste het uit. Vervolgens had Clover het op zijn keel voorzien. Carter kreeg zijn handen nog net op tijd op de borst van de hond om zijn luchtpijp te redden.

'*Laat hem ophouden!*'

Frank greep naar de loshangende riem. Clover draaide zich om en hapte naar zijn vingers. Frank deinsde terug, en Clover richtte zijn aandacht weer op de man die zijn bazin van de trap af had geduwd. Zijn bek ging open, zodat een dubbele rij glanzende witte tanden te zien was, en hij stortte zich op Thibodeaus hals. Carter kreeg zijn hand omhoog, gaf een schreeuw van pijn toen Clover zich erin vastbeet en hem heen en weer schudde als een van zijn lievelingsspeelgoedjes. Alleen kwam er geen bloed uit zijn speelgoedjes, en wel uit Carters hand.

Piper kwam wankelend de trap op. Ze hield haar linkerhand voor haar borst en haar gezicht was een en al bloed. Een tand zat als een stukje eten aan haar mondhoek vastgeplakt.

'HAAL HEM VAN ME AF, GODSKELERE, HAAL DIE ROTHOND VAN ME AF!'

Piper deed haar mond open om tegen Clover te zeggen dat hij moest loslaten, toen ze Fred Denton zijn pistool zag trekken.

'*Nee!*' riep ze. '*Nee, ik zorg wel dat hij ophoudt!*'

Fred keek Mel Searles aan en wees met zijn vrije hand naar de hond. Mel kwam naar voren en schopte Clover in zijn flank. Hij deed dat hoog en hard, zoals hij eens (niet zo lang geleden) als footballer ballen had weggeschopt. Clover werd opzijgegooid. Hij verloor zijn greep op Thibodeaus bloedende, gehavende hand, waarvan twee vingers nu in ongewone richtingen wezen, als scheve richtingborden.

'NEE!' schreeuwde Piper opnieuw, zo hard dat het grijs werd voor haar ogen. 'DOE MIJN HOND NIETS!'

Fred negeerde haar. Terwijl Peter Randolph met het overhemd uit zijn broek, en zijn gulp los, naar buiten kwam stormen, het exemplaar van *Outdoors* dat hij op de wc had gelezen nog in zijn hand, negeerde Fred dat ook. Hij richtte zijn dienstpistool op de hond en schoot.

Het geluid daverde oorverdovend tussen de gebouwen. De bovenkant van Clovers kop spatte uiteen in een regen van bloed en botsplinters. Hij zette één stap in de richting van zijn schreeuwende, bloedende bazin, en nog een stap, en zakte toen in elkaar.

Fred kwam met het pistool nog in zijn hand naar voren en greep Piper bij haar gewonde arm vast. De bult in haar schouder gilde van protest. En nog steeds hield ze haar blik op haar dode hond gericht, die ze had gekregen toen hij nog een puppy was.

'Je staat onder arrest, stom kreng,' zei Fred. Hij bracht zijn gezicht – bleek, bezweet, de ogen zo groot alsof ze elk moment uit hun kassen konden rollen – zo dicht bij het hare dat ze de druppeltjes van zijn speeksel kon voelen. 'Alles wat je zegt, kan en zal tegen je worden gebruikt, gek wijf.'

Aan de overkant van de straat kwamen er mensen uit de Sweetbriar Rose. Barbie was een van hen; hij had zijn schort nog aan en zijn honkbalpet nog op. Julia Shumway was er het eerst.

Ze nam het tafereel in zich op en zag niet zozeer details als wel een totaalbeeld: dode hond, politieagenten dicht bij elkaar, een bloedende, schreeuwende vrouw wier ene schouder hoger was dan de andere, een kale politieman – die verrekte Freddie Denton – die aan de arm schudde waarmee die schouder verbonden was, nog meer bloed op de trap, dat erop wees dat Piper eraf gevallen was. Of geduwd was.

Julia deed iets wat ze in haar hele leven nog nooit had gedaan: ze greep in haar handtas, klapte haar portefeuille open, ging met het ding naar voren de trap op en riep: '*Pers! Pers! Pers!*'

Nu kwam er tenminste een eind aan het trillen.

9

Tien minuten later zat Carter Thibodeau in de kamer die nog niet zo lang geleden van Duke Perkins was geweest. Hij zat op de bank onder Dukes ingelijkste foto's en certificaten, met een verband om zijn schouder en papieren handdoeken om zijn hand. Georgia zat naast hem. Er stonden grote druppels zweet op Thibodeaus voorhoofd, maar nadat hij had gezegd 'Ik geloof niet dat er wat is gebroken', zweeg hij.

Fred Denton zat in een stoel in de hoek. Zijn pistool lag op het bureau van de commandant. Hij had het meteen overgedragen en alleen gezegd: 'Ik moest het wel doen. Kijk maar naar Carts hand.'

Piper zat in de bureaustoel die nu van Peter Randolph was (soms wenste de nieuwe commandant na het ongeluk dat de jongen van Dinsmore was overkomen dat die stoel nog steeds van Duke was). Julia had het meeste bloed met papieren handdoeken van Pipers gezicht geveegd. De vrouw huiverde van ellende en pijn, maar ze sprak er net zomin over als Thibodeau. Haar ogen stonden helder.

'Clover viel hem pas aan...' Ze wees met haar kin naar Carter. '... nadat hij me van de trap had geduwd. Door die duw raakte ik de riem kwijt. Wat mijn hond deed, was gerechtvaardigd. Hij beschermde me tegen mishandeling.'

'Zíj viel ons aan!' riep Georgia uit. 'Het gekke kreng viel óns aan! Ze kwam de trap op en lulde uit haar nek...'

'Stil,' zei Barbie. 'Jullie allemaal. Stil.' Hij keek Piper aan. 'Het is niet de eerste keer dat je arm uit de kom is, hè?'

'Ik wil u hier weg hebben, meneer Barbara,' zei Randolph... maar hij klonk niet erg overtuigend.

'Ik weet wel wat ik hiermee aanmoet,' zei Barbie. 'U ook?'

Randolph zei niets terug. Mel Searles en Frank DeLesseps stonden bij de deur. Ze keken zorgelijk.

Barbie keek Piper weer aan. 'Dit is een subluxatie. De arm is niet helemaal uit de kom. Het valt wel mee. Ik kan hem terugzetten voordat je naar het ziekenhuis gaat...'

'Ziékenhuis?' protesteerde Fred Denton. 'Ze staat onder arr...'

'Hou je mond, Freddy,' zei Randolph. 'Er staat niemand onder arrest. Tenminste, nog niet.'

Barbie bleef Piper aankijken. 'Maar ik moet het nu doen, voordat de zwelling te erg is. Als je wacht tot Everett het in het ziekenhuis doet, moeten ze je een verdovend middel geven.' Hij boog zich dicht naar haar oor toe en mompelde: 'Als je weg bent, vertellen zij hun verhaal en kun jij het jouwe niet vertellen.'

'Wat zegt u?' vroeg Randolph op scherpe toon.

'Dat het pijn gaat doen,' zei Barbie. 'Nietwaar, dominee?'

Ze knikte. 'Toe maar. Coach Gromley deed het aan de zijlijn, en zij was een onbenul. Als je maar opschiet. En verknoei het niet.'

Barbie zei: 'Julia, haal een mitella uit het EHBO-kistje en help me dan haar op haar rug te leggen.'

Julia, die erg bleek zag en zich beroerd voelde, deed wat haar werd gezegd.

Barbie ging links van Piper op de vloer zitten, trok een van zijn schoenen uit en hield haar onderarm met beide handen boven de pols vast. 'Ik weet niet hoe coach Gromley het deed,' zei hij, 'maar een hospik die ik in Irak heb gekend, deed het op deze manier. Je telt tot drie en roept dan heel hard *"wishbone".'*

'Wishbone,' zei Piper, glimlachend ondanks de pijn. 'Oké, jij bent de dokter.'

Nee, dacht Julia – voor zover ze in de gemeente nog zoiets als een dokter hadden, was het Rusty Everett. Ze had contact met Linda opgenomen die haar zijn mobiele nummer had gegeven, maar toen ze dat belde, had ze de voicemail gekregen.

Het was stil in de kamer. Zelfs Carter Thibodeau keek aandachtig toe. Barbie knikte Piper toe. De zweetdruppels stonden op haar voorhoofd, maar ze keek dapper en Barbie had groot respect voor haar. Hij zette zijn kousenvoet in haar linkeroksel en drukte hem daar goed in weg. Terwijl hij langzaam maar zeker aan haar arm trok, oefende hij vervolgens tegendruk met zijn voet uit.

'Oké, daar gaan we dan. Laat maar horen.'

'Een... twee... drie... WISHBONE!'

Terwijl Piper schreeuwde, trok Barbie. Iedereen in de kamer hoorde het harde kraakgeluid waarmee het gewricht weer op zijn plaats kwam. De bult in Pipers blouse was als bij toverslag verdwenen. Ze schreeuwde wel, maar verloor niet het bewustzijn. Hij deed de mitella om haar hals en arm om de arm zo goed mogelijk te stabiliseren.

'Beter?' vroeg hij.

'Beter,' zei ze. 'Veel beter, gelukkig. Het doet nog pijn, maar niet meer zo erg.'

'Ik heb aspirientjes in mijn tas,' zei Julia.

'Geef haar een aspirientje en ga dan weg,' zei Randolph. 'Iedereen eruit, behalve Carter, Freddy, de dominee en ik.'

Julia keek hem verbaasd aan. 'Meent u dat nou? De dominee gaat naar het ziekenhuis. Kun je lopen, Piper?'

Piper kwam trillend overeind. 'Ik geloof van wel. Een klein eindje.'

'Gaat u zitten, dominee Libby,' zei Randolph, maar Barbie wist dat ze al weg was. Hij hoorde het aan Randolphs stem.

'Waarom dwingt u me niet?' Ze bracht voorzichtig haar linkerarm met de mitella omhoog. Die arm beefde, maar het lukte. 'U kunt hem vast wel heel gemakkelijk opnieuw uit de kom trekken. Toe dan. Laat die... die jóngens... zien dat u net zo bent als zij.'

'En ik zet het allemaal in de krant!' zei Julia opgewekt. 'Daardoor verkoop ik er twee keer zoveel!' Maar haar glimlachje zag er geforceerd uit.

Barbie zei: 'Ik stel voor dat u deze zaak tot morgen uitstelt, commandant. U geeft de dame de gelegenheid sterkere pijnstillers in te nemen dan aspirine. Dan kan ze Everett meteen die schaafwonden op haar knie laten nakijken. Met die Koepel is er niet bepaald een vluchtrisico.'

'Haar hond wou me vermoorden,' zei Carter. Ondanks de pijn klonk hij weer kalm.

'Commandant Randolph: DeLesseps, Searles en Thibodeau zijn schuldig aan verkrachting.' Piper wankelde op haar benen – Julia sloeg haar arm om haar heen –, maar haar stem klonk helder. 'Roux is medeplichtig aan verkrachting.'

'Maak het nou even!' protesteerde Georgia.

'Ze moeten onmiddellijk worden geschorst.'

'Ze liegt,' zei Thibodeau.

Commandant Randolph keek heen en weer als de toeschouwer van een tenniswedstrijd. Ten slotte liet hij zijn blik op Barbie rusten. 'Wou jij me vertellen wat ik moet doen, knul?'

'Nee, meneer, ik doe alleen maar een voorstel op grond van de ervaring die ik in Irak heb opgedaan. U moet uw eigen beslissingen nemen.'

Randolph ontspande. 'Oké dan. Oké.' Hij sloeg zijn ogen neer en dacht na. Ze zagen dat hij merkte dat zijn gulp openstond, en er iets aan deed. Toen keek hij weer op en zei: 'Julia, ga met dominee Piper naar het ziekenhuis. En u, meneer Barbara: het kan me niet schelen waar u heen gaat, maar ik wil u hier weg hebben. Vanavond neem ik mijn agenten een verklaring af, en morgen dominee Libby.'

'Wacht,' zei Thibodeau. Hij stak zijn gekromde vingers naar Barbie uit. 'Kun je hier ook iets aan doen?'

'Ik weet het niet,' zei Barbie – vriendelijk genoeg, hoopte hij. De eerste rottigheid was voorbij en nu kwam de politieke nasleep, die hij zich goed herinnerde van zijn contacten met Irakese politiemannen, die niet zoveel anders waren dan de man op de bank en de anderen die in de deuropening stonden. Het kwam erop neer dat je aardig moest zijn tegen mensen op wie je zou willen spugen. 'Kun je *wishbone* zeggen?

10

Rusty had zijn mobiele telefoon uitgezet voordat hij op de deur van Grote Jim klopte. Grote Jim zat achter zijn bureau en Rusty zat tegenover hem op de stoel van smekelingen en sollicitanten.

In de werkkamer (Rennie noemde het op zijn belastingformulier zijn thuiskantoor) hing een aangename dennengeur, alsof hij kort geleden grondig schoongeboend was, maar toch voelde Rusty zich hier niet op zijn gemak. Dat kwam niet alleen door de afbeelding van een agressief westerse Jezus die de Bergrede hield, of de plaquettes waarmee Grote Jim reclame voor zichzelf maakte, of de hardhouten vloer die echt een kleed nodig had als bescherming. Het kwam wel door al die dingen, maar ook door nog iets anders. Rusty Everett geloofde eigenlijk niet in het bovennatuurlijke, maar toch voelde deze kamer bijna aan alsof er een vloek op rustte.

Dat komt doordat je een beetje bang voor hem bent, dacht hij. *Dat is alles.*

In de hoop dat zijn gevoelens niet aan hem te horen of te zien zouden zijn, vertelde Rusty de wethouder over de propaantanks die uit het ziekenhuis waren verdwenen. Hij vertelde ook dat hij er een had gevonden in de opslagloods achter het gemeentehuis, waar momenteel de generator van het gemeentehuis stond. En dat het de enige was.

'Dus ik heb twee vragen,' zei Rusty. 'Hoe is een tank van het ziekenhuis bij het gemeentehuis terechtgekomen? En waar is de rest gebleven?'

Grote Jim schommelde in zijn stoel achterover, legde zijn handen achter zijn nek en staarde peinzend naar het plafond. Rusty keek naar de vergulde honkbal op Rennies bureau. Daarvoor stond rechtop een briefje van Bill Lee, die vroeger bij de Boston Red Sox speelde. Hij kon het lezen, want het was naar buiten gedraaid. Natuurlijk. Het was de bedoeling dat bezoekers het zagen en onder de indruk waren. Net als de dingen die aan de muur hingen verkondigde de honkbal dat Grote Jim Rennie met Beroemde Mensen omging: *kijkt naar mijn handtekeningen, gij machtigen, en huivert.* Voor Rusty stonden de honkbal en het naar hem toe gedraaide briefje symbool voor het slechte gevoel dat deze kamer hem gaf. Al die dingen waren zoiets als een etalage, een prullerige getuigenis van kleinburgerlijk prestige en dorpse macht.

'Ik wist niet dat u toestemming van iemand had gekregen om in onze opslagloods te gaan rondneuzen,' zei Grote Jim tegen het plafond. Zijn vlezige handen waren nog samengevouwen achter zijn hoofd. 'Misschien bent u een functionaris van de gemeente en is mij daar niets over verteld? In dat geval ben ik abuis – dan "zit ik fout", zoals Junior zegt. Ik dacht dat u een soort ziekenbroeder was.'

Rusty dacht dat het vooral een truc was. Rennie probeerde hem op stang te jagen om hem af te leiden.

'Ik ben geen functionaris van de gemeente,' zei hij, 'maar wel van het ziekenhuis. En ik ben belastingbetaler.'

'En?'

Rusty voelde dat het bloed naar zijn gezicht steeg. *Laat je niet door hem afleiden van de reden van je komst. Want dat probeert hij.*

'Daardoor is het voor een deel dus ook míjn opslagloods.' Hij wachtte of Grote Jim daar iets op te zeggen had, maar de man achter het bureau zei niets. 'Trouwens, hij zat niet op slot. Maar dat doet er allemaal niet toe, hè? Ik zag wat ik zag, en ik wil graag een verklaring. Als werknemer van het ziekenhuis.'

'En belastingbetaler. Vergeet dat niet.'

Rusty keek hem alleen maar aan, knikte niet eens.

'Ik kan u geen verklaring geven,' zei Rennie.

Rusty trok zijn wenkbrauwen op. 'O nee? Ik dacht dat u uw vinger op de pols van deze gemeente had. Zei u dat niet toen u zich de vorige keer kandidaat stelde voor het wethouderschap? En zegt u nu tegen me dat u niet weet waar het propaan van de gemeente is gebleven? Dat kan ik niet geloven.'

Voor het eerst keek Rennie geërgerd. 'Het kan me niet schelen of u het gelooft of niet. Dit is nieuw voor mij.' Maar terwijl hij dat zei, keek hij vlug even opzij, alsof hij wilde zien of zijn gesigneerde foto van Tiger Woods er nog was; de klassieke manier waarop een leugenaar zich verried.

Rusty zei: 'Het ziekenhuis heeft bijna geen propaan meer. Zonder propaan zouden de weinige mensen die daar nog werken net zo goed in een veldhospitaal op een slagveld in de Burgeroorlog kunnen zitten. De patiënten die we op dit moment hebben – onder anderen iemand die een hartinfarct heeft gehad en een ernstig geval van diabetes waarbij misschien amputatie nodig is – komen in grote moeilijkheden als de stroom uitvalt. Degene bij wie misschien amputatie nodig is, is Jimmy Sirois. Zijn auto staat op het parkeerterrein. Er zit een sticker op de bumper met KIES GROTE JIM.'

'Ik zal het onderzoeken,' zei Grote Jim. Hij sprak met de houding van iemand die een ander een grote dienst bewijst. 'Het propaan van de gemeente is waarschijnlijk in een ander gemeentegebouw opgeslagen. Over dat van u kan ik niets zeggen.'

'Wélk ander gemeentegebouw? Er is de brandweerschuur, en er is de zand- en zoutvoorraad aan God Creek Road; daar staat niet eens een schuur. Verder zou ik geen gebouwen weten.'

'Meneer Everett, ik heb het druk. U zult me nu moeten excuseren.'

Rusty stond op. Hij had zijn handen tot vuisten willen ballen, maar deed het niet. 'Ik ga het u nog één keer vragen,' zei hij. 'Recht op de man af. Weet u waar die verdwenen tanks zijn?'

'Nee.' Ditmaal keek Rennie even naar de foto van Dale Earnhardt. 'En ik zal ook niets uit die vraag afleiden, beste man, want als ik dat deed, zou ik me misschien boos moeten maken. Nou, ga maar weer. Kijk maar eens bij Jimmy Sirois en zeg tegen hem dat hij de beste wensen van Grote Jim moet hebben en dat ik bij hem op bezoek kom zodra deze muggenzifterij voorbij is.'

Rusty deed nog steeds zijn uiterste best om zijn woede te bedwingen, maar het zou hem niet lukken. *'Ga maar weer?* Blijkbaar vergeet u dat u een dienaar van het volk bent, geen dictator. Voorlopig ben ik de hoogste medische functionaris van deze gemeente, en ik wil een antw...'

Grote Jims telefoon ging. Hij nam vlug op. Luisterde. De lijnen langs zijn omlaagwijzende mondhoeken werden grimmiger. 'Verdíkkie! Ik hoef ook maar even mijn rug te keren of...' Hij luisterde nog even en zei toen: 'Als je mensen bij je in je kantoor hebt, Pete, doe je klep dan dicht voordat je hem te wijd openzet en er zelf in valt. Bel Andy. Ik kom eraan, en dan handelen we dit met zijn drieën af.'

Hij hing op en kwam uit zijn stoel.

'Ik moet naar het politiebureau. Het is een noodsituatie of nog meer muggenzifterij – dat weet ik pas als ik daar ben. En ze zullen u wel nodig hebben in het ziekenhuis of het medisch centrum. Er schijnt een probleem te zijn met dominee Libby.'

'Hoezo? Wat is er met haar gebeurd?'

De koude ogen van Grote Jim keken hem vanuit hun harde kleine kassen aan. 'Dat hoort u vast wel van haar. Ik weet niet of het waar is wat ze u gaat vertellen, maar u krijgt het vast wel te horen. Dus als we nou eens allebei ons eigen werk gaan doen, jongeman.'

Rusty liep door de hal het huis uit, met pijn in zijn slapen. In het westen ging de zon bloedrood onder. Het was bijna volkomen windstil, maar er hing evengoed een rokerige stank in de lucht. Onder aan de trap stak Rusty zijn vinger op en wees ermee naar de dienaar van het volk die wachtte tot hij het perceel had verlaten, voordat hij, Rennie zelf, ook wegging. Rennie keek kwaad naar de vinger, maar Rusty liet hem niet zakken.

'Niemand hoeft mij te vertellen dat ik mijn werk moet doen. En ik maak het ook mijn werk om op zoek te gaan naar dat propaan. Als ik het op de verkeerde plaats vindt, gaat iemand anders úw werk doen, wethouder Rennie. Dat verzeker ik u.'

Grote Jim maakte een minachtend handgebaar in zijn richting. 'En nu wegwezen, jongen. Aan het werk.'

11

In de eerste vijfenvijftig uur van het bestaan van de Koepel kregen meer dan twintig kinderen een toeval. Sommige daarvan, zoals die van de meisjes Everett, werden opgemerkt. Veel andere toevallen niet, en in de volgende dagen zou het aantal snel afnemen tot nul. Rusty vergeleek ze met de lichte schokken die mensen voelden als ze te dicht bij de Koepel kwamen. De eerste keer voelde je een bijna elektrische huivering die je nekhaartjes overeind liet staan; daarna voelden de meeste mensen niets. Het was of ze gevaccineerd waren.

'Bedoel je dat de Koepel zoiets is als pokken?' vroeg Linda hem later. 'Je krijgt het één keer en dan ben je er voor de rest van je leven van af?'

Janelle had twee toevallen gehad, evenals een kind dat Norman Sawyer heette, maar in beide gevallen was de tweede toeval lichter dan de eerste en ging de tweede keer niet gepaard met vreemd gebabbel. Bij de meeste kinderen die Rusty in zijn spreekkamer kreeg, was het bij één toeval gebleven, en blijkbaar waren er geen nawerkingen.

Niet meer dan twee volwassenen hadden in die eerste vijfenvijftig uur een toeval gehad. Beide toevallen traden op rond zonsondergang op maandagavond, en in beide gevallen was de oorzaak gemakkelijk te achterhalen.

In het geval van Phil Bushey, alias Chef, was de oorzaak grotendeels zijn eigen werk. Omstreeks het tijdstip dat Rusty en Grote Jim bij elkaar vandaan gingen, zat Chef Bushey bij de opslagloods achter radiostation WCIK en keek hij dromerig naar de zonsondergang (zo dicht bij de raketinslagen werd het rood van de hemel verduisterd door roet op de Koepel). Hij had zijn methamfetaminepijp losjes in zijn hand. Met zijn gedachten was hij minstens in de ionosfeer; misschien wel honderd kilometer daarbuiten. In de weinige laaghangende wolken die in dat bloedrode licht zweefden zag hij de gezichten van zijn moeder, zijn vader, zijn opa; hij zag ook Sammy en Little Walter.

Al die wolkgezichten bloedden.

Toen zijn rechtervoet schokjes vertoonde en zijn linkervoet het ritme overnam, schonk hij er geen aandacht aan. Die schokjes hoorden bij de werking van het spul; dat wist iedereen. Toen begonnen ook zijn handen te trillen en viel zijn pijp in het lage gras (lang en droog als gevolg van het fabriekswerk dat hier plaatsvond). Even later schokte zijn hoofd heen en weer.

Het is zover, dacht hij met een kalmte die voor een deel opluchting was. *Ik ben eindelijk te ver gegaan. Ik knijp ertussenuit. Waarschijnlijk maar beter ook.*

Maar hij kneep er niet tussenuit; hij verloor niet eens het bewustzijn. Langzaam gleed hij opzij, schuddend en met zijn ogen gericht op een zwarte knikker die in de rode hemel omhoogkwam. De knikker zwol aan tot een kegelbal en vervolgens tot een te hard opgeblazen strandbal. Hij bleef groeien tot hij de rode hemel had opgeslokt.

Het einde van de wereld, dacht hij. *Dat is waarschijnlijk maar beter ook.*

Even dacht hij dat hij zich vergiste, want de sterren kwamen tevoorschijn. Alleen hadden ze de verkeerde kleur. Ze waren roze. En toen, o god, toen vielen ze naar beneden, met lange roze slierten achter ze aan.

Toen kwam er vuur. Een bulderende oven, alsof iemand een verborgen luikje had opengezet en de hel zelf op Chester's Mill had losgelaten.

'Dat is onze traktatie,' mompelde hij. Zijn pijp drukte tegen zijn arm en maakte een brandwond die hij later zou zien en voelen. Hij lag stuiptrekkend in het gele gras, zijn ogen weggedraaid, zodat het gladde wit de vlammende zonsondergang weerspiegelde. 'Onze Halloween-traktatie.'

Het vuur werd een gezicht, een oranje versie van de bloederige gezichten die hij in de wolken had gezien voordat hij de toeval kreeg. Het was het gezicht van Jezus. Jezus keek kwaad naar hem.

En praatte. Praatte tegen hém. Zei tegen hem dat het zíjn verantwoordelijkheid was dat het vuur er kwam. Van hém. Het vuur en de... de...

'De reinheid,' mompelde hij, liggend in het gras. 'Nee... de *reiniging*.'

Jezus keek nu niet zo kwaad meer. En Hij vervaagde. Waarom? Omdat Chef het had begrepen. Eerst kwamen de roze sterren; toen kwam het reinigende vuur; dan zou er een eind aan de beproeving komen.

Chef bewoog niet meer. De toeval ging over in de eerste echte slaap die hij in weken of misschien zelfs maanden had. Toen hij wakker werd, was het helemaal donker; elk spoor van rood was uit de hemel verdwenen. Hij was verkild tot op het bot, maar niet nat.

Onder de Koepel dauwde het niet meer.

12

Terwijl Chef in de ziekelijke zonsondergang van die avond naar het gezicht van Christus keek, zat tweede wethouder Andrea Grinnell op haar bank en probeerde te lezen. Haar generator was ermee opgehouden – of had hij het helemaal niet gedaan? Ze wist het niet meer. Gelukkig had ze een lampje dat Mighty Brite Lite heette en dat haar zuster Rose afgelopen Kerstmis in haar kous had gedaan. Ze was nog niet eerder in de gelegenheid geweest het te gebruiken, maar het werkte prima. Je klemde het vast aan je boek en zette het aan. Zo makkelijk als wat. Het licht was dus geen probleem. De woorden waren dat jammer genoeg wel. De woorden dansten steeds weer over de bladzijde. Soms wisselden ze zelfs van plaats met elkaar, en dan werd het proza van Nora Roberts, dat anders kristalhelder was, volkomen onbegrijpelijk. Toch bleef Andrea het proberen, want ze wist niet wat ze anders moest doen.

Het huis stonk, zelfs met de ramen open. Ze had last van diarree, en het toilet wilde niet meer doorspoelen. Ze had honger, maar kon niet eten. Ze had om vijf uur een broodje geprobeerd – een onschuldig broodje kaas – en enkele minuten daarna overgegeven in de afvalbak in de keuken. Dat was jammer, want het was zwaar werk geweest om het broodje te eten. Ze zweette hevig – had al eens schone kleren aangetrokken, moest dat waarschijnlijk nog een keer doen, als ze het voor elkaar kreeg – en haar voeten schudden en schokten.

Ze noemen het niet voor niets afkicken, dacht ze. *En ik kan vanavond echt niet naar de gemeentevergadering, gesteld dat Jim er nog steeds een wil houden.*

Gezien haar laatste gesprek met Grote Jim en Andy Sanders was dat misschien maar goed ook. Als ze kwam, zouden ze haar alleen maar opnieuw onder druk zetten. En haar dingen laten doen die ze niet wilde. Ze kon beter wegblijven, tot ze bevrijd was van deze... deze...

'Deze shit,' zei ze, en ze streek het vochtige haar uit haar ogen. 'Die verrekte shit in mijn lichaam.'

Zodra ze weer de oude was, zou ze zich tegen Grote Jim verzetten. Dat had ze al veel eerder moeten doen. Ze zou het doen ondanks haar arme pijnlijke rug, die zo'n ellende was zonder haar OxyContin (maar niet de withete pijn die ze had verwacht – dat was een welkome verrassing). Rusty wilde dat ze methadon ging slikken. Methadón, allejezus! Heroïne onder een andere naam!

Als je erover denkt om gewoon helemaal te stoppen, niet doen, had hij tegen haar gezegd. *Dan krijg je toevallen.*

Hij had ook gezegd dat het tien dagen kon duren als ze het op zijn manier deed, maar ze geloofde niet dat ze zo lang kon wachten. Niet zolang die afschuwelijke Koepel over de gemeente stond. Ze kon het maar beter snel afwerken. Toen ze tot die conclusie was gekomen, had ze al haar pillen – niet alleen de methadon, maar ook enkele laatste OxyContin-pillen die ze achter in de la van haar nachtkastje had gevonden – door het toilet gespoeld. Dat was de op twee na laatste keer geweest dat het toilet het nog deed, en nu zat ze hier te trillen en zei ze tegen zichzelf dat ze juist had gehandeld.

Het was de enige mogelijkheid, dacht ze. *Dan is er eigenlijk geen sprake meer van goed of verkeerd.*

Ze sloeg de bladzijde van haar boek om en kwam per ongeluk met haar hand tegen het Mighty Brite-lampje. Het viel op de vloer. Het lichtstraaltje ging tot aan het plafond. Andrea keek ernaar en steeg plotseling boven zichzelf uit. En snel ook. Het was net of ze in een onzichtbare lift zat. Ze had nog net even de tijd om naar beneden te kijken en haar lichaam hulpeloos heen en weer schuddend op de bank te zien zitten. Een schuimig kwijl gleed uit haar mond over haar kin. Ze zag de natte vlek die zich over het kruis van haar spijkerbroek verspreidde en dacht: *ja, ik moet inderdaad weer andere kleren aantrekken – tenminste, als ik hierdoorheen wil komen.*

Toen ging ze door het plafond, door de slaapkamer daarboven, door de zolder met zijn donkere stapels dozen en weggezette lampen, en van daaruit de duisternis in. De Melkweg strekte zich boven haar uit, maar hij was niet goed. De Melkweg was roze geworden.

En viel toen.

Ergens – ver, ver beneden haar – hoorde Andrea het lichaam dat ze had achtergelaten. Het schreeuwde.

13

Barbie dacht dat Julia en hij over de wederwaardigheden van Piper Libby zouden praten toen ze de stad uitreden, maar het grootste deel van de tijd zwegen ze en waren ze elk in hun eigen gedachten verdiept. Ze zeiden geen van beiden dat ze blij waren toen de onnatuurlijke rode zonsondergang eindelijk verflauwde, maar ze waren het allebei.

Julia probeerde de radio een keer, vond alleen WCIK met een bulderend 'All Prayed Up' en zette hem weer uit.

Barbie sprak maar één keer, en dat was kort nadat ze Route 119 hadden verlaten en in westelijke richting over het smallere asfalt van Motton Road reden, waar het bos aan beide kanten opdrong. 'Heb ik er goed aan gedaan?'

Volgens Julia had hij een heleboel goede dingen gedaan tijdens de confrontatie die in het kantoor van de politiecommandant had plaatsgevonden – inclusief de geslaagde behandeling van twee patiënten met gewrichtsproblemen –, maar ze wist wat hij bedoelde.

'Ja. Het was duidelijk het verkeerde moment om te proberen het bevel over te nemen.'

Hij was het daarmee eens, maar hij voelde zich moe en ontmoedigd, niet opgewassen tegen de taak die hij zo langzamerhand in het verschiet zag liggen. 'Ik ben er vrij zeker van dat de tegenstanders van Hitler ongeveer hetzelfde zeiden. Ze zeiden het in 1934, en toen hadden ze gelijk. In 1936, en toen hadden ze gelijk. En ook in 1938. "Het verkeerde moment om zijn leiderschap te betwisten," zeiden ze. En toen ze beseften dat het juiste moment eindelijk was aangebroken, protesteerden ze in Auschwitz of Buchenwald.'

'Dit is niet hetzelfde,' zei ze.

'Denk je van niet?'

Ze zei daar niets op, maar begreep wat hij bedoelde. Hitler was behanger geweest, zeiden ze; Jim Rennie was handelaar in tweedehands auto's. Toch eigenlijk geen verschil?

Verderop schenen felle lichtstralen door de bomen. Ze maakten een mozaïek van schaduwen op het opgelapte asfalt van Motton Road.

Er stonden militaire vrachtwagens aan de andere kant van de Koepel geparkeerd – het was daar de gemeente Harlow – en dertig of veertig soldaten liepen zonder duidelijk doel van hot naar her. Ze hadden allemaal een gasmasker aan hun riem hangen. Een zilverkleurige tankwagen met het opschrift EXTREEM GEVAARLIJK HOUDT AFSTAND was achteruitgereden tot hij bijna tegen de omtrek van een deur kwam die met een spuitbus op het oppervlak van de Koepel was aangebracht. Er was een plastic slang op een afsluiter aan de achterkant van de tankwagen vastgezet. Twee mannen waren aan het werk met de slang, die eindigde in een staafje dat niet groter was dan een Bic-balpen. Die mannen droegen een glanzende overall en een helm. Ze hadden een zuurstoftank op hun rug.

Aan de Chester's Mill-kant was maar één toeschouwer: Lissa Jamieson, de bibliothecaresse van het dorp. Ze stond naast een ouderwetse damesfiets met een melkpakdrager achterop. Achter op de doos zat een sticker met ALS DE MACHT VAN DE LIEFDE STERKER IS DAN DE LIEFDE VOOR DE MACHT, ZAL DE WERELD VREDE KENNEN – JIMI HENDRIX.

'Wat doe je hier, Lissa?' vroeg Julia, terwijl ze uitstapte. Ze stak haar hand op om haar ogen tegen de felle lichten te beschermen.

Lissa speelde nerveus met de ankh die ze aan een zilveren ketting om haar hals droeg. Ze keek van Julia naar Barbie en toen weer naar Julia. 'Als ik me zorgen maak of van streek ben, ga ik fietsen. Soms rijd ik tot twaalf uur 's avonds. Dat is goed voor mijn *pneuma*. Ik zag de lichten en kwam naar de lichten.' Ze zei het alsof ze een bezwering uitsprak en liet haar ankh los om een gecompliceerd symbool in de lucht te tekenen. 'Wat doen júllie hier?'

'We komen naar een experiment kijken,' zei Barbie. 'Als het werkt, kun je de eerste zijn die Chester's Mill verlaat.'

Lissa glimlachte. Het zag er een beetje geforceerd uit, maar Barbie stelde de poging op prijs. 'Als ik dat deed, zou ik de specialiteit van dinsdagavond in de Sweetbriar Rose missen. Is dat niet meestal gehaktschotel?'

'Er staat gehaktschotel op het menu,' beaamde hij. Hij voegde er niet aan toe dat als de Koepel er aanstaande dinsdag nog was de *spécialité de la maison* waarschijnlijk courgettequiche zou zijn.

'Ze willen niet praten,' zei Lissa. 'Ik heb het geprobeerd.'

Een kleerkast van een man kwam achter de tankwagen vandaan en verscheen in het licht. Hij droeg een kakibroek, een popeline jasje en een pet met het logo van de Maine Black Bears. Het eerste wat Barbie opviel, was dat James O. Cox er de nodige kilo's bij had gekregen. Het tweede was zijn dikke jasje, dat gevaarlijk dicht tot aan zijn onderkinnen was dichtgeritst. Barbie, Julia en Lissa hadden geen jas aan. Aan hun kant van de Koepel was dat niet nodig.

Cox salueerde. Barbie salueerde terug en voelde zich daar eigenlijk wel goed bij.

'Hallo, Barbie,' zei Cox. 'Hoe gaat het met Ken?'

'Met Ken gaat het goed,' zei Barbie. 'En ik ben nog steeds de trut die alle mooie spullen krijgt.'

'Deze keer niet, kolonel,' zei Cox. 'Deze keer ziet het ernaar uit dat je alleen maar flink genaaid bent.'

14

'Wie is dat?' fluisterde Lissa. Ze was nog met de ankh bezig. Als ze zo doorging, dacht Julia, brak straks de ketting. 'En wat doen zij hier?'

'Ze proberen ons eruit te krijgen,' zei Julia. 'En na de nogal spectaculaire

mislukking eerder vandaag vind ik het verstandig dat ze het in stilte doen.'
Ze ging een stap naar voren. 'Hallo, kolonel Cox, ik ben uw favoriete krantenhoofdredacteur. Goedenavond.'

Cox' glimlach was – het strekte hem tot eer, vond ze – maar een klein beetje zuur. 'Mevrouw Shumway. U bent nog aantrekkelijker dan ik had gedacht.'

'Ik moet u één ding nageven: u bent een gladde pra...'

Barbie onderschepte haar drie meter bij Cox vandaan. Hij pakte haar bij haar armen vast.

'Wat is er?' vroeg ze.

'De camera.' Ze was bijna vergeten dat ze hem om haar hals had hangen, tot hij ernaar wees. 'Is hij digitaal?'

'Ja, Pete Freemans reserve.' Ze wilde vragen waarom, maar begreep het. 'Je denkt dat de Koepel hem kapotmaakt.'

'Dat is nog het gunstigste scenario,' zei Barbie. 'Vergeet niet wat er met de pacemaker van commandant Perkins is gebeurd.'

'Shit,' zei ze. 'Shít! Misschien heb ik mijn oude Kodak in de kofferbak liggen.'

Lissa en Cox keken elkaar met evenveel fascinatie aan, vond Barbie. 'Wat gaat u doen?' vroeg ze. 'Komt er weer een klap?'

Cox aarzelde. Barbie zei: 'U kunt het net zo goed vertellen, kolonel. Als u het haar niet vertelt, doe ik het.'

Cox zuchtte. 'Jij staat op volledige openheid, hè?'

'Waarom niet? Als dit werkt, zingen de mensen van Chester's Mill uw lof. U houdt die dingen alleen maar voor u omdat u dat zo gewend bent.'

'Nee. Mijn superieuren hebben het me opgedragen.'

'Die zitten in Washington,' zei Barbie. 'En de journalisten zitten in Castle Rock, waar de meesten waarschijnlijk niets anders te doen hebben dan naar de tv te kijken. We zijn hier onder elkaar.'

Cox zuchtte en wees naar de deuromtrek die op de Koepel was gespoten. 'Daar gaan de mannen in de beschermende pakken onze experimentele stof aanbrengen. Als we geluk hebben, vreet het zuur zich erdoorheen en kunnen we dat stuk van de Koepel wegslaan zoals je een stuk glas uit een ruit kunt drukken wanneer je een glassnijder hebt gebruikt.'

'En als we geen geluk hebben?' vroeg Barbie. 'Als de Koepel uiteenvalt en er een dodelijk gifgas vrijkomt? Zijn die gasmaskers daarvoor?'

'Eigenlijk,' zei Cox, 'achten de deskundigen het waarschijnlijker dat het zuur een chemische reactie ontketent waardoor de Koepel in brand vliegt.' Hij zag Lissa geschrokken kijken en voegde eraan toe: 'Ze achten beide kansen heel klein.'

'Zij hebben makkelijk praten,' zei Lissa, en ze draaide haar ankh rond. 'Zij zijn niet degenen die vergast of verbrand worden.'

Cox zei: 'Ik begrijp dat u zich zorgen maakt, mevrouw...'

'Melissa,' verbeterde Barbie hem. Hij vond het plotseling belangrijk dat Cox wist dat er ménsen onder de Koepel stonden, niet zomaar een paar duizend anonieme belastingbetalers. 'Melissa Jamieson. Lissa voor haar vrienden. Ze is de bibliothecaresse van het dorp. Ze is ook de studieadviseur op de school, en ze geeft yogalessen, geloof ik.'

'Dat laatste moest ik opgeven,' zei Lissa met een nerveus lachje. 'Te veel andere dingen te doen.'

'Het is me een groot genoegen kennis met u te maken, mevrouw Jamieson,' zei Cox. 'Weet u... Het is de moeite waard dat we dit risico nemen.'

'Als wij er anders over dachten, konden we u dan tegenhouden?' vroeg ze.

Daar gaf Cox niet meteen antwoord op. 'Niets wijst erop dat dit ding, wat het ook is, zwakker wordt of biologisch afbreekt. Als we het niet kunnen doorbreken, kunnen jullie daar nog heel lang gevangenzitten.'

'Heeft u enig idee wat het heeft veroorzaakt?'

'Nee,' zei Cox, maar als Rusty Everett hem zijn ogen had zien bewegen, had hij aan zijn gesprek met Grote Jim moeten denken.

Waarom liegen jullie? dacht Barbie. *Is het weer die reflex? Burgers zijn net paddenstoelen: ze gedijen het best in het donker, waar ze niets zien en weten.* Waarschijnlijk was dat het. Toch voelde hij zich niet op zijn gemak.

'Is het sterk?' vroeg Lissa. 'Dat zuur van u – is het sterk?'

'Het meest bijtende spul dat er bestaat, voor zover we weten,' antwoordde Cox, en Lissa ging twee grote stappen terug.

Cox wendde zich tot de mannen in ruimtepakken. 'Zijn jullie zo ongeveer klaar?'

Ze staken allebei hun in handschoen gestoken duim op. Achter hen was alle activiteit tot stilstand gekomen. De soldaten stonden met hun handen op hun gasmaskers te wachten.

'Daar gaan we dan,' zei Cox. 'Barbie, ik stel voor dat je die twee charmante dames minstens vijftig meter bij de...'

'Kijk naar de stérren,' zei Julia. Haar stem was zacht en vervuld van ontzag. Ze keek omhoog en in haar verwonderde gezicht zag Barbie het kind dat ze dertig jaar geleden was geweest.

Hij keek omhoog en zag de Grote Beer, Orion... Alle sterren waren waar ze moesten zijn, maar dan wel wazig en nu ook roze. De Melkweg leek net uitgerekt kauwgom onder de grotere koepel van de duisternis.

'Cox,' zei Barbie. 'Zíe je dat?'

Cox keek op.

'Zie ik wat? De sterren?'

'Hoe zien ze er voor jou uit?'

'Nou... erg helder natuurlijk... Geen noemenswaardige lichtvervuiling in deze streken...' Toen schoot hem iets te binnen, en hij knipte met zijn vingers. 'Wat zien jullie? Zijn ze van kleur veranderd?'

'Ze zijn prachtig,' zei Lissa. Haar ogen waren groot en glanzend. 'Maar ook angstaanjagend.'

'Ze zijn roze,' zei Julia. 'Wat gebeurt er?'

'Niets,' zei Cox, maar hij klonk opvallend terughoudend.

'Wat?' vroeg Barbie. 'Zeg op.' En automatisch: 'Kolonel.'

'We hebben om negentienhonderd uur het meteorologisch rapport gekregen,' zei Cox. 'Speciale nadruk op winden. Voor het geval... nou, voor het geval dat. Daar zullen we het bij laten. De straalwind gaat momenteel zo ver westelijk als Nebraska en Kansas, beweegt zich dan naar het zuiden en komt langs de oostkust omhoog. Een vrij normaal patroon voor eind oktober.'

'Wat heeft dat met de sterren te maken?'

'Op weg naar het noorden trekt de straalwind over veel industriesteden. Wat hij boven die locaties oppikt, gaat niet mee naar het noorden, naar Canada en het Noordpoolgebied, maar zet zich af op de Koepel. Er is nu zoveel dat er een soort optisch filter is ontstaan. Ik weet zeker dat het niet gevaarlijk is...'

'Nóg niet,' zei Julia. 'En over een week, of een maand? Gaan jullie onze hemel op tienduizend meter hoogte afspoelen als het hier dónker wordt?'

Voordat Cox kon antwoorden, gaf Lissa Jamieson een schreeuw en wees naar de hemel. Toen sloeg ze haar handen voor haar gezicht.

De roze sterren vielen, met achterlating van lichte condensatiestrepen.

15

'Meer dope,' zei Piper dromerig, terwijl Rusty naar haar hartslag luisterde.

Rusty gaf een klopje op Pipers rechterhand – de linker was lelijk geschaafd.

'Geen dope meer,' zei hij. 'Je bent officieel stoned.'

'Jezus wil dat ik meer dope krijg,' zei ze met diezelfde dromerige stem. 'Ik wil zo stoned worden als een kannibaal.'

'Ik geloof dat het een "garnaal" is, maar ik zal het in overweging nemen.'

Ze ging rechtop zitten. Rusty probeerde haar omlaag te drukken, maar hij durfde alleen tegen haar rechterschouder te duwen, en dat was niet genoeg.

'Kom ik hier morgen weg? Ik moet met commandant Randolph praten. Die jongens hebben Sammy Bushey verkracht.'

'En ze hadden jou kunnen vermoorden,' zei hij. 'Arm uit de kom of niet, je bent heel gelukkig neergekomen. Laat de zorgen over Sammy maar aan mij over.'

'Die agenten zijn gevaarlijk.' Ze legde haar rechterhand op zijn pols. 'Ze mogen niet bij de politie blijven. Dan doen ze anderen ook iets aan.' Ze likte over haar lippen. 'Ik heb zo'n droge mond.'

'Daar kan ik wel iets aan doen, maar dan moet je gaan liggen.'

'Hebben jullie spermamonsters bij Sammy genomen? Kunnen jullie die in verband brengen met de jongens? In dat geval zeur ik Peter Randolph net zolang aan zijn kop tot hij ze DNA-monsters laat afstaan. Ik zal hem dag en nacht op de huid zitten.'

'We kunnen hier geen DNA-onderzoek doen,' zei Rusty. *En er zijn geen spermamonsters. Want Gina Buffalino heeft haar gewassen, op Sammy's eigen verzoek.*

'Ik haal iets te drinken voor je. Om energie te sparen zijn alle koelkasten uitgezet, behalve die in het lab, maar er staat een koelbox op de afdelingspost.'

'Ik zou wel sap willen.' Ze deed haar ogen dicht. 'Ja, sap zou goed zijn. Sinaasappel of appel. Geen v8. Dat is te zout.'

'Appelsap,' zei hij. 'Dit is voor jou een avond van heldere vloeistoffen.'

'Ik mis mijn hond,' fluisterde Piper, en toen wendde ze haar hoofd af. Rusty dacht dat ze waarschijnlijk onder zeil zou zijn als hij met haar appelsap terugkwam.

Halverwege de gang kwam Twitch de hoek van de afdelingspost omgerend. Hij had grote, opgewonden ogen. 'Kom mee naar buiten, Rusty.'

'Zodra ik dominee Libby een...'

'Nee, nu. Dit moet je zien.'

Rusty liep vlug naar kamer 29 terug en keek naar binnen. Piper snurkte zoals het een dame beslist niet betaamde. Dat was niet ongewoon, gezien die opgezwollen neus van haar.

Hij volgde Twitch door de gang en moest op een drafje lopen om zijn grote stappen bij te houden. 'Wat is er?' Hij bedoelde: *wat nu weer?*

'Ik kan het niet uitleggen, en je zou het toch niet geloven. Je moet het zelf zien.' Hij gooide de deur van de hal open.

Op het pad, onder het afdak waar patiënten werden afgezet, stonden Ginny Tomlinson, Gina Buffalino en Harriet Bigelow, een vriendin die door Gina gerekruteerd was om in het ziekenhuis te komen helpen. Ze stonden met hun armen om elkaar heen, alsof ze elkaar wilden troosten, en keken omhoog naar de hemel.

De hemel was vervuld van schitterende roze sterren, en vele daarvan leken te vallen, met achterlating van lange, bijna fluorescerende sporen. Er ging een huivering door zijn rug omhoog.

Judy heeft dit voorzien, dacht hij. *De roze sterren vallen in lijnen.*
En zo gebeurde het. Zo gebeurde het.
Het was of de hemel zelf om hen heen omlaagkwam.

16

Alice en Aidan Appleton sliepen toen de roze sterren vielen, maar Thurston Marshall en Carolyn Sturges niet. Ze stonden in de tuin van het huis van de Dumagens en zagen ze met stralend roze lijnen omlaagkomen. Sommige lijnen kruisten elkaar, en als dat gebeurde, was het of er roze runentekens tegen de hemel afstaken, voordat ze verbleekten.

'Is dit het einde van de wereld?' vroeg Carolyn.

'Helemaal niet,' zei hij. 'Het is een meteorenzwerm. Die komen hier in New England in het najaar veel voor. Omdat het te laat in het jaar zal zijn voor de Perseïden, zal dit wel een afgedwaalde regen zijn: stof en brokken gesteente van een asteroïde die miljarden jaren geleden uit elkaar is gevallen. Stel je dat eens voor, Caro!'

Dat wilde ze niet. 'Zijn meteorenzwermen altijd roze?'

'Nee,' zei hij. 'Ik denk dat hij er aan de buitenkant van de Koepel wit uitziet, maar wij zien hem door een laagje stof en deeltjes. Met andere woorden: vervuiling. Daardoor is hij van kleur veranderd.'

Ze dacht daarover na terwijl ze naar het geluidloze roze tumult in de hemel keek. 'Thurse, de kleine jongen... Aidan... Toen hij die toeval kreeg, of wat het ook was, zei hij...'

'Ik weet nog wat hij zei. "De roze sterren vallen. Ze maken lijnen achter zich."'

'Hoe kon hij dat weten?'

Thurston schudde alleen maar zijn hoofd.

Carolyn drukte hem dichter tegen zich aan. Op zulke momenten (al was er nooit eerder precies zo'n moment in haar leven geweest) was ze blij dat Thurston oud genoeg was om haar vader te zijn. Op dit moment zou ze willen dat hij haar vader wás.

'Hoe kon hij weten dat dit eraan kwam? Hoe kon hij dat wéten?'

17

Aidan heeft in zijn momenten van profetie nog iets anders gezegd: *Iedereen kijkt.* En om halftien die maandagavond, als de meteorenzwerm op zijn hoogtepunt is, kijkt inderdaad iedereen.

Het nieuws verspreidt zich per mobiele telefoon en e-mail, maar vooral op de ouderwetse manier: van mond tot mond. Om kwart voor tien staat Main Street vol mensen die naar het geluidloze vuurwerk kijken. De meesten maken ook geen geluid. Enkelen huilen. Leo Lamoine, trouw lid van de gemeente van de Heilige Verlosser van dominee Coggins, roept dat het de Apocalyps is, dat hij de Vier Ruiters in de hemel ziet, dat de Wegvoering binnenkort zal beginnen enzovoort enzovoort. Sammy Slobber Verdreaux – sinds drie uur 's middags weer op straat, nuchter en chagrijnig – zegt tegen Leo dat als Leo zijn bek niet houdt over die Akrokashit hij zijn eigen sterretjes te zien zal krijgen. Rupe Libby van de politie, die zijn hand op de kolf van zijn pistool heeft, zegt tegen hen dat ze allebei hun bek moeten houden en mensen niet bang moeten maken. Alsof ze van zichzelf al niet bang zijn. Willow en Tommy Anderson staan op het parkeerterrein van de Dipper, en Willow huilt met zijn hoofd op Tommy's schouder. Rose Twitchell staat naast Anson Wheeler voor de Sweetbriar Rose; beiden hebben hun schort nog om en ook zij hebben hun armen om elkaar heen. Norrie Calvert en Benny Drake zijn er met hun ouders, en als Norrie haar hand in die van Benny legt, pakt hij hem vast met een vuur waarbij de vallende roze sterren verbleken. Jack Cale, de huidige bedrijfsleider, staat op het parkeerterrein van de supermarkt. Jack heeft laat op de middag naar Ernie Calvert, de vroegere bedrijfsleider, gebeld en gevraagd of Ernie hem wilde helpen de inventaris op te maken van alles wat de supermarkt nog in huis had. Ze waren daar al een hele tijd mee bezig en hoopten het om middernacht klaar te hebben, toen het tumult op Main Street uitbrak. Nu staan ze naast elkaar naar de vallende roze sterren te kijken. Stewart en Fernald Bowie staan voor hun uitvaartbedrijf omhoog te kijken. Henry Morrison en Jackie Wettington staan tegenover het uitvaartbedrijf met Chaz Bender, geschiedenisleraar op de middelbare school. 'Het is maar een meteorenregen die je door een waas van vervuiling ziet,' zegt Chaz tegen Jackie en Henry... maar er klinkt ontzag in zijn stem door.

Het feit dat stof en deeltjes de kleur van de sterren hebben veranderd drukt de mensen opnieuw met hun neus op de feiten, en geleidelijk wordt er meer gehuild. Het is een zacht geluid, bijna als regen.

Grote Jim is minder geïnteresseerd in een stel lichtjes aan de hemel dan in de manier waarop mensen die lichten zullen interpreteren. Hij verwacht dat ze vanavond gewoon naar huis gaan, maar morgen is het misschien anders. En de angst die hij op de meeste gezichten ziet, is misschien wel gunstig. Angstige mensen hebben behoefte aan sterke leiders, en als er iets is waarvan Grote Jim Rennie weet dat hij het kan verschaffen, is het sterk leiderschap.

Hij staat met commandant Randolph en Andy Sanders voor de deuren van het politiebureau. Beneden hen staan dicht bij elkaar zijn probleemjongeren: Thibodeau, Searles, het meisje van Roux en Juniors vriend Frank. Grote Jim gaat de trap af waar Libby afgevallen is (*ze had ons allemaal een dienst kunnen bewijzen door haar nek te breken*, denkt hij) en tikt Frankie op zijn schouder. 'Geniet je van de voorstelling, Frankie?'

Met zijn grote angstige ogen lijkt de jongen twaalf in plaats van tweeëntwintig of wat hij ook maar is. 'Wat is dit, meneer Rennie? Weet u het?'

'Een meteorenzwerm. God die Zijn mensen gedag zegt.'

Frank DeLesseps ontspant een beetje.

'We gaan weer naar binnen,' zegt Grote Jim, en hij wijst met zijn duim naar Randolph en Andy, die nog naar de hemel staan te kijken. 'We praten een tijdje en dan roep ik jullie vieren bij ons. Ik wil dat jullie allemaal hetzelfde katoenplukkende verhaal vertellen als ik. Heb je dat begrepen?'

'Ja, meneer Rennie,' zegt Frankie.

Mel Searles kijkt Grote Jim aan, zijn mond open, zijn ogen zo groot als schoteltjes. Grote Jim denkt dat de jongen eruitziet alsof zijn IQ misschien niet ver onder de zeventig zal zitten. Niet dat zoiets een nadeel hoefde te zijn. 'Het lijkt op het einde van de wereld, meneer Rennie,' zegt hij.

'Onzin. Ben je Gered, jongen?'

'Ik denk van wel,' zegt Mel.

'Dan hoef je je nergens zorgen over te maken.' Grote Jim kijkt hen een voor een aan, eindigend met Carter Thibodeau. 'En vanavond, jongemannen, is het de weg naar verlossing dat jullie allemaal hetzelfde verhaal vertellen.'

Niet iedereen ziet de roze sterren. Net als de kinderen Appleton zijn de kleine J's van Rusty Everett in diepe slaap. En Piper ook. En Andrea Grinnell ook. En Chef ook, die languit op het dode gras ligt, naast wat misschien wel het grootste methamfetaminelab van Amerika is. Evenals Brenda Perkins, die zichzelf op haar bank in slaap heeft gehuild, met de uitdraai van DARTH VADER op de salontafel.

De doden zien het ook niet, tenzij ze toekijken vanuit een plaats met meer helderheid dan het duistere ondermaanse. Myra Evans, Duke Perkins,

Chuck Thompson en Claudette Sanders liggen in uitvaartbedrijf Bowie; dokter Haskell, meneer Carty en Rory Dinsmore liggen in het mortuarium van het Cathy Russell-ziekenhuis. Lester Coggins, Dodee Sanders en Angie McCain zijn nog weggestopt in de provisiekast van de McCains. En Junior is daar ook. Hij zit tussen Dodee en Angie en houdt hun handen vast. Zijn hoofd doet pijn, maar niet zo erg. Hij denkt dat hij hier blijft slapen.

Aan Motton Road in Eastchester (niet ver van de plaats waar op datzelfde moment onder de vreemde roze hemel pogingen worden gedaan de Koepel met een experimenteel zuur te doorbreken) staat Jack Evans, man van wijlen Myra met een fles whisky in zijn ene en zijn favoriete wapen, een Ruger SR9, in zijn andere hand in zijn tuin. Hij drinkt en kijkt naar de vallende roze sterren. Hij weet wat het zijn, en hij doet een wens bij elke ster. Hij wenst te zullen sterven, want zonder Myra is de bodem onder zijn bestaan weggeslagen. Misschien zou hij wel zonder haar kunnen leven, en misschien zou hij wel kunnen leven als een rat in een glazen kooi, maar niet allebei tegelijk. Als er meer ruimte tussen de vallende meteoren komt – het is dan ongeveer kwart over tien, drie kwartier nadat de zwerm begon – slikt hij de laatste whisky door, gooit de fles op het gras en schiet zich door zijn hoofd. Dit is het eerste officiële zelfmoordgeval in Chester's Mill.

Het zal niet het laatste zijn.

18

Barbie, Julia en Lissa Jamieson keken zwijgend naar de twee soldaten in ruimtepak die de dunne tuit aan het eind van de plastic slang verwijderden. Ze stopten hem in een ondoorzichtige plastic ritszak en legden de zak in een metalen kistje waarop de woorden **GEVAARLIJKE MATERIALEN** waren aangebracht. Dat kistje deden ze elk met een sleutel op slot, waarna ze hun helm afzetten. Ze zagen er moe, verhit en moedeloos uit.

Twee oudere mannen – te oud om soldaten te zijn – reden een ingewikkeld apparaat bij de plaats vandaan waar drie keer een experiment met het zuur was uitgevoerd. Barbie vermoedde dat de oudere mannen, die misschien van de NSA waren, een soort spectrografische analyse hadden verricht. Of dat tenminste hadden geprobeerd. De gasmaskers die ze bij de testprocedure hadden gedragen, stonden als bizarre helmen omhooggeschoven. Barbie had Cox kunnen vragen wat die tests aan het licht hadden moeten brengen, en Cox zou hem misschien een eerlijk antwoord hebben gegeven, maar Barbie voelde zich ook moedeloos.

Boven hen vlogen de laatste roze meteoroïden door de hemel omlaag.

Lissa wees weer in de richting van Eastchester. 'Ik hoorde iets wat als een schot klonk. Jij ook?'

'Zeker een automotor die terugsloeg, of een jongen die een rotje afstak,' zei Julia. Zij zag er ook moe en afgetobd uit. Op een gegeven moment, toen duidelijk werd dat het experiment – de zuurproef, zou je het kunnen noemen – niet werkte, had Barbie gezien dat ze over haar ogen veegde. Het had haar er trouwens niet van weerhouden foto's te maken met haar Kodak.

Cox liep naar hen toe. Zijn schaduw werd door de lampen die daar waren neergezet in twee verschillende richtingen geworpen. Hij wees naar de plaats waar de deuromtrek op de Koepel was gespoten. 'Ik denk dat dit avontuurtje de Amerikaanse belastingbetaler ongeveer drie kwart miljoen dollar heeft gekost, en dan reken ik de onderzoekskosten niet mee die in de ontwikkeling van de zuurverbinding zijn gaan zitten. Het zuur vrat de verf die we hebben opgespoten netjes weg, maar deed verder geen kloot.'

'Let op uw taal, kolonel,' zei Julia met een zweem van haar oude glimlach.

'Dank u, mevrouw de hoofdredacteur,' zei Cox met een zuur lachje.

'Dacht je nou echt dat dit ging werken?' vroeg Barbie.

'Nee, maar ik heb ook nooit gedacht te zullen meemaken dat er iemand op Mars liep, en toch zeggen de Russen dat ze er in 2020 vier man heen gaan sturen.'

'O, ik snap het,' zei Julia. 'De Marsmannetjes hoorden daarvan, en nu zijn ze kwaad.'

'In dat geval nemen ze wraak op het verkeerde land,' zei Cox... en Barbie zag iets in zijn ogen.

'Hoe zeker ben je daarvan, Jim?' vroeg hij zacht.

'Pardon?'

'Dat de Koepel door buitenaardse wezens is neergezet.'

Julia kwam twee stappen naar voren. Ze zag bleek en haar ogen schoten vuur. 'Vertel ons wat je weet, verdomme!'

Cox stak zijn hand op. 'Stop. We weten níets. Er is wel een theorie. Ja. Marty, kom eens hier.'

Een van de oudere mannen die tests hadden gedaan, kwam naar de Koepel toe. Hij hield zijn gasmasker aan de riem vast.

'Je analyse?' vroeg Cox, en toen hij de oudere man zag aarzelen, voegde hij eraan toe: 'Spreek maar vrijuit.'

'Nou...' Marty haalde zijn schouders op. 'Sporen van mineralen. Bodemen luchtvervuiling. Verder niets. Volgens de spectrografische analyse is dat ding er niet.'

'En het HY-908?' En tegen Barbie en de vrouwen: 'Het zuur.'

'Het is weg,' zei Marty. 'Het ding dat er niet is, heeft het opgeslokt.'

'Is dat op grond van je kennis mogelijk?'

'Nee. Maar de Koepel zelf is op grond van onze kennis ook niet mogelijk.'

'En geloof je daardoor dat de Koepel tot stand is gebracht door een levensvorm met meer kennis van natuurkunde, scheikunde, biologie enzovoort?' Toen Marty weer aarzelde, herhaalde Cox wat hij eerder had gezegd. 'Spreek vrijuit.'

'Dat is een mogelijkheid. Het is ook mogelijk dat dit het werk van een aardse superboef is. Een Lex Luthor uit de echte wereld. Er kan ook een schurkenstaat zoals Noord-Korea achter zitten.'

'Ze hebben zeker allemaal de eer opgeëist?' vroeg Barbie sceptisch.

'Ik neig naar iets buitenaards,' zei Marty. Hij klopte op de Koepel zonder te huiveren; blijkbaar had hij het schokje daarvan al eerder gehad. 'Dat denken de meeste onderzoekers die er op dit moment aan werken – als je kunt zeggen dat we eraan werken, want eigenlijk doen we niets. Het is de regel van Sherlock Holmes: als je alles uitsluit wat onmogelijk is, blijft de juiste oplossing over, hoe onwaarschijnlijk die ook is.'

'Is er iemand of iets met een vliegende schotel geland om te eisen naar onze leider te worden gebracht?' vroeg Julia.

'Nee,' zei Cox.

'Zou je het weten als dat was gebeurd?' vroeg Barbie, en hij dacht: *Voeren we dit gesprek echt? Of droom ik het?*

'Niet noodzakelijkerwijs,' zei Cox na een korte aarzeling.

'Het kan ook een meteorologisch verschijnsel zijn,' zei Marty. 'Het kan zelfs iets biologisch zijn, iets levends. Sommigen denken dat dit ding een soort *E. coli*-hybride is.'

'Kolonel Cox,' zei Julia kalm, 'zijn wij het experiment van iets? Want zo voel ik me.'

Intussen keek Lissa Jamieson achterom naar de mooie huizen van de wijk Eastchester. In de meeste huizen brandde geen licht, hetzij omdat de mensen die daar woonden geen generator hadden, hetzij omdat ze energie spaarden.

'Dat was een schot,' zei ze. 'Ik weet zeker dat het een schot was.'

ced chars...
HET GEVOEL

1

Naast de gemeentepolitiek had Grote Jim maar één zwak, en dat was het schoolbasketbal voor meisjes – de Lady Wildcats, om precies te zijn. Hij had seizoenkaarten vanaf 1998 en ging naar minstens tien wedstrijden per jaar. In 2004, het jaar dat de Lady Wildcats het kampioenschap van klasse D in de staat Maine wonnen, was hij naar alle wedstrijden gegaan. En hoewel de handtekeningen die mensen zagen als ze in zijn werkkamer thuis werden uitgenodigd natuurlijk die van Tiger Woods, Dale Earnhardt en Bill 'Spaceman' Lee waren, was hij vooral trots op die van Hanna Compton, de kleine point-guard uit de tweede klas die de Lady Wildcats naar die ene en enige gouden bal had geleid. Die handtekening was een van zijn dierbaarste bezittingen.

Als je seizoenkaarthouder bent, leer je de andere seizoenkaarthouders om je heen kennen en weet je ook waarom ze van die wedstrijden houden. In veel gevallen zijn het familieleden van de meisjes die spelen (en vaak ook de gangmakers van de supportersclub, die bazaars organiseren en geld inzamelen voor de steeds duurdere uitwedstrijden). Anderen waren echte basketballiefhebbers, die je – met enige reden – zullen vertellen dat de wedstrijden van de meisjes gewoon beter zijn. Meisjesspelers hebben een teamethiek die de jongens (die graag mogen rennen, dunken en van grote afstand schieten) zelden kunnen evenaren. Het tempo ligt lager, zodat je inzicht in de wedstrijd kunt krijgen en van elke actie kunt genieten. Liefhebbers van de meisjeswedstrijden genieten van lage scores waarover fans van jongensbasketball alleen maar smalend kunnen praten, en zeggen dat het bij de meisjes om verdediging en ballen vanaf de vrije worplijn gaat: het summum van ouderwets basketbal.

Er zijn ook mannen die gewoon graag naar tienermeisjes met lange benen in korte broekjes kijken.

Grote Jim had al deze redenen om van de sport te genieten, maar zijn passie kwam voort uit een heel andere bron, een passie die hij nooit onder woorden bracht als hij met zijn medetoeschouwers over de wedstrijden praatte. Dat zou politiek niet handig zijn.

De meisjes vatten de sport persoonlijk op, en daardoor haatten ze beter.

Zeker, de jongens wilden ook winnen, en in een wedstrijd konden de gemoederen hoog oplopen als ze tegen een traditionele rivaal speelden (in het geval van de Mills Wildcats bijvoorbeeld de gehate Castle Rock Rockets), maar meestal ging het bij de jongens om een individuele prestatie. Met andere woorden: ze wilden laten zien wat ze konden. En als het voorbij was, was het voorbij.

De meisjes daarentegen vonden het verschrikkelijk om te verliezen. Ze namen hun verlies mee naar de kleedkamer en zaten in de put. Belangrijker nog: ze hadden er de pest aan om als téám te verliezen. Grote Jim zag die haat vaak de kop opsteken: als de tweede helft een eind gevorderd was en het stond gelijk, dan hoorde hij in een gevecht om de bal vaak dingen als: *nee, kreng, die bal is van míj*. Hij pikte dat op en laafde zich eraan.

Voor 2004 hadden de Lady Wildcats maar eens in twintig jaar het kampioenstoernooi van de staat gehaald, en bij die gelegenheid waren ze kansloos uitgeschakeld door Buckfield. Toen was Hanna Compton gekomen. De grootste hater aller tijden, dacht Grote Jim.

Als dochter van Dale Compton, een schriele bosarbeider uit Tarker's Mill die meestal dronken was en altijd ruzie zocht, was Hanna langs natuurlijke weg aan haar sodemieter-op-houding gekomen. Als eersteklasser had ze het grootste deel van het seizoen in het juniorteam gespeeld. De coach had haar pas twee wedstrijden voor het eind in het eerste team gezet, en toen had ze meer gescoord dan iedereen en lag haar tegenstandster van de Richmond Bobcats na een harde maar zuivere manoeuvre te kronkelen op het hardhout.

Na die wedstrijd was Grote Jim met coach Woodhead gaan praten. 'Als je dat meisje volgend jaar niet meteen in het eerste zet, ben je gek,' zei hij.

'Ik ben niet gek,' had coach Woodhead geantwoord.

Hanna was goed van start gegaan en werd steeds beter. Met een seizoensgemiddelde van 27,6 punten per wedstrijd zette ze een prestatie neer waar Wildcats-supporters nog jaren later over praatten. Ze kon een driepunter scoren wanneer ze maar wilde, maar Grote Jim vond het vooral prachtig om te zien hoe ze verdeeldheid zaaide in de verdediging en dan op de basket af ging, haar bolle gezicht vertrokken van concentratie. Haar felle zwarte ogen tartten elke tegenstandster om haar in de weg te staan en haar korte paardenstaart stak als een middelvinger achter haar omhoog. De eerste wethouder en grootste autohandelaar van Chester's Mill was verliefd geworden.

In de finale van 2004 hadden de Lady Wildcats tien punten op de Rock Rockets voorgestaan toen Hanna na zes fouten het veld moest verlaten. Gelukkig voor de Cats hoefden ze nog maar één minuut en zestien seconden te spelen. Ze wonnen uiteindelijk met één punt verschil. Van de zesentachtig punten die ze op hun naam hadden gebracht had Hanna Compton er maar liefst drieënzestig gescoord. Dat voorjaar had haar ruziezoekende vader ten slotte achter het stuur van een gloednieuwe Cadillac gezeten, die hem voor de kostprijs minus veertig procent was verkocht door James Rennie senior. Eigenlijk deed Grote Jim niet in nieuwe auto's, maar als hij er een wilde hebben 'die van een vrachtwagen was gevallen', kon hij er altijd aan komen.

Nu hij in het kantoor van Peter Randolph zat, met buiten nog het laatste restje van de roze meteorenzwerm (en met zijn probleemkinderen die – gespannen, hoopte Grote Jim – wachtten tot ze werden ontboden om te horen hoe het met hen verder zou gaan), herinnerde Grote Jim zich die fabelachtige, ja zelfs mythische basketbalwedstrijd, vooral de eerste acht minuten van de tweede helft, die voor de Lady Wildcats begonnen was met een achterstand van negen punten.

Hanna had de wedstrijd met harde vastberadenheid overgenomen, zoals Jozef Stalin met Rusland had gedaan. Haar zwarte ogen hadden geschitterd (en zich schijnbaar gericht op een basketbalnirwana dat voor gewone stervelingen onzichtbaar bleef), en haar gezicht vertoonde een strakke, minachtende uitdrukking: *ik ben beter dan jij, ik ben de beste, ga opzij of ik loop je verdomme ondersteboven*. In die acht minuten ging elke worp van haar erin, ook een absurd schot over het halve veld terwijl ze zowat over haar eigen voeten struikelde. Ze moest die bal wel gooien voordat ze er te lang mee gelopen had.

Er waren frases voor zoveel punten achter elkaar. De meest voorkomende was *in de zone*, maar Grote Jim hield het meest van '*het voelen*', in de zin van 'Ze voelt het nu echt'. Alsof de wedstrijd een goddelijke structuur had gekregen die verder ging dan wat gewone spelers konden ervaren (al voelden zelfs gewone spelers het soms ook, waarna ze heel even in goden en godinnen veranderden en elke lichamelijke tekortkoming tijdelijk werd opgeheven), een structuur die op bepaalde avonden zelfs aangeraakt kon worden: een weelderig en geweldig kleed zoals welke de hardhouten zalen van het walhalla sierden.

Hanna Compton had niet meer als derdeklasser in het team gestaan. De finalewedstrijd was haar afscheid geweest. Die zomer had haar vader in dronkenschap zichzelf, zijn vrouw en al zijn drie dochters laten verongelukken toen ze op de terugweg waren van de Brownie in Tarker's Mills, waar ze sorbets hadden gegeten. De korting-Cadillac was hun doodkist geworden.

Het ongeluk waardoor het hele gezin om het leven kwam, was voorpaginanieuws in het westen van Maine geweest – *The Democrat* van Julia Shumway had die week een nummer met een zwarte rand –, maar Grote Jim was niet door verdriet overmand geweest. Hanna zou nooit collegebasketbal hebben gespeeld, vermoedde hij; daar waren de meisjes groter en zou ze een ondersteunende taak hebben gekregen. Daar zou ze nooit genoegen mee hebben genomen. Haar haat moest worden gevoed door constante actie in de wedstrijd. Grote Jim begreep dat volkomen. Hij voelde volledig met haar mee. Dat was de voornaamste reden waarom hij er nooit ook maar een moment over had gedacht Chester's Mill te verlaten. In de wijde wereld zou hij misschien meer geld hebben verdiend, maar rijkdom was het klein bier van het bestaan. Macht was de champagne.

In normale tijden was het goed om de leiding van Chester's Mill te hebben, maar in tijden van crisis was het nog veel beter. In zulke tijden kon je zweven op vleugels van intuïtie, wetend dat je het niet kon verknoeien – dat was absoluut onmogelijk. Je kon de verdedigingstactieken al zien voordat ze werden toegepast, en je scoorde elke keer dat je de bal kreeg. Je vóélde het, en dat kon nergens beter gebeuren dan in een finalewedstrijd.

Dit was zíjn finalewedstrijd, en alles ging zoals hij wilde. Hij had het gevoel – de volstrekte overtuiging – dat er in deze magische tijden niets verkeerd kon gaan. Zelfs dingen die verkeerd leken, zouden eerder kansen dan struikelblokken blijken te zijn, zoals Hanna's wanhopige afstandsschot de hele sporthal overeind had laten komen: de Mills-fans juichend, de Castle Rockers joelend van ongeloof.

Hij vóélde het. Daarom was hij niet moe, al zou hij uitgeput moeten zijn. Daarom maakte hij zich geen zorgen om Junior, hoe zwijgzaam en bleek Junior ook was. Daarom maakte hij zich niet druk om Dale Barbara en diens lastige vriendenclubje, met name dat krantenkreng. Daarom kon Grote Jim alleen maar glimlachen toen Peter Randolph en Andy Sanders hem met stomheid geslagen aankeken. Hij kon het zich veroorloven te glimlachen. Hij vóélde het.

'De supermarkt sluiten?' vroeg Andy. 'Zou dat niet veel kwaad bloed zetten, Grote Jim?'

'De supermarkt en de Gas & Grocery,' verbeterde Grote Jim hem, nog steeds glimlachend. 'Over de Brownie hoeven we ons niet druk te maken; die is al dicht. En dat is maar goed ook – het is een vies winkeltje.' *Waar vieze blaadjes worden verkocht*, voegde hij er maar niet aan toe.

'Jim, er is nog steeds genoeg voorraad in de Food City,' zei Randolph. 'Ik heb het daar vanmiddag nog met Jack Cale over gehad. Er is niet veel vlees meer, maar met de rest zit het nog goed.'

'Dat weet ik,' zei Grote Jim. 'Ik weet wat het is om de inventaris op te maken, en Cale weet dat ook. Natuurlijk weet hij dat; hij is joods.'

'Nou... Ik zeg alleen maar dat alles tot nu toe ordelijk is verlopen, omdat mensen hun provisiekast goed gevuld houden.' Hij klaarde op. 'Hé, we zouden het bevel kunnen geven tot kortere openingstijden van de Food City. Ik denk dat Jack wel over te halen is. Waarschijnlijk denkt hij al verder in de tijd vooruit.'

Grote Jim schudde zijn hoofd, nog steeds glimlachend. Zo zag je maar weer eens hoe alles vanzelf goed ging als je het vóélde. Duke Perkins zou hebben gezegd dat het fout was om de gemeente nog meer onder spanning te zetten, zeker na de verontrustende hemelverschijnselen van die avond. Maar Duke was dood, en dat kwam bijzonder goed uit; het zou een goddelijke ingreep kunnen zijn.

'Sluiten,' herhaalde hij. 'Allebei. Potdicht. En als ze weer opengaan, verstrekken wíj de levensmiddelen. Op die manier doen we langer met de voorraden en verloopt de distributie eerlijker. Ik maak het rantsoeneringsplan op de vergadering van donderdag bekend.' Hij zweeg even. 'Als de Koepel er dan nog is, natuurlijk.'

Andy zei aarzelend: 'Ik weet niet of we het gezag hebben om winkels te sluiten, Grote Jim.'

'In een crisissituatie als deze hebben we niet alleen het recht maar ook de plicht om dat te doen.' Hij klopte Pete Randolph joviaal op de rug. De nieuwe politiecommandant van Chester's Mill verwachtte dat niet en slaakte een kreet van schrik.

'Als er nu eens paniek uitbreekt?' zei Andy fronsend.

'Nou, dat is een mogelijkheid,' zei Grote Jim. 'Als je tegen een nest muizen schopt, moet je niet raar kijken als ze allemaal naar buiten rennen. Misschien moeten we ons politiekorps flink uitbreiden, als er niet gauw een eind aan deze crisis komt. Ja, flink uitbreiden.'

Rand keek geschrokken. 'We hebben nu al bijna twintig agenten. Inclusief...' Hij wees met zijn hoofd naar de deur.

'Ja,' zei Grote Jim, 'en over die kerels gesproken: laat ze maar binnenkomen, commandant, dan kunnen we dit afhandelen en ze naar bed sturen. Ik denk dat ze morgen een drukke dag krijgen.'

En als ze een beetje op hun donder krijgen, is dat des te beter. Dat is hun verdiende loon omdat ze hun pompzwengels niet in hun broek konden houden.

2

Frank, Carter, Mel en Georgia kwamen binnenschuifelen als verdachten die op het politiebureau in een confrontatierij moesten verschijnen. Hun gezichten stonden strak en uitdagend, maar die uitdagende houding ging niet diep; Hanna Compton zou erom hebben gelachen. Hun ogen waren neergeslagen alsof ze naar hun schoenen keken. Het was voor Grote Jim duidelijk dat ze hun ontslag verwachtten, en zo wilde hij het ook hebben. Geen enkele emotie was zo gemakkelijk te bespelen als angst.

'Kijk eens aan,' zei hij. 'Daar hebben we de dappere agenten.'

Georgia Roux mompelde iets.

'Harder praten, schatje.' Grote Jim hield zijn hand bij zijn oor.

'Ik zei dat we niks verkeerds hebben gedaan,' zei ze. Nog steeds met die mompelstem van de-juf-is-gemeen-tegen-me.

'Wat hebben jullie dan wél gedaan?' En toen Georgia, Frank en Carter allemaal door elkaar begonnen te praten, wees hij Frankie aan. 'Jij.' *En maak er verdikkie wat goeds van.*

'We waren daar wel,' zei Frank, 'maar ze nodigde ons uit.'

'Ja!' riep Georgia uit. Ze sloeg haar armen over elkaar onder haar aanzienlijke boezem. 'Zíj...'

'Kop dicht.' Grote Jim wees met zijn vlezige vinger naar haar. 'Eén van jullie doet het woord. Zo gaat het als je een team bent. Zijn jullie een team?'

Carter Thibodeau zag waar dit heen ging. 'Ja, meneer Rennie.'

'Blij dat te horen.' Grote Jim knikte Frank toe.

'Ze zei dat ze bier in huis had,' ging Frank verder. 'Dat is de enige reden waarom we daarheen gingen. Het is in het dorp niet te krijgen, zoals u weet. Nou, we zaten daar dus bier te drinken – één blikje per persoon, en we hadden zo'n beetje geen dienst...'

'Helemáál geen dienst,' merkte de commandant op. 'Dat bedoelde je toch?'

Frank knikte eerbiedig. 'Ja, dat bedoelde ik. We dronken ons bier en toen zeiden we dat we maar eens moesten opstappen, maar zij zei dat ze op prijs stelde wat we deden, wij allemaal, en dat ze ons wilde bedanken. En toen spreidde ze zo'n beetje haar benen.'

'Ze liet haar spleet zien, weet u,' verduidelijkte Mel met een brede, stompzinnige grijns.

Grote Jim huiverde en was in stilte blij dat Andrea Grinnell er niet bij was. Medicijnverslaafd of niet, ze zou zich in zo'n situatie politiek correct hebben opgesteld.

'Ze nam ons een voor een mee naar de slaapkamer,' zei Frankie. 'Ik weet dat het een slechte beslissing was, en we hebben er allemaal spijt van, maar ze deed het helemaal vrijwillig.'

'Dat wil ik wel geloven,' zei commandant Randolph. 'Dat meisje heeft nogal een reputatie. Haar man ook. Jullie hebben daar toch geen drugs gezien?'

'Nee, commandant.' Een vierstemmig koor.

'En jullie hebben haar niet mishandeld?' vroeg Grote Jim. 'Ze schijnt te beweren dat ze is geslagen en weet ik veel wat nog meer.'

'Niemand heeft haar mishandeld,' zei Carter. 'Mag ik zeggen wat ik denk dat er gebeurd is?'

Grote Jim bewoog zijn hand instemmend op en neer. Hij kreeg het idee dat Thibodeau mogelijkheden had.

'Ze zal wel zijn gevallen toen we weg waren. Misschien een paar keer. Ze was nogal dronken. De jeugdzorg zou dat kind van haar moeten afpakken voordat ze het doodmaakt.'

Niemand ging daarop in. In de huidige situatie waarin de gemeente verkeerde zou het kantoor van de jeugdzorg in Castle Rock zich net zo goed op de maan kunnen bevinden.

'Dus in feite zijn jullie brandschoon,' zei Grote Jim.

'Helemaal brandschoon,' zei Frank.

'Nou, dan denk ik dat we tevreden kunnen zijn.' Grote Jim keek om zich heen. 'Zijn we tevreden, heren?'

Andy en Randolph knikten. Ze keken opgelucht.

'Goed,' zei Grote Jim. 'Nou, het is een lange dag geweest, een veelbewogen dag, en we kunnen allemaal wel wat slaap gebruiken. Vooral jullie jonge agenten, want jullie hebben morgenvroeg om zeven uur weer dienst. De supermarkt en de Gas & Grocery gaan allebei dicht voor zolang als deze crisis duurt, en ik dacht – dat wil zeggen, commandant Randolph dacht – dat jullie de Food City maar beter kunnen bewaken voor het geval de mensen die daar komen opdagen het niet zo eens zijn met de nieuwe gang van zaken. Denk je dat je dat aankunt, Thibodeau? Met je... met je oorlogswond?'

Carter plooide de spieren van zijn arm. 'Ik heb niets. Haar hond heeft de pees niet doorgescheurd.'

'We kunnen Fred Denton ook bij hen zetten,' zei commandant Randolph, die er steeds meer voor voelde. 'Wettington en Morrison redden het wel bij de Gas & Grocery.'

'Jim,' zei Andy, 'misschien kunnen we de meer ervaren agenten beter bij de Food City zetten en de mínder ervaren agenten bij de kleinere...'

'Ik denk van niet,' zei Grote Jim. Hij glimlachte. Hij vóélde het. 'We willen deze jonge agenten bij de Food City hebben. Juist hen. En dan nog iets. Een klein vogeltje heeft me verteld dat sommigen van jullie een wapen in de auto hebben liggen en dat twee van jullie ze zelfs dragen als jullie te voet patrouilleren.'

Dit werd met stilte begroet.

'Jullie zitten nog in de proeftijd,' zei Grote Jim. 'Als Amerikanen hebben jullie het recht om persoonlijke vuurwapens te bezitten, maar als ik hoor dat jullie gewapend zijn wanneer jullie morgen voor de Food City staan en daar met de brave burgers van deze stad te maken krijgen, komt er een eind aan jullie politiecarrière.'

'Zo is dat,' zei Randolph.

Grote Jim keek Frank, Carter, Mel en Georgia aandachtig aan. 'Heeft een van jullie daar problemen mee?'

Ze keken niet erg blij. Grote Jim had dat ook niet verwacht, maar ze kwamen er gemakkelijk van af. Thibodeau bewoog nog steeds de spieren van zijn schouder en zijn vingers om te kijken of alles in orde was.

'Als ze nu eens niet geladen zijn?' vroeg Frank. 'Als we ze nu eens alleen bij wijze van waarschuwing dragen?'

Grote Jim stak als een onderwijzer zijn vinger op. 'Ik zal je vertellen wat mijn vader tegen mij heeft gezegd, Frank: er bestaat niet zoiets als een ongeladen vuurwapen. We hebben hier een goed dorp. De mensen gedragen zich, en daar reken ik op. Als zíj veranderen, veranderen wíj ook. Begrepen?'

'Ja, meneer Rennie.' Maar Frank klonk niet erg blij. Dat vond Grote Jim prima.

Hij stond op, maar in plaats van hen uitgeleide te doen, stak Grote Jim zijn hand uit. Hij zag hen aarzelen en knikte, nog steeds glimlachend. 'Kom op. Morgen wordt het een grote dag, en we willen niet dat deze dag voorbijgaat zonder een kort gebed. Dus pak vast.'

Ze pakten elkaars hand vast. Grote Jim sloot zijn ogen en boog zijn hoofd. 'Here God...'

Het ging een hele tijd door.

3

Kort voor twaalf uur die avond ging Barbie de buitentrap van zijn appartement op. Zijn schouders waren ingezakt van vermoeidheid en hij wilde nog maar één ding: zes uur vergetelheid voordat de wekker ging en hij naar de Sweetbriar Rose moest om het ontbijt klaar te maken.

De vermoeidheid was meteen verdwenen zodra hij het licht aandeed – dat het dankzij Andy Sanders' generator nog deed.

Er was hier iemand geweest.

De tekens waren zo subtiel dat hij ze eerst niet zou kunnen aanwijzen. Hij sloot zijn ogen, deed ze toen weer open en liet ze door zijn combinatie van huiskamer en keuken gaan om alles in zich op te nemen. De boeken die hij had willen achterlaten waren niet op de planken verplaatst; de stoelen stonden waar ze hadden gestaan, de ene onder de lamp en de andere bij het enige raam van de kamer, met zijn panoramische uitzicht op het steegje. Het koffiekopje en het bord stonden nog in het afdruiprek onder het kleine gootsteentje.

Toen drong het tot hem door, zoals met zulke dingen meestal gebeurde als je niet al te hard je best deed. Het was het kleed. Wat hij zijn niet-Lindsaykleed noemde.

Niet-Lindsay was ongeveer anderhalve meter lang en zestig centimeter breed. Het vertoonde een repeterend patroon van blauw, rood, wit en bruin. Hij had het gekocht in Bagdad, maar een Irakese politieman die hij vertrouwde had hem verzekerd dat het een Koerdisch kleed was. 'Erg oud, erg mooi,' had de politieman gezegd. Hij heette Latif abd al-Khaliq Hassan. Een beste kerel. 'Lijkt Turkije, maar nee-nee-nee.' Brede grijns. Witte tanden. Een week na die dag op de markt had de kogel van een sluipschutter de hersens van Latif Abd al-Khaliq Hassan uit zijn achterhoofd laten vliegen. 'Niet Turkije. Irakees!'

De kleedjeskoopman droeg een geel T-shirt met de tekst SCHIET NIET OP MIJ, IK BEN DE PIANIST MAAR. Latif luisterde naar hem en knikte. Ze lachten samen. Toen had de koopman een schokkend Amerikaans afrukgebaar gemaakt en hadden ze nog harder gelachen.

'Waar ging dat over?' had Barbie gevaagd.

'Hij zegt Amerikaanse senator kocht vijf als deze. Lindsay Graham. Vijf kleed, vijfhonderd dollar. Vijfhonderd vooruit, voor pers. Rest later. Maar al senator kleed vals. Ja-ja-ja. Deze niet vals, deze echt. Ik, Latif Hassan, zeg je dit, Barbie. Niet Lindsay Graham kleed.'

Latif had zijn hand opgestoken en Barbie had hem een high five gegeven.

Dat was een goede dag geweest. Warm, maar goed. Hij had het kleed gekocht voor tweehonderd Amerikaanse dollars en een dvd-speler. Niet-Lindsay was zijn enige souvenir uit Irak, en hij ging er nooit op staan. Hij liep er altijd omheen. Hij was van plan geweest het achter te laten als hij uit Chester's Mill wegging – diep in zijn hart geloofde hij dat hij van plan was geweest Irák achter te laten als hij uit Chester's Mill wegging, maar daar was weinig kans op. Waar je heen ging, daar was je. De grote zenwijsheid.

Hij had nooit op het kleed gestaan, daar was hij bijgelovig in, hij liep er altijd omheen, alsof hij, als hij erop stapte, een computer in Washington aanzette en opeens weer in Bagdad of dat verrekte Fallujah terug zou zijn. Maar iémand had erop gestaan, want Niet-Lindsay was verstoord. Gekreukeld. En een beetje scheefgetrokken. Het had volkomen recht gelegen toen hij die ochtend, duizend jaar geleden, was weggegaan.

Hij ging de slaapkamer in. Het dekbed lag nog even netjes, maar ook hier had hij het gevoel dat er iemand geweest was. Was het zweetlucht die was blijven hangen? Een persoonlijke vibratie? Barbie wist het niet en het kon hem ook niet schelen. Hij liep naar zijn ladekast, maakte de bovenste lade open en zag dat de gebleekte spijkerbroek die boven op de stapel had gelegen nu onderin lag. En zijn kaki korte broek, die hij met de rits omhoog had neergelegd, lag nu met de rits naar beneden.

Hij ging meteen naar de tweede lade, en de sokken. Binnen vijf seconden wist hij dat zijn militaire identiteitsplaatjes weg waren, en dat verbaasde hem niet. Nee, het verbaasde hem helemaal niet.

Hij pakte het wegwerptelefoontje dat hij had willen achterlaten en ging naar de huiskamer terug. Op een tafel bij de deur lag de telefoongids van Tarker's en Chester's. Het boek was zo dun dat het bijna een folder was. Hij zocht naar een nummer en verwachtte eigenlijk niet dat het erin zou staan; politiecommandanten lieten hun privénummer meestal niet in het telefoonboek zetten.

Alleen deden ze dat in kleine plaatsen blijkbaar wel. Tenminste, deze commandant wel, al was het een vermelding zonder voornamen: **H en B Perkins 28 Morin Street**. Hoewel het nu al na middernacht was, toetste Barbie zonder te aarzelen het nummer in. Hij kon niet wachten. Hij had het gevoel dat hij nog maar heel weinig tijd had.

4

Haar telefoon tsjilpte. Howie natuurlijk, die haar belde om te zeggen dat hij laat thuiskwam, ze moest het huis afsluiten en naar bed gaan...

Toen drong het weer tot haar door, als onaangename geschenken die uit een piñata neerregenden: het besef dat Howie dood was. Ze wist niet wie haar kon bellen om – ze keek op haar horloge – twintig over twaalf in de nacht, maar het was niet Howie.

Ze huiverde toen ze overeind ging zitten, wreef over haar hals, vloekte op zichzelf omdat ze op de bank in slaap was gevallen, vloekte ook op degene die haar op zo'n onchristelijk uur wakker had gemaakt, en herinnerde zich weer het vreemde feit dat ze nu alleenstaand was.

Toen schoot haar te binnen dat er maar één reden kon zijn voor zo'n laat telefoontje: de Koepel was weg of doorbroken. Ze stootte hard genoeg met haar been tegen de salontafel om de papieren die daarop lagen in beweging te brengen, strompelde naar de telefoon naast Howies stoel (wat deed het haar een pijn om naar die lege stoel te kijken) en pakte hem vlug op. 'Wat? Wát?'

'Met Dale Barbara.'

'Barbie! Is hij doorbroken? Is de Koepel doorbroken?'

'Nee. Ik wou dat ik daarom belde, maar dat is niet zo.'

'Waarom dán? Het is bijna halfeen 's nachts.'

'Je zei dat je man onderzoek deed naar Jim Rennie.'

Brenda zweeg. Ze deed haar best om er iets van te begrijpen. Ze had haar handpalm tegen de zijkant van haar hals gedrukt, de plaats waar Howie haar voor het laatst had gestreeld. 'Ja, maar ik heb je al gezegd dat hij geen absoluut...'

'Ik weet nog wat je zei,' zei Barbie. 'Je moet naar me luisteren, Brenda. Kun je dat? Ben je wakker?'

'Ja. Nu wel.'

'Had je man notities gemaakt?'

'Ja. Op zijn laptop. Ik heb ze afgedrukt.' Ze keek naar de DARTH VADER-map, waarvan de papieren op de salontafel lagen uitgespreid.

'Goed. Ik wil dat je de uitdraai morgenvroeg in een envelop doet en ermee naar Julia Shumway gaat. Zeg tegen haar dat ze hem op een veilige plaats moet leggen. Een kluis, als ze die heeft. Een geldkistje of een kast die op slot kan, als ze geen kluis heeft. Zeg tegen haar dat ze hem alleen mag openmaken als er jou of mij of ons beiden iets overkomt.'

'Je maakt me bang.'

'In andere gevallen mag ze hem níét openmaken. Als je dat tegen haar zegt, doet ze dat dan? Ik heb het gevoel van wel.'

'Natuurlijk, maar waarom mag ze er niet naar kijken?'

'Als de hoofdredacteur van de plaatselijke krant ziet wat je man over Grote Jim wist en als Grote Jim wéét dat ze het heeft gezien, kunnen we hem niet meer onder druk zetten. Kun je me volgen?'

'J-ja...' Ze merkte dat ze vreselijk graag zou willen dat Howie degene was die dit middernachtelijke telefoongesprek voerde. Maar als Howie er was geweest, zou niets van dit alles gebeurd zijn. In haar hart wist ze dat.

'Ik zei dat ik misschien vandaag gearresteerd zou worden als de raketaanval niet werkte. Weet je nog dat ik dat zei?'

'Natuurlijk.'

'Nou, dat is niet gebeurd. Die dikke schoft weet zijn tijd te beiden. Maar hij zal niet veel langer wachten. Ik ben er bijna zeker van dat het morgen gaat gebeuren – later vandaag, bedoel ik. Dat wil zeggen, als jij het niet kunt tegenhouden door te dreigen alle schandalen die je man heeft ontdekt in de openbaarheid te brengen.'

'Waarvoor denk je dat ze je gaan arresteren?'

'Geen idee, maar het zal niet voor winkeldiefstal zijn. En als ik eenmaal achter de tralies zit, denk ik dat ik een ongeluk krijg. Ik heb in Irak veel van zulke ongelukken zien gebeuren.'

'Dat is absurd.' Maar het bezat de gruwelijke geloofwaardigheid die ze soms ook in nachtmerries had meegemaakt.

'Denk na, Brenda. Rennie heeft iets wat hij verborgen wil houden; hij heeft een zondebok nodig; hij heeft de nieuwe politiecommandant in zijn zak zitten. Al die dingen staan op een rijtje.'

'Ik was toch al van plan met hem te gaan praten,' zei Brenda. 'En ik wilde Julia meenemen, voor de veiligheid.'

'Neem Julia niet mee,' zei hij, 'maar ga niet alleen.'

'Je denkt toch niet dat hij...'

'Ik weet niet wat hij zou doen, hoe ver hij zou gaan. Wie vertrouw je nog meer?'

Ze dacht terug aan die middag, de branden die bijna uit waren, en zoals ze naast Little Bitch Road had gestaan en zich ondanks haar verdriet goed had gevoeld, omdat de endorfinen hun werk deden. En Romeo Burpee die tegen haar zei dat ze zich op zijn minst kandidaat moest stellen voor de functie van brandweercommandant.

'Rommie Burpee,' zei ze. 'Hem vertrouw ik.'

'Oké, neem hem dan mee.'

'Moet ik hem vertellen wat Howie over...'

'Nee,' zei Barbie. 'Hij is alleen maar je verzekeringspolis. En dan nog iets: stop de laptop van je man achter slot en grendel.'

'Oké... maar als ik de laptop opberg en de uitdraai aan Julia geef, wat moet ik Jim dan laten zien? Ik zou een tweede uitdraai kunnen maken...'

'Nee. Het is al erg genoeg dat er één in omloop is. Tenminste, voorlopig. Het is goed om hem bang te maken, maar als je hem de stuipen op het lijf jaagt, wordt hij te onvoorspelbaar. Brenda, geloof je dat hij corrupt is?'

Ze aarzelde niet. 'Met heel mijn hart.' *Want Howie geloofde dat. Dat is goed genoeg voor mij.*

'En weet je nog wat er in het bestand zit?'

'Niet de exacte cijfers en de namen van alle banken die ze gebruikten, maar genoeg.'

'Dan zal hij je geloven,' zei Barbie. 'Met of zonder een tweede uitdraai zal hij je geloven.'

5

Brenda stopte de DARTH VADER-uitdraai in een bruine envelop. Op de voorkant schreef ze Julia's naam. Ze legde de envelop op de keukentafel, liep naar Howies werkkamer en legde zijn laptop in de kluis. De kluis was klein en ze moest de Mac op zijn kant zetten, maar uiteindelijk paste hij precies. Ten slotte draaide ze de knop van het combinatieslot niet één maar twee keer rond, zoals haar man haar had geleerd. Terwijl ze dat deed, ging het licht uit. Een ogenblik was een primitief deel van haar gedachten er zeker van dat ze het licht had uitgedaan door die extra draai aan de knop te geven.

Toen besefte ze dat haar generator was uitgegaan.

6

Toen Junior die dinsdagmorgen om vijf over zes binnenkwam – zijn haar in pieken overeind, stoppels op zijn bleke wangen – zat Grote Jim in een witte ochtendjas zo groot als het zeil van een klipper aan de keukentafel. Hij dronk cola.

Junior knikte ernaar. 'Een goede dag begint met een goed ontbijt.'

Grote Jim pakte het blikje op, nam een slok en zette het neer. 'Er is geen koffie. Nou ja, die is er wel, maar er is geen elektriciteit. De generator heeft geen propaan meer. Neem ook maar een blikje. Ze zijn nog vrij koud, en zo te zien kun je er wel een gebruiken.'

Junior maakte de koelkast open en keek in het donkere interieur. 'Moet ik geloven dat jij niet wat propaan op de kop kunt tikken als je het nodig hebt?'

Grote Jim schrok daar een beetje van en ontspande toen. Het was een redelijke vraag en het hoefde niet te betekenen dat Junior iets wist. *Een schuldige vlucht ook als niemand hem achtervolgt*, zei Grote Jim tegen zichzelf.

'Laten we zeggen dat het momenteel niet politiek zou zijn.'

'O.'

Junior deed de deur van de koelkast dicht en ging aan de andere kant van de tafel zitten. Hij keek met een zekere doffe geamuseerdheid (die Grote Jim voor genegenheid aanzag) naar zijn vader.

Niets houdt een gezin beter bijeen dan een gezamenlijke moord, dacht Junior. *Tenminste voorlopig. Want nu is het nog...*

'Politiek,' zei hij.

Grote Jim knikte en keek aandachtig naar zijn zoon, die zijn ochtenddrankje aanvulde met een stuk metworst.

Hij vroeg niet: *Waar heb je gezeten?* Hij vroeg niet: *Wat is er met jou aan de hand?*, al was in het genadeloze licht dat in de keuken hing volkomen duidelijk dat er iets aan de hand was. Toch had hij een vraag.

'Er zijn lijken. Meer dan een. Is dat zo?'

'Ja.' Junior nam een groot stuk van zijn metworst en spoelde het weg met cola. Het was onheilspellend stil in de keuken, zonder het zoemen van de koelkast en het gepruttel van het koffiezetapparaat op de achtergrond.

'En al die lijken kunnen Barbie in de schoenen geschoven worden?'

'Ja. Allemaal.' Weer een hap. Weer een slok. Junior keek hem rustig aan en wreef daarbij over zijn linkerslaap.

'Kun je die lijken om ongeveer twaalf uur vanmiddag op een geloofwaardige manier ontdekken?'

'Geen probleem.'

'En het bewijs tegen onze meneer Barbara natuurlijk ook.'

'Ja.' Junior glimlachte. 'Het is goed bewijs.'

'Ga vanmorgen maar niet naar het politiebureau, jongen.'

'Dat kan ik beter wel doen,' zei Junior. 'Anders zou het vreemd overkomen. Trouwens, ik ben niet moe. Ik heb geslapen bij...' Hij schudde zijn hoofd. 'Ik heb geslapen. Laten we het daarop houden.'

Grote Jim vroeg niet bij wie hij had geslapen. Hij had wel wat anders aan zijn hoofd dan de vraag met wie zijn zoon de koffer indook. Hij was allang blij dat zijn zoon er niet bij was geweest toen die jongens die gemene slet aan Motton Road te grazen hadden genomen. Als je met dat soort meisjes omging, liep je grote kans een of andere ziekte op te lopen.

Hij is al ziek, fluisterde een stem in het hoofd van Grote Jim. Het zou de bijna weggestorven stem van zijn vrouw kunnen zijn. *Moet je hem toch eens zien.*

Die stem had waarschijnlijk gelijk, maar nu had hij grotere problemen dan Juniors eetstoornis of wat het ook was.

'Ik zei niet dat je naar bed moest gaan. Ik wil dat je patrouille gaat rijden, en ik wil dat je iets voor me doet. Als je maar bij de Food City vandaan blijft. Er komen daar moeilijkheden, denk ik.'

Junior keek hem meteen geïnteresseerd aan. 'Wat voor moeilijkheden?'

Grote Jim gaf niet rechtstreeks antwoord. 'Kun je Sammy Verdreaux vinden?'

'Ja. Hij zal in dat hutje van hem aan God Creek Road zijn. Meestal slaapt hij zijn roes uit, maar vandaag zal hij wel trillend van een delirium wakker worden.' Junior grinnikte bij het idee, huiverde toen en wreef weer over zijn slaap. 'Denk je echt dat ik met hem moet gaan praten? Hij is op dit moment niet mijn grootste fan. Het zit er dik in dat hij me van zijn Facebook-pagina heeft gewist.'

'Dat begrijp ik niet.'

'Een grapje, pa. Laat maar.'

'Denk je dat hij je aardiger gaat vinden als je hem een fles whisky aanbiedt? En later nog meer, als hij goed werk levert?'

'Die zuiplap zou me al aardig vinden als ik hem een half limonadeglas bocht van twee dollar per fles aanbood.'

'Je kunt de whisky bij Brownie halen,' zei Grote Jim. Brownie verkocht niet alleen goedkope levensmiddelen en pornoblaadjes, maar was ook een van de drie slijterijen in Chester's Mill, en de politie beschikte over sleutels van alle drie. Grote Jim schoof de sleutel over de tafel. 'Achterdeur. Laat niemand je naar binnen zien gaan.'

'Wat moet Sam Slobber voor die drank doen?'

Grote Jim legde het uit. Junior luisterde met een onbewogen gezicht... afgezien van zijn bloeddoorlopen ogen, die dansten. Hij had nog één vraag: zou het werken?

Grote Jim knikte. 'Ja. Ik vóél het.'

Junior nam nog een hap metworst en een slok cola. 'Ik ook, pa,' zei hij. 'Ik ook.'

7

Toen Junior weg was, ging Grote Jim naar zijn werkkamer. Zijn wijde ochtendjas golfde om hem heen. Hij pakte zijn mobiele telefoon uit de middelste la van zijn bureau, waar hij hem zo veel mogelijk liet liggen. Hij vond het goddeloze dingen die de mensen alleen maar tot nutteloos geklets aanmoedigden – hoeveel manuren waren door die dingen verloren gegaan aan gewauwel? En wat voor gevaarlijke straling zonden ze je hoofd in terwijl je aan het wauwelen was?

Evengoed kwamen ze soms goed van pas. Volgens hem zou Sammy Verdreaux wel doen wat Junior hem zei, maar hij wist ook dat het dom zou zijn om geen extra maatregelen te nemen.

Hij koos een nummer uit de 'verborgen' lijst van de telefoon, waar je alleen bij kon komen als je een cijfercode invoerde. De telefoon ging wel zes keer over voordat er werd opgenomen. 'Wát?' blafte de verwekker van het talrijke Killian-gebroed.

Grote Jim huiverde en hield de telefoon even bij zijn oor vandaan. Toen hij hem weer bij zijn oor hield, hoorde hij lage klokkende geluiden op de achtergrond. 'Ben je in het kippenhok, Rog?'

'Eh... ja, meneer, Grote Jim, dat ben ik. Kippen moeten gevoerd worden, of het nou stormt of regent.' Hij had een draai van honderdtachtig graden gemaakt: van ergernis naar respect. En Roger Killian had ook alle reden om respect te hebben; Grote Jim had hem verdorie miljonair gemaakt. Hij zou een goed leven zonder geldzorgen kunnen leiden, maar als hij liever bij dag en dauw opstond om een stel kippen te voeren, was dat waarschijnlijk Gods wil. Roger was gewoon te dom om daarmee op te houden. Dat was de natuur die hij van de Heer had meegekregen, en Grote Jim kon er vandaag zijn voordeel mee doen.

En de gemeente, dacht hij. *Ik doe dit voor de gemeente. In het belang van de gemeente.*

'Roger, ik heb iets te doen voor jou en je drie oudste zoons.'

'Ik heb er maar twee thuis,' zei Roger. 'Ricky en Randall zijn hier, maar Roland was in Oxford voer aan het kopen toen die verdomde Koepel omlaagkwam.' Hij zweeg even en dacht na over wat hij had gezegd. Op de ach-

tergrond klokten de kippen. 'Sorry van dat woord.'
'God zal het je vast wel vergeven,' zei Grote Jim. 'Dus jij en je twéé oudsten. Kun je met ze naar het dorp gaan om...' Grote Jim rekende het uit. Daar had hij niet veel tijd voor nodig. Als je het vóélde, kon je snel beslissingen nemen. 'Laten we zeggen, om negen uur, uiterlijk kwart over negen?'
'Dan moet ik ze wakker maken, maar goed,' zei Roger. 'Wat gaan we doen? Extra propaan opha...'
'Nee,' zei Grote Jim, 'en hou daar je mond over; God zal je liefhebben. Luister nou maar.'
Grote Jim praatte.
Roger Killian luisterde. God zal hem liefhebben, dacht Grote Jim.
Op de achtergrond klokten achthonderd kippen, terwijl ze zich volstopten met voer waar steroïden doorheen zaten.

8

'Wat? Wát? Waaróm?'
Jack Cale zat aan zijn bureau in het kleine kantoortje van de Food City. Het bureau lag bezaaid met inventarislijsten die Ernie Calvert en hij om één uur die nacht eindelijk klaar hadden gekregen. Hun hoop om er eerder mee klaar te zijn was de bodem ingeslagen door de meteorenzwerm. Nu veegde hij ze bij elkaar – ze waren met de hand geschreven op grote vellen papier uit een schrijfblok – en wapperde ermee naar Peter Randolph, die in de deuropening van het kantoortje stond. De nieuwe politiecommandant was in vol tenue verschenen. 'Kijk hier eens naar, Pete, voordat je iets doms doet.'
'Sorry, Jack. De winkel is gesloten. Hij gaat donderdag weer open, maar dan als voedseldepot. Eerlijk delen. We zullen alles bijhouden. De Food City Corporation zal er geen cent op verliezen; dat verzeker ik je...'
'Daar gáát het niet om.' Jack zei het bijna kreunend. Hij was een dertiger met een babyface en een bos draderig rood haar dat hij nu ronddraaide met de hand waarmee hij de papieren niet vasthield... die Peter Randolph niet wilde aanpakken.
'Hier! Hier! Wat in de naam van de godsgloeiende jezus kraam je voor onzin uit, Peter Randolph?'
Ernie Calvert kwam uit het magazijn aangelopen. Hij had een dikke buik en een rood gezicht, en zijn grijze haar was gemillimeterd, zoals het altijd was geweest. Hij droeg een groene stofjas van de Food City.

'Hij wil de winkel sluiten!' zei Jack.

'Waarom zou je dat in godsnaam willen doen, als er nog genoeg voorraad is?' vroeg Ernie kwaad. 'Waarom zou je de mensen op die manier bang willen maken? Als dit zo doorgaat, worden ze nog bang genoeg. Wiens stomme idee was dit?'

'Het is een besluit van het gemeentebestuur,' zei Randolph. 'Als jullie problemen met het plan hebben, brengen jullie die maar op de bijzondere gemeentevergadering van donderdagavond naar voren. Als dit dan nog niet voorbij is, natuurlijk.'

'Wélk plan?' riep Ernie uit. 'Wou je me vertellen dat Andrea Grinnell hiervoor was? Ze weet wel beter!'

'Ik heb gehoord dat ze griep heeft,' zei Randolph. 'Ze ligt in bed. En dus heeft Andy het besluit genomen. Grote Jim ging ermee akkoord.' Niemand had hem gezegd dat hij het zo moest formuleren. Dat hoefde niet; Randolph wist hoe Grote Jim graag zakendeed.

'Misschien valt er wel iets voor rantsoenering te zeggen,' zei Jack, 'maar waarom nu?' Hij wapperde weer met de papieren; zijn wangen waren bijna zo rood als zijn haar. 'Waarom, als we nog zovéél hebben?'

'Dit is een goed moment om met besparingen te beginnen,' zei Randolph.

'En dat zegt iemand die een speedboot op het Sebago-meer en een Winnebago Vectra op zijn erf heeft staan,' zei Jack.

'Vergeet de Hummer van Grote Jim niet,' merkte Ernie op.

'Genoeg,' zei Randolph. 'Het gemeentebestuur heeft besloten...'

'Nou, twéé gemeentebestuurders,' zei Jack.

'Je bedoelt: een van hen,' zei Ernie. 'En we weten welke.'

'... en ik heb de boodschap nu overgebracht, en daarmee uit. Hang een bord voor het raam. SUPERMARKT TOT NADER ORDER GESLOTEN.'

'Pete. Luister nou. Wees nou eens redelijk.' Ernie keek niet kwaad meer; hij keek nu bijna smekend. 'Daarmee jaag je de mensen de stuipen op het lijf. Als je dit echt wilt doen, zal ik dan een bord ophangen met GESLOTEN VOOR INVENTARISATIE; BINNENKORT WEER OPEN? En misschien ook SORRY VOOR HET TIJDELIJKE ONGEMAK. En dat TIJDELIJKE dan in rode letters of zoiets.'

Peter Randolph schudde langzaam en gewichtig zijn hoofd. 'Dat mag ik je niet laten doen, Ern. Het zou niet eens mogen als je nog steeds een officieel personeelslid was, zoals hij.' Hij knikte naar Jack Cale, die de inventarispapieren had neergelegd om met beide handen naar zijn hoofd te kunnen grijpen. 'TOT NADER ORDER GESLOTEN. Dat heeft het gemeentebestuur tegen me gezegd, en ik volg de bevelen op. Trouwens, leugens komen altijd terug en dan bijten ze in je reet.'

'Ja, nou, Duke Perkins zou tegen hen hebben gezegd dat ze dat bevel maar moesten gebruiken om hun reet ermee áf te vegen,' zei Ernie. 'Je moest je schamen, Pete: de bevelen opvolgen van die dikke klootzak. Als hij zegt, spring in het water, doe jij van plons.'

'Je kunt maar beter je mond houden, als je weet wat goed voor je is,' zei Randolph, en hij wees naar hem. Zijn vinger beefde enigszins. 'Als je de rest van de dag niet achter de tralies wilt zitten wegens belediging van het gezag, moet je je mond houden en bevelen opvolgen. Dit is een crisissituatie...'

Ernie keek hem ongelovig aan. '"Belediging van het gezag?" Zoiets bestaat niet!'

'Nu wel. Als je het niet gelooft, probeer je het maar.'

9

Later – veel te laat om nog van nut te kunnen zijn – zou Julia Shumway min of meer te weten komen hoe de rellen bij de Food City waren begonnen, al kreeg ze niet de kans het af te drukken. En zelfs wanneer ze dat had gedaan, zou het dan een zuiver nieuwsverhaal zijn geworden: wie, wat, waar, wanneer, waarom, hoe? Als haar was gevraagd over de emotionele kant van het verhaal te schrijven, zou ze het niet hebben gekund. Hoe kon ze verklaren dat mensen die ze haar hele leven had gekend – mensen die ze respecteerde, mensen van wie ze had gehouden – in een bende relschoppers waren veranderd? Ze zei tegen zichzelf: *Ik zou een beter beeld hebben gehad als ik er direct bij was geweest en had gezien hoe het begon.* Maar dat was rationaliseren. Daarmee weigerde ze het ordeloze, redeloze beest onder ogen te zien dat de kop kan opsteken wanneer angstige mensen worden geprovoceerd. Ze had zulke beesten op het televisienieuws gezien, meestal in andere landen. Ze had niet verwacht dat ze er zelf een zou zien, in haar eigen dorp.

En het was ook niet nodig geweest. Dat bedacht ze steeds opnieuw. De gemeente was nog maar zeventig uur van de buitenwereld afgesneden, en bijna alles was nog op voorraad. Er was alleen een raadselachtig tekort aan propaangas.

Later zou ze zeggen: *Dit was het moment waarop het dorp eindelijk besefte wat er gebeurde.* Daar zat waarschijnlijk wel iets waars in, maar ze nam er geen genoegen mee. Ze kon alleen met absolute zekerheid zeggen (en dan nog alleen tegen zichzelf) dat ze de mensen hun verstand zag verliezen en dat ze daarna nooit meer de oude zou worden.

10

De eerste twee mensen die het bord zien, zijn Gina Buffalino en haar vriendin Harriet Bigelow. Beide meisjes dragen een wit verpleegstersuniform (dat was een idee van Ginny Tomlinson; ze dacht dat het uniform meer vertrouwen bij de patiënten wekte dan het schortje van een ziekenverzorgster), en ze zien er heel serieus en lief uit. Ze zien er ook vermoeid uit, ondanks hun jeugdige energie. Het waren twee zware dagen geweest, en er staat hun nog zo'n dag te wachten na een nacht waarin ze maar weinig slaap hebben gekregen. Ze willen chocoladerepen kopen – voor iedereen behalve die arme suikerzieke Jimmy Sirois – en praten over de meteorenzwerm. Aan dat gesprek komt abrupt een eind als ze het bord op de deur zien.

'De winkel kán niet dicht zijn,' zegt Gina ongelovig. 'Het is dinsdagmorgen.' Ze drukt haar gezicht tegen de ruit, met haar handen tegen haar hoofd om de felle ochtendzon tegen te houden.

Terwijl ze dat doet, komt Anson Wheeler aanrijden, met Rose Twitchell naast zich. Ze hebben Barbie in de Sweetbriar achtergelaten, waar hij de laatste hand aan het ontbijt legt. Rose is al uit de wagen met haar naam op de zijkant voordat Anson de motor heeft afgezet. Ze heeft een lange boodschappenlijst en wil daar zo veel mogelijk van hebben, en ook zo gauw mogelijk. Dan ziet ze het bord met TOT NADER ORDER GESLOTEN op de deur.

'Wat krijgen we nou? Ik heb Jack Cale gisteravond nog gesproken, en toen zei hij daar niets over.'

Ze zegt dat tegen Anson, die achter haar aan komt lopen, maar Gina Buffalino geeft antwoord: 'Er zijn ook nog spullen genoeg. Alle schappen staan vol.'

Er komen nog meer mensen aan. De supermarkt zou over vijf minuten opengaan, en Rose is niet de enige die zo vroeg mogelijk haar boodschappen wil doen. Mensen in de hele gemeente constateerden bij het wakker worden dat de Koepel er nog was en gingen proviand inslaan. Als haar later wordt gevraagd waarom er plotseling zoveel mensen naar de winkel gingen, zal Rose zeggen: 'Dat gebeurt ook elke winter als er een sneeuwstorm op komst is. Sanders en Rennie hadden geen beroerdere dag voor die onzin kunnen uitkiezen.'

Onder de vroegkomers bevinden zich de politiewagens 2 en 4. Ze worden meteen gevolgd door Frank DeLesseps in zijn Nova (hij heeft de sticker met NEUKEN, RACEN EN BLOWEN weggehaald, want die past niet bij een dienaar van de wet, vindt hij). Carter en Georgia zitten in 2; Mel Searles en Freddy Denton in 4. In opdracht van commandant Randolph staan ze verderop bij Le-

Clerc's Maison des Fleurs geparkeerd. 'Jullie hoeven daar niet zo vroeg te zijn,' heeft hij tegen hen gezegd. 'Wacht tot er een stuk of tien auto's op het parkeerterrein staan. Hé, misschien gaan ze meteen naar huis als ze het bord lezen.'

Dat gebeurt natuurlijk niet, en Grote Jim Rennie wist dat heel goed. En de komst van de agenten – vooral omdat het voor het merendeel jonge en onervaren agenten zijn – zal eerder een opruiende dan een kalmerende uitwerking hebben. Rose is de eerste die hen lastigvalt. Ze spreekt Freddy aan, laat hem haar lange boodschappenlijst zien en wijst door het raam, waar de meeste dingen die ze wil hebben netjes in de schappen staan.

Freddy is in eerste instantie beleefd. Hij beseft dat er mensen (geen menigte, nog niet) toekijken, maar het kost hem moeite zich te beheersen zolang dat brutale kleine ding op hem inpraat. Beseft ze dan niet dat hij alleen maar bevelen opvolgt?

'Wie denk je dat dit dorp te eten geeft, Fred?' vraagt Rose. Anson legt zijn hand op haar schouder. Rose schudt die hand weg. Ze weet dat Freddy woede ziet, in plaats van grote bezorgdheid, maar ze kan het niet helpen. 'Denk je dat er straks een bevoorradingswagen van de Sysco uit de hemel komt vallen?'

'Mevrouw...'

'O, hou op! Sinds wanneer ben ik mevrouw voor jou? Je komt al twintig jaar vier of vijf dagen per week bramenpannenkoeken bij me eten, en dat vieze slappe spek waar je zo van houdt, en dan noem je me gewoon Rose. Maar morgen eet je geen pannenkoek, tenzij ik méél kan krijgen, en bákvet en siróóp en...' Ze onderbreekt zichzelf. 'Eindelijk! Daar is het gezond verstand! Dank je, God!'

Jack Cale maakt een van de twee deuren open. Mel en Frank hebben zich ervoor geposteerd, en hij heeft net ruimte om zich tussen hen door te wringen. Het winkelend publiek – er zijn nu meer dan twintig mensen, al is het nog een minuut voor negen uur, de officiële openingstijd van de supermarkt – dringt naar voren om pas te blijven staan als Jack een sleutel uit de bos aan zijn riem neemt en de deur weer op slot doet. Er gaat een gekreun door de wachtende mensen.

'Waarom deed je dat?' roept Bill Wicker verontwaardigd uit. 'Ik moet boodschappen doen van mijn vrouw!'

'Ga maar naar de eerste wethouder en commandant Randolph,' antwoordt Jack. Zijn haar steekt alle kanten op. Hij kijkt Frank DeLesseps nors aan en kijkt nog norser naar Mel Searles, die vergeefse moeite doet een grijns en misschien ook nog zijn befaamde *njuk-njuk-njuk* te onderdrukken. 'Dat ga ik zelf zeker doen. Maar voorlopig heb ik genoeg van deze onzin. Ik ben hier klaar.' Hij loopt tussen de mensen door, met gebogen hoofd en met wangen die nog roder zijn dan zijn haar. Lissa Jamieson, die net op haar fiets is aangekomen (alles op haar lijstje past in de melkpakdrager achter op haar fiets; haar behoeften zijn minuscuul), moet uitwijken om hem niet aan te rijden.

Carter, Georgia en Freddy staan voor de grote etalageruit, dus op de plaats waar Jack op een normale dag kruiwagens en kunstmest zou hebben neergezet. Carter heeft pleisters om zijn vingers, en onder zijn overhemd tekent zich verband af. Freddy heeft zijn hand op de kolf van zijn pistool, want Rose Twitchell blijft hem aan zijn kop zeuren, en Carter zou willen dat hij haar een mep kon geven. Met zijn vingers gaat het goed, maar zijn schouder doet een beetje pijn. Het kleine groepje klanten in spe is een grote groep geworden, en er rijden nog meer auto's het parkeerterrein op.

Voordat agent Thibodeau de mensen goed kan bestuderen, komt Alden Dinsmore op hem af. Alden ziet er verwilderd uit; zo te zien is hij tien kilo afgevallen sinds de dood van zijn zoon. Hij draagt een zwarte rouwband om zijn linkerarm en kijkt verdoofd.

'Ik moet naar binnen, jongen. Mijn vrouw wil de blikvoorraad aanvullen.' Alden zegt niet wat er in die blikken moet zitten. Waarschijnlijk alles. Of misschien denkt hij op dat moment net aan het lege bed boven, het bed waarin nooit meer iemand zal liggen, en de Foo Fighters-poster waar nooit meer iemand naar zal kijken, en het modelvliegtuigje op het bureau dat nooit afgemaakt zal worden, en vergeet hij waar hij voor kwam.

'Sorry, meneer Dimmesdale,' zegt Carter. 'Dat kan niet.'

'Het is Dinsmore,' zegt Alden afwezig. Hij loopt naar de deuren toe. Die zitten op slot, hij kan er echt niet in, maar evengoed geeft Carter de boer een fikse duw naar achteren. Voor het eerst heeft Carter enig begrip voor de leraren die hem op de middelbare school straf gaven; het is ergerlijk als er niet naar je wordt geluisterd.

Het is ook warm en zijn schouder doet pijn ondanks de twee Percocets die zijn moeder hem heeft gegeven. Het gebeurt in oktober niet vaak dat het om negen uur 's morgens al vierentwintig graden is, en aan de vaalblauwe kleur van de hemel te zien zal het om twaalf uur nog warmer zijn, en om drie uur nog weer warmer.

Alden strompelt achteruit tegen Gina Buffalino aan, en ze zouden allebei zijn gevallen als Petra Searles – bepaald geen lichtgewicht – hen niet had tegengehouden. Alden kijkt niet kwaad, alleen verbaasd. 'Ik moet blikjes kopen van mijn vrouw,' legt hij Petra uit.

Er gaat een gemompel door de wachtenden. Het is geen woedend geluid

– nog niet. Ze komen boodschappen doen, en de boodschappen zijn er, maar de deur is op slot. En nu is een man weggeduwd door een voortijdige schoolverlater die vorige week nog automonteur was.

Gina kijkt met steeds grotere ogen naar Carter, Mel en Frank DeLesseps. Ze wijst. 'Dat zijn de kerels die haar hebben verkracht!' zegt ze tegen haar vriendin Harriet zonder haar stem te dempen. 'Dat zijn de kerels die Sammy Bushey hebben verkracht!'

De glimlach verdwijnt van Mels gezicht; de neiging tot *njuk-njuk* is weg. 'Hou je kop,' zegt hij.

Achter in de groep mensen zijn Ricky en Randall Killian in een gloednieuwe Chevrolet Canyon pick-up gearriveerd. Sammy Verdreaux komt niet ver achter hen aan, lopend natuurlijk: Sammy is zijn rijbewijs voorgoed kwijtgeraakt in '07.

Gina gaat een stap achteruit en kijkt Mel met grote ogen aan. Naast haar staat Alden Dinsmore als een boer-robot met een lege batterij. 'Moeten jullie politieagenten voorstellen? Hal-ló?'

'Dat van die verkrachting is door die hoer gelogen,' zegt Frank. 'En je kunt er beter niet over schreeuwen, want dan word je nog opgepakt voor ordeverstoring.'

'Verdomd, ja,' zegt Georgia. Ze is een beetje dichter bij Carter komen staan. Hij negeert haar en kijkt naar de menigte. En dat kun je het nu gerust noemen. Als vijftig mensen een menigte zijn, is dit er een. En er komen nog meer mensen. Carter zou willen dat hij een pistool had. De vijandigheid die hij ziet, bevalt hem maar niets.

Velma Winter, die de leiding van Brownie heeft (tenminste, totdat die winkel dichtging), arriveert met Tommy en Willow Anderson. Velma is een grote, potige vrouw die haar haar zo kamt als Bobby Darin en eruitziet alsof ze de krijgshaftige koningin van Lesboland is, maar ze heeft al twee echtgenoten begraven, en volgens de verhalen die aan de zwamtafel in de Sweetbriar Rose worden verteld heeft ze beiden doodgeneukt en zoekt ze 's woensdags in de Dipper naar nummer drie. Op woensdag is het karaokeavond en dan komt er een ouder publiek. Ze posteert zich nu met haar handen op haar vlezige heupen tegenover Carter.

'Gesloten, hè?' zegt ze zakelijk. 'Laat je papieren eens zien.'

Carter kijkt verward, en zijn verwarring maakt hem kwaad. 'Achteruit, wijf. Ik heb geen papieren nodig. De commandant heeft ons hierheen gestuurd. Opdracht van het gemeentebestuur. Het wordt een voedseldepot.'

'Rantsoenering? Is dat het?' Ze snuift. 'Niet in míjn dorp.' Ze dringt tussen Mel en Frank door en bonkt op de deur. 'Doe open! *Doe open daarbinnen!*'

'Niemand thuis,' zegt Frank. 'Hou dus maar op.'

Maar Ernie Calvert is niet weggegaan. Hij komt aangelopen door het gangpad met pasta, meel en suiker. Velma ziet hem en bonkt nog harder. 'Doe open, Ernie! Doe open!'

'Doe open!' vallen stemmen uit de menigte haar bij.

Frank kijkt Mel aan en knikt. Samen pakken ze Velma vast en werken haar met al haar negentig kilo bij de deur vandaan. Georgia Roux heeft zich omgedraaid en geeft Ernie een teken dat hij terug moet gaan. Ernie gaat niet. Die stomme zak blijft daar gewoon staan.

'*Doe open!*' brult Velma. '*Doe open! Doe open!*'

Tommy en Willow roepen met haar mee. En ook Bill Wicker, de postbode. En Lissa, met een stralend gezicht – haar hele leven heeft ze aan een spontane demonstratie willen meedoen, en dit is haar kans. Ze schudt met haar vuist in het ritme: twee keer een beetje bij 'doe' en één keer een heel eind bij 'open'. Anderen doen haar na. '*Doe open*' wordt '*Doe ópen! Doe ó-pen! Doe ó-pen!* Ze schudden nu allemaal met hun vuist in dat ritme – misschien wel zeventig mensen, misschien tachtig, en er komen er steeds meer bij. De smalle politielinie voor de supermarkt lijkt steeds smaller. De vier jongere agenten kijken Freddy Denton vragend aan, maar Freddy weet ook niet wat ze moeten doen.

Hij heeft wel een pistool. *Schiet daar maar gauw mee in de lucht, kale*, denkt Carter, *anders lopen die mensen ons onder de voet.*

Twee andere agenten – Rupert Libby en Toby Whelan – rijden vanaf het politiebureau (waar ze koffie hebben gedronken en naar cnn hebben gekeken) door Main Street. Ze stuiven langs Julia Shumway, die met een camera aan haar schouder komt aanrennen.

Jackie Wettington en Henry Morrison zijn ook op weg naar de supermarkt, maar dan knettert de walkietalkie aan Henry's riem. Het is commandant Randolph, die zegt dat ze op hun post bij de Gas & Grocery moeten blijven.

'Maar we horen...' begint Henry.

'Dat zijn jullie orders,' zegt Randolph, en hij voegt er niet aan toe dat het orders zijn die hij alleen maar doorgeeft – die dus zogezegd van hogerhand komen.

'*Doe ó-pen! Doe ó-pen! Doe ó-pen!*' De menigte schudt met vuisten in de warme lucht. Nog steeds angstig, maar ook opgewonden. De mensen lopen warm. Chef zou in hen een stel beginnende speedgebruikers hebben gezien: nog een deuntje van de Grateful Dead op de soundtrack en het beeld was compleet.

De jongens van Killian en Sammy Verdreaux banen zich een weg door de menigte. Ze scanderen – niet om beter in de menigte te kunnen opgaan, maar omdat er gewoon te veel kracht van de menigte uitgaat om er weerstand aan te kunnen bieden –, maar schudden niet met hun vuisten; ze hebben werk te doen. Bijna niemand schenkt aandacht aan hen. Later zal bijna niemand zich hen herinneren.

Zuster Ginny Tomlinson baant zich ook een weg door de menigte. Ze is hierheen gekomen om tegen de meisjes te zeggen dat ze naar het Cathy Russell moeten komen; er zijn nieuwe patiënten, onder wie een ernstig geval. Dat moet Wanda Crumley uit Eastchester zijn. De Crumley's wonen naast de Evans', niet ver van de grens met de gemeente Motton. Toen Wanda die ochtend bij Jack ging kijken, trof ze hem dood aan op vijf meter afstand van de plaats waar de Koepel de hand van zijn vrouw had afgesneden. Jack lag languit op zijn rug, een fles naast hem, zijn hersenen half opgedroogd in het gras. Wanda rende naar haar huis terug en riep de naam van haar man, en ze was nog maar amper bij hem aangekomen toen ze geveld werd door een hartaanval. Wendell Crumley mocht blij zijn dat hij zich op weg naar het ziekenhuis niet te pletter reed met zijn kleine Subaru-stationcar – het grootste deel van de afstand reed hij honderdveertig kilometer per uur. Rusty is nu bij Wanda, maar Ginny denkt niet dat Wanda – vijftig, te dik, zware roker – het gaat redden.

'Meisjes,' zegt ze. 'We hebben jullie in het ziekenhuis nodig.'

'Zij zijn het, mevrouw Tomlinson!' schreeuwt Gina. Ze moet wel schreeuwen om zich verstaanbaar te maken in de scanderende menigte. Ze wijst naar de agenten en barst in huilen uit – deels van angst en vermoeidheid, vooral van woede. 'Dat zijn de mannen die haar hebben verkracht!'

Ditmaal kijkt Ginny verder dan alleen de uniformen en beseft ze dat Gina gelijk heeft. Ginny Tomlinson is niet behept met Piper Libby's driftige persoonlijkheid, maar ze kan zich wel degelijk kwaad maken en er doet zich hier een verzwarende omstandigheid voor: in tegenstelling tot Piper heeft Ginny het meisje van Bushey met haar broek uit gezien. Haar gescheurde en gezwollen vagina. Grote blauwe plekken op haar dijen, plekken die pas te zien waren toen het bloed was afgewassen. Zoveel bloed.

Ginny vergeet dat de meisjes nodig zijn in het ziekenhuis. Ze vergeet dat ze hen uit een gevaarlijke, explosieve situatie moet weghalen. Ze denkt zelfs niet meer aan de hartaanval van Wanda Crumley. Ze komt met grote stappen naar voren, port iedereen met haar ellebogen opzij (dat overkomt ook Bruce Yardley, de kassabediende annex boodschappeninpakker, die net als ieder ander met zijn vuist zwaait) en stapt op Mel en Frank af. Omdat hun aandacht in beslag wordt genomen door de steeds vijandiger menigte, zien ze haar niet aankomen.

Ginny brengt beide handen omhoog en ziet er even uit als de schurk die zich in een western aan de sheriff overgeeft. Dan beweegt ze beide handen opzij en slaat beide jongemannen tegelijk. 'Schóften!' schreeuwt ze. 'Hoe kónden jullie dat doen? Hoe konden jullie zo láf zijn? Zo verdomd gemeen? Hiervoor gaan jullie de bák in, stelletje...'

Mel denkt niet na, reageert alleen. Hij stompt haar recht in haar gezicht en breekt haar bril en haar neus. Ze strompelt achteruit, bloedend, schreeuwend. Haar ouderwetse verpleegsterskapje, losgeschud van de haarspelden die het op zijn plaats houden, valt van haar hoofd. Bruce Yardley, de jonge kassabediende, wil haar vastgrijpen maar grijpt mis. Ginny valt tegen een rij boodschappenwagentjes, die zich als een kleine trein in beweging zet. Ze valt op handen en knieën, huilend van pijn en schrik. Heldere bloeddruppels vallen uit haar neus – die niet alleen gebroken maar ook verbrijzeld is – op het grote gele RK van NIET PARKEREN.

De menigte is even stil van schrik. Gina en Harriet lopen vlug naar Ginny toe.

Dan verheft Lissa Jamieson haar stem, een volkomen heldere sopraan: 'VUILE SMERISSEN!'

Op dat moment vliegt de steen door de lucht. Het is nooit bekend geworden wie de eerste steen gooide. Het is misschien het enige misdrijf dat Sam Slobber Verdreaux ooit straffeloos heeft gepleegd.

Junior heeft hem aan het eind van het dorp afgezet, en Sammy, bij wie de visioenen van whisky door zijn hoofd dansten, ging op de oostelijke oever van de Prestile op zoek naar precies de juiste steen. Hij moest groot zijn, maar niet te groot, anders kon hij er niet nauwkeurig mee gooien, al was hij ooit – een eeuw geleden, lijkt het soms, en op andere momenten heel dichtbij – de eerste werper van de Mills Wildcats in de eerste wedstrijd van het kampioenschap van Maine geweest. Hij vond hem uiteindelijk niet ver van de Peace Bridge: ongeveer anderhalf pond en zo glad als een ganzenei.

Nog één ding, heeft Junior gezegd toen hij Sam Slobber afzette. Het was niet Juniors ene ding, maar Junior vertelde dat net zomin aan Sam als commandant Randolph het aan Wettington en Morrison had verteld toen ze opdracht van hem kregen op het bureau te blijven. Dat zou niet politiek correct zijn geweest.

'*Mik op de meid.*' Dat waren Juniors laatste woorden voor Sam Slobber voordat hij hem achterliet. '*Ze verdient het, dus gooi niet mis.*'

Terwijl Gina en Harriet in hun witte uniformen bij de snikkende, bloedende verpleegster neerknielen, die daar op handen en knieën zit (en terwijl iedereen naar hen kijkt), komt Sam naar voren zoals op die lang vervlogen dag in 1970: hij haalt uit en gooit zijn eerste treffer in meer dan veertig jaar.

In meer dan één opzicht. Het zeshonderd gram zware stuk graniet, doorschoten met kwarts, treft Georgia Roux recht op haar mond. Het verbrijzelt haar kaak op vijf plaatsen en slaat al haar tanden en kiezen weg, op vier na. Ze valt achterover tegen de etalageruit, haar kaken grotesk van elkaar, bijna tot aan haar borst. Het bloed gutst uit haar wijd open mond.

Even later vliegen er nog twee stenen door de lucht, een van Ricky Killian en een van Randall. Ricky treft de achterkant van Bill Allnut, zodat de schoolportier tegen de vlakte slaat, niet ver bij Ginny Tomlinson vandaan. *Shit!* denkt Ricky. *Ik had een smeris moeten raken!* Dat was niet alleen de opdracht; hij had het altijd al willen doen.

Randall kan beter mikken. Hij treft Mel Searles recht op zijn voorhoofd. Mel zakt als een postzak in elkaar.

Het is even stil, een moment van ingehouden adem. Stel je een auto voor die op twee wielen balanceert en nog niet heeft beslist of hij gaat kantelen of niet. Zie Rose Twitchell die angstig en verbijsterd om zich heen kijkt; ze weet niet wat er gebeurt, laat staat wat ze eraan kan doen. Zie Anson Wheeler die zijn arm om haar middel slaat. Luister naar Georgia Roux die uit haar openhangende mond schreeuwt, een bizar geluid als dat van de wind die over met was ingesmeerde snaren strijkt die op een blikje zijn gespannen. Als ze het uitbrult, stroomt het bloed over haar kapotte tong. Zie de versterkingen. Toby Whelan en Rupert Libby (hij is een neef van Piper, al pocht ze niet over de familieconnectie) zijn de eersten die ter plaatse arriveren. Ze nemen de situatie in ogenschouw... en blijven op een afstand. Dan komt Linda Everett. Ze is te voet, samen met een andere parttime agent, Marty Arsenault, die hijgend met haar mee komt. Ze wil zich een weg door de menigte banen, maar Marty – die niet eens zijn uniform heeft aangetrokken, maar gewoon uit bed is gerold en een oude spijkerbroek heeft aangeschoten – pakt haar bij haar schouder vast. Linda trekt zich bijna van hem los en denkt dan aan haar dochters. Ze schaamt zich voor haar eigen lafheid en laat Marty voor haar uit lopen naar de plaats vanwaar Rupe en Toby de ontwikkelingen volgen. Van deze vier agenten draagt alleen Rupe vanmorgen een pistool, en zou hij schieten? Natuurlijk niet; hij ziet zijn eigen vrouw in de menigte, hand in hand met haar moeder (de schoonmoeder op wie Rupe best zou willen schieten). Zie Julia net achter Linda en Marty aankomen, hijgend, maar met haar camera al in haar hand. In haar haast om fo-

to's te maken laat ze de lenskap vallen. Zie Frank DeLesseps nog net op tijd naast Mel neerknielen om een volgende steen te ontwijken, die over zijn hoofd vliegt en een gat in een van de deuren van de supermarkt slaat.
Dan...
Dan geeft iemand een schreeuw. Het zal nooit bekend worden wie het was, en men wordt het zelfs niet eens over het geslacht van degene die schreeuwde, al denken de meesten dat het een vrouw is en zal Rose later tegen Anson zeggen dat ze er bijna zeker van was dat het Lissa Jamieson was.
'GRIJP ZE!'
Iemand anders brult 'BOODSCHAPPEN!' en de menigte stuwt naar voren.
Freddy Denton schiet één keer met zijn pistool in de lucht. Dan laat hij het zakken. In zijn paniek staat hij op het punt het op de menigte leeg te schieten, maar voordat hij dat kan doen, trekt iemand het uit zijn hand. Hij zakt met een schreeuw van pijn in elkaar. Dan komt de punt van een grote oude boerenlaars – die van Alden Dinsmore – hard tegen zijn slaap. Het licht gaat niet helemaal uit voor agent Denton, maar het dimt aanzienlijk, en als het weer helder wordt, zijn de Grote Supermarktrellen al voorbij.
Het bloed sijpelt door het verband op Carter Thibodeaus schouder en er vormen zich rode vlekken op zijn blauwe overhemd, maar voorlopig is hij zich niet bewust van de pijn. Hij doet geen poging om te vluchten. Hij zet zich schrap en haalt uit naar de eerste de beste die binnen bereik komt. Dat is toevallig Charles 'Stubby' Norman, die de antiekwinkel aan de 117-rand van het dorp heeft. Stubby zakt in elkaar en grijpt naar zijn bloedende mond.
'*Terug, klootzakken!*' snauwt Carter. '*Terug, schoften! Er wordt niet geplunderd! Terug!*'
Marta Edmunds, de oppas van Rusty, probeert Stubby te helpen en krijgt als dank een vuist van Frank DeLesseps tegen haar jukbeen. Ze wankelt, grijpt de zijkant van haar gezicht vast en kijkt ongelovig naar de jongeman die haar zojuist heeft geslagen... en wordt dan onder de voet gelopen, met Stubby onder haar, door een golf van aanstormende supermarktklanten.
Carter en Frank halen met hun vuisten naar hen uit, maar als ze nog maar drie stompen hebben uitgedeeld, worden ze afgeleid door een vreemde jammerkreet. Het is de bibliothecaresse, wier haar los om haar anders zo vriendelijke gezicht heen hangt. Ze duwt een rij boodschappenwagentjes voor zich uit en het zou niet vreemd zijn als ze *banzai* zou roepen. Frank springt opzij, maar de wagentjes krijgen Carter te pakken, en hij verliest zijn evenwicht. Hij zwaait met zijn armen om overeind te blijven, en dat zou hem misschien ook zijn gelukt, als Georgia's voeten er niet waren geweest. Hij struikelt erover, valt op zijn rug en wordt vertrapt. Hij rolt op zijn buik,

vouwt zijn handen over zijn hoofd en wacht tot het voorbij is.

Julia Shumway laat haar camera klikken en klikken en klikken. Misschien komen er gezichten van mensen die ze kent op de foto's, maar in de zoeker ziet ze alleen vreemden. Een woedende menigte.

Rupe Libby trekt zijn pistool en schiet vier keer in de lucht. De schoten galmen door de warme ochtend, dof en daverend, een reeks auditieve uitroeptekens. Toby Whelan duikt de auto weer in en stoot daarbij zijn hoofd, zodat zijn pet afvalt (met HULPAGENT CHESTER'S MILL in gele letters op de voorkant). Hij pakt de megafoon van de achterbank, zet hem aan zijn lippen en roept: 'HOU DAARMEE OP! GA TERUG! POLITIE! STOP! DIT IS EEN BEVEL!'

Julia zet hem op de foto.

De mensen slaan geen acht op de schoten of de megafoon. Ze slaan geen acht op Ernie Calvert als hij met zijn groene stofjas die om zijn rennende knieën wappert langs de zijkant van het gebouw komt. *'Neem de achterdeur!'* roept hij. *'Dit hoeven jullie niet te doen. Ik heb de achterdeur opengemaakt!'*

De menigte wil zich met geweld toegang verschaffen. De mensen bonken tegen de deuren, waarop stickers zijn aangebracht met IN en UIT en ALTIJD LAGE PRIJZEN. De deuren houden nog even stand, maar dan knapt het slot onder het gezamenlijke gewicht van de menigte. De voorste mensen worden tegen de deuren gedrukt en lopen verwondingen op: twee mensen breken ribben, één verrekt zijn nek, twee breken een arm.

Toby Whelan wil de megafoon weer aan zijn mond zetten, maar legt hem dan zorgvuldig op de motorkap van de auto waarmee Rupe en hij zijn aangekomen. Hij raapt zijn pet met HULPAGENT op, veegt hem af en zet hem weer op zijn hoofd. Rupe en hij lopen naar de winkel, maar blijven dan hulpeloos staan. Linda en Marty Arsenault komen naar hen toe. Linda ziet Marta en neemt haar mee terug naar het groepje agenten.

'Wat is er gebeurd?' vraagt Marta verdoofd. 'Heeft iemand me geslagen? De zijkant van mijn gezicht voelt heet aan. Wie past er op Judy en Janelle?'

'Je zus heeft ze vanmorgen meegenomen,' zegt Linda, en ze slaat haar armen om haar heen. 'Maak je geen zorgen.'

'Cora?'

'Wendy.' Cora, Marta's oudste zus, woont al jaren in Seattle. Linda vraagt zich af of Marta een hersenschudding heeft. Ze denkt dat dokter Haskell haar moet onderzoeken, maar herinnert zich dan dat Haskell in het mortuarium van het ziekenhuis of bij uitvaartbedrijf Bowie ligt. Rusty is nu op zichzelf aangewezen, en hij zal het vandaag erg druk krijgen.

Carter helpt Georgia naar wagen 2. Ze stoot nog steeds die ijzingwekkende kreten uit. Mel Searles is weer min of meer bij bewustzijn. Frankie leidt hem naar Linda, Marta, Toby en de andere agenten toe. Mel probeert zijn hoofd op te heffen maar laat het weer op zijn borst zakken. Er stroomt bloed uit zijn gewonde voorhoofd; zijn overhemd is drijfnat.

Mensen stromen de supermarkt binnen. Ze rennen door de gangpaden, duwen wagentjes voor zich uit en pakken mandjes van een stapel naast de display met houtskoolbriketten (BARBECUEËN IN DE HERFST! staat op het bord). Manuel Ortega, de knecht van Alden Dinsmore, en zijn goede vriend Dave Douglas lopen regelrecht naar de kassa's en drukken op NO SALE-toetsen. Ze pakken geld en stoppen het in hun zakken, lachend als idioten.

De supermarkt is nu vol mensen; het is uitverkoop. Bij de diepvriesproducten vechten twee vrouwen om de laatste Pepperidge Farm-citroentaart. Op de delicatessenafdeling slaat een man een andere man met een worst en zegt tegen hem dat hij wat van die klotevleeswaren voor andere mensen moet overlaten. De vleeswarenman draait zich om en stompt de worstmepper op zijn neus. Even later rollen ze met zwaaiende vuisten over de vloer.

Er breekt nog meer ruzie uit. Rance Conroy, eigenaar en enig personeelslid van Conroy's Western Maine Electrical Service & Supplies (*Onze Glimlach Is Onze Specialiteit*) geeft een mep aan Brendan Ellerbee, een gepensioneerde geschiedenisdocent aan de universiteit van Maine. Ellerbee zakt in elkaar, maar hij houdt zijn vijfkilozak Domino's vast, en als Conroy zich bukt om de zak af te pakken, snauwt hij '*Hier dan!*' en geeft hem er een dreun mee in zijn gezicht. De zak barst open en hult Rance Conroy in een witte wolk van poedersuiker. De elektricien valt tegen een van de schappen aan, zijn gezicht zo wit als dat van een mimespeler, schreeuwend dat hij niets kan zien, hij is blind. Carla Venziano, wier baby vanuit een draagzak over haar schouder meekijkt, duwt Henrietta Clavard bij de display van Texmati-rijst vandaan – baby Steven houdt van rijst en hij mag ook graag met de lege plastic bakjes spelen, en Carla wil er genoeg van bemachtigen. Henrietta, die in januari vierentachtig is geworden, valt keihard op de harde knoken die ooit haar zitvlak waren. Lissa Jamieson duwt Will Freeman, de plaatselijke General Motors-dealer, opzij om de laatste kip uit de koeling te kunnen halen. Voordat ze hem te pakken heeft, grist een meisje met een PUNK RAGE-T-shirt hem weg. Ze steekt haar tong naar Lissa uit en loopt lachend weg.

Er is een geluid van brekend glas te horen, gevolgd door een hartelijk gejuich dat vooral (maar niet geheel en al) uit mannenstemmen bestaat. De biercooler is gekraakt. Veel klanten, misschien van plan om te BARBECUEËN IN DE HERFST! lopen die kant op. In plaats van '*Doe ó-pen*' is de leus nu '*Bier! Bier! Bier!*'

Andere mensen gaan naar de magazijnen beneden en aan de achterzijde. Algauw lopen mannen en vrouwen met dozen en grote flessen wijn. Sommigen dragen dozen met wijn op hun hoofd als inheemse dragers in een oude junglefilm.

Julia maakt de ene foto na de andere. Het glas knerpt onder haar schoenen.

Buiten staan de overige politieagenten van de gemeente, inclusief Jackie Wettington en Henry Morrison, die eensgezind hun post bij de Gas & Grocery hebben verlaten. Ze sluiten zich aan bij de andere agenten die zorgelijk bijeenstaan en niets anders doen dan toekijken. Jackie ziet Linda Everetts geschokte gezicht en slaat haar armen om Linda heen. Ernie Calvert sluit zich bij hen aan en roept: 'Zo onnodig! Helemaal onnodig!' De tranen lopen over zijn bolle wangen.

'Wat doen we nu?' vraagt Linda met haar wang tegen Jackies schouder. Marta staat naast haar en kijkt met grote ogen naar de opengebroken supermarkt, terwijl ze haar hand tegen de verkleurde, snel zwellende blauwe plek op de zijkant van haar gezicht drukt. Voorbij hen wordt er in de Food City gebruld en gelachen en nu en dan geschreeuwd van pijn. Er wordt van alles door de lucht gegooid; Linda ziet een rol wc-papier met een boog over het gangpad met huishoudelijke artikelen vliegen, zichzelf loswikkelend als een serpentine.

'Meid,' zei Jackie, 'ik weet het echt niet.'

11

Anson griste Rose' boodschappenlijst uit haar hand en rende ermee de supermarkt in voordat ze hem kon tegenhouden. Rose bleef aarzelend bij de auto van het restaurant staan. Ze balde telkens haar vuisten en vroeg zich af of ze achter hem aan moest gaan. Ze had net besloten te blijven staan toen iemand een arm om haar schouders legde. Geschrokken keek ze om en zag Barbie. Ze was zo opgelucht dat haar knieën knikten. Ze klampte zich aan zijn arm vast —om gerustgesteld te worden, maar vooral om niet flauw te vallen.

Barbie glimlachte zonder veel vreugde. 'Wat een pret, hè?'

'Ik weet niet wat ik moet doen,' zei ze. 'Anson is daarbinnen... iedereen is daar... en de politie staat daar maar wat.'

'Ze willen zeker niet nog meer op hun donder krijgen dan ze al hebben gehad. En ik kan het ze niet kwalijk nemen. Dit is goed gepland en briljant uitgevoerd.'

'Waar heb je het over?'

'Laat maar. Wil je proberen er een eind aan te maken voordat het erger wordt?'

'Hoe?'

Hij bracht de megafoon omhoog die hij van de motorkap had gepakt, waar Toby Whelan hem had neergelegd. Toen hij hem aan haar wilde geven, deinsde Rose met haar handen tegen haar borst terug. 'Doe jij het maar, Barbie.'

'Nee. Jij hebt ze jarenlang te eten gegeven. Jou kennen ze en naar jou zullen ze luisteren.'

Aarzelend nam ze de megafoon aan. 'Ik weet niet wat ik moet zeggen. Ik kan niets bedenken om ze te laten ophouden. Toby Whelan heeft het al geprobeerd. Ze trokken zich er niets van aan.'

'Toby probeerde bevelen te geven,' zei Barbie. 'Bevelen geven aan een razende menigte is hetzelfde als bevelen geven aan een mierenhoop.'

'Ik weet nog steeds niet wat ik...'

'Ik vertel het je wel,' zei Barbie kalm, en dat kalmeerde haar. Hij zweeg even om Linda Everett een teken te geven. Jackie en zij kwamen samen naar hem toe, hun armen om elkaars middel.

'Kun je met je man in contact komen?' vroeg Barbie.

'Als zijn mobieltje aanstaat.'

'Zeg tegen hem dat hij hierheen moet komen – zo mogelijk met een ambulance. Als hij zijn telefoon niet opneemt, neem dan een politiewagen en rijd ermee naar het ziekenhuis.'

'Hij heeft patiënten...'

'Hij heeft hier ook patiënten. Alleen weet hij dat niet.' Barbie wees naar Ginny Tomlinson, die met haar rug tegen de zijmuur van de supermarkt zat en haar handen tegen haar bloedende gezicht hield. Gina en Harriet Bigelow hurkten aan weerskanten van haar neer, maar toen Gina het bloeden uit Ginny's radicaal veranderde neus met een opgevouwen zakdoek probeerde te stelpen, gaf Ginny een schreeuw van pijn en wendde ze haar hoofd af. 'Te beginnen met een van zijn twee overgebleven verpleegkundigen, als ik me niet vergis.'

'Wat ga jíj doen?' vroeg Linda, en ze nam haar mobiele telefoon van haar riem.

'Rose en ik gaan ervoor zorgen dat ze ophouden. Nietwaar, Rose?'

12

Rose bleef net binnen de deur staan en keek met grote ogen naar de chaos. In de lucht hing de prikkende geur van azijn, vermengd met de aroma's van bier en pekelwater. Mosterd en ketchup lagen als kleurrijke kots op het linoleum van gangpad 3 gespat. Uit gangpad 5 steeg een wolk van suiker en meel op. Mensen duwden hun volle boodschappenwagentjes erdoorheen; velen van hen hoestten en veegden hun ogen af. Sommige wagentjes slipten als ze door een hoopje gemorste bonen reden.

'Blijf daar even staan,' zei Barbie, al maakte Rose geen aanstalten om in beweging te komen. Ze was volkomen gehypnotiseerd en hield de megafoon tussen haar borsten.

Barbie ontdekte Julia, die foto's van de geplunderde kassa's maakte. 'Hou daarmee op en kom mee,' zei hij.

'Nee, ik moet dit doen. Er is niemand anders. Ik weet niet waar Pete Freeman is, en Tony...'

'Je hoeft geen foto's te maken. Je moet er een eind aan maken. Voordat er iets ergers gebeurt dan dat.' Hij wees naar Fern Bowie, die met een vol mandje in zijn ene hand en een blikje bier in zijn andere hand voorbijkwam. Zijn wenkbrauw was gespleten en het bloed droop over zijn gezicht, maar Fern maakte evengoed een heel tevreden indruk.

'Hoe?'

Hij leidde haar naar Rose terug. 'Klaar, Rose? Het is zover.'

'Ik... eh...'

'Vergeet niet: kálm. Probeer ze niet te laten stoppen; probeer alleen de temperatuur omlaag te krijgen.'

Rose haalde diep adem en zette de megafoon aan haar mond. 'HALLO, IEDEREEN, DIT IS ROSE TWITCHELL VAN DE SWEETBRIAR ROSE.'

Het zou haar eeuwig tot eer strekken dat ze inderdaad kalm klonk. Mensen keken om toen ze haar stem hoorden – niet omdat ze met klem sprak, wist Barbie, maar juist omdat ze dat niet deed. Hij had dat in Takrit, Fallujah en Bagdad ook al meegemaakt. Vooral na bomaanslagen op drukke openbare plaatsen, als de politie en de troepen gearriveerd waren. 'HOUDT U ALSTUBLIEFT ZO VLUG EN KALM MOGELIJK OP MET BOODSCHAPPEN DOEN.'

Enkele mensen grinnikten erom en keken elkaar toen aan: ze draaiden bij. In gangpad 7 hielp Carla Venziano beschaamd Henrietta Clavard overeind. *Er is genoeg Texmati-rijst voor ons beiden*, dacht Carla. *Wat haalde ik me in vredesnaam in mijn hoofd?*

Barbie gaf Rose met een hoofdknikje te kennen dat ze door moest gaan en vormde met zijn mond het woord *koffie*. In de verte hoorde hij de welluidende sirene van een naderende ambulance.

'ALS JULLIE KLAAR ZIJN, KOM DAN NAAR SWEETBRIAR ROSE VOOR KOFFIE. HIJ IS VERS EN HIJ IS VAN HET HUIS.'

Enkele mensen klapten. Er gingen ook rauwe stemmen op: '*Wie wil er koffie? We hebben* BIER!' Daar werd om gelachen en gejuicht.

Julia trok aan Barbies mouw. Haar voorhoofd vertoonde rimpels waarvan Barbie vond dat ze er heel republikeins uitzagen. 'Ze zijn niet aan het winkelen. Ze zijn aan het stelen.'

'Wil je je druk maken over de weergave van de feiten of die mensen daar weghalen voordat ze elkaar de hersens inslaan om een pak koffie?' vroeg hij.

Ze dacht na en knikte. Haar rimpels maakten plaats voor die naar binnen gerichte glimlach waarvan hij zoveel was gaan houden. 'Daar zit wat in, kolonel,' zei ze.

Barbie wendde zich tot Rose, maakte een zwengelgebaar, en ze stak weer van wal. Hij liep met de twee vrouwen door de gangpaden, te beginnen met de grotendeels leeggeplunderde delicatessen- en zuivelafdelingen, voortdurend bedacht op iemand die dronken genoeg was om obstructie te plegen. Er was niemand. Rose kreeg steeds meer zelfvertrouwen, en het werd rustiger in de supermarkt. Mensen gingen weg. Velen duwden wagentjes met buit, maar Barbie beschouwde dat nog steeds als een goed teken. Hoe eerder ze naar buiten gingen, hoe beter, al namen ze nog zoveel spullen mee... en het was belangrijk dat ze geen dieven maar klanten werden genoemd. Als je iemand zijn zelfrespect teruggaf, ging die persoon in de meeste gevallen – niet allemaal, maar de meesten – ook weer enigszins helder denken.

Anson Wheeler sloot zich bij hen aan. Hij duwde een winkelwagen vol levensmiddelen voor zich uit. Hij keek een beetje beschaamd, en zijn arm bloedde. 'Iemand heeft me met een pot olijven geraakt,' legde hij uit. 'Ik ruik nu als een Italiaans broodje.'

Rose gaf de megafoon aan Julia, die dezelfde boodschap op dezelfde vriendelijke toon liet horen: houd op met winkelen, klanten, en ga rustig naar buiten.

'We kunnen die dingen niet meenemen,' zei Rose, wijzend naar Ansons wagen.

'Maar we hebben ze nodig, Rosie,' zei hij. Hij klonk verontschuldigend maar vastbesloten. 'Echt waar.'

'Dan laten we wat geld achter,' zei ze. 'Dat wil zeggen, als mijn portemonnee niet uit de auto is gestolen.'

'Eh... Dat gaat niet, geloof ik,' zei Anson. 'Een stel kerels heeft het geld uit de kassa's gestolen.' Hij had gezien welke kerels het waren, maar dat wilde hij niet zeggen. Niet nu de hoofdredacteur van de plaatselijke krant naast hem liep.

Rose keek hem verschrikt aan. 'Wat is hier aan de hand? In godsnaam, wat is er aan de hánd?'

'Ik weet het niet,' zei Anson.

Buiten kwam de ambulance tot stilstand en zakte de sirene af tot een zacht gegrom. Twee minuten later, toen Barbie, Rose en Julia nog met de megafoon door de gangpaden liepen (de menigte was al uitgedund), zei iemand achter hen: 'Zo is het genoeg. Geef dat aan mij.'

Het verbaasde Barbie niet om commandant Randolph te zien, piekfijn gekleed in vol tenue. Daar was hij dan, als mosterd na de maaltijd.

Rose sprak net in de megafoon. Ze maakte reclame voor de gratis koffie in de Sweetbriar. Randolph trok hem uit haar hand en begon meteen bevelen en dreigementen te uiten.

'GA DIRECT WEG! DIT IS POLITIECOMMANDANT PETER RANDOLPH! IK BEVEEL U ONMIDDELLIJK WEG TE GAAN. LEG NEER WAT U BIJ ZICH HEBT EN GA NU WEG! ALS U NEERLEGT WAT U BIJ ZICH HEBT EN NU WEGGAAT, WORDT U MISSCHIEN NIET VERVOLGD!'

Rose keek Barbie ontzet aan. Hij haalde zijn schouders op. Het deed er niet toe. De menigte was al tot bedaren gekomen. De politieagenten die nog op de been waren – zelfs Carter Thibodeau, wankelend maar op de been – dirigeerden mensen naar buiten. Als de 'klanten' hun volle mandjes niet wilden neerzetten, sloegen de agenten hen tegen de vlakte, en Frank DeLesseps gooide een volle winkelwagen om. Zijn gezicht was bleek en hij keek grimmig en woedend.

'Kun je die jongens daar niet mee laten ophouden?' vroeg Julia aan Randolph.

'Nee, mevrouw Shumway, dat doe ik niet,' zei Randolph. 'Die mensen zijn plunderaars en ze worden als zodanig behandeld.'

'Wiens schuld is dat? Wie heeft de supermarkt gesloten?'

'Uit de weg,' zei Randolph. 'Ik heb werk te doen.'

'Jammer dat je hier niet was toen ze inbraken,' merkte Barbie op.

Randolph keek hem onvriendelijk en toch tevreden aan. Barbie zuchtte. Ergens tikte een klok. Hij wist het, en Randolph wist het ook. Straks ging de wekker af. Als de Koepel er niet was geweest, zou hij vluchten. Maar dan zou er natuurlijk ook niets van dit alles gebeurd zijn.

Voor in de winkel probeerde Mel Searles het volle boodschappenmandje van Al Timmons af te pakken. Al wilde het niet afstaan, Mel rukte het weg en duwde de oude man toen ondersteboven. Al gaf een schreeuw van pijn, schaamte en verontwaardiging. Commandant Randolph lachte. Het was een kort, schamper, vreugdeloos geluid – *Hauw! Hauw! Hauw!* – en Barbie meende daarin te horen waartoe Chester's Mill binnen korte tijd zou vervallen, als de Koepel niet wegging.

'Kom, dames,' zei hij. 'Laten we hier weggaan.'

13

Toen Barbie, Julia en Rose naar buiten kwamen, waren Rusty en Twitch bezig de gewonden – ongeveer tien in totaal – op een rij te zetten langs de zijmuur van de supermarkt. Anson stond bij de auto van de Sweetbriar en hield een papieren handdoek tegen zijn bloedende arm.

Rusty's gezicht stond grimmig, maar toen hij Barbie zag, klaarde hij een beetje op. 'Hé, je kunt me vanmorgen helpen. Je bent mijn nieuwe verpleegkundige.'

'Nu overschat je me schromelijk,' zei Barbie, maar hij liep naar Rusty toe.

Linda Everett rende langs hem heen en wierp zich in Rusty's armen. Hij omhelsde haar even. 'Kan ik helpen, schat?' vroeg ze. Ze keek met afgrijzen naar Ginny. Ginny zag die blik en deed vermoeid haar ogen dicht.

'Nee,' zei Rusty. 'Doe jij wat je moet doen. Ik heb Gina en Harriet, en ik heb broeder Barbara.'

'Ik zal doen wat ik kan,' zei Barbie, en hij voegde er bijna aan toe: *totdat ik word gearresteerd.*

'Je redt het wel,' zei Rusty. Met gedempte stem voegde hij eraan toe: 'Gina en Harriet doen hun uiterste best, maar als het verder gaat dan pillen uitdelen en pleisters opplakken, weten ze zich niet goed raad.'

Linda boog zich naar Ginny toe. 'Het spijt me zo,' zei ze.

'Het geeft niet,' zei Ginny, maar ze deed haar ogen niet open.

Linda gaf haar man een kus en keek hem zorgelijk aan. Toen liep ze naar Jackie Wettington, die met een notitieboekje in haar hand stond en de verklaring van Ernie Calvert opnam. Ernie veegde onder het praten steeds over zijn ogen.

Rusty en Barbie werkten meer dan een uur zij aan zij, terwijl de politieagenten een geel afzettingslint voor de supermarkt langs spanden. Op een gegeven moment kwam Andy Sanders de schade inspecteren. Hij klakte

met zijn tong en schudde zijn hoofd. Barbie hoorde hem aan iemand vragen hoe het verder moest in een wereld waarin gewone mensen uit het dorp tot zulke dingen in staat waren. Hij gaf ook commandant Randolph een hand en zei tegen hem dat hij verdomd goed werk leverde.
Verdómd goed.

14

Als je het vóélt, verdwijnen de tegenvallers. Het conflict wordt je vriend. Pech slaat om in gigantisch geluk. Je accepteert die dingen niet met dankbaarheid (een emotie voor watjes en sukkels, vindt Grote Jim Rennie) maar als iets wat vanzelfsprekend is. Als je het vóélt, is het alsof je door vleugelen wordt gedragen, en dan moet je (nogmaals volgens Grote Jim Rennie) statig voortschrijden.

Als hij een beetje later of een beetje eerder uit de grote oude Rennie-villa aan Mill Street was gekomen, zou hij niet hebben gezien wat hij nu zag en zou hij op een heel andere manier met Brenda Perkins hebben afgerekend. Maar hij kwam precies op het juiste moment naar buiten. Zo ging dat als je het vóélde: de verdediging van de tegenpartij stortte in, je vloog door de magische opening die je had gecreëerd en legde de bal met gemak in de basket.

De gescandeerde kreten van *'Doe ó-pen! Doe ó-pen!'* hadden hem uit zijn werkkamer gehaald, waar hij notities had gemaakt voor wat hij het Rampbestuur wilde noemen... waarin de opgewekte, grijnzende Andy Sanders natuurlijk officieel de leiding zou hebben en Grote Jim de macht achter de troon zou zijn. Het grootste deel van Chester's Mill wist dat hij een idioot was, maar dat deed er niet toe. Je kon keer op keer hetzelfde spel met mensen spelen, want achtennegentig procent van hen was een nog grotere idioot. En hoewel Grote Jim nooit plannen had gehad voor een politieke campagne op zo'n grote schaal – het kwam neer op een gemeentedictatuur – twijfelde hij er niet aan dat het zou werken.

Hij had Brenda Perkins niet op zijn lijst van mogelijke complicerende factoren opgenomen, maar dat maakte niet uit. Als je het vóélde, hadden complicerende factoren de neiging te verdwijnen. Dat vond je ook vanzelfsprekend.

Hij liep over het trottoir naar de hoek van Mill Street en Main Street, een afstand van niet meer dan honderd stappen, en zijn buik bungelde gemoedelijk voor hem uit. Het dorpsplantsoen lag aan de overkant. Een eindje de helling af, aan de overkant van de straat, stonden het gemeentehuis en het politiebureau, met het oorlogsmonument ertussenin.

Vanaf de hoek kon hij de Food City niet zien, maar hij zag wel alle winkels aan Main Street. En hij zag Julia Shumway. Ze kwam haastig uit het kantoor van *The Democrat* gelopen, met een camera in haar hand. Ze draafde door de straat naar de scanderende menigte toe en probeerde onder het lopen de camera aan haar schouder te hangen. Grote Jim keek naar haar. Eigenlijk was het vreemd dat ze zo'n haast maakte om bij de nieuwste ramp te komen.

Het werd nog vreemder. Ze bleef staan, draaide zich om, draafde terug, probeerde de deur van het krantenkantoor, merkte dat hij open was en deed hem op slot. Toen liep ze weer weg. Blijkbaar wilde ze zo gauw mogelijk zien hoe erg haar vrienden en buren zich misdroegen.

Ze beseft voor het eerst dat als het beest uit zijn kooi is, het iedereen overal kan bijten, dacht Grote Jim. *Maar maak je geen zorgen, Julia – ik zal voor je zorgen, zoals ik altijd heb gedaan. Misschien moet je dat irritante krantenvod van je een toontje lager laten zingen, maar dat is je veiligheid je toch wel waard?*

Natuurlijk wel. En als ze koppig was...

'Soms gebeuren er dingen,' zei Grote Jim. Hij stond glimlachend en met zijn handen in zijn zakken op de hoek. En toen hij de eerste kreten hoorde... het geluid van brekend glas... de schoten... werd zijn glimlach breder. *Soms gebeuren er dingen...* Zo zou Junior het niet precies stellen, maar Grote Jim vond dat het er dicht genoeg bij kw...

Zijn glimlach veranderde in een frons toen hij Brenda Perkins zag. De meeste mensen in Main Street waren op weg naar de Food City om te kijken wat dat toch allemaal voor tumult was, maar Brenda liep de andere kant op. Misschien zelfs naar Rennies huis... en dat zou betekenen dat ze niets goeds van plan was.

Wat zou ze met me willen bespreken? Wat kon er nou belangrijker zijn dan voedselrellen bij de plaatselijke supermarkt?

Het was heel goed mogelijk dat Brenda helemaal niet aan hem dacht, maar zijn radar liet pingtonen horen en hij sloeg haar aandachtig gade.

Julia en zij passeerden elkaar aan weerszijden van de straat. Ze zagen elkaar niet. Julia probeerde te rennen terwijl ze ook nog met haar camera bezig was. Brenda keek naar het rommelige rode gebouw van warenhuis Burpee. Ze had een canvas draagtas die op kniehoogte heen en weer zwaaide.

Toen ze bij het warenhuis was aangekomen, probeerde Brenda de deur open te maken, maar dat lukte niet. Toen ging ze een stap achteruit en keek om zich heen zoals mensen doen als ze op een onverwacht obstakel zijn gestuit en zich afvragen wat ze nu moeten doen. Ze zou Julia Shumway misschien alsnog hebben gezien als ze achter zich had gekeken, maar dat deed ze niet. Brenda keek naar links en rechts en toen naar de overkant van Main Street, naar het kantoor van *The Democrat*.

Na nog een blik op het warenhuis stak ze over naar *The Democrat* en probeerde die deur. Die zat natuurlijk op slot; Grote Jim had Julia hem op slot zien doen. Brenda probeerde het opnieuw, rammelde voor de goede orde aan de knop. Ze klopte aan. Tuurde naar binnen. Toen ging ze een paar stappen achteruit, haar handen op haar heupen, haar draagtas bungelend. Toen ze weer door Main Street liep – sjokkend en nu zonder om zich heen te kijken – liep Grote Jim vlug naar zijn huis terug. Hij wist niet waarom hij ervoor wilde zorgen dat Brenda hem niet zag kijken... maar hij hoefde dat ook niet te weten. Als je het vóélde, ging je op je instinct af. Dat was het mooie ervan.

Hij wist wél dat als Brenda op zijn deur klopte, hij klaar voor haar zou zijn. Ongeacht het doel van haar bezoek.

15

Ik wil dat je de uitdraai morgenvroeg naar Julia Shumway brengt, had Barbie tegen haar gezegd. Maar het kantoor van *The Democrat* zat op slot en het was daar donker. Julia was bijna zeker bij de ongeregeldheden bij de supermarkt, bij wat dat ook maar voor ongeregeldheden waren. Pete Freeman en Tony Guay zouden daar ook wel zijn.

Wat moest ze nu met de DARTH VADER-gegevens van Howie doen? Als er een brievenbus in de deur had gezeten, had ze de bruine envelop er met draagtas en al doorheen kunnen steken. Alleen was er geen brievenbus.

Brenda overwoog of ze Julia bij de supermarkt moest zoeken of thuis zou wachten tot de gemoederen tot bedaren waren gekomen en Julia weer terug op kantoor was. Omdat ze niet in een erg logische stemming was, spraken geen van beide keuzen haar aan. Wat het eerste betrof; zo te horen waren er grote onlusten uitgebroken bij de Food City, en Brenda wilde daar niet door meegesleept worden. En wat het laatste betrof...

Dat was duidelijk de betere keuze. De verstandigste keuze. Was 'Geduld is een schone zaak' niet een van Howies favoriete gezegden?

Maar geduld was nooit Brenda's sterkste punt geweest, en haar moeder had ook een gezegde gehad: 'Stel niet uit tot later.' Daar wilde ze zich nu aan houden. Ze wilde de confrontatie met hem aangaan, zijn geraaskal aanhoren, zijn ontkenningen, zijn smoezen, en hem dan voor de keuze stellen: ontslag nemen ten gunste van Dale Barbara of het hele verhaal van zijn smerige zaakjes in *The Democrat* lezen. Die confrontatie was voor haar een bittere pil, en een bittere pil moest je zo snel mogelijk doorslikken, en daarna moest je je mond spoelen. Ze was van plan die van haar te spoelen met een dubbele whisky, en daarmee zou ze niet wachten tot het middag was.

Alleen...

Ga niet alleen. Dat had Barbie ook gezegd. En toen hij had gevraagd wie ze nog meer vertrouwde, had ze Romeo Burpee genoemd. Maar Burpee was ook gesloten. Wat bleef er dan over?

De vraag was: zou Grote Jim haar kwaad berokkenen of niet? Brenda dacht dat het antwoord nee was. Ze geloofde dat ze in fysiek opzicht niets van Grote Jim te duchten had, al maakte Barbie zich zorgen – zorgen die natuurlijk ook voortkwamen uit zijn oorlogservaringen. Dat was een vreselijke misrekening van haar kant, maar het was begrijpelijk; ze was niet de enige die zich vastklampte aan het idee dat de wereld nog was zoals hij was geweest voordat de Koepel naar beneden kwam.

16

Zo bleef het probleem van het DARTH VADER-dossier nog steeds onopgelost.

Brenda mocht dan banger voor de tong van Grote Jim dan voor lichamelijk letsel zijn, ze wist dat het krankzinnig zou zijn om met die map in haar hand bij hem op de stoep te gaan staan. Hij zou hem haar misschien zelfs afpakken als ze zei dat het niet het enige exemplaar was. Dáár achtte ze hem niet te goed voor.

Halverwege Town Common Hill kwam ze bij Prestile Street, die langs het uiteinde van het plantsoen leidde. Het eerste huis was van de McCains. Het volgende was van Andrea Grinnell. En hoewel Andrea bijna altijd werd overschaduwd door haar mannelijke collega's in het gemeentebestuur, wist Brenda dat ze eerlijk was en niets van Grote Jim moest hebben. Vreemd genoeg had Andrea meer ontzag voor Andy Sanders, al was het Brenda een raadsel waarom iemand hém serieus zou nemen.

Misschien heeft hij macht over haar, zei Howies stem in haar hoofd.

Brenda moest bijna lachen. Dat was idioot. Het was vooral een belangrijk aspect van Andrea dat ze een Twitchell was geweest voordat ze met Tommy Grinnell trouwde, en Twitchells waren taai, zelfs als ze verlegen waren. Brenda dacht dat ze de envelop met de DARTH VADER-gegevens bij Andrea kon achterlaten – mits er bij háár iemand thuis was en de deur niet op slot zat. Ze dacht dat Andrea wel thuis zou zijn. Had ze niet van iemand gehoord dat Andrea griep had?

Brenda stak Main Street over en repeteerde in haar hoofd wat ze zou zeggen: *Wil je dit voor me bewaren? Ik ben over ongeveer een halfuur terug. Als ik het niét kom halen, geef het dan aan Julia van de krant. En zorg er ook voor dat Dale Barbara het weet.*

En als haar werd gevraagd waar dat mysterieuze gedoe goed voor was? Brenda besloot dan eerlijk antwoord te geven. Het nieuws dat ze van plan was Jim Rennie tot ontslagname te dwingen zou Andrea waarschijnlijk meer goed doen dan welk medicijn tegen de griep ook.

Hoewel ze haar vervelende boodschap erg graag achter de rug wilde hebben, bleef Brenda even voor het huis van de McCains staan. Het zag er verlaten uit, maar dat was niets bijzonders – veel gezinnen waren buiten de gemeente geweest toen de Koepel naar beneden kwam. Maar er was iets anders. Een vage geur, alsof er binnen voedsel aan het bederven was. Plotseling voelde de lucht warmer en benauwder aan en leken de geluiden van wat het ook maar was dat er bij de Food City gebeurde haar ver weg. Brenda besefte waar het op neerkwam: ze voelde zich bekeken. Ze vond dat die ramen met de gordijnen ervoor net gesloten ogen leken. Maar niet helemaal gesloten. *Loerende ogen.*

Zet het van je af, mens. Je hebt dingen te doen.

Ze liep door naar Andrea's huis en bleef nog een keer staan om achterom te kijken. Ze zag alleen een huis met dichte gordijnen dat daar somber stond, in de vage stank van rottende levensmiddelen. Alleen vlees kon in zo korte tijd zo vies ruiken. Henry en LaDonna hadden waarschijnlijk een heleboel vlees in hun vriezer, dacht ze.

17

Het was Junior die naar Brenda keek, Junior op zijn knieën, Junior met alleen zijn onderbroek aan en met een vlammende pijn in zijn hoofd. Hij keek vanuit de huiskamer, gluurde om een gordijn heen. Toen ze weg was, liep hij naar de provisiekast terug. Hij zou zijn vriendinnen binnenkort moeten opgeven, maar op dit moment hield hij van ze. En hij hield van de duisternis. Hij hield zelfs van de stank die van hun zwart uitgeslagen huid opsteeg. Alles, alles was goed wat de ondraaglijke pijn in zijn hoofd kon verlichten.

18

Na drie pogingen met de ouderwetse trekbel besloot Brenda toch maar naar huis te gaan. Ze draaide zich net om toen ze langzame, schuifelende voetstappen naar de deur hoorde komen. Ze zette meteen een glimlach op van *hallo, buurvrouw*. Die glimlach verstijfde toen ze Andrea zag: bleke wangen, wallen onder haar ogen, haar haar in de war, gekleed in een pyjama en daarover een ochtendjas met strakgetrokken ceintuur. En dit huis stonk ook – niet naar rottend vlees, maar naar braaksel.

Andrea's glimlach was zo flets als haar wangen en voorhoofd. 'Ik weet hoe ik eruitzie,' zei ze schor. 'Ik vraag je maar niet om binnen te komen. Ik ben aan de beterende hand, maar misschien ben ik nog besmettelijk.'

'Ben je bij dokter...' Maar nee, natuurlijk niet. Dokter Haskell was dood. 'Ben je bij Rusty Everett geweest?'

'Ja,' zei Andrea. 'Het komt allemaal wel goed, zegt hij.'

'Je zweet.'

'Nog een tikje koorts, maar het is bijna weg. Kan ik je met iets helpen, Bren?'

Ze zei bijna nee – ze wilde een vrouw die duidelijk nog ziek was niet opzadelen met een verantwoordelijkheid zoals ze in haar draagtas had –, maar toen zei Andrea iets wat haar van gedachten deed veranderen. Grote gebeurtenissen worden vaak door kleine radertjes op gang gebracht.

'Ik vind het zo erg van Howie. Ik was gek op die man.'

'Dank je, Andrea.' *Niet alleen voor je medeleven, maar ook omdat je hem Howie noemt in plaats van Duke.*

Voor Brenda was hij altijd Howie geweest, haar lieve Howie, en het DARTH VADER-bestand was zijn laatste werk geweest. Waarschijnlijk zijn belangrijkste werk. Brenda besloot plotseling er iets mee te doen, en wel zonder uitstel. Ze stak haar hand in de draagtas en haalde er de bruine envelop met Julia's naam op de voorkant uit. 'Wil je dit voor me bewaren? Eventjes maar? Ik moet een boodschap doen, en ik wil het niet bij me hebben.'

Brenda was bereid alle vragen te beantwoorden die Andrea zou stellen, maar blijkbaar had Andrea geen vragen. Ze pakte de dikke envelop met nonchalante beleefdheid aan. En dat was fijn. Het bespaarde tijd. Bovendien bleef Andrea er nu buiten en zou ze er later misschien geen politieke schade door ondervinden.

'Geen probleem,' zei Andrea. 'En nu... Als je me wilt excuseren... Ik denk dat ik maar weer ga liggen. Maar ik ga niet slapen!' voegde ze eraan toe, alsof Brenda bezwaar maakte. 'Ik hoor je wel als je terugkomt!'

'Dank je,' zei Brenda. 'Drink je sap?'

'Liters. Haast je niet, meid... Ik pas wel op je envelop.'

Brenda wilde haar nog een keer bedanken, maar de tweede wethouder van Chester's Mill had de deur al dichtgedaan.

19

Aan het eind van haar gesprekje met Brenda was Andrea's maag in beroering gekomen. Ze vocht ertegen, maar dat gevecht zou ze verliezen. Ze zei nog iets over het drinken van sap, zei tegen Brenda dat ze zich niet hoefde te haasten, gooide toen de deur voor de arme vrouw dicht en rende naar haar stinkende badkamer, onder het maken van schorre *urk-urk*-geluiden diep in haar keel.

Er stond een bijzettafeltje aan het eind van de bank in de huiskamer, en in het voorbijgaan gooide ze de bruine envelop daar blindelings op. De envelop gleed over het gladde oppervlak en viel er aan de andere kant af om in de donkere ruimte tussen het tafeltje en de bank te verdwijnen.

Andrea bereikte de badkamer maar niet het toilet... en dat was maar goed ook. De toiletpot zat bijna helemaal vol met de stilstaande, stinkende drab die tijdens de eindeloze nacht uit haar lichaam was gekomen. In plaats daarvan boog ze zich over de wastafel en kokhalsde tot het leek of haar hele slokdarm eruit zou komen en op het bespatte porselein zou smakken, nog warm en pulserend.

Dat gebeurde niet, maar de wereld werd wel grijs en balanceerde op hoge hakken bij haar vandaan, steeds kleiner en minder tastbaar, en intussen stond ze te zwaaien op haar benen en deed ze haar best om niet flauw te vallen. Toen ze zich wat beter voelde, liep ze langzaam op elastieken benen door de gang en liet daarbij haar hand over het hout glijden om in evenwicht te blijven. Ze huiverde en hoorde het nerveuze geklapper van haar tanden, een afschuwelijk geluid dat ze niet met haar oren maar met de achterkant van haar ogen leek te registreren.

Ze probeerde niet eens haar slaapkamer op de bovenverdieping te bereiken, en ging naar de afgeschermde achterveranda. Zo laat in oktober zou het op die veranda eigenlijk te koud moeten zijn, maar vandaag was het benauwend warm. Ze ging niet zozeer op de oude chaise longue zitten maar plofte neer in de muffe maar op de een of andere manier ook geruststellende omhelzing van dat meubel.

Ik sta straks weer op, zei ze tegen zichzelf. *Ik haal de laatste fles bronwater uit de koelkast en spoel die vieze smaak uit mijn mo...*

Nu glipten haar gedachten weg. Ze viel in een diepe slaap waaruit zelfs de onrustige bewegingen van haar voeten en handen haar niet konden wekken. Ze had veel dromen. Zo droomde ze van een verschrikkelijke brand waar mensen hoestend en kokhalzend van wegliepen, op zoek naar een plaats waar ze lucht konden vinden die nog koel en schoon was. Ze droomde ook dat Brenda Perkins naar haar deur kwam en haar een envelop gaf. Andrea maakte hem open en er kwam een eindeloze stroom roze OxyContin-pillen uit. Toen ze wakker werd, was het avond en was ze de dromen vergeten.

En het bezoek van Brenda Perkins ook.

20

'Kom in mijn werkkamer,' zei Grote Jim opgewekt. 'Of wil je eerst iets drinken? Ik heb cola, al zal die wel een beetje lauw zijn. Mijn generator heeft het vannacht laten afweten. Geen propaan meer.'

'Jij weet vast wel waar je meer propaan kunt halen,' zei ze.

Hij trok vragend zijn wenkbrauwen op.

'De methamfetamine die je maakt,' zei ze geduldig. 'Ik weet op grond van Howies notities dat je daar grote partijen van aanmaakt. "Duizelingwekkende hoeveelheden", noemt hij het. Daar moet wel veel propaangas voor nodig zijn.'

Nu ze het had gezegd, merkte ze dat al haar nervositeit uit haar weg trok. Ze beleefde er zelfs een zeker kil plezier aan dat er een blos op zijn wangen kwam die zich snel naar zijn voorhoofd uitbreidde.

'Ik weet niet waar je het over hebt. Ik denk dat je verdriet...' Hij zuchtte en spreidde zijn vlezige handen. 'Kom binnen. We praten erover. Dan kan ik je geruststellen.'

Ze glimlachte. Het was een soort openbaring dat ze kón glimlachen, en bovendien stelde ze zich voor dat Howie naar haar keek – waar hij ook maar was. Hij zei ook tegen haar dat ze voorzichtig moest zijn. Dat advies zou ze niet in de wind slaan.

Op het gazon voor Rennies huis stonden twee tuinstoelen tussen de gevallen bladeren. 'Ik vind het hier goed genoeg,' zei ze.

'Ik praat er liever binnen over.'

'Zou je je portret graag op de voorpagina van *The Democrat* willen zien? Want daar kan ik voor zorgen.'

Hij huiverde alsof ze hem had geslagen, en een ogenblik zag ze haat in die diep verzonken varkensoogjes van hem. 'Duke heeft me nooit graag gemogen, en het is alleen maar natuurlijk dat zijn gevoelens zijn overgedragen op...'

'Hij heette Hówie!'

Grote Jim deed zijn handen omhoog alsof hij duidelijk wilde maken dat er met sommige vrouwen niet te praten viel. Hij liep met haar naar de stoelen die op Mill Street uitkeken.

Brenda Perkins praatte bijna een halfuur, en in die tijd kreeg ze het steeds kouder en werd ze steeds woedender. Het methamfetaminelab, met Andy Sanders en – bijna zeker – Lester Coggins als stille vennoten. De gigantische omvang van dat alles. De waarschijnlijke locatie. De distributeurs die informatie hadden verstrekt en in ruil daarvoor niet vervolgd zouden worden. Het geldspoor. De onderneming die zo sterk was uitgebreid dat de plaatselijke apotheker niet meer veilig aan de noodzakelijke ingrediënten kon komen, zodat ze tot import uit het buitenland moesten overgaan.

'Het spul kwam de gemeente binnen in wagens met het opschrift Gideon Bible Society,' zei Brenda. 'Howie vond dat "verrekte slim".'

Grote Jim zat naar de stille straat te kijken. Ze voelde de woede en haat die van hem afstraalden. Het was net de hitte van een stoofschotel.

'Je kunt hier niets van bewijzen,' zei hij ten slotte.

'Dat doet er niet toe als Howies bestand in *The Democrat* verschijnt. Dat is niet de voorgeschreven juridische procedure, maar als iemand kan begrijpen dat je zo'n procedure kunt omzeilen, ben jij het.'

Hij maakte een laatdunkend gebaar. 'O, je hebt vast wel een bestánd,' zei hij, 'maar mijn naam komt nergens op voor.'

'Wel op de papieren van Town Ventures,' zei ze, en Grote Jim schrok op in zijn stoel alsof ze met haar vuist had uitgehaald en hem op zijn slaap had getroffen. 'Town Ventures, gevestigd in Carson City. En van Nevada leidt het geldspoor naar Chongqing City, de farmaceutische hoofdstad van de volksrepubliek China.' Ze glimlachte. 'Je dacht dat je slim was, hè? Zo slim.'

'Waar is dat bestand?'

'Ik heb vanmorgen een uitdraai bij Julia achtergelaten.' Ze zou nooit Andrea's naam noemen. En als hij dacht dat de hoofdredacteur van de krant de gegevens in handen had, zou hij des te sneller toegeven. Andrea daarentegen zou door hemzelf of Andy Sanders onder druk worden gezet.

'Zijn er meer exemplaren?'

'Wat denk je?'

Hij dacht even na en zei toen: 'Ik heb het buiten de gemeente gehouden.'

Ze zei niets.

'Het was in het belang van de gemeente.'

'Je hebt veel voor de gemeente gedaan, Jim. We hebben nog hetzelfde rioolstelsel als in 1960, de Chester Pond is vervuild, de winkels zijn ten dode opgeschreven...' Ze zat nu kaarsrecht en hield de armleuningen van haar stoel omklemd. 'Verrekte zelfingenomen strontkever.'

'Wat wil je?' Hij keek recht voor zich uit naar de lege straat. Er klopte een adertje op zijn slaap.

'Ik wil dat je je ontslag bekendmaakt. Barbie neemt met onmiddellijke ingang de leiding over. De president heeft hem...'

'Ik neem nooit ontslag ten gunste van díé katoenplukker.' Hij keek haar aan. Hij glimlachte. Het was een schokkende glimlach. 'Je hebt niets bij Julia achtergelaten, want Julia is bij de supermarkt om naar de voedselrellen te kijken. Misschien heb je Dukes gegevens ergens achter slot en grendel liggen, maar je hebt geen exemplaar bij iemand achtergelaten. Je hebt Rommie geprobeerd, en toen heb je Julia geprobeerd, en toen ben je hierheen gekomen. Ik zag je door Town Common Hill lopen.'

'Ik had het,' zei ze. 'Ik had het.' En als ze hem vertelde waar ze het had achtergelaten? Dat was dan pech voor Andrea. Ze maakte aanstalten om op te staan. 'Je hebt je kans gehad. Nu ga ik weg.'

'Dat is je tweede vergissing: denken dat je op straat veilig bent. Een lége straat.' Zijn stem klonk bijna vriendelijk, en toen hij haar arm aanraakte, keek ze hem aan. Hij pakte haar gezicht vast. En draaide.

Brenda Perkins hoorde een hard kraakgeluid, als het knappen van een tak die bezweek onder een lading ijs, en ging achter het geluid aan een grote duisternis in. Terwijl ze ging, probeerde ze de naam van haar man te roepen.

21

Grote Jim ging naar binnen en pakte een pet van Jim Rennie's Used Cars uit de kast in de gang. En ook handschoenen. En een pompoen uit de provisiekast. Brenda zat nog in haar tuinstoel, met haar kin op haar borst. Hij keek om zich heen. Niemand. De wereld was van hem. Hij zette de pet op haar hoofd (trok de klep omlaag), trok haar de handschoenen aan en legde de pompoen op haar schoot. Zo kon ze blijven zitten, dacht hij, totdat Junior terugkwam en haar naar de plaats bracht waar ze aan de slagersrekening van Dale Barbara kon worden toegevoegd. Tot dat moment was ze gewoon een van de vele Halloween-stropoppen.

Hij liet haar met de pet op haar hoofd en de pompoen op haar schoot achter en ging naar binnen om op zijn zoon te wachten.

ACHTER DE TRALIES

1

Wethouder Rennie veronderstelde terecht dat niemand Brenda die ochtend naar zijn huis had zien gaan, maar toen ze die ochtend door het dorp liep, was ze wél gezien, en niet door één persoon maar door drie personen, inclusief iemand die ook aan Mill Street woonde. Als Grote Jim dat had geweten, zou hij zich er dan druk om hebben gemaakt? Waarschijnlijk niet. Inmiddels had hij zich zozeer op zijn koers vastgelegd dat hij niet meer terug kon. Misschien zou hij wel even hebben nagedacht (want op zijn eigen manier was hij iemand die over de dingen nadacht) over de overeenkomst tussen moord en chips: het was moeilijk om er na één mee te stoppen.

2

Toen Grote Jim bij de hoek van Mill Street en Main Street kwam, zag hij niet dat er naar hem werd gekeken. Brenda had dat ook niet gezien toen ze door Town Common Hill liep. Degenen die keken, wilden namelijk niet gezien worden. Ze zaten op de overdekte Peace Bridge. Die brug was er zo slecht aan toe dat hij gesloopt zou moeten worden, maar dat was nog niet het ergste. Als Claire McClatchey de sigaretten had gezien, zou ze een rolberoerte hebben gekregen. Misschien wel twee. En ze zou Joe hebben verboden ooit nog met Norrie Calvert om te gaan, zelfs niet als het lot van de hele gemeente daarvan afhing, want Norrie had de sigaretten geleverd – verbogen en verkreukelde Winstons, die ze op een plank in de garage had gevonden. Haar vader was een jaar geleden met roken gestopt, en het pakje was bedekt met een dun laagje stof, maar de sigaretten die erin zaten waren volgens Norrie nog wel goed. Het waren er drie, maar dat was precies het juiste aantal: een voor ieder van hen. Ze zei dat ze het maar moesten zien als een ritueel dat hun geluk zou brengen.

'We roken als indianen die de goden een geslaagde jacht afsmeken. En dan gaan we aan het werk.'

'Klinkt goed,' zei Joe. Hij was altijd al nieuwsgierig naar roken geweest. Hij zag de aantrekkingskracht er niet van in, maar die moest er wel zijn, want er waren nog steeds veel mensen die het deden.

'Welke goden?' vroeg Benny Drake.

'Die mag je zelf uitkiezen,' antwoordde Norrie, en ze keek hem aan alsof hij het domste wezen uit het hele universum was. 'De god God, als je die het liefste hebt.' Ze droeg een verbleekte korte spijkerbroek en een mouwloos roze topje, en haar haar hing weer los om haar smalle gezichtje heen, in plaats van samengebonden te zijn in de gebruikelijke bungelende paardenstaart. Beide jongens vonden dat ze er goed uitzag. Duizelingwekkend mooi, zelfs. 'Zelf bid ik tot Wonder Woman.'

'Wonder Woman is geen godin,' zei Joe. Hij nam een van de oude Winstons en streek hem glad. 'Wonder Woman is een superheld.' Hij dacht even na. 'Misschien een superheld-*ette*.'

'Voor mij is ze een godin,' zei Norrie met een ernst die niet betwist kon worden, laat staan belachelijk gemaakt. Ze streek haar eigen sigaret zorgvuldig recht. Benny liet de zijne zoals hij was; hij vond een verbogen sigaret wel cool. 'Ik heb Wonder Woman-armbandjes gedragen tot ik negen was, maar toen raakte ik ze kwijt. Ik denk dat het kreng van een Yvonne Nedeau ze heeft gestolen.'

Ze streek een lucifer aan en hield hem eerst bij de sigaret van Joe de Vogelverschrikker en toen bij die van Benny. Toen ze haar eigen sigaret wilde aansteken, blies Benny de lucifer uit.

'Waarom deed je dat?' vroeg ze.

'Drie met één lucifer. Dat brengt ongeluk.'

'Gelóóf je dat?'

'Eigenlijk niet,' zei Benny, 'maar vandaag hebben we al het geluk nodig dat we kunnen krijgen.' Hij keek naar de draagtas in het mandje van zijn fiets en nam een trek van de sigaret. Hij inhaleerde een beetje en hoestte de rook toen uit, met tranen in zijn ogen. 'Dat smaakt naar muffe panterpoep!'

'Dat heb je vaak gerookt, hè?' vroeg Joe. Hij nam een trek van zijn sigaret. Hij wilde geen watje zijn, maar hij wilde ook niet hoesten en misschien zelfs overgeven. De rook brandde in zijn keel, maar wel op een soort lekkere manier. Misschien viel er toch wel iets voor te zeggen. Alleen werd hij al een beetje misselijk.

Kalm aan met inhaleren, dacht hij. *Flauwvallen zou bijna net zo on-cool zijn als kotsen.* Of hij zou al moeten flauwvallen op Norrie Calverts schoot. Dat zou juist heel cool zijn.

Norrie tastte in de zak van haar korte broek en haalde de dop van een Verifine-sapfles tevoorschijn. 'Die kunnen we als asbak gebruiken. Ik wil het indiaanse rookritueel doen, maar ik wil niet dat de Peace Bridge in brand vliegt.' Ze sloot haar ogen. Haar lippen bewogen. Haar sigaret zat tussen haar vingers en er kwam een askegel op.

Benny keek Joe aan, haalde zijn schouders op en deed zijn ogen dicht. 'Almachtige generaal Joe, hoort het gebed van uw nederige soldaat Drake...'

Norrie gaf hem een schop zonder haar ogen open te doen.

Joe stond op (een beetje duizelig, maar niet te erg; hij nam nog een trekje toen hij overeind stond) en liep langs hun geparkeerde fietsen naar het plantsoeneind van het overdekte looppad.

'Waar ga je heen?' vroeg Norrie nog steeds met gesloten ogen.

'Ik kan beter bidden als ik naar natuur kijk,' zei Joe, maar eigenlijk wilde hij alleen maar frisse lucht. Niet dat hij zo'n last had van de brandende tabak; daar hield hij eigenlijk wel van. Het waren de andere geuren bij de brug: rottend hout, oude drank en een zure chemische lucht die blijkbaar opsteeg uit de Prestile beneden hen (dat was een lucht, zou Chef tegen hem hebben gezegd, waarvan je kon houden).

Zelfs de buitenlucht was niet zo geweldig. Die lucht had iets oudbakkens en deed Joe denken aan het reisje naar New York dat hij het jaar daarvoor met zijn ouders had gemaakt. In de metro had het ook een beetje zo geroken, vooral laat op de dag, als veel mensen naar huis gingen.

Hij tikte as in zijn hand. Toen hij die as wegblies, zag hij Brenda Perkins de helling op komen.

Even later voelde hij een hand op zijn schouder. Te licht en delicaat om van Benny te kunnen zijn. 'Wie is dat?' vroeg Norrie.

'Ik ken haar van gezicht, niet van naam,' zei hij.

Benny kwam bij hen staan. 'Dat is mevrouw Perkins. De weduwe van de sheriff.'

Norrie gaf hem een por met haar elleboog. 'De politiecommandant, suffie.'

Benny haalde zijn schouders op. 'Ook goed.'

Ze keken naar haar, vooral omdat er niemand anders was om naar te kijken. De rest van het dorp was bij de supermarkt en leverde daar blijkbaar het grootste voedselgevecht van de wereld. De drie kinderen hadden op een afstand poolshoogte genomen, maar niemand hoefde hen over te halen om weg te blijven, gezien het waardevolle apparaatje dat aan hen was toevertrouwd.

Brenda stak Main Street over naar Prestile Street, bleef even voor het huis van de McCains staan en liep toen door naar dat van mevrouw Grinnell.

'Laten we gaan,' zei Benny.

'Dat kunnen we pas doen als zij weg is,' zei Norrie.

Benny haalde zijn schouders op. 'Wat geeft het? Als ze ons ziet, zijn we gewoon een stel kinderen die bij het plantsoen rondhangen. En weet je wat? Waarschijnlijk heeft ze ons niet eens in de gaten, al kijkt ze ons recht in het gezicht. Volwassenen zien kinderen nooit.' Hij dacht daarover na. 'Tenzij het kinderen op een skateboard zijn.'

'Of als ze roken,' voegde Norrie eraan toe. Ze keken alle drie naar hun sigaret.

Joe stak zijn duim in de draagtas die in het metalen mandje stond dat aan het stuur van Benny's Schwinn High Plains-fiets hing. 'Ze hebben ook de neiging kinderen te zien die ergens rondhangen met duur gemeente-eigendom.'

Norrie stak haar sigaret in haar mondhoek. Daardoor leek ze geweldig stoer, geweldig mooi en geweldig volwássen.

De jongens bleven kijken. De weduwe van de politiecommandant praatte nu met mevrouw Grinnell. Het was geen lang gesprek. Mevrouw Perkins had een grote bruine envelop uit haar draagtas gehaald toen ze de trap opkwam, en ze hadden haar die envelop aan mevrouw Grinnell zien geven. Even later gooide mevrouw Grinnell min of meer de deur voor de neus van haar bezoek dicht.

'Goh, dat was onbeschoft,' zei Benny. 'Een week huisarrest.'

Joe en Norrie lachten.

Mevrouw Perkins bleef daar nog even perplex staan en ging toen het trapje af. Ze keek naar het plantsoen, en de drie kinderen stapten instinctief de schaduw van het looppad in. Daardoor verloren ze haar uit het oog, maar Joe vond een opening tussen de houten planken en gluurde erdoor.

'Ze gaat naar Main Street terug,' rapporteerde hij. 'Oké, nu gaat ze de helling op... Nu steekt ze weer over...'

Benny hield een denkbeeldige microfoon omhoog. 'Video op elf.'

Joe negeerde dat. 'Nu gaat ze míjn straat in.' Hij keek Benny en Norrie aan. 'Denk je dat ze met mijn moeder gaat praten?'

'Mill Street is vier blokken lang, gast,' zei Benny. 'Hoe groot is die kans?'

Joe was opgelucht, al zou hij niet weten waarom het zo erg zou zijn als mevrouw Perkins met zijn moeder ging praten. Alleen maakte zijn moeder zich grote zorgen omdat zijn vader het dorp uit was, en Joe zou het verschrikkelijk vinden als ze zich nog meer zorgen ging maken dan nu al het geval was. Ze had hem bijna verboden om deze expeditie te ondernemen. Gelukkig had mevrouw Shumway haar overgehaald, vooral door te zeggen dat Dale Barbara voor deze klus uitdrukkelijk zijn naam had genoemd (een klus die Joe – net als Benny en Norrie – liever 'de missie' noemde).

'Mevrouw McClatchey,' had Julia gezegd. 'Als iemand weet hoe je dit apparaat moet gebruiken, is het volgens Barbie waarschijnlijk uw zoon. Het zou erg belangrijk kunnen zijn.'

Joe was blij geweest toen ze dat zei, maar toen hij het gezicht van zijn moeder zag – zorgelijk, ingevallen – had hij zich weer beroerd gevoeld. Het was nog geen drie dagen geleden dat de Koepel omlaag was gekomen, maar ze was afgevallen. En het gaf hem ook geen goed gevoel dat ze steeds maar de foto van zijn vader in haar handen hield. Het leek wel of ze dacht dat hij was doodgegaan, in plaats van ergens in een motel te zitten, waarschijnlijk met een biertje voor de televisie.

Toch was ze het met mevrouw Shumway eens geweest. 'Hij is inderdaad handig met apparaten. Dat is hij altijd al geweest.' Ze bekeek hem van top tot teen en zuchtte. 'Wanneer ben je zo lang geworden, jongen?'

'Ik weet het niet,' had hij naar waarheid geantwoord.

'Als ik goedvind dat je dit doet, zul je dan voorzichtig zijn?'

'En neem je vrienden mee,' zei Julia.

'Benny en Norrie? Goed.'

'En wees ook een beetje discreet,' had Julia eraan toegevoegd. 'Weet je wat dat betekent, Joe?'

'Ja, mevrouw.'

Het betekende dat hij niet betrapt mocht worden.

3

Brenda verdween tussen de bomen die langs Mill Street stonden. 'Oké,' zei Benny. 'Laten we gaan.' Hij drukte zijn sigaret zorgvuldig uit in de geïmproviseerde asbak en tilde toen de draagtas uit de draadgazen mand van de fiets. In de tas zat de ouderwetse gele geigerteller, die van Barbie naar Rusty en vervolgens naar Julia was gegaan... en ten slotte naar Joe en zijn vrienden.

Joe pakte het sapdeksel en drukte zijn eigen sigaret erin uit. Hij wilde het best nog eens proberen als hij meer tijd had om zich erop te concentreren.

Aan de andere kant was het misschien beter van niet. Hij was verslaafd aan computers, de stripverhalen van Brian K. Vaughan en skateboarden. Misschien was dat wel genoeg.

'Straks komen er mensen langs,' zei hij tegen Benny en Norrie. 'Waarschijnlijk veel mensen, als ze genoeg krijgen van dat gedoe in de supermarkt. We moeten maar hopen dat ze niet op ons letten.'

In gedachten hoorde hij mevrouw Shumway weer tegen zijn moeder zeggen hoe belangrijk dit voor het dorp zou kunnen zijn. Dat hoefde ze hém niet te vertellen. Hij begreep het waarschijnlijk nog beter dan zij.

'Maar als er polítie voorbijkomt...' zei Norrie.

Joe knikte. 'Dan gaat hij weer in de tas. En dan komt de frisbee eruit.'

'Denk je echt dat er onder het plantsoen een soort buitenaardse generator begraven ligt?' vroeg Benny.

'Ik zei dat het zou kúnnen,' antwoordde Joe op scherpere toon dan zijn bedoeling was. 'Alles is mogelijk.'

In werkelijkheid achtte Joe het heel goed mogelijk, ja zelfs waarschijnlijk. Als de Koepel niet bovennatuurlijk was, was hij een krachtveld. Een krachtveld moest worden gegenereerd. Het leek hem eigenlijk wel een duidelijke zaak, maar hij wilde niet dat ze te veel hoop koesterden. En hijzelf moest dat ook niet doen.

'Laten we gaan zoeken,' zei Norrie. Ze dook onder het ingezakte gele afzettingslint van de politie door. 'Ik hoop dat jullie alle twee genoeg hebben gebeden.'

Joe geloofde niet in bidden voor dingen die hij zelf kon doen, maar hij had in stilte wel een kort gebed voor iets anders uitgesproken: dat Norrie Calvert hem een kus zou geven als ze de generator vonden. Een fijne lange kus.

4

Eerder die ochtend had Joe de Vogelverschrikker, toen ze voorafgaand aan hun expeditie in de huiskamer van de McClatcheys bij elkaar zaten, zijn rechtersportschoen en daarna zijn witte sportsok uitgetrokken.

'Met je gok bij mijn sok, oei, wat een schok,' zei Benny opgewekt.

'Hou je kop, sukkel,' zei Joe.

'Je moet je vriend geen sukkel noemen,' zei Claire McClatchey, maar ze keek Benny verwijtend aan.

Norrie voegde daar geen eigen berisping aan toe, maar keek belangstellend naar Joe, die de sok op het kleed van de huiskamer legde en hem gladstreek.

'Dit is Chester's Mill,' zei Joe. 'Dezelfde vorm, nietwaar?'

'Je hebt helemaal gelijk,' beaamde Benny. 'Het is ons lot dat we in een gemeente wonen die op een van Joe McClatcheys sportsokken lijkt.'

'Of op de schoen van het oude vrouwtje,' merkte Norrie op.

'"Er was een oud vrouwtje, dat woonde in een schoen,"' citeerde mevrouw McClatchey. Ze zat op de bank met de foto van haar man op haar schoot, zoals ze ook had gezeten toen mevrouw Shumway aan het eind van de vorige middag met de geigerteller was gekomen. '"Ze had zoveel kroost dat ze niet wist wat te doen."'

'Goed zo, ma,' zei Joe, die zijn best deed om niet te grijnzen. Op school hadden ze een andere versie: *Ze had zoveel kroost en een kut van katoen.*

Hij keek weer naar de sok. 'Nou, heeft een sok een midden?'

Benny en Norrie dachten daarover na. Joe gaf hun de tijd. Het feit dat zo'n vraag hun belangstelling kon wekken was een van de dingen die hij in hen waardeerde.

'Niet zoals een cirkel of een vierkant een midden heeft,' zei Norrie ten slotte. 'Dat zijn geometrische vormen.'

Benny zei: 'Ik denk dat een sok strikt genomen ook een geometrische vorm is, maar ik weet niet hoe je hem zou noemen. Een soktogoon?'

Norrie lachte. Zelfs Claire glimlachte een beetje.

'Op de kaart lijkt Chester's Mill meer op een hexagoon – een zeshoek,' zei Joe, 'maar daar gaat het nu niet om. Gebruik je gezond verstand.'

Norrie wees naar de plaats op de sok waar de voetvormige onderkant in de buisvormige bovenkant overging. 'Daar. Dat is het midden.'

Joe zette daar een stip met zijn pen.

'Ik weet niet of dat er weer uit gaat, meneer,' verzuchtte Claire. 'Maar je hebt toch nieuwe nodig.' En voordat hij de volgende vraag kon stellen, zei ze: 'Op een kaart zou dat ongeveer de plaats zijn waar het plantsoen is. Gaan jullie daar zoeken?'

'Daar gaan we éérst zoeken,' zei Joe, een beetje geërgerd omdat de clou hem was ontnomen.

'Want als er een generator is,' dacht mevrouw McClatchey hardop, 'moet hij wel ergens midden in de gemeente zijn. Of daar zo dicht mogelijk in de buurt.'

Joe knikte.

'Cool, mevrouw McClatchey,' zei Benny. Hij stak zijn hand op. 'Geef me de vijf, moeder van mijn *soul brother.*'

Met een vaag glimlachje, en met de foto van haar man nog in haar hand, gaf Claire hem een high five. Toen zei ze: 'In elk geval is het plantsoen een veilige plaats.' Ze dacht daar even over na en fronste haar wenkbrauwen. 'Tenminste, dat hoop ik, maar wie zal het zeggen?'

'Maakt u zich geen zorgen,' zei Norrie. 'Ik pas wel op ze.'

'Als jullie me maar beloven dat jullie het aan de experts overlaten zodra jullie iets vinden,' zei Claire.

Ma, dacht Joe, *wíj zouden wel eens de experts kunnen zijn.* Maar dat zei hij niet. Hij wist dat ze er dan nog meer moeite mee zou hebben.

'Afgesproken,' zei Benny, en hij hield zijn hand weer omhoog. 'Nog eens vijf, o moeder van...'

Ditmaal hield ze beide handen op de foto. 'Ik hou van je, Benny, maar soms word ik moe van je.'

Hij glimlachte een beetje treurig. 'Mijn moeder zegt precies hetzelfde.'

5

Joe en zijn vrienden liepen de helling af naar de muziektent die midden op het plantsoen stond. Achter hen murmelde de Prestile. Het water stond nu lager, want het riviertje werd ingedamd op de plaats waar het vanuit het noordwesten naar Chester's Mill stroomde. Als de Koepel er de volgende dag nog was, zou er alleen maar een modderpoel overblijven, dacht Joe.

'Oké,' zei Benny. 'Genoeg geklooid. Het wordt tijd dat we Chester's Mill gaan redden. Zet dat ding maar eens aan.'

Voorzichtig (en met grote eerbied) pakte Joe de geigerteller uit de draagtas. De accu daarvan was al heel lang leeg en de polen hadden onder de troep gezeten, maar een beetje zuiveringszout had wel raad geweten met de corrosie, en Norrie had niet één maar zelfs drie batterijen van zes volt in de gereedschapskast van haar vader gevonden. 'Hij is nogal vreemd als het op batterijen aankomt,' had ze hun toevertrouwd, 'en als hij maar doorgaat met proberen te skateboarden, maakt hij een doodsmak, maar ik hou van hem.'

Joe hield zijn duim op de schakelaar en keek hen grimmig aan. 'Weet je, het is best mogelijk dat dit ding nergens een uitslag geeft terwijl er toch een generator is, alleen niet eentje die alfa- of bètastra...'

'Doe het nou!' zei Benny. 'Ik sterf van de spanning.'

'Hij heeft gelijk,' zei Norrie. 'Doe het.'

Nu deed zich iets interessants voor. Ze hadden de geigerteller uitgebreid in en bij Joe's huis getest, en toen deed hij het prima. Toen ze hem bij een oud horloge met een radiumwijzer hielden, was de naald duidelijk in beweging gekomen. Ze hadden het om beurten gedaan. Maar nu ze hier waren – ter plaatse, zou je kunnen zeggen – voelde Joe zich verstijfd. Er stond zweet op zijn voorhoofd. Hij voelde dat het druppels vormde die elk moment naar beneden konden rollen.

Hij zou daar misschien een hele tijd zijn blijven staan als Norrie haar hand niet over de zijne had gelegd. Toen voegde Benny zijn hand daaraan toe. Ten slotte haalden ze met zijn drieën tegelijk de schuifschakelaar over. De naald in het vensterje met CPS sprong meteen naar +5, en Norrie greep Joe's schouder vast. Toen zakte hij naar +2 en ontspande ze haar greep. Ze hadden geen ervaring met stralingtellers, maar ze vermoedden alle drie dat dit een neutrale stand was.

Joe liep langzaam om de muziektent heen en hield de telbuis daarbij voor zich uit aan zijn spiraaldraad, die wel wat op een telefoonsnoer leek. Het energielampje lichtte oranje op en de naald bewoog van tijd tot tijd een klein beetje, maar meestal bleef hij in de buurt van de neutrale stand. De sprongetjes die ze zagen, werden waarschijnlijk veroorzaakt door hun eigen bewegingen. Hij was niet verbaasd – eigenlijk had hij wel geweten dat het niet zo gemakkelijk kon zijn –, maar tegelijk was hij diep teleurgesteld. Het was trouwens wel verbazingwekkend hoe goed teleurstelling en gebrek aan verbazing elkaar aanvulden; ze vormden bijna een identieke tweeling.

'Laat mij eens,' zei Norrie. 'Misschien heb ik meer geluk.'

Hij gaf het apparaatje zonder protest over. Vervolgens liepen ze ongeveer een uur lang kriskras over het plantsoen en hielden ze om beurten de geigerteller vast. Ze zagen een auto Mill Street inrijden, maar zagen Junior Rennie – die zich weer beter voelde – niet achter het stuur zitten. En hij lette ook niet op hen. Een ambulance reed met grote snelheid en met zwaailicht en sirene over Town Common Hill in de richting van Food City. Daar keken ze even naar, maar ze waren weer in hun werk verdiept toen Junior even later terugkwam, ditmaal achter het stuur van zijn vaders Hummer.

Ze gebruikten de frisbee die ze bij wijze van camouflage hadden meegebracht geen enkele keer; daarvoor werden ze te veel door de geigerteller in beslag genomen. En het deed er ook niet toe. Van de dorpsbewoners die naar huis gingen keken maar weinigen naar het plantsoen. Enkelen waren gewond. De meesten hadden ingepikte levensmiddelen bij zich, en sommigen reden met een volle winkelwagen. Bijna allemaal keken ze beschaamd.

Om twaalf uur hadden Joe en zijn vrienden er genoeg van. Ze hadden ook honger. 'Laten we naar mijn huis gaan,' zei Joe. 'Mijn moeder maakt wel iets te eten voor ons.'

'Geweldig,' zei Benny. 'Hopelijk is het tjaptjoi. De tjaptjoi van je moeder is gaaf.'

'Kunnen we eerst door de Peace Bridge gaan en de andere kant proberen?' vroeg Norrie.

Joe haalde zijn schouders op. 'Oké, maar er is daar alleen bos. En het is ook niet meer in het midden.'

'Ja, maar...' Haar stem stierf weg.

'Maar wat?'

'Niets. Het is maar een idee. En waarschijnlijk stom.'

Joe keek Benny aan. Benny haalde zijn schouders op en gaf haar de geigerteller.

Ze liepen naar de Peace Bridge terug en doken onder het ingezakte politielint door. Op het overdekte looppad was het schemerig, maar niet zo schemerig of Joe, die over Norries schouder keek, kon de naald van de geigerteller nog wel zien bewegen toen ze over de helft kwamen. Ze liepen achter elkaar aan om de rottende vloerplanken te ontzien. Toen ze aan de andere kant waren, vertelde een bord hun: U VERLAAT NU HET OPENBARE PLANTSOEN VAN CHESTER'S MILL, INGESTELD IN 1808. Over een helling met eiken, essen en beuken liep een uitgesleten pad omhoog. De herfstbladeren hingen er slapjes bij, niet vurig maar troosteloos.

Toen ze aan het begin van dat pad kwamen, stond de naald van het venstertje met CPS tussen de +5 en de +10. Voorbij de +10 sloeg de meter nog een heel stuk verder uit, naar +500 en zelfs tot +1000. Het bovenste eind van de meter was rood. De naald bleef daar ver en ver onder, maar Joe was er vrij zeker van dat de stand die hij nu had ingenomen een verhoogd niveau aangaf.

Benny keek naar de licht trillende naald, maar Joe keek Norrie aan.

'Waar dacht je aan?' vroeg hij haar. 'Vertel het maar gerust, want zo te zien was het toch niet zo'n stom idee.'

'Nee,' beaamde Benny. Hij tikte op het venstertje met CPS. De naald sloeg uit en viel terug op +7 of +8.

'Ik dacht dat een generator en een zender in feite hetzelfde zijn,' zei Norrie. 'En een zender hoeft niet in het midden te staan, maar wel op een hoge plaats.'

'De toren van WCIK niet,' zei Benny. 'Die staat gewoon in een veld zijn jezusmuziek uit te zenden. Ik heb hem gezien.'

'Ja, maar dat ding is superkrachtig,' zei Norrie. 'Mijn vader zegt dat het er een van honderdduizend watt is of zoiets. Misschien heeft het ding dat wij zoeken een kleiner bereik. Dus toen dacht ik: wat is het hoogste deel van de gemeente?'

'Black Ridge,' zei Joe.

'Black Ridge,' beaamde ze, en ze stak haar kleine vuist omhoog.

Joe liet zijn hand tegen die van haar botsen en wees: 'Die kant op. Drie kilometer. Misschien vijf.' Hij liet de telbuis in die richting wijzen en ze zagen allemaal gefascineerd hoe de naald naar +10 steeg.

'Word ik nou verneukt of hoe zit dat?' zei Benny.

'Misschien als je veertig bent,' zei Norrie. Stoer als altijd... maar ze bloosde. Een beetje.

'Er is een oude boomgaard aan Black Ridge Road,' zei Joe. 'Vandaar kun je de hele gemeente Chester's Mill zien – en de TR-90 ook. Tenminste, dat zegt mijn vader. Daar zou het kunnen zijn. Norrie, je bent een genie.' Hij hoefde toch niet te wachten tot ze hem kuste. Hij kuste haar zelf, al durfde hij niet verder te gaan dan haar mondhoek.

Ze keek blij, maar er zat nog steeds een frons tussen haar ogen. 'Het hoeft niets te betekenen. De naald slaat nog niet helemaal uit. Kunnen we er op onze fietsen heen?'

'Ja!' zei Joe.

'Na het middageten,' voegde Benny eraan toe. Hij beschouwde zichzelf als de meest praktische van het stel.

6

Terwijl Joe, Benny en Norrie in huize McClatchey zaten te eten (het was inderdaad tjaptjoi) en Rusty Everett, geassisteerd door Barbie en de twee tienermeisjes, slachtoffers van de supermarktrellen behandelde in het Cathy Russell, zat Grote Jim Rennie in zijn werkkamer. Hij nam een lijst door en streepte onderdelen daarvan weg.

Hij zag zijn Hummer weer komen aanrijden en streepte nog iets weg: Brenda bij de anderen gelegd. Hij dacht dat hij klaar was – tenminste, zo klaar als hij maar kon zijn. Zelfs wanneer de Koepel die middag verdween, zou hij gedekt zijn.

Junior kwam binnen en liet de sleutels van de Hummer op het bureau van Grote Jim vallen. Hij zag bleek en had dringend een scheerbeurt nodig, maar hij zag er niet meer uit als een levend lijk. Zijn linkeroog was rood maar leek niet ontstoken.

'Alles geregeld, jongen?'

Junior knikte. 'Gaan we naar de gevangenis?' Hij sprak met bijna nonchalante nieuwsgierigheid.

'Nee,' zei Grote Jim. Het idee dat hij naar de gevangenis zou kunnen gaan was geen moment bij hem opgekomen, zelfs niet toen dat wijf van Perkins met haar beschuldigingen naar hem toe was gekomen. Hij glimlachte. 'Maar Dale Barbara wel.'

'Niemand zal geloven dat hij Brenda Perkins heeft vermoord.'

Grote Jim bleef glimlachen. 'Dat zullen ze wél. Ze zijn bang, en dus geloven ze het. Zo werken die dingen.'

'Hoe weet je dat?'

'Omdat ik me in geschiedenis heb verdiept. Dat zou je ook eens moeten proberen.' Het lag op het puntje van zijn tong om aan Junior te vragen waarom hij van de universiteit was vertrokken – was hij gestopt, gesjeesd of hadden ze hem gevraagd te vertrekken? Maar dit was er niet de tijd en de plaats voor. In plaats daarvan vroeg hij zijn zoon of die nog één ding voor hem kon doen.

Junior wreef over zijn slaap. 'Goed. Wie a zegt, moet ook b zeggen.'

'Je hebt er hulp bij nodig. Je zou Frank mee kunnen nemen, maar ik heb liever dat je die jongen van Thibodeau meeneemt, als hij tenminste weer kan lopen. Maar niet Searles. Een beste kerel, maar dom.'

Junior zei niets. Grote Jim vroeg zich weer af wat er met de jongen aan de hand was. Maar wilde hij dat echt weten? Misschien wel als deze crisis voorbij was. Intussen had hij veel ijzers in het vuur en had hij die ijzers binnenkort nodig.

'Wat moet ik doen?'

'Ik wil eerst iets nagaan.' Grote Jim pakte zijn mobieltje op. Telkens wanneer hij dat deed, verwachtte hij dat het ding zo nutteloos was als tieten op een stier, maar het werkte nog steeds. In elk geval voor lokale gesprekken, en daar ging het hem maar om. Hij belde naar het politiebureau. Daar ging het toestel drie keer over voordat Stacey Moggin opnam. Ze klonk gejaagd, helemaal niet zo zakelijk als anders. Dat verbaasde Grote Jim niet, na alle festiviteiten van die ochtend; hij hoorde rumoer op de achtergrond.

'Politie,' zei ze. 'Als dit geen noodgeval is, hangt u dan op en belt u later nog eens. We hebben het vrese...'

'Met Jim Rennie, schat.' Hij wist dat Stacey er de pest aan had om 'schat' genoemd te worden. Daarom deed hij het. 'Geef me de commandant. En vlug wat.'

'Die probeert net een eind te maken aan een vuistgevecht bij de balie,' zei ze. 'Misschien kunt u later terugb...'

'Nee, ik kan niet later terugbellen,' zei Grote Jim. 'Dacht je dat ik zou bellen als het niet belangrijk was? Ga daar nou maar heen, schat, en druk de stroomstok tegen de agressiefste. En stuur dan Pete naar zijn kamer om...'

Ze liet hem niet uitspreken, maar ze zette hem ook niet in de wacht. De telefoon kwam met een klap op het bureau neer. Grote Jim raakte daardoor niet van zijn à propos; als iemand zich aan hem ergerde, wilde hij dat absoluut weten. In de verte hoorde hij iemand een ander een vuile dief noemen. Daar moest hij om glimlachen.

Even later werd hij toch nog in de wacht gezet, zonder dat Stacey de moeite nam hem dat te vertellen. Grote Jim luisterde een tijdje naar McGruff the Crime Dog, het symbool van de misdaadpreventie. Toen werd de telefoon opgenomen. Het was Randolph; hij klonk buiten adem.

'Zeg op, Jim, want het is hier een gekkenhuis. De mensen die niet met gebroken ribben of zoiets naar het ziekenhuis zijn vertrokken, zijn door het dolle heen. Iedereen geeft de schuld aan alle anderen. Ik doe mijn best om niet alle cellen hier beneden vol te krijgen, maar het lijkt wel of de helft erheen wíl.'

'Voel je er inmiddels al wat meer voor om het politiekorps uit te breiden, commandant?'

'Jezus, ja. We hebben een pak slaag gehad. Een van de nieuwe agenten – dat meisje van Roux – ligt nu in het ziekenhuis. De onderste helft van haar gezicht is helemaal kapot. Ze lijkt net de bruid van Frankenstein.'

De glimlach van Grote Jim ging over in een grijns. Sam Verdreaux had gedaan wat er van hem werd verwacht. Natuurlijk was dat ook een kwestie van 'het voelen': als je de bal aan een ander moest doorgeven, die zeldzame keren dat je niet zelf kon schieten, gaf je hem altijd aan de juiste persoon.

'Iemand heeft haar met een steen geraakt. En Mel Searles ook. Hij was een tijdje buiten westen, maar het komt wel goed met hem, geloof ik. Al ziet het er lelijk uit. Ik heb hem naar het ziekenhuis laten brengen om hem te laten oplappen.'

'Nou, dat is dan jammer,' zei Grote Jim.

'Iemand had het op mijn agenten voorzien. Meer dan één persoon, denk ik. Grote Jim, kunnen we echt meer vrijwilligers krijgen?'

'Ik denk dat je genoeg gegadigden kunt vinden onder de voortreffelijke jeugd van onze gemeente,' zei Grote Jim. 'Ik weet wel een aantal leden van de Heilige Verlosser. De jongens van Killian bijvoorbeeld.'

'Jim, die jongens van Killian zijn zo dom als het achtereind van een varken.'

'Weet ik, maar ze zijn sterk en ze volgen bevelen op.' Hij zweeg even. 'En ze kunnen ook schieten.'

'Gaan we de nieuwe politie bewapenen?' Randolph klonk zowel aarzelend als hoopvol.

'Na wat er vandaag is gebeurd? Natuurlijk. Ik dacht aan tien of twaalf goede, betrouwbare jonge mensen om mee te beginnen. Frank en Junior kunnen helpen ze uit te kiezen. En we zullen er nog meer nodig hebben als dit probleem volgende week niet is opgelost. Betaal ze met tegoedbriefjes. Geef ze de eerste keus als we met rantsoeneren beginnen. En ook hun families.'

'Oké. Wil je Junior hierheen sturen? Frank is er, en Thibodeau ook. Hij heeft klappen opgelopen bij de supermarkt en moest het verband op zijn schouder laten vervangen, maar hij kan er weer tegenaan.' Randolph dempte zijn stem. 'Hij zei dat Barbara het verband heeft vervangen. En hij deed het nog goed ook.'

'Dat is heel fijn, maar onze meneer Barbara zal niet lang meer verband vervangen. En voor Junior heb ik ook iets anders in petto. En hetzelfde geldt voor agent Thibodeau. Stuur hem hierheen.'

'Waarvoor?'

'Als je dat moest weten, zou ik het je vertellen. Stuur hem nou maar hierheen. Junior en Frank kunnen later een lijst van mogelijke nieuwe rekruten maken.'

'Nou... Als jij het z...'

Randolph werd onderbroken door nieuw tumult. Er viel iets of er werd met iets gegooid. Iets anders viel met een harde klap kapot.

'*Kappen!*' bulderde Randolph.

Glimlachend hield Grote Jim de telefoon bij zijn oor vandaan. Evengoed kon hij het prima horen.

'*Haal die twee... niet die twee, idioot, die ándere twee... Néé, niet arresteren! Ik wil ze hier hebben! Op hun reet, als ze anders niet willen!*'

Even later zei hij tegen Grote Jim: 'Vertel me nog maar eens waarom ik deze baan wilde, want ik ben het bijna vergeten.'

'Het komt vanzelf wel goed,' zei Grote Jim sussend. 'Je krijgt morgen vijf nieuwkomers – sterke jonge kerels – en donderdag nog eens vijf. Minstens vijf. En stuur nu de jonge Thibodeau hierheen. En zorg ervoor dat de cel helemaal aan het eind beschikbaar is voor een nieuwe bewoner. Meneer Barbara gaat er vanmiddag gebruik van maken.'

'Waarvoor wordt hij gearresteerd?'

'Wat zou je zeggen van vier moorden, plus het aanzetten tot rellen in de supermarkt? Is dat genoeg?'

Hij hing op voordat Randolph antwoord kon geven.

'Wat wil je dat Carter en ik doen?' vroeg Junior.

'Vanmiddag? Eerst een beetje de boel verkennen en plannen. Ik help bij de planning. Dan werken jullie mee aan de arrestatie van Barbara. Daar zul je wel plezier aan beleven.'

'Nou en of.'

'Als Barbara eenmaal achter de tralies zit, moeten Thibodeau en jij maar eens goed gaan eten, want vanavond is er voor jullie echt werk aan de winkel.'

'Wat dan?'

'Het kantoor van *The Democrat* platbranden – wat zeg je daarvan?'

Juniors ogen gingen wijd open. 'Waarom?'

Het was een teleurstelling dat zijn zoon dat moest vragen. 'Omdat het voorlopig niet in het belang van de gemeente is om een krant te hebben. Heb je bezwaar?'

'Pa... Is het ooit bij je opgekomen dat je misschien gek bent?'

Grote Jim knikte. 'Maar niet achterlijk,' zei hij.

7

'Nu ben ik al zo vaak in deze kamer geweest,' zei Ginny Tomlinson met een voor haar onbekende, wazige stem, 'en ik heb nooit gedacht dat ik nog eens zelf op de tafel zou liggen.'

'En al had je het wel gedacht, dan toch niet dat je behandeld zou worden door de kerel die je 's morgens je ontbijt voorzet.' Barbie sprak zo luchtig mogelijk, maar hij was al aan het oplappen en verbinden sinds hij met de eerste ambulancerit in het Cathy Russell-ziekenhuis was aangekomen, en hij was moe. Dat kwam voornamelijk door de stress, dacht hij: hij was doodsbang dat iemand er door zijn toedoen slechter in plaats van beter aan toe zou zijn. Hij zag dezelfde zorg op de gezichten van Gina Buffalino en Harriet Bigelow, en in hun hoofd tikte niet de Jim Rennie-klok die het allemaal erger maakte.

'Ik denk dat het nog wel even duurt voor ik weer een steak kan eten,' zei Ginny.

Rusty had haar neus rechtgezet voordat hij andere patiënten behandelde. Barbie had hem geassisteerd door haar hoofd zo voorzichtig mogelijk vast te houden en bemoedigende woorden te mompelen. Rusty stopte verbandgaas dat met medicinale cocaïne was doordrenkt in haar neusgaten. Hij gaf het verdovende middel tien minuten de tijd (die minuten gebruikte hij om een zwaar verstuikte pols te behandelen en een elastisch verband om de gezwollen knie van een dikke vrouw te leggen), trok de proppen verbandgaas er toen met een pincet uit en pakte een scalpel. De praktijkondersteuner was bijzonder snel. Voordat Barbie tegen Ginny kon zeggen dat ze *wishbone* moest zeggen, had Rusty het heft van de scalpel door het minst geblokkeerde neusgat omhooggestoken, tegen haar tussenschot gezet en als hefboom gebruikt.

Alsof iemand een wieldop loswrikt, had Barbie gedacht, toen hij het zachte maar toch nog heel goed hoorbare kraakgeluid hoorde waarmee Ginny's neus weer enigszins in zijn normale positie kwam. Ze gaf geen schreeuw, maar haar nagels scheurden gaten in het papier op de onderzoekstafel, en de tranen liepen over haar wangen.

Ze was nu weer rustig – Rusty had haar een paar Percocets gegeven –, maar de tranen liepen nog uit haar ene, iets minder gezwollen oog. Beide ogen waren dik en blauw aangelopen. Barbie vond dat ze wel wat weg had van Rocky Balboa na zijn gevecht met Apollo Creed.

'Je moet het van de zonnige kant zien,' zei hij.

'Is die er dan?'

'Absoluut. Het meisje Roux heeft een maand van soep en milkshakes voor de boeg.'

'Georgia? Ik hoorde dat ze een flinke dreun heeft gekregen. Is het heel erg?'

'Ze overleeft het wel, maar het zal wel even duren voordat ze mooi is.'

'Ze zou toch al nooit Miss Appelbloesem worden.' En met gedempte stem: 'Was zij het die zo gilde?'

Barbie knikte. Georgia's gekrijs was in het hele ziekenhuis te horen geweest. 'Rusty heeft haar morfine gegeven, maar het duurde een hele tijd voor ze plat ging. Ze moet wel het gestel van een paard hebben.'

'En het geweten van een alligator,' voegde Ginny er met haar onduidelijke stem aan toe. 'Ik zou niemand toewensen wat haar is overkomen, maar het is nog steeds een verdomd goed argument voor het bestaan van zoiets als karmische vergelding. Hoe lang ben ik hier al? Mijn horloge is kapot.'

Barbie keek op zijn eigen horloge. 'Het is nu halfdrie. Ik denk dat je dus al zo'n vijfenhalf uur op weg naar herstel bent.' Hij draaide met zijn heupen, voelde dat zijn rug kraakte en merkte dat de gewrichten een beetje losser werden. Hij dacht dat Tom Petty gelijk had: *the waiting was the hardest part* – het wachten was het moeilijkste. Hij dacht dat hij zich beter zou voelen als hij in een cel zat. Tenzij hij dood was. Misschien kwam het hun wel goed uit als hij om het leven kwam doordat hij zich tegen arrestatie verzette.

'Waar glimlach je om?' vroeg ze.

'Niets.' Hij hield een pincet omhoog. 'Blijf nu stilliggen en laat me dit doen. Hoe eerder ik begin, des te eerder is het voorbij.'

'Ik zou moeten opstaan om je te helpen.'

'Als je dat probeert, help je jezelf alleen maar buiten westen.'

Ze keek naar het pincet. 'Weet je wat je daarmee moet doen?'

'Nou en of. Ik heb een olympische medaille gewonnen met glas verwijderen.'

'Jij lult nog erger uit je nek dan mijn ex-man.' Ze glimlachte flauwtjes. Barbie nam aan dat ze ondanks de pijnstillers nog steeds pijn had, en hij had respect voor haar.

'Je wordt toch niet een van die lastige verpleegkundigen die in een tiran veranderen als het hun beurt is om behandeld te worden, hè?' vroeg hij.

'Dat was dokter Haskell. Hij kreeg een keer een grote splinter onder zijn duimnagel, en toen Rusty hem eruit wilde halen, zei de Wiz dat hij een specialist wilde.' Ze lachte, huiverde toen, en kreunde.

'Als je je er beter door voelt: de agent die jou een dreun gaf heeft een steen tegen zijn hoofd gekregen.'

'Nog meer karma. Kan hij nog lopen?'

'Ja.' Mel Searles was twee uur geleden met een verband om zijn hoofd het ziekenhuis uitgelopen.

Toen Barbie zich met het pincet naar haar toe boog, draaide ze instinctief haar hoofd weg. Hij draaide het terug en drukte met zijn hand – heel voorzichtig – tegen de wang die het minst gezwollen was.

'Ik weet dat het moet gebeuren,' zei ze. 'Ik ben alleen bang voor mijn ogen.'

'Als je bedenkt hoe hard hij je heeft geslagen, mag je blij zijn dat het glas eromheen zit, en niet erin.'

'Dat weet ik. Maar wil je me geen pijn doen?'

'Oké,' zei hij. 'Je bent binnen de kortste keren weer op de been, Ginny. Ik doe het vlug.'

Hij veegde zijn handen af om er zeker van te zijn dat ze droog waren (hij had geen handschoenen willen aantrekken, want dan had hij minder grip) en boog zich dichter naar haar toe. Er zaten een stuk of vijf splintertjes brillenglas in haar voorhoofd en bij haar ogen, maar hij maakte zich vooral zorgen over een klein dolkje dat net onder de hoek van haar linkeroog zat. Barbie was er zeker van dat Rusty het er zelf zou hebben uitgehaald als hij het had gezien, maar hij had zich op haar neus geconcentreerd.

Doe het vlug, dacht hij. *Hij die aarzelt gaat meestal naar de klote.*

Hij trok het scherfje eruit en liet het in een plastic bakje vallen. Waar de splinter had gezeten welde nu een miniem klein pareltje bloed op. Hij liet zijn adem ontsnappen. 'Oké. De rest stelt niets voor. Een makkie.'

'Ik hoop dat je gelijk hebt,' zei Ginny.

Hij had net de laatste splinter verwijderd toen Rusty de deur van de onderzoekskamer opendeed en tegen Barbie zei dat hij wel een beetje hulp zou kunnen gebruiken. De praktijkassistent had een hoesttablettenblikje in zijn hand.

'Hulp waarmee?'

'Een wandelende aambei,' zei Rusty. 'Die anale etterbuil wil ervandoor met zijn gestolen goed. Onder normale omstandigheden zou ik hem graag het gat van de deur wijzen, maar op dit moment kan ik hem misschien gebruiken.'

'Ginny?' vroeg Barbie. 'Gaat het?'

Ze maakte een wuivend gebaar naar de deur. Hij was daar al aangekomen en liep achter Rusty aan, toen ze riep: 'Hé, Barbie.' Hij draaide zich om en ze wierp hem een kushandje toe.

Barbie ving het op.

8

Er was maar één tandarts in Chester's Mill. Hij heette Joe Boxer en had zijn praktijk aan het eind van Strout Lane, vanwaar je een panoramisch uitzicht op de Prestile en de Peace Bridge had. Dat was mooi, als je rechtop zat, maar de meeste bezoekers van de praktijk bevonden zich in liggende positie en hadden niets anders om naar te kijken dan tientallen foto's van Joe Boxers chihuahua die op het plafond waren geplakt.

'Op een daarvan ziet dat mormel eruit alsof het zit te poepen,' zei Dougie Twitchell na zo'n bezoek aan Rusty. 'Misschien is het gewoon zijn manier van zitten, maar dat geloof ik niet. Ik denk dat ik een halfuur heb liggen kijken naar een vaatdoek met ogen die zat te schijten terwijl de Box twee verstandskiezen uit mijn kaak trok. Met een schroevendraaier; tenminste, zo voelde het wel aan.'

Het bord naast dokter Boxers deur had de vorm van een basketbalbroek voor een reus uit een sprookjesverhaal. Het was opzichtig groen en goudkleurig beschilderd – de kleuren van de Mills Wildcats. Op het bord stond JOSEPH BOXER, TANDARTS. En daaronder: BOXER IS SNEL! En hij wás ook vrij snel, vond iedereen, maar hij erkende geen verzekeringen en accepteerde alleen contant geld. Als een bosarbeider met etterend tandvlees en wangen zo bol als die van een eekhoorn met zijn bek vol noten bij hem kwam binnenlopen en over zijn tandheelkundeverzekering begon, zei Boxer tegen hem dat hij het geld bij zijn verzekeringsmaatschappij moest halen en daarmee bij hem terug moest komen.

Een beetje concurrentie in het dorp zou hem misschien hebben gedwongen zijn draconische beleid te herzien, maar de stuk of vijf tandartsen die zich sinds het begin van de jaren negentig in Chester's Mill hadden gevestigd, hadden het opgegeven. Er werd verteld dat Joe Boxers goede vriend Jim Rennie misschien iets met die concurrentieschaarste te maken had, maar daar was geen bewijs voor. Intussen kon je Boxer elke dag in zijn Porsche zien rondrijden, met op zijn bumpersticker: MIJN ANDERE AUTO IS ÓÓK EEN PORSCHE!

Toen Rusty, gevolgd door Barbie, door de gang kwam, was Boxer op weg naar de buitendeur. Tenminste, dat probeerde hij; Twitch hield hem bij zijn arm vast. Aan de andere arm van dokter Boxer hing een mand met Eggodiepvrieswafels. Verder niets; alleen een heleboel pakjes Eggo. Barbie vroeg zich – niet voor het eerst – af of hij misschien nog steeds in de greppel achter het parkeerterrein van de Dipper lag, tot moes geslagen en ten prooi aan een afschuwelijke, door hersenletsel veroorzaakte droom.

'Ik blijf hier niet!' kefte Boxer. 'Ik moet die dingen naar huis brengen, naar de vriezer! Wat jij voorstelt, heeft toch vrijwel geen kans van slagen, dus blijf van me af.'

Barbie zag de pleister dwars over een van Boxers wenkbrauwen en het verband op zijn rechteronderarm. Blijkbaar had de tandarts heldhaftig voor zijn diepvrieswafels gestreden.

'Zeg tegen die halvegare dat hij met zijn handen van me afblijft,' zei hij toen hij Rusty zag. 'Ik ben behandeld, en nu ga ik naar huis.'

'Nog niet,' zei Rusty. 'Je bent gratis behandeld, en ik verwacht een tegenprestatie.'

Boxer was een klein mannetje, niet meer dan een meter zestig, maar hij richtte zich in zijn volle lengte op en stak zijn borst vooruit. 'Je verwacht maar een eind weg. Ik zie kaakchirurgie – waarvoor de staat Maine me trouwens helemaal geen bevoegdheid heeft gegeven – niet als tegenprestatie voor een beetje verband. Ik werk voor de kost, Everett, en ik verwacht voor mijn werk betaald te krijgen.'

'Je krijgt in de hemel wel betaald,' zei Barbie. 'Zou je vriend Rennie dat niet zeggen?'

'Die heeft hier niets mee te m...'

Barbie kwam een stap dichterbij en keek in de groene plastic winkelmand van Boxer. De woorden EIGENDOM VAN FOOD CITY stonden duidelijk op de handgreep te lezen. Boxer deed vergeefse pogingen de mand weg te trekken.

'Over betaling gesproken: heb je voor die wafels betaald?'

'Doe niet zo belachelijk. Iedereen nam van alles mee. Ik nam alleen maar deze dingen mee.' Hij keek Barbie uitdagend aan. 'Ik heb een erg grote diepvries, en toevallig houd ik van wafels.'

'"Iedereen nam van alles mee": dat lijkt me een zwakke verdediging als je terecht moet staan voor plundering,' zei Barbie vriendelijk.

Boxer kon zich niet nog verder oprichten, en toch lukte hem dat. Zijn gezicht liep zo rood aan dat het bijna paars was. 'Sleep me dan voor de rechter! Wélke rechter? Zaak gesloten! Ha!'

Hij wilde zich weer omdraaien. Barbie stak zijn hand uit en greep hem vast, niet bij zijn arm maar bij de mand. 'Dan zal ik dit maar in beslag nemen, hè?'

'Dat kun je niet maken!'

'O nee? Sleep me maar voor de rechter.' Barbie glimlachte. 'O ja, dat was ik vergeten – welke rechter?'

Dokter Boxer keek hem fel aan, met weggetrokken lippen, zodat de punten van zijn kleine volmaakte tanden te zien waren.

'We warmen die oude wafels wel even op in de kantine,' zei Rusty. 'Hmm! Lekker!'

'Ja, zolang we nog elektriciteit hebben om ze op te warmen,' mompelde Twitch. 'Daarna moeten we ze aan vorken steken en in de verbrandingsoven houden.'

'Dat kunnen jullie niet doen!'

Barbie zei: 'Laat één ding duidelijk zijn: als jij niet doet wat Rusty van je vraagt, laat ik je wafels niet los.'

Chaz Bender, die een pleister op zijn neus en ook een op de zijkant van zijn hals had, lachte. Niet erg vriendelijk. 'Betalen, dokter!' riep hij. 'Dat zeg je toch altijd?'

Boxer richtte zijn woedende blik eerst op Bender en toen op Rusty. 'Wat jij wilt, heeft bijna geen kans van slagen. Dat moet je weten.'

Rusty maakte het hoesttablettenblikje open en hield het hem voor. Er zaten zes tanden in. 'Torie McDonald heeft ze bij de supermarkt opgeraapt.

Ze heeft op haar knieën de plassen van Georgia Roux' bloed af moeten zoeken om ze te vinden. En als jij de eerstkomende dagen wafels bij je ontbijt wilt, dokter, ga je ze in Georgia's hoofd terugzetten.'

'En als ik gewoon wegloop?'

Chaz Bender, de geschiedenisdocent, kwam een stap naar voren. Hij had zijn vuisten gebald. 'In dat geval, mijn geldzuchtige vriend, sla ik je in elkaar op het parkeerterrein.'

'Ik help wel,' zei Twitch.

'Ik help niet,' zei Barbie, 'maar ik kijk toe.'

Er werd gelachen en ook een beetje geapplaudisseerd. Barbie vond het grappig, maar voelde zich ook misselijk.

Boxer liet zijn schouders zakken. Plotseling was hij alleen nog maar een klein mannetje dat verzeild geraakt was in een situatie die boven zijn macht ging. Hij pakte het blikje en keek Rusty aan. 'Een kaakchirurg die onder optimale omstandigheden werkt, zou die tanden misschien terug kunnen zetten, en misschien zouden ze dan zelfs vastgroeien, al zou hij de patiënt geen enkele garantie kunnen geven. Als ik het doe, mag ze blij zijn als ze er een of twee terugkrijgt. De kans is groter dat ze ze in haar luchtpijp krijgt en erin stikt.'

Een potige vrouw met een bos vlammend rood haar duwde Chaz Bender met haar schouder opzij. 'Ik ga bij haar zitten om erop te letten dat dat niet gebeurt. Ik ben haar moeder.'

Dokter Boxer zuchtte. 'Is ze bewusteloos?'

Voordat hij verder kon gaan, stopten twee politiewagens, waaronder de groene commandantswagen, voor het ziekenhuis. Freddy Denton, Junior Rennie, Frank DeLesseps en Carter Thibodeau stapten uit de voorste auto. Commandant Randolph en Jackie Wettington kwamen uit de commandantswagen. Ze waren allemaal gewapend, en toen ze naar de ingang van het ziekenhuis liepen, trokken ze hun wapen.

De kleine menigte die naar de confrontatie met Joe Boxer had gekeken, trok zich nu mompelend terug. Sommigen van hen waren bang dat ze voor diefstal zouden worden gearresteerd.

Barbie keek Rusty Everett aan. 'Kijk naar mij,' zei hij.

'Wat bedoel j...'

'Kijk naar mij!' Barbie deed zijn armen omhoog en draaide ze om beide kanten te laten zien. Toen trok hij zijn T-shirt omhoog en liet eerst zijn platte buik en toen zijn rug zien. 'Zie je sporen? Blauwe plekken?'

'Nee...'

'Zorg ervoor dat zíj dat ook weten,' zei Barbie.

Dat was alles waar hij tijd voor had. Randolph kwam binnen, gevolgd door zijn agenten. 'Dale Barbara? Kom naar voren.'

Voordat Randolph zijn pistool op hem kon richten, gehoorzaamde Barbie. Want er gebeurden nu eenmaal wel eens ongelukken. Soms met opzet.

Barbie zag Rusty verbaasd kijken en hij vond diens argeloosheid innemend. Hij zag Gina Buffalino en Harriet Bigelow met wijd open ogen kijken, maar het grootste deel van zijn aandacht ging uit naar Randolph en zijn helpers. Alle gezichten stonden strak, maar op die van Thibodeau en DeLesseps zag hij een onmiskenbare voldoening. Zij zagen hierin vooral wraak na wat er die avond bij de Dipper was gebeurd. En hun wraak zou zoet zijn.

Rusty ging voor Barbie staan om hem te beschermen.

'Doe dat niet,' mompelde Barbie.

'Rusty, néé,' riep Linda uit.

'Peter?' vroeg Rusty. 'Wat stelt dit voor? Barbie heeft hier geholpen, en hij doet verdomd goed werk.'

Barbie durfde de grote praktijkondersteuner niet opzij te duwen of hem zelfs maar aan te raken. In plaats daarvan bracht hij heel langzaam zijn armen omhoog, met de palmen naar voren.

Toen ze zijn armen omhoog zagen gaan, kwamen Junior en Freddy Denton snel op Barbie af. Junior stootte daarbij tegen Randolph, en de Beretta die de commandant in zijn hand had ging af. Het geluid daverde door de receptie. De kogel boorde zich tien centimeter voor Randolphs rechterschoen in de vloer en maakte een verrassend groot gat. De plotselinge stank van kruit was alarmerend.

Gina en Harriet gilden en renden weg door de hoofdgang. Daarbij sprongen ze soepel over Joe Boxer heen, die over de vloer kroop. Hij had zijn hoofd ingetrokken en zijn anders zo keurige haar hing voor zijn gezicht. Brendan Ellerbee, die voor een enigszins ontzette kaak was behandeld, schopte de tandarts in het voorbijrennen tegen zijn onderarm. Het hoesttablettenblikje vloog uit Boxers hand, kwam tegen de balie en sprong open, zodat de tanden die Torie McDonald zo zorgvuldig had opgeraapt in het rond vlogen.

Junior en Freddy pakten Rusty vast, die zich niet tegen hen verzette. Hij keek verward. Ze duwden hem opzij. Rusty strompelde door de hal en had moeite om overeind te blijven. Linda greep hem vast en ze vielen samen languit op de vloer.

'*Wat krijgen we nou?*' riep Twitch uit. '*Wat krijgen we nou?*'

Enigszins mank lopend kwam Carter Thibodeau op Barbie af. Barbie zag wat er ging gebeuren maar hield zijn handen omhoog. Als hij ze liet zakken, kon dat zijn dood worden, en misschien vielen er dan nog meer doden. Nu er een pistool was afgegaan, was de kans veel groter dat er met andere pistolen werd geschoten.

'Hé, ouwe jongen,' zei Carter. 'Ben jij even druk bezig geweest!' Hij stompte Barbie in zijn buik.

Barbie had dat zien aankomen en zijn spieren gespannen, maar evengoed klapte hij voorover. Die schoft was sterk.

'Hou daarmee op!' riep Rusty. Hij keek nog verward, maar nu ook kwaad. 'Hou daar onmiddellijk mee op!'

Hij wilde opstaan, maar Linda sloeg haar armen om hem heen en hield hem op de vloer. 'Niet doen,' zei ze. 'Niet doen. Hij is gevaarlijk.'

'Wát?' Rusty keek haar ongelovig aan. 'Ben je niet goed snik?'

Barbie hield zijn handen nog omhoog, zodat de agenten ze konden zien. Omdat hij dubbelgeklapt was, leek het net of hij een oosterse buiging maakte.

'Thibodeau,' zei Randolph. 'Hou op. Zo is het genoeg.'

'Stop dat pistool weg, idioot!' riep Rusty naar Randolph. 'Wou je iemand vermoorden?'

Randolph wierp hem een minachtende blik toe en wendde zich toen tot Barbie. 'Ga rechtop staan, jongen.'

Barbie deed het. Het deed pijn, maar het lukte hem. Als hij niet op Thibodeaus stomp voorbereid was geweest, zou hij nu ineengekrompen op de vloer liggen. En zou Randolph dan hebben geprobeerd hem overeind te schoppen? Zouden de andere agenten hebben meegedaan, ondanks de getuigen in de hal, van wie sommigen nu weer kwamen aansluipen om het beter te kunnen zien? Natuurlijk, want ze waren razend. Zo gingen die dingen.

Randolph zei: 'Ik arresteer je voor de moorden op Angela McCain, Dorothy Sanders, Lester A. Coggins en Brenda Perkins.'

Elke naam trof Barbie, maar de laatste trof hem het hardst. Die laatste naam kwam als een vuistslag aan. Die lieve vrouw. Ze was vergeten voorzichtig te zijn. Barbie kon het haar niet kwalijk nemen – ze treurde nog diep om haar man –, maar hij kon het zichzelf kwalijk nemen dat hij haar naar Rennie toe had laten gaan. Dat hij haar had aangemoedigd.

'Wat is er gebeurd?' vroeg hij Randolph. 'Wat hebben jullie in godsnaam gedaan?'

'Alsof je dat niet weet,' zei Freddy Denton.

'Wat ben jij voor een psychopaat?' vroeg Jackie Wettington. Haar gezicht was een verwrongen masker van walging, de ogen klein van woede.

Barbie negeerde hen beiden. Hij keek Randolph aan met zijn handen nog boven zijn hoofd. Ze zouden aan het kleinste excuus genoeg hebben om zich op hem te storten. Zelfs Jackie, die anders altijd zo vriendelijk was, zou meedoen, al zou zij misschien een reden in plaats van een excuus moeten hebben. Of misschien ook niet. Soms knapte er zelfs iets in goede mensen.

'Misschien kan ik beter vragen,' zei hij tegen Randolph, 'wat je Rennie hebt laten doen. Want dit is zijn puinhoop, en dat weet jij. Dit is duidelijk zijn werk.'

'Hou je bek.' Randolph keek Junior aan. 'Doe hem de boeien om.'

Junior stak zijn hand naar Barbie uit, maar voordat hij zelfs maar een pols kon aanraken, deed Barbie zijn handen op zijn rug en draaide zich om. Rusty en Linda Everett lagen nog op de vloer, Linda met haar armen strak om haar man heen.

'Vergeet het niet,' zei Barbie tegen Rusty toen de plastic handboeien omgingen... en toen zo strak werden getrokken dat ze in het weinige vlees boven de muizen van zijn handen sneden.

Rusty stond op. Toen Linda hem wilde tegenhouden, duwde hij haar weg en keek haar aan zoals hij nog nooit eerder had gedaan. Er zat strengheid in die blik, en verwijt, maar ook medelijden. 'Peter,' zei hij, en toen Randolph zich niet wilde omdraaien, verhief hij zijn stem. Hij schreeuwde nu bijna. 'Ik praat tegen jou! Kijk me aan als ik dat doe!'

Randolph keek hem aan. Zijn gezicht was onbewogen als een steen.

'Hij wist dat jullie hier voor hem kwamen.'

'Natuurlijk,' zei Junior. 'Hij mag dan gek zijn, hij is niet dom.'

Rusty ging daar niet op in. 'Hij heeft me zijn armen en zijn gezicht laten zien, heeft zijn shirt omhooggetrokken om me zijn borst en rug te laten zien. Hij heeft geen blauwe plekken, tenzij hij er net een heeft gekregen toen Thibodeau hem stompte.'

Carter zei: 'Drie vrouwen? Drie vrouwen en een dominee? Hij had het verdiend.'

Rusty hield zijn blik op Randolph gevestigd. 'Dit is doorgestoken kaart.'

'Met alle respect, Eric: dit is niet jouw afdeling,' zei Randolph. Hij had zijn pistool in de holster gestoken. Dat was een opluchting.

'Dat klopt,' zei Rusty. 'Ik ben iemand die mensen oplapt, geen politieman of jurist. Ik wil maar zeggen dat als ik de gelegenheid krijg hem nog eens te onderzoeken terwijl hij in jullie hechtenis is, en als hij dan veel schrammen en blauwe plekken heeft, jullie nog niet klaar met mij zijn.'

'En wat wou je dan doen, de beweging voor burgerrechten bellen?' vroeg Frank DeLesseps. Zijn lippen waren wit van woede. 'Je vriend daar heeft vier mensen doodgeslagen. Brenda Perkins' nek was gebroken. Een van de meisjes was mijn verloofde, en ze is seksueel gemolesteerd. Zo te zien niet alleen voor haar dood, maar ook daarna.'

De meeste mensen die na het schot op de vlucht waren geslagen en nu voorzichtig terugkwamen, lieten een zacht gekreun van afgrijzen horen.

'Is dat de man die je verdedigt? Je zou zelf in de gevangenis moeten zitten!'

'Frank, hou je kop!' zei Linda.

Rusty keek Frank DeLesseps aan, de jongen die hij voor pokken en mazelen had behandeld, en voor hoofdluis toen hij die op een zomerkamp had opgedaan, en een gebroken pols toen hij een sliding naar het tweede honk had gemaakt, en ook een keer, toen hij twaalf was, toen hij het lelijk te pakken had van gifsumak. Hij zag erg weinig gelijkenis tussen die jongen en deze man. 'En als ik word opgesloten? Wat dan, Frankie? Als je moeder dan weer eens een galblaasaanval krijgt, zoals vorig jaar? Moet ik haar dan behandelen tijdens het bezoekuur van de gevangenis?'

Frank kwam naar voren. Hij bracht zijn hand omhoog om een klap of een stomp te geven. Junior greep zijn hand vast. 'We krijgen hem nog wel. Maak je geen zorgen. Iedereen die aan Barbies kant staat. Alles op zijn tijd.'

'Kanten?' Rusty klonk nu oprecht verbaasd. 'Waar heb je het over: kanten? Dit is geen footballwedstrijd.'

Junior glimlachte alsof hij een geheim kende.

Rusty keek Linda aan. 'Het zijn jouw collega's, die dat zeggen. Ben je het ermee eens?'

Enkele ogenblikken kon ze hem niet aankijken. Toen deed ze dat met enige moeite toch. 'Ze zijn kwaad, dat is alles, en ik kan het ze niet kwalijk nemen. Ik ben ook kwaad. Vier mensen, Eric – heb je dat niet gehoord? Hij heeft ze vermoord, en hij heeft bijna zeker minstens twee van de vrouwen verkracht. Ik heb geholpen ze bij Bowie uit de lijkwagen te halen. Ik heb de vlekken gezien.'

Rusty schudde zijn hoofd. 'Ik heb net de hele ochtend met hem doorgebracht. Ik heb gezien dat hij mensen hielp, niet dat hij ze kwaad deed.'

'Laat maar,' zei Barbie. 'Hou maar op, Rusty. Dit is niet het mom...'

Junior porde hem in zijn ribben. Hard. 'Je hebt het recht om te zwijgen, klootzak.'

'Hij heeft het gedaan,' zei Linda. Ze stak haar hand naar Rusty uit, zag dat hij hem niet zou vastpakken en liet hem zakken. 'Ze hebben zijn militaire identiteitsplaatjes in Angie McCains hand gevonden.'

Rusty was sprakeloos. Hij kon alleen maar toekijken toen Barbie naar de auto van de commandant werd meegetrokken en op de achterbank werd gezet, zijn handen nog op zijn rug geboeid. Een ogenblik keken Barbies ogen in die van Rusty. Barbie schudde zijn hoofd. Eén keer, maar wel hard en duidelijk.

Toen reden ze met hem weg.

Het werd stil in de hal. Junior en Frank waren met Randolph mee. Carter, Jackie en Freddy Denton liepen naar de andere politiewagen. Linda keek haar man smekend en woedend aan. Toen verdween de woede. Ze liep naar hem toe en bracht haar armen omhoog om door hem omhelsd te worden, al was het maar even.

'Nee,' zei hij.

Ze bleef staan. 'Wat is er met jou aan de hand?'

'Wat is er met jóú aan de hand? Snap je dan niet wat hier zojuist is gebeurd?'

'Rusty, ze had zijn identiteitsplaatjes in haar hand!'

Hij knikte langzaam. 'Dat kwam goed van pas, hè?'

Haar gezicht, dat tegelijk gekwetst en hoopvol had gestaan, verstijfde nu. Ze merkte blijkbaar dat haar armen nog naar hem uitgestoken waren en liet ze zakken.

'Vier mensen,' zei ze. 'Drie bijna onherkenbaar geslagen. Er zijn wel degelijk kanten, en je moet je afvragen aan welke kant je wilt staan.'

'Jij ook, schat,' zei Rusty.

Buiten riep Jackie: 'Linda, kom!'

Rusty besefte opeens dat hij een publiek had en dat veel van hen keer op keer op Jim Rennie hadden gestemd. 'Denk hier goed over na, Lin. En bedenk dan ook voor wie Pete Randolph werkt.'

'Línda!' riep Jackie.

Linda Everett liep met gebogen hoofd weg. Ze keek niet achterom. Rusty kon zich beheersen tot ze in de auto stapte. Toen begon hij te trillen. Hij dacht dat hij zou omvallen als hij niet ging zitten.

Hij voelde een hand op zijn schouder. Het was Twitch. 'Gaat het, baas?'

'Ja.' Alsof het beter werd als hij dat zei. Barbie was door de politie afgevoerd en hij had zijn eerste echte ruzie met zijn vrouw gehad in – hoeveel? – vier jaar. Of zes. Nee, het ging niet.

'Ik heb een vraag,' zei Twitch. 'Als die mensen vermoord zijn, waarom zijn de lijken dan naar het uitvaartbedrijf gebracht en niet hierheen voor sectie? Wie heeft dat besluit genomen?'

Voordat Rusty antwoord kon geven, gingen de lichten uit. De generator van het ziekenhuis was eindelijk door zijn brandstof heen.

9

Nadat ze hen de laatste restjes van haar tjaptjoi had zien opeten (waarin haar laatste restjes gehakt waren verwerkt), gaf Claire de drie kinderen met een gebaar te kennen dat ze tegenover haar in de keuken moesten gaan staan. Ze keek hen ernstig aan en ze keken terug – zo jong en zo angstaanjagend vastbesloten. Toen gaf ze Joe met een zucht zijn rugzak. Benny keek erin en zag drie boterhammen met jam en pindakaas, drie gevulde eieren, drie flesjes ijsthee en zes havermoutkoekjes met rozijnen. Hoewel hij nog vol zat van het middageten, begon hij meteen te stralen. 'Geweldig, mevrouw McC.! U bent een echte...'

Ze sloeg geen acht op hem; al haar aandacht was gericht op Joe. 'Omdat ik begrijp dat dit belangrijk is, ga ik akkoord. Ik wil jullie er zelfs wel heen rijden als jullie...'

'Dat hoeft niet, mam,' zei Joe. 'We fietsen er wel even heen.'

'Het is ook veilig,' voegde Norrie eraan toe. 'Er is bijna niemand op de weg.'

Claire keek haar zoon strak aan: de dodelijke blik van een moeder. 'Maar jullie moeten me twee dingen beloven. Ten eerste dat jullie voor donker thuis zijn... en dan heb ik het niet over het laatste restje schemering, maar als de zon nog boven de horizon staat. Ten tweede: áls jullie iets vinden, zet dan een merkteken op die plaats en laat alles daar volkómen met rust. Ik wil wel geloven dat jullie drieën het meest geschikt zijn om op zoek te gaan naar wat het ook mag zijn, maar als jullie het vinden, moeten volwassenen het overnemen. Beloven jullie dat? Als jullie het niet beloven, moet ik met jullie mee als chaperonne.'

Benny keek aarzelend. 'Ik ben nog nooit over Black Ridge Road gereden, mevrouw McC., maar ik ben er wel langsgekomen. Ik denk niet dat uw Civic, eh, daartegen bestand is.'

'Dan beloven jullie het me, of jullie blijven hier. Nou?'

Joe beloofde het. De twee anderen ook. Norrie sloeg zelfs een kruisje.

Joe hing zijn rugzak om. Claire stopte haar mobiele telefoon erin. 'Verlies hem niet, meneer.'

'Nee, mam.' Joe stond van de ene voet op de andere te wiebelen. Hij wilde zo gauw mogelijk weg.

'Norrie? Kan ik erop rekenen dat jij op de rem trapt als die twee gek worden?'

'Ja, mevrouw,' zei Norrie Calvert, alsof ze op haar skateboard niet al duizend keer de dood of een verminking had geriskeerd (en dat alleen in het

afgelopen jaar). 'Daar kunt u op rekenen.'
'Ik hoop het,' zei ze. 'Ik hoop het.' Claire wreef over haar slapen alsof ze hoofdpijn kreeg.
'Het was een geweldige lunch, mevrouw McC.!' zei Benny, en hij hield zijn hand omhoog. 'Geeft u me de vijf.'
'Lieve help, waar ben ik mee bezig?' zei Claire. Toen gaf ze hem een high five.

10

Achter de balie van het politiebureau, die tot borsthoogte reikte en waar mensen kwamen klagen over dingen als diefstal, vandalisme en de altijd maar blaffende hond van de buren, bevond zich het wachtlokaal. Daar stonden bureaus, kasten en een koffieautomaat met een pinnig bordje: KOFFIE EN DONUTS ZIJN NIET GRATIS. In dit vertrek werden ook de arrestanten ingeschreven. Hier werd Barbie op de foto gezet door Freddy Denton en nam Henry Morrison zijn vingerafdrukken, terwijl Peter Randolph en Denton met getrokken pistool in de buurt stonden.

'Slap. Hou ze slap!' schreeuwde Henry. Dit was niet de man die onder de lunch in de Sweetbriar Rose (altijd een broodje met spek, sla en tomaat en een beetje zuur erbij) graag met Barbie over de rivaliteit tussen de Red Sox en de Yankees had zitten praten. Dit was iemand die eruitzag alsof hij Dale Barbara graag een bloedneus zou slaan. Misschien zelfs graag zijn neus zou afbijten. 'Jij beweegt ze niet. Dat doe ik. Dus hou ze slap!'

Barbie dacht erover om tegen Henry te zeggen dat het moeilijk was om je handen te ontspannen als je zo dicht bij mannen met pistolen stond, vooral wanneer je wist dat die mannen er geen moeite mee hadden om ze te gebruiken. Maar hij hield zijn mond en ontspande zijn handen zo goed mogelijk, zodat Henry de vingerafdrukken kon nemen. En hij was daar niet slecht in, helemaal niet. Onder andere omstandigheden zou Barbie misschien aan Henry hebben gevraagd waarom ze die moeite deden, maar ook daarover hield hij zijn mond.

'Goed,' zei Henry, toen hij vond dat de afdrukken duidelijk waren. 'Breng hem naar beneden. Ik wil mijn handen wassen. Ik voel me vies doordat ik hem heb aangeraakt.'

Jackie en Linda hadden op een afstandje gestaan. Nu Randolph en Denton hun pistolen in de holsters staken en Barbies armen vastgrepen, trokken de twee vrouwen hun eigen wapens. Weliswaar omlaag gericht, maar wel in de aanslag.

'Als het kon, zou ik alles uitkotsen wat jij me ooit te eten hebt gegeven,' zei Henry. 'Ik walg van je.'

'Ik heb het niet gedaan,' zei Barbie. 'Denk nou na, Henry.'

Morrison wendde zich alleen maar af. *Denken is hier vandaag een schaars goed*, dacht Barbie. En dat was natuurlijk precies zoals Rennie het wilde.

'Linda,' zei hij. 'Mevrouw Everett.'

'Praat niet tegen me.' Haar gezicht was zo wit als papier – afgezien van donkerblauwe wallen onder haar ogen. Het leken net kneuzingen.

'Kom op, kerel,' zei Freddy, en hij boorde een knokkel onder in Barbies rug, net boven de nier. 'Uw kamer is gereed.'

11

Joe, Benny en Norrie fietsten in noordelijke richting over Route 119. Het was een zomers warme middag, met een wazige, vochtige lucht. Er stond geen zuchtje wind. Krekels tsjilpten slaperig in het hoge gras aan weerskanten van de weg. De hemel aan de horizon had iets geligs, wat Joe eerst voor wolken aanzag. Toen besefte hij dat het een mengeling van stuifmeel en vervuiling op de Koepel was. Hier bij hen stroomde de Prestile dicht langs de weg. Ze zouden het gekabbel moeten horen van het water dat in zuidoostelijke richting naar Castle Rock stroomde, ongeduldig om zich bij de machtige Androscoggin aan te sluiten, maar ze hoorden alleen de krekels en een paar kraaien die lusteloos in de bomen krasten.

Ze kwamen langs Deep Cut Road en na ongeveer anderhalve kilometer bereikten ze Black Ridge Road. Die was onverhard en had lelijke kuilen, en er stonden twee scheefgezakte, door de vorst omhooggeduwde borden. Op dat aan de linkerkant stond VIERWIELAANDRIJVING AANBEVOLEN. Het bord aan de rechterkant voegde eraan toe: MAX. GEWICHT OP BRUG 4 TON VERBODEN VOOR GROTE VRACHTWAGENS. Beide borden waren doorzeefd met kogels.

'Ik hou van een dorp waar de mensen vaak schietoefeningen doen,' zei Benny. 'Dan hoef ik niet zo bang te zijn voor El Kliyder.'

'Je bedoelt Al Qaida, onbenul,' zei Joe.

Benny schudde zijn hoofd en glimlachte toegeeflijk. 'Ik heb het over El Kliyder, de verschrikkelijke Mexicaanse bandiet die naar het westen van Maine is verhuisd om...'

'Laten we de geigerteller proberen,' zei Norrie, en ze stapte van haar fiets. Hij lag in de draagmand van de High Plains Schwinn van Benny. Ze hadden hem in een paar oude handdoeken uit Claires voddenmand gelegd. Benny haalde hem eruit en gaf hem aan Joe. Het gele apparaat was het felst gekleurde voorwerp in deze wazige omgeving. Benny's glimlach was verdwenen. 'Doe jij het maar. Ik ben te nerveus.'

Joe keek naar de geigerteller en gaf hem toen aan Norrie.

'Bangerik,' zei ze niet onvriendelijk, en ze zette hem aan. De naald zwaaide meteen naar +50. Joe keek ernaar en voelde dat zijn hart plotseling niet meer in zijn borst klopte maar in zijn keel.

'Goh!' zei Benny. 'Het is raak!'

Norrie keek van de naald, die op hetzelfde punt (maar nog steeds een halve wijzerplaat van het rood verwijderd) bleef staan, naar Joe. 'Doorgaan?'

'Natuurlijk,' zei hij.

12

In het politiebureau was de stroom niet uitgevallen – in elk geval nog niet. Over de hele lengte van het souterrain liep een groen betegelde gang, met aan het plafond tl-buizen die een deprimerend strak licht wierpen. Of het nu vroeg in de ochtend of midden in de nacht was, hier scheen altijd het felle licht van de middag. Commandant Randolph en Freddy Denton escorteerden (als je dat woord kon gebruiken wanneer iemands bovenarmen zo stevig werden vastgegrepen) Barbie de trap af. De twee vrouwelijke agenten volgden met getrokken pistool.

Links van de trap lag de archiefruimte. Rechts waren vijf cellen, twee aan elke kant van de gang, en een helemaal aan het eind. De laatste was de kleinste, met een smal bed dat bijna over het stalen toilet zonder bril hing, en naar die cel dirigeerden ze hem.

Op bevel van Pete Randolph – die op zijn beurt bevel van Grote Jim had gekregen – waren zelfs de ergste daders van de supermarktrellen op borgtocht vrijgelaten (waar konden ze heen?), zodat alle cellen geacht werden leeg te zijn. Het was dan ook een verrassing toen Melvin Searles haastig uit nummer 4 kwam gelopen, waar hij op de loer had gestaan. Het verband dat om zijn hoofd was gewonden was omlaaggegleden en hij droeg een zonnebril om twee opzichtige blauwe ogen te verbergen. In zijn ene hand had hij een sportsok met een gewicht in de teen: een zelfgemaakte ploertendoder. Heel even had Barbie de vage indruk dat hij zou worden aangevallen door de Onzichtbare Man.

'Vuilak!' schreeuwde Mel, en hij haalde uit met zijn slagwapen. Barbie dook weg. Het ding vloog over zijn hoofd en trof Freddy Denton op zijn schouder. Freddy gaf een schreeuw en liet Barbie los. Achter hen gilden de vrouwen.

'Rottige móórdenaar! Wie heb je betaald om mijn kop kapot te gooien? Huh?' Mel haalde opnieuw uit en trof ditmaal Barbies linkerbovenarm. Die arm voelde meteen dood aan. Er zat geen zand in die sok, maar een pressepapier. Waarschijnlijk van glas of metaal, maar in ieder geval rond. Als er een rand aan had gezeten, zou hij nu bloeden.

'Rottige rotte rotzak!' brulde Mel, en hij haalde opnieuw uit met de geladen sok. Commandant Randolph sprong achteruit en liet Barbie los. Barbie greep de bovenkant van de sok vast en kromp even ineen toen het gewicht dat erin zat zich om zijn pols sloeg. Hij trok hard en slaagde erin het zelfgemaakte wapen uit Mel Searles' hand te trekken. Tegelijk viel Mels verband als een blinddoek over zijn donkere brillenglazen.

'Stop, stop!' riep Jackie Wettington. 'Hou op, gevangene. Dit is je enige waarschuwing!'

Barbie voelde dat er tussen zijn schouderbladen een kleine koude kring ontstond. Hij kon hem niet zien, maar wist zonder te kijken dat Jackie haar pistool had getrokken. *Als ze op me schiet, komt de kogel daar terecht. En het zou best eens kunnen gebeuren, want in een klein plaatsje, waar bijna nooit grote moeilijkheden voorkomen, zijn zelfs de beroepsmensen amateurs.*

Hij liet de sok vallen. Wat er ook in zat, het viel met een klap op het linoleum. Toen stak hij zijn handen op. 'Ik heb het laten vallen!' riep hij. 'Ik heb het laten vallen! Alsjeblieft, laat je wapen zakken!'

Mel streek het afgegleden verband weg. Het ontrolde zich als de staart van een tulband over zijn rug. Hij trof Barbie twee keer, een keer in zijn middenrif en een keer in de maag. Ditmaal was Barbie er niet op voorbereid, en de lucht explodeerde met een hard PAH-geluid uit zijn longen. Hij klapte dubbel en zakte op zijn knieën. Mel beukte met zijn vuist op zijn nek – of misschien was het Freddy; voor zover Barbie wist, kon het ook de Onbevreesde Leider zelf zijn – en hij ging languit. De wereld werd ijl en vaag. Met uitzondering van een beschadigd stukje linoleum. Dat kon hij heel goed zien. Met adembenemende scherpte zelfs, en waarom ook niet? Het was maar een paar centimeter bij zijn ogen vandaan.

'Stop, stop, *sla hem niet meer!*' De stem kwam van grote afstand, maar Barbie was er vrij zeker van dat het Rusty's vrouw was. '*Hij ligt al. Zien jullie dat dan niet?*'

Voeten schuifelden in een ingewikkeld soort dans om hem heen. Iemand stapte op zijn achterste, struikelde, riep 'Verdomme', en toen werd hij in zijn heup geschopt. Het gebeurde allemaal ver weg. Later zou het misschien pijn doen, maar op dit moment was het niet zo erg.

Handen grepen hem vast en hesen hem overeind. Barbie probeerde zijn hoofd omhoog te brengen, maar over het geheel genomen was het gemakkelijker om het gewoon te laten hangen. Hij werd door de gang naar de achterste cel geduwd en het groene linoleum gleed onder zijn voeten door. Wat had Denton boven gezegd? *Uw kamer is gereed.*

Maar er ligt vast geen pepermuntje op het kussen en ze komen het bed ook niet opmaken, dacht Barbie. En dat kon hem ook niet schelen. Hij wilde alleen maar met rust gelaten worden om zijn wonden te likken.

Buiten de cel zette iemand een schoen tegen zijn achterste om hem vlugger te laten lopen. Hij vloog naar voren en stak zijn rechterarm omhoog om te voorkomen dat hij met zijn gezicht tegen de groene betonnen muur kwakte. Hij wilde zijn linkerarm ook omhoogsteken, maar die was nog verdoofd vanaf de elleboog. Hij slaagde er wel in zijn hoofd te beschermen, en dat was mooi. Hij stuiterde terug, wankelde en zakte weer op zijn knieën, ditmaal naast het bed, alsof hij zat te bidden voordat hij ging slapen. Achter hem werd de celdeur dichtgeschoven op zijn rail.

Barbie zette zijn handen op het bed en hees zich overeind. Zijn linkerarm deed het weer een beetje. Hij draaide zich om en zag Randolph in een soort bokshouding weglopen: de vuisten gebald, het hoofd gebogen. Achter hem maakte Denton de rest van Searles' verband los, terwijl Searles woedend keek (de felheid van zijn blik werd enigszins afgezwakt door de zonnebril, die nu scheef op zijn neus stond). Voorbij de mannelijke agenten, onder aan de trap, stonden de vrouwen. Ze keken allebei even ontzet en verbijsterd. Linda Everetts gezicht was bleker dan ooit, en Barbie meende tranen in haar ooghaartjes te zien glanzen.

Barbie verzamelde al zijn wilskracht en riep naar haar. 'Agent Everett!'

Ze schrok een beetje. Had iemand haar ooit eerder agent Everett genoemd? Misschien schoolkinderen, wanneer ze als klaar-over fungeerde – dat was waarschijnlijk de zwaarste verantwoordelijkheid die ze als parttime agente had gedragen. Tot deze week.

'Agent Everett! Mevrouw! Alstublieft, mevrouw!'

'Kop dicht!' zei Freddy Denton.

Barbie negeerde hem. Hij dacht dat hij wel flauw zou vallen, of in elk geval in een versufte staat zou raken, maar voorlopig hield hij grimmig vol.

'Zeg tegen uw man dat hij de lijken moet onderzoeken! Vooral dat van mevrouw Perkins! Mevrouw, hij móét de lijken onderzoeken! Ze zullen niet in het ziekenhuis zijn! Rennie zal niet willen dat ze...'

Peter Randolph kwam naar voren. Barbie zag dat hij Freddy Dentons riem in zijn handen had, en hij probeerde zijn armen voor zijn gezicht te houden, maar ze waren gewoon te zwaar.

'Nou wil ik niks meer van jou horen,' zei Randolph. Hij stak het traangaspistool tussen de tralies door en haalde de trekker over.

13

Halverwege de roestige Black Ridge Bridge stopte Norrie met haar fiets en keek ze naar de andere kant van de kloof.

'We kunnen beter doorrijden,' zei Joe. 'Zolang het nog kan van het daglicht gebruikmaken.'

'Dat weet ik, maar kijk.' Norrie wees.

Op de andere oever, onder een steile helling en op de halfdroge modder waar de Prestile nog met volle kracht had gestroomd voordat de Koepel hem tegenhield, lagen de kadavers van vier herten: een bok, twee hinden en een jaarling. Ze waren alle vier vrij groot; het was een mooie zomer geweest in Chester's Mill, en ze hadden goed te eten gehad. Joe kon wolken vliegen boven de karkassen zien zwermen, hij hoorde zelfs hun slaapverwekkende gezoem. Het was een geluid dat op een normale dag in het ruisen van het water zou zijn opgegaan.

'Wat is er met ze gebeurd?' vroeg Benny. 'Denk je dat het iets te maken heeft met wat wij zoeken?'

'Als je de straling bedoelt,' zei Joe, 'denk ik niet dat die zo snel werkt.'

'Tenzij het heel sterke straling is,' zei Norrie onbehaaglijk.

Joe wees naar de naald van de geigerteller. 'Misschien wel, maar hier valt het nog wel mee. En ook al zat de naald helemaal in het rood, dan nog geloof ik niet dat zulke grote dieren als herten er in maar drie dagen door zouden omkomen.'

Benny zei: 'Die bok heeft een gebroken poot. Dat kun je van hieruit zien.'

'En ik ben er vrij zeker van dat die ene hinde twéé gebroken poten heeft,' zei Norrie. Ze schermde haar ogen af. 'De voorpoten. Die zijn verwrongen. Zie je?'

Joe vond dat de hinde eruitzag alsof ze was gestorven terwijl ze een moeilijke gymnastische oefening deed.

'Ik denk dat ze zijn gesprongen,' zei Norrie. 'Ze zijn van de oever gesprongen, zoals die rattenbeestjes ook altijd doen.'

'Lemmeren,' zei Benny.

'Lem-míngen, uilskuiken,' zei Joe.

'Waren ze op de vlucht voor iets?' vroeg Norrie. 'Was dat het?'

Geen van beide jongens gaf antwoord. Ze leken allebei jonger dan een week geleden, als kinderen die naar een veel te eng kampvuurverhaal moesten luisteren. Ze stonden met zijn drieën bij hun fietsen, keken naar de dode herten en luisterden naar het monotone zoemen van de vliegen.

'Verdergaan?' vroeg Joe.

'Dat moet wel, denk ik,' zei Norrie. Ze zwaaide haar been over haar fiets en bleef voor het zadel staan.

'Goed,' zei Joe, en hij stapte ook op zijn fiets.

'Ollie,' zei Benny, 'dat is nou al de zoveelste keer dat je me in de narigheid brengt.'

'Huh?'

'Laat maar,' zei Benny. 'Rijden, makker, rijden.'

Aan de overkant van de brug zagen ze dat alle vier herten gebroken poten hadden. De jaarling had ook een verbrijzelde schedel, waarschijnlijk doordat hij was neergekomen op een grote kei die zich onder normale omstandigheden onder water zou hebben bevonden.

'Probeer de geigerteller nog eens,' zei Joe.

Norrie zette hem aan. Ditmaal danste de naald net onder de +75.

14

Pete Randolph diepte een oude cassetterecorder uit een van de bureauladen van Duke Perkins op, probeerde hem en constateerde dat de batterijen nog goed waren. Toen Junior Rennie binnenkwam, drukte Randolph op REC en zette hij de kleine Sony op de hoek van het bureau, waar de jongere man hem kon zien.

Juniors laatste migraineaanval was afgezakt tot een dof gemurmel aan de linkerkant van zijn hoofd, en hij was nu kalm. Zijn vader en hij hadden dit besproken en Junior wist wat hij moest zeggen.

'Het stelt niets voor,' had Grote Jim gezegd. 'Het is een formaliteit.'

En dat was het inderdaad.

'Hoe heb je de lijken gevonden, jongen?' vroeg Randolph terwijl hij naar achteren schommelde op de draaistoel achter het bureau. Hij had Perkins' persoonlijke bezittingen verwijderd en in een archiefkast aan de andere kant van de kamer gelegd. Nu Brenda dood was, kon hij ze wel weggooien, dacht hij. Persoonlijke bezittingen hadden geen waarde als er geen nabestaanden waren.

'Nou,' zei Junior, 'ik kwam terug van patrouille op Route 117. Ik had die hele toestand bij de supermarkt gemist...'

'Wees maar blij,' zei Randolph. 'Dat was een totale klerezooi, als ik het zo mag zeggen. Koffie?'

'Nee, dank u, commandant. Ik heb last van migraine, en koffie maakt het erger.'

'Het is toch al een slechte gewoonte. Niet zo slecht als sigaretten, maar wel slecht. Wist je dat ik heb gerookt tot ik Gered werd?'

'Nee, commandant, dat wist ik niet.' Junior hoopte dat die idioot ophield met ouwehoeren en hem zijn verhaal liet vertellen, dan kon hij weg.

'Ja, door Lester Coggins.' Randolph spreidde zijn handen op zijn borst. 'Volledige onderdompeling in de Prestile. Op dat moment gaf ik mijn hart aan Jezus. Ik ben niet zo'n trouwe kerkganger geweest als sommige anderen, zeker niet zo trouw als je vader, maar dominee Coggins was een goed mens.' Randolph schudde zijn hoofd. 'Dale Barbara heeft veel op zijn geweten. Vooropgesteld dat hij dat heeft.'

'Ja, commandant.'

'Hij moet zich ook voor heel wat verantwoorden. Ik heb hem een dosis traangas gegeven, en dat was nog maar een klein voorschot op wat hem te wachten staat. Goed. Dus je kwam van patrouille terug, en toen?'

'En toen dacht ik dat iemand tegen me had gezegd dat Angies auto in de garage stond. U weet wel, de garage van de McCains.'

'Wie had je dat verteld?'

'Frank?' Junior wreef over zijn slaap. 'Ik geloof dat het misschien Frank was.'

'Ga verder.'

'Nou, ik keek door een van de garageramen, en haar auto stond er inderdaad. Ik liep naar de voordeur en belde aan, maar er deed niemand open. Toen liep ik naar de achterkant van het huis, want ik maakte me zorgen. Er hing... een stank.'

Randolph knikte begrijpend. 'In feite ging je alleen maar je neus achterna. Dat was goed politiewerk, jongen.'

Junior keek Randolph scherp aan. Hij vroeg zich af of het een grap was of een steek onder water, maar in de ogen van de commandant zag hij alleen maar oprechte bewondering. Junior besefte dat zijn vader misschien een helper (het eerste woord dat bij hem opkwam was 'medeplichtige') had gevonden die nog dommer was dan Andy Sanders. Hij had niet eens gedacht dat dat zou kunnen.

'Ga verder. Vertel de rest maar. Ik weet dat dit pijnlijk voor je is. Het is pijnlijk voor ons allemaal.'

'Ja, commandant. In feite is het precies zoals u zei. De achterdeur zat niet op slot en ik volgde mijn neus naar de provisiekast. Ik kon bijna niet geloven wat ik daar vond.'

'Zag je toen ook de militaire identiteitsplaatjes?'

'Ja. Nee. Min of meer. Ik zag dat Angie iets in haar hand had... aan een ketting... maar ik kon niet zien wat het was en ik wilde niets aanraken.' Junior sloeg bescheiden zijn ogen neer. 'Ik weet dat ik maar een groentje ben.'

'Goed gedaan,' zei Randolph. 'Heel goed. Weet je, onder normale omstandigheden zouden we hier een heel forensisch team van het parket krijgen om het bewijs tegen Barbara helemaal rond te maken, maar dit zijn geen normale omstandigheden. Evengoed zou ik zeggen dat we genoeg hebben. Het was stom van hem om die plaatjes achter te laten.'

'Ik nam mijn mobieltje en belde mijn vader. Er was zoveel portofoonverkeer dat ik dacht dat u het hier heel druk had...'

'Druk?' Randolph rolde met zijn ogen. 'Jongen, je weet nog niet de helft. Het was heel goed dat je je vader belde. Hij maakt praktisch deel uit van het politiekorps.'

'Pa sprak twee agenten aan, Fred Denton en Jackie Wettington, en ze gingen naar het huis van de McCains. Linda Everett sloot zich bij ons aan toen Freddy foto's van de plaats van het misdrijf aan het maken was. Toen kwamen Stewart Bowie en zijn broer met hun lijkwagen. Mijn vader vond dat het beste, omdat het in het ziekenhuis zo druk was door de rellen en zo.'

Randolph knikte. 'Zo is het. Help de levenden; berg de doden op. Wie heeft de identiteitsplaatjes gevonden?'

'Jackie. Ze duwde Angies hand met een potlood open en toen vielen ze op de vloer. Freddy maakte foto's van alles.'

'Die komen nog van pas op het proces,' zei Randolph. 'Dat moeten we trouwens zelf doen, als er geen eind aan die toestand met die Koepel komt. Maar we kunnen het. Je weet wat er in de Bijbel staat: met geloof kunnen we bergen verzetten. Hoe laat heb je de lijken gevonden?'

'Om een uur of twaalf.' *Nadat ik eerst de tijd had genomen om afscheid van mijn vriendinnen te nemen.*

'En toen heb je meteen je vader gebeld?'

'Niet meteen.' Junior keek Randolph met een open blik aan. 'Eerst moest ik naar buiten om over te geven. Ze waren zo vreselijk toegetakeld. Ik heb in mijn hele leven nog nooit zoiets gezien.' Hij slaakte een diepe zucht en zag kans daar een lichte trilling in te leggen. De bandrecorder zou die trilling waarschijnlijk niet oppikken, maar Randolph zou het zich herinneren. 'Toen ik klaar was met overgeven, belde ik pa.'

'Oké, meer hoef ik niet te weten, geloof ik.' Geen vragen over het tijdsverloop of over zijn 'ochtendpatrouille'; zelfs geen verzoek aan Junior om een rapport te schrijven (dat kwam goed uit, want schrijven bezorgde hem de laatste tijd altijd hoofdpijn). Randolph boog zich naar voren om de cassetterecorder uit te zetten. 'Dank je, Junior. Waarom neem je de rest van de dag niet vrij? Ga naar huis en rust een beetje. Je ziet er moe uit.'

'Ik wil er graag bij zijn als u hem verhoort, commandant. Barbara.'

'Nou, je hoeft niet bang te zijn dat je dat vandaag misloopt. We geven hem vierentwintig uur om in zijn sop gaar te koken. Dat was een idee van je vader; een prima idee. We verhoren hem morgenmiddag of morgenavond, en dan ben jij erbij. Ik geef je mijn woord. We gaan hem stevig aan de tand voelen.'

'Ja, commandant. Goed.'

'Niks recht om te zwijgen.'

'Nee, commandant.'

'En dankzij de Koepel hoeven we hem ook niet aan de sheriff van de county over te dragen.' Randolph keek Junior scherp aan. 'Jongen, dit is een geval van: wat in Vegas gebeurt, blijft in Vegas.'

Junior wist niet of hij met 'ja, commandant' of 'nee, commandant' moest antwoorden, maar hij had er dan ook geen idee van waar de idioot achter het bureau het over had.

Randolph bleef hem nog even scherp aankijken, alsof hij zich ervan wilde vergewissen dat ze elkaar begrepen, klapte toen een keer in zijn handen en stond op. 'Ga naar huis, Junior. Je zult wel een beetje van streek zijn.'

'Ja, commandant, dat ben ik. En ik ga dat ook maar doen. Beetje rust nemen, bedoel ik.'

'Ik had een pakje sigaretten in mijn zak toen dominee Coggins me doopte,' zei Randolph met bijna nostalgische genegenheid. Toen ze naar de deur liepen, sloeg hij zijn arm om Juniors schouders. Junior bleef kijken alsof hij eerbiedig luisterde, maar in werkelijkheid kon hij het wel uitschreeuwen onder het gewicht van die zware arm. Het was of hij een stropdas van vlees droeg. 'Ze waren natuurlijk verpest. En ik heb nooit meer een pakje gekocht.

Door de Zoon van God gered van het duivelskruid. Wat zeg je daarvan?'

'Geweldig,' kon Junior uitbrengen.

'Brenda en Angie krijgen natuurlijk de meeste aandacht, en dat is normaal – een prominent burger en een jong meisje met nog haar hele leven voor zich –, maar dominee Coggins had ook zijn fans. Om nog maar te zwijgen van een grote en liefhebbende gemeente.'

Vanuit zijn linkerooghoek kon Junior de vlezige hand van Randolph zien. Hij vroeg zich af wat Randolph zou doen als hij zijn hoofd plotseling schuin hield en erin beet. Als hij bijvoorbeeld een van die vingers helemaal afbeet en hem op de vloer spuwde.

'Vergeet Dodee niet.' Hij wist niet waarom hij dat zei, maar het werkte. Randolphs hand gleed van zijn schouder weg. De man keek met stomheid geslagen. Junior besefte dat hij Dodee echt was vergeten.

'O god,' zei Randolph. 'Dodee. Heeft iemand Andy gebeld om het hem te vertellen?'

'Ik weet het niet, commandant.'

'Je vader toch wel?'

'Hij heeft het vreselijk druk gehad.'

Dat was waar. Grote Jim was thuis in zijn werkkamer om zijn toespraak voor de gemeentevergadering van donderdagavond op te stellen. De toespraak die hij zou houden voordat de inwoners van de gemeente door middel van een stemming het gemeentebestuur een volledige volmacht zouden geven voor zolang als de crisis duurde.

'Dan moest ik hem maar bellen,' zei Randolph. 'Maar misschien kan ik er beter eerst over bidden. Wil je samen met me bidden, jongen?'

Junior had nog liever aanstekerbrandstof over zijn broek gegoten en zijn ballen in de fik gestoken, maar dat zei hij niet. 'Spreek in je eentje tot God; dan hoor je Hem duidelijker antwoord geven. Dat zegt mijn vader altijd.'

'Goed, jongen. Dat is een goede raad.'

Voordat Randolph nog iets kon zeggen, glipte Junior eerst de kamer en toen het politiebureau uit. In gedachten verzonken liep hij naar huis. Hij treurde om de vriendinnen die hij had verloren en vroeg zich af of hij weer een nieuwe zou krijgen. Misschien meer dan een.

Onder de Koepel was misschien alles mogelijk.

15

Pete Randolph probeerde inderdaad te bidden, maar hij had te veel aan zijn hoofd. Trouwens, de Heer hielp degenen die zichzelf hielpen. Dat stond volgens hem niet in de Bijbel, maar evengoed was het waar. Hij belde Andy's mobiele nummer van de lijst die met punaises op het prikbord aan de muur was bevestigd. Hij hoopte dat er niet werd opgenomen, maar de man nam meteen op – ging dat niet altijd zo?

'Hallo, Andy. Met commandant Randolph. Ik heb erg slecht nieuws voor je, mijn vriend. Misschien kun je beter gaan zitten.'

Het was een moeilijk gesprek. Een gruwelijk gesprek zelfs. Toen het eindelijk voorbij was, zat Randolph met zijn vingers op zijn bureau te trommelen. Hij dacht – opnieuw – dat hij het helemaal niet erg zou vinden als Duke Perkins nog degene was die achter dit bureau zat. Misschien zou hij daar zelfs blij mee zijn. De baan bleek veel moeilijker en smeriger te zijn dan hij had gedacht. Het privékantoor was al die ellende niet waard. Zelfs de groene commandantswagen niet; telkens wanneer hij achter het stuur ging zitten en zijn achterste in de holte liet zakken die het vleziger zitvlak van Duke daar had gemaakt, kwam dezelfde gedachte bij hem op: *je kunt dit niet aan.*

Sanders kwam naar het bureau. Hij wilde de confrontatie met Barbara aangaan. Randolph wilde hem daarvan afbrengen, maar halverwege zijn voorstel dat Andy zijn tijd beter zou kunnen besteden om op zijn knieën voor de ziel van zijn vrouw en dochter te bidden – en vooral ook om de kracht om zijn kruis te dragen – had Andy de verbinding verbroken.

Randolph zuchtte en toetste een ander nummer in. Nadat het andere toestel twee keer was overgegaan, hoorde hij Grote Jims slechtgehumeurde stem in zijn oor. 'Wat? Wát?'

'Ik ben het, Jim. Ik weet dat je aan het werk bent en ik vind het verschrikkelijk om je te storen, maar zou je hierheen kunnen komen? Ik heb hulp nodig.'

16

De drie kinderen stonden in het middaglicht, waaruit op de een of andere manier alle diepte was verdwenen, onder een hemel die nu een duidelijk gelige tint had. Ze keken naar de dode beer aan de voet van de telefoonpaal.

De paal stond scheef. Een meter boven de grond was het geteerde hout versplinterd en met bloed bespat. Er zat nog meer spul op. Wit spul waarvan Joe aannam dat het botsplinters waren. En een grijzige brij die herse...

Hij draaide zich om en deed zijn best om zijn keel in bedwang te houden. Dat lukte hem ook bijna, maar toen gaf Benny over – een luid nat *jjjurp*-geluid – en volgde Norrie zijn voorbeeld. Joe verzette zich niet langer en deed ook mee.

Toen ze van het overgeven waren bekomen, nam Joe zijn rugzak van zijn schouders, haalde de flesjes ijsthee tevoorschijn en deelde ze uit. Hij gebruikte de eerste slok om zijn mond te spoelen en spuwde het toen uit. Norrie en Benny deden hetzelfde. Toen dronken ze. De zoete ijsthee was lauw, maar voelde heerlijk aan in Joe's rauwe keel.

Norrie nam twee behoedzame stappen in de richting van de zwarte, met gonzende vliegen bedekte bult onder aan de telefoonpaal. 'Net als de herten,' zei ze. 'Het arme dier had niet eens een rivieroever waar het vanaf kon springen, en dus sloeg hij zijn hersenen maar kapot tegen een telefoonpaal.'

'Misschien had hij rabiës,' zei Benny met een dun stemmetje. 'De herten misschien ook.'

Joe dacht dat het in theorie mogelijk was, maar hij geloofde het niet. 'Ik heb over die zelfmoorden nagedacht.' Het ergerde hem mateloos dat zijn stem zo trilde, maar hij kon er niets aan doen. 'Walvissen en dolfijnen doen het – ze stranden moedwillig, ik heb het op tv gezien. En mijn vader zegt dat octopi het ook doen.'

'Pussen,' zei Norrie. 'Octopussen.'

'Zoals je wilt. Mijn vader zei dat ze hun eigen tentakels opeten als hun leefomgeving wordt vervuild.'

'Hé, wil je dat ik nog een keer ga kotsen?' vroeg Benny. Hij klonk klaaglijk en moe.

'Is dat hier het geval?' vroeg Norrie. 'Is hun leefomgeving vervuild?'

Joe keek op naar de gelige hemel. Toen wees hij naar het zuidwesten, waar de lucht verkleurd werd doordat er nog zwarte resten in hingen van het vuur dat door de raketaanval was veroorzaakt. De vlek leek vijftig tot honderd meter hoog en anderhalve kilometer breed. Misschien nog meer.

'Ja,' zei ze, 'maar dat is anders. Nietwaar?'

Joe haalde zijn schouders op.

'Als we de plotselinge aandrang gaan voelen om zelfmoord te plegen, kunnen we misschien maar beter teruggaan,' zei Benny. 'Ik heb nog een heleboel om voor te leven. Ik heb het nog steeds niet van *Warhammer* kunnen winnen.'

'Probeer de geigerteller bij de beer,' zei Norrie.

Joe hield de sensorbuis bij het kadaver van de beer. De naald ging niet omlaag maar ook niet omhoog.

Norrie wees naar het oosten. Daar kwam de weg uit de dichte strook zwarte eiken waaraan de heuvelrug zijn naam dankte. Als ze eenmaal uit het bos waren, konden ze volgens Joe de appelboomgaard op de top zien.

'Laten we tenminste doorlopen tot we het bos uit zijn,' zei ze. 'Daar kijken we weer op de teller. Als hij nog steeds uitslaat, gaan we naar het dorp terug en vertellen we het aan dokter Everett of die Barbara, of beiden. Dan moeten zij maar zien wat ze doen.'

Benny keek aarzelend. 'Ik weet het niet.'

'Als we iets geks voelen, gaan we meteen terug,' zei Joe.

'Als het kan helpen, moeten we het doen,' zei Norrie. 'Ik wil uit Chester's Mill weg voordat ik helemaal gek word.'

Ze glimlachte om te laten zien dat ze een grapje maakte, maar het klonk absoluut niet als een grapje, en Joe vatte het ook niet zo op. Veel mensen maakten grappen over het bekrompen gehucht dat Chester's Mill was – dat was waarschijnlijk de reden waarom het nummer van James McMurtry zo populair was – en ze hadden in theorie wel gelijk, vond hij. In demografisch opzicht ook. Hij kende maar één Aziatische Amerikaan in het dorp – Pamela Chen, die Lissa Jamieson soms in de bibliotheek hielp – en er waren helemaal geen zwarte mensen meer sinds de familie Laverty naar Auburn was verhuisd. Er was geen McDonald's, laat staan een Starbucks, en de bioscoop was gesloten. Toch had Chester's Mill hem tot dan toe altijd geografisch groot geleken, met genoeg ruimte om rond te zwerven. Het was verbazingwekkend hoezeer de gemeente in zijn gedachten was verschrompeld sinds hij tot het besef was gekomen dat zijn ouders en hij niet meer in de auto konden stappen om naar Lewiston te rijden en daar mosselen en ijs te eten bij Yoder. Bovendien had de gemeente nog veel voorraad, maar daar zou eens een eind aan komen.

'Je hebt gelijk,' zei hij. 'Het is belangrijk. Het is het risico waard. Tenminste, dat vind ik. Jij kunt hier blijven, als je dat wilt, Benny. Dit deel van de missie is alleen bestemd voor vrijwilligers.'

'Nee, ik doe mee,' zei Benny. 'Als ik jullie zonder mij liet vertrekken, zouden jullie me ergens bij de honden indelen.'

'Dat doen we toch al!' riepen Joe en Norrie in koor, en toen keken ze elkaar aan en lachten.

17

'Ja, húíl maar!'

De stem kwam van ver weg. Barbie deed zijn best om in die richting te kijken, maar hij kon zijn brandende ogen niet goed open krijgen.

'Jij hebt genoeg om over te huilen!'

Degene die dat zei, klonk alsof hij zelf ook huilde. En de stem kwam Barbie bekend voor. Barbie probeerde te kijken, maar zijn oogleden voelden gezwollen en zwaar aan. De ogen daaronder pulseerden bij elke hartslag. Zijn holten zaten zo vol dat zijn oren knetterden als hij slikte.

'Waarom heb je haar vermoord? Waarom heb je mijn meisje vermoord?'

Een klootzak heeft traangas in mijn ogen gespoten. Denton? Nee, Randolph.

Het lukte Barbie zijn ogen open te doen door de muis van zijn handen over zijn wenkbrauwen te drukken en naar boven te schuiven. Hij zag Andy Sanders buiten zijn cel staan; de tranen liepen de man over de wangen. En wat zag Sanders? Iemand in een cel, en zo iemand zag er altijd schuldig uit.

Sanders schreeuwde: '*Zij was alles wat ik had!*'

Randolph stond achter hem. Hij keek gegeneerd en stond te schuifelen als een kind dat al een kwartier geleden naar de wc had moeten gaan. Zelfs met zijn brandende ogen en kloppende holten verbaasde het Barbie niet dat Randolph goed had gevonden dat Sanders hierheen kwam. Niet omdat Sanders de burgemeester van de gemeente was, maar omdat Peter Randolph het bijna onmogelijk vond om nee te zeggen.

'Nou, Andy,' zei Randolph. 'Nu is het genoeg. Je wilde hem zien en ik heb je bij hem gelaten, al vond ik eigenlijk dat ik dat niet moest doen. Hij zit achter de tralies en hij zal boeten voor wat hij heeft gedaan. Kom nu dus maar mee naar boven, dan schenk ik je een kop...'

Andy greep de voorkant van Randolphs uniform vast. Hij was tien centimeter kleiner, maar Randolph keek evengoed bang. Barbie kon het hem niet kwalijk nemen. Hij zag de wereld door een donkerrood waas, maar Andy Sanders' woede kon hij duidelijk genoeg zien.

'Geef me je pistool! Een proces is te goed voor hem! Dan komt hij vast vrij! Hij heeft hooggeplaatste vrienden; dat zegt Jim! Ik wil genoegdoening! Ik verdíén genoegdoening, dus geef me je pistool!'

Barbie geloofde niet dat Randolphs meegaandheid zo ver ging dat hij zijn wapen afstond, zodat Andy hem in zijn cel overhoop kon schieten, als een rat in een regenton, maar hij was daar niet helemaal zeker van. Misschien had Randolph niet alleen uit abjecte behaagzucht gehandeld toen hij Sanders hierheen bracht – en nog alleen ook.

Hij krabbelde overeind. 'Meneer Sanders.' Er was iets van het traangas in zijn mond gekomen. Zijn tong en keel waren gezwollen en zijn stem klonk schor en niet bepaald overtuigend. 'Ik heb uw dochter niet vermoord. Ik heb niemand vermoord. Als u erover nadenkt, zult u inzien dat uw vriend Rennie een zondebok nodig heeft, en ik was toevallig...'

Maar Andy was er niet aan toe om over iets na te denken. Hij liet zijn handen naar Randolphs holster zakken en graaide naar de Glock die daarin zat. Randolph schrok en deed meteen verwoede pogingen om het wapen op zijn plaats te houden.

Op dat moment kwam iemand met een dikke buik de trap af. Ondanks zijn lichaamsgewicht liep hij soepel.

'Andy!' bulderde Grote Jim. 'Andy, vriend – kom eens hier!'

Hij spreidde zijn armen. Andy graaide niet meer naar het pistool en vloog op hem af als een huilend kind in de armen van zijn vader. En Grote Jim drukte hem tegen zich aan.

'Ik wil een pistool!' brabbelde Andy, en hij hief zijn betraande, met snot besmeurde gezicht naar dat van Grote Jim. 'Geef me een pistool, Jim! Nu meteen! Ik wil hem doodschieten om wat hij heeft gedaan! Dat is mijn recht als vader! Hij heeft mijn meisje vermoord!'

'Misschien niet alleen haar,' zei Grote Jim. 'En misschien ook niet alleen Angie, Lester en die arme Brenda.'

Dat maakte een eind aan de woordenstroom. Met stomheid geslagen keek Andy op naar Grote Jims vlezige gezicht. Gefascineerd.

'Misschien ook je vrouw. En Duke. En Myra Evans. Alle anderen.'

'Wa...'

'Iemand is verantwoordelijk voor de Koepel. Waar of niet?'

'Ja...' Andy kon niets meer uitbrengen, maar Grote Jim knikte minzaam.

'En ik denk dat de mensen die dit hebben gedaan minstens één persoon ter plaatse hadden. Een vinger in de pap. En wie kan beter een vinger in de pap hebben dan een kok?' Hij sloeg zijn arm om Andy's schouders en nam hem mee naar commandant Randolph. Grote Jim keek achterom naar Barbies rode, gezwollen gezicht, alsof hij naar een insect keek. 'We vinden het bewijs nog wel. Daar twijfel ik niet aan. Hij heeft al laten zien dat hij niet slim genoeg is om zijn sporen uit te wissen.'

Barbie richtte zijn aandacht op Randolph. 'Dit is doorgestoken kaart,' zei hij met zijn nasale misthoornstem. 'Misschien is het alleen maar begonnen omdat Rennie zichzelf moest indekken, maar nu is het een onverholen machtsgreep. Misschien kan hij jou nog niet missen, commandant, maar zodra hij dat wel kan, ga jij ook.'

'Hou je bek,' zei Randolph.

Rennie streek over Andy's haar. Barbie dacht aan zijn moeder, die altijd hun cockerspaniël Missie had geaaid toen Missie oud, dom en incontinent werd. 'Hij zal ervoor boeten, Andy – dat verzeker ik je. Maar eerst willen we alle details van hem weten: het wat, het wanneer, het waarom, en wie er nog meer bij betrokken waren. Want hij doet dit niet alleen; daar kun je vergif op innemen. Hij heeft medeplichtigen. Hij zal ervoor boeten, maar eerst wringen we alle informatie uit hem.'

'Hoe dan?' vroeg Andy. Hij keek Grote Jim nu bijna in vervoering aan. 'Hoe gaat hij ervoor boeten?'

'Nou, als hij weet hoe je de Koepel omhoog kunt krijgen – en daar zie ik hem wel voor aan – zullen we er genoegen mee moeten nemen dat hij naar de Shawshank-gevangenis gaat. Levenslang zonder mogelijkheid van vervroegde vrijlating.'

'Dat is niet genoeg,' fluisterde Andy.

Rennie streek nog over Andy's hoofd. 'En als de Koepel niet verdwijnt?' Hij glimlachte. 'In dat geval moeten we hem zelf berechten. En als we hem schuldig bevinden, executeren we hem. Lijkt dat je beter?'

'Veel beter,' fluisterde Andy.

'Mij ook, vriend.'

Aaiend. Aaiend.

'Mij ook.'

18

Ze kwamen met zijn drieën naast elkaar het bos uit, bleven staan en keken op naar de boomgaard.

'Er is daarboven iets!' zei Benny. 'Ik zie het!' Hij klonk opgewonden, maar Joe vond ook dat hij merkwaardig ver weg klonk.

'Ik zie het ook,' zei Norrie. 'Het lijkt een... een...' Ze wilde 'radiobaken' zeggen, maar ze kreeg het woord er niet uit. Ze kwam niet verder dan een *rrr-rrr-rrr*-geluid, als een klein kind dat met vrachtautootjes speelt in een zandbak. Toen viel ze van haar fiets en lag ze op de weg. Ze maakte krampachtige bewegingen met haar armen en benen.

'Norrie?' Joe keek naar haar omlaag – eerder nieuwsgierig dan geschrokken – en keek toen op naar Benny. Ze keken elkaar even aan en toen viel Benny ook; hij trok zijn fiets over zich heen. Hij schopte in het wilde weg en trapte de fiets opzij. De geigerteller vloog met de wijzerplaat omlaag de greppel in.

Joe wankelde erheen en stak zijn arm uit, die rekbaar als rubber leek. Hij keerde het gele kastje om. De naald was naar +200 gesprongen, net onder de rode gevarenzone. Hij zag dat en viel toen in een zwart gat vol oranje vlammen. Hij dacht dat ze uit een reusachtige stapel pompoenen kwamen – een brandstapel van laaiende pompoenlampionnen. Ergens riepen stemmen; doodsbang en ver weg. Toen slokte de duisternis hem op.

19

Toen Julia de supermarkt had verlaten en het kantoor van *The Democrat* binnenkwam, was Tony Guay, de voormalige sportverslaggever die nu de hele nieuwsredactie was, op zijn laptop aan het typen. Ze gaf hem de camera en zei: 'Hou op met wat je aan het doen bent en druk deze foto's af.'

Ze ging achter haar computer zitten om haar verhaal te schrijven. Het hele eind door Main Street had ze de eerste zin in haar hoofd gehad: *Ernie Calvert, de voormalige bedrijfsleider van de Food City, riep dat de mensen de achterdeur konden gebruiken. Hij zei dat hij die deur voor hen had opengezet. Maar inmiddels was het te laat. De rellen waren begonnen.* Het was een goed begin. Het probleem was alleen dat ze het niet kon schrijven. Ze sloeg steeds de verkeerde toetsen aan.

'Ga naar boven en ga liggen,' zei Tony.

'Nee, ik moet schrijven...'

'Zoals je er nu aan toe bent, ga je niets schrijven. Je trilt als een gek. Dat komt door de schok. Ga een uurtje liggen. Ik druk de foto's af en importeer ze naar je computerdesktop. Ik typ je aantekeningen ook uit. Ga maar naar boven.'

Wat hij zei, stond haar niet aan, maar ze zag in dat het verstandig was. Alleen werd het meer dan een uur. Ze had niet meer goed geslapen sinds vrijdagavond, en dat leek een eeuw geleden. Daarom viel ze in een diepe slaap zodra ze haar hoofd op het kussen legde.

Toen ze wakker werd, zag ze met paniek dat de schaduwen in haar slaapkamer lang waren geworden. Het liep tegen het eind van de middag. En Horace! Die zou vast in een hoekje hebben geplast en haar diep beschaamd aankijken, alsof het zijn schuld was in plaats van de hare.

Ze trok haar sportschoenen aan, liep vlug de keuken in en trof haar corgi niet aan bij de deur, jengelend om naar buiten te gaan, maar vredig slapend op zijn dekenbed tussen het fornuis en de koelkast. Er lag een briefje op de keukentafel. Het stond tegen het peper-en-zoutstel.

15.00 uur

Julia...
Pete F. en ik hebben samen aan het verhaal over de supermarkt gewerkt. Het is niet erg goed, maar dat wordt het wel als jij je stempel erop drukt. Die foto's van jou zijn ook niet slecht. Rommie Burpee kwam & zegt dat hij nog veel papier heeft, dus wat dat betreft, redden we ons wel. Hij zegt ook dat je een commentaar moet schrijven over wat er is gebeurd. 'Totaal overbodig,' zei hij. 'En totaal onbekwaam. Tenzij het hun opzet was dat het gebeurde. Daar zie ik hem wel voor aan, en dan bedoel ik niet Randolph.' Pete en ik vinden ook dat er een commentaar moet komen, maar we moeten wel voorzichtig zijn totdat we alle feiten kennen. We vonden ook dat je slaap nodig had om het te kunnen schrijven zoals het geschreven moet worden. Het leek wel of je zandzakken onder je ogen had, baas! Ik ga nu naar huis om een tijdje bij mijn vrouw & kinderen te zijn. Pete is naar het politiebureau. Hij zegt dat er 'iets enorms' is gebeurd, en hij wil uitzoeken wat het is.
  Tony G.

PS! Ik heb Horace uitgelaten. Hij heeft alles gedaan wat hij moet doen.

Julia, die niet wilde dat Horace vergat dat zij er ook nog was in zijn leven, maakte hem wakker om hem een halve kauwreep te laten verslinden, en ging toen naar beneden om het nieuwsverhaal te schrijven, en ook het commentaar dat Tony en Pete wilden dat ze schreef. Toen ze daar net aan was begonnen, ging haar mobiele telefoon.
'Shumway, *The Democrat*.'
'Julia!' Het was Pete Freeman. 'Ik denk dat je beter hierheen kunt komen. Marty Arsenault bemant de balie en hij wil me niet binnenlaten. Hij zei dat ik buiten moest blijven! Hij is geen politieman, alleen maar een stomme bosarbeider die 's zomers een centje bijverdient door het verkeer te regelen, maar nu doet hij alsof hij Commandant Grote Pik van Geilstad is.'
'Pete, ik heb hier ontzaglijk veel werk te doen, dus tenzij...'
'Brenda Perkins is dood. Net als Angie McCain, Dodee Sanders...'
'Wát?' Ze stond zo plotseling op dat haar stoel kantelde.
'... en Lester Coggins. Ze zijn vermoord. En nu komt het: Dale Barbara is

gearresteerd voor die moorden. Hij zit onder het politiebureau in de gevangenis.'

'Ik kom eraan.'

'O, verdomme,' zei Pete. 'Daar heb je Andy Sanders, en hij huilt tranen met tuiten. Moet ik hem om commentaar vragen of...'

'Niet iemand die zijn vrouw heeft verloren en drie dagen later ook zijn dochter. We zijn niet de *New York Post*. Ik kom eraan.'

Zonder op een antwoord te wachten verbrak ze de verbinding. Eerst voelde ze zich kalm genoeg; ze dacht er zelfs aan het kantoor op slot te doen. Maar toen ze eenmaal op het trottoir was, in de warmte en onder die hemel met tabaksvlekken, was het gedaan met haar kalmte en zette ze het op een lopen.

20

Joe, Norrie en Benny lagen stuiptrekkend op Black Ridge Road, in een zonlicht dat te diffuus was. Een warmte die te heet was brandde op hen neer. Een kraai zonder ook maar enige zelfmoordneiging streek op een telefoondraad neer en keek met heldere, intelligente ogen naar hen. Hij kraste een keer en vloog toen weg door de vreemde middaglucht.

'Halloween,' mompelde Joe.

'Laat ze ophouden met schrééuwen,' kreunde Benny.

'Geen zon,' zei Norrie. Ze tastte in de lucht. Ze huilde. 'Geen zon, o mijn god, er is geen zon meer.'

Boven op Black Ridge, in de appelboomgaard die over heel Chester's Mill uitkeek, flikkerde een fel paars licht.

Elke vijftien seconden flitste het opnieuw.

21

Julia liep vlug de trappen van het politiebureau op, haar gezicht nog dik van de slaap, de haren op haar achterhoofd recht overeind. Toen Pete met haar mee wilde lopen, schudde ze haar hoofd. 'Blijf hier maar. Misschien roep ik je binnen als ik het interview krijg.'

'Ik vind het mooi dat je zo positief denkt, maar verwacht er niet te veel van,' zei Pete. 'Wie denk je dat er kort na Andy kwam opdagen?' Hij wees naar de Hummer die voor een brandkraan geparkeerd stond. Linda Everett en Jackie Wettington stonden ernaast en waren in diep gesprek met elkaar. Beide vrouwen keken hevig ontzet.

In het politiebureau viel het Julia als allereerste op hoe warm het was. De airconditioning was uitgezet, vermoedelijk om energie te sparen. Daarna viel haar het grote aantal jonge mannen op dat daar zat, inclusief twee van de god-mocht-weten-hoeveel Killian-broers – hun lange neuzen en kogelronde hoofden lieten geen enkele twijfel. De jonge mannen zaten blijkbaar formulieren in te vullen. 'En als je nu eens geen vorige werkgever hébt?' vroeg een van hen aan een ander.

Er kwamen door tranen verstikte kreten van beneden: Andy Sanders.

Julia ging naar het wachtlokaal, waar ze in de loop der jaren vaak was geweest, zelfs om een bijdrage te leveren aan het fonds voor koffie en broodjes (een rieten mand). Ze was nog nooit tegengehouden, maar ditmaal zei Marty Arsenault: 'U mag daar niet komen, mevrouw Shumway. Orders.' Hij sprak op een verontschuldigende, verzoenende toon die hij tegen Pete Freeman waarschijnlijk niet gebruikt zou hebben.

Op dat moment kwamen Grote Jim Rennie en Andy Sanders de trap op uit het cellenblok, dat door de politieagenten van Chester's Mill het kippenhok werd genoemd. Andy huilde. Grote Jim had zijn arm om hem heen en sprak sussend. Peter Randolph kwam achter hen aan. Randolphs uniform zag er schitterend uit, maar het gezicht daarboven was dat van iemand die net aan een bomaanslag was ontsnapt.

'Jim! Pete!' riep Julia. 'Ik wil met jullie praten, voor *The Democrat*!'

Grote Jim keek heel even in haar richting om haar met een blik te laten weten dat mensen in de hel ook ijswater wilden. Toen nam hij Andy mee naar de kamer van de commandant. Hij had het over bidden.

Julia wilde vlug langs de balie lopen, maar Marty greep haar arm vast. Hij keek nog steeds verontschuldigend.

Ze zei: 'Toen je me vorig jaar vroeg dat geschilletje met je vrouw uit de krant te houden, Marty, deed ik dat. Want anders zou je je baan zijn kwijtgeraakt. Dus als je ook maar een greintje dankbaarheid kunt opbrengen, laat me dan los.'

Marty liet haar los. 'Ik probeerde u tegen te houden, maar u wilde niet luisteren,' mompelde hij. 'Vergeet u dat niet.'

Julia liep snel door het wachtlokaal. 'Een ogenblik,' zei ze tegen Grote Jim. 'Commandant Randolph en jij zijn functionarissen van de gemeente, en jullie zullen met me praten.'

Ditmaal keek Grote Jim haar niet alleen minachtend maar ook kwaad aan. 'Nee. Dat doen we niet. Jij hebt hier niets te zoeken.'

'Maar hij wel?' vroeg ze, en ze knikte naar Andy Sanders. 'Als het klopt wat ik over Dodee heb gehoord, is hij wel de láátste die beneden toegelaten zou mogen worden.'

'Die schoft heeft mijn lieve meisje vermoord!' brulde Andy.

Grote Jim priemde met zijn vinger in Julia's richting. 'Je krijgt het verhaal als wij eraan toe zijn om het naar buiten te brengen. Niet eerder.'

'Ik wil Barbara spreken.'

'Hij is gearresteerd voor vier moorden. Ben je niet goed bij je hoofd?'

'Als de vader van een van zijn vermeende slachtoffers naar beneden mag om hem te zien, waarom ik dan niet?'

'Omdat jij geen slachtoffer en ook geen nabestaande bent,' zei Grote Jim. Zijn bovenlip kwam omhoog, zodat zijn tanden te zien waren.

'Heeft hij een advocaat?'

'Wij zijn uitgepraat, dame...'

'Hij heeft geen advocaat nodig. Hij moet worden opgehangen! HIJ HEEFT MIJN LIEVE MEISJE VERMOORD!'

'Kom op, man,' zei Grote Jim. 'We leggen het in gebed voor aan de Heer.'

'Welke bewijzen hebben jullie? Heeft hij bekend? Zo niet, welk alibi heeft hij dan genoemd? In hoeverre komt dat overeen met de tijdstippen van overlijden? Weten jullie eigenlijk wel de tijdstippen van overlijden? Als de lijken nog maar net zijn ontdekt, hoe kunnen jullie dat dan weten? Zijn ze doodgeschoten, doodgestoken of...'

'Pete, haal dat mens hier weg,' zei Grote Jim zonder zich om te draaien. 'Als ze niet uit zichzelf wil, gooi haar er dan uit. En zeg tegen degene die achter de balie zit dat hij ontslagen is.'

Marty Arsenault huiverde en hield zijn hand even voor zijn ogen. Grote Jim liep met Andy de kamer van de commandant in en sloot de deur.

'Is hij in staat van beschuldiging gesteld?' vroeg Julia aan Randolph. 'Jullie kunnen hem niet in staat van beschuldiging stellen zonder advocaat, weet je. Dat is niet volgens de wet.'

En hoewel hij er nog steeds niet gevaarlijk uitzag, alleen maar geschokt, zei Pete Randolph iets wat een rilling door haar hart joeg. 'Zolang de Koepel er nog is, Julia, maken wij uit wat volgens de wet is.'

'Wanneer zijn ze vermoord? Vertel me dat dan tenminste.'

'Nou, het ziet ernaar uit dat de twee meisjes eerst...'

De deur van de kamer van de commandant ging open, en ze twijfelde er niet aan dat Grote Jim aan de andere kant had staan luisteren. Andy zat met zijn gezicht in zijn handen achter wat nu Randolphs bureau was.

'Haal haar weg!' snauwde Grote Jim. 'Ik wil het niet nog een keer tegen je zeggen.'

'Jullie mogen hem niet van de buitenwereld afsluiten, en jullie mogen de inwoners van deze gemeente geen informatie ontzeggen!' zei Julia. Ze schreeuwde.

'Je vergist je in beide opzichten,' zei Grote Jim. 'Ken je het gezegde "Als je geen deel van de oplossing bent, ben je een deel van het probleem"? Nou, jij lost er niets mee op door hier te zijn. Je bent een irritante bemoeial. Dat ben je altijd al geweest. En als je niet weggaat, word je gearresteerd. Je bent gewaarschuwd.'

'Goed! Arresteer me maar! Zet me beneden in een cel!' Ze hield hem haar handen voor alsof ze handboeien om wilde hebben.

Een ogenblik dacht ze dat Jim Rennie haar zou slaan. Het stond duidelijk op zijn gezicht te lezen dat hij dat wilde. In plaats daarvan zei hij tegen Pete Randolph: 'Voor de laatste keer: zet die bemoeial buiten de deur. Als ze zich verzet, góói haar er dan uit.' En hij smeet de deur dicht.

Zonder haar aan te kijken en met de kleur van gloednieuwe bakstenen op zijn wangen pakte Randolph haar arm vast. Ditmaal ging Julia mee. Toen ze langs de balie kwam, zei Marty Arsenault eerder troosteloos dan woedend: 'Hé. Ik raak mijn baan kwijt aan een van die stomkoppen.'

'Jij raakt je baan niet kwijt, Marts,' zei Randolph. 'Ik praat hem wel om.'

Even later stond ze buiten en knipperde met haar ogen tegen het zonlicht.

'Nou,' zei Pete Freeman. 'Hoe ging het?'

22

Benny was de eerste die bij zijn positieven kwam. Hij had het erg warm – zijn shirt zat aan zijn schamele borst geplakt –, maar verder voelde hij zich goed. Hij kroop naar Norrie toe en schudde haar heen en weer. Ze deed haar ogen open en keek hem versuft aan. Haar haar zat in slierten aan haar bezwete wangen geplakt.

'Wat is er gebeurd?' vroeg ze. 'Ik moet in slaap zijn gevallen. Ik had een droom, maar ik weet niet meer waarover. Het was erg naar. Dat weet ik nog wel.'

Joe McClatchey rolde zich om en hees zich op zijn knieën.

'Jo-Jo?' vroeg Benny. Hij had zijn vriend sinds de vierde klas niet meer Jo-Jo genoemd. 'Gaat het?'

'Ja. De pompoenen stonden in brand.'

'Wélke pompoenen?'

Joe schudde zijn hoofd. Hij wist het niet meer. Hij wist alleen dat hij in de schaduw wilde zitten en de rest van zijn frisdrank wilde opdrinken. Toen dacht hij aan de geigerteller. Hij viste het apparaat uit de greppel en zag tot zijn opluchting dat het nog werkte: blijkbaar hadden ze in de twintigste eeuw degelijke dingen gemaakt.

Hij liet Benny de stand zien: +200. Hij wilde hem ook aan Norrie laten zien, maar die keek langs de helling van Black Ridge omhoog naar de boomgaard.

'Wat is dat?' Ze wees.

Eerst zag Joe niets. Toen flitste er een fel purperen licht. Het was bijna te fel om ernaar te kijken. Kort daarna flitste het opnieuw. Hij keek op zijn horloge om na te gaan hoeveel tijd er tussen de flitsen zat, maar zijn horloge was om twee minuten over vier blijven staan.

'Dit is wat we zochten, denk ik.' Hij stond op en verwachtte dat zijn benen als rubber zouden aanvoelen, maar dat was niet zo. Hij had het warm, maar verder voelde hij zich eigenlijk wel goed. 'Laten we hier weggaan voordat het ons onvruchtbaar maakt of zoiets.'

'Hé, wie wil er nou kinderen?' zei Benny. 'Misschien worden ze wel net als ik.' Evengoed stapte hij op zijn fiets.

Ze volgden dezelfde weg terug en stopten pas om uit te rusten en iets te drinken toen ze via de brug weer op Route 119 kwamen.

ZOUT

1

De agentes bij de Hummer van Grote Jim stonden nog steeds te praten – Jackie nam nu ook nerveuze trekken van een sigaret –, maar ze onderbraken hun gesprek toen Julia Shumway hen voorbijliep.
'Julia?' vroeg Linda aarzelend. 'Wat?'
Julia liep door. Op dit moment, nu ze nog ziedde van woede, had ze geen behoefte aan contact met nog meer vertegenwoordigers van het gezag zoals dat nu blijkbaar in Chester's Mill bestond. Ze liep een eind in de richting van het kantoor van The Democrat en besefte toen dat ze niet alleen woede voelde. Haar woede had zelfs niet de overhand. Ze bleef onder de luifel van Mill New & Used Books staan (TOT NADER ORDER GESLOTEN, stond op een met de hand geschreven kaart in de etalage), deels om te wachten tot haar bonkende hart tot bedaren was gekomen, maar vooral om een blik in zichzelf te werpen. Dat kostte niet veel tijd.
'Ik ben vooral bang,' zei ze, en ze schrok een beetje van haar eigen stem. Het was niet haar bedoeling geweest hardop te spreken.
Pete Freeman was achter haar aan gekomen. 'Voel je je wel goed?'
'Ja.' Dat was een leugen, maar het kwam er dapper genoeg uit. Natuurlijk wist ze niet wat er op haar gezicht te lezen stond. Ze reikte omhoog om het haar op haar achterhoofd recht te strijken, dat nog rechtop stond van het slapen. Het ging omlaag... en sprong toen weer omhoog. *En ook nog een kop alsof ik net uit bed kom*, dacht ze. *Het is fraai. Dat ontbrak er nog maar aan.*
'Ik was al bang dat Rennie onze nieuwe commandant opdracht zou geven je te arresteren,' zei Pete. Hij had grote ogen en leek op dat moment veel jonger dan de dertiger die hij was.
'Ik hoopte op iets.' Julia gaf met haar handen aan hoe groot ze zich een krantenkop voorstelde. 'VERSLAGGEVER VAN DEMOCRAT SCOORT EXCLUSIEF INTERVIEW MET MOORDVERDACHTE.'
'Julia? Wat is er hier aan de hand? Ik bedoel, afgezien van de Koepel? Zag

je al die kerels formulieren invullen? Dat was een beetje eng gezicht.'

'Ik heb het gezien,' zei Julia, 'en ik ben van plan erover te schrijven. Ik ben van plan over dit álles te schrijven. En op de gemeentevergadering van donderdagavond ben ik vast niet de enige die Jim Rennie ernstige vragen te stellen heeft.'

Ze legde haar hand op Petes arm.

'Ik ga kijken wat ik over die moorden te weten kan komen, en dan schrijf ik wat ik heb gehoord. Plus een commentaar dat zo krachtig is als ik het maar kan maken zonder een hetze te creëren.' Ze liet een humorloos lachje horen. 'Ik kom in de verleiding, maar als het op hetze aankomt, speelt Jim Rennie een thuiswedstrijd.'

'Ik begrijp niet wat je...'

'Laat maar. Ga maar aan het werk. Ik heb een paar minuten nodig om tot mezelf te komen. Daarna weet ik misschien met wie ik eerst moet praten. Want we hebben verdomd weinig tijd, als we het vanavond nog willen drukken.'

'Fotokopiëren,' zei hij.

'Hè?'

'Als we het vanavond willen fotokopiëren.'

Ze keek hem met een knikje en een glimlachje aan en duwde hem weg. Bij de deur van het krantenkantoor keek hij om. Ze wuifde even naar hem om te laten weten dat ze zich wel zou redden en tuurde toen door de stoffige etalageruit van de boekwinkel. De bioscoop in het dorp was al vijf jaar dicht, en de drive-inbioscoop buiten het dorp was allang weg (waar zich naast de 119 het grote scherm had verheven, lag nu Rennies tweede autoterrein), maar op de een of andere manier had Ray Towle kans gezien dit groezelige boekwinkeltje te laten voortsukkelen. Een deel van de etalage werd gevuld door zelfhulpboeken. Verder lagen er stapels pockets met mistige landhuizen, belaagde dames en stoere kerels met ontblote borst, zowel te voet als te paard. Sommige van die stoere kerels hadden een zwaard en droegen zo te zien alleen een onderbroek. DUISTERE ZAKEN DIE JE RAKEN! stond er op een bordje aan de zijkant.

Duistere zaken, zeg dat wel.

Alsof de Koepel nog niet erg genoeg was, nog niet griezelig genoeg, hebben we ook nog een duivelse wethouder.

Ze besefte dat het haar vooral dwarszat – dat het haar vooral báng maakte – dat het allemaal zo snel ging. Rennie was eraan gewend geraakt de grootste, agressiefste haan van het erf te zijn, en het was te verwachten geweest dat hij uiteindelijk zou proberen zijn greep op de gemeente te versterken, bijvoorbeeld nadat ze een week of een maand van de buitenwereld waren afgesneden. Maar het was nog maar amper drie dagen! Als Cox en zijn deskundigen de komende nacht nu eens kans zagen de Koepel te doorbreken? Als de Koepel nu eens uit zichzelf verdween? Dan zou Grote Jim meteen weer verschrompelen tot zijn formaat van voorheen, maar dan met schande beladen.

'Hoezo schande?' vroeg ze zich hardop af, haar blik nog op DUISTERE ZAKEN gericht. 'Hij zegt gewoon dat hij het zo goed en zo kwaad heeft gedaan als onder die moeilijke omstandigheden mogelijk was. En dan geloven ze hem.'

Waarschijnlijk was dat inderdaad zo. Toch verklaarde het niet waarom de man zo snel in actie was gekomen.

Omdat er iets mis is gegaan en hij wel moest. En ook...

'En ook omdat hij volgens mij niet helemaal goed bij zijn hoofd is,' zei ze tegen de stapels pockets. 'Hij was altijd al een beetje gek.'

Ook als dat zo was, hoe was het dan te verklaren dat mensen die hun provisiekast nog vol hadden de supermarkt gingen plunderen? Dat was niet te bevatten, tenzij...

'Tenzij hij het heeft uitgelokt.'

Dat was belachelijk; het summum van paranoia. Ja toch? Misschien zou ze de mensen die bij de Food City waren geweest kunnen vragen wat ze hadden gezien, maar waren die moorden niet belangrijker? Per slot van rekening was zijzelf de enige echte verslaggever die ze had, en...

'Julia? Mevrouw Shumway?'

Julia was zo diep in gedachten geweest dat ze bijna een sprongetje maakte van schrik. Ze draaide zich met een ruk om en zou misschien zijn gevallen als Jackie Wettington haar niet had vastgepakt. Ze had Linda Everett bij zich, en die had haar aangesproken. Ze keken allebei angstig.

'Kunnen we je spreken?' vroeg Jackie.

'Natuurlijk. Het is mijn werk om naar mensen te luisteren. Daar staat tegenover dat ik opschrijf wat ze zeggen. Dat weten jullie toch?'

'Maar je mag onze namen niet gebruiken,' ze Linda. 'Als je dat niet belooft, zeggen we niets.'

'Wat mij betreft,' zei Julia glimlachend, 'zijn jullie alleen maar welingelichte kringen aangaande het onderzoek. Is dat goed?'

'Als je belooft ook antwoord te geven op onze vragen,' zei Jackie. 'Wil je dat?'

'Goed.'

'Je was toch bij de supermarkt?' vroeg Linda.

Dit werd steeds interessanter. 'Ja. Jullie twee ook. Dus laten we even praten. Onze indrukken uitwisselen.'

'Niet hier,' zei Linda. 'Niet op straat. Dat is te openbaar. En ook niet in het kantoor van de krant.'

'Rustig maar, Lin,' zei Jackie, en ze legde een hand op haar schouder.

'Jij hebt makkelijk praten,' zei Linda. 'Jij hebt geen man die denkt dat je zojuist hebt geholpen een onschuldige op te pakken.'

'Ik heb sowieso geen man,' zei Jackie – heel redelijk, vond Julia, en ze mocht er blij om zijn; echtgenoten waren vaak een complicerende factor. 'Maar ik weet wel waar we heen kunnen gaan. Het is daar privé en het zit nooit op slot.' Ze dacht even na. 'Tenminste, vroeger niet. Nu de Koepel er is, weet ik het niet meer.'

Julia, die zich net had afgevraagd met wie ze eerst zou moeten praten, was niet van plan die twee te laten ontglippen. 'Kom,' zei ze. 'Zullen we aan weerskanten van de straat lopen tot we voorbij het politiebureau zijn?'

Linda glimlachte toen ze dat hoorde. 'Wat een goed idee,' zei ze.

2

Piper Libby liet zich voorzichtig voor het altaar van de Eerste Congregationalistische Kerk zakken. Hoewel ze een bankkussentje onder haar gekneusde en gezwollen knieën had, ging er een huivering door haar heen. Ze ondersteunde zichzelf met haar rechterhand en hield haar linkerarm, die kortgeleden uit de kom was geweest, tegen haar zij. Die arm voelde goed aan – hij deed in elk geval minder pijn dan haar knieën –, maar ze was niet van plan hem onnodig op de proef te stellen. Hij zou maar al te gemakkelijk weer uit de kom kunnen schieten; dat was haar (stréng) verteld toen ze op school haar voetbalblessure had opgelopen. Ze vouwde haar handen samen en sloot haar ogen. Meteen ging haar tong naar het gat waar tot de dag daarvoor nog een tand had gezeten. Maar er zat een erger gat in haar leven.

'Hallo, Bestaat-Niet,' zei ze. 'Ik ben het weer. Ik kom weer voor een portie van Uw liefde en genade.' Er liep een traan onder haar gezwollen ooglid vandaan, over haar gezwollen (om niet te zeggen kleurrijke) wang. 'Is mijn hond daar ergens? Ik vraag dat alleen omdat ik hem zo mis. Als hij daar is, hoop ik dat U hem het spirituele equivalent van een bot geeft. Hij verdient er een.'

Nog meer tranen, traag, heet en prikkend.

'Maar hij zal daar wel niet zijn. De meeste grote godsdiensten zijn het erover eens dat honden niet naar de hemel gaan, al zijn bepaalde sekten – en ook *Reader's Digest*, geloof ik – het daar niet mee eens.'

Als er geen hemel bestond, deed de vraag natuurlijk niet ter zake, en bij het idee van een hemelloos bestaan, een hemelloze kosmologie, voelde het beetje geloof dat ze nog had zich meer en meer thuis. Misschien was er vergetelheid; misschien iets ergers. Een immense lege vlakte onder een witte hemel bijvoorbeeld – een plaats waar het altijd nul uur nul was, waar geen bestemmingen waren en waar je geen metgezellen had. Dus niets dan een groot Bestaat-Niet: voor slechte politieagenten, vrouwelijke dominees, kinderen die zichzelf per ongeluk door het hoofd schoten en sukkelige Duitse herders die omkwamen doordat ze hun vrouwtje wilden beschermen. Bestaat-Niet om het kaf van het koren te scheiden. Het was een beetje hypocriet om tot zo'n idee te bidden (als het al niet je reinste godslastering was), maar soms hielp het.

'Maar het gaat niet om de hemel,' ging ze verder. 'Het gaat er nu om in hoeverre het mijn schuld was wat er met Clover is gebeurd. Ik weet dat het voor een deel mijn schuld was – ik liet me meeslepen door mijn drift. Opnieuw. Volgens mijn religieuze leer hebt U dat korte lontje ooit in me gestopt en is het mijn taak om ermee te leven, maar ik vind dat een verschrikkelijk idee. Ik wijs het niet helemaal af, maar ik heb er een hekel aan. Net als wanneer je je auto laat repareren: de monteurs vinden altijd wel een manier om jou de schuld van het probleem te geven. Je hebt er te hard mee gereden; je hebt er niet hard genoeg mee gereden; je vergat hem van de handrem te halen; je vergat je raampjes dicht te doen en toen kwam er regen in de bedrading. En weet je wat nog erger is? Als U niet bestaat, kan ik niet eens een deel van de schuld op U afschuiven. Wat blijft er dan over? Alleen maar die verdomde genetica?'

Ze zuchtte.

'Sorry van dat lelijke woord. U moet maar doen alsof het niet is gezegd. Dat deed mijn moeder altijd. Intussen heb ik nog een vraag: wat moet ik nu doen? Deze gemeente verkeert in grote moeilijkheden en ik wil graag iets doen om te helpen, maar ik weet niet wat. Ik voel me dwaas, zwak en verward. Als ik zo'n kluizenaar uit het Oude Testament was, zou ik zeggen dat ik een teken nodig had. Een soort bord dat aan de hemel verschijnt. Op dit moment zou ik zelfs iets hebben aan GEEF VOORRANG of MATIG UW SNELHEID.'

Zodra ze dat had gezegd, ging de buitendeur open om vervolgens met een klap weer dicht te vallen. Piper keek over haar schouder en verwachtte min of meer een engel te zien, compleet met vleugels en een golvend wit gewaad. *Als hij met me wil vechten, moet hij eerst mijn arm genezen,* dacht ze.

Het was geen engel. Het was Rommie Burpee. Zijn overhemd hing half uit zijn broek tot midden op zijn dij en hij zag er bijna even terneergeslagen uit als zij zich voelde. Hij liep door het middenpad, maar bleef staan toen hij haar zag. Hij was net zo verrast als Piper.

'O jee,' zei hij. 'Sorry. Ik wist niet dat je daar was. Ik kom later wel terug.'

'Nee,' zei ze, en ze krabbelde overeind, opnieuw met behulp van alleen haar rechterarm. 'Ik ben toch al klaar.'

'Eigenlijk ben ik katholiek,' zei hij (*Nee maar,* dacht Piper), 'maar er is geen katholieke kerk in Chester's Mill... Dat weet u natuurlijk wel, als dominee zijnde... En u weet ook wat ze zeggen: bij storm op zee is elke haven goed. Ik wilde hier een klein gebed voor Brenda zeggen. Ik heb haar altijd graag gemogen.' Hij wreef met zijn hand over zijn wang. Het schuren van zijn baardstoppels was duidelijk hoorbaar in de holle stilte van de kerk. Zijn Elvis-kapsel was ingezakt. 'Eigenlijk hield ik van haar. Ik heb het nooit gezegd, maar ik denk dat ze het wist.'

Piper keek hem met stijgende ontzetting aan. Ze was de hele dag niet uit de pastorie geweest, en hoewel ze wist wat er bij de Food City was gebeurd – enkele gemeenteleden hadden haar opgebeld –, had ze niets over Brenda Perkins gehoord.

'Brenda? Wat is er met haar gebeurd?'

'Ze is vermoord. En anderen ook. Ze zeggen dat die Barbie het heeft gedaan. Hij is gearresteerd.'

Piper sloeg haar hand voor haar mond en wankelde op haar benen. Rommie kwam vlug naar haar toe en sloeg zijn arm om haar middel om haar te ondersteunen. En zo stonden ze dan voor het altaar, bijna als een man en een vrouw die op het punt stonden te trouwen, toen de deur van de vestibule weer openging en Jackie met Linda en Julia binnenkwam.

'Misschien is dit toch niet zo'n geschikte plaats,' zei Jackie.

De kerk fungeerde als klankkast. Hoewel ze niet hard had gepraat, konden Piper en Romeo Burpee haar heel goed verstaan.

'Ga niet weg,' zei Piper. 'Niet als het gaat over wat er is gebeurd. Ik kan niet geloven dat meneer Barbara... Ik zou hebben gezegd dat hij niet tot zoiets in staat was. Hij heeft mijn arm weer in de kom getrokken. Dat deed hij heel voorzichtig.' Ze dacht even na. 'Tenminste, zo voorzichtig als onder de omstandigheden mogelijk was. Kom naar voren. Kom alsjeblieft naar voren.'

'Ook mensen die een arm in de kom kunnen trekken, kunnen tot moord in staat zijn,' zei Linda, maar ze beet op haar lip en draaide aan haar trouwring om haar vinger.

Jackie legde haar hand op haar pols. 'We zouden dit stilhouden, Linda – weet je nog wel?'

'Daar is het nu te laat voor,' zei Linda. 'Ze hebben ons met Julia gezien. Als ze een verhaal schrijft en die twee zeggen dat ze ons met haar hebben gezien, krijgen wij de schuld.'

Piper wist niet precies waar Linda het over had, maar de strekking was haar wel duidelijk. Ze deed haar rechterarm omhoog en bewoog hem in het rond. 'U bent in mijn kerk, mevrouw Everett. Wat hier wordt gezegd, blijft tussen deze muren.'

'Belooft u dat?' vroeg Linda.

'Ja. Zullen we er dan maar over praten? Ik bad net om een teken, en daar zijn jullie al.'

'Ik geloof niet in zulke dingen,' zei Jackie.

'Ik eigenlijk ook niet,' zei Piper, en ze lachte.

'Ik vind het ook maar niets,' zei Jackie. Ze had het tegen Julia. 'Ze kan zeggen wat ze wil, maar dit zijn te veel mensen. Het zou tot daaraan toe zijn dat ik mijn baan verloor, net als Marty. Dat zou ik wel aankunnen; het salaris stelt toch niks voor. Maar als Jim Rennie kwaad op me wordt...' Ze schudde haar hoofd. 'Geen goed idee.'

'Het zijn er niet te veel,' zei Piper. 'Het is precies het juiste aantal. Meneer Burpee, kunt u een geheim bewaren?'

Romeo Burpee, die in zijn leven de nodige dubieuze zaken had gedaan (zij het niet zo dubieus als de jongste activiteiten van wethouder Rennie), knikte en legde zijn vinger op zijn lippen. 'Ik zwijg als het graf,' zei hij.

'Laten we naar de pastorie gaan,' stelde Piper voor. Toen ze zag dat Jackie nog steeds aarzelend keek, stak Piper haar linkerarm naar haar uit, al deed ze dat heel voorzichtig. 'Kom, laten we de boel met elkaar bespreken. Misschien bij een slokje whisky?'

En nu was Jackie eindelijk overtuigd.

3

*31 brand reinig brand reinig
het beest zal in een vuurpoel
worden geworpen (openbaringen 19:20)
dag en nacht gepijnigd in alle eeuwigheid'
(20:10)*

verbrand de verdorvenen
reinig de vromen
brand reinig brand reinig 31
31 jezus van vuur zal komen 31

De drie mannen in de cabine van de ronkende wagen van Openbare Werken keken met enige verwondering naar deze cryptische boodschap. De woorden waren op de loods achter de WCIK-studio geschilderd, zwart op rood en in letters zo groot dat ze bijna het hele oppervlak bedekten.

De middelste man was Roger Killian, de kippenboer die het gebroed met kogelhoofden had verwekt. Hij draaide zich om naar Stewart Bowie, die achter het stuur van de wagen zat. 'Wat betekent dat, Stewie?'

Fern Bowie gaf antwoord. 'Het betekent dat die verrekte Phil Bushey nog gekker is dan hij al was. Dat betekent het.' Hij maakte het dashboardkastje van de wagen open en haalde er een paar vettige werkhandschoenen en een .38 revolver uit. Hij keek of het wapen geladen was, klapte de cilinder met een snelle beweging terug en stak de revolver achter zijn riem.

'Weet je, Fernie,' zei Stewart, 'dat is een verdomd goeie manier om je babymakers weg te knallen.'

'Maak je niet druk om mij. Maak je liever druk om hém,' zei Fern, en hij wees weer naar de studio. Uit het gebouw drong het vage geluid van gospelmuziek tot hen door. 'Hij is nu al bijna een jaar high van zijn eigen voorraad, en hij is net zo betrouwbaar als nitroglycerine.'

'Phil wil tegenwoordig graag dat mensen hem Chef noemen,' zei Roger Killian.

Ze waren eerst voor de studio gestopt, en toen had Stewart op de grote claxon van de gemeentewagen gedrukt – niet één keer, maar verscheidene keren. Phil Bushey was niet naar buiten gekomen. Misschien verstopte hij zich; misschien dwaalde hij door de bossen achter het gebouw. Het was zelfs mogelijk, dacht Stewart, dat hij in het lab was. Paranoïde. Gevaarlijk. Evengoed was die revolver geen goed idee. Hij boog zich naar opzij, trok het wapen achter Ferns riem vandaan en legde het onder de passagiersstoel.

'Hé!' riep Fern uit.

'Je gaat daarbinnen niet schieten,' zei Stewart. 'De kans is groot dat je ons dan allemaal overhoop knalt.' En tegen Roger zei hij: 'Wanneer heb je die magere klootzak voor het laatst gezien?'

Roger dacht na. 'Minstens vier weken geleden. Na de laatste grote zending uit de stad. Toen die grote Chinook-helikopter kwam.'

Stewart dacht ook na. Dit zag er niet goed uit. Als Bushey in het bos liep, was dat geen probleem. Als hij in de studio was weggekropen, in de paranoïde waan dat ze van de FBI waren, was dat waarschijnlijk ook geen probleem – dat wilde zeggen, tenzij hij schietend naar buiten kwam.

Maar als hij in de loods was... Dát zou een probleem zijn.

Stewart zei tegen zijn broer: 'Er liggen dikke stukken hout achter in de wagen. Pak daar maar een van. Als Phil komt opdagen en moeilijk gaat doen, geef je hem een dreun.'

'En als hij een pistool heeft?' vroeg Roger, niet onredelijk.

'Dat heeft hij niet,' zei Stewart. Hoewel hij daar niet echt zeker van was, had hij zijn orders: twee propaantanks, met grote spoed af te leveren bij het ziekenhuis. *En we gaan de rest daar ook zo gauw mogelijk weghalen*, had Grote Jim gezegd. *We zijn nu officieel uit de speedbusiness gestapt.*

Dat was wel een opluchting. Als ze van dat Koepelding verlost waren, wilde Stewart ook uit de uitvaartbusiness stappen. Hij zou ergens heen gaan waar het warm was, bijvoorbeeld Jamaica of Barbados. Hij wilde nooit meer een lijk zien. Aan de andere kant wilde hij ook niet degene zijn die 'Chef' Bushey moest vertellen dat ze de zaak gingen sluiten, en dat had hij ook tegen Grote Jim gezegd.

Laat Chef maar aan mij over, had Grote Jim geantwoord.

Stewart stuurde de grote oranje wagen om het gebouw heen en reed hem achteruit tot bij de deuren. Hij liet de motor aanstaan voor de lier en de takel.

'Moet je kijken,' zei Roger Killian verwonderd. Hij keek naar het westen, waar de zon in een verontrustende rode veeg naar de horizon zakte. Straks zou hij onder de grote zwarte vlek zakken die door de bosbranden was ontstaan en in een vuile eclips verdwijnen. 'Krijg nou wat.'

'Zit niet zo te loeren,' zei Stewart. 'Ik wil dit afwerken. Fernie, pak een stuk hout. Een dik stuk.'

Fern klom over de takel heen en pakte een achtergebleven stuk hout dat ongeveer zo lang was als een honkbalknuppel. Hij nam het in beide handen en zwaaide het bij wijze van experiment heen en weer. 'Deze is goed,' zei hij.

'Net als met dat ijs van Baskin-Robbins,' zei Roger dromerig. Hij schermde zijn ogen nog af en tuurde naar het westen. Dat turen stond hem niet goed; hij leek nu net een trol.

Stewart keek op. Hij was bezig de achterdeur open te maken, een gecompliceerde aangelegenheid met een toetsenbordje en twee sloten. 'Waar lul je nou over?'

'Je kent die reclame wel. Eenendertig smaken. Net zo lang zoeken tot je de goede vindt,' zei Roger. Hij lachte en liet daarmee een rottend stel tanden zien dat nooit met Joe Boxer en waarschijnlijk ook nooit met een andere tandarts had kennisgemaakt.

Stewart had geen idee waar Roger het over had, maar zijn broer wel. 'Denk maar niet dat het reclame voor ijs is, daar op de zijkant van het gebouw,' zei Fern. 'Tenzij Baskin-Robbins in het boek Openbaringen staat.'

'Hou je kop, jullie twee,' zei Stewart. 'Fernie, ga met je stuk hout in de aanslag staan.' Hij duwde de deur open en tuurde naar binnen. 'Phil?'

'Zeg Chef tegen hem,' zei Roger. 'Zoals die nikkerkok in *South Park*. Dat wil hij graag.'

'Chef?' riep Stewart. 'Ben je daar, Chef?'

Geen antwoord. Stewart tastte in het rond, min of meer in de verwachting dat zijn hand zou worden vastgegrepen, en vond de lichtschakelaar. Hij deed het licht aan en ze zagen een ruimte die zich over ongeveer driekwart van de lengte van de loods uitstrekte. De wanden waren van ruw hout, met roze isolatieschuim tussen de tengels. De ruimte stond bijna helemaal vol met propaantanks en met tanks en flessen van allerlei formaten en merken. Hij wist niet hoeveel het er waren, maar als hij moest raden, zou hij zeggen dat het er tussen de vier- en zeshonderd waren.

Stewart liep langzaam door het middenpad en keek naar de opdruk van de tanks. Grote Jim had hem precies verteld welke ze moesten meenemen, en ook dat ze bijna achterin stonden, en inderdaad, daar stonden ze. Hij bleef staan bij de vijf grote gemeentetanks met CR ZKH op de zijkant. Die stonden tussen tanks die uit het postkantoor waren gepikt en tanks met MILL SCHOOL op de zijkant.

'We moeten er twee meenemen,' zei hij tegen Roger. 'Haal de ketting, dan hijsen we ze op. Fernie, ga jij daarheen en probeer die deur van het lab. Als hij niet op slot zit, doe hem dan op slot.' Hij gooide zijn sleutelring naar Fern.

Fern had geen enkele behoefte aan dat karweitje, maar hij was een gehoorzame broer. Hij liep door het middenpad tussen de stapels propaantanks. De rijen eindigden drie meter bij de deur vandaan – en de deur, zag hij tot zijn schrik, stond op een kier. Achter zich hoorde hij het rammelen van de ketting, en daarna het gieren van de lier en het zachte gekletter van de eerste tank die naar de wagen werd getrokken. Het klonk ver weg, vooral toen hij zich voorstelde dat Chef aan de andere kant van die deur stond te wachten, met rode ogen en stapelgek. Stijf van de dope en met een Tec-9 in zijn hand.

'Chef?' vroeg hij. 'Ben je daar?'

Geen antwoord. En hoewel hij geen enkele reden had om het te doen – waarschijnlijk betekende het dat hij zelf ook gek was –, kreeg zijn nieuwsgierigheid de overhand en gebruikte hij zijn geïmproviseerde knuppel om de deur open te duwen.

De tl-buizen in het lab waren aan, maar verder zag dit deel van de Christus is Koning-opslagloods er verlaten uit. De ongeveer twintig branders – grote elektrische dingen, elk met een eigen afzuigkap en propaanfles – waren uit. De pannen, bekers en dure kolven stonden allemaal op hun planken. Het stonk hier (dat was altijd al zo geweest en zou altijd zo blijven, dacht Fern), maar de vloer was aangeveegd en er lag geen rommel. Aan een van de wanden hing een kalender van Rennie's Used Cars; hij stond nog steeds op augustus. *Toen zal die klootzak zijn greep op de werkelijkheid zijn kwijtgeraakt*, dacht Fern. *En zweeeefde hij weg.* Hij waagde zich een beetje dieper het lab in. Het had hen allemaal rijk gemaakt, maar hij had zich er nooit op zijn gemak gevoeld. Het rook hier te veel zoals in de werkruimte onder in het uitvaartbedrijf.

Een van de hoeken was afgezet met een dik stalen paneel. Er zat een deur in het midden. Hier lag de voorraad van Chef opgeslagen, wist Fern: eersteklas methamfetamine, niet in kleine zakjes maar in grote vuilniszakken. En geen shitzooi. Een junk die op zoek naar spul door de straten van New York of Los Angeles schuifelde, zou nooit door zo'n grote hoeveelheid heen raken. Het was genoeg om de hele Verenigde Staten maanden- zo niet jarenlang te voorzien.

Waarom liet Grote Jim hem zo verrekte veel maken? vroeg Fern zich af. *En waarom zijn wij daarmee akkoord gegaan? Wat stelden we ons daarbij voor?* Hij kon geen ander antwoord bedenken dan het voor de hand liggende: omdat het kon. Ze waren bedwelmd geraakt door de combinatie van Busheys genie en al die goedkope Chinese ingrediënten. Bovendien financierden ze hiermee de CIK Corporation, die aan de hele oostkust Gods werk deed. Als iemand twijfels had, merkte Grote Jim dat altijd op. En dan citeerde hij ook uit de Schrift: *Want de werkman is zijn loon waard* – het evangelie van Lucas – en *Gij zult een dorsende os niet muilbanden* – Timotheüs 1.

Fern had dat van die ossen nooit helemaal begrepen.

'Chef?' Hij liep nog iets verder. 'Vriend?'

Niets. Hij keek op en zag ruwhouten galerijen langs twee kanten van het gebouw. Die werden voor opslag gebruikt, en de inhoud van de dozen die daar stonden zou de FBI, de FDA en de ATF in hoge mate hebben geïnteresseerd. Er was daarboven niemand, maar Fern zag wel iets wat volgens hem nieuw was: wit snoer dat langs de relingen van beide galerijen liep, met grote nieten aan het hout bevestigd. Een elektrisch snoer? Waar ging het dan heen? Had die gek daarboven nog meer branders neergezet? Zo ja, dan kon Fern ze niet zien. Het snoer leek hem ook te dik om stroom te leveren aan een enkel apparaat, zoals een tv of een ra...

'Fern!' riep Stewart. Hij schrok ervan. 'Als hij daar niet is, kom ons dan helpen! Ik wil hier weg! Ze zeiden dat de tv om zes uur meer nieuws heeft en ik wil weten of ze iets hebben ontdekt!'

In Chester's Mill werd met 'ze' steeds meer alles en iedereen in de wereld voorbij de gemeentegrenzen bedoeld.

Fern ging. Hij keek niet boven de deur en zag dus niet waaraan de nieuwe elektrische snoeren bevestigd waren: een grote baksteen van een wit kleiachtig materiaal die op zijn eigen plankje stond. Het was springstof.

Het eigen recept van Chef.

4

Toen ze naar het dorp terugreden, zei Roger: 'Halloween. Dat is op de eenendertigste.'

'Jij bent een bron van informatie,' zei Stewart.

Roger tikte tegen de zijkant van zijn onfortuinlijk gevormde hoofd. 'Ik sla het op,' zei hij. 'Dat doe ik niet met opzet. Het is een gewoonte.'

Stewart dacht: *Jamaica. Of Barbados. In elk geval ergens waar het warm is. Zodra de Koepel weg is. Ik wil nooit meer een Killian zien. Of iemand anders uit dit dorp.*

'Er zitten ook eenendertig kaarten in het spel,' zei Roger.

Fern keek hem aan. 'Waar heb je het...'

'Een geintje. Het was maar een geintje,' zei Roger, en hij liet er zo'n huiveringwekkend gierende lach op volgen dat Stewart er hoofdpijn van kreeg.

Ze naderden het ziekenhuis. Stewart zag daar een grijze Ford Taurus wegrijden.

'Hé, daar heb je dokter Rusty,' zei Fern. 'Die is vast wel blij met dit gas. Toeter even naar hem, Stewie.'

Stewie toeterde.

5

Toen de goddelozen weg waren, liet Chef Bushey eindelijk de garagedeuropener los die hij in zijn hand had gehad. Hij had in de herentoiletten van de studio gestaan en door het raam naar Roger Killian en de gebroeders Bowie gekeken. De hele tijd dat ze in de opslagloods waren en tussen zijn spullen aan het rommelen waren, had hij zijn duim op de knop gehad. Als ze met methamfetamine naar buiten waren gekomen, zou hij op de knop hebben gedrukt om de hele zaak de lucht in te laten vliegen.

'Het is in jouw handen, mijn Jezus,' had hij gemompeld. 'Zoals we als kinderen zeiden: ik wil het niet, maar ik doe het toch.'

En Jezus had het geregeld. Chef had dat gevoel al gehad toen hij George Dow en de Gospel-Tones het lied 'God, How You Care For Me' op de satellietzender hoorde, en het was een echt gevoel, een waar Teken van Boven. Ze kwamen geen speed halen, maar twee miezerige tankjes propaan.

Hij keek hen na toen ze wegreden en liep toen over het pad tussen de achterkant van de studio en de combinatie van laboratorium en opslagloods. Het was nu zíjn gebouw, zíjn methamfetamine, tenminste, totdat Jezus het allemaal voor zichzelf kwam opeisen.

Misschien met Halloween.

Misschien eerder.

Het was veel om over na te denken, en tegenwoordig kon hij beter denken als hij high was.

Veel beter.

6

Julia nam een slokje van haar whisky en genoot er zo lang mogelijk van, maar de agentes sloegen de drank achterover alsof het water was. Het was niet genoeg om dronken van te worden, maar het maakte hun tong wel losser.

'Weet je, ik ben diep geschokt,' zei Jackie Wettington. Ze sloeg haar ogen neer en speelde met haar lege sapglas, maar toen Piper haar nog een slokje aanbood, schudde ze haar hoofd. 'Het zou nooit zijn gebeurd als Duke nog in leven was. Daar moet ik steeds maar aan denken. Ook als hij reden had gehad om aan te nemen dat Barbara zijn vrouw had vermoord, zou hij zich aan de procedures hebben gehouden. Zo was hij. En de vader van een slachtoffer in het kippenhok toelaten om de dader met hem te confronteren? Nóóit.' Linda knikte instemmend. 'Ik houd mijn hart vast voor wat er met die man gaat gebeuren. En ook...'

'Dat het, als het met Barbie gebeurt, met iedereen kan gebeuren?' vroeg Julia.

Jackie knikte. Ze beet op haar lippen. Speelde met haar glas. 'Als hem iets overkomt – en nu heb ik het niet over een lynchpartij, maar over een ongelukje in zijn cel –, weet ik niet of ik dit uniform ooit nog kan aantrekken.'

Linda maakte zich vooral zorgen over iets wat eenvoudiger en meer aan de orde was. Haar man geloofde dat Barbie onschuldig was. In het vuur van haar woede (en haar afkeer van wat ze in de provisiekast van de McCains hadden aangetroffen) had ze dat idee van de hand gewezen. Per slot van rekening had Angie McCain de militaire identiteitsplaatjes van Barbie in haar grijze, verstijfde hand gehad. Maar naarmate ze er meer over nadacht, maakte ze zich ook meer zorgen. Niet alleen omdat ze altijd respect had gehad voor Rusty's beoordelingsvermogen, maar ook omdat Barbie iets had geroepen voordat Randolph hem met traangas had bespoten: *'Zeg tegen uw man dat hij de lijken moet onderzoeken. Hij móét de lijken onderzoeken!'*

'En dan nog iets,' zei Jackie, die haar glas nog in haar hand ronddraaide. 'Als een arrestant schreeuwt, is dat geen reden om traangas in zijn gezicht te spuiten. We hebben zaterdagavonden meegemaakt, vooral na belangrijke wedstrijden, waarop het daar klonk als in de dierentuin rond voedertijd. Je laat ze gewoon schreeuwen. Op een gegeven moment worden ze moe en gaan ze slapen.'

Intussen keek Julia aandachtig naar Linda. Toen Jackie klaar was, zei Julia: 'Vertel me nog eens wat Barbie zei.'

'Hij wilde dat Rusty de lijken onderzocht, vooral dat van Brenda Perkins. Hij zei dat ze niet in het ziekenhuis zouden zijn. Dat wist hij. Ze zijn bij Bowie, en dat deugt niet.'

'Dat zou inderdaad verdomde raar zijn, als ze zijn vermoord,' zei Romeo. 'Sorry voor het lelijke woord, dominee.'

Piper wuifde dat weg. 'Als hij ze heeft vermoord, begrijp ik niet waarom hij het zo belangrijk vond dat de lijken worden onderzocht. Als hij het daarentegen niet heeft gedaan, denkt hij misschien dat een sectie zijn onschuld kan aantonen.'

'Brenda was het laatste slachtoffer,' zei Julia. 'Dat is toch zo?'

'Ja,' zei Jackie. 'Ze was verstijfd, maar nog niet helemaal. Tenminste, ik had niet die indruk.'

'Ze was niet stijf,' zei Linda. 'En omdat de stijfheid ongeveer drie uur na de dood intreedt, is Brenda waarschijnlijk tussen vier en acht uur 's morgens gestorven. Dichter bij acht uur, zou ik zeggen, maar ik ben geen arts.' Ze zuchtte en streek met haar handen door haar haar. 'Rusty is dat natuurlijk ook niet, maar hij had iets meer over het tijdstip van overlijden kunnen zeggen als ze hem erbij hadden gehaald. Niemand heeft dat gedaan. Ik ook niet. Ik was zo geschrokken... er gebeurde ineens zoveel...'

Jackie schoof haar glas opzij. 'Hoor eens, Julia – jij was vanmorgen met Barbara in de supermarkt, hè?'

'Ja.'

'Even na negenen. Toen begonnen de rellen.'

'Ja.'

'Was hij daar het eerst, of jij? Want dat weet ik niet.'

Julia wist het niet meer, maar ze had de indruk dat zij daar het eerst was geweest, dus dat Barbie later was gekomen, kort na Rose Twitchell en Anson Wheeler.

'We hebben de zaak gesust,' zei ze, 'maar hij was degene die wist hoe we dat moesten aanpakken. Waarschijnlijk heeft hij daarmee voorkomen dat er nog meer mensen gewond raakten. Ik kan dat niet goed rijmen met wat jullie in die provisiekast hebben gevonden. Weten jullie enigszins wat de volgorde van de sterfgevallen was? Afgezien van het feit dat Brenda de laatste was?'

'Eerst Angie en Dodee,' zei Jackie. 'Bij Coggins was het ontbindingsproces minder ver gevorderd. Dus hij is later gestorven.'

'Wie heeft ze gevonden?'

'Junior Rennie. Hij had Angies auto in de garage zien staan en vertrouwde het niet. Maar dat is niet belangrijk. Het gaat nu om Barbara. Weet je zeker dat hij na Rose en Anse kwam? Want dat ziet er niet goed uit.'

'Ja, want hij zat niet bij Rose in de auto. Ze stapten met zijn tweeën uit. Dus als we ervan uitgaan dat hij geen mensen aan het vermoorden was, waar was hij dan...?' Maar dat was wel duidelijk. 'Piper, mag ik je telefoon gebruiken?'

'Natuurlijk.'

Julia keek even in het dunne telefoonboek en gebruikte toen Pipers mobieltje om het restaurant te bellen. Rose' begroeting was kortaf: 'We zijn tot nader order gesloten. Een stel klootzakken heeft mijn kok gearresteerd.'

'Rose? Met Julia Shumway.'

'O. Julia.' Rose klonk maar een beetje minder kribbig. 'Wat wil je?'

'Ik probeer een alibi vast te stellen voor Barbie. Wil je me helpen?'

'Reken maar. Het idee dat Barbie die mensen heeft vermoord is belachelijk. Wat wil je weten?'

'Ik wil weten of hij in het restaurant was toen de rellen bij de Food City begonnen.'

'Natuurlijk.' Rose klonk perplex. 'Waar zou hij anders vlak na het ontbijt zijn? Toen Anson en ik weggingen, was hij de roosters aan het schoonboenen.'

7

De zon ging onder, en naarmate de schaduwen langer werden, maakte Claire McClatchey zich steeds meer zorgen. Ten slotte ging ze naar de keuken om te doen wat ze steeds had uitgesteld: de mobiele telefoon van haar man gebruiken (die hij zaterdagmorgen vergeten was mee te nemen; dat vergat hij altijd) om naar haar eigen mobieltje te bellen. Ze was doodsbang dat het vier keer zou overgaan en dat ze dan haar eigen opgewekte stem zou horen, opgenomen voordat het dorp waarin ze woonde in een gevangenis met onzichtbare tralies veranderde. *'Hallo, dit is de voicemail van Claire. Spreek een boodschap in na de pieptoon.'*

Wat zou ze dan zeggen? *'Joe, bel terug als je niet dood bent?'*

Ze stak haar vinger naar de toetsen uit, maar aarzelde. *Bedenk wel: als hij de eerste keer niet opneemt, zit hij op zijn fiets en kan hij de telefoon niet gauw genoeg uit zijn rugzak krijgen. Dan neemt hij wel op als je hem de tweede keer belt, want dan weet hij dat jij het bent.*

Maar als ze de tweede keer de voicemail kreeg? En de derde keer? Waarom had ze hem eigenlijk ooit laten gaan? Ze moest wel gek zijn geweest.

Ze deed haar ogen dicht en zag het allemaal al voor zich met de helderheid van een nachtmerrie: de telefoonpalen en etalageruiten van Main Street beplakt met foto's van Joe, Benny en Norrie, zoals die foto's van kinderen die je op de prikborden van wegrestaurants zag, altijd met het onderschrift: VOOR HET LAATST GEZIEN OP...

Ze deed haar ogen open en toetste vlug het nummer in, voordat ze niet meer durfde. Ze bereidde zich voor op wat ze zou inspreken – *'ik bel over tien seconden opnieuw en het is je geraden dat je dan opneemt, jongeman'* – en was stomverbaasd toen haar zoon al luid en duidelijk opnam toen zijn toestel nog niet één keer helemaal was overgegaan.

'Ma! Hé, ma!' Levend en meer dan levend: bruisend van opwinding, zo te horen.

'Waar ben je?' probeerde ze te zeggen, maar ze kon niet meteen iets uitbrengen. Geen woord. Haar benen voelden aan alsof ze van rubber of elastiek waren; ze leunde tegen de muur om niet op de vloer te vallen.

'Ma? Ben je daar?'

Op de achtergrond hoorde ze een auto rijden. Ze hoorde ook Benny, zacht maar duidelijk, naar iemand roepen: 'Dokter Rusty! Yo, man, whoa!'

Eindelijk kon ze haar stem in de versnelling zetten. 'Ja. Ik ben het. Waar zijn jullie?'

'Boven aan Town Common Hill. Ik wilde je bellen omdat het donker wordt – tegen je zeggen dat je je geen zorgen moet maken – en toen ik de telefoon in mijn hand had, ging hij over. Ik schrok me rot.'

Nou, zo bleef er niet veel meer te verwijten over, hè? *Boven aan Town Common Hill. Ze zijn hier over tien minuten. Dan is Benny weer aan anderhalve kilo voedsel toe. Dank je, God.*

Norrie zei iets tegen Joe. Het klonk als: *'vertel het haar, vertel het haar'*. Toen hoorde ze haar zoon weer. Hij sprak met zo'n harde juichstem dat ze het apparaatje enigszins bij haar oor vandaan moest houden. 'Ma, ik denk dat we het hebben gevonden! Ik weet het bijna zeker! Het is in de boomgaard boven op Black Ridge!'

'Wat hebben jullie gevonden, Joey?'

'Ik weet het niet zeker en ik wil niet meteen conclusies trekken, maar het is waarschijnlijk het ding dat de Koepel veroorzaakt. Dat moet bijna wel. We zagen een knipperlicht zoals ze ook op zendmasten zetten om vliegtuigen te waarschuwen, maar dan op de grond en paars in plaats van rood. We zijn niet zo dichtbij geweest dat we verder nog iets konden zien. We raakten alle drie bewusteloos. Toen we bijkwamen, voelden we ons goed, maar toen werd het la...'

'Bewústeloos?' Claire schreeuwde het bijna uit. 'Hoe bedoel je bewústeloos? Kom naar huis! Kom onmiddellijk naar huis, dan kan ik je bekijken!'

'Er is niets aan de hand, ma,' zei Joe sussend. 'Ik denk dat het... Je weet dat mensen een schokje krijgen als ze de Koepel voor het eerst aanraken, en daarna niet meer? Ik denk dat het zoiets was. Ik denk dat je de eerste keer bewusteloos raakt en dat je daarna immuun bent of zoiets. Weer helemaal de oude. Dat denkt Norrie ook.'

'Het kan me niet schelen wat zij denkt of wat jij denkt, jongeman! Jij komt nu onmiddellijk naar huis, zodat ik kan zien of je niets mankeert, of anders maak ik je achterwerk immuun.'

'Oké, maar we moeten in contact komen met die Barbara. Hij is op het idee van de geigerteller gekomen, en goh, had hij even gelijk! Verder moeten we met dokter Rusty praten. Hij reed ons net voorbij. Benny probeerde hem te laten stoppen, maar dat deed hij niet. Zullen we vragen of hij en Barbara naar ons huis komen? We moeten bespreken wat we nu gaan doen.'

'Joe... Barbara is...'

Claire zweeg. Moest ze haar zoon vertellen dat Barbara – die door sommige mensen tegenwoordig kolonel Barbara werd genoemd – gearresteerd was voor vier moorden?

'Wat?' vroeg Joe. 'Wat is er met hem?' De blije triomf in zijn stem had plaatsgemaakt voor bezorgdheid. Ze nam aan dat hij haar stemmingen net zo goed aanvoelde als zij de zijne. En het was duidelijk dat hij zijn hoop op Barbara had gevestigd – en Benny en Norrie waarschijnlijk ook. Dit was geen nieuws dat ze voor hen verborgen kon houden (hoe graag ze dat ook zou willen), maar ze hoefde het niet door de telefoon te vertellen.

'Kom naar huis,' zei ze. 'We praten er hier over. En Joe... Ik ben vreselijk trots op je.'

8

Jimmy Sirois stierf aan het eind van die middag, terwijl Joe de Vogelverschrikker en zijn vrienden in volle vaart naar het dorp terug fietsten.

Rusty zat met zijn arm om Gina Buffalino heen op de gang en liet haar uithuilen tegen zijn borst. Ooit zou hij zich helemaal niet op zijn gemak hebben gevoeld om zo met een meisje van amper zeventien te zitten, maar de tijden waren veranderd. Je hoefde alleen maar naar deze gang te kijken – verlicht door sissende gaslantaarns in plaats van tl-buizen die hun schijnsel kalm vanaf het systeemplafond verspreidden – om te weten dat de tijden veranderd waren. Zijn ziekenhuis was een schimmengalerij geworden.

'Het is niet jouw schuld,' zei hij. 'Niet jouw schuld, niet de mijne, zelfs niet de zijne. Hij had er niet om gevraagd om diabetes te krijgen.'

Al waren er mensen die daar jarenlang mee door het leven gingen. Mensen die goed voor zichzelf zorgden. Jimmy, een halve kluizenaar die in zijn eentje aan God Creek Road woonde, was niet een van die mensen geweest. Toen hij eindelijk naar het medisch centrum was gereden – dat was afgelopen donderdag geweest – had hij niet eens uit zijn auto kunnen stappen. Hij was blijven toeteren tot Ginny kwam kijken wie het was en wat er aan de hand was. Toen Rusty de broek van de oude man had uitgetrokken, had hij een kwabbig rechterbeen gezien dat akelig doods blauw was geworden.

Ook als Jimmy verder niets had gemankeerd, zou de zenuwbeschadiging waarschijnlijk onherstelbaar zijn geweest.

'Het doet helemaal geen pijn, dokter,' had Jimmy tegen Ron Haskell gezegd, vlak voordat hij in coma raakte. Sindsdien was hij afwisselend bij en buiten bewustzijn. Het been was steeds erger geworden en Rusty had de amputatie uitgesteld, al wist hij dat het er toch van moest komen, wilde Jimmy ook nog maar enige kans maken.

Toen de stroom uitviel, bleef het vocht door de infuusslangen gaan die Jimmy en twee andere patiënten van antibiotica voorzagen, maar hielden de meters ermee op, zodat het niet meer mogelijk was de dosis nauwkeurig af te stemmen. Erger nog: Jimmy's hartmonitor en beademingsapparaat lieten het ook afweten. Rusty haalde de oude man van de beademing af, legde een ambumasker over zijn gezicht en gaf Gina een opfrissingscursus over het gebruik van de ambuballon. Ze was er goed in, en deed het heel ijverig, maar omstreeks zes uur was Jimmy toch gestorven.

Nu was ze ontroostbaar.

Ze hief haar betraande gezicht van zijn borst en zei: 'Heb ik hem te veel gegeven? Te weinig? Heb ik hem verstikt?'

'Nee. Jimmy zou waarschijnlijk toch doodgaan, en op deze manier is hem een heel onaangename amputatie bespaard gebleven.'

'Ik denk dat ik dit niet meer kan,' zei ze, en ze huilde weer. 'Het is te griezelig. Het is afschúwelijk.'

Rusty wist niet wat hij daarop moest zeggen, maar hij hoefde niet te reageren.

'Het komt wel goed met je,' zei een schorre, gesmoorde stem. 'Dat moet wel, meisje, want we hebben je nodig.'

Het was Ginny Tomlinson. Ze liep langzaam door de gang naar hen toe. Ze zag eruit als een slachtoffer van huiselijk geweld, maar haar ogen stonden helder.

'Je zou niet op de been moeten zijn,' zei Rusty.

'Waarschijnlijk niet,' beaamde Ginny, en ze ging met een zucht van verlichting aan Gina's andere kant zitten. Door haar verbonden neus en de kleefstroken die zich onder haar ogen uitstrekten leek ze net een ijshockeykeeper na een zware wedstrijd. 'Evengoed ga ik weer aan het werk.'

'Misschien morgen...' begon Rusty.

'Nee, nu.' Ze pakte Gina's hand vast. 'En jij ook, meisje. Op de verpleegopleiding had een taaie oude verpleegster een gezegde: "Je mag stoppen als het bloed is opgedroogd en de rodeo voorbij is."'

'En als ik een fout maak?' fluisterde Gina.

'We maken allemaal fouten. Het is zaak er zo min mogelijk te maken. En ik zal je helpen. Jou en Harriet. Nou, wat zeg je?'

Gina keek twijfelend naar Ginny's gezwollen gezicht, waarvan de schade nog erger leek door een oude bril die Ginny ergens had gevonden. 'Weet je zeker dat je weer aan het werk kunt, Ginny?'

'Jij helpt mij, en ik help jou. Ginny en Gina, het dappere tweetal.' Ze stak haar vuist op. Gina kon weer een beetje glimlachen en tikte met haar knokkels tegen die van Ginny.

'Dat is allemaal goed en wel,' zei Rusty, 'maar als je je zwakjes voelt, moet je een bed opzoeken en een tijdje gaan liggen. Dat is een bevel van dokter Rusty.'

Ginny huiverde doordat ze glimlachte en haar neusvleugels meteen protesteerden. 'Een bed is niet nodig. Ik neem Ron Haskells oude bank in de huiskamer wel.'

Rusty's mobieltje ging. Hij gaf de vrouwen een teken dat ze weg moesten gaan. Ze liepen pratend weg, Gina met haar arm om Ginny's middel.

'Hallo, met Eric,' zei hij.

'Met Erics vrouw,' zei een timide stem. 'Ze belt om zich bij Eric te verontschuldigen.'

Rusty liep naar een vrije onderzoekskamer en deed de deur dicht.

'Je hoeft je niet te verontschuldigen,' zei hij... al was hij daar niet zo zeker van. 'Het zijn gespannen tijden. Hebben ze hem laten gaan?' Dat leek hem een volkomen redelijke vraag, gezien de Barbie die hij had leren kennen.

'Dat bespreek ik liever niet door de telefoon. Kun je thuiskomen, schat? Alsjeblieft? Ik moet met je praten.'

Rusty nam aan dat hij dat inderdaad wel kon. Hij had één patiënt in kritieke toestand gehad, maar die had zijn professionele leven aanzienlijk vereenvoudigd door dood te gaan. En hoewel hij blij was weer goede maatjes te zijn met de vrouw van wie hij hield, maakte hij zich zorgen over de behoedzame ondertoon die hij nu in haar stem beluisterde.

'Goed,' zei hij, 'maar niet lang. Ginny is weer op de been, maar als ik haar niet in de gaten houd, overdrijft ze. Zullen we samen eten?'

'Ja.' Ze klonk opgelucht. Rusty was blij. 'Ik ontdooi een beetje kippensoep. We kunnen beter zo veel mogelijk diepvriesdingen eten, zolang we nog de stroom hebben om ze goed te houden.'

'Eén ding. Geloof je nog steeds dat Barbie schuldig is? Ongeacht wat alle andere mensen denken. Geloof jij het?'

Een lange stilte. Toen zei ze: 'We hebben het erover als je hier bent.' En daarna verbrak ze de verbinding.

Rusty leunde met zijn zitvlak tegen de onderzoekstafel. Hij hield de telefoon nog even in zijn hand en drukte toen op de END-knop. Er waren op dat moment veel dingen waarvan hij niet zeker was – hij voelde zich net iemand die in een zee van verbijstering zwom –, maar van één ding was hij zeker: zijn vrouw dacht dat er misschien iemand meeluisterde. Maar wie? Het leger? Het ministerie van Binnenlandse Veiligheid?

Grote Jim Rennie?

'Belachelijk,' zei Rusty tegen de lege kamer. Toen ging hij op zoek naar Twitch om tegen hem te zeggen dat hij even uit het ziekenhuis weg was.

9

Twitch was bereid een oogje op Ginny te houden en ervoor te zorgen dat ze niet overdreef, maar daar moest wel iets tegenover staan: voordat Rusty wegging, moest hij Henrietta Clavard onderzoeken, die gewond was geraakt in de mêlee bij de supermarkt.

'Wat is er met haar aan de hand?' vroeg Rusty, die het ergste vreesde. Henrietta was sterk en fit voor een oude dame, maar vierentachtig was vierentachtig.

'Ze zegt, en nu citeer ik: "Een van die waardeloze Mercier-zussen heeft verdomme mijn kont gebroken." Ze denkt dat het Carla Mercier was. Die nu mevrouw Venziano is.'

'Ja,' zei Rusty, en toen mompelde hij onwillekeurig: 'Het is een kleine plaats, en we staan allemaal achter het team. Nou, is het dat?'

'Is het wat, sensei?'

'Gebroken.'

'Ik weet het niet. Ze wil het niet aan mij laten zien. Ze zegt, en nu citeer ik óók: "Ik laat mijn onderkant alleen aan professionele ogen zien."'

Ze barstten in lachen uit, en probeerden het geluid te dempen.

Achter de gesloten deur zei de schorre, van pijn doortrokken stem van de oude dame: 'Mijn kont is gebroken, niet mijn oren. Ik hoorde dat.'

Rusty en Twitch lachten nog harder. Twitch was schrikbarend rood geworden.

Achter de deur zei Henrietta: 'Als het jullie kont was, kereltjes, zouden jullie wel anders piepen.'

Rusty ging naar binnen, nog steeds met een lach. 'Het spijt me, mevrouw Clavard.'

Ze stond in plaats van te zitten, en tot zijn immense opluchting lachte ze zelf ook. 'Nee,' zei ze. 'Er moet in deze ellende toch iets zijn waarom je kunt lachen. Laat ik dat dan maar zijn.' Ze dacht even na. 'Trouwens, ik was daar net zo goed aan het stelen als de anderen. Waarschijnlijk heb ik het verdiend.'

10

Henrietta's achterste bleek lelijk gekneusd maar niet gebroken te zijn. Dat was maar goed ook, want een verbrijzeld stuitbeen was zeker niet iets om grapjes over te maken. Rusty gaf haar een crème die de pijn verzachtte, hoorde dat ze thuis Advil had en stuurde haar weg. Mank maar tevreden ging ze naar huis, of tenminste zo tevreden als een vrouw van haar leeftijd en met haar persoonlijkheid ooit kon worden.

Bij zijn tweede ontsnappingspoging, ongeveer een kwartier na Linda's telefoontje, hield Harriet Bigelow hem staande toen hij net de deur uit wilde gaan. 'Ik moet je van Ginny vertellen dat Sammy Bushey weg is.'

'Weg waarheen?' vroeg Rusty. Hij vroeg dat in de ouderwetse veronderstelling dat er maar één domme vraag was: de vraag die je niet stelde.

'Dat weet niemand. Ze is gewoon weg.'

'Misschien is ze naar de Sweetbriar om te kijken of daar iets te eten is. Dat hoop ik maar, want als ze helemaal naar huis terugloopt, is de kans groot dat haar hechtingen het begeven.'

Harriet keek geschrokken. 'Zou ze, eh, dood kunnen bloeden? Doodbloeden uit je woe-woe... Dat zou érg zijn.'

Rusty had veel termen voor de vagina gehoord, maar deze was nieuw voor hem. 'Waarschijnlijk niet, maar het kan wel betekenen dat ze hier een hele tijd moet liggen. Hoe gaat het met haar baby?'

Harriet schrok. Ze was een serieus klein ding dat de neiging had om achter haar dikke brillenglazen verstrooid met haar ogen te knipperen als ze nerveus was; het soort meisje, dacht Rusty, dat over vijftien jaar, nadat ze *summa cum laude* was afgestudeerd aan Smith of Vassar, een zenuwinzinking kreeg.

'De baby! O nee, Little Walter!' Ze rende de gang door voordat Rusty haar kon tegenhouden en kwam toen weer opgelucht terug. 'Hij is er nog. Hij is niet erg levendig, maar dat schijnt zijn aard te zijn.'

'Dan komt ze vast wel terug. Welke problemen ze verder ook heeft, ze is

gek op dat kind. Op een nonchalante manier.'
'Hè?' Ze knipte weer verwoed met haar ogen.
'Laat maar. Ik ben zo gauw mogelijk terug, Hari. Hou je haaks.'
'Haaks?' Haar oogleden konden elk moment vlam vatten.
Rusty zei bijna: *Ik bedoel, houdt hem fier omhoog*, maar dat was ook niet goed. Harriet zou in zo'n geval waarschijnlijk van een wa-wa spreken.
'Blijf bezig,' zei hij.
Harriet was opgelucht. 'Doe ik, dokter Rusty. Geen probleem.'
Rusty draaide zich om en wilde weggaan, maar nu stond daar een man: slank, niet onknap om te zien als je zijn haakneus buiten beschouwing liet, met veel grijzend haar dat in een staart was samengebonden. Hij leek wel wat op wijlen Timothy Leary. Rusty vroeg zich af of hij ooit weg zou komen.
'Kan ik u helpen, meneer?'
'Nou, ik dacht dat ik u misschien zou kunnen helpen.' Hij stak een knokige hand uit. 'Thurston Marshall. Mijn vriendin en ik zaten het weekend bij Chester Pond en raakten opgesloten door wat het ook is.'
'Dat is jammer,' zei Rusty.
'Ik heb een beetje medische ervaring. Ik was gewetensbezwaarde ten tijde van de Vietnam-puinhoop. Ik dacht erover naar Canada te gaan, maar ik had plannen... nou, laat maar. Bij wijze van vervangende dienstplicht heb ik twee jaar als ziekenbroeder in een veteranenziekenhuis in Massachusetts gewerkt.'
Dat was interessant. 'Het Edith Nourse Rogers?'
'Ja. De dingen die ik daar heb geleerd, zijn waarschijnlijk een beetje verouderd, maar...'
'Meneer Marshall, ik heb een baan voor u!'

11

Toen Rusty over Route 119 reed, hoorde hij een claxon. Hij keek in zijn spiegeltje en zag dat een van de gemeentewagens van Publieke Werken aanstalten maakte te keren op Catherine Russell Drive. In het rode licht van de ondergaande zon was het moeilijk te zien wie er achter het stuur zat, maar hij dacht dat het Stewart Bowie was. En wat hij daarna zag, deed hem enorm goed: zo te zien stonden er twee propaantanks in de laadruimte van de wagen. Later zou hij zich er wel druk om maken waar ze vandaan kwamen, misschien zelfs een paar vragen stellen, maar voorlopig was hij blij dat er straks weer licht brandde en de beademingsapparaten en monitoren het weer deden. Misschien niet op de lange termijn, maar hij leefde nu van dag tot dag.

Boven aan Town Common Hill zag hij zijn skateboardpatiënt Benny Drake en twee van zijn vrienden. Een van hen was de jongen van McClatchey die voor videobeelden van de raketaanval had gezorgd. Benny zwaaide en schreeuwde. Blijkbaar wilde hij dat Rusty even stopte om een praatje te maken. Rusty zwaaide terug, maar ging niet langzamer rijden. Hij wilde erg graag naar Linda toe. Natuurlijk ook om te horen wat ze te zeggen had, maar vooral om haar te zien, zijn armen om haar heen te slaan en het helemaal goed te maken met haar.

12

Barbie moest pissen, maar hij hield het op. Hij had in Irak gevangenen verhoord en wist hoe het daar werkte. Hij wist niet of het hier al op dezelfde manier zou gaan, maar dat zou best eens kunnen. De ontwikkelingen volgden elkaar snel op en Grote Jim bleek genadeloos goed in staat te zijn om met de tijd mee te gaan. Zoals de meeste getalenteerde demagogen wist hij dat zijn publiek zo ongeveer elke absurditeit accepteerde.

Barbie had ook grote dorst en was niet verbaasd toen een van de nieuwe agenten met een glas water in zijn ene hand en een vel papier waarop een pen was geklemd in zijn andere hand naar hem toe kwam. Ja, zo gingen die dingen. Zo gingen ze in Fallujah, Takrit, Hilla, Mosul en Bagdad. En zo gingen ze nu blijkbaar ook in Chester's Mill.

De nieuwe agent was Junior Rennie.

'Moet je jezelf nou eens zien,' zei Junior. 'Zoals je er nu bij zit, sla je geen jongens in elkaar met je mooie legertrucjes.' Hij stak de hand met het papier op en wreef met zijn vingertoppen over zijn linkerslaap. Het papier ritselde.

'Je ziet er zelf ook niet zo goed uit.'

Junior liet zijn hand zakken. 'Ik voel me zo gezond als een kip.'

Dat was vreemd, vond Barbie. Sommige mensen zeiden 'kiplekker', anderen 'zo gezond als een vis', maar voor zover hij wist, zei niemand 'zo gezond als een kip'. Waarschijnlijk had het niets te betekenen, maar...

'Weet je het zeker? Je oog is helemaal rood.'

'Ik voel me hartstikke goed. En ik kom hier niet om over mezelf te praten.'
Barbie, die wist waarvoor Junior kwam, zei: 'Is dat water?'
Junior keek naar het glas alsof hij het vergeten was. 'Ja. De commandant zei dat je misschien dorst zou hebben. Je weet wel, dinsdag dorstdag.' Hij lachte hard, alsof die absurde opmerking het grappigste was wat ooit uit zijn mond was gekomen. 'Wil je het hebben?'
'Ja. Graag.'
Junior hield het glas naar voren. Barbie stak zijn hand ernaar uit. Junior trok het terug. Natuurlijk. Zo ging dat.
'Waarom heb je ze vermoord? Ik ben nieuwsgierig, *Baaarbie*. Wilde Angie niet meer met je neuken? En probeerde je het toen met Dodee en merkte je dat ze meer van crack dan van pijpen hield? Heeft Coggins misschien iets gezien wat hij niet had moeten zien? En werd Brenda achterdochtig? Waarom niet? Ze was zelf ook smeris, weet je. Omdat ze met een smeris neukte!'
Junior hinnikte van het lachen, maar onder die humor zat niets dan duistere behoedzaamheid. En pijn. Barbie was daar vrij zeker van.
'Wat? Heb je niets te zeggen?'
'Ik heb het al gezegd. Ik wil graag iets drinken. Ik heb dorst.'
'Ja, dat wil ik wel geloven. Dat traangas is rotspul, hè? Ik heb gehoord dat je in Irak hebt gediend. Hoe was dat?'
'Heet.'
Junior hinnikte opnieuw. Er viel water op zijn pols. Trilden zijn handen een beetje? En uit dat ontstoken linkeroog lekten tranen. *Junior, wat is er in godsnaam met je aan de hand? Heb je migraine? Of is het iets anders?*
'Heb je daar iemand gedood?'
'Alleen met het eten dat ik klaarmaakte.'
Junior glimlachte: *da's een goeie*. 'Jij was daar geen kok, *Baaarbie*. Je was verbindingsofficier. Dat was tenminste je functieomschrijving. Mijn vader heeft je opgezocht op internet. Er is niet veel te vinden, maar wel iets. Hij denkt dat je mensen verhoorde. Misschien deed je zelfs mee aan clandestiene operaties. Was jij zoiets als de Jason Bourne van het leger?'
Barbie zei niets.
'Kom op: heb je iemand gedood? Of moet ik vragen: hoevéél heb je er gedood? Afgezien van degenen die je hier hebt koud gemaakt, bedoel ik.'
Barbie zei niets.
'Goh, wat zou dit water lekker smaken. Het komt uit de cooler boven. Kille Willie!'
Barbie zei niets.
'Jullie Irak-veteranen zijn teruggekomen met allerlei problemen. Tenmin-

ste, dat zie ik en hoor ik op tv. Goed of nee? Ja of fout?'
Dat komt niet door migraine. Van zo'n migraine heb ik tenminste nog nooit gehoord.
'Junior, hoe erg is de pijn in je hoofd?'
'Ik heb helemaal geen pijn.'
'Hoe lang heb je die hoofdpijn al?'
Junior zette het glas zorgvuldig op de vloer neer. Hij had vanavond een pistool bij zich. Hij trok het en wees ermee door de tralies naar Barbie. De loop trilde een beetje. 'Wil je voor dokter blijven spelen?'
Barbie keek naar het pistool. Dat stond vast niet in het scenario – Grote Jim had plannen met hem, waarschijnlijk geen mooie plannen, maar niet dat Dale Barbara werd doodgeschoten in een arrestantencel, terwijl iedereen naar beneden kon rennen en dan kon zien dat de celdeur nog op slot zat en het slachtoffer ongewapend was. Aan de andere kant kon hij er niet op rekenen dat Junior zich aan het scenario hield, want Junior was ziek.
'Nee,' zei hij. 'Ik speel niet voor dokter. Neem me niet kwalijk.'
'Kwalijk? Je ziet er kwalijk genoeg uit. Een kwalijk stuk vreten.' Maar Junior was blijkbaar tevreden. Hij stak zijn pistool weer in de holster en pakte het glas water op. 'Het is mijn theorie dat je helemaal verknipt terugkwam van wat je daar hebt gezien en gedaan. Je weet wel, posttraumatisch stresssyndroom en zo. Het is mijn theorie dat er gewoon iets in je is geknapt. Zit ik er ver naast?'
Barbie zei niets.
Junior was blijkbaar ook niet geïnteresseerd. Hij stak het glas tussen de tralies door. 'Pak aan, pak aan.'
Barbie stak zijn hand naar het glas uit en dacht dat het weer teruggetrokken zou worden, maar dat gebeurde niet. Hij proefde het water. Het was niet koud en ook niet drinkbaar.
'Toe dan,' zei Junior. 'Ik heb er maar een half vaatje in geschud. Dat kun je toch wel aan? Je doet toch ook zout op je brood?'
Barbie keek Junior alleen maar aan.
'Je doet toch zout op je brood? Nou, klootzak? Nou?'
Barbie stak het glas tussen de tralies door.
'Hou het maar. Hou het maar,' zei Junior grootmoedig. 'En neem dit ook.' Hij reikte het papier met de pen door de tralies aan. Barbie pakte het vast en keek naar het papier. Het was ongeveer wat hij had verwacht. Onderaan was een lege plek waar hij zijn handtekening kon zetten.
Hij wilde het teruggeven. Junior ging achteruit met wat bijna een danspas was. Hij glimlachte en schudde zijn hoofd. 'Hou dat ook maar. Mijn vader zei al dat je het niet meteen zou tekenen, maar denk erover na. En denk

ook na over een glas water zonder zout erin. En eten. Een lekkere cheeseburger. Misschien een cola. Er staan nog koude flesjes in de koelkast boven. Zou je een lekkere cola willen?'

Barbie zei niets.

'Doe je zout op je brood? Toe dan, niet zo verlegen. Nou, hufterzak?'

Barbie zei niets.

'Je draait wel bij. Als je maar genoeg honger en dorst hebt. Dat zegt mijn vader, en hij heeft meestal gelijk in die dingen. Dag dag, *Baaarbie*.'

Hij liep door de gang, maar draaide zich toen om.

'Je had mij nooit moeten slaan, weet je. Dat was je grote fout.'

Toen Junior de trap op ging, zag Barbie dat hij een klein beetje mank liep. Beter gezegd: hij trok met zijn been. Ja, hij trok met zijn linkerbeen en hees zich met zijn rechterhand aan de leuning op om het gebrek te compenseren. Hij vroeg zich af wat Rusty Everett van zulke symptomen zou denken. Hij vroeg zich af of hij ooit de kans zou krijgen het hem te vragen.

Barbie keek naar de ongetekende bekentenis. Het liefst zou hij hem verscheuren en de snippers op de vloer buiten de cel laten neerdwarrelen, maar dat zou een onnodige provocatie zijn. Hij zat nu in het nauw en kon het best stil blijven zitten. Hij legde het papier op het bed, met de pen erbovenop. Toen pakte hij het glas water op. Zout. Er zat zout in. Hij kon het ruiken. Het deed hem denken aan de toestand waarin Chester's Mill nu verkeerde... of altijd al verkeerd had? Zelfs voor de Koepel? Hadden Grote Jim en zijn vrienden al een hele tijd zout in het water gedaan? Barbie dacht van wel. Hij dacht ook dat het een wonder zou zijn als hij levend uit dit politiebureau kwam.

Aan de andere kant waren het amateurs; ze waren het toilet vergeten. Waarschijnlijk was geen van hen ooit in een land geweest waar zelfs slootwater begeerlijk was als je met veertig kilo materieel liep te zeulen en het zesenveertig graden was. Barbie goot het zoute water in de hoek van de cel. Toen piste hij in het glas en zette het onder het bed. Daarna knielde hij voor de toiletpot neer als iemand die zat te bidden en dronk tot hij voelde dat zijn buik zich uitzette.

13

Linda zat op het trapje voor het huis toen Rusty kwam aanrijden. In de achtertuin duwde Jackie Wettington de meisjes, die op de schommel zaten. De meisjes spoorden haar aan harder te duwen, zodat ze hoger door de lucht vlogen.

Linda kwam met uitgestoken armen naar hem toe. Ze kuste hem op zijn mond, ging een stap terug om hem te bekijken en kuste hem toen opnieuw, haar mond open, haar handen op zijn wangen. Hij voelde de kortstondige, vochtige aanraking van haar tong en kreeg meteen een stijve. Ze voelde het en drukte zich ertegenaan.

'Goh,' zei hij. 'We zouden vaker ruzie moeten maken in het openbaar. En als je daar niet mee ophoudt, doen we nog iets anders in het openbaar.'

'Dat gaan we ook doen, maar niet in het openbaar. Eerst... moet ik nog een keer zeggen dat het me spijt?'

'Nee. Ik?'

Ze schudde haar hoofd, pakte zijn hand vast en nam hem mee naar het trapje. 'Goed. Want we hebben dingen te bespreken. Belangrijke dingen.'

Hij legde zijn andere hand over de hare. 'Ik luister.'

Ze vertelde hem wat er op het politiebureau was gebeurd – dat Julia was weggestuurd nadat Andy Sanders in het cellenblok was toegelaten om de arrestant te zien. Dat ze naar de kerk waren gegaan, waar Jackie en zij in alle privacy met Julia wilden praten. Ze vertelde over het latere gesprek in de pastorie, waar Piper Libby en Rommie Burpee ook bij waren geweest. Toen ze zei dat het lijk van Brenda Perkins nog maar net begon te verstijven, spitste Rusty zijn oren.

'Jackie!' riep hij. 'Hoe zeker ben je van die verstijving?'

'Vrij zeker!' riep ze terug.

'Hallo, papa!' riep Judy. 'Jannie en ik gaan over de kop!'

'Nee, dat gaan jullie niet,' riep Rusty terug, en hij wierp handkussen naar hen. De meisjes vingen ze op; ze waren keien in het opvangen van kussen.

'Hoe laat was het toen je de lijken zag, Lin?'

'Ongeveer halfelf, denk ik. Die toestanden in de supermarkt waren allang voorbij.'

'En als Jackie goed heeft gezien dat de verstijving nog maar net was begonnen... Maar daar kunnen we nooit helemaal zeker van zijn, hè?'

'Nee, maar luister. Ik heb met Rose Twitchell gepraat. Barbara kwam om tien voor zes bij de Sweetbriar aan. Vanaf dat moment tot aan het moment waarop de lijken werden ontdekt heeft hij een alibi. Dus wanneer had hij haar moeten vermoorden? Om vijf uur? Halfzes? Hoe waarschijnlijk is dat, als vijf uur later de verstijving nog maar net was ingetreden?'

'Niet waarschijnlijk, maar ook niet onmogelijk. Rigor mortis wordt door allerlei factoren bepaald. Bijvoorbeeld door de temperatuur op de plaats waar het lijk zich bevindt. Hoe warm was het in die provisiekast?'

'Warm,' gaf ze toe, en toen sloeg ze haar armen over elkaar en pakte haar eigen schouders vast. 'Warm en stinkend.'

'Zie je wat ik bedoel? Onder die omstandigheden kan hij haar om bijvoorbeeld vier uur 's nachts ergens anders hebben vermoord om haar vervolgens daarheen te brengen en in de...'

'Ik dacht dat je aan zijn kant stond.'

'Dat sta ik ook, en het is echt niet waarschijnlijk, want het zal om vier uur 's nachts veel kouder in die provisiekast zijn geweest. En waarom zou hij om vier uur 's nachts bij Brenda zijn geweest? Wat zouden ze zeggen? Dat hij het met haar deed? Zelfs wanneer hij op oudere vrouwen – véél oudere vrouwen – viel... Drie dagen na de dood van de man met wie ze meer dan dertig jaar getrouwd was geweest?'

'Ze zouden zeggen dat het niet met wederzijdse instemming gebeurde,' zei ze somber. 'Ze zouden zeggen dat het verkrachting was. Dat zeggen ze ook al over die twee meisjes.'

'En Coggins?'

'Als ze Barbie erin willen luizen, bedenken ze wel iets.'

'Gaat Julia dit alles afdrukken?'

'Ze gaat het verhaal schrijven en daarin vragen oproepen, maar voorlopig zwijgt ze over die verstijving. Randolph is misschien te dom om te begrijpen waar die informatie vandaan komt, maar Rennie niet.'

'Evengoed kan het gevaarlijk zijn,' zei Rusty. 'Als ze haar het zwijgen opleggen, kan ze nergens een klacht indienen.'

'Volgens mij kan dat haar niet schelen. Ze is woedend. Ze gelooft zelfs dat die rellen bij de supermarkt doorgestoken kaart zijn.'

Waarschijnlijk wel, dacht Rusty. Hij zei: 'Ik wou dat ik die lijken had gezien.'

'Misschien kan dat nog steeds.'

'Ik weet wat je denkt, schat, maar het kan jou en Jackie jullie baan kosten. Of erger nog, als dit Grote Jims manier is om van een vervelend probleem af te komen.'

'We kunnen hem niet zomaar in de cel laten zitten...'

'Bovendien schieten we er misschien niets mee op. Waarschijnlijk niet. Als Brenda tussen vier en acht uur stijf begon te worden, is ze nu waarschijnlijk helemaal stijf en valt er niet veel meer van het lijk af te leiden. Een patholoog-anatoom zou misschien wel iets kunnen ontdekken, maar die hebben we hier niet bij de hand.'

'Misschien is er iets anders. Iets aan haar lijk of een van de andere lijken. Ken je dat bordje dat ze in sommige sectiekamers hebben hangen? "Hier spreken de doden tot de levenden"?'

'Die kans is klein. Weet je wat beter zou zijn? Als iemand Brenda in leven had gezien nadat Barbie vanmorgen om tien voor zes op zijn werk kwam. Dat zou zo'n groot gat in hun boot slaan dat ze het niet meer kunnen dichtstoppen.'

Judy en Janelle kwamen in hun pyjama's naar hen toe rennen voor een knuffel. Rusty deed zijn plicht in dat opzicht. Jackie Wettington, die achter hen aan kwam, hoorde Rusty's laatste opmerking en zei: 'Ik zal hier en daar vragen stellen.'

'Maar onopvallend,' zei hij.

'Reken maar. En voor de goede orde: ik ben nog steeds niet helemaal overtuigd. Die identiteitsplaatjes zaten wel in Angies hand.'

'En in de tijd tussen het moment waarop hij ze verloor en het moment waarop de lichamen werden gevonden heeft hij niet gemerkt dat ze weg waren?'

'Welke lichamen, papa?' vroeg Jannie.

Hij zuchtte. 'Het is ingewikkeld, schatje. En niets voor kleine meisjes.'

Haar ogen vertelden hem dat het goed was. Intussen was haar jongere zusje een paar late bloemen gaan plukken, maar ze kwam met lege handen terug. 'Ze gaan dood,' meldde ze. 'Helemaal bruin en vies aan de randen.'

'Het zal wel te warm voor ze zijn,' zei Linda, en een ogenblik dacht Rusty dat ze ging huilen. Hij greep meteen in.

'Meisjes, gaan jullie je tanden poetsen. Neem een beetje water uit de kan op het aanrecht. Jannie, ik benoem jou tot waterschenker. Vooruit.' Hij keek de vrouwen weer aan. Linda in het bijzonder. 'Gaat het?'

'Ja. Alleen... Het komt steeds op verschillende manieren op me af. Ik denk: die bloemen moeten niet doodgaan, en dan weer: Dit alles had nooit moeten gebeuren.'

Ze zwegen een ogenblik en dachten daarover na. Toen sprak Rusty weer.

'We moeten afwachten of Randolph me vraagt de lijken te onderzoeken. Als hij dat doet, kan ik ze bekijken zonder dat jullie in de problemen komen. Als hij het niet doet, kunnen we daar iets uit afleiden.'

'Intussen zit Barbie in de cel,' zei Linda. 'Misschien proberen ze op dit moment al een bekentenis uit hem los te krijgen.'

'Stel, je laat je insigne zien en krijgt mij in het uitvaartbedrijf,' zei Rusty. 'Stel dat ik iets vind wat Barbie vrijpleit. Denk je dat ze dan gewoon zeggen: "O jee, wij zijn fout" en hem vrijlaten? En dat ze hem dan de leiding geven? Want dat wil de overheid; dat weet de hele gemeente. Denk je dat Rennie zou toestaan...'

Zijn mobiele telefoon ging. 'Die dingen zijn de ergste uitvinding aller tijden,' zei hij, maar het was tenminste niet het ziekenhuis.

'Meneer Everett?' Een vrouw. Hij kende die stem, maar kon hem niet thuisbrengen.

'Ja, maar tenzij dit een noodgeval is: ik heb het momenteel nogal dru...'

'Ik weet niet of het een noodgeval is, maar het is erg, erg belangrijk. En omdat meneer Barbara – kolonel Barbara, bedoel ik – gearresteerd is, moet ik het aan u voorleggen.'

'Mevrouw McClatchey?'

'Ja, maar u moet met Joe praten. Hier komt hij.'

'Dokter Rusty?' De stem klonk gespannen, bijna ademloos.

'Hallo, Joe. Wat is er?'

'Ik denk dat we de generator hebben gevonden. Wat moeten we nu doen?'

Het werd plotseling zo'n donkere avond dat hun mond openviel en Linda de arm van Rusty vastpakte, maar het was alleen de grote rookvlek op de westelijke kant van de Koepel. De zon was daarachter verdwenen.

'Waar?'

'Black Ridge.'

'Was er straling?' Hij wist dat die er moest zijn geweest; hoe hadden ze hem anders kunnen vinden?

'Het laatste meetresultaat was plus tweehonderd,' zei Joe. 'Nog net niet in de gevarenzone. Wat moeten we doen?'

Rusty streek met zijn vrije hand door zijn haar. Er gebeurde te veel. Te veel, te snel. Zeker voor een eenvoudige praktijkondersteuner die zichzelf nooit had gezien als iemand die grote beslissingen nam, laat staan als een leider.

'Vanavond niets. Het is bijna donker. We gaan hier morgen mee verder. Intussen moet je me iets beloven, Joe. Praat hier met niemand over. Jij weet het, Benny en Norrie weten het, en je moeder weet het. Hou het zo.'

'Oké.' Joe klonk berustend. 'We hebben u veel te vertellen, maar dat kan wel wachten tot morgen, denk ik.' Hij haalde diep adem. 'Het is een beetje griezelig, hè?'

'Ja, jongen,' beaamde Rusty. 'Het is een beetje griezelig.'

14

De man die over het lot van Chester's Mill besliste zat in zijn werkkamer met grote venijnige happen een plak roggebrood met cornedbeef te eten toen Junior binnenkwam. Eerder had Grote Jim drie kwartier geslapen. Nu voelde hij zich verkwikt en weer klaar om in actie te komen. Het blad van zijn bureau lag bezaaid met vellen schrijfpapier, notities die hij later in de verbrandingsoven achter zijn huis zou stoppen. Je kon nooit voorzichtig genoeg zijn.

De werkkamer werd verlicht door sissende gaslampen die een fel wit schijnsel verspreidden. Hij kon over een heleboel propaan beschikken – genoeg om vijftig jaar lang het huis te verlichten en de apparaten te laten draaien – maar voorlopig kon hij beter de gaslampen gebruiken. Als mensen voorbijliepen, wilde hij dat ze dat felle witte schijnsel zagen, want dan wisten ze dat wethouder Rennie geen bijzondere voorrechten genoot – dat wethouder Rennie net zo iemand was als zij, maar dan betrouwbaarder.

Junior liep mank. Zijn gezicht was ingevallen. 'Hij heeft niet bekend.'

Grote Jim had ook niet verwacht dat Barbara zo gauw zou bekennen en ging er niet op in. 'Wat is er met jou aan de hand? Je ziet er belabberd uit.'

'Weer hoofdpijn, maar het gaat al beter.' Dat was waar, al had hij er veel last van gehad toen hij met Barbie praatte. Die blauwgrijze ogen zagen te veel; daar leek het in elk geval sterk op.

Ik weet wat je in de provisiekast met ze hebt gedaan, zeiden die ogen. *Ik weet alles.*

Hij had zich tot het uiterste moeten bedwingen om de trekker van zijn pistool niet over te halen en die ellendige doordringende blik voorgoed te verduisteren.

'Je loopt ook mank.'

'Dat komt door die kinderen die we bij Chester Pond hebben gevonden. Ik heb er eentje gedragen, en ik denk dat ik een spier heb verrekt.'

'Is dat echt alles? Thibodeau en jij hebben een klus over...' Grote Jim keek op zijn horloge. '... over ongeveer drieënhalf uur, en jullie mogen het niet verknoeien. Het moet perfect verlopen.'

'Waarom niet zodra het donker is?'

'Omdat die heks daar bezig is haar krant in elkaar te zetten met haar twee trollen, die Freeman en die andere. Die sportverslaggever die altijd zo negatief over de Wildcats schrijft.'

'Tony Guay.'

'Ja, die. Het zou me niet veel kunnen schelen als hen iets overkwam, vooral haar niet...' Grote Jim trok zijn bovenlip op, als een hond die grijnsde. 'Maar er mogen geen getuigen zijn. Geen óóggetuigen, bedoel ik. Wat mensen hóren... dat is heel wat anders.'

'Wat wil je dat ze horen, pa?'

'Weet je zeker dat je dit aankunt? Want ik kan ook Frank met Carter sturen.'

'Néé! Ik heb je met Coggins geholpen en ik heb je vanmorgen met de oude vrouw geholpen. Ik verdién het dat ik dit doe!'

Grote Jim keek hem onderzoekend aan en knikte. 'Goed. Maar jullie mogen niet betrapt worden, zelfs niet worden gezien.'

'Maak je geen zorgen. Wat wil je dat de... de oorgetuigen horen?'

Grote Jim vertelde het hem. Grote Jim vertelde hem alles. Het was prima, vond Junior. Hij moest het toegeven: die goeie ouwe pa van hem had aan alles gedacht.

15

Toen Junior naar boven ging om 'zijn been rust te geven', at Grote Jim de rest van zijn roggebrood met cornedbeef op, veegde het vet van zijn kin en belde naar het mobiele nummer van Stewart Bowie. Hij begon met de vraag die iedereen stelt als hij naar een mobiel nummer belt. 'Waar ben je?'

Stewart zei dat ze op weg waren naar het uitvaartbedrijf om iets te drinken. Omdat hij wist hoe Grote Jim over alcoholische dranken dacht, zei hij het met de uitdagendheid van een arbeider: *mijn werk zit erop. Gun jij me nu mijn pleziertje.*

'Dat is goed, maar laat het dan wel bij één glas blijven. Je bent vanavond nog niet klaar. En Fern en Roger ook niet.'

Stewart protesteerde in alle toonaarden.

Toen hij zijn zegje had gedaan, ging Grote Jim verder: 'Ik wil dat jullie alle drie om halftien bij de middelbare school zijn. Er zijn daar dan ook een paar nieuwe agenten – onder wie drie van Rogers jongens – en ik wil jullie daar ook hebben.' Hij kwam op een idee. 'Ik wil jullie trouwens tot brigadier van politie bevorderen.'

Stewart herinnerde Grote Jim eraan dat Fern en hij vier nieuwe lijken moesten verwerken.

'Die mensen uit het huis van de McCains kunnen wachten,' zei Grote Jim. 'Ze zijn dood. We zitten hier met een noodsituatie, voor het geval het je niet was opgevallen. Zolang die niet voorbij is, moeten we er allemaal hard aan trekken. Ons steentje bijdragen. Het team steunen. Halftien bij de middelbare school. Maar ik heb eerst nog iets anders voor jullie te doen. Dat kost niet veel tijd. Geef me Fern.'

Stewart vroeg waarom Grote Jim met Fern wilde praten, die hij niet zonder reden als de domme broer beschouwde.

'Dat gaat je niks aan. Geef hem nou maar.'

Fern zei hallo. Grote Jim stak meteen van wal.

'Jij was vroeger toch bij de vrijwilligers? Totdat ze werden opgeheven.'

Fern zei dat hij inderdaad lid van die officieuze hulporganisatie van de brandweer van Chester's Mill was geweest. Hij vertelde er niet bij dat hij er al een jaar voor de opheffing van het vrijwilligersteam (nadat de wethouders het uit het budget voor 2008 hadden geschrapt) was uitgestapt. Hij vertelde er ook niet bij dat hij dat had gedaan omdat de geldinzamelingsacties van de vrijwilligers in het weekend ten koste gingen van zijn drinktijd.

Grote Jim zei: 'Ik wil dat je naar het politiebureau gaat en de sleutel van de brandweerschuur haalt. En dan kijk je of die sproeipompen die Burpee gisteren gebruikte daar staan. Ik heb gehoord dat die vrouw van Perkins en hij ze daar hebben neergezet, en het is ze geraden dat het zo is.'

Fern zei dat die sproeipompen volgens hem afkomstig waren van Burpee, zodat ze min of meer Burpees eigendom waren. De vrijwilligers hadden er een paar gehad, maar die hadden ze op eBay verkocht toen de groep werd opgeheven.

'Misschien wáren ze van hem, maar nu niet meer,' zei Grote Jim. 'Zolang de crisis duurt, zijn ze eigendom van de gemeente. We doen hetzelfde met alles wat we nodig hebben. Dat is in het belang van iedereen. En als Romeo Burpee denkt dat hij weer met de vrijwilligers kan beginnen, komt hij van een koude kermis thuis.'

Fern zei – voorzichtig – dat hij had gehoord dat Rommie vrij goed werk had geleverd toen ze na de inslag van de raketten het grasvuur bij Little Bitch Road hadden gedoofd.

'Dat was niet veel meer dan sigarettenpeuken die in een asbak liggen te smeulen,' zei Grote Jim smalend. Er klopte een adertje in zijn slaap en zijn hart sloeg te snel. Hij wist dat hij te vlug had gegeten – zoals gewoonlijk –, maar hij kon daar gewoon niets aan doen. Als hij honger had, ging hij zitten schrokken tot het eten op was. Dat was zijn aard. 'Iedereen had dat kunnen doven. Jíj ook. Maar ik weet wie er de vorige keer op me hebben gestemd en wie niet. Die laatste katoenplukkers zullen ervan lusten.'

Fern vroeg Grote Jim wat hij, Fern, met de sproeipompen moest doen.

'Je moet alleen kijken of ze in de brandweerschuur liggen. En kom dan naar de school. We zijn in het gymlokaal.'

Fern zei dat Roger Killian iets wilde zeggen.

Grote Jim rolde met zijn ogen maar wachtte af.

Roger wilde weten wie van zijn jongens politieagent werden.

Grote Jim zuchtte, zocht in de chaos van papieren op zijn bureau en vond de lijst met nieuwe agenten. De meesten waren scholieren en ze waren allemaal van het mannelijk geslacht. De jongste, Mickey Wardlaw, was nog maar vijftien, maar hij was een vechtersbaas. Rechtertackle in het footballteam tot hij eruit was gezet vanwege zijn drankgebruik. 'Ricky, Randall en Roland.'

Roger protesteerde dat het zijn oudsten waren, en de enigen die hun portie werk verzetten op de boerderij. Wie zou hem nu met de kippen helpen? was zijn vraag.

Grote Jim deed zijn ogen dicht en bad God om kracht.

16

Sammy was zich heel goed bewust van de diepe, golvende pijn in haar buik – het waren net menstruatiekrampen – en van veel scherpere pijnscheuten die lager zaten. Ze zouden haar ook moeilijk kunnen ontgaan, want er kwam er een bij elke stap. Toch bleef ze over Route 119 in de richting van Motton Road sjokken. Ze zou doorgaan, hoeveel pijn het ook deed. Ze had een doel voor ogen, en dat was niet haar woonwagen. Wat ze wilde hebben, lag niet in de woonwagen, maar ze wist waar het te vinden was. Ze zou erheen lopen al deed ze daar de hele nacht over. Ze had vijf Percocet-tabletten in de zak van haar spijkerbroek; die kon ze opkauwen als de pijn te erg werd. Die pillen werkten sneller als je erop kauwde. Dat had Phil haar verteld.

Neem haar.

We komen terug en dan nemen we je écht te grazen.

Neem dat kreng.

Je moet leren je mond dicht te houden, behalve als je op je knieën zit.

Neem haar, neem dat kreng.

Niemand zou je geloven.

Maar dominee Libby had haar geloofd, en kijk eens wat er met haar was gebeurd. Schouder uit de kom; hond dood.

Neem dat kreng.

Sammy dacht dat ze die krijsende, opgewonden stem van dat smeriswijf tot aan haar dood zou horen.

En dus liep ze door. Aan de hemel schitterden de eerste roze sterren als vonkjes waar je door een vuile ruit naar keek.

Er doken koplampen op; haar schaduw sprong een heel eind voor haar uit over de weg. Een rammelende oude boerenpick-up stopte naast haar. 'Hé daar, stap in,' zei de man achter het stuur. Alleen kwam het eruit als 'Heedaa-appin', want het was Alden Dinsmore, vader van de overleden Rory, en Alden was dronken.

Toch stapte Sammy in. Ze bewoog zich zo voorzichtig als een invalide.

Alden merkte het blijkbaar niet. Hij had een halfliterblik bier tussen zijn benen staan, en naast hem stond een halflege tray. De lege blikken rolden en kletterden bij Sammy's voeten. 'Waar ga je heen?' vroeg Alden. 'Naar Wasjeton? Noe-jok?' Hij lachte om te laten zien dat hij, dronken of niet, een grapje kon maken.

'Alleen maar naar Motton Road. Gaat u die kant op?'

'Waar je maar wilt,' zei Alden. 'Ik rij maar wat. Ik rij en denk aan mijn jongen. Hij is zattedag doodgegaan.'

'Dat vind ik heel erg voor u.'

Hij knikte en nam een slok. 'Me vaar is voge winter doodgegaan, weet je dat? Gestikt, die arme ouwe kerel. Emmefeseem. Lag de laatste jaren van zijn leven aan de zuurstof. Rory verwisselde zijn tanks. Hij was gek op die ouwe rozzak.'

'Wat erg.' Ze had dat al gezegd, maar kon ze iets anders zeggen?

Er liep een traan over zijn wang. 'Ik ga waar je maar wilt. Missy Lou. Ik rij door tot het bier op is. Wil je bier?'

'Ja, graag.' Het bier was lauw, maar ze dronk gretig. Ze had vreselijke dorst. Ze viste een van de Percocets uit haar zak en slikte hem door met een grote slok bier. Ze voelde hoe de alcohol naar haar hoofd steeg. Dat was prettig. Ze nam nog een tablet en bood hem Alden aan. 'Wilt u een van deze? Dan voelt u zich beter.'

Zonder te vragen wat het was pakte hij het tablet aan en slikte het door met bier. Ze kwamen bij Motton Road. Hij zag de kruising te laat en slingerde over de weg. De brievenbus van de Crumley's ging tegen de vlakte. Sammy vond het niet erg.

'Neem er nog een, Missy Lou.'

'Dank u.' Ze nam nog een blikje bier en trok het open.

'Wil je mijn jongen zien?' In het schijnsel van de dashboardverlichting zagen Aldens ogen er geel en nat uit. Het waren de ogen van een hond die in een kuil was getrapt en zijn poot had gebroken. 'Wil je mijn jongen Rory zien?'

'Ja,' zei Sammy. 'Dat wil ik. Ik was erbij, weet u.'
'Iedereen was erbij. Ik verruurde me weiland. Daarmee hielp ik hem wazzijnlijk de dood in. Dat zulle we nooit wete, hè?'
'Nee,' zei Sammy.
Alden stak zijn hand in de zak van zijn overall en haalde er een verfomfaaide portefeuille uit. Hij nam beide handen van het stuur om hem open te maken, tuurde erin en zocht in de kleine celluloidvakjes. 'Deze pottefulle heb ik van mijn jongens,' zei hij. 'Ro'y en Orrie. Orrie leeft nog.'
'Dat is een mooie portefeuille,' zei Sammy. Ze boog zich opzij en pakte het stuur vast. Dat had ze ook bij Phil gedaan toen ze nog samenwoonden. Vaak. Dinsmores wagen slingerde van de ene naar de andere kant van de weg, langzaam en op de een of andere manier ook statig, rakelings langs weer een brievenbus. Maar dat gaf niet; die oude roestbak reed maar dertig, en er was verder niemand op Motton Road. Op de radio stond zachtjes WCIK aan: 'Sweet Hope of Heaven' van de Blind Boys of Alabama.
Alden stak haar zijn portefeuille toe. 'Daar is hij. Das mijn jongen. Mezze opa.'
'Rijdt u terwijl ik kijk?' vroeg Sammy.
'Ja.' Alden pakte het stuur weer vast. De wagen ging een beetje sneller en reed een beetje rechter, zij het met de wielen aan weerskanten van de witte streep.
Het was een verbleekte kleurenfoto van een jongen en een oude man met hun armen om elkaar heen. De oude man droeg een Red Sox-pet en een zuurstofmasker. De jongen had een grote grijns op zijn gezicht. 'Het is een mooie jongen,' zei Sammy.
'Ja, een mooie jongen. En slim ook.' Alden gaf een schreeuw van pijn zonder tranen. Hij klonk als een ezel. Het speeksel spatte van zijn lippen. De wagen vloog opzij en kwam weer op koers.
'Ik heb ook een mooie jongen,' zei Sammy. Ze huilde. Ooit, herinnerde ze zich, had ze het leuk gevonden om Bratz te martelen. Nu wist ze hoe het aanvoelde om zelf in de magnetron te liggen. In de magnetron te branden. 'Ik ga hem kussen als ik hem zie. Dan kus ik hem weer.'
'Ja, kus hem,' zei Alden.
'Doe ik.'
'Kus hem, druk hem tegen je aan en hou hem vas.'
'Doe ik.'
'Ik zou mijn jongen ook kussen, als ik kon. Ik zou zijn kouwe-kouwe wang kussen.'
'Dat weet ik.'

'Maar we hebben hem begave. Vamogge. Psies op de plek.'
'Ik vind het heel erg voor u.'
'Neem nog een biertje.'
'Dank u.' Ze nam nog een biertje. Ze werd dronken. Het was geweldig om dronken te zijn.

En zo reden ze door, terwijl de roze sterren feller straalden aan de hemel, flonkerend maar niet vallend: vanavond geen meteorenregen. Zonder vaart te minderen reden ze langs Sammy's woonwagen, waar ze nooit meer zou komen.

17

Om ongeveer kwart voor acht tikte Rose Twitchell op de ruit van de deur van *The Democrat*. Julia, Pete en Tony stonden aan een lange tafel exemplaren te maken van de nieuwste, vier dubbele pagina's tellende editie van de krant. Pete en Tony stelden ze samen; Julia niette ze aan elkaar en voegde ze aan de stapel toe.

Toen ze Rose zag, zwaaide Julia naar haar om haar binnen te laten komen. Rose maakte de deur open en schrok een beetje. 'Jezus, wat is het hier warm.'

'We hebben de airco uitgezet om energie te sparen,' zei Pete Freeman, 'en het kopieerapparaat wordt heet als het veel wordt gebruikt. Zoals vanavond.' Maar hij keek trots. Rose vond dat ze allemaal trots keken.

'We dachten dat je het niet af kon in het restaurant,' zei Tony.

'Integendeel. Je had er vanavond een kanon kunnen afschieten. Ik denk dat veel mensen niet bij me willen komen omdat mijn kok gearresteerd is voor moord. En ook dat veel mensen elkaar niet onder ogen willen komen na wat er vanmorgen bij de Food City is gebeurd.'

'Kom eens hier en pak een krant,' zei Julia. 'Je hebt de voorpagina gehaald, Rose.'

Bovenaan stonden in rood de woorden GRATIS editie over Koepelcrisis GRATIS. En daaronder stond in de zestienpuntsletters die Julia nooit had gebruikt tot aan de laatste twee nummers van *The Democrat*:

CRISIS NEEMT TOE: RELLEN EN MOORDEN

Er stond een foto bij van Rose zelf, gezien van opzij. Ze had de megafoon aan haar lippen. Een losse haarlok hing over haar voorhoofd en ze zag er buitengewoon mooi uit. Op de achtergrond was het gangpad met pasta en sappen te zien. Potten met zo te zien spaghettisaus waren op de vloer kapotgevallen. Het bijschrift luidde: **Stille rel: Rose Twitchell, eigenares van de Sweetbriar Rose, beteugelt voedselrellen met hulp van Dale Barbara, die gearresteerd is voor moord (zie hieronder en zie commentaar, p. 4).**

'Allemachtig,' zei Rose. 'Nou... het is tenminste mijn goede kant. Als ik er een heb.'

'Rose,' zei Tony Guay ernstig. 'Je ziet eruit als Michelle Pfeiffer.'

Rose snoof en stak haar middelvinger naar hem op. Ze had het commentaar al opgezocht.

NU PANIEK, LATER SCHAAMTE
door Julia Shumway

Niet iedereen in Chester's Mill kent Dale Barbara – hij is nog niet zo lang in ons dorp –, maar de meesten hebben in de Sweetbriar Rose zijn gerechten gegeten. Degenen die hem kennen zouden tot aan vandaag hebben gezegd dat hij een echte aanwinst voor onze gemeenschap is. Hij was scheidsrechter bij de softbalwedstrijden in juli en augustus, hielp bij de boekenactie van de middelbare school in september en ruimde nog maar twee weken geleden rommel op toen het Grote Opruimdag was.

Maar vandaag is 'Barbie' (zoals hij wordt genoemd door degenen die hem kennen) gearresteerd voor vier schokkende moorden. Moorden op mensen die bekend en geliefd waren in dit dorp. Mensen die hier in tegenstelling tot Dale Barbara hun hele leven, of het grootste deel daarvan, hebben gewoond.

Onder normale omstandigheden zou 'Barbie' naar het huis van bewaring van Castle County zijn gebracht. Hij had zijn ene telefoongesprek mogen voeren en er zou hem een advocaat zijn toegevoegd als hij er niet een kon betalen. Hij zou in staat van beschuldiging zijn gesteld en het verzamelen van bewijsmateriaal – door deskundigen die weten wat ze doen – zou zijn begonnen.

Niets van dat alles is gebeurd, en we weten allemaal waarom: omdat de Koepel onze gemeente van de rest van de wereld heeft afgesneden. Maar zijn de wettelijke voorschriften en het gezond verstand ook afgesneden? Hoe schokkend het misdrijf ook is, onbewezen beschuldigingen zijn niet genoeg om de manier waarop Dale Barbara behandeld is te rechtvaardigen. Ze verklaren ook niet waarom de nieuwe politiecommandant weigert vragen te beantwoorden of deze correspondent te laten verifiëren dat Dale Barbara nog in leven is, al heeft de vader van Dorothy Sanders – burgemeester Andy Sanders – wel toestemming gekregen om de niet in staat van beschuldiging gestelde arrestant te bezoeken en zelfs uit te schelden...

'Goh.' Rose keek op. 'Ga je dit echt afdrukken?'
Julia wees naar de stapels exemplaren. 'Het is al afgedrukt. Hoezo? Heb je er bezwaar tegen?'
'Nee, maar...' Rose keek vlug naar de rest van het commentaar, dat erg lang en steeds meer pro-Barbie werd. Ten slotte werd iedereen die informatie over de misdrijven bezat opgeroepen zich te melden en werd opgemerkt dat als de crisis was afgelopen, zoals ongetwijfeld eens het geval zou zijn, het gedrag van de inwoners van Chester's Mill met betrekking tot die moorden nauwlettend zou worden bestudeerd, niet alleen in Maine en in de Verenigde Staten, maar over de hele wereld. 'Ben je niet bang dat je in moeilijkheden komt?'
'Persvrijheid, Rose,' zei Pete. Hij klonk opvallend onzeker van zichzelf.
'Dit zou Horace Greeley hebben gedaan,' zei Julia op besliste toon, en bij het horen van zijn naam keek haar corgi – die op zijn hondenbed in de hoek had liggen slapen – meteen op. Hij zag Rose en kwam naar haar toe voor een paar klopjes, en Rose wilde hem die maar al te graag geven.
'Weet je nog meer dan wat hier staat?' vroeg Rose, en ze tikte op het commentaar.
'Een beetje,' zei Julia. 'Ik houd het achter. Ik hoop op meer.'
'Barbie had nooit zoiets kunnen doen, maar toch ben ik bang dat het niet goed met hem afloopt.'
Een van de mobiele telefoons die op het bureau lagen ging over. Tony pakte hem op. '*The Democrat*. Guay.' Hij luisterde even en hield Julia de telefoon voor. 'Kolonel Cox. Voor jou. Hij klinkt niet zo blij.'
Cox. Julia was hem helemaal vergeten. Ze nam de telefoon aan.
'Mevrouw Shumway, ik moet met Barbie praten. Ik wil horen in hoeverre hij de leiding daar heeft overgenomen.'
'Dat zie ik voorlopig niet gebeuren,' zei Julia. 'Hij zit in de cel.'
'In de cél? Beschuldigd waarvan?'
'Moord. Om precies te zijn: vier moorden.'
'U maakt een grapje.'
'Zou ik dat doen, kolonel?'

Er volgde een korte stilte. Ze hoorde veel stemmen op de achtergrond. Toen Cox weer sprak, klonk zijn stem gedempt: 'Legt u het eens uit.'

'Nee, kolonel Cox, dat doe ik niet. Ik heb er de afgelopen twee uur over geschreven, en zoals mijn moeder altijd zei toen ik een klein meisje was: ik zing geen liedjes voor een cent. Bent u nog in Maine?'

'In Castle Rock. Daar hebben we onze voorpost.'

'Dan stel ik voor dat we elkaar ontmoeten op dezelfde plaats als de vorige keer. Op Motton Road dus. Ik kan u geen exemplaar van *The Democrat* van morgen geven, al is hij gratis, maar ik kan hem wel tegen de Koepel houden, dan kunt u het zelf lezen.'

'E-mail het verhaal naar mij.'

'Dat doe ik niet. Ik vind e-mail de antithese van het krantenvak. In dat opzicht ben ik erg ouderwets.'

'U bent een lastpak, lieve dame.'

'Ik mag dan lastig zijn, maar ik ben niet uw lieve dame.'

'Vertelt u me dan dit: is het doorgestoken kaart? Heeft het iets te maken met Sanders en Rennie?'

'Kolonel, is de paus katholiek?'

Stilte. Toen zei hij: 'Ik zie u over een uur.'

'Ik breng iemand mee. Barbies werkgeefster. Ik denk dat u geïnteresseerd zult zijn in wat ze te zeggen heeft.'

'Goed.'

Julia hing op. 'Wil je een ritje met me maken naar de Koepel, Rose?'

'Natuurlijk, als ik Barbie daarmee help.'

'Dat mogen we hopen, maar ik heb min of meer het gevoel dat we op onszelf zijn aangewezen.' Julia richtte haar aandacht op Pete en Tony. 'Willen jullie de rest van die kranten nieten? Maak er stapels van bij de deur, en sluit alles af als jullie weggaan. Zorg dat jullie vannacht goed slapen, want morgen zijn we allemaal krantenjongen. Deze krant krijgt de ouderwetse behandeling. Elk huis in het dorp. De boerderijen in de buurt. En Eastchester natuurlijk. Daar wonen veel nieuwe mensen, en die zijn in theorie minder ontvankelijk voor de mystiek van Grote Jim.'

Pete trok zijn wenkbrauwen op.

'Onze meneer Rennie is het thuisteam,' zei Julia. 'Op de gemeentevergadering van donderdagavond zal hij het woord nemen en proberen de gemeente op te winden als een zakhorloge. Maar de bezoekers mogen de aftrap doen.' Ze wees naar de kranten. 'Dit is onze aftrap. Als maar genoeg mensen dit lezen, krijgt hij lastige vragen te beantwoorden voordat hij zijn toespraak kan houden. Misschien kunnen we hem een beetje uit zijn ritme brengen.'

'Misschien een heleboel, als we erachter komen wie er met stenen hebben gegooid bij de Food City,' zei Pete. 'En weet je wat? Ik denk dat we daarachter komen. Ik denk dat dit alles in allerijl is opgezet. Er moeten losse eindjes zijn.'

'Ik hoop alleen dat Barbie nog leeft als we aan die eindjes gaan trekken,' zei Julia. Ze keek op haar horloge. 'Kom, Rosie, we gaan een eindje rijden. Wil je mee, Horace?'

Dat wilde Horace wel.

18

'U kunt me hier afzetten,' zei Sammy. Het was een fraai huis in ranch-stijl in Eastchester. Hoewel het huis donker was, was het gazon verlicht, want ze waren nu dicht bij de Koepel, waar felle lampen waren neergezet bij de gemeentegrens van Chester's Mill en Harlow.

'Nog een biertje voor onderweg, Missy Lou?'

'Nee, hier houdt de reis voor mij op.' Al was dat niet zo. Ze moest nog naar het dorp terug. In het gele schijnsel van het koepellicht leek Alden Dinsmore vijftentachtig in plaats van vijfenveertig. Ze had nooit eerder zo'n bedroefd gezicht gezien... behalve misschien dat van haarzelf in de spiegel van haar ziekenhuiskamer voordat ze aan deze reis begon. Ze boog zich naar hem toe en drukte een kus op zijn wang. De stoppels prikten in haar lippen. Hij legde zijn hand op de plek waar ze hem had gekust en glimlachte zowaar een beetje.

'U zou naar huis moeten gaan, meneer. U hebt een vrouw om aan te denken. En nog een jongen om voor te zorgen.'

'Misschien heb je wel gelijk.'

'Ik heb zéker gelijk.'

'Red je je wel?'

'Ja.' Ze stapte uit en draaide zich naar hem om. 'En u?'

'Ik zal het proberen,' zei hij.

Sammy gooide het portier dicht en bleef aan het eind van het pad van het huis staan om hem te zien keren. Hij reed de greppel in, maar die was droog en hij kwam er goed uit. Hij reed terug in de richting van Route 119, in het begin slingerend. Toen bewogen de achterlichten zich in een min of meer rechte lijn. Hij reed midden op de weg – neukte de witte streep, zou Phil hebben gezegd –, maar dat leek haar geen probleem. Het liep al tegen halfnegen en het was helemaal donker. Hij zou vast niemand tegenkomen.

Toen zijn achterlichten uit het zicht waren verdwenen, liep ze naar het donkere huis. Het was niet veel in vergelijking met sommige van de fraaie oude huizen aan het plantsoen in het midden van het dorp, maar mooier dan alles wat zijzelf ooit had gehad. Vanbinnen was het ook mooi. Ze was er een keer met Phil geweest, in de tijd dat hij niets anders deed dan een beetje wiet verkopen en achter de woonwagen een beetje meth koken voor eigen gebruik. In de tijd voordat hij zijn vreemde ideeën over Jezus kreeg en naar die rotkerk ging, waar ze geloofden dat iedereen naar de hel ging, behalve zijzelf. Met dat geloof waren Phils problemen begonnen. Hij was erdoor in contact gekomen met Coggins, en Coggins of iemand anders had hem in Chef veranderd.

De mensen die hier hadden gewoond, waren geen speedgebruikers. Die zouden zo'n huis nooit zo lang in bezit houden; ze zouden de hypotheek in spul omzetten. Maar Jack en Myra Evans hadden wél van tijd tot tijd graag een beetje wiet mogen roken, en Phil Bushey had die met het grootste genoegen geleverd. Het waren aardige mensen, en Phil was aardig voor hen geweest. In die tijd was hij nog in staat geweest aardig voor mensen te zijn.

Myra had ijskoffie aan hen gegeven. In die tijd was Sammy zo'n zeven maanden zwanger van Little Walter; dat was duidelijk te zien geweest. Myra had haar gevraagd of ze een jongen of een meisje wilde. En ze had helemaal niet op hen neergekeken. Jack was met Phil naar zijn kleine studeerkamer gegaan om hem te betalen, en Phil had naar haar geroepen: 'Hé, schat, moet je eens kijken!'

Het leek allemaal zo lang geleden.

Ze probeerde de voordeur. Die zat op slot. Ze raapte een van de sierstenen langs Myra's bloembed op en ging met die steen in haar hand voor het grote raam staan. Nadat ze even had nagedacht, gooide ze de steen niet, maar liep naar de achterkant van het huis. In de toestand waarin ze momenteel verkeerde, zou ze niet goed door een raam kunnen klimmen. En zelfs als ze dat kon (en voorzichtig was), zou ze zich misschien zo ernstig aan het glas snijden dat de rest van haar plannen voor die avond niet kon doorgaan.

Bovendien was het een mooi huis. Ze wilde geen vernielingen aanrichten als het niet nodig was.

En dat deed ze ook niet. Jacks lijk was weggehaald – daarvoor functioneerde de gemeente nog goed genoeg –, maar niemand had eraan gedacht de achterdeur op slot te doen. Sammy kon zo naar binnen lopen. Er was geen generator en het was binnen aardedonker, maar er lag een doos lucifers bij het gasstel in de keuken, en toen ze er een aanstreek, zag ze een zaklantaarn op de keukentafel liggen. Die deed het nog prima. De straal viel op iets wat blijkbaar een bloedvlek op de vloer was. Ze scheen vlug een andere kant op en ging op zoek naar Jack Evans' studeerkamer. Die bevond zich naast de huiskamer. Het was zo'n klein hokje dat er eigenlijk geen ruimte was voor meer dan een bureau en een kast met glazen deurtjes.

Ze scheen met de zaklantaarn op het bureau en richtte de straal toen naar boven op de glazige ogen van Jacks dierbaarste trofee: de kop van een eland die hij drie jaar geleden in de TR-90 had geschoten. Voor die elandskop had Phil haar binnengeroepen.

'Ik had vorig jaar een prijs in de loterij,' had Jack tegen hen gezegd. 'En daar heb ik dat voor gekocht.' Hij wees naar het geweer in de kast. Het was een ontzagwekkend ding met een vizier.

Myra was in de deuropening verschenen, het ijs ratelend in haar glas ijskoffie. Ze had er kalm, aantrekkelijk en geamuseerd uitgezien – het soort vrouw, wist Sammy, dat zijzelf nooit zou zijn. 'Het kostte veel te veel, maar ik vond het goed toen hij beloofde dat we in december een week naar Bermuda gaan.'

'Bermuda,' zei Sammy nu, kijkend naar de elandskop. 'Maar daar is ze nooit gekomen. Dat is jammer.'

Phil had de envelop met het geld in zijn achterzak gestopt en gezegd: 'Een prachtig geweer, maar niet bepaald iets om je huis mee te beschermen.'

'Daar heb ik ook voor gezorgd,' had Jack geantwoord, en hoewel hij Phil niet had laten zien hoe hij daar precies voor had gezorgd, had hij veelbetekenend op het bureaublad geklopt. Phil had even veelbetekenend geknikt. Sammy en Myra hadden een volmaakt harmonieuze blik gewisseld: *mannen blijven altijd jongens*. Ze herinnerde zich nog dat die blik haar een goed gevoel had gegeven, het gevoel dat ze erbij hoorde, en dat was natuurlijk ook een van de redenen waarom ze hierheen was gekomen en het niet ergens anders had geprobeerd, ergens dichter bij het dorp.

Ze nam nog een Percocet en maakte toen de bureauladen open. Die zaten niet op slot, net zomin als het houten kistje in de derde la die ze probeerde. Daar zat het wapen in dat Jack Evans gebruikte om zijn huis te beschermen: een .45 Springfield XD automatisch pistool. Ze pakte het en zag na enige pogingen kans het magazijn eruit te laten springen. Het was vol, en er lag een reservemagazijn in de la. Dat nam ze ook mee. Toen ging ze naar de keuken terug om iets te zoeken waarin ze het wapen kon meenemen. En natuurlijk ook sleutels. Sleutels van wat het maar was dat in de garage van wijlen Jack en Myra geparkeerd stond. Ze was niet van plan het hele eind naar het dorp terug te lopen.

19

Julia en Rose waren net aan het bespreken wat de toekomst voor hun dorp in petto zou hebben, toen er bijna een eind kwam aan hun heden. Daar zou ook echt een eind aan zijn gekomen als ze op de oude boerenpick-up in Esty Bend waren gebotst, ongeveer tweeënhalve kilometer bij hun bestemming vandaan. Maar Julia kwam op tijd door de bocht om te zien dat de wagen op haar baan reed en recht op haar af kwam.

Zonder na te denken gooide ze het stuur van haar Prius om, waarna de twee voertuigen elkaar rakelings passeerden. Horace, die op de achterbank had gezeten, zoals altijd blij dat hij een ritje mocht maken, viel met een kefgeluid van schrik op de vloer. Dat was het enige geluid. Geen van beide vrouwen gilde; ze slaakten zelfs geen kreet van verbazing. Daar ging het te snel voor. De dood – of ernstig letsel – was in een oogwenk aan hen voorbijgegaan.

Julia ging naar haar eigen rijstrook terug, stopte in de berm en zette de Prius in zijn vrij. Ze keek Rose aan. Rose keek terug, een en al grote ogen en open mond. Achterin sprong Horace weer op de bank en blafte één enkele keer, alsof hij vroeg wat dat toch voor oponthoud was. Toen de vrouwen dat hoorden, lachten ze en klopte Rose boven haar aanzienlijke boezem op haar borst.

'Mijn hart, mijn hart,' zei ze.

'Ja,' zei Julia. 'Het mijne ook. Zag je hoe weinig dat scheelde?'

Rose lachte weer. Ze beefde enigszins. 'Meen je dat nou? Meid, als ik met mijn elleboog in het raam had gezeten, had die schoft hem geamputeerd.'

Julia schudde zijn hoofd. 'Waarschijnlijk dronken.'

'Zéker dronken,' zei Rose, en ze snoof.

'Klaar om door te gaan?'

'Jij?' vroeg Rose.

'Ja,' zei Julia. 'En jij, Horace?'

Horace blafte dat hij altijd overal klaar voor was.

'Een bijna-ongeluk verdrijft de pech,' zei Rose. 'Dat zei opa Twitchell altijd.'

'Ik hoop dat hij gelijk had,' zei Julia, en ze reed verder. Ze lette goed op naderende koplampen, maar het volgende schijnsel dat ze zagen kwam van de lampen die aan de Harrow-kant van de Koepel waren opgesteld. Ze zagen Sammy Bushey niet, maar Sammy zag hen wel; ze stond voor de garage van de Evans, met de sleutels van de Malibu van de Evans in haar hand. Toen ze voorbij waren, liet ze de garagedeur omhoogkomen (dat moest ze met de hand doen, en dat deed behoorlijk pijn) en ging ze achter het stuur zitten.

20

Er was een straatje tussen warenhuis Burpee en de Mill Gas & Grocery. Het verbond Main Street en West Street met elkaar en werd vooral gebruikt door leveranciers. Om kwart over negen die avond liepen Junior Rennie en Carter Thibodeau in bijna volmaakte duisternis dat straatje in. Carter had een twintigliterblik in zijn hand. Het blik was rood en had een schuine gele streep op de zijkant. Op de streep stond het woord BENZINE. In zijn andere hand had hij een megafoon. Die was wit geweest, maar Carter had er zwarte tape omheen geplakt, zodat hij niet opviel als iemand in hun richting keek voordat ze in het straatje konden verdwijnen.

Junior droeg een rugzak. Zijn hoofd deed geen pijn meer en hij liep ook bijna niet meer mank. Hij had er alle vertrouwen in dat zijn lichaam eindelijk weer de overhand had op wat het ook maar was dat het had dwarsgezeten. Het zou wel een of ander virus zijn geweest. Je kon op de universiteit van alles oplopen, en waarschijnlijk was het een zegen dat hij eruit was geschopt omdat hij die jongen in elkaar had geslagen.

Aan het eind van het straatje hadden ze goed zicht op *The Democrat*. Er viel licht op het lege trottoir, en ze zagen Freeman en Guay binnen rondlopen. Die twee droegen stapels papier naar de deur en zetten ze daar neer. Het oude houten gebouw van de krant en Julia's woning stond tussen de Sanders Hometown-drugstore en de boekwinkel, maar werd van beide gescheiden, aan de boekwinkelkant door een verhard pad en aan de kant van de drugstore door een straatje zoals dat waarin Carter en hij nu op de loer stonden. Het was een windstille avond. Als zijn vader de troepen snel genoeg mobiliseerde, dacht hij, zouden de belendende percelen geen schade oplopen. Niet dat het hem iets uitmaakte. Al brandde de hele oostkant van Main Street af, Junior zou er geen traan om laten. Het zou Dale Barbara alleen maar in grotere moeilijkheden brengen. Hij voelde nog steeds die kalme, onderzoekende blik die op hem gericht was. Het deugde niet dat iemand op die manier naar je keek, zeker niet als de persoon in kwestie achter de tralies zat. Die verrekte *Baaarbie*.

'Ik had hem kunnen doodschieten,' mompelde Junior.

'Wat?' vroeg Carter.

'Niets.' Hij streek over zijn voorhoofd. 'Heet.'

'Ja. Frankie zegt dat we gestoofd worden als peren, wanneer het zo doorgaat. Wanneer moeten we dit doen?'

Junior haalde nors zijn schouders op. Zijn vader had het hem verteld, maar hij kon het zich niet precies herinneren. Misschien om tien uur. Maar wat maakte het uit? Die twee daar mochten verbranden. En als het krantenwijf boven was – misschien wel met haar dildo aan het ontspannen na een zware dag – mocht zij ook verbranden. Nog meer problemen voor *Baaarbie*.

'Laten we het nu doen,' zei hij.

'Weet je het zeker?'

'Zie jij iemand op straat?'

Carter keek. Main Street was verlaten en grotendeels donker. De generatoren achter het krantenkantoor en de drugstore waren de enige die hij kon horen. Hij haalde zijn schouders op. 'Goed. Waarom niet?'

Junior maakte de gespen van de rugzak los en klapte de flap achterover. Bovenin lagen twee paar lichte handschoenen. Hij gaf een paar aan Carter en trok het andere aan. Daaronder lag een badhanddoek die om iets heen gewikkeld was. Hij maakte hem los en zette vier lege wijnflessen op het opgelapte asfalt. Helemaal onder in de rugzak zat een blikken trechter. Junior stak hem in een van de wijnflessen en pakte de benzine.

'Laat mij het maar doen,' zei Carter. 'Je handen trillen.'

Junior keek er verbaasd naar. Hij had niet het gevoel dat hij trilde, maar inderdaad: ze trilden. 'Ik ben niet bang, als je dat soms denkt.'

'Dat heb ik niet gezegd. Het is niet iets in je hoofd. Dat kan iedereen zien. Je moet naar Everett gaan, want er is iets mis met je en hij is in ieder geval een soort dokter.'

'Ik voel me pri...'

'Hou je kop voordat iemand ons hoort. Pak jij die klotehanddoek terwijl ik dit doe.'

Junior haalde zijn pistool uit de holster en schoot Carter in zijn oog. Carters hoofd explodeerde: overal bloed en hersenen. Toen stond Junior over hem gebogen en schoot hij opnieuw en opnieuw en opn...

'Junior?'

Junior schudde zijn hoofd om het visioen te verdrijven – het was zo levendig dat het bijna een hallucinatie was – en besefte dat zijn hand de kolf van zijn pistool echt omklemde. Misschien was hij dat virus toch nog niet kwijt.
En misschien was het helemaal geen virus.
Wat dan? Wat?
De scherpe geur van gas drong met zoveel kracht zijn neusgaten binnen dat zijn ogen ervan brandden. Carter was de eerste fles aan het vullen. *Kluk kluk kluk* deed de benzine. Junior trok de rits van het zijvak van de rugzak open en haalde een naaischaar van zijn moeder tevoorschijn. Die gebruikte hij om vier stroken van de handdoek te knippen. Hij propte er een in de eerste fles, trok hem er toen uit en stak het andere eind erin, zodat er een reep met benzine doordrenkte handdoek uithing. Hij herhaalde de procedure bij de andere flessen.
Daar trilden zijn hand nou weer niet te erg voor.

21

Barbies kolonel Cox zag er anders uit dan de vorige keer dat Julia hem had gezien. Voor halfnegen 's avonds was hij goed geschoren, en zijn haar was gekamd, maar zijn kakibroek was de scherpe vouw kwijt en het leek of zijn popeline jasje een beetje slobberde, alsof hij was afgevallen. Hij stond voor de spuitverf die was overgebleven van het mislukte experiment met het zuur en keek met gefronste wenkbrauwen naar de deuromtrek, alsof hij dacht dat hij erdoorheen zou kunnen lopen als hij zich maar genoeg concentreerde.
Doe je ogen dicht en knijp in je arm, dacht Julia. *Want er bestaat niet zoiets als de Koepel.*
Ze stelde Rose aan Cox en Cox aan Rose voor. Tijdens de korte uitwisseling van begroetingen keek Julia om zich heen. Ze was helemaal niet blij met wat ze zag. De lampen waren er nog, en ze schenen naar de hemel alsof ze een schitterende Hollywood-première aankondigden. Er stond een snorrende generator om ze van stroom te voorzien, maar de vrachtwagens waren weg, evenals de grote hoofdkwartiertent die veertig of vijftig meter verderop had gestaan. De plek was nog te herkennen aan een stuk plat gras. Er waren twee soldaten bij Cox, maar ze hadden niet de alerte blik die je van adjudanten zou verwachten. Waarschijnlijk waren de schildwachten

niet weggehaald, maar een eindje teruggetrokken, zo ver bij de Koepel vandaan dat een arme stumper aan de Mill-kant die kwam vragen wat er aan de hand was niet met hen in contact kon komen.

Nu vragen, later smeken, dacht Julia.

'Stel me op de hoogte, mevrouw Shumway,' zei Cox.

'Geeft u eerst antwoord op een vraag.'

Hij rolde met zijn ogen (ze dacht dat ze hem daar een klap voor zou hebben gegeven als ze bij hem had kunnen komen; haar zenuwen waren nog gespannen van het bijna-ongeluk), maar hij zei dat ze hem haar vraag maar moest stellen.

'Zijn we in de steek gelaten?'

'Beslist niet.' Hij gaf meteen antwoord, maar keek haar niet recht aan. Ze vond dat een slechter teken dan de vreemde verlatenheid die ze nu aan zijn kant van de Koepel zag – alsof er een circus was geweest dat weer was vertrokken.

'Leest u dit,' zei ze, en ze drukte de voorpagina van de krant van de volgende dag tegen het onzichtbare oppervlak van de Koepel, als iemand die een uitverkoopposter tegen de etalageruit van een warenhuis plakt. Een ogenblik gonsde er vaag iets in haar vingers, als de statische schok die je krijgt als je metaal aanraakt op een koude winterochtend, wanneer de lucht droog is. Daarna was het weg.

Hij las de hele krant en vertelde haar wanneer ze moest omslaan. Het kostte hem tien minuten. Toen hij klaar was, zei ze: 'Zoals u zult hebben gezien, staan er niet veel advertenties meer in, maar ik vlei mezelf ermee dat de kwaliteit van de verhalen is vooruitgegaan. Dit soort rottigheid haalt het beste in me boven.'

'Mevrouw Shumway...'

'O, zeg toch Julia tegen me. We zijn bijna oude vrienden.'

'Goed. Jij bent Julia en ik ben JC.'

'Ik zal mijn best doen je niet te verwarren met die andere, die over het water liep.'

'Denk je dat die Rennie voor dictator wil spelen? Een soort Manuel Noriega hier in Maine?'

'Ik denk jammer genoeg eerder aan Pol Pot. Of Idi Amin.'

'Zou dat mogelijk zijn?'

'Twee dagen geleden zou ik om het idee hebben gelachen – als hij geen vergaderingen van het gemeentebestuur leidt, is hij handelaar in tweedehands auto's. Maar twee dagen geleden hadden we nog geen voedselrellen gehad. En toen wisten we ook nog niet van die moorden.'

'Niet Barbie,' zei Rose, en ze schudde vermoeid maar koppig haar hoofd. 'Nóóit.'

Cox ging daaraan voorbij – niet omdat hij Rose negeerde, dacht Julia, maar omdat hij het idee te belachelijk vond om er aandacht aan te schenken. Dat nam haar voor hem in. 'Denk je dat Rennie die moorden heeft gepleegd, Julia?'

'Daar heb ik over nagedacht. Alles wat hij sinds de komst van de Koepel heeft gedaan – van het verbod op de verkoop van alcohol tot de benoeming van een volslagen dombo tot politiecommandant – is politiek geweest, gericht op het vergroten van zijn eigen macht.'

'Bedoel je dat moord niet in zijn repertoire voorkomt?'

'Zo wil ik het niet stellen. Toen zijn vrouw stierf, gingen er geruchten dat hij haar misschien een handje had geholpen. Ik zeg niet dat het waar is, maar als er zulke geruchten op gang komen, zegt dat iets over de kijk die mensen op de persoon in kwestie hebben.'

Cox bromde instemmend.

'Maar ik zie echt niet hoe moord en seksueel misbruik van twee tienermeisjes een politiek doel kunnen hebben.'

'Barbie zou dat nóóit doen,' zei Rose weer.

'Datzelfde geldt voor Coggins, al is zijn kerkgemeente – vooral het radiostation dat erbij hoort – verdacht rijk. Brenda Perkins daarentegen? Dát zou politiek kunnen zijn.'

'En jullie kunnen de mariniers niet sturen om hem tegen te houden, hè?' zei Rose. 'Jullie kunnen alleen maar toekijken. Als kinderen die naar een aquarium kijken waarin de grootste vissen al het voedsel pakken en dan de kleintjes opeten.'

'Ik kan de mobiele telefonie stopzetten,' opperde Cox. 'En ook internet. Dat kan ik doen.'

'De politie heeft walkietalkies,' zei Julia. 'Dan schakelt hij daarop over. En als mensen op de gemeentevergadering van donderdagavond gaan klagen dat hun verbindingen met de buitenwereld zijn verbroken, geeft hij jullie de schuld.'

'We waren van plan vrijdag een persconferentie te houden. Die kan ik afgelasten.'

Er ging een rilling door Julia heen bij die gedachte. 'Heb niet het lef. Dan zou hij geen verantwoording aan de buitenwereld hoeven af te leggen.'

'En als jullie de telefoons en internet stopzetten,' zei Rose, 'kan niemand jullie of iemand anders vertellen wat hij doet.'

Cox zweeg een ogenblik, zijn blik neergeslagen. Toen keek hij op. 'En hoe zit het met die hypothetische generator die de Koepel in stand houdt? Hebben jullie daar iets over ontdekt?'

Julia wist niet of ze Cox wel wilde vertellen dat ze een scholier daarnaar lieten zoeken, maar dat hoefde niet meer, want op dat moment ging de brandsirene van het dorp.

22

Pete Freeman liet de laatste stapel kranten bij de deur vallen. Toen richtte hij zich op, zette zijn handen in zijn rug en rekte zich uit. Tony Guay hoorde het kraken helemaal aan het andere eind van de kamer. 'Dat klonk alsof het pijn deed.'

'Nee. Het voelt goed aan.'

'Mijn vrouw zal wel al slapen,' zei Tony, 'en ik heb een fles in mijn garage liggen. Wil je een slokje voordat je naar huis gaat?'

'Nee, ik denk dat ik gewoon...' begon Pete, en op dat moment vloog de eerste fles door het raam. Hij zag het vlammende lont vanuit zijn ooghoek en ging een stap achteruit. Eén stap, maar daarmee voorkwam hij dat hij ernstige brandwonden opliep en misschien zelfs levend gebraden werd.

De ruit en de fles gingen allebei aan scherven. De benzine ontbrandde en het vuur laaide op als een reuzenmanta. Pete dook weg en draaide zich tegelijk bliksemsnel om. De vuurmanta vloog hem voorbij en stak een mouw van zijn overhemd in brand alvorens op het kleed voor Julia's bureau neer te komen.

'Wat is d...' begon Tony, maar toen vloog er weer een fles door het gat. Deze kletterde op Julia's bureau neer, rolde daaroverheen, stak papieren in brand en liet nog meer vuur vanaf de voorkant druipen. De stank van brandende benzine was bijna bedwelmend.

Pete rende naar de watercooler in de hoek en sloeg intussen met de mouw van zijn overhemd tegen zijn zij. Hij tilde de waterfles onhandig tegen zich aan en hield zijn brandende overhemd (de arm eronder voelde nu aan alsof hij zich lelijk in de zon had gebrand) onder de tuit van de fles.

Opnieuw kwam een molotovcocktail uit de duisternis aangevlogen. Hij haalde het kantoor niet, viel te pletter op het trottoir en liet een klein vreugdevuur oplaaien op het beton. Tentakels van brandende benzine liepen de goot in en doofden.

'Gooi het water op het kleed!' riep Tony. 'Voordat alles in brand vliegt!'

Pete keek hem alleen maar aan, versuft en hijgend. Het water uit de coolerfles stroomde nog steeds over een deel van het kleed dat daar jammer genoeg geen behoefte aan had.

Hoewel hij als sportverslaggever altijd op het laagste niveau zou blijven, was Tony Guay op school een topspeler geweest. Tien jaar later waren zijn reflexen nog bijna intact. Hij greep de spuitende coolerfles uit Petes hand en hield hem eerst boven het blad van Julia's bureau en toen boven het brandende kleed. Het vuur verspreidde zich al, maar misschien... als hij snel was... en als er nog een paar flessen te vinden waren in de gang die naar de voorraadkast leidde...

'*Meer!*' riep hij naar Pete, die met grote ogen naar de rokende resten van zijn mouw stond te kijken. '*Achtergang!*'

Eerst begreep Pete het blijkbaar niet. Toen wel, en hij rende meteen naar de gang. Tony liep om Julia's bureau heen en gebruikte de laatste liters water voor de vlammen die daar in opmars waren.

Toen kwam de laatste molotovcocktail uit het donker aangevlogen, en die richtte de meeste schade aan. De fles kwam op de stapels kranten terecht die de mannen bij de voordeur hadden gelegd. De brandende benzine liep langs de plint naar de voorkant van het kantoor en sprong omhoog. Main Street, door de vlammen gezien, was niet meer dan een trillend waas. Aan de andere kant van dat waas, aan de overkant van de straat, zag Tony twee vage silhouetten. In de opstijgende hitte leek het of ze dansten.

'LAAT DALE BARBARA VRIJ OF DIT IS NOG MAAR HET BEGIN!' bulderde een versterkte stem. 'WE ZIJN MET EEN HELEBOEL, EN WE STEKEN HET HELE DORP IN BRAND! LAAT DALE BARBARA VRIJ OF BETAAL DE PRIJS!'

Tony keek omlaag en zag een heet stroompje vuur tussen zijn voeten door lopen. Hij had geen water meer om het uit te maken. Straks zou het zich door het kleed heen hebben gevreten en het oude droge hout daaronder proeven. Inmiddels stond de hele voorkant van het kantoor in brand.

Tony liet de lege coolerfles vallen en ging een stap terug. De hitte was al fel en trok als het ware aan zijn huid. *Als die verrekte kranten er niet waren geweest, had ik misschien...*

Maar het was te laat voor zulke redeneringen. Hij draaide zich om en zag Pete met een tweede fles Poland Spring-water in zijn armen in de deuropening van de achtergang staan. Het grootste deel van zijn verbrande mouw was weggevallen. De huid daaronder was knalrood.

'*Te laat!*' schreeuwde Tony. Hij liep met een wijde boog om Julia's bureau heen, dat nu een zuil van vuur was, helemaal tot aan het plafond, en bracht zijn arm omhoog om zijn gezicht tegen de hitte te beschermen. '*Te laat. De achterdeur!*'

Pete Freeman had geen nadere aansporingen nodig. Hij gooide de fles in het oplaaiende vuur en rende weg.

23

Carrie Carver bemoeide zich bijna nooit met de Mill Gas & Grocery. Hoewel haar man en zij door de jaren heen goed van het winkeltje hadden kunnen leven, achtte ze zich boven dat alles verheven. Maar toen Johnny voorstelde met de wagen naar de winkel te gaan en het overgebleven blikvoedsel naar hun huis te brengen – 'om het veilig te bewaren', zoals hij het tactvol noemde – was ze meteen akkoord gegaan. En hoewel ze anders niet zo'n harde werker was (ze keek liever tv), had ze meteen aangeboden te helpen. Ze was niet bij de Food City geweest, maar toen ze er later met haar vriendin Leah Anderson heen was gegaan om de schade te inspecteren, hadden de verbrijzelde ruiten en het bloed dat nog op het trottoir lag haar vreselijk bang gemaakt. Ze vreesde het ergste voor de toekomst.

Johnny zeulde de dozen met soep, hutspot, bonen en saus naar buiten en Carrie zette ze in de laadruimte van hun Dodge Ram. Ze waren ongeveer op de helft van hun werk toen er verderop in de straat brand uitbrak. Ze hoorden allebei de versterkte stem. Carrie dacht dat ze twee of drie silhouetten door het straatje naast warenhuis Burpee zag rennen, maar ze was er niet zeker van. Later zou ze er wél zeker van zijn en zeggen dat het er minstens vier waren geweest. Waarschijnlijk vijf.

'Wat betekent dat?' vroeg ze. 'Schat, wat betekent dat?'

'Dat die vuile moordenaar niet in zijn eentje opereert,' zei Johnny. 'Hij heeft een bende.'

Carrie had haar hand op zijn arm en boorde daar haar nagels in. Johnny trok zijn arm los en rende naar het politiebureau, 'Brand!' schreeuwend zo hard als hij kon. Carrie Carver volgde hem niet maar ging verder met het inladen van de dozen. Ze was nu banger voor de toekomst dan ooit.

24

Naast Roger Killian en de gebroeders Bowie waren er tien nieuwe agenten van wat je nu de veiligheidsdienst van Chester's Mill zou kunnen noemen.

Ze zaten op de tribune in de gymzaal van de school, en Grote Jim was nog maar net aan zijn toespraak over hun grote verantwoordelijkheid begonnen, toen de brandsirene ging. *De jongen is te vroeg,* dacht hij. *Ik kan niet op hem bouwen. Dat heb ik nooit gekund, maar het is alleen maar erger geworden.*

'Nou, jongens,' zei hij, en hij richtte zijn aandacht op de jonge Mickey Wardlaw – God, wat een krachtpatser! 'Ik had nog veel meer te zeggen, maar blijkbaar krijgen we weer wat sensatie. Fern Bowie, weet jij toevallig of we sproeipompen in de brandweerschuur hebben?'

Fern zei dat hij eerder die avond toevallig in de brandweerschuur had gekeken om te zien wat voor materiaal daar was, en dat er een stuk of tien sproeipompen waren. En ze zaten nog allemaal vol water ook.

Grote Jim, die vond dat je geen sarcasme moest verspillen aan mensen die te dom waren om het te begrijpen, zei dat de goede Heer zich over hen had ontfermd. Hij zei ook dat als het geen vals alarm was hij zelf de leiding zou nemen, met Stewart Bowie als zijn nummer twee.

Zo, bemoeizuchtig kreng, dacht hij, terwijl de nieuwe agenten met een gretige schittering in hun ogen opstonden van de tribune. *Dat komt er nou van als je mij in de wielen rijdt.*

25

'Waar ga je heen?' vroeg Carter. Hij was met zijn auto – met de lichten uit – naar het kruispunt van West Street en Route 117 gereden. Daar stond een Texaco-benzinestation dat in 2007 was gesloten. Het stond dicht bij de stad maar bood genoeg dekking. Achter hen loeide de brandsirene en steeg het eerste licht van het vuur, meer roze dan oranje, naar de hemel op.

'Huh?' Junior keek naar de aanwakkerende gloed. Hij werd er geil van en wenste dat hij nog een vriendin had.

'Ik vroeg waar je heen ging. Je vader zei dat je een alibi moest hebben.'

'Ik heb wagen 2 achter het postkantoor laten staan,' zei Junior, die zijn blik met tegenzin van het vuur wegnam. 'Ik rijd daarin met Freddy Denton. En hij zal zeggen dat we bij elkaar waren. De hele avond. En verder red ik me wel. Misschien ga ik door West Street terug. Kijken hoe het fikt.' Hij liet een schel giechellachje horen, gegiechel als van een meisje, en Carter keek hem vreemd aan.

'Kijk niet te lang. Brandstichters worden altijd gepakt doordat ze bij hun brand gaan kijken. Dat heb ik gezien in *America's Most Wanted.*'

'Er draait niemand anders voor die brand op dan *Baaarbie*,' zei Junior. 'En jij? Waar ga jij heen?'

'Naar huis. Mijn moeder zal zeggen dat ik daar de hele avond was. Ik laat haar het verband op mijn schouder vervangen – die rottige hondenbeet doet verrekte pijn. Ik neem een aspirientje. En dan kom ik helpen blussen.'

'In het medisch centrum en het ziekenhuis hebben ze zwaarder spul dan aspirine. En in de apotheek ook. Daar moeten we ons eens in verdiepen.'

'Nou en of,' zei Carter.

'Of... gebruik jij speed? Ik denk dat ik dat ook wel te pakken kan krijgen.'

'Speed? Nooit gedaan. Maar ik wil best wat OxyContin.'

'Oxy!' riep Junior uit. Waarom had hij daar niet aan gedacht? Dat zou zijn hoofdpijn waarschijnlijk veel beter bestrijden dan Zomig of Imitrex. 'Ja! Daar zeg je me wat!'

Hij stak zijn vuist op. Carter tikte er met zijn eigen vuist tegenaan, maar hij was niet van plan high te worden met Junior. Junior gedroeg zich tegenwoordig heel vreemd. 'Ga nu maar, Junior.'

'Ik ben al weg.' Junior deed de deur open en liep weg. Hij liep nog steeds een beetje mank.

Het verbaasde Carter hoe blij hij was dat Junior was vertrokken.

26

Barbie werd wakker van de brandsirene en zag Melvin Searles voor zijn cel staan. De jongen had zijn rits los en hield zijn bijzonder grote pik in zijn hand. Toen hij zag dat hij Barbies aandacht had, piste hij. Het was duidelijk zijn doel het bed in de cel te bereiken. Hij redde het niet helemaal en moest genoegen nemen met een spetterende letter s op het beton.

'Toe dan, Barbie, drink het op,' zei hij. 'Je moet wel dorst hebben. Het is een beetje zout, maar wat geeft het?'

'Wat staat er in brand?'

'Alsof jij dat niet weet,' zei Mel glimlachend. Hij was nog bleek – hij moest veel bloed hebben verloren –, maar het verband om zijn hoofd was vers en er zaten geen vlekken op.

'Doe nou even alsof ik dat niet weet.'

'Je vrienden hebben het krantenkantoor in brand gestoken,' zei Mel, en nu grijnsde hij zo breed dat zijn tanden te zien waren. Barbie besefte dat de jongen woedend was. En ook bang. 'Ze willen ons zo bang maken dat we je vrijlaten. Maar wij... worden... niet bang.'

'Waarom zou ik het krantenkantoor platbranden? Waarom niet het gemeentehuis? En wie zouden die vrienden van mij zijn?'

Mel stopte zijn pik weer in zijn broek. 'Morgen heb jij geen dorst meer, Barbie. Maak je dáár maar geen zorgen over. We hebben een hele emmer water met jouw naam erop, en ook een spons.'

Barbie zweeg.

'Heb jij dat waterboarden meegemaakt in I-rak?' Mel knikte alsof hij wist dat Barbie het had meegemaakt. 'Nou ga je daar zelf mee kennismaken.' Hij wees met zijn vinger tussen de tralies door. 'We gaan uitzoeken wie je medeplichtigen zijn, zakkenwasser. En we gaan uitzoeken wat je hebt gedaan om onze gemeente op te sluiten. Dat waterboarden? Daar is níémand tegen bestand.'

Hij wilde weglopen, maar draaide zich weer om.

'En geen gewoon water. Zout. Morgenvroeg meteen. Denk er maar over na.'

Mel ging weg. Hij stampte met gebogen hoofd door de gang van het souterrain. Barbie ging op het bed zitten, keek naar de opdrogende slang van Mels urine op de vloer en luisterde naar de brandsirene. Hij dacht aan het meisje in de pick-uptruck. Het blondje dat hem bijna een lift had gegeven en toen van gedachten was veranderd. Hij deed zijn ogen dicht.

A S

1

Rusty stond op het rondgaande pad voor het ziekenhuis en keek naar de vlammen die ergens in Main Street waren opgelaaid, toen de mobiele telefoon die hij aan zijn riem had zijn deuntje liet horen. Twitch en Gina waren bij hem en Gina hield Twitch' arm vast alsof ze bescherming bij hem zocht. Ginny Tomlinson en Harriet Bigelow lagen allebei te slapen in de huiskamer voor het personeel. De oude man die zich als vrijwilliger had aangeboden, Thurston Marshall, deed de ronde. Hij bleek verrassend goed te zijn. De lichten en apparatuur waren weer aan en voorlopig ging alles zijn gangetje. Totdat de brandsirene afging, had Rusty zich zelfs goed durven voelen.

Hij zag LINDA op het schermpje en zei: 'Schat? Gaat het goed?'

'Hier wel. De kinderen slapen.'

'Weet je wat er in br...'

'Het kantoor van de krant. Luister nu, want ik zet over anderhalve minuut mijn telefoon uit, dan kan niemand me oproepen om met blussen te helpen. Jackie is hier. Ze zal op de kinderen passen. We moeten bij elkaar komen in het uitvaartbedrijf. Stacey Moggin komt ook. Ze was er al eerder. Ze staat aan onze kant.'

Die naam kwam Rusty bekend voor, maar hij zag niet meteen een gezicht voor zich. Wat vooral bij hem bleef hangen was: 'ze staat aan onze kant'. Het begonnen echt kanten te worden: 'wij' en 'zij'.

'Lin...'

'We komen daar bij elkaar. Over tien minuten. Het is veilig zolang ze met de brand bezig zijn, want de gebroeders Bowie zitten in het brandweerteam. Dat zegt Stacey.'

'Hoe hebben ze zo snel een brandweerteam bij elk...'

'Dat weet ik niet en het kan me niet schelen. Kun je komen?'

'Ja.'

'Goed. Zet je auto niet op het parkeerterrein aan de zijkant. Ga naar het kleinere.' Toen was de stem weg.

'Wat staat er in brand?' vroeg Gina. 'Weet je dat?'

'Nee,' zei Rusty, 'want er heeft niemand gebeld.' Hij keek hen beiden strak aan.

Gina begreep het niet, maar Twitch wel. 'Helemaal niemand.'

'Ik ging gewoon weg, waarschijnlijk omdat er is gebeld, maar jullie weten niet waarheen. Dat heb ik niet gezegd. Goed?'

Gina keek nog steeds verbaasd, maar knikte. Want nu waren deze mensen haar mensen; dat trok ze niet in twijfel. Waarom zou ze? Ze was nog maar zeventien. *Wij en zij*, dacht Rusty. *Meestal is dat de verkeerde mentaliteit. Zeker voor iemand van zeventien.* 'Waarschijnlijk opgeroepen,' zei ze. 'We weten niet waarheen.'

'Nee,' beaamde Twitch. 'Jij sprinkhaan, wij nederige mieren.'

'En maak er niet iets belangrijks van,' zei Rusty. Maar het wás belangrijk; dat wist hij nu al. Er was een probleem. Gina was niet het enige kind dat erbij betrokken raakte. Linda en hij hadden ook twee kinderen, die nu in diepe slaap verzonken waren en niet wisten dat mama en papa in een storm verzeild raakten die misschien te hevig was voor hun kleine bootje.

Evengoed...

'Ik kom terug,' zei Rusty. En hoopte dat dit keer de wens niet alleen maar de vader van de gedachte was.

2

Niet lang nadat Rusty naar uitvaartbedrijf Bowie was gegaan, reed Sammy Bushey met de Malibu van de Evans over Catherine Russell Drive; ze kwamen elkaar tegen toen ze in tegenovergestelde richting over Town Common Hill reden.

Twitch en Gina waren weer naar binnen gegaan en de oprijlaan van het ziekenhuis was verlaten, maar daar stopte ze niet. Als je een pistool naast je had liggen, werd je behoedzaam (paranoïde, zou Phil hebben gezegd). In plaats daarvan reed ze naar de achterkant en zette de auto daar op het parkeerterrein voor personeel. Ze pakte de .45, stak hem achter de band van haar spijkerbroek en deed haar t-shirt eroverheen. Ze liep over het parkeerterrein en bleef bij de deur van de waskamer staan, waar een bord hing met MET INGANG VAN 1 JANUARI IS ROKEN HIER VERBODEN. Ze keek naar de deurknop en wist dat ze het zou opgeven als hij niet meegaf. Dat zou een teken van God zijn. Als daarentegen de deur niet op slot zat...

Hij zat niet op slot. Ze glipte naar binnen, een bleke, mank lopende geest.

3

Thurston Marshall was moe – uitgeput, kon je wel zeggen –, maar hij had zich in jaren niet zo goed gevoeld. Dat was natuurlijk absurd. Hij was hoogleraar, erkend dichter, hoofdredacteur van een prestigieus literair tijdschrift. Hij had een beeldschone jonge vrouw om zijn bed mee te delen, een vrouw die intelligent was en hem geweldig vond. Het was volstrekt absurd dat al die dingen hem nooit zo'n geluksgevoel hadden bezorgd als nu hij pillen uitdeelde, zalf opsmeerde en ondersteken leeggooide (om nog maar te zwijgen van het afvegen van het bescheten achterste van dat kind van Bushey, een uur geleden), maar toch was het zo. De ziekenhuisgangen met hun geur van reinigings- en ontsmettingsmiddelen deden hem aan zijn jeugd denken. De herinneringen waren die avond heel duidelijk geweest, van de scherpe geur van patchoeli-olie in het appartement van David Perna tot en met de geruite hoofdband die hijzelf had gedragen op de herdenkingsdienst bij kaarslicht die ze voor Robert Kennedy hadden gehouden. Terwijl hij zijn ronde deed, zong hij zachtjes 'Big Legged Woman'.

Hij keek in de huiskamer en zag dat de verpleegster met haar kapotte snuffer en het knappe ziekenverzorgstertje – Harriet heette ze – lagen te slapen op de bedden die ze daarheen hadden gesleept. De bank was vrij, en zo meteen moest hij kiezen: daar een paar uur op gaan slapen of naar het huis aan Highland Avenue terugkeren dat nu 'hun huis' was. Waarschijnlijk zou hij voor het laatste kiezen.

Het waren vreemde ontwikkelingen.

Het was een vreemde wereld.

Eerst zou hij nog eens kijken bij wat hij nu al als zijn patiënten beschouwde. Daar zou hij in dit ziekenhuis ter grootte van een postzegel niet lang over doen. De meeste kamers waren trouwens leeg. Bill Allnut, die tot negen uur gedwongen was wakker te blijven vanwege de verwonding die hij in de schermutselingen bij de Food City had opgelopen, lag nu te snurken, op zijn zij gedraaid om de lange rijtwond op zijn achterhoofd te ontzien.

Wanda Crumley lag twee deuren verder. De hartmonitor piepte en haar bloeddruk was iets verbeterd, maar ze zat op vijf liter zuurstof, en Thurse was bang dat ze een hopeloze zaak was. Te veel kilo's; te veel sigaretten. Haar man en jongste dochter zaten bij haar. Thurse gaf Wendell Crumley het v-teken (dat was het vredesteken geweest in zijn beste jaren) en Wendell maakte gedwee glimlachend hetzelfde teken.

Tansy Freeman, de blindedarmpatiënte, las een tijdschrift. 'Waar loeit die brandsirene voor?' vroeg ze hem.

'Weet ik niet. Hoe erg is je pijn?'

'Een zeven,' zei ze zakelijk. 'Misschien een zesje. Mag ik nog steeds morgen naar huis?'

'Daarover moet dokter Rusty beslissen, maar mijn kristallen bol zegt van wel.' En toen hij haar zag stralen, voelde hij vreemd genoeg opeens een sterke aandrang om te huilen.

'De moeder van die baby is terug,' zei Tansy. 'Ik zag haar voorbijlopen.'

'Mooi zo,' zei Thurse. Al was de baby niet zo'n probleem geweest. Hij had een of twee keer gehuild, maar meestal sliep of at hij, of lag hij apathisch naar het plafond te staren in zijn bedje. Hij heette Walter (Thurse wist niet dat het 'Little' dat daar op het deurkaartje aan voorafging een officiële voornaam was), maar Thurston Marshall noemde hem bij zichzelf het thorazinekind.

Nu maakte hij de deur van kamer 23 open, die met het gele bord BABY AAN BOORD en een plastic zuigflesje. Hij zag de jonge vrouw – slachtoffer van verkrachting, had Gina hem fluisterend verteld – in de stoel naast het bed zitten. Ze had de baby op haar schoot en gaf hem de fles.

'Gaat het...' Thurse keek naar de andere naam op het deurkaartje. '... mevrouw Bushey?'

Hij sprak het uit als 'Bouchez', maar Sammy vond het niet nodig hem te verbeteren of hem te vertellen dat de jongens haar 'Boesje met het poesje' noemden. 'Ja, dokter,' zei ze.

Thurse van zijn kant vond het niet nodig haar te corrigeren. Dat onbestemde geluksgevoel – dat gevoel waarin tranen verborgen zitten – zwol nog een beetje meer aan. Hij bedacht hoe weinig het had gescheeld of hij had zich niet als vrijwilliger aangeboden. Als Caro hem niet had aangemoedigd, zou hij dit zijn misgelopen.

'Dokter Rusty zal blij zijn dat u terug bent. En Walter ook. Heeft u een pijnstiller nodig?'

'Nee.' Dat was waar. Ze had nog steeds een pulserende pijn in haar geslachtsdelen, maar dat was ver weg. Ze had het gevoel alsof ze boven zichzelf zweefde en alleen door heel dunne draadjes met de aarde verbonden was.

'Goed. Dat betekent dat het beter met u gaat.'

'Ja,' zei Sammy. 'Binnenkort ben ik genezen.'

'Wilt u weer in bed gaan liggen als u hem hebt gevoed? Dokter Rusty komt morgenvroeg bij u kijken.'

'Goed.'

'Welterusten, mevrouw Bouchez.'

'Welterusten, dokter.'

Thurse deed de deur zachtjes dicht en liep verder door de gang. Aan het eind was de kamer van het meisje Roux. Daar zou hij nog even gaan kijken, en dan zou hij afnokken.

Ze was versuft maar wakker. De jongeman die bij haar op bezoek was geweest, was dat niet. Hij zat in de hoek in de enige stoel van de kamer te slapen, een sportblad op zijn schoot, zijn lange benen uitgestrekt.

Georgia maakte een gebaar naar Thurston, en toen hij zich over haar heen boog, fluisterde ze iets. Vanwege haar zachte stem en haar kapotte, bijna tandeloze mond kon hij er maar een paar woorden van verstaan. Hij boog zich dichter naar haar toe.

'Makem nie wakke.' Thurse vond dat ze net zo klonk als Homer Simpson. 'Hijs denige die me kwam ozzoeke.'

Thurse knikte. Het bezoekuur was natuurlijk allang voorbij, en gezien zijn blauwe overhemd en pistool zou de jongeman waarschijnlijk op zijn kop krijgen omdat hij niet op de brandsirene had gereageerd, maar wat gaf dat? Eén brandbestrijder meer of minder zou waarschijnlijk geen verschil maken, en als hij te diep sliep om wakker te worden van die sirene, zouden ze toch niet veel aan hem hebben. Thurse legde zijn vinger op zijn lippen en zei heel zachtjes 'ssst' tegen de vrouw om te laten zien dat ze samenzweerders waren. Ze probeerde te glimlachen, maar huiverde toen even.

Toch bood Thurston haar geen pijnstiller aan; volgens de grafiek aan het voeteneind van het bed had ze genoeg tot twee uur 's nachts. In plaats daarvan ging hij gewoon weg. Hij deed de deur zachtjes achter zich dicht en liep door de slapende gang terug. Hij zag niet dat de deur van de BABY AAN BOORD-kamer weer op een kier stond.

De bank in de huiskamer wenkte verleidelijk toen hij voorbijkwam, maar Thurston had besloten toch naar Highland Avenue terug te gaan.

En bij de kinderen te kijken.

4

Sammy bleef met Little Walter op haar schoot naast het bed zitten tot de nieuwe dokter weg was. Toen kuste ze haar zoon op beide wangen en op zijn mond. 'Nu moet je een brave baby zijn,' zei ze. 'Mama ziet je in de hemel terug, als ze haar binnenlaten. Ik denk van wel. Ze heeft lang genoeg in de hel geleefd.'

Ze legde hem in zijn bedje en maakte de la van het nachtkastje open. Ze had het pistool daarin gelegd, opdat het niet tegen Little Walter aan porde toen ze hem voor het laatst de fles gaf. Nu haalde ze het tevoorschijn.

5

Lower Main Street werd versperd door politiewagens die met hun flikkerende zwaailichten dicht achter elkaar stonden. Daarachter stond een menigte te kijken, zwijgend en kalm, bijna lusteloos.

Horace de corgi was normaal gesproken een rustige hond die zijn vocale repertoire beperkt hield tot een salvo verwelkomende blafgeluiden als zijn vrouwtje thuiskwam, of nu en dan een kefgeluid om Julia eraan te herinneren dat hij er ook nog was. Maar toen ze voor het Maison des Fleurs stopte, liet hij op de achterbank een diep gehuil horen. Julia stak blindelings haar hand naar achteren om zijn kop te aaien. Ze troostte hem maar, werd er zelf ook door getroost.

'Julia, wat erg,' zei Rose.

Ze stapten uit. Julia was oorspronkelijk van plan geweest Horace achter te laten, maar toen hij weer zo'n zacht, diepbedroefd huilgeluid maakte – alsof hij het wist, alsof hij het echt wist – pakte ze zijn riem onder de passagiersstoel vandaan, deed het achterportier voor hem open en maakte de riem aan zijn halsband vast. Ze pakte haar eigen fototoestel, een kleine Casio, uit het rugleuningzakje voordat ze het portier dichtdeed, en baande zich een weg door de menigte op het trottoir, Horace voorop, trekkend aan zijn riem.

Piper Libby's neef Rupe, een parttime politieman die vijf jaar geleden in Chester's Mill was komen wonen, probeerde hen tegen te houden. 'Niemand voorbij dit punt, dames.'

'Ik woon daar,' zei Julia. 'Boven is alles wat ik op deze wereld bezit: kleren, boeken, persoonlijke bezittingen, noem maar op. Beneden is de krant die door mijn overgrootvader is opgericht. In honderdtwintig jaar tijd is hij maar vier keer niet verschenen. En nu gaat hij in vlammen op. Als je wilt voorkomen dat ik zie wat er gebeurt – van dichtbij –, moet je me neerschieten.'

Rupe keek onzeker, maar toen ze doorliep (Horace vlak naast haar, wantrouwig opkijkend naar de kalende man), ging Rupe opzij. Maar slechts heel even.

'Jij niet,' zei hij tegen Rose.

'Ik wel. Tenzij je laxeermiddel wilt in de volgende kop koffie met chocolade die je bestelt.'

'Mevrouw... Rose... Ik heb mijn orders.'

'Loop naar de pomp met je orders,' zei Julia, eerder vermoeid dan uitdagend. Ze pakte Rose bij haar arm en liep met haar over het trottoir. Ze bleef alleen even staan toen ze voelde dat de warmte op haar gezicht naar baktemperatuur steeg.

The Democrat was veranderd in een hel. De ongeveer tien agenten probeerden de brand niet eens te blussen, maar ze hadden genoeg sproeipompen (sommige met stickers die gemakkelijk te lezen waren in het licht van het vuur: WEER EEN KOOPJE VAN BURPEE!) en hielden de drugstore en boekwinkel nat. Omdat er geen wind stond, dacht Julia dat ze beide zouden kunnen redden... en daarmee ook de rest van de winkelpanden aan de oostkant van Main Street.

'Geweldig dat ze er zo snel bij waren,' zei Rose.

Julia zei niets. Ze keek alleen naar de vlammen die in het donker omhoogkolkten en de roze sterren onzichtbaar maakten. Ze was te diep geschokt om te huilen.

Alles, dacht ze. *Alles.*

Toen herinnerde ze zich het ene pak kranten dat ze in haar kofferbak had gegooid voordat ze naar haar afspraak met Cox ging, en veranderde ze het in: *Bijna alles.*

Pete Freeman werkte zich door het politiekordon heen dat de voorkant en noordkant van Sanders Hometown-drugstore nat hield. Hij had alleen nog schone plekken op zijn gezicht waar de tranen door het roet heen waren gelopen.

'Julia, ik vind het zo erg!' Hij kermde bijna. 'We hadden het vuur bijna uit... zouden het uit hebben gekregen... maar toen kwam die laatste... Die laatste fles van die schoften kwam op de kranten bij de deur terecht en...' Hij veegde met zijn overgebleven mouw over zijn gezicht en versmeerde daarmee het roet. 'Ik vind het zo verschrikkelijk!'

Ze nam hem in haar armen alsof hij een klein kind was, al was Pete twintig centimeter groter en bijna vijftig kilo zwaarder dan zij. Ze omhelsde hem, ontzag daarbij zijn gewonde arm zo goed mogelijk, en vroeg: 'Wat is er gebeurd?'

'Molotovcocktails,' snikte hij. 'Die vervloekte Barbara.'

'Hij zit in de cel, Pete.'

'Zijn vrienden! Zijn vervloekte vrienden! Die hebben het gedaan!'

'Wát? Heb je ze gezien?'

'Ik hoorde ze,' zei hij, en hij ging een beetje achteruit om haar aan te kijken. 'Dat kon me moeilijk ontgaan. Ze hadden een megafoon. Ze zeiden dat als Dale Barbara niet werd vrijgelaten ze het hele dorp zouden platbranden.' Hij grijnsde bitter. 'Hem vríjlaten? We moeten hem ophangen. Geef me een touw en ik doe het zelf.'

Grote Jim kwam aangelopen. Het vuur kleurde zijn wangen oranje. Zijn ogen glinsterden. Zijn brede grijns strekte zich bijna tot zijn oorlellen uit.

'Hoe denk je nu over je vriend Barbie, Julia?'

Julia kwam naar hem toe, en er moest iets op haar gezicht te zien zijn, want Grote Jim hield even de pas in, alsof hij bang was dat ze met haar vuist naar hem zou uithalen. 'Dit is onzin. Volslagen onzin. En dat weet jij ook.'

'O, ik denk niet dat het onzin is. Als je je kunt voorstellen dat Dale Barbara en zijn vrienden de Koepel hebben neergezet, is het allemaal heel begrijpelijk. Het was een terreurdaad. Zo simpel ligt het.'

'Lul niet. Ik stond aan zijn kant. Dat betekent dat de kránt aan zijn kant stond. Dat wíst hij.'

'Maar ze zeiden...' begon Pete.

'Ja,' zei ze, maar ze keek hem niet aan. Ze keek nog strak naar Rennies door het vuur verlichte gezicht. 'Ze zeiden, ze zeiden, maar wie zijn die "ze"? Vraag je dat eens af, Pete. Vraag je dit eens af: als het niet Barbie was, die geen motief had, wie had er dan wél een motief? Wie heeft er voordeel van dat die lastige Julia Shumway nu haar mond moet houden?'

Grote Jim glimlachte nu niet. Hij draaide zich om en gaf een teken aan twee van de nieuwe agenten, die alleen als zodanig herkenbaar waren door de blauwe banden die ze om hun bovenarm hadden. Een van hen was een kolossale vechtersbaas aan wiens gezicht te zien was dat hij ondanks zijn enorme omvang weinig meer dan een kind was. De ander kon alleen maar een Killian zijn; die kogelkop was zo kenmerkend als een stempel. 'Mickey. Richie. Haal die twee vrouwen hier weg.'

Horace zat ineengedoken aan het eind van zijn riem en gromde naar Grote Jim. Grote Jim wierp het kleine hondje een minachtende blik toe.

'En als ze niet vrijwillig gaan, hebben jullie mijn toestemming ze op te pakken en over de kap van de dichtstbijzijnde politiewagen te gooien.'

'Dit is nog niet voorbij,' zei Julia, en ze wees met haar vinger naar hem. Ze huilde nu zelf ook, al waren de tranen te warm en pijnlijk om door verdriet te zijn veroorzaakt. 'Dit is nog niet voorbij, schoft.'

Grote Jims glimlach kwam terug, een glimlach zo stralend als de lak op zijn Hummer. En net zo zwart. 'Echt wel,' zei hij. 'Dit is voorbij en afgewerkt.'

6

Grote Jim liep in de richting van het vuur – hij wilde ernaar kijken tot er van de krant van die bemoeial alleen nog een hoopje as over was – en slikte een mondvol rook in. Zijn hart hield er plotseling mee op en het was of de wereld in een waas aan hem voorbij zweefde. Toen ging zijn hart weer verder, zij het met een stel onregelmatige slagen waardoor hij buiten adem raakte. Hij sloeg met zijn vuist tegen de linkerkant van zijn borst en hoestte hard – een middel tegen ritmestoornissen dat hij van dokter Haskell had geleerd.

Eerst bleef zijn hart nog onregelmatig galopperen (slag... stilte... slagslagslag... stilte), maar toen hervond het zijn normale ritme. Een ogenblik stelde hij zich voor hoe het in een berg geel vet besloten lag, als iets wat levend begraven was en spartelde om vrij te komen voordat alle lucht op was. Toen zette hij dat beeld uit zijn hoofd.

Ik mankeer niets. Het komt door het harde werken. Zeven uur slaap en ik ben weer de oude.

Commandant Randolph kwam met een sproeipomp op zijn brede rug naar hem toe. Het zweet liep over zijn gezicht. 'Jim? Voel je je wel goed?'

'Prima,' zei Grote Jim. En dat was ook zo. Hij voelde zich prima. Dit was het hoogtepunt van zijn leven, zijn kans om tot de grootheid te komen waarvan hij altijd had geweten dat hij ertoe in staat was. Dat liet hij zich heus niet afpakken door die stomme rikketik van hem. 'Ik ben alleen maar een beetje moe. Ik ben aan één stuk door in touw geweest.'

'Ga naar huis,' zei Randolph. 'Ik had nooit kunnen denken dat ik God nog eens zou danken voor de Koepel, en dat doe ik nu ook niet, maar dat ding houdt de wind tenminste wel tegen. We redden het hier wel. Ik heb mannen op de daken van de drugstore en de boekwinkel voor het geval er vonken overspringen, dus ga nou maar...'

'Welke mannen?' Zijn hartslag werd weer helemaal normaal. Goed.

'Henry Morrison en Toby Whelan op de boekwinkel. Georgie Frederick en een van die nieuwe jongens op de drugstore. Een jongen van Killian, geloof ik. Rommie Burpee heeft aangeboden met ze mee naar boven te gaan.'

'Heb je je walkietalkie?'

'Natuurlijk.'

'En heeft Frederick de zijne?'

'Alle beroepsagenten hebben er een.'

'Zeg tegen Frederick dat hij een oogje op Burpee moet houden.'

'Op Rommie? Waarom dan?'

'Ik vertrouw hem niet. Misschien is hij een vriend van Barbara.' Al was het niet Barbara waar Grote Jim zich zorgen om maakte als het op Burpee aankwam. De man was een vriend van Brenda geweest. En de man was scherpzinnig.

Er kwamen lijnen in Randolphs bezwete gezicht. 'Met hoeveel denk je dat ze zijn? Hoeveel staan er aan de kant van die klerelijer?'

Grote Jim schudde zijn hoofd. 'Dat is moeilijk te zeggen, Pete, maar het is iets groots. Er moet in lange tijd naartoe gewerkt zijn. We mogen niet veronderstellen dat het alleen nieuwkomers in de gemeente zijn. Sommigen kunnen hier al jaren wonen. Zelfs tientallen jaren. Zulke mensen noemen ze mollen.'

'Jezus. Maar waarom, Jim? In godsnaam waarom?'

'Ik weet het niet. Misschien is het een test met ons als proefkonijnen. Of misschien is het een machtsgreep. Ik zou die schurk in het Witte Huis er best toe in staat achten. Het gaat er nu om dat we de beveiliging opvoeren en op onze hoede zijn voor leugenaars die willen verhinderen dat we de orde handhaven.'

'Denk je dat zíj...' Hij wees met zijn hoofd naar Julia, die haar bedrijf in vlammen zag opgaan. Haar hond zat naast haar, hijgend in de hitte.

'Ik weet het niet zeker, maar als je bedenkt hoe ze zich vanmiddag gedroeg? Hoe ze het bureau kwam binnenstormen, schreeuwend dat ze hem moest spreken? Wat leid jij daaruit af?'

'Ja,' zei Randolph. Hij keek met een onderzoekende blik naar Julia Shumway. 'En wat is een betere camouflage dan dat je je eigen huis in brand steekt?'

Grote Jim wees met zijn vinger naar hem: *je slaat de spijker op zijn kop*. 'Ik moet weg. Neem contact op met George Frederick. Zeg tegen hem dat hij die kerel uit Lewiston goed in de gaten moet houden.'

'Goed.' Randolph maakte zijn walkietalkie van zijn riem los.

Achter hen schreeuwde Bowie: 'Het dak komt omlaag! Jullie op straat daar:

achteruit! Jullie op het dak van die andere gebouwen: kijk uit, kijk uit!'

Met zijn hand op het portier van zijn Hummer zag Grote Jim hoe het dak van *The Democrat* instortte en een regen van vonken recht omhoog de zwarte lucht in joeg. De mannen die op de belendende percelen stonden, controleerden elkaars sproeipompen en bleven toen rustig staan. Met de tuit van hun pomp in de hand wachtten ze op vonken.

De uitdrukking op het gezicht van Shumway toen het dak van *The Democrat* het begaf, deed Grote Jims hart meer goed dan alle katoenplukkende medicijnen en pacemakers bij elkaar. Jarenlang had hij haar wekelijkse tirades moeten ondergaan, en hoewel hij niet wilde toegeven dat hij bang voor haar was, had hij zich in elk geval danig geërgerd.

Maar moet je haar nu eens zien, dacht hij. *Ze ziet eruit alsof ze bij thuiskomst haar moeder dood op de wc heeft aangetroffen.*

'Je ziet er beter uit,' zei Randolph. 'Je krijgt weer wat kleur.'

'Ik vóél me ook beter,' zei Grote Jim. 'Evengoed ga ik naar huis. Ik ga een dutje doen.'

'Dat is een goed idee,' zei Randolph. 'We hebben je nodig, mijn vriend. Nu meer dan ooit. En als die Koepel niet weggaat...' Hij schudde zijn hoofd en bleef Grote Jim met zijn bassethondenogen aankijken. 'Ik zal het zo stellen: ik weet niet hoe we ons zonder jou moesten redden. Ik hou van Andy Sanders alsof hij mijn broer was, maar hij heeft niet veel tussen de oren zitten. En Andrea Grinnell is geen knip voor de neus meer waard sinds ze op haar rug is gevallen. Jij bent de lijm die Chester's Mill bijeenhoudt.'

Grote Jim was ontroerd. Hij pakte Randolphs arm vast en gaf er een kneepje in. 'Ik zou mijn leven geven voor dit dorp. Zoveel houd ik ervan.'

'Dat weet ik. Ik ook. En niemand pakt het ons af.'

'Zo is dat,' zei Grote Jim.

Hij reed weg, over het trottoir heen om langs de wegafzetting aan de noordkant van de winkelstraat te komen. Zijn hart sloeg weer regelmatig (nou ja, bijna), maar toch maakte hij zich zorgen. Hij zou naar Everett toe moeten. Dat idee stond hem niet aan; Everett was ook een bemoeial die onrust wilde stoken in een tijd waarin de gemeente één lijn moest trekken. Bovendien was Everett geen arts. Grote Jim zou met zijn medische problemen bijna nog liever naar een dierenarts zijn gegaan, maar die hadden ze niet in het dorp. Hij moest maar hopen dat als hij medicijnen nodig had om zijn hartslag weer regelmatig te krijgen Everett de juiste soort had liggen.

Nou ja, dacht hij, *wat hij me ook geeft, ik kan het met Andy regelen.*

Ja, maar dat was niet zijn grootste zorg. Hij maakte zich veel drukker om iets wat Pete had gezegd: *als die Koepel niet weggaat...*

Ook dat was niet precies Grote Jims grootste zorg. Maar wel het tegendeel. Als de Koepel wél wegging – dat wilde zeggen, te vroeg –, kon hij in grote problemen komen, ook als het speedlab niet werd ontdekt. In elk geval zouden er katoenplukkers zijn die zijn beslissingen in twijfel trokken. Een van de regels die hij al vroeg in zijn politieke leven had geleerd, was: *degenen die het kunnen, doen het; degenen die het zelf niet kunnen trekken de beslissingen in twijfel van degenen die het kunnen.* Misschien zouden ze niet begrijpen dat hij met alles wat hij had gedaan of laten doen, zelfs dat gooien met stenen bij de supermarkt, het belang van de gemeente op het oog had gehad. Vooral Barbara's vrienden in de buitenwereld zouden geneigd zijn het verkeerd te begrijpen, want ze zouden het niet wíllen begrijpen. Sinds Grote Jim die brief van de president had gezien, twijfelde hij er niet aan dat Barbara inderdaad vrienden, machtige vrienden, in de buitenwereld had. Maar voorlopig konden die niets beginnen. En zo wilde Grote Jim het minstens nog een paar weken houden. Misschien zelfs een paar maanden.

Want hij hield van de Koepel.

Natuurlijk niet op de lange termijn, maar zeker totdat het propaangas dat achter het radiostation stond was verspreid. Totdat het lab was ontmanteld en de loods waarin het was ondergebracht was platgebrand (ook een misdrijf dat Dale Barbara's medeplichtigen in de schoenen kon worden geschoven). Totdat Barbara berecht kon worden en door een vuurpeloton van de politie kon worden geëxecuteerd. Totdat de schuld voor de beslissingen die tijdens de crisis waren genomen over zo veel mogelijk mensen verspreid kon worden, en de eer naar één persoon kon gaan, te weten hijzelf.

Tot dan mocht de Koepel blijven.

Grote Jim zou daarvoor bidden voordat hij in bed stapte.

7

Sammy strompelde door de gang van het ziekenhuis. Ze keek naar de namen op de deuren en keek voor alle zekerheid ook in de kamers zonder naam. Ze was al bang dat het kreng er niet was toen ze bij de laatste deur kwam en het beterschapskaartje zag dat daar met een punaise op vastgeprikt was. Op het kaartje was een tekenfilmhond te zien die zei: 'Ik hoorde dat je een beetje ziek was.'

Sammy haalde Jack Evans' pistool achter haar broeksband vandaan (die band zat nu een beetje losser; ze was eindelijk wat afgevallen, beter laat dan nooit) en gebruikte de loop van het wapen om de kaart open te maken. Aan de binnenkant likte de hond aan zijn ballen en zei: 'Wil je ook een likje?' Het was ondertekend door 'Mel, Jim jr, Carter en Frank', en het was precies het soort smaakvolle begroeting dat Sammy van hen zou verwachten.

Ze duwde de deur open met de loop van het pistool. Georgia was niet alleen. Dat deed niets af aan de grote kalmte die Sammy voelde, bijna een gevoel van vrede. Misschien had het er iets aan afgedaan als de man die in de hoek zat te slapen een onschuldige was geweest – bijvoorbeeld de vader of de oom van het kreng –, maar het was Frankie de Tietengrijper. Degene die haar als eerste had verkracht en tegen haar had gezegd dat ze moest leren haar mond dicht te houden, tenzij ze op haar knieën zat. Het feit dat hij sliep, veranderde niets. Want kerels als hij werden altijd een keer wakker en dan begon de ellende opnieuw.

Georgia sliep niet. Daarvoor leed ze te veel pijn, en die kerel met dat lange haar die bij haar was komen kijken, had haar geen extra verdoving aangeboden. Ze zag Sammy, en meteen gingen haar ogen wijd open. 'Takkewijf,' zei ze. 'Roddop.'

Sammy glimlachte. 'Je klinkt als Homer Simpson,' zei ze.

Georgia zag het pistool en haar ogen gingen nog wijder open. Ze deed nu ook haar grotendeels tandeloze mond open en gilde.

Sammy bleef glimlachen. Die glimlach werd zelfs breder. Het gillen klonk haar als muziek in de oren en was balsem voor haar pijn.

'Pak dat kreng,' zei ze. 'Nietwaar, Georgia? Dat zei je toch, harteloos stuk vreten?'

Frank werd wakker en keek verbijsterd in het rond. Zijn achterste was helemaal naar de rand van de stoel gezakt, en toen Georgia opnieuw gilde, maakte hij een rukbeweging en viel op de vloer. Hij droeg een wapen – dat droegen ze allemaal – en hij greep ernaar en zei: 'Leg dat neer, Sammy, leg dat gewoon neer. We zijn hier allemaal vrienden. Laten we hier vrienden zijn.'

Sammy zei: 'Je moet je mond dicht houden, behalve als je op je knieën zit en aan de pik van je vriend Junior zuigt.' Toen haalde ze de trekker van het wapen over. Het schot daverde door de kleine kamer. De eerste kogel ging over Frankies hoofd heen en verbrijzelde de ruit. Georgia gilde opnieuw. Ze probeerde uit bed te komen; haar infuuslijn en monitordraden sprongen los. Sammy gaf haar een duw en ze kwam half op haar rug terecht.

Frankie had nog steeds niet zijn pistool in de aanslag. In zijn angst en verwarring trok hij aan de holster in plaats van het wapen. Het enige wat hij bereikte, was dat hij zijn riem aan de rechterkant omhoogtrok. Sammy deed twee stappen in zijn richting, met het pistool in beide handen, zoals ze mensen op tv had zien doen, en schoot opnieuw. De linkerkant van Frankies hoofd vloog eraf. Een flap hoofdhuid kwam tegen de muur en bleef daaraan plakken. Hij greep meteen naar de wond. Het bloed spoot tussen zijn vingers door. Toen waren zijn vingers weg; ze verdwenen in de sijpelende spons op de plek waar zijn schedel had gezeten.

'*Niet meer!*' riep hij uit. Zijn ogen waren kolossaal en liepen vol met tranen. '*Niet meer! Doe me geen pijn meer!*' En toen: '*Mama! Máma!*'

'Vergeet het maar. Je mama heeft je niet goed opgevoed,' zei Sammy, en ze schoot opnieuw op hem, ditmaal in zijn borst. Hij vloog tegen de muur. Zijn hand kwam bij zijn verwoeste hoofd vandaan en bonkte tegen de vloer, plenzend in de plas bloed die zich daar al vormde. Ze schoot een derde keer op hem, nu op de plaats die haar pijn had gedaan. Toen draaide ze zich om naar de vrouw op het bed.

Georgia had zich opgerold als een bal. De monitor boven haar piepte als een gek, waarschijnlijk omdat ze de draden had losgetrokken. Haar haar hing in haar ogen. Ze bleef maar gillen.

'Zei je dat niet?' vroeg Sammy. 'Pak dat kreng?'

'*Het spijme!*'

'Wat?'

Georgia probeerde het opnieuw. '*Het spijme! Het spijme, Hammy!*' En toen de ultieme absurditeit: '*Ik nemet tug!*'

'Dat kán niet.' Sammy schoot Georgia in haar gezicht en daarna in haar hals. Georgia maakte net zulke stuiptrekkende bewegingen als Frankie had gedaan en bleef toen stilliggen.

Sammy hoorde rennende voetstappen en kreten op de gang. Er kwamen ook slaperige, zorgelijke kreten uit sommige kamers. Ze vond het jammer dat ze zoveel onrust veroorzaakte, maar soms had je gewoon geen keus. Soms moest je gewoon iets doen. En als je het had gedaan, kreeg je rust.

Ze drukte het pistool tegen haar slaap.

'Ik hou van je, Little Walter. Mama houdt van haar jongetje.'

En ze haalde de trekker over.

8

Rusty nam West Street om de brand te mijden en kwam bij het kruispunt met Route 117 weer op Main Street. Bij Bowie was het donker, afgezien van enkele kleine elektrische kaarsen in de ramen aan de voorkant. Zoals zijn vrouw hem had opgedragen, reed hij naar het kleinere parkeerterrein aan de achterkant en parkeerde daar naast de lange grijze Cadillac-lijkwagen. Ergens in de buurt rammelde een generator.

Toen hij zijn hand naar de deurknop uitstak, piepte zijn telefoon. Hij zette hem uit zonder te kijken wie er belde, en toen hij weer opkeek, stond er een politieagent naast zijn raam. Een agent met een getrokken pistool.

Het was een vrouw. Toen ze zich bukte, zag Rusty een wolk van krullend blond haar, en nu wist hij ook eindelijk welk gezicht bij de naam paste die zijn vrouw had genoemd. De vrouw die overdag de receptie en centrale van de politie bemande. Rusty nam aan dat ze op Koepeldag of kort daarna gedwongen was fulltime te gaan werken. Hij nam ook aan dat ze de taak die ze nu verrichtte vrijwillig op zich had genomen.

Ze stak het pistool in de holster. 'Hé, dokter Rusty. Stacey Moggin. Je hebt me twee jaar geleden voor gifsumak behandeld. Je weet wel, op mijn...' Ze klopte op haar achterste.

'Ik weet het nog. Leuk je te zien met je broek omhoog.'

Ze lachte zoals ze had gesproken: zacht. 'Ik hoop dat ik je niet heb laten schrikken.'

'Een beetje. Ik zette mijn mobiele telefoon uit, en toen stond je daar ineens.'

'Sorry. Kom binnen. Linda wacht al. We hebben niet veel tijd. Ik houd aan de voorkant de wacht. Ik geef Linda een dubbele klik op haar walkietalkie als er iemand komt. Als het de Bowies zijn, parkeren ze naast het gebouw en kunnen we onopgemerkt wegrijden naar East Street.' Ze hield haar hoofd een beetje schuin en glimlachte. 'Nou... dat is een beetje optimistisch, maar in elk geval zouden we niet worden herkend. Als we geluk hebben.'

Rusty liep achter haar aan. Hij liet zich leiden door de wolk van haar haar. 'Heb je ingebroken, Stacey?'

'Welnee. Er lag een sleutel op het politiebureau. De meeste bedrijven aan Main Street geven ons een sleutel.'

'En waarom doe je hieraan mee?'

'Omdat het allemaal onzin is, ingegeven door angst. Duke Perkins zou er allang een eind aan hebben gemaakt. Kom nu mee, en snel.'

'Dat kan ik niet beloven. Eigenlijk kan ik niets beloven. Ik ben geen patholoog-anatoom.'

'Zo snel als je kunt dan.'

Rusty liep achter haar aan naar binnen. Even later voelde hij Linda's armen om zich heen.

9

Harriet Bigelow gilde twee keer en viel toen flauw. Gina Buffalino staarde er alleen maar met glazige ogen naar. 'Haal Gina hier weg,' snauwde Thurse. Hij was tot aan het parkeerterrein gekomen, had de schoten gehoord en was terug komen rennen. En had toen dit bloedbad aangetroffen.

Ginny sloeg haar arm om Gina's schouders en nam haar weer mee naar de gang, waar de lopende patiënten – onder wie Bill Allnut en Tansy Freeman – met grote, angstige ogen stonden toe te kijken.

'Haal haar nu weg,' zei Thurse tegen Twitch, en hij wees naar Harriet. 'En trek haar rok omlaag. Gun dat arme meisje een beetje fatsoen.'

Twitch deed wat hem werd gezegd. Toen Ginny en hij de kamer weer binnenkwamen, zat Thurse geknield bij het lijk van Frank DeLesseps, die was gestorven omdat hij in plaats van Georgia's vriendje was gekomen en tot na het bezoekuur was gebleven. Thurse had het laken over Georgia heen gelegd, en daar zaten al bloemen van bloed op.

'Kunnen we iets doen, dokter?' vroeg Ginny. Ze wist dat hij geen arts was, maar in haar schrik zei ze dat automatisch. Ze keek naar Franks uitgestrekte lichaam, en haar hand vloog naar haar mond.

'Ja.' Thurse stond op. Zijn knokige knieën kraakten als pistoolschoten. 'Bel de politie. Dit is de plaats van een misdrijf.'

'Alle dienstdoende agenten zullen bij de brand zijn,' zei Twitch. 'Degenen die geen dienst hebben, zijn op weg daarheen of liggen te slapen met hun telefoon uit.'

'Nou, bel dan íemand, jezus nog aan toe, en zoek uit of we iets moeten doen voordat we de rommel opruimen. Neem foto's of weet ik veel. Niet dat er veel twijfel bestaat over wat er is gebeurd. Je zult me even moeten excuseren. Ik moet overgeven.'

Ginny ging opzij om Thurston in de kleine wc te laten die bij de kamer hoorde. Hij sloot de deur, maar evengoed waren zijn kokhalsgeluiden duidelijk te horen, het geluid van een op toeren komende motor waar zand in zat.

Ginny had het gevoel alsof ze ging flauwvallen. Het leek alsof ze werd opgetild en licht werd. Ze verzette zich ertegen. Toen ze Twitch weer aankeek, klapte hij net zijn mobieltje dicht. 'Rusty neemt niet op,' zei hij. 'Ik heb iets ingesproken. Iemand anders? Wat zou je zeggen van Rennie?'

'Nee!' Ze huiverde bijna. 'Hij niet.'

'Mijn zus? Andrea, bedoel ik?'

Ginny keek hem alleen maar aan.

Twitch keek even terug en sloeg toen zijn blik neer. 'Misschien ook niet,' mompelde hij.

Ginny raakte hem boven zijn pols aan. Zijn huid voelde koud aan van ontreddering. Die van haar ook, nam ze aan. 'Misschien kan het je troosten,' zei ze, 'als ik zeg dat ik denk dat ze probeert af te kicken. Ze is bij Rusty geweest, en ik ben er vrij zeker van dat het daarover ging.'

Twitch streek met zijn handen over de zijkanten van zijn gezicht, waardoor het even leek op een *opera buffa*-masker van droefheid. 'Dit is een nachtmerrie.'

'Ja,' zei Ginny simpelweg. Toen haalde ze haar mobiele telefoon weer tevoorschijn.

'Wie ga je bellen?' Twitch bleek in staat te zijn tot een klein glimlachje. 'Ghostbusters?'

'Nee. Als Andrea en Grote Jim niet in aanmerking komen, wie blijven er dan over?'

'Sanders, maar dat is een waardeloze kerel. Dat weet je net zo goed als ik. Waarom ruimen we niet gewoon de rommel op? Thurston heeft gelijk. Het is wel duidelijk wat hier is gebeurd.'

Thurston kwam de badkamer uit. Hij veegde met een papieren handdoek over zijn mond. 'Omdat er regels zijn, jongeman. En onder de omstandigheden is het belangrijker dan ooit dat we ons daaraan houden. Of op zijn minst ons best daarvoor doen.'

Twitch keek op en zag Sammy Busheys hersenen die aan een muur opdroogden. Wat ze had gebruikt om te denken, leek nu net een klodder havermout. Hij barstte in tranen uit.

10

Andy Sanders zat in het appartement van Dale Barbara op Dale Barbara's bed. Achter het raam scheen de oranje vuurgloed van het brandende *Democrat*-gebouw daarnaast. Boven zich hoorde hij voetstappen en gedempte stemmen: mannen op het dak, nam hij aan.

Toen hij de binnentrap vanuit de apotheek was opgegaan, had hij een bruine zak meegebracht. Daar haalde hij nu de inhoud uit: een glas, een fles Dasani-water en een potje pillen. De pillen waren OxyContin-tabletten. Op het etiket stond GERESERVEERD VOOR A. GRINNELL. Ze waren roze, de twintigjes. Hij schudde er een aantal uit, telde ze en schudde er nog wat meer uit.

Twintig. Vierhonderd milligram in totaal. Het zou misschien niet genoeg zijn om Andrea te doden, gezien de tolerantie die ze had opgebouwd, maar hij was er zeker van dat ze voor hem ruimschoots voldoende zouden zijn.

De warmte van het vuur in het aangrenzende gebouw verspreidde zich door de muur. Zijn huid was nat van het zweet. Het moest hier minstens vijfendertig graden zijn, misschien nog wel meer. Hij streek met de sprei over zijn gezicht.

Ik zal het niet veel langer voelen. In de hemel staat een koele bries en daar zitten we allemaal samen aan de tafel van de Heer.

Hij gebruikte de bodem van het glas om de roze pillen tot poeder te vermorzelen, want dan zou het middel hem meteen treffen. Als een hamer op de kop van een stier. Hij zou gewoon op het bed gaan liggen, zijn ogen dichtdoen, en dan was het welterusten, beste apotheker, mogen scharen engelen u zingend naar de vrede leiden.

Ik... en Claudie... en Dodee. Eeuwig samen.

Ik denk het niet, broeder.

Dat was Coggins' stem, Coggins, zo retorisch en onbuigzaam als hij kon zijn. Andy hield even op met het vermorzelen van de pillen.

Zelfmoordenaars zitten niet aan tafel met hun geliefden, mijn vriend. Ze gaan naar de hel en eten hete kolen die eeuwig in hun buik branden. Hoor ik daar halleluja? Hoor ik daar amen?

'Smulkoek,' fluisterde Andy, en hij ging verder met het vermorzelen van de pillen. 'Jij zat net als de rest van ons met je snuit in de trog. Waarom zou ik jou geloven?'

Omdat ik de waarheid spreek. Je vrouw en dochter kijken nu naar je omlaag en smeken je het niet te doen. Kun je ze niet horen?

'Nee,' zei Andy. 'En dat ben jij niet. Dat is alleen het laffe deel van mijn geest. Daar heb ik me altijd door laten leiden. Daardoor heeft Grote Jim me in zijn macht gekregen. Daardoor ben ik in die methamfetamine-ellende verzeild geraakt. Ik had het geld niet nodig; zo'n hoeveelheid geld kan ik niet eens bevatten. Ik kon gewoon geen nee zeggen. Maar nu kan ik dat wel. Nee, meneer. Ik heb niets meer om voor te leven en ik ga weg. Heb je daar iets op te zeggen?'

Blijkbaar had Lester Coggins dat niet. Andy had de pillen nu tot poeder vermalen en deed water in het glas. Hij veegde het roze poeder met de zijkant van zijn hand in het glas en roerde met zijn vinger. Te horen waren alleen het vuur en de vage kreten van de mannen die het bestreden – en boven hem het *bonk-dreun-bonk* van andere mannen die op het dak rondliepen.

'Tot op de bodem,' zei hij... maar hij dronk niet. Hij had zijn hand op het glas, maar dat laffe deel van hem – dat deel dat niet wilde sterven, al zou zijn leven nooit meer zinvol zijn – liet het glas waar het was.

'Nee, deze keer win je niet,' zei hij, maar hij liet het glas los om weer met de sprei over zijn drijfnatte gezicht te strijken. 'Niet elke keer en niet deze keer.'

Hij bracht het glas naar zijn lippen. Daarin dreef een heerlijke roze vergetelheid. Maar opnieuw zette hij het op het nachtkastje terug.

Het laffe deel beheerste hem nog steeds. Dat vervloekte laffe deel.

'God, geef me een teken,' fluisterde hij. 'Geef me een teken dat het goed is om dit te drinken. Al is het maar omdat het de enige manier is om deze gemeente uit te komen.'

Naast hem bezweek het dak van *The Democrat* in een regen van vonken. Boven hem riep iemand – het leek de stem van Romeo Burpee: '*Wees er klaar voor, jongens; sta klaar, verdomme!*'

Sta klaar. Dat moest wel het teken zijn. Andy Sanders bracht het glas met de dood weer omhoog, en ditmaal trok het laffe deel zijn arm niet naar beneden. Blijkbaar had het laffe deel het opgegeven.

In zijn zak speelde zijn mobiele telefoon de eerste maten van 'You're Beautiful', een sentimenteel deuntje dat Claudies favoriete nummer was geweest. Een ogenblik scheelde het niet veel of hij dronk evengoed, maar toen fluisterde een stem dat dít ook een teken kon zijn. Hij wist niet of het de stem van het laffe deel was, of van Coggins, of van zijn eigen hart. En omdat hij dat niet wist, nam hij de telefoon op.

'Meneer Sanders?' Een vrouwenstem, vermoeid, ongelukkig en angstig. Andy voelde meteen met haar mee. 'Met Virginia Tomlinson in het ziekenhuis.'

'Ginny!' Hij klonk weer als de oude opgewekte, behulpzame Andy. Het was bizar.

'We zitten hier met een probleem. Kunt u komen?'

Er schoot licht door de chaotische duisternis in Andy's hoofd. Het vulde hem met verbijstering en dankbaarheid. Iemand vroeg hem te komen. Was hij vergeten wat een goed gevoel hem dat gaf? Misschien wel, al was het ook de reden geweest waarom hij zich indertijd kandidaat had gesteld voor het wethouderschap. Niet om macht uit te oefenen; dat was iets voor Grote Jim. Alleen om te helpen. Zo was hij begonnen; misschien kon hij ook zo eindigen.

'Meneer Sanders? Bent u daar nog?'

'Ja. Hou vol, Ginny. Ik kom eraan.' Hij zweeg even. 'En noem me niet meneer Sanders. Ik ben Andy. We zitten hier allemaal samen in, weet je.'

Hij hing op, liep met het glas naar de badkamer en goot de roze inhoud in de toiletpot. Zijn goede gevoel – dat gevoel van licht en verbijstering – hield stand tot hij doorspoelde. Toen daalde de depressie weer als een stinkende oude jas over hem neer. Hadden ze hem nodig? Dat was vreemd. Hij was gewoon die domme oude Andy Sanders, de sukkel die op de schoot van Grote Jim zat. De spreekbuis. De wauwelaar. De man die de moties en voorstellen van Grote Jim voorlas alsof ze van hemzelf waren. De man die elke twee jaar van pas kwam om met zijn joviale charme stemmen te werven. Dingen waartoe Grote Jim niet in staat of niet bereid was.

Er zaten nog meer pillen in het potje. Er zat nog meer Dasani-water in de cooler beneden. Overigens dacht Andy niet serieus over die dingen na; hij had Ginny Tomlinson een belofte gedaan en hij was een man van zijn woord. Toch had hij het idee van zelfmoord niet laten varen; hij had het alleen op een laag pitje gezet. Opgeschort, zoals ze in de dorpspolitiek dan zeiden. En het zou hem goed doen om uit deze slaapkamer weg te komen, die bijna zijn sterfkamer was geworden.

Die kamer vulde zich met rook.

11

De werkruimte van uitvaartbedrijf Bowie bevond zich onder de grond, en Linda dacht dat ze daar het licht wel kon aandoen. Rusty had het nodig voor zijn onderzoek.

'Moet je die rotzooi toch eens zien,' zei hij, en hij wees naar de vuile, met moddervoeten bevuilde vloer, de blikjes bier en frisdrank op de werktafels, een open vuilnisbak in een hoek met een paar zoemende vliegen erboven. 'Als de keuringsdienst van het begrafeniswezen dit zag – of het ministerie van Volksgezondheid – zou deze tent gesloten worden voor je New York kon zeggen.'

'We zijn niet in New York,' merkte Linda op. Ze keek naar de roestvrijstalen tafel in het midden van de kamer. Het oppervlak was bedekt met een laagje van substanties die maar beter ongenoemd konden blijven, en er lag een prop van een Snickers-verpakking in een van de afvoergeulen. 'We zijn niet eens meer in Maine, denk ik. Schiet op, Eric. Het stinkt hier.'

'In meer dan één opzicht,' zei Rusty. De rommel ergerde hem, maakte hem zelfs woedend. Hij had Stewart Bowie wel in zijn gezicht kunnen slaan, alleen al vanwege die snoepverpakking, die daar achteloos in die geul lag waardoor het bloed van de doden van het dorp was weggelopen.

Aan de andere kant van de kamer bevonden zich zes roestvrijstalen lijkenladen. Ergens daarachter hoorde Rusty het gestage rommelen van een koelinstallatie. 'Er is hier geen tekort aan propaan,' mompelde hij. 'De gebroeders Bowie nemen het ervan.'

Er zaten geen naamkaartjes in de vakjes aan de voorkant van de laden – ook een teken van slordigheid – en dus trok Rusty ze alle zes open. De eerste twee waren leeg, wat hem niet verbaasde. De meeste mensen die tot nu toe onder de Koepel waren gestorven, inclusief Ron Haskell en de Evans, waren snel begraven. Jimmy Sirois, die geen naaste verwanten had, lag nog in het kleine mortuarium in het Cathy Russell.

In de volgende vier zaten de lijken waar hij voor kwam. De stank van ontbinding kwam hem tegemoet zodra hij de laden op hun rollers optrok en overheerste de onaangename maar minder agressieve geuren van conserverende vloeistoffen en crèmes. Linda deinsde kokhalzend terug.

'Niet overgeven, Linny,' zei Rusty, en hij liep naar de kasten aan de andere kant van de kamer. De eerste la die hij opentrok bevatte alleen oude nummers van *Field & Stream*, en hij vloekte. In de la daaronder zat wat hij nodig had. Vanonder een holle naald, die eruitzag alsof hij nooit was schoongemaakt, haalde hij twee groene mondkapjes tevoorschijn die nog in hun verpakking zaten. Hij gaf er een aan Linda en zette het andere zelf op. Hij keek in de volgende la en eigende zich een paar rubberen handschoenen toe. Ze waren knalgeel en vreselijk opzichtig.

'Als je denkt dat je ondanks dat mondkapje moet overgeven, ga dan naar boven, naar Stacey toe.'

'Ik red me wel. Ik moet getuige zijn.'

'Ik weet niet hoeveel jouw getuigenverklaring waard is. Per slot van rekening ben je mijn vrouw.'

Ze herhaalde: 'Ik moet getuige zijn. Doe het nou maar zo snel als je kunt.'

De lijkenrekken waren vuil. Na wat hij in de rest van de kamer had gezien verbaasde dat hem niet, maar toch walgde hij ervan. Linda had eraan gedacht een oude cassetterecorder mee te brengen die ze in de garage had gevonden. Rusty drukte op RECORD, testte het geluid en constateerde met enige verbazing dat het wel meeviel. Hij spoelde het bandje terug, drukte nog eens op RECORD en legde de kleine Panasonic op een van de lege rekken. Toen trok hij de handschoenen aan. Dat kostte hem meer tijd dan de bedoeling was; zijn handen zweetten. Er zou daar vast wel ergens babypoeder liggen, maar hij had geen tijd om daarnaar te zoeken. Hij voelde zich toch al een inbreker. Ach, hij wás een inbreker.

'Oké, daar gaan we dan. Het is tweeëntwintig uur vijfenveertig, 24 oktober. Dit onderzoek vindt plaats in de werkruimte van uitvaartbedrijf Bowie. Die trouwens smerig is. Een schande. Ik zie vier lijken, drie vrouwen en een man. Twee van de vrouwen zijn jong, rond de twintig. Dat zijn Angela McCain en Dodee Sanders.'

'Dorothy,' zei Linda vanaf de andere kant van de tafel. 'Ze heet... heette... Dorothy.'

'Herstel. Dorothy Sanders. De derde vrouw is van laat-middelbare leeftijd. Dat is Brenda Perkins. De man is ongeveer veertig. Hij is dominee Lester Coggins. Voor de goede orde: ik kan al deze mensen identificeren.'

Hij gaf zijn vrouw een teken en wees naar de lijken. Ze keek, en de tranen welden in haar ogen op. Ze bracht het mondkapje omhoog en zei: 'Ik ben Linda Everett van de politie van Chester's Mill. Mijn insignenummer is 775. Ook ik herken deze vier lijken.' Ze trok het masker weer op zijn plaats. Daarboven keken haar ogen hem smekend aan.

Rusty gaf een teken dat ze achteruit kon gaan. Het was toch allemaal maar komedie. Dat wist hij, en dat wist Linda vermoedelijk ook. Toch voelde hij zich niet terneergeslagen. Hij had al sinds zijn jongensjaren arts willen zijn en zou dat ook zeker zijn geworden als hij niet van school had gemoeten om voor zijn ouders te zorgen. Wat hem op school zo had gefascineerd als hij onder biologieles kikkers en koeienogen ontleedde, bewoog hem nu ook: doodgewone nieuwsgierigheid. De behoefte om dingen te weten. En hij zóú dingen te weten komen. Misschien niet alles, maar wel een paar dingen.

Hier helpen de doden de levenden. Zei Linda dat?

Het deed er niet toe. Hij wist zeker dat ze zouden helpen als ze dat konden.

'Voor zover ik kan zien, is er geen cosmetica op de lichamen toegepast, maar ze zijn wel alle vier gebalsemd. Ik weet niet of het proces is voltooid, maar ik vermoed van niet, want de buisjes om het bloed uit de slagaders te halen zitten nog op hun plaats.

Angela en Dodee – neem me niet kwalijk, Dorothy – zijn ernstig toegetakeld en hun ontbindingsproces is vergevorderd. Coggins is ook geslagen – nogal hard, zo te zien – en verkeert eveneens in staat van ontbinding, zij het in een eerder stadium; de spieren van zijn gezicht en armen zijn nog maar net verslapt. Brenda – Brenda Perkins, bedoel ik...' Zijn stem stierf weg en hij boog zich over haar heen.

'Rusty?' vroeg Linda nerveus. 'Schat?'

Hij stak zijn hand uit, veranderde van gedachten, trok eerst de handschoen uit en hield zijn hand over haar keel. Toen tilde hij Brenda's hoofd op en voelde de buitensporig grote bult, net onder de nek. Hij liet haar hoofd zakken en draaide haar lichaam op zijn heup om naar haar rug en zitvlak te kunnen kijken.

'Jezus,' zei hij.

'Rusty? Wat is er?'

Er zit nog aangekoekte stront, dacht hij... maar dat sprak hij niet in. Zelfs niet als Randolph of Rennie alleen maar naar de eerste zestig seconden van het bandje luisterden alvorens het onder hun hak te vermorzelen en de restanten te verbranden. Dat detail van de afschuwelijke staat waarin ze verkeerde zou hij onbesproken laten.

Maar hij zou het onthouden.

'Wát?'

Hij bevochtigde zijn lippen en zei: 'Brenda Perkins vertoont lijkvlekken op haar billen en dijen. Dat wijst erop dat ze minstens twaalf uur en waarschijnlijk eerder veertien uur dood is. Ze vertoont aanzienlijke kneuzingen op beide wangen. Dat zijn handafdrukken. Daar twijfel ik geen moment aan. Iemand heeft haar gezicht vastgepakt en haar hoofd hard naar links gedraaid, zodat de eerste en tweede halswervels, de C1 en C2, geknapt zijn. Waarschijnlijk is haar wervelkolom ook gebroken.'

'O, Rusty,' kreunde Linda.

Rusty duwde met zijn duim eerst het ene en toen het andere ooglid van Brenda omhoog. Hij zag wat hij al had gevreesd.

'De kneuzingen van haar wangen en de *sclerae petechiae* – bloedvlekjes in het wit van haar ogen – wijzen erop dat de dood niet onmiddellijk is ingetreden. Ze kreeg geen lucht meer en is gestikt. Misschien was ze bij bewustzijn; misschien niet. We zullen maar hopen van niet. Meer kan ik jammer genoeg niet zeggen. De meisjes – Angela en Dorothy – zijn het langst dood. De staat van ontbinding wijst erop dat ze op een warme plaats hebben gelegen.'

Hij zette de recorder uit.

'Met andere woorden: ik zie niets wat Barbie volkomen vrijpleit en ook niets wat we niet al weten.'

'En als zijn handen nu eens niet overeenkomen met de kneuzingen op Brenda's gezicht?'

'De sporen zijn te vaag om iets met zekerheid te kunnen zeggen. Lin, ik voel me de stomste man ter wereld.'

Hij duwde de twee meisjes – die over de Auburn Mall hadden moeten lopen om over oorhangers te praten, kleren te kopen bij Deb en vriendjes met elkaar te vergelijken – in de duisternis terug. Toen wendde hij zich tot Brenda.

'Geef me een doek. Ik zag er een paar achter de gootsteen liggen. Ze zagen er zelfs schoon uit, wat nog een wonder is in deze zwijnenstal.'

'Wat wil je...'

'Geef me nou maar een doek. Doe maar twee. En maak ze nat.'

'Hebben we tijd om...'

'We gaan tijd maken.'

Linda keek zwijgend toe terwijl haar man zorgvuldig Brenda Perkins' billen en de achterkant van haar dijen waste. Toen hij klaar was, gooide hij de vuile doeken in de hoek. Hij dacht dat hij, als de Bowies erbij waren geweest, een van de doeken in Stewarts mond en de andere in die verrekte bek van Fernald zou hebben gepropt.

Hij kuste Brenda op haar koele voorhoofd en duwde haar de gekoelde kast weer in. Hij wilde hetzelfde doen met Coggins, maar bleef toen staan. Het gezicht van de dominee was alleen maar vluchtig schoongemaakt; er zat nog bloed in zijn oren en neusgaten en op zijn voorhoofd.

'Linda, maak nog een doek nat.'

'Schat, we zijn hier al bijna tien minuten. Ik vind het geweldig van je dat je zoveel respect voor de doden hebt, maar we moeten ook aan de levenden...'

'Misschien hebben we hier iets. Hij is niet op dezelfde manier geslagen. Dat zie ik zelfs zonder... Maak een doek nat.'

Ze sprak hem niet verder tegen, maakte nog een doek nat, wrong hem uit en gaf hem aan Rusty. Ze zag hem het overgebleven bloed van het gezicht van de dode verwijderen. Dat deed hij zorgvuldig, maar niet zo liefdevol als hij dat bij Brenda had gedaan.

Ze was geen fan van Lester Coggins geweest (die in zijn wekelijkse radiouitzending eens had beweerd dat jongeren die naar de zangeres Miley Cyrus gingen gevaar liepen in de hel te komen), maar toch deed het haar pijn om te zien wat Rusty blootlegde. 'Allemachtig, hij ziet eruit als een vogelverschrikker die door een stel kinderen met stenen is bekogeld.'

'Dat zei ik toch? Niet op dezelfde manier geslagen. Dit is niet met vuisten of zelfs met voeten gedaan.'

Linda wees. 'Wat heeft hij daar op zijn slaap?'

Rusty gaf geen antwoord. Boven zijn mondkapje waren zijn ogen fel van verbazing. En ook van iets anders: begrip dat begon te dagen.

'Wat is er, Eric? Het lijken net... ik weet het niet... náden van iets.'

'Nou en of.' Zijn mondkapje ging op en neer doordat zijn mond een glimlach vormde. Een glimlach van het grimmigste soort. 'Ook op zijn voorhoofd. Zie je wel? En zijn kaak. Die klap brák zijn kaak.'

'Wat voor wapen laat zulke sporen achter?'
'Een honkbal,' zei Rusty, en hij duwde de lade dicht. 'Geen gewone, maar eentje die bijvoorbeeld verguld is. Ja. Als je er maar goed genoeg mee uithaalt, zit er genoeg kracht in. Ik denk dat het zo is gegaan.'
Hij liet zijn voorhoofd naar het hare zakken. Hun mondkapjes kwamen tegen elkaar aan. Hij keek in haar ogen.
'Jim Rennie heeft er een. Die zag ik op zijn bureau toen ik met hem over het verdwenen propaangas ging praten. Ik weet niet hoe het met de anderen is gegaan, maar ik denk dat we nu weten hoe Lester Coggins aan zijn eind is gekomen. En wie hem heeft vermoord.'

12

Toen het dak was ingezakt, hield Julia het niet meer uit. 'Kom met mij mee naar huis,' zei Rose. 'Je kunt de logeerkamer gebruiken, zo lang je maar wilt.'
'Dank je, maar nee. Ik wil nu alleen zijn, Rose. Nou ja, je weet wel... met Horace. Ik moet nadenken.'
'Waar ga je slapen? Red je je wel?'
'Ja.' Zonder te weten of dat zo was. Blijkbaar kon ze nog rationeel denken, maar ze had het gevoel alsof iemand haar emoties een grote dosis novocaine had gegeven. 'Misschien kom ik later.'
Toen Rose weg was en aan de overkant van de straat liep (en zich omdraaide om nog een laatste keer zorgelijk naar Julia te zwaaien), liep Julia naar de Prius terug. Ze zette Horace voorin en ging achter het stuur zitten. Ze keek of ze Pete Freeman en Tony Guay kon ontdekken, maar zag hen nergens. Misschien was Tony met Pete naar het ziekenhuis gegaan om zalf voor zijn verbrande arm te halen. Het was een wonder dat geen van beiden erger gewond was geraakt. En als ze Horace niet naar de ontmoeting met Cox had meegenomen, zou hij ook zijn verbrand, net als de rest.
Bij die gedachte besefte ze dat haar emoties toch niet verdoofd waren en zich alleen maar schuilhielden. Er kwam een geluid uit haar, een soort jammerklacht. Horace spitste zijn grote oren en keek haar angstig aan. Ze probeerde ermee op te houden maar kon dat niet.
De krant van haar vader.
De krant van haar grootvader.
Van haar overgrootvader.
Helemaal in de as.

Ze reed naar West Street en stopte op het lege parkeerterrein achter The Globe. Ze zette de motor uit, trok Horace naar zich toe en huilde een minuut of vijf tegen zijn harige, gespierde schouder. Het strekte Horace tot eer dat hij het geduldig onderging.

Toen ze was uitgehuild, voelde ze zich beter. Kalmer. Misschien was het de kalmte van de schok, maar in elk geval kon ze weer denken. En ze dacht aan de overgebleven stapel kranten in de kofferbak. Ze boog zich langs Horace (die kameraadschappelijk haar nek likte) en maakte het dashboardkastje open. Dat lag propvol spulletjes, maar ze dacht dat ergens... heel misschien...

En daar was het, als een godsgeschenk. Een plastic doosje met spelden, elastiekjes, punaises en paperclips. Aan elastiekjes en paperclips had ze nu niets, maar die punaises en spelden...

'Horace,' zei ze. 'Wil je stappe-stap doen?'

Horace blafte: ja, hij wilde wel stappe-stap doen.

'Goed,' zei ze. 'Ik ook.'

Ze pakte de kranten en liep naar Main Street terug. Het gebouw van *The Democrat* was niet meer dan een brandende puinhoop waar politieagenten water op spoten (*uit die o zo van pas komende sproeipompen*, dacht ze, *die al helemaal klaarstonden.*) Het deed Julia pijn om ernaar te kijken – natuurlijk –, maar nu ze iets te doen had, was het verdriet minder erg.

Met Horace naast zich liep ze door de straat, en op elke telefoonpaal bevestigde ze een exemplaar van het laatste nummer van *The Democrat*. De kop – CRISIS NEEMT TOE: RELLEN EN MOORDEN – leek op te lichten in het schijnsel van het vuur. Ze wenste nu dat ze voor een kortere kop had gekozen: PAS OP.

Ze ging door tot ze allemaal op waren.

13

Aan de overkant kraakte Peter Randolphs walkietalkie drie keer. Een dringende oproep. Bang voor wat hij te horen zou krijgen drukte hij op de zendknop en zei: 'Commandant Randolph. Over.'

Het was Freddy Denton, die als leider van de avondploeg in feite als plaatsvervangend commandant fungeerde. 'Ik kreeg net een telefoontje uit het ziekenhuis, Pete. Een dubbele moord...'

'Wát?' riep Randolph uit. Een van de nieuwe agenten – Mickey Wardlaw – keek hem met grote ogen aan, als een boerenkinkel op zijn eerste kermis.

Denton ging verder. Hij klonk kalm of zelfvoldaan. In het laatste geval viel het ergste voor hem te vrezen. 'En ook nog een zelfmoord. De schutter was dat meisje dat zei dat ze verkracht was. De slachtoffers waren twee mensen van ons, commandant. Roux en DeLesseps.'

'*Je... neemt me... IN DE MALING!*'

'Ik heb Rupe en Mel Searles daarheen gestuurd,' zei Freddy. 'Eén voordeel: het is allemaal voorbij en we hoeven haar niet in het kippenhok te zetten bij Barb...'

'Je had zelf moeten gaan, Fred. Jij bent de hoogste in rang.'

'Wie moet er dan achter de balie zitten?'

Randolph had daar geen antwoord op. Het was te slim of te dom. In elk geval moest hij maken dat hij in het Cathy Russell kwam.

Ik wil deze baan niet meer. Nee. Helemaal niet.

Maar het was nu te laat om terug te krabbelen. En met hulp van Grote Jim zou hij het wel redden. Daar moest hij zich op concentreren: Grote Jim zou hem erdoorheen helpen.

Marty Arsenault tikte op zijn schouder. Randolph verkocht hem bijna een stomp. Arsenault merkte het niet; hij keek naar de overkant van de straat, waar Julia Shumway haar hond uitliet. Ze liet haar hond uit en... wat?

Ze hing kranten op. Ze maakte ze met punaises vast aan die verrekte telefoonpalen.

'Dat kreng weet van geen ophouden,' fluisterde hij.

'Moet ik daarheen gaan om haar te laten ophouden?' vroeg Arsenault.

Marty keek gretig, en Randolph gaf hem bijna die opdracht. Toen schudde hij zijn hoofd. 'Ze zou je alleen maar aan je kop zeuren over burgerrechten. Alsof ze niet weet dat het niet bepaald in het belang van de gemeente is dat ze iedereen doodsbang maakt.' Hij schudde zijn hoofd. 'Waarschijnlijk weet ze dat niet. Ze is ontzettend...' Er was een woord voor wat ze was, een Frans woord dat hij op de middelbare school had geleerd. Hij verwachtte niet dat het bij hem opkwam, maar dat gebeurde toch. 'Ontzettend naïef.'

'Ik houd haar wel tegen, commandant. Wat kan ze nou doen, haar advocaat bellen?'

'Laat haar maar. Dan zit ze ons tenminste niet op de huid. Ik ga nu naar het ziekenhuis. Denton zegt dat Frank DeLesseps en Georgia Roux door dat meisje van Bushey zijn vermoord. En daarna heeft ze zelfmoord gepleegd.'

'Jezus,' fluisterde Marty, en alle kleur trok uit zijn gezicht weg. 'Zou dat ook Barbara's werk zijn?'

Randolph wilde zeggen van niet maar hield zich in. Toen herinnerde hij zich dat het meisje had gezegd dat ze verkracht was. Haar zelfmoord maakte dat geloofwaardiger, en geruchten dat politieagenten van Chester's Mill zoiets hadden gedaan zouden slecht voor het moreel van het korps en dus ook voor de gemeente als zodanig zijn. Dat hoefde Jim Rennie hem niet te vertellen.

'Ik weet het niet,' zei hij, 'maar het is mogelijk.'

Marty's ogen traanden, misschien van verdriet, misschien van de rook. Of van beide. 'Je moet Grote Jim inlichten, Pete.'

'Doe ik. Intussen...' Randolph knikte naar Julia. 'Hou haar in de gaten, en als ze er eindelijk genoeg van krijgt en weggaat, haal je al die troep van die telefoonpalen en gooi je het waar het thuishoort.' Hij wees naar de brandende resten van wat eerder op de dag het kantoor van de krant was geweest. 'Dan is de rommel opgeruimd.'

Marty grinnikte. 'Begrepen, baas.'

En dat was precies wat agent Arsenault deed, maar niet voordat andere mensen in het dorp enkele kranten hadden losgemaakt om ze in beter licht te kunnen lezen – meer dan vijf stuks, misschien tien. In de komende twee of drie dagen gingen ze van hand tot hand en werden ze gelezen tot ze letterlijk uit elkaar vielen.

14

Toen Andy in het ziekenhuis kwam, was Piper Libby er al. Ze zat op een bank in de hal en praatte met twee meisjes die de witte nylon broeken en overschorten van verpleegsters droegen... al leken ze Andy veel te jong om echte verpleegsters te zijn. Ze hadden allebei gehuild en zagen eruit alsof ze daar elk moment opnieuw mee konden beginnen, maar Andy zag dat dominee Libby een kalmerende uitwerking op hen had. Met één ding had hij nooit moeite gehad: het beoordelen van menselijke emoties. Soms wenste hij dat hij beter was als het op denken aankwam.

Ginny Tomlinson stond in de buurt en praatte zachtjes met een oudere man. Ze keken allebei geschokt. Ginny zag Andy en kwam naar hem toe. De oudere man volgde haar. Ze stelde hem voor als Thurston Marshall en zei dat hij in het ziekenhuis hielp.

Andy begroette de nieuwkomer met een brede glimlach en een warme handdruk. 'Aangenaam kennis te maken, Thurston. Ik ben Andy Sanders. Burgemeester.'

Piper keek op vanaf de bank en zei: 'Als je echt de burgemeester was, Andy, zou je de eerste wethouder in het gareel houden.'

'Ik weet dat je moeilijke dagen achter de rug hebt,' zei Andy, nog steeds glimlachend. 'Dat hebben we allemaal.'

Piper keek hem ijzig aan en vroeg toen aan de meisjes of ze thee met haar gingen drinken. 'Ik kan wel een kopje gebruiken,' zei ze.

'Ik belde haar nadat ik u had gebeld,' zei Ginny een beetje verontschuldigend, toen Piper met de twee jonge verpleegsters was vertrokken. 'En ik heb de politie gebeld. Ik kreeg Fred Denton.' Ze trok haar neus op zoals mensen doen wanneer ze iets viezigs ruiken.

'Ach, Freddy valt wel mee,' zei Andy ernstig. Hij was er niet helemaal bij met zijn hoofd – in zijn gedachten zat hij nog op Dale Barbara's bed en stond hij op het punt vergiftigd roze water te drinken –, maar oude gewoonten waren hardnekkig. De aandrang om dingen in orde te maken, woelige wateren tot bedaren te brengen, bleek net zoiets te zijn als fietsen. Je verleerde het nooit. 'Wat is er hier gebeurd?'

Ze vertelde het. Andy luisterde met verrassende kalmte, als je naging dat hij de familie DeLesseps zijn hele leven had gekend en in zijn tienerjaren eens uit was geweest met de moeder van Georgia Roux (Helen had hem met haar mond open gekust, wat fijn was, maar ze had een stinkende adem gehad, wat niet fijn was). Hij dacht dat de emotionele dofheid die over hem was gekomen alles te maken had met de wetenschap dat als zijn telefoon niet was gegaan hij nu bewusteloos zou zijn. Misschien zelfs dood. Zoiets gaf je een andere kijk op de wereld.

'Twee van onze gloednieuwe agenten,' zei hij. Voor zichzelf klonk hij als de bandopname die je kreeg als je een bioscoop belde om te horen wat er draaide. 'Een van hen had al lelijke verwondingen opgelopen toen hij iets aan die rellen bij de supermarkt wilde doen. Lieve help.'

'Dit is waarschijnlijk niet het moment om het te zeggen, maar ik ben slecht te spreken over uw politiekorps,' zei Thurston. 'Omdat de agent die mij een stomp heeft gegeven nu dood is, heeft het geen zin dat ik een klacht indien.'

'Welke agent? Frank of het meisje van Roux?'

'De jongeman. Ik herkende hem ondanks zijn... zijn dodelijke verminking.'

'Heeft Frank DeLesseps u gestompt?' Andy kon het gewoon niet geloven. Frankie had vier jaar de *Lewiston Sun* bij hem bezorgd en nooit een dag overgeslagen. Nou, ja, een of twee keer, nu hij erover nadacht, maar toen had er een zware sneeuwstorm gewoed. En een keer toen hij de mazelen had. Of was het de bof?

'Als hij zo heette.'

'Goh... Dat is...' Wat was het? En deed het er iets toe? Deed het er allemaal nog toe? Toch ging Andy gewoon door. 'Dat is betreurenswaardig, meneer. Hier in Chester's Mill nemen we onze verantwoordelijkheden serieus. We willen doen wat goed is. Alleen staan we op dit moment onder grote druk. Omstandigheden waarop we geen invloed hebben, zoals u weet.'

'Ja, ik wéét het,' zei Thurse. 'Wat mij betreft, is het verleden tijd. Maar meneer... Die agenten waren vreselijk jong. En ze gingen zwaar over de schreef.' Hij zweeg even. 'De dame die ik bij me heb is ook mishandeld.'

Andy wist niet eens wie er bij Frankie was geweest, en hij kon trouwens niet geloven dat die kerel de waarheid sprak. De politieagenten van Chester's Mill deden niemand kwaad, tenzij ze werden geprovoceerd (érnstig geprovoceerd). Zulke dingen gebeurden in grote steden, waar mensen niet wisten hoe ze met elkaar moesten omgaan. Natuurlijk zou hij ook hebben gezegd dat er in Chester's Mill geen meisjes waren die twee politieagenten vermoordden en daarna zelfmoord pleegden.

Laat maar, dacht Andy. *Hij is niet alleen iemand van buiten het dorp, maar zelfs iemand van buiten de staat Maine. Schrijf het daar maar aan toe.*

Ginny zei: 'Nu je hier toch bent, Andy: ik weet niet wat je kunt doen. Twitch zorgt voor de lijken, en...'

Voordat ze verder kon gaan, ging de deur open. Er kwam een jonge vrouw binnen met twee slaperige kinderen aan de hand. De oude kerel – Thurston – omhelsde haar, terwijl de kinderen, een meisje en een jongen, toekeken. Ze waren allebei op blote voeten en droegen een T-shirt als nachthemd. Op dat van de jongen, dat helemaal tot zijn enkels reikte, stond GEDETINEERDE 9091 EN EIGENDOM VAN DE SHAWSHANK-GEVANGENIS. Thurstons dochter en kleinkinderen, nam Andy aan, en nu miste hij Claudette en Dodee opeens des te meer. Hij zette de gedachte aan hen van zich af. Ginny had hem om hulp gevraagd, en het was duidelijk dat ze die hulp nodig had. Dat zou ongetwijfeld betekenen dat hij moest luisteren terwijl ze het hele verhaal opnieuw vertelde – niet voor hem, maar voor haarzelf. Op die manier kon ze de waarheid onder ogen zien en er vrede mee krijgen. Andy vond het niet erg. Hij was altijd goed geweest in luisteren, en het was beter dan naar drie lijken kijken, waaronder het ontzielde lichaam van zijn vroegere krantenjongen. Luisteren was eigenlijk heel gemakkelijk, zelfs een idioot kon luisteren, maar Grote Jim had het nooit onder de knie gekregen. Grote Jim was beter in praten. En in plannen maken – dat ook. In tijden als deze mochten ze blij zijn dat ze hem hadden.

Toen Ginny voor de tweede keer met haar verhaal begon, schoot er Andy iets te binnen. Misschien was het belangrijk. 'Heeft iemand...'

Thurston kwam met de nieuwkomers terug. 'Burgemeester Sanders – Andy – dit is mijn vriendin Carolyn Sturges. En dit zijn de kinderen voor wie we zorgen. Alice en Aidan.'

'Ik wil mijn speentje,' zei Aidan kribbig.

Alice zei: 'Jij bent te óúd voor een speentje.' Ze gaf hem een por met haar elleboog.

Aidan vertrok zijn gezicht, maar hij huilde net niet.

'Alice,' zei Carolyn Sturges, 'dat is gemeen. En wat weten we over gemene mensen?'

Alice klaarde op. '*Gemene mensen zijn klote!*' riep ze, en ze barstte in giechelen uit. Nadat hij even had nagedacht, giechelde Aidan met haar mee.

'Sorry,' zei Carolyn tegen Andy. 'Ik had niemand om op ze te passen, en Thurse klonk zo van stréék toen hij belde...'

Het was moeilijk te geloven, maar blijkbaar deed die ouwe kerel het met de jongedame. Andy bleef hier maar heel even bij stilstaan, al zou hij er onder andere omstandigheden diep over nagedacht hebben. Hij zou zich standjes hebben voorgesteld en zich hebben afgevraagd of ze hem pijpte met die jonge mond van haar enzovoort enzovoort. Maar nu had hij andere dingen aan zijn hoofd.

'Heeft iemand Sammy's man verteld dat ze dood is?' vroeg hij.

'Phil Bushey?' Dat was Dougie Twitchell, die door de gang naar de receptieruimte kwam. Zijn schouders waren ingezakt en zijn gezicht was grauw. 'Die klootzak heeft haar in de steek gelaten en is uit het dorp vertrokken. Al maanden geleden.' Zijn blik viel op Alice en Aidan Appleton. 'Sorry van dat woord, jongens.'

'Het geeft niet,' zei Caro. 'Bij ons thuis hebben we een vrij taalgebruik. Dat is eerlijker.'

'Dat klopt,' zei Alice. 'We mogen zoveel poep en pies zeggen als we maar willen, in elk geval tot mama terug is.'

'Maar niet kreng,' verduidelijkte Aidan. 'Kreng is ex-is-tisch.'

Caro ging er niet op in. 'Thurse? Wat is er gebeurd?'

'Niet waar de kinderen bij zijn,' zei hij. 'Vrij taalgebruik of niet.'

'Franks ouders zijn het dorp uit,' zei Twitch, 'maar ik heb contact opgenomen met Helen Roux, de moeder van Georgia. Ze bleef er vrij rustig onder.'

'Dronken?' vroeg Andy.

'Ja. Als een kanon.'

Andy liep een eindje de gang in. Enkele patiënten, gehuld in ziekenhuishemden en met pantoffels aan, stonden met hun rug naar hen toe. Ze keken naar het bloedbad, nam hij aan. Hij voelde er weinig voor om dat ook te doen en was blij dat Dougie Twitchell de noodzakelijke dingen had gedaan. Hij was apotheker en politicus. Het was zijn taak de levenden te helpen, niet om zorg te dragen voor de doden. En hij wist iets wat deze mensen niet wisten. Hij kon hun niet vertellen dat Phil Bushey nog in de gemeente was en als een kluizenaar in het radiostation woonde, maar hij kon Phil wel vertellen dat zijn vrouw, bij wie hij weg was, niet meer leefde. Dat kon hij doen en zou hij doen. Natuurlijk kon hij niet voorspellen wat Phils reactie zou zijn. Phil was de laatste tijd zichzelf niet. Misschien werd hij agressief. Misschien zou hij zelfs de brenger van slechte tijdingen om zeep helpen. Maar zou dat zo erg zijn? Zelfmoordenaars mochten dan naar de hel gaan en eeuwig hete kolen vreten, maar moordslachtoffers, daar was Andy vrij zeker van, gingen naar de hemel en aten tot in de eeuwigheid rosbief en perzikgebak met de Heer.

Samen met hun dierbaren.

15

Ondanks het dutje dat ze eerder op de dag had gedaan was Julia vermoeider dan ze in haar hele leven was geweest; tenminste, zo voelde ze zich. En tenzij ze Rose' aanbod accepteerde, kon ze nergens heen. Behalve natuurlijk naar haar auto.

Ze liep erheen, maakte Horace' riem los, zodat hij op de passagiersplaats kon springen, ging achter het stuur zitten en dacht na. Ze mocht Rose Twitchell graag, maar Rose zou steeds maar weer over die lange, verschrikkelijke dag willen praten. En ze zou willen weten wat ze aan Dale Barbara moesten doen, als ze al iets deden. Ze zou ideeën van Julia verwachten, en die had Julia niet.

Intussen keek Horace haar aan en vroeg hij haar met gespitste oren en heldere ogen wat er nu ging gebeuren. Hij deed haar denken aan de vrouw die háár hond had verloren: Piper Libby. Piper zou haar in huis nemen en haar een bed geven zonder de oren van haar hoofd te kletsen. En als Julia een nacht goed had geslapen, zou ze misschien weer helder kunnen denken. Misschien kon ze dan zelfs plannen maken.

Ze startte de Prius en reed naar de Congo-kerk, maar het was donker in de pastorie en er zat een briefje op de deur. Julia trok het los, nam het mee naar de auto en las het in het licht van het binnenlampje.

Ik ben naar het ziekenhuis. Er is daar een schietpartij geweest.
Julia maakte weer dat klaaglijke geluid, maar toen Horace begon te kreunen, alsof hij met haar wilde meedoen, dwong ze zichzelf ermee op te houden. Ze zette de Prius in zijn achteruit en stopte vervolgens even om het briefje terug te hangen, voor het geval een ander gemeentelid dat het gewicht van de wereld op zijn (of haar) schouders droeg op zoek ging naar de enige overgebleven spirituele adviseur van Chester's Mill.

Waar nu naartoe? Toch naar Rose? Maar Rose was misschien al naar bed. Het ziekenhuis? Als het nut had gehad, zou Julia zichzelf hebben gedwongen daar ondanks haar ellende en vermoeidheid heen te gaan, maar er was geen krant meer waarin ze kon schrijven wat er gebeurd was, en dus had ze geen enkele reden om zich bloot te stellen aan nieuwe verschrikkingen.

Ze reed achteruit het pad af en sloeg Town Common Hill in zonder te weten waar ze heen ging. Toen kwam ze bij Prestile Street en drie minuten later parkeerde ze op het pad van Andrea Grinnell. In dat huis was het ook donker. Er werd niet gereageerd toen ze zacht aanklopte. Omdat ze niet kon weten dat Andrea boven in haar bed lag en voor het eerst sinds ze met haar pillen was gestopt in diepe slaap verzonken was, nam Julia aan dat ze naar het huis van haar broer Dougie was gegaan of de nacht bij een vriendin doorbracht.

Intussen zat Horace op de mat naar haar op te kijken, wachtend tot ze de leiding nam, zoals ze altijd had gedaan. Maar Julia was te leeg vanbinnen om de leiding te nemen, te moe om verder te gaan. Ze wist bijna zeker dat ze met de Prius van de weg zou raken en hen beiden de dood in zou jagen, als ze ergens heen probeerde te gaan.

Ze moest steeds aan iets denken, niet aan het brandende gebouw waarin haar hele leven was ondergebracht, maar aan de blik waarmee kolonel Cox haar had aangekeken toen ze hem had gevraagd of ze in de steek gelaten waren.

'Nee,' had hij gezegd. *'Beslist niet.'* Maar toen hij dat zei, had hij haar niet recht in de ogen gekeken.

Er stond een ligstoel op de veranda. Als het moest, kon ze daarin slapen, maar misschien...

Ze probeerde de deur en merkte dat hij niet op slot zat. Ze aarzelde; Horace niet. In de volledige overtuiging dat hij overal welkom was, ging hij meteen naar binnen. Julia volgde hem aan het andere eind van de riem. *Mijn hond neemt nu de beslissingen,* dacht ze. *Zover is het al gekomen.*

'Andrea?' riep ze zacht. 'Andrea, ben je daar? Ik ben het. Julia.'

Boven, waar Andrea op haar rug lag en zo hard snurkte als een vrachtwagenchauffeur die vier dagen aan een stuk door had gereden, kwam maar één deel van haar in beweging: haar linkervoet, die zijn krampachtige ontwenningsbewegingen nog niet had opgegeven.

Het was schemerig in de huiskamer, maar niet helemaal donker; Andrea had een batterijlamp in de keuken laten branden. En er hing een vieze lucht. De ramen stonden open, maar omdat er geen wind stond, was de geur van braaksel niet helemaal verdwenen. Had iemand haar niet verteld dat Andrea ziek was? Dat ze misschien griep had?

Misschien is het griep, maar als ze met die pillen van haar is gestopt, kunnen het net zo goed ontwenningsverschijnselen zijn.

Hoe dan ook, ziekte was ziekte, en zieke mensen wilden meestal niet alleen zijn. Dat betekende dat het huis leeg was. En ze was zo moe. Aan de andere kant van de kamer stond een mooie lange bank, en die lokte haar naar zich toe. Als Andrea morgenvroeg beneden kwam en Julia daar aantrof, zou ze het wel begrijpen.

'Misschien zet ze zelfs een kop thee voor me,' zei ze. 'Dan lachen we erom.' Al leek het idee dat ze ooit nog om iets zou lachen haar op dat moment volstrekt onmogelijk. 'Kom, Horace.'

Ze maakte zijn riem los en liep door de kamer. Horace keek haar aan toen ze was gaan liggen en een bankkussen achter haar hoofd had gelegd. Toen ging hij zelf ook liggen en legde zijn snuit op zijn poot.

'Braaf zijn,' zei ze tegen hem, en ze deed haar ogen dicht. Toen ze dat deed, zag ze weer de ogen van Cox die haar net niet helemaal aankeken. Omdat Cox dacht dat ze nog een hele tijd onder de Koepel zouden blijven.

Het lichaam kent een genade waarvan het brein zich niet bewust is. Julia viel in slaap. Haar hoofd was amper een meter verwijderd van de bruine envelop die Brenda haar die ochtend had willen geven. Op een gegeven moment sprong Horace op de bank en ging tussen haar knieën liggen. En zo trof Andrea hen aan toen ze op de ochtend van 25 oktober naar beneden kwam en zich beter voelde dan in jaren.

16

Er zaten vier mensen in Rusty's huiskamer: Linda, Jackie, Stacey Moggin en Rusty zelf. Hij zette glazen ijsthee voor hen neer en vatte toen samen wat hij in het souterrain van uitvaartbedrijf Bowie had aangetroffen. De eerste vraag kwam van Stacey en was van zuiver praktische aard.

'Heb je eraan gedacht de deur op slot te doen?'

'Ja,' zei Linda.

'Geef me dan de sleutel. Ik moet hem terugleggen.'

Wij en zij, dacht Rusty weer. *Daar zal dit gesprek over gaan. Daar gaat het al over. Onze geheimen. Hun macht. Onze plannen. Hun streven.*

Linda gaf de sleutel over en vroeg toen aan Jackie of ze problemen met de meisjes had gehad.

'Geen toevallen, als je je daar zorgen over maakt. De hele tijd dat je weg was sliepen ze als marmotjes.'

'Wat gaan we hieraan doen?' vroeg Stacey. Ze was een klein ding, maar vastbesloten. 'Als je Rennie wilt arresteren, moeten wij met zijn vieren Randolph overhalen om dat te doen. Wij drie vrouwen als agenten, en Rusty als tijdelijk patholoog-anatoom.'

'Nee!' Jackie en Linda zeiden het tegelijk, Jackie op besliste toon, Linda angstig.

'We hebben een hypothese, maar geen echt bewijs,' zei Jackie. 'Ik denk dat Pete Randolph ons nog niet zou geloven als we foto's hadden van Grote Jim die bezig is Brenda's nek te breken. Rennie en hij zijn aan elkaar overgeleverd; voor hen is het zwemmen of verzuipen. En de meeste agenten zouden Petes kant kiezen.'

'Vooral de nieuwen,' zei Stacey, en ze trok aan haar wolk van blond haar. 'De meesten van hen zijn niet erg intelligent, maar ze zijn wel toegewijd. En ze lopen graag met pistolen rond. Plus...' Ze boog zich naar voren. 'Er zijn er vanavond weer zes of acht bijgekomen. Scholieren. Groot, dom en enthousiast. Ik vind het griezelig. En dan is er nog iets. Thibodeau, Searles en Junior Rennie vragen de nieuwelingen om er nog méér aan te bevelen. Over een paar dagen is het geen politiekorps meer, maar een leger van tieners.'

'Zou er dan niemand naar ons willen luisteren?' vroeg Rusty. Hij klonk niet echt ongelovig; hij wilde alleen maar weten hoe het zat. 'Helemaal niemand?'

'Henry Morrison misschien wel,' zei Jackie. 'Hij ziet wat er gebeurt en het staat hem niet aan. Maar de anderen? Die gaan erin mee. Voor een deel omdat ze bang zijn en voor een deel omdat ze graag macht uitoefenen. Mannen als Toby Whelan en George Frederick hebben nooit macht gehad; types als Freddy Denton zijn gewoon gemeen.'

'Wat betekent dat?' vroeg Linda.

'Het betekent dat we dit voorlopig onder ons houden. Als Rennie vier mensen heeft vermoord, is hij erg, erg gevaarlijk.'

'Als we wachten, maakt dat hem juist nog gevaarlijker,' wierp Rusty tegen.

'We moeten ook aan Judy en Janelle denken, Rusty,' zei Linda. Ze beet op haar nagels, iets wat Rusty haar in geen jaren had zien doen. 'We mogen niet riskeren dat hun iets overkomt. Ik wil er niet eens over nadenken, en dat mag jij ook niet.'

'Ik heb ook een kind,' zei Stacey. 'Calvin. Hij is nog maar vijf. Ik moest al mijn moed bij elkaar rapen om vanavond de wacht te houden bij het uitvaartbedrijf. Het idee dat we hiermee naar die idioot van een Randolph zouden gaan...' Ze hoefde het niet af te maken; haar bleke gezicht sprak boekdelen.

'Niemand verlangt dat van jou,' zei Jackie.

'Op dit moment kan ik alleen bewijzen dat bij Coggins die honkbal is gebruikt,' zei Rusty. 'Iedereen kan hem hebben gebruikt. Zelfs Rennies eigen zoon.'

'Dat zou voor mij geen grote schok zijn,' zei Stacey. 'Junior gedraagt zich de laatste tijd heel vreemd. Hij is van het Bowdoin getrapt wegens vechten. Ik weet niet of zijn vader dat weet, maar de politie werd naar de sporthal geroepen waar het gebeurde, en ik zag er een politiebericht over. En die twee meisjes... als dat seksmisdrijven waren...'

'Dat waren het,' zei Rusty. 'Heel gruwelijk. Je wilt het niet weten.'

'Maar Brenda is niet seksueel misbruikt,' zei Jackie. 'Dat zou erop kunnen wijzen dat het met Coggins en Brenda anders is gegaan dan met de meisjes.'

'Misschien heeft Junior de meisjes vermoord en heeft zijn vader Brenda en Coggins vermoord,' zei Rusty, en hij wachtte tot iemand lachte. Dat deed niemand. 'Zo ja, waarom?'

Ze schudden allemaal hun hoofd.

'Er moet een motief zijn geweest,' zei Rusty, 'maar ik denk niet dat het seks was.'

'Je denkt dat hij iets te verbergen heeft,' zei Jackie.

'Ja. En ik denk dat iemand weet wat het is. Hij zit opgesloten in het politiebureau.'

'Barbara?' vroeg Jackie. 'Waarom zou Barbara het weten?'

'Omdat hij met Brenda heeft gesproken. Ze hadden een onderonsje in haar achtertuin op de dag nadat de Koepel omlaag was gekomen.'

'Hoe weet jij dat nou weer?' vroeg Stacey.

'Omdat de Buffalino's naast de Perkins wonen en Gina Buffalino's slaapkamerraam uitkijkt op de achtertuin van de Perkins. Ze heeft ze gezien en mij erover verteld.' Rusty zag Linda naar hem kijken en haalde zijn schouders op. 'Wat moet ik zeggen? We zijn een klein plaatsje. We staan allemaal achter het team.'

'Hopelijk heb je tegen haar gezegd dat ze haar mond moet houden,' zei Linda.

'Nee, want toen ze het me vertelde, had ik geen enkele reden om te vermoeden dat Brenda door Grote Jim is vermoord. Of dat hij Lester Coggins de kop heeft ingeslagen met een souvenirhonkbal. Ik wist toen nog niet eens dat ze dood waren.'

'We weten nog steeds niet of Barbie iets weet,' zei Stacey. 'Behalve hoe je een verrekt goeie omelet met kaas en champignons moet maken.'

'Iemand zal het hem moeten vragen,' zei Jackie. 'Ik stel voor dat ik dat doe.'

'Gesteld dat hij iets weet, schieten we er dan iets mee op?' vroeg Linda. 'We leven nu bijna onder een dictatuur. Ik besef dat nog maar net. Dat zal wel betekenen dat ik traag van begrip ben.'

'Het betekent eerder dat je goed van vertrouwen bent dan traag van begrip,' zei Jackie. 'En meestal is vertrouwen een goede zaak. Wat kolonel Barbara betreft: we weten pas wat we aan hem hebben als we het hem vragen.' Ze zweeg even. 'En eigenlijk gaat het daar niet om. Hij is onschuldig. Daar gaat het om.'

'En als ze hem vermoorden?' vroeg Rusty zonder omhaal. 'Doodschieten terwijl hij een vluchtpoging doet.'

'Dat zal vast niet gebeuren,' zei Jackie. 'Grote Jim wil een showproces. Dat zeggen ze op het bureau.' Stacey knikte. 'Ze willen de mensen laten geloven dat Barbara een spin is die een groot web van een samenzwering heeft gesponnen. Dan kunnen ze hem executeren. Maar zelfs als ze het op topsnelheid doen, gaan er nog dagen overheen. Weken, als we geluk hebben.'

'Zoveel geluk hebben we niet,' zei Linda. 'Niet als Rennie er vaart achter wil zetten.'

'Misschien heb je gelijk, maar Rennie heeft donderdag eerst nog de bijzondere gemeentevergadering. En hij zal Barbara willen verhoren. Als Rusty weet dat hij bij Brenda is geweest, weet Rennie het ook.'

'Natuurlijk weet hij het,' zei Stacey. Ze klonk geërgerd. 'Ze waren bij elkaar toen Barbara de brief van de president aan Jim liet zien.'

Ze dachten daar een tijdje in stilte over na.

'Als Rennie iets verbergt,' dacht Linda hardop, 'heeft hij tijd nodig om zich daarvan te ontdoen.'

Jackie lachte. In de gespannen sfeer van de huiskamer klonk dat geluid bijna schokkend. 'Het zal hem niet meevallen. Wat het ook is, hij kan het niet achter in een vrachtwagen zetten om het de gemeente uit te rijden.'

'Zou het iets met het propaan te maken hebben?' vroeg Linda.

'Misschien wel,' zei Rusty, 'maar misschien is dat maar iets wat hij ernaast doet. Of ordinaire hebberigheid. Jackie, jij bent toch in het leger geweest?'

'Ja. Twee keer uitgezonden. Militaire politie. Ik heb nooit gevechten meegemaakt, al heb ik wel veel slachtoffers gezien, vooral de tweede keer. Dat was in Würzburg in Duitsland. Eerste infanteriedivisie. Je weet wel, de divisie die ze ook de Big Red One noemen. Ik maakte daar vooral een eind aan kroegruzies, of ik stond op wacht bij het militaire ziekenhuis. Ik heb kerels als Barbie gekend en ik zou er heel wat voor geven om hem uit die cel te krijgen en aan onze kant te hebben. De president heeft hem niet voor niets de leiding gegeven. Of tenminste dat geprobeerd.' Ze dacht even na. 'Misschien is het mogelijk om hem te bevrijden. Daar kunnen we over nadenken.'

De twee andere vrouwen – politievrouwen die ook moeder waren – zeiden daar niets op, maar Linda beet weer op haar nagels en Stacey woelde in haar haar.

'Ik weet het,' zei Jackie.

Linda schudde haar hoofd. 'Tenzij je kinderen hebt die boven liggen te slapen en die morgenvroeg een ontbijt van je verwachten, weet je het niet.'

'Misschien niet, maar stel jezelf deze vraag: als we van de buitenwereld zijn afgesneden, wat we zijn, en als de man die de leiding heeft een moorddadige gek is, wat hij misschien is – zou de situatie er dan beter op worden als we gewoon achteroverleunen en niets doen?'

'Als jullie Barbie zouden bevrijden,' zei Rusty, 'wat zouden jullie dan met hem doen? Jullie kunnen hem moeilijk getuigenbescherming aanbieden.'

'Ik weet het niet,' zei Jackie, en ze zuchtte. 'Ik weet alleen dat de president hem opdracht heeft gegeven de leiding te nemen en dat die zak van een Grote Jim Rennie hem een stel moorden in de schoenen heeft geschoven om dat te voorkomen.'

'Jullie doen voorlopig helemaal niets,' zei Rusty. 'Jullie nemen niet eens het risico met hem te praten. Er is nog iets anders aan de gang, en dat zou alles kunnen veranderen.'

Hij vertelde hun over de geigerteller – hoe hij die in bezit had gekregen, aan wie hij hem had doorgegeven en wat Joe McClatchey ermee beweerde te hebben gedaan.

'Ik weet het niet,' zei Stacey twijfelend. 'Het lijkt te mooi om waar te zijn. Hoe oud is die jongen van McClatchey? Veertien?'

'Dertien, geloof ik. Maar het is een pientere jongen, en als hij zegt dat er enorm veel straling is op Black Ridge Road, geloof ik hem. Als ze inderdaad het ding hebben gevonden dat de Koepel voortbrengt, en we kunnen het uitzetten...'

'Dan komt hier een eind aan!' riep Linda uit. Haar ogen straalden. 'En dan zakt Jim Rennie in elkaar als een... een ballon met een gaatje erin!'

'Zou dat even mooi zijn,' zei Jackie Wettington. 'Als het op tv was, zou ik het misschien zelfs geloven.'

17

'Phil?' riep Andy. 'Phíl?'

Hij moest zijn stem verheffen om hoorbaar te zijn. Bonnie Nandella and The Redemption waren op topvolume bezig met 'My Soul is a Witness'. Al dat *oeoeoe* en *woa-jaaa* was een beetje desoriënterend. De felle lichten in het WCIK-radiostation waren dat ook. Totdat hij onder die tl-buizen stond, had Andy niet goed beseft hoe donker het in de rest van Chester's Mill was geworden. En hoe erg hij daaraan al gewend was geraakt. 'Chef?'

Geen antwoord. Hij zag de tv (CNN met het geluid uit) en keek toen door het lange raam in de uitzendstudio. Daar waren de lichten ook aan, en alle apparatuur draaide (hij kreeg er nog steeds de kriebels van, al had Lester Coggins hem met veel trots uitgelegd dat alles door een computer werd bestuurd), maar Phil was nergens te bekennen.

Plotseling rook hij oud en zuur zweet. Hij draaide zich om en Phil stond recht achter hem, alsof hij uit de vloer was opgedoken. Hij had iets in zijn hand wat eruitzag als de deuropener van een garage. In zijn andere hand had hij een pistool. Het pistool was op Andy's borst gericht. De vinger die om de trekker gekromd zat was wit bij de knokkel en de loop trilde enigszins.

'Hallo, Phil,' zei Andy. 'Chef, bedoel ik.'

'Wat doe jíj hier?' vroeg Chef Bushey. De stank van zijn zweet was penetrant en overweldigend. Zijn spijkerbroek en WCIK-T-shirt waren groezelig. Hij liep op blote voeten (dat verklaarde waarschijnlijk zijn geluidloze nadering) die aangekoekt waren met vuil. Zijn haar was waarschijnlijk een jaar geleden voor het laatst gewassen. Of niet. Zijn ogen waren het ergst: bloederig en opgejaagd. 'Zeg het maar gauw, ouwe, of je zegt nooit meer iets tegen iemand.'

Andy, die kort daarvoor nog maar net aan de dood door roze water was ontsnapt, reageerde met iets van gelatenheid, bijna opgewekt, op de bedreiging van Chef. 'Je doet maar wat je niet laten kunt, Phil. Chef, bedoel ik.'

Chef trok verrast zijn wenkbrauwen op; een beetje beneveld, maar oprecht. 'Ja?'

'Absoluut.'

'Wat kom je hier doen?'

'Ik kom slecht nieuws brengen. Ik vind het heel erg.'

Chef liet dat even tot zich doordringen en glimlachte toen, zodat zijn weinige overgebleven tanden te zien waren. 'Er bestaat geen slecht nieuws. Christus komt terug. Dat is het goede nieuws dat al het slechte nieuws opslokt. Dat is het supergoede nieuws. Ben je het daarmee eens?'

'Ja, en ik zeg halleluja. Jammer genoeg – of misschien wel gelukkig; misschien kun je zeggen gelukkig– is je vrouw al bij Hem.'

'Hè?'

Andy stak zijn hand uit en duwde de loop van het pistool omlaag. Chef deed geen poging hem tegen te houden. 'Samantha is dood, Chef. Tot mijn grote verdriet moet ik je zeggen dat ze eerder vanavond zelfmoord heeft gepleegd.'

'Sammy? Dood?' Chef gooide het pistool in het UIT-bakje op een bureau. Hij liet ook de garagedeuropener zakken, maar hield hem in zijn hand. De afgelopen twee dagen had hij dat ding geen moment weggelegd, zelfs niet tijdens de steeds onregelmatiger momenten dat hij sliep.

'Ik vind het heel erg, Phil. Chef.'

Andy vertelde over de omstandigheden van Sammy's dood zoals hij het had begrepen. Hij eindigde met het troostende nieuws dat 'het kind' ongedeerd was. (Zelfs in zijn wanhoop was Andy Sanders iemand voor wie het glas halfvol was.)

Chef reageerde met een nonchalant gebaar van zijn garagedeuropener op het nieuws over Little Walters welzijn. 'Heeft ze twee zwijnen gemold?'

Andy verstijfde. 'Het waren politieagenten, Phil. Prima mensen. Ze was natuurlijk van streek, maar evengoed was het heel erg wat ze deed. Je moet dat terugnemen.'

'Wát?'

'Ik wil niet hebben dat je onze agenten zwijnen noemt.'

Chef dacht na. 'Ja, ja. Oké, oké. Ik neem het terug.'

'Dank je.'

Chef boog zich met zijn niet onaanzienlijke lengte voorover (het was of er een skelet voor Andy boog) en keek hem recht in de ogen. 'Jij bent een dappere opsodemieter, hè?'

'Nee,' zei Andy naar waarheid. 'Het kan me gewoon niet schelen.'

Chef zag blijkbaar iets wat hem raakte. Hij pakte Andy's schouder vast. 'Broeder, voel je je wel goed?'

Andy barstte in tranen uit en liet zich in een bureaustoel zakken onder een bord met CHRISTUS KIJKT NAAR ELKE ZENDER, CHRISTUS LUISTERT OP ELKE GOLFLENGTE. Hij legde zijn hoofd tegen de muur onder die slogan, die op een vreemde manier sinister was, en huilde als een kind dat gestraft was omdat het jam had gestolen. Dat 'broeder' was de nekslag geweest, dat volslagen onverwachte 'broeder'.

Chef trok een stoel achter het bureau van de stationmanager vandaan en keek naar Andy alsof hij een natuuronderzoeker was die een zeldzaam dier in het wild observeert. Na een tijdje zei hij: 'Sanders! Ben je hier gekomen om je door mij te laten doodschieten?'

'Nee,' zei Andy tussen het snikken door. 'Misschien wel. Ja. Ik weet het niet. Maar alles in mijn leven is misgegaan. Mijn vrouw en dochter zijn dood. Ik denk dat God me straft omdat ik die rotzooi heb verkocht...'

Chef knikte. 'Dat zou kunnen.'

'... en ik ben op zoek naar antwoorden. Of er vrede mee leren hebben. Of iets anders. Natuurlijk wilde ik je ook over je vrouw vertellen. Het is belangrijk om het goede te doen...'

Chef klopte op zijn schouder. 'Dat heb je gedaan, broeder. Ik stel het op prijs. Ze stelde niet veel voor in de keuken, en ze hield het huis niet beter schoon dan een varken een stronthoop, maar ze kon ontzettend lekker neuken als ze stoned was. Wat had ze tegen die twee agenten?'

Zelfs in zijn verdriet wilde Andy hem niet vertellen dat Sammy de agenten van verkrachting had beschuldigd. 'Ze zal zich wel druk hebben gemaakt om de Koepel. Weet je van de Koepel, Phil? Chef?'

Chef maakte een nonchalant gebaar, blijkbaar in positieve zin. 'Wat je over de speed zegt, is juist. Het is verkeerd het te verkopen. Een schande. Maar het maken ervan... Dat is Gods wil.'

Andy liet zijn handen zakken en keek Chef met zijn gezwollen ogen aan. 'Denk je dat? Want ik ben daar niet zo zeker van.'

'Heb je het wel eens gebruikt?'

'Nee!' riep Andy uit. Het was of Chef hem had gevraagd of hij ooit geslachtsgemeenschap had gehad met een cockerspaniël.

'Zou je een medicijn innemen als de dokter het voorschreef?'

'Nou... ja, natuurlijk... maar...'

'Methamfetamine is een medicijn.' Chef keek hem ernstig aan en tikte toen met zijn vinger op Andy's borst om zijn woorden kracht bij te zetten. Chef had de nagel helemaal tot het bloederige lid afgekloven. 'Methamfetamine is een medicijn. Zeg het.'

'Methamfetamine is een medicijn,' herhaalde Andy welwillend.

'Zo is het.' Chef stond op. 'Het is een medicijn tegen melancholie. Dat is een citaat van Ray Bradbury. Heb je ooit Ray Bradbury gelezen?'

'Nee.'

'Hij was een brein. Hij wíst dingen. Hij wist er alles van, halleluja. Kom mee. Ik ga je leven veranderen.'

18

De burgemeester van Chester's Mill rookte de speed en was meteen in zijn element.

Er stond een versleten oude bank achter de branders, en daar zaten Andy en Chef Bushey onder een afbeelding van Christus op een motor (titel: 'Je Onzichtbare Reisgenoot') en namen om beurten trekken van een pijp. Als methamfetamine brandt, ruikt het naar pis die drie dagen in een onbedekte po heeft gezeten, maar na zijn eerste aarzelende trekje was Andy ervan overtuigd dat Chef gelijk had: het mocht dan duivelswerk zijn het te verkopen, het spul zelf moest van God zijn. De wereld sprong naar een verfijnde, delicaat trillende scherpte die hij nooit eerder had gezien. Zijn hartslag ging omhoog, de bloedvaten in zijn hals zwollen aan tot pulserende kabels, zijn tandvlees tintelde en zijn ballen kriebelden op een heerlijke manier die hij zich uit zijn tienerjaren herinnerde. Maar wat nog het beste was: de vermoeidheid die op zijn schouders had gedrukt en zijn denkvermogen had vertroebeld, was verdwenen. Hij had het gevoel dat hij bergen kon verzetten.

'In de Hof van Eden stond een boom,' zei Chef, terwijl hij hem de pijp gaf. Slierten rook stegen op van beide uiteinden. 'De boom van goed en kwaad. Ken je dat?'

'Ja. Het staat in de Bijbel.'

'Helemaal goed. En aan die boom hing een appel.'

'Ja, ja.' Andy nam een heel klein trekje. Hij wilde meer – hij wilde álles –, maar hij was bang dat als hij te veel van het spul in zijn longen zoog, zijn hoofd van zijn nek zou springen en als een raket door het lab zou vliegen, met vlammen uit de stomp.

'Het vlees van die appel is de waarheid, en de schil van die appel is methamfetamine,' zei Chef.

Andy keek hem aan. 'Dat is verbijsterend.'

Chef knikte. 'Ja, Sanders. Dat is het.' Hij nam de pijp terug. 'Is dit goeie shit of niet?'

'Héérlijke shit.'

'Christus komt terug op Halloween,' zei Chef. 'Misschien een paar dagen eerder; dat kan ik niet nagaan. Het is al het seizoen van Halloween, weet je. Het seizoen van die rottige heks.' Hij gaf Andy de pijp en wees toen met de hand waarin hij de garagedeuropener had. 'Zie je dat? Aan het eind van de galerij. Boven de deur naar de opslagkant.'

Andy keek. 'Wat? Dat witte spul? Het lijkt klei.'

'Dat is geen klei,' zei Chef. 'Dat is het lichaam van Christus, Sanders.'

'En die draden die eruit komen?'

'Aders waar het bloed van Christus doorheen stroomt.'

Andy dacht daarover na en vond het een prachtig idee. 'Goed.' Hij dacht nog wat meer na. 'Ik hou van je, Phil. Chef, bedoel ik. Ik ben blij dat ik hier ben gekomen.'

'Ik ook,' zei Chef. 'Hé, wil je een ritje maken? Ik heb hier ergens een auto staan, geloof ik, maar ik tril nogal.'

'Goed,' zei Andy. Hij stond op. De wereld zweefde nog even en werd toen stabiel. 'Waar wil je heen?'

Chef vertelde het hem.

19

Ginny Tomlinson sliep op de receptie, met haar hoofd op het omslag van het blad *People* – Brad Pitt en Angelina Jolie die zich vermaakten in de branding van een zwoel eilandje waar kelners je drankjes brachten met papieren parasolletjes erin. Toen ze op woensdagmorgen om kwart voor twee wakker van iets werd, stond er een verschijning tegenover haar: een lange, broodmagere man met holle ogen en haar dat alle kanten op stak. Hij droeg een WCIK-T-shirt en een spijkerbroek die laag om zijn smalle heupen bungelde. Eerst dacht ze dat ze een nachtmerrie over wandelende lijken had, maar toen rook ze hem. Geen droom had ooit zo smerig geroken.

'Ik ben Phil Bushey,' zei de verschijning. 'Ik kom het lijk van mijn vrouw halen. Ik ga haar begraven. Breng me erheen.'

Ginny sprak hem niet tegen. Ze zou hem álle lijken hebben gegeven om maar van hem af te zijn. Ze leidde hem langs Gina Buffalino, die naast een brancard stond en met een angstig, bleek gezicht naar Chef keek. Toen hij zich naar haar omdraaide, kromp ze ineen.

'Heb je je Halloween-kostuum al klaar?' vroeg Chef.

'Ja...'

'Als wie ga je?'

'Glinda,' zei het meisje zwakjes. 'Al denk ik dat ik niet naar het feest ga. Het is in Motton.'

'Ik kom als Jezus,' zei Chef. Hij liep achter Ginny aan, een smoezelige geest op afgetrapte Converse Hi-Tops. Toen draaide hij zich om. Hij glimlachte. Zijn ogen waren leeg. 'En wat ben ik kwaad!'

20

Tien minuten later kwam Chef Bushey het ziekenhuis uit. Hij droeg Sammy's in een laken gewikkelde lijk in zijn armen. Eén blote voet, met afschilferende roze lak op de teennagels, schommelde op en neer. Ginny hield de deur voor hem open. Ze keek niet wie er achter het stuur van de auto zat die stationair draaiend voor de ingang stond, en op een vage manier was Andy daar dankbaar voor. Hij wachtte tot ze weer naar binnen was gegaan, stapte toen uit en maakte een van de achterportieren open voor Chef, die zijn last erg gemakkelijk droeg voor iemand die eruitzag als niets meer dan huid die over een geraamte hing. *Misschien word je sterk van speed*, dacht Andy. In dat geval was het spul bij hem bijna uitgewerkt. De neerslachtigheid diende zich weer aan. En de vermoeidheid ook.

'Goed,' zei Chef. 'Rijden. Maar geef me eerst dat eens aan.'

Hij had Andy de garagedeuropener in bewaring gegeven. Andy gaf hem terug. 'Naar het uitvaartbedrijf?'

Chef keek hem aan alsof hij gek geworden was. 'Naar het radiostation terug. Daar komt Christus het eerst als Hij terugkomt.'

'Op Halloween.'

'Ja,' zei Chef. 'Of misschien eerder. Wil je me intussen helpen dit kind van God te begraven?'

'Natuurlijk,' zei Andy. En toen, schuchter: 'Misschien kunnen we eerst nog een beetje roken.'

Chef lachte en klapte Andy op zijn schouder. 'Het is je goed bevallen, hè? Dat wist ik wel.'

'Een medicijn tegen de melancholie,' zei Andy.
'Dat is waar, broeder. Dat is waar.'

21

Barbie lag op het bed te wachten op de ochtend en wat er daarna kwam. In zijn tijd in Irak had hij zichzelf geleerd zich geen zorgen te maken over de dingen die zouden komen. Dat had hij niet helemaal onder de knie gekregen, maar wel tot op zekere hoogte. Uiteindelijk waren er maar twee regels voor het leven met angst (hij was tot de overtuiging gekomen dat het overwinnen van angst een mythe was), en hij herhaalde ze nu voor zichzelf terwijl hij lag te wachten.

Ik moet de dingen accepteren waarop ik geen invloed heb.
Ik moet mijn tegenslagen in voordelen omzetten.

Die tweede regel betekende dat hij eventuele hulpmiddelen achter de hand hield en daar rekening mee hield bij het maken van zijn plannen.

Hij had één hulpmiddel weggestopt in het matras waarop hij lag: zijn padvindersmes. Het was een kleintje met maar twee messen, maar zelfs met het korte mesje kon je iemands keel doorsnijden. Het was een enorme meevaller dat hij het had, en daar was hij zich van bewust.

De arrestatieprocedures die Howard Perkins waarschijnlijk zou hebben gehandhaafd, waren na zijn dood en zijn opvolging door Peter Randolph in het slop geraakt. De schokken die de gemeente in de afgelopen vier dagen te verduren had gehad zouden elk politiekorps ontwrichten, nam Barbie aan, maar er speelde nog meer mee. Het kwam erop neer dat Randolph zowel dom als slordig was, en in elke bureaucratie nemen ondergeschikten de mentaliteit van de baas over.

Ze hadden zijn vingerafdrukken genomen en foto's van hem gemaakt, maar er verstreken vijf volle uren voordat Henry Morrison, moe en van walging vervuld, de trap afkwam en twee meter bij Barbies cel vandaan bleef staan. Ruimschoots buiten grijpafstand.

'Was je iets vergeten?' vroeg Barbie.

'Haal je zakken leeg en schuif alles de gang op,' zei Henry. 'Trek dan je broek uit en steek hem tussen de tralies door.'

'Als ik dat doe, mag ik dan iets te drinken hebben, zodat ik niet meer uit de toiletpot hoef te slurpen?'

'Waar heb je het over? Junior heeft je water gebracht. Ik heb hem gezien.'

'Hij had er zout in gestrooid.'

'Ja. Natuurlijk.' Maar Henry had een beetje onzeker gekeken. Misschien zat er daarbinnen toch nog ergens een denkend mens. 'Doe wat ik zeg, Barbie. Barbara, bedoel ik.'

Barbie had zijn zakken geleegd: portefeuille, sleutels, kleingeld, een pakje bankbiljetten, de christoffelpenning die hij als amulet bij zich droeg. Het padvindersmes was toen allang in het matras verdwenen. 'Als je wilt, mag je me nog steeds Barbie noemen als je een touw om mijn nek doet en me ophangt. Is Rennie dat van plan? Me ophangen? Of wordt het een vuurpeloton?'

'Hou je kop en steek je broek tussen de tralies door. Je shirt ook.' Hij klonk als een harde boerenkinkel, maar Barbie vond dat hij steeds onzekerder begon te kijken. Dat was gunstig. Dat was een begin.

Twee van de nieuwe tieneragenten waren naar beneden gekomen. De een had een busje traangas; de ander een stroomstok. 'Heb je hulp nodig, agent Morrison?' vroeg een van hen.

'Nee, maar blijf onder aan de trap staan en hou een oogje in het zeil tot ik hier klaar ben,' zei Henry.

'Ik heb niemand vermoord.' Barbie sprak zacht, maar met alle eerlijkheid en oprechtheid die hij in zijn stem kon leggen. 'En ik denk dat jij dat weet.'

'Wat ik weet, is dat je maar beter je bek kunt houden, tenzij je een klysma met een stroomstok wilt.'

Henry had zijn kleren doorzocht, maar hij had Barbie niet gevraagd zijn onderbroek uit te trekken en zijn achterste te spreiden. Het doorzoeken was een beetje aan de late kant, en ook nog erbarmelijk slecht uitgevoerd, maar Barbie moest hem nageven dat hij eraan had gedacht – als enige van het hele stel.

Toen Henry klaar was, schopte hij de spijkerbroek – de zakken leeg, de riem geconfisqueerd – door de tralies terug.

'Mag ik mijn penning?'

'Nee.'

'Henry, denk eens na. Waarom zou ik...?'

'Hou je kop.'

Henry liep met gebogen hoofd en met Barbies persoonlijke bezittingen in zijn handen langs de twee tieneragenten. De tieneragenten volgden. Een van hen bleef nog even staan om Barbie grijnzend aan te kijken en met zijn vinger over zijn hals te zagen.

Daarna was hij alleen geweest. Hij had niets anders te doen gehad dan op het bed te liggen en op te kijken naar het smalle spleetje van een raam (troebel matglas, versterkt met draad), te wachten tot de ochtend kwam en zich af te vragen of ze hem echt wilden waterboarden of dat Searles alleen maar uit zijn nek had geluld. Als ze dat probeerden en er net zo slecht in waren als in de arrestatieprocedures, was er een grote kans dat ze hem zouden verdrinken.

Hij vroeg zich ook af of er iemand zou komen voordat het ochtend werd. Iemand met een sleutel. Iemand die misschien een beetje te dicht bij de deur ging staan. Met dat mes zou hij misschien kunnen ontsnappen, maar als het eenmaal ochtend werd, zou die kans wel verkeken zijn. Misschien had hij het bij Junior moeten proberen toen die hem het glas water tussen de tralies door aangaf... alleen had Junior zijn pistool wel erg gretig in zijn hand gehad. Het zou weinig kans van slagen hebben gehad, en Barbie was niet wanhopig. In elk geval nog niet.

Trouwens... waar kan ik heen?

Zelfs wanneer hij ontsnapte en verdween, zou hij zijn vrienden misschien een heleboel ellende berokkenen. Na zware 'ondervraging' door agenten als Melvin en Junior zouden ze de Koepel misschien als het geringste van hun problemen beschouwen. Grote Jim zat nu in het zadel, en wanneer kerels als hij daar eenmaal zaten, beulden ze hun paard af. Soms tot het onder hen bezweek.

Hij viel in een lichte, onrustige slaap. Hij droomde van het blondje in de oude Ford-pick-up. Hij droomde dat ze voor hem stopte en dat ze op tijd uit Chester's Mill wegkwamen. Ze maakte net de knoopjes van haar blouse los om de cups van een lavendelblauwe beha met veel kantwerk te laten zien, toen een stem zei: 'Hé daar, kloothommel. Wakker worden.'

22

Jackie Wettington bracht de nacht door in het huis van de Everetts, en hoewel de kinderen rustig waren en de logeerkamer comfortabel was, lag ze wakker. Om vier uur 's nachts wist ze wat haar te doen stond. Ze kende de risico's en begreep ook dat ze geen rust zou hebben zolang Barbie in een cel onder het politiebureau zat. Als ze in staat was geweest een verzetsbeweging op te zetten – of alleen maar een serieus onderzoek naar de moorden –, zou ze dat al hebben gedaan. Ze kende zichzelf te goed om zoiets zelfs maar in overweging te nemen. Op Guam en in Duitsland was ze goed genoeg geweest in wat ze deed: dronken soldaten uit kroegen halen, deserteurs opsporen en de rommel opruimen na verkeersongelukken – daar kwam het meestal wel op neer. Maar wat er in Chester's Mill gebeurde, ging veel verder dan wat een sergeant bij de MP te doen kreeg. Of de enige fulltime vrouwelijke straatagent van het korps, die moest samenwerken met een stel boerenkinkels, die haar achter haar rug agent Toeters noemden. Ze dachten dat ze dat niet wist, maar dat was wel zo. En op dit moment was dat kinderachtige seksisme bepaald niet haar grootste probleem. Er moest een eind aan deze toestand komen, en Dale Barbara was door de president van de Verenigde Staten uitgekozen om dat voor elkaar te krijgen. En zelfs het besluit van de president was niet het belangrijkste. Regel één hield in dat je je jongens niet in de steek liet. Dat was heilig. Dat ging boven alles.

Eerst moest ze Barbie laten weten dat hij niet alleen stond. Dan kon hij zijn eigen plannen daarop afstemmen.

Toen Linda om vijf uur in haar nachthemd naar beneden kwam, gluurde het eerste ochtendlicht door de ramen. Het maakte bomen en struiken zichtbaar die volkomen roerloos waren. Er stond geen zuchtje wind.

'Ik heb een tupperwarebakje nodig,' zei Jackie. 'Het moet klein zijn, en niet doorschijnend. Heb je zoiets?'

'Ja, maar waarom?'

'Omdat we Dale Barbara zijn ontbijt gaan brengen,' zei Jackie. 'Pap. En we leggen een briefje op de bodem.'

'Waar heb je het over? Jackie, dat kan ik niet doen. Ik heb kinderen.'

'Dat weet ik. Maar ik kan het niet alleen doen, want ze laten me niet in mijn eentje naar het cellenblok gaan. Als ik een man was, zou het misschien wel lukken, maar niet met deze dingen.' Ze wees naar haar borsten. 'Ik heb je nodig.'

'Wat voor briefje?'

'Ik ga hem morgenavond bevrijden,' zei Jackie, kalmer dan ze zich voelde. 'Terwijl de grote gemeentevergadering aan de gang is. Ik heb jou daarbij nodig...'

'Daar help ik je niet mee!' Linda greep de hals van haar nachthemd vast.

'Praat niet zo hard. Ik denk aan Romeo Burpee – als ik hem ervan kan overtuigen dat Brenda niet door Barbie is vermoord. We dragen bivakmutsen of zoiets, dan zijn we niet te herkennen. Niemand zal verbaasd zijn, want iedereen in het dorp denkt toch al dat hij medestanders heeft.'

'Je bent gek!'

'Nee. Als die vergadering aan de gang is, zitten er maar een paar mensen op het bureau – drie, vier kerels. Misschien maar twee. Daar ben ik zeker van.'

'Maar ík niet!'

'Trouwens, het is nog lang geen morgenavond. Hij moet het in ieder geval tot zolang zien vol te houden. Geef me nu dat bakje.'

'Jackie, ik kan dit niet doen.'

'Ja, dat kun je wél.' Dat was Rusty. Hij stond in de deuropening en zag er in vergelijking met hen kolossaal uit, in een sportbroekje en een T-shirt van de New England Patriots. 'Het wordt tijd dat we risico's nemen, kinderen of geen kinderen. We zijn op onszelf aangewezen en er moet een eind aan deze situatie komen.'

Linda keek hem even aan en beet op haar lip. Toen boog ze zich naar een van de onderkasten toe. 'De tupperware staat hier.'

23

Toen ze het politiebureau binnenkwamen, was de balie onbemand – Freddy Denton was naar huis gegaan om wat slaap in te halen. Zes van de jongere agenten zaten koffie te drinken en te praten, opgewonden genoeg om vroeger op te staan dan enkelen van hen in heel lange tijd hadden gedaan. Jackie zag twee van de talrijke Killian-broers, een motormeisje uit het dorp, een Dipper-stamgast die Lauren Conree heette en Carter Thibodeau. Van de anderen wist ze de naam niet. Twee herkende ze echter als chronische spijbelaars op de middelbare school, die zich ook schuldig hadden gemaakt aan allerlei drugs- en verkeersdelicten. De nieuwe 'agenten' – de nieuwsten van de nieuwen – droegen geen uniform, maar hadden een blauwe band om hun bovenarm gebonden.

Op één na droegen ze allemaal een wapen.

'Wat doen jullie hier zo vroeg?' vroeg Thibodeau, die naar hen toe kwam slenteren. 'Ik heb een excuus; ik had geen pijnstillers meer.'

De anderen bulderden als trollen van het lachen.

'We komen ontbijt brengen voor Barbara,' zei Jackie. Ze durfde Linda niet aan te kijken, want ze was bang voor de uitdrukking die ze op haar gezicht zou zien.

Thibodeau keek in het bakje. 'Geen melk?'

'Hij heeft geen melk nodig,' zei Jackie, en ze spuwde in het bakje met ontbijtvlokken. 'Ik maak het wel nat voor hem.'

Er ging een gejuich op. Sommigen klapten in hun handen.

Jackie en Linda waren tot aan de trap gekomen toen Thibodeau zei: 'Geef mij dat.'

Een ogenblik verstijfde Jackie. Ze zag al voor zich hoe ze hem het bakje in het gezicht gooide en er daarna vandoor ging. Eén simpel feit hield haar tegen: ze kon nergens heen. Zelfs wanneer ze het bureau uitkwamen, zouden ze in hun kraag worden gegrepen voordat ze zelfs maar het oorlogsmonument voorbij waren.

Linda pakte het tupperwarebakje uit Jackies handen en hield het naar voren. Thibodeau keek erin, maar in plaats van te kijken of er iets onder de vlokken verborgen zat, spuwde hij er zelf ook in.

'Mijn bijdrage,' zei hij.

'Wacht even, wacht even,' zei het meisje Conree. Ze had rood haar, het lange dunne lijf van een fotomodel en haar wangen waren geteisterd door jeugdpuisten. Haar stem klonk een beetje hees, omdat ze haar vinger diep in haar neus had gestoken. 'Ik heb ook wat.' Haar vinger kwam tevoorschijn met een groot stuk snot aan het eind. Mevrouw Conree legde het op de ontbijtvlokken, en dat leverde nog meer applaus op. Iemand riep: 'Laurie heeft het groene goud opgegraven!'

'In elke doos ontbijtvlokken moet een verrassing zitten, een speelgoedje of zo,' zei ze met een stompzinnige grijns. Ze liet haar hand naar de kolf van de .45 zakken die ze droeg. Omdat ze zo mager was, dacht Jackie dat de terugslag haar waarschijnlijk de lucht in zou laten vliegen als ze ooit in de gelegenheid was met dat wapen te schieten.

'Klaar,' zei Thibodeau. 'Ik hou je gezelschap.'

'Goed,' zei Jackie, en toen ze bedacht hoe weinig het had gescheeld of ze had het briefje gewoon in haar zak gedaan en geprobeerd het aan Barbie te geven, kreeg ze het koud. Plotseling leek het risico dat ze namen haar krankzinnig... maar het was nu te laat. 'Maar blijf dan wel bij de trap. En Linda, blijf jij achter me. We nemen geen risico's.'

Ze dacht dat hij dat zou tegenspreken, maar dat deed hij niet.

24

Barbie ging rechtop zitten op het bed. Aan de andere kant van de tralies stond Jackie Wettington met een wit plastic bakje in haar hand. Achter haar had Linda Everett haar pistool getrokken en hield het met twee handen op de vloer gericht. Carter Thibodeau was de laatste van de rij. Hij stond onder aan de trap, zijn haar nog recht overeind van de slaap, en zijn blauwe uniformoverhemd hing open, zodat je het verband kon zien dat de hondenbeet op zijn schouder bedekte.

'Hallo, agent Wettington,' zei Barbie. Het ijle witte licht kroop door de spleet van een raam naar binnen. Het was het soort ochtendlicht dat het leven volkomen irreëel leek te maken. 'Alle beschuldigingen tegen mij zijn onjuist. Ik kan het geen aanklachten noemen, want ik ben niet...'

'Hou je mond,' zei Linda. 'We zijn niet geïnteresseerd.'

'Goed zo, Blondie,' zei Carter. 'Zeg het hem maar!' Hij gaapte en krabde over het verband.

'Blijf daar zitten,' zei Jackie. 'Verroer geen vin.'

Barbie bleef zitten. Ze schoof het plastic bakje tussen de tralies door. Het was klein en paste precies.

Hij pakte het bakje op. Het zat vol met ontbijtvlokken en er glansde spuug op het droge spul. Hij zag ook iets anders: een groot groen stuk snot, vochtig en met bloed erop. En toch knorde zijn maag. Hij had ontzettende honger.

Onwillekeurig voelde hij zich ook gekwetst. Hij had namelijk gedacht dat Jackie Wettington, die hij meteen als ex-militair had herkend toen hij haar voor het eerst zag (het kwam voor een deel door het kapsel, maar vooral door haar houding), hierboven verheven was. Het was gemakkelijk geweest om Henry Morrisons walging over zich heen te laten komen. Dit was moeilijker. En de andere vrouwelijke agent – die met Rusty Everett getrouwd was – keek naar hem alsof hij een zeldzaam soort stekend insect was. Hij had gehoopt dat in ieder geval enkele van de vaste agenten...

'Eet op,' riep Thibodeau vanaf zijn plaats bij de trap. 'We hebben het lekker gemaakt. Nietwaar, meiden?'

'Ja,' beaamde Linda. Haar mondhoeken gingen omlaag. Het was weinig meer dan een tic, maar Barbie voelde zich meteen beter. Hij dacht dat ze komedie speelde. Misschien was dat te veel gehoopt, maar...

Ze ging iets opzij en belemmerde met haar lichaam Thibodeaus zicht op Jackie... al had ze zich die moeite kunnen besparen. Thibodeau was druk bezig onder de rand van zijn verband te kijken.

Jackie keek achterom om er zeker van te zijn dat er niet op haar werd gelet, wees toen naar het bakje, deed haar handen omhoog en trok haar wenkbrauwen op: *Sorry*. Daarna wees ze met twee vingers naar Barbie. *Let op*.

Hij knikte.

'Smakelijk eten, klojo,' zei Jackie. 'Vanmiddag krijg je wat beters. Pisburger, denk ik.'

Vanaf de trap, waar hij nu aan de rand van zijn verband plukte, liet Thibodeau een blaffende lach horen.

'Als je dan nog tanden hebt om mee te eten,' zei Linda.

Barbie wou dat ze haar mond had gehouden. Ze klonk niet sadistisch, zelfs niet kwaad. Ze klonk alleen bang, een vrouw die overal liever zou zijn dan op de plaats waar ze was. Maar Thibodeau merkte het blijkbaar niet. Hij was nog steeds zijn gewonde schouder aan het bestuderen.

'Kom,' zei Jackie. 'Ik wil niet zien dat hij het eet.'

'Is het nat genoeg voor je?' vroeg Thibodeau. Hij ging rechtop staan toen de vrouwen door de gang tussen de cellen naar de trap liepen, waarbij Linda haar pistool weer in de holster stak. 'Want anders...' Hij rochelde wat slijm op.

'Ik red me wel,' zei Barbie.

'Natuurlijk,' zei Thibodeau. 'Een tijdje. En dan niet meer.'

Ze gingen de trap op. Thibodeau ging als laatste en gaf Jackie een mep op haar achterste. Ze lachte en sloeg naar hem. Ze deed het goed, veel beter dan die vrouw van Everett. Evengoed hadden ze er allebei blijk van gegeven veel lef te hebben. Verdomd veel lef.

Barbie pakte het stuk snot van de ontbijtvlokken en gooide het in de hoek waarin hij had gepist. Hij veegde zijn handen aan zijn shirt af. Toen groef hij in de vlokken. Onderin vonden zijn vingers een stukje papier.

Hou vol tot morgenavond. Denk alvast aan een veilige plaats voor als we je eruithalen. Je weet wat je hiermee moet doen.

Dat wist Barbie.

25

Een uur nadat hij eerst het briefje en toen de ontbijtvlokken had opgegeten, kwamen er zware voetstappen de trap af. Het was Grote Jim Rennie, die al een pak en das droeg voor weer een dag van bestuurlijk werk onder de Koepel. Hij werd gevolgd door Carter Thibodeau en een andere kerel – een Killian, gezien de vorm van zijn hoofd. De Killian-jongen droeg een stoel en had daar moeite mee; hij was wat ze in vroeger tijden een 'halvegare' zouden hebben genoemd. Hij gaf de stoel aan Thibodeau, die hem voor de cel aan het eind van de gang neerzette. Rennie ging zitten, na eerst zorgvuldig aan zijn broekspijpen te hebben getrokken om de vouw erin te houden.

'Goedemorgen, meneer Barbara.' Hij legde een lichte, voldane nadruk op de burgertitel.

'Wethouder Rennie,' zei Barbie. 'Wat kan ik voor u doen, behalve u mijn naam, rang en serienummer noemen... Voor zover ik dat nummer goed heb onthouden.'

'Je kunt bekennen. Daarmee bespaar je ons enige moeite en schenk je vertroosting aan je ziel.'

'Meneer Searles had het gisteravond over waterboarding,' zei Barbie. 'Hij vroeg me of ik dat ooit in Irak had gezien.'

Rennies mond plooide zich tot een vaag glimlachje: *ga verder, pratende dieren zijn altijd interessant.*

'Nou, dat heb ik inderdaad. Ik weet niet hoe vaak de techniek in het veld werd gebruikt – de berichten daarover liepen uiteen –, maar ik heb het twee keer gezien. Een van de mannen bekende, al was zijn bekentenis waardeloos. De man die hij als bommenmaker van Al Qaida noemde, bleek een leraar te zijn die veertien maanden eerder uit Irak naar Koeweit was vertrokken. De andere man kreeg een stuiptrekking en liep hersenletsel op, zodat er geen bekentenis uit hem kwam, maar als hij ertoe in staat was geweest, had hij vast wel bekend. Iedereen bekent als hij wordt gewaterboard, meestal al binnen enkele minuten. Ik ongetwijfeld ook.'

'Dan kun je je de ellende besparen,' zei Grote Jim.

'U ziet er vermoeid uit. Voelt u zich wel goed?'

Het vage glimlachje maakte plaats voor een vage frons. Die kwam voort uit de diepe lijn tussen Rennies wenkbrauwen. 'De conditie waarin ik verkeer, is voor jou niet van belang. Een goede raad, meneer Barbara. Verkoop mij geen smulkoek, dan verkoop ik jou geen smulkoek. Je kunt je beter druk maken om de conditie waarin je zelf verkeert. Die is nu misschien nog goed, maar daar kan verandering in komen. Binnen enkele minuten. Ik denk er namelijk inderdaad over je te laten waterboarden. Ik denk daar zelfs heel serieus over. Dus beken die moorden nou maar. Daarmee bespaar je jezelf een hoop ellende.'

'Ik denk van niet. En als jullie me waterboarden, zeg ik waarschijnlijk allerlei dingen. Daar moet je goed aan denken als je beslist wie erbij mogen zijn als ik ga praten.'

Rennie dacht daarover na. Hoewel hij er keurig verzorgd uitzag, zeker gezien het vroege uur, was zijn teint vaalgeel en was de huid rondom zijn kleine oogjes paars, alsof hij kneuzingen had opgelopen. Hij zag er echt niet goed uit. Als Grote Jim opeens dood neerviel, zag Barbie twee mogelijke gevolgen. Ten eerste kon het lelijke politieke klimaat opeens verbeteren zonder dat er nieuwe wervelstormen door de gemeente gingen. Ten tweede kon er een chaotisch bloedbad volgen waarin Barbies eigen dood (waarschijnlijk niet door een vuurpeloton maar door een lynchpartij) gevolgd werd door een zuivering onder zijn vermoedelijke mededaders. Julia zou wel eens de eerste op die lijst kunnen zijn. En Rose zou nummer twee kunnen zijn; bange mensen geloofden altijd dat mensen die met daders omgingen zelf ook schuldig waren.

Rennie keek Thibodeau aan. 'Ga terug, Carter. Helemaal tot aan de trap graag.'

'Maar als hij een uithaal naar u doet...'

'Dan schiet je hem dood. En dat weet hij. Nietwaar, meneer Barbara?'

Barbie knikte.

'Trouwens, ik kom niet dichterbij dan nu. Daarom wil ik dat je achteruitgaat. We voeren hier een privégesprek.'

Thibodeau ging achteruit.

'Nou, Barbara. Waarover wil je praten?'

'Ik weet alles van het speedlab.' Barbie sprak zachtjes. 'Commandant Perkins wist ervan en hij stond op het punt je te arresteren. Brenda vond het bestand op zijn computer. Daarom heb je haar vermoord.'

Rennie glimlachte. 'Dát is een ambitieuze fantasie.'

'De procureur-generaal van de staat Maine zal daar anders over denken, gezien het motief dat je had. We hebben het niet over een primitief labje in een woonwagen; dit is de General Motors van de methamfetamine.'

'Aan het eind van de dag,' zei Rennie, 'is Perkins' computer vernietigd. En die van haar ook. Misschien liggen er nog wat papieren in de kluis bij Duke thuis – zinloos natuurlijk; gemene, politiek gemotiveerde onzin van een man die altijd al een hekel aan mij heeft gehad – en als dat zo is, wordt de kluis opengemaakt en worden de papieren verbrand. Niet in mijn belang, maar in het belang van de gemeente. Dit is een crisissituatie. We moeten allemaal één lijn trekken.'

'Brenda heeft iemand een uitdraai van dat bestand gegeven voordat ze stierf.'

Grote Jim grijnsde. Er kwam een dubbele rij kleine tandjes in zicht. 'Het ene verzinsel verdient een ander, meneer Barbara. Zal ik iets verzinnen?'

Barbie spreidde zijn handen: *ga je gang.*

'Dan verzin ik dat Brenda naar me toe komt en datzelfde tegen me zegt. Ze zegt dat ze die uitdraai aan Julia Shumway heeft gegeven. Maar ik weet dat het een leugen is. Misschien was ze het wel van plan, maar ze heeft het niet gedaan. En al had ze het gedaan...' Hij haalde zijn schouders op. 'Jouw trawanten hebben gisteravond het kantoor van Shumways krant platgebrand. Dat was heel onverstandig van hen. Of was het jouw idee?'

Barbara herhaalde: 'Er ís nog een uitdraai. Ik weet waar die is. Als jullie me waterboarden, beken ik die plaats. Luidkeels.'

Rennie lachte. 'Je weet het goed te brengen, Barbara, maar ik heb mijn hele leven onderhandeld en ik weet het meteen als iemand bluft. Misschien moet ik je standrechtelijk laten executeren. Het hele dorp zou staan te juichen.'

'Hoe hard zouden ze juichen als je dat deed zonder eerst mijn medesamenzweerders te vinden? Zelfs Peter Randolph zou die beslissing in twijfel trekken, en hij is alleen maar een dom, bang stuk onbenul.'

Grote Jim stond op. De frons op zijn gezicht was dieper geworden. Zijn hangwangen hadden nu de kleur van oude baksteen. 'Jij weet niet wie je tegenover je hebt.'

'Nou en of ik dat weet. Ik heb jouw soort keer op keer in Irak meegemaakt. Daar dragen ze geen das maar een tulband, maar verder zijn ze hetzelfde. Tot en met die praatjes over God.'

'Nou, je hebt me van het waterboarden afgebracht,' zei Grote Jim. 'Dat is jammer, want ik heb dat altijd al eens met eigen ogen willen zien.'

'Dat geloof ik graag.'

'Voorlopig houden we je in dit gezellige hokje. Ik denk niet dat je veel te eten krijgt, want eten verstoort de denkprocessen. Wie weet? Als je een beetje constructief nadenkt, vind je misschien wel betere redenen waarom ik je in leven zou moeten laten. De namen van degenen in het dorp die tegen me zijn, bijvoorbeeld. Een complete lijst. Ik geef je achtenveertig uur. En als je me dan niet kunt overtuigen, word je bij het oorlogsmonument geëxecuteerd, met het hele dorp als publiek. Dat zal een voorbeeld voor iedereen zijn.'

'Je ziet er echt niet goed uit, wethouder.'

Rennie keek hem ernstig aan. 'Jouw soort veroorzaakt de meeste problemen in de wereld. Als ik niet dacht dat je openbare executie meer eenheid en ook de zo dringend nodige catharsis in dit dorp zou brengen, zou ik je nu meteen door Thibodeau overhoop laten schieten.'

'Als je dat doet, komt het allemaal uit,' zei Barbie. 'Dan komt het hele dorp te weten wat je doet. En probeer dan nog maar eens voor consensus te zorgen op die rottige gemeentevergadering van jou, miezerig tirannetje.'

De aderen zwollen op in Grote Jims hals; een andere ader klopte midden op zijn voorhoofd. Een ogenblik leek hij op het punt te staan uit elkaar te springen. Toen glimlachte hij. 'Een tien voor de poging, Barbara. Maar je liegt.'

Hij ging weg. Ze gingen allemaal weg. Barbie ging zwetend op zijn bed zitten. Hij wist hoe dicht bij de rand hij was gekomen. Rennie had wel redenen om hem in leven te laten, maar dat waren geen krachtige redenen. En dan was er nog het briefje dat door Jackie Wettington en Linda Everett was afgeleverd. Aan Linda Everetts gezicht was te zien geweest dat ze genoeg wist om doodsbang te zijn, en niet alleen voor haarzelf. Het zou veiliger zijn als hij een poging deed met behulp van het mes te ontsnappen. Gezien het huidige niveau van het politiekorps van Chester's Mill dacht hij dat het misschien te doen zou zijn. Hij zou een beetje geluk moeten hebben, maar het was te doen.

Aan de andere kant kon hij hen niet laten weten dat ze het aan hemzelf moesten overlaten.

Barbie ging liggen en vouwde zijn handen achter zijn hoofd. Vooral één vraag knaagde aan hem: wat was er gebeurd met de uitdraai van het DARTH VADER-bestand die voor Julia bestemd was geweest? Want die had haar niet bereikt. Wat dat betrof was hij er zeker van dat Rennie de waarheid had gesproken.

Het was niet na te gaan, en hij kon niets anders doen dan wachten.

Barbie ging op zijn rug liggen, keek naar het plafond, en wachtte.

PLAY THAT DEAD BAND SONG

1

Toen Linda en Jackie van het politiebureau terugkwamen, zaten Rusty en de meisjes op het trapje op hen te wachten. De J's hadden hun nachthemd nog aan: dunne katoenen nachthemden, niet de flanellen die ze om deze tijd van het jaar gewend waren. Hoewel het nog geen zeven uur 's morgens was, gaf de thermometer buiten het keukenraam al een temperatuur van negentien graden aan.

Normaal gesproken zouden de meisjes veel vlugger dan Rusty over het pad zijn gerend om hun moeder te omhelzen, maar vanmorgen was hij hen een aantal meters voor. Hij greep Linda om haar middel en ze sloeg haar armen bijna pijnlijk strak om zijn hals – geen joviale verwelkoming, maar de greep van een drenkeling.

'Gaat het?' fluisterde hij in haar oor.

Haar haar streek over zijn wang doordat ze knikte. Toen trok ze zich terug. Haar ogen schitterden. 'Ik was er zeker van dat Thibodeau in de ontbijtvlokken zou kijken. Jackie kwam op het idee erin te spugen, dat was geniaal, maar ik was er zéker van...'

'Waarom huilt mammie?' vroeg Judy. Ze klonk alsof ze zelf ook elk moment in huilen kon uitbarsten.

'Ik huil niet,' zei ze, en ze veegde haar ogen af. 'Nou, misschien een beetje. Omdat ik zo blij ben papa te zien.'

'We zijn alleMÁÁL blij hem te zien!' zei Janelle tegen Jackie. 'Want mijn papa, HIJ IS DE BAAS!'

'Dat is nieuws voor mij,' zei Rusty, en hij kuste Linda hard op haar mond.

'Lipzoenen!' zei Janelle gefascineerd. Judy sloeg haar handen voor haar ogen en giechelde.

'Kom op, meisjes, naar de schommel,' zei Jackie. 'En dan jullie omkleden voor school.'

'IK WIL OVER DE KOP!' riep Janelle, die voorop ging.

'School?' vroeg Rusty. 'Echt waar?'

'Ja,' zei Linda. 'Alleen de kleintjes op de basisschool aan East Street. Een halve dag. Wendy Goldstone en Ellen Vanedestine hebben zich daarvoor aangeboden. De kleuters tot en met klas drie in het ene lokaal, de klassen vier tot en met zes in het andere. Ik weet niet of ze echt gaan lesgeven, maar dan hebben de kinderen een plaats om heen te gaan en het gevoel dat alles normaal is. Misschien.' Ze keek op naar de lucht, die onbewolkt was maar toch een gelige tint had. *Als blauwe ogen die staar krijgen*, dacht ze. 'Dat gevoel kan ik zelf ook wel gebruiken. Kijk eens naar de lucht.'

Rusty keek even op en hield zijn vrouw toen op armlengte van zich af om haar te kunnen bekijken. 'Hadden ze niets door? Weet je het zeker?'

'Ja. Maar het scheelde niet veel. Zoiets is misschien leuk in spionagefilms, maar in het echte leven is het afschuwelijk. Ik ga hem niet bevrijden, schat. Vanwege de meisjes.'

'Dictators gijzelen altijd kinderen,' zei Rusty. 'Op een gegeven moment moeten mensen zeggen dat het afgelopen is.'

'Maar niet hier en nu nog niet. Dit is een idee van Jackie, en dus moet zij het doen. Ik wil er niets mee te maken hebben, en ik wil ook niet dat *jíj* er iets mee te maken hebt.' Toch wist hij dat ze dit zou doen als hij het haar vroeg; dat stond als een onderliggende emotie op haar gezicht te lezen. Als dat hem de baas maakte, wilde hij dat niet zijn.

'Ga je naar je werk?' vroeg hij.

'Natuurlijk. De kinderen gaan naar Marta, Marta brengt ze naar school, en Linda en Jackie gaan naar het bureau voor weer een dag politiewerk onder de Koepel. Als er iets anders gebeurde, zou dat vreemd overkomen. Ik vind het verschrikkelijk dat ik zo moet denken.' Ze liet haar adem ontsnappen. 'En ik ben ook moe.' Ze keek even of de kinderen echt buiten gehoorsafstand waren. 'Doodmoe. Ik heb bijna niet geslapen. Ga je naar het ziekenhuis?'

Rusty schudde zijn hoofd. 'Ginny en Twitch zijn minstens tot de middag met zijn tweeën... al denk ik dat ze zich wel redden, vooral met die nieuwe man die hen helpt. Thurston is nogal een new age-type, maar hij is goed. Ik ga naar Claire McClatchey. Ik moet met die kinderen praten, en ik moet naar de plaats waar de geigerteller die sterk verhoogde straling aangaf.'

'Wat moet ik zeggen als mensen vragen waar je bent?'

Rusty dacht even na. 'De waarheid, denk ik. Tenminste, een deel ervan. Zeg maar dat ik onderzoek doe naar een mogelijke Koepelgenerator. Dan denkt Rennie misschien twee keer na over de volgende stap die hij wil zetten.'

'En als ze me naar de plaats vragen? Want dat zullen ze.'

'Zeg dan dat je het niet weet, maar dat je denkt dat het aan de westelijke kant van de gemeente is.'

'Black Ridge is in het noorden.'

'Ja. Als Rennie tegen Randolph zegt dat hij een stel van zijn agentjes moet sturen, wil ik dat ze naar de verkeerde plek gaan. Als iemand je er later op aanspreekt, zeg je gewoon dat je moe was en dat je je blijkbaar hebt vergist. En luister, schat: voordat je naar de politie gaat, moet je een lijst maken van mensen die misschien geloven dat Barbie onschuldig is.' *Zij en wij*, dacht hij weer. 'We moeten voor de gemeentevergadering van morgenavond met die mensen praten. Heel onopvallend.'

'Rusty, weet je dat zeker? Want na de brand van gisteravond is het hele dorp op zoek naar De Vrienden van Dale Barbara.'

'Of ik het zeker weet? Ja. Of ik het prettig vind? Beslist niet.'

Ze keek weer naar de geel getinte hemel, en toen naar de twee eiken in hun voortuin, waarvan de bladeren er slap en roerloos bij hingen, hun heldere kleuren vervaagd tot vaalbruin. Ze zuchtte. 'Als Barbara er door Rennie ingeluisd is, heeft Rennie waarschijnlijk ook het kantoor van de krant laten platbranden. Dat weet je toch?'

'Ja.'

'En als het Jackie lukt Barbara uit de cel te krijgen, waar brengt ze hem dan onder? Welke plek in de gemeente is veilig?'

'Daar moet ik over nadenken.'

'Als je de generator kunt vinden en uitzetten, wordt al dat spionageachtige gedoe overbodig.'

'Bid daar maar voor.'

'Dat zal ik doen. En hoe zit het met de straling? Ik wil niet dat je leukemie krijgt of zoiets.'

'Ik heb daar een idee over.'

'Moet ik ernaar vragen?'

Hij glimlachte. 'Waarschijnlijk beter van niet. Het is nogal vergezocht.'

Ze verstrengelde haar hand met de zijne. 'Wees voorzichtig.'

Hij kuste haar zacht. 'Jij ook.'

Ze keken naar Jackie die de schommelende meisjes duwde. Ze hadden reden te over om voorzichtig te zijn. Evengoed dacht Rusty dat risico's nu eenmaal een grote rol in zijn leven gingen spelen. In dat geval wilde hij 's morgens bij het scheren zijn spiegelbeeld in de ogen kunnen kijken.

2

Horace de corgi hield van menseneten.

Eigenlijk was Horace de corgi zelfs gék op menseneten. Omdat hij een beetje te dik was (en de laatste jaren ook een beetje grijs om de snuit), mocht hij het eigenlijk niet hebben, en nadat de dierenarts botweg tegen Julia had gezegd dat ze met haar gulheid het leven van haar huisgenoot verkortte, was ze gestopt met hem dingen van tafel te geven. Dat gesprek had zestien maanden geleden plaatsgevonden; sindsdien had Horace alleen mager hondenvoer en nu en dan een verantwoord hondenhapje gekregen. Die hapjes leken op stukjes piepschuim, en als ze mocht afgaan op de verwijtende blik waarmee Horace ernaar keek voordat hij ze opat, smaakten ze waarschijnlijk ook zo. Toch hield ze voet bij stuk: geen gebraden kippenvel meer, geen zoutjes meer, geen hapjes van de donut die ze 's morgens nam.

Dit beperkte Horace' inname van verboden etenswaren, maar maakte er niet helemaal een eind aan. Het dieet dat hem werd opgelegd bracht hem er alleen maar toe dat hij zelf zijn eten zocht, en daar genoot Horace eigenlijk wel van. Hij keerde als het ware terug tot de jachtgewoonten van zijn vosachtige voorouders. Vooral zijn ochtend- en avondwandelingen leverden veel culinaire verrukkingen op. Het was verbazingwekkend wat mensen in de goten van Main Street en West Street achterlieten; dat was de gebruikelijke route als hij werd uitgelaten. Er lagen stukjes patat, chips, pindakaascrackers, nu en dan een ijsjesverpakking met nog chocolade eraan. Hij vond zelfs een keer een heel pasteitje. Het was het schaaltje uit en zijn maag in voordat je 'cholesterol' kon zeggen.

Het lukte hem niet alle lekkernijen die hij zag te verschalken. Soms zag Julia wat hij van plan was en trok hem aan zijn riem terug voordat hij het kon opslokken. Maar hij kreeg veel te pakken, want als Julia hem uitliet, had ze vaak een boek of een opgevouwen nummer van *The New York Times* in haar hand. Het was niet altijd goed om het in aandacht te moeten afleggen tegen de *Times* – bijvoorbeeld niet als hij eens lekker over zijn buik gekrabd wilde worden – maar als hij werd uitgelaten, was die veronachtzaming een zegen. Voor kleine gele corgi's betekende veronachtzaming dat ze lekkere hapjes konden eten.

Deze ochtend werd hij ook veronachtzaamd. Julia en de andere vrouw – die eigenaar was van dit huis, want haar geur hing overal, vooral in de buurt van de kamer waar mensen hun poep lieten vallen om hun territorium af te bakenen – praatten met elkaar. Op een gegeven moment huilde de andere vrouw. Julia omhelsde haar.

'Ik ben beter, maar niet helemáál beter,' zei Andrea. Ze zaten in de keuken. Horace rook de koffie die ze dronken. Koude koffie, niet warm. Hij rook ook taartjes. Die met glazuur erop. 'Ik wil het nog steeds.'

'Dat verlangen hou je misschien nog een hele tijd,' zei Julia, 'en het is niet het belangrijkste. Ik heb waardering voor je moed, Andrea, maar Rusty heeft gelijk: rigoureus stoppen is dom en gevaarlijk. Je mag blij zijn dat je geen stuiptrekkingen hebt gekregen.'

'Misschien heb ik ze wel,' Andrea nam een slok van haar koffie. Horace hoorde haar slurpen. 'Ik heb zulke levendige dromen. Ook een droom over een brand. Een grote brand. Op Halloween.'

'Maar je voelt je beter.'

'Iets. Ik begin het gevoel te krijgen dat ik het ga redden. Julia, je mag best bij me logeren, maar ik denk dat je beter een ander adres kunt zoeken. De stank...'

'We kunnen wel iets aan de stank doen. We halen een batterijventilator bij Burpee. Als je me serieus kost en inwoning aanbiedt – mij en Horace – ga ik daar graag op in. Iemand die wil afkicken, moet dat niet in haar eentje doen.'

'Ik geloof niet dat er een andere manier is.'

'Je weet wat ik bedoel. Waarom heb je het gedaan?'

'Omdat deze gemeente me misschien voor het eerst sinds ik ben gekozen echt nodig heeft. En omdat Jim Rennie dreigde me mijn pillen te ontzeggen als ik bezwaar maakte tegen zijn plannen.'

Horace sloot zich af voor de rest. Hij interesseerde zich meer voor een geur die tot zijn gevoelige neus doordrong vanuit de ruimte tussen de muur en het ene eind van de bank. Op die bank had Andrea in betere (zij het ook aanzienlijk meer gedrogeerde) tijden vaak gezeten, soms om naar programma's als *The Hunted Ones* (een slim vervolg op *Lost*) en *Dancing with the Stars* te kijken, soms naar een film op HBO. Op filmavonden at ze vaak popcorn uit de magnetron. Ze zette de kom dan op het bijzettafeltje. Omdat junks bijna nooit netjes zijn, lag daar nogal wat popcorn onder. Dat had Horace geroken.

Hij liet de twee vrouwen maar kwekken en werkte zich onder het tafeltje, de opening in. Het was een smalle ruimte, maar het tafeltje vormde een natuurlijke brug en hij was een vrij smalle hond, vooral sinds hij aan de corgi-versie van WeightWatchers deelnam. De eerste stukjes popcorn lagen net voorbij de DARTH VADER-map, die daar in zijn bruine envelop lag. Horace stond zelfs op de naam van zijn bazin (in het keurige handschrift van wijlen Brenda Perkins) en stofzuigde met zijn snuit de eerste stukjes van een verrassend rijke vondst op, toen Andrea en Julia de huiskamer weer binnenkwamen.

Een vrouw zei: *'Breng dat naar haar toe.'*

Horace keek met gespitste oren op. Dat was niet Julia of de andere vrouw; het was een doodstem. Net als alle honden hoorde Horace vaak doodstemmen, en soms zag hij de eigenaren daarvan. De doden waren overal, maar levende mensen zagen hen net zomin als ze de meeste van de tienduizend geuren roken die ze elke minuut van elke dag om zich heen hadden.

'Breng dat naar Julia toe. Ze heeft het nodig; het is van haar.'

De popcorn? Dat was belachelijk. Horace wist uit ervaring dat Julia nooit iets zou eten wat in zijn bek was geweest. Zelfs wanneer hij het met zijn snuit naar buiten duwde, wilde ze het niet eten. Het was menseneten, ja, maar nu was het ook vloereten.

'Niet de popcorn. De...'

'Horace?' vroeg Julia met die scherpe stem waaraan te horen was dat hij stout was – *O jij stoute hond, je zou toch beter moeten weten*, bla bla bla. 'Wat doe je daar achter? Kom tevoorschijn.'

Horace zette zichzelf in zijn achteruit. Hij keek haar met zijn meest innemende glimlach aan – goh, Julia, wat hou ik veel van je –, in de hoop dat er geen popcorn aan de punt van zijn neus was blijven hangen. Hij had een paar stukjes te pakken gekregen, maar hij had het gevoel dat de grote buit hem was ontgaan.

'Was je weer op zoek naar eten?'

Horace zat met de juiste mate van aanbidding naar haar op te kijken. En dat was niet eens gespeeld; hij hield echt heel veel van Julia.

'Een betere vraag zou zijn: wát heb je gegeten?' Ze bukte zich om in de opening tussen de bank en de muur te kijken.

Voordat ze dat kon doen, maakte de andere vrouw een kokhalsgeluid. Ze sloeg haar armen om zichzelf heen om een rillende toeval tegen te houden, maar dat lukte haar niet. Haar geur veranderde, en Horace wist dat ze ging kotsen. Hij keek aandachtig. Soms zaten er goede dingen in mensenkots.

'Andrea?' vroeg Julia. 'Gaat het wel?'

Domme vraag, dacht Horace. *Kun je haar niet ruiken?* Maar dat was ook een domme vraag. Julia kon zichzelf amper ruiken als ze bezweet was.

'Ja. Nee. Ik had dat rozijnenbroodje niet moeten eten. Ik ga...' Ze stond op en liep haastig de kamer uit. Om iets toe te voegen aan de geuren die van de pis-en-poepplaats kwamen, veronderstelde Horace. Julia liep haar achterna. Een ogenblik dacht Horace erover zich weer onder het tafeltje te persen, maar hij rook aan Julia dat ze zich zorgen maakte en liep in plaats daarvan achter haar aan.

Hij dacht helemaal niet meer aan de doodstem.

3

Rusty belde Claire McClatchey vanuit de auto. Het was nog vroeg, maar ze nam meteen op, en dat verbaasde hem niet. Niemand in Chester's Mill kreeg tegenwoordig veel slaap, tenminste niet zonder farmacologische ondersteuning.

Ze beloofde dat ze Joe en zijn vrienden om uiterlijk halfnegen bij zich in huis zou hebben. Zo nodig haalde ze ze zelf op. Toen dempte ze haar stem en zei: 'Ik denk dat Joe op dat meisje van Calvert valt.'

'Hij zou wel gek zijn als het niet zo was,' zei Rusty.

'Wil je daar met ze heen gaan?'

'Ja, maar niet naar plaatsen met hoge straling. Dat beloof ik u, mevrouw McClatchey.'

'Claire. Als ik mijn zoon toesta om met je mee te gaan naar een plaats waar de dieren blijkbaar zelfmoord plegen, vind ik dat we elkaar moeten tutoyeren.'

'Zorg dat Benny en Norrie bij je thuis komen, dan beloof ik dat ik goed op ze zal passen als we daarheen gaan. Neem je daar genoegen mee?'

Claire zei van wel. Vijf minuten nadat hij had opgehangen, verliet Rusty een spookachtig uitgestorven Motton Road om Drummond Lane in te slaan, een kort straatje met de mooiste huizen van Eastchester. De mooiste van de mooie huizen was dat met BURPEE op de brievenbus. Even later zat Rusty in Burpees keuken koffie te drinken (warm; de generator van Burpee deed het nog) met Romeo en diens vrouw Michela. Ze zagen allebei bleek en keken grimmig. Rommie was aangekleed; Michela had haar ochtendjas nog aan.

'Denk je dat Bren echt door die Barbie is vermoord?' vroeg Rommie. 'Want als dat zo is, maak ik hem persoonlijk dood.'

Michela legde haar hand op zijn arm. 'Zo dom ben je niet, schat.'

'Ik denk van niet,' zei Rusty. 'Ik denk dat hij erin is geluisd. Maar als je doorvertelt dat ik dat heb gezegd, kunnen we allemaal in grote moeilijkheden komen.'

'Rommie heeft altijd van die vrouw gehouden.' Michela glimlachte, maar er zat ijs in haar stem. 'Meer dan van mij, denk ik soms.'

Rommie bevestigde noch ontkende dat – het leek wel of hij het helemaal niet hoorde. Hij boog zich met een strakke blik in zijn bruine ogen naar Rusty toe. 'Waar heb je het over, dokter? Hoe erin geluisd?'

'Daar wil ik nu niet op ingaan. Ik ben hier voor iets anders. En dat is jammer genoeg ook geheim.'

'Dan wil ik het niet horen,' zei Michela. Ze pakte haar koffiekopje op en verliet de keuken.

'Ik krijg vanavond geen liefde van die vrouw,' zei Rommie.

'Sorry.'

Rommie haalde zijn schouders op. 'Ik heb er nog een aan de andere kant van het dorp. Misha weet ervan, al laat ze dat niet blijken. Vertel me waar je verder nog voor komt, dokter.'

'Een paar kinderen denken dat ze het ding hebben gevonden dat de Koepel voortbrengt. Ze zijn jong maar slim. Ik vertrouw ze. Ze hadden een geigerteller en die gaf een grote uitslag op Black Ridge Road. De naald zat niet in de gevarenzone, maar ze zijn ook niet heel dichtbij gekomen.'

'Dicht bij wat? Wat hebben ze gezien?'

'Een flikkerend paars licht. Weet je de oude boomgaard?'

'Ja. Van McCoy. Daar parkeerde ik altijd met meisjes. Je kunt het hele dorp zien. Ik had een oude Willys...' Hij keek even weemoedig. 'Laat maar. Alleen een flikkerend licht?'

'Ze hebben ook veel dode dieren gezien – een paar herten, een beer. Het leek erop dat ze zelfmoord hadden gepleegd.'

Rommie keek hem ernstig aan. 'Ik ga met je mee.'

'Dat is goed... tot op zekere hoogte. Een van ons moet er helemaal naartoe gaan, en dat moet ik zijn. Maar ik heb een stralingspak nodig.'

'Hoe stel je je dat voor, dokter?'

Rusty vertelde het hem. Toen hij klaar was, haalde Rommie een pakje Winston tevoorschijn en schoof het over de tafel naar hem toe.

'Mijn favoriete gif,' zei Rusty, en hij nam er een. 'Nou, wat denk je?'

'O, ik kan je er wel aan helpen.' Rommie stak beide sigaretten aan. 'Ik heb alles in die winkel van me, zoals iedereen in het dorp weet.' Hij wees met zijn sigaret naar Rusty. 'Maar dan wil je niet met je foto in de krant, want het is niet erg flatteus.'

'Daar hoef ik me geen zorgen over te maken,' zei Rusty. 'Het kantoor van de krant is gisteravond afgebrand.'

'Dat heb ik gehoord,' zei Rusty. 'Die Barbara weer. Zijn vrienden.'

'Geloof je dat?'

'O, ik ben lichtgelovig. Toen Bush zei dat er kernraketten en zo in Irak waren, geloofde ik dat ook. "Hij kan het weten," zei ik tegen de mensen. Ik geloof ook dat Oswald in zijn eentje handelde.'

Vanuit een andere kamer riep Michela: 'Hou op met dat geouwehoer.'

Rommie keek Rusty aan met een grijns van: *zie je nou wat ik te verduren krijg?* 'Ja, schat,' zei hij, en toen keek hij Rusty weer aan. 'Laat je auto hier maar staan. We nemen mijn busje. Meer ruimte. Zet mij bij de winkel af en haal dan die kinderen. Ik zoek je stralingspak bij elkaar. Maar wat de handschoenen betreft... Ik weet het niet.'

'We hebben handschoenen met loodvoering in de kast van de röntgenkamer in het ziekenhuis. Die gaan helemaal tot aan je ellebogen. Ik kan een van de schorten pakken...'

'Goed idee. Ik zou niet willen dat je sperma eronder leed...'

'Daar liggen misschien ook wel een paar van die met lood beklede brillen die laboranten en radiologen in de jaren zeventig gebruikten. Al zijn die er misschien uitgegooid. Ik hoop wel dat de straling niet veel verdergaat dan de laatste uitslag die de kinderen op hun geigerteller kregen. Die zat nog in het groen.'

'Maar je zei dat ze niet zo heel dichtbij waren gekomen.'

Rusty zuchtte. 'Als de naald van die geigerteller naar de achthonderd of duizend CPS gaat, is verlies van vruchtbaarheid niet het ergste waar ik me zorgen om moet maken.'

Voordat ze weggingen, kwam Michela – die nu een korte rok en een spectaculair strak truitje droeg – de keuken weer in om tegen haar man te zeggen dat hij niet goed wijs was. Hij zou hen in moeilijkheden brengen. Dat had hij al eerder gedaan en zou hij opnieuw doen. Alleen werden dit misschien grotere moeilijkheden dan hij ooit had meegemaakt.

Rommie nam haar in zijn armen en sprak haar in rad Frans toe, de taal die ze onderling spraken. Ze antwoordde in dezelfde taal, spuwde de woorden uit. Hij zei daar ook weer iets op. Ze sloeg twee keer met haar vuist tegen zijn schouder, huilde toen en kuste hem. Buiten wendde Rommie zich verontschuldigend tot Rusty en haalde zijn schouders op. 'Ze kan het niet helpen,' zei hij. 'Ze heeft de ziel van een dichter en de emoties van een straathond.'

4

Toen Rusty en Romeo Burpee bij het warenhuis kwamen, was Toby Manning daar al. Hij was klaar om de winkel te openen en het publiek van dienst te zijn, als Rommie dat wilde. Petra Searles, die in de drugstore aan de overkant van de straat werkte, zat bij hem. Ze zaten in tuinstoelen; aan de armleuningen hingen kaartjes met GIGANTISCHE NAJAARSUITVERKOOP.

'Je wilt me zeker niets vertellen over dat stralingspak dat je gaat maken voordat het...' Rusty keek op zijn horloge. '... voordat het tien uur is?'

'Beter van niet,' zei Rommie. 'Je zou me voor gek verklaren. Ga maar, dokter. Ga die handschoenen, die bril en dat schort halen. Praat met die kinderen. Geef me wat tijd.'

'Gaan we open, baas?' vroeg Toby toen Rommie uitstapte.

'Weet ik niet. Misschien vanmiddag. Ik heb het vanmorgen een beetje druk.'

Rusty reed weg. Hij was al bij het plantsoen toen hij besefte dat Toby en Petra allebei een blauwe band om hun arm hadden gedragen.

5

Ongeveer twee seconden voordat hij het zou opgeven, vond hij handschoenen, schorten en een met lood beklede bril achter in de röntgenkast. Het riempje was kapot, maar dat kon Rommie vast wel aan elkaar nieten. Gelukkig hoefde hij niemand uit te leggen wat hij aan het doen was. Blijkbaar sliep het hele ziekenhuis.

Hij ging weer naar buiten, snoof de atmosfeer op – muf, met vaag een onaangename rooklucht – en keek naar het westen, waar de zwarte veeg hing op de plaats waar de raketten waren ingeslagen. Het leek net huidkanker. Hij wist dat hij zich op Barbie, Grote Jim en de moorden concentreerde omdat ze het menselijke element vormden: dingen die hij min of meer begreep. Toch zou het een fout zijn om de Koepel te negeren, misschien zelfs een catastrofale fout. De Koepel moest verdwijnen, en gauw ook, anders kwamen zijn patiënten met astma en andere luchtwegaandoeningen in de problemen. En in feite fungeerden die alleen nog maar als de kanaries in de kolenmijn.

Die nicotinebruine hemel.

'Niet goed,' mompelde hij, en hij gooide de dingen die hij had gevonden achter in de wagen. 'Dat is helemaal niet goed.'

6

Alle drie de kinderen waren in het huis van de McClatcheys toen hij daar aankwam. Ze waren merkwaardig ingetogen voor kinderen die met een beetje geluk aan het eind van deze woensdag in oktober tot nationale helden zouden worden uitgeroepen.

'Zijn jullie klaar?' vroeg Rusty enthousiaster dan hij zich voelde. 'Voordat we daarheen gaan, moeten we even naar Burpee, maar dat hoeft niet lang te d...'

'Ze hebben je eerst iets te vertellen,' zei Claire. 'Ik wou dat het niet zo was. Dit wordt steeds erger. Wil je een glas sinaasappelsap? We proberen het op te krijgen voor het niet goed meer is.'

Rusty hield zijn duim en wijsvinger dicht bij elkaar om te kennen te geven dat hij maar een klein beetje wilde. Hij was nooit zo'n sapman geweest, maar hij wilde haar de kamer uit hebben en voelde aan dat ze zelf ook graag weg wilde. Ze zag bleek en klonk angstig. Hij dacht dat het niet te maken had met wat de kinderen op Black Ridge hadden ontdekt; dit was iets anders.

Dat ontbrak er nog maar aan, dacht hij.

Toen ze weg was, zei hij: 'Vertel maar.'

Benny en Norrie keken Joe aan. Hij zuchtte, streek zijn haar van zijn voorhoofd weg en zuchtte opnieuw. Er was weinig gelijkenis tussen deze ernstige jonge adolescent en de jongen die drie dagen geleden op het weiland van Alden Dinsmore met zijn protestbord had gezwaaid. Hij zag net zo bleek als zijn moeder en er waren enkele puistjes – misschien zijn eerste – op zijn voorhoofd verschenen. Rusty had wel vaker zulke uitbarstingen gezien. Het waren puisten van de stress.

'Wat is er, Joe?'

'Ze zeggen dat ik pienter ben,' zei Joe, en Rusty zag tot zijn schrik dat de jongen bijna in tranen uitbarstte. 'Misschien ben ik dat ook wel, maar soms zou ik willen van niet.'

'Maak je geen zorgen,' zei Benny. 'In een hoop belangrijke opzichten ben je oerstom.'

'Hou je kop, Benny,' zei Norrie vriendelijk.

Joe negeerde dat. 'Ik won met schaken van mijn vader toen ik zes was, en van mijn moeder toen ik acht was. Haalde negens en tienen op school. Won elk jaar de wetenschapsprijs. Ik schrijf al twee jaar mijn eigen computerprogramma's. Ik zit niet op te scheppen. Ik weet dat ik een nerd ben.'

Norrie glimlachte en legde haar hand op de zijne. Hij pakte hem vast.

'Maar ik leg gewoon verbanden, weet u. Dat is alles. Indien A, dan B. Indien níét A, dan is B ook ver te zoeken. En waarschijnlijk het hele alfabet.'

'Waar hebben we het precies over, Joe?'

'Ik geloof niet dat de kok die moorden heeft gepleegd. Dat wil zeggen: wíj geloven dat niet.'

Blijkbaar was hij opgelucht toen Norrie en Benny allebei knikten, maar dat was niets in vergelijking met de blijdschap (vermengd met ongeloof) die zich op zijn gezicht aftekende toen Rusty zei: 'Ik ook niet.'

'Ik zei al dat hij top was,' zei Benny. 'En zijn hechtingen zijn ook heel goed.'

Claire kwam terug met sap in een klein glaasje. Rusty nam een slokje. Lauw maar drinkbaar. Zonder generator zou het dat de volgende dag niet meer zijn.

'Waarom gelooft ú niet dat hij het heeft gedaan?' vroeg Norrie.

'Jullie eerst.' In de gedachten van Rusty was de generator op Black Ridge even naar de achtergrond gedrongen.

'We hebben mevrouw Perkins gistermorgen gezien,' zei Joe. 'We waren op het plantsoen. We waren nog maar net met de geigerteller bezig. Ze liep Town Common Hill op.'

Rusty zette zijn glas op de tafel naast zijn stoel en boog zich met zijn gevouwen handen tussen zijn knieën naar voren. 'Hoe laat was dat?'

'Mijn horloge is zondag bij de Koepel blijven stilstaan, dus ik weet het niet precies meer, maar het grote gevecht in de supermarkt was aan de gang toen we haar zagen. Het moet dus zoiets als kwart over negen zijn geweest. Niet later.'

'En niet vroeger. Want de rellen waren aan de gang. Dat hoorden jullie.'

'Ja,' zei Norrie. 'Er was veel kabaal.'

'En jullie weten zeker dat het Brenda Perkins was? Het kan niet een andere vrouw zijn geweest?' Rusty's hart bonkte. Als ze in leven was gezien toen de rellen aan de gang waren, kon Barbie het niet hebben gedaan.

'We kennen haar allemaal,' zei Norrie. 'Ze was zelfs mijn akela bij de padvinders voordat ik daarmee stopte.' Het feit dat ze eruit was gezet wegens roken, leek haar nu niet relevant, en dat liet ze dus maar weg.

'En ik weet van mijn moeder wat de mensen over de moorden zeggen,' zei Joe. 'Ze heeft me alles verteld wat ze wist. U weet wel, de militaire identiteitsplaatjes.'

'Zijn moeder wilde hem helemaal niet alles vertellen wat ze wist,' zei Claire, 'maar mijn zoon kan erg aandringen en dit leek me belangrijk.'

'Dat is het ook,' zei Rusty. 'Waar ging mevrouw Perkins heen?'

Daar gaf Benny antwoord op: 'Eerst naar mevrouw Grinnell, maar het was zeker niet erg prettig wat ze zei, want mevrouw Grinnell gooide de deur in haar gezicht dicht.'

Rusty fronste zijn wenkbrauwen.

'Dat is waar,' zei Norrie. 'Ik denk dat mevrouw Perkins haar post kwam brengen of zo. Ze gaf een envelop aan mevrouw Grinnell. Mevrouw Grinnell pakte hem aan en gooide toen de deur dicht. Precies zoals Benny zei.'

'Hm,' zei Rusty. Alsof er sinds vrijdag post was bezorgd in Chester's Mill. Maar het leek hem vooral belangrijk dat Brenda nog in leven was geweest en dingen bij mensen afleverde op een tijdstip dat Barbie een alibi had. 'Waar ging ze toen heen?'

'Ze stak Main Street over en liep door Mill Street,' zei Joe.

'Deze straat.'

'Ja.'

Rusty keek nu Claire aan. 'Is ze...'

'Ze is hier niet geweest,' zei Claire. 'Of het moet geweest zijn terwijl ik in de kelder was om te kijken wat ik nog aan blikvoer over heb. Ik ben daar een halfuur geweest. Misschien veertig minuten. Ik... ik wilde weg van het lawaai bij de supermarkt.'

Benny zei wat hij de vorige dag ook had gezegd: 'Mill Street is vier huizenblokken lang. Veel huizen.'

'Dat vind ik niet het belangrijkste,' zei Joe. 'Ik heb Anson Wheeler gebeld. Hij is vroeger ook skater geweest en gaat soms nog met zijn plank naar The Pit in Oxford. Ik vroeg hem of meneer Barbara gistermorgen had gewerkt, en hij zei ja. Hij zei dat meneer Barbara naar de Food City ging toen de rellen begonnen. Vanaf dat moment was hij bij Anson en mevrouw Twitchell. En dus heeft meneer Barbara een alibi voor de moord op mevrouw Perkins, en weet u nog wat ik zei over "zo niet A, dan niet B"? En niet het hele alfabet?'

Rusty vond die vergelijking een beetje te mathematisch voor menselijke zaken, maar hij begreep wat Joe bedoelde. Er waren andere slachtoffers voor wie Barbie misschien geen alibi had, maar het feit dat de lijken allemaal op één plaats hadden gelegen wees sterk in de richting van één moordenaar. En als Grote Jim minstens een van de slachtoffers had vermoord – zoals je uit de sporen op Coggins' gezicht zou kunnen afleiden –, had hij ze waarschijnlijk allemaal vermoord.

Of misschien was het Junior geweest. Junior die nu met een pistool rondliep en een insigne droeg.

'Moeten we niet naar de politie?' vroeg Norrie.

'Daar heb ik een hard hoofd in,' zei Claire. 'Daar heb ik echt een heel hard hoofd in. Als Brenda Perkins nu eens door Rennie is vermoord? Hij woont ook hier in de straat.'

'Dat zei ík gisteren,' zei Norrie tegen haar.

'En is het niet waarschijnlijk dat ze, toen de ene wethouder de deur in haar gezicht had dichtgegooid, de volgende wethouder in de buurt probeerde?'

Joe zei (nogal neerbuigend): 'Ik denk niet dat er verband is, ma.'

'Misschien niet, maar evengoed kan ze naar Jim Rennie toe zijn gegaan. En Peter Randolph...' Ze schudde haar hoofd. 'Als Grote Jim "springen" zegt, vraagt Peter hoe hoog.'

'Dat is een goeie, mevrouw McClatchey!' riep Benny uit. 'U bent top, o moeder van mijn...'

'Dank je, Benny, maar hier in deze gemeente is Jim Rennie de top.'

'Wat doen we?' Joe keek Rusty zorgelijk aan.

Rusty dacht weer aan de vlek op de Koepel. De gele hemel. De rooklucht die overal hing. Hij dacht ook even aan Jackie Wettingtons vastbeslotenheid om Barbie te bevrijden. Hoe gevaarlijk dat ook mocht zijn, die man had er waarschijnlijk meer van te verwachten dan van de getuigenverklaring van drie kinderen, vooral omdat de politiecommandant die zo'n verklaring in ontvangst nam amper in staat was om zonder een instructieboekje zijn kont af te vegen.

'Op dit moment doen we niets. Dale Barbara is veilig waar hij is.' Dat hoopte Rusty tenminste maar. 'We hebben iets anders te doen. Als jullie echt de Koepelgenerator hebben gevonden, en we kunnen hem uitzetten...'

'Dan lossen de andere problemen zichzelf op,' zei Norrie Calvert. Ze keek immens opgelucht.

'Dat zou best eens kunnen,' zei Rusty.

7

Nadat Petra Searles naar de drugstore terug was gegaan (om te inventariseren, zei ze), vroeg Toby Manning aan Rommie of hij met iets kon helpen. Rommie schudde zijn hoofd. 'Ga maar naar huis. Kijk wat je voor je vader en moeder kunt doen.'

'Het is alleen pa,' zei Toby. 'Ma ging zaterdagmorgen naar de supermarkt in Castle Rock. Ze vindt de Food City te duur. Wat gaat u doen?'

'Niet veel,' zei Rommie vaag. 'Zeg Tobes, waarom hebben Petra en jij die blauwe banden om jullie arm?'

Toby keek ernaar alsof hij vergeten was dat die band er zat. 'We tonen onze solidariteit,' zei hij. 'Na wat er vannacht in het ziekenhuis is gebeurd... Na álles wat er is gebeurd...?'

Rommie knikte. 'Je bent toch geen hulpagent geworden?'

'Welnee. Het is... Weet u nog, 11 september, toen het leek of iedereen een pet en shirt van de brandweer en politie van New York droeg? Zo is het nu ook.' Hij dacht even na. 'Als ze hulp nodig hadden, zou ik best een steentje willen bijdragen, maar blijkbaar kunnen ze zich goed redden. Weet u zeker dat u geen hulp nodig heeft?'

'Ja. En nu wegwezen. Ik roep je wel op als ik besluit vanmiddag open te gaan.'

'Oké.' Toby's ogen schitterden. 'Misschien kunnen we een Koepeluitverkoop houden. U weet wat ze zeggen: als het leven je citroenen geeft, maak dan limonade.'

'Misschien, misschien,' zei Rommie, maar hij betwijfelde of er zo'n uitverkoop zou komen. Deze ochtend vond hij het niet zo belangrijk meer om prullige goederen aan de man te brengen voor prijzen die een koopje leken. Hij had het gevoel dat hij de afgelopen drie dagen grote veranderingen had ondergaan – niet zozeer in zijn karakter als wel in zijn kijk op de dingen. Dat had ook te maken met het bestrijden van het vuur en de kameraadschap daarna. Daar was het echte dorp aan het werk geweest, dacht hij. Dat was de betere aard van het dorp. En het had ook veel te maken met de moord op zijn vroegere minnares Brenda Perkins... die in Rommies gedachten nog steeds Brenda Morse heette. Ze was een lekker ding geweest, en als hij erachter kwam wie haar had vermoord – vooropgesteld dat Rusty gelijk had en het niet Dale Barbara was –, zou die persoon daarvoor boeten. Daar zou Rommie Burpee persoonlijk voor zorgen.

Achter in zijn grote warenhuis bevond zich de afdeling bouwmaterialen, niet voor niets vlak naast de doe-het-zelfafdeling. Rommie pakte een zware metaalschaar uit de laatste afdeling, liep toen naar de eerste en ging naar de verste, donkerste en stoffigste hoek van zijn imperium. Daar vond hij vijfentwintig rollen loodplaat van twintig kilo. Die loodplaat werd meestal gebruikt voor daken, voeglood en schoorsteenisolatie. Hij legde twee van de rollen (en de metaalschaar) in een winkelwagen en reed daarmee door het warenhuis terug tot hij bij de sportafdeling was. Daar ging hij op zoek naar allerlei dingen. Een paar keer barstte hij in lachen uit. Het zou allemaal wel werken, maar ja, Rusty Everett zou er heel grappig uitzien.

Toen hij klaar was, had hij pijn in zijn rug. Hij richtte zich op en zag toen een poster aan de andere kant van de sportafdeling. Op de poster zag je een hert in het kruis van een vizier, en boven dat hert stond: HET IS BIJNA JACHT-SEIZOEN – TIJD VOOR BEWAPENING!

Gezien de ontwikkelingen van de laatste tijd leek die bewapening Rommie wel een goed idee. Vooral wanneer Rennie of Randolph op het idee kwamen alle wapens te confisqueren, behalve die van de politie zelf.

Hij reed met een andere winkelwagen naar de afgesloten geweerkasten en zocht op de tast in de grote sleutelring die aan zijn riem hing. Burpee verkocht alleen Winchester-producten, en omdat het hertenseizoen voor de deur stond, zou hij wel kunnen rechtvaardigen dat zijn voorraad niet helemaal compleet was, als hem daarnaar werd gevraagd. Hij koos een Wildcat .22, een speed-pump Black Shadow, en twee Black Defenders, ook met de speed-pump-optie. Daar voegde hij een Model 70 Extreme Weather (met vizier) en een 70 Featherweight (zonder) aan toe. Hij pakte munitie voor alle wapens, duwde het wagentje toen naar zijn kantoor en legde de wapens toen in zijn oude groene Defender-vloerkluis.

Dit is paranoïde, weet je, dacht hij terwijl hij de schijf liet ronddraaien.

Maar het voelde niet paranoïde aan. En toen hij weer naar buiten ging om op Rusty en de kinderen te wachten, dacht hij eraan om een blauwe band om zijn arm te doen. Hij zou tegen Rusty zeggen dat hij dat ook moest doen. Camouflage was geen slecht idee.

Dat wist elke hertenjager.

8

Om acht uur die morgen was Grote Jim weer thuis in zijn werkkamer. Carter Thibodeau – die voorlopig als zijn persoonlijke lijfwacht zou fungeren, had Grote Jim besloten – was in een nummer van *Car and Driver* verdiept. Hij las een artikel waarin de BMW H 2012 met de Ford Vesper R/T 2011 werd vergeleken. Het leken allebei geweldige auto's, maar iemand die niet wist dat BMW's de beste waren, was gek. Datzelfde, dacht hij, gold voor iedereen die niet begreep dat meneer Rennie nu de BMW H van Chester's Mill was.

Grote Jim voelde zich goed, voor een deel omdat hij na zijn bezoek aan Barbara nog een uur had geslapen. In de komende dagen zou hij minstens zeven uur per nacht en veel dutjes overdag nodig hebben. Hij moest scherp en alert blijven. Hij wilde zichzelf niet helemaal toegeven dat hij ook bang was voor nieuwe hartritmestoornissen.

Het was een geruststellend idee om Thibodeau bij de hand te hebben, vooral omdat Junior zich zo grillig gedroeg (*zo kun je het ook zeggen*, dacht hij). Thibodeau mocht er dan uitzien als een schurk, de rol van adjudant lag hem blijkbaar wel. Grote Jim was er nog niet helemaal zeker van, maar hij dacht dat Thibodeau best eens slimmer zou kunnen zijn dan Randolph.

Hij nam de proef op de som.

'Hoeveel mannen bewaken de supermarkt, jongen? Weet je dat?'

Carter legde het blaadje weg en haalde een beduimeld notitieboekje uit zijn achterzak. Grote Jim had daar waardering voor.

Nadat hij er even in had gebladerd, zei Carter: 'Afgelopen nacht vijf: drie vaste jongens en twee nieuwe. Geen problemen. Vandaag zijn het er maar drie. Drie nieuwen. Aubrey Towle – zijn broer is eigenaar van de boekwinkel –, Todd Wendlestat en Lauren Conree.'

'En accordeer jij ermee dat het genoeg is?'

'Huh?'

'Of je daarmee accordeert, Carter. Accorderen betekent ermee instemmen.'

'Ja, dat moet genoeg zijn. Zeker bij daglicht.'

Hij had niet even gezwegen om in te schatten wat de baas wilde horen. Dat stond Rennie wel aan.

'Oké. Luister. Ik wil dat je vanmorgen met Stacey Moggin gaat praten. Zeg tegen haar dat ze alle agenten moet oproepen die we hebben. Ik wil ze vanavond om zeven uur allemaal bij de Food City hebben. Ik ga met ze praten.'

Eigenlijk zou hij weer een toespraak houden, ditmaal met alle registers open. Hij zou ze opwinden als opa's zakhorloge.

'Oké.' Carter maakte een notitie in zijn adjudantenboekje.

'En elke agent moet dan iemand meenemen.'

Carter bewoog zijn afgekloven potlood langs de lijst in zijn boekje. 'We hebben er al... eens kijken... zesentwintig.'

'Dat zijn er misschien nog steeds niet genoeg. Denk aan de supermarkt gistermorgen, en de krant van die vrouw van Shumway gisteravond. Als wij het heft niet in handen nemen, krijgen we hier anarchie, jongen. Ken je de betekenis van dát woord?'

'Eh, ja.' Carter Thibodeau was er vrij zeker van dat het een boogschietbaan was. Zijn nieuwe baas zou wel bedoelen dat Chester's Mill een schietbaan of zoiets zou worden als ze niet hard optraden. 'Misschien moeten we de wapens van burgers in beslag nemen of zoiets.'

Grote Jim grijnsde. Ja, hij was in veel opzichten een geweldige jongen. 'Je slaat de spijker op zijn kop. Waarschijnlijk beginnen we daar volgende week mee.'

'Als de Koepel er dan nog is. Denkt u dat?'

'Ik denk het wel.' Hij móést er dan nog zijn. Er was nog zoveel te doen. Hij moest ervoor zorgen dat de geheime propaanvoorraad weer over de gemeente werd verspreid. Alle sporen van het speedlaboratorium achter het radiostation moesten worden uitgewist. Bovendien – en dat was van cruciaal belang – was hij nog niet de grote man die hij wilde worden. Al was hij een heel eind op weg.

'Intussen stuur je een paar agenten – váste agenten – naar warenhuis Burpee om daar de wapens in beslag te nemen. Als Romeo Burpee moeilijk doet, zeggen ze maar dat we die wapens uit handen van Dale Barbara's vrienden willen houden. Heb je dat?'

'Ja.' Carter maakte weer een notitie. 'Denton en Wettington? Zullen we die sturen?'

Grote Jim fronste zijn wenkbrauwen. Wettington, die meid met dikke tieten. Hij vertrouwde haar niet. Hij wist niet of hij überhaupt iets in een politieagent met tieten kon zien, wijven hadden niets bij de politie te zoeken, maar dat was niet alles. Hij vond ook dat ze hem vreemd aankeek.

'Freddie Denton ja, Wettington nee. En ook niet Henry Morrison. Stuur Denton en George Frederick. Ze moeten de pistolen in de kluis op het politiebureau leggen.'

'Begrepen.'

Rennies telefoon ging, en de rimpels in zijn voorhoofd werden dieper. Hij nam op en zei: 'Wethouder Rennie.'

'Hallo, wethouder. Met kolonel James O. Cox. Ik heb de leiding van wat inmiddels het Koepelproject heet. Ik vond het tijd worden dat we eens met elkaar praatten.'

Grote Jim leunde glimlachend in zijn stoel achterover. 'Nou, steekt u maar van wal, kolonel. God zegene u.'

'Ik heb gehoord dat u de man hebt gearresteerd die door de president van de Verenigde Staten is aangewezen om de leiding van Chester's Mill te nemen.'

'Dat is juist, kolonel. Meneer Barbara wordt beschuldigd van moord. Vier moorden. Ik kan me moeilijk voorstellen dat de president een seriemoordenaar de leiding wil geven. Dat zou hem in de peilingen niet ten goede komen.'

'Dat betekent dat u de leiding hebt.'

'O nee,' zei Rennie met een nog bredere grijns. 'Ik ben maar een nederige wethouder. Andy Sanders heeft de leiding, en Peter Randolph – onze nieuwe politiecommandant, zoals u misschien weet – heeft Barbara gearresteerd.'

'Met andere woorden: u hebt schone handen. Dat zal uw standpunt zijn als de Koepel weg is en er een onderzoek wordt ingesteld.'

Grote Jim hoorde de frustratie in de stem van de katoenplukker en genoot daarvan. Die lul van het Pentagon was het gewend om in het zadel te zitten; het was een heel nieuwe ervaring voor hem dat een ander de teugels in handen had.

'Waarom zouden mijn handen vuil zijn, kolonel Cox? Barbara's identiteitsplaatjes zijn bij een van de slachtoffers aangetroffen. Als dat geen uitgemaakte zaak is!'

'Dat kwam dan mooi uit.'

'Noemt u het zoals u wilt.'

'Als u naar de nieuwsstations op de kabel kijkt,' zei Cox, 'zult u zien dat er grote twijfels bestaan over Barbara's schuld, vooral gezien zijn staat van dienst, die voorbeeldig is. Er worden ook vragen gesteld over uw eigen staat van dienst, die niet voorbeeldig is.'

Er kwam ergernis bij Grote Jim op. 'Denkt u dat ik daarvan sta te kijken? Jullie zijn goed in het manipuleren van het nieuws. Dat doen jullie al sinds Vietnam.'

'Op CNN wordt verteld dat er eind jaren negentig een onderzoek naar u is ingesteld vanwege bedrieglijke reclame. Volgens NBC bent u in 2008 van onethische leenpraktijken beschuldigd. Als ik het goed heb, zou u onwettige rentetarieven in rekening hebben gebracht. Iets in de orde van grootte van veertig procent. En daarna zou u auto's hebben teruggenomen die al twee of drie keer betaald waren. Uw kiezers zien dit waarschijnlijk zelf ook op het nieuws.'

Grote Jims woede nam toe. Al die beschuldigingen waren al van de baan. Hij had diep in de buidel getast om ze van de baan te krijgen. 'De mensen in mijn gemeente weten dat die nieuwsprogramma's met alle mogelijke belachelijke dingen komen aanzetten als ze daarmee een paar extra tubes aambeienzalf of potjes slaappillen kunnen verkopen.'

'Er is nog meer. Volgens de procureur-generaal van de staat Maine heeft de vorige politiecommandant – die afgelopen zaterdag is gestorven – een onderzoek naar u ingesteld wegens belastingfraude, verduistering van gemeentegelden en gemeente-eigendom en betrokkenheid bij drugshandel.

We hebben niets van dat laatste materiaal aan de pers vrijgegeven en zijn dat ook niet van plan... áls u meewerkt. U treedt af als wethouder. Meneer Sanders treedt ook af. U benoemt Andrea Grinnell, de tweede wethouder, tot hoofd van het gemeentebestuur en Jacqueline Wettington tot vertegenwoordiger van de president in Chester's Mill.'

Grote Jim schrok meteen op uit het beetje goede humeur dat hij nog over had. 'Man, ben je gek geworden? Andrea Grinnell is een junk – verslaafd aan de OxyContin – en die vrouw van Wettington heeft niet één hersen in die katoenplukkende kop van haar!'

'Dat is echt niet waar, Rennie.' Geen menéér meer; aan dat soort beleefdheden was blijkbaar een eind gekomen. 'Wettington heeft een eervolle vermelding gekregen omdat ze heeft geholpen bij het oprollen van een drugsbende die vanuit het 67e militaire ziekenhuis in Würzburg, Duitsland, opereerde. Ze is persoonlijk aanbevolen door Jack Reacher, en dat is naar mijn nederige mening de hardste militaire politieman die er verdomme ooit heeft rondgelopen.'

'Er is niets nederigs aan u, kolonel, en uw godslasterlijke taal staat me niet aan. Ik ben christen.'

'Een christen die drugs verkoopt, volgens mijn informatie.'

'Schelden doet geen pijn.' *Zeker niet onder de Koepel*, dacht Grote Jim met een glimlach. 'Heeft u ook bewijzen?'

'Kom op, Rennie – even als rotzakken onder elkaar: wat maakt het uit? De Koepel is nog groter nieuws dan 11 september. En het publiek leeft mee. Als je niet meewerkt, smeer ik je zo dik in met pek en veren dat je het er nooit meer af krijgt. Als de Koepel bezwijkt, zet ik je voor een Senaatscommissie, een jury van onderzoek en in de gevangenis. Dat verzeker ik je. Maar als je aftreedt, gebeurt er helemaal niets. Dat verzeker ik je ook.'

'Als de Koepel bezwijkt,' mompelde Rennie. 'Wanneer gaat dat gebeuren?'

'Misschien eerder dan jij denkt. Ik ben van plan als eerste naar binnen te gaan, en dan doe ik jou meteen een stel handboeien om en zet ik je op een vliegtuig dat je naar Fort Leavenworth in Kansas brengt, en daar ben je dan de logé van de president van de Verenigde Staten totdat je terechtstaat.'

Grote Jim was even sprakeloos. Waar haalde die kerel de brutaliteit vandaan? Toen lachte hij.

'Als je echt het beste met je gemeente voor hebt, Rennie, treed je af. Ga maar eens na wat er gebeurd is terwijl jij de leiding had: zes moorden – gisteravond twee in het ziekenhuis, hebben we gehoord –, een zelfmoord en voedselrellen. Jij bent niet opgewassen tegen die taak.'

Grote Jims hand sloot zich om de vergulde honkbal en kneep erin. Carter

Thibodeau keek hem zorgelijk aan.

Als jij hier was, kolonel Cox, zou ik met jou doen wat ik met Coggins heb gedaan. God is mijn getuige: dat zou ik doen.

'Rennie?'

'Ik ben er nog.' Hij zweeg even. 'En u bent er ook nog.' Weer een stilte. 'En de Koepel bezwijkt niet. Dat weten we allebei. U kunt er de grootste atoombom op laten vallen die u hebt, en daarmee de omringende plaatsen voor de komende tweehonderd jaar onbewoonbaar maken, en iedereen in Chester's Mill doodmaken met de straling, als de straling erdoor komt – en nog stééds zal de Koepel niet bezwijken.' Hij haalde nu snel adem, maar zijn hart klopte krachtig en regelmatig. 'Want de Koepel is Gods wil.'

Diep in zijn hart geloofde hij dat. Zoals hij ook geloofde dat het Gods wil was dat hij deze gemeente zou leiden in de komende weken, maanden, jaren.

'Wát?'

'U hebt me goed verstaan.' Hij wist dat hij alles, zijn hele toekomst, liet afhangen van het voortbestaan van de Koepel. Hij wist dat mensen hem voor gek zouden verklaren als ze dat wisten. Hij wist ook dat die mensen ongelovige heidenen waren. Net als die katoenplukkende kolonel James O. Cox.

'Rennie, wees nou redelijk. Alsjeblieft.'

Grote Jim hoorde dat 'alsjeblieft' graag; hij kwam meteen weer in een beter humeur. 'Zullen we het even samenvatten, kolonel Cox? Andy Sanders heeft hier de leiding, niet ik. Al stel ik het natuurlijk op prijs dat ik een telefoontje krijg van zo'n hoge piet als u. En terwijl ik er zeker van ben dat Andy uw aanbod om de leiding te nemen – als het ware met afstandsbediening – erg op prijs zal stellen, kan ik wel namens hem zeggen dat u wel weet waar u dat aanbod van u in kunt steken. We zijn hier op onszelf aangewezen en we gaan dit op onze eigen manier aanpakken.'

'Je bent gek,' zei Cox verbaasd.

'Dat zeggen ongelovigen altijd van gelovigen. Het is hun laatste verdediging tegen het geloof. We zijn er wel aan gewend en ik reken het u niet aan.' Dat was een leugen. 'Mag ik iets vragen?'

'Ga je gang.'

'Gaat u onze telefoons en computers afsluiten?'

'Dat zou je wel willen, hè?'

'Natuurlijk niet.' Weer een leugen.

'De telefoons en internet blijven aangesloten. En de persconferentie op vrijdag gaat ook door. Ik kan je verzekeren dat je daar lastige vragen te beantwoorden krijgt.'

'Ik ga in de nabije toekomst naar geen enkele persconferentie, kolonel. En Andy ook niet. En uit mevrouw Grinnell zou niet veel verstandigs komen, de arme stumper. Dus u kunt die persconferentie wel afge...'

'O nee. Geen denken aan.' Klonk er nu een glimlach in Cox' stem door? 'De persconferentie wordt vrijdagmiddag om twaalf uur gehouden, ruimschoots op tijd om veel aambeienzalf tijdens het avondnieuws te verkopen.'

'En wie verwacht u dat daar vanuit onze gemeente bij aanwezig zijn?'

'Iedereen, Rennie. Absoluut iedereen. Want we laten hun familieleden naar de Koepel bij de gemeentegrens met Motton komen – de plaats van het vliegtuigongeluk waarbij de vrouw van meneer Sanders om het leven is gekomen, zoals je misschien nog weet. De pers zal er ook bij zijn om het allemaal vast te leggen. Het wordt net bezoekdag in de gevangenis, alleen is niemand schuldig aan iets. Behalve misschien jij.'

Rennies woede laaide weer op. 'Dat kunnen jullie niet doen!'

'Nou en of we dat kunnen.' Die glimlach was weer duidelijk te horen. 'Jij kunt aan jouw kant van de Koepel gaan zitten en een lange neus naar mij trekken; ik kan aan mijn kant zitten en hetzelfde naar jou toe doen. De bezoekers staan klaar, en degenen die het willen hebben een T-shirt aan met DALE BARBARA IS ONSCHULDIG, en DALE BARBARA MOET VRIJ, en JAMES RENNIE MOET AFTREDEN. Het worden emotionele herenigingen, handen die tegen elkaar worden gedrukt met de Koepel ertussen, misschien zelfs pogingen elkaar te kussen. Het worden schitterende televisiebeelden; het wordt schitterende propaganda. En de mensen uit je gemeente zullen zich vooral afvragen waarom zo'n nietsnut als jij de leiding heeft.'

Grote Jims stem zakte af tot gegrom. 'Ik sta het niet toe.'

'Hoe wou je het tegenhouden? Meer dan duizend mensen. Je kunt ze niet allemaal doodschieten.' Toen hij verderging, deed hij dat op een kalme, redelijke toon. 'Kom op, wethouder, laten we dit regelen. Je kunt nog steeds met de schrik vrijkomen. Je hoeft alleen maar af te treden.'

Grote Jim zag Junior als een geest door de gang naar de voordeur lopen, zijn pyjamabroek en pantoffels nog aan, en het drong nauwelijks tot hem door. Al was Junior dood neergevallen in de gang, dan nog zou Grote Jim over zijn bureau gebogen zijn blijven zitten, de vergulde honkbal in zijn ene en de telefoon in zijn andere hand. Eén gedachte dreunde door zijn hoofd: dat Andrea Grinnell de leiding zou krijgen, met agent Tieten als haar nummer twee.

Het was een grap.

Een sléchte grap.

'Kolonel Cox, je kunt doodvallen.'

Hij hing op, draaide zijn bureaustoel rond en gooide met de vergulde honkbal. De bal trof de gesigneerde foto van Tiger Woods. Het glas verbrijzelde, de lijst viel op de vloer, en Carter Thibodeau, die het gewend was om mensen angst aan te jagen, maar zelf bijna nooit door iemand bang was gemaakt, sprong overeind.

'Meneer Rennie? Voelt u zich wel goed?'

Hij zag er niet goed uit. Hij had onregelmatige paarse vlekken op zijn wangen en zijn kleine oogjes waren wijd open en puilden bijna uit de harde vetkwabben. Het adertje op zijn voorhoofd klopte.

'Ze nemen me nóóit deze gemeente af,' fluisterde Grote Jim.

'Natuurlijk niet,' zei Carter. 'Zonder u zijn we verloren.'

Dat kalmeerde Grote Jim enigszins. Hij pakte de telefoon en herinnerde zich toen dat Randolph naar huis was gegaan om te slapen. De nieuwe commandant had maar heel weinig slaap gekregen sinds de crisis begon, en hij had tegen Carter gezegd dat hij tot minstens twaalf uur 's middags wilde blijven liggen. En dat was niet erg. De man was toch nutteloos.

'Carter, schrijf een briefje. Laat het aan Morrison zien, als die vanmorgen de leiding heeft op het bureau, en laat het dan op Randolphs bureau liggen. Daarna kom je hier meteen terug.' Hij dacht even na en fronste zijn wenkbrauwen. 'En kijk of Junior er is. Hij ging naar buiten terwijl ik door de telefoon met kolonel Doe-Wat-Ik-Zeg praatte. Ga niet naar hem op zoek, maar mocht je hem zien, kijk dan of het wel goed met hem gaat.'

'Ja. Wat is de boodschap?'

'"Beste commandant Randolph: Jacqueline Wettington moet onmiddellijk uit het politiekorps van Chester's Mill worden verwijderd."'

'Bedoelt u: ontslagen?'

'Jazeker.'

Carter schreef in zijn boekje en Grote Jim gaf hem de tijd. Hij voelde zich weer goed. Meer dan goed. Hij had het gevóél terug. 'Voeg daaraan toe: "Beste agent Morrison: als Wettington vandaag komt, zeg dan dat ze uit het korps ontheven is en haar kluisje moet leegruimen. Als ze je om de reden vraagt, zeg je dat we het korps reorganiseren en haar diensten niet meer nodig hebben."'

'Moeten er puntjes op de "o" van "reorganiseren", meneer Rennie?'

'De spelling doet er niet toe. Het gaat om de inhoud.'

'Ja. Goed.'

'Als ze nog vragen heeft, moet ze naar mij toe komen.'

'Ik snap het. Is dat alles?'

'Nee. Zeg dat degene die haar het eerst ziet haar insigne en pistool moet innemen. Als ze moeilijk doet en zegt dat het pistool haar persoonlijk eigendom is, kunnen ze haar een bonnetje geven en zeggen dat ze het terugkrijgt of een schadevergoeding krijgt als deze crisis voorbij is.'

Carter noteerde nog wat meer en keek toen op. 'Wat denkt u dat er met Junior aan de hand is, meneer Rennie?'

'Ik weet het niet. Gewoon migraine, denk ik. Wat het ook is, ik heb nu geen tijd om er iets aan te doen. Ik heb dringender zaken aan mijn hoofd.' Hij wees naar het notitieboekje. 'Laat zien.'

Carter liet het hem zien. Hij had het handschrift met lange lussen van een achtjarige, maar alles stond er. Rennie zette zijn handtekening.

9

Carter ging met het briefje naar het politiebureau. Henry Morrison las het en reageerde met een ongeloof dat dicht tegen muiterij aan zat. Carter keek ook of Junior daar was, maar Junior was er niet en niemand had hem gezien. Hij vroeg Henry naar hem uit te kijken.

In een opwelling ging hij naar beneden om een bezoek te brengen aan Barbie, die met zijn handen achter zijn hoofd op zijn bed lag.

'Je baas heeft gebeld,' zei hij. 'Die Cox. Meneer Rennie noemt hem kolonel Doe-Wat-Ik-Zeg.'

'Ongetwijfeld,' zei Barbie.

'Meneer Rennie heeft tegen hem gezegd dat hij kon doodvallen. En weet je wat? Je legervriendje kon daar niks tegen beginnen. Wat vind je daarvan?'

'Het verbaast me niet.' Barbie bleef naar het plafond kijken. Hij klonk rustig. Dat was irritant. 'Carter, heb je erover nagedacht waar dit alles toe leidt? Heb je aan de lange termijn gedacht?'

'Er is geen lange termijn, *Baaarbie*. Niet meer.'

Barbie bleef met een glimlach om zijn mondhoeken naar het plafond kijken. Alsof hij iets wist wat Carter niet wist. Carter kreeg zin de celdeur open te maken en de ogen van die strontzak dicht te meppen. Toen herinnerde hij zich wat er op het parkeerterrein van de Dipper was gebeurd. Nou, hij was benieuwd wat Barbara met zijn vuile trucjes tegen een vuurpeloton kon beginnen!

'Tot kijk, *Baaarbie*.'

'Vast wel,' zei Barbie, die hem nog steeds niet aankeek. 'Het is een kleine plaats, en we staan allemaal achter het team.'

10

Toen de deurbel van de pastorie ging, droeg Piper Libby nog het Bruins-t-shirt en de korte broek die als haar nachtkledij fungeerden. Ze maakte de deur open, want ze dacht dat het Helen Roux was, een uur te vroeg voor haar afspraak van tien uur. Helen zou over de regelingen voor Georgia's begrafenis komen praten. Maar het was Jackie Wettington. Ze had haar uniform aan, maar er zat geen insigne op haar linkerborst en ze had geen pistool op haar heup hangen. Ze zag er ontredderd uit.

'Jackie? Wat is er?'

'Ik ben ontslagen. Die schoft had al de pik op me sinds het kerstfeest van het politiekorps, toen hij naar mijn tieten graaide en ik zijn hand wegsloeg, maar dat zal vast niet alles zijn, zelfs niet de voornaamste reden...'

'Kom binnen,' zei Piper. 'Ik heb in de provisiekast een kookplaatje op butagas gevonden – van de vorige dominee, denk ik – en wonder boven wonder werkt het. Heb je trek in een kop warme thee?'

'Nou en of,' zei Jackie. De tranen liepen uit haar ogen. Bijna kwaad veegde ze ze van haar wangen weg.

Piper ging met haar naar de keuken en stak het kampeerbrandertje op het aanrecht aan. 'Nou, vertel maar eens.'

Jackie deed het. Ze liet niet onvermeld dat Henry Morrison stuntelig maar oprecht zijn medeleven had betuigd. 'Hij flúísterde dat,' zei ze, terwijl ze het kopje thee aannam. 'Het is daar verdomme nu net de Gestapo. Sorry dat ik het zeg.'

Piper wuifde het weg.

'Henry zegt dat ik het alleen maar erger maak als ik morgenavond op de gemeentevergadering ga protesteren – Rennie komt dan gewoon met een heleboel bewijzen van mijn onbekwaamheid. Waarschijnlijk heeft hij gelijk. Maar de alleronbekwaamste figuur van het korps is met ingang van vanmorgen degene die de leiding heeft. Wat Rennie betreft... Hij zet het korps vol met agenten die hem trouw blijven als er protesten tegen hem uitbreken.'

'Natuurlijk,' zei Piper.

'De meeste nieuwkomers zijn te jong om bier in een café te mogen bestellen, maar ze lopen wel met pistolen rond. Ik dacht erover om tegen Henry te zeggen dat hij de volgende is die eruit vliegt – hij had dingen gezegd over de manier waarop Randolph het korps leidt, en dat hebben die hielenlikkers vast wel doorgegeven –, maar ik kon aan zijn gezicht zien dat hij dat al weet.'

'Wil je dat ik met Rennie ga praten?'

'Dat zou niets opleveren. Eigenlijk ben ik wel blij dat ik daar weg ben, maar ik vind het alleen erg dat ik ben ontslagen. Er is het probleem dat ze na wat er morgenavond gaat gebeuren meteen aan mij zullen denken. Misschien moet ik samen met Barbie onderduiken. Tenminste, als we een plaats kunnen vinden waar we ons kunnen schuilhouden.'

'Ik begrijp niet waar je het over hebt.'

'Dat weet ik, maar dat zal ik je vertellen. En nu begint het risico. Als je dit niet voor je houdt, kom ik zelf in het kippenhok terecht. Misschien sta ik dan zelfs naast Barbara als Rennie zijn vuurpeloton op een rij zet.'

Piper keek haar ernstig aan. 'Ik heb nog drie kwartier voordat Georgia Roux' moeder er is. Is dat genoeg tijd om het allemaal te vertellen?'

'Ruimschoots.'

Jackie begon met het onderzoek van de lijken in het uitvaartbedrijf. Ze beschreef de sporen van naden op Coggins' gezicht en de gouden honkbal die Rusty had gezien. Ze haalde diep adem en sprak over haar plan om Barbie te bevrijden als de volgende avond de bijzondere gemeentevergadering aan de gang was. 'Al weet ik niet waar we hem kunnen onderbrengen als we hem eruit hebben.' Ze nam een slokje van haar thee. 'Nou, wat denk je?'

'Dat ik nog een kopje wil. Jij?'

'Nee, dank je.'

Bij het aanrecht zei Piper: 'Het is vreselijk gevaarlijk wat je van plan bent – dat hoef ik je vast niet te vertellen –, maar misschien is het de enige manier om het leven van die onschuldige man te redden. Ik heb nooit ook maar een seconde geloofd dat Dale Barbara schuldig was aan die moorden. En nu ik zelf in aanvaring ben geraakt met het plaatselijke politiekorps, zou het me helemaal niet verbazen als ze hem executeren om te voorkomen dat hij de leiding overneemt.' En toen volgde ze zonder het te weten dezelfde gedachtegang als Barbie: 'Rennie denkt niet aan de lange termijn, en de agenten denken daar ook niet aan. Het interesseert ze alleen wie de baas van het spul is. Zo'n houding kan alleen maar tot rampen leiden.'

Ze kwam naar de tafel terug.

'Bijna vanaf de dag dat ik terugkwam om hier dominee te worden – dat was al mijn ambitie toen ik nog een klein meisje was – heb ik geweten dat Jim Rennie het embryo van een monster was. En als ik het zo melodramatisch mag stellen: nu is het monster geboren.'

'Goddank,' zei Jackie.

'Goddank dat het monster geboren is?' Piper glimlachte en trok haar wenkbrauwen op.

'Nee. Goddank dat je het daarmee eens bent.'

'Er is nog meer, hè?'

'Ja. Tenzij je er niets mee te maken wilt hebben.'

'Schat, ik heb er al mee te maken. Als je opgepakt kunt worden voor samenspanning, kunnen ze mij oppakken omdat ik dingen heb gehoord en ze niet heb aangegeven. We zijn nu "terroristen van eigen bodem", zoals onze overheid ze graag mag noemen.'

Jackie hoorde dat in somber stilzwijgen aan.

'Je hebt het niet alleen over de bevrijding van Dale Barbara, hè? Je wilt een actieve verzetsbeweging organiseren.'

'In feite wel,' zei Jackie met een nogal hulpeloos lachje. 'Na zes jaar in het leger zou ik dit nooit hebben verwacht. Ik heb altijd pal gestaan voor mijn land, ook als het dingen deed waar ik het niet mee eens was. Maar... is het bij je opgekomen dat de Koepel misschien niet bezwijkt? Dit najaar niet en deze winter niet? Misschien zelfs volgend jaar niet, of niet tijdens ons leven?'

'Ja.' Piper was kalm, maar de meeste kleur was uit haar gezicht verdwenen. 'Daar heb ik aan gedacht. Ik denk dat alle inwoners van Chester's Mill eraan hebben gedacht, al was het maar in hun achterhoofd.'

'Denk dan hier eens over na. Wil je een jaar of vijf jaar onder de dictatuur van een moorddadige idioot leven? Vooropgesteld dat we vijf jaar hebben?'

'Natuurlijk niet.'

'Dan is dit misschien het enige moment om hem tegen te houden. Misschien is hij geen embryo meer, maar wat hij opbouwt – de hele machinerie – staat nog in de kinderschoenen. Dit is het beste moment.' Jackie zweeg even. 'Als hij de politie opdracht geeft wapens van gewone burgers in beslag te nemen, is dit misschien het enige moment.'

'Wat wil je dat ik doe?'

'Laten we hier in de pastorie een bijeenkomst houden. Vanavond. Met deze mensen, als ze allemaal willen komen.' Uit haar achterzak haalde ze de lijst die door Linda Everett en haar was opgesteld.

Piper vouwde het vel papier open en keek ernaar. Het waren maar acht namen. Ze keek op. 'Lissa Jamieson, de bibliothecaresse met de kristallen? Ernie Calvert? Weet je het wel zeker van die twee?'

'Wie kun je beter rekruteren dan een bibliothecaris, als je met een beginnende dictatuur te maken hebt? Wat Ernie betreft... het schijnt dat na wat er gisteren in de supermarkt is gebeurd, als hij Jim Rennie brandend op straat tegenkwam, hij zou niet pissen om hem te blussen.'

'Taalkundig niet helemaal in orde, maar verder wel kleurrijk.'

'Ik wilde Julia Shumway vragen Ernie en Lissa te peilen, maar nu kan ik dat zelf doen. Blijkbaar heb ik opeens veel vrije tijd.'

De deurbel ging. 'Dat zal de bedroefde moeder zijn,' zei Piper, die opstond. 'Ze zal wel al half dronken zijn. Ze drinkt graag een glaasje koffielikeur, maar ik denk niet dat die het verdriet kan verzachten.'

'Je hebt me nog niet verteld hoe je over die bijeenkomst denkt,' zei Jackie.

Piper Libby glimlachte. 'Vraag de andere terroristen van eigen bodem om hier vanavond tussen negen uur en halftien te komen. Laat ze lopend komen, en een voor een – standaardmaatregelen van het Franse verzet. We hoeven niet te koop te lopen met wat we doen.'

'Dank je,' zei Jackie. 'Heel erg bedankt.'

'Je hoeft me niet te bedanken. Het is ook mijn dorp. Mag ik voorstellen dat je door de achterdeur vertrekt?'

11

Er lag een hoopje schone doeken achter in Rommie Burpees busje. Rusty knoopte er twee aan elkaar vast en maakte zo een halsdoek. Die bond hij om de onderste helft van zijn gezicht, maar toch trok de stank van dode beer diep in zijn neus, keel en longen. De eerste maden kropen over de ogen en open bek van de beer, en in het vlees van zijn blootgelegde hersenen.

Hij stond op, ging een stap terug en wankelde een beetje. Rommie pakte hem bij zijn elleboog vast.

'Als hij flauwvalt, vang hem dan op,' zei Joe nerveus. 'Misschien treft dat ding volwassenen harder.'

'Het is alleen de stank,' zei Rusty. 'Verder heb ik nergens meer last van.'

Maar zelfs toen hij bij de beer vandaan was, rook alles om hem heen vies: rokerig en benauwend, alsof heel Chester's Mill een grote gesloten kamer was geworden. Hij onderscheidde niet alleen stank van rook en vlees dat in staat van ontbinding verkeerde, maar ook rottend plantenleven en een moeraslucht, ongetwijfeld afkomstig uit de opdrogende bedding van de Prestile. *Stond er maar wind,* dacht hij, maar ze moesten het doen met nu en dan een zwak briesje dat alleen maar meer stank aanvoerde. Ver in het westen waren er wolken – waarschijnlijk regende het pijpenstelen in New Hampshire –, maar zodra ze bij de Koepel aankwamen, gingen ze uiteen als een rivier die zich opsplitste bij een grote rotsmassa. Rusty was steeds meer gaan twijfelen aan de mogelijkheid dat het ooit onder de Koepel zou regenen. Hij nam zich voor om op meteorologische websites te kijken... als hij ooit een moment vrij had. Zijn leven was de laatste tijd ontzettend hectisch en verschrikkelijk slecht gestructureerd.

'Is Bruintje Beer misschien aan rabiës gestorven, dokter?' vroeg Rommie.

'Volgens mij niet. Ik denk dat het precies zo is als de kinderen zeggen: zelfmoord.'

Ze stapten in de wagen, Rommie achter het stuur, en reden langzaam over Black Ridge Road. Rusty had de geigerteller op zijn schoot. Het apparaat klikte gestaag. Hij zag de naald naar de +200 gaan.

'Hier stoppen, meneer Burpee!' riep Norrie uit. 'Voordat u het bos uit bent. Als u flauwvalt, heb ik liever niet dat het gebeurt terwijl u rijdt, al is het maar met vijftien kilometer per uur.'

Rommie zette de wagen gehoorzaam aan de kant. 'Spring er maar uit, jongens. Ik ga op jullie passen. De dokter gaat in zijn eentje.' Hij keek Rusty aan. 'Neem de wagen, maar rijd langzaam en stop zodra de geigerteller zo ver uitslaat dat het niet veilig meer is. Of als je je duizelig voelt worden. We lopen achter je aan.'

'Wees voorzichtig, meneer Everett,' zei Joe.

Benny voegde daaraan toe: 'Het is niet zo erg als u flauwvalt en van de weg raakt. Wij duwen u er weer op als u bijkomt.'

'Dank je,' zei Rusty. 'Je strooit rozen op mijn pad.'

'Huh?'

'Laat maar.'

Rusty ging achter het stuur zitten en deed het portier dicht. Op de passagiersplaats klikte de geigerteller. Heel langzaam reed hij het bos uit. Verderop leidde Black Ridge Road omhoog naar de boomgaard. Eerst zag hij niets bijzonders en kwam er een diepe teleurstelling over hem, maar toen trof een felle paarse flits hem in de ogen en trapte hij vlug op de rem. Er was daar inderdaad iets, iets fels tussen de verwaarloosde appelbomen. In de buitenspiegel van de wagen zag hij dat de anderen dicht achter hem bleven staan.

'Rusty?' riep Rommie. 'Gaat het?'

'Ik zie het.'

Hij telde tot vijftien, en toen flitste het paarse licht opnieuw. Hij greep naar de geigerteller toen Joe door het raam aan de bestuurderskant naar hem keek. De kersverse puisten staken als stigmata tegen zijn huid af. 'Voelt u iets? Duizeligheid? Hebt u een licht gevoel in uw hoofd?'

'Nee,' zei Rusty.

Joe wees naar voren. 'Daar raakten we bewusteloos. Daar.' Rusty zag de glijsporen in het zand aan de linkerkant van de weg.

'Loop tot daar,' zei Rusty. 'Jullie vieren. Eens kijken of jullie weer flauwvallen.'

'Jezus,' zei Benny, die bij Joe stond. 'Ben ik proefkonijn?'

'Nou, ik denk eerder dat Rommie het proefkonijn is. Doe je mee, Rommie?'

'Ja.' Hij keek de kinderen aan. 'Als ik flauwval en jullie niet, sleep me dan hierheen terug. Blijkbaar zijn we hier buiten bereik.'

Ze liepen met zijn vieren naar de glijsporen toe. Rusty sloeg hen aandachtig gade van achter het stuur van de wagen. Toen ze bijna op de plek waren aangekomen, ging Rommie langzamer lopen en vervolgens wankelde hij. Norrie en Benny staken aan de ene kant hun handen naar hem uit om hem overeind te houden, Joe aan de andere. Maar Rommie viel niet. Even later stond hij weer rechtop.

'Ik weet niet of het echt was of alleen... hoe noem je dat... suggestie, maar ik merk nu niets meer. Ik was alleen even een beetje licht in mijn hoofd. Voelen jullie iets?'

Ze schudden hun hoofd. Dat verbaasde Rusty niet. Het was inderdaad net als bij waterpokken: een onschuldige ziekte, vooral bij kinderen, die het maar één keer kregen.

'Doorrijden, dokter,' zei Rommie. 'Je wilt daar al dat lood natuurlijk niet dragen als het niet hoeft, maar wees voorzichtig.'

Rusty reed langzaam door. Hij hoorde dat de geigerteller sneller ging tikken maar voelde niets bijzonders. Boven aan de helling flitste het licht elke vijftien seconden. Hij kwam bij Rommie en de kinderen en reed hen voorbij.

'Ik voel nie...' begon hij, en toen kwam het: niet echt een licht gevoel in zijn hoofd maar een vreemd gevoel van helderheid. Zolang het duurde, was het of zijn hoofd een telescoop was en hij alles kon zien wat hij wilde zien, hoe ver hij er ook bij vandaan was. Als hij wilde, zou hij kunnen zien hoe zijn broer in San Diego naar zijn werk reed.

Ergens in een aangrenzend universum hoorde hij Benny roepen: 'Hé, dokter Rusty gaat van zijn stokje!'

Maar dat ging hij niet. Hij kon de onverharde weg nog goed zien. Héél goed. Elke steen, elk scherfje mica. Als hij had geslingerd – en hij nam aan dat hij dat had gedaan –, dan alleen om de man te ontwijken die daar plotseling stond. De man was mager en leek extra lang door een absurde rood-wit-blauwe hoge hoed die grappig verkreukeld was. Hij droeg een spijker-

broek en een T-shirt met SWEET HOME ALABAMA PLAY THAT DEAD BAND SONG.
Dat is geen man. Dat is een Halloweenpop.
Jazeker. Wat kon het anders zijn, met groene plantenschopjes als handen en een jute kop waarop witte kruisjes waren gestikt bij wijze van ogen?
'Dokter! Dókter!' Dat was Rommie.
De Halloweenpop vloog in brand.
Even later was hij weg. Nu zag Rusty alleen de weg, de helling en het paarse licht dat elke vijftien seconden flitste, alsof het wilde zeggen: *Kom dan, kom dan, kom dan.*

12

Rommie trok het portier aan de bestuurderskant open. 'Dokter... Rusty... Gaat het?'
'Ik voel me goed. Het kwam en het ging. Ik denk dat het bij jou hetzelfde was. Rommie, heb je iets gezíén?'
'Nee. Heel even dacht ik dat ik vuur rook, maar dat zal wel komen doordat de lucht zo rokerig is.'
'Ik zag een groot vuur van brandende pompoenen,' zei Joe. 'Dat heb ik u toch gezegd?'
'Ja.' Rusty had er niet genoeg betekenis aan toegekend, al had hij het zijn eigen dochter horen vertellen. Nu wel.
'Ik hoorde geschreeuw,' zei Benny, 'maar de rest ben ik vergeten.'
'Ik hoorde het ook,' zei Norrie. 'Het was overdag, maar toch donker. Er was dat geschreeuw. En er viel roet op mijn gezicht. Denk ik.'
'Dokter, misschien kunnen we beter teruggaan,' zei Rommie.
'Geen denken aan,' zei Rusty. 'Niet als er een kans is dat ik mijn kinderen – en de kinderen van alle anderen – hier weg kan krijgen.'
'Sommige volwassenen willen vast ook wel graag weg,' merkte Benny op. Joe porde hem met zijn elleboog aan.
Rusty keek op de geigerteller. De naald stond nog op +200. 'Blijf hier,' zei hij.
'Dokter,' zei Joe, 'als de straling nu eens te erg wordt en u flauwvalt? Wat doen we dan?'
Rusty dacht even na. 'Als ik nog dichtbij ben, sleep me daar dan weg. Maar jij niet, Norrie. Alleen de jongens.'
'Waarom ik niet?' vroeg ze.

'Omdat jij later misschien kinderen wilt. Kinderen met maar twee ogen en alle ledematen op de juiste plek.'

'Ja. Ik snap het,' zei Norrie.

'Voor de rest van jullie zal het geen kwaad kunnen om er even aan blootgesteld te zijn. Maar dan heb ik het wel over héél even. Als ik halverwege de helling in elkaar zak, of in de boomgaard zelf, laat me dan liggen.'

'Dat is keihard, dokter.'

'Ik bedoel niet voorgoed,' zei Rusty. 'Je hebt toch nog wel meer loodplaat in de winkel liggen?"

'Ja. Dat hadden we moeten meebrengen.'

'Dat vind ik ook, maar je kunt niet aan alles denken. In het ergste geval haal je de rest van de loodplaat op. Je zet stukken daarvan in de ruiten van waar je ook maar in rijdt en raapt me op. Jeetje, misschien ben ik dan alweer op de been en op weg naar het dorp.'

'Ja. Of je ligt daar nog uitgeteld en krijgt een dodelijke dosis.'

'Hé, Rommie, waarschijnlijk maken we ons zorgen om niets. Ik denk dat die duizeligheid – en kinderen raken blijkbaar bewusteloos – net als de andere Koepelverschijnselen is. Je voelt het één keer en daarna heb je er geen last meer van.'

'Durf je daar soms je leven onder te verwedden?'

'Op een gegeven moment zit er niets anders op.'

'Veel succes,' zei Joe, en hij stak zijn vuist door het raam. Rusty tikte er licht tegenaan en deed hetzelfde met Norrie en Benny. Rommie stak ook zijn vuist uit. 'Wat goed is voor de kinderen, is goed genoeg voor mij.'

13

Twintig meter voorbij de plaats waar Rusty het visioen van de pop met de hoge hoed had gehad, liepen de klikken van de geigerteller op tot een statisch gezoem. Hij zag de naald op +400 komen, net in het rood.

Hij stopte en haalde spullen uit de auto die hij liever niet had gebruikt. Hij keek de anderen weer aan. 'Eén waarschuwing,' zei hij. 'En ik heb het tegen jou in het bijzonder, Benny Drake. Als je lacht, ga je lopend naar huis.'

'Ik zal niet lachen,' zei Benny, maar even later schoten ze allemaal in de lach, ook Rusty zelf. Hij trok zijn spijkerbroek uit en hees een footballtrainingsbroek over zijn onderbroek. Waar beschermend vulmateriaal op de dijen en billen zou moeten komen, stopte hij op maat gesneden stukken loodplaat. Vervolgens trok hij scheenbeschermers aan en boog daar ook lood overheen. Dat werd gevolgd door een loodkraag om zijn schildklier te beschermen en een loodschort voor zijn ballen. Het was het grootste stuk lood dat ze hadden, en het hing helemaal tot aan zijn knaloranje scheenbeschermers. Hij had erover gedacht ook een schort over zijn rug te hangen (je kon volgens hem beter voor gek lopen dan doodgaan aan longkanker), maar dat had hij niet gedaan. Hij had nu al een totaal gewicht van honderdvijftig kilo. En straling ging niet om een hoekje. Als hij met zijn gezicht naar de bron toe bleef, zou hem niets overkomen.

Nou. Misschien niet.

Tot dat moment hadden Rommie en de kinderen zich tot onderdrukt gegrinnik en enkele gesmoorde giechellachjes kunnen beperken. Ze konden zich al veel minder goed beheersen toen Rusty een badmuts, maat XL, met twee stukken lood vulde en over zijn hoofd trok, maar pas toen hij de handschoenen, die tot de ellebogen reikten, aantrok en de beschermende bril opzette, konden ze zich niet meer inhouden.

'*Het lééft!*' riep Benny uit, en hij liep met uitgestrekte armen rond, als het monster van Frankenstein. '*Meester, het leeft!*'

Rommie waggelde bulderend van het lachen naar de zijkant van de weg en ging op een kei zitten. Joe en Norrie zakten op de weg zelf in elkaar en rolden daar rond als kippen die een stofbad namen.

'Lopend naar huis, jullie allemaal,' zei Rusty, maar hij glimlachte toen hij (niet zonder problemen) weer in de wagen stapte.

Voor hem uit flitste het paarse licht als een baken.

14

Henry Morrison verliet het politiebureau toen de rauwe hilariteit van de nieuwe rekruten, het gejoel zoals in kleedkamers in de pauze te horen is, hem eindelijk te veel werd. Het ging helemaal verkeerd. Eigenlijk had hij dat al geweten voordat Thibodeau, de lomperik die nu als lijfwacht van wethouder Rennie fungeerde, hem een ondertekend bevel liet zien om Jackie Wettington – een goede agente en een nog beter mens – te ontslaan.

Henry zag dit als de eerste stap van wat waarschijnlijk een operatie zou worden om de oudere agenten, degenen die in Rennies ogen aan Duke Perkins toegewijd waren, uit het korps te verwijderen. Hijzelf zou de volgende zijn. Freddy Denton en Rupert Libby zouden waarschijnlijk blijven; Rupe was een tamelijk grote klootzak, Denton een heel grote. Linda Everett zou vertrekken. Waarschijnlijk Stacey Moggin ook. En dan zou het politiekorps van Chester's Mill, met uitzondering van dat schaap van een Lauren Conree, weer een kwestie van jongens onder elkaar zijn.

Hij reed langzaam door Main Street, waar bijna niemand was – net een spookstad in het Wilde Westen. Sam Slobber Verdreaux zat onder de luifel van de Globe, en in die fles tussen zijn knieën zat waarschijnlijk geen Pepsi Cola, maar Henry stopte niet. Hij gunde die ouwe zatlap zijn slokje.

Johnny en Carrie Carver spijkerden de etalageramen van de Gas & Grocery dicht. Ze droegen allebei de blauwe armband die je tegenwoordig overal in het dorp zag opduiken. Henry kreeg er de kriebels van.

Hij wilde dat hij die baan bij de politie van de universiteitsstad Orono had aangenomen, die hem het jaar daarvoor was aangeboden. Het zou geen stap vooruit in zijn carrière zijn geweest, en hij wist dat studenten verrekte lastig konden zijn als ze dronken of stoned waren, maar het salaris was hoger en Frieda zei dat de scholen in Orono voortreffelijk waren.

Uiteindelijk had Duke hem overgehaald te blijven. Dat had hij gedaan door te beloven dat hij op de volgende gemeentevergadering een salarisverhoging met vijfduizend dollar voor hem zou bepleiten, en ook door – in het diepste vertrouwen – tegen Henry te zeggen dat hij Peter Randolph zou ontslaan als Randolph niet vrijwillig vertrok. 'Dan word jij mijn adjunct, dus dan ga je weer met tienduizend per jaar omhoog,' had Duke gezegd. 'Als ik met pensioen ga, kun je doorstoten naar de hoogste baan, als je dat wilt. Je kunt er natuurlijk ook voor kiezen om jongens met ondergekotste broeken naar hun studentenhuis terug te brengen. Denk erover na.'

Het klonk hem goed in de oren, en Frieda ook (nou ja... tamelijk goed), en natuurlijk viel het in enorm goede aarde bij de kinderen, die helemaal geen zin in een verhuizing hadden. Maar nu was Duke dood, zat Chester's Mill onder de Koepel en was het politiekorps hard op weg te veranderen in iets wat slecht aanvoelde en waar een nog veel slechter luchtje aan zat.

Hij sloeg Prestile Street in en zag Junior voor het gele politielint staan dat om het huis van de McCains heen was gespannen. Junior droeg een pyjamabroek en pantoffels en verder niets. Hij wankelde, en Henry's eerste gedachte was dat Junior en Sam Slobber vandaag veel met elkaar gemeen hadden.

Toen dacht hij aan het politiekorps. Misschien zou hij daar niet lang meer deel van uitmaken, maar hij hoorde er nu nog bij, en een van Duke Perkins' strengste regels was geweest: *laat me nooit de naam van een agent in de recht-*

bankrubriek van The Democrat *zien*. En of Henry het nu leuk vond of niet: Junior was een agent.

Hij zette wagen 3 langs de kant van de weg en ging naar Junior toe, die daar nog steeds op zijn benen stond te zwaaien. 'Hé, Junior, ik breng je naar het bureau terug. Ik giet wat koffie in je om je te...' *Te ontnuchteren*, had hij willen zeggen, maar toen zag hij dat de pyjamabroek van de jongen drijfnat was. Junior had in zijn broek gepist.

Geschrokken en ook vol walging – niemand mocht dit zien; Duke zou zich in zijn graf omdraaien – stak Henry zijn hand uit om Juniors schouder vast te pakken. 'Kom op, jongen. Je staat voor gek.'

'Het waren mijn viendinnen,' zei Junior zonder hem aan te kijken. Hij schommelde nog sneller heen en weer. Zijn gezicht – voor zover Henry het kon zien – had een dromerige en verrukte uitdrukking. 'Ik meukte ze om ze te neuken. Niet van onderen. Op zijn Frans.' Hij lachte, en spuwde toen. Of probeerde dat. Er hing een dikke witte sliert aan zijn kin, heen en weer zwaaiend als een slinger.

'Nu is het genoeg. Ik breng je naar huis.'

Nu keek Junior hem wel aan, en Henry zag dat hij niet dronken was. Zijn linkeroog was knalrood. De pupil was te groot. De linkerkant van zijn mond hing omlaag, zodat een paar van zijn tanden te zien waren. Dat verstijfde gezicht deed Henry even denken aan *Dr. Sardonicus*, een film waar hij als kind doodsbang naar had zitten kijken.

Junior moest niet naar het bureau voor koffie, en hij moest niet naar huis om zijn roes uit te slapen. Junior moest naar het ziekenhuis.

'Kom, jongen,' zei hij. 'Lopen.'

Eerst wilde Junior dat blijkbaar wel. Henry had hem bijna bij de auto, maar toen bleef Junior weer staan. 'Ze stonken als de pest en dat was mij best,' zei hij. 'Vlog, vlog, vlog, de snow gaat beginnen.'

'Ja. Precies.' Henry had gehoopt dat hij Junior om de motorkap van de politiewagen en op de voorbank kon krijgen, maar dat leek hem nu niet haalbaar. Hij zou hem achterin moeten zetten, al roken de achterbanken van hun politiewagens meestal niet zo lekker. Junior keek over zijn schouder naar het huis van de McCains, en op zijn half verstarde gezicht stond nu een groot verlangen te lezen.

'Viendinnen!' riep Junior uit. 'Uitrekbaar! Niet van onderen, maar op zijn Frans! Allemaal op zijn Frans, stomzak!' Hij stak zijn tong uit en bewoog hem snel op en neer tegen zijn lippen. Dat ging gepaard met een geluid zoals Road Runner maakt voordat hij in een stofwolk wegrent van Wile E. Coyote. Toen lachte hij en liep weer in de richting van het huis.

'Nee, Junior,' zei Henry, en hij pakte hem bij de band van zijn pyjamabroek vast. 'We moeten...'

Junior draaide zich met verrassende snelheid om. Hij lachte niet meer. Zijn gezicht was een stuiptrekkend schimmenspel van haat en razernij. Hij vloog op Henry af, zwaaiend met zijn vuisten. Hij stak zijn tong uit en beet er met zijn klapperende tanden in. Hij brabbelde in een vreemde taal waar blijkbaar geen klinkers in zaten.

Henry deed het enige wat hij kon bedenken: hij ging een stap opzij. Junior vloog hem voorbij en stompte uit alle macht tegen de zwaailichten op het dak van de politiewagen. Hij kreeg er een kapot en sneed zijn knokkels open aan de scherven. Er kwamen mensen uit hun huizen om te kijken wat er gebeurde.

'*Gthn bnnt mnt!*' ging Junior tekeer. '*Mnt! Mnt! Gthn! Gthn!*'

Een van zijn voeten gleed van de trottoirband af, de goot in. Hij wankelde maar bleef overeind. Er hing nu niet alleen spuug maar ook bloed aan zijn kin; zijn beide handen waren opengereten en dropen van het bloed.

'*Ze maakte me zo verrekke kwaad!*' schreeuwde Junior. '*Ik ploeg haar met mijn knie om haar spil te krijgen, en ze kreeg tuipen! Overal stront! Ik... Ik...*' Hij hield op. Dacht blijkbaar na. Zei: 'Ik heb hulp nodig.' Toen klapten zijn lippen op elkaar – een geluid zo hard als de knal van een .22 pistool in de windstille lucht – en viel voorover tussen de geparkeerde politiewagen en het trottoir.

Henry reed hem met zwaailicht en sirene naar het ziekenhuis. Hij dacht niet na over de laatste dingen die Junior had gezegd, dingen die bijna te begrijpen waren geweest. Hij wilde daar niet aan denken.

Hij had al genoeg problemen.

15

Rusty reed langzaam omhoog over Black Ridge Road en keek steeds op de geigerteller, die nu piepte als een radio tussen twee middengolfstations. De naald ging van +400 naar +1000. Rusty durfde te wedden dat die naald helemaal op +4000 zou zitten als hij boven aan de helling kwam. Hij wist dat het niet gunstig kon zijn – zijn 'stralingspak' was op zijn best primitief –, maar hij reed toch door en hield zichzelf voor dat straling cumulatief was; als hij snel was, zou hij geen dodelijke dosis oppikken. *Misschien raak ik tijdelijk wat haar kwijt, maar ik krijg echt geen dodelijke dosis. Je moet het zien als een bomaanval: je gaat erheen, doet je werk en maakt dat je weg komt.*

Hij zette de radio aan, kreeg The Mighty Clouds of Joy op WCIK en zette hem meteen weer uit. Het zweet rolde in zijn ogen en hij knipperde het weg. Zelfs nu de airco op volle kracht aanstond, was het smoorheet in de wagen. Hij keek in het spiegeltje en zag zijn medeverkenners bij elkaar staan. Ze leken erg klein.

Er kwam een eind aan het geraas van de geigerteller. Hij keek. De naald was naar nul gezakt. Rusty stopte bijna, maar besefte toen dat Rommie en de kinderen dan zouden denken dat hij in moeilijkheden verkeerde. Waarschijnlijk was het trouwens alleen maar de batterij. Maar toen hij nog een keer keek, zag hij dat het energielampje nog helder brandde.

Boven aan de helling maakte de weg een lus voor een lange rode schuur. Daar stonden een oude pick-uptruck en een nog oudere tractor voor, de tractor scheef op één wiel. De schuur verkeerde zo te zien in vrij goede staat, al waren sommige ruiten kapot. Daarachter zag Rusty een leegstaande boerderij waarvan het dak gedeeltelijk was ingezakt, waarschijnlijk onder het gewicht van een pak sneeuw.

Het uiteinde van de schuur was open, en hoewel hij zijn ramen dicht had, en de airco op volle sterkte aanstond, rook Rusty de ciderlucht van oude appels. Hij stopte naast het verandatrapje van het huis. Er hing een ketting over met een bord: VERBODEN TOEGANG. Het bord was oud en roestig en het was meteen te zien dat het geen enkele uitwerking had. Er lagen overal bierblikjes op de veranda waar ooit de familie McCoy op zomeravonden gezeten moest hebben om een luchtje te scheppen en van het uitzicht te genieten: rechts zag je het hele dorp Chester's Mill en links kon je helemaal tot in New Hampshire kijken. Iemand had WILDCATS op een muur gespoten, die eens rood en nu vaalroze was. Op de deur was met verf in een andere kleur ORGIE gespoten. Rusty nam aan dat de wens de vader van de gedachte was geweest bij een naar seks hunkerende tiener. Of misschien was het de naam van een heavy metalband.

Hij pakte de geigerteller en tikte erop. De naald maakte een sprong en het instrument klikte een paar keer. Blijkbaar werkte het goed; het pikte alleen niet veel straling meer op.

Hij stapte uit en ontdeed zich – na een korte discussie met zichzelf – van het grootste deel van zijn geïmproviseerde bescherming. Hij handhaafde alleen het schort, de handschoenen en de beschermende bril. Toen liep hij om de hele schuur heen. Hij hield de telbuis voor zich uit en beloofde zichzelf dat hij de rest van zijn 'pak' zou halen zodra de naald omhoogsprong.

Toen hij weer vanaf de zijkant van de schuur tevoorschijn kwam en het licht op niet meer dan veertig meter afstand zag flitsen, was de naald nog steeds niet in beweging gekomen. Het leek onmogelijk – dat wil zeggen, als de straling iets met het licht te maken had. Rusty kon maar één verklaring bedenken: de generator had een stralingsgordel gecreëerd om onderzoekers als hijzelf te ontmoedigen. Om zichzelf te beschermen. Hetzelfde gold voor het lichte gevoel dat hij in zijn hoofd had gehad en de bewusteloosheid van de kinderen. Bescherming als de stekels van een egel of de geur van een stinkdier.

Is het niet waarschijnlijker dat de geigerteller defect is? Misschien loop je op dit moment een dodelijke dosis gammastralen op. Dat rotding is een overblijfsel uit de Koude Oorlog.

Maar toen hij de rand van de boomgaard naderde, zag Rusty een eekhoorn door het gras springen en tegen een boom omhoogrennen. Het diertje bleef op een tak met ongeplukte vruchten staan en keek naar de tweepotige indringer beneden, zijn oogjes helder, zijn staart opgebold. Rusty vond dat het er kerngezond uitzag, en hij zag ook geen kadavers van dieren in het gras of op de overwoekerde paden tussen de bomen liggen: geen zelfmoorden en ook geen waarschijnlijke slachtoffers van straling.

Hij was nu erg dicht bij het licht. De regelmatige flitsen waren zo fel dat hij zijn ogen bijna helemaal moest dichtknijpen als het weer zover was. Rechts van hem leek de hele wereld aan zijn voeten te liggen. Hij zag het dorp op zes kilometer afstand, een volmaakt speelgoedstadje. Het stratenpatroon; de spits van de Congo-kerk; de twinkeling van enkele rijdende auto's. Hij zag het lage bakstenen gebouw van het Catherine Russell-ziekenhuis en ver naar het westen de zwarte vlek waar de raketten waren ingeslagen. Die zwarte veeg hing daar als een schoonheidsvlek op de wang van de dag. De hemel was vaalblauw, bijna de normale kleur, maar aan de horizon ging het blauw over in gifgeel. Hij was er vrij zeker van dat die kleur voor een deel werd veroorzaakt door vervuiling – dezelfde viezigheid die de sterren roze maakte –, maar hij vermoedde ook dat het voor een groot deel niets meer was dan stuifmeel dat op het onzichtbare oppervlak van de Koepel was blijven plakken.

Hij liep door. Hoe langer hij hier boven was – vooral hier uit het zicht –, des te meer zorgen zijn vrienden zich zouden maken. Hij wilde regelrecht naar de bron van het licht gaan, maar eerst liep hij de boomgaard uit en ging hij naar de rand van de helling. Van hieruit kon hij de anderen zien, al waren ze weinig meer dan stipjes. Hij legde de geigerteller neer en zwaaide langzaam met zijn beide handen boven zijn hoofd om te laten zien dat alles in orde was. Ze zwaaiden terug.

'Oké,' zei hij. Zijn handen, in de zware handschoenen, waren glad van het zweet. 'Laten we eens kijken wat we hier hebben.'

16

Het was snacktijd op de basisschool in East Street. Judy en Janelle Everett zaten aan het eind van het schoolplein, samen met hun vriendin Deanna Carver, die zes was en wat leeftijd betrof dus precies tussen de kleine J's in paste. Deanna droeg een blauwe band om de linkermouw van haar T-shirt. Ze had erop gestaan dat Carrie hem om haar arm bond voordat ze naar school ging, want haar ouders hadden ook zo'n band.

'Waar is dat voor?' vroeg Janelle.

'Het betekent dat ik van de politie hou,' zei Deanna, en ze nam een hap van haar Fruit Roll-Up.

'Ik wil er ook een,' zei Judy, 'maar dan geel.' Ze sprak het woord heel zorgvuldig uit. Toen ze nog klein was, had ze 'heel' gezegd en had Jannie haar daarom uitgelachen.

'Ze mogen niet geel zijn,' zei Deanna, 'alleen blauw. Deze Roll-Up is lekker. Ik wou dat ik er een miljard had.'

'Dan werd je dik,' zei Janelle. 'Dan knápte je.'

Ze giechelden daarom en keken toen een tijdje zwijgend naar de grotere kinderen. De J's knabbelden aan hun eigengemaakte pindakaascrackers. Sommige meisjes waren aan het hinkelen. Jongens zaten in het klimrek en juf Goldstone duwde de Pruitt-tweeling op de grote schommel. Juf Vanedestine had een voetbalwedstrijdje georganiseerd.

Het zag er allemaal heel normaal uit, dacht Janelle, maar het was niet normaal, helemaal niet. Niemand schreeuwde, niemand huilde om een geschaafde knie, Mindy en Mandy Pruitt smeekten juf Goldstone niet om hen hoger te duwen, hoger. Ze zagen er allemaal uit alsof ze alleen maar deden alsof ze speelden, zelfs de grote mensen. En iedereen – zijzelf ook – keek steeds weer naar de hemel, die blauw had moeten zijn en het niet helemaal was.

Toch was dat alles nog niet het ergste. Het ergste – al sinds de toevallen waren begonnen – was de verstikkende zekerheid dat er iets ging gebeuren. Iets sléchts.

Deanna zei: 'Ik wilde op Halloween de Kleine Zeemeermin zijn, maar nu niet meer. Ik wil nu niks zijn. Ik wil niet naar buiten. Ik ben bang voor Halloween.'

'Heb je een nare droom gehad?' vroeg Janelle.

'Ja.' Deanna hield haar Fruit Roll-Up omhoog. 'Willen jullie de rest? Ik heb niet zoveel trek als ik dacht.'

'Nee,' zei Janelle. Ze wilde niet eens de rest van haar pindakaascrackers, en dat was helemaal niets voor haar. En Judy had maar een halve cracker gegeten. Janelle herinnerde zich dat ze Audrey eens een muis in het nauw had zien drijven in hun garage. Audrey had geblaft en een uitval naar de muis gedaan op het moment dat die probeerde weg te rennen uit de hoek waar hij in zat. Dat had haar een verdrietig gevoel gegeven, en ze had haar moeder geroepen. Die moest Audrey weghalen, zodat die de muis niet opat. Mama had gelachen maar het toch gedaan.

Nu waren zíj de muizen. De meeste dromen die Jannie had gehad toen ze haar toevallen had, was ze weer vergeten, maar dit wist ze nog.

Nu zaten zíj in de hoek.

'Ik blijf gewoon thuis,' zei Deanna. Er zat een traan in haar linkeroog, helder en volmaakt rond. 'Ik blijf de hele Halloween thuis. En ik ga ook niet naar school. Nee. Niemand kan me dwingen.'

Juf Vanedestine liep bij het voetbalwedstrijdje vandaan en luidde de bel om iedereen naar binnen te laten gaan, maar geen van de drie meisjes stond meteen op.

'Het is al Halloween,' zei Judy. 'Kijk.' Ze wees naar de overkant van de straat, waar een pompoen op de veranda van de Wheelers lag. 'En kijk.' Ditmaal wees ze naar twee kartonnen geesten naast de deuren van het postkantoor. 'En kíjk.'

Die laatste keer wees ze naar het gazon van de bibliotheek. Daar had Lissa Jamieson een stropop neergezet. Ze had dat ongetwijfeld grappig bedoeld, maar wat volwassenen grappig vinden komt op kinderen vaak angstaanjagend over, en Janelle had het gevoel dat de pop op het gazon van de bibliotheek die nacht misschien bij haar zou komen als ze in het donker lag te wachten tot ze in slaap viel.

Het hoofd was van jute, met witte kruisen van draad als ogen. De hoed leek op die van de kat in het verhaal van Dr Seuss: hoog maar een beetje krom. Hij had plantenschopjes als handen (*lelijke oude grijphanden*, vond Janelle) en een shirt waarop iets geschreven stond. Ze begreep niet wat het betekende, maar ze kon de woorden lezen: SWEET HOME ALABAMA PLAY THAT DEAD BAND SONG.

'Zie je?' Judy huilde niet, maar haar ogen waren groot en ernstig, vervuld van een kennis die te ingewikkeld en te duister was om onder woorden gebracht te kunnen worden. 'Het is al Halloween.'

Janelle pakte de hand van haar zusje vast en trok haar overeind. 'Nee, dat is het niet,' zei ze... maar ze was bang van wel. Er stond iets ergs te gebeuren, iets met vuur. Het zou geen Halloween met traktaties worden, maar met alleen nare dingen. Heel nare dingen.

'Laten we naar binnen gaan,' zei ze tegen Judy en Deanna. 'We gaan liedjes zingen. Dat is leuk.'

Meestal was het dat ook, maar die dag niet. Al voor de grote klap in de hemel was het niet leuk. Janelle moest steeds weer aan de pop met de kruisogen denken. En aan dat shirt, dat op de een of andere manier afschuwelijk is: PLAY THAT DEAD BAND SONG.

17

Vier jaar voordat de Koepel neerdaalde was Linda Everetts opa gestorven en had hij al zijn kleinkinderen een klein maar leuk bedrag nagelaten. Linda kreeg toen een cheque van $ 17.232,04. Het meeste daarvan ging in het studiefonds van de meisjes, maar ze vond dat ze wel een paar honderd dollar aan Rusty kon besteden. Zijn verjaardag zat eraan te komen, en hij had een tv-apparaatje van Apple al willen hebben sinds het een paar jaar eerder op de markt was gekomen.

Ze had in de loop van hun huwelijk wel duurdere cadeaus voor hem gekocht, maar nooit iets waarmee hij blijer was geweest. Hij vond het een fascinerend idee dat hij films van internet kon downloaden en ze daarna op tv kon bekijken in plaats van gekluisterd te zitten aan het kleinere scherm van zijn computer. Het apparaat was een wit plastic kastje, ongeveer twintig centimeter groot en twee centimeter hoog. Het voorwerp dat Rusty op Black Ridge vond leek zo sterk op zijn Apple-apparaatje dat hij eerst dacht dat het er echt een was... maar dan natuurlijk aangepast, zodat het niet alleen *De Kleine Zeemeermin* via WiFi en in HD op je televisie kon zetten, maar ook een hele gemeente gevangen kon houden.

Het ding dat aan de rand van de boomgaard van McCoy stond, was donkergrijs in plaats van wit, en op de bovenkant zat niet het vertrouwde logo van Apple maar een enigszins verontrustend symbool:

Boven het symbool zat een afgeschermd uitsteeksel ter grootte van de knokkel van Rusty's pink. Binnen de afscherming zat een lens van glas of kristal.

Daar kwamen die regelmatige paarse flitsen uit.

Rusty bukte zich en raakte het oppervlak van de generator aan – als het een generator was. Er ging meteen een sterke schok door zijn arm en zijn hele lichaam. Hij wilde zich terugtrekken, maar dat lukte niet. Zijn spieren zaten strak in de knoop. De geigerteller liet een kort geschetter horen en viel toen stil. Rusty wist niet of de naald al dan niet in de gevarenzone was gekomen, want hij kon zijn ogen ook niet bewegen. Het licht verdween uit de wereld, liep eruit weg als water door de afvoer van een bad, en hij dacht met plotselinge kalme helderheid: *Ik ga dood. Wat een stomme manier om...*

Toen doken er in die duisternis gezichten op – alleen waren het geen menselijke gezichten en zou hij er later ook niet zeker van zijn of het eigenlijk wel gezichten waren geweest. Het waren geometrische figuren die met leer bekleed leken te zijn. De enige onderdelen die er ook maar enigszins menselijk uitzagen waren ruitvormen aan de zijkanten. Dat zouden oren kunnen zijn. De hoofden – als het hoofden waren – waren naar elkaar toe gekeerd. Misschien praatten ze over iets of misschien leek dat alleen maar zo. Hij meende gelach te horen. Hij meende opwinding te voelen. Hij stelde zich kinderen op het schoolplein aan East Street voor – misschien zijn dochters en hun vriendin Deanna Carver – die in de pauze snoep en geheimen uitwisselden.

Dat gebeurde allemaal binnen enkele seconden; het konden er niet meer dan vier of vijf zijn geweest. Toen was het voorbij. De schok verdween even plotseling en volledig als toen mensen voor het eerst het oppervlak van de Koepel aanraakten; even snel als het lichte gevoel in zijn hoofd en het bijbehorende visioen van de pop met de kromme hoge hoed. Hij knielde boven aan de helling neer, vanwaar hij over het dorp kon uitkijken, en had het benauwd warm in al dat lood.

Toch bleef het beeld van die leerkoppen hem bijstaan. Ze bogen zich naar elkaar toe en lachten op een weerzinwekkend kinderlijke manier.

De anderen staan beneden en kijken naar me. Je moet zwaaien. Je moet laten zien dat je ongedeerd bent.

Hij bracht beide handen boven zijn hoofd – ze bewogen weer soepel – en zwaaide langzaam heen en weer, alsof zijn hart niet als een pneumatische hamer sloeg en het zweet niet in scherp geurende stroompjes over zijn borst liep.

Beneden, op de weg, zwaaiden Rommie en de kinderen terug.

Rusty haalde enkele keren diep adem om weer een beetje te kalmeren en hield toen de buis van de geigerteller bij het platte grijze kastje, dat op een sponzige grasmat lag. De naald bleef net onder het +5-teken hangen. Een achtergrondwaarde – niet meer dan dat.

Rusty twijfelde er nauwelijks aan dat dit platte kastje de bron van hun moeilijkheden was. Wezens – niet mensen, maar wézens – gebruikten het om hen gevangen te houden, maar dat was niet alles. Ze gebruikten het ook om hen te observeren.

En om zich te amuseren. Die schoften láchten. Hij had ze gehoord.

Rusty trok het loodschort uit, hing het over het kastje met zijn enigszins naar buiten stekende lens, stond op en ging achteruit. Een ogenblik gebeurde er niets. Toen vloog het schort in brand. De stank was scherp en onaangenaam. Hij zag bobbels op het glanzende oppervlak komen en vlammen omhoogschieten. Toen verging het schort, dat in wezen niet meer was dan een met plastic bedekte loodplaat. Een ogenblik waren er brandende stukken; het grootste daarvan lag nog op het kastje. Meteen daarop viel het schort – of wat ervan over was – uit elkaar. Er bleven enkele dwarrelende stukjes as over – en de geur – maar verder... *poefff*. Weg.

Heb ik dat gezien? vroeg Rusty zich af, en toen zei hij het hardop, alsof hij het aan de wereld vroeg. Hij rook brandend plastic en een zwaardere geur, vermoedelijk van gesmolten lood – krankzinnig, onmogelijk –, maar evengoed was het schort weg.

'Heb ik dat echt gezien?'

Alsof het antwoord gaf, flitste het paarse licht weer onder de afscherming op het kastje. Werd de Koepel telkens door die lichtflitsen vernieuwd, zoals wanneer je het toetsenbord van een computer aanraakte om het scherm weer te activeren? Lieten ze die leerkoppen het dorp observeren? Was allebei het geval? Geen van beide?

Hij zei tegen zichzelf dat hij niet meer naar het platte kastje toe moest gaan. Hij zei tegen zichzelf dat hij het best naar het busje terug kon rennen (zonder het gewicht van het loodschort kón hij rennen) en dan zo hard mogelijk moest wegrijden en alleen even moest stoppen om zijn metgezellen op te pikken.

In plaats daarvan liep hij weer naar het kastje en liet zich op zijn knieën zakken, een houding die hem te veel op bidden leek.

Hij trok een van de handschoenen uit, raakte de grond naast het ding aan en trok zijn hand meteen terug. Heet. Stukjes brandend lood hadden het gras geschroeid. Nu stak hij zijn hand naar het kastje zelf uit. Hij bereidde zich mentaal voor op een brandwond of schok... al waren dat niet de dingen waar hij het bangst voor was. Hij was bang dat hij die leren figuren weer zou zien, die net-niet-hoofden die lachend en samenzweerderig naar elkaar toe gebogen waren.

Er gebeurde niets. Geen hitte; geen visioenen. Het grijze kastje voelde koel aan, al had hij het loodschort zien bobbelen en vlam vatten toen het erop lag.

Het paarse licht flitste. Rusty lette erop dat hij zijn hand er niet voor hield. In plaats daarvan pakte hij de zijkanten van het ding vast. In gedachten nam hij afscheid van zijn vrouw en dochters en zei tegen hen dat het hem speet dat hij zo stom was. Hij verwachtte dat hij vlam zou vatten en door vuur verteerd zou worden. Toen dat niet gebeurde, probeerde hij het kastje op te tillen. Hoewel het zo groot was als een etensbord en niet veel dikker was, kreeg hij het niet in beweging. Het kastje had op de top van een zuil gelast kunnen zijn, een zuil verzonken in dertig meter rotsbodem – maar dat was niet zo. Het stond op een grasmat, en toen hij zijn vingers er dieper onder wegstak, raakten ze elkaar aan. Hij vouwde zijn handen samen en deed opnieuw een poging om het ding op te tillen. Geen schok, geen visioenen, geen hitte, maar ook geen beweging. Het ding kwam geen millimeter van zijn plaats.

Mijn handen pakken een buitenaards voorwerp vast, dacht hij. *Een machine uit een andere wereld. Misschien heb ik zelfs een glimp opgevangen van de wezens die de machine bedienen.*

In verstandelijk opzicht was het een verbazingwekkend idee – zelfs verbijsterend –, maar in emotioneel opzicht deed het hem niets, want hij was te diep geschokt door informatie die hij niet kon verwerken.

Wat nu? Wat moet ik nu doen?

Hij wist het niet. En blijkbaar was hij toch niet emotioneel verdoofd, want er trok een golf van wanhoop door hem heen en het scheelde niet veel of hij bracht die wanhoop in een kreet tot uiting. Als de vier mensen beneden zo'n kreet hoorden, zouden ze denken dat hij in moeilijkheden verkeerde. Dat was natuurlijk ook zo. En hij was niet alleen.

Hij kwam overeind op benen die trilden en onder hem dreigden te bezwijken. De warme, benauwde lucht lag als olie op zijn huid. Hij liep langzaam tussen de met appelen beladen bomen naar het busje terug. Hij wist maar één ding zeker: onder geen beding mocht Grote Jim Rennie iets over deze generator horen. Niet omdat hij zou proberen hem te vernietigen, maar omdat hij er waarschijnlijk een bewaker bij zou zetten om er zeker van te zijn dat het ding níét werd vernietigd. Op die manier zou hij ervoor zorgen dat de generator gewoon doorging, zodat hijzelf ook gewoon kon doorgaan. Voorlopig wilde Grote Jim dat de dingen bleven zoals ze waren.

Rusty maakte het portier open, en op dat moment daverde ongeveer een kilometer ten noorden van Black Ridge een gigantische explosie door de lucht. Het was of God een hemels jachtgeweer had afgeschoten.

Rusty gaf een schreeuw van verbazing en keek op. Hij schermde zijn ogen meteen af tegen de zon, die tijdelijk fel brandde boven de grens tussen de TR-90 en Chester's Mill. Er was weer een vliegtuig tegen de Koepel te pletter gevlogen. Alleen was het deze keer wel een grotere geweest dan de Seneca v. Op de plaats waar het was gebeurd – op minstens vijfduizend meter hoogte, schatte Rusty – kolkte zwarte rook omhoog. Als de zwarte vlek die van de raketinslagen was achtergebleven een schoonheidsvlekje op de wang van de dag was geweest, was deze nieuwe vlek een huidtumor. En dan ook nog een tumor die zich woekerend had verspreid.

Rusty dacht niet meer aan de generator. Hij dacht niet meer aan de vier mensen die op hem wachtten. Hij dacht niet meer aan zijn eigen kinderen, voor wie hij zojuist het risico had gelopen dat hij levend verbrandde en in het niets oploste. Twee minuten lang was er in zijn gedachten geen ruimte voor iets anders dan duister ontzag.

Aan de andere kant van de Koepel vielen brokstukken naar de aarde. Het verpletterde voorste deel van het grote passagiersvliegtuig werd gevolgd door een vlammende motor; de motor werd gevolgd door een waterval van blauwe vliegtuigstoelen, vele met passagiers in de gordel; de stoelen werden gevolgd door een gigantische glanzende vleugel, schommelend als een vel papier in een luchtstroom; de vleugel werd gevolgd door de staart van wat waarschijnlijk een 767 was. De staart was donkergroen. Er was een figuur op aangebracht die lichter groen was. Rusty dacht dat het een klaverblad was.

Een klaverblad. Het symbool van Ierland.

Toen stortte de romp van het vliegtuig als een mislukte pijl ter aarde, zodat het bos in brand vloog.

18

De explosie laat een trilling door het dorp gaan en de mensen komen allemaal naar buiten om te kijken. In heel Chester's Mill komen ze naar buiten. Ze staan voor hun huizen, op opritten, op trottoirs, midden in Main Street. En hoewel de lucht ten noorden van hun gevangenis grotendeels bewolkt is, moeten ze hun ogen afschermen tegen de felle schittering – die er voor Rusty, vanaf zijn plaats op Black Ridge, uitziet als een tweede zon.

Ze zien natuurlijk wat het is. Degenen met scherpe ogen kunnen zelfs de naam op de romp van het neerstortende vliegtuig zien voordat het tussen de bomen verdwijnt. Het is niets bovennatuurlijks; het is zelfs al eerder gebeurd, deze zelfde week nog (zij het dan wel op kleinere schaal). Maar het boezemt de bevolking van Chester's Mill een dof afgrijzen in dat de gemeente tot het eind toe zal beheersen.

Iedereen die ooit voor een terminale patiënt heeft gezorgd, zal je vertellen dat er een omslagpunt komt waarop het ontkennen ophoudt en het aanvaarden begint. Voor de meeste mensen in Chester's Mill komt dat omslagpunt op de ochtend van 25 oktober, als ze in hun eentje of samen met hun buren staan te kijken terwijl meer dan driehonderd mensen in de bossen van de TR-90 neerstorten.

Eerder die ochtend droeg ongeveer vijftien procent van de gemeentebevolking blauwe 'solidariteitsbanden' om de arm; tegen zonsondergang op die woensdag in oktober zullen het er twee keer zoveel zijn. Als de zon morgen opkomt, zal het meer dan vijftig procent van de bevolking zijn.

Ontkenning maakt plaats voor aanvaarding; aanvaarding leidt tot afhankelijkheid. Dat zal iedereen die ooit voor een terminale patiënt heeft gezorgd je ook vertellen. Zieken hebben iemand nodig die hun pillen brengt, met koud zoet sap om ze weg te spoelen. Ze hebben iemand nodig die hun pijnlijke gewrichten met Arnica-gel insmeert. Ze hebben iemand nodig die bij hen zit als de nacht donker is en de uren voortkruipen. Ze hebben iemand nodig die zegt: *'Ga nu slapen. Morgen voel je je beter. Ik ben er, dus slaap maar. Slaap nu. Ga slapen en laat mij voor alles zorgen.'*

Ga slapen.

19

Agent Henry Morrison kreeg Junior in het ziekenhuis – inmiddels was de jongen tot een troebel soort bewustzijn gekomen, al sloeg hij nog wartaal uit – en Twitch reed hem weg op een brancard. Het was een opluchting om hem te zien vertrekken.

Henry belde het inlichtingennummer en vroeg Grote Jims privénummer en zijn nummer in het gemeentehuis op, maar er werd nergens opgenomen – het waren vaste lijnen. Hij hoorde een robot zeggen dat het mobiele telefoonnummer van James Rennie onbekend was, en op dat moment explodeerde het lijntoestel. Net als ieder ander die kon lopen, rende hij naar buiten en stond voor het ziekenhuis naar de nieuwe zwarte vlek op het onzichtbare oppervlak op de Koepel te kijken. De laatste brokstukken fladderden nog naar beneden.

Grote Jim zat in het gemeentehuis, maar hij had de telefoon uitgezet om ongestoord aan beide toespraken te kunnen werken: de komende avond voor de politieagenten en de volgende avond voor de hele gemeente. Hij hoorde de explosie en rende naar buiten. Eerst dacht hij dat Cox een atoombom had laten ontploffen. Een katoenplukkende atoombom! Als die door de Koepel heen brak, zou dat alles verpesten!

Hij stond naast Al Timmons, de portier van het gemeentehuis. Al wees naar het noorden, hoog in de lucht, waar nog rook opsteeg. Grote Jim vond dat het op een salvo luchtdoelgeschut uit een oude film over de Tweede Wereldoorlog leek.

'Het was een vliegtuig!' schreeuwde Al. 'En een grote ook! Jezus! Hadden ze het niet gehoord?'

Grote Jim durfde zich opgelucht te voelen; zijn roffelende hart kwam enigszins tot bedaren. Als het een vliegtuig was... een gewoon vliegtuig en geen atoombom of een soort superraket...

Zijn mobiele telefoon piepte. Hij greep hem uit de zak van zijn jasje en klapte hem open. 'Peter? Ben jij dat?'

'Nee, Rennie. Met kolonel Cox.'

'Wat hebben jullie gedaan?' riep Rennie uit. 'Wat hebben jullie in godsnaam gedaan?'

'Niets.' Het energieke gezag in Cox' stem was helemaal verdwenen; hij klonk van zijn stuk gebracht. 'Het had niets met ons te maken. Het was... Wacht even.'

Rennie wachtte. Main Street stond vol mensen die met open mond naar de lucht keken. Rennie vond hen net schapen in mensenkleren. De volgende avond zouden ze de zaal binnenstromen: *Bèèè Bèèè,* wanneer wordt het beter? En: *Bèèè bèèè,* zorg voor ons zolang het niet voorbij is. En dat zou hij doen. Niet omdat hij het wilde – het waren hopeloze idioten –, maar omdat het Gods wil was.

Cox kwam weer aan de lijn. Hij klonk nu niet alleen van zijn stuk gebracht maar ook moe. Niet dezelfde man die Grote Jim had willen bevelen af te treden. *En ik wil ook dat je zo klinkt, vriend,* dacht Rennie. *Precies zoals nu.*

'Volgens mijn eerste informatie is de Aer Lingus vlucht 179 tegen de Koepel gevlogen en tot ontploffing gekomen. Het vliegtuig kwam uit Shannon in Ierland en was op weg naar Boston. We hebben al twee getuigen die onafhankelijk van elkaar zeggen dat ze een klaverblad op de staart hebben gezien, en een camerateam van ABC dat net buiten de quarantainezone in Harlow aan het filmen was, heeft misschien... Een ogenblik.'

Het duurde veel langer dan een ogenblik; bijna een minuut. Grote Jims hart had zo langzamerhand weer zijn normale tempo gekregen (als je honderdtwintig slagen per minuut normaal kunt noemen), maar nu ging het weer sneller slaan en sloeg het ook weer een keer over. Hij hoestte en klopte op zijn borst. Zijn hart kwam bijna tot bedaren, maar sloeg toen volkomen op hol. Het zweet stond op zijn voorhoofd. De dag die zo grauw had geleken, was opeens veel te fel.

'Jim?' Dat was Al Timmons, en hoewel hij naast Grote Jim stond, leek het of zijn stem ergens uit de ruimte kwam. 'Voel je je wel goed?'

'Ik voel me prima,' zei Grote Jim. 'Blijf daar staan. Misschien heb ik je nodig.'

Cox was weer aan de lijn. 'Het was inderdaad die vlucht van Aer Lingus. Ik heb net naar de ABC-beelden van de crash gekeken. Een verslaggeefster was iets voor de camera aan het vertellen, en toen gebeurde het vlak achter haar. Ze hebben alles in beeld gekregen.'

'Dat komt hun kijkcijfers vast wel ten goede.'

'Meneer Rennie, we mogen dan onze meningsverschillen hebben, maar ik hoop dat u aan uw gemeenteleden wilt vertellen dat ze zich hier geen zorgen over hoeven te maken.'

'Vertel me dan maar eens hoe zoiets...' Zijn hart maakte weer een sprong. De lucht ging zijn longen in, maar toen hield zijn ademhaling op. Hij klopte een tweede keer op zijn borst – ditmaal harder – en ging op een bank naast het klinkerpad van het gemeentehuis naar het trottoir zitten. Al keek nu naar hem, niet meer naar de crash op de Koepel, en er kwamen diepe rimpels in zijn voorhoofd van bezorgdheid – en ook van angst, dacht Grote Jim. Zelfs nu dit alles gebeurde, deed het hem goed dat hij als onmisbaar werd beschouwd. Schapen hadden een herder nodig.

'Rennie? Ben je daar?'

'Ik ben er.' En zijn hart was er ook, al was het lang niet goed. 'Hoe is het gebeurd? Hoe kón het gebeuren? Ik dacht dat jullie het hadden bekendgemaakt.'

'We weten het niet zeker zolang we de zwarte doos niet hebben, maar we hebben er wel een idee van. We hebben alle luchtvaartmaatschappijen een waarschuwing gestuurd om bij de Koepel vandaan te blijven, maar ongelukken kunnen nu eenmaal gebeuren. Dit is de gebruikelijke route van de 179. We denken dat iemand heeft vergeten de automatische piloot opnieuw te programmeren. Zo simpel ligt het. Ik geef je meer bijzonderheden zodra we ze hebben, maar op dit moment is het vooral zaak te voorkomen dat er in de gemeente paniek uitbreekt.'

Toch kon onder bepaalde omstandigheden paniek wel goed zijn. Onder bepaalde omstandigheden kon paniek – net als voedselrellen en brandstichting – een gunstige uitwerking hebben.

'Dit was weliswaar van een onvoorstelbare domheid, maar toch niet meer dan een ongeluk,' zei Cox nu. 'Zorg ervoor dat je mensen dat weten.'

Ze zullen weten wat ik hun vertel en geloven wat ik wil dat ze geloven, dacht Rennie.

Zijn hart sputterde als vet op een hete plaat, raakte voor korte tijd in een normaler ritme en sputterde opnieuw. Zonder nog iets tegen Cox te zeggen drukte hij op de toets om de verbinding te verbreken en liet de telefoon toen weer in zijn zak glijden. Toen keek hij Al aan.

'Je moet me naar het ziekenhuis brengen,' zei hij. Hij sprak zo kalm als hij kon. 'Ik geloof dat er iets mis met me is.'

Al – die een solidariteitsband droeg – keek hevig geschrokken. 'Tuurlijk, Jim. Blijf daar maar zitten tot ik mijn auto heb gehaald. Er mag jou niets overkomen. De gemeente heeft je nodig.'

Alsof ik dat niet weet, dacht Grote Jim. Hij zat daar op die bank en keek naar de grote zwarte veeg in de hemel.

'Zoek Carter Thibodeau en zeg tegen hem dat hij daar naar me toe moet komen. Ik wil hem bij de hand hebben.'

Hij wilde nog meer instructies geven, maar op dat moment hield zijn hart er helemaal mee op. Enkele ogenblikken, een eeuwigheid, was het of er bij zijn voeten een afgrond gaapte, een duistere diepte. Rennie haalde diep adem en sloeg tegen zijn borst. Zijn hart barstte los in galop. Hij sprak het in gedachten toe: *Laat me nu niet in de steek. Ik heb te veel te doen. Heb niet het lef, katoenplukker. Heb niet het lef.*

20

'Wat was het?' vroeg Norrie met een hoge kinderstem, om vervolgens haar eigen vraag te beantwoorden. 'Het was toch een vliegtuig? Een vliegtuig vol mensen.' Ze barstte in tranen uit. De jongens probeerden hun tranen in te houden, maar dat lukte niet. Rommie voelde zelf ook de aandrang om te huilen.

'Ja,' zei hij. 'Dat denk ik ook.'

Joe keek naar het busje, dat naar hen terugreed. Onder aan de helling ging hij vlugger rijden, alsof Rusty niet kon wachten tot hij terug was. Toen hij bij hen aankwam en eruit sprong, zag Joe dat hij nog een reden had om haast te maken: het loodschort was weg.

Voordat Rusty iets kon zeggen, ging zijn mobiele telefoon. Hij klapte hem open, keek naar het nummer en nam op. Hij verwachtte Ginny, maar het was de nieuwe man, Thurston Marshall. 'Ja, wat? Als het over het vliegtuig gaat, ik heb...' Hij luisterde, fronste zijn wenkbrauwen en knikte. 'Oké, ja. Goed. Ik kom eraan. Zeg tegen Ginny of Twitch dat Rennie twee milligram valium moet hebben, via een infuus. Nee, maak er maar drie van. En zeg tegen hem dat hij kalm moet blijven. Dat is niets voor hem, maar hij moet het toch proberen. Geef zijn zoon vijf milligram.'

Hij sloot zijn telefoon en keek hen aan. 'Beide Rennies liggen in het ziekenhuis, senior met hartritmestoornissen. Die heeft hij al eerder gehad. Die idioot had twee jaar geleden al een pacemaker nodig. Thurston zegt dat Rennie junior symptomen heeft die op een glioom lijken. Hij zegt dat hij al eerder zoiets heeft meegemaakt. Ik hoop dat hij het mis heeft.'

Norrie keek met haar betraande gezicht naar Rusty op. Ze had haar arm om Benny Drake heen, die verwoed over zijn ogen veegde. Toen Joe naast haar kwam staan, sloeg ze haar andere arm om hem heen.

'Dat is toch een hersentumor?' zei ze. 'Een ernstige?'

'Bij mensen van Junior Rennies leeftijd zijn ze allemaal ernstig.'

'Wat heb je daar ontdekt?' vroeg Rommie.

'En wat is er met je schort gebeurd?' voegde Benny eraan toe.

'Ik heb gevonden wat Joe dacht dat ik zou vinden.'

'De generator?' vroeg Rommie. 'Weet je dat zeker?'

'Niet voor honderd procent, maar het scheelt niet veel. Ik heb nog nooit zoiets gezien. Ik ben er vrij zeker van dat niemand op aarde ooit zoiets heeft gezien.'

'Iets van een andere planeet,' zei Joe zo zacht dat het bijna fluisteren was. 'Ik wíst het.'

Rusty keek hem strak aan. 'Misschien wel... maar je mag er niet over praten. Dat mogen we geen van allen. Als iemand ernaar vraagt, zeggen we dat we hebben gezocht maar niets hebben gevonden.'

'Zelfs mijn moeder?' vroeg Joe klaaglijk.

Rusty gaf bijna toe, maar besloot toen voet bij stuk te houden. Dit geheim deelden ze nu met zijn vijven, en dat was veel te veel. Toch hadden de kinderen het verdiend dat ze het wisten, en Joe McClatchey had het toch al geraden.

'Zelfs zij, tenminste voorlopig.'

'Ik kan niet tegen haar liegen,' zei Joe. 'Dat werkt niet. Ze kijkt dwars door me heen.'

'Zeg dan maar dat ik je geheimhouding heb laten zweren en dat het beter voor haar is om het niet te weten. Als ze aandringt, zeg je dat ze maar met mij moet praten. Kom, ik moet naar het ziekenhuis terug. Rommie, jij rijdt. Mijn zenuwen zijn niks meer waard.'

'Ga je niet...' begon Rommie.

'Ik zal jullie alles vertellen. Op de terugweg. Misschien kunnen we zelfs iets bedenken wat we eraan kunnen doen.'

21

Een uur nadat de 767 van Aer Lingus tegen de Koepel te pletter was gevlogen, kwam Rose Twitchell met een bord waar een servet overheen was gelegd het politiebureau van Chester's Mill binnenlopen. Stacey Moggin zat weer achter de balie. Ze keek net zo moe en afgetobd als Rose zich voelde.

'Wat is dat?' vroeg Stacey.

'Middageten. Voor mijn kok. Twee getoaste broodjes spek, sla en tomaat.'

'Rose, ik mag je daar niet toelaten. Ik mag daar helemaal niemand toelaten.'

Mel Searles had het met twee van de nieuwe rekruten over een show van monstertrucks gehad die hij afgelopen voorjaar in Portland had gezien. Hij keek nu om. 'Ik breng ze wel naar hem toe, mevrouw Twitchell.'

'Geen dénken aan,' zei Rose.

Mel keek verrast. En een beetje gekwetst. Hij had Rose altijd graag gemogen en gedacht dat ze hem ook graag mocht.

'Ik vertrouw je het bord niet toe; straks laat je het vallen,' legde ze uit, al was dat niet precies de waarheid; in werkelijkheid vertrouwde ze hem helemaal niet. 'Ik heb je zien footballen, Melvin.'

'O, kom nou. Zo onhandig ben ik niet.'

'En ik wil ook zien of het goed met hem gaat.'

'Hij mag geen bezoek,' zei Mel. 'Dat heb ik van commandant Randolph, en die heeft het rechtstreeks van wethouder Rennie.'

'Nou, ik ga naar beneden. Als je me wilt tegenhouden, moet je je stroomstok gebruiken, en als je dat doet, maak ik nooit meer een aardbeienwafel voor je zoals jij ze graag hebt, met binnenin het beslag nog helemaal vloeibaar.' Ze keek om zich heen en snoof. 'Trouwens, ik zie hier nu geen van die twee mannen. Of ontgaat mij iets?'

Mel dacht erover om zich hard op te stellen, al was het alleen maar om indruk te maken op de nieuwkomers, maar zag daarvan af. Hij mocht Rose echt graag. En hij hield van haar wafels, vooral wanneer ze een beetje smeuïg waren. Hij hees zijn riem op en zei: 'Oké. Maar ik moet met je mee, en je mag hem pas iets brengen als ik onder dat servet heb gekeken.'

Ze trok het omhoog. De twee broodjes lagen eronder, en ook een briefje dat ze op de achterkant van een bonnetje van de Sweetbriar Rose had geschreven. *Hou je taai*, stond er. *Wij geloven in je.*

Mel nam het briefje, maakte er een propje van en gooide dat in de richting van de prullenbak. Hij miste en een van de nieuwkomers pakte het vlug op. 'Kom mee,' zei hij, en toen bleef hij staan, nam een half broodje en scheurde er een grote hap uit. 'Hij kan het toch niet allemaal op,' zei hij tegen Rose.

Rose zei niets, maar toen hij met haar naar beneden liep, dacht ze er even over hem met het bord de hersens in te slaan.

Ze was halverwege de benedengang toen Mel zei: 'Verder ga je niet, Rose. Ik breng het naar hem toe.'

Ze gaf hem het bord en keek ontevreden. Mel knielde neer, schoof het bord tussen de tralies door en zei: 'Hier is uw lunch, uwe edele.'

Barbie negeerde hem. Hij keek Rose aan. 'Dank je. Maar als Anson ze heeft klaargemaakt, weet ik niet of ik na de eerste hap nog wel zo dankbaar zal zijn.'

'Ik heb ze zelf klaargemaakt,' zei ze. 'Barbie, waarom hebben ze je in elkaar geslagen? Probeerde je te vluchten? Je ziet er afschuwelijk uit.'

'Ik probeerde niet te vluchten. Ik verzette me tegen arrestatie. Nietwaar, Mel?'

'Hou op met die eigenwijze praatjes, anders kom ik bij je in de cel en pak ik je die broodjes af.'

'Nou, dat kun je proberen,' zei Barbie. 'We kunnen erom vechten.' Toen Mel geen aanstalten maakte het aanbod te aanvaarden, richtte Barbie zijn aandacht weer op Rose. 'Was het een vliegtuig? Zo klonk het wel. Een groot vliegtuig.'

'Volgens ABC was het een lijntoestel van Aer Lingus. Volledig bezet.'

'Laat me raden. Het was op weg naar Boston of New York en een niet zo slimme technicus vergat de automatische piloot te herprogrammeren.'

'Ik weet het niet. Daar zeggen ze nog niets over.'

'Kom mee.' Mel kwam terug en pakte haar arm vast. 'Genoeg gebabbeld.

Je moet hier weg voordat ik in de problemen kom.'

'Ben je ongedeerd?' vroeg Rose aan Barbie. Ze volgde Mels bevel niet op, tenminste niet meteen.

'Ja,' zei Barbie. 'En jij? Heb je het al bijgelegd met Jackie Wettington?'

Wat was dáár nou het juiste antwoord op? Voor zover Rose wist, had ze niets bij te leggen met Jackie. Ze meende Barbie heel licht met zijn hoofd te zien schudden en hoopte dat ze het zich niet had verbeeld.

'Nog niet,' zei ze.

'Doe dat dan. Zeg tegen haar dat ze niet zo moeilijk moet doen.'

'Hoor wie het zegt,' mompelde Mel. Hij pakte Rose' arm vast. 'Kom op. Anders moet ik je meesleuren.'

'Zeg tegen haar dat ik zei dat jij een goed mens bent,' riep Barbie toen ze de trap opging, ditmaal voorop, gevolgd door Mel. 'Jullie twee moeten echt met elkaar praten. En bedankt voor de broodjes.'

Zeg tegen haar dat ik zei dat jij een goed mens bent.

Dat was de boodschap; daar was ze vrij zeker van. Ze geloofde niet dat Mel het had opgepikt; hij was altijd al dom geweest en het leven onder de Koepel scheen hem niet slimmer te hebben gemaakt. Dat was waarschijnlijk ook de reden waarom Barbie het risico had genomen.

Rose nam zich voor Jackie zo gauw mogelijk op te zoeken en de boodschap door te geven: *Barbie zegt dat ik een goed mens ben. Barbie zegt dat je met mij kunt praten.*

'Dank je, Mel,' zei ze toen ze weer in het wachtlokaal waren. 'Het was aardig van je dat ik dit van je mocht doen.'

Mel keek om zich heen, zag niemand met meer gezag dan hijzelf en ontspande. 'Graag gedaan, maar denk nu niet dat je hem ook avondeten kunt brengen, want dat gebeurt niet.' Hij dacht even na en werd toen filosofisch. 'Aan de andere kant verdient hij wel iets lekkers, want volgende week om deze tijd is hij net zo geroosterd als die broodjes die je hem bracht.'

Dat zullen we nog wel eens zien, dacht Rose.

22

Andy Sanders en Chef Bushey zaten naast de opslagloods van de WCIK. Tegenover hen, op het veld rondom het radiostation, bevond zich een berg aarde met daarop een kruis van kistplankjes. Onder die berg lag Sammy Bushey, folteraar van Bratz, slachtoffer van verkrachting, moeder van Little

Walter. Chef zei dat hij later op de avond een gewoon kruis ging stelen op de kleine begraafplaats bij Chester Pond. Als daar tijd voor was. Maar misschien was die er niet.

Hij bracht zijn garagedeuropener omhoog alsof hij zijn woorden daarmee kracht wilde bijzetten.

Andy had medelijden met Sammy, zoals hij ook medelijden met Claudette en Dodee had, maar het was nu een klinisch medelijden, veilig opgeslagen in zijn eigen Koepel: je kon het zien, kon het bestaan ervan erkennen, maar je kon er niet echt bij komen. En dat was prima. Hij deed zijn best om dat aan Chef Bushey uit te leggen, al raakte hij halverwege een beetje de weg kwijt – het was een ingewikkeld idee. Toch knikte Chef, en hij gaf Andy een grote glazen pijp. In de zijkant stonden de woorden **NIET VOOR HANDELSDOELEINDEN** gegraveerd.

'Goed, hè?' zei Chef.

'Nou!' zei Andy.

Toen ging het even over de twee voornaamste teksten van overtuigde drugsgebruikers: wat een goeie shit het was en hoe verdomde high ze van die goeie shit werden. Op een gegeven moment was er een gigantische explosie in het noorden. Andy schermde zijn ogen af, die brandden van al die rook. Hij liet bijna de pijp vallen, maar Chef redde hem.

'Allemachtig, dat is een vlíégtuig!' Andy probeerde overeind te komen, maar zijn benen, die al gonsden van energie, wilden hem niet dragen. Hij zakte terug.

'Nee, Sanders,' zei Chef. Hij nam een trek van de pijp. Zoals hij daar met zijn benen over elkaar zat, leek hij Andy net een indiaan met een vredespijp.

Tegen de zijkant van de loods, tussen Andy en Chef in, stonden vier volautomatische AK-47's, van Russisch fabricaat, maar – zoals veel andere goede spullen in de loods – geïmporteerd uit China. Er stonden ook vijf gestapelde kisten met magazijnen met dertig patronen en een kist RGD-5-granaten. Chef had Andy een vertaling gegeven van de karakters op de kist granaten: *Laat Dit Kelereding Niet Vallen.*

Chef pakte een van de AK's en legde hem over zijn knieën. 'Dat was géén vliegtuig,' zei hij met luide stem.

'O nee? Wat dan wel?'

'Een teken van God.' Chef keek naar wat hij op de zijkant van de opslagloods had geschilderd: twee citaten (vrij geïnterpreteerd) uit het boek Openbaring met een duidelijke vermelding van het getal eenendertig. Toen keek hij Andy weer aan. In het noorden loste de rookpluim in de lucht op. Daaronder steeg nog meer rook op van de plaats waar het vliegtuig in het bos was gestort. 'Ik had de datum verkeerd,' zei hij peinzend. 'Halloween is vroeg dit jaar. Misschien vandaag, misschien morgen, misschien overmorgen.'

'Of de dag daarna,' voegde Andy behulpzaam toe.

'Misschien,' gaf Chef toe, 'maar ik denk dat het eerder is. Sanders!'

'Ja, Chef?'

'Pak je wapen. Je bent nu in het leger van de Heer. Je bent een christenstrijder. Je dagen als kontlikker van die klootzak van een geloofsverzaker zijn voorbij.'

Andy pakte een AK en legde hem over zijn blote dijen. Hij hield van het gewicht en de warmte van het wapen. Hij keek of de veiligheidspal erop zat. Die zat erop. 'Over welke klootzak van een geloofsverzaker heb je het, Chef?'

Chef keek hem met een blik vol minachting aan, maar toen Andy zijn hand naar de pijp uitstak, gaf hij hem meteen over. Er was genoeg voor hen beiden. Er zou tot het eind genoeg zijn, en waarlijk, het eind was nabij. 'Rennie. Díé klootzak van een geloofsverzaker.'

'Hij is mijn vriend – mijn maat –, maar soms is hij een rotzak. Dat is waar,' gaf Andy toe. 'Grote goden, wat is dit goeie shit.'

'Zeker,' beaamde Chef, en hij nam de pijp (die Andy nu als de indiaanse vredespijp beschouwde) terug. 'Het is de zuiverste meth die er is, het beste van het beste, en wat is het, Sanders?'

'Een medicijn tegen melancholie!' zei Andy ad rem.

'En wat is dat?' Chef wees naar de nieuwe zwarte vlek op de Koepel.

'Een teken! Van God!'

'Ja,' zei Chef, milder gestemd. 'Dat is het precies. We maken nu een Godtrip, Sanders. Weet je wat er gebeurde toen God het zevende zegel openmaakte? Heb je Openbaring gelézen?'

Andy herinnerde zich iets van het christenkamp waar hij als tiener heen was geweest, iets over engelen die uit het zevende zegel sprongen, als clowns uit een klein autootje in het circus, maar zo wilde hij het niet zeggen. Chef zou het misschien godslastering vinden. En dus schudde hij maar zijn hoofd.

'Ik dacht al van niet,' zei Chef. 'Je zult wel preken hebben gehoord in de Heilige Verlosser, maar van preken leer je niets. Preken is niet de ware visionaire shit. Begrijp je dat?'

Wat Andy begreep, was dat hij nog een trekje van de pijp wilde, maar hij knikte.

'Toen het zevende zegel werd geopend, verschenen er zeven engelen met zeven trompetten. En telkens wanneer er eentje op de trompet blies, daalde er een plaag over de aarde neer. Hier, neem de pijp, dan kun je je beter concentreren.'

Hoe lang hadden ze daar zitten roken? Het leken wel uren. Hadden ze echt een vliegtuig zien neerstorten? Andy dacht van wel, maar hij was er nu niet helemaal zeker meer van. Het leek hem vreselijk vergezocht. Misschien zou hij een dutje moeten doen. Aan de andere kant voelde hij zich geweldig, bijna extatisch, alleen omdat hij hier met Chef zat en stoned werd en ook nog veel kennis opdeed. 'Ik heb bijna zelfmoord gepleegd, maar God heeft me gered,' zei hij tegen Chef. Die gedachte was zo mooi dat de tranen hem in de ogen sprongen.

'Ja, ja, dat is duidelijk. De rest niet. Dus luister.'

'Ja.'

'De eerste engel blies op de trompet en er regende bloed op de aarde neer. De tweede engel blies en er werd een berg van vuur in de zee geworpen. Vandaar vulkanen en dat soort shit.'

'Ja!' riep Andy uit, en hij haalde gedachteloos de trekker over van de AK-47 die op zijn schoot lag.

'Pas op,' zei Chef. 'Als de veiligheidspal er niet op had gezeten, had mijn toverstokje nu in die boom daar gehangen. Neem nog een trekje van deze shit.' Hij gaf Andy de pijp. Andy kon zich niet herinneren dat hij hem aan Chef had teruggegeven, maar blijkbaar had hij dat gedaan. En hoe laat was het eigenlijk? Het leek midden op de middag, maar hoe kon dat? Hij had geen trek in middageten gehad, en dat terwijl hij altijd trek in middageten had: dat was zijn beste maaltijd.

'Luister goed, Sanders, want nu komt het belangrijkste.'

Chef kon uit zijn geheugen citeren, want hij had het boek Openbaring uitgebreid bestudeerd sinds hij naar dit radiostation was verhuisd; hij las en herlas het obsessief, soms totdat de roze dageraad aan de horizon verscheen. 'En de derde engel blies op de trompet, en daar viel een grote ster uit de hemel! Brandend alsof hij een lamp was!'

'Dat hebben we net gezien!'

Chef knikte. Hij keek strak naar de zwarte veeg op de plaats waar Aer Lingus 179 aan zijn eind was gekomen. '"En de naam van de ster is Alsem, en velen stierven omdat ze bitter werden." Ben jíj bitter, Sanders?'

'Nee!' verzekerde Andy hem.

'Nee. Wij zijn mild. Maar nu de ster Alsem aan de hemel heeft geschitterd, zullen er bittere mensen komen. Dat heeft God me verteld, Sanders, en het is geen gelul. Vraag maar na: ik doe niet aan gelul. Ze zullen proberen dit allemaal van ons weg te nemen. Rennie en zijn klotegabbers.'

'Geen denken aan!' riep Andy uit. Plotseling golfde er een gruwelijk intense paranoia door hem heen. Ze zouden hier al kunnen zijn! Klotegabbers die tussen die bomen door slopen! Klotegabbers die met vrachtwagens over Little Bitch Road reden! Nu Chef het ter sprake had gebracht, begreep hij zelfs waarom Rennie het wilde doen. 'Bewijsmateriaal wegwerken', zou hij het noemen.

'Chef!' Hij pakte de schouder van zijn nieuwe vriend vast.

'Niet zo hard knijpen, Sanders. Dat doet pijn.'

Hij kneep minder hard. 'Grote Jim had het er al over dat hij de propaantanks wilde komen halen. Dat is de eerste stap!'

Chef knikte. 'Ze zijn hier al een keer geweest. Namen twee tanks mee. Ik liet ze hun gang gaan.' Hij zweeg even en klopte toen op de granaten. 'Ze flikken het me geen tweede keer. Doe je mee?'

Andy dacht aan de kilo's en kilo's dope in het gebouw waar ze tegenaan leunden en gaf het antwoord dat Chef had verwacht. 'Broeder,' zei hij, en hij omhelsde Chef.

Chef was warm en stonk, maar Andy omhelsde hem enthousiast. De tranen liepen over zijn gezicht, dat hij voor het eerst in meer dan twintig jaar op een doordeweekse dag niet had geschoren. Dit was geweldig. Dit was... was...

Vriendschap!

'Broeder,' snikte hij in Chefs oor.

Chef duwde hem weg en keek hem ernstig aan. 'Wij zijn dienaren van de Heer,' zei hij.

En Andy Sanders – nu moederziel alleen op de wereld, afgezien van de magere profeet naast hem – zei amen.

23

Jackie ontdekte Ernie Calvert achter zijn huis, waar hij zijn tuin aan het wieden was. Ondanks alles wat ze tegen Piper had gezegd durfde ze hem niet goed aan te spreken, maar ze had zich geen zorgen hoeven te maken. Hij pakte haar schouders vast met handen die verrassend sterk waren voor zo'n dik klein mannetje. Zijn ogen schitterden.

'Goddank. Eindelijk ziet iemand in wat die windbuil in zijn schild voert!' Hij liet zijn handen zakken. 'Sorry. Ik heb een vlek op je blouse gemaakt.'

'Dat geeft niet.'

'Hij is gevaarlijk, agent Wettington. Dat weet je toch?'
'Ja.'
'En slim. Hij heeft die verrekte voedselrellen georganiseerd zoals een terrorist een bom plant.'
'Daar twijfel ik niet aan.'
'Maar hij is ook dom. Slim en dom samen: een verschrikkelijke combinatie. Dan kun je mensen overhalen met je mee te gaan. Helemaal tot aan de hel. Denk maar eens aan Jim Jones. Kun je je die kerel herinneren?'
'Ja. Die al zijn volgelingen overhaalde gif te drinken. Dus je komt naar de bijeenkomst?'
'Reken maar. En mondje dicht. Dat wil zeggen, tenzij je wilt dat ik met Lissa Jamieson ga praten. Dat wil ik best doen.'

Voordat Jackie antwoord kon geven, ging haar mobiele telefoon. Het was haar privételefoontje; ze had haar politietelefoon tegelijk met haar insigne en pistool ingeleverd.

'Hallo, met Jackie.'
'*Mihi portate vulneratos*, sergeant Wettington,' zei een onbekende stem.

Het motto van haar oude eenheid in Würzburg: *breng mij uw gewonden*. Jackie antwoordde zonder zelfs maar met haar ogen te knipperen: 'Op brancards, op krukken of in zakken, en wij zetten ze in elkaar door te hechten en te plakken. Met wie spreek ik?'
'Kolonel James Cox, sergeant.'

Jackie hield de telefoon bij haar mond vandaan. 'Mag ik even, Ernie?'

Hij knikte en keerde naar zijn tuin terug. Jackie liep naar het paaltjeshek aan het begin van het erf. 'Wat kan ik voor u doen, kolonel? En is deze lijn veilig?'
'Sergeant, als jouw Rennie mobiele telefoongesprekken kan afluisteren die van buiten de Koepel worden gevoerd, is het slecht gesteld met de wereld.'
'Hij is niet mijn Rennie.'
'Goed om te weten.'
'En ik zit niet meer in het leger. Ik heb het 67e tegenwoordig niet eens meer in mijn achteruitkijkspiegel, kolonel.'
'Nou, dat is niet helemaal waar, sergeant. Op bevel van de president van de Verenigde Staten ben je weer ingelijfd. Welkom terug.'
'Kolonel, ik weet niet of ik u moet bedanken of uitschelden.'

Cox lachte zonder veel vreugde. 'Je moet de groeten van Jack Reacher hebben.'
'Heeft hij u dit nummer gegeven?'
'Ja, en ook een aanbeveling. Een aanbeveling van Reacher is veel waard. Je

vroeg wat je voor me kunt doen. Het antwoord is tweeledig, en beide delen zijn eenvoudig. Eén: haal Dale Barbara uit de rottigheid waarin hij terecht is gekomen. Of denk je dat hij schuldig is aan die moorden?'

'Nee, kolonel. Ik weet zeker van niet. Dat wil zeggen: wíj weten het zeker. We zijn met meer.'

'Goed. Héél goed.' De opluchting in de stem van de man was onmiskenbaar. 'Twee: je mag die schoft van een Rennie uit het zadel lichten.'

'Dat zou Barbies taak zijn. Als... Weet u zeker dat deze lijn veilig is?'

'Absoluut.'

'Als we hem eruit kunnen krijgen.'

'Daar wordt aan gewerkt, hè?'

'Ja, kolonel, ik geloof van wel.'

'Uitstekend. Hoeveel bruinhemden heeft Rennie?'

'Momenteel ongeveer dertig, maar hij neemt er steeds meer aan. En hier in Chester's Mill zijn het blauwhemden, maar ik weet wat u bedoelt. Onderschat u hem niet, kolonel. Hij heeft het grootste deel van de gemeente in zijn zak zitten. We gaan proberen Barbie eruit te halen, en u moet maar hopen dat we daarin slagen, want ik kan zelf niet veel aan Grote Jim doen. Een dictator afzetten zonder hulp van de buitenwereld... Dat gaat ver boven mijn macht. En voor de goede orde: mijn tijd bij de politie van Chester's Mill zit erop. Rennie heeft me de zak gegeven.'

'Hou me zo veel mogelijk op de hoogte. Bevrijd Barbara en draag je verzetsgroep aan hem over. We zullen zien wie er uiteindelijk de zak krijgt.'

'Kolonel, u zou wel willen dat u hier was, hè?'

'Met heel mijn hart.' Geen enkele aarzeling. 'Reken maar dat ik de trein van die klootzak uit de rails zou laten lopen!'

Jackie betwijfelde dat; onder de Koepel was alles anders. Buitenstaanders konden dat niet begrijpen. Zelfs de tijd was anders. Vijf dagen geleden was alles normaal geweest. En moest je nu eens zien.

'Nog één ding,' zei kolonel Cox. 'Ik weet dat je het druk hebt, maar kijk ook naar de tv. We gaan ons uiterste best doen om Rennie het leven zuur te maken.'

Jackie nam afscheid en verbrak de verbinding. Toen liep ze terug naar de wiedende Ernie. 'Heb je een generator?' vroeg ze.

'Die heeft gisteravond de geest gegeven,' zei hij met zure opgewektheid.

'Nou, laten we ergens heen gaan waar de tv het doet. Mijn vriend zegt dat we naar het nieuws moeten kijken.'

Ze liepen naar de Sweetbriar Rose. Onderweg kwamen ze Julia Shumway tegen en namen haar mee.

OPGEPAKT

1

De Sweetbriar was gesloten tot vijf uur. Rose was van plan op die tijd een lichte avondmaaltijd te serveren, die voor het grootste deel uit restjes bestond. Ze was aardappelsalade aan het maken en keek naar de tv boven het buffet, toen er op de deur werd geklopt. Het waren Jackie Wettington, Ernie Calvert en Julia Shumway. Rose veegde haar handen aan haar schort af, liep door het lege restaurant en maakt de deur open. Horace de corgi draafde blijmoedig achter Julia aan, zijn oren gespitst. Rose lette erop dat het bord met GESLOTEN nog op zijn plaats hing en deed de deur weer achter hen op slot.

'Dank je,' zei Jackie.

'Geen dank,' zei Rose. 'Ik wilde je toch al spreken.'

'Daar komen we voor,' zei Jackie, en ze wees naar de tv. 'Ik was bij Ernie, en we kwamen onderweg Julia tegen. Ze zat te somberen tegenover de ravage van haar huis.'

'Ik zat niet te somberen,' zei Julia. 'Horace en ik vroegen ons af hoe we na de gemeentevergadering een krant kunnen uitbrengen. Hij zal klein moeten zijn – waarschijnlijk maar twee bladzijden –, maar er kómt een krant. Ik zet alles op alles.'

Rose keek weer naar de tv. Daarop was een aantrekkelijke jonge verslaggeefster te zien. Onder aan het scherm stond de tekst EERDER VANDAAG BEELDEN VAN ABC. Plotseling was er een knal en laaide er een vuurbal in de hemel op. De verslaggeefster kromp ineen en draaide zich met een ruk om. Inmiddels raakte ze al uit beeld, want de cameraman zoomde in op de neerstortende fragmenten van de Aer Lingus.

'Ze laten alleen maar herhalingen van dat vliegtuigongeluk zien,' zei Rose. 'Als jullie het nog niet hebben gezien, kunnen jullie het bekijken. Jackie, ik ben aan het eind van deze ochtend bij Barbie geweest. Ik bracht hem een paar broodjes en ze lieten me bij zijn cel. Ik had Melvin Searles als chaperonne.'

'Had jij even geluk,' zei Jackie.
'Hoe gaat het met hem?' vroeg Julia. 'Niet al te slecht?'
'Hij ziet eruit als een spook, maar het gaat wel, denk ik. Hij zei... Misschien moet ik je dit onder vier ogen vertellen, Jackie.'
'Wat het ook is, ik denk dat je het wel in het bijzijn van Ernie en Julia kunt vertellen.'

Rose dacht daarover na, zij het kort. Als Ernie Calvert en Julia Shumway niet te vertrouwen waren, wie dan wel? 'Hij zei dat ik met jou moest praten. Ik moest het met je bijleggen, alsof we ruzie hadden gehad. Ik moest tegen je zeggen dat ik een goed mens ben.'

Jackie keek Ernie en Julia aan. Rose had de indruk dat er een vraag werd gesteld en beantwoord. 'Als Barbie dat zegt, is het zo,' zei Jackie, en Ernie knikte nadrukkelijk. 'Schat, we houden vanavond een kleine bijeenkomst. In de pastorie van de Congo. Het is nogal geheim...'

'Niet nogal, maar écht geheim,' zei Julia. 'En gezien de nieuwste ontwikkelingen in de gemeente kan het ook maar beter geheim blijven.'

'Als het gaat over waar ik denk dat het over gaat, doe ik mee.' Toen dempte Rose haar stem. 'Maar Anson niet. Hij draagt zo'n verrekte armband.'

Op dat moment verscheen het CNN BREAKING NEWS-logo op het tv-scherm, vergezeld van die ergerlijke onheilspellende rampenmuziek die het netwerk tegenwoordig bij elk nieuw Koepelverhaal liet horen. Rose verwachtte Anderson Cooper of haar dierbare Wolfie – die waren nu allebei in Castle Rock –, maar het was Barbara Starr, de Pentagoncorrespondente. Ze stond voor het dorp van tenten en caravans dat als vooruitgeschoven basis van het leger in Harlow fungeerde.

'Don, Kyra – kolonel James O. Cox, de woordvoerder van het Pentagon sinds het gigantische mysterie dat de Koepel wordt genoemd afgelopen zaterdag tot stand kwam, zal straks de pers toespreken. Dat is nog maar de tweede keer sinds het begin van de crisis. Het is nog maar enkele ogenblikken geleden aan verslaggevers bekendgemaakt, en ongetwijfeld zullen tienduizenden Amerikanen met dierbaren in de zwaar op de proef gestelde gemeente Chester's Mill er gefascineerd naar kijken. We hebben gehoord...' Ze luisterde naar iets in haar oordopje. 'Hier komt kolonel Cox.'

De vier in het restaurant gingen op krukken aan het buffet zitten en zagen het interieur van een grote tent op het scherm verschijnen. Ongeveer veertig journalisten zaten op klapstoelen, en achter hen stonden er nog meer. Ze mompelden onder elkaar. Aan het ene eind van de tent was een geïmproviseerd podium opgebouwd. Daarop stond een spreekgestoelte, behangen met microfoons en geflankeerd door Amerikaanse vlagen. Er hing een wit scherm achter.

'Heel professioneel voor iets wat inderhaast is opgezet,' zei Ernie.

'O, ik denk dat dit goed is voorbereid,' zei Jackie. Ze dacht aan haar gesprek met Cox. *We gaan ons uiterste best doen om Rennie het leven zuur te maken.*

Aan de linkerkant van de tent ging een flap open. Een kleine, fitte man met grijzend haar liep met energieke passen naar het geïmproviseerde podium. Niemand had eraan gedacht daar een trapje of zelfs maar kistje neer te zetten om het hoogteverschil te overbruggen, maar dat vormde geen enkel probleem voor de spreker. Hij sprong met gemak op het podium, hoefde niet eens zijn pas in te houden. Hij droeg een effen kakiuniform. Als hij medailles had, waren ze niet te zien. Op zijn overhemd zat alleen een strookje met KOL. J. COX. Hij had geen notities bij zich. De journalisten waren meteen stil, en Cox keek hen met een vaag glimlachje aan.

'Die man had vanaf het begin al persconferenties moeten geven,' zei Julia. 'Hij ziet er fantastisch uit.'

'Stil, Julia,' zei Rose.

'Dames en heren, dank u voor uw komst,' zei Cox. 'Ik zal het kort houden, en dan zal ik enkele vragen beantwoorden. De situatie met betrekking tot Chester's Mill en wat we tegenwoordig allemaal de Koepel noemen, is onveranderd: de gemeente is nog steeds van de buitenwereld afgesneden, we hebben nog steeds geen idee van de oorzaak, en we hebben nog geen succes gehad met pogingen de barrière te doorbreken. Als dat was gelukt, zou u het natuurlijk al weten. De beste wetenschappelijke onderzoekers in Amerika – de besten in de hele wereld – werken eraan en we overwegen enkele opties. Vraagt u me daar niet naar, want u zult daar nu geen antwoorden over krijgen.'

De journalisten mompelden ontevreden. Cox liet hen begaan. Onder hem verschenen nu de woorden MOMENTEEL GEEN ANTWOORDEN op het scherm. Toen het gemompel was afgezakt, ging Cox verder.

'Zoals u weet, hebben we een zone rondom de Koepel tot verboden terrein verklaard. Eerst tot op twee kilometer, vanaf zondag tot op drie en vanaf dinsdag tot op zes. Daar zijn verschillende redenen voor, vooral dat de Koepel gevaarlijk is voor mensen met bepaalde implantaten, zoals pacemakers. Verder houden we er rekening mee dat het veld dat door de Koepel wordt gegenereerd andere schadelijke effecten kan hebben die minder duidelijk te zien zijn.'

'Hebt u het over straling, kolonel?' riep iemand.

Cox bracht hem met een blik tot zwijgen, en toen hij vond dat de journalist voldoende geïntimideerd was (het was niet Wolfie, zag Rose tot haar tevredenheid, maar die halfkale kletsmeier van FOX News), ging hij verder.

'We geloven nu dat er geen schadelijke effecten zijn, tenminste niet op de korte termijn, en daarom hebben we besloten dat het vrijdag 27 oktober – overmorgen – bezoekersdag bij de Koepel wordt.'

Dat leidde tot een ware stortvloed van vragen. Cox wachtte even af, en toen het publiek tot bedaren was gekomen, pakte hij een afstandsbediening van de plank in het spreekgestoelte en drukte op een knop. Een scherpe foto (veel te scherp om van Google Earth te zijn gedownload, dacht Julia) verscheen op het witte scherm. Je zag Chester's Mill en beide gemeenten in het zuiden, Motton en Castle Rock. Cox legde de afstandsbediening neer en nam een laserwijzer.

Onder aan het beeld stond nu VRIJDAG BEZIEKERSDAG BIJ DE KOEPEL. Julia glimlachte. Kolonel Cox had de spellingscontrole van CNN in zijn hemd gezet.

'We denken dat er plaats is voor twaalfhonderd bezoekers,' ging Cox energiek verder. 'Er komen alleen naaste familieleden in aanmerking, in elk geval deze keer... en we hopen en bidden allemaal dat er geen volgende keer hoeft te komen. De verzamelpunten zijn hier op het kermisterrein van Castle Rock en hier op de speedwaybaan Oxford Plains.' Hij wees beide locaties met de laser aan. 'We zetten vierentwintig bussen in, twaalf op elke locatie. Die bussen zullen worden geleverd door zes omringende schooldistricten, die de scholen die dag sluiten om ons hierbij te helpen, waarvoor onze grote dank. Een vijfentwintigste bus zal bij Shiner's Bait en Tackle in Motton ter beschikking staan voor de pers.' Droogjes: 'Aangezien Shiner's ook een slijterij is, zullen de meesten van u het wel kennen. Het wordt een gezamenlijke reportage, dames en heren, en het lot zal bepalen wie de reportage zullen verzorgen.'

Er ging een gekreun op, maar dat klonk plichtmatig.

'Er zijn achtenveertig plaatsen in de persbus, en er zijn hier honderden vertegenwoordigers van de pers, afkomstig uit de hele wereld...'

'Dúízenden!' riep een man met grijs haar, en er werd alom gelachen.

'Goh, ik ben blij dat er íémand plezier heeft,' zei Ernie Calvert kribbig.

Cox permitteerde zich een glimlachje. 'U hebt gelijk, meneer Gregory. De plaatsen in de bus worden toegewezen aan uw nieuwsorganisaties – televisienetwerken, Reuters, Tass, AP enzovoort – en die organisaties kiezen hun vertegenwoordigers.'

'Als CNN maar voor Wolfie kiest,' zei Rose.

De journalisten praatten opgewonden met elkaar.

'Kan ik verdergaan?' vroeg Cox. 'En willen degenen van u die sms'jes versturen daarmee ophouden?'

'Ooo,' zei Jackie. 'Heerlijk. Een man met een krachtige persoonlijkheid!'

'Jullie beseffen toch wel dat jullie niet zelf het verhaal zijn? Zouden jullie je ook zo gedragen als dit een mijnramp was, of als mensen na een aardbeving onder ingestorte gebouwen bekneld lagen?'

Hierop volgde het soort stilte dat over een schoolklas neerdaalt wanneer de meester eindelijk uit zijn slof is geschoten. Hij had inderdaad een krachtige persoonlijkheid, dacht Julia, en een ogenblik wenste ze met heel haar hart dat Cox bij hen onder de Koepel was en dat hij de leiding had. Maar ja, als Pasen en Pinksteren op één dag vielen...

'Uw taak is tweeledig, dames en heren: ons helpen het publiek te informeren, én ervoor zorgen dat op bezoekersdag alles soepel verloopt.'

Het onderschrift van CNN werd PERS ZAL HELPEN OP BEZIEKERSDAG.

'Het laatste wat we willen, is dat er vanuit het hele land een run van familieleden op het westen van Maine komt. We hebben hier in de naaste omgeving al bijna tienduizend familieleden van mensen in de Koepel; de hotels, motels en campings zitten stampvol. De boodschap aan familieleden in andere delen van het land is: "Als u hier niet bent, kom dan ook niet." Er zal u niet alleen een bezoekerspas worden geweigerd, maar u zult ook worden tegengehouden bij de controleposten: hier, hier, hier en hier.' Hij wees naar Lewiston, Auburn, North Windham en Conway in New Hampshire.

'Familieleden die momenteel in de omgeving verblijven, kunnen zich vervoegen bij aanmeldpunten die al op het kermis- en speedwayterrein zijn ingericht. Als u van plan bent op dit moment in uw auto te springen, doet u dat dan niet. Dit is geen uitverkoop; als u de eerste in de rij bent, vormt dat geen enkele garantie. Aanvragers zullen twee identiteitsbewijzen met foto's moeten laten zien. We willen voorrang geven aan bezoekers met twee of meer familieleden in Chester's Mill, maar daarover kan ik niets beloven. En dan nog een waarschuwing, mensen: als u vrijdag in een van de bussen wilt stappen, en u hebt geen pasje of een vervalst pasje – met andere woorden, als u onze machinerie wilt laten vastlopen – gaat u de cel in. Probeert u dat niet uit!

Vrijdagmorgen vanaf acht uur staan de bussen klaar. Als het instappen vlot verloopt, heeft u minstens vier uur de tijd om bij uw dierbaren te zijn, misschien langer. Als de boel wordt vertraagd, heeft iedereen minder tijd bij de Koepel. De bussen verlaten de Koepel om zeventien uur.'

'Vanwaar?' riep een vrouw. 'Wat is de bezoekersplaats?'

'Daar kwam ik nog op, Andrea.' Cox pakte zijn afstandsbediening op en zoomde in op Route 119. Jackie kende die omgeving goed; ze had daar bijna haar neus gebroken tegen de Koepel. Ze zag de daken van de boerderij, schuren en stallen van Dinsmore.

'Er is een vlooienmarktterrein aan de Motton-kant van de Koepel.' Cox richtte zijn laserwijzer erop. 'Daar zullen de bussen parkeren. De bezoekers stappen daar uit en lopen naar de Koepel. Er is aan beide kanten genoeg ruimte. Alle wrakstukken die daar lagen zijn verwijderd.'

'Mogen de bezoekers helemaal tot aan de Koepel lopen?' vroeg een verslaggever.

Cox keek weer in de camera en richtte het woord tot de mogelijke bezoekers. Rose kon zich de hoop en angst voorstellen die al die mensen – kijkend naar tv's in bars en motels, luisterend naar hun autoradio – op dat moment voelden. Ze was er zelf ook zo aan toe.

'De bezoekers mogen de Koepel tot op twee meter naderen,' zei Cox. 'We beschouwen dat als een veilige afstand, al kunnen we niets garanderen. Dit is geen attractie in een pretpark die op veiligheid is getest. Mensen met elektronische implantaten moeten wegblijven. Dat is uw eigen verantwoordelijkheid; we kunnen niet bij iedereen kijken of er een pacemakerlitteken op de borst zit. De bezoekers dienen ook alle elektronische apparaten – inclusief, maar niet uitsluitend, iPods, mobiele telefoons en BlackBerry's – in de bussen achter te laten. Journalisten met microfoons en camera's moeten op een afstand blijven. De ruimte dicht bij de Koepel is uitsluitend bestemd voor bezoekers, en wat door hen en hun dierbaren wordt besproken gaat alleen henzelf iets aan. Mensen, dit zal goed verlopen als u ons daarbij helpt. Als ik het in *Star Trek*-termen mag zeggen: help ons het te doen.' Hij legde de aanwijzer neer. 'Nu zal ik enkele vragen beantwoorden. Een klein aantal vragen. Meneer Blitzer.'

Rose straalde. Ze hield een verse kop koffie omhoog en toastte ermee naar het televisiescherm. 'Je ziet er goed uit, Wolfie! Jij mag altijd beschuit in mijn bed eten.'

'Kolonel Cox, zijn er plannen om ook een persconferentie met het gemeentebestuur te geven? We hebben gehoord dat eerste wethouder James Rennie in feite de leiding heeft. Hoe zit het daarmee?'

'We proberen een persconferentie te organiseren, met meneer Rennie en eventuele andere gemeentebestuurders die aanwezig zullen zijn. Wanneer alles gaat zoals ons voor ogen staat, zal dat om twaalf uur 's middags gebeuren.'

Dat werd begroet door een rondje spontaan applaus van de journalisten. Er was niets waar ze zoveel van hielden als een persconferentie, of het moest een hoge politicus zijn die in bed werd betrapt met een dure hoer.

Cox zei: 'Het zou ideaal zijn wanneer de persconferentie daar op de weg plaatsvindt, met de woordvoerders van de gemeente, wie dat dan ook zullen zijn, aan hun kant en u aan deze kant.'

Opgewonden gepraat. Ze stelden het zich voor en zagen er veel in.

Cox wees. 'Meneer Holt.'

Lester Holt van NBC stond vlug op. 'Hoe zeker bent u ervan dat meneer Rennie aanwezig zal zijn? Ik vraag dat omdat er sprake is van financieel wanbeheer van zijn kant, en ook van een onderzoek naar zijn zakelijke activiteiten dat door de procureur-generaal van de staat Maine is ingesteld.'

'Ik heb die verhalen gehoord,' zei Cox. 'Ik ben niet bereid er commentaar op te geven, al wil de heer Rennie dat misschien wel.' Hij zweeg even, nog net niet glimlachend. 'Zélf zou ik dat beslist willen.'

'Rita Braver, kolonel Cox, van CBS. Is het waar dat Dale Barbara, de man die door u als noodbestuurder van Chester's Mill is aangewezen, gearresteerd is voor moord? Dat de politie van Chester's Mill zelfs gelooft dat hij een seriemoordenaar is?'

Totale stilte van de pers; niets dan aandachtige ogen. Datzelfde gold voor de vier mensen aan het buffet van de Sweetbriar Rose.

'Het is waar,' zei Cox. Er ging een gedempt gemompel op onder de journalisten. 'Maar we kunnen ons geen oordeel over de beschuldigingen of het bewijsmateriaal vormen. Ook wij beschikken alleen maar over de geruchten die u ongetwijfeld door de telefoon ter ore zijn gekomen. Dale Barbara is een gedecoreerde officier. Hij is nooit eerder gearresteerd. Ik ken hem al vele jaren en heb bij de president van de Verenigde Staten voor hem ingestaan. Als ik moet afgaan op wat ik momenteel weet, heb ik geen reden om te zeggen dat ik een fout heb gemaakt.'

'Ray Suarez, kolonel, van PBS. Denkt u dat achter de aanklachten tegen luitenant Barbara – nu kolonel Barbara – misschien een politiek motief zit? Dat James Rennie hem misschien achter de tralies heeft gezet om te voorkomen dat hij de leiding neemt, zoals de president heeft bevolen?'

En daar is het in de tweede helft van deze circusvoorstelling om te doen, besefte Julia. *Cox heeft van de media een soort Voice of America gemaakt, en wij zijn de mensen achter de Berlijnse muur.* Ze was een en al bewondering.

'Als u vrijdag de gelegenheid krijgt wethouder Rennie vragen te stellen, meneer Suarez, kunt u dat vast wel aan hem voorleggen.' Cox sprak met een ijzige kalmte. 'Dames en heren, dat was alles.'

Hij liep even energiek weg als hij was binnengekomen, en voordat de journalisten zelfs maar op het idee kwamen nog meer vragen te roepen, was hij al weg.

'Allemachtig,' mompelde Ernie.
'Ja,' zei Jackie.
Rose zette de tv uit. Ze keek enthousiast, een en al energie. 'Hoe laat is die bijeenkomst? Ik vind het prima wat kolonel Cox heeft gezegd, maar dit zou Barbies leven wel eens moeilijker kunnen maken.'

2

Barbie hoorde van Cox' persconferentie toen een opgewonden Manuel Ortega naar beneden kwam en hem erover vertelde. Ortega, de vroegere knecht van Alden Dinsmore, droeg een blauw werkoverhemd, een blikken insigne dat eruitzag als eigen maaksel, en een .45 aan een tweede riem die laag om zijn heupen hing, net als bij een echte revolverheld. Barbie kende hem als een vriendelijke man met een kalend hoofd en altijd een zonverbrande huid, die vaak een uitgebreid ontbijt bestelde – pannenkoeken, spek, omelet – en dan over koeien praatte, vooral over de Belted Galloways, al had hij Dinsmore nooit kunnen overhalen ze te kopen. Ondanks zijn naam was hij een yankee in hart en nieren, en hij had het droge gevoel voor humor dat veel yankees hebben. Barbie had hem altijd graag gemogen, maar dit was een andere Manuel, een vreemde bij wie al het goede humeur was verdampt. Hij bracht nieuws over de jongste ontwikkeling. Het meeste schreeuwde hij door de tralies. Het ging gepaard met een aanzienlijke hoeveelheid rondvliegend speeksel. Zijn gezicht was bijna radioactief van woede.

'Ze zeiden niks over die identiteitsplaatjes van jou die ze in de hand van dat arme meisje hebben gevonden! Daar hebben ze helemaal niks over gezegd! En toen had die klojo ook nog de pik op Jim Rennie, die deze gemeente in zijn eentje bij elkaar heeft gehouden sinds het gebeurd is! In zijn eentje! Met houtjes en touwtjes!'

'Kalm aan, Manuel,' zei Barbie.

'Voor jou ben ik agent Ortega, lul!'

'Goed. Agent Ortega.' Barbie zat op het bed en bedacht hoe gemakkelijk het voor Ortega zou zijn om de oude .45 Schofield van zijn riem te halen en te schieten. 'Ik ben hierbinnen, Rennie is daarbuiten. Wat hem betreft, is het vast wel allemaal in orde.'

'Hou je bek!' schreeuwde Manuel. 'We zijn allemáál hierbinnen! Allemaal onder die verdomde Koepel! Alden doet niks anders dan drinken, de jongen die nog over is wil niet eten, en mevrouw Dinsmore huilt aan één stuk door om Rory. Jack Evans heeft zijn hersens uit zijn kop geknald, wist je dat al? En die militaire strontkevers kunnen niks beters bedenken dan met modder gooien. Allemaal leugens en verzinsels, terwijl jij de supermarktrellen bent begonnen en het krantengebouw hebt platgebrand! Je was zeker bang dat mevrouw Shumway zou schrijven wat jij bent!'

Barbie zweeg. Hij dacht dat alles wat hij tot zijn verdediging zou aanvoeren hem het leven zou kosten.

'Dat doen ze nou met een politicus die hun niet aanstaat,' zei Manuel. 'Ze hebben liever een seriemoordenaar en verkrachter – eentje die de dóden verkracht – aan de leiding dan een christen! Hoe diep kunnen ze zinken!'

Manuel trok zijn pistool, bracht het omhoog en richtte het tussen de tralies door. Barbie vond dat het gat aan het eind zo groot leek als de ingang van een tunnel.

'Als de Koepel omlaag komt voordat jij tegen de muur bent gezet en luchtgaten hebt gekregen,' ging Manuel verder, 'neem ik even de tijd om het zelf te doen. Ik sta vooraan in de rij, en hier in Chester's Mill staat een lange rij om jou overhoop te knallen.'

Barbie bleef zwijgen. Hij wachtte af of hij ging sterven of kon blijven ademhalen. De broodjes van Rose Twitchell dreigden zich naar zijn keel op te stuwen en hem te verstikken.

'Wij proberen ons in leven te houden en het enige wat zíj doen is de man bezwadderen die de orde in deze gemeente handhaaft.' Hij schoof het grote pistool abrupt in de holster terug. 'Laat maar. Jij bent het niet waard.'

Hij draaide zich om en liep met gebogen hoofd en ingetrokken schouders naar de trap terug.

Barbie leunde tegen de muur en liet zijn adem ontsnappen. Er stond zweet op zijn voorhoofd. Hij streek het weg; zijn hand beefde.

3

Toen het busje van Romeo Burpee het pad van de McClatcheys opreed, rende Claire meteen naar buiten. Ze huilde.

'Ma!' riep Joe, en hij was er al uit voordat Rommie was gestopt. De anderen kwamen vlug achter hem aan. 'Ma, wat is er?'

'Niets,' snikte Claire. Ze pakte hem vast en omhelsde hem. 'Er komt een bezoekersdag! Vrijdag! Joey, misschien krijgen we je vader te zien!'

Joe liet een juichkreet horen en danste met haar in het rond. Benny omhelsde Norrie... en nam de gelegenheid te baat om een kusje te stelen, zag Rusty. De dondersteen.

'Breng me naar het ziekenhuis, Rommie,' zei Rusty. Hij zwaaide naar Claire en de kinderen toen ze achteruit het pad afreden. Hij was blij dat hij bij mevrouw McClatchey weg kon komen zonder met haar te hoeven praten: misschien kon ze ook door hém heen kijken.

Rusty's telefoon ging één keer: een sms'je. Hij klapte hem open en las: BIJEENKOMST OM 2130 CONGO PASTORIE ZORG DAT JE ERBIJ BENT JW

'Rommie,' zei hij, terwijl hij zijn telefoon dichtklapte. 'Gesteld dat ik de Rennies overleef, wil je dan vanavond met me naar een bijeenkomst?'

4

In het ziekenhuis stond Ginny al in de hal op hem te wachten. 'Het is Renniedag hier in het Cathy Russell,' zei ze, en ze keek hem aan alsof ze dat eigenlijk wel leuk vond. 'Thurse Marshall heeft beiden onderzocht. Rusty, die man is een godsgeschenk. Het is duidelijk dat hij de pest aan Junior heeft – Junior en Frankie hebben hem geslagen bij de Pond – maar hij stelde zich heel professioneel op. Die kerel verspilt zijn tijd met Engels geven op de universiteit – hij zou dit moeten doen.' Ze dempte haar stem. 'Hij is beter dan ik. En véél beter dan Twitch.'

'Waar is hij nu?'

'Terug naar het huis waar hij zit, bij die jonge vriendin van hem en de twee kinderen die ze hebben opgenomen. Hij schijnt ook echt iets om die kinderen te geven.'

'Lieve help, Ginny is verliefd,' zei Rusty grijnzend.

'Doe niet zo kinderachtig.' Ze keek hem bestraffend aan.

'In welke kamers liggen de Rennies?'

'Junior in 7, senior in 19. Senior kwam binnen met die Thibodeau, maar die heeft hij blijkbaar iets te doen gegeven, want hij was alleen toen hij bij zijn zoon kwam kijken.' Ze glimlachte cynisch. 'Hij bleef niet lang bij hem. Het grootste deel van de tijd praat hij in die mobiele telefoon van hem. De jongen zit maar wat voor zich uit te staren, al is hij weer bij zijn verstand. Dat was hij niet toen Henry Morrison hem binnenbracht.'

'Hoe zit het met de hartritmestoornissen van Grote Jim?'

'Thurston heeft zijn hart tot bedaren gebracht.'

Voorlopig, dacht Rusty niet zonder voldoening. *Als het valium is uitgewerkt, danst dat hart van hem weer de horlepiep.*

'Ga eerst bij de jongen kijken,' zei Ginny. Ze waren alleen in de hal, maar ze sprak toch zachtjes. 'Ik mag hem niet, ik heb hem nooit gemogen, maar ik heb nu met hem te doen. Ik denk niet dat hij nog lang te leven heeft.'

'Heeft Thurston iets tegen Rennie gezegd over hoe het met Junior is gesteld?'

'Ja, dat het misschien een ernstig probleem was. Maar blijkbaar niet zo ernstig als al die telefoontjes die hij aan het voeren is. Iemand zal hem wel over de bezoekersdag hebben verteld. Rennie is woedend.'

Rusty dacht aan het kastje op Black Ridge, een klein rechthoekje met een oppervlak van nog geen vierhonderd vierkante centimeter – en toch had hij het niet kunnen optillen. Hij had het zelfs niet in beweging kunnen krijgen. Hij dacht ook aan de lachende leerkoppen waarvan hij een glimp had opgevangen.

'Sommige mensen hebben gewoon niet graag bezoek,' zei hij.

5

'Hoe voel je je, Junior?'

'Goed. Beter.' Hij klonk lusteloos. Hij droeg een ziekenhuishemd en zat bij het raam. Het licht viel genadeloos op zijn ingevallen gezicht en hij zag eruit als een veertiger die een zwaar leven achter de rug had.

'Wat is er gebeurd voordat je van je stokje ging?'

'Ik ging naar school, en toen ging ik in plaats daarvan naar Angies huis. Ik wilde tegen haar zeggen dat ze het moest goedmaken met Frank. Die had me aan mijn kop gezeurd.'

Rusty dacht erover om Junior te vragen of hij wist dat Frank en Angie allebei dood waren, maar deed het niet – wat had het voor zin? In plaats daarvan vroeg hij: 'Ging je naar school? En de Koepel dan?'

'O ja.' Diezelfde lusteloze, toonloze stem. 'Die was ik vergeten.'

'Hoe oud ben je?'

'Eh... eenentwintig?'

'Hoe heette je moeder?'

Junior dacht daarover na. 'Jason Giambi,' zei hij ten slotte, en hij liet er een schel lachje op volgen. Maar er kwam geen verandering in die lusteloze, afgetobde uitdrukking op zijn gezicht.

'Wanneer is de Koepel naar beneden gekomen?'
'Zaterdag.'
'En hoe lang is dat geleden?'
Junior fronste zijn wenkbrauwen. 'Een week?' zei hij ten slotte. En toen: 'Twee weken? Het is een tijdje geleden.' Toen keek hij Rusty aan. Zijn ogen glansden van het valium dat Thurston Marshall bij hem had ingespoten. 'Heeft *Baaarbie* je opgestookt om al die vragen te stellen? Hij heeft ze vermoord, weet je.' Hij knikte. 'We vonden zijn regenplaatjes.' Een korte stilte. 'Léger-plaatjes.'

'Barbie heeft me niet opgestookt,' zei Rusty. 'Hij zit in de cel.'

'En straks in de hel,' zei Junior nuchter. 'We gaan hem berechten en executeren. Dat heeft mijn vader gezegd. We hebben in Maine niet de doodstraf, maar hij zegt dat dit oorlogsomstandigheden zijn. Er zitten te veel calorieën in eiersalade.'

'Dat is waar,' zei Rusty. Hij had een stethoscoop, bloeddrukmeter en oogspiegel meegebracht en legde de manchet van de bloeddrukmeter nu om Juniors arm. 'Kun je de laatste drie presidenten in de juiste volgorde noemen, Junior?'

'Ja. Bush, Push en Tush.' Hij lachte uitbundig, maar nog steeds zonder enige uitdrukking op zijn gezicht.

Juniors bloeddruk was 147 om 120. Rusty had zich al op het ergste voorbereid. 'Weet je nog wie er bij je op bezoek kwam voordat ik hier was?'

'Ja. De ouwe kerel die Frankie en ik bij de Pond hebben gevonden voordat we de kinderen vonden. Ik hoop dat het goed met die kinderen gaat. Ze waren heel aardig.'

'Weet je nog hoe ze heten?'

'Aidan en Alice Appleton. We gingen naar de club en dat meisje met het rode haar trok me af onder de tafel. Ik dacht dat ze van haar klokje ging voordat het leuk werd.' Een korte stilte. 'Klaar.'

'Ja.' Rusty gebruikte de oogspiegel. Juniors rechteroog zag er normaal uit. De blinde vlek van het linkeroog was vergroot, een aandoening die papilloedeem wordt genoemd. Het was een veelvoorkomend symptoom van hersentumor in een vergevorderd stadium, met de bijbehorende zwelling.

'Is het groen, kampioen?' vroeg Junior.

'Nee.' Rusty legde de oogspiegel neer en hield zijn wijsvinger voor Juniors gezicht. 'Ik wil dat je mijn vinger met jouw vinger aanraakt. En raak dan je neus aan.'

Junior deed het. Toen bewoog Rusty zijn vinger langzaam heen en weer. 'Ga ermee door.'

Het lukte Junior om één keer van de bewegende vinger naar zijn neus te gaan. Toen raakte hij wel de vinger, maar tikte daarna zijn wang aan. De derde keer miste hij de vinger en raakte zijn rechterwenkbrauw aan. 'Lekker puh! Nog meer? Ik kan de hele dag doorgaan, weet je.'

Rusty schoof zijn stoel achteruit en stond op. 'Ik stuur Ginny Tomlinson met een recept voor je.'

'En als ik dat heb, mag ik dan naar buis? Huis, bedoel ik?'

'Je blijft vannacht bij ons, Junior. Voor observatie.'

'Maar ik mankeer toch niets? Voordat ik hier kwam, had ik weer een aanval van hoofdpijn – helse pijn –, maar dat is nu over. Ik ben toch helemaal gezond?'

'Daar kan ik op dit moment niets over zeggen,' zei Rusty. 'Ik wil met Thurston Marshall praten en in de boeken kijken.'

'Man, die kerel is geen dokter. Hij is leraar Engels.'

'Misschien wel, maar hij heeft je vandaag behandeld. Beter dan Frank en jij hém hebben behandeld, zou ik zeggen.'

Junior maakte een laatdunkend gebaar. 'We waren maar wat aan het dollen. Trouwens, we hebben die ginderen toch koed behandeld?'

'Dat kan ik niet tegenspreken. Voorlopig moet je alleen maar ontspannen, Junior. Waarom ga je niet een beetje tv kijken?'

Junior dacht daarover na en vroeg: 'Wat eten we vanavond?'

6

Rusty wist eigenlijk niet wat hij moest doen om de zwelling te bestrijden in wat voor Junior Rennies hersenen moest doorgaan. Het enige wat hij kon bedenken was Manitol, toegediend per infuus. Hij pakte de patiëntenkaart van de deur en zag dat er een briefje in een onbekend handschrift met veel lussen aan was bevestigd:

Beste dokter Everett, Zullen we deze patiënt Manitol geven? Ik kan het niet voorschrijven, want ik heb geen idee van de juiste hoeveelheid.
Thurse

Rusty noteerde de dosis. Ginny had gelijk; Thurston Marshall was goed.

7

De deur van Grote Jims kamer stond open, maar er was niemand in de kamer. Rusty hoorde de stem van de man uit de favoriete slaapplek van wijlen dokter Haskell komen. Rusty liep naar de huiskamer. Hij dacht er niet aan de kaart van Grote Jim mee te nemen, een verzuim waarvan hij later spijt zou krijgen.

Grote Jim was helemaal aangekleed en zat met zijn telefoon tegen zijn oor bij het raam, al stond op een bord aan de muur een knalrode mobiele telefoon met een rood kruis eroverheen, ten behoeve van analfabeten. Rusty dacht dat het hem wel plezier zou doen Grote Jim te bevelen een eind aan zijn gesprek te maken. Het zou misschien niet de beleefdste manier zijn om te beginnen aan wat een combinatie van ondervraging en discussie zou worden, maar hij was het wel van plan. Hij liep de kamer in, maar bleef toen abrupt staan.

Er kwam een duidelijke herinnering bij hem op: dat hij niet kon slapen, dat hij opstond om een stuk van Linda's cranberry-sinaasappelbrood te nemen en Audrey zachtjes hoorde jengelen in de kamer van de meisjes. Dat hij daarheen ging om bij de J's te kijken. Dat hij op Jannies bed ging zitten onder Hannah Montana, haar beschermengel.

Waarom was die herinnering zo laat bij hem opgekomen? Waarom niet toen hij zijn gesprek met Grote Jim voerde, in de werkkamer in Grote Jims huis?

Omdat ik toen nog niet van de moorden wist; ik dacht alleen maar aan het propaan. En omdat Janelle geen toeval had, maar zich alleen in haar remslaap bevond. Ze had in haar slaap gepraat.

'Hij heeft een gouden honkbal, papa. Het is een sléchte honkbal.'

Zelfs de vorige avond, in het mortuarium, was die herinnering niet bovengekomen. Nu pas, nu het veel te laat was.

Maar bedenk eens wat het betekent: dat apparaat op Black Ridge mag dan alleen maar een beperkte straling uitzenden, het zendt ook nog iets anders uit. Je zou het geïnduceerde voorkennis kunnen noemen, of iets wat niet eens een naam heeft, maar hoe je het ook noemt, het is er. En als Jannie gelijk had wat die gouden honkbal betrof, zouden alle kinderen die profetische uitspraken over een Halloween-ramp hadden gedaan ook wel eens gelijk kunnen hebben. Maar bedoelden ze daarmee: exact op die dag? Of zou het eerder kunnen gebeuren?

Rusty dacht over het laatste. Voor al die kinderen die er vol verwachting naar uitkeken, was Halloween eigenlijk al begonnen.

'Het kan me niet schélen wat je te doen hebt, Stewart,' hoorde hij Grote

Jim zeggen. Drie milligram valium was blijkbaar niet genoeg om hem milder te stemmen; hij klonk nog net zo chagrijnig als altijd. 'Je gaat daar met Fernald heen, en jullie nemen Roger m... Hè? Wat?' Hij luisterde. 'Dat ik je dat nog moet vertellen! Heb je niet naar die katoenplukkende tv gekeken? Als hij moeilijk doet, moet je...'

Hij keek op en zag Rusty in de deuropening staan. Een ogenblik had Grote Jim het geschrokken gezicht van iemand die zijn gesprek nog eens door zijn hoofd liet gaan en zich afvroeg hoeveel de nieuwkomer kon hebben gehoord.

'Stewart, er is hier iemand. Ik bel je terug, en als ik dat doe, is het je geraden dat je me vertelt wat ik wil horen.' Hij verbrak de verbinding zonder afscheid te nemen, hield de telefoon voor Rusty omhoog en ontblootte zijn kleine boventanden voor een glimlach. 'Ik weet het, ik weet het, het is heel stout van me, maar de gemeentezaken kunnen niet wachten.' Hij zuchtte. 'Het valt niet mee om degene te zijn op wie iedereen rekent, vooral wanneer je je niet goed voelt.'

'Dat moet moeilijk zijn,' beaamde Rusty.

'God helpt me. Wil je de filosofie horen waarnaar ik leef?'

Néé. 'Ja.'

'Als God een deur sluit, opent Hij een raam.'

'Denkt u dat?'

'Ik wéét het. En ik probeer altijd te onthouden dat God niet luistert als je bid om wat je wílt. Maar als je bidt om wat goed voor je is, is hij een en al oor.'

'Ja.' Rusty liep de huiskamer in. De tv aan de muur was op CNN afgestemd. Het geluid stond uit, maar op het scherm was achter de presentator een foto van James Rennie senior te zien: zwart-wit, niet bepaald flatteus. Grote Jim had een vinger opgestoken en zijn bovenlip opgetrokken. Niet voor een glimlach, maar voor een hondse grijns. De tekst onder in het beeld luidde KOEPELDORP: EEN VRIJHAVEN VOOR DRUGS? De foto maakte plaats voor een reclamespotje van Jim Rennie's Used Cars, zo'n irritant spotje waarin aan het eind een van de verkopers (nooit Grote Jim zelf) uitriep: '*Koop bij Jim* RENNIE, *spijt hebben* KENNIE!'

Grote Jim wees ernaar en glimlachte zuur. 'Zie je wat Barbara's vrienden in de buitenwereld me aandoen? Nou ja, het was te verwachten. Toen Christus kwam om de mensheid te verlossen, lieten ze Hem zijn eigen kruis naar Golgotha dragen, waar Hij stierf in bloed en stof.'

Niet voor het eerst bedacht Rusty wat een vreemd middel valium was. Hij wist niet of dronken mensen echt altijd de waarheid spraken, maar voor valium ging dat misschien wel op. Als je het aan mensen gaf – vooral per infuus – hoorde je vaak precies hoe ze over zichzelf dachten. Grote Jim Rennie dacht dat hij Jezus was.

Rusty trok een stoel bij en nam zijn stethoscoop. 'Trek je overhemd omhoog.' Toen Grote Jim zijn mobiele telefoon neerlegde om dat te kunnen doen, liet Rusty het apparaatje in zijn borstzak glijden. 'Zal ik dit maar meenemen? Ik leg het op de balie in de hal. Daar mag mobiel getelefoneerd worden. De stoelen zijn niet zo goed bekleed als deze, maar ze zijn comfortabel genoeg.'

Hij verwachtte dat Grote Jim zou protesteren, misschien in woede zou uitbarsten, maar de man gaf geen kik en liet alleen zijn bolle boeddhabuik en grote zachte mannentieten zien. Rusty boog zich met de stethoscoop naar voren en luisterde. Het klonk veel beter dan hij had verwacht. Hij zou al tevreden zijn geweest met honderdtien slagen per minuut plus enige premature ventriculatie. In plaats daarvan draaide Grote Jims pomp met negentig slagen per minuut, en die waren allemaal regelmatig.

'Ik voel me een stuk beter,' zei Grote Jim. 'Het was stress. Ik heb onder vréselijke stress gestaan. Ik neem hier vanavond nog een uur of twee rust – weet je dat je door dit raam het hele dorp kunt zien? – en dan ga ik nog een keer bij Junior op bezoek. Daarna ga ik hier weg en...'

'Het is niet alleen stress. Je bent te dik en je bent niet fit.'

Grote Jim ontblootte zijn boventanden voor die gemaakte glimlach van hem. 'Ik heb een zaak en een gemeente gerund, vriend – in beide gevallen zonder in de rode cijfers te komen. Dan heb je weinig tijd voor hometrainers en tredmolens en zo.'

'Twee jaar geleden is er PAT bij je geconstateerd, Rennie. Dat is paroxysmale atriale tachycardie.'

'Ik weet wat het is. Ik heb op WebMD gekeken, en daar staat dat gezonde mensen vaak...'

'Ron Haskell heeft je in niet mis te verstane termen verteld dat je moet afvallen, dat je die hartritmestoornissen met medicijnen moet bestrijden, en dat je, als die medicijnen niet werken, misschien een operatie moet ondergaan om het onderliggende probleem te verhelpen.'

Grote Jim zag eruit als een ongelukkig kind dat in een hoge kinderstoel gevangen zat; blijkbaar was er een eind gekomen aan de positieve werking van het valium. 'God heeft me gezegd dat niet te doen! God zei: geen pacemaker! En God had gelijk! Duke Perkins had een pacemaker, en kijk eens wat er met hem is gebeurd!'

'Om van zijn weduwe nog maar te zwijgen,' zei Rusty zachtjes. 'Zij had ook pech. Ze moet op het verkeerde moment op de verkeerde plaats zijn geweest.'

Grote Jim keek hem met berekenende varkensoogjes aan. Toen keek hij op naar het plafond. 'Het licht is weer aan, hè? Ik heb je aan je propaan geholpen, zoals je vroeg. Sommige mensen kunnen niet veel dankbaarheid opbrengen. Natuurlijk raak je daar in mijn positie aan gewend.'

'Morgenavond zitten we weer zonder.'

Grote Jim schudde zijn hoofd. 'Morgenavond heb je genoeg propaan om deze tent desnoods tot Kerstmis te laten draaien. Dat beloof ik je, omdat je zo'n beste kerel in het algemeen en zo'n vriendelijke dokter in het bijzonder bent.'

'Ik kan inderdaad weinig dankbaarheid opbrengen als mensen teruggeven wat toch al van mij was. Daar ben ik een rare in.'

'O, dus nu stel je jezelf gelijk met het ziekenhuis?' Grote Jim snoof.

'Waarom niet? Jij hebt jezelf net gelijkgesteld met Christus. Zullen we het weer over je medische toestand hebben?'

Grote Jim bewoog zijn grote handen met stompe vingers heen en weer om zijn walging tot uiting te brengen.

'Valium is geen geneesmiddel. Als je hier wegloopt, heb je om vijf uur misschien weer ritmestoornissen. Of je hart begeeft het voorgoed. Daar staat dan tegenover dat je misschien tegenover je Heiland staat voordat het hier in het dorp donker wordt.'

'En wat beveel jij me aan?' Rennie sprak kalm. Hij had zijn zelfbeheersing terug.

'Ik kan je iets geven wat het probleem waarschijnlijk zal verhelpen, in elk geval op de korte termijn. Het is een geneesmiddel.'

'Welk geneesmiddel?'

'Maar er staat een prijs tegenover.'

'Ik wist het,' zei Grote Jim zacht. 'Al op de dag dat je mijn kamer binnenkwam met je geef-me-dit en geef-me-dat, wist ik dat je aan Barbara's kant stond.'

Rusty had toen alleen om propaan gevraagd, maar daar ging hij nu niet op in. 'Hoe kon je toen weten dat Barbara een kant hád? De moorden waren nog niet ontdekt, dus hoe wist je dat hij een kant had?'

Grote Jims ogen schitterden van pret of paranoia, of beide. 'Ik weet nu eenmaal dingen, vriend. Nou, wat is de prijs? Wat zou je in ruil willen hebben voor dat geneesmiddel dat mij voor een hartaanval behoedt?' En voordat Rusty antwoord kon geven, zei hij: 'Niets zeggen. Je wilt dat Barbara wordt vrijgelaten, nietwaar?'

'Nee. De mensen hier zouden hem lynchen zodra hij een voet buiten het politiebureau zette.'

Grote Jim lachte. 'Een heel enkele keer zeg je iets verstandigs.'

'Ik wil dat je aftreedt. En Sanders ook. Laat Andrea Grinnell het overnemen. Julia Shumway kan de helpende hand bieden totdat Andrea helemaal is afgekickt.'

Grote Jim lachte deze keer nog harder. Voor de goede orde sloeg hij ook nog op zijn dij. 'Ik vond Cox al erg – hij wilde dat die meid met dikke tieten Andrea ging helpen –, maar jij bent nog veel erger. Shumway! Dat stuk verdriet heeft nog niet het bestuurlijke talent om uit een papieren zak te kruipen!'

'Ik weet dat je Coggins hebt vermoord.'

Hij had dat niet willen zeggen, maar het was eruit voordat hij het kon tegenhouden. En wat kon het voor kwaad? Ze waren hier maar met zijn tweeën, als je John Roberts van CNN niet meetelde, die op hen neerkeek vanaf het televisiescherm aan de muur. En trouwens, de resultaten waren het waard. Voor het eerst sinds hij had beseft dat de Koepel een realiteit was, was Grote Jim geschokt. Hij wilde neutraal blijven kijken, maar dat lukte niet.

'Je bent gek.'

'Jij weet dat ik dat niet ben. Ik ben gisteravond naar uitvaartbedrijf Bowie geweest en heb daar de lijken van de vier moordslachtoffers onderzocht.'

'Je had niet het recht om dat te doen! Je bent geen patholoog-anatoom! Je bent niet eens een katoenplukkende dokter!'

'Rustig blijven, Rennie. Tel tot tien. Denk om je hart.' Rusty zweeg even. 'Bij nader inzien: krijg de pest met je hart. Na de puinhoop die je hebt achtergelaten en die je nu nog aan het maken bent kan dat hart van je de pest krijgen. Er zaten sporen op Coggins' gezicht en hoofd. Heel bijzondere sporen, maar gemakkelijk te identificeren. Naden van iets wat gestikt is. Ik twijfel er niet aan dat ze overeenkomen met de souvenirhonkbal die ik op je bureau zag liggen.'

'Dat zegt niets.' Maar Rennie keek naar de open deur van de badkamer.

'Het zegt een heleboel. Vooral wanneer je bedenkt dat de andere lijken op dezelfde plaats zijn gedumpt. Volgens mij wijst dat erop dat de moordenaar van Coggins ook de moordenaar van de anderen is. Ik denk dat jij het was. Of misschien Junior en jij. Waren jullie een team van vader en zoon? Was dat het?'

'Ik vertik het om hiernaar te luisteren!' Hij maakte aanstalten om op te staan. Rusty duwde hem terug. Dat ging verrassend gemakkelijk.

'Blijf daar!' riep Rennie. 'Verdraaid nog aan toe, blijf daar!'

'Waarom heb je hem vermoord?' vroeg Rusty. 'Dreigde hij uit de school te klappen over je drugshandel? Deed hij daar ook aan mee?'

'Blijf daar!' herhaalde Rennie, al was Rusty alweer gaan zitten. Het kwam – op dat moment – niet bij hem op dat Rennie het misschien tegen iemand anders had.

'Ik kan dit stilhouden,' zei Rusty. 'en ik kan je iets geven wat veel beter tegen je PAT helpt dan valium. Daar moet dan tegenoverstaan dat je aftreedt. Op de grote vergadering van morgenavond neem je om medische redenen ontslag ten gunste van Andrea. Je gaat weg als een held.'

Dit kon hij niet weigeren, dacht Rusty; de man was in het nauw gedreven.

Rennie keek weer naar de open badkamerdeur en zei: 'Nu kunnen jullie tevoorschijn komen.'

Carter Thibodeau en Freddy Denton kwamen uit de badkamer, waar ze zich hadden schuilgehouden – en hadden staan luisteren.

8

'Verdomme,' zei Stewart Bowie.

Zijn broer en hij waren in de werkruimte onder in het uitvaartbedrijf. Stewart had make-up aangebracht bij Arletta Coombs, het laatste zelfmoordslachtoffer van Chester's Mill en de nieuwste klant van uitvaartbedrijf Bowie. 'Godverdegodverde kloteshit.'

Hij liet zijn mobiele telefoon op de werktafel vallen en haalde een pakje Ritz Bits met pindakaassmaak uit de brede voorzak van zijn met rubber gecoate groene schort. Stewart at altijd als hij van streek was, hij was altijd al rommelig met eten geweest ('De varkens hebben hier hun voer gehad,' zei hun vader altijd als de jonge Stewie van tafel ging), en nu regenden er Ritzkruimels neer op Arletta's naar boven gerichte gezicht, dat verre van vredig was; als ze had gedacht dat gootsteenontstopper een snel en pijnloos middel was om aan de Koepel te ontsnappen, was ze lelijk teleurgesteld. Dat rotspul had zich tot diep in haar maag gevreten, en aan de achterkant naar buiten.

'Wat is er?' vroeg Fern.

'Waarom heb ik me ooit met die verrekte Rennie ingelaten?'

'Om het geld?'

'Wat heb ik nu aan geld?' ging Stewart tekeer. 'Weet je wat hij nou weer wil? Dat ik ga winkelen bij Burpee! Of ik niks beters te doen heb!'

Hij rukte de mond van de bejaarde weduwe open en ramde het restant van de Ritz Bits erin. 'Vreten, wijf, het is tijd voor een hapje.'

Stewart pakte zijn mobiele telefoon op, drukte op de toets van CONTACTPERSONEN en koos een nummer. 'Als hij er niet is,' zei hij, misschien tegen Fern, waarschijnlijk tegen zichzelf, 'ga ik daarheen, zoek hem op en steek een van zijn eigen kippen in zijn...'

Maar Roger Killian was er wel. En ook nog in dat rottige kippenhok van hem. Stewart kon ze horen kakelen. Hij hoorde ook de golvende vioolklanken van Mantovani uit de geluidsapparatuur van het kippenhok komen. Als de jongens daar waren, was het Metallica of Pantera.

'Hallo?'

'Roger. Met Stewie. Ben je helder in je kop?'

'Redelijk,' antwoordde Roger. Dat betekende waarschijnlijk dat hij meth had gerookt, maar wat gaf het.

'Kom naar het dorp. Fern en ik wachten op je bij de gemeentegarage. We gaan met twee van de grote wagens – die met de hijstoestellen – naar WCIK. Alle propaan moet naar het dorp terug. Dat redden we niet in één dag, maar Jim zegt dat we moeten beginnen. Morgen rekruteer ik nog zes of zeven kerels die we kunnen vertrouwen – een paar jongens uit Jims privélegertje, als die dan nog niet in de hel zijn – en maken we het af.'

'O nee, Stewart – ik moet de kippen voeren! De jongens die ik nog over had, zijn nu allemaal bij de politie!'

Dat betekent, dacht Stewart, *dat je in dat kantoortje van je wilt zitten om meth te roken, naar shitmuziek te luisteren en naar video's van vrijende lesbo's op je computer te kijken.* Hij wist niet hoe je geil kon worden met de stank van kippenstront zo hevig om je heen dat je er met een mes in kon snijden, maar Roger Killian slaagde erin.

'Dit is geen karwei voor vrijwilligers, man. Ik heb orders gekregen, en die geef ik nu aan jou door. Over een halfuur. En als je toevallig een paar van je jongens ziet, neem je ze mee.'

Hij hing op voordat Roger weer kon kermen en klagen, en bleef nog even ziedend van woede staan. Het laatste ter wereld waar hij op deze woensdagmiddag zin in had was propaantanks inladen in vrachtwagens... maar toch zou hij dat gaan doen. Jazeker.

Hij pakte de sproeislang van het aanrecht, stak hem tussen Arletta Coombs' kunstgebit en zette hem aan. Het was een hogedrukslang, en het lijk sprong omhoog van de tafel. 'Even die crackers wegspoelen, opoe,' snauwde hij. 'Anders stik je er nog in.'

'Niet doen!' riep Fern. 'Het spuit uit het gat in haar...'
Te laat.

9

Grote Jim keek Rusty aan met een glimlach van *kijk-nou-wat-ervan-komt*. Toen keek hij Carter en Freddy Denton aan. 'Hebben jullie gehoord hoe meneer Everett me onder druk zette?'

'Nou en of,' zei Freddy.

'Hebben jullie gehoord dat hij dreigde mij levensreddende medicijnen te onthouden als ik niet aftreed?'

'Ja,' zei Carter, en hij keek Rusty duister aan. Rusty vroeg zich af hoe hij ooit zo stom had kunnen zijn.

Het is een lange dag geweest – schrijf het daar maar aan toe.

'Het medicijn in kwestie zal wel het middel Verapamil zijn, dat die kerel met lang haar me door een infuus heeft toegediend.' Grote Jim liet zijn tanden zien voor weer een onaangename glimlach.

Verapamil. Voor het eerst vloekte Rusty op zichzelf omdat hij de kaart op Grote Jims deur niet had bekeken. Het zou niet de laatste keer zijn.

'Wat voor misdrijven zouden het zijn?' vroeg Grote Jim. 'Bedreiging?'

'Ja, en ook afpersing,' zei Freddy.

'Kom nou. Het was poging tot moord,' zei Carter.

'En wie denk je dat hem daartoe heeft aangezet?'

'Barbie,' zei Carter, en hij sloeg Rusty op zijn mond. Rusty had dat niet verwacht en deed dan ook geen enkele poging zich te verweren. Hij wankelde achteruit, kwam tegen een van de stoelen en viel daar zijdelings en met bloedende mond overheen.

'Die kreeg je omdat je je tegen arrestatie verzette,' merkte Grote Jim op. 'Maar het is niet genoeg. Leg hem op de vloer, jongens. Ik wil hem op de vloer hebben.'

Rusty probeerde weg te lopen, maar hij was de stoel nog maar amper uit toen Carter zijn arm vastgreep en hem omdraaide. Freddy zette een voet achter zijn benen. Carter duwde. *Als jongens op een schoolplein*, dacht Rusty terwijl hij omviel.

Carter viel naast hem neer. Rusty kon hem één stomp verkopen. Die trof Carters linkerwang. Carter schudde hem geërgerd van zich af, als iemand die zich van een lastige vlieg ontdoet. Even later zat hij op Rusty's borst en keek hij grijnzend op hem neer. Ja, net als op het schoolplein, al was er nu geen meester of juf om er een eind aan te maken.

Hij keek Rennie aan, die inmiddels was opgestaan. 'Dit kun je beter niet doen,' hijgde hij. Zijn hart bonkte. Hij kon amper genoeg lucht in zijn longen krijgen. Thibodeau was erg zwaar. Freddy Denton zat naast hen tweeën op zijn knieën. Rusty vond dat hij net op een scheidsrechter van zo'n in scène gezette worstelwedstrijd leek.

'Toch doe ik het, Everett,' zei Grote Jim. 'Ik móét wel. Freddy, pak mijn mobiele telefoon. Hij zit in zijn borstzak en ik wil niet dat hij kapot gaat. Die katoenplukker heeft hem gestolen. Je kunt dat op zijn rekening zetten als je hem op het bureau hebt.'

'Er zijn nog meer mensen die het weten,' zei Rusty. Hij had zich nog nooit zo hulpeloos gevoeld. En zo dom. Hij zei tegen zichzelf dat hij niet de eerste was die James Rennie senior had onderschat, maar dat hielp ook al niet. 'Er zijn meer mensen die weten wat je hebt gedaan.'

'Misschien wel,' zei Grote Jim. 'Maar wie zijn dat? Nog meer vrienden van Dale Barbara. Degenen die de voedselrellen zijn begonnen, degenen die het krantenkantoor hebben platgebrand. Volgens mij ook degenen die de Koepel hebben neergezet. Een of ander experiment van de overheid, denk ik. Maar wij zijn geen ratten in een kooi, hè? Dat zijn we niet, hè, Carter.'

'Nee.'

'Freddy, waar wacht je op?'

Freddy had naar Grote Jim geluisterd met een gezicht waarop te lezen stond: *nou snap ik het*. Hij haalde Grote Jims mobieltje uit Rusty's borstzak en gooide het op een van de banken. Toen keek hij Rusty weer aan. 'Hoe lang waren jullie het al van plan? Hoe lang waren jullie al van plan ons in de gemeente op te sluiten om te kijken wat we gingen doen?'

'Freddy, hoor nou wat je zegt,' zei Rusty. De woorden kwamen er een beetje piepend uit. God, wat was die Thibodeau zwaar. 'Dat is belachelijk. Het is onzin. Zie je dan niet d...'

'Hou zijn hand op de vloer,' zei Grote Jim. 'De linker.'

Freddy deed wat hem werd opgedragen. Rusty verzette zich, maar omdat Thibodeau zijn armen omlaaggedrukt hield, kon hij niets beginnen.

'Ik vind het jammer dat ik dit moet doen, vriend, maar de mensen van dit dorp moeten weten dat het terroristische element geen kans maakt.'

Rennie kon wel zeggen dat hij het jammer vond, maar toen hij de hak van zijn schoen – en zijn volle honderdvijf kilo – op Rusty's tot een vuist gebalde linkerhand liet neerdalen, zag Rusty dat er nog een ander motief meespeelde, dat zich duidelijk manifesteerde in de gabardine broek van de eerste wethouder. De man genoot hiervan, en niet alleen in cerebrale zin.

Toen drukte de hak nog harder, vermorzelend: hard, harder, hardst. Het hele gezicht van Grote Jim was samengetrokken van inspanning. Het zweet stond op zijn wangen. Zijn tong zat tussen zijn tanden geklemd.

Niet schreeuwen, zei Rusty tegen zichzelf. *Dan komt Ginny, en dan zit zij ook in de val. Bovendien wil hij dat je schreeuwt. Dat moet je hem niet gunnen.*

Maar toen hij het eerste knapgeluid onder de hak van Grote Jim hoorde, schreeuwde hij wel. Hij kon het niet helpen.

Er volgde nog een knapgeluid. En een derde.

Grote Jim ging tevreden achteruit. 'Trek hem overeind en breng hem naar de gevangenis. Hij mag op visite bij zijn vriend.'

Freddy keek naar Rusty's hand, die al opzwol. Drie van de vier vingers waren helemaal verbogen. 'Kapot,' zei hij met grote voldoening.

Ginny verscheen met grote ogen in de deuropening van de huiskamer. 'Wat zijn jullie in godsnaam aan het doen?'

'We arresteren deze schoft voor afpersing, criminele nalatigheid en poging tot moord,' zei Freddy Denton, terwijl Rusty Everett door Carter overeind werd getrokken. 'En dat is nog maar een begin. Hij heeft verzet gepleegd en we moesten geweld gebruiken. Gaat u hier weg, mevrouw.'

'Jullie zijn gek!' riep Ginny uit. 'Rusty, je hánd!'

'Ik red me wel. Bel Linda. Zeg dat deze schurken...'

Hij kwam niet verder. Carter greep hem bij zijn nek vast en dirigeerde hem met zijn hoofd omlaag de deur uit. In zijn oor fluisterde Carter: 'Als ik dacht dat die ouwe kerel net zo goed kon dokteren als jij, zou ik je meteen koud maken.'

En dat allemaal in weinig meer dan vier dagen, dacht Rusty, terwijl Carter hem door de gang duwde. Hij wankelde en liep bijna dubbelgeklapt door de greep op zijn nek. Zijn linkerhand was geen hand meer, alleen nog een schreeuwend brok pijn onder zijn pols. *In weinig meer dan vier dagen.*

Hij vroeg zich af of de leerkoppen – wie of wat dat ook mochten zijn – van de voorstelling genoten.

10

Het was al laat in de middag toen Linda eindelijk de bibliothecaresse van Chester's Mill tegenkwam. Lissa fietste over Route 117 naar huis terug. Ze zei dat ze met de bewakers bij de Koepel had gesproken om te proberen meer informatie over de bezoekersdag uit hen los te krijgen.

'Ze mogen eigenlijk niet met de dorpelingen praten, maar sommigen doen het toch,' zei ze. 'Vooral als je de bovenste drie knoopjes van je blouse laat openstaan. Blijkbaar is dat een goed middel om een gesprek op gang te brengen. Tenminste, met de jongens van het leger. Die mariniers... Al trok ik al mijn kleren uit en danste ik de macarena, dan nog zouden ze geen boe of bah zeggen. Die jongens lijken wel immuun voor sexappeal.' Ze glimlachte. 'Niet dat ze mij ooit voor Kate Winslet zullen aanzien.'

'Heb je nog interessant nieuws gehoord?'

'Nee.' Lissa stond met haar fiets tussen haar benen en keek Linda door het raampje aan de passagierskant aan. 'Ze weten niets. Ze maken zich wel grote zorgen om ons, en dat vond ik ontroerend. En ze horen net zoveel geruchten als wij. Een van hen vroeg me of het waar was dat er al meer dan honderd mensen zelfmoord hebben gepleegd.'

'Kun je even bij me in de auto komen?'

Lissa's glimlach werd breder. 'Word ik gearresteerd?'

'Ik wil iets met je bespreken.'

Lissa zette haar fiets op de standaard en stapte in, nadat ze eerst Linda's politieklembord en een niet-functionerend radarpistool had weggelegd. Linda vertelde haar over het clandestiene bezoek aan het uitvaartbedrijf en wat ze daar hadden ontdekt, en daarna over de bijeenkomst in de pastorie die ze wilden houden. Lissa reageerde meteen heftig.

'Ik kom. Dat wil ik echt niet missen.'

Op dat moment schraapte de radio zijn keel en was Staceys stem te horen. 'Wagen 4, wagen 4. Meld u.'

Linda pakte de microfoon. Ze dacht niet aan Rusty maar aan de meisjes. 'Hier wagen 4, Stacey. Zeg het maar.'

Wat Stacey Moggin toen zei, deed Linda's zorgelijke gevoel meteen omslaan in regelrecht afgrijzen. 'Ik heb slecht nieuws voor je, Lin. Ik zou zeggen dat je je schrap moet zetten, maar volgens mij kan dat niet als het om iets als dit gaat. Rusty is gearresteerd.'

'Wát?' Linda schreeuwde bijna, maar alleen tegen Lissa. Ze drukte niet op de zendknop aan de zijkant van de microfoon.

'Ze hebben hem bij Barbie in het kippenhok gezet. Hij is niet gewond, al geloof ik wel dat hij een gebroken hand heeft. Die hield hij tegen zijn borst en hij was helemaal opgezwollen.' Ze dempte haar stem. 'Dat is gebeurd toen hij zich tegen arrestatie verzette, zeggen ze. Over.'

Ditmaal dacht Linda eraan om op de knop te drukken. 'Ik kom er meteen aan. Zeg tegen hem dat ik kom. Over.'

'Dat kan ik niet,' zei Stacey. 'Er mag daar niemand meer naar beneden, behalve agenten die op een speciale lijst staan... en daar hoor ik niet bij. Er is een hele waslijst van beschuldigingen, zoals poging tot moord en medeplichtigheid aan moord. Doe maar rustig aan. Je mag toch niet bij hem komen, en het heeft geen zin dat je je wagen in de vernieling rijdt...'

Linda drukte drie keer op de knop van de microfoon. Toen zei ze: 'Reken maar dat ik hem te zien krijg.'

Maar ze kreeg hem niet te zien. Commandant Peter Randolph, verkwikt na zijn dutje, wachtte haar bij de deur van het politiebureau op en zei dat ze haar insigne en dienstwapen moest inleveren. Als Rusty's vrouw werd ze ervan verdacht het wettig gezag in de gemeente te ondermijnen en aan te zetten tot opstand. Misschien strekte het hem tot eer dat hij haar niet recht in de ogen kon kijken toen hij dat zei.

Mij best, zou ze tegen hem willen zeggen. *Arresteer me maar en zet me bij mijn man in de cel.* Maar toen dacht ze aan de meisjes, die nu bij Marta wachtten tot ze werden opgehaald en die haar dan alles over hun dag op school wilden vertellen. Ze dacht ook aan de bijeenkomst in de pastorie van die avond. Daar kon ze niet bij zijn als ze in een cel zat, en die bijeenkomst was nu belangrijker dan ooit.

Want als ze de volgende avond één gevangene gingen bevrijden, waarom dan niet twee?

'Zeg tegen hem dat ik van hem houd,' zei Linda, die haar riem losmaakte en de holster ervan verwijderde. Ze had toch al niet van het zware wapen gehouden. Kleine kinderen helpen met oversteken als ze naar school gingen, en tegen oudere scholieren zeggen dat ze hun sigaretten moesten uitdoen en niet zulke vuile taal moesten uitslaan... Dat soort dingen lag haar meer.

'Ik zal het doorgeven, mevrouw Everett.'

'Heeft er iemand naar zijn hand gekeken? Ik heb gehoord dat zijn hand misschien gebroken is.'

Randolph fronste zijn wenkbrauwen. 'Wie heeft u dat verteld?'

'Ik weet niet wie me heeft gebeld. Hij noemde zijn naam niet. Het was een van onze jongens, denk ik, maar daar op de 117 heb je niet zo'n goede ontvangst.'

Randolph dacht daarover na en ging er niet op in. 'Rusty's hand is in orde,' zei hij. 'En onze jongens zijn jouw jongens niet meer. Ga naar huis. We hebben later vast nog wel vragen voor je.'

Ze voelde tranen en vocht ertegen. 'En wat moet ik tegen mijn meisjes zeggen? Moet ik zeggen dat papa in de gevangenis zit? Je weet dat Rusty een goed mens is; dat wéét je. Allemachtig, hij heeft vorig jaar vastgesteld dat je iets met je galblaas had!'

'Ik kan u niet helpen, mevrouw Everett,' zei Randolph. De tijd dat hij haar Linda noemde was blijkbaar voorbij. 'Maar ik stel voor dat u níét tegen hen zegt dat papa samen met Dale Barbara de moord op Brenda Perkins en Lester Coggins heeft beraamd. Van de andere moorden zijn we niet zeker; dat waren duidelijk lustmoorden en daar heeft Rusty misschien niets mee te maken.'

'Dat is krankzinnig!'

Randolph deed alsof hij het niet hoorde. 'Hij heeft ook geprobeerd wethouder Rennie te vermoorden door levensreddende medicatie achter te houden. Gelukkig had Grote Jim de vooruitziende blik om twee agenten bij hem in de buurt te verstoppen.' Hij schudde zijn hoofd. 'Hij dreigde levensreddende medicatie te onthouden aan iemand die ziek is geworden door hard voor de gemeente te werken. En dan noemt u hem een goed mens, verdomme.'

Ze wist dat ze in moeilijkheden kwam en ging weg voordat ze het erger kon maken. De vijf uren tot aan de bijeenkomst in de pastorie van de Congo-kerk strekten zich voor haar uit. Ze wist niet waar ze heen kon gaan en wat ze moest doen.

En opeens wist ze dat wel.

11

Rusty's hand was absoluut niet in orde. Zelfs Barbie kon dat zien, terwijl er toch drie cellen tussen hen in zaten. 'Rusty, kan ik iets doen?'

Het lukte Rusty te glimlachen. 'Nee, tenzij je een paar aspirientjes naar me toe kunt gooien. Darvocet zou nog beter zijn.'

'Hebben ze je niets gegeven?'

'Nee, maar de pijn wordt al wat minder. Ik overleef het wel.' Dat klonk veel dapperder dan hij zich voelde. De pijn was hevig en hij stond op het punt het erger te maken. 'Maar ik moet wel iets aan die vingers doen.'

'Veel succes.'

Wonder boven wonder was geen van de vingers gebroken, al was een botje in zijn hand dat wel. Het was een middelhandsbeentje, het vijfde. Het enige wat hij daaraan kon doen was repen van zijn T-shirt scheuren en ze als spalk gebruiken. Maar eerst...

Hij pakte zijn linkerwijsvinger vast, die bij het proximale interphalangeale gewricht uit de kom was geraakt. In films gingen die dingen altijd snel. Snel was dramatisch. Jammer genoeg kon snelheid de dingen ook erger maken in plaats van beter. Hij oefende een gestage, toenemende druk uit. De pijn was gruwelijk en schoot door tot in zijn kaakgewrichten. Hij kon de vinger horen kraken als het scharnier van een deur die een hele tijd niet open was geweest. Ergens, zowel dichtbij als in een ander land, zag hij Barbie bij de deur van zijn cel staan kijken.

Toen was de vinger plotseling weer recht en werd de pijn minder. Tenminste, in die ene vinger. Hij ging op het bed zitten, hijgend als iemand die net een hardloopwedstrijd had gewonnen.

'Klaar?' vroeg Barbie.

'Nog niet. Ik moet ook iets aan mijn middelvinger doen. Misschien heb ik hem nog nodig.'

Rusty pakte de vinger vast en begon opnieuw. En opnieuw gleed het gewricht, net toen het leek of de pijn niet erger kon worden, weer op zijn plaats. Nu was er alleen nog zijn pink, die naar buiten stak alsof hij een toast wilde uitbrengen.

En ik wou dat ik dat kon, dacht hij. '*Op de ellendigste dag uit de geschiedenis.*' In elk geval uit de geschiedenis van Eric Everett.

Hij verbond de pink. Die deed ook pijn, en er was geen snelle oplossing voor.

'Wat heb je gedaan?' vroeg Barbie, en hij knipte twee keer hard met zijn vingers. Hij wees naar het plafond en hield zijn hand bij zijn oor. Wist hij dat het kippenhok werd afgeluisterd of had hij daar alleen maar een vermoeden van? Het maakte geen verschil, dacht Rusty. Ze konden maar het beste doen alsof ze werden afgeluisterd, al was het moeilijk te geloven dat iemand van dat stelletje nietsnutten daar al aan had gedacht.

'Ik beging de fout dat ik Grote Jim tot aftreden probeerde te bewegen,' zei Rusty. 'Ze voegen daar vast nog wel een stuk of tien andere beschuldigingen aan toe, maar eigenlijk ben ik gevangengezet omdat ik tegen hem zei dat hij zich niet meer zo druk moest maken omdat hij anders een hartaanval krijgt.'

Daarmee liet hij de dingen die hij over Coggins had gezegd natuurlijk onbesproken, maar dat leek Rusty beter voor zijn gezondheid.

'Hoe is het eten hier?'

'Niet slecht,' zei Barbie. 'Rose heeft me het middageten gebracht. Je moet wel oppassen voor het water. Dat is soms een beetje zout.'

Hij maakte een vork van de eerste twee vingers van zijn rechterhand, wees

ermee naar zijn ogen en wees toen naar zijn eigen mond: *kijk.*
Rusty knikte.
Morgenavond, vormde Barbie met zijn mond.
Ik weet het, antwoordde Rusty op dezelfde manier. Doordat hij de lettergrepen overdreven moest weergeven, barstten zijn lippen open en bloedden ze weer.
Barbie vormde met zijn mond: *We... hebben... een... veilige... plaats... nodig.*
Dankzij Joe McClatchey en zijn vrienden dacht Rusty dat hij daar wel iets op had gevonden.

12

Andy Sanders kreeg een toeval.
Eigenlijk was dat onvermijdelijk; hij was geen methamfetamine gewend en hij had er veel van gerookt. Hij was in de WCIK-studio en luisterde naar het Our Daily Bread-symfonieorkest met een vertolking van 'How Great Thou Art', en hij dirigeerde mee. Hij zag zichzelf omlaagzweven door eeuwige vioolsnaren.
Chef was ergens met de pijp, maar hij had voor Andy een voorraad dikke hybride sigaretten achtergelaten die hij *fry-daddy's* noemde. 'Pas daarmee op, Sanders,' zei hij. 'Ze zijn net dynamiet. "Want hij die het drinken niet gewend is moet bescheiden zijn." Timoteüs 1. Dat geldt ook voor fry's.'
Andy knikte ernstig, maar zodra Chef weg was, rookte hij als een bezetene: twee van de daddy's, de ene na de andere. Hij rookte tot ze niets meer waren dan hete stompjes die zijn vingers verbrandden. De stank van de methamfetamine – als gebakken kattenpis – steeg al naar de top van zijn aromatische hitparade. Hij was halverwege de derde daddy en dirigeerde nog als Leonard Bernstein, toen hij een extra diepe trek nam en meteen het bewustzijn verloor. Hij viel op de vloer en lag te stuiptrekken in een rivier van gewijde muziek. Schuimend speeksel sijpelde tussen zijn opeengeklemde tanden door. Zijn halfopen ogen rolden in hun kassen en zagen dingen die er niet waren. Tenminste, nog niet.
Tien minuten later was hij weer wakker en had hij genoeg energie om over het pad tussen de studio en de lange rode opslagloods daarachter te vliegen.
'Chéf!' riep hij. 'Chef, waar ben je? Ze komen eráán!'
Chef Bushey kwam uit de zijdeur van de opslagloods. Zijn haar stond in

vettige slierten overeind. Hij droeg een vuile pyjamabroek met pisvlekken bij het kruis en grasvlekken op het zitvlak. Er stonden tekenfilmkikkers op die KWAAK-KWAAK zeiden, en de broek hing zo'n beetje om de knokige uitsteeksels van zijn heupen. Aan de voorkant was een bosje schaamhaar en aan de achterkant was de spleet van zijn reet te zien. Hij had zijn AK-47 in zijn hand. Op de kolf had hij zorgvuldig de woorden GODS KRIJGER geschreven. In zijn andere hand had hij de garagedeuropener. Hij legde Gods Krijger neer, maar niet Gods Deuropener. Hij pakte Andy's schouders vast en schudde hem door elkaar.

'Hou op, Sanders, je bent hysterisch.'

'Ze komen! De bittere mannen! Net zoals je zei!'

Chef dacht daarover na. 'Heeft er iemand gebeld om je een seintje te geven?'

'Nee, het was een visioen! Ik ging van mijn stokje en had een visioen!'

Chef zette grote ogen op. Argwaan maakte plaats voor respect. Hij keek van Andy naar Little Bitch Road en keek toen Andy weer aan. 'Wat heb je gezien? Hoeveel? Zijn het ze allemaal, of maar een paar, zoals de vorige keer?'

'Ik... Ik... Ik...'

Chef schudde hem weer door elkaar, maar ditmaal niet zo hard. 'Rustig, Sanders. Je bent nu in het Leger van de Heer, en...'

'Een christenstrijder!'

'Ja, ja, ja. En ik ben je meerdere. Dus breng rapport uit.'

'Ze komen in twee wagens.'

'Twee maar?'

'Ja.'

'Oranje?'

'Ja!'

Chef hees zijn pyjamabroek op (die zakte meteen weer af) en knikte. 'Gemeentewagens. Waarschijnlijk dezelfde drie stomkoppen – de Bowies en meneer Kip.'

'Meneer...?'

'Killian, Sanders, wie anders? Hij rookt meth, maar begrijpt het doel van meth niet. Hij is een sukkel. Ze komen meer propaan halen.'

'Moeten we ons verstoppen? Ons verstoppen en hen het gas gewoon laten ophalen?'

'Dat heb ik de vorige keer gedaan. Maar nu doe ik dat niet. Ik heb geen zin meer om me te verstoppen en mensen dingen te laten meenemen. De ster Alsem heeft geschitterd. Het wordt tijd dat mannen van God hun vlag hijsen. Doe je mee?'

En Andy – die onder de Koepel alles had verloren wat ooit iets voor hem had betekend – aarzelde geen moment. 'Ja!'
'Tot het eind, Sanders?'
'Tot het eind!'
'Waar heb je je geweer gelaten?'
Voor zover Andy zich kon herinneren, was het in de studio. Het stond tegen de poster van televisiedominee Pat Robertson die zijn arm om wijlen Lester Coggins heen had.
'We gaan het halen,' zei Chef. Hij raapte Gods Krijger op en keek of het wapen geladen was. 'En voortaan draag je het altijd bij je. Is dat begrepen?'
'Oké.'
'Is daar een kist munitie?'
'Ja.' Andy had een van die kisten nog maar een uur geleden naar binnen gedragen. Tenminste, hij dacht dat het een uur geleden was; fry-daddy's hadden de neiging de tijd te vervormen.
'Wacht even,' zei Chef. Hij liep langs de zijkant van de loods naar de kist met Chinese handgranaten en bracht er drie mee. Hij gaf er twee aan Andy en zei dat hij ze in zijn zakken moest stoppen. Chef hing de derde granaat met de trekring aan de loop van Gods Krijger. 'Sanders, als je de pin eruit hebt getrokken, schijn je zeven seconden te hebben om zo'n rotzak weg te gooien, maar toen ik het in de grindkuil hierachter probeerde, leek het meer op vier seconden. Je kunt die oosterse rassen niet vertrouwen. Denk daaraan.'
Andy zei dat hij dat zou doen.
'Goed. Kom mee. We gaan je wapen halen.'
Aarzelend vroeg Andy: 'Gaan we ze doodmaken?'
Chef keek verrast. 'Nee, alleen als het moet.'
'Goed,' zei Andy. Ondanks alles wilde hij niet echt iemand kwaad doen.
'Maar als ze het erop aan laten komen, doen we wat nodig is. Begrijp je dat?'
'Ja,' zei Andy.
Chef klopte hem op zijn schouder.

13

Joe vroeg zijn moeder of Benny en Norrie konden blijven slapen. Claire zei dat ze het goed vond als hun ouders het ook goed vonden. Ze was eigenlijk wel opgelucht. Na hun avontuur op Black Ridge vond ze het wel een prettig idee om een oogje op hen te kunnen houden. Ze konden popcorn maken op de houtkachel en doorgaan met het luidruchtige spelletje monopoly waaraan ze een uur geleden waren begonnen. Eigenlijk was het té luidruchtig. Hun gepraat en gejoel klonken zo nerveus als het gefluit van iemand die langs het kerkhof loopt. Dat stond haar helemaal niet aan.

Benny's moeder ging akkoord en – enigszins tot haar verbazing – die van Norrie ook. 'Ik heb me al vol willen gieten sinds dit is begonnen. Dan heb ik vanavond dus de kans. En Claire? Zeg tegen dat meisje dat ze morgen haar opa moet opzoeken om hem een kus te geven.'

'Wie is haar opa?'

'Ernie. Je kent Ernie toch wel? Iedereen kent Ernie. Hij maakt zich zorgen om haar. Ik soms ook. Dat skateboard.' Er ging een huivering door Joanies stem.

'Ik zal het tegen haar zeggen.'

Claire had nog maar amper opgehangen of er werd op de deur geklopt. Eerst wist ze niet wie de vrouw van middelbare leeftijd met een bleek, gespannen gezicht was. Toen besefte ze dat het Linda Everett was, die meestal kinderen met oversteken hielp en bonnen uitdeelde als auto's langer dan twee uur in Main Street geparkeerd stonden. En ze was helemaal niet van middelbare leeftijd. Dat leek ze nu alleen maar.

'Linda!' zei Claire. 'Wat is er? Iets met Rusty? Is Rusty iets overkomen?' Ze dacht aan straling... tenminste, in eerste instantie. In haar achterhoofd glibberden ergere ideeën rond, als slangen in een mand.

'Hij is gearresteerd.'

Het monopoly-spel in de eetkamer werd meteen gestaakt. De deelnemers stonden nu samen in de deuropening van de huiskamer en keken ernstig naar Linda.

'Het is een hele waslijst van beschuldigingen, waaronder medeplichtigheid aan de moorden op Lester Coggins en Brenda Perkins.'

'Néé!' riep Benny uit.

Claire dacht erover hen de kamer uit te sturen, maar dat zou hopeloos zijn. Ze meende wel te weten waarvoor Linda was gekomen en had daar begrip voor, maar nam het haar toch kwalijk. En Rusty ook, omdat hij de kinderen erbij had betrokken. Alleen waren ze er allemaal bij betrokken, nietwaar? Onder de Koepel kon je niet meer zelf kiezen of je bij iets betrokken was.

'Hij kwam in Rennies vaarwater,' zei Linda. 'Dat zit er werkelijk achter. Dat zit tegenwoordig achter álles, wat Grote Jim betreft: wie er in zijn vaarwater zitten en wie niet. Hij is helemaal vergeten in wat voor een vreselijke situatie we leven. Nee, het is nog erger. Hij maakt gebruik van die situatie.'

Joe keek Linda ernstig aan. 'Weet meneer Rennie waar we vanmorgen heen waren, mevrouw Everett? Weet hij van het kastje? Ik vind dat hij beter niet van het kastje kan weten.'

'Welk kastje?'

'Dat we op Black Ridge hebben gevonden,' zei Norrie. 'Wij hebben zelf alleen het licht gezien dat het uitzendt. Rusty is erheen geweest en heeft het bekeken.'

'Het is de generator,' zei Benny. 'Alleen kon hij hem niet uitzetten. Hij kon hem niet eens optillen, al zei hij dat het een heel klein ding was.'

'Ik weet daar niets van,' zei Linda.

'Dan weet Rennie het ook niet,' zei Joe. Hij keek alsof er een ontzaglijke last van zijn schouders was gegleden.

'Hoe weet je dat?'

'Omdat hij agenten zou hebben gestuurd om ons te ondervragen,' zei Joe. 'En als we daar geen antwoord op gaven, zou hij ons ook in de cel stoppen.'

In de verte waren twee knallen te horen. Claire spitste haar oren en fronste haar wenkbrauwen. 'Waren dat voetzoekers of geweerschoten?'

Linda wist het niet, en omdat de knallen niet uit het dorp waren gekomen – daar waren ze te zwak voor –, kon het haar niet schelen. 'Jongens, vertel me wat er op Black Ridge is gebeurd. Vertel me alles. Wat jullie hebben gezien en wat Rusty heeft gezien. En later vanavond zijn er misschien nog een paar mensen aan wie jullie het moeten vertellen. Het wordt tijd dat we alles wat we weten bij elkaar leggen. Hoog tijd.'

Claire deed haar mond open om te zeggen dat ze er niet bij betrokken wilde raken, maar zweeg. Want er was geen keus. Tenminste niet voor zover zij kon zien.

14

De WCIK-studio stond een heel eind van Little Bitch Road vandaan, en het pad dat erheen leidde (verhard en in veel betere staat dan de weg zelf) was bijna een halve kilometer lang. Aan het Little Bitch-eind werd het geflankeerd door twee honderdjarige eiken. Hun herfsttooi, in een normaal najaar mooi genoeg om voor een kalender of toeristenfolder in aanmerking te komen, hing er nu slap en bruin bij. Andy Sanders stond achter een van die doorgroefde boomstammen. Chef stond achter de andere. Ze hoorden de ronkende dieselmotoren van de naderende vrachtwagens. Het zweet liep in Andy's ogen en hij veegde het weg.

'Sanders!'

'Wat is er?'

'Heb je de veiligheidspal eraf?'

Andy keek. 'Ja.'

'Mooi. Luister, en zorg dat je het meteen goed begrijpt. Als ik zeg dat je moet schieten, geef je die klootzakken de volle laag. Van onder tot boven, van voren en van achteren! Als ik níét zeg dat je moet schieten, blijf je daar gewoon staan. Heb je dat?'

'J-ja.'

'Ik denk niet dat er doden zullen vallen.'

Goddank, dacht Andy.

'Niet als het alleen de Bowies en meneer Kip zijn. Maar ik weet het niet zeker. Als ik het op schieten moet laten aankomen, sta je dan achter me?'

'Ja.' Geen aarzeling.

'En hou je vinger bij de trekker vandaan. Anders knal je je eigen kop nog van je romp.'

Andy keek omlaag, zag dat hij zijn vinger inderdaad op de trekker van de AK had en haalde hem vlug weg.

Ze wachtten. Andy hoorde zijn hartslag midden in zijn hoofd. Hij zei tegen zichzelf dat het dom was om bang te zijn – als hij niet toevallig dat telefoontje had gekregen, zou hij al dood zijn –, maar hij kon zichzelf niet overtuigen. Want er was een nieuwe wereld voor hem opengegaan. Hij wist dat het een valse wereld zou kunnen zijn (had hij niet gezien wat de dope met Andrea Grinnell had gedaan?), maar het was beter dan de ellendige wereld waarin hij had geleefd.

God, alsjeblieft, laat ze gewoon weggaan, bad hij. *Alsjeblieft.*

De vrachtwagens kwamen in zicht. Ze reden langzaam en bliezen donkere rook in het schemerende daglicht. Andy gluurde langs zijn boom en zag twee mannen in de voorste wagen zitten. Waarschijnlijk de Bowies.

Een hele tijd bewoog Chef niet. Andy vroeg zich al af of hij van gedachten was veranderd en hen toch het propaan zou laten meenemen. Toen kwam Chef tevoorschijn en loste vlug achter elkaar twee schoten.

Stoned of niet, Chef kon goed mikken. Beide voorbanden van de voorste wagen werden geraakt. De voorkant van de wagen stuiterde nog drie of vier keer op en neer, en toen kwam hij tot stilstand. De tweede wagen botste er bijna tegenop. Andy hoorde vaag muziek, kerkgezang of zo, en vermoedde dat de bestuurder van de tweede vrachtwagen de schoten niet boven de radio uit had gehoord. Intussen was er niemand te zien in de cabine van de voorste wagen. Beide mannen waren weggedoken.

Chef Bushey, nog op blote voeten en met alleen zijn kikkerpyjama aan (de garagedeuropener hing als een portofoon aan de omlaaggezakte broeksband), kwam achter zijn boom vandaan. 'Stewart Bowie!' riep hij. 'Fern Bowie! Kom eruit en praat met me!' Hij zette Gods Krijger tegen de eik.

Er kwam geen antwoord uit de voorste wagen, maar het portier aan de bestuurderskant van de tweede wagen ging open en Roger Killian stapte uit. 'Waarom gaan we niet verder?' riep hij. 'Ik moet terug om mijn kippen te...' Toen zag hij Chef. 'Hé, daar, Philly, wat is er?'

'Ga liggen!' brulde een van de Bowies. 'Die gek is aan het schieten!'

Roger keek naar Chef en toen naar de AK-47, die tegen de boom stond. 'Misschien wel, maar hij heeft het geweer neergezet. Trouwens, hij is het maar. Wat is er, Phil?'

'Ik ben nu Chef. Noem me Chef.'

'Oké, Chef, wat is er?'

'Kom eruit, Stewart,' riep Chef. 'Jij ook, Fern. Er overkomt hier niemand iets, denk ik.'

De portieren van de voorste vrachtwagen gingen open. Zonder om te kijken zei Chef: 'Sanders! Als een van die twee idioten een wapen heeft, open je het vuur. En niet schot voor schot, maar automatisch vuur. Maak tacokaas van ze.'

Maar geen van beide Bowies had een wapen. Fern had zijn handen omhoog.

'Tegen wie heb je het, maat?' vroeg Stewart.

'Kom tevoorschijn, Sanders,' zei Chef.

Andy deed het. Nu de dreiging van een bloedbad voorlopig van de baan was, genoot hij hiervan. Als hij eraan had gedacht een van Chefs fry-daddy's mee te brengen, zou hij er zelfs nog meer van hebben genoten.

'Andy?' zei Stewart verbaasd. 'Wat doe jíj hier?'

'Ik ben in het leger van de Heer opgenomen. En jullie zijn bittere mannen. Wij weten alles van jullie, en jullie hebben hier niets te zoeken.'

'Hè?' zei Fern. Hij liet zijn handen zakken. De neus van de voorste wagen zakte langzaam naar de weg. Er ontsnapte nog steeds lucht uit de grote voorbanden.

'Dat heb je goed gezegd, Sanders,' zei Chef. En tegen Stewart: 'Jullie stappen nu alle drie in die tweede wagen. Jullie keren en maken dat jullie weer in het dorp komen. Als jullie daar zijn, zeggen jullie tegen die afvallige zoon van de duivel dat WCIK nu van ons is. Ook het lab en alle voorraden.'

'Wat lul je nou, Phil?'

'Chéf.'

Stewart bewoog zijn hand even op en neer. 'Je mag je noemen zoals je wilt, als je me nou maar vertelt wat dit...'

'Ik weet dat je broer dom is,' zei Chef, 'en meneer Kip hier kan waarschijnlijk niet eens zijn veters strikken zonder een blauwdruk...'

'Hé!' riep Roger uit. 'Let op je woorden!'

Andy bracht zijn AK omhoog. Hij dacht dat hij CLAUDETTE op de kolf zou schrijven, als hij de kans kreeg. 'Nee, let jij op die van jou.'

Roger Killian verbleekte en ging een stap achteruit. Dat was nog nooit gebeurd wanneer Andy op een gemeentevergadering sprak, en het deed hem goed.

Chef praatte door alsof hij niet was onderbroken. 'Maar jij hebt tenminste nog een beetje hersenmassa, Stewart, dus maak daar gebruik van. Laat die wagen daar staan en ga met de andere naar het dorp terug. Zeg tegen Rennie dat dit hier niet meer van hem is. Het is nu van God. Zeg tegen hem dat de ster Alsem heeft geschitterd, en als hij niet wil dat de apocalyps vroeg komt, kan hij ons beter met rust laten.' Hij dacht even na. 'Je kunt ook tegen hem zeggen dat we de muziek blijven uitzenden. Ik denk niet dat hij zich daar druk om maakt, maar sommigen in het dorp putten er troost uit.'

'Weet je hoeveel politieagenten hij tegenwoordig heeft?' vroeg Stewart.

'Dat kan me geen moer schelen.'

'Ongeveer dertig, denk ik. Morgen zijn het er misschien wel vijftig. En het halve dorp loopt met blauwe armbanden om te laten weten dat ze achter de politie staan. Als hij zegt dat ze met een hele troep hierheen moeten komen, doen ze het zo.'

'Daar schieten ze niets mee op,' zei Chef. 'Wij vertrouwen op de Heer, en onze kracht is die van tien.'

'Nou, dan kom je op twintig en zijn jullie nog steeds in de minderheid,' zei Roger, die daarmee liet zien dat hij kon rekenen.

'Hou je kop, Roger,' zei Fern.

Stewart probeerde het opnieuw. 'Phil – Chef, bedoel ik – je moet daarmee ophouden, want je hoeft je nergens druk om te maken. Hij wil de dope niet, alleen het propaan. De helft van de generators in het dorp is uit. In het weekend is dat driekwart. Laat ons het propaan meenemen.'

'Ik heb het nodig om meth te koken. Sorry.'

Stewart keek hem aan alsof hij gek was geworden. *Waarschijnlijk is hij dat ook*, dacht Andy. *Waarschijnlijk wij allebei.* Natuurlijk was Jim Rennie ook gek, dus dat ging gelijk op.

'Schiet op,' zei Chef. 'En zeg tegen hem dat hij er spijt van krijgt als hij troepen op ons af stuurt.'

Stewart dacht even na en haalde toen zijn schouders op. 'Het zal mij de bout hachelen. Kom, Fern. Roger, ik rijd wel.'

'Mij best,' zei Roger Killian. 'Ik heb de pest aan al die versnellingen.' Hij wierp Chef en Andy nog een blik vol wantrouwen toe en liep toen naar de tweede wagen terug.

'God zegene jullie,' riep Andy.

Stewart wierp een norse blik over zijn schouder. 'God zegene jullie ook. Want God weet dat jullie het nodig hebben.'

De nieuwe eigenaren van WCIK – en van het grootste speedlaboratorium in Noord-Amerika – stonden naast elkaar de grote oranje vrachtwagen na te kijken die achteruit over de weg reed, stuntelig keerde en in de verte verdween.

'Sanders!'

'Ja, Chef?'

'Ik wil de muziek oppeppen, en wel meteen. Dit dorp heeft wat Mavis Staples nodig. En ook wat Clark Sisters. En als ik die nummers eenmaal op een rij heb staan, gaan we roken.'

Andy's ogen vulden zich met tranen. Hij sloeg zijn arm om de knokige schouders van de vroegere Phil Bushey en omhelsde hem. 'Ik hou van je, Chef.'

'Dank je, Sanders. Insgelijks. Zorg wel dat je geweer geladen blijft. Vanaf nu moeten we om beurten de wacht houden.'

15

Toen de vallende schemering de dag oranje kleurde, zat Grote Jim aan het bed van zijn zoon. Douglas Twitchell was binnengekomen om Junior een injectie te geven, en de jongen was nu in diepe slaap verzonken. In sommige opzichten, wist Grote Jim, zou het beter zijn als Junior stierf. Zolang hij in leven was en een tumor had die tegen zijn hersens drukte, wist je nooit wat hij ging doen of zeggen. Natuurlijk was de jongen zijn eigen vlees en bloed, maar hij moest aan het grotere belang denken, het belang van de gemeente. Een van de extra kussens in de kast zou waarschijnlijk wel geschikt zijn...

Toen ging zijn telefoon. Hij keek naar de naam in het venstertje en fronste zijn wenkbrauwen. Er was iets misgegaan. Anders zou Stewart nu nog niet bellen. 'Wat?'

Hij luisterde met steeds meer verbazing. Was Andy daar? Andy met een gewéér?

Stewart wachtte op een antwoord van hem. Hij wilde weten wat hij moest doen. *Ga maar in de rij staan, vriend*, dacht Jim, en hij zuchtte. 'Geef me even de tijd. Ik moet nadenken. Ik bel je terug.'

Hij maakte een eind aan het telefoongesprek en dacht na over zijn nieuwe probleem. Hij kon daar die avond met een stel agenten heen gaan. In sommige opzichten was dat een aantrekkelijk idee: hij kon ze bij de Food City optrommelen en dan zelf de leiding van de overval nemen. Als Andy doodging, was dat des te beter. Dan zou James Rennie senior in zijn eentje het hele gemeentebestuur vormen.

Aan de andere kant hadden ze morgenavond de bijzondere gemeentevergadering. Iedereen zou komen en er zouden vragen worden gesteld. Hij was er zeker van dat hij het speedlab aan Barbara en de vrienden van Barbara kon toeschrijven (voor Grote Jim was Andy Sanders nu officieel een vriend van Barbara geworden), maar toch... nee.

Nee.

Hij wilde dat zijn kudde bang was maar niet in regelrechte paniek verkeerde. Paniek bracht hem niet dichter bij zijn doel: volledige beheersing van de gemeente. En als hij Andy en Bushey daar nog even liet zitten, kon dat toch geen kwaad? Misschien was het zelfs wel gunstig. Ze zouden slordig worden. Misschien zouden ze zelfs denken dat niemand meer aan hen dacht, want drugs zaten vol vitamine Dom.

Vrijdag daarentegen – overmorgen – was door die katoenplukker van een Cox tot bezoekersdag uitgeroepen. Dan kwam iedereen weer naar de boerderij van Dinsmore. Natuurlijk zou Burpee daar weer een hotdogkraam neerzetten. Terwijl die superflop aan de gang was, en terwijl Cox zijn éénmanspersconferentie hield, kon Grote Jim zelf met een troep van zestien of achttien politieagenten naar het radiostation gaan en die twee lastige junks uit de weg ruimen.

Ja. Dat was de oplossing.

Hij belde Stewart terug en zei tegen hem dat hij niets moest doen.

'Maar ik dacht dat je het propaan wilde,' zei Stewart.

'Dat krijgen we nog wel,' zei Grote Jim. 'En jij mag ons helpen met die twee kerels af te rekenen, als je dat wilt.'

'Reken maar dat ik dat wil. Die klootzak – sorry, Grote Jim – die lamstraal Bushey moet een pak op zijn donder hebben.'

'Dat krijgt hij ook. Vrijdagmiddag. Zet het maar in je agenda.'

Grote Jim voelde zich weer goed. Zijn hart sloeg langzaam en regelmatig, met bijna geen geroffel en gefladder. En dat was goed, want hij had zoveel te doen, te beginnen met de peptalk die hij die avond bij de Food City voor de politieagenten ten beste zou geven: precies de juiste omgeving om een stel nieuwe agenten duidelijk te maken hoe belangrijk ordehandhaving was. Als je mensen achter een leider wilde laten aanlopen, kon niets hen zo goed stimuleren als een plaats waar verwoestingen waren aangericht.

Hij wilde de kamer uitlopen, liep toen terug en drukte een kus op de wang van zijn slapende zoon. Misschien zou hij zich van Junior moeten ontdoen, maar voorlopig kon dat ook wachten.

16

Opnieuw daalt er een schemering neer over het dorp Chester's Mill, het begin van weer een nacht onder de Koepel. Maar er wordt ons geen rust gegund; we moeten naar twee bijeenkomsten en we moeten ook nog even bij Horace de corgi kijken voordat we gaan slapen. Horace houdt Andrea Grinnell vanavond gezelschap, en hoewel hij voorlopig zijn tijd beidt, is hij de popcorn tussen de bank en de muur nog niet vergeten.

Laten we dus maar gaan, jij en ik, terwijl de avond zich over de hemel verspreidt zoals narcose zich meester maakt van een patiënt. Laten we gaan terwijl de eerste verkleurde sterren al aan de hemel verschijnen. Dit is de enige plek in een gebied van vier staten waar ze vanavond te zien zijn. Een regenzone heeft zich uitgebreid over het noorden van New England, en de televisiekijkers zullen straks worden onthaald op opmerkelijke satellietfoto's waarop een gat in de wolken te zien is dat precies overeenkomt met de sokvorm van Chester's Mill. Hier staan de sterren aan de hemel, maar het zijn nu wel vuile sterren, want de Koepel is vuil.

Het regent hard in Tarker's Mills en het deel van Castle Rock dat The View wordt genoemd. De meteoroloog van CNN, Reynolds Wolf (geen familie van de Wolfie van Rose Twitchell), zegt dat weliswaar niemand het met absolute zekerheid kan zeggen, maar dat de luchtstroom die van west naar oost gaat de wolken waarschijnlijk tegen de westkant van de Koepel drukt en ze samenknijpt als sponzen, voordat ze wegglijden naar het noorden en zuiden. Hij noemt het 'een fascinerend verschijnsel'.

Suzanne Malveaux, de presentator, vraagt hem hoe het weer er op de lange termijn onder de Koepel zal uitzien, als de crisis voortduurt.

'Suzanne,' zegt Reynolds Wolf, 'dat is een grote vraag. We weten alleen zeker dat Chester's Mill vannacht geen regen krijgt, al is het oppervlak van de Koepel poreus genoeg om enig vocht te laten doorsijpelen op de plaatsen waar de buien het hevigst zijn. Meteorologen van de NOAA hebben me verteld dat de vooruitzichten op neerslag onder de Koepel op de lange termijn niet gunstig zijn. En we weten dat de belangrijkste waterweg van Chester's Mill, de Prestile, bijna is opgedroogd.' Hij glimlacht en laat daarmee een geweldig stel televisietanden zien. 'Goddank zijn er putten!'

'Zeg dat wel, Reynolds,' zegt Suzanne, en dan begint er op de Amerikaanse televisieschermen een reclamespotje voor een autoverzekering.

Dat is genoeg televisienieuws. Laten we door bepaalde halflege straten zweven, langs de Congo-kerk en de pastorie (de bijeenkomst is nog niet begonnen, maar Piper heeft het grote koffiezetapparaat gevuld en Julia maakt broodjes klaar bij het licht van een sissende petroleumlamp), langs het huis van de McCains, waar triest neerhangende politielinten omheen zijn gespannen, langs het plantsoen en langs het gemeentehuis, waar portier Al Timmons en enkele vrienden aan het schoonmaken en opruimen zijn voor de bijzondere gemeentevergadering van de volgende avond, langs het plein met het oorlogsmonument, het standbeeld van Lucien Calvert (Norries overgrootvader; dat hoef ik je waarschijnlijk niet te vertellen) dat al jaren de wacht houdt.

Zullen we ook even bij Barbie en Rusty kijken? Het zal geen probleem zijn om beneden te komen, want er zijn maar drie agenten in het wachtlokaal en Stacey Moggin, die de balie bemant, slaapt met haar hoofd op haar onderarm. De rest van het politiekorps is bij de Food City en luistert naar Grote Jims nieuwste peptalk, maar het zou geen probleem zijn als ze er allemaal waren, want we zijn onzichtbaar. Als we langs hen zweefden, zouden ze niet meer dan een zwakke luchtstroom voelen.

In het kippenhok valt niet veel te zien, want hoop is net zo onzichtbaar als wij. De twee mannen kunnen niets anders doen dan wachten op de volgende avond en hopen dat de dingen dan gaan zoals ze willen. Rusty's hand doet pijn, doet verschrikkelijk pijn, maar de pijn is niet zo erg als hij verwacht en de zwelling is niet zo erg als hij vreesde. Bovendien heeft Stacey Moggin, de goede ziel, hem om vijf uur twee Excedrins toegestopt.

Voorlopig zitten deze twee mannen – onze helden, zou je ze kunnen noemen – op hun bed en spelen ze Twintig Vragen. Het is Rusty's beurt om te raden.

'Dierlijk, plantaardig of mineraal?' vraagt hij.

'Geen van drieën,' antwoordde Barbie.
'Hoe kan het nou geen van drieën zijn? Dat móét wel.'
'Het is het niet,' zegt Barbie. Hij heeft Grote Smurf in gedachten.
'Je neemt me in de maling.'
'Nee.'
'Dat móét wel.'
'Hou op met zeuren en stel je vragen.'
'Krijg ik een hint?'
'Nee. Dat is je eerste nee. Nog negentien.'
'Wacht eens even. Dat is niet eerlijk.'

Zullen we het maar aan hen overlaten om de komende vierentwintig uur zo goed mogelijk door te komen? We hoeven ook niet meer naar boven te gaan. Laten we verdergaan langs de nog smeulende resten van *The Democrat* (helaas, niet meer ten dienste van 'Het plaatsje dat eruitziet als een laars'), langs Sanders Hometown-drugstore (geblakerd maar nog recht overeind, al zal Andy Sanders daar nooit meer naar binnen gaan), langs de boekwinkel en het Maison des Fleurs van LeClerc, waar alle bloemen nu dood of bijna dood zijn. Laten we onder het niet werkende stoplicht doorgaan op het kruispunt van de Routes 119 en 117 (we strijken erlangs; het schommelt een beetje en blijft dan weer stil hangen) en het parkeerterrein van de Food City oversteken. We zijn zo stil als de ademhaling van een slapend kind.

De grote etalageruiten van de supermarkt zijn dichtgetimmerd met triplex dat uit de houthandel van Tabby Morrell is gehaald, en de ergste troep op de vloer is opgedweild door Jack Cale en Ernie Calvert, maar evengoed is het nog een grote ravage in de Food City, met dozen en losse producten die links en rechts verspreid liggen. De overgebleven goederen (dus wat niet naar provisiekasten in het hele dorp afgevoerd is of opgeslagen is in de gemeentegarage achter het politiebureau) liggen lukraak in de schappen. De frisdrank-, bier- en ijsautomaten zijn ingeslagen. Er hangt een scherpe stank van gemorste wijn. Deze chaos, overgebleven van de onlusten, is precies wat Grote Jim Rennie zijn nieuwe – en voor het merendeel vreselijk jonge – politieagenten wil laten zien. Hij wil ze laten beseffen dat de hele gemeente er zo aan toe zou kunnen zijn, en hij is slim genoeg om te weten dat hij dat niet hardop hoeft uit te spreken. Ze zullen het zelf wel begrijpen: dit komt er nou van als de herder in zijn plicht tekortschiet en de kudde op hol slaat.

Moeten we naar zijn toespraak luisteren? Nee. We zullen de volgende avond naar Grote Jim luisteren, en dat is wel genoeg. Trouwens, we weten allemaal hoe het gaat. De twee grote specialiteiten van Amerika zijn demagogen en rock 'n' roll, en daar hebben we in onze tijd allemaal genoeg van gehoord.

Toch doen we er goed aan eerst nog even naar de gezichten van zijn toehoorders te kijken. Zie hoe gefascineerd ze zijn, en herinner je er dan aan dat velen van hen (Carter Thibodeau, Mickey Wardlaw en Todd Wendlestat, om er maar een paar te noemen) uilskuikens zijn die nog geen week op school doorkwamen zonder straf te krijgen omdat ze onrust stookten in de klas of vochten in de toiletten. Toch lijkt het nu wel of ze door Rennie worden gehypnotiseerd. Hij is in persoonlijke gesprekken nooit erg overtuigend geweest, maar zet hem voor een menigte en het gaat van *rowdy-dow* en *hot-cha-cha*, zoals de oude Clayton Brassey altijd zei in de tijd dat hij nog enkele functionerende hersencellen had. Grote Jim heeft het over 'de dunne lijn tussen goed en kwaad' en 'de trots om zij aan zij te staan met je medeagenten' en 'de gemeente is afhankelijk van jullie'. En hij zegt nog meer dingen. De goede dingen die hun charme nooit helemaal verliezen.

Grote Jim schakelt over op Barbie. Hij zegt dat Barbies vrienden nog vrij rondlopen. Om hun eigen slechte belangen te dienen zaaien ze tweedracht en hitsen ze op tot verzet. Hij dempt zijn stem en zegt: 'Ze zullen proberen mij in diskrediet te brengen. Er komt geen eind aan de leugens die ze vertellen.'

Dat wordt begroet met gegrom van ongenoegen.

'Zullen jullie naar die leugens luisteren? Zullen jullie toestaan dat ze mij in diskrediet brengen? Zullen jullie toestaan dat deze gemeente het in tijd van grote nood zonder een sterke leider moet stellen?'

Het antwoord is natuurlijk een daverend NEE! En hoewel Grote Jim verdergaat (zoals de meeste politici gelooft hij dat je de pil niet alleen moet vergulden maar er dan nog een extra laagje lak op moet spuiten), kunnen we hem nu achterlaten.

Laten we door de lege straten naar de pastorie van de Congo gaan. En kijk! Daar heb je iemand met wie we kunnen meelopen: een dertienjarig meisje in een gebleekte spijkerbroek en een ouderwets skateboardshirt van Winged Ripper. Deze avond trekt Norrie Calvert niet het gezicht van een keihard en onverschillig meisje, het gezicht waaraan haar moeder zich altijd zo ergert. Het heeft plaatsgemaakt voor een verwonderde uitdrukking, waardoor ze eruitziet als het meisje van acht dat ze nog niet zo lang geleden was. We volgen haar blik en zien een grote volle maan uit de wolken ten oosten van het dorp opstijgen. Hij heeft de kleur en vorm van een pas gesneden roze grapefruit.

'O... mijn... gód,' fluistert Norrie. Ze drukt haar vuist tussen de prille knopjes van haar borsten en kijkt naar die monsterlijke roze maan. Dan loopt ze door, en ondanks de schrik kijkt ze van tijd tot tijd om zich heen om er zeker van te zijn dat niemand haar heeft opgemerkt. Dat doet ze in opdracht van Linda Everett: ze moesten ieder alleen gaan, ze mochten niet opvallen en ze moesten zich ervan vergewissen dat ze niet werden gevolgd.

'Dit is geen spelletje,' heeft Linda tegen hen gezegd. Norrie was meer onder de indruk geweest van haar bleke, gespannen gezicht dan van haar woorden. 'Als we worden betrapt, kost dat ons niet alleen maar punten. Begrijpen jullie dat?'

'Mag ik met Joe mee?' heeft mevrouw McClatchey gevraagd. Ze zag bijna net zo bleek als mevrouw Everett.

Mevrouw Everett heeft haar hoofd geschud. 'Dat is geen goed idee.' En vooral dat heeft indruk op Norrie gemaakt. Nee, het was geen spelletje. Misschien was het wel een kwestie van leven of dood.

Daar is de kerk, met de pastorie ernaast. Norrie ziet het felle witte licht van gaslampen aan de achterkant, waar de keuken moet zijn. Straks is ze daar binnen, onder de blik van die afschuwelijke roze maan vandaan. Straks is ze veilig.

Dat denkt ze als een schaduw zich uit de diepere schaduw losmaakt en haar arm vastpakt.

17

Norrie schrok zo erg dat ze niet eens een schreeuw gaf, en dat was maar goed ook. Toen de roze maan op het gezicht van de man scheen die haar had vastgepakt, zag ze dat het Romeo Burpee was.

'U hebt me de stuipen op het lijf gejaagd,' fluisterde ze.

'Sorry. Ik hou alleen een oogje in het zeil.' Rommie liet haar arm los en keek om zich heen. 'Waar zijn je vriendjes?'

Norrie glimlachte om dat woord. 'Weet ik niet. We zouden allemaal apart gaan, iedereen via een andere route. Dat zei mevrouw Everett.' Ze keek de helling af. 'Ik denk dat Joey's moeder daar nu aankomt. We kunnen maar beter naar binnen gaan.'

Ze liepen naar het licht van de lampen. Rommie klopte zacht op de zijkant van de verandadeur van de pastorie en zei: 'Rommie Burpee en een vriendin. Als er een wachtwoord is, hebben we dat niet gehoord.'

Piper Libby deed de deur open en liet hen binnen. Ze keek Norrie nieuwsgierig aan. 'Wie ben jij?'

'Verdomd als dat niet mijn kleindochter is,' zei Ernie, die de kamer binnenkwam. Hij had een glas frisdrank in zijn hand en een grijns op zijn gezicht. 'Kom hier, meisje. Ik heb je gemist.'

Norrie omhelsde en kuste hem, zoals haar moeder haar had opgedragen. Ze had niet verwacht dat ze die instructie zo gauw zou opvolgen, maar ze deed het graag. En hem kon ze vertellen wat in het bijzijn van de jongens met wie ze omging nog niet over haar lippen zou komen, al werd ze gemarteld.

'Opa, ik ben zo bang.'

'Dat zijn we allemaal, schatje.' Hij trok haar nog dichter tegen zich aan en keek toen in haar opkijkende gezicht. 'Ik weet niet wat je hier doet, maar nu je hier toch bent, wil je misschien wel een glas limonade.'

Norrie zag het koffiezetapparaat en zei: 'Ik heb liever koffie.'

'Ik ook,' zei Piper. 'Ik had de koffie er al ingedaan en wilde net het apparaat aanzetten toen ik bedacht dat ik geen stroom had.' Ze schudde even met haar hoofd alsof ze daar helderheid in wilde krijgen. 'Ik word steeds weer met iets anders geconfronteerd.'

Er werd weer op de achterdeur geklopt en Lissa Jamieson kwam binnen, haar wangen rood van opwinding. 'Ik heb mijn fiets in de garage gezet, dominee Libby. Ik hoop dat het goed is.'

'Ja. En als we hier dan toch met zijn allen gaan samenzweren, zoals Rennie en Randolph vast en zeker zouden zeggen, kun je me maar beter Piper noemen.'

18

Ze waren allemaal vroeg, en even na negen uur opende Piper de vergadering van het Revolutionaire Comité van Chester's Mill. In het begin viel het haar vooral op hoe ongelijk de sekseverdeling was: acht vrouwelijke en maar vier mannelijke personen. En van de vier mannelijke personen was er een bejaard en waren twee nog niet oud genoeg om naar een film van veertien jaar of ouder te gaan. Ze moest zichzelf inprenten dat zeker honderd guerrillalegers in allerlei delen van de wereld wapens verstrekten aan vrouwen en kinderen die niet ouder waren dan deze hier vanavond. Dat maakte het nog niet goed, maar soms kwam wat goed was in conflict met wat noodzakelijk was.

'Ik zou graag willen dat we even ons hoofd buigen,' zei Piper. 'Ik ga niet bidden, want ik weet eigenlijk niet meer tegen wie ik praat als ik dat doe, maar misschien willen jullie iets zeggen tegen de God zoals jullie je hem voorstellen, want vanavond hebben we alle hulp nodig die we kunnen krijgen.'

Ze deden wat ze vroeg. Sommigen hadden hun hoofd nog omlaag en hun ogen nog dicht toen Piper naar hen opkeek: twee kortgeleden ontslagen politievrouwen, een gepensioneerde bedrijfsleider van een supermarkt, een krantenvrouw die geen krant meer had, een bibliothecaresse, de eigenaar van het plaatselijke restaurant, een Koepelweduwe die de trouwring aan haar vinger steeds maar ronddraaide, de plaatselijke warenhuiseigenaar en drie opvallend ernstig kijkende kinderen die dicht tegen elkaar aan op de bank zaten.

'Oké, amen,' zei Piper. 'Ik geef het woord aan Jackie Wettington, die weet wat ze doet.'

'Dat is waarschijnlijk te optimistisch gesteld,' zei Jackie. 'Om niet te zeggen voorbarig. Want ik geef het woord meteen door aan Joe McClatchey.'

Joe keek geschrokken. 'Ik?'

'Maar voordat hij begint,' ging ze verder, 'vraag ik zijn vrienden om op de uitkijk te gaan staan. Norrie aan de voor- en Benny aan de achterkant.' Jackie zag het protest op hun gezichten en stak haar hand op om hen voor te zijn. 'Dit is geen excuus om jullie de kamer uit te krijgen – het is belangrijk. Ik hoef jullie niet te vertellen dat het niet goed zou zijn als de machthebbers van deze gemeente ons hier bijeen zouden zien. Jullie twee zijn het kleinst. Zoek een donkere plek op om je te verschuilen. Als jullie iemand zien aankomen die er verdacht uitziet, of een van de politiewagens, klappen jullie in de handen. Zo.' Ze klapte één keer, toen twee keer en toen nog twee keer in haar handen. 'Jullie worden later van alles op de hoogte gesteld. Dat beloof ik jullie. Voortaan wisselen we alle informatie uit en houden we niets voor elkaar geheim.'

Toen ze weg waren, richtte Jackie haar blik op Joe. 'Dat kastje waar Linda het over had. Vertel het aan iedereen. Van het begin tot het eind.'

Joe stond op, alsof hij op school een les ging opzeggen. Hij begon met de geigerteller en eindigde met wat Rusty hun had verteld toen ze met zijn allen verbaasd naar de grote zwarte vlek keken die op de plaats zat waar de Aer Lingus te pletter was gevlogen. 'Toen kwamen we in het dorp terug. En had die schoft van een Rennie Rusty laten arresteren.' Hij veegde het zweet van zijn voorhoofd en leunde achterover op de bank.

Claire sloeg haar arm om zijn schouders. 'Joe zegt dat het niet goed zou zijn als Rennie over het kastje hoorde,' zei ze. 'Hij denkt dat Rennie misschien wil dat het kastje blijft doen wat het doet, in plaats van het uit te zetten of te vernietigen.'

'Ik denk dat Joe gelijk heeft,' zei Jackie. 'Dat is dus ons eerste geheim: het bestaan en de plaats van het kastje.'

'Ik weet het niet,' zei Joe.

'Wat?' vroeg Julia. 'Vind je dat hij het moet weten?'

'Misschien wel. Min of meer. Ik moet erover nadenken.'

Jackie ging door zonder daarop in te gaan. 'Dan nu het volgende. Ik wil proberen Barbie en Rusty uit hun cellen te bevrijden. Morgenavond, als de grote gemeentevergadering aan de gang is. Barbie is door de president aangewezen om het bestuur van de gemeente over te nemen...'

'Iedereen is beter dan Rennie,' gromde Ernie. 'Die onbekwame hufter beschouwt dit dorp als zijn eigendom.'

'Hij is goed in één ding,' zei Linda. 'Onrust stoken als het hem uitkomt. Die voedselrellen, het krantengebouw dat in brand vloog... Ik denk dat het allemaal op zijn bevel is gebeurd.'

'Natuurlijk is dat zo,' zei Jackie. 'Iemand die zijn eigen dominee kan vermoorden...'

Rose keek haar met grote ogen aan. 'Bedoel je dat Coggins door Rénnie is vermoord?'

Jackie vertelde hun over de werkruimte onder het uitvaartbedrijf, en over de sporen op Coggins' gezicht die overeenkwamen met de vergulde honkbal die Rusty in Rennies werkkamer had gezien. Ze luisterden met ontzetting maar toch niet met ongeloof.

'Die meisjes ook?' vroeg Lissa Jamieson met een klein, verschrikt stemmetje.

'Daar verdenk ik zijn zoon van.' Jackie sprak op bijna zakelijke toon. 'En die moorden hadden waarschijnlijk niet met het politieke gekonkel van Grote Jim te maken. Junior is vanmorgen ingestort. Dat gebeurde overigens in het huis van de McCains, waar de lijken zijn gevonden. Door hemzelf.'

'Wat een toeval,' zei Ernie.

'Hij ligt in het ziekenhuis. Ginny Tomlinson zegt dat het vrijwel zeker een hersentumor is. Dat kan gewelddadig gedrag veroorzaken.'

'Een moordteam van vader en zoon?' Claire trok Joe nog steviger tegen zich aan.

'Niet bepaald een team,' zei Jackie. 'Misschien is het een onstuimig familietrekje – iets genetisch – dat onder druk naar boven komt.'

Linda zei: 'Maar de lijken lagen op dezelfde plaats. Als er twee moordenaars waren, werkten ze dus waarschijnlijk samen. Op zijn allerminst moeten ze elkaar kennen. Mijn man en Dale Barbara worden dus bijna zeker vastgehouden door een moordenaar die hen gebruikt om een immense complottheorie te bewijzen. Hij heeft hen niet in gevangenschap vermoord omdat hij hen ten voorbeeld wil stellen. Hij wil dat ze publiekelijk worden geëxecuteerd.' Haar gezicht verkrampte; ze vocht tegen tranen.

'Ik kan bijna niet geloven dat hij al zo ver is gekomen,' zei Lissa. Ze draaide de ankh die ze droeg heen en weer. 'Allemachtig, hij is een handelaar in tweedehands auto's.'

Dat werd begroet met stilte.

'Luister,' zei Jackie, na een korte pauze. 'Door jullie te vertellen wat Linda en ik van plan zijn heb ik hier een écht complot van gemaakt. Ik vraag jullie om te stemmen. Degenen die hieraan willen meedoen, moeten hun hand opsteken. Degenen die hun hand niet opsteken, mogen weggaan, mits ze beloven dat ze niet doorvertellen wat hier is besproken. En dat zouden jullie toch niet willen. Als jullie niemand vertellen wie hier waren en wat hier is besproken, hoeven jullie ook niet uit te leggen hoe jullie het weten. Dit is gevaarlijk. Misschien komen we in de cel terecht, of nog erger. Dus laat jullie handen maar eens zien. Wie wil er blijven?'

Joe stak als eerste zijn hand op, maar Piper, Julia, Rose en Ernie Calvert bleven niet ver achter. Linda en Rommie staken tegelijk hun hand op. Lissa keek Claire McClatchey aan. Claire zuchtte en knikte. De twee vrouwen staken hun hand op.

'Hartstikke goed, ma,' zei Joe.

'Als je ooit tegen je vader zegt wat ik je heb laten doen,' zei ze, 'hoeft James Rennie je niet te executeren. Dan doe ik het zelf.'

19

'Linda kan het politiebureau niet binnen gaan om ze eruit te halen,' zei Rommie. Hij had het tegen Jackie.

'Wie dan wel?'

'Jij en ik, schat. Linda gaat naar de grote vergadering. Dan kunnen later ongeveer zes- tot achthonderd mensen verklaren dat ze haar hebben gezien.'

'Waarom mag ik niet gaan?' vroeg Linda. 'Ze hebben daar mijn mán.'

'Daarom niet,' zei Julia simpelweg.

'Hoe wil je het doen?' vroeg Rommie aan Jackie.
'Nou, ik stel voor dat we maskers dragen...'
'*Duh*,' zei Rose, en ze trok een gezicht. Ze lachten allemaal.
'Gelukkig,' zei Rommie, 'heb ik een grote voorraad Halloweenmaskers in de winkel.'
'Misschien ga ik als de Kleine Zeemeermin,' zei Jackie een beetje weemoedig. Ze besefte dat iedereen naar haar keek en kreeg een kleur. 'Of iets anders. In elk geval hebben we wapens nodig. Ik heb thuis een extra pistool, een Beretta. Heb jij iets, Rommie?'
'Ik heb een stuk of wat geweren in de winkelkluis opgeborgen. Daar zit er minstens één met een vizier bij. Ik wil niet zeggen dat ik dit zag aankomen, maar ik zag wel íéts aankomen.'
Joe zei: 'Jullie hebben ook een vluchtwagen nodig. En niet jouw busje, Rommie, want dat kent iedereen.'
'Ik heb een idee,' zei Ernie. 'Laten we een wagen van het terrein van Jim Rennie halen. Hij heeft daar zes busjes van het telefoonbedrijf staan. Ze hebben een flink aantal kilometers op de teller en hij heeft ze dit voorjaar op de kop getikt. Ze staan achteraan. Als we er een van hem gebruiken, zou dat, hoe noem je dat, poëtische gerechtigheid zijn.'
'En hoe wou je dan aan de sleutel komen?' vroeg Rommie. 'In het kantoor bij zijn showroom inbreken?'
'Als de auto van onze keuze geen elektronische ontsteking heeft, krijg ik hem wel aan de praat,' zei Ernie. Hij keek Joe streng aan en voegde eraan toe: 'Ik heb liever niet dat je dat aan mijn kleindochter vertelt, jongeman.'
Joe maakte een gebaar alsof hij zijn lippen dichtritste, waarop ze allemaal weer in de lach schoten.
'De bijzondere gemeentevergadering begint morgenavond om zeven uur,' zei Jackie. 'Als we om een uur of acht naar het politiebureau gaan...'
'Ik weet nog iets beters,' zei Linda. 'Als ik toch naar die verrekte vergadering moet, kan ik net zo goed iets nuttigs doen. Ik trek een jurk met grote zakken aan en neem mijn politieradio mee – de extra radio die ik nog in mijn eigen auto heb. Jullie twee zitten dan al in het busje, klaar om te vertrekken.'
De spanning daalde over de kamer neer; ze voelden het allemaal. Dit werd echt.
'Bij het laadplatform achter mijn winkel,' zei Rommie. 'Uit het zicht.'
'Zodra Rennie echt aan zijn toespraak is begonnen,' zei Linda, 'laat ik de radio drie keer klikken. Dat is het teken. Dan gaan jullie rijden.'
'Hoeveel politieagenten zullen er op het bureau zijn?' vroeg Lisa.

'Dat kan ik misschien van Stacey Moggin te horen krijgen,' zei Jackie. 'Maar het zullen er niet veel zijn. Waarom zouden er veel zijn? Voor zover Grote Jim weet, zijn er geen echte vrienden van Barbie – alleen de mannen die hij als zondebok wil gebruiken.'

'Hij zal vooral ook willen dat hij zelf goed beschermd is,' zei Julia.

Ze knikten en lachten een beetje, maar Joe's moeder keek zorgelijk. 'Er zullen hoe dan ook agenten op het bureau zijn. Wat doen jullie als ze zich tegen jullie verzetten?'

'Dat doen ze niet,' zei Jackie. 'We sluiten ze in hun eigen cellen op voordat ze weten wat er gebeurt.'

'Maar als ze zich toch verzetten?'

'Als het enigszins kan, schieten we ze niet dood.' Linda klonk kalm, maar haar ogen waren die van een wezen dat al zijn moed had verzameld voor een laatste wanhopige poging om zichzelf te redden. 'Als de Koepel nog veel langer blijft staan, vallen er waarschijnlijk sowieso doden. De executie van Barbie en mijn man bij het oorlogsmonument zal alleen maar het begin zijn.'

'Stel, jullie krijgen ze eruit,' zei Julia. 'Waar brengen jullie ze dan heen? Hierheen?'

'Geen denken aan,' zei Piper, en ze streek even over haar nog gezwollen mond. 'Ik sta al op Rennies zwarte lijst. Om nog maar te zwijgen van de kerel die tegenwoordig zijn persoonlijke lijfwacht is. Thibodeau. Die is door mijn hond gebeten.'

'Het zou geen goed idee zijn om ze in het dorp zelf onder te brengen,' zei Rose. 'Ze kunnen alle huizen gaan doorzoeken. Daar hebben ze genoeg agenten voor.'

'Plus alle mensen die met blauwe armbanden lopen,' voegde Rennie eraan toe.

'Wat zouden jullie zeggen van een van de zomerhuisjes bij Chester Pond?' vroeg Julia.

'Dat zou kunnen,' zei Ernie, 'maar daar kunnen ze ook aan denken.'

'Meneer Burpee?' vroeg Joe, 'hebt u nog meer van die loodplaat?'

'Ja, een heleboel. En zeg maar Rommie.'

'Als meneer Calvert morgen een busje kan stelen, kunt u dat dan achter uw winkel zetten en een stel voorgeknipte stukken lood achterin leggen? Stukken die groot genoeg zijn om de ramen af te dekken?'

'Ik denk van wel...'

Joe keek Jackie aan. 'En kunt u die kolonel Cox te pakken krijgen, als het moet?'

'Ja,' antwoordden Jackie en Julia tegelijk, en toen keken ze elkaar verrast aan.

Het begon Rommie te dagen. 'Je denkt aan de oude boerderij van McCoy, hè? Op Black Ridge. Waar het kastje is.'

'Ja. Misschien is het een slecht idee, maar als we al moesten vluchten... als we allemaal daarboven zijn... kunnen we het kastje verdedigen. Ik weet dat het idioot klinkt, want dat ding is juist de oorzaak van alle problemen, maar Rennie mag het niet in handen krijgen.'

'Ik hoop dat we geen veldslag hoeven te leveren in een appelboomgaard,' zei Rommie, 'maar ik begrijp wat je bedoelt.'

'We kunnen nog iets anders doen,' zei Joe. 'Het is een beetje riskant, en misschien werkt het niet, maar...'

'Voor de dag ermee,' zei Julia. Ze keek Joe McClatchey geamuseerd maar ook met een beetje ontzag aan.

'Nou... Heb je die geigerteller nog in je busje liggen, Rommie?'

'Ja, ik denk van wel.'

'Misschien kan iemand hem in de schuilkelder teruggleggen, waar hij vandaan komt.' Joe keek Jackie en Linda aan. 'Kan een van jullie daar binnenkomen? Tenslotte zijn jullie ontslagen.'

'Al Timmons zou ons wel binnenlaten, denk ik,' zei Linda. 'En hij zou Stacey Moggin zeker binnenlaten. Ze staat aan onze kant. Ze zou hier nu ook zijn, als ze geen dienst had. Waarom zouden we dat risico nemen, Joe?'

'Omdat...' Hij sprak langzamer dan hij anders deed, alsof hij min of meer hardop nadacht. 'Nou... Er is daar straling, nietwaar? Veel straling. Het is maar een gordel. Ik durf te wedden dat je er zonder enige bescherming doorheen kunt rijden zonder dat je iets overkomt, als je maar hard rijdt en het niet te vaak probeert – maar dat weten zíj niet. Ze weten niet eens dat daar straling is; dat is het probleem. En dat zullen ze ook niet weten, als ze de geigerteller niet hebben.'

Jackie fronste haar wenkbrauwen. 'Het is een interessant idee, jongen, maar ik voel er weinig voor om Rennie als het ware te vertellen waar we heen gaan. Dan zou ik niet het idee hebben dat we daar veilig zitten.'

'Zo hoeft het niet te gaan,' zei Joe. Hij sprak nog steeds langzaam, op zoek naar zwakke plekken in zijn redenering. 'Tenminste, niet helemaal. Een van jullie kan contact opnemen met Cox en hem vragen Rennie te bellen en te zeggen dat ze straling oppikken. Cox zegt dan bijvoorbeeld iets in de trant van: "We kunnen niet precies zeggen waar het is, want het komt en gaat, maar het is vrij hoge straling, misschien zelfs dodelijk, dus pas op. Jullie hebben niet toevallig een geigerteller, hè?"'

Er volgde een lange stilte waarin ze daarover nadachten. Toen zei Rommie: 'We brengen Barbara en Rusty naar de boerderij van McCoy. We gaan daar zelf ook heen, als het moet... en waarschijnlijk moet het. En als zíj proberen daar te komen...'

'Dan krijgen ze een gigantische uitslag op de geigerteller en rennen ze met hun handen over hun waardeloze ballen naar het dorp terug,' zei Ernie met zijn schorre stem. 'Claire McClatchey, je hebt daar een genie.'

Claire drukte Joe dicht tegen zich aan, ditmaal met beide armen. 'Als ik hem nou ook nog eens zover krijg dat hij zijn kamer opruimt...' zei ze.

20

Horace lag op het kleed in Andrea Grinnells huiskamer. Hij lag met zijn snuit op zijn poot en keek naar de vrouw bij wie zijn bazin hem had achtergelaten. Gewoonlijk nam Julia hem overal mee naar toe; hij was stil en misdroeg zich nooit, zelfs niet als er katten waren, waar hij een hekel aan had omdat ze zo ontzettend stonken. Maar vanavond had Julia gedacht dat het Piper Libby verdriet zou doen als ze Horace in leven zag terwijl haar eigen hond dood was. Ze had gezien dat Andrea op Horace gesteld was en dacht dat de corgi haar misschien zou afleiden van haar ontwenningsverschijnselen, die verminderd maar niet verdwenen waren.

Een tijdje werkte het. Andrea vond een rubberen bal in de speelgoedkist die ze nog voor haar enig kleinkind had staan (al was die de speelgoedkistenfase van zijn leven inmiddels ruimschoots gepasseerd). Horace liep gehoorzaam achter de bal aan en bracht hem terug zoals van hem verlangd werd, al vormde dat geen grote uitdaging; hij hield meer van ballen die hij kon opvangen terwijl ze door de lucht vlogen. Maar werk was werk, en hij ging ermee door tot Andrea huiverde alsof ze het koud had.

'O, verdomme, daar komt het weer.'

Bevend ging ze op de bank liggen. Ze drukte een van de bankkussens tegen haar borst en keek naar het plafond. Even later klapperden haar tanden – een heel ergerlijk geluid, vond Horace.

Om haar af te leiden bracht hij haar de bal, maar ze duwde hem weg. 'Nee, schatje, nu niet. Laat me hier even doorheen komen.'

Horace had de bal weer voor de tv, die uitstond, gelegd en was gaan liggen. Na een tijdje beefde de vrouw niet zo erg meer en werd de zieke geur ook minder hevig. De armen waarmee ze het kussen tegen zich aandrukte ontspanden. Ze viel in slaap. Even later snurkte ze.

Dat betekende dat het etenstijd was.

Horace glipte weer onder de tafel en liep over de bruine envelop met het DARTH VADER-dossier. Daarachter lag het popcornnirwana. O, wat was hij een bofferd van een hond!

Horace was nog aan het snoepen, waarbij zijn staartloze achtereind heen en weer ging van een plezier dat dicht bij extase kwam (die verspreide korrels waren boterzacht, lekker zout en – vooral – door ouderdom gerijpt), toen de doodstem weer sprak.

'Breng dat naar haar toe.'

Maar dat kon hij niet doen. Zijn bazin was weg.

'De andere haar.'

De doodstem duldde geen weigering, en de popcorn was toch bijna op. Horace nam zich voor de weinige overgebleven korrels later te verschalken en liep achteruit tot de envelop voor hem lag. Een ogenblik vergat hij wat hem te doen stond. Toen wist hij het weer en nam hij de envelop in zijn bek.

'Brave hond.'

21

Er likte iets kouds aan Andrea's wang. Ze duwde het weg en draaide zich op haar zij. Enkele ogenblikken lukte het haar bijna in haar genezende slaap terug te vluchten, maar toen klonk er een blaf.

'Stil, Horace.' Ze trok het bankkussen over haar hoofd.

Er klonk weer een blaf, en toen plofte er vijftien kilo corgi op haar benen neer.

'Hé!' riep Andrea uit, en ze ging rechtop zitten. Ze keek in twee stralende bruine ogen en een grijnzend vosachtig gezicht. Alleen werd die grijns door iets onderbroken. Een bruine envelop. Horace liet hem op haar buik vallen en sprong van haar af. Hij mocht niet op ander meubilair komen dan dat van hemzelf, maar de doodstem had duidelijk gemaakt dat het dringend was.

Andrea pakte de envelop op, waarop tandafdrukken van Horace en ook vage sporen van zijn poten zichtbaar waren. Er zat ook een stukje popcorn aan vastgeplakt, en dat streek ze weg. Er zaten tamelijk veel papieren in. Op de voorkant van de envelop stond in blokletters DOSSIER DARTH VADER geschreven. Daaronder stond met hetzelfde soort letters: JULIA SHUMWAY.

'Horace? Hoe kom je hieraan?'

Horace kon dat natuurlijk niet beantwoorden, maar dat hoefde hij ook niet. Het stukje popcorn verried waar hij het had gevonden. Er kwam een herinnering bij haar op, zo vaag en irreëel dat het meer op een droom leek. Wás het een droom, of was Brenda na die eerste verschrikkelijke nacht van ontwenning echt bij haar aan de deur geweest? Terwijl aan de andere kant van het dorp de voedselrellen aan de gang waren?

Wil je dit voor me bewaren? Eventjes maar? Ik moet een boodschap doen en ik wil het niet bij me hebben.

'Ze is hier geweest,' zei ze tegen Horace, 'en ze had deze envelop bij zich. Ik nam hem aan... tenminste, dat denk ik... maar toen moest ik overgeven. Alweer overgeven. Misschien heb ik hem op de tafel gegooid toen ik naar de plee rende. Is hij van de tafel gevallen? Heb je hem op de vloer gevonden?'

Horace liet één scherpe blaf horen. Het kon een instemmend geluid zijn. Het kon ook betekenen: *ik wil wel weer met de bal spelen, als jij dat wilt.*

'Nou, bedankt,' zei Andrea. 'Braaf beestje. Ik geef hem aan Julia zodra ze terug is.'

Ze voelde zich niet slaperig meer, en het rillen was ook, voorlopig, over. Daarentegen was ze wel nieuwsgierig. Omdat Brenda dood was. Vermoord. En dat moest gebeurd zijn toen ze de envelop nog maar net had afgeleverd. Misschien was de envelop belangrijk.

'Zal ik dan toch maar eventjes kijken?' zei ze.

Horace blafte weer. Het klonk Andrea Grinnell in de oren als: *waarom niet?*

Andrea maakte de envelop open, en de meeste geheimen van Grote Jim Rennie vielen op haar schoot.

22

Claire was als eerste thuis. Daarna kwam Burpee, en toen Norrie. Ze zaten met zijn drieën op de bank in huize McClatchey, toen Joe arriveerde. Hij was dwars over gazons gelopen en in het donker gebleven. Benny en Norrie zaten warme Dr. Brown's Cream Soda te drinken. Claire had een flesje bier uit de voorraad van haar man genomen en schommelde heen en weer op de verandabank. Joe kwam naast haar zitten en Claire sloeg haar arm om zijn knokige schouders. *Hij is kwetsbaar,* dacht ze. *Hij weet het niet, maar hij is het wel. Eigenlijk is hij net een vogeltje.*

'Hé, gast,' zei Benny, en hij gaf hem het drankje dat hij voor hem had bewaard. 'We maakten ons al zorgen.'

'Mevrouw Shumway had nog een paar vragen over het kastje,' zei Joe. 'Eigenlijk meer dan ik kon beantwoorden. Goh, wat is het buiten toch warm, hè? Het lijkt wel een zomeravond.' Hij keek naar boven. 'En moet je die máán zien.'

'Daar wil ik niet naar kijken,' zei Norrie. 'Ik word er bang van.'

'Voel je je goed, schat?' vroeg Claire.

'Ja, ma. En jij?'

Ze glimlachte. 'Ja. Nee. Ik weet het niet. Gaat dit lukken? Wat denken jullie? Ik bedoel, wat denken jullie écht?'

Een ogenblik gaf niemand van hen antwoord, en juist dat maakte haar bang. Toen kuste Joe haar op de wang en zei: 'Het gaat lukken.'

'Weet je het zeker?'

'Ja.'

Ze merkte het altijd als hij loog – al wist ze dat haar dat misschien niet meer zo makkelijk zou afgaan als hij ouder werd –, maar ze sprak hem daar deze keer niet op aan. Ze kuste hem alleen terug, haar adem warm en op de een of andere manier ook vaderlijk door het bier. 'Zolang het maar niet tot bloedvergieten komt.'

'Geen bloed,' zei Joe.

Ze glimlachte. 'Oké. Dan ben ik tevreden.'

Ze zaten nog een tijdje in het donker en zeiden weinig. Toen gingen ze naar binnen. Het dorp was intussen in slaap gevallen onder de roze maan.

Het was kort na middernacht.

OVERAL BLOED

1

Het was halfeen in de nacht van vijfentwintig op zesentwintig oktober toen Julia het huis van Andrea binnenging. Ze deed het zachtjes, maar dat was niet nodig; ze hoorde muziek uit Andrea's kleine portable radio komen: de Staples Singers, die uit hun dak gingen met 'Get Right Church'.

Horace kwam de gang door om haar te begroeten. Hij bewoog zijn achterste heen en weer en trok die lichtelijk waanzinnige grijns waartoe alleen corgi's in staat zijn. Hij bleef gebogen voor haar zitten, zijn poten uit elkaar, en Julia krabde hem even achter de oren – dat was zijn favoriete plekje.

Andrea zat op de bank een glas thee te drinken.

'Sorry van die muziek,' zei ze, terwijl ze de radio uitzette. 'Ik kon niet slapen.'

'Het is jouw huis, meid,' zei Julia. 'En voor WCIK is dat goeie muziek.'

Andrea glimlachte. 'Ze draaien al de hele middag pittige gospel. Net of ik de jackpot heb gewonnen. Hoe was je bespreking?'

'Goed.' Julia ging zitten.

'Wil je erover praten?'

'Jij hoeft die zorgen er niet bij te hebben. Je moet eraan werken dat je je beter voelt. Weet je trouwens dat je er al wat beter uitziet?'

Dat was waar. Andrea zag nog bleek en was veel te mager, maar de wallen onder haar ogen waren een beetje weggetrokken en in de ogen zelf zat een nieuwe fonkeling. 'Lief dat je dat zegt.'

'Is Horace braaf geweest?'

'Heel braaf. We hebben met een bal gespeeld, en daarna hebben we allebei een beetje geslapen. Als ik er beter uitzie, zal dat de reden zijn. Niets is zo goed voor het uiterlijk van een meisje als een beetje slaap.'

'En je rug?'

Andrea glimlachte. Het was een merkwaardig veelbetekenende glimlach zonder veel humor. 'Ik heb bijna helemaal geen last van mijn rug. Nauwelijks pijn, zelfs niet als ik me buk. Weet je wat ik denk?'

Julia schudde haar hoofd.

'Als het op een verslaving aankomt, zweren het lichaam en de geest samen. Als de hersenen een drug willen, helpt het lichaam daarbij. Het zegt: "Maak je geen zorgen, voel je maar niet schuldig, het geeft niet, ik heb echt pijn." Ik wil niet zeggen dat het hypochondrie is; zo simpel is het niet. Alleen...' Haar stem stierf weg en haar ogen werden wazig. Blijkbaar was ze nu ergens anders.

Waar? vroeg Julia zich af.

Toen was ze terug. 'De menselijke aard kan destructief zijn. Zeg, denk je dat een dorp zoiets is als een lichaam?'

'Ja,' zei Julia meteen.

'En kan het zeggen dat het zoveel pijn lijdt dat het brein de drugs neemt waarnaar het hunkert?'

Julia dacht even na en knikte toen. 'Ja.'

'En op dit moment is Grote Jim Rennie het brein van dit dorp, hè?'

'Ja, schat. Zo zou ik het wel stellen.'

Andrea ging op de bank zitten en liet haar hoofd een beetje zakken. Toen zette ze het batterijradiootje uit en stond op. 'Ik ga maar eens naar bed. En weet je, misschien kan ik echt slapen.'

'Dat is goed.' En toen vroeg Julia zonder zelf precies te weten waarom: 'Andrea, is er iets gebeurd terwijl ik weg was?'

Andrea keek verrast. 'Eh, ja. Horace en ik hebben met een bal gespeeld.' Ze bukte zich zonder ook maar een spier te vertrekken van pijn – een beweging waarvan ze nog maar een week geleden zou hebben gezegd dat ze hem niet kon maken – en stak haar hand uit. Horace kwam naar haar toe en liet zijn kop aaien. 'Hij is erg goed in apporteren.'

2

In haar kamer ging Andrea op het bed zitten. Ze maakte het DARTH VADER-dossier open en las het nog eens door. Ditmaal zorgvuldiger. Toen ze de papieren eindelijk in de bruine envelop terugschoof, liep het tegen twee uur. Ze legde de envelop in de la van het nachtkastje. In die la lag ook een .38 revolver, die haar broer Douglas haar twee jaar geleden voor haar verjaardag had gegeven. Ze was daarvan geschrokken, maar Dougie had gezegd dat een vrouw die alleen woonde een wapen nodig had om zich te beschermen.

Nu haalde ze het tevoorschijn, draaide de cilinder rond en keek naar de kamers. De kamer die onder de hamer zou komen als de trekker de eerste keer werd overgehaald was leeg, precies zoals Twitch haar had opgedragen. De vijf andere waren gevuld. Ze had nog meer kogels op de bovenste plank van haar kast liggen, maar ze zouden haar niet de kans geven te herladen. Dan had zijn legertje politieagenten haar al doodgeschoten.

En als ze Rennie niet met vijf schoten kon doden, verdiende ze het waarschijnlijk ook niet dat ze in leven bleef.

'Want waarvoor ben ik eigenlijk afgekickt?' mompelde ze, terwijl ze het wapen in de la terug legde. Nu de OxyContin uit haar hersenen was verdwenen, leek het antwoord haar wel duidelijk: ze was afgekickt om met vaste hand te kunnen schieten.

'Amen,' zei ze, en deed het licht uit.

Vijf minuten later sliep ze.

3

Junior was klaarwakker. Hij zat bij het raam op de enige stoel in zijn ziekenhuiskamer en keek naar de bizarre roze maan. Die gleed achter een zwarte vlek op de Koepel die nieuw voor hem was. Deze vlek was groter en zat veel hoger dan de vlek die van de mislukte raketaanvallen was overgebleven. Was er in de tijd dat hij bewusteloos was opnieuw een poging gedaan de Koepel te doorbreken? Hij wist het niet en het kon hem ook niet schelen. De Koepel was er nog; dat was het enige wat telde. Als de Koepel er niet meer was geweest, zou het nu bal in het dorp zijn, met overal soldaten. O, er brandde hier en daar licht in huizen van verstokte slapelozen, maar voor het grootste deel was Chester's Mill in slaap verzonken. Dat was uitstekend, want hij moest nadenken.

Namelijk over *Baaarbie* en Barbies vrienden.

Junior had geen hoofdpijn toen hij bij het raam zat, en zijn geheugen was teruggekomen, maar toch besefte hij wel dat hij heel erg ziek was. De hele linkerkant van zijn lichaam was verdacht ziek, en soms droop er speeksel uit die kant van zijn mond. Als hij het met zijn linkerhand wegstreek, voelde hij soms huid op huid en soms niet. Bovendien zweefde er een donkere, tamelijk grote sleutelgatfiguur aan de linkerkant van zijn gezichtsveld. Alsof er iets gescheurd was in die oogbal. Vermoedelijk was dat ook zo.

Hij herinnerde zich de woeste razernij die hij op Koepeldag had gevoeld, herinnerde zich hoe hij Angie door de gang naar de keuken had achtervolgd, en hoe hij haar tegen de koelkast had gegooid en met zijn knie in haar gezicht had gestoten. Hij herinnerde zich het geluid daarvan: alsof er porselein achter haar ogen zat en zijn knie het had verbrijzeld. Die razernij was nu weg. Daarvoor in de plaats was een zijdezachte woede gekomen die door zijn lichaam golfde. Die woede kwam uit een bodemloze bron diep in zijn hoofd, een bron die tegelijk zuiverde en verkilde.

De ouwe lul die Frankie en hij bij Chester Pond hadden weggehaald, was hem eerder die avond komen onderzoeken. De ouwe lul gedroeg zich professioneel, nam zijn temperatuur op, mat zijn bloeddruk, vroeg hoe erg zijn hoofdpijn was en nam zelfs een rubberen hamertje om zijn kniereflexen te controleren. Toen hij weg was, hoorde Junior praten en lachen. Barbies naam werd genoemd. Junior sloop naar de deur.

Het waren de ouwe lul en een van de verpleeghulpjes, dat knappe Italiaanse ding dat Buffalo of zoiets heette. De ouwe lul had haar topje open en betastte haar tieten. Zij had zijn gulp opengedaan en trok aan zijn pik. Ze werden omringd door een gifgroen licht. 'Junior en zijn vriend hebben me in elkaar geslagen,' zei de ouwe lul, 'maar nu is zijn vriend dood en is hij dat straks ook. Opdracht van Barbie.'

'Ik zou graag aan Barbies pik zuigen als aan een zuurstok,' zei het Buffalo-meisje, en de ouwe lul zei dat hij daar ook van zou genieten. Maar toen Junior met zijn ogen knipperde, liepen ze gewoon met zijn tweeën door de gang. Geen groen licht, geen viezigheid. Dus misschien was het een hallucinatie geweest. Aan de andere kant: misschien ook niet. Eén ding stond vast: ze zaten allemaal in het complot. Ze speelden allemaal onder één hoedje met *Baaarbie*. Hij zat in de cel, maar dat was tijdelijk. Waarschijnlijk zat hij daar alleen om sympathie te verwerven. Het hoorde allemaal bij het *plaaan* van *Baaarbie*. Bovendien dacht hij dat Junior niet bij hem kon komen als hij in de cel zat.

'Mis,' fluisterde hij daar bij het raam, vanwaar hij met zijn aangetaste gezichtsvermogen in de duisternis keek. 'Mís.'

Junior wist precies wat er met hem was gebeurd. Het drong in een flits tot hem door, en de logica was onweerlegbaar. Hij leed aan thalliumvergiftiging, net als die Russische spion in Engeland. Barbies militaire identiteitsplaatjes waren bedekt met thalliumpoeder, en Junior had ze in handen gehad, en dus was hij nu stervende. En omdat zijn vader hem naar Barbies woning had gestuurd, moest híj ook in het complot zitten. Hij was ook een van Barbies... zijn... hoe noemde je die kerels...

'Maten,' fluisterde Junior. 'Hij was ook een van de lengtematen van Grote Jim Rennie.'

Als je er goed over nadacht – als je helderheid in je hoofd had –, was het allemaal volkomen logisch. Zijn vader wilde dat hij zijn mond hield over Coggins en Perkins. Vandaar die thalliumvergiftiging. Het hing allemaal samen.

Buiten, voorbij het gazon, liep een wolf over het parkeerterrein. Op het gazon zelf hadden twee naakte vrouwen standje negenenzestig ingenomen. *Negenenzestie, krijg indigestie!* hadden Frankie en hij als kinderen geroepen wanneer ze twee meisjes met elkaar zagen lopen. Ze hadden niet geweten wat het betekende, maar wel dat het grof was. Een van die wijven leek op Sammy Bushey. De zuster – Ginny, heette ze – had hem verteld dat Sammy dood was, maar dat was duidelijk een leugen en betekende dat Ginny ook in het complot zat – in het complot van *Baaarbie.*

Was er iemand in het dorp die niet in het complot zat? Van wie hij daar zeker van was?

Ja, besefte hij, het waren er twee. De kinderen die Frank en hij bij de Pond hadden aangetroffen, Alice en Aidan Appleton. Hij herinnerde zich hun angstige ogen, en hoe het meisje zich tegen hem aan had gedrukt toen hij haar optilde. Toen hij tegen haar zei dat ze in veiligheid was, had ze gevraagd: *belooft u dat?*, en Junior had ja gezegd. Daar had hij een goed gevoel bij gehad. Het had hem ook een goed gevoel gegeven dat ze zich vol vertrouwen tegen hem aan had gedrukt.

Plotseling nam hij een besluit: hij zou Dale Barbara vermoorden. Als mensen hem in de weg stonden, zou hij hen ook vermoorden. En dan zou hij zijn vader zoeken en hem vermoorden. Daar had hij al jaren van gedroomd, al wilde hij zichzelf dat nu pas toegeven.

Als dat eenmaal was gedaan, zou hij Aidan en Alice zoeken. Als mensen hem wilden tegenhouden, zou hij hen ook vermoorden. Hij zou de kinderen naar Chester Pond terugbrengen en daar voor ze zorgen. Hij zou zich aan de belofte houden die hij Alice had gedaan. Als hij dat deed, zou hij niet doodgaan. God zou hem niet aan thalliumvergiftiging laten sterven als hij voor die kinderen zorgde.

Nu stapten Angie McCain en Dodee Sanders over het parkeerterrein. Ze droegen cheerleaderrokjes en truitjes met grote w's van de Mills Wildcats op hun borst. Ze zagen hem kijken en draaiden met hun heupen en tilden hun rok op. Hun verrotte gezichten lilden en trilden. Ze scandeerden als cheerleaders: '*Doe de deur maar snel van het slot! Kom maar lekker binnen, dan neuken we je kapot! Naar voren...* TEAM!'

Junior deed zijn ogen dicht. Deed ze weer open. Zijn vriendinnen waren weg. Dat was ook een hallucinatie geweest, net als die wolf. Van de meisjes in stand negenenzestig wist hij het nog niet zeker.

Misschien, dacht hij, ging hij toch niet met de kinderen naar de Pond. Dat was nogal ver bij het dorp vandaan. Misschien bracht hij ze in plaats daarvan naar de provisiekast van de McCains. Dat was dichterbij. Daar was genoeg te eten.

En natuurlijk was het daar donker.

'Ik zal voor jullie zorgen, jongens,' zei Junior. 'Ik zal jullie beschermen. Als Barbie eenmaal dood is, valt het hele complot uit elkaar.'

Na een tijdje leunde hij met zijn voorhoofd tegen het glas en viel hij ook in slaap.

4

Henrietta Clavards achterste mocht dan alleen maar gekneusd in plaats van gebroken zijn, het deed evengoed afschuwelijk pijn – op je vierentachtigste, had ze ontdekt, deed álles wat er met je aan de hand was afschuwelijk pijn –, en eerst dacht ze dan ook dat haar achterste haar op die donderdag bij het eerste ochtendlicht wakker had gemaakt. Maar de Tylenol die ze om drie uur 's nachts had genomen, werkte blijkbaar nog steeds. Daar kwam nog bij dat ze de ring had gevonden die wijlen haar man onder zijn zitvlak had gebruikt (John Clavard had last van aambeien gehad), en die bleek heel goed te helpen. Nee, het was iets anders, en kort nadat ze wakker was geworden, wist ze wat het was.

De Ierse setter van de Freemans, Buddy, jankte. Buddy jankte nóóit. Hij was de meest goed gemanierde hond van Battle Street, een straatje even voorbij Catherine Russell Drive. Bovendien was de generator van de Freemans ermee opgehouden. Henrietta dacht dat ze daar misschien wakker van was geworden, niet van de hond. In elk geval had die generator haar de vorige avond in slaap gebracht. Het was niet zo'n herrieapparaat dat blauwe verbrandingsgassen de lucht in stootte. De generator van de Freemans liet een zacht, regelmatig gezoem horen dat eigenlijk wel prettig klonk. Henrietta nam aan dat het een duur ding was, maar de Freemans hadden er het geld voor. Will had het General Motors-dealerschap in de wacht gesleept waar Grote Jim Rennie ooit een oogje op had gehad, en hoewel het voor de meeste autodealers moeilijke tijden waren, had Will haar altijd de uitzondering op de regel geleken. Vorig jaar nog hadden Lois en hij een heel mooie en smaakvolle aanbouw bij hun huis laten zetten.

Maar dat gejank. De hond klonk alsof hij pijn had. En als een dier pijn had, deden zulke aardige mensen als de Freemans daar onmiddellijk iets aan. Waarom nu dan niet?

Henrietta stapte uit bed (een beetje huiverend toen haar billen uit het behaaglijke gat van de piepschuimen ring kwamen) en liep naar het raam. Ze kon het splitlevelhuis van de Freemans goed zien, al was het ochtendlicht grauw en lusteloos, en niet helder en scherp zoals meestal eind oktober. Bij het raam kon ze Buddy nog beter horen, maar ze zag niemand door het huis lopen. Het was volkomen donker; er brandde nog geen gaslamp in een raam. Ze zou hebben gedacht dat ze weg waren, maar beide auto's stonden op het pad. En waar hadden ze heen kunnen gaan?

Buddy bleef maar janken.

Henrietta trok haar ochtendjas en pantoffels aan en ging naar buiten. Toen ze op het paadje naast haar huis stond, stopte er een auto. Het was Douglas Twitchell, die ongetwijfeld op weg naar het ziekenhuis was. Hij had opgezette ogen en had een meeneembeker koffie met het logo van de Sweetbriar Rose in zijn hand toen hij uit zijn auto stapte.

'Alles in orde, mevrouw Clavard?'

'Ja, maar er is iets mis bij de Freemans. Hoor je dat?'

'Ja.'

'Dan moeten zij het ook horen. Hun auto's staan er; waarom gaan ze niet naar hun hond toe?'

'Ik zal eens kijken.' Twitch nam een slok van zijn koffie en zette de beker op de motorkap van zijn auto. 'Blijft u hier.'

'Onzin,' zei Henrietta Clavard.

Ze liepen zo'n twintig meter over het paadje en kwamen op het pad van de Freemans. De hond jankte aan een stuk door. Henrietta kreeg het er koud van, ondanks de lusteloze warmte van de ochtend.

'De lucht is van erg slechte kwaliteit,' zei ze. 'Het ruikt zoals Rumford rook toen ik net getrouwd was en alle papierfabrieken nog draaiden. Dit kan niet goed voor mensen zijn.'

Twitch bromde iets en belde aan bij de Freemans. Toen daar niet op werd gereageerd, klopte hij op de deur. Vervolgens klopte hij nog iets harder.

'Kijk of hij niet op slot zit,' zei Henrietta.

'Ik weet niet of ik dat wel moet doen, mevrouw...'

'Kletskoek.' Ze duwde hem opzij en probeerde de knop. Die gaf mee. Ze maakte de deur open. Het was stil in huis en er vielen diepe ochtendschaduwen. 'Will?' riep ze. 'Lois? Zijn jullie daar?'

Het antwoord bestond alleen uit nog meer gejank.

'De hond is in de achtertuin,' zei Twitch.

Ze hadden vlugger dwars door het huis kunnen gaan, maar dat wilden ze geen van beiden doen. Daarom liepen ze het pad op en door de overdekte passage tussen het huis en de garage, waar Will niet zijn auto's neerzette maar zijn speelgoed: twee sneeuwscooters, een ATV, een quad, een Yamaha-crossmotor en een dikke Honda Gold Wing.

Er stond een hoge privéschutting om de achtertuin van de Freemans. Aan het eind van de passage kwamen ze bij het hek. Twitch lichtte de klink op, trok het hek open en werd onmiddellijk besprongen door dertig kilo opgewonden Ierse setter. Hij slaakte een kreet van schrik en deed zijn handen omhoog, maar de hond wilde hem niet bijten. Buddy smeekte alleen maar om hulp. Hij zette zijn poten op de voorkant van Twitch' laatste schone uniform, maakte het vies en kwijlde op zijn gezicht.

'Hou op!' riep Twitch. Hij gaf Buddy een duw, en de hond liet zich zakken maar kwam meteen weer overeind. Hij maakte nieuwe sporen op Twitch' uniform en streek met een lange roze tong over zijn wangen.

'*Buddy, af!*' beval Henrietta, en Buddy ging meteen zitten. Hij jengelde nog wat en keek heen en weer tussen hen. Onder hem verspreidde zich een plas urine.

'Mevrouw Clavard, dit ziet er niet goed uit.'

'Nee,' beaamde Henrietta.

'Misschien kunt u beter bij de hond bl...'

Henrietta zei weer 'Onzin' en liep de achtertuin van de Freemans in. Ze liet het aan Twitch over om achter haar aan te komen. Buddy sloop achter hen aan, zijn kop omlaag en zijn staart tussen zijn poten, ontroostbaar jengelend.

Er was een betegelde patio met een barbecue. Over de barbecue lag een groen zeil met DE KEUKEN IS GESLOTEN erop. Daarachter, aan de rand van het gazon, bevond zich een roodhouten verhoging. Op die verhoging stond de hot tub van de Freemans. Twitch nam aan dat ze zo'n hoge schutting hadden om er naakt in te kunnen zitten en misschien zelfs een nummertje te maken als ze daar zin in hadden.

Will en Lois zaten er nu ook in, maar de tijd dat ze nummertjes maakten was voorgoed voorbij. Ze hadden alle twee een doorzichtige plastic zak over hun hoofd. Zo te zien waren die zakken met touw of bruin elastiek dichtgemaakt bij hun hals. De zakken waren vanbinnen beslagen, maar toch kon

Twitch de blauw aangelopen gezichten nog zien. Op de roodhouten verhoging, tussen de stoffelijke overschotten van Will en Lois Freeman in, stonden een whiskyfles en een medicijnflesje.

'Stop,' zei hij. Hij wist niet of hij tegen zichzelf sprak of tegen mevrouw Clavard, of misschien tegen Buddy, die net weer een diepbedroefd gejank had aangeheven. In elk geval kon hij het niet tegen de Freemans hebben.

Henrietta bleef niet staan. Ze liep naar de hot tub, ging met een rug zo recht als die van een soldaat de twee treden op, keek naar de verkleurde gezichten van haar heel aardige (en ook heel normale, zou ze hebben gezegd) buren, keek naar de whiskyfles, zag dat het Glenlivet was (ze waren er tenminste in stijl uitgestapt) en pakte toen het medicijnflesje met het etiket van de Sanders Hometown-drugstore op.

'Ambien of Lunesta?' vroeg Twitch moeizaam.

'Ambien,' zei ze, en ze was blij dat de stem die uit haar droge keel en mond kwam normaal klonk. 'Van haar. Al denk ik dat ze het vannacht met hem heeft gedeeld.'

'Is er een briefje?'

'Hier niet,' zei ze. 'Misschien binnen.'

Maar dat was er niet, tenminste niet op de voor de hand liggende plaatsen, en ze konden geen van beiden een reden bedenken waarom je een zelfmoordbriefje zou verstoppen. Buddy volgde hen van kamer tot kamer. Hij jankte nu niet meer maar jengelde diep in zijn keel.

'Ik moet hem maar mee naar huis nemen,' zei Henrietta.

'Dat zal wel moeten. Ik kan hem niet meenemen naar het ziekenhuis. Ik zal Stewart Bowie bellen, dan kan die... hen komen halen.' Hij wees met zijn duim over zijn schouder. Zijn maag dreigde in opstand te komen, maar dat was niet het ergste. Het ergste was de depressie die over hem kwam en een schaduw over zijn anders zo opgewekte persoonlijkheid wierp.

'Ik begrijp niet waarom ze het hebben gedaan,' zei Henrietta. 'Als we nu een jaar onder de Koepel hadden geleefd... of zelfs een maand... ja, dan misschien. Maar binnen een wéék? Zo reageren evenwichtige mensen niet op moeilijkheden.'

Twitch dacht dat hij het wel begreep, maar hij wilde het niet tegen Henrietta zeggen: het zou een maand worden, het zou een jaar worden. Misschien nog langer. En dat zonder regen, met steeds grotere tekorten, steeds meer luchtvervuiling. Als het land met de meest geavanceerde technologie ter wereld geen inzicht had kunnen krijgen in wat er in Chester's Mill was gebeurd (om van het oplossen van het probleem nog maar te zwijgen), zat dat er voorlopig waarschijnlijk ook niet in. Dat had Will Freeman blijkbaar begrepen. Of misschien was het Lois' idee geweest. Misschien had ze, toen de generator het opgaf, gezegd: *'Laten we het doen voordat het water in de hot tub koud wordt, schat. Laten we onder de Koepel vandaan gaan terwijl we nog iets in onze maag hebben. Wat denk je? Nog één keer in de hot tub, met een paar borrels op de valreep.'*

'Misschien was het vliegtuig de druppel die voor hen de emmer deed overlopen,' zei Twitch. 'De Aer Lingus die gisteren tegen de Koepel kwam.'

Henrietta antwoordde niet met woorden. Ze rochelde slijm op en spuwde in de gootsteen. Dat was een nogal schokkende manier om haar gevoelens te uiten. Ze liepen weer naar buiten.

'Meer mensen zullen dit doen, hè?' vroeg ze toen ze aan het eind van het pad waren. 'Want soms hangt zelfmoord in de lucht. Als een verkoudheidsvirus.'

'Sommigen hebben het al gedaan.' Twitch wist niet of zelfmoord pijnloos was, zoals in die song aan het begin van M.A.S.H., maar onder de juiste omstandigheden was het besmettelijk. Misschien was het vooral besmettelijk als mensen in een totaal nieuwe situatie verkeerden en de lucht zo vies rook als op deze windstille, onnatuurlijk warme ochtend.

'Zelfmoordenaars zijn lafaards,' zei Henrietta. 'Op die regel zijn geen uitzonderingen, Douglas.'

Twitch, wiens vader langzaam door maagkanker was weggeteerd, had daar zijn eigen gedachten over, maar hij zei niets.

Henrietta boog zich met haar handen op haar knokige knieën naar Buddy toe. Buddy stak zijn kop omhoog om aan haar te snuffelen. 'Kom mee naar hiernaast, behaarde vriend. Ik heb drie eieren. Je mag ze opeten voordat ze bederven.'

Ze wilde weglopen, maar keek toen Twitch weer aan. *'Het zijn lafaards,'* zei ze, met nadruk op elk woord.

5

Jim Rennie verliet het Cathy Russell, sliep vredig in zijn eigen bed en werd verkwikt wakker. Hoewel hij het niemand zou toegeven, voelde hij zich ook beter omdat hij wist dat Junior niet thuis was.

Nu, om acht uur, stond zijn zwarte Hummer een deur of twee bij Rosie vandaan geparkeerd (voor een brandspuit, maar wat gaf het; er was toch geen brandweer meer). Hij ontbeet met Peter Randolph, Mel Searles, Freddy Denton en Carter Thibodeau. Carter was rechts van Grote Jim gaan zitten, zoals hij tegenwoordig altijd deed. Hij droeg vanochtend twee pistolen: zijn eigen pistool op zijn heup en de Beretta Taurus die Linda Everett kortgeleden had ingeleverd, in een schouderholster.

Het vijftal had de zwamtafel achter in het restaurant overgenomen. Ze vonden het geen enkel probleem de stamgasten van hun plaats te verdringen. Rose wilde niet bij hen in de buurt komen en stuurde Anson.

Grote Jim bestelde drie gebakken eieren, een dubbele portie worst, en toast die in spekvet gebakken was, zoals zijn moeder altijd deed. Hij wist dat hij aan zijn cholesterol moest denken, maar vandaag zou hij alle energie nodig hebben die hij in zijn lichaam kon stoppen. En ook de komende dagen; daarna zou hij de situatie volledig beheersen. Dan kon hij aan zijn cholesterol gaan werken (een fabeltje dat hij zichzelf al tien jaar vertelde).

'Waar zijn de Bowies?' vroeg hij aan Carter. 'Ik wilde die verrekte Bowies hier hebben. Waar zijn ze?'

'Ze kregen een oproep uit Battle Street,' zei Carter. 'Meneer en mevrouw Freeman hebben zelfmoord gepleegd.'

'Heeft die katoenplukker zich van kant gemaakt?' riep Grote Jim uit. De weinige gasten – de meesten zaten aan het buffet naar CNN te kijken – keken om en wendden meteen weer hun blik af. 'Zo, zo! Ik ben helemaal niet verbaasd!' Het schoot hem te binnen dat het General Motors-dealerschap nu voor het grijpen lag. Maar waarom zou hij het willen? Er was hem iets veel groters in de schoot gevallen: de hele gemeente. Hij had al een lijst gemaakt van orders die hij in werking zou stellen zodra ze hem een volmacht hadden gegeven. Dat zou vanavond gebeuren. En trouwens, hij had al jaren de pest aan die slijmerige lamzak van een Freeman en die stomme trut van een vrouw van hem.

'Jongens, Lois en hij ontbijten vandaag in de hemel.' Hij zweeg even en barstte toen in lachen uit. Dat was niet erg politiek, maar hij kon het gewoon niet helpen. 'In de bediendenkamer, denk ik.'

'Terwijl de Bowies daarheen waren, kregen ze nog een oproep,' zei Carter. 'De boerderij van Dinsmore. Ook een zelfmoord.'

'Wie?' vroeg commandant Randolph. 'Alden?'

'Nee. Zijn vrouw. Shelley.'

Dat was wél jammer. 'Laten we even ons hoofd buigen,' zei Grote Jim, en hij stak zijn handen uit. Carter pakte er een vast, Mel Searles de andere, en Randolph en Denton deden ook mee.

'Ogod alsjeblieftzegendezearmezielen, omjezuswilamen,' zei Grote Jim, en toen keek hij weer op. 'Ter zake, Peter.'

Peter haalde zijn notitieboekje tevoorschijn. Dat van Carter lag al naast zijn bord; Grote Jim zag steeds meer in de jongen. Als de Koepel bleef staan, zou Carter Thibodeau een goede opvolger van Pete Randolph zijn. En dat hoefde niet zo ver in het verschiet te liggen.

'Ik heb het verdwenen propaan gevonden,' zei Grote Jim. 'Het staat bij WCIK.'

'Jezus!' zei Randolph. 'Dan moeten we daar vrachtwagens heen sturen om het op te halen!'

'Ja, maar niet vandaag,' zei Grote Jim. 'Morgen, als iedereen bezoek krijgt van familie. Ik heb daar al aan gewerkt. De Bowies en Roger gaan er opnieuw heen, maar er moeten ook een paar agenten mee. Fred, jij en Mel. En nog vier of vijf. Jij niet, Carter. Ik wil jou bij me hebben.'

'Waarom hebben we politieagenten nodig om een stel propaantanks op te halen?' vroeg Randolph.

'Nou,' zei Jim, terwijl hij eierdooier opveegde met een stukje toast, 'dat heeft te maken met onze vriend Dale Barbara en zijn plannen om de gemeente te destabiliseren. Er zijn daar twee gewapende mannen, en het ziet ernaar uit dat ze een of ander drugslaboratorium beschermen. Ik denk dat Barbara dat lab daar al had voordat hij zelf naar het dorp kwam. Dit is allemaal erg goed gepland. Een van de huidige beheerders is Philip Bushey.'

'Die sukkel,' bromde Randolph.

'De ander, moet ik tot mijn spijt zeggen, is Andy Sanders.'

Randolph had gebakken aardappeltjes aan zijn vork geprikt, maar nu kletterde zijn vork op het bord. 'Andy!'

'Triest maar waar. Barbara heeft hem zakelijk vooruitgeholpen. Ik heb dat op goed gezag, maar vraag me niet naar mijn bron; die heeft om anonimiteit gevraagd.' Grote Jim zuchtte en stopte een met dooier besmeerd stuk toast in zijn mond. God, wat voelde hij zich vanmorgen goed! 'Ik denk dat Andy het geld nodig had. Ik heb gehoord dat de bank op het punt stond zijn winkel te sluiten. Als zakenman was hij geen knip voor de neus waard.'

'Als gemeentebestuurder ook niet,' voegde Freddy Denton daaraan toe.

Grote Jim hield er gewoonlijk niet van om door ondergeschikten in de rede te worden gevallen, maar vanmorgen genoot hij van alles. 'Dat is helaas waar,' zei hij. En toen boog hij zich zo ver over de tafel als zijn dikke buik toestond. 'Bushey en hij hebben op een van de vrachtwagens geschoten die ik daar gisteren heen heb gestuurd. Beide voorbanden kapot. Die katoenplukkers zijn gevaarlijk.'

'Drugsverslaafden met geweren,' zei Randolph. 'Het ergste wat je als politieman kunt hebben. De mannen die daarheen gaan, moeten kogelwerende vesten aantrekken.'

'Goed idee.'

'En ik kan niet instaan voor Andy's veiligheid.'

'Dat weet ik. Doe wat je moet doen. We hebben dat propaan nodig. Het dorp schreeuwt erom, en ik wil vanavond bekendmaken dat we een nieuwe bron hebben ontdekt.'

'Weet u zeker dat ik niet mee kan gaan, meneer Rennie?' vroeg Carter.

'Ik weet dat het een teleurstelling voor je is, maar ik wil je morgen bij me hebben, dus niet op de plaats waar ze hun bezoekersfeest hebben. Randolph ook, denk ik. Iemand moet dat daar coördineren, want het ziet ernaar uit dat het een superflop wordt. We moeten voorkomen dat mensen onder de voet gelopen worden. Al zal dat met sommigen waarschijnlijk wel gebeuren, want de mensen kunnen zich niet gedragen. Zeg maar tegen Twitch dat hij daar met zijn ambulance naartoe moet komen.'

Carter noteerde het.

Terwijl hij dat deed, wendde Grote Jim zich tot Randolph. Zijn gezicht was een en al droefheid. 'Ik vind het verschrikkelijk om dit te moeten zeggen, Pete, maar mijn informant zegt dat Junior misschien ook bij dat drugslaboratorium betrokken is.'

'Junior?' zei Mel. 'Nee toch, niet Júnior.'

Grote Jim knikte en streek met zijn hand over zijn droge oog. 'Ik kan het zelf ook moeilijk geloven. Ik wíl het niet geloven, maar je weet dat hij in het ziekenhuis ligt?'

Ze knikten.

'Een overdosis,' fluisterde Rennie, en hij boog zich nog verder over de tafel. 'Dat is de meest waarschijnlijke verklaring voor wat er met hem aan de hand is.' Hij ging rechtop zitten en keek Randolph weer aan. 'Rijd er niet vanaf de grote weg naartoe. Dat verwachten ze. Ruim een kilometer ten oosten van het radiostation is er een toegangsweg...'

'Dat weet ik,' zei Freddy. 'Vroeger was daar het bosperceel van Sam Slobber Verdreaux, voordat de bank het in beslag nam. Ik denk dat al dat land nu van de Heilige Verlosser is.'

Grote Jim glimlachte en knikte, al was het land in werkelijkheid eigendom van een vennootschap in Nevada waarvan hij directeur was. 'Ga daarlangs en nader het station dan aan de achterkant. Er staan daar nog dikke bomen, dus je moet er ongezien kunnen komen.'

Grote Jims mobiele telefoon ging. Hij keek naar het schermpje, wilde bijna door de voicemail laten opnemen en dacht toen: *Waarom ook niet?* Zoals hij zich vanmorgen voelde, zou hij er misschien zelfs van genieten om Cox te horen schuimbekken.

'Met Rennie. Wat wil je, kolonel Cox?'

Hij luisterde en zijn glimlach verflauwde een beetje.

'Hoe weet ik dat je nu de waarheid spreekt?'

Hij luisterde nog even en verbrak toen de verbinding zonder afscheid te nemen. Enkele ogenblikken bleef hij met gefronste wenkbrauwen zitten om te verwerken wat hij had gehoord. Toen keek hij op en zei tegen Randolph: 'Hebben we een geigerteller? Misschien in de schuilkelder?'

'Goh, ik weet het niet. Al Timmons waarschijnlijk wel.'

'Zoek hem op en laat hem het nagaan.'

'Is het belangrijk?' vroeg Randolph, en tegelijk vroeg Carter: 'Is er straling, baas?'

'Het is niets om je zorgen over te maken,' zei Grote Jim. 'Het is alleen maar bangmakerij van hem. Daar ben ik zeker van. Maar vraag toch maar even naar die geigerteller. Als we er een hebben – en als hij nog werkt – breng hem dan naar me toe.'

'Oké,' zei Randolph. Hij keek angstig.

Grote Jim wou dat hij de telefoon toch niet had opgenomen. Of zijn mond had gehouden. Het zou net iets voor Searles zijn om dit rond te bazuinen en een gerucht in omloop te brengen. Ach, Randolph zelf was geen haar beter. En waarschijnlijk was er niets aan de hand. Waarschijnlijk probeerde die katoenplukker in zijn mooie uniform alleen maar een mooie dag te bederven. Misschien wel de belangrijkste dag van zijn leven.

Freddy Denton was tenminste met zijn kleine beetje verstand bij de les gebleven. 'Hoe laat wilt u dat we naar het radiostation gaan, meneer Rennie?'

Grote Jim liet het tijdschema van de bezoekersdag, voor zover hij dat kende, nog eens door zijn gedachten gaan en glimlachte. Het was een echte glimlach die zijn vettige gezicht een blijmoedige uitstraling gaf en zijn kleine tanden liet zien. 'Om twaalf uur. Dan staat iedereen te kletsen op Route 119 en is de rest van het dorp verlaten. Dus jullie gaan daar op die tijd heen en maken die katoenplukkers onschadelijk die daar op ons propaan zitten. Op *high noon*. Net als in die oude cowboyfilms.'

6

Om kwart over elf op die donderdagmorgen reed de bestelbus van Sweetbriar Rose in zuidelijke richting over Route 119. De volgende dag zou deze weg verstopt zijn met auto's en naar uitlaatgassen stinken, maar vandaag was hij spookachtig verlaten. Rose zat zelf achter het stuur. Ernie Calvert zat op de passagiersplaats. Norrie zat tussen hen in op de motorbehuizing. In haar armen had ze haar skateboard, dat bedekt was met stickers van allang niet meer bestaande punkbands als Stalag 17 en de Dead Milkmen.

'Het ruikt hier zo viés,' zei Norrie.

'Dat komt door de Prestile, schatje,' zei Rose. 'Op de plek waar hij vroeger Motton in stroomde, is nu een stinkend moeras ontstaan.' Ze wist dat er meer achter de stank zat dan alleen die rivier, maar dat zei ze niet. Ze moesten ademhalen, en het had dus geen zin dat ze zich druk maakten om wat er in hun longen kwam. 'Heb je met je moeder gesproken?'

'Ja,' zei Norrie somber. 'Ze komt, maar ze vindt het niet zo'n geweldig idee.'

'Brengt ze de levensmiddelen die ze heeft ook mee, als het tijd is?'

'Ja. In de kofferbak van onze auto.' Norrie voegde er niet aan toe dat Joanie Calvert eerst haar drankvoorraad zou inladen; het eten zou op de tweede plaats komen. 'Hoe zit het met de straling, Rose? We kunnen niet elke auto die daarheen gaat met loodplaten beschermen.'

'Als mensen er maar één of twee keer heen gaan, lopen ze geen gevaar.' Rose was dat zelf nagegaan op internet. Ze had ook ontdekt dat de veiligheid afhankelijk was van de kracht van de straling, maar ook wat dit betrof had het geen zin dat ze zich druk maakten om dingen waarop ze geen invloed hadden. 'Het is vooral belangrijk dat we de blootstelling beperken... en Joe zegt dat de gordel van straling niet breed is.'

'Joey's moeder wil niet mee,' zei Norrie.

Rose zuchtte. Ze wist dat al. Die bezoekersdag had ook nadelen. Ze konden er gemakkelijker door wegkomen, maar mensen die gezinsleden aan de andere kant hadden zouden hen willen zien. *Misschien heeft McClatchey straks pech*, dacht ze.

In de verte zag ze Jim Rennie's Used Cars, met het grote bord: KOOP BIJ JIM RENNIE – SPIJT HEBBEN KENNIE! OOK OP AFBETALING!

'Vergeet niet...' begon Ernie.

'Ik weet het,' zei Rose. 'Als daar iemand is, moet ik gewoon keren en naar het dorp terugrijden.'

Maar bij Rennie waren alle parkeerplaatsen voor personeelsleden leeg. In de showroom was ook niemand, en aan de ingang hing een bord met GESLOTEN TOT NADER ORDER. Rose reed vlug naar de achterkant. Daar stonden rijen auto's en vrachtwagens. In de ramen waren borden gestoken met de prijs en met slogans als WAAR VOOR UW GELD en BRANDSCHOON en MOOIE WAGEN (sexy meisjesogen met lange wimpers als o's). Dit waren de afgebeulde werkpaarden in Grote Jims stal – niet te vergelijken met de opzichtige volbloeden uit Detroit en Duitsland die aan de voorkant stonden. Helemaal achteraan, bij de draadgazen omheining die Grote Jims terrein van een met rommel bezaaid stuk bos scheidde, stond een rij busjes van het telefoonbedrijf, sommige nog met het AT&T-logo.

'Die,' zei Ernie, en hij greep achter zijn stoel om een lange smalle reep metaal tevoorschijn te halen.

'Dat is een Slim Jim. Zo'n ding om autoportieren mee open te maken,' zei Rose, die het ondanks haar nervositeit wel grappig vond. 'Wat moet jij nou met een Slim Jim, Ernie?'

'Die gebruikte ik toen ik nog in de Food City werkte. Je zou ervan versteld staan hoeveel mensen hun auto op slot gooien terwijl de sleutels erin liggen.'

'Hoe wou je hem starten, opa?' vroeg Norrie.

Ernie glimlachte zwakjes. 'Ik bedenk wel iets. Stop hier, Rose.'

Hij stapte uit en ging op een holletje naar het eerste busje. Dat deed hij verrassend soepel voor iemand die tegen de zeventig liep. Hij keek door het raam, schudde zijn hoofd en liep naar het volgende. Toen naar het derde busje, maar dat had een lekke band. Nadat hij een blik in het vierde had geworpen, draaide hij zich om naar Rose en stak zijn beide duimen omhoog. 'Oké, Rose. Rijden.'

Volgens Rose wilde Ernie niet dat zijn kleindochter hem de Slim Jim zag gebruiken. Dat vond ze ontroerend, en zonder nog veel te zeggen reed ze naar de voorkant terug. Daar stopte ze weer. 'Gaat het, meisje?'

'Ja,' zei Norrie, die uitstapte. 'Als hij hem niet aan de praat kan krijgen, gaan we gewoon lopend naar het dorp terug.'

'Het is bijna vijf kilometer. Kan hij dat wel?'

Norrie zag bleek, maar ze kon nog wel glimlachen. 'Opa zou het met lopen nog van me winnen. Hij loopt zeven kilometer per dag. Dat smeert zijn gewrichten, zegt hij. Ga nu maar, voordat er iemand komt die u ziet.'

'Je bent een dapper meisje,' zei Rose.

'Ik vóél me niet dapper.'

'Dat voelen dappere mensen zich nooit, schatje.'

Rose reed naar het dorp terug. Norrie keek haar na tot ze uit het zicht was verdwenen, zette haar skateboard neer en maakte *rails* en *lazy diamonds* op het voorplein. Het asfalt helde een beetje af en ze hoefde dus maar één kant op te steppen... al was ze zo gespannen dat ze desnoods helemaal naar het dorp zou kunnen steppen zonder er iets van te merken. Op dit moment zou ze het waarschijnlijk niet eens voelen als ze onderuitging. En als er iemand kwam? Nou, dan was ze hierheen gewandeld met haar opa, die naar een paar busjes wilde kijken. Ze wachtte even op hem en dan liepen ze naar het dorp terug. Opa hield van wandelen; dat wist iedereen. Het smeerde de gewrichten. Alleen geloofde Norrie niet dat hij het alleen daarom deed, zelfs niet voornamelijk daarom. Hij was met zijn wandelingen begonnen toen oma in de war raakte (niemand zei ronduit dat het alzheimer was, al wist iedereen dat). Norrie dacht dat hij zijn verdriet eruit probeerde te lopen. Was zoiets mogelijk? Ze dacht van wel. Als ze op haar skateboard reed en een *doublekink* maakte op de baan in Oxford, dacht ze aan niets anders meer dan aan blijdschap en angst, en die blijdschap was de baas in huis. De angst zat in het schuurtje aan de achterkant.

Na een korte tijd, die lang aanvoelde, kwam het voormalige telefoonbusje achter het gebouw vandaan rijden, met opa achter het stuur. Norrie stak haar skateboard onder haar arm en sprong erin. Haar eerste rit in een gestolen auto.

'Opa, je bent cool,' zei ze, en ze gaf hem een zoen.

7

Joe McClatchey was op weg naar de keuken om een van de overgebleven blikjes appelsap uit hun uitgevallen koelkast te halen, toen hij zijn moeder 'Bump' hoorde zeggen en meteen bleef staan.

Hij wist dat zijn ouders elkaar op de universiteit van Maine hadden leren kennen en dat Sam McClatcheys vrienden hem in die tijd Bump hadden genoemd, maar ma noemde hem bijna nooit meer zo, en als ze het deed, lachte en bloosde ze, alsof die bijnaam een pikante bijbetekenis had. Daar wist Joe niets van. Hij wist wel dat ze van streek moest zijn, anders zou ze die naam niet laten vallen.

Hij kwam een beetje dichter naar de keukendeur toe. Die stond een eindje open en hij zag zijn moeder en Jackie Wettington, die vandaag geen uniform maar een blouse en een gebleekte spijkerbroek droeg. Als ze opkeken, zouden ze hem ook kunnen zien. Het was niet zijn bedoeling hen te besluipen, dat zou niet cool zijn, zeker niet als zijn moeder van streek was, maar voorlopig keken ze elkaar alleen maar aan. Ze zaten aan de keukentafel. Jackie hield Claires handen vast. Joe zag dat de ogen van zijn moeder vochtig waren en voelde zelf ook meteen de aandrang om te huilen.

'Dat kun je niet doen,' hoorde hij Jackie zeggen. 'Ik weet dat je het wilt, maar je kunt het gewoon niet doen. Als je tenminste wilt dat vanavond alles volgens plan verloopt.'

'Mag ik hem dan niet alleen bellen om te zeggen waarom ik er niet zal zijn? Of hem mailen? Dat zou toch wel kunnen?'

Jackie schudde haar hoofd. Ze keek vriendelijk maar onverbiddelijk. 'Misschien praat hij erover en komt dat Rennie ter ore. Als Rennie onraad ruikt voordat we Barbie en Rusty bevrijd hebben, wordt het een ramp.'

'Als ik tegen hem zeg dat hij het voor zich moet houden...'

'Maar Claire, begrijp je het dan niet? Er staat te veel op het spel. De levens van twee mannen. En ook die van ons.' Ze zweeg even. 'Het leven van je zoon.'

Claires schouders zakten in, maar gingen toen weer omhoog. 'Neem jij Joe dan mee. Ik kom na bezoekersdag. Rennie zal mij niet verdenken. Ik weet amper hoe Dale Barbara eruitziet, en ik ken Rusty ook niet, behalve dat ik hem groet op straat. Ik ga altijd naar dokter Hartwell in Castle Rock.'

'Maar Joe kent Barbie,' legde Jackie geduldig uit. 'Joe heeft de videobeelden verzorgd toen ze die raketten afschoten. Grote Jim weet dat. Denk je niet dat hij jou in hechtenis zal nemen en je onder druk zal zetten tot je hem vertelt waar we heen zijn gegaan?'

'Dat zou ik niet doen,' zei Claire. 'Ik zou het nóóit vertellen.'

Joe kwam de keuken in. Claire veegde haar wangen af en deed haar best om te glimlachen. 'Hallo, lieverd. We hadden het net over bezoekersdag, en...'

'Ma, hij zal je misschien niet alleen maar onder druk zetten,' zei Joe. 'Hij zal je misschien wel martelen.'

Ze keek geschokt. 'O, dát zou hij niet doen. Ik weet dat hij geen aardige man is, maar per slot van rekening is hij wethouder, en...'

'Hij wás wethouder,' zei Jackie. 'Hij oefent nu voor keizer. En vroeg of laat praat iedereen. Wil je dat Joe zich voorstelt dat je nagels worden uitgetrokken?'

'Hou op!' zei Claire. 'Dat is afschuwelijk!'

Jackie liet Claires handen niet los toen Claire ze terug probeerde te trekken. 'Het is alles of niets, en het is te laat voor die tweede optie. Dit is nu in gang gezet, en we moeten ermee doorgaan. Als Barbie in zijn eentje ontsnapte, dus zonder hulp van ons, zou Grote Jim hem misschien zelfs laten gaan. Want elke dictator heeft een boeman nodig. Maar hij is niet alleen, hè? Dat betekent dat ze op zoek naar ons gaan om ons onschadelijk te maken.'

'Was ik hier maar nooit aan begonnen. Was ik maar nooit naar die bijeenkomst gegaan en had ik Joe maar niet laten gaan.'

'We moeten hem tegenhouden!' protesteerde Joe. 'Meneer Rennie wil van Chester's Mill een, je weet wel, politiestaat maken!'

'Ik kan niemand tegenhouden!' Claire zei het bijna huilend. 'Ik ben verdomme maar een huisvrouw!'

'Als het je kan troosten: je had waarschijnlijk al een kaartje voor deze reis vanaf het moment dat de kinderen dat kastje vonden,' zei Jackie.

'Dat kan me níét troosten.'

'In sommige opzichten hebben we zelfs geluk,' ging Jackie verder. 'We hebben hier nog niet te veel onschuldige mensen bij betrokken. Tenminste, nog niet.'

'Rennie en zijn politie zullen ons echt wel vinden,' zei Claire. 'Weet je dat niet? De gemeente is maar klein.'

Jackie glimlachte zuur. 'Dan zijn we met meer. Met meer wapens. En Rennie zal dat weten.'

'We moeten zo gauw mogelijk het radiostation overnemen,' zei Joe. 'Mensen moeten de andere kant van het verhaal horen. We moeten de waarheid uitzenden.'

Jackies ogen straalden. 'Dat is een verdómd goed idee, Joe.'

'O nee,' zei Claire. Ze sloeg haar handen voor haar gezicht.

8

Ernie reed met het busje van het telefoonbedrijf naar Burpees laadplatform. *Ik ben nu een crimineel*, dacht hij, *en mijn kleindochter van twaalf is mijn medeplichtige. Of is ze nu dertien?* Het deed er niet toe. Hij geloofde niet dat Peter Randolph haar als een jeugddelinquent zou behandelen als ze gepakt werden.

Rommie maakte de achterdeur open, zag dat zij het waren en kwam het laadplatform op. In elke hand had hij een wapen. 'Nog problemen gehad?'

'Het ging van een leien dakje,' zei Ernie, terwijl hij het trapje van het platform beklom. 'Er is niemand op de weg. Heb je nog meer wapens?'

'Ja. Een paar. Binnen, achter de deur. Help jij ook even, Norrie.'

Norrie pakte twee geweren op en gaf ze aan haar opa, die ze achter in het busje legde. Rommie duwde een magazijnwagen het platform op. Er lagen een stuk of tien loodrollen op. 'We hoeven dit niet meteen allemaal in te laden,' zei hij. 'Ik knip alleen wat stukken voor de ramen. We doen de voorruit als we daar aankomen. We laten een spleetje vrij om doorheen te kijken – als in een oude Sherman-tank – en rijden dan door. Norrie, wil je kijken of je die andere wagen naar buiten kunt duwen, terwijl Ernie en ik hiermee bezig zijn? Als het niet lukt, laat je hem gewoon staan en halen we hem straks op.'

De andere magazijnwagen was beladen met dozen levensmiddelen, voor het merendeel blikvoedsel en zakken met concentraat voor kampeerders. Een van de dozen zat vol zakjes afgeprijsde poederdrank. De wagen was zwaar, maar toen Norrie hem eenmaal in beweging had gekregen, ging het gemakkelijk. Stoppen was een andere zaak, en als Rommie niet zijn hand had uitgestoken om er vanaf de achterkant van het busje een duw tegen te geven, zou de wagen misschien finaal van het platform af zijn gereden.

Intussen had Ernie de achterraampjes van het gestolen busje dichtgemaakt met stukken lood, die met royale hoeveelheden ducttape op hun plaats werden gehouden. Hij streek over zijn voorhoofd en zei: 'Dit is hartstikke link, Burpee. We rijden met een compleet konvooi naar de boomgaard van McCoy.'

Rommie haalde zijn schouders op en laadde dozen met levensmiddelen in. Hij zette ze langs de wanden van het busje, zodat het midden vrij bleef voor de passagiers die ze later hoopten te hebben. Er vormde zich een boom van zweet in het rugpand van zijn shirt. 'Als we het snel en geruisloos doen, worden we hopelijk gedekt door die bijeenkomst. We hebben niet veel keus.'

'Krijgen Julia en mevrouw McClatchey ook lood op hun autoruiten?' vroeg Norrie.

'Ja. Vanmiddag. Ik zal ze helpen. En dan moeten ze hun auto's achter de winkel laten staan. Je kunt niet door het dorp rijden met loodplaten voor de ruiten. Dat loopt te veel in de gaten.'

'En die Escalade van jou?' vroeg Ernie. 'Die zou de rest van deze spullen opslikken zonder zelfs maar te boeren. Je vrouw kan hem daarheen r...'

'Misha wil niet mee,' zei Rommie. 'Ze wil er niets mee te maken hebben. Ik heb het haar gevraagd, ben bijna op mijn knieën gegaan om het te smeken, maar ik had net zo goed een windvlaag kunnen zijn die om het huis waait. Ik denk dat ik het al wist, want ik heb haar niet meer verteld dan ze al had gehoord... en dat is niet veel, maar het houdt haar niet uit de problemen als Rennie het op haar heeft voorzien. Jammer genoeg wil ze dat niet inzien.'

'Waarom niet?' vroeg Norrie met grote ogen. Ze besefte dat het een onbeleefde vraag was zodra ze hem had gesteld. Haar opa fronste zijn wenkbrauwen.

'Omdat ze een koppig dametje is. Ik heb tegen haar gezegd dat ze in de problemen kan komen. "Laat ze het maar proberen," zei ze. Dat is mijn Misha. Nou ja, als ik later nog de kans krijg, ga ik stiekem naar haar toe om te kijken of ze van gedachten veranderd is. Dat is het recht van een vrouw, zeggen ze. Kom, laten we nog meer van die dozen in de wagen zetten. En dek de wapens niet af, Ernie. Misschien hebben we ze nodig.'

'Het is toch niet te geloven dat ik jou hierbij heb betrokken, kind,' zei Ernie.

'Het geeft niet, opa. Ik zou er niet buiten willen blijven.' Dat was tenminste waar.

9

BONK. Stilte.
BONK. Stilte.
BONK. Stilte.

Ollie Dinsmore zat met gekruiste benen op een meter afstand van de Koepel. Zijn oude padvindersrugzak stond naast hem. Die rugzak zat vol stenen die hij op het erf van de boerderij had opgeraapt. Hij was zo vol dat hij meer wankelend dan lopend hierheen was gekomen en onderweg ook nog bang was geweest dat de canvas bodem uit de rugzak zou scheuren, zodat zijn munitie eruit zou vallen. Maar dat was niet gebeurd, en hier was hij dan. Hij koos weer een steen, een mooie gladde, gepolijst door een gletsjer in een ver verleden, en gooide hem overhands naar de Koepel. De steen leek tegen lege lucht te slaan en stuiterde terug. Ollie pakte hem op en gooide opnieuw.

BONK. Stilte.

De Koepel had één voordeel, dacht hij. Dat ding mocht dan de reden zijn waarom zijn broer en zijn moeder dood waren, maar jezus christus nog aan toe: één lading munitie was genoeg voor een hele dag.

Stenen boemerangs, dacht hij met een glimlach. Het was een echte glimlach, maar die zag er daardoor juist verschrikkelijk uit, want zijn gezicht was veel te mager. Hij had niet veel gegeten en dacht dat het nog lang zou duren voor hij weer trek had. Als je een schot hoorde en je moeder dan naast de keukentafel zag liggen, haar jurk omhoog zodat je haar onderbroek kon zien, haar hoofd half weggeschoten... nou, dat kwam de eetlust niet ten goede.

BONK. Stilte.

Aan de andere kant van de Koepel heerste een en al activiteit; er was daar een tentenstad verrezen. Jeeps en trucks reden af en aan, en honderden militaire kerels waren druk in de weer, terwijl hun superieuren bevelen schreeuwden en hen stijf vloekten, vaak in één adem door.

Naast de tenten die er al stonden werden nu ook drie nieuwe lange exemplaren opgericht. Er stonden al borden voor: BEZOEKERSTENT 1, BEZOEKERSTENT 2 en EERSTE HULP. Een andere tent, nog langer dan de rest, had een bord met LICHTE VERSNAPERINGEN. En kort nadat Ollie was gaan zitten en zijn voorraadje stenen naar de Koepel gooide, waren er twee diepladers met verplaatsbare toiletten aangekomen. Nu stonden daar rijen vrolijk blauwe schijthuizen, een heel eind verwijderd van de plaats waar familieleden zouden staan om met hun dierbaren te praten, die ze wel konden zien maar niet aanraken.

Het spul dat uit het hoofd van zijn moeder was gekomen, had op beschimmelde aardbeienjam geleken, en Ollie kon maar niet begrijpen waarom ze het op die manier had gedaan, en op die plaats. Waarom in de keuken, waar ze meestal aten? Was ze zo ver heen geweest dat ze niet begreep dat ze nog een zoon had, die misschien weer zou gaan eten (vooropgesteld dat hij niet eerst van honger omkwam), maar die nooit zou vergeten wat daar voor gruwelijks op de vloer had gelegen?

Ja, dacht hij. Zo ver heen. Want Rory was altijd haar favoriete zoon, haar lieveling geweest. Ze wist bijna niet dat ik bestond, behalve als ik vergat de koeien te voeren of de stallen te schrobben als ze in de wei stonden. Of als ik met slechte cijfers thuiskwam. Want hij haalde alleen maar goede cijfers.

Hij gooide een steen.

BONK. Stilte.

Een stel soldaten was borden aan het neerzetten bij de Koepel. Op de borden die naar Chester's Mill toe waren gekeerd, stond:

WAARSCHUWING!
voor uw eigen veiligheid!
blijf 2 meter bij de Koepel vandaan!

Ollie vermoedde dat op de borden die naar de andere kant waren gekeerd hetzelfde stond. Aan de andere kant zouden de mensen zich er misschien aan houden, want daar zouden veel kerels rondlopen om de orde te handhaven. Hier daarentegen zouden zo'n achthonderd dorpelingen en misschien twintig politieagenten zijn, van wie de meesten nog maar net bij het korps waren. Als ze aan deze kant probeerden mensen tegen te houden, zou dat zoiets zijn als proberen een zandkasteel te beschermen tegen het opkomend getij.

Haar onderbroek was nat geweest, en er had een plas tussen haar gespreide benen gelegen. Kort voordat ze de trekker overhaalde, had ze in haar broek gepist, of kort daarna. Waarschijnlijk daarna, dacht Ollie.

Hij gooide een steen.

BONK. Stilte.

Een van de militairen stond dichtbij. Hij was nog vrij jong. Omdat er geen insignes op zijn mouwen zaten, nam Ollie aan dat hij gewoon soldaat was. Hij leek ongeveer zestien, maar Ollie dacht dat hij wel ouder zou zijn. Hij had gehoord van jongens die over hun leeftijd logen om in dienst te mogen, maar dat zou wel in de tijd zijn geweest voordat iedereen computers had om zulke dingen bij te houden.

De soldaat keek om zich heen, zag dat er niemand op hem lette en sprak zachtjes. Hij had een zuidelijk accent. 'Hé? Wil je daarmee ophouden? Ik word er gek van.'

'Ga dan ergens anders heen,' zei Ollie.

BONK. Stilte.

'Kan niet. Orders.'

Ollie zei niets. In plaats daarvan gooide hij nog een steen.

BONK. Stilte.

'Waarom doe je het eigenlijk?' vroeg de soldaat. Hij prutste nu alleen nog maar wat aan de borden die hij neerzette om met Ollie te kunnen praten.

'Omdat er vroeg of laat eentje niet terugstuitert. En als dat gebeurt, sta ik op en loop ik weg en ga ik nooit meer naar de boerderij terug. Dan melk ik nooit meer een koe. Hoe is de lucht daar buiten?'

'Goed. Wel een beetje koud. Ik kom uit South Carolina. Daar is het in oktober niet zo koud. Neem dat maar van mij aan.'

Waar Ollie was, nog geen drie meter bij die jongen uit het zuiden vandaan, was het warm. En het stonk er ook nog.

De soldaat wees achter Ollie. 'Als je nou eens ophield met stenen gooien en iets aan die koeien deed? Je kunt ze in de stal zetten en ze melken, of zalf op hun uiers smeren. Of zoiets.'

'We hoeven ze niet ergens heen te brengen. Ze weten waar ze naartoe moeten. En ze hoeven nu niet gemolken te worden, en ze hebben ook geen uierzalf nodig. Hun uiers zijn droog.'

'O ja?'

'Ja. Mijn vader zegt dat er iets mis is met het gras. Hij zegt dat het gras niet deugt omdat de lucht niet deugt. Het ruikt hier niet goed, weet je. Het ruikt naar poep.'

'O ja?' De soldaat keek gefascineerd. Hij tikte nog een paar keer met zijn hamer op de borden, al zaten ze al goed in de grond.

'Ja. Mijn moeder heeft vanmorgen zelfmoord gepleegd.'

De soldaat had zijn hamer opgeheven voor nog een slag. Nu liet hij hem langs zijn zij zakken. 'Neem je me in de maling?'

'Nee. Ze heeft zich door haar kop geschoten op de keukentafel. Ik heb haar gevonden.'

'Jezus, dat is rot.' De soldaat kwam dichter bij de Koepel.

'We hebben mijn broer naar het dorp gebracht toen hij zondag doodging, omdat hij nog leefde – een beetje –, maar mijn moeder was zo dood als het maar kan, en dus hebben we haar op het heuveltje begraven. Mijn vader en ik. Ze vond het daar fijn. Het was daar mooi voordat alles zo góór werd.'

'Jezus, jongen! Je bent door een hel gegaan!'

'Daar ben ik nog steeds,' zei Ollie, en alsof de woorden ergens in hem een klep hadden opengezet, begon hij te huilen. Hij stond op en liep naar de Koepel. De jonge soldaat en hij keken elkaar aan, nog geen halve meter bij elkaar vandaan. De soldaat bracht zijn hand omhoog en huiverde een beetje toen de schok door hem heen trok en hem weer verliet. Hij legde zijn gespreide hand op de Koepel. Het leek net of hun handen elkaar aanraakten, vinger tegen vinger en palm tegen palm, maar dat was niet zo. Het was een zinloos gebaar dat de volgende dag keer op keer herhaald zou worden: honderden, duizenden keren.

'Jongen...'

'*Soldaat Ames!*' brulde iemand. '*Ga daar als de bliksem weg!*'

Soldaat Ames schrok als een kind dat is betrapt op snoepen uit de jampot.

'*Hierheen! In looppas!*'

'Hou je taai,' zei soldaat Ames, en hij rende weg om zijn uitbrander in ontvangst te nemen. Ollie nam tenminste aan dat het een uitbrander werd, want je kon een soldaat niet degraderen. Ze zouden hem wel niet in het cachot of zoiets gooien omdat hij met een van de beesten in de dierentuin had gepraat. *Ik kreeg niet eens pinda's*, dacht Ollie.

Enkele ogenblikken keek hij naar de koeien die geen melk meer gaven – ze graasden zelfs bijna niet meer – en toen ging hij naast zijn rugzak zitten. Hij zocht weer een mooie ronde steen en vond er een. Hij dacht aan de afgeschilferde lak op de nagels van de uitgestrekte hand van zijn moeder, de hand met het nog rokende pistool. Toen gooide hij de steen. Die raakte de Koepel en stuiterde terug.

BONK. Stilte.

10

Om vier uur die donderdagmiddag, toen de lucht betrokken was boven het noorden van New England en de zon als een waterige spotlight door het sokvormige gat in het wolkendek op Chester's Mill scheen, ging Ginny Tomlinson bij Junior kijken. Ze vroeg of hij iets tegen de hoofdpijn moest hebben. Hij zei nee, veranderde van gedachten en vroeg om Tylenol of Advil. Toen ze terugkwam, liep hij door de kamer om het aan te pakken. Op zijn kaart schreef ze: *Loopt nog mank, maar lijkt vooruit te gaan.*

Toen Thurston Marshall drie kwartier later zijn hoofd naar binnen stak, was de kamer leeg. Hij nam aan dat Junior naar de huiskamer was gegaan, maar toen hij daar keek, zag hij alleen Emily Whitehouse, de patiënte die een hartaanval had gehad. Emily was goed aan het herstellen. Thurse vroeg haar of ze een mank lopende jongeman met donkerblond haar had gezien. Ze zei nee. Thurse ging naar Juniors kamer terug en keek in de kast. Die was leeg. De jongeman met de waarschijnlijke hersentumor had zich aangekleed en het ziekenhuis verlaten zonder het nodig te vinden papieren in te vullen.

11

Junior liep naar huis. Toen zijn spieren warm werden, leek het of hij helemaal niet mank meer liep. Bovendien was het donkere sleutelgat dat aan de linkerkant van zijn gezichtsveld zweefde verschrompeld tot een bolletje ter grootte van een knikker. Misschien had hij toch geen volledige dosis thallium gekregen. Het was moeilijk te zeggen. Hoe dan ook, hij moest zijn belofte aan God nakomen. Als hij voor de kinderen Appleton zorgde, zou God voor hem zorgen.

Toen hij het ziekenhuis (via de achterdeur) verliet, had het vermoorden van zijn vader op de eerste plaats van zijn prioriteitenlijst gestaan. Maar toen hij bij zijn huis kwam – het huis waar zijn moeder was gestorven, het huis waar Lester Coggins en Brenda Perkins waren gestorven – was hij van gedachten veranderd. Als hij zijn vader nu vermoordde, zou de bijzondere gemeentevergadering worden afgelast. Junior wilde dat niet, want de gemeentevergadering zou hem dekking geven voor het voornaamste wat hem te doen stond. Omdat de meeste politieagenten naar die vergadering zouden gaan, zou Junior gemakkelijk in het kippenhok kunnen belanden. Hij wenste alleen dat hij de vergiftigde naamplaatjes bij zich had. Die zou hij graag in de stervende keel van *Baaarbie* douwen.

Grote Jim was trouwens niet thuis. Het enige levende ding in het huis was de wolf die hij vroeg in de ochtend over het parkeerterrein van het ziekenhuis had zien lopen. Het dier zat vanaf de trap naar hem te kijken en gromde diep in zijn borst. Zijn vacht was ruig. Zijn ogen waren geel. Om zijn nek hingen de militaire identiteitsplaatjes van Dale Barbara.

Junior deed zijn ogen dicht en telde tot tien. Toen hij ze opendeed, was de wolf weg.

'Ik ben nu de wolf,' fluisterde hij tegen het warme, lege huis. 'Ik ben de weerwolf, en ik zag Lon Chaney met de koningin dansen.'

Hij ging naar boven, weer mank lopend, al merkte hij dat niet. Zijn uniform hing in de kast, net als zijn pistool – een Beretta 92 Taurus. Het politiekorps had er twaalf van, grotendeels betaald met geld van het federale ministerie van Binnenlandse Veiligheid. Hij controleerde het magazijn voor vijftien patronen van de Beretta en zag dat het vol was. Hij stak het pistool in zijn holster, trok de riem strak om zijn smaller geworden middel en verliet de kamer.

Boven aan de trap bleef hij staan. Hij vroeg zich af waar hij heen kon gaan totdat de vergadering was begonnen en hij in actie kon komen. Hij wilde niet met iemand praten, wilde niet eens gezien worden. Toen wist hij het: een goede schuilplaats dicht bij de plaats waar hij in actie wilde komen. Hij ging voorzichtig de trap af – hij liep verdomme weer mank, en bovendien was de linkerkant van zijn gezicht zo erg verdoofd dat hij bevroren leek – en slingerde door de gang. Hij bleef even voor de werkkamer van zijn vader staan en dacht erover de safe open te maken en het geld dat erin zat te verbranden. Hij vond het niet de moeite waard. Hij herinnerde zich vaag een grap over bankiers die op een onbewoond eiland strandden en rijk werden door onderling hun kleren te ruilen, en hij liet een kort blaflachje horen, al wist hij niet meer precies wat de clou was en al had hij de grap toch al nooit helemaal begrepen.

De zon was achter de wolken ten westen van de Koepel verdwenen en de dag was somber geworden. Junior liep het huis uit en ging op in de duisternis.

12

Om kwart over vijf kwamen Alice en Aidan Appleton uit de achtertuin van hun geleende huis naar binnen. Alice zei: 'Caro? Wil je met mij en Aidan... met Aidan en míj... naar de grote vergadering?'

Carolyn Sturges, die met Coralee Dumagens brood (muf maar eetbaar) broodjes pindakaas en jam aan het maken was op Coralee Dumagens aanrecht, keek de kinderen verbaasd aan. Ze had nooit eerder gehoord van kinderen die naar een vergadering van grote mensen wilden. Ze had gedacht dat ze eerder heel hard weg zouden rennen om dat saaie gedoe te vermijden. Evengoed kwam ze in de verleiding. Want als de kinderen gingen, kon zíj ook gaan.

'Weten jullie het zeker?' vroeg ze, hen aankijkend. 'Allebei?'

Een paar dagen geleden nog zou Carolyn hebben gezegd dat ze geen kinderen hoefde, dat ze alleen een carrière als lerares en schrijfster wilde. Misschien wilde ze zelfs romans schrijven, al leek dat haar vrij riskant; als je nu eens al die tijd stopte in het schrijven van een roman van duizend bladzijden, en het was niet goed? Poëzie daarentegen... door het land reizen (misschien op een motor)... uit eigen werk voorlezen en seminars geven, zo vrij als een vogel... dat zou cool zijn. Misschien zou ze zelfs een paar interessante mannen ontmoeten, met wie ze wijn zou drinken en over Sylvia Plath zou praten in bed. Alice en Aidan hadden haar op andere gedachten gebracht. Ze was verliefd op hen geworden. Ze wilde dat de Koepel bezweek – natuurlijk wilde ze dat –, maar het zou haar pijn doen om die twee aan hun moeder terug te geven. Ze hoopte min of meer dat het hun ook een beetje pijn zou doen. Waarschijnlijk was dat gemeen, maar het was nu eenmaal zo.

'Aidan? Wil jíj dat? Want vergaderingen van grote mensen kunnen vreselijk saai zijn en lang duren.'

'Ik wil erheen,' zei Aidan. 'Ik wil al die mensen zien.'

Toen begreep Carolyn het. Het ging de kinderen niet om de discussie over de schaarse middelen in de gemeente, en hoe de gemeente daar gebruik van moest maken; hoe zou dat ook kunnen? Alice was negen en Aidan was vijf. Nee, ze wilden al die mensen bij elkaar zien, als één grote familie.

'Kunnen jullie je netjes gedragen? Niet te veel wiebelen en fluisteren?'

'Natuurlijk,' zei Alice met waardigheid.

'En zorgen jullie dat je niet meer hoeft te plassen?'

'Já!' Het meisje rolde met haar ogen om te laten zien wat een dombo Caro toch was... en Caro vond dat prachtig.

'Dan doe ik deze broodjes in een zakje om mee te nemen,' zei Caro. 'En we hebben twee blikjes fris voor kinderen die zich netjes gedragen en rietjes gebruiken. Vooropgesteld dat de kinderen in kwestie niet meer hoeven te plassen voordat ze nieuwe vloeistof in hun keel gieten.'

'Ik zal heel hard aan het rietje lurken,' zei Aidan. 'Zijn er ook Whoops?'

'Hij bedoelt Whoopie-pasteitjes,' zei Alice.

'Ik weet wat hij bedoelt, maar die zijn er niet. Wel crackers met kaneelsuiker, denk ik.'

'Kaneelcrackers zijn hartstikke goed,' zei Aidan. 'Ik hou van je, Caro.'

Carolyn glimlachte. Ze dacht dat geen enkel gedicht dat ze ooit had gelezen zo mooi kon zijn als die woorden. Zelfs niet dat van William Carlos Williams over koude pruimen.

13

Andrea Grinnell kwam langzaam maar rustig de trap af. Julia keek verbaasd naar haar. Andrea was totaal veranderd. Dat kwam voor een deel doordat ze zich had opgemaakt en de warboel van haar haar had gefatsoeneerd, maar dat was niet alles. Toen Julia naar haar keek, besefte ze hoe lang het geleden was dat de tweede wethouder van de gemeente er zo normaal had uitgezien. Deze avond droeg ze een schitterende rode jurk met strakke ceintuur – vermoedelijk van Ann Taylor – en daarbij een grote tas van textielstof met een trekkoord.

Zelfs Horace zette grote ogen op.

'Hoe zie ik eruit?' vroeg Andrea toen ze onder aan de trap was gekomen. 'Alsof ik naar de gemeentevergadering zou kunnen vliegen, als ik een bezem had?'

'Je ziet er geweldig uit. Twintig jaar jonger.'

'Dank je, schat, maar ik heb een spiegel boven.'

'Als je daar niet in kon zien hoeveel beter je eruitziet, moet je die hier beneden proberen, daar is het licht beter.'

Andrea bracht de tas naar haar andere hand. Blijkbaar was hij zwaar. 'Nou. Misschien is het wel zo. In elk geval een beetje.'

'Weet je zeker dat je hier de kracht voor hebt?'

'Ik denk van wel, maar als ik ga beven en rillen, glip ik door de zijdeur naar buiten.' Andrea was niet van plan weg te glippen, of ze nu beefde of niet.

'Wat zit er in die tas?'

De lunch van Jim Rennie, dacht Andrea. *Die ik hem in de maag ga splitsen waar de hele gemeente bij is.*

'Ik neem altijd mijn breiwerk mee naar gemeentevergaderingen. Soms zijn ze zo saai en duren ze zo lang.'

'Ik denk niet dat het deze keer saai wordt,' zei Julia.

'Jij komt toch ook?'

'O, ik denk van wel,' zei Julia vaag. Ze verwachtte een heel eind bij het dorp vandaan te zijn voordat de vergadering begon. 'Ik heb eerst een paar dingen te doen. Kun je daar in je eentje komen?'

Andrea keek haar aan met een komische blik van: *zeg, alsjeblieft.* 'De straat door, de helling af, en dan ben ik er. Ik doe dat al jaren.'

Julia keek op haar horloge. Het was kwart voor zes. 'Ga je niet heel erg vroeg weg?'

'Als ik me niet vergis, doet Al de deuren om zes uur open, en ik wil een goede plaats.'

'Als wethouder zou je op het podium moeten zitten,' zei Julia. 'Als je dat wilt.'

'Nee, dat hoeft niet.' Andrea bracht de tas weer naar haar andere hand. Haar breiwerk zat er inderdaad in, maar ook het DARTH VADER-dossier en de revolver die haar broer Twitch haar had gegeven om zich te beschermen. Dat wapen kon ze nu misschien gebruiken om de hele gemeente te beschermen. Een gemeente was net zoiets als een lichaam, maar had één voordeel: als een gemeente een slecht stel hersenen had, kon je tot transplantatie overgaan. En misschien hoefde er niemand te worden gedood. Ze hoopte vurig van niet.

Julia keek haar vragend aan. Andrea besefte dat haar gedachten waren afgedwaald.

'Ik denk dat ik vanavond gewoon tussen het volk ga zitten. Maar als het zover is, zal ik mijn zegje doen. Daar kun je op rekenen.'

14

Ze had terecht verondersteld dat Al Timmons de deuren om zes uur zou openzetten. Tegen die tijd was Main Street, die de hele dag vrijwel verlaten was geweest, al volgelopen met burgers die op weg waren naar het gemeentehuis. Nog meer mensen liepen in groepjes vanuit de zijstraten over het plantsoen. Er kwamen auto's uit Eastchester en Northchester, en de

meeste waren helemaal vol. Blijkbaar wilde niemand die avond alleen zijn.
Andrea was vroeg genoeg om een goede plaats te kunnen uitkiezen. Ze koos voor de derde rij vanaf het podium, aan het gangpad. Vlak voor haar, op de tweede rij, zaten Carolyn Sturges en de kinderen Appleton. De kinderen keken met grote ogen naar alles en iedereen. Het jongetje had iets in zijn hand, zo te zien een kaneelcracker.

Linda Everett kwam ook vroeg. Andrea had van Julia gehoord dat Rusty was gearresteerd – volslagen belachelijk – en ze wist dat zijn vrouw diep getroffen moest zijn, maar Linda wist dat goed te verbergen door middel van goede make-up en een mooie jurk met grote opgestikte zakken. Gezien haar eigen conditie (droge mond, hoofdpijn, onrustige maag), had Andrea bewondering voor haar moed.

'Kom bij me zitten, Linda,' zei ze, en ze klopte op de plaats naast zich. 'Hoe gaat het met Rusty?'

'Ik weet het niet,' zei Linda, en ze schoof langs Andrea om te gaan zitten. Iets in een van die grappige zakken bonkte tegen het hout. 'Ze willen me niet bij hem toelaten.'

'Er zal iets aan de situatie worden gedaan,' zei Andrea.

'Ja,' zei Linda grimmig. 'Reken maar.' Toen boog ze zich naar voren. 'Hallo, jongens, hoe heten jullie?'

'Dit is Aidan,' zei Caro, 'en dit is...'

'Ik ben Alice.' Het meisje stak vorstelijk haar hand uit, als een koningin tegenover een onderdaan. 'Ik en Aidan... Aidan en ik... zijn kwezen. Dat betekent Koepelwezen. Thurston heeft dat woord bedacht. Hij kent goocheltrucs, bijvoorbeeld een kwartje uit je oor trekken en zo.'

'Nou, blijkbaar zijn jullie goed terechtgekomen,' zei Linda glimlachend. Eigenlijk had ze geen zin om te glimlachen; ze was in haar hele leven nog nooit zo nerveus geweest. Alleen was 'nerveus' nog zwak uitgedrukt. Ze was doodsbang.

15

Om halfzeven stond het parkeerterrein achter het gemeentehuis vol. De parkeerplaatsen aan Main Street volgden, en toen die aan West Street en East Street. Om kwart voor zeven waren zelfs de parkeerterreinen van het postkantoor en de brandweer helemaal vol en waren bijna alle plaatsen in het gemeentehuis bezet.

Grote Jim had voorzien dat er meer mensen zouden komen dan er in de zaal konden, en Al Timmons had met hulp van enkele nieuwere agenten banken uit de American Legion Hall op het gazon gezet. Op sommige banken stond STEUN ONZE TROEPEN, op andere SPEEL MEER BINGO! Aan weerskanten van de voordeur waren grote Yamaha-luidsprekers gezet.

Het grootste deel van het politiekorps – ook alle ervaren agenten, op één na – was aanwezig om de orde te handhaven. Toen laatkomers mopperden omdat ze buiten moesten zitten (of staan, toen zelfs de banken helemaal bezet waren), zei commandant Randolph tegen hen dat ze dan maar eerder hadden moeten komen: vroeg begonnen is veel gewonnen. Bovendien, voegde hij eraan toe, was het een mooie warme avond, en later kwam er vast wel weer zo'n grote roze maan.

'Ja, dat is mooi als je de stank niet erg vindt,' zei Joe Boxer. Sinds hij in het ziekenhuis strijd had moeten leveren om zijn buitgemaakte wafels, was het met zijn humeur niet meer goed gekomen. 'Ik hoop dat we het goed kunnen horen door die dingen.' Hij wees naar de luidsprekers.

'Het zal prima te horen zijn,' zei commandant Randolph. 'We hebben ze uit de Dipper. Tommy Anderson zegt dat ze het nieuwste van het nieuwste zijn, en hij heeft ze zelf geïnstalleerd. Zie het maar als een drive-inbioscoop zonder beeld.'

'Ik zie het als een grote puinzooi,' zei Joe Boxer, en hij sloeg zijn benen over elkaar en plukte nuffig aan de vouw van zijn broek.

Junior keek naar dat alles vanuit zijn schuilplaats op de Peace Bridge. Hij gluurde door een barst in de muur. Het verbaasde hem zoveel gemeenteleden op hetzelfde moment op dezelfde plaats te zien, en hij was blij met de luidsprekers. Vanaf de plaats waar hij was zou hij alles kunnen horen. En als zijn vader eenmaal goed op dreef was, zou hij in actie komen.

God helpe eenieder die mij in de weg staat, dacht hij.

Zelfs in de vallende schemering was het dikbuikige lijf van zijn vader niet over het hoofd te zien. Bovendien was het gemeentehuis die avond ruimschoots van energie voorzien en viel er uit een van de ramen een rechthoek van licht precies op Grote Jim, die aan de rand van het volle parkeerterrein stond. Hij had Carter Thibodeau bij zich.

Grote Jim had niet het gevoel dat er naar hem werd gekeken – of beter gezegd, hij had het gevoel dat iedereen naar hem keek. Hij keek op zijn horloge en zag dat het net zeven uur was geweest. Zijn politieke gevoel, aangescherpt in vele jaren, gaf hem in dat een belangrijke bijeenkomst altijd tien minuten te laat moest beginnen; niet eerder en niet later. Dat betekende dat het nu tijd was om naar binnen te gaan. Hij had een map met zijn toespraak in zijn hand, maar als hij eenmaal op dreef was, zou hij die niet nodig hebben. Hij wist wat hij ging zeggen. Hij had het gevoel dat de toespraak hem de vorige nacht in zijn slaap was ingegeven, niet één keer maar verscheidene keren, en elke keer beter.

Hij stootte Carter aan. 'Tijd voor de aftrap.'

'Oké.' Carter liep naar Randolph toe, die op de trappen van het gemeentehuis stond (*hij zal wel denken dat hij eruitziet als de katoenplukkende Julius Caesar*, dacht Grote Jim) en kwam met de commandant terug.

'We gaan door de zijdeur naar binnen,' zei Grote Jim. Hij keek op zijn horloge. 'Over vijf... nee, vier minuten. Jij gaat voorop, Peter. Ik ga als tweede, en jij, Carter, komt achter me aan. We lopen regelrecht naar het podium. We stralen zelfvertrouwen uit – geen geslof en geschuifel. Er komt applaus. We blijven in de houding staan tot het applaus afneemt. Dan gaan we zitten. Peter, jij gaat links van me zitten, en Carter, jij rechts van me. Ik loop naar het spreekgestoelte. Eerst wordt er gebeden en dan staat iedereen op om het volkslied te zingen. Daarna neem ik het woord en werk ik de agenda zo soepel af als poep door een gans gaat. Ze stemmen ja op alles. Begrepen?'

'Ik ben zo zenuwachtig als een oud wijf,' bekende Randolph.

'Dat hoeft niet. Het komt wel goed.'

Daar vergiste hij zich deerlijk in.

16

Terwijl Grote Jim en zijn entourage naar de zijdeur van het gemeentehuis liepen, reed Rose met de bestelbus van het restaurant het pad van de McClatcheys op. Ze werd gevolgd door een Chevrolet met Joanie Calvert achter het stuur.

Claire kwam naar buiten met een koffer in haar ene en een canvas boodschappentas met levensmiddelen in haar andere hand. Joe en Benny Drake hadden ook koffers bij zich, al waren de meeste kleren in die van Benny uit de kast van Joe gekomen. Benny droeg ook een kleinere canvas zak met buit uit de provisiekast van de McClatcheys.

Vanuit het dorp beneden kwam het versterkte geluid van applaus.

'Vlug,' zei Rose. 'Ze beginnen. Tijd dat we ervandoor gaan.' Ze had Lissa Jamieson bij zich. Die schoof de deur van de wagen open en gaf dingen naar binnen aan.

'Is er lood om de ruiten af te dekken?' vroeg Joe aan Rose.

'Ja, en ook extra stukken voor Joanies auto. We rijden zo ver als jij zegt dat veilig is en dekken dan de ramen af. Geef me die koffer.'

'Dit is krankzinnig, weet je,' zei Joanie Calvert. Ze liep in een tamelijk rechte lijn van haar auto naar de Sweetbriar-bestelbus. Rose leidde daaruit af dat ze niet meer dan een of twee glazen had genomen om zich moed in te drinken. Dat was gunstig.

'Waarschijnlijk heb je gelijk,' zei Rose. 'Ben je klaar?'

Joanie zuchtte en sloeg haar arm om de smalle schouders van haar dochter. 'Waarvoor? Voor een enkele reis naar de hel? Waarom niet? Hoe lang moeten we daar boven blijven?'

'Ik weet het niet,' zei Rose.

Joanie slaakte weer een zucht. 'Nou, het is tenminste warm.'

Joe vroeg aan Norrie: 'Waar is je opa?'

'Bij Jackie en meneer Burpee, in het busje dat we bij Rennie hebben gestolen. Hij blijft buiten wachten terwijl zij naar binnen gaan om Rusty en meneer Barbara te halen.' Ze keek hem met een doodsbang glimlachje aan. 'Hij bestuurt de vluchtwagen.'

'Geen groter dwaas dan een oude dwaas,' merkte Joanie Calvert op. Rose had zin om haar te slaan, en zo te zien dacht Lissa er hetzelfde over. Maar dit was niet het moment voor onenigheid, en zeker niet voor een vuistgevecht.

Samenhang of samen hangen, dacht Rose.

'En Julia?' vroeg Claire.

'Die komt met Piper. En haar hond.'

Uit het dorp kwam versterkt (elektronisch en aangevuld met de stemmen van de meezingende bankzitters buiten) het United Choir of Chester's Mill. Het zong 'The Star-Spangled Banner'.

'Laten we gaan,' zei Rose. 'Ik ga voorop.'

Joanie Calvert herhaalde met een mistroostige opgewektheid: 'Het is tenminste warm. Kom, Norrie, jij bent de copiloot van je oude moeder.'

17

Er was een pad voor leveranciers aan de zuidkant van het Maison des Fleurs van LeClerc, en daar stond het busje van het telefoonbedrijf met de neus naar buiten geparkeerd. Ernie, Jackie en Rommie Burpee zaten naar het volkslied te luisteren dat in het midden van het dorp was aangeheven. Jackie voelde dat er iets achter haar ogen prikte en zag dat ze niet de enige was die ontroerd was. Ernie, die achter het stuur zat, had een zakdoek uit zijn achterzak gehaald en veegde daarmee over zijn ogen.

'We hebben Linda dus niet nodig om ons een seintje te geven,' zei Rommie. 'Ik had niet op die luidsprekers gerekend. Die hebben ze niet van mij gekregen.'

'Toch is het goed dat de mensen haar daar zien,' zei Jackie. 'Heb je je masker, Rommie?'

Hij hield een Dick Cheney-tronie omhoog, gestanst uit plastic. Ondanks zijn uitgebreide voorraad had Rommie geen Ariel-masker voor Jackie gehad. Ze had genoegen moeten nemen met Harry Potters vriendin Hermelien. Het Darth Vader-masker van Ernie lag achter de bank, maar Jackie dacht dat ze waarschijnlijk al in grote moeilijkheden verkeerde als hij dat moest opzetten. Ze had dat niet hardop gezegd.

En wat maakt het ook uit? Als we plotseling niet meer in het dorp zijn, vermoedt iedereen waarom we zijn weggegaan.

Maar een vermoeden was niet hetzelfde als zekerheid, en als Rennie en Randolph niet meer dan een vermoeden hadden, zouden de vrienden en familieleden die ze achterlieten misschien niet meer te verduren krijgen dan een harde ondervraging.

Misschien. Onder omstandigheden als deze, besefte Jackie, was dat een heel groot woord.

Het volkslied was afgelopen. Er kwam nog meer applaus, en toen nam de eerste wethouder van de gemeente het woord. Jackie keek naar het pistool dat ze droeg – het was haar reservewapen – en dacht dat de komende paar minuten waarschijnlijk de langste in haar leven zouden worden.

18

Barbie en Rusty stonden ieder bij de deur van hun cel en hoorden dat Grote Jim aan zijn toespraak begon. Dankzij de luidsprekers bij de ingang van het gemeentehuis konden ze het allemaal vrij goed verstaan.

'*Dank jullie! Dank jullie allemaal! Dank jullie voor jullie komst! En dank jullie omdat jullie de moedigste, onbuigzaamste en ondernemendste mensen van de Verenigde Staten van Amerika zijn!*'

Enthousiast applaus.

'*Dames en heren... en ook kinderen, want ik zie er een paar in de zaal...*'

Welwillend gelach.
'*We verkeren hier in een moeilijke situatie. Dat weten jullie. Vanavond wil ik jullie vertellen hoe we daarin verzeild zijn geraakt. Ik weet niet alles, maar ik zal vertellen wat ik weet, want daar hebben jullie recht op. Als ik jullie op de hoogte heb gesteld, moeten we een korte maar belangrijke agenda afwerken. Maar allereerst wil ik jullie vertellen hoe* TROTS *ik op jullie ben, hoe* NEDERIG *ik me voel als de man die door God – en jullie – is gekozen om in deze kritieke tijd jullie leider te zijn, en ik wil jullie* VERZEKEREN *dat we samen door deze beproeving zullen komen. Samen en met Gods hulp zullen we hier* STERKER *en* WAARACHTIGER *en* BETER *uit tevoorschijn komen dan we ooit zijn geweest! We mogen nu dan Israëlieten in de woestijn zijn...*'

Barbie rolde met zijn ogen en Rusty maakte een afrukgebaar.

'*... maar binnenkort zullen we bij* KANAÄN *komen, en bij het feestmaal van melk en honing dat de Heer en onze mede-Amerikanen ons vast en zeker zullen bereiden!*'

Wild applaus. Het klonk als een staande ovatie. Ook als er een microfoon in het cellenblok was aangebracht, zat het er dik in dat de drie of vier agenten die boven waren nu in de deuropening van het bureau stonden om naar Grote Jim te luisteren. Daarom zei Barbie: 'Wees er klaar voor, vriend.'

'Dat ben ik,' zei Rusty. 'Reken maar: dat ben ik.'

Zolang Linda maar niet een van degenen is die hier komen binnenvallen, dacht hij. Hij wilde niet dat ze iemand doodschoot, maar hij wilde nog veel minder dat ze het risico liep zelf doodgeschoten te worden. Niet voor hem. *Laat haar maar blijven waar ze is. Hij mag dan gek zijn, maar als ze bij de rest van het dorp is, is ze tenminste veilig.*

Dat dacht hij voordat het schieten begon.

19

Grote Jim was euforisch. Hij had hen precies waar hij hen wilde hebben: ze aten uit zijn hand. Honderden mensen, degenen die op hem hadden gestemd en degenen die dat niet hadden gedaan. Hij had er nog nooit zoveel in deze zaal gezien, zelfs niet toen er over het schoolgebed of het schoolbudget zou worden gesproken. Ze zaten dij aan dij en schouder aan schouder, buiten zowel als binnen, en het ging verder dan dat ze alleen maar naar hem luisterden. Nu Sanders was gedeserteerd en Grinnell in het publiek zat (die rode jurk op de derde rij was moeilijk over het hoofd te zien), had hij deze menigte in zijn zak zitten. Hun ogen smeekten hem om voor hen te zorgen. Om hen te redden. En het maakte zijn euforie compleet dat hij zijn lijfwacht naast zich had staan en de rijen agenten – zíjn agenten – aan weerskanten van de zaal zag. Ze hadden nog niet allemaal een uniform, maar ze waren wel allemaal gewapend. Minstens honderd anderen in de zaal droegen een blauwe armband. Het leek wel of hij zijn eigen privéleger had.

'Mijn dorpsgenoten, de meesten van jullie weten dat we een zekere Dale Barbara hebben gearresteerd...'

Bij het horen van die naam ging er een storm van gesis en boegeroep door de zaal. Grote Jim wachtte tot het rumoer afnam, naar buiten toe ernstig, vanbinnen grijnzend.

'... voor de moorden op Brenda Perkins, Lester Coggins en twee charmante meisjes die we allemaal hebben gekend en van wie we allemaal hebben gehouden: Angie McCain en Dodee Sanders.'

Nog meer boegeroep, met daartussen kreten van 'Hang hem op!' en 'Terrorist!'. De stem die 'Terrorist!' riep, was vermoedelijk afkomstig van Velma Winter, de bedrijfsleidster van Brownie's Store.

'Wat jullie niet weten,' ging Grote Jim verder, 'is dat de Koepel het resultaat is van een samenzwering van een elitegroep van schurkachtige wetenschappers, in het geheim gefinancierd door een splintergroep van de overheid. Wij zijn proefkonijnen in een experiment, mijn dorpsgenoten, en Dale Barbara was aangewezen als de man die het experiment van binnenuit moest begeleiden!'

Er volgde een verbijsterde stilte. Toen bulderde de zaal van verontwaardiging.

Toen de gemoederen weer iets waren bedaard, ging Grote Jim verder. Hij stond met zijn handen op beide zijkanten van het spreekgestoelte en zijn grote gezicht straalde van oprechtheid (en misschien ook van hoge bloeddruk). Zijn toespraak lag voor hem, maar was nog opgevouwen. Hij hoefde niet in de papieren te kijken. God gebruikte zijn stembanden en bewoog zijn tong.

'Als ik over clandestiene financiering spreek, vragen jullie je misschien af wat ik bedoel. Het antwoord is afschuwelijk maar ook eenvoudig. Met hulp van een nog onbekend aantal inwoners van deze gemeente heeft Dale Barbara een drugsfabriek opgezet, en die leverde gigantische hoeveelheden methamfetamine aan drugsbaronnen langs de hele oostkust. Sommigen van hen hadden CIA-connecties. En hoewel hij ons nog niet de namen van zijn medesamenzweerders heeft genoemd, schijnt een van hen – het breekt mijn hart om dit te moeten vertellen – Andy Sanders te zijn.'

Kabaal en verwonderde kreten uit het publiek. Grote Jim zag dat Andrea

Grinnell wilde opstaan maar weer ging zitten. *Dat is goed*, dacht hij. *Blijf jij maar zitten. Als je zo roekeloos bent dat je mij gaat tegenspreken, vreet ik je levend op. Of ik wijs met een beschuldigende vinger naar jou. En dan vreten zíj je levend op.* Hij had werkelijk het gevoel dat hij dat voor elkaar kon krijgen.

'Barbara's baas – degene van wie hij zijn orders krijgt – is een man die jullie allemaal op het nieuws hebben gezien. Hij beweert dat hij kolonel van het Amerikaanse leger is, maar in werkelijkheid is hij een belangrijke figuur in de commissies van de wetenschappers en overheidsfunctionarissen die verantwoordelijk zijn voor dit duivelse experiment. Ik heb hier Barbara's bekentenis.' Hij tikte op zijn colbertje. In de binnenzak daarvan zaten zijn portefeuille en een pocketuitvoering van het Nieuwe Testament, met de woorden van Christus in rood.

Intussen gingen er weer kreten van 'Hang hem op!' door de zaal. Grote Jim stak zijn hand op en liet met een ernstig gezicht zijn hoofd zakken. Ten slotte namen de kreten in volume af.

'We zullen als gemeente over Barbara's straf stemmen – als één verenigd lichaam dat de zaak van de vrijheid is toegedaan. Het ligt in jullie handen, dames en heren. Als jullie ervoor stemmen hem te executeren, wordt hij geëxecuteerd. Maar zolang ik jullie leider ben, wordt er niemand opgehangen. Hij zal worden geëxecuteerd door een vuurpeloton van de politie...'

Hij werd onderbroken door wild applaus. De meeste aanwezigen stonden op. Grote Jim boog zich naar de microfoon toe.

'... maar pas nadat we in het bezit zijn van alle informatie die nog verborgen ligt in het hart van die ELLENDIGE VERRADER!'

Nu waren ze bijna allemaal opgestaan. Maar Andrea niet. Ze zat op de derde rij bij het middenpad en keek naar hem op met ogen die zacht, wazig en warrig zouden moeten zijn maar dat niet waren. *Kijk maar naar me zoveel als je wilt*, dacht hij. *Zolang je daar maar als een braaf meisje blijft zitten.*

Intussen zwolg hij in het applaus.

20

'Nu?' vroeg Rommie. 'Wat denk je, Jackie?'

'Wacht nog even,' zei ze.

Ze ging alleen maar op haar instinct af, maar meestal kon ze daar wel op vertrouwen.

Later zou ze zich afvragen hoeveel levens gered hadden kunnen zijn als ze 'Oké, rijden maar' tegen Rommie had gezegd.

21

Junior keek door de barst in de zijmuur van de Peace Bridge en zag dat zelfs de mensen op de banken buiten waren opgestaan. Hetzelfde instinct dat tegen Jackie zei dat ze nog even moesten wachten zei tegen hem dat het tijd was om in actie te komen. Hij liep met zijn manke been aan de plantsoenkant onder de brug vandaan en kwam op het trottoir. Toen het schepsel dat hem had verwekt verderging met zijn toespraak, liep Junior naar het politiebureau. De donkere vlek aan de linkerkant van zijn gezichtsveld was weer groter geworden, maar zijn geest was helder.

Ik kom eraan, Barbie. Ik kom nu op je af.

22

'Die mensen zijn meesters in het verdraaien van de feiten,' ging Grote Jim verder, 'en als jullie naar de Koepel gaan om jullie dierbaren te ontmoeten, zal de campagne tegen mij pas goed op gang komen. Cox en zijn handlangers zullen nergens voor terugdeinzen om mij zwart te maken. Ze zullen me uitmaken voor leugenaar en dief en zelfs zeggen dat ik zelf achter die drugsfabriek zat...'

'Dat is ook zo,' riep een heldere, krachtige stem.

Het was Andrea Grinnell. Alle ogen waren op haar gericht toen ze opstond: een menselijk uitroepteken met een gezicht dat niets dan koele minachting uitdrukte. Ze draaide zich om naar de mensen die haar tot tweede wethouder hadden gekozen toen de oude Billy Cale, de vader van Jack Cale, vier jaar geleden aan een beroerte was gestorven.

'Jullie moeten jullie angsten even opzijzetten,' zei ze. 'Als jullie dat doen, zullen jullie inzien dat het verhaal dat hij vertelt belachelijk is. Jim Rennie denkt dat hij over jullie heen kan denderen als een op hol geslagen kudde in een onweersbui. Ik heb mijn hele leven in dit dorp doorgebracht en ik denk dat hij zich vergist.'

Grote Jim wachtte op kreten van protest. Die kwamen niet. Niet dat de dorpelingen haar geloofden, maar ze waren diep geschokt door deze plotselinge wending. Alice en Aidan Appleton hadden zich helemaal omgedraaid en zaten geknield op hun plaatsen. Ze keken met grote ogen naar de vrouw in het rood. Ook Caro was verbijsterd.

'Een geheim experiment? Wat een onzin! Onze regering heeft de afgelopen vijftig jaar heel wat rottigheid uitgehaald, ik zou de eerste zijn om dat toe te geven, maar een hele gemeente gevangenhouden met een soort krachtveld? Alleen om te kijken wat we gaan doen? Dat is belachelijk. Alleen doodsbange mensen zouden zoiets geloven. Rennie weet dat, en dus heeft hij iedereen doodsbang gemaakt.'

Grote Jim was even van zijn stuk gebracht, maar nu vond hij zijn stem terug. En natuurlijk beschikte hij over de microfoon. 'Dames en heren, Andrea Grinnell is een beste vrouw, maar ze is vanavond niet de oude. Ze is natuurlijk net zo diep geschokt als de rest van ons, maar daarnaast moet ik tot mijn grote verdriet zeggen dat ze een ernstig verslavingsprobleem heeft. Dat is ontstaan toen ze was gevallen en daarna een extreem verslavend middel gebruikte dat...'

'Ik heb al dagen niets sterkers genomen dan aspirine,' zei Andrea met dezelfde heldere, krachtige stem. 'En ik ben in het bezit gekomen van papieren waaruit blijkt...'

'Melvin Searles?' riep Grote Jim. 'Willen jij en een paar van je collega's wethouder Grinnell met zachte drang uit de zaal verwijderen en naar huis brengen? Of misschien voor observatie naar het ziekenhuis? Ze is niet zichzelf.'

Hier en daar werd instemmend gemompeld, maar er volgde niet de bulderende bijval die hij had verwacht. En Mel Searles was nog maar één stap naar voren gekomen toen Henry Morrison zijn hand op Mels borst legde en hem met een hoorbare dreun tegen de muur drukte.

'Laat haar uitspreken,' zei Henry. 'Ze is ook gemeentebestuurder, dus laat haar uitspreken.'

Mel keek op naar Grote Jim, maar Grote Jim keek bijna gehypnotiseerd naar Andrea, die nu een bruine envelop uit haar grote tas haalde. Hij wist meteen wat het was. *Brenda Perkins*, dacht hij. *O, wat een kreng. Zelfs nu ze dood is, blijft ze me last bezorgen.*

Toen Andrea de envelop omhooghield, bewoog hij heen en weer. De rillingen kwamen terug, die verrekte rillingen. Ze hadden geen beroerder moment kunnen uitkiezen, maar ze was niet verbaasd. Eigenlijk had ze het kunnen weten. Het was de stress.

'De papieren in deze envelop heb ik van Brenda Perkins ontvangen,' zei ze, en haar stem klonk tenminste kalm. 'Dit dossier is samengesteld door haar man en de procureur-generaal. Duke Perkins stelde een onderzoek naar James Rennie in omdat hij hem verdacht van een waslijst van ernstige misdrijven.'

Mel keek zijn vriend Carter vragend aan. En Carter keek terug, scherp, aandachtig en bijna geamuseerd. Hij wees naar Andrea en hield toen de zijkant van zijn hand tegen zijn keel: *Leg haar het zwijgen op*. Mel kwam weer naar voren en ditmaal hield Henry Morrison hem niet tegen. Net als alle anderen in de zaal keek Henry gefascineerd naar Andrea Grinnell.

Marty Arsenault en Freddy Denton liepen met Mel mee toen hij vlug voor het podium langs liep, voorovergebogen als iemand die voor een filmdoek langs rent. Aan de andere kant van de zaal waren Todd Wendlestat en Lauren Conree ook in beweging gekomen. Wendlestat had zijn hand op een afgezaagd stuk hickoryhout dat hij als wapenstok gebruikte; Conree had die van haar op de kolf van haar pistool.

Andrea zag hen komen, maar hield niet op. 'Het bewijs zit in deze envelop, en ik denk dat...' ... *dat Brenda Perkins hiervoor is gestorven*, wilde ze zeggen, maar op dat moment verloor haar trillende, met zweet bedekte linkerhand zijn greep op het trekkoord van haar tas. De tas viel in het middenpad en de loop van haar revolver gleed als een periscoop uit de opening aan de bovenkant.

Duidelijk te horen voor iedereen in de nu geluidloze zaal zei Aidan Appleton: 'Hé! Die mevrouw heeft een wapen!'

Er volgden weer enkele ogenblikken van verbijsterde stilte. Toen sprong Carter Thibodeau van zijn stoel op en rende voor zijn baas langs. Hij schreeuwde: 'Wapen! Wapen! WAPEN!'

Aidan liep het middenpad op om het van dichterbij te bekijken. 'Nee, Aidan!' riep Caro, en ze bukte zich om hem vast te grijpen, net voordat Mel het eerste schot loste.

De kogel sloeg vlak voor Carolyn Sturges' neus een gat in de glanzende houten vloer. Splinters vlogen omhoog. Een van die splinters trof haar net onder haar rechteroog en het bloed liep over haar gezicht. Ze was zich er vaag van bewust dat iedereen nu schreeuwde. Ze knielde op het middenpad neer, pakte Aidan bij zijn schouders vast en duwde hem als een football tussen haar dijen door. Hij vloog de rij weer in waarin ze hadden gezeten, geschrokken maar ongedeerd.

'WAPEN! ZE HEEFT EEN WAPEN!' schreeuwde Freddy Denton, en hij duwde Mel opzij. Later zou hij zweren dat de jonge vrouw ernaar greep en dat hij haar trouwens alleen maar had willen verwonden.

23

Dankzij de luidsprekers hoorden de drie mensen in het gestolen busje dat er verandering kwam in de festiviteiten in de zaal. De toespraak van Grote Jim en het bijbehorende applaus waren onderbroken door een vrouw die hard praatte, maar zo ver bij de microfoon vandaan stond dat ze haar niet konden verstaan. Haar stem ging verloren in een algeheel tumult waar schelle kreten doorheen klonken. Toen viel er een schot.

'Wat nóú weer?' zei Rommie.

Nog meer schoten. Twee, misschien drie. En kreten.

'Doet er niet toe,' zei Jackie. 'Rijden, Ernie, en snel. Als we dit gaan doen, moet het nu gebeuren.'

24

'Nee!' riep Linda uit, en ze sprong overeind. 'Niet schieten! Er zijn kinderen! ER ZIJN KINDEREN!'

In de zaal barstte de hel los. Misschien hadden de mensen zich enkele ogenblikken niet als vee gedragen, maar nu kwam er een run op de uitgang. De eersten kwamen buiten, maar toen ontstond er een opstopping voor de deur. Enkelen die nog een beetje gezond verstand hadden renden over het middenpad of langs de zijkanten van de zaal naar de nooduitgangen aan weerskanten van het podium, maar ze vormden een minderheid.

Linda stak haar hand naar Carolyn Sturges uit, wilde haar naar de banken terugtrekken, waar ze relatief veilig zou zijn, maar toen rende Toby Manning, die in volle vaart door het middenpad denderde, tegen haar aan. Zijn knie stootte tegen Linda's achterhoofd en ze viel verdoofd naar voren.

'Caro!' riep Alice Appleton van ergens ver weg. 'Caro, sta op! Caro, sta op! Caro, sta op!'

Carolyn kwam overeind, en op dat moment schoot Freddy Denton haar tussen de ogen. Ze was op slag dood. De kinderen gilden. Hun gezichten zaten onder de spetters van haar bloed.

Linda was zich er vaag van bewust dat ze werd geschopt en dat er over haar heen werd gelopen. Ze ging op handen en knieën zitten (van rechtop staan kon geen sprake zijn) en kroop tussen de banken aan de andere kant van het middenpad. Haar hand werd nat van Carolyns bloed.

Alice en Aidan probeerden bij Caro te komen. Omdat Andrea wist dat ze ernstig gewond zouden raken als ze op het middenpad kwamen (en omdat ze niet wilde dat ze zagen wat er van de vrouw was geworden die ze als hun tijdelijke moeder hadden geaccepteerd), stak ze haar hand over de rugleuning voor haar uit om ze vast te pakken. De DARTH VADER-envelop had ze laten vallen.

Carter Thibodeau had daarop gewacht. Hij stond nog voor Rennie om hem met zijn lichaam af te schermen, maar hij had zijn pistool getrokken en over zijn onderarm gelegd. Nu haalde hij de trekker over, en de lastige vrouw in de rode jurk – de vrouw die al dit tumult had veroorzaakt – vloog achterover.

Er heerste chaos in de zaal, maar daar trok Carter zich niets van aan. Hij ging het trapje af en liep rustig naar de plaats waar de vrouw in de rode jurk was neergekomen. Toen er mensen door het middenpad kwamen rennen, duwde hij ze opzij, eerst naar links en vervolgens naar rechts. Het kleine meisje klampte zich huilend aan zijn been vast, maar Carter schopte haar opzij zonder naar haar te kijken.

Hij zag de envelop niet meteen. Toen zag hij hem wel. De envelop lag naast een van de uitgestrekte handen van Andrea Grinnell. Over de woorden DARTH VADER heen stond een grote voetafdruk in bloed. Nog steeds kalm te midden van de chaos keek Carter om zich heen. Hij zag dat Rennie naar de janboel keek die er van zijn publiek was overgebleven, zijn gezicht geschokt en ongelovig. Mooi.

Carter trok zijn overhemd uit zijn broek. Een gillende vrouw – het was Carla Venziano – vloog tegen hem op, en hij gooide haar opzij. Toen stak hij de DARTH VADER-envelop achter zijn riem en liet zijn overhemd eroverheen vallen.

Een kleine verzekeringspolis kon nooit kwaad.

Hij liep achteruit naar het podium, want hij wilde niet onverhoeds worden aangevallen. Toen hij bij het trapje aankwam, draaide hij zich om en ging vlug naar boven. Randolph, de onbevreesde politiecommandant van de gemeente, zat nog met zijn handen op zijn vlezige dijen op zijn stoel. Je zou hem voor een standbeeld verslijten, als dat ene adertje niet midden op zijn voorhoofd had geklopt.

Carter pakte Grote Jim bij zijn arm vast. 'Kom mee, baas.'

Grote Jim keek hem aan alsof hij niet goed wist waar of zelfs wie hij was. Toen werden zijn ogen een beetje helderder. 'Grinnell?'

Carter wees naar het lichaam van de vrouw die languit in het middenpad lag. Om haar hoofd breidde zich een plas uit die dezelfde kleur had als haar jurk.

'Oké, goed,' zei Grote Jim. 'Wegwezen. Naar beneden. Jij ook, Peter. Sta op.' En toen Randolph naar de op hol geslagen menigte bleef zitten staren, schopte Grote Jim hem tegen zijn scheen. 'Kóm.'

In het pandemonium hoorde niemand de schoten naast het gebouw.

25

Barbie en Rusty keken elkaar aan.

'Wat is daar in godsnaam aan de hand?' vroeg Rusty.

'Ik weet het niet,' zei Barbie, 'maar het klinkt niet goed.'

Er kwamen schoten uit het gemeentehuis, en toen kwam er een schot van veel dichterbij: van boven. Barbie hoopte dat het hun eigen mensen waren... en toen hoorde hij iemand roepen: 'Nee, Junior! Ben je gek geworden? Wardlaw, geef dekking!' Er volgden nog meer schoten. Vier, misschien wel vijf.

'Jezus,' zei Rusty. 'We hebben een probleem.'

'Ik weet het,' zei Barbie.

26

Junior bleef op de trappen van het politiebureau staan en keek achterom naar de opschudding in het gemeentehuis. De mensen die buiten op de banken zaten, waren opgestaan en deden hun best om iets te zien van wat er binnen gebeurde, maar dat lukte niet. Het lukte hun niet en hem ook niet. Misschien had iemand zijn vader vermoord – dat hoopte hij, want het zou hem de moeite besparen –, maar intussen had hij werk te doen in het politiebureau. In het kippenhok, om precies te zijn.

Junior duwde de deur open waar SAMENWERKEN: UW POLITIE EN U op stond. Stacey Moggin kwam vlug naar hem toe, gevolgd door Rupe Libby. In het wachtlokaal stond Mickey Wardlaw voor een bord met het kribbige opschrift: KOFFIE EN DONUTS ZIJN NIET GRATIS. Reus of niet, hij keek erg bang en onzeker.

'Je mag hier niet binnenkomen, Junior,' zei Stacey.

'Dat mag ik wel.' Het kwam eruit als *dammakwe*. Dat kwam door de verdoving aan de zijkant van zijn mond. Thalliumvergiftiging! Barbie! 'Ik ben politieman.' *Ibbeppoman.*

'Je bent dronken. Wat is er daar aan de hand?' Maar blijkbaar dacht het kreng dat hij geen samenhangend antwoord zou kunnen geven, want ze gaf hem een duw tegen zijn borst. Hij wankelde op zijn manke been en viel bijna. 'Ga weg, Junior.' Ze keek achterom en sprak haar laatste woorden op aarde. 'Blijf waar je bent, Wardlaw. Er gaat niemand naar beneden.'

Toen ze zich weer omdraaide om Junior het bureau uit te duwen, keek ze in de loop van een politie-Berretta. Ze had tijd voor nog één gedachte – *O nee, dat zou hij niet doen* – en toen trof een pijnloze bokshandschoen haar tussen de borsten en viel ze achterover. Haar hoofd kwam achterover te hangen en ze zag Rupe Libby's stomverbaasde gezicht ondersteboven. Toen was ze weg.

'Nee, Junior! Ben je gek geworden?' schreeuwde Rupe, graaiend naar zijn wapen. 'Wardlaw, geef dekking!'

Maar Mickey Wardlaw stond alleen maar met open mond toe te kijken toen Junior vijf kogels in de neef van Piper Libby pompte. Zijn linkerhand was gevoelloos, maar zijn rechterhand deed het nog prima; hij hoefde niet eens erg goed te kunnen schieten, want hij mikte op twee meter afstand op een stilstaand doel. De eerste twee kogels gingen in Rupes buik en gooiden hem tegen Stacey Moggins' bureau, zodat het omviel. Rupe greep naar zijn buik en klapte dubbel. Juniors derde schot trof geen doel, maar de twee volgende raakten de bovenkant van Rupes hoofd. Hij zakte in een groteske ballethouding in elkaar. Zijn benen staken naar beide kanten opzij en zijn hoofd – wat ervan over was – kwam tegen de vloer, alsof hij een laatste diepe buiging maakte.

Met de rokende Beretta voor zich uit strompelde Junior het wachtlokaal in. Hij wist niet meer precies hoeveel schoten hij had gelost; zeven, dacht hij. Misschien acht. Of elfennegentig – wie zou het zeggen? Zijn hoofdpijn was terug.

Mickey Wardlaw stak zijn hand op. Hij had een angstige, verzoenende glimlach op zijn grote gezicht. 'Van mij heb je geen last, vriend,' zei hij. 'Doe wat je moet doen.' En hij maakte het vredesteken.

'Dat doe ik,' zei Junior. 'Vríénd.'

Hij schoot op Mickey. De grote jongen zakte in elkaar. Zijn vredesteken zat nu om het gat in zijn hoofd heen waar tot voor kort een oog had gezeten. Het resterende oog rolde omhoog om Junior aan te kijken met de domme onderdanigheid van een schaap dat geschoren werd. Junior schoot voor alle zekerheid opnieuw op hem. Toen keek hij om zich heen. Zo te zien had hij nu het rijk alleen.

'Oké,' zei hij. 'O-ké.'

Hij liep eerst naar de trap, maar ging toen terug naar het lijk van Stacey Moggin. Hij constateerde dat ze net zo'n Beretta Taurus droeg als hij en liet het magazijn uit zijn eigen wapen springen. Hij verving het door een vol magazijn uit haar riem.

Junior draaide zich om, wankelde, zakte op een knie en stond weer op. De zwarte vlek aan de linkerkant van zijn gezichtsveld leek nu zo groot als een putdeksel. Hij dacht dat zijn linkeroog niet veel meer voorstelde. Nou, dat gaf niet; als hij meer dan één oog nodig had om iemand dood te schieten die in een cel zat, was hij toch geen knip voor de neus waard. Hij liep door het wachtlokaal, gleed even uit over het bloed van wijlen Mickey Wardlaw en viel bijna opnieuw. Maar hij hervond net op tijd zijn evenwicht. Zijn hoofd bonkte, maar daar was hij blij om. *Dat houdt me scherp*, dacht hij.

'Hallo, *Baaarbie*,' riep hij de trap af. 'Ik weet wat je met mij hebt gedaan en ik kom naar je toe. Als je nog wilt bidden, moet je dat gauw doen.'

27

Rusty zag de manke benen de metalen trap af komen. Hij rook kruitdamp, hij rook bloed, en hij begreep heel goed dat hij zou sterven. De manke man kwam voor Barbie, maar zou vast niet zomaar aan een zekere gekooide praktijkondersteuner voorbijlopen. Hij zou Linda en de twee J's nooit meer terugzien.

Juniors borst kwam in zicht, toen zijn hals, en vervolgens zijn hoofd. Rusty wierp één blik op de mond, die aan de linkerkant verstijfd omlaag hing, en op het linkeroog dat bloed huilde, en dacht: *Heel ver heen. Een wonder dat hij nog overeind staat en jammer dat hij niet even langer heeft gewacht. Even langer en hij had de straat niet meer kunnen oversteken.*

Zwakjes, uit een andere wereld, hoorde hij een met een megafoon versterkte stem van de kant van het gemeentehuis komen: 'NIET RENNEN! GEEN PANIEK! HET GEVAAR IS GEWEKEN! DIT IS AGENT HENRY MORRISON, EN IK HERHAAL: HET GEVAAR IS GEWEKEN!'

Junior gleed uit, maar inmiddels was hij op de laatste trede. In plaats van te vallen en zijn nek te breken zakte hij alleen op een knie. Enkele ogenblikken bleef hij zo zitten. Hij leek net een bokser die de verplichte acht seconden afwachtte voordat hij opstond en het gevecht hervatte. Voor Rusty was alles zichtbaar, voelbaar en dierbaar. De kostbare wereld, die plotseling ijl en vluchtig was geworden, was niet meer dan een gaas tussen hem en wat er nu zou komen. Of zelfs dat niet meer.

Ga helemaal liggen, zei hij in gedachten tegen Junior. *Val op je gezicht. Raak bewusteloos, klootzak.*

Maar Junior kwam moeizaam overeind, keek naar het pistool in zijn hand alsof hij nooit eerder zo'n ding had gezien en keek toen door de gang naar de cel aan het eind, waar Barbie met zijn handen om de tralies terugkeek.

'Baaarbie,' zei Junior met een zangerige fluisterstem, en toen kwam hij naar voren.

Rusty ging achteruit. Hij dacht dat Junior hem misschien over het hoofd zou zien. Of zichzelf een kogel door het hoofd zou jagen als hij klaar was met Barbie. Die gedachten waren laf, wist hij, maar ze waren ook praktisch. Hij kon niets voor Barbie doen, maar misschien kon hij zelf in leven blijven.

En dat zou misschien ook zijn gebeurd, als hij in een van de cellen aan de linkerkant van de gang had gezeten, want dat was Juniors blinde kant. Maar hij was in een cel aan de rechterkant gezet, en Junior zag hem bewegen. Hij bleef staan en keek naar Rusty, zijn half verstijfde gezicht tegelijk verbaasd en sluw.

'Fusty,' zei hij. 'Heet je zo? Of is het Berrick? Ik weet het niet meer.'

Rusty wilde om zijn leven smeken, maar zijn tong zat aan zijn verhemelte vastgeplakt. En wat had het voor zin om te smeken? De jongeman bracht het pistool al omhoog. Junior zou hem doodschieten. Geen macht ter wereld zou hem daarvan afbrengen.

Op het allerlaatste moment zocht Rusty's geest naar een ontsnapping, zoals veel andere geesten op de allerlaatste momenten van hun bewustzijn – voordat de schakelaar werd overgehaald, voordat het luik openging, voordat het pistool dat tegen de slaap was gedrukt vuur uitspuwde. *Dit is een droom,* dacht hij. *Dit alles. De Koepel, de waanzin in de wei van Dinsmore, de voedselrellen; deze jongeman ook. Als hij de trekker overhaalt, komt er een eind aan de droom en word ik wakker in mijn eigen bed, op een koele, frisse herfstochtend. Ik draai me naar Linda om en zeg: 'Wat ik nou voor nachtmerrie heb gehad! Je zult het niet geloven.'*

'Doe je ogen dicht, Fusty,' zei Junior. 'Dat is beter.'

28

Toen Jackie Wettington de hal van het politiebureau binnenkwam, was haar eerste gedachte: *O nee, er ligt overal bloed.*

Stacey Moggin lag tegen de muur onder het prikbord, haar lange haar in een krans om haar heen gespreid, haar lege ogen starend naar het plafond. Een andere politieman – Jackie kon niet zien wie – lag languit op zijn buik voor de omgegooide balie, zijn benen onmogelijk ver naar weerskanten gestrekt. Achter hem, in het wachtlokaal, lag een derde agent dood op zijn zij. Dat moest Wardlaw zijn, een van de nieuwe jongens. Hij was te groot om iemand anders te kunnen zijn. Het bord op de tafel bij de koffie was bespat met het bloed en de hersenen van de jongen. Er stond nu K FIE EN D NUTS ZIJN IET GR TIS.

Er was een vage klak achter haar te horen. Ze draaide zich bliksemsnel om en besefte pas dat ze haar pistool omhoog had gebracht toen ze Rommie Burpee al op de korrel had. Rommie merkte haar niet eens op; hij keek met grote ogen naar de lijken van de drie agenten. De klak kwam van zijn Dick Cheney-masker. Hij had het afgezet en op de vloer laten vallen.

'Godskelere, wat is hier gebeurd?' vroeg hij. 'Is dit...'

Voordat hij verder kon gaan, kwam er geschreeuw uit het kippenhok beneden: 'Hé, etterbuil! Ik had je te pakken, hè? Ik had je goed te pakken!'

En ongelooflijk genoeg lachte hij. Het was schel en maniakaal. Een ogenblik konden Jackie en Rommie elkaar alleen maar aankijken, niet in staat zich te verroeren.

Toen zei Rommie: 'Dat zal Barbara zijn.'

29

Ernie Calvert zat achter het stuur van het busje van het telefoonbedrijf, dat bij een bord stond met BEZOEKERS POLITIEBUREAU MAX. 10 MINUTEN. Hij had alle portieren op slot gedaan, bang dat hij van het busje zou worden beroofd door een of meer van de mensen die in paniek vanuit het gemeentehuis door Main Street vluchtten. In zijn armen had hij het geweer dat Rommie achter de bestuurdersstoel had gelegd, al wist hij niet of hij op iemand zou kunnen schieten die probeerde binnen te komen; hij kende deze mensen, had hun jarenlang hun boodschappen verkocht. De angst had hun gezichten vreemd maar niet onherkenbaar gemaakt.

Hij zag Henry Morrison over het gazon van het gemeentehuis heen en weer lopen. De man zag eruit als een jachthond die op zoek was naar een geur. Morrison schreeuwde in zijn megafoon om de chaos enigszins te bedwingen. Iemand gooide hem om en Henry stond meteen weer op.

En nu waren er anderen: Georgie Frederick, Marty Arsenault, de jongen van Searles (herkenbaar aan het verband dat hij nog steeds om zijn hoofd had), beide Bowie-broers, Roger Killian en enkele andere nieuwelingen. Freddy Denton liep met getrokken pistool de brede voortrap van het gemeentehuis af. Ernie zag Randolph niet, al zou iedereen die niet beter wist hebben verwacht dat de politiecommandant de leiding zou nemen van de agenten, die de rust probeerden te herstellen maar zelf ook op de rand van de chaos balanceerden.

Ernie wist wél beter. Peter Randolph was altijd al een onbekwame klungel geweest, en het verbaasde Ernie dan ook helemaal niet dat de man nu nergens te bekennen was. Het zat hem ook niet dwars. Wat hem wél dwars zat, was dat er niemand uit het politiebureau kwam en er nog meer schoten te horen waren geweest. Ze hadden gedempt geklonken, alsof ze van beneden kwamen, waar de gevangenen werden vastgehouden.

Ernie was anders niet geneigd tot bidden, maar hij bad nu wel. Hij bad dat niemand van de mensen die het gemeentehuis ontvluchtten de oude man in het busje met draaiende motor zou zien. Dat Jackie en Rommie veilig naar buiten zouden komen, met of zonder Barbara en Everett. Het schoot hem te binnen dat hij gewoon weg kon rijden, en hij vond het schokkend dat het zo'n verleidelijk idee was.

Zijn mobiele telefoon ging.

Een ogenblik bleef hij gewoon zitten, omdat hij niet zeker wist wat hij hoorde, en toen rukte hij het ding van zijn riem. Toen hij het openklapte, zag hij JOANIE in het venster staan. Maar het was niet zijn schoondochter; het was Norrie.

'Opa? Gaat alles goed?'

'Uitstekend,' zei hij, kijkend naar de chaos tegenover hem.

'Hebben jullie ze eruit gekregen?'

'Dat gebeurt op dit moment, schatje,' zei hij, hopend dat het de waarheid was. 'Ik kan nu niet praten. Ben je veilig? Zijn jullie op... op de plaats?'

'Ja! Opa, hij geeft licht in het donker! De stralingsgordel! De auto's gaven ook licht, maar na een tijdje hielden ze daarmee op! Julia zegt dat het volgens haar niet gevaarlijk is! Ze denkt dat het een trucje is om mensen op een afstand te houden.'

Reken daar maar niet op, dacht Ernie.

Er kwamen weer twee gedempte schoten uit het politiebureau. Beneden in het kippenhok was een dode gevallen; dat moest wel.

'Norrie, ik kan nu niet praten.'

'Komt het goed, opa?'

'Ja, ja. Ik hou van je, Norrie.'
Hij klapte de telefoon dicht. *Hij geeft licht*, dacht hij, en hij vroeg zich af of hij dat ooit zou zien. Black Ridge was dichtbij (in een kleine gemeente is alles dichtbij), maar leek op dit moment ver weg. Hij keek naar de deuren van het politiebureau en wenste vurig dat zijn vrienden naar buiten kwamen. En toen ze dat niet deden, stapte hij uit. Hij hield het niet uit om langer te zitten wachten. Hij moest naar binnen om te kijken wat er gebeurde.

30

Barbie zag Junior het pistool richten. Hij hoorde Junior tegen Rusty zeggen dat hij zijn ogen moest dichtdoen. Hij schreeuwde zonder erbij na te denken, en hij wist pas wat hij ging zeggen toen de woorden al uit zijn mond kwamen: 'Hé, etterbuil! Ik had je te pakken, hè? Ik had je goed te pakken!' De lach die daarop volgde klonk als de lach van een krankzinnige die zijn pillen niet had geslikt.

Dus zo lach ik als ik denk dat ik ga sterven, dacht Barbie. *Dat moet ik onthouden.* Daar moest hij nog harder om lachen.

Junior keek hem aan. Op de rechterkant van zijn gezicht tekende zich verbazing af; de linkerkant was verstard in een norse uitdrukking. Het deed Barbie denken aan een superschurk waarover hij in zijn jeugd had gelezen, al wist hij niet meer wie. Waarschijnlijk een van Batmans vijanden; die waren altijd het griezeligst. Toen herinnerde hij zich dat als zijn broertje Wendell 'Batman' wilde zeggen het eruitkwam als 'bemmen'. Nu moest hij nog veel harder lachen.

Er zijn ergere manieren om eruit te stappen, dacht hij, terwijl hij zijn beide handen door de tralies stak en beide middelvingers naar Junior opstak. *Kun je je Stubb uit* Moby Dick *herinneren? 'Wat mijn lot ook is, ik ga er lachend heen.'*

Junior zag Barbie dat gebaar met de middelvinger maken – in stereo – en dacht niet meer aan Rusty. Met zijn pistool voor zich uit liep hij door de korte gang. Barbies zintuigen waren nu erg scherp, maar hij vertrouwde ze niet. De mensen die hij boven meende te horen lopen waren bijna zeker ontsproten aan zijn fantasie. Evengoed speelde je zo'n spel helemaal tot het eind. Al was het alleen maar omdat hij daarmee een beetje tijd kon winnen voor Rusty.

'Daar ben je dan, etterbuil,' zei hij. 'Weet je nog dat ik je op die avond bij de Dipper op je donder gaf? Je huilde als een klein hondje.'

'Niet waar.'

Zoals het eruit kwam, klonk het als een exotisch gerecht op een Chinese menukaart. Juniors gezicht was een ravage. Het bloed uit zijn linkeroog druppelde over zijn stoppelwang. Barbie dacht dat daarin misschien een kans voor hem gelegen was. Geen grote kans, maar een slechte kans was beter dan helemaal niets. Hij liep voor zijn bed en zijn toilet heen en weer, eerst langzamer, toen sneller. *Nu weet je hoe een mechanische eend in een schietkraam op de kermis zich voelt*, dacht hij. *Dat moet ik ook onthouden.*

Junior volgde zijn bewegingen met één goed oog. 'Heb je haar geneukt? Heb je Angie geneukt? *Hejje aa geneu? Hejje Annie geneu? Hejje aa geneu? Hejje Annie geneu?*

Barbie lachte. Het was een krankzinnige lach, die hij zelf net herkende, en er was niets vals aan. 'Of ik haar heb geneukt? Of ik haar heb genéúkt? Junior, ik neukte haar van voren en van achteren en ondersteboven en met haar achterste in volle glorie. Ik neukte haar tot ze "Hail to the Chief" en "Bad Moon Rising" zong. Ik neukte haar tot ze op de vloer stampte en om een heleboel meer schreeuwde. Ik...'

Junior hield zijn hoofd schuin naar het pistool. Barbie zag het en sprong meteen naar links. Junior schoot. De kogel trof de bakstenen muur achter in de cel. Donkerrode scherfjes vlogen in het rond. Sommige raakten de tralies – Barbie hoorde het metalen geratel, als erwten in een blikken kroes, zelfs boven het galmen van het schot uit –, maar geen van die scherfjes raakte Junior. Shit. In zijn cel schreeuwde Rusty iets, waarschijnlijk om Junior af te leiden, maar Junior liet zich niet meer afleiden. Junior had zijn hoofddoel in het vizier.

Nee, nog niet, dacht Barbie. Hij lachte nog steeds. Het was krankzinnig, idioot, maar het was nu eenmaal zo. *Nog niet helemaal, eenogige lelijke klootzak.*

'Ze zei dat jij hem niet overeind kunt krijgen, Junior. Ze noemde je El Pikko Slappo. We lachten daar veel om als we...' Hij sprong naar rechts op het moment dat Junior schoot. Ditmaal hoorde hij de kogel langs zijn hoofd gaan: het geluid was *zzzzzz*. Er vlogen weer scherfjes baksteen in het rond. Een daarvan trof Barbie in zijn nek.

'Kom op, Junior, wat is er toch met jou? Je schiet als een ouwe krant. Ben je een psychiatrisch geval? Dat zeiden Angie en Frankie altijd...'

Barbie maakte een schijnbeweging naar rechts en rende toen naar de linkerkant van de cel. Junior schoot drie keer. De explosies waren oorverdovend en de stank van het kruitdamp was scherp en doordringend. Twee van de kogels begroeven zich in het baksteen. De derde sloeg laag en met een *spanggg*-geluid in het metalen toilet. Daar stroomde water uit. Barbie kwakte zo hard tegen de achterwand van de cel dat zijn tanden klapperden.

'Nou heb ik je,' hijgde Junior. *Nouebbeje.* Maar diep in wat er van zijn oververhitte denkmachine was overgebleven twijfelde hij. Zijn linkeroog was blind en voor zijn rechteroog hing een waas. Hij zag niet één Barbie maar drie.

Die verrekte klootzak dook naar de vloer toen Junior schoot, en die kogel ging ook mis. Er kwam een zwart oogje midden in het kussen op het hoofdeinde van het bed. Maar hij lag nu tenminste op de vloer. Hij rende niet meer heen en weer. *Gelukkig heb ik dat nieuwe magazijn erin gedaan*, dacht Junior.

'Je hebt me vergiftigd, *Baaarbie.*'

Barbie wist niet waar hij het over had, maar stemde er direct mee in. 'Dat klopt, walgelijke zakkenwasser, dat heb ik.'

Junior duwde de Beretta tussen de tralies door en sloot zijn slechte linkeroog; dat beperkte het aantal Barbies dat hij zag tot twee. Zijn tong zat tussen zijn tanden gevangen. Bloed en zweet stroomden over zijn gezicht.

'Ga nou maar eens rennen, *Baaarbie.*'

Barbie kon niet rennen, maar hij kon wel kruipen en ging recht op Junior af. De volgende kogel vloog over zijn hoofd en hij voelde dat er iets brandde op een van zijn billen: de kogel scheurde door zijn spijkerbroek en onderbroek en trok de bovenste huidlaag weg.

Junior deinsde terug, struikelde, viel bijna, greep de tralies van de cel rechts van hem vast en hees zich weer overeind. 'Blijf stilstaan, klootzak!'

Barbie draaide zich snel om naar het bed en tastte daaronder om het mes te pakken. Hij was dat hele mes vergeten.

'Wil je hem in je rug?' vroeg Junior achter hem. 'Oké. Mij best.'

'Schiet hem neer!' schreeuwde Rusty. 'Schiet hem neer, SCHIET HEM NEER!'

Voordat het volgende schot kwam, had Barbie nog tijd om te denken: *Jezus christus, Everett, aan wiens kant sta jij?*

31

Jackie kwam de trap af, gevolgd door Rommie. Ze had even tijd om de kruitdamp bij de gekooide plafondlampen te zien hangen en de stank van het kruit te ruiken, en toen schreeuwde Rusty Everett: 'Schiet hem neer! Schiet hem neer!'

Ze zag Junior Rennie aan het eind van de gang, waar hij zich tegen de tralies van zijn cel drukte, de cel die door de agenten soms het Ritz werd genoemd. Hij schreeuwde iets, maar het was niet te verstaan.

Ze dacht niet na. Ze zei ook niet tegen Junior dat hij zijn handen omhoog moest steken en zich moest omdraaien. Ze schoot gewoon twee kogels in zijn rug. De ene drong in zijn rechterlong binnen; de andere doorboorde zijn hart. Junior was al dood voordat hij met zijn gezicht tussen twee tralies op de vloer gleed. Zijn ogen waren zo ver weggetrokken dat hij op een Japans doodsmasker leek.

Toen Junior in elkaar zakte, kwam Dale Barbara zelf in zicht. Hij zat ineengedoken op zijn bed met het zorgvuldig verborgen gehouden mes in zijn hand. Hij had niet eens de kans gekregen het open te maken.

32

Freddy Denton pakte de schouder van agent Henry Morrison vast. Denton was die avond niet zijn favoriete persoon en zou dat ook nooit meer worden. *Niet dat hij het ooit is geweest*, dacht Henry nors.

Denton wees. 'Waarom gaat die ouwe idioot van een Calvert naar het politiebureau?'

'Hoe moet ik dat nou weten?' vroeg Henry, en hij greep Donnie Baribeau vast, die voorbij rende en onzin over terroristen schreeuwde.

'Kalm aan!' brulde Henry in Donnies gezicht. 'Het is allemaal voorbij! Alles is in orde.'

Donnie had tien jaar lang twee keer per maand Henry's haar geknipt en dezelfde oude moppen verteld, maar nu kwam hij als een volslagen vreemde op Henry over. Toen rukte hij zich los en rende in de richting van East Street, waar zijn winkel was. Misschien wilde hij daar een goed heenkomen zoeken.

'Burgers hebben vanavond niets te zoeken op het bureau,' zei Freddy. Mel Searles kwam hijgend bij hen staan.

'Nou, waarom ga je het hem dan niet vragen, stoere jongen?' zei Henry. 'Neem deze dommekracht maar mee. Want jullie doen hier geen van beiden iets nuttigs.'

'Ze wou een pistool pakken,' zei Freddy voor het eerst. Hij zou dat nog heel vaak herhalen. 'En ik wou haar niet doodschieten. Alleen onschadelijk maken.'

Henry was niet van plan die discussie aan te gaan. 'Ga daarheen en zeg tegen die ouwe kerel dat hij weg moet gaan. Je kunt ook even kijken of niet iemand de gevangenen aan het bevrijden is terwijl wij hier rondrennen als kippen zonder kop.'

Er ging een lichtje aan in Freddy Dentons verdoofde ogen. 'De gevangenen! Mel, laten we gaan!'

Ze liepen weg, maar bleven abrupt staan toen ze Henry's megafoonstem drie meter achter hen hoorden: 'EN STOP DIE PISTOLEN WEG, IDIOTEN!'

Freddy deed wat de versterkte stem beval. Mel deed hetzelfde. Ze liepen langs het oorlogsmonument en draafden de trappen van het politiebureau op met hun pistolen in hun holster. Dat laatste was waarschijnlijk een heel goede zaak voor Norries opa.

33

Overal bloed, dacht Ernie, zoals Jackie eerder had gedacht. Hij keek met ontzetting naar het bloedbad en dwong zichzelf om door te lopen. Alles wat in de balie had gelegen was eruit gevallen toen Rupe Libby ertegenaan smakte. In de ravage lag een rood plastic rechthoekje waarvan hij hoopte dat de mensen beneden er nog iets aan hadden.

Hij bukte zich om het op te pakken (en zei tegen zichzelf dat hij niet moest overgeven, zei tegen zichzelf dat het lang niet zo erg was als de Ah Shau-vallei in Vietnam), toen iemand achter hem zei: 'Godverdegodver! Opstaan, Calvert, en langzaam. Handen boven je hoofd.'

Maar Freddy en Mel grepen nog naar hun wapens toen Rommie de trap op kwam om het voorwerp te halen dat Ernie al had gevonden. Rommie had de speed-pump Black Shadow die hij in zijn safe had opgeborgen en richtte hem nu zonder de geringste aarzeling op de twee agenten.

'Kom nou maar helemaal binnen,' zei hij. 'En blijf bij elkaar. Schouder aan schouder. Als ik licht tussen jullie zie, schiet ik. En reken maar dat ik het meen.'

'Laat zakken,' zei Freddy. 'Wij zijn politieagenten.'

'Eersteklas klootzakken – dat zijn jullie. Ga daar tegen dat prikbord staan. En nog steeds met de schouders tegen elkaar aan. Ernie, wat doe jij nou hier binnen?'

'Ik hoorde schoten en maakte me zorgen.' Hij hield het rode sleutelkaartje omhoog waarmee de cellen in het kippenhok open te maken waren. 'Dit hebben jullie nodig, denk ik. Tenzij... tenzij ze dood zijn.'

'Ze zijn niet dood, maar het heeft niet veel gescheeld. Breng dat naar Jackie toe. Ik let op deze kerels.'

'Jullie kunnen ze niet vrijlaten. Het zijn gevangenen,' zei Mel. 'Barbie is een moordenaar. Die andere probeerde meneer Rennie vals te beschuldigen met papieren of... of zoiets.'

Rommie vond het niet nodig hierop in te gaan. 'Vooruit, Ernie. Schiet op.'

'Wat gebeurt er met ons?' vroeg Freddy. 'Je gaat ons toch niet doodschieten?'

'Waarom zou ik jou doodschieten, Freddy? Je hebt die grondfrees nog niet afbetaald die je afgelopen voorjaar van me hebt gekocht. Je bent ook achter met de aflossingen, herinner ik me. Nee, we sluiten jullie op in het kippenhok. Dan kunnen jullie daar eens mee kennismaken. Het ruikt daar een beetje naar pis, maar misschien houden jullie daar wel van.'

'Moest je Mickey nou echt doodschieten?' vroeg Mel. 'Hij was gewoon een domme jongen.'

'Wij hebben niemand doodgeschoten,' zei Rommie. 'Dat heeft jullie goede vriend Junior gedaan.' *Niet dat iemand dat morgenavond nog zal geloven*, dacht hij.

'Junior!' riep Freddy uit. 'Waar is hij?'

'Kolen scheppen in de hel, denk ik,' zei Rommie. 'Daar zetten ze de nieuwkomers aan het werk.'

34

Barbie, Rusty, Jackie en Ernie kwamen naar boven. De twee voormalige gevangenen keken alsof ze niet helemaal geloofden dat ze nog leefden. Rommie en Jackie gingen met Freddy en Mel naar het kippenhok. Toen Mel het in elkaar gezakte lijk van Junior zag, zei hij: 'Daar krijgen jullie spijt van!'

Rommie zei: 'Klep dicht en je nieuwe woning in. Allebei in één cel, want jullie zijn vriendjes.'

Zodra Rommie en Jackie op de begane grond terug waren, zetten de twee politiemannen het op een schreeuwen.

'Wegwezen, zolang het nog kan,' zei Ernie.

35

Buiten gekomen keek Rusty naar de roze sterren en ademde hij lucht in die stonk en tegelijk ontzettend heerlijk rook. Hij keek Barbie aan. 'Ik dacht dat ik de sterren nooit meer zou zien.'

'Ik ook. Laten we maken dat we wegkomen zolang we nog de kans hebben. Wat zou je zeggen van Miami Beach?'

Rusty lachte nog steeds toen hij in het busje stapte. Er stonden enkele agenten op het grasveld voor het gemeentehuis, en een van hen – Todd Wendlestat – keek hun kant op. Ernie zwaaide naar hem; Rommie en Jackie deden dat ook. Wendlestat zwaaide terug en bukte zich toen om een vrouw overeind te helpen die languit op het gras was gesmakt toen haar hoge hakken haar in de steek lieten.

Ernie ging achter het stuur zitten en hield de elektrische draden tegen elkaar die onder het dashboard hingen. De motor startte, de zijdeur dreunde dicht en het busje reed weg. Het reed langzaam over Town Common Hill, tussen de weinige, verdoofde dorpelingen door die na de vergadering nog op straat waren. Toen waren ze het dorp uit en reden met hogere snelheid in de richting van Black Ridge.

MIEREN

1

Ze zagen het schijnsel aan de andere kant van een roestige oude brug over iets wat alleen nog maar een modderpoel was. Barbie boog zich tussen de stoelen in het busje naar voren. 'Wat is dat? Het lijkt wel het grootste lichtgevende horloge van de wereld.'

'Het is straling,' zei Ernie.

'Maak je geen zorgen,' zei Rommie. 'We hebben genoeg loodplaat.'

'Toen ik op jullie wachtte, belde Norrie me met de mobiele telefoon van haar moeder,' zei Ernie. 'Ze vertelde me over dat licht. Ze zei dat het volgens Julia alleen maar een soort afschrikking is. Niet gevaarlijk.'

'Ik dacht dat Julia journaliste was, geen wetenschappelijk onderzoekster,' zei Jackie. 'Ze is heel aardig, en slim ook, maar we doen de loodplaten er toch maar voor, hè? Want ik wil voor mijn veertigste verjaardag liever een ander cadeautje dan eierstok- of borstkanker.'

'We gaan er snel doorheen,' zei Rommie. 'Hou maar een stuk loodplaat voor je broek, als je je daar beter bij voelt.'

'Dat is zo grappig dat ik vergat te lachen,' zei ze... en toen deed ze dat toch, want ze zag zichzelf in een broek van lood, modieus hoog uitgesneden aan de zijkanten.

Ze kwamen bij de dode beer aan de voet van de telefoonpaal. Die hadden ze zelfs kunnen zien als ze hun lichten uit hadden gehad, want inmiddels was het gecombineerde licht van de roze maan en de stralingsgordel bijna krachtig genoeg om er de krant bij te lezen.

Terwijl Rommie en Jackie de ruiten van het busje met loodplaat afdekten, stonden de anderen in een halve kring om de rottende beer heen.

'Geen straling,' merkte Barbie op.

'Nee,' zei Rusty. 'Zelfmoord.'

'En er zijn er nog meer.'

'Ja, maar blijkbaar treft het de kleinere dieren niet. De kinderen en ik hebben veel vogels gezien, en er zat een eekhoorn in de boomgaard. Die was zo levendig als het maar kan.'

'Dan heeft Julia vrijwel zeker gelijk,' zei Barbie. 'Die gloeistrook is bedoeld als afdekking, en de dode dieren zijn dat ook. Het is het oude verhaal van zowel het een als het ander.'

'Ik kan je niet volgen, vriend,' zei Ernie.

Maar Rusty, die de methode van zowel het een als het ander had geleerd toen hij medicijnen studeerde, begreep het. 'Twee waarschuwingen om weg te blijven,' zei hij. 'Overdag dode dieren en 's nachts een lichtgevende stralingsgordel.'

'Voor zover ik weet,' zei Rommie, die bij hen langs de kant van de weg kwam staan, 'geeft straling alleen licht in sciencefictionfilms.'

Rusty dacht erover om tegen hem te zeggen dat ze ook echt in een sciencefictionfilm beland waren, en Rommie zou dat ook beseffen als hij dicht bij dat vreemde kastje op de heuvel kwam. Maar natuurlijk had Rommie gelijk.

'Het is de bedoeling dat we het zien,' zei hij. 'Net als die dode dieren. Het is de bedoeling dat we zeggen: "Goh, als er hier een zelfmoordstraling is waar grote zoogdieren gevoelig voor zijn, dan kan ik beter wegblijven. Per slot van rekening ben ik ook een groot zoogdier.'

'Maar de kinderen gingen niet terug,' zei Barbie.

'Omdat het kinderen zijn,' zei Ernie. En nadat hij even had nagedacht: 'En ook nog skateboarders. Die zijn anders.'

'Toch bevalt het me niets,' zei Jackie, 'maar omdat we nergens anders heen kunnen, moeten we maar door die gordel heen rijden voordat er niets meer van mijn zenuwen over is. Na wat er in het politiebureau is gebeurd voel ik me een beetje beverig.'

'Wacht even,' zei Barbie. 'Er is hier iets niet in de haak. Ik zie het wel, maar ik moet er even over nadenken hoe ik het onder woorden ga brengen.'

Ze wachtten. Het maanlicht en de straling vielen op het kadaver van de beer. Barbie keek ernaar. Ten slotte keek hij op.

'Oké, het volgende zit me dwars. Er is een "ze". Dat weten we omdat het kastje dat Rusty heeft gevonden geen natuurverschijnsel is.'

'Nou en of. Het is door iemand gemaakt,' zei Rusty. 'Maar het komt niet van de aarde. Daar durf ik mijn leven onder te verwedden.' Hij bedacht hoe weinig het een uur geleden had gescheeld of hij had zijn leven verloren, en er ging een huivering door hem heen. Jackie gaf een kneepje in zijn schouder.

'Daar gaat het nu even niet om,' zei Barbie. 'Er is een "ze", en als ze ons echt weg wilden houden, zouden ze dat kunnen. Ze houden de hele wéreld buiten Chester's Mill. Als ze ons bij hun kastje vandaan wilden houden, waarom hebben ze er dan geen mini-Koepel omheen gezet?'

'Of een harmonisch geluid dat onze hersens zou braden als kippenpootjes in een magnetron,' zei Rusty, die zich geïnspireerd voelde. 'Of échte straling. Dat zou ook kunnen.'

'Misschien ís het wel echte straling,' zei Ernie. 'Dat is min of meer bevestigd door de geigerteller die jullie hadden meegebracht.'

'Ja,' beaamde Barbie, 'maar wil dat zeggen dat het gevaarlijk is wat de geigerteller registreert? Rusty en de kinderen hebben geen lelijke wonden, en ze raken hun haar niet kwijt en ze kotsen de darmen niet uit hun lijf.'

'Tenminste nog niet,' zei Jackie.

'Altijd een vrolijke noot!' zei Rommie.

Barbie negeerde die opmerkingen. 'Als ze inderdaad zo'n sterke barrière kunnen maken dat de beste raketten die Amerika in huis heeft terugstuiteren, zouden ze net zo gemakkelijk een dodelijke stralingsgordel kunnen opzetten, misschien zelfs in een seconde. Dat zou ook in hun belang zijn. Een paar gruwelijke menselijke sterfgevallen houden nieuwsgierigen beter tegen dan een stel dode dieren. Nee, ik denk dat Julia gelijk heeft en dat die zogenaamde stralingsgordel een onschuldig schijnsel zal blijken te zijn waarvan het de bedoeling is dat het door onze detectieapparatuur wordt opgepikt. Dat lijkt me trouwens verrekte primitief voor hén, als het echt buitenaardse wezens zijn.'

'Maar waarom?' riep Rusty uit. 'Waarom een barrière? Ik kon dat rotding niet optillen; ik kreeg het nog geen millimeter in beweging. En toen ik er een loodschort op legde, vatte het lood vlam. Al voelde het kastje nog steeds koel aan!'

'Als ze het beschermen, moet er een manier zijn om het te vernietigen of uit te zetten,' zei Jackie. 'Alleen...'

Barbie glimlachte naar haar. Hij voelde zich vreemd, bijna alsof hij boven zijn eigen hoofd zweefde. 'Toe dan, Jackie. Zeg het maar.'

'Alleen beschermen ze het niet, hè? Niet tegen mensen die er absoluut bij willen komen.'

'Het gaat nog verder,' zei Barbie. 'Kun je niet zeggen dat ze er zelfs naar wíjzen? Joe McClatchey en zijn vrienden hoefden in feite alleen maar een spoor van broodkruimels te volgen.'

'Hier is het, nietige aardlingen,' zei Rusty. 'Wat kunt ge eraan doen, gij die zo dapper zijn het te benaderen?'

'Zoiets zou het kunnen zijn,' zei Barbie. 'Kom. Laten we naar boven gaan.'

2

'Je kunt mij nu beter laten rijden,' zei Rusty tegen Ernie. 'Verderop vielen de kinderen flauw. Rommie bijna. Ik voelde het ook. En ik had een soort hallucinatie. Een Halloweenpop die in vlammen opging.'

'Ook een waarschuwing?' vroeg Ernie.

'Ik weet het niet.'

Rusty reed naar de plaats waar de bossen ophielden en een open rotsig terrein opliep naar de boomgaard van McCoy. Een eind verder straalde de lucht zo fel dat ze hun ogen halfdicht moesten knijpen, maar er was geen lichtbron: dat schijnsel hing daar gewoon in de lucht. Barbie vond het net het soort licht dat glimwormen afgeven, maar dan een miljoen keer versterkt. De gordel was ongeveer vijftig meter breed. Daarachter was de wereld weer donker, afgezien van het roze schijnsel van het maanlicht.

'Weet je zeker dat je niet opnieuw flauwvalt?' vroeg Barbie.

'Blijkbaar is het net zoiets als wanneer je de Koepel aanraakt: na de eerste keer ben je gevaccineerd.' Rusty ging achter het stuur zitten, schakelde naar DRIVE en zei: 'Zet u schrap, dames en heren.'

Hij trapte zo hard op het gas dat de achterwielen doordraaiden. Het busje reed in volle vaart het schijnsel in. Ze waren te goed gepantserd om te zien wat er nu gebeurde, maar sommige mensen die al op de heuvel waren, konden het wel zien. Ze stonden angstig toe te kijken vanaf de rand van de boomgaard. Een ogenblik was het busje duidelijk te zien, alsof het midden in de schijnwerpers stond. Toen het uit de lichtgevende gordel kwam rijden, bleef het nog enkele seconden een schijnsel verspreiden, alsof het gestolen busje in radium was gedoopt. En het trok ook een vervagende komeetstaart van licht achter zich aan, alsof die uit de uitlaat kwam.

'Allemachtig,' zei Benny. 'Dat is zo ongeveer het mooiste special effect dat ik ooit heb gezien.'

Toen verflauwde het schijnsel rondom het busje en verdween de staart.

3

Toen ze door de lichtgevende gordel reden, voelde Barbie zich korte tijd licht in zijn hoofd, maar verder was er niets aan de hand. Voor Ernie leek het of de echte wereld van dit busje en deze mensen plaatsmaakte voor een hotelkamer die naar grenenhout rook en waar het geluid van de Niagarawatervallen bulderde. En daar kwam de vrouw naar hem toe met wie hij nog maar twaalf uur getrouwd was: ze droeg een nachtjapon die eigenlijk niet meer dan een zucht lavendelgeur was, en ze pakte zijn handen vast, legde ze op haar borsten en zei: *'deze keer hoeven we niet op te houden, schat.'*

Toen hoorde hij Barbie roepen, en dat bracht hem in de realiteit terug.

'Rusty! Ze heeft een soort toeval! Stop!'

Ernie keek om en zag Jackie Wettington heen en weer schudden, haar ogen omhooggerold in hun kassen, haar handen gespreid.

'Hij houdt een kruis omhoog en alles brandt!' riep ze uit. Het speeksel vloog van haar lippen. 'De wereld staat in brand! DE MENSEN STAAN IN BRAND!' Ze stootte een gil uit die het hele busje vulde.

Rusty reed bijna de berm in, ging weer naar het midden van de weg, sprong eruit en rende naar de zijdeur. Toen Barbie hem openschoof, veegde Jackie het speeksel van haar kin. Rommie had zijn arm om haar heen.

'Gaat het?' vroeg Rusty haar.

'Nu wel, ja. Alleen... Het was... Alles stond in brand. Het was dag, maar het was donker. Mensen stonden in b-b-brand...' Ze huilde.

'Je zei iets over een man met een kruis,' zei Barbie.

'Een groot wit kruis. Het hing aan een koord of een reep leer. Het zat op zijn borst. Zijn blote borst. Toen hield hij het voor zijn gezicht omhoog.' Ze hield haar adem in en liet de lucht toen met kleine stootjes ontsnappen. 'Het vervaagt nu allemaal. Maar... *oeh.*'

Rusty hield haar twee vingers voor en vroeg hoeveel ze er zag. Jackie gaf het juiste antwoord en volgde zijn duim toen hij hem eerst heen en weer en toen op en neer bewoog. Hij klopte op haar schouder en keek toen wantrouwig achterom naar de lichtgevende gordel. Wat zei Gollem ook al weer tegen Bilbo Balings? *'Het is gewiekst, lieveling.'*

'En jij, Barbie? Voel je je goed?'

'Ja. Eventjes een beetje licht in mijn hoofd; dat is alles. Ernie?'

'Ik zag mijn vrouw. En de hotelkamer waar we op onze huwelijksreis waren. Het was kristalhelder.'

Hij zag weer hoe ze naar hem toe kwam. Hij had daar in geen jaren aan gedacht, en wat was het jammer om zo'n prachtige herinnering te verwaarlozen. De witheid van haar dijen onder haar korte nachtjapon; die strakke donkere driehoek van haar schaamhaar; haar tepels hard tegen de zijde, die bijna de huid van zijn hand leken weg te schuren terwijl ze haar tong in zijn mond stak en over de binnenkant van zijn onderlip likte.

Deze keer hoeven we niet op te houden, schat.

Ernie leunde achterover en deed zijn ogen dicht.

4

Rusty reed langzaam over de heuvel en zette het busje tussen de schuur en de vervallen boerderij. De bestelbus van de Sweetbriar Rose stond daar al, en die van warenhuis Burpee, en ook een Chevrolet Malibu. Julia had haar Prius in de schuur gezet. Horace de corgi zat bij de achterbumper alsof hij hem bewaakte. Hij keek niet erg tevreden en maakte ook geen aanstalten om hen te komen begroeten. In de boerderij brandden enkele gaslampen.

Jackie wees naar de wagen met ELKE DAG UITVERKOOP BIJ DE BURPEE! op de zijkant. 'Hoe is die hier gekomen? Is je vrouw van gedachten veranderd?'

Rommie grijnsde. 'Als je dat denkt, ken je Misha niet. Nee, dat heb ik aan Julia te danken. Ze heeft twee van haar topverslaggevers gerekruteerd. Die kerels...'

Hij zweeg, want op dat moment kwamen Julia, Piper en Lissa Jamieson uit de schaduwen die het maanlicht in de boomgaard wierp. Ze strompelden naast elkaar voort, hielden elkaars hand vast, en huilden alle drie.

Barbie rende naar Julia toe en pakte haar bij haar schouders. Ze liep aan het eind van hun kleine rij, en de zaklantaarn die ze in haar vrije hand had gehad was op de grond van het met onkruid overwoekerde erf gevallen. Ze keek naar hem op en deed haar best om te glimlachen. 'Dus ze hebben je eruit gekregen, kolonel Barbara. Eén-nul voor het thuisteam.'

'Wat is er met jou gebeurd?' vroeg Barbie.

Nu kwamen Joe, Benny en Norrie aangerend, op de voet gevolgd door hun moeders. Er kwam meteen een eind aan de kreten van de kinderen toen ze zagen in welke staat de drie vrouwen verkeerden. Horace rende blaffend naar zijn bazin toe. Julia ging op haar knieën zitten en begroef haar gezicht in zijn vacht. Horace snuffelde aan haar en deinsde toen plotseling terug. Hij ging jankend zitten. Julia keek hem aan en sloeg toen haar handen voor haar gezicht alsof ze zich schaamde. Norrie had links Joe's hand en rechts Benny's hand vastgepakt. Ze keken ernstig en ook angstig. Pete Freeman, Tony Guay en Rose Twitchell kwamen de boerderij uit maar bleven bij de keukendeur staan.

'We zijn erbij gaan kijken,' zei Lissa met doffe stem. Er was niets meer over van haar gebruikelijke opgewekte uitstraling van goh-wat-is-de-wereld-toch-mooi. 'We knielden erbij neer. Er staat een teken op dat ik nooit eerder heb gezien... Het is geen kabbala...'

'Het is afschuwelijk,' zei Piper, terwijl ze over haar ogen streek. 'En toen raakte Julia het aan. Zij was de enige, maar wij... wij allemaal...'

'Hebben jullie ze gezien?' vroeg Rusty.

Julia liet haar handen zakken en keek hem met een soort verwondering aan. 'Ja. Ik. Wij allemaal. Hén. Gruwelijk.'

'De leerkoppen,' zei Rusty.

'Wát?' zei Piper. Toen knikte ze. 'Ja, zo zou je ze kunnen noemen. Gezichten zonder gezichten. Hóge gezichten.'

Hoge gezichten, dacht Rusty. Hij wist niet wat het betekende, maar hij wist dat het waar was. Hij dacht weer aan zijn dochters en hun vriendinnetje Deanna, die geheimen en snacks hadden uitgewisseld. Toen dacht hij aan de beste vriend uit zijn kinderjaren – tenminste, een tijdlang; Georgie en hij hadden vreselijke ruzie gekregen in de tweede klas –, en meteen spoelde het afgrijzen als een golf over hem heen.

Barbie pakte hem vast. 'Wat is er?' Hij schreeuwde bijna. 'Wat is er?'

'Niets. Alleen... Toen ik klein was, had ik een vriend. George Lathrop. Hij kreeg een vergrootglas voor zijn verjaardag. En soms... in het speelkwartier...'

Rusty hielp Julia overeind. Horace was bij haar teruggekomen, alsof datgene wat hem bang had gemaakt nu ook verflauwde, net als het schijnsel dat aan het busje was blijven hangen.

'Wat deden jullie?' vroeg Julia. Ze klonk weer bijna kalm. 'Vertel het.'

'Het was op de lagere school in Main Street. Twee lokalen maar, eentje voor de klassen een tot en met vier, en eentje voor vijf tot en met acht. Het schoolplein was niet verhard.' Hij lachte nerveus. 'Er was niet eens stromend water, alleen een privaat; de kinderen noemden het...'

'Het honinghuis,' zei Julia. 'Ik heb daar ook op school gezeten.'

'George en ik gingen voorbij het klimrek naar de schutting. Er waren daar mierenhopen, en we staken de mieren in brand.'

'Maak je daar niet druk om, dokter,' zei Ernie. 'Dat hebben zoveel kinderen gedaan, en nog wel ergere dingen.' Ernie zelf had eens met een paar vrienden de staart van een zwerfkat in de benzine gedoopt en er een lucifer bij gehouden. Van die herinnering zou hij nooit iemand deelgenoot maken, net zomin als hij iemand over de details van zijn huwelijksnacht zou vertellen.

Vooral omdat we zo hard lachten toen die kat wegrende, dacht hij. *God, wat hebben we gelachen.*

'Ga verder,' zei Julia.

'Ik ben klaar.'

'Nee, dat ben je niet.'

'Hé,' zei Joanie Calvert. 'Dit is vast wel allemaal erg psychologisch, maar ik denk niet dat dit het moment is...'

'Stil, Joanie,' zei Claire.

Julia had haar blik geen moment van Rusty's gezicht afgewend.

'Waarom maakt het voor jou iets uit?' vroeg Rusty. Op dat moment had hij het gevoel dat er geen omstanders waren. Het was alsof ze daar met zijn tweeën stonden.

'Vertel het me nou maar.'

'Toen we dat op een dag aan het doen waren, besefte ik dat mieren ook hun kleine leventjes hebben. Ik weet dat het klinkt als sentimenteel ge...'

Barbie zei: 'Miljoenen mensen over de hele wereld krijgen precies dezelfde gedachte. Ze stemmen hun leven erop af.'

'Hoe dan ook, ik dacht: we doen ze pijn. We verbranden ze op de grond en braden ze levend in hun ondergrondse huizen. Over degene die de directe behandeling van Georgies vergrootglas kregen, bestond geen twijfel. Sommige hielden alleen maar op met bewegen; andere vlogen meteen in brand.'

'Dat is afschuwelijk,' zei Lissa. Ze draaide haar ankh weer rond.

'Zeg dat wel. En op die dag zei ik tegen Georgie dat hij moest ophouden. Hij wilde niet. Hij zei: "Het is jukelaire oorlog." Dat weet ik nog. Niet *nucleair* maar *jukelair*. Ik probeerde hem het vergrootglas af te pakken. Voor je er erg in had, waren we aan het vechten en brak zijn vergrootglas.'

Hij zweeg. 'Dat is niet de waarheid, al zei ik dat indertijd en bleef ik zelfs bij mijn verhaal toen ik een pak slaag van mijn vader kreeg. Het verhaal dat George aan zíjn ouders vertelde, was de waarheid: ik brak dat rotding met opzet.' Hij wees in het donker. 'Zoals ik dat kastje kapot zou maken, als ik dat kon. Want nu zijn wij de mieren en is dat het vergrootglas.'

Ernie dacht weer aan de kat met de brandende staart. Claire McClatchey herinnerde zich dat zij en haar vriendinnetje uit de derde klas op een huilend meisje hadden gezeten aan wie ze allebei een hekel hadden. Het meisje was nieuw op school en had een grappig zuidelijk accent waardoor het leek of ze aardappelpuree in haar mond had als ze praatte. Hoe meer het nieuwe meisje huilde, des te harder lachten ze. Romeo Burpee herinnerde zich dat hij dronken werd op de avond dat Hillary Clinton huilde in New Hampshire, en dat hij naar het televisiescherm had getoost en zei: 'Je verdiende loon, stomme huilebalk. Rot op en laat een man het mannenwerk doen.'

Barbie herinnerde zich een bepaalde gymnastiekzaal: de woestijnhitte, de stank van stront, gelach.

'Ik wil het zelf zien,' zei hij. 'Wie gaat er met me mee?'

Rusty zuchtte. 'Ik.'

5

Terwijl Barbie en Rusty naar het kastje met het vreemde teken en een pulserend fel licht gingen, was James Rennie in de cel waar Barbie tot eerder op die avond gevangen had gezeten.

Carter Thibodeau had hem geholpen Juniors lijk op het bed te tillen. 'Laat me met hem alleen,' zei Grote Jim.

'Baas, ik weet hoe beroerd u zich moet voelen, maar er zijn wel honderd dingen die nu uw aandacht nodig hebben.'

'Dat weet ik. En het komt in orde. Maar ik heb eerst een beetje tijd bij mijn zoon nodig. Vijf minuten. Daarna kun je een paar kerels halen om hem naar het uitvaartbedrijf te brengen.'

'Goed. Ik vind het heel erg voor u. Junior was een beste kerel.'

'Nee, dat was hij niet,' zei Grote Jim. Hij sprak op de milde toon van ik-zeg-het-maar-zoals-het-is. 'Maar hij was mijn zoon en ik hield van hem. En dit is niet zo heel erg, weet je.'

Carter dacht even na. 'Ik weet het.'

Grote Jim glimlachte. 'Ik wéét dat je het weet. Ik krijg steeds meer het gevoel dat jij de zoon bent die ik had moeten hebben.'

Carter kreeg een kleur van plezier toen hij de trap opdraafde naar het wachtlokaal.

Toen hij weg was, ging Grote Jim op het bed zitten en legde hij Juniors hoofd in zijn schoot. Het gezicht van de jongen was niet beschadigd en Carter had zijn ogen gesloten. Als je het bloed negeerde dat aangekoekt op zijn shirt zat, kon je denken dat hij sliep.

Hij was mijn zoon en ik hield van hem.

Het was waar. Zeker, hij was in staat geweest Junior op te offeren, maar wat dat betrof was er een precedent; je hoefde alleen maar te kijken naar wat er op Golgotha was gebeurd. En net als Christus was de jongen voor een goede zaak gestorven. De schade die door het geraaskal van Andrea Grinnell was aangericht zou worden hersteld als het dorp besefte dat Barbie enkele toegewijde politieagenten had gedood, inclusief het enige kind van de leider. Een Barbie die vrij rondliep en vermoedelijk nieuwe wandaden beraamde, was een politiek pluspunt.

Grote Jim zat daar nog een tijdje. Hij kamde Juniors haar met zijn vingers en keek verrukt naar Juniors vredige gezicht. Toen zong hij hem zachtjes toe, zoals zijn moeder had gedaan toen de jongen nog als baby in zijn wieg lag en met grote, verbaasde ogen naar de wereld opkeek: 'Kindjes bootje is een zilveren maan, varen, varen maar; varen door de zee van dauw, onder

witte wolken... vaar maar, kindje, vaar maar... vaar maar over de zee...'
 Toen hield hij op. Hij wist de rest niet meer. Hij tilde Juniors hoofd van zijn schoot en stond op. Zijn hart sloeg roffelend op hol en hij hield zijn adem in... maar toen kwam het weer tot rust. Hij nam aan dat hij uiteindelijk wat meer van die Verapa-en-nog-wat uit Andy's apotheek moest hebben, maar intussen lag er werk op hem te wachten.

6

Hij liep bij Junior vandaan en ging langzaam de trap op, steunend op de leuning. Carter was in het wachtlokaal. De lijken waren weggehaald en een dubbele laag kranten zoog het bloed van Mickey Wardlaw op.
 'Laten we naar het gemeentehuis gaan voordat het hier volloopt met agenten,' zei hij tegen Carter. 'De bezoekersdag begint officieel over...' Hij keek op zijn horloge. '... over ongeveer veertien uur. We hebben nog een heleboel te doen.'
 'Ik weet het.'
 'En vergeet mijn zoon niet. Ik wil dat de Bowies het goed doen. Een respectabele opbaring van het stoffelijk overschot en een mooie kist. Zeg tegen Stewart dat ik hem vermoord als ik Junior in zo'n prulding zie liggen als hij in het magazijn heeft. Ik wil het beste dat ze in de toonzaal hebben. Veel zal het niet zijn, maar we kunnen niet iets beters uit Boston laten komen, hè?'
 Carter schreef in zijn notitieboekje. 'Ik zal ervoor zorgen.'
 'En zeg tegen Stewart dat ik binnenkort met hem ga praten.' Er kwamen agenten binnen. Ze keken bedremmeld, een beetje angstig, jong en onervaren als ze waren. Grote Jim hees zich uit de stoel waarin hij was gaan zitten om op adem te komen. 'Tijd om in beweging te komen.'
 ' Goed,' zei Carter, maar hij wachtte nog even.
 Grote Jim keek om. 'Is er iets, zoon?'
 Zóón. Carter hoorde dat woord graag. Zijn eigen vader was vijf jaar geleden om het leven gekomen toen hij zich met zijn pick-up tegen een van de twee bruggen in Leeds te pletter reed, en dat was geen groot verlies geweest. Hij had zijn vrouw en zijn beide zoons mishandeld (Carters oudere broer zat momenteel bij de marine), maar Carter had dat niet zo erg gevonden; zijn moeder had haar koffielikeur om zich te verdoven en Carter zelf had altijd wel een paar klappen kunnen verdragen. Nee, hij had de pest

aan de oude man gehad omdat hij een janker was en omdat hij dom was. Mensen dachten dat Carter ook dom was – zelfs Junior had dat gedacht –, maar dat was hij niet. Meneer Rennie begreep dat, en meneer Rennie was geen janker.

Het was Carter opeens duidelijk wat hem nu te doen stond.

'Ik heb iets wat u misschien wel wilt hebben.'

'O ja?'

Grote Jim was voor Carter uit de trap afgelopen, zodat Carter de kans had gehad om even naar zijn kluisje te gaan. Hij maakte het nu weer open en haalde de DARTH VADER-envelop eruit. Hij hield hem Grote Jim voor. De bloederige voetafdruk die erop zat leek hen toe te schreeuwen.

Grote Jim maakte de envelop open.

'Jim,' zei Peter Randolph. Hij was onopgemerkt binnengekomen en stond bij de omgegooide balie. Zo te zien was hij doodmoe. 'Ik denk dat we de rust hebben hersteld, maar ik kan sommige van de nieuwe agenten niet vinden. Ik denk dat ze ons in de steek hebben gelaten.'

'Dat was te verwachten,' zei Grote Jim. 'Maar dat is tijdelijk. Ze komen heus wel terug als alles weer zijn gewone gangetje gaat en ze beseffen dat Dale Barbara niet een stel bloeddorstige kannibalen het dorp binnenhaalt om hen levend op te vreten.'

'Maar met die verrekte bezoekersdag...'

'Bijna iedereen zal zich morgen op zijn best gedragen, Pete, en als er een paar bij zijn die dat niet doen, hebben we daar vast wel genoeg agenten voor.'

'Wat doen we aan de persconf...'

'Zie je niet dat ik al genoeg aan mijn hoofd heb? Zie je dat niet, Pete? Allemachtig! Kom over een halfuur naar de vergaderkamer in het gemeentehuis en dan praten we over alles wat je maar wilt. Maar laat me nu alleen!'

'Natuurlijk. Sorry.' Pete deinsde terug. Zijn lichaam was net zo stijf en beledigd als zijn stem.

'Stop,' zei Rennie.

Randolph bleef staan.

'Je hebt me niet je deelneming betuigd met mijn zoon.'

'Ik... Ik vind het heel erg.'

Grote Jim mat Randolph met zijn ogen op. 'Dat is je geraden.'

Toen Randolph weg was, haalde Rennie de papieren uit de envelop, keek er even naar en stopte ze er weer in. Hij keek Carter met oprechte nieuwsgierigheid aan. 'Waarom heb je dit niet meteen aan me gegeven? Was je van plan het te houden?'

Nu hij de envelop had overgedragen, kon Carter alleen maar de waarheid vertellen. 'Ja. Een tijdje tenminste. Voor het geval dat.'
'Voor het geval wat?'
Carter haalde zijn schouders op.
Grote Jim ging er niet op in. Dat hoefde hij niet te doen, want hij was zelf ook iemand die altijd alle informatie bijhield over iedereen die hem problemen bezorgde. Iets anders interesseerde hem meer.
'Waarom veranderde je van gedachten?'
Opnieuw zag Carter geen andere mogelijkheid dan de waarheid. 'Omdat ik uw rechterhand wil zijn, baas.'
Grote Jim trok zijn borstelige wenkbrauwen op. 'O ja? Meer dan hij?' Hij wees naar de deur waardoor Randolph net was weggelopen.
'Hij? Hij is belachelijk.'
'Ja.' Grote Jim liet zijn hand op Carters schouder zakken. 'Dat is hij. Kom mee. Zodra we in het gemeentehuis zijn, verbranden we deze papieren in de haard van de vergaderkamer. Dat is het eerste wat we daar doen.'

7

Ze waren inderdaad hóóg. En afschuwelijk.
Barbie zag ze zodra de schok die door zijn armen ging, was weggetrokken. Eerst voelde hij een sterke aandrang om het kastje los te laten, maar hij verzette zich daartegen en hield vast, kijkend naar de wezens die hen gevangenhielden. En die hen kwelden omdat ze dat leuk vonden, als Rusty gelijk had.
Hun gezichten – als het inderdaad gezichten wáren – bestonden uit niets dan hoeken, maar die hoeken waren gecapitonneerd en leken van moment tot moment te veranderen, alsof de onderliggende realiteit geen vaste vorm had. Hij wist niet hoeveel het er waren of waar ze waren. Eerst dacht hij dat het er vier waren; toen acht; toen nog maar twee. Ze riepen een hevige walging bij hem op, misschien omdat ze zo bizar waren dat hij ze niet echt kon zien. Het deel van zijn hersens dat zintuiglijke indrukken interpreteerde kon de signalen die zijn ogen doorgaven niet decoderen.
Mijn ogen kunnen ze niet zien, niet echt, zelfs niet met een telescoop. Die wezens zijn een melkwegstelsel bij ons vandaan.
Er was geen reden om dat te weten – zijn gezond verstand gaf hem in dat de eigenaren van het kastje net zo goed een basis onder het ijs van de Zuid-

pool konden hebben of in hun versie van het ruimteschip *Enterprise* een baan om de maan konden beschrijven –, maar hij wist het. Ze waren thuis... wat voor hen ook 'thuis' mocht zijn. Ze keken toe. En ze genoten.

Dat moest wel, want die rotzakken lachten.

Toen was hij weer in de gymnastiekzaal in Fallujah. Het was warm, want er was geen airconditioning. Er waren alleen plafondventilatoren die de vieze, stinkende lucht eindeloos rond lieten gaan. Ze hadden meer mensen verhoord, maar ze hadden iedereen vrijgelaten, behalve twee Abduls die zo onverstandig waren geweest om zich te laten oppakken toen de dag daarvoor twee bermbommen zes Amerikanen het leven hadden gekost en een sluipschutter er nog één had gedood: een jongen uit Kentucky die door iedereen aardig werd gevonden – Carstairs. En dus hadden ze de Abduls door de gymzaal geschopt en hun kleren uitgetrokken. Barbie zou graag willen zeggen dat hij was weggelopen, maar dat had hij niet gedaan. Hij zou graag willen zeggen dat hij er niet aan had deelgenomen, maar dat had hij wel. Ze raakten door het dolle heen. Hij herinnerde zich dat hij tegen de knokige, met stront bevlekte reet van een van de Abduls had geschopt, en dat zijn militaire schoen daarop een rood spoor had achtergelaten. Beide Abduls waren inmiddels naakt. Hij herinnerde zich dat Emerson zo hard tegen de bungelende *cojones* van de andere had geschopt dat ze voor hem omhoogvlogen, en dat hij zei: '*Dat is voor Carstairs, rottige zandnikker.*' Kort daarna zou iemand Carstairs' moeder een vlag geven terwijl ze op een klapstoel bij het graf zat, hetzelfde oude liedje. En net op het moment dat Barbie zich herinnerde dat hij officieel de leiding van die mannen had, trok sergeant Hackermeyer een van de Abduls aan de losgewikkelde restanten van zijn *keffiyeh*, inmiddels zijn enige kledingstuk, omhoog en hield hem tegen de muur. Hackermeyer zette zijn pistool tegen het hoofd van de Abdul, en het was even stil, en niemand zei 'nee' in die stilte, en niemand zei 'niet doen' in die stilte, en toen haalde sergeant Hackermeyer de trekker over en spoot het bloed tegen de muur zoals het al minstens drieduizend jaar tegen de muur spoot, en dat was dan dat, dat was vaarwel, Abdul, vergeet niet te schrijven als je daar tussen het neuken van die maagden door nog even tijd voor hebt.

Barbie liet het kastje los en wilde opstaan, maar zijn benen weigerden dienst. Rusty pakte hem vast en hield hem overeind tot hij zijn evenwicht had hervonden.

'Jezus,' zei Barbie.

'Je hebt ze gezien, hè?'

'Ja.'

'Zijn het kinderen? Wat denk je?'

'Misschien wel.' Maar dat was niet goed genoeg. Dat geloofde hij niet in zijn hart. 'Waarschijnlijk.'

Ze liepen langzaam terug naar de anderen, die nog voor de boerderij bij elkaar stonden.

'Gaat het wel?' vroeg Rommie.

'Ja,' zei Barbie. Hij moest met de kinderen praten. En met Jackie. En ook met Rusty. Maar eerst moest hij herstellen van de schok.

'Weet je het zeker?'

'Ja.'

'Rommie, heb je nog meer van dat lood in je winkel?' vroeg Rusty.

'Ja. Ik heb het op het laadplatform laten staan.'

'Goed,' zei Rusty, en hij leende Julia's mobiele telefoon. Hij hoopte dat Linda thuis was, en niet in een verhoorkamer op het politiebureau, maar hopen was het enige wat hij kon doen.

8

Het telefoontje van Rusty was noodzakelijkerwijs kort, nog geen dertig seconden, maar voor Linda Everett was het lang genoeg om deze verschrikkelijke donderdag een draai van honderdtachtig graden naar schitterend zonlicht te laten maken. Ze ging aan de keukentafel zitten, sloeg haar handen voor haar gezicht en huilde. Ze deed dat zo zachtjes als ze kon, want er waren vier kinderen boven in plaats van twee. Ze had de kinderen Appleton mee naar huis genomen en had nu niet alleen twee J's maar ook twee A's.

Alice en Aidan waren helemaal ondersteboven – natuurlijk waren ze dat – maar het hielp dat ze nu bij Jannie en Judy waren. En het hielp ook dat ze veel Benadryl in huis had. Op verzoek van haar dochters had Linda slaapzakken in hun kamer gelegd, en ze lagen nu met zijn vieren op de vloer tussen de bedden te slapen, Judy en Aidan met hun armen om elkaar heen.

Net toen ze zelf enigszins van de schok was bekomen, werd er op de keukendeur geklopt. Eerst dacht ze dat het de politie was, al had ze die nog niet verwacht, met al dat bloedvergieten en de chaos in het dorp. Aan de andere kant klonk dat zachte geklop helemaal niet autoritair.

Ze liep naar de deur en pakte onderweg een vaatdoek van het eind van het aanrecht om haar gezicht af te vegen. Eerst herkende ze haar bezoeker niet, vooral omdat Thurston Marshalls haar anders was. Het zat niet meer in een staart, maar viel op zijn schouders en omlijstte zijn gezicht, zodat hij eruitzag als een oude wasvrouw die na een lange, zware dag heel slecht nieuws te horen had gekregen.

Linda maakte de deur open. Een ogenblik bleef Thurse staan. 'Is Caro dood?' Zijn stem was zacht en hees. *Alsof hij op Woodstock uit volle borst had meegezongen met Country Joe and the Fish en daarna nooit meer op stem was gekomen*, dacht Linda. 'Is ze echt dood?'

'Ik ben bang van wel,' zei Linda, die zelf ook zachtjes sprak vanwege de kinderen. 'Meneer Marshall, ik vind het verschrikkelijk.'

Een ogenblik bleef hij daar nog staan. Toen pakte hij de grijze lokken aan weerskanten van zijn gezicht vast en schommelde heen en weer. Linda geloofde niet in romances met zo'n groot leeftijdsverschil; wat dat betrof, was ze ouderwets. Ze zou Marshall en Caro Sturges hooguit twee jaar hebben gegeven, misschien maar zes maanden – zo lang als het duurde voor hun geslachtorganen uitgeblust raakten –, maar deze avond twijfelde ze niet aan de liefde van de man. En zijn verdriet.

Wat ze ook met elkaar hadden, het is intenser geworden door die kinderen. En ook door de Koepel. Het leven onder de Koepel maakte alles intenser. Linda had al het gevoel dat ze er niet dagen maar jaren onder hadden geleefd. De buitenwereld vervaagde als een droom na het wakker worden.

'Kom binnen,' zei ze. 'Maar weest u wel stil, meneer Marshall. De kinderen slapen. Die van mij en die van u.'

9

Ze gaf hem thee die in de zon getrokken was – niet koud, niet eens koel, maar het beste wat ze onder de omstandigheden te bieden had. Hij dronk de helft ervan, zette het glas neer en drukte zijn vuisten tegen zijn ogen, als een kind als het allang bedtijd is geweest. Linda begreep dat hij zijn best deed om zich te beheersen en wachtte rustig af.

Hij haalde diep adem, liet de lucht ontsnappen en greep in de borstzak van het oude blauwe werkoverhemd dat hij droeg. Hij haalde een reep ongelooid leer tevoorschijn en bond zijn haar in een staart. Ze vatte dat op als een goed teken.

'Vertel me wat er is gebeurd,' zei Thurse. 'En hoe het is gebeurd.'

'Ik heb het niet allemaal gezien. Iemand schopte me hard tegen mijn achterhoofd toen ik probeerde uw... Caro... uit de weg te trekken.'

'Maar ze is doodgeschoten door een van de politieagenten, nietwaar? Een van de agenten in dit schietgrage dorp dat zoveel van zijn politie houdt.'

'Ja.' Ze stak haar hand over de tafel uit en pakte zijn hand vast. 'Iemand riep "wapen". En er wás een wapen. Het was van Andrea Grinnell. Ik denk dat ze het naar de vergadering had meegenomen om Rennie te vermoorden.'

'Vindt u dat een rechtvaardiging voor wat er met Caro is gebeurd?'

'Welnee. En wat met Andrea is gebeurd is regelrechte moord.'

'Caro stierf toen ze de kinderen wilde beschermen, nietwaar?'

'Ja.'

'Kinderen die niet eens van haarzelf waren.'

Linda zei niets.

'Alleen waren ze dat wel. Van haar en van mij. Je kunt het de wisselvalligheden van de oorlog of van de Koepel noemen, maar in elk geval waren ze van ons, de kinderen die we anders nooit gekregen zouden hebben. En totdat de Koepel bezwijkt – als dat ooit gebeurt – zijn ze van mij.'

Linda dacht verwoed na. Was deze man te vertrouwen? Ze dacht van wel. In elk geval had Rusty hem vertrouwd. Rusty had gezegd dat de man een verdomd goede ziekenbroeder was voor iemand die zo lang uit de running was geweest. En Thurston verafschuwde degenen die hier onder de Koepel de leiding hadden. Daar had hij alle reden toe.

'Mevrouw Everett...'

'Alsjeblieft, zeg maar Linda.'

'Linda, mag ik op je bank slapen? Ik wil er graag zijn als ze vannacht wakker worden. Als ze niet wakker worden – en ik hoop van niet –, wil ik graag dat ze mij zien als ze morgenvroeg naar beneden komen.'

'Dat is goed. Dan ontbijten we met elkaar. Het wordt pap. De melk is nog niet zuur, al zal dat niet lang meer duren.'

'Dat klinkt goed. Als de kinderen hebben gegeten, heb je geen last meer van ons. Als je hier vandaan komt, moet je het me maar niet kwalijk nemen, maar ik heb mijn buik vol van Chester's Mill. Ik kan me er niet helemaal van losmaken, maar ik zal dat zo goed mogelijk doen. De enige ziekenhuispatiënt die er ernstig aan toe was, was Rennies zoon, en hij is vanmiddag vertrokken. Hij komt wel terug, die rottigheid die in zijn hoofd groeit zal hem dwingen terug te komen, maar voorlopig...'

'Hij is dood.'

Thurston keek niet erg verbaasd. 'Een beroerte, neem ik aan.'

'Nee. Doodgeschoten. In de gevangenis.'

'Ik zou graag zeggen dat ik het erg vond, maar ik vind het niet erg.'

'Ik ook niet,' zei Linda. Ze wist niet zeker wat Junior daar had gedaan, maar ze kon zich wel voorstellen welke draai de rouwende vader eraan zou geven.

'Ik ga met de kinderen terug naar het vakantiehuisje waar Caro en ik logeerden toen dit gebeurde. Het is daar rustig...'

'Ik weet het.'

'... en ik kan vast wel genoeg levensmiddelen vinden om het daar een tijdje te kunnen uithouden. Misschien een hele tijd. Misschien vind ik zelfs een huisje met een generator. Maar het dorpsleven...' Dat woord klonk satirisch. '... hoeft van mij niet meer. En voor Alice en Aidan ook niet.'

'Misschien weet ik een betere plaats om heen te gaan.'

'O ja?' En toen Linda niets zei, stak hij zijn hand over de tafel uit en raakte die van haar aan. 'Je moet toch iemand vertrouwen. Vertrouw mij dan maar.'

En dus vertelde Linda hem alles, ook dat ze loodplaten achter Burpees warenhuis vandaan moesten halen voordat ze het dorp verlieten om naar Black Ridge te gaan. Ze praatten met elkaar tot het bijna middernacht was.

10

Het noordelijke eind van de boerderij van McCoy was onbruikbaar – door de zware sneeuwval van de vorige winter lag het dak nu in de huiskamer –, maar aan de westkant was er een rustieke eetkamer die bijna zo lang was als een spoorwagen, en daar kwamen de vluchtelingen uit Chester's Mill bij elkaar. Barbie ondervroeg eerst Joe, Norrie en Benny over wat ze hadden gezien, of gedroomd, toen ze het bewustzijn verloren aan de rand van wat ze nu de gloedgordel noemden.

Joe herinnerde zich brandende pompoenen. Norrie zei dat alles zwart was geworden en dat de zon weg was. Benny beweerde eerst dat hij zich niets herinnerde. Toen sloeg hij zijn hand voor zijn mond. 'Er was geschreeuw,' zei hij. 'Ik hoorde geschreeuw. Het was erg.'

Ze dachten daar in stilte over na. Toen zei Ernie: 'Die brandende pompoenen helpen ons niet echt verder, als je dat bedoelt, Barbara. Waarschijnlijk ligt er een stapel van die dingen aan de zonkant van elke schuur in het dorp. Het is een goed pompoenenjaar.' Hij zweeg even. 'Tenminste, dat was het.'

'Rusty, wat hadden je dochters gedroomd?'

'Ongeveer hetzelfde,' zei Rusty, en hij vertelde hun wat hij zich kon herinneren.

'Hou Halloween tegen, hou de grote pompoen tegen,' mompelde Rommie.

'Zeg, ik zie een patroon,' zei Benny.

'Je meent het, Sherlock,' zei Rose, en ze lachten allemaal.

'Jouw beurt, Rusty,' zei Barbie. 'Wat gebeurde er toen jij hierheen ging en bewusteloos raakte?'

'Ik ben niet helemaal bewusteloos geraakt,' zei Rusty. 'En al die dingen kunnen voortkomen uit de druk waaronder we staan. Groepshysterie – inclusief groepshallucinaties – komt veel voor wanneer mensen onder spanning staan.'

'Dank u, doctor Freud,' zei Barbie. 'Vertel ons dan nu eens wat je zag.'

Rusty kwam zo ver als de hoge hoed met de patriottische strepen toen Lissa Jamieson uitroep: 'Dat is de pop op het gazon van de bibliotheek! Hij draagt een oud T-shirt van mij met een Warren Zevon-citaat erop...'

'"*Sweet Home Alabama, play that dead band song*",' zei Rusty. 'En plantenschopjes bij wijze van handen. Hoe dan ook, hij vloog in brand en toen, poefff, was hij weg. En dat lichte gevoel in mijn hoofd was ook weg.'

Hij keek naar hen. Hun grote ogen. 'Rustig, mensen. Waarschijnlijk heb ik die pop gezien voordat dit alles gebeurde en heeft mijn onderbewustzijn dat beeld gewoon weer opgehoest.' Hij wees met zijn vinger naar Barbie. 'En als je me nog eens doctor Freud noemt, krijg je een dreun.'

'Hád je die pop eerder gezien?' vroeg Piper. 'Bijvoorbeeld toen je je dochters van school haalde? Want de bibliotheek is recht tegenover het schoolplein.'

'Nee, niet dat ik me herinner.' Rusty voegde er niet aan toe dat hij de meisjes sinds het begin van de maand niet meer van school had gehaald, en hij betwijfelde of er toen al Halloweenpoppen in het dorp te zien waren geweest.

'Nu jij, Jackie,' zei Barbie.

Ze bevochtigde haar lippen. 'Is het echt zo belangrijk?'

'Ik denk van wel.'

'Mensen die in brand stonden,' zei ze. 'En rook, met vuur dat erdoorheen scheen bij elke beweging. De hele wereld leek in brand te staan.'

'Ja,' zei Benny. 'De mensen schreeuwden omdat ze in brand stonden. Nu weet ik het weer.' Hij drukte zijn gezicht abrupt tegen Alva Drakes schouder. Ze sloeg haar arm om haar zoon heen.

'Halloween is pas over vijf dagen,' zei Claire.

'Volgens mij niet,' zei Barbie.

11

De houtkachel in de hoek van de vergaderkamer in het gemeentehuis was stoffig en verwaarloosd maar nog bruikbaar. Grote Jim zorgde ervoor dat het rookkanaal openstond (het piepte roestig) en haalde toen Duke Perkins' papieren uit de envelop met de bloederige voetafdruk. Hij bladerde ze door, trok een vies gezicht bij wat hij zag en gooide ze in de kachel. De envelop hield hij.

Carter praatte door de telefoon met Stewart Bowie. Hij vertelde hem wat Grote Jim voor zijn zoon wilde en zei dat hij meteen aan het werk moest gaan. *Een goede jongen*, dacht Grote Jim. *Hij kan het nog ver brengen. Zolang hij niet vergeet aan wiens kant hij moet staan.* Mensen die dat vergaten, betaalden daar een prijs voor. Zoals Andrea Grinnell die avond had ondervonden.

Er lag een doosje lucifers op de plank naast de kachel. Grote Jim streek er een aan en hield hem bij de hoek van Duke Perkins' 'bewijsmateriaal'. Hij liet het kacheldeurtje open om het te zien verbranden. Dat was erg bevredigend.

Carter kwam naar hem toe. 'Ik heb Stewart Bowie onder de knop. Moet ik tegen hem zeggen dat u hem later terugbelt?'

'Geef maar aan mij,' zei Grote Jim, en hij stak zijn hand uit naar de telefoon.

Carter wees naar de envelop. 'Wilt u die er niet ook in gooien?'

'Nee. Ik wil dat je daar blanco papier uit het fotokopieerapparaat in doet.'

Het duurde even voor Carter het begreep. 'Ze was nu eenmaal een junk en hallucineerde maar wat?'

'Die arme vrouw,' beaamde Grote Jim. 'Ga naar de schuilkelder, jongen. Daar.' Hij wees met zijn duim naar een deur niet ver van de houtkachel. Die deur was bijna niet te zien, al zat er een oude metalen plaat op met zwarte driehoekjes tegen een gele achtergrond. 'Daar zijn twee kamers. Aan het eind van de tweede staat een kleine generator.'

'Oké...'

'Voor de generator zit een luik. Lastig te zien, maar je ziet het wel als je goed kijkt. Til het op en kijk naar binnen. Er moeten daaronder acht of tien flessen met gas staan. Die stonden er tenminste wel toen ik de laatste keer keek. Ga kijken en vertel me hoeveel het er zijn.'

Hij wachtte of Carter zou vragen waarom, maar dat deed Carter niet. Hij wilde alleen maar doen wat hem gezegd werd. En dus zei Grote Jim het hem.

'Eén waarschuwing, jongen. Zet alle puntjes op de i – dat is het geheim van succes. En je moet God natuurlijk ook aan je zijde hebben.'

Toen Carter weg was, drukte Grote Jim op de knop van de telefoon. Als Stewart er niet meer was, zou hij ervan lusten.

Stewart was er nog. 'Jim, ik vind het heel erg van je zoon,' zei hij. Als eerste – dat was een punt in zijn voordeel. 'We zullen voor alles zorgen. Ik denk aan een kist, model Eeuwige Rust – die is van eikenhout, goed voor duizend jaar.'

Neem een ander in de maling, dacht Grote Jim, maar hij zweeg.

'En we zullen ons beste werk leveren. Hij zal eruitzien alsof hij elk moment glimlachend wakker kan worden.'

'Dank je, vriend,' zei Grote Jim. *Dat is je geraden*, dacht hij.

'En nu over die inval van morgen,' zei Stewart.

'Daar belde ik je over. Je vraagt je af of het doorgaat. Ja, het gaat door.'

'Maar na alles wat er is gebeurd...'

'Er is niets gebeurd,' zei Grote Jim. 'En daar mogen we God voor danken. Zeg je daar amen op, Stewart?'

'Amen,' zei Stewart plichtsgetrouw.

'Het was alleen maar een superflop, veroorzaakt door een geestelijk gestoorde vrouw met een pistool. Ze zit nu vast wel aan het diner met Jezus en alle heiligen, want zij kon er allemaal ook niets aan doen.'

'Maar Jim...'

'Onderbreek me niet als ik praat, Stewart. Het kwam door haar medicijnverslaving. Daardoor waren haar hersenen verrot. De mensen zullen dat inzien als ze enigszins gekalmeerd zijn. Gelukkig hebben we hier in Chester's Mill verstandige, moedige mensen. Ik vertrouw erop dat ze zoals altijd doen wat goed is. Trouwens, op dit moment denken ze aan niets anders dan de ontmoeting met hun dierbaren. Onze operatie om twaalf uur gaat gewoon door. Jij, Fern, Roger. Melvin Searles. Fred Denton zal de leiding hebben. Hij mag nog vier of vijf mensen uitkiezen, als hij denkt dat hij ze nodig heeft.'

'Is hij het beste wat je hebt?' vroeg Stewart.

'Fred is goed,' zei Grote Jim.

'Waarom niet Thibodeau? Die jongen die altijd bij jou rondh...'

'Stewart Bowie, elke keer dat je je mond opendoet, valt de helft van je ingewanden eruit. Hou nou eens je mond en luister. We hebben het over een magere drugsverslaafde en een apotheker die nog geen boe zou durven roepen tegen een gans. Zeg je daar amen op?'

'Ja, amen.'

'Neem trucks van de gemeente. Ga naar Fred zodra we klaar zijn met dit gesprek – hij moet daar ergens zijn – en zeg tegen hem hoe het zit. Zeg tegen hem dat jullie je voor alle zekerheid goed moeten beschermen. We hebben al dat mooie spul van het ministerie van Binnenlandse Veiligheid in de achterkamer van het politiebureau – kogelvrije vesten en dat soort dingen –, dus laten we daar dan ook maar gebruik van maken. Dan gaan jullie daarheen en halen die kerels daar weg. We hebben dat propaan nodig.'

'En het lab? Ik dacht dat we het misschien in brand kunnen steken...'

'Ben je gék?' Carter, die net de kamer was binnengelopen, keek hem verrast aan. 'Met al die chemicaliën daar? De krant van dat mens van Shumway is tot daaraan toe; de opslagloods is heel andere koek. Kijk maar uit, jongen, anders ga ik nog denken dat jij net zo dom bent als Roger Killian.'

'Goed.' Stewart klonk mokkend, maar Grote Jim nam aan dat hij zou doen wat hem gezegd was. Hij had trouwens geen tijd meer voor hem; Randolph kon er elk moment zijn.

Er komt nooit een eind aan de stoet van dwergen, dacht hij.

'En laat me nu dan maar een "Loof de Heer" horen,' zei Grote Jim. Hij fantaseerde dat hij op Stewarts rug zat en zijn gezicht door het stof wreef. Het was een geweldig mooi beeld.

'Loof de Heer,' mompelde Stewart Bowie.

'Amen, broeder,' zei Grote Jim, en hij hing op.

12

Commandant Randolph kwam kort daarna binnen, moe maar niet ontevreden. 'Ik denk dat we een paar van de jongere rekruten voorgoed kwijt zijn – Dodson, Rawcliffe en de jongen van Richardson zijn weg –, maar de meeste anderen zijn er nog. En ik heb een paar nieuwelingen. Joe Boxer... Stubby Norman... Van Aubrey Towle wist je het al, geloof ik... Zijn broer is eigenaar van de boekwinkel.'

Grote Jim luisterde geduldig, zij het met maar een half oor. Toen Randolph eindelijk klaar was, schoof Grote Jim de DARTH VADER-envelop over de glanzende vergadertafel naar hem toe. 'Daar stond die arme Andrea mee te zwaaien. Kijk maar.'

Randolph aarzelde, boog toen de klemmetjes achterover en liet de inhoud uit de envelop glijden. 'Er zit alleen maar leeg papier in.'

'Zo is het. Als je morgen je troepen verzamelt – om zeven uur precies op het politiebureau, want geloof ome Jim nou maar als hij zegt dat de mieren heel vroeg de hoop uitgaan –, kun je ze laten weten dat die arme vrouw net zo gek was als de anarchist die president McKinley heeft doodgeschoten.'

'Is dat geen berg?' vroeg Randolph.

Grote Jim vroeg zich even af in welk uilskuikennest de kleine jongen van mevrouw Randolph was uitgebroed. Toen ging hij door. Hij zou die nacht geen acht uur slaap krijgen, maar met een beetje geluk werden het er vijf. En hij had het nodig. Zijn arme oude hart had het nodig.

'Gebruik alle politiewagens. Twee agenten per wagen. Zorg ervoor dat iedereen traangas en stroomstokken heeft. Maar als iemand met een vuurwapen schiet waar journalisten en camera's en de katoenplukkende buitenwereld bij zijn... Dan gebruik ik zijn darmen als bretels.'

'Ja.'

'Laat ze over de bermen van de 119 rijden, naast de menigte. Geen sirenes, maar wel zwaailichten.'

'Als bij een optocht,' zei Randolph.

'Ja, Pete, als bij een optocht. Laat de weg zelf aan de mensen over. Zeg tegen mensen in auto's dat ze die moeten achterlaten en verder moeten lopen. Gebruik je luidsprekers. Ik wil dat ze moe zijn als ze daar aankomen. Vermoeide mensen gedragen zich meestal beter.'

'Zouden we niet een paar agenten achter die ontsnapte gevangenen aan moeten sturen?' Hij zag Grote Jims ogen flikkeren en stak zijn hand omhoog. 'Ik vraag het maar, ik vraag het maar.'

'Ja, en je hebt recht op een antwoord. Per slot van rekening ben je de commandant van de politie. Dat is hij toch, Carter?'

'Ja,' zei Carter.

'Het antwoord is "nee", commandant Randolph, want... Luister nu goed... *Ze kunnen niet ontsnappen.* Er staat een Koepel om Chester's Mill heen en ze kunnen... *absolent... pertinuut...* níét ontsnappen. Kun je dat volgen?' Hij zag het bloed naar Randolphs wangen stijgen en zei: 'Denk nu goed na over je antwoord. Dat zou ík tenminste doen.'

'Ik kan het volgen.'

'Volg dan ook dit. Zolang Dale Barbara vrij rondloopt, om van zijn medesamenzweerder Everett nog maar te zwijgen, zullen de mensen des te meer bescherming van hun overheidsdienaren verwachten. En hoe druk we het ook hebben, we zullen hen niet teleurstellen, hè?'

Eindelijk begreep Randolph het. Hij mocht dan niet weten dat er niet alleen een berg was die McKinley heette maar dat er ook een president met die naam was geweest, maar hij begreep blijkbaar wel dat ze in veel opzichten liever een Barbie in de lucht hadden dan een Barbie in de hand.

'Ja,' zei hij. 'Dat zullen we niet. Zeg dat wel. Hoe zit het met de persconferentie? Als je die niet gaat doen, wil je dan iemand...'
'Nee, dat doe ik niet. Ik blijf hier op mijn post, waar ik thuishoor, en ik volg de ontwikkelingen. En de pers mag wat mij betreft een conferentie houden met de duizend mensen die zich daar aan de zuidkant van de gemeente staan te verdringen, als mensen die zich staan te vergapen bij een bouwterrein. En dan moeten ze maar zien dat ze chocola maken van het gewauwel dat ze te horen krijgen.'

'Sommige mensen zeggen misschien dingen die niet bepaald vleiend voor ons zijn,' zei Randolph.

Grote Jim keek hem met een kille glimlach aan. 'Daarom heeft God ons brede schouders gegeven, vriend. Trouwens, wat kan die bemoeizieke katoenplukkende Cox nou beginnen? Hier binnenmarcheren en ons afzetten?'

Randolph grinnikte plichtsgetrouw, wilde al naar de deur lopen, maar dacht toen aan iets anders. 'Er zullen daar een heleboel mensen zijn, en ook lange tijd. De militairen hebben verplaatsbare wc's aan hun kant gezet. Moeten wij ook niet zoiets aan onze kant doen? Ik denk dat we er een paar in de loods hebben staan. Vooral voor wegwerkers. Misschien kan Al Timmons...'

Grote Jim keek hem aan alsof hij dacht dat de nieuwe commandant van politie gek geworden was. 'Als het aan mij lag, zouden onze mensen veilig thuis zitten in plaats van het dorp uit te stromen als de Israëlieten uit Egypte.' Hij zweeg even om zijn woorden kracht bij te zetten. 'Als ze in hoge nood verkeren, moeten ze maar in het bliksemse bos gaan poepen.'

13

Toen Randolph eindelijk weg was, zei Carter: 'Als ik zweer dat ik niet aan het hielen likken ben, mag ik dan iets zeggen?'
'Ja, natuurlijk.'
'Ik vind het prachtig om u aan het werk te zien, meneer Rennie.'
Grote Jim grijnsde – een grote zonnige grijns die zijn hele gezicht liet stralen. 'Nou, je krijgt je kans nog wel, jongen. Je hebt al iets geleerd van de rest; leer het nu van mij het best.'
'Dat ben ik van plan.'
'Maar nu moet je me eerst een lift naar huis geven. Haal me morgenvroeg om precies acht uur op. We komen hierheen en kijken naar CNN, maar eerst

gaan we in het midden van het dorp naar de uittocht kijken. Eigenlijk is het triest; Israëlieten zonder Mozes.'

'Mieren zonder mierenhoop,' voegde Carter eraan toe. 'Bijen zonder korf.'

'Maar voordat je me oppikt, wil ik dat je bij twee mensen op bezoek gaat. Of het tenminste probeert. Ik heb met mezelf gewed dat ze gedeserteerd zijn.'

'Wie?'

'Rose Twitchell en Linda Everett. De vrouw van de dokter.'

'Ik weet wie ze is.'

'Je kunt ook naar Shumway gaan zoeken. Ik heb gehoord dat ze bij Libby heeft gelogeerd, de vrouwelijke dominee met de valse hond. Als je iemand van hen vindt, ondervraag je haar over de verblijfplaats van onze ontsnapte gevangenen.'

'Hard of zacht?'

'Gematigd. Ik vind het niet nodig dat Everett en Barbara meteen weer worden opgepakt, maar ik wil wel graag weten waar ze zijn.'

Op het trapje buiten ademde Grote Jim de vieze lucht diep in en slaakte toen een zucht van iets wat voor tevredenheid kon doorgaan. Carter voelde zich zelf ook tamelijk tevreden. Een week geleden had hij nog geluiddempers vervangen, met een beschermende bril op om te voorkomen dat roestvlokken van door zout aangetaste uitlaatsystemen in zijn ogen kwamen. En nu was hij een man met een positie, een man van gezag. Een beetje vieze lucht leek hem daar niet een te hoge prijs voor.

'Ik heb een vraag voor je,' zei Grote Jim. 'Als je geen antwoord wilt geven, is het ook goed.'

Carter keek hem aan.

'Dat meisje van Bushey,' zei Grote Jim. 'Hoe was ze? Was ze lekker?'

Carter aarzelde en zei toen: 'Eerst een beetje droog, maar ze was gauw genoeg gesmeerd.'

Grote Jim lachte. Het was een metaalachtig geluid, als dat van munten die in het bakje van een gokautomaat vallen.

14

Middernacht, en de roze maan zakte naar de horizon aan de kant van Tarker's Mills, waar hij tot de ochtend zou blijven hangen en in een geest van zichzelf zou veranderen alvorens definitief te verdwijnen.

Julia liep door de boomgaard naar het afhellende land van McCoy aan de westelijke kant van de Black Ridge. Ze vond het niet vreemd een donkerder schaduw tegen een van de bomen te zien zitten. Rechts van haar zond het kastje met het vreemde teken op de bovenkant elke vijftien seconden een flits uit: 's werelds kleinste, vreemdste vuurtoren.

'Barbie?' vroeg ze zacht. 'Hoe gaat het met Ken?'

'Die is naar San Francisco om in de Gay Pride-optocht mee te lopen. Ik heb altijd al geweten dat die jongen een homo is.'

Julia lachte, pakte zijn hand vast en kuste die. 'Mijn vriend, ik ben heel blij dat je in veiligheid bent.'

Hij nam haar in zijn armen en kuste haar op beide wangen voordat hij haar losliet. Kussen die net iets langer duurden. Echte. 'Ik ook.'

Ze lachte, maar er ging een beving door haar heen, vanaf haar hals tot haar knieën. Ze herkende dat gevoel maar had het lange tijd niet gehad. *Rustig maar, meisje*, dacht ze. *Hij is jong genoeg om je zoon te kunnen zijn.*

Nou, ja... als ze op haar dertiende zwanger was geworden.

'Iedereen slaapt,' zei Julia. 'Zelfs Horace. Hij is bij de kinderen. Ze hebben hem achter stokken aan laten rennen tot hij bijna met zijn tong op de grond liep. Hij zal wel in de zevende hemel zijn geweest.'

'Ik heb geprobeerd te slapen, maar het lukte niet.'

Twee keer had het weinig gescheeld of hij was in slaap gevallen, maar beide keren was hij opeens in het kippenhok terug geweest en had hij Junior Rennie voor zich zien staan. De eerste keer was Barbie gestruikeld in plaats van naar rechts uit te wijken en was hij languit op zijn bed gevallen: het perfecte doelwit. De tweede keer had Junior met een ontzettend lange plastic arm door de tralies gereikt en hem zo lang vastgehouden dat hij zich gewonnen had gegeven. Daarna was Barbie de schuur uitgegaan waar de mannen sliepen en was hij hierheen gegaan. De lucht rook nog steeds naar de kamer waar een verstokte roker zes maanden eerder was gestorven, al was hij beter dan de lucht in het dorp.

'Zo weinig lichtjes in het dorp,' zei ze. 'In een normale nacht zouden het er tien keer zoveel zijn, zelfs midden in de nacht. De straatlantaarns zouden op een dubbel parelsnoer lijken.'

'Daar staat dát dan tegenover.' Barbie had zijn arm om haar heen geslagen en wees met zijn andere hand omhoog naar de gloedgordel. Als die niet abrupt was opgehouden bij de Koepel, zou ze hebben gedacht dat hij een volmaakte cirkel vormde. Nu leek hij meer een hoefijzer.

'Ja. Waarom denk je dat Cox het er niet over heeft gehad? Ze moeten hem op hun satellietfoto's hebben gezien.' Ze dacht even na. 'In ieder geval heeft hij mij er niets over verteld. Misschien jou wel.'

'Nee, en dat zou hij echt wel hebben gedaan. Dat betekent dat ze hem niet kunnen zien.'

'Je denkt dat de Koepel... het licht wegfiltert?'

'Zoiets. Cox, de televisieploegen, de buitenwereld... Ze zien de gordel niet omdat ze hem niet hoeven te zien. Maar wij wel.'

'Zou Rusty dan gelijk hebben? Zijn we net mieren die door wrede kinderen met een vergrootglas worden gekweld? Wat voor intelligent volk zou zijn kinderen toestaan een ander intelligent volk zoiets aan te doen?'

'Wíj denken dat wij intelligent zijn, maar vinden zij dat ook? We weten dat mieren sociale insecten zijn: huizenbouwers, koloniestichters, geweldig goede architecten. Ze werken hard, net als wij. Ze begraven hun doden, net als wij. Ze hebben zelfs rassenoorlogen, de zwarte tegen de rode mieren. Dat weten we allemaal, maar toch geloven we niet dat mieren intelligent zijn.'

Ze sloeg haar arm strakker om hem heen, hoewel het niet koud was. 'Intelligent of niet, het deugt niet.'

'Dat ben ik met je eens. De meeste mensen zouden het met je eens zijn. Rusty wist het zelfs als kind. Maar de meeste kinderen hebben geen morele kijk op de wereld. Die ontwikkelt zich in de loop van de jaren. Als volwassene hebben de meesten van ons die kinderlijke dingen achter zich gelaten, zoals mieren verbranden met een vergrootglas of de vleugels van vliegen uittrekken. Waarschijnlijk geldt dat ook voor hún volwassenen. Dat wil zeggen, als ze ons al opmerken. Wanneer heb jij voor het laatst aandachtig naar een mierenhoop gekeken?'

'Evengoed... Als wij mieren op Mars vonden, of zelfs maar microben, zouden we ze niet vernietigen. Want het leven in het universum is zo'n zeldzaam goed. Alle andere planeten in ons stelsel zijn één grote woestenij.'

Barbie dacht dat als de NASA leven op Mars vond ze het geen enkel probleem zouden vinden het te vernietigen om het onder een microscoop te kunnen bestuderen, maar dat zei hij niet. 'Als we in wetenschappelijk opzicht verder waren – of in spiritueel opzicht, want dat heb je misschien juist nodig om reizen te maken door het heelal –, zouden we misschien zien dat er overal leven is. Dat er evenveel bewoonde werelden en intelligente levensvormen zijn als mierenhopen in deze gemeente.'

Lag zijn hand nu op de zijkant van haar borst? Ze geloofde van wel. Het was lang geleden dat daar de hand van een man had gelegen, en het voelde heel fijn aan.

'Ik weet alleen dat er andere werelden zijn dan de werelden die we hier op aarde met onze nietige telescoopjes kunnen zien. Of zelfs met de Hubble-telescoop. En... zíj zijn hier niet, weet je. Het is geen invasie. Ze kijken alleen maar. En... misschien... spelen ze.'

'Ik weet hoe dat is,' zei ze. 'Als er met me wordt gespeeld.'

Hij keek haar aan. Op kusafstand. Ze zou het niet erg vinden om gekust te worden; nee, helemaal niet.

'Wat bedoel je? Rennie?'

'Geloof je dat er bepaalde beslissende momenten in het leven van een mens zijn? Keerpunten die ons echt veranderen?'

'Ja,' zei hij, en hij dacht aan de gymnastiekzaal in Fallujah. De rode glimlach die zijn schoen op de bil van de Abdul had achtergelaten. Een doodgewone bil van een man die zijn doodgewone leventje leidde. 'Absoluut.'

'Dat van mij had ik in de vierde klas van de lagere school in Main Street.'

'Vertel eens.'

'Daar ben ik gauw klaar mee. Het was de langste middag van mijn leven, maar het is een kort verhaal.'

Hij wachtte.

'Ik was enig kind. Mijn vader was eigenaar van de plaatselijke krant – hij had twee verslaggevers en een advertentieverkoper, maar verder was het min of meer een eenmansbedrijfje, en zo had hij het ook graag. Er werd nooit aan getwijfeld dat ik het zou overnemen als hij ermee ophield. Hij geloofde dat, mijn moeder geloofde dat, mijn leraren geloofden dat, en natuurlijk geloofde ík het zelf ook. Mijn hele studie stond al vast. Ik zou niet naar iets tweederangs als de universiteit van Maine gaan, o nee, niet de dochter van Al Shumway. De dochter van Al Shumway ging naar Princeton. Toen ik in de vierde klas zat, hing er een Princeton-vaantje boven mijn bed en had ik mijn koffers bij wijze van spreken al gepakt.

Iedereen – ikzelf ook – aanbad de grond waarover ik liep. Dat wil zeggen: behalve de andere kinderen van de vierde klas. Indertijd begreep ik niet hoe dat kwam, maar nu vraag ik me af hoe het me kon ontgaan. Ik was degene die in de voorste rij zat en altijd mijn hand opstak als juf Connaught een vraag stelde, en dan was mijn antwoord altijd goed. Als het even kon, leverde ik mijn werk altijd van tevoren in en ik bood me ook aan voor extra werk. Ik was gek op hoge cijfers en probeerde ook vaak een wit voetje te halen. Toen juf Connaught een keer in de klas terugkwam nadat ze ons een paar minuten alleen had gelaten, had de kleine Jessie Vachon een bloedneus. Juf Connaught zei dat we allemaal moesten nablijven, tenzij iemand haar vertelde wie het had gedaan. Ik stak mijn hand op en zei dat het Andy Manning was. Andy had Jessie op haar neus gestompt omdat Jessie hem zijn gummetje niet wilde lenen. En ik zag daar niets verkeerds in, want het was de waarheid. Begrijp je wat ik bedoel?'

'Je komt heel helder over.'

'Die kleine episode was de druppel die de emmer deed overlopen. Niet lang daarna liep ik op een dag door het plantsoen naar huis toen een stel meisjes me opwachtte op de Peace Bridge. Ze waren met zijn zessen. De aanvoerster was Lila Strout, die nu Lila Killian is – ze is met Roger Killian getrouwd, en dat is haar verdiende loon. Laat je nooit door iemand wijsmaken dat volwassenen geen rancunes uit hun kindertijd meer hebben.

Ze namen me mee naar de muziektent. Eerst verzette ik me, maar toen stompten twee van hen me – Lila en Cindy Collins, de moeder van Toby Manning. En ze stompten me niet tegen mijn schouder, zoals kinderen meestal doen. Cindy raakte me op mijn wang, en Lila stompte me op mijn rechtertiet. Een pijn dat het deed! Ik begon net borsten te krijgen, en die deden ook al pijn als ze met rust werden gelaten.

Ik huilde. Dat is meestal het teken – in elk geval voor kinderen – dat het ver genoeg is gegaan. Maar die dag niet. Toen ik schreeuwde, zei Lila: "Hou je bek, anders wordt het nog erger." Er was ook niemand om ze tegen te houden. Het was een koude middag met motregen, en wij waren de enigen op het plantsoen.

Lila sloeg me zo hard op mijn gezicht dat mijn neus begon te bloeden en zei: "Klikspaan, boterspaan, je mag niet door mijn straatje gaan." En de andere meisjes lachten. Ze zeiden dat ze het deden omdat ik Andy had verraden, en op dat moment geloofde ik dat ook, maar nu zie ik in dat het door alles kwam, tot en met mijn rokken, blouses en zelfs haarlinten die allemaal bij elkaar pasten. Zij droegen kleren; ik had outfits. Andy was alleen maar de laatste druppel.'

'Hoe erg was het?'

'Ze sloegen me. Trokken aan mijn haar. En... ze spuwden op me. Allemaal. Dat deden ze toen mijn benen onder me waren bezweken en ik op het podium van de muziektent was gevallen. Ik huilde keihard en ik had mijn handen voor mijn gezicht, maar ik voelde het. Spuug is warm, weet je dat?'

'Ja.'

'Ze zeiden dingen als "lieverdje van de juf" en "neus in de wind" en "kouwe kak". En toen ik dacht dat ze klaar waren, zei Corrie Macintosh: "Hé, we trekken haar broek uit!" Want ik had die dag een broek aan, een mooie die mijn moeder uit een catalogus had besteld. Ik vond hem prachtig. Voor mijn gevoel was dit het soort broek dat studentes op Princeton droegen.

Ik verzette me toen nog meer, maar natuurlijk wonnen zij. Met zijn vieren hielden ze me vast, terwijl Lila en Corrie mijn broek uittrokken. Toen lachte Cindy Collins. Ze wees naar me en zei: "Ze heeft die stomme Poehbeer op haar onderbroek!" En dat was ook zo, samen met Iejoor en Roe. Ze lachten allemaal, en... Barbie... ik werd kleiner... en kleiner... en kleiner. Totdat de vloer van de muziektent een onmetelijk grote vlakke woestijn was en ik een insect was dat middenin zat en geen kant op kon. Ik ging gewoon dóód.'

'Met andere woorden: als een mier onder een vergrootglas.'

'O nee! Nee, Barbie! Het was kóúd, niet heet. Ik had het íjskoud. Ik had kippenvel op mijn benen. Corrie zei: "Ook haar onderbroek uit!", maar zo ver wilden ze net niet gaan. Je zou kunnen zeggen dat ze voor het op één na beste kozen: Lila pakte mijn mooie broek en gooide hem op het dak van de muziektent. Daarna gingen ze weg. Lila was de laatste die wegging. Ze zei: "Als je dit ook verklikt, neem ik het mes van mijn broer en snijd ik je stomme neus eraf."

'Hoe ging het verder?' vroeg Barbie. En ja, zijn hand lag beslist op de zijkant van haar borst.

'Eerst was ik alleen maar een angstig klein meisje dat ineengedoken op het podium zat. Ik vroeg me af hoe ik thuis kon komen zonder dat het halve dorp me in mijn domme kleuterondergoed zag. Ik voelde me het kleinste, domste meisje van de hele wereld. Ten slotte besloot ik te wachten tot het donker was. Mijn vader en moeder zouden zich zorgen maken en misschien zelfs de politie bellen, maar dat kon me niet schelen. Ik zou wachten tot het donker was en dan door kleine straatjes naar huis sluipen. Als er iemand aankwam, zou ik me achter een boom verstoppen.

Ik ben waarschijnlijk even ingedommeld, want plotseling stond Kayla Bevins naast me. Ze had met de rest meegedaan. Ze had me geslagen, aan mijn haar getrokken en me bespuwd. Ze had niet zoveel gezegd als de rest, maar ze had wel meegedaan. Ze had geholpen me vast te houden toen Lila en Corrie mijn broek uittrokken, en toen ze zag dat een van de pijpen van mijn broek van de rand van het dak afhing, was Kayla erheen gelopen om hem helemaal naar boven te gooien, zodat ik er niet bij kon.

Ik smeekte haar me niets meer te doen. Ik was mijn trots en waardigheid al kwijt. Ik smeekte haar mijn onderbroek niet uit te trekken. Toen smeekte ik haar me te helpen. Ze stond daar maar en luisterde, alsof ik lucht voor haar was. Ik was ook echt lucht voor haar. Dat wist ik op dat moment. Ik denk dat ik het in de loop van de jaren ben vergeten, maar door de Koepel ben ik aan die elementaire waarheid herinnerd.

Ten slotte wist ik niets meer te zeggen en bleef ik alleen liggen snotteren. Ze keek nog even naar me en trok toen haar trui uit. Het was een flodderig oud bruin ding dat bijna tot haar knieën hing. Ze was groot en het was een grote trui. Ze gooide hem op me en zei: "Draag hem naar huis. Het lijkt net een jurk."

Dat was alles wat ze zei. En hoewel ik nog acht jaar met haar op school heb gezeten – helemaal tot het eindexamen van de middelbare school –, hebben we nooit meer met elkaar gepraat. Toch hoor ik het haar soms in mijn dromen weer zeggen: *'Trek hem aan om naar huis te gaan. Het lijkt net een jurk.'* En dan zie ik haar gezicht weer. Dat gezicht drukt geen haat of woede uit, maar ook geen medelijden. Ze deed het niet uit medelijden, en ook niet om me mijn mond te laten houden. Ik weet niet waarom ze het deed. Ik weet zelfs niet waarom ze is teruggekomen. Jij wel?'

'Nee,' zei hij, en hij kuste haar mond. Het was kort maar warm en vochtig en geweldig.

'Waarom deed je dat?'

'Omdat je ernaar uitzag dat je het nodig had, en ik weet dat ik het nodig had. Wat gebeurde er toen, Julia?'

'Ik trok die trui aan en liep naar huis – wat anders? En daar zaten mijn ouders op me te wachten.'

Ze stak haar kin trots naar voren.

'Ik heb ze nooit verteld wat er is gebeurd, en ze zijn er nooit achtergekomen. Ongeveer een week lang zag ik de broek als ik naar school ging. Hij lag op het lage puntdak van de muziektent. En elke keer schaamde ik me dood. Op een dag was hij weg. Toen was het verdriet niet helemaal verdwenen, maar daarna had ik er wel iets minder last van.

Ik heb die meisjes nooit verraden, al was mijn vader woedend en gaf hij me huisarrest tot juni – ik mocht wel naar school maar nergens anders heen. Het werd me zelfs verboden mee te gaan met het klassenuitje naar het Portland Museum of Art, waarop ik me het hele jaar had verheugd. Hij zei tegen me dat ik mee mocht en ook verder weer overal heen mocht, als ik de namen noemde van de kinderen die me hadden "mishandeld". Zo noemde hij het. Maar ik wilde die namen niet noemen, en niet alleen omdat het zo ongeveer de kinderversie van de geloofsbelijdenis van de apostelen is dat je niemand verklikt.'

'Je deed het omdat je diep in je hart vond dat je je verdiende loon had gekregen.'

'"Verdiend" is het woord niet. Ik dacht dat ik had geboet voor wat ik had gedaan, en dat is heel wat anders. Daarna veranderde mijn leven. Ik haalde nog steeds hoge cijfers, maar ik stak mijn hand niet meer zo vaak op. Ik deed nog wel mijn best voor die cijfers, maar sloofde me niet meer zo uit. Ik had de beste van mijn jaar kunnen worden en de afscheidsrede mogen houden, maar in het tweede semester van mijn laatste jaar deed ik een stapje terug. Net genoeg om er voor te zorgen dat Carlene Plummer won en niet ik. Ik wilde niet. Niet de toespraak, niet de aandacht die daarmee gepaard ging. Ik maakte in die tijd wel vrienden, de besten in de rookruimte achter de school.

Toen kwam de grootste verandering: ik wilde aan de universiteit van Maine gaan studeren en niet naar Princeton... waar ik wel was aangenomen. Mijn vader raasde en tierde. Zijn dochter ging niet naar een gesubsidieerde boerenuniversiteit! Maar ik hield voet bij stuk.'

Ze glimlachte.

'Tot op zekere hoogte. Maar ja, het compromis is dan ook het geheime ingrediënt van de liefde, en ik hield heel veel van mijn vader. Ik hield van hen beiden. Ik was van plan geweest naar de universiteit van Maine in Orono te gaan, maar in de zomer na mijn eindexamen deed ik op het laatste moment een aanvraag voor Bates – wat ze een aanvraag wegens bijzondere omstandigheden noemen – en werd daar aangenomen. Vanwege die late aanvraag was het collegegeld hoger, en van mijn vader moest ik het verschil mett geld van mijn eigen bankrekening betalen, maar dat wilde ik graag, want er heerste nu eindelijk een zekere mate van vrede bij ons thuis, na zestien maanden van schermutselingen tussen het land van Sturende Ouders en het kleinere maar goed versterkte vorstendom van Vastbesloten Tiener. Ik zei dat ik journalistiek als hoofdvak koos, en daarmee was de breuk geheeld die eigenlijk was ontstaan op die dag in de muziektent. Mijn ouders hebben alleen nooit geweten waarom. Ik ben hier niet in Chester's Mill vanwege die dag – mijn toekomst bij *The Democrat* was min of meer voorbestemd –, maar het komt voor een groot deel door die dag dat ik ben die ik ben.'

Ze keek weer naar hem op, weliswaar met betraande ogen, maar toch uitdagend. 'Maar ik ben geen mier. Ik ben géén mier.'

Hij kuste haar opnieuw. Ze sloeg haar armen strak om hem heen en gaf minstens zoveel terug als ze kreeg. En toen zijn hand haar bloesje uit haar broeksband trok en omhooggleed om haar borst te omvatten, stak ze haar tong in zijn mond. Toen ze zich van elkaar losmaakten, ging haar ademhaling sneller.

'Wil je?' vroeg hij.

'Ja. Jij?'

Hij pakte haar hand vast en legde hem op zijn spijkerbroek, waar inmiddels duidelijk was geworden hoe graag hij wilde.

Even later verhief hij zich boven haar, rustend op zijn ellebogen. Ze nam hem in haar hand om hem naar binnen te leiden. 'Rustig aan met mij, kolonel Barbara. Ik ben bijna vergeten hoe het gaat.'

'Het is net als fietsen,' zei Barbie.

Hij bleek gelijk te hebben.

15

Na afloop lag ze met haar hoofd op zijn arm en keek naar de roze sterren. Ze vroeg waaraan hij dacht.

Hij zuchtte. 'De dromen. De visioenen. De wat-het-ook-zijn. Heb je je telefoon bij je?'

'Altijd. En de accu houdt het nog steeds vol, al weet ik niet hoe lang nog. Wie wil je bellen? Cox, neem ik aan.'

'Goed geraden. Heb je zijn nummer in het geheugen zitten?'

'Ja.'

Julia pakte haar uitgetrokken broek en haalde de telefoon van haar riem. Ze belde het nummer van Cox en gaf de telefoon aan Barbie, die bijna meteen begon te praten. Blijkbaar had Cox direct opgenomen.

'Hallo, kolonel. Met Barbie. Ik ben vrij. Ik ga een risico nemen en je vertellen waar we zijn. Als Rennie mobiele gesprekken kan afluisteren, kunnen we het toch wel schudden. Het is Black Ridge. De oude boomgaard van McCoy. Heb je dat op je... Je hebt het. Natuurlijk. En je hebt ook satellietbeelden van de gemeente, nietwaar?'

Hij luisterde en vroeg toen aan Cox of op die beelden een hoefijzer van licht rondom de heuvel te zien was, eindigend bij de grens met de TR-90. Cox antwoordde ontkennend. Julia zag aan Barbies gezicht dat de kolonel om bijzonderheden vroeg.

'Niet nu,' zei Barbie. 'Op dit moment moet je iets voor me doen, Jim, en hoe eerder, hoe beter. Je hebt een paar Chinook-helikopters nodig.'

Hij vertelde wat hij wilde. Cox luisterde en gaf toen antwoord.

'Ik kan het nu niet meteen uitleggen,' zei Barbie, 'en waarschijnlijk zou er toch niet veel van te begrijpen zijn. Neem nou maar van mij aan dat er hier heel rare dingen gebeuren, en ik denk dat het ergste nog moet komen. Misschien pas met Halloween, als we geluk hebben. Maar ik denk niet dat we geluk zullen hebben.'

16

Terwijl Barbie met kolonel James Cox in gesprek was, zat Andy Sanders tegen de zijkant van de opslagloods achter het radiostation wcik. Hij keek naar de abnormale sterren en was zo high als een kanarie, zo blij als een kind, zo kalm als een beschuitje, en zo waren er nog wel meer vergelijkingen mogelijk. Toch stroomde een diepe droefheid – merkwaardig rustig, bijna troostend – als een krachtige ondergrondse rivier onder dat alles door. In zijn hele prozaïsche, praktische, dagelijkse leven had hij nooit een voorgevoel gehad, maar nu had hij er wel een. Dit was zijn laatste nacht op aarde. Als de bittere mannen kwamen, zouden Chef Bushey en hij sterven. Zo simpel was het, en eigenlijk was het helemaal niet zo erg.

'Ik zit toch al in een bonusronde,' zei hij. 'Al sinds ik bijna die pillen nam.'

'Wat zei je, Sanders?' Chef kwam vanachter het radiostation over het pad aangeslenterd. Hij scheen met zijn zaklantaarn net voor zijn blote voeten. De pyjamabroek met de kikkers hing nog losjes om zijn knokige heupen, maar hij droeg nu iets nieuws: een groot wit kruis. Het hing aan een riempje van ongelooid leer om zijn hals. Aan zijn schouder hing GODS KRIJGER. Met nog zo'n riempje van ongelooid leer hingen twee granaten aan de kolf. In de hand zonder zaklantaarn had hij de garagedeuropener.

'Niets, Chef,' zei Andy. 'Ik praatte alleen in mezelf. Blijkbaar ben ik tegenwoordig de enige die luistert.'

'Dat is gelul, Sanders. Volslagen, complete lullificatie. Gód luistert. Hij luistert zielen af zoals de FBI telefoons afluistert. En ik luister ook.'

De schoonheid daarvan – de troost – deed dankbaarheid opwellen in Andy's hart. Hij hield Chef de pijp voor. 'Neem een trek. Dat is niet gek.'

Chef liet een schor lachje horen, nam een diepe trek, hield de rook binnen en hoestte hem toen uit. 'Bazzzoemmm!' zei hij. 'Gods kracht! Gods kracht en mácht, Sanders!'

'Gelijk heb je,' beaamde Andy. Dat zei Dodee altijd, en bij de gedachte aan haar brak zijn hart weer. Hij streek over zijn ogen. 'Waar heb je dat kruis vandaan?'

Chef wees met de zaklantaarn naar het radiostation. 'Coggins heeft daar een kantoor. Het kruis lag in zijn bureau. De bovenste la zat op slot, maar ik heb hem opengebroken. Weet je wat er nog meer in zat, Sanders? Zo ongeveer het góórste rukmateriaal dat ik ooit heb gezien.'

'Kinderen?' vroeg Andy. Het zou hem niet verbazen. Als een prediker in de ban van de duivel raakte, viel hij vaak diep. Diep genoeg om een hoge hoed op te zetten en onder een ratelslang weg te kruipen.

'Erger, Sanders.' Hij dempte zijn stem. 'Oosterlingen.'

Chef pakte Andy's AK-47 op, die over Andy's dijen had gelegen. Hij scheen met de zaklantaarn op de kolf, waarop Andy met een markeerstift van het radiostation zorgvuldig CLAUDETTE had geschreven.

'Mijn vrouw,' zei Andy. 'Ze was het eerste slachtoffer van de Koepel.'

Chef pakte hem bij zijn schouder vast. 'Het is goed van je dat je nog aan haar denkt, Sanders. Ik ben blij dat God ons bij elkaar heeft gebracht.'

'Ik ook.' Andy nam de pijp terug. 'Ik ook, Chef.'

'Je weet wat er morgen waarschijnlijk gaat gebeuren, hè?'

Andy greep de kolf van CLAUDETTE vast. Dat was voldoende antwoord.

'Ze zullen kogelvrije vesten dragen, dus als het oorlog wordt, moet je op het hoofd mikken. En niet schot voor schot; sproei ze eronder. En als het erop lijkt dat ze het van ons gaan winnen... Je weet wat er dan komt, hè?'

'Ja.'

'Tot het eind, Sanders?' Chef hield de garagedeuropener voor zijn gezicht en scheen er met de zaklantaarn op.

'Tot het eind,' beaamde Andy. Hij tikte even met de loop van CLAUDETTE tegen de deuropener.

17

Ollie Dinsmore ontwaakte met een ruk uit een nare droom. Hij wist dat er iets mis was. Hij keek vanuit zijn bed naar het fletse en op een of andere manier ook vuile eerste ochtendlicht dat door het raam naar binnen gluurde en probeerde zichzelf ervan te overtuigen dat het alleen door de droom kwam, door die nare nachtmerrie die hij zich net niet meer voor de geest kon halen. Hij herinnerde zich alleen vuur en geschreeuw.

Niet zomaar geschreeuw. Gekrijs.

Zijn goedkope wekker stond te tikken op het nachtkastje. Hij pakte hem op. Kwart voor zes en geen geluiden van zijn vader die in de keuken rondstommelde. Nog veelzeggender: geen koffiegeur. Zijn vader was altijd al op en aangekleed om uiterlijk kwart over vijf ('Koeien wachten niet,' was Alden Dinsmores favoriete schrifttekst), en om halfzes stond er altijd koffie te pruttelen.

Deze morgen niet.

Ollie stond op en trok de spijkerbroek van de vorige dag aan. 'Pa?'

Geen antwoord. Alleen het tikken van de klok en – in de verte – het loeien van een ontevreden koe. De jongen werd bang. Hij zei tegen zichzelf dat daar geen reden voor was, dat hun gezin – nog maar een week geleden helemaal intact en volkomen gelukkig – alle tragedies te verduren had gekregen die God toestond, tenminste voor een tijdje. Dat zei hij tegen zichzelf, maar hij geloofde het zelf niet.

'Papa?'

De generator achter het huis draaide nog en toen hij in de keuken kwam, zag hij het groene digitale schermpje boven het gasstel en de magnetron, maar het koffiezetapparaat stond er donker en leeg bij. In de huiskamer was ook niemand. Zijn vader had tv gekeken toen Ollie de vorige avond naar bed ging, en die stond nog aan, zij het met het geluid uit. Een kerel met het gezicht van een oplichter liet de nieuwe, verbeterde ShamWow zien. 'Je geeft veertig dollar per maand aan keukenpapier uit en je gooit je geld weg,' zei het oplichtertype uit die andere wereld, waar zulke dingen misschien van belang waren.

Hij is de koeien aan het voeren. Dat is alles.

Maar zou hij dan niet de tv hebben uitgezet om elektriciteit te sparen? Ze hadden een grote propaantank, maar die raakte ook een keer leeg. 'Pá?'

Nog steeds geen antwoord. Ollie liep naar het raam en keek naar de stal. Daar was niemand. Hij maakte zich steeds meer zorgen en liep door de achtergang naar de kamer van zijn ouders. Hij wilde aankloppen, maar dat was niet nodig, want de deur stond open. Het grote tweepersoonsbed was een ravage (zijn vaders netheid leek altijd van hem af te vallen zodra hij de stal verliet), maar het was leeg. Ollie wilde zich net omdraaien toen hij iets zag wat hem doodsbang maakte. Zolang Ollie zich kon herinneren had hier een trouwfoto van Alden en Shelley aan de muur gehangen. Die was nu weg. Er zat een lichte rechthoek op de plek waar de foto had gehangen.

Dat is niet iets om bang van te worden.

Maar dat was het wel.

Ollie liep verder door de gang. Er was nog één deur. Die had het afgelopen jaar opengestaan maar was nu dicht. Er was met een punaise iets geels opgeprikt. Een briefje. Al voordat hij dichtbij genoeg was om het te lezen, herkende Ollie het handschrift van zijn vader. Dat was te begrijpen. Als Rory en hij uit school kwamen, hadden er altijd briefjes met dat grove handschrift op hen liggen wachten, en die eindigden altijd op dezelfde manier.

Veeg de stal en ga dan spelen. Wied de tomaten en de bonen en ga dan spelen. Haal de was van je moeder binnen en let erop dat je het niet door de modder laat slepen. En ga dan spelen.

Het spelen is voorbij, dacht Ollie somber.

Toen kwam er een hoopvolle gedachte bij hem op: misschien droomde hij. Was dat niet mogelijk? Nadat zijn broer door een teruggekaatste kogel om het leven was gekomen en zijn moeder zelfmoord had gepleegd, kon hij toch wel dromen dat hij wakker werd in een leeg huis?

De koe loeide weer, en zelfs dat klonk als een geluid uit een droom.

De kamer achter de deur met het briefje was van opa Tom geweest. Die had aan de slepende ellende van hartinsufficiëntie geleden en was bij hen komen wonen toen hij zich niet meer kon redden. Een tijdlang had hij naar de keuken kunnen strompelen om met het gezin mee te eten, maar uiteindelijk was hij bedlegerig geworden, eerst met een plastic dingetje dat in zijn neus was gestoken – iets met een moeilijke naam– en toen het grootste deel van de tijd met een plastic masker over zijn gezicht. Rory zei een keer dat hij daardoor op de oudste astronaut ter wereld leek, waarop ma hem een klap in zijn gezicht had gegeven.

Uiteindelijk hadden ze om beurten zijn zuurstoffles verwisseld, en op een avond had ma hem dood op de vloer gevonden, alsof hij had geprobeerd op te staan en daaraan was gestorven. Ze had Alden geroepen. Die kwam, keek, luisterde naar de borst van de oude man en zette de zuurstof uit. Shelley Dinsmore huilde. Sindsdien was de kamer bijna niet meer gebruikt.

Op het briefje op de deur stond: '*Sorry. Ga naar dorp Ollie. De Morgans of Dentons of dom Libby nemen je wel op.*'

Ollie keek een hele tijd naar het briefje en draaide toen de knop om met een hand die niet meer van hemzelf leek te zijn. Hij hoopte dat het er niet lelijk zou uitzien.

Het viel mee. Zijn vader lag met samengevouwen handen op opa's bed. Zijn haar was gekamd zoals hij het kamde wanneer hij naar het dorp ging. Hij hield de trouwfoto vast. Een van opa's oude groene zuurstofflessen stond nog in de hoek; Alden had zijn Red Sox-pet, die met KAMPIOEN WORLD SERIES, over de afsluiter gehangen.

Olie schudde aan de schouder van zijn vader. Hij rook drank, en enkele seconden lang leefde er weer hoop (altijd koppig, soms lastig) in zijn hart op. Misschien was zijn vader alleen maar dronken.

'Pa? Papa? Wakker worden!'

Ollie voelde geen adem op zijn wang en zag nu dat de ogen van zijn vader niet helemaal dicht waren; kleine halvemaantjes van wit gluurden tussen de oogleden door. Er hing de geur die zijn moeder altijd *eau de pies* noemde.

Zijn vader had dan wel zijn haar gekamd, maar toen hij lag te sterven, had hij net als wijlen zijn vrouw in zijn broek gepist. Ollie vroeg zich af of hij geen zelfmoord zou hebben gepleegd als hij dat van tevoren had geweten.

Hij liep langzaam achteruit bij het bed vandaan. Nu hij het gevoel wilde hebben dat het een nare droom was, had hij dat niet. Hij had een nare realiteit, en daar kon je niet uit ontwaken. Zijn maag trok zich samen en er steeg een vieze vloeistof naar zijn keel op. Hij rende naar de badkamer, waar hij opeens tegenover een indringer met felle ogen stond. Bijna schreeuwde hij het uit, maar toen herkende hij zichzelf in de spiegel boven de wastafel.

Hij knielde bij het toilet neer, greep zich vast aan wat Rory en hij opa's kreupelstangen hadden genoemd en braakte. Toen hij het kwijt was, spoelde hij door (dankzij de generator en een goede diepe put kon hij nog doorspoelen), liet de bril zakken en ging er bevend op zitten. In de wasbak naast hem lagen twee van opa Toms pillenpotjes en een Jack Daniels-fles. Ze waren alle drie leeg. Ollie pakte een van de pillenpotjes op. Op het etiket stond PERCOCET. Hij keek niet naar het andere.

'Ik ben nu alleen,' zei hij.

De Morgans of de Dentons of dom Libby nemen je wel op. De Morgans of de Dentons of dom Libby nemen je wel op.

Maar hij wilde niet worden opgenomen – het klonk alsof hij naar het ziekenhuis moest. Soms had hij een hekel aan deze boerderij gehad, maar hij had er altijd nog veel meer van gehouden. De boerderij had hem te pakken. De boerderij, de koeien, de houtstapel. Ze waren van hem en hij was van hen. Hij wist dat, zoals hij ook wist dat Rory zou zijn weggegaan om aan een schitterende, succesvolle carrière te beginnen, eerst op de universiteit en dan in een stad ver weg, waar hij naar de schouwburg en kunstgalerieën en zo zou gaan. Zijn kleine broertje was pienter genoeg geweest om het in de grote wereld tot iets te brengen; Ollie zelf zou misschien net slim genoeg zijn geweest om de bankleningen en creditcards de baas te blijven, maar daarmee hield het op.

Hij besloot naar buiten te gaan en de koeien te voeren. Hij zou ze een dubbele portie geven, als ze dat wilden eten. Misschien waren er zelfs een paar bij die gemolken wilden worden. In dat geval nam hij misschien een beetje zo uit de tiet, net als toen hij nog klein was.

Daarna zou hij zo ver het grote veld ingaan als het kon, en stenen naar de Koepel gooien totdat de mensen kwamen voor het bezoek van hun familie. *Veel poespas*, zou zijn vader hebben gezegd. Maar Ollie wilde niemand spreken, behalve misschien soldaat Ames uit South Carolina. Hij wist dat tante Lois en oom Scooter misschien zouden komen – die woonden dichtbij in New Gloucester –, maar wat zou hij in dat geval tegen hen zeggen? *'Hallo, oom, ze zijn allemaal dood, behalve ik, bedankt voor je komst.'*

Nee, zodra de mensen van buiten de Koepel kwamen, zou hij naar de plaats gaan waar ma begraven was en daar een nieuwe kuil graven. Dat zou hem bezighouden, en als het dan bedtijd was, zou hij misschien kunnen slapen.

Het zuurstofmasker van opa Tom hing aan de haak in de badkamerdeur. Ollies moeder had het zorgvuldig gewassen en daar neergehangen; wie wist waarom? Nu hij dat ding zag hangen, drong de waarheid eindelijk in volle hevigheid tot hem door. Het was net een piano die op een marmeren vloer dreunde. Ollie sloeg zijn handen voor zijn gezicht en wiegde luidkeels huilend heen en weer op de wc-bril.

18

Linda Everett pakte twee katoenen draagtassen vol blikjes op, zette ze bijna bij de keukendeur, maar liet ze toen in de provisiekast staan totdat Thurse, de kinderen en zij klaar waren om te vertrekken. Toen ze de jongen van Thibodeau over het pad zag aankomen, was ze blij dat ze dat had gedaan. Die jongeman maakte haar doodsbang, maar ze zou nog veel meer te vrezen hebben gehad als hij twee tassen vol soep, bonen en tonijn had gezien.

'*Gaat u weg, mevrouw Everett? Laten we het daar even over hebben.*'

Nu was er het probleem dat van alle nieuwe agenten die Randolph had aangenomen alleen Thibodeau slim was.

Waarom had Rennie niet Searles kunnen sturen?

Omdat Melvin Searles dom was. Zo eenvoudig lag het.

Ze keek door het keukenraam naar de achtertuin en zag Jannie en Alice op de schommels zitten, geduwd door Thurston. Audrey lag dichtbij met haar snuit op haar poot. Judy en Aidan waren in de zandbak. Judy had haar arm om Aidan heen en troostte hem blijkbaar. Linda vond dat geweldig van haar. Ze hoopte dat ze Carter Thibodeau tevreden kon stellen en de deur uit kon krijgen voordat de vijf mensen in de tuin zelfs maar wisten dat hij geweest was. Ze had niet meer geacteerd sinds ze in haar studietijd Stella had gespeeld in *A Streetcar Named Desire*, maar deze ochtend zou ze weer op het toneel staan. De enige goede recensie bestond uit haar vrijheid en die van de mensen in de tuin.

Ze liep vlug door de huiskamer terug en trok een zo zorgelijk mogelijk gezicht voordat ze de deur opendeed. Carter stond op de mat met WELKOM en had zijn vuist omhoog om aan te kloppen. Ze moest naar hem opkijken; ze was een meter tweeënzeventig, maar hij was een kop groter.

'Kijk eens aan,' zei hij glimlachend. 'Helemaal wakker en monter, en het is nog geen halfacht.'

Hij had eigenlijk helemaal geen zin om te glimlachen; het was geen productieve ochtend geweest. Mevrouw dominee was weg, het krantenwijf was weg, en haar twee verslaggevertjes waren blijkbaar ook verdwenen, evenals Rose Twitchell. Het restaurant was open en de jongen van Wheeler paste op de zaak, maar hij zei dat hij niet wist waar Rose was. Carter geloofde hem. Anse Wheeler zag eruit als een hond die niet meer wist waar hij zijn favoriete bot had begraven. Als Carter mocht afgaan op de afschuwelijke geuren die uit de keuken kwamen, wist hij ook niet hoe je moest koken. Carter was naar de achterkant van het gebouw gelopen om te kijken of de bestelbus er nog stond. Die was weg. Dat verbaasde hem niet.

Na het restaurant was hij naar het warenhuis gegaan. Hij had eerst op de voordeur gebonkt, en toen op de achterdeur, waar een slordige verkoper een partij dakbedekking had laten staan – de eerste de beste gauwdief kon het spul zo meenemen. Maar als je erover nadacht: wie zou zich druk maken om dakbedekking in een dorp waar het niet meer regende?

Carter had gedacht dat hij in Everetts huis ook niemand zou aantreffen en was daar alleen heen gegaan om te kunnen melden dat hij de instructies van zijn baas tot op de letter had opgevolgd, maar toen hij over het pad liep, hoorde hij kinderen in de tuin. Bovendien stond haar auto er nog. Die was ongetwijfeld van haar; op het dashboard stond zo'n zwaailicht dat je zelf op je dak moest zetten. De baas had hem opdracht gegeven de mensen gematigd te ondervragen, maar omdat Linda Everett de enige was die hij kon vinden, vond Carter dat hij haar wel iets harder kon aanpakken. Of ze het nu leuk vond of niet – en ze zou het niet leuk vinden –, Everett zou zich niet alleen voor zichzelf moeten verantwoorden, maar ook voor degenen die hij niet had kunnen vinden. Maar voordat hij zijn mond kon opendoen, begon ze al te praten. Ze praatte niet alleen maar pakte ook zijn hand vast en trok hem naar binnen.

'Hebben jullie hem gevonden? Alsjeblieft, Carter, is Rusty ongedeerd? Zo niet...' Ze liet zijn hand los. 'Zo niet, praat dan zachtjes, want de kinderen zijn in de tuin en ik wil niet dat ze nog meer van streek raken dan ze al zijn.'

Carter liep langs haar de keuken in en keek door het raam boven het aanrecht. 'Wat doet die hippiedokter daar?'

'Hij heeft de kinderen voor wie hij zorgt hierheen gebracht. Caro had ze gisteravond naar de vergadering meegenomen, en... je weet wat er met haar is gebeurd.'

Al dat snelle gepraat was wel het laatste wat Carter had verwacht. Misschien wist ze niets. Het feit dat ze de vorige avond op de vergadering was geweest en nu nog thuis was wees in elk geval in die richting. Aan de andere kant was het ook mogelijk dat ze hem alleen maar uit zijn evenwicht probeerde te brengen: de aanval was de beste verdediging. Dat was mogelijk; ze was slim. Dat kon je zo zien. Ze zag er ook vrij goed uit voor een oudere vrouw.

'Hebben jullie hem gevonden? Heeft Barbara...' Ze merkte dat het gemakkelijk was om haar stem te laten overslaan. 'Heeft Barbara hem iets aangedaan? Hem iets aangedaan en ergens achtergelaten? Je kunt me de waarheid vertellen.'

Hij keek haar aan en glimlachte ongedwongen in het bleke licht dat door het raam naar binnen viel. 'Jij eerst.'

'Wat?'

'Jij eerst, zei ik. Vertel jij míj de waarheid.'

'Ik weet alleen dat hij weg is.' Ze liet haar schouders zakken. 'En jij weet niet waarheen. Dat kan ik zien. Als Barbara hem nu eens vermoordt? Als hij hem nu eens al verm...'

Carter greep haar vast en draaide haar om zoals hij een partner in een countrydans zou hebben omgedraaid. Toen trok hij haar arm achter haar rug tot haar schouder kraakte. Dat deed hij met zo'n griezelige, soepele snelheid dat ze pas wist dat hij het ging doen toen het al gebeurd was.

Hij weet het! Hij weet het en hij gaat me pijn doen! Me pijn doen tot ik vertel...

Zijn adem streek warm over haar oor. Zijn baardstoppels kriebelden op haar wang toen hij sprak, en er ging een huivering door haar heen.

'Neem me niet in de zeik, mams,' fluisterde hij nauwelijks hoorbaar. 'Wettington en jij zijn altijd dikke maatjes geweest - - zij aan zij en tiet aan tiet. Wou je beweren dat je niet wist dat ze je man ging bevrijden? Wou je dat beweren?'

Hij trok haar arm met een ruk omhoog en Linda moest op haar lip bijten om een kreet te onderdrukken. De kinderen waren buiten; Jannie riep over haar schouder naar Thurse dat ze hoger wilde. Als ze een kreet uit het huis hoorden...

'Als ze het mij had verteld, had ik het Randolph verteld,' hijgde ze. 'Denk je dat ik zou riskeren dat Rusty gewond raakte? Hij heeft niets gedaan.'

'Hij heeft een heleboel gedaan. Hij heeft gedreigd de baas zijn medicijnen te onthouden als hij niet aftrad. Dat is je reinste chantage. Ik heb het gehóórd.' Hij gaf weer een ruk aan haar arm. Er ontsnapte haar een licht kreungeluid. 'Heb je daar iets over te zeggen? Mams?'

'Misschien heeft hij dat gedaan. Ik heb hem niet gezien of gesproken. Hoe moet ik dat weten? Evengoed is hij de enige hier in het dorp die voor arts kan doorgaan. Rennie zou hem nooit hebben geëxecuteerd. Barbie misschien wel, maar Rusty niet. Dat wist ik, en dat moet jij ook weten. Laat me nu los.'

Een ogenblik deed hij het bijna. Het klonk plausibel. Toen kreeg hij een beter idee. Hij duwde haar naar het aanrecht. 'Buig je voorover, mams.'

'Nee!'

Hij trok haar arm weer omhoog. Het voelde aan alsof haar schouder elk moment uit de kom kon schieten. 'Vooróver. Alsof je dat mooie blonde haar van je gaat wassen.'

'Linda?' riep Thurston. 'Hoe gaat het?'

Jezus, laat hem niet naar de levensmiddelen vragen. Alsjeblieft, Jezus.

En toen schoot haar iets anders te binnen: waar waren de tassen van de kinderen? De meisjes hadden allebei een kleine tas met spullen ingepakt. Als die tassen nu eens in de huiskamer stonden?

'Zeg tegen hem dat het goed gaat,' zei Carter. 'We willen de hippie hier niet bij hebben. Of de kinderen. Nou?'

God, nee. Maar waar stonden hun tassen?

'Goed!' riep ze.

'Bijna klaar?' riep hij.

O, Thurse, hou je kop!

'Nog vijf minuten!'

Thurston stond daar te kijken alsof hij nog iets zou zeggen, maar ging toen weer verder met het duwen van de meisjes.

'Goed gedaan!' Carter duwde tegen haar aan, en hij had een stijve. Ze voelde het tegen het zitvlak van haar spijkerbroek. Het ding voelde aan alsof het zo groot was als een moersleutel. Toen trok hij zich terug. 'Bijna klaar waarmee?'

Ze zei bijna 'met het klaarmaken van het ontbijt', maar de gebruikte kommetjes stonden in de gootsteen. Een ogenblik was haar geest helemaal leeg. Ze wenste bijna dat hij die verrekte stijve van hem weer tegen haar aan drukte, want als mannen bezig waren met hun kleine kop, schakelde hun grote kop over op het testbeeld.

Maar hij trok haar arm weer omhoog. 'Vertel op, mams. Maak papa blij.'

'Koekjes!' hijgde ze. 'Ik zei dat ik koekjes ging maken. Daar vroegen de kinderen om!'

'Koekjes zonder elektriciteit,' zei hij. 'De truc van de week.'

'Het zijn koekjes die je niet hoeft te bakken! Kijk dan in de provisiekast, rotzak!' Als hij keek, zou hij inderdaad haverkoekjesmix op de plank zien staan, maar als hij omlaagkeek, zou hij natuurlijk ook de blikjes zien die ze had ingepakt. En dat zou hij best eens kunnen doen, als hij zag hoeveel planken in de provisiekast nu half- of helemaal leeg waren.

'Je weet niet waar hij is.' De erectie drukte weer tegen haar aan. Omdat haar schouder afschuwelijk pijn deed, merkte ze het nauwelijks. 'Dat weet je zeker.'

'Ja. Ik dacht dat jij het wist. Ik dacht dat je me kwam vertellen dat hij gewond was, of d-d...'

'Ik denk dat je liegt dat je barst.' Haar arm ging nog verder omhoog, en nu was de pijn folterend en was de behoefte om het uit te schreeuwen bijna ondraaglijk. Toch kon ze het op de een of andere manier verdragen. 'Ik denk dat jij een heleboel weet, mama. En als je het me niet vertelt, trek ik je arm finaal uit de kom. Laatste kans. Waar is hij?'

Linda legde zich erbij neer dat haar arm of schouder zou worden gebroken. Misschien beide. De vraag was: kon ze zich inhouden of zou ze schreeuwen? In het laatste geval zouden de J's en Thurston meteen de keuken in rennen. Met haar hoofd omlaag en haar haar in de gootsteen zei ze: 'In mijn reet. Waarom kus je hem niet, klootzak? Misschien komt hij er dan uitgesprongen.'

In plaats van haar arm te breken, lachte Carter. Dat was een goeie. En hij geloofde haar. Ze zou nooit zo tegen hem durven praten als ze niet de waarheid sprak. Hij zou alleen willen dat ze geen Levi's droeg. Waarschijnlijk kon er nog steeds geen sprake van zijn dat hij haar neukte, maar daar had hij beslist wat dichter bij kunnen komen als ze een rok had gedragen. Evengoed was droogneuken niet de slechtste manier om de bezoekersdag te beginnen, al was het niet tegen een zacht slipje maar tegen een spijkerbroek.

'Beweeg je niet en hou je mond dicht,' zei hij. 'Als je dat kunt, kom je hier misschien heelhuids doorheen.'

Ze hoorde het rinkelen van zijn riemgesp en het snorren van zijn rits. Wat daarstraks tegen haar aan had gewreven, wreef nu opnieuw tegen haar aan, alleen met veel minder stof ertussen. Op een vage manier was ze blij dat ze tenminste een vrij nieuwe spijkerbroek had aangetrokken. Nu kon ze hopen dat hij er lelijke schuurplekken aan overhield.

Zolang de J's maar niet binnenkomen en me zo zien.

Plotseling drukte hij zich nog dichter en harder tegen haar aan. Met zijn vrije hand betastte hij haar borst. 'Hé, mams,' mompelde hij. 'Hé, hé.' Ze voelde dat er een kramp door hem heen ging, al voelde ze niet de natheid die op zulke krampen volgt, als de dag op de nacht; gelukkig was de spijkerbroek daar te dik voor. Even later werd haar arm eindelijk niet meer naar boven gedrukt. Ze wilde het wel uitschreeuwen van opluchting, maar deed dat niet. Wilde dat niet. Ze draaide zich om. Hij maakte zijn riem weer vast.

'Ik zou maar een andere broek aantrekken voordat ik koekjes ging maken,' zei hij. 'Tenminste, als ik jou was.' Hij haalde zijn schouders op. 'Maar wie weet... Misschien vind jij het wel lekker. Ieder zijn meug.'

'Is dit jouw manier om de orde in het dorp te handhaven? Wil je baas dat de orde op deze manier wordt gehandhaafd?'

'Hij is meer iemand van het grote beeld.' Carter draaide zich om naar de provisiekast, en ze dacht dat haar bonkende hart zou stilstaan. Toen keek hij op zijn horloge en trok zijn rits dicht. 'Bel meneer Rennie of mij als je man contact met je opneemt. Geloof me: dat is het beste wat je kunt doen. Als je het niet doet, en ik kom erachter, dan gaat de volgende lading die ik afschiet regelrecht naar binnen. Of de kinderen nu toekijken of niet. Van mij mag er publiek bij zijn.'

'Ga hier weg voordat ze binnenkomen.'

'Zeg alsjeblieft, mams.'

Haar keel bewoog op en neer, maar ze wist dat Thurston straks bij haar zou komen kijken en ze kreeg het woord eruit: 'Alsjeblieft.'

Hij liep naar de deur, maar keek toen de huiskamer in en bleef staan. Hij had vast de tasjes van de kinderen gezien. Daar was ze zeker van.

Maar hij had iets anders aan zijn hoofd.

'En lever dat zwaailicht in dat ik in je auto zag. Voor het geval je het was vergeten: je bent ontslagen.'

19

Toen Thurston en de kinderen drie minuten later binnenkwamen, was ze boven. Ze keek eerst in de kamer van de kinderen. Er stonden tassen van hen op de bedden. Uit een ervan stak Judy's teddybeer.

'Hé, kinderen!' riep ze opgewekt naar beneden. *Altijd even vrolijk.* 'Kijk maar in jullie plaatjesboeken. Ik kom zo!'

Thurston ging onder aan de trap staan. 'We moeten echt...'

Hij zag haar gezicht en zweeg. Ze gaf hem een teken.

'Mama?' riep Janelle. 'Mogen we de laatste Pepsi als ik iedereen laat delen?'

Hoewel ze haar anders zou hebben verboden zo vroeg al aan de frisdrank te gaan, zei ze nu: 'Ga je gang. Maar niet morsen!'

Thurse kwam halverwege de trap op. 'Wat is er gebeurd?'
'Niet zo hard. Er was hier een agent. Carter Thibodeau.'
'Die grote met brede schouders?'
'Ja, die. Hij kwam me ondervragen...'
Thurston verbleekte, en Linda wist dat hij zich herinnerde wat hij naar haar had geroepen toen hij dacht dat ze alleen was.
'Ik denk dat het gevaar geweken is,' zei ze, 'maar je moet kijken of hij echt weg is. Hij was lopend. Kijk de straat door en over de schutting in de tuin van de Edmunds. Ik moet een andere broek aantrekken.'
'Wat heeft hij met je gedaan?'
'Níéts!' siste ze. 'Kijk nou maar of hij verdwenen is, en zo ja, dan maken we dat we hier wegkomen.'

20

Piper Libby liet het kastje los en ging achteroverzitten. Met tranen in haar ogen keek ze naar het dorp. Ze dacht aan al die gebeden die ze 's avonds laat had opgezonden tot wat ze Bestaat-Niet was gaan noemen. Ze wist nu dat het alleen maar een domme, kinderlijke grap was geweest, en dat zijzelf uiteindelijk het mikpunt van die grap was. Er wás een Bestaat-Wel. Dat was alleen niet God.
'Heb je ze gezien?'
Ze keek geschrokken op en zag Norrie Calvert staan. Het meisje leek magerder. En ook ouder, en Piper zag dat ze mooi zou worden. Voor de jongens met wie ze omging was ze dat waarschijnlijk al.
'Ja, schatje, ik heb ze gezien.'
'Gaat het goed met Rusty en Barbie? Zijn de mensen die naar ons kijken alleen maar kinderen?'
Misschien moet je zelf een kind zijn om dat te weten, dacht Piper.
'Daar ben ik niet helemaal zeker van, schat. Probeer het zelf maar.'
Norrie keek haar aan. 'Ja?'
En Piper – die niet wist of ze hier goed of verkeerd aan deed – knikte.
'Ja.'
'Als ik... Ik weet het niet... Als ik vreemd ga doen of zo, trekt u me dan weg?'
'Ja. En je hoeft het niet te doen als je het niet wilt. Het is geen uitdaging.'
Voor Norrie was het dat wel. En ze was ook nieuwsgierig. Ze knielde in

het hoge gras neer en pakte het kastje stevig aan beide kanten vast. Meteen ging er een schok door haar heen. Haar hoofd klapte zo hard achterover dat Piper de wervels in haar nek als knokkels hoorde kraken. Ze greep naar het meisje maar liet haar handen toen zakken, want Norrie ontspande. Haar kin zakte naar haar borstbeen en haar ogen, die stijf waren dichtgeknepen toen de schok haar trof, gingen weer open. Ze staarden wazig in de verte.

'Waarom doen jullie dit?' vroeg ze. 'Waarom?'

Piper kreeg kippenvel op haar armen.

'Zeg het!' Een traan liep uit Norries ogen en viel op de bovenkant van het kastje, waar hij even siste en toen verdwenen was. 'Zég het!'

De stilte duurde voort. Heel lange tijd, leek het wel. Toen liet het meisje het kastje los en schommelde ze heen en weer tot ze met haar achterste op haar hielen rustte. 'Kinderen.'

'Weet je het zeker?'

'Ja. Ik kon niet nagaan hoeveel het er waren. Het veranderde steeds. Ze hebben een leren muts op. Ze zeggen allemaal schunnige dingen. Ze droegen een beschermende bril en keken naar hun eigen kastje. Alleen is dat van hen een soort televisie. Ze zien alles in de hele gemeente.'

'Hoe weet je dat?'

Norrie schudde hulpeloos haar hoofd. 'Dat kan ik niet zeggen, maar ik weet dat het zo is. Het zijn slechte kinderen, en ze zeggen gore dingen. Ik raak dat kastje nooit meer aan. Ik voel me zo viés.' Ze huilde.

Piper sloeg haar armen om haar heen. 'Toen je hun vroeg waarom, wat zeiden ze toen?'

'Niets.'

'Denk je dat ze je hoorden?'

'Ze hoorden me wel, maar het kon ze niet schelen.'

Achter hen was een gestaag kloppend geluid te horen dat steeds luider werd. Uit het noorden naderden twee transporthelikopters. Ze scheerden over de boomtoppen van de TR-90 heen.

'Laat ze maar op de Koepel letten, anders vliegen ze nog te pletter, net als dat vliegtuig!' riep Norrie.

De helikopters vlogen niet te pletter. Ze naderden de rand van het veilige luchtruim tot op zo'n drie kilometer afstand en daalden toen.

21

Chuck had Barbie verteld over een oude weg die van de boomgaard van McCoy naar de grens met de TR-90 leidde. Hij zei dat die weg er nog steeds begaanbaar uitzag. Barbie, Rusty, Rommie, Julia en Pete Freeman reden die vrijdagmorgen om ongeveer halfacht over die weg. Barbie had het volste vertrouwen in Cox, maar niet in foto's van een oud weggetje die vanaf driehonderd meter hoogte waren gemaakt, en dus hadden ze het busje genomen dat Ernie Calvert op het terrein van Grote Jim Rennie had gestolen. Dát wilde Barbie maar al te graag achterlaten, als het ding het begaf. Pete had geen camera bij zich; zijn digitale Nikon had het begeven toen hij dicht bij het kastje kwam.

'ET's houden niet van paparazzi,' zei Barbie. Hij vond het redelijk grappig, maar als het op zijn camera aankwam, had Pete geen gevoel voor humor.

Het busje dat van het telefoonbedrijf was geweest bereikte de Koepel, en ze keken nu met zijn vijven naar de twee kolossale CH-47's die roffelend afdaalden naar een overwoekerd hooiveld aan de TR-90-kant. De weg ging daar verder, en de rotorbladen van de Chinook zwiepten grote stofwolken op. Barbie en de anderen schermden hun ogen af, maar dat deden ze alleen instinctief en het was ook niet nodig; het stof kolkte tot aan de Koepel en gleed naar weerskanten daarvan weg.

De helikopters lieten zich zakken met het langzame decorum van dikke dames die op theaterstoelen plaatsnamen die een beetje te klein waren voor hun derrière. Barbie hoorde het helse *skriiiie* van metaal over een naar buiten stekende rots, en de helikopter links van hen ging dertig meter opzij alvorens het nog een keer te proberen.

Er sprong iemand uit het open laadruim van de eerste helikopter. Hij liep door de wolk van opgestoven gruis en zwaaide het geërgerd van zich af. Barbie zou dat potige mannetje overal hebben herkend. Toen Cox dichterbij kwam, ging hij langzamer lopen en stak een hand naar voren als een blinde die voelt of er obstakels zijn. Toen veegde hij het stof van zijn kleren.

'Het is goed je in vrijheid te zien, kolonel Barbara.'

'Ja.'

Cox keek opzij. 'Hallo, mevrouw Shumway. Hallo, andere vrienden van Barbara. Ik wil alles horen, maar het moet wel snel gebeuren – ik heb een klein circus georganiseerd aan de andere kant van de gemeente en ik wil er op tijd bij zijn.'

Cox wees met zijn duim over zijn schouder naar het uitladen dat al was begonnen: tientallen Air Max-ventilators met bijbehorende generatoren.

Het waren grote, zag Barbie tot zijn opluchting, het soort ventilatoren dat werd gebruikt om tennisbanen en renbanen droog te maken als het hard had geregend. Ze waren elk met stevige moeren op een magazijnwagen met twee wielen bevestigd. De generatoren leken hem een capaciteit van hooguit twintig pk te hebben. Hij hoopte dat het genoeg zou zijn.

'Eerst wil ik graag van je horen dat díé niet nodig zijn.'

'Ik weet het niet zeker,' zei Barbie, 'maar misschien toch wel, vrees ik. Misschien heb je er nog meer aan de 119-kant nodig, waar de dorpelingen hun familieleden ontmoeten.'

'Vanavond,' zei Cox. 'Meer kunnen we niet doen.'

'Neem maar een paar van deze mee,' zei Rusty. 'Als we ze allemaal nodig hebben, zitten we toch in de grootste problemen.'

'Dat kan niet, jongen. Misschien als we door het luchtruim van Chester's Mill heen konden gaan, maar als we dat konden, zou er geen probleem zijn, hè? En als we een rij zware ventilatoren, aangedreven door generatoren, op de plaats zetten waar de bezoekers komen, zou dat het doel nogal voorbijschieten. Dan zou niemand iets kunnen horen. Die monsters maken een hoop kabaal.' Hij keek op zijn horloge. 'Nou, hoeveel kunnen jullie me in een kwartier vertellen?'

HALLOWEEN
IS VROEG
DIT JAAR

1

Om kwart voor acht reed Linda Everett met haar bijna nieuwe Honda Odyssey Green naar het laadplatform achter warenhuis Burpee. Thurse zat naast haar. De kinderen (veel te stil voor kinderen die aan een avontuur begonnen) zaten op de achterbank. Aidan drukte Audreys hoofd tegen zich aan. Audi onderging dat geduldig. Waarschijnlijk voelde ze aan hoe moeilijk het jongetje het had.

Linda's schouder deed nog steeds pijn, ondanks de drie aspirientjes die ze had genomen, en ze kon het gezicht van Carter Thibodeau niet uit haar hoofd zetten. Of zijn geur: een mengeling van zweet en eau de toilette. Elk moment verwachtte ze dat hij opeens met een politiewagen achter haar stopte om hun de terugtocht te beletten. *De volgende lading die ik afschiet gaat regelrecht naar binnen. Of de kinderen nu kijken of niet.*

Hij zou het doen ook. Ja. En hoewel ze niet helemaal uit de gemeente weg kon, wilde ze de afstand tussen haarzelf en Rennies nieuwe duvelstoejager zo groot mogelijk maken.

'Pak een hele rol en de metaalschaar,' zei ze tegen Thurse. 'Die ligt onder dat melkkrat. Dat heeft Rusty me verteld.'

Thurston had het portier opengemaakt, maar nu wachtte hij. 'Dat kan ik niet doen. Als iemand anders hem nu eens nodig heeft?'

Ze ging hem niet tegenspreken. Waarschijnlijk zou ze dan tegen hem gaan schreeuwen en zouden de kinderen bang worden.

'Mij best. Als je maar opschiet. Dit is net een doodlopend ravijn.'

'Zo vlug als ik kan.'

Toch duurde het eindeloos zoals hij daar bezig was de loodplaten in stukken te knippen. Ze moest zich inhouden om hem niet te vragen of hij als nuffig oud dametje geboren was of het in de loop van zijn leven was geworden.

Hou je mond. Hij is gisteravond iemand kwijtgeraakt van wie hij hield.

Ja, en als ze niet opschoten, raakte ze misschien alles kwijt. Er waren al mensen in Main Street. Die waren op weg naar de 119 en de veehouderij van Dinsmore, vroeg op pad om de beste plaatsen te bemachtigen. Linda schrok telkens wanneer een politieluidspreker schetterde: 'AUTO'S ZIJN NIET TOEGESTAAN OP DE GROTE WEG! TENZIJ U INVALIDE BENT, MOET U LOPEN.'

Thibodeau was slim, en hij had onraad geroken. Als hij nu eens terugkwam en zag dat haar auto weg was? Zou hij dan op zoek gaan? Intussen was Thurse nog steeds bezig stukken loodplaat af te knippen. Hij draaide zich om en ze dacht dat hij klaar was, maar hij keek alleen maar hoe groot de voorruit was. Hij ging verder met knippen. Haalde er weer een stuk af. Misschien was het wel zijn bedoeling haar gek te maken. Dat was een belachelijk idee, maar toen het eenmaal in haar hoofd zat, wilde het er niet meer uit.

Ze voelde nog steeds hoe Thibodeau tegen haar achterste had opgereden. Het kriebelen van zijn stoppelbaard. De vingers die in haar borst knepen. Toen ze haar spijkerbroek had uitgetrokken, had ze tegen zichzelf gezegd dat ze niet moest kijken naar wat hij op het zitvlak van haar spijkerbroek had achtergelaten, maar ze kon het niet helpen. Het woord dat nu bij haar opkwam was 'mannenvlek', en onwillekeurig moest ze een korte, grimmige strijd leveren om haar ontbijt binnen te houden. Dat zou hem ook goed hebben gedaan, als hij het had geweten.

Het zweet stond op haar voorhoofd.

'Mama?' Judy, in haar oor. Linda schrok en slaakte een kreet. 'Sorry, ik wilde je niet aan het schrikken maken. Heb je iets te eten voor me?'

'Niet nu.'

'Waarom blijft die man aan het luidsprekeren?'

'Schatje, ik kan nu niet met je praten.'

'Zit je te suffen?'

'Ja. Een beetje. Ga nu weer zitten.'

'Gaan we naar papa toe?'

"Ja.' *Tenzij we opgepakt worden en ik verkracht word in jouw bijzijn.* 'Ga nu weer zitten.'

Eindelijk kwam Thurse naar de auto toe. Daar kon ze tenminste nog blij om zijn. Zo te zien had hij genoeg vierkanten en rechthoeken van lood geknipt om een tank te bepantseren. 'Zie je wel? Dat was niet zo... o, shit.'

De kinderen giechelden, een geluid dat als een grove vijl door Linda's hersenen zaagde. 'Een kwartje in de vloekpot, meneer Marshall,' zei Janelle.

Thurse keek verwonderd omlaag. Hij had de metaalschaar achter zijn riem gestoken.

'Die leg ik even terug onder het...'

Linda greep de schaar voordat hij zijn zin kon afmaken, weerstond de aandrang om hem tot aan de handgrepen in zijn smalle borst te steken – dat getuigde van bewonderenswaardige zelfbeheersing, vond ze – en stapte uit om hem zelf terug te leggen.

Toen ze dat deed, kwam er een auto achter de hare staan. Hij blokkeerde de toegang tot West Street, de enige uitweg uit dit doodlopende straatje.

2

Boven op Town Common Hill, even onder de driesprong waar Highland Avenue zich van Main Street afsplitste, stond de Hummer van Jim Rennie met draaiende motor. Van beneden kwamen de versterkte aansporingen om de auto in het dorp te laten staan en te gaan lopen, behalve wanneer iemand invalide was. Mensen liepen in stromen over de trottoirs, velen met een rugzak. Grote Jim keek naar hen met het soort lijdzame minachting dat verder alleen te vinden was bij conciërges die hun werk niet uit liefde maar uit plichtsgevoel deden.

Carter Thibodeau bewoog zich tegen de stroom in. Hij liep met grote passen midden over de straat en duwde nu en dan iemand opzij. Hij kwam bij de Hummer, stapte aan de passagierskant in en veegde met zijn arm het zweet van zijn voorhoofd. 'Man, wat goed, die airco. Nog niet eens acht uur 's morgens en het is daar al zeker vijfentwintig graden. En het stinkt verdomme als een asbak. Neem me dat woord niet kwalijk, baas.'

'Heb je nog iets ontdekt?'

'Niets goeds. Ik heb met agente Everett gepraat. Ex-agente Everett. De anderen zijn pleite.'

'Weet ze iets?'

'Nee. Ze heeft niets van de dokter gehoord. En Wettington behandelde haar alsof ze niet goed snik was. Ze vertelde haar niets, of alleen onzin.'

'Weet je dat zeker?'

'Ja.'

'Waren haar kinderen bij haar?'

'Ja. En de hippie ook. Die uw hart heeft opgelapt. Plus de twee kinderen die Junior en Frank bij de Pond hebben gevonden.' Carter dacht daarover na. 'Zijn vriendinnetje is dood en haar man is weg. Tegen het eind van de week zullen Everett en hij elkaar wel suf neuken. Als u wilt dat ik nog eens met haar ga praten, baas, dan doe ik dat.'

Grote Jim nam even één vinger van het stuur weg om te kennen te geven dat het niet hoefde. Zijn aandacht ging naar iets anders uit. 'Moet je eens naar ze kijken, Carter.'

Carter kon moeilijk naar iets anders kijken. De stroom voetgangers werd met de minuut groter.

'De meesten zijn om negen uur bij de Koepel, en hun katoenplukkende familieleden komen pas om tien uur. Op zijn vroegst. Inmiddels hebben ze flinke dorst. Om twaalf uur drinken degenen die geen water hebben meegebracht koeienpis uit het vijvertje van Alden Dinsmore; God zegene hen. God móet hen wel zegenen, want de meesten zijn te dom om te werken en te bang om te stelen.'

Carter liet een blaflachje horen.

'Daar hebben we mee te maken,' zei Rennie. 'De massa. Het katoenplukkend gepeupel. Wat willen ze, Carter?'

'Ik weet het niet, baas.'

'Natuurlijk weet je dat wel. Ze willen eten, Oprah Winfrey, countrymuziek en een warm bed om in te rollebollen als de zon ondergaat. Om er nog meer te maken zoals zij. En lieve help, daar komt weer een lid van de stam.'

Het was commandant Randolph. Hij sjokte de helling op en veegde met een zakdoek over zijn knalrode gezicht.

Grote Jim was nog niet klaar met zijn lezing. 'Het is onze taak om voor ze te zorgen, Carter. Misschien vinden we dat niet leuk, misschien vinden we niet altijd dat ze het waard zijn, maar het is de taak die God ons heeft gegeven. Alleen moeten we dan wel eerst voor onszelf zorgen, en daarom is er twee dagen geleden een partijtje vers fruit en groente uit de Food City in het gemeentehuis opgeslagen. Dat wist je niet, hè? Nou, dat geeft niet. Jij bent hun een stap voor, en ik ben jou een stap voor, en zo hoort het ook. De les is eenvoudig: de Heer helpt hen die zichzelf helpen.'

'Ja, baas.'

Randolph kwam. Hij hijgde, er zaten wallen onder zijn ogen en hij was blijkbaar ook afgevallen. Grote Jim drukte op de knop die zijn raam omlaag liet gaan.

'Stap in, commandant, en geniet van de airco.' En toen Randolph voorin wilde gaan zitten, voegde Grote Jim eraan toe: 'Daar niet. Daar zit Carter al.' Hij glimlachte. 'Ga achterin zitten.'

3

Het was geen politiewagen die achter Linda's auto was gestopt, maar de ambulance van het ziekenhuis. Dougie Twitchell zat achter het stuur en Ginny Tomlinson zat op de passagiersplaats met een slapende baby op haar schoot. De achterportieren gingen open en Gina Buffalino stapte uit. Het meisje dat haar volgde, Harriet Bigelow, droeg een spijkerbroek en een t-shirt met U.S. OLYMPIC KISSING TEAM.

'Wat... wat...' Tot meer was Linda blijkbaar niet in staat. Haar hart ging tekeer en het bloed bonkte zo hard in haar hoofd dat het was of ze haar trommelvliezen hoorde flapperen.

Twitch zei: 'Rusty belde ons en zei dat we naar de boomgaard op Black Ridge moeten gaan. Ik wist niet eens dat daar een boomgaard was, maar Ginny wel, en... Linda? Schat, je ziet zo wit als een spook.'

'Ik mankeer niets,' zei Linda, en ze besefte dat ze elk moment kon flauwvallen. Ze kneep in haar oorlellen, een truc die Rusty haar lang geleden had geleerd. Zoals veel huismiddeltjes (bijvoorbeeld met de rug van een zwaar boek op een knobbel slaan) werkte het. Toen ze weer sprak, klonk haar stem dichterbij en op de een of andere manier ook echter. 'Zei hij dat jullie eerst hierheen moesten komen?'

'Ja. Om daar iets van te halen.' Hij wees naar de rol loodplaat op het laadplatform. 'Voor alle zekerheid, zei hij. Maar dan heb ik die schaar nodig.'

'Oom Twitch!' riep Janelle, en ze vloog in zijn armen.

'Wat is er, Tiger Lily?' Hij sloeg zijn armen om haar heen, zwaaide haar heen en weer en zette haar neer. Janelle keek door het raam naar de baby. 'Hoe heet zíj?'

'Het is een hij,' zei Ginny. 'Hij heet Little Walter.'

'Cool!'

'Jannie, stap weer in. We moeten weg,' zei Linda.

Thurse vroeg: 'Wie past er op het ziekenhuis?'

Ginny keek beschaamd. 'Niemand. Maar Rusty zei dat we ons geen zorgen moesten maken, tenzij er iemand was die voortdurende zorg nodig had. Afgezien van Little Walter was er niet zo iemand. En dus pakte ik de baby en gingen we ervandoor. Misschien kunnen we later terugkomen, zegt Twitch.'

'Nou, íémand moet later terugkomen,' zei Thurse somber. Die somberheid, dacht Linda, was Thurston Marshalls basishouding. 'Driekwart van het dorp draait over de 119 naar de Koepel. De luchtkwaliteit is slecht, en om tien uur, als de bussen met bezoekers komen, is het dertig graden. Voor zover ik heb gehoord, hebben Rennie en zijn trawanten geen voorzieningen getroffen. Reken maar dat er voor zonsondergang veel zieken in Chester's Mill zijn. Met een beetje geluk beperkt het zich tot zonnesteken en astma, maar er kunnen ook een paar hartaanvallen bij zijn.'

'Jongens, misschien moeten we terug,' zei Gina. 'Ik voel me net een rat die een zinkend schip verlaat.'

'Nee!' Linda zei dat zo scherp dat ze haar allemaal aankeken, zelfs Audi. 'Rusty zei dat er iets ergs gaat gebeuren. Misschien niet vandaag... maar misschien ook wel, zei hij. Zet je lood voor de ramen van de ambulance, en dan rijden! Ik durf niet langer te wachten. Een van Rennies schurken is vanmorgen bij me geweest, en als hij langs het huis rijdt en ziet dat de auto weg is...'

'Ga dan maar,' zei Twitch. 'Ik rijd even achteruit, dan kun je wegkomen. Je kunt rustig door Main Street rijden. Het is daar al een grote chaos.'

'Door Main Street langs het politiebureau?' Er ging bijna een rilling door Linda heen. 'Nee, dank je. Mama's bus gaat door West Street naar Highland.'

Twitch ging achter het stuur van de ambulance zitten en de twee jonge zustertjes stapten weer achterin. Gina wierp een laatste twijfelende blik achterom naar Linda.

Linda keek eerst naar de slapende, zwetende baby en keek toen Ginny aan. 'Misschien kunnen Twitch en jij vanavond naar het ziekenhuis terugkeren om te zien hoe het daar gaat. Jullie zeggen gewoon dat jullie een oproep kregen en helemaal naar Northchester of zoiets zijn geweest. Als je maar niets over Black Ridge zegt.'

'Nee.'

Dat kun je nu gemakkelijk zeggen, dacht Linda. *Misschien kost het je meer moeite om je mond te houden als Carter Thibodeau je over een aanrecht buigt.*

Ze duwde Audrey terug, sloot het schuifportier en ging achter het stuur van de Odyssey Green zitten.

'Wegwezen,' zei Thurse, die naast haar ging zitten. 'Ik ben niet meer zo paranoïde geweest sinds de tijd dat ik overal smerissen zag.'

'Goed,' zei ze. 'Want totale paranoia is totaal bewustzijn.'

Ze manoeuvreerde achteruit om de ambulance heen en reed West Street in.

4

'Jim,' zei Randolph vanaf de achterbank van de Hummer. 'Ik heb eens over die inval nagedacht.'

'O ja? Nou, vertel ons dan maar eens wat dat denken heeft opgeleverd, Peter.'

'Ik ben de commandant van politie. Als ik moet kiezen tussen ordehandhaving bij Dinsmores boerderij en een inval in een drugslaboratorium waar misschien gewapende verslaafden illegale stoffen bewaken... nou, dan weet ik waar mijn plicht ligt. Laten we het zo zeggen.'

Grote Jim wilde hem niet tegenspreken. Dat zou een averechtse uitwerking hebben. Randolph wist niet wat voor wapens er in dat radiostation waren. Eigenlijk wist Grote Jim dat zelf ook niet (het was niet na te gaan wat Bushey allemaal voor rekening van de onderneming had gekocht), maar hij kon zich tenminste het ergste voorstellen, iets waartoe die geüniformeerde windbuil blijkbaar niet in staat was. En als Randolph iets overkwam... Nou, was hij niet al tot de conclusie gekomen dat Carter een meer dan adequate opvolger zou zijn?

'Goed, Pete,' zei hij. 'Het is niet aan mij om tussen jou en je plicht te staan. Jij bent de nieuwe leider van de operatie, met Fred Denton als je nummer twee. Tevreden?'

'Nou en of, godsverdikkie!' Randolphs borst zwol ervan op en hij leek nu net een dikke haan die op het punt van kraaien stond. Grote Jim, die toch niet bekendstond om zijn gevoel voor humor, moest zich nu inhouden om niet te lachen.

'Ga dan naar het politiebureau en stel je team samen. Vergeet niet: vrachtwagens van de gemeente.'

'Ja! We vallen om twaalf uur aan!' Hij schudde met zijn vuist.

'Ga door de bossen.'

'Daar wilde ik het met je over hebben, Jim. Het is niet zo eenvoudig. Die bossen achter het radiostation zijn nogal lastig. Reken maar dat het daar krioelt van de gifsumak, en...'

'Er is een toegangsweg,' zei Grote Jim. Zijn geduld was bijna op. 'Ik wil dat je die gebruikt. Dan tref je ze op hun blinde kant.'

'Maar...'

'Een kogel in je kop zou veel erger zijn dan gifsumak. Leuk je even gesproken te hebben, Pete. Het doet me goed dat je zo...' Maar wat? Dat je zo opgeblazen doet? Zo belachelijk? Zo idioot?

'Dat je zo enthousiast bent,' zei Carter.

'Dank je, Carter. Dat is precies wat ik dacht. Pete, zeg tegen Henry Morrison dat hij nu de leiding heeft van de ordehandhaving op de 119. *En gebruik die toegangsweg.*'

'Ik geloof echt...'

'Carter, maak de deur voor hem open.'

5

'O mijn god,' zei Linda, en ze zwenkte met haar auto naar links. Op nog geen honderd meter afstand van het punt waar Main Street en Highland elkaar kruisten reed ze het trottoir op. Alle drie de meisjes lachten om de hobbel, maar de arme kleine Aidan keek alleen maar bang en pakte de kop van de lankmoedige Audrey weer vast.

'Wat is er?' snauwde Thurse. 'Wat is er?'

Ze parkeerde op iemands gazon, achter een boom. Het was een stevige eik, maar de auto was ook groot en de eik had de meeste van zijn lusteloze bladeren verloren. Ze wilde geloven dat ze onzichtbaar waren, maar kon dat niet.

'Daar midden op dat kruispunt staat godverdomme de Hummer van Jim Rennie.'

'Een heel erge vloek,' zei Judy. 'Twéé kwartjes in de vloekenpot.'

Thurse tuurde naar het kruispunt. 'Weet je het zeker?'

'Denk je dat iemand anders in de stad zo'n kolossale auto heeft?'

'O jezus,' zei Thurston.

'Vloekenpot!' Nu zeiden Judy en Jannie het tegelijk.

Linda voelde dat haar mond droog werd en haar tong tegen haar verhemelte plakte. Thibodeau stapte aan de passagierskant van de Hummer uit, en als hij deze kant op keek...

Als hij ons ziet, rijd ik over hem heen, dacht ze. Dat idee riep een pervers soort kalmte bij haar op.

Thibodeau maakte het achterportier van de Hummer open. Randolph stapte uit.

'Die man trekt zijn broekspijpen omlaag,' zei Alice Appleton tegen het gezelschap als geheel. 'Dan is de overstroming voorbij, zegt mijn moeder.'

Thurston Marshall barstte in lachen uit, en Linda, die zou hebben gedacht dat ze helemaal geen lach meer in zich had, sloot zich bij hem aan. Algauw lachten ze allemaal, zelfs Aidan, die beslist niet wist waar ze om lachten.

Linda wist dat eigenlijk ook niet precies.

Randolph liep nu de helling af. Hij trok nog steeds aan zijn broekspijpen. Er was geen enkele reden om dat zo grappig te vinden, en dat maakte het nog grappiger.

Omdat hij er ook bij wilde horen, blafte Audrey mee.

6

Ergens blafte een hond.

Grote Jim hoorde het maar draaide zich niet om. Het deed hem enorm goed om Peter Randolph de helling af te zien lopen.

'Moet je zien hoe hij zijn broekspijpen omlaag trekt,' merkte Carter op. 'Mijn vader zei altijd dat de overstroming dan voorbij was.'

'Hij zal wel naar WCIK gaan,' zei Grote Jim. 'En als hij koppig genoeg is om voor een frontale aanval te kiezen, is dat waarschijnlijk de laatste plaats waar hij ooit nog heen gaat. Laten we naar het gemeentehuis gaan en een tijdje op tv naar dat circus kijken. Als dat ons gaat vervelen, wil ik dat je die hippiedokter opzoekt en tegen hem zegt dat als hij ervandoor probeert te gaan we hem te pakken krijgen en in de cel gooien.'

'Ja, baas.' Die taak beviel hem wel. Misschien kon hij het nog een keer met ex-agente Everett doen, ditmaal met haar broek omlaag.

Grote Jim zette de Hummer in de versnelling en reed langzaam de heuvel af, toeterend naar mensen die niet snel genoeg opzij gingen.

Zodra hij het pad van het gemeentehuis was ingeslagen, reed de Odyssey over het kruispunt en het dorp uit. Er waren geen voetgangers in Upper Highland Street, en Linda voerde de snelheid op. Thurse Marshall zong 'De wielen van de bus', en algauw zongen de kinderen met hem mee.

Linda, die bij het verspringen van elk tiende van een kilometer op de teller een beetje minder bang werd, zong even later ook mee.

7

Het is bezoekersdag in Chester's Mill. In gespannen verwachting lopen de mensen over Route 119 naar de boerderij van Dinsmore, waar nog maar vijf dagen geleden Joe McClatcheys demonstratie verschrikkelijk de mist in is gegaan. Ze zijn vol hoop (zij het niet echt blij) ondanks die herinnering, en ook ondanks de hitte en de vervuilde lucht. De horizon voorbij de Koepel is wazig, en boven de bomen is de lucht donker geworden door de dichte concentratie van deeltjes. Het is beter als je recht omhoogkijkt, maar nog steeds niet helemaal goed; het blauw heeft een gelige tint, als een vliesje van staar op het oog van een oude man.

'Zo zag de lucht boven de papierfabrieken er in de jaren zeventig uit, als ze op volle kracht draaiden,' zegt Henrietta Clavard – die met het net niet gebroken achterste. Ze biedt Petra Searles, die naast haar loopt, haar fles ginger ale aan.

'Nee, dank je,' zegt Petra. 'Ik heb water bij me.'

'Zit daar wodka in?' vraagt Henrietta. 'Want hierin wel. Half en half, meisje. Ik noem het Canada Dry Rocket.'

Petra pakt de fles aan en neemt een flinke slok. 'Fjoew!' zegt ze.

Henrietta knikt zakelijk. 'Ja, mevrouw. Het is geen luxedrankje, maar je dag wordt er wel beter van.'

Veel pelgrims hebben borden bij zich die ze aan hun bezoekers uit de buitenwereld (en natuurlijk ook aan de camera's) willen voorhouden, zoals het publiek bij een live uitgezonden ochtendprogramma. Maar bij zo'n programma zijn de borden altijd vrolijk. De meeste van deze borden zijn dat niet. Op sommige borden, overgebleven van de demonstratie van afgelopen zondag, staat VECHT TEGEN DE MACHT en LAAT ONS ERUIT, VERDOMME! Er zijn ook nieuwe borden met EXPERIMENT VAN OVERHEID: WAAROM??? OPEN DIE DOOFPOT! En WIJ ZIJN MENSEN, GEEN PROEFKONIJNEN. Op dat van Johnny Carver staat IN GODSNAAM: HOU OP MET WAT JULLIE DOEN VOOR HET TE LAAT IS! Frieda Morrisons bord vraagt – grammaticaal onjuist maar wel hartstochtelijk – WIENS MISDRIJVEN GAAN WIJ VOOR DOOD? Dat van Bruce Yardley is de enige met een duidelijk positieve inslag. Het zit vast aan een twee meter lange stok en is verpakt in blauw crêpepapier (bij de Koepel zal het boven alle andere borden uitsteken) en het luidt HALLO MA & PA IN CLEVELAND! IK HOU VAN JULLIE!

Negen of tien borden verwijzen naar de Schrift. Bonnie Morrell, vrouw van de houthandelaar van het dorp, draagt er een met VERGEEF HEN NIET, WANT WIJ WÉTEN WAT ZIJ DOEN! Op dat van Trina Cole staat DE HEER IS MIJN HERDER onder een tekening van wat waarschijnlijk een schaap is, al is dat niet met zekerheid te zeggen.

Op dat van Donnie Baribeau staat simpelweg BID VOOR ONS.

Marta Edmunds, die soms op de kinderen van de Everetts past, behoort niet tot de pelgrims. Haar ex-man woont in South Portland, maar ze denkt niet dat hij komt opdagen, en wat moest ze tegen hem zeggen als hij kwam? *Je bent achter met de alimentatie, hufter?* Ze gaat niet over Route 119 maar neemt Little Bitch Road. Dat heeft het voordeel dat ze niet hoeft te lopen. Ze neemt haar Acura (en zet de airconditioning op volle kracht). Haar bestemming is het knusse huisje waar Clayton Brassey zijn laatste jaren slijt. Hij is haar overoudoom (of zoiets), en hoewel ze niet precies weet in hoeverre hij familie van haar is, weet ze wel dat hij een generator heeft. Als die het nog doet, kan ze alles op tv zien. Ze wil zich er ook van vergewissen dat het nog goed gaat met oom Clayt – of tenminste zo goed als nog mogelijk is wanneer je honderdvijf bent en je hersenen in havermoutpap zijn veranderd.

Het gaat niet goed met hem. Clayton is niet meer de oudste in leven zijnde bewoner van de gemeente. Hij zit in zijn favoriete stoel in de huiskamer, met zijn beschadigde emaillen urinaal op zijn schoot en de Boston Post-stok dicht bij hem tegen de muur, zo koud als een lege soeplepel. Nell Toomey, zijn achter-achterkleindochter en hoofdverzorgster, is nergens te bekennen; die is met haar broer en schoonzus naar de Koepel.

Marta zegt: 'O, oom... Sorry, maar waarschijnlijk werd het ook tijd.'

Ze gaat de slaapkamer in, pakt een schoon laken uit de kast en gooit het over de oude man heen. Daardoor lijkt hij nu net een afgedekt meubelstuk in een leegstaand huis. Bijvoorbeeld een hoge ladekast. Marta hoort de generator achter het huis pruttelen en denkt, wat geeft het? Ze zet de tv aan, stemt af op CNN en gaat op de bank zitten. Als ze de beelden op het scherm ziet, vergeet ze bijna dat ze met een lijk in de kamer zit.

Het is een opname vanuit de lucht, gemaakt met een krachtige telelens vanuit de helikopter die boven de vlooienmarkt van Motton hangt, waar de bussen met bezoekers zullen parkeren. De vroegkomers binnen de Koepel zijn er al. Achter hen komt de *hadj*: tweebaans asfalt, over de volle breedte gevuld met mensen, helemaal vanaf de Food City. De gelijkenis van de dorpelingen met trekkende mieren is onmiskenbaar.

Een presentator wauwelt een eind weg. Hij gebruikt woorden als 'geweldig' en 'fenomenaal'. Als hij voor de tweede keer 'zoiets heb ik nog nooit gezien' zegt, zet Marta het geluid uit. Niemand heeft dat ooit gezien, sukkel, denkt ze. Ze denkt erover om op te staan en te kijken of er nog iets te snacken in de keuken ligt (misschien is het niet gepast om dat in het bijzijn van een lijk te doen, maar ze heeft honger, verdraaid nog aan toe), als het beeld zich in tweeën splitst. Op de linkerhelft volgt een andere helikopter nu de rij bussen die uit Castle Rock vertrekt, en de tekst onder aan het scherm luidt: BEZOEKERS ZULLEN KORT NA 10 UUR ARRIVEREN.

Er is dus nog tijd om iets bij elkaar te zoeken. Marta vindt crackers, pindakaas en – het best van alles – drie koude flesjes bier. Ze neemt alles op een dienblad mee naar de huiskamer en gaat er eens goed voor zitten. 'Dank je, oom,' zegt ze.

Zelfs nu het geluid uit staat (júíst omdat het geluid uit staat) zijn de naast elkaar gezette beelden fascinerend, bijna hypnotisch. Als het eerste biertje naar binnen is (heerlijk!), beseft Marta dat het net zoiets is als wachten tot een onweerstaanbare kracht tegen een onbeweeglijk voorwerp botst: je vraagt je af of het tot een explosie zal komen.

Niet ver van de drukte, op de heuvel waar hij het graf van zijn vader heeft gegraven, leunt Ollie Dinsmore op zijn schop en kijkt naar de menigte die daar aankomt: tweehonderd, vierhonderd, achthonderd mensen. Minstens achthonderd. Hij ziet een vrouw met een baby in zo'n draagzak op de rug en vraagt zich af of ze gek is: zo'n klein kind hierheen brengen in die hitte, zonder zelfs een hoedje ter bescherming daartegen. De dorpelingen staan in de wazige zon voor zich uit te kijken en ongeduldig op de bussen te wachten. Ollie denkt dat het een langzame, trieste uittocht zal worden wanneer de heisa voorbij is: het hele eind terug naar het dorp, in de zinderende middaghitte. Dan gaat hij verder met zijn werk.

Achter de groeiende menigte staan politiewagens met zwaailichten in beide bermen van de 119: een stuk of tien merendeels nieuwe agenten, geleid door Henry Morrison. De laatste twee politiewagens komen wat later, omdat ze van Henry opdracht hebben gekregen jerrycans in de kofferbak te zetten met water uit de kraan van de brandweer, waar zoals hij heeft ontdekt de generator niet alleen werkt, maar er waarschijnlijk ook nog wel een paar weken mee doorgaat. Het is lang niet genoeg water – eigenlijk een belachelijk kleine hoeveelheid, gezien de omvang van de menigte – maar meer kunnen ze niet doen. Ze zullen het bewaren voor mensen die flauwvallen in de zon. Henry hoopt dat het er niet veel zijn, maar hij weet dat sommige mensen van hun stokje zullen gaan, en hij vloekt in stilte op Jim Rennie omdat er zo weinig voorbereidingen zijn getroffen. Hij weet dat het Rennie geen moer kan schelen, en dat maakt zijn nalatigheid in Henry's ogen nog erger.

Hij is hierheen gereden met Pamela Chen, de enige van de nieuwe 'hulpagenten' in wie hij een volledig vertrouwen heeft, en als hij ziet hoe groot de menigte is, zegt hij tegen haar dat ze het ziekenhuis moet bellen. Hij wil dat de ambulance hier klaarstaat. Vijf minuten later komt ze terug met nieuws dat tegelijk ongelooflijk en helemaal niet verrassend is, vindt Henry. Een van de patiënten heeft de telefoon opgenomen op de receptie, zegt Pamela – een jonge vrouw die 's morgens vroeg met een gebroken pols is binnengekomen. Ze zegt dat al het medisch personeel weg is, en de ambulance is ook weg.

'Nou, dat is dan fantastisch,' zegt Henry. 'Ik hoop dat je goed in EHBO bent, Pammie, want dat kon wel eens nodig zijn.'

'Ik kan reanimeren,' zegt ze.

'Mooi.' Hij wijst naar Joe Boxer, de tandarts die zoveel van Eggo-wafels houdt. Boxer draagt een blauwe band om zijn arm en staat gewichtig mensen naar weerskanten van de weg te dirigeren (de meesten trekken zich niets van hem aan). 'En als iemand kiespijn krijgt, kan die arrogante kwast gaan trekken.'

'Als ze genoeg geld bij zich hebben,' zegt Pamela. Ze heeft ervaring opgedaan met Joe Boxer toen haar verstandskies doorkwam. Hij zei iets over 'uitwisseling van diensten', terwijl hij naar haar borsten keek met een blik die haar helemaal niet aanstond.

'Ik denk dat er een Red Sox-pet achter in mijn auto ligt,' zegt Henry. 'Als dat zo is, wil je hem dan daarheen brengen?' Hij wijst naar de vrouw die Ollie al heeft gezien, de vrouw met het kindje dat niets op zijn hoofd had. 'Zet hem op dat kind daar en zeg tegen die vrouw dat ze een idioot is.'

'Ik breng de pet, maar ik ga niet zoiets tegen haar zeggen,' antwoordt Pamela kalm. 'Dat is Mary Lou Costas. Ze is zeventien en al een jaar getrouwd met een trucker die bijna twee keer zo oud is als zij, en waarschijnlijk hoopt ze dat hij haar komt opzoeken.'

Henry zucht. 'Ze is nog steeds een idioot, maar ja, op ons zeventiende zijn we dat allemaal.'

En nog steeds blijven de mensen komen. Een man heeft geen water bij zich, maar wel een grote gettoblaster waar gospelmuziek van WCIK uit dreunt. Twee van zijn vrienden rollen een spandoek uit. De woorden daarop worden geflankeerd door gigantische, onhandig getekende rode alarmlichten. ALSJEBLIEFT REDT ONS, staat er op het doek.

'Dit loopt slecht af,' zegt Henry, en natuurlijk heeft hij gelijk, al weet hij niet hoe erg het gaat worden.

De groeiende menigte staat in de zon te wachten. Degenen met een zwakke blaas lopen de struiken ten westen van de weg in om te pissen. De meesten zitten al onder de schrammen voordat ze zich leeg kunnen laten lopen. Een dikke vrouw (Mabel Alston; ze lijdt ook aan wat ze dia-beetjes noemt) verstuikt haar enkel en blijft schreeuwend op de grond liggen tot een paar mannen haar op haar goede voet hijsen. Lennie Meechum, de postdirecteur van de gemeente (tenminste totdat deze week de bezorging van post tot nader order werd stopgezet) leent een stok voor haar. Dan zegt hij tegen Henry dat Mabel een lift naar het dorp terug nodig heeft. Henry zegt dat hij geen auto kan missen. Ze moet in de schaduw blijven, zegt hij.

Lennie zwaait met zijn armen naar weerskanten van de weg. 'Voor het geval het je niet is opgevallen: aan de ene kant hebben we weiland, en aan de andere kant braamstruiken. Geen noemenswaardige schaduw.'

Henry wijst naar de stal van Dinsmore. 'Daar is schaduw genoeg.'

'Dat is vierhonderd meter hiervandaan!' zegt Lennie verontwaardigd.

Het is hooguit tweehonderd meter, maar Henry spreekt hem niet tegen. 'Zet haar voor in mijn auto.'

'Vreselijk heet in de zon,' zegt Lennie. 'Ze heeft fabriekslucht nodig.'

Ja, Henry weet dat ze de airconditioning nodig heeft, maar dat betekent dat hij de motor moet laten draaien, en dat kost benzine. Daar is op dit moment geen tekort aan – dat wil zeggen, als ze het uit de tanks van de Gas & Grocery kunnen pompen – en hij neemt aan dat ze zich daar later maar druk om moeten maken.

'De sleutel zit in het contact,' zegt hij. 'Zet hem op gematigd koel. Begrijp je dat?'

Lennie zegt dat hij het begrijpt en loopt terug naar Mabel, maar Mabel heeft geen zin om mee te komen, al loopt het zweet over haar wangen en is haar gezicht knalrood. 'Ik ben nog niet geweest!' roept ze uit. 'Ik móét!'

Leo Lamoine, een van de nieuwe agenten, loopt naar Henry toe. Henry zou het heel goed zonder zijn gezelschap kunnen stellen; Leo heeft de hersenen van een koolraap. 'Hoe is ze hier gekomen, makker?' Leo Lamoine is zo iemand die iedereen 'makker' noemt.

'Dat weet ik niet, maar ze is er,' zegt Henry vermoeid. Hij krijgt hoofdpijn. 'Roep een paar vrouwen bij elkaar om met haar achter mijn wagen te gaan staan en haar overeind te houden terwijl ze pist.'

'Welke, makker?'

'Grote,' zegt Henry, en hij loopt weg voordat zijn plotselinge aandrang om Leo Lamoine een stomp op zijn neus te geven hem te machtig zal worden.

'Wat voor politiekorps is dit?' vraagt een vrouw als zij en vier anderen met Mabel naar de achterkant van wagen 3 lopen, waar Mabel zal pissen terwijl ze zich aan de bumper vasthoudt en de anderen voor haar staan om haar aan het oog te onttrekken.

Dankzij Rennie en Randolph, jullie onbevreesde leiders, is dit een onbekwaam korps, zou Henry graag antwoorden, maar dat doet hij niet. Hij weet dat hij zichzelf de vorig avond al in moeilijkheden heeft gebracht, toen hij zei dat ze naar Andrea Grinnell moesten luisteren. Daarom zegt hij nu: 'Het enige dat we hebben.'

Eerlijk gezegd zijn de meeste mensen, net als Mabels vrouwelijke erewacht, best bereid elkaar de helpende hand toe te steken. Degenen die eraan hebben gedacht water mee te brengen delen het met mensen die het niet hebben, en de meesten drinken maar een beetje. Natuurlijk zitten er idioten in elke mensenmassa, en degenen in deze massa gieten het water vrijelijk en zonder erbij na te denken naar binnen. Sommige mensen eten koekjes en zoutjes waardoor ze later nog meer dorst zullen krijgen. De baby van Mary Lou Costas huilt zeurderig onder de Red Sox-pet, die veel te groot voor haar is. Mary Lou heeft een fles water meegebracht en bevochtigt daarmee de verhitte wangen en hals van de baby. Straks is de fles leeg.

Henry pakt Pamela Chen vast en wijst weer naar Mary Lou. 'Neem die fles en vul hem met wat wij hebben meegebracht,' zegt hij. 'Zorg dat niet te veel mensen je zien, anders is het allemaal op voordat de middag begint.'

Ze doet wat hij zegt, en Henry denkt: *Er is er tenminste één die het bij de politie niet slecht zou doen, als ze ooit die baan wilde.*

Niemand kijkt waar Pamela heen gaat. Dat is goed. Als de bussen komen, zullen de mensen de hitte en hun dorst een tijdje vergeten. Maar ja, als de bezoekers weg zijn... en als iedereen een lange wandeling naar het dorp voor de boeg heeft...

Er schiet Henry iets te binnen. Hij kijkt naar zijn 'agenten' en ziet veel stomkoppen en maar weinig mensen die hij vertrouwt; Randolph heeft de meeste redelijk goede agenten meegenomen voor een geheime missie. Henry denkt dat het te maken heeft met de drugshandel waarvan Rennie door Andrea beschuldigd werd, maar het kan hem niet schelen hoe het zit. Hij weet alleen dat ze hier niet zijn en dat hij dit niet in zijn eentje afkan.

Daarentegen weet hij wie hem kan helpen, en hij laat hem bij zich komen.

'Wat wil je, Henry?' vraagt Bill Allnut.

'Heb je je sleutels van de school bij je?'

Allnut, die al dertig jaar portier van de middelbare school is, knikt. 'Ja, hier.' De sleutelring aan zijn riem glinstert in het wazige zonlicht. 'Die heb ik altijd bij me. Hoezo?'

'Neem wagen 4,' zegt Henry. 'Ga zo snel mogelijk naar het dorp terug zonder laatkomers te overrijden. Neem een van de schoolbussen en breng hem hierheen. Een van de bussen met vierenveertig zitplaatsen.'

Allnut kijkt niet blij. Hij steekt zijn kin naar voren op de yankee-manier die Henry – zelf ook een yankee – zijn hele leven heeft gezien. Henry kent die houding heel goed en heeft er de pest aan. Het is een vrekkig gezicht en het betekent *Ik moet voor mezelf zorgen, beste man.* 'Je kunt niet al die mensen met één schoolbus overbrengen. Ben je gek geworden?'

'Niet allemaal,' zegt Henry, 'alleen degenen die niet op eigen kracht terug kunnen.' Hij denkt aan Mabel en de oververhitte baby van het meisje Costas, maar om drie uur vanmiddag zullen er natuurlijk wel meer mensen zijn die niet zelf naar het dorp terug kunnen lopen. Of helemaal niet meer kunnen lopen.

Bill Allnuts kin komt nog meer naar voren, als de boeg van een schip. 'Nee, dat doe ik niet. Mijn twee zoons en hun vrouwen komen. Dat hebben ze gezegd. Ze brengen hun kinderen mee. Ik wil ze niet mislopen. En ik laat mijn vrouw niet alleen. Ze is overstuur.'

Henry zou de man wel door elkaar willen schudden omdat hij zo dom is (en hem wurgen omdat hij zo egoïstisch is). In plaats daarvan pakt hij Allnuts sleutels aan en vraagt welke van de garage is waar de bussen staan. Dan zegt hij tegen Allnut dat hij naar zijn vrouw terug moet gaan.

'Sorry, Henry,' zegt Allnut, 'maar ik moet mijn kinderen en kleinkinderen zien. Daar heb ik recht op. Ik heb de lammen en blinden niet gevraagd hierheen te komen, en ik hoef niet voor hun domheid te boeten.'

'Ja, je bent een goede Amerikaan. Geen twijfel mogelijk,' zegt Henry. 'En ga nu uit mijn ogen.'

Allnut doet zijn mond open om te protesteren, ziet daarvan af (misschien door iets wat hij op het gezicht van agent Morrison ziet) en schuifelt weg. Henry roept om Pamela, die niet protesteert als hij zegt dat ze naar het dorp terug moet. Ze vraagt alleen waar, wat en waarom. Henry vertelt het haar.

'Oké, maar... moet je schakelen in die schoolbussen? Want ik kan niet in een handgeschakelde auto rijden.'

Henry roept de vraag naar Allnut, die met zijn vrouw Sarah bij de Koepel staat. Ze turen allebei naar de lege weg aan de andere kant van de grens met Motton.

'Nummer 16 is handgeschakeld!' roept Allnut terug. 'De rest heeft een automaat! En zeg tegen haar dat ze haar gordel moet omdoen! Die bussen willen niet starten als je je gordel niet om hebt!'

Henry stuurt Pamela weg. Hij zegt dat ze zich zoveel moet haasten als nog verantwoord is. Hij wil die bus daar zo gauw mogelijk hebben.

Eerst staan de mensen bij de Koepel gespannen naar de lege weg te kijken. Dan gaan de meesten zitten. Degenen die dekens hebben meegebracht spreiden ze uit. Sommigen gebruiken hun bord om zich tegen de wazige zon te beschermen. De gesprekken stokken, en Wendy Goldstone is duidelijk te horen als ze haar vriendin Ellen vraagt waar de krekels zijn – je hoort ze niet tsjilpen in het hoge gras. 'Of ben ik doof geworden?' vraagt ze.

Ze is niet doof. De krekels zwijgen of zijn dood.

In de WCIK-studio galmt door de luchtige (en aangenaam koele) middenruimte de stem van Ernie 'The Barrel' Kellogg die onder begeleiding van His Delight Trio zingt: 'I Got a Telephone Call from Heaven and It Was Jesus on the Line'. De twee mannen luisteren niet; ze kijken tv. Ze kijken net zo gefascineerd naar het in tweeën gesplitste beeld als Marta Edmunds (die aan haar tweede biertje bezig is en het lijk van de oude Clayton Brassey onder het laken helemaal vergeten is). Ze kijken zo gefascineerd als iedereen in Amerika, en – ja – de wereld daarbuiten.

'Moet je ze eens zien, Sanders,' zegt Chef ademloos.

'Ja,' zegt Andy. Hij heeft CLAUDETTE op zijn schoot. Chef heeft hem ook twee handgranaten aangeboden, maar deze keer heeft Andy geweigerd. Hij is bang dat hij verstijfd van paniek zal zijn als hij de pen eruit heeft getrokken. Dat heeft hij een keer in een film gezien. 'Het is heel bijzonder, maar vind je niet dat we ons op ons bezoek moeten voorbereiden?'

Chef weet dat Andy gelijk heeft, maar het valt niet mee om je blik weg te nemen van het scherm, waarop nu helikopterbeelden te zien zijn van de bussen en de grote camerawagen die de stoet leidt. Hij kent het landschap daar op zijn duimpje; het is zelfs van boven af goed herkenbaar. De bezoekers komen nu dichtbij.

We komen nu allemaal dichtbij, denkt hij.

'Sanders!'

'Wat is er, Chef?'

Chef geeft hem een blikje keelpastilles. 'De rots zal hen niet verbergen; de dode boom biedt geen beschutting, de krekel geen troost. Prediker, hoofdstuk twaalf.'

Andy maakt het blikje open, ziet zes dikke joints dicht tegen elkaar aan liggen en denkt: *Dat zijn soldaten van extase*. Het is de meest poëtische gedachte van zijn leven en hij krijgt zin om te huilen.

'Kun je amen zeggen, Sanders?'

'Amen.'

De Chef gebruikt zijn afstandsbediening om de tv uit te zetten. Hij zou graag de bussen zien aankomen – stoned of niet, paranoïde of niet, hij houdt net zoveel van een blije hereniging als iedereen –, maar de bittere mannen kunnen er nu elk moment zijn.

'Sanders!'

'Ja, Chef.'

'Ik haal de bestelwagen van "Een Christelijk Tafeltje Dek Je" uit de garage en zet hem aan de andere kant van de opslagloods. Als ik daarachter ga zitten, heb ik een goed zicht op het bos.' Hij pakt GODS KRIJGER op. De granaten die eraan hangen, bungelen heen en weer. 'Hoe meer ik erover nadenk, des te meer denk ik dat ze van die kant komen. Er is daar een toegangsweg. Ze zullen wel denken dat ik daar niet van weet, maar...' Chefs rode ogen glimmen. '... de Chef weet meer dan de mensen denken.'

'Dat weet ik. Ik hou van je, Chef.'

'Dank je, Sanders. Ik hou ook van jou. Als ze uit het bos komen, wacht ik tot ze in het open veld zijn en dan maai ik ze neer als tarwe in oogsttijd. Maar we moeten niet alles op één kaart zetten. Daarom wil ik dat jij aan de voorkant gaat staan, waar we laatst waren. Als ze van die kant komen...'

Andy brengt CLAUDETTE omhoog.

'Dat klopt, Sanders. Maar niet te haastig. Wacht met schieten tot er zo veel mogelijk tevoorschijn zijn gekomen.'

'Doe ik.' Soms heeft Andy opeens het gevoel dat hij in een droom leeft; dit is een van die momenten. 'Als tarwe in oogsttijd.'

'Een waar woord! Maar luister, want dit is belangrijk, Sanders. Kom niet meteen naar me toe als je me hoort schieten. En ik kom niet meteen als ik jóú hoor schieten. Misschien vermoeden ze dat we niet bij elkaar zijn, maar die truc ken ik. Kun je fluiten?'

Andy steekt een paar vingers in zijn mond en laat een schelle fluittoon horen.

'Dat is goed, Sanders. Geweldig goed zelfs.'

'Ik heb het op de lagere school geleerd.' *Toen het leven veel eenvoudiger was*, voegt hij er niet aan toe.

'Doe dat pas als je het niet meer redt. Dan kom ik. En als je míj hoort fluiten, kom je als de gesmeerde bliksem mijn positie versterken.'

'Oké.'

'Laten we erop roken, Sanders. Akkoord?'

Andy ging meteen akkoord.

Op Black Ridge, aan de rand van de boomgaard van McCoy, steken zeventien ballingen uit het dorp tegen de smoezelige hemel af als indianen in een western van John Ford. De meesten kijken gefascineerd naar de stille optocht van mensen over Route 119. Ze zijn daar bijna tien kilometer vandaan, maar de grote menigte is heel goed te zien.

Rusty is de enige die naar iets kijkt wat dichterbij is, en de opluchting gonst door hem heen. Een zilverkleurige Odyssey rijdt met grote snelheid over Black Ridge Road. Hij houdt zijn adem in als de auto bij de rand van het bos komt, bij de gloedgordel die nu weer onzichtbaar is. Hij heeft tijd om te denken hoe afschuwelijk het zou zijn als degene die achter het stuur zit – Linda, neemt hij aan – het bewustzijn verloor en de wagen te pletter zou rijden, maar dan is de Odyssey voorbij de gevarenzone. Misschien heeft hij een klein beetje geslingerd, maar Rusty weet dat hij zich zelfs dat kan hebben verbeeld. Ze zullen er gauw zijn.

Ze staan honderd meter links van het kastje, maar Joe McClatchey denkt evengoed dat hij het kan voelen: een lichte pulsering die zich in zijn hersenen boort, telkens wanneer het lavendelblauwe licht opflitst. Misschien speelt zijn fantasie hem parten, maar hij denkt van niet.

Barbie staat naast hem met zijn arm om mevrouw Shumway heen. Joe tikt op zijn schouder en zegt: 'Dit voelt niet goed aan, meneer Barbara. Al die mensen bij elkaar. Dit voelt afschuwelijk aan.'

'Ja,' zei Barbie.

'Zíj kijken. De leerkoppen. Ik voel ze.'

'Ik ook,' zegt Barbie.

'Ik ook,' zegt Julia, zo zacht dat ze bijna niet te horen is.

In de vergaderkamer van het gemeentehuis kijken Grote Jim en Carter Thibodeau zwijgend naar de televisie. Het gesplitste beeld maakt plaats voor opnamen op de grond. Eerst schudt het beeld nogal, als een opname van een naderende tornado of de onmiddellijke nasleep van een autobomaanslag. Ze zien lucht, grind en rennende voeten. Iemand mompelt: 'Schiet op.'

Wolf Blitzer zegt: 'De wagen van de gezamenlijke netwerken is aangekomen. Ze hebben blijkbaar haast, maar ze kunnen straks vast wel... Ja. Lieve help, moet je toch eens zien.'

De camera is gericht op de honderden inwoners van Chester's Mill die bij de Koepel zijn en nu allemaal overeind komen. Het is net een grote groep bezoekers van een openluchtkerk die opstaan uit het gebed. De voorsten worden tegen de Koepel gedrukt door degenen die achter hen staan. Grote Jim ziet platgedrukte neuzen, wangen en lippen, alsof de dorpelingen tegen een glazen wand worden gedrukt. Hij voelt zich even duizelig worden en beseft waarom: dit is de eerste keer dat hij er vanaf de buitenkant naar kijkt. Voor het eerst dringt de realiteit, de enormiteit, tot hem door. Voor het eerst is hij echt bang.

Zwakjes, enigszins gedempt door de Koepel, klinkt het geluid van pistoolschoten.

'Ik denk dat ik schoten hoor,' zegt Wolf. 'Anderson Cooper, hoor jij schoten? Wat gebeurt er?'

Zachtjes, als iemand met een satelliettelefoon ergens diep in de Australische wildernis, antwoordt Cooper: 'Wolf, we zijn er nog niet, maar ik heb een kleine monitor en het lijkt...'

'Ik zie het nu ook,' zegt Wolf. 'Het lijkt op...'

'Het is Morrison,' zegt Carter. 'Die kerel heeft lef. Dat moet ik hem nageven.'

'Hij vliegt er met ingang van morgen uit,' zegt Grote Jim.

Carter kijkt hem met opgetrokken wenkbrauwen aan. 'Om wat hij gisteravond op de gemeentevergadering zei?'

Grote Jim wijst naar hem. 'Ik wist wel dat je pienter was.'

Bij de Koepel denkt Henry Morrison niet aan de vergadering van de vorige avond, of aan moed, of aan zijn plicht. Hij denkt dat er mensen worden platgedrukt tegen de Koepel als hij niet snel iets doet. En dus schiet hij met zijn pistool in de lucht. Andere agenten – Todd Wendlestat, Rance Conroy en Joe Boxer – volgen zijn voorbeeld en doen het ook.

De schreeuwende stemmen (en de kreten van pijn van de mensen die vooraan staan en geplet worden) maken plaats voor een geschokte stilte, en Henry gebruikt zijn megafoon: 'VERSPREIDEN! VERSPREIDEN, VERDOMME! ER IS RUIMTE VOOR IEDEREEN ALS JULLIE JE GODVERDOMME VERSPREIDEN!'

De grove vloek heeft meer een ontnuchterende uitwerking op hen dan de schoten, en hoewel de koppigsten op de weg blijven staan (Bill en Sarah Allnut vallen daar meteen op, evenals Johnny en Carrie Carver), verspreiden de anderen zich langs de Koepel. Sommigen gaan naar rechts, maar de meerderheid schuifelt naar links, het weiland van Alden Dinsmore in, dat beter begaanbaar is. Henrietta en Petra zijn daar ook bij. Ze wankelen een beetje, want ze zijn niet zuinig geweest met de Canada Dry Rocket.

Henry steekt zijn wapen in de holster en zegt tegen de andere agenten dat ze hetzelfde moeten doen. Wendlestat en Conroy gehoorzamen, maar Joe Boxer houdt zijn .38 met extra korte loop in zijn hand – een gemakkelijk te verbergen ding, denkt Henry.

'Dwing me maar,' zegt hij spottend, en Henry denkt: *Het is allemaal een nachtmerrie. Straks word ik in mijn eigen bed wakker. Ik ga naar het raam, kijk naar buiten en zie een mooie frisse herfstdag.*

Velen van degenen die niet naar de Koepel zijn gekomen (verontrustend veel mensen zijn thuisgebleven omdat ze problemen met hun luchtwegen hebben gekregen), kunnen het op televisie zien. Dertig à veertig van hen zijn naar de Dipper gegaan. Tommy en Willow Anderson zijn zelf bij de Koepel, maar ze hebben de zaak opengelaten en het grote televisiescherm aangezet. De mensen die zich daar op de hardhouten vloer verzamelen om te kijken doen dat zachtjes, al wordt er hier en daar gehuild. De HDTV-beelden zijn kristalhelder. Ze zijn hartverscheurend.

Ze zijn niet de enigen die diep getroffen worden door de aanblik van achthonderd mensen die op een rij staan langs een onzichtbare barrière, sommigen met hun handen als het ware tegen de lucht gedrukt. Wolf Blitzer zegt: 'Ik heb nog nooit zoveel verlangen op gezichten van mensen gezien. Ik...' Hij schiet vol. 'Ik kan de beelden maar beter voor zichzelf laten spreken.'

Hij zwijgt, en dat is goed. Deze beelden hebben geen commentaar nodig.

Op zijn persconferentie heeft Cox gezegd: *De bezoekers stappen uit en lopen naar de Koepel... De bezoekers mogen de Koepel tot op twee meter naderen. We beschouwen dat als een veilige afstand.* Natuurlijk gebeurt er niets van dien aard. Zodra de deuren van de bussen opengaan, komen de mensen er in een stroom uit. Ze roepen de namen van hun dierbaren. Sommigen vallen en worden meteen onder de voet gelopen (een van hen zal in deze stormloop om het leven komen en veertien zullen gewond raken, van wie zes ernstig). Soldaten die de verboden zone vlak voor de Koepel vrij proberen te houden, worden opzij geduwd. De linten waarmee de zone is afgezet worden losgelopen en verdwijnen in het stof onder de rennende voeten. De nieuwkomers zwermen naar voren en verspreiden zich aan hun kant van de Koepel. De meesten huilen, en allemaal roepen ze om hun vrouw, hun man, hun grootouders, hun zoon, hun dochter, hun verloofde. Vier mensen hebben over elektronische medische apparaten gelogen of er zelf niet aan gedacht. Drie van hen zijn op slag dood; de vierde, die zijn gehoorapparaat met batterijen niet op de lijst van verboden apparaten heeft zien staan, zal nog een week in coma liggen alvorens aan een groot aantal hersenbloedingen te bezwijken.

Beetje bij beetje vinden al die mensen hun plaats, en de televisiecamera's registreren het allemaal. Ze zien de dorpelingen en de bezoekers hun handen tegen elkaar drukken, met de onzichtbare barrière tussen hen in. Ze zien dat ze proberen elkaar te kussen; ze zoomen in op mannen en vrouwen die elkaar huilend in de ogen kijken. Ze richten zich op mensen die flauwvallen, zowel binnen de Koepel als daarbuiten, en op degenen die tegenover elkaar op hun knieën vallen en gaan bidden, hun samengevouwen handen hoog geheven. Ze zien de man aan de buitenkant die met zijn vuisten tegen het ding hamert dat hem bij zijn zwangere vrouw vandaan houdt, die hamert tot zijn huid opensplijt en zijn bloed pareltjes vormt in de leegte. Ze turen naar de oude vrouw die met haar vingers, waarvan de toppen wit en glad tegen het onzichtbare oppervlak drukken, over het voorhoofd van haar snikkende kleindochter probeert te strijken.

De pershelikopter stijgt weer op en blijft hangen om beelden uit te zenden van een dubbele menselijke slang die zich over vierhonderd meter uitstrekt. Aan de Motton-kant vlammen en dansen de bladeren met de kleuren van eind oktober; aan de Chester's Mill-kant hangen ze slap. Achter de dorpelingen – op de weg; in de velden, in de struiken – liggen tientallen weggegooide borden. Op dit moment van hereniging (of bijna-hereniging) zijn politiek en protesten vergeten.

Candy Crowley zegt: 'Wolf, dit is zonder enige twijfel de droevigste, vreemdste gebeurtenis die ik in al mijn jaren als journalist heb meegemaakt.'

Toch kunnen mensen zich altijd aanpassen, en beetje bij beetje nemen de opwinding en vreemdheid af. De herenigingen gaan over in bezoeken. En achter de bezoekers worden degenen die het niet meer aankunnen – aan beide kanten van de Koepel – weggedragen. Aan de Chester's Mill-kant is er geen Rode Kruistent om ze heen te brengen. De politie legt ze in het beetje schaduw dat de politiewagens toelaten, in afwachting van Pamela Chen en de schoolbus.

Op het politiebureau kijkt het team dat de inval bij WCIK gaat doen met evenveel stille fascinatie als alle anderen. Randolph laat hen begaan; er is nog een beetje tijd. Hij vinkt de namen op zijn klembord af en geeft Freddy Denton dan met een gebaar te kennen dat hij buiten met hem wil praten. Hij verwacht rancune van de kant van Freddy, omdat die de leiding heeft moeten overdragen (zijn hele leven al beoordeelt Peter Randolph anderen naar zichzelf), maar die rancune is er niet. Dit is een veel grotere operatie dan vieze oude dronkaards uit winkels halen, en Freddy vindt het geen enkel probleem dat een ander de verantwoordelijkheid draagt. Hij zou best de eer willen opeisen als het goed ging, maar als het nu eens niet goed ging? Randolph zit daar helemaal niet mee. Een werkloze onruststoker en een zachtmoedige apotheker die nog niet zou protesteren als er poep in zijn pap zat? Wat kan er nou misgaan?

En als ze daar op het trapje staan waar Piper Libby nog niet zo lang geleden van af is gevallen, merkt Freddy dat hij niet helemaal onder de rol van leider uitkomt. Randolph geeft hem een papier. Daarop staan de namen van zeven personen. Een daarvan is Freddy zelf. De zes anderen zijn Mel Searles, George Frederick, Marty Arsenault, Aubrey Towle, Stubby Norman en Lauren Conree.

'Jij gaat met dit groepje over de toegangsweg,' zegt Randolph. 'Weet je waar die is?'

'Ja. Die komt aan deze kant van het dorp op Little Bitch Road uit. De vader van Sam Slobber heeft die weg aange...'

'Het kan me niet schelen wie hem heeft aangelegd,' zegt Randolph. 'Je rijdt gewoon naar het eind. Om twaalf uur ga je met je mannen door het bos daar.

Jullie komen achter het radiostation uit. Twáálf uur, Freddy. Dat betekent: geen minuut eerder en geen minuut later.'

'Ik dacht dat we daar allemáál langs zouden gaan, Pete.'

'De plannen zijn veranderd.'

'Weet Grote Jim dat ze veranderd zijn?'

'Grote Jim is wethouder, Freddy. Ik ben de politiecommandant. Ik ben ook jouw meerdere, dus wil je zo goed zijn je bek te houden en te luisteren?'

'Soooo-rrry,' zegt Freddy, en hij houdt zijn handen over zijn oren op een manier die op zijn zachtst gezegd brutaal is.

'Ik sta geparkeerd op de weg die langs de voorkant van het station loopt. Ik heb Stewart en Fern bij me. En ook Roger Killian. Als Bushey en Sanders dom genoeg zijn om een gevecht met jullie aan te gaan – dus als we schoten achter het radiostation horen – komen wij met zijn drieën aanstormen en vallen ze in de rug aan. Heb je dat begrepen?'

'Ja.' Het lijkt Freddy een heel goed plan.

'Goed, dan zetten we onze horloges gelijk.'

'Eh... sorry?'

Randolph zucht. 'Ze moeten dezelfde tijd aangeven. Dan is het op hetzelfde moment twaalf uur voor ons beiden.'

Freddy kijkt nog steeds verbaasd, maar hij doet het wel.

In het bureau roept iemand – het klinkt als Stubby: 'Joepie, daar bijt er weer een in het stof! De flauwvallers liggen als brandhout opgestapeld achter die politiewagens!' Dat wordt begroet met gelach en applaus. Ze zijn opgefokt, blij dat ze 'mogelijke schietdienst' hebben, zoals Melvin Searles het noemt.

'We vertrekken om kwart over elf,' zegt Randolph tegen Freddy. 'Dus we hebben bijna drie kwartier om naar de voorstelling op tv te kijken.'

'Wil je popcorn?' vraagt Freddy. 'We hebben er een heleboel van in de kast boven de magnetron.'

'Ja, laten we maar wat nemen.'

Bij de Koepel loopt Henry Morrison naar zijn auto en neemt een koel drankje. Zijn uniform is drijfnat van het zweet en hij kan zich niet herinneren ooit zo moe te zijn geweest (hij denkt dat het voor een groot deel door de slechte lucht komt – hij kan niet helemaal op adem komen), maar over het geheel genomen is hij tevreden over zichzelf en zijn mannen. Het is hun gelukt een massaverplettering bij de Koepel te vermijden, er is niemand aan deze kant gestorven – nog niet – en de mensen komen tot bedaren. Een stuk of zes cameralieden rennen heen en weer aan de Mottonkant om zo veel mogelijk beelden van hartverwarmende herenigingen vast te leggen. Henry weet dat het een inbreuk op de privacy is, maar hij neemt aan dat Amerika en de wereld daarbuiten het recht hebben om dit te zien. En over het geheel genomen vinden de mensen het niet erg. Sommigen vinden het zelfs prettig om ook even in de schijnwerpers te staan. Henry heeft tijd om op zoek te gaan naar zijn eigen ouders, al is hij niet verbaasd als hij hen nergens ziet; ze wonen helemaal in Derry en ze worden een jaartje ouder. Hij betwijfelt zelfs of ze zich voor de bezoekersloterij hebben ingeschreven.

Uit het westen komt een nieuwe helikopter aangeroffeld, en hoewel Henry het niet weet, zit kolonel James Cox daarin. Cox is ook redelijk tevreden over het verloop van de bezoekersdag tot dan toe. Hij heeft gehoord dat blijkbaar niemand aan de Chester's Mill-kant voorbereidingen voor een persconferentie treft, maar dat verbaast hem niet en hij vindt het ook geen probleem. Op grond van de uitgebreide dossiers die hij heeft verzameld zou hij het heel vreemd vinden als Rennie zich liet zien. Cox heeft door de jaren heen voor veel mannen gesalueerd en hij ruikt een arrogante lafaard op een kilometer afstand.

Dan ziet Cox de lange rij bezoekers en de in de Koepel gevangen dorpelingen tegenover hen. Die aanblik verdrijft James Rennie uit zijn gedachten. 'Krijg nou wat,' mompelt hij. 'Wie heeft ooit zoiets meegemaakt?'

Aan de Koepelkant roept hulpagent Toby Manning: 'Daar heb je de bus!' Hoewel de burgers het nauwelijks in de gaten hebben – ze worden in beslag genomen door hun familieleden of zijn nog op zoek naar hen –, gaat er onder de agenten een gejuich op.

Henry loopt naar de achterkant van zijn politiewagen, en inderdaad rijdt er een grote gele schoolbus langs Jim Rennie's Used Cars. Pamela Chen mag schoon aan de haak dan niet meer dan vijftig kilo wegen, daar komt ze toch maar aan, en nog met een grote bus ook.

Henry kijkt op zijn horloge en ziet dat het twintig over elf is. *Ik denk dat we hierdoor komen*, denkt hij. *Ik denk dat we hier heel goed doorheen komen.*

In Main Street rijden drie grote oranje vrachtwagens langs het plantsoen. In de derde zit Peter Randolph op een kluitje met Stew, Fern en Roger (die naar kippen ruikt). Als ze in noordelijke richting over de 119 naar Little Bitch Road en het radiostation rijden, schiet er Randolph iets te binnen. Hij kan zichzelf wel voor zijn kop slaan.

Ze hebben genoeg vuurkracht, maar ze zijn de helmen en kogelwerende vesten vergeten.

Teruggaan om ze te halen? Als ze dat doen, zijn ze pas om kwart over twaalf ter plaatse, misschien zelfs later. En het zit er dik in dat die vesten een onnodige voorzorgsmaatregel zijn. Het is elf tegen twee, en die twee zijn waarschijnlijk zo stoned als een garnaal.

Dit wordt een makkie.

8

Andy Sanders stond achter dezelfde eik die hij als dekking had gebruikt toen de bittere mannen voor het eerst kwamen. Hoewel hij geen handgranaten had meegenomen, had hij zes munitieclips in de voorkant van zijn riem gestoken, en er zaten er ook nog vier aan de achterkant. En nog eens vierentwintig in de houten kist bij zijn voeten. Genoeg om een leger tegen te houden... al nam hij aan dat als Grote Jim echt een leger had gestuurd hij in korte tijd zou zijn uitgeschakeld. Per slot van rekening was hij maar een pillendraaier.

Aan de ene kant kon hij niet geloven dat hij dit deed, maar aan de andere kant – een aspect van zijn karakter waarvan hij zonder de methamfetamine nooit een vermoeden zou hebben gehad – voelde hij een grimmig soort blijdschap. Hij was ook verontwaardigd. De Grote Jims van de wereld hoefden niet alles te krijgen, hoefden niet alles af te pakken. Deze keer werd er niet onderhandeld, werden er geen politieke spelletjes gespeeld, werden er geen concessies gedaan. Hij zou zijn vriend steunen. Zijn *soulmate*. Andy begreep dat hij in een nihilistische gemoedstoestand verkeerde, maar dat was niet erg. Hij had zijn hele leven het ene risico tegen het andere afgewogen, en deze gedrogeerde onverschilligheid was een welkome afwisseling.

Hij hoorde trucks naderen en keek op zijn horloge. Het was blijven stilstaan. Hij keek op naar de lucht. Uit de stand van het geelwitte waas dat vroeger de zon was leidde hij af dat het tegen twaalf uur liep.

Hij luisterde naar het aanzwellende geluid van dieselmotoren, en toen het geluid zich verspreidde, wist Andy dat zijn *compadre* het spel had doorzien. Hij had het zo trefzeker doorzien als een doorgewinterde footballverdediger op een zondagmiddag. Sommigen van hen reden naar de toegangsweg die naar de achterkant van het radiostation leidde.

Andy nam nog een diepe trek van zijn fry-daddy, hield zijn adem zo lang mogelijk in en blies de rook uit. Met spijt liet hij de joint vallen en trapte hem uit. Hij wilde niet dat rook (hoe heerlijk verhelderend ook) zijn positie verried.

Ik hou van je, Chef, dacht Andy Sanders, en hij schoof de veiligheidspal van zijn kalasjnikov.

9

Er hing een dunne ketting over de diep doorgroefde toegangsweg. Freddy, die achter het stuur van de voorste wagen zat, aarzelde geen moment. Hij reed gewoon tegen de ketting aan en doorbrak hem met zijn grille. De voorste wagen en die daarachter (bestuurd door Mel Searles) reden het bos in.

Stewart Bowie zat achter het stuur van de derde truck. Hij stopte midden op Little Bitch Road, wees naar de zendmast van WCIK en keek toen Randolph aan, die met zijn HK-machinepistool tussen zijn knieën tegen de deur geleund zat.

'Rij nog een kleine kilometer door,' beval Randolph, 'stop dan en zet de motor uit.' Het was nog maar vijf over halftwaalf. Prima. Tijd genoeg.

'Wat is het plan?' vroeg Fern.

'We wachten tot twaalf uur. Als we schoten horen, gaan we er meteen op af en vallen we ze van achteren aan.'

'Die trucks maken veel herrie,' zei Roger Killian. 'Als die kerels ze nou eens horen aankomen? Dan zijn we dat hoe-heet-het, dat verrassingssegment kwijt.'

'Ze horen ons niet,' zei Randolph. 'Die zitten gewoon op het station met de airconditioning aan naar de tv kijken. Ze hebben geen idee van wat hun overkomt.'

'Hadden we eigenlijk geen kogelvrije vesten of zo moeten meenemen?' vroeg Stewart.

'Waarom zouden we al dat gewicht meesjouwen op zo'n warme dag? Maak je toch niet zo druk. Die twee malloten zitten in de hel voordat ze weten dat ze dood zijn.'

10

Even voor twaalven keek Julia om zich heen en zag ze dat Barbie weg was. Toen ze naar de boerderij terugliep, was hij bezig draagtassen met blikken in de achterkant van de Sweetbriar Rose-wagen te zetten. Hij had ook al verscheidene tassen in het gestolen telefoonbusje gezet.

'Wat doe je? Die hebben we gisteravond uitgeladen.'

Barbie keek haar strak aan. 'Dat weet ik, en ik denk dat we dat niet hadden moeten doen. Ik weet niet of het door de nabijheid van dat kastje komt of niet, maar opeens is het net alsof dat vergrootglas waar Rusty het over had pal boven mijn hoofd staat en alsof de zon er straks dwars doorheen schijnt. Ik hoop dat ik me vergis.'

Ze keek hem aandachtig aan. 'Zijn er nog meer dingen? Zo ja, dan help ik je. We kunnen het later altijd terugzetten.'

'Ja,' zei Barbie, en hij keek haar met een nogal geforceerde grijns aan. 'We kunnen het later altijd terugzetten.'

11

Aan het eind van de toegangsweg lag een veldje met een huis dat al jaren leeg stond. Daar stopten de twee oranje trucks en stapten de politieagenten uit. Teams van twee trokken lange, zware plunjezakken met de woorden **BINNENLANDSE VEILIGHEID** uit de wagen. Op een van de zakken had een grapjas met een markeerstift DENK AAN DE ALAMO geschreven. In de plunjezakken zaten nog meer HK-machinepistolen, twee Mossberg-pompgeweren met een capaciteit van acht patronen, en munitie, munitie, munitie.

'Eh, Fred?' Dat was Stubby Norman. 'Moeten we geen kogelvrije vesten aan?'

'We vallen ze in de rug aan, Stubby. Maak je geen zorgen.' Freddy hoopte dat hij zelfverzekerder klonk dan hij zich voelde. Hij had een buik vol vlinders.

'Geven we ze een kans om zich over te geven?' vroeg Mel. 'Ik bedoel, meneer Sanders is de burgemeester.'

Freddy had daarover nagedacht. Hij had ook aan de eremuur gedacht, waarop foto's hingen van de drie politieagenten uit Chester's Mill die in de Tweede Wereldoorlog tijdens de vervulling van hun plicht waren omgekomen. Hij voelde er weinig voor om zelf ook met zijn foto aan die muur te komen hangen, en omdat commandant Randolph hem daarover geen specifieke orders had gegeven, dacht hij zelf te kunnen beslissen.

'Als hun handen omhooggaan, blijven ze in leven,' zei hij. 'Als ze ongewapend zijn, blijven ze in leven. In alle andere gevallen gaan ze eraan. Heeft iemand daar een probleem mee?'

Dat had niemand. Het was elf uur zesenvijftig. Bijna tijd.

Hij keek naar zijn mannen (plus Lauren Conree, die zo'n hard gezicht en zulke kleine borsten had dat ze gemakkelijk voor een man kon doorgaan), haalde diep adem en zei: 'Volg mij. Achter elkaar aan. We gaan naar de rand van het bos en verkennen daar de situatie.'

Randolph bleek zich ten onrechte zorgen te hebben gemaakt over gifsumak, en de bomen stonden zo ver uit elkaar dat ze ondanks hun zware bepakking gemakkelijk genoeg vooruit konden komen. Freddy vond dat zijn kleine troep zich met bewonderenswaardig weinig geluid door de bosjes jeneverbesstruiken bewoog. Hij kreeg het gevoel dat dit goed zou komen. Eigenlijk verheugde hij zich er al bijna op. Nu ze eenmaal in actie waren gekomen, waren de vlinders uit zijn buik weggevlogen.

Rustig aan, dacht hij. *Kalm aan. En dan: beng! Ze zijn dood voor ze er erg in hebben.*

12

Chef, die zich in het hoge gras aan de achterkant van de opslagloods achter de blauwe bestelwagen had verschanst, hoorde hen bijna zodra ze het veld verlieten waar de oude boerderij van de Verdreaux geleidelijk aan het verzakken was. Zijn gehoor en hersenen waren verscherpt door de drugs, en voor zijn gevoel klonken ze dan ook als een kudde buffels die op zoek was naar de dichtstbijzijnde drinkplaats.

Hij liep vlug voor het busje langs en knielde neer met zijn geweer op de bumper. De granaten die aan de loop van GODS KRIJGER hadden gehangen lagen achter hem op de grond. Zijn magere, puistige rug glom van het zweet. De garagedeuropener zat aan de broeksband van zijn kikkerpyjama geklemd.

Geduld, zei hij tegen zichzelf. *Je weet niet met hoeveel ze zijn. Wacht met schieten tot ze het veld op komen en maai ze dan vlug neer.*

Hij legde extra magazijnen voor GODS KRIJGER bij zich neer en hoopte vurig dat Andy niet zou hoeven te fluiten. En dat hij dat zelf ook niet hoefde te doen. Misschien konden ze dit overleven.

13

Freddy Denton kwam bij de rand van het bos, duwde met de loop van zijn geweer een sparrentak opzij en tuurde naar het open terrein. Hij zag overwoekerd hooiland met in het midden de zendmast, die een diep gezoem uitzond dat hij tot in de vullingen van zijn tanden kon voelen. Er stond een hek omheen waarop bordjes met HOOGSPANNING waren aangebracht. Een heel eind links van hem stond het bakstenen studiogebouw van één verdieping. Daartussen stond een grote rode schuur. Hij nam aan dat de schuur voor opslag werd gebruikt. Of voor het maken van drugs. Of voor beide.

Marty Arsenault kwam naast hem staan. Hij had donkere zweetkringen op zijn uniformoverhemd en keek angstig. 'Wat doet die bestelwagen daar?' vroeg hij, wijzend met de loop van zijn geweer.

'Dat is de wagen van Christelijk Tafeltje Dek Je,' zei Freddy. 'Voor mensen die bedlegerig zijn en zo. Heb je hem nooit door het dorp zien rijden?'

'Ik heb hem gezien en ik heb hem helpen inladen,' zei Marty. 'Ik ben vorig jaar van de katholieken naar de Heilige Verlosser overgegaan. Waarom staat hij niet in de schuur?'

'Hoe moet ik dat nou weten? En wat doet het ertoe?' vroeg Freddy. 'Ze zijn in de studio.'

'Hoe weet je dat?'

'Omdat daar de tv is, en de grote Koepelshow wordt uitgezonden op alle kanalen.'

Marty bracht zijn HK omhoog. 'Laat me voor alle zekerheid een paar kogels in die bestelwagen pompen. Misschien hebben ze daar een boobytrap gemaakt. Of ze zitten er zelf in.'

Freddy duwde de loop omlaag. 'Ben jij gek geworden? Ze weten niet dat we hier zijn, en dat wou jij ze even gaan vertellen? Heeft je moeder ooit kinderen met een normaal stel hersens gekregen?'

'Rot op,' zei Marty. Hij dacht even na. 'En je moeder kan ook oprotten.'

Freddy keek achterom. 'Kom, jongens. We lopen door het veld naar de studio. Daar kijken we door de achterramen om te zien waar ze zijn.' Hij grijnsde. 'Een fluitje van een cent.'

Aubrey Towle, een man van weinig woorden, zei: 'We zullen zien.'

14

In de vrachtwagen die op Little Bitch Road was blijven staan, zei Fern Bowie: 'Ik hoor niks.'

'Dat komt nog wel,' zei Randolph. 'Wacht maar af.'

Het was twee minuten over twaalf.

15

Chef zag de bittere mannen uit het bos komen en dwars over het veld naar de achterkant van de studio lopen. Drie van hen droegen een politie-uniform; de vier anderen droegen een blauw overhemd waarvan Chef veronderstelde dat het voor uniform moest doorgaan. Hij herkende Lauren Conree (een vaste klant uit de tijd dat hij nog dealde) en Stubby Norman, de opkoper uit het dorp. Hij herkende ook Mel Searles, eveneens een vaste klant van hem en een vriend van Junior. Ook een vriend van wijlen Frank DeLesseps, wat waarschijnlijk betekende dat hij een van de kerels was die Sammy hadden verkracht. Nou ja, hij zou nooit meer iemand verkrachten – niet na vandaag.

Zeven. Tenminste, aan deze kant. Wie wist hoeveel er aan Sanders' kant waren.

Hij wachtte of er nog meer kwamen, en toen dat niet gebeurde, stond hij op, plantte zijn ellebogen op de motorkap van de bestelwagen en riep: 'ZIET, DE DAG DES HEREN KOMT, MET VERBOLGENHEID EN HITTIGE TOORN, OM HET LAND TE VERWOESTEN!'

Ze keken meteen op, maar een ogenblik verstijfden ze: ze brachten hun wapens niet in de aanslag en verspreidden zich niet. Het waren helemaal geen politieagenten, zag Chef; het waren vogels op de grond, te dom om te vliegen.

'EN HIJ ZAL DE ZONDAREN VERDELGEN! JESAJA DERTIEN! VOORWAAR, KLOOTZAKKEN!'

Met deze preek opende Chef het vuur. Hij sproeide zijn kogels van links naar rechts over hen uit. Twee van de geüniformeerde agenten en Stubby Norman vlogen als slappe poppen achterover en kleurden het hoge gras met hun bloed. De verlamming van de anderen was doorbroken. Twee draaiden zich om en vluchtten het bos in. Conree en de laatste geüniformeerde agent renden in de richting van de studio. Chef richtte zijn geweer op hen en opende opnieuw het vuur. De kalasjnikov boerde een kort salvo uit, en toen was het magazijn leeg.

Conree sloeg met haar hand tegen haar hals alsof ze gestoken was, viel voorover in het gras, trapte twee keer met haar voeten en bleef toen stilliggen. De ander – een kale man – bereikte de achterkant van de studio. Chef maakte zich niet zo druk om de twee die naar het bos renden, maar hij wilde niet dat Kaalkop wegkwam. Als Kaalkop om de hoek van het gebouw kwam, zou hij Sanders zien en hem misschien in zijn rug schieten.

Chef pakte een nieuw magazijn en drukte het met de muis van zijn hand in het geweer.

16

Frederick Howard Denton, alias Kaalkop, dacht nergens aan toen hij naar de achterkant van de WCIK-studio rende. Hij had het meisje van Conree met een opengescheurde keel tegen de vlakte zien gaan, en daarna was er geen rationele gedachte meer bij hem opgekomen. Hij wist nu alleen nog dat hij zijn foto niet aan de eremuur wilde hebben. Hij moest dekking zoeken, en dat betekende dat hij naar binnen moest. Er was een deur. Daarachter zong een gospelgroep 'We'll Join Hands Around the Throne'.

Freddy pakte de knop vast, maar er was geen beweging in te krijgen.

Op slot.

Hij liet zijn geweer vallen, stak zijn handen omhoog en riep: 'Ik geef me over! Niet schieten, ik geef...'

Drie harde klappen troffen hem laag in zijn rug. Hij zag een grote rode vlek op de deur spatten en had nog net de tijd om te denken: *we hadden die kogelvrije vesten moeten meenemen.* Toen zakte hij in elkaar, zijn hand nog op de deurknop, terwijl alles verdween. Alles wat hij was, alles wat hij ooit had geweten trok zich samen in één fel brandpunt van licht. Toen ging dat licht uit. Zijn hand gleed van de knop. Hij stierf op zijn knieën, geleund tegen de deur.

17

Mel Searles dacht ook niet na. Mel had Marty Arsenault, George Frederick en Stubby Norman tegen de vlakte zien slaan en minstens één kogel vlak voor zijn ogen langs horen fluiten, en zulke dingen waren niet bevorderlijk voor denkprocessen.

Mel rende gewoon weg.

Hij strompelde het bos weer in zonder zich iets aan te trekken van de takken die tegen zijn gezicht sloegen. Hij viel, stond weer op en stormde vervolgens het veld op waar de vrachtwagens stonden. Het zou een heel redelijke handelwijze zijn om een van die wagens te starten en ermee weg te rijden, maar alle redelijkheid had Mel verlaten. Waarschijnlijk zou hij over de toegangsweg naar Little Bitch Road zijn gerend als de andere overlevende van zijn groep hem niet bij zijn schouder had gegrepen en tegen de stam van een grote den had geduwd.

Het was Aubrey Towle, de broer van de boekhandelaar. Hij was een grote, trage man met fletse ogen die zijn broer Ray soms hielp boeken op de planken te zetten maar niet veel zei. Sommigen in het dorp dachten dat Aubrey simpel was, maar zo zag hij er nu niet uit. En hij zag er ook niet uit alsof hij in paniek was.

'Ik ga terug om die schoft te grijpen,' zei hij tegen Mel.

'Veel succes, jongen,' zei Mel. Hij zette zich af tegen de boom en wilde de toegangsweg weer oprennen.

Ditmaal duwde Aubrey Towle hem harder terug. Hij streek het haar uit zijn ogen en wees toen met zijn Heckler & Koch-geweer naar Mels borst. 'Jij gaat nergens heen.'

Achter hen was weer een ratelend salvo geweervuur te horen. En geschreeuw.

'Hoorde je dat?' vroeg Mel. 'Wil je dáárheen terug?'

Aubrey keek hem geduldig aan. 'Je hoeft niet met me mee te komen, maar je gaat me dekken. Begrijp je dat? Als je dat niet doet, schiet ik je zelf overhoop.'

18

Het gezicht van commandant Randolph vertoonde een strakke grijns. 'De vijand is aan de achterkant van het gebouw onder vuur genomen. Alles volgens plan. Rijden, Stewart. Het pad op. We stappen uit en rennen dwars door de studio.'

'En als ze in de schuur zitten?' vroeg Stewart.

'Dan kunnen we ze nog steeds van achteren beschieten. En nou ríjden! Voordat we het mislopen!'

Stewart Bowie reed.

19

Andy hoorde de schoten achter de opslagloods, maar omdat Chef niet floot, bleef hij veilig achter zijn boom staan. Hij hoopte dat alles aan de achterkant goed ging, want hij had nu zijn eigen problemen: een vrachtwagen van de gemeente die op het punt stond het pad van het radiostation op te rijden.

Andy bewoog zich achter de boom langs toen de vrachtwagen naderde. Hij zorgde ervoor dat de eik voortdurend tussen hemzelf en de wagen was. De wagen stopte. De portieren gingen open en er stapten vier mannen uit. Andy was er vrij zeker van dat drie van hen degenen waren die hier al eerder waren geweest... en over meneer Kip bestond geen enkele twijfel. Andy zou die beschéten groene rubberlaarzen overal hebben herkend. Bittere mannen. Andy zou ervoor zorgen dat ze de Chef niet in de rug konden aanvallen.

Hij kwam achter de boom vandaan en liep over het midden van het pad, CLAUDETTE schuin voor zijn borst. Zijn voeten knerpten op het grind, maar dat geluid ging verloren in andere geluiden: Stewart had de motor van de vrachtwagen laten lopen en er kwam harde gospelmuziek uit de studio.

Andy bracht de kalasjnikov omhoog maar dwong zichzelf te wachten. *Wacht tot ze dicht bij elkaar komen.* Toen ze de voordeur van de studio naderden, gingen ze inderdaad dicht bij elkaar staan.

'Hé, daar heb je meneer Kip en al zijn vrienden,' zei Andy in een vrij goede imitatie van John Wayne. 'Hoe gaat het, jongens?'

Ze draaiden zich om. *Voor jou, Chef*, dacht Andy, en hij opende het vuur.

Hij doodde beide gebroeders Bowie en meneer Kip met zijn eerste salvo. Randolph trof hij ook, maar niet dodelijk. Andy liet het magazijn eruit springen, zoals Chef Bushey hem had geleerd, pakte het volgende uit zijn broekband en drukte het in het wapen. Commandant Randolph kroop naar de deur van de studio, terwijl het bloed uit zijn rechterarm en -been stroomde. Hij keek over zijn schouder, zijn turende ogen groot en fel in zijn bezwete gezicht.

'Alsjeblieft, Andy,' fluisterde hij. 'We hebben orders je niet te verwonden, maar je terug te brengen, zodat je met Jim kunt samenwerken.'

'Ja,' zei Andy, en hij lachte zowaar. 'Neem een ander in de maling. Jullie wilden dit allemaal...'

Achter de studio ratelde een lang salvo geweervuur. Chef verkeerde misschien in moeilijkheden, had hem misschien nodig. Andy richtte CLAUDETTE omhoog.

'Alsjeblieft, schiet me niet dood!' schreeuwde Randolph. Hij sloeg zijn hand voor zijn gezicht.

'Denk nou maar aan het rosbiefdiner dat je met Jezus gaat eten,' zei Andy. 'Over drie minuten vouw je je servet open.'

Het langdurige salvo van de kalasjnikov gooide Randolph bijna helemaal tot aan de deur van de studio. Toen rende Andy naar de achterkant van het gebouw. Onder het lopen liet hij het aangebroken magazijn uit het geweer springen en stopte er een nieuw in.

Van het veld kwam een scherpe, doordringende fluittoon.

'Ik kom eraan, Chef!' riep Andy. 'Hou vol, ik kom eraan!'

Er explodeerde iets.

20

'Jij dekt me,' zei Aubrey grimmig aan de rand van het bos. Hij had zijn overhemd uitgetrokken en in tweeën gescheurd en de helft om zijn voorhoofd gebonden. Blijkbaar had hij gekozen voor de Rambo-look. 'En als je erover denkt me overhoop te schieten, moet je het in één keer goed doen, want anders kom ik terug en snij je keel door.'

'Ik dek je,' beloofde Mel. En dat zou hij ook doen. Hier aan de rand van het bos zou hij tenminste veilig zijn.

Waarschijnlijk.

'Die gekke junk komt hier niet mee weg,' zei Aubrey. Hij haalde snel adem om zich op te peppen. 'De sukkel. De stomme drugsverslaafde!' Hij verhief zijn stem: 'Ik kom je halen, stomme klootzak van een junk!'

Chef was achter de wagen van Tafeltje Dek Je vandaan gekomen om te kijken wie hij had neergeschoten. Hij keek toevallig weer naar het bos op het moment dat Aubrey Towle daaruit tevoorschijn stormde, schreeuwend zo hard als hij kon.

Toen opende Mel het vuur, en hoewel de kogels ver naast gingen, kromp Chef instinctief ineen. Toen hij dat deed, viel de garagedeuropener uit de afzakkende band van zijn pyjamabroek en in het gras. Hij bukte zich om hem op te pakken, en op dat moment schoot Aubrey met zijn eigen automatische geweer. Kogels ponsten een slingerende streep in de zijkant van de wagen van Tafeltje Dek Je. Ze maakten harde holle geluiden in het metaal en veranderden de ruit aan de passagierskant in een massa glinsterende stukjes glas. Een kogel gierde over de strook metaal aan de zijkant van de voorruit.

Chef liet de garagedeuropener liggen en schoot terug. Maar het verrassingselement was weg en Aubrey Towle was geen stilstaand doelwit. Hij zigzagde over het veld en bleef op de zendmast af komen. Die zou hem geen dekking bieden maar wel het schootsveld vrij maken voor Searles.

Aubreys magazijn was leeg, maar de laatste kogel daaruit trok een groef door de linkerkant van Chefs hoofd. Het bloed spatte omhoog en er viel een bosje haar op de dunne schouders van Chef, waar het vastgeplakt in zijn zweet bleef liggen. Chef plofte op zijn achterste neer, verloor even zijn greep op GODS KRIJGER maar kreeg het wapen toen weer te pakken. Hij dacht dat hij niet ernstig gewond was, maar het was hoog tijd dat Sanders kwam, als hij dat nog kon. Chef Bushey stak twee vingers in zijn mond en floot.

Aubrey Towle bereikte de omheining van de zendmast. Op dat moment opende Mel weer het vuur vanaf de rand van het bos. Deze keer mikte Mel op het achtereind van de wagen van Tafeltje Dek je. De kogels scheurden door het metaal. De benzinetank explodeerde en de achterste helft van de wagen verhief zich op een kussen van vuur.

Chef voelde een monsterlijke hitte op zijn rug en had nog tijd om aan de handgranaten te denken. Zouden ze ontploffen? Hij zag dat de man bij de zendmast op hem mikte, en plotseling was duidelijk voor welke keuze hij stond: terugschieten of de deuropener pakken. Hij koos voor de deuropener, en toen hij daar zijn hand op legde, was de lucht om hem heen plotseling vervuld van onzichtbare gonzende bijen. Een daarvan stak in zijn schouder; een ander sloeg in zijn zij en gooide zijn ingewanden door elkaar. Chef Bushey zakte op de grond, rolde om en verloor opnieuw zijn greep op de deuropener. Hij greep ernaar en opnieuw gonsden er allemaal bijen om hem heen. Hij liet de deuropener liggen en kroop het hoge gras weer in. Hij kon nu alleen nog maar hopen op Sanders. De man bij de zendmast – *één dappere bittere man van de zeven*, dacht Chef, *ja, voorwaar* – liep naar hem toe. GODS KRIJGER voelde nu erg zwaar aan, zijn hele lichaam voelde zwaar aan, maar het lukte Chef op zijn knieën te komen en de trekker over te halen.

Er gebeurde niets.

Het magazijn was leeg of het wapen was geblokkeerd.

'Stomme lul,' zei Aubrey Towle. 'Gekke junk. Hier heb je dope, vuile...'

'Claudette!' schreeuwde Sanders.

Towle draaide zich met een ruk om, maar hij was te laat. Er volgde een kort, hard geratel van schoten, en toen scheurden vier Chinese kogels het grootste deel van Aubreys hoofd van zijn schouders.

'Chef!' riep Andy, en hij rende naar zijn vriend, die in het gras geknield zat. Het bloed stroomde uit Busheys schouder, zij en slaap. De hele linkerkant van zijn gezicht was nat en rood. 'Chef! Chef!' Hij viel op zijn knieën en sloeg zijn armen om Chef heen. Geen van beiden zag Mel Searles, de laatste man die nog overeind stond, uit het bos lopen en behoedzaam naar hen toe komen.

'Pak het ding,' fluisterde Chef.

'Wat?' Andy keek even naar CLAUDETTE, maar het was duidelijk dat Chef iets anders bedoelde.

'Deuropener,' fluisterde Chef. Zijn linkeroog zwom in het bloed; het andere oog keek Andy helder en scherp aan. 'Deuropener, Sanders.'

Andy zag de garagedeuropener in het gras liggen. Hij pakte hem op en gaf hem aan de Chef. Chef legde zijn hand eromheen.

'Jij... ook... Sanders.'

Andy legde zijn hand over die van Chef. 'Ik hou van je, Chef,' zei hij, en hij kuste Chef Busheys droge, met bloed bespatte lippen.

'Ik... hou... ook... van... jou... Sanders.'

'Hé, flikkers!' riep Mel waanzinnig. Hij stond maar tien meter bij hen vandaan. 'Neem een kamer! Nee, wacht, ik heb een beter idee! Neem een kamer in de hel!'

'Nu... Sanders... Nú.'

Mel opende het vuur.

Andy en Chef werden opzij gegooid door de kogels, maar voordat ze aan stukken werden gereten, drukten hun beider handen op de witte knop met OPEN.

De explosie was wit en allesomvattend.

21

Aan de rand van de boomgaard houden de ballingen van Chester's Mill een picknicklunch wanneer het schieten begint – niet bij de 119, waar de bezoekersdag nog aan de gang is, maar in het zuidwesten.

'Dat is op Little Bitch Road,' zegt Piper. 'Hadden we maar een verrekijker!'

Maar die hebben ze niet nodig om de gele bloem te zien die zich opent wanneer de wagen van Tafeltje Dek Je ontploft. Twitch eet kip in pepersaus met een plastic lepel. 'Ik weet niet wat er aan de hand is, maar daar is het radiostation,' zegt hij.

Rusty pakt Barbies schouder vast. 'Daar is het propaan! Ze hebben het gehamsterd om drugs te maken. Daar is het propaan!'

Op dat moment krijgt Barbie een angstig voorgevoel. Eén moment ligt het ergste nog in de toekomst. Dan schiet er op zeven kilometer afstand een felwitte vonk de wazige lucht in, als een bliksemschicht die niet naar beneden maar naar boven gaat. Even later slaat een gigantische explosie een gat dwars door het midden van de hemel. Een rode bal van vuur onttrekt eerst de WCIK-toren aan het oog, vervolgens de bomen erachter en dan, als het vuur zich naar noord en zuid verspreidt, de hele horizon.

De mensen op Black Ridge schreeuwen maar kunnen zichzelf niet horen in het immense, knarsende, oplaaiende gebulder: veertig kilo kneedbom en veertigduizend liter propaan ondergaan een explosieve verandering. Ze dekken hun ogen af en wankelen achteruit, trappen op hun broodjes en morsen uit hun glas. Thurston pakt Alice en Aidan op, en een ogenblik ziet Barbie zijn gezicht tegen de achtergrond van de verduisterende hemel: het lange, doodsbange gezicht van een man die de poorten van de hel letterlijk ziet openzwaaien, met daarachter een oceaan van vuur.

'We moeten naar de boerderij terug!' roept Barbie. Julia klampt zich gillend aan hem vast. Achter haar probeert Joe McClatchey zijn huilende moeder overeind te trekken. Deze mensen gaan voorlopig nergens heen.

In het zuidwesten, waar het grootste deel van Little Bitch Road in de volgende drie minuten zal ophouden te bestaan, wordt de gelig blauwe hemel zwart en heeft Barbie tijd om met volmaakte kalmte te denken: *nu zitten wij onder het vergrootglas.*

De klap verbrijzelt alle ramen in het grotendeels verlaten dorp, gooit luiken van ramen de lucht in, duwt telefoonpalen scheef, rukt deuren uit hun scharnieren, smijt brievenbussen plat. In heel Main Street gaat overal het autoalarm af. Grote Jim Rennie en Carter Thibodeau hebben een gevoel alsof de vergaderkamer door een aardbeving is getroffen.

De tv staat nog aan. Wolf Blitzer vraagt intens geschrokken: 'Wat is dat? Anderson Cooper? Candy Crowley? Chad Myers? Soledad O'Brien? Weet iemand wat dát was? Wat is er aan de hand?'

Bij de Koepel kijken de nieuwste tv-sterren van Amerika om zich heen. Ze keren de camera de rug toe, schermen hun ogen af en kijken naar het dorp. Een camera draait even omhoog en laat een monsterlijke zwarte rookzuil zien, met dwarrelende brokstukken aan de horizon.

Carter staat op. Grote Jim pakt zijn pols vast. 'Eén snelle blik,' zegt Grote Jim. 'Om te kijken hoe erg het is. En dan meteen terug. We moeten naar de schuilkelder.'

'Oké.'

Carter rent naar de trap. Glasscherven uit de grotendeels verdwenen voordeuren knerpen onder zijn zware schoenen als hij door de gang rent. Wat hij ziet als hij de trap op is, overtreft alles wat hij zich ooit heeft voorgesteld en werpt hem terug in zijn kinderjaren zodat hij een ogenblik geen stap meer kan verzetten. *Dit is het hevigste, verschrikkelijkste noodweer dat iemand ooit heeft meegemaakt, en dan nog erger*, denkt hij.

In het westen is de hemel een roodoranje inferno, omringd door golvende wolken van het diepste zwart. De lucht stinkt al naar geëxplodeerd gas. Het geluid lijkt op dat van tien staalfabrieken die op volle kracht draaien.

Recht boven hem is de lucht donker van de vluchtende vogels.

De aanblik daarvan – vogels die nergens heen kunnen – maakt een eind aan Carters verlamming, evenals de wind die plotseling over zijn gezicht strijkt. Het heeft zes dagen niet gewaaid in Chester's Mill, en deze wind is tegelijk warm en vies, stinkend naar gas en verbrand hout.

Een reusachtige eik dreunt neer in Main Street en trekt dode elektrische kabels mee.

Carter vlucht door de gang terug. Grote Jim staat boven aan de trap. Op zijn dikke, bleke gezicht staat angst en deze keer ook besluiteloosheid te lezen.

'Beneden,' zegt Carter. 'Schuilkelder. Het komt eraan. Het vuur komt eraan. En als het hier is, vreet het dit hele dorp levend op.'

Grote Jim kreunt. 'Wat hebben die idioten gedáán?'

Het kan Carter niet schelen. Wat ze ook hebben gedaan, het is nu eenmaal gedaan. En als ze niet opschieten, is het met hen ook gedaan. 'Is daar apparatuur om de lucht te zuiveren, baas?'

'Ja.'

'Aangesloten op de generator?'

'Ja, natuurlijk.'

'Goddank. Misschien maken we een kans.'

Als Carter de wethouder de trap af helpt om hem vlugger te laten lopen, hoopt hij dat ze beneden niet levend gebraden zullen worden.

De deuren van de Dipper worden met wiggen opengehouden, maar door de kracht van de explosie bezwijken de wiggen en klappen de deuren dicht. Het glas springt naar binnen en verscheidene mensen die achter op de dansvloer staan, lopen snijwonden op. Henry Morrisons broer Whit krijgt een scherf in zijn halsslagader.

De mensen stormen op de deuren af; het grote televisiescherm zijn ze al vergeten. Ze vertrappen de arme Whit Morrison, die in een steeds groter wordende plas van zijn eigen bloed ligt te sterven. Ze vliegen tegen de deuren op, en als ze zich door de openingen heen dringen, waar nog glas in de sponningen zit, lopen sommigen van hen ook snijwonden op.

'Vogels!' roept iemand. 'God, moet je al die vogels zien!'

Maar de meeste mensen kijken naar het westen in plaats van naar boven – het westen, waar de brandende hel op hen af komt rollen onder een hemel die nu middernachtzwart is, en vervuld van giftige lucht.

Degenen die kunnen rennen, nemen een voorbeeld aan de vogels en zetten het op een lopen. Ze draven of galopperen zelfs over het midden van Route 117. Anderen springen in hun auto, en er doen zich heel wat aanrijdingen voor op het parkeerterrein waar ooit, in een ver verleden, Dale Barbara een pak slaag heeft gekregen. Velma Winter stapt in haar oude Datsun-pick-uptruck en ontdekt, als ze de puinhoop op het parkeerterrein achter zich heeft gelaten, dat de weg versperd wordt door vluchtende voetgangers. Ze kijkt naar rechts – naar de storm van vuur die als een gigantische brandende jurk op hen af golft en het bos tussen Little Bitch Road en het dorp verslindt – en rijdt blindelings door, ondanks de mensen die in de weg lopen. Ze raakt Carla Venziano, die op de vlucht geslagen is met haar kind in haar armen. Velma voelt hoe de pick-up hobbelt als ze over hen heen rijdt en sluit haar oren voor de kreten van Carla, wier rug wordt gebroken terwijl baby Steven onder haar wordt doodgedrukt. Velma weet alleen dat ze hier weg moet. Ze moet hier hoe dan ook weg.

Bij de Koepel heeft de apocalyptische spelbederver een eind gemaakt aan de festiviteiten. Degenen aan de binnenkant hebben nu wel iets anders aan hun hoofd dan hun familieleden: de gigantische paddenstoelwolk die ten noordwesten van hen steeds groter wordt, en zich verheft boven een massa vuur die al meer dan duizend meter hoog is. Het eerste zuchtje wind – de wind die Carter en Grote Jim naar de schuilkelder heeft gejaagd – strijkt over hen heen, en ze deinzen tegen de Koepel terug zonder nog enige aandacht te hebben voor de mensen achter hen. Trouwens, de mensen achter hen trekken zich terug. Zij hebben geluk; zij kúnnen zich nog terugtrekken.

Henrietta Clavard voelt een koude hand die zich over de hare sluit. Ze draait zich om en ziet Petra Searles. Petra's haar is losgeraakt uit de klemmetjes die het in bedwang hielden en hangt langs haar gezicht.

'Heb je nog meer van dat vreugdedrankje?' vraagt Petra, en ze ziet kans een afschuwelijke blije glimlach op haar gezicht te toveren.

'Sorry, het is op,' zegt Henrietta.

'Nou... Misschien maakt het ook niet uit.'

'Blijf bij mij, meisje,' zegt Henrietta. 'Blijf gewoon bij mij. We redden ons wel.'

Maar als Petra in de ogen van de oude vrouw kijkt, ziet ze geen geloof en geen hoop. Het feest is bijna voorbij.

Kijk nu eens. Kijk en zie. Achthonderd mensen staan tegen de Koepel gedrukt. Ze kijken met grote ogen omhoog en zien hoe hun onvermijdelijke einde op hen af komt stormen.

Daar zijn Johnny en Carrie Carver, en Bruce Yardley, die bij de Food City werkt. Daar zijn Tabby Morrell, die een houthandel heeft die straks tot dwarrelende as zal vergaan, en zijn vrouw Bonnie; Toby Manning die in het warenhuis werkt; Trina Cale en Donnie Baribeau; Wendy Goldstone en haar vriendin Ellen Vanedestine; Bill Allnut, die de bus niet wilde halen, en zijn vrouw, die luidkeels Jezus aanroept terwijl ze naar het naderende vuur kijkt. Daar zijn Todd Wendlestat en Manuel Ortega, die met stomheid geslagen naar het westen kijken, waar de wereld in rook verdwijnt. Tommy en Willow Anderson, die nooit meer een band uit Boston in de Dipper zullen laten optreden. Zie ze allemaal, een heel dorp met de rug tegen een onzichtbare muur.

Achter hen lopen de bezoekers eerst achteruit; dan trekken ze zich terug; dan gaat die terugtocht over in een regelrechte vlucht. Ze stappen niet in de bussen maar rennen over de weg in de richting van Motton. Enkele soldaten blijven op hun post, maar de meesten gooien hun geweer neer, rennen achter de menigte aan en kijken net zomin achterom als Lot naar Sodom omkeek.

Cox vlucht niet. Cox loopt naar de Koepel toe en roept: 'Jij! Leider van de politie!'

Henry Morrison draait zich om, loopt naar de kolonel toe en zet zijn handen tegen een hard, mysterieus oppervlak dat hij niet kan zien. Ademhalen gaat moeizaam; de bedorven wind die door de vuurstorm wordt aangejaagd waait tegen de Koepel, wervelt in het rond en gaat dan terug naar het hongerige ding dat in aantocht is: een zwarte wolf met rode ogen. Hier, op de grens met de gemeente Motton, bevindt zich de kudde waaraan hij zich te goed zal doen.

'Help ons,' zegt Henry.

Cox kijkt naar de vuurstorm en schat dat die binnen vijftien minuten op de plaats zal zijn waar nu nog de menigte is, misschien al in drie minuten. Het is geen vuur of een explosie; in deze gesloten en vervuilde omgeving is het een ramp van immense omvang.

'Dat kan ik niet,' zegt Cox.

Voordat Henry antwoord kan geven, pakt Joe Boxer zijn arm vast. Hij praat aan één stuk door.

'Hou maar op, Joe,' zegt Henry. 'We kunnen nergens heen en we kunnen niets anders doen dan bidden.'

Maar Joe Boxer bidt niet. Hij heeft zijn stomme kleine pistooltje nog in zijn hand, en na een laatste waanzinnige blik op het naderende inferno drukt hij het pistool tegen zijn slaap als iemand die Russische roulette speelt. Henry grijpt ernaar, maar hij is te laat. Boxer haalt de trekker over. Hij gaat ook niet meteen dood, al loopt er een straal bloed uit de zijkant van zijn hoofd. Hij wankelt weg, schreeuwt en zwaait met het stomme pistooltje alsof het een zakdoek is. Dan valt hij op zijn knieën, heft zijn handen nog eenmaal naar de verduisterende hemel als iemand die in de ban van een goddelijke openbaring is, en valt dan met zijn gezicht voorover op de onderbroken witte middenstreep van de weg.

Henry draait zijn verbijsterde gezicht naar kolonel Cox, die tegelijk één meter en een miljoen kilometer bij hem vandaan is. 'Ik vind het heel erg, mijn vriend,' zegt Cox.

Pamela Chen komt naar hen toe gestrompeld. 'De bus!' roept ze boven het aanzwellende gebulder uit naar Henry. 'We moeten de bus nemen en er dwars doorheen rijden! Dat is onze enige kans!'

Henry weet dat er helemaal geen kans is, maar hij knikt, werpt Cox een laatste blik toe (Cox zal de wilde, wanhopige blik van de politieman nooit vergeten), pakt Pammie Chens hand en volgt haar naar bus 19, terwijl de rokerige zwartheid met grote snelheid op hen af komt.

Het vuur bereikt het dorp en explodeert in Main Street als een soldeerbrander in een buis. De Peace Bridge is verdwenen. Grote Jim en Carter krimpen ineen in de schuilkelder wanneer het gemeentehuis boven hen in elkaar zakt. Het politiebureau zuigt zijn eigen buitenmuren op en spuwt ze dan hoog de lucht in. Het oorlogsmonument, het beeld van Lucien Calvert, wordt van zijn sokkel getrokken. Lucien vliegt met dapper geheven geweer het brandende zwart in. Op het gazon van de bibliotheek gaat de Halloween-pop met de vrolijke hoge hoed en de tuinschophanden in een sluier van vlammen op. Er is een machtig, zoevend geluid – het klinkt als Gods eigen stofzuiger – komen opzetten: het naar zuurstof hunkerende vuur zuigt goede lucht aan om zijn ene giftige long te vullen. De bedrijfspanden aan Main Street ontploffen het een na het ander. Ze gooien hun planken, goederen, dakspanen en glas de lucht in als confetti op oudejaarsdag: de leegstaande bioscoop, Sanders Hometown-drugstore, warenhuis Burpee, de Gas & Grocery, de boekwinkel, de bloemenzaak, de kapsalon. In het uitvaartbedrijf worden de nieuwkomers op de dodenlijst in hun metalen laden geroosterd als een kip in een braadpan. Het vuur completeert zijn triomftocht van het ene naar het andere eind van Main Street door de Food City te verslinden en stormt dan door naar de Dipper, waar degenen die nog op het parkeerterrein staan zich gillend aan elkaar vastklampen. Het laatste wat ze op aarde te zien krijgen is een honderd meter hoge muur van vuur die hen gretig tegemoet komt rennen, zoals Albion zich naar zijn geliefde spoedde. Nu rollen de vlammen over de grote wegen, waar het kokend asfalt in een soort soep verandert. Tegelijk verspreidt het vuur zich naar Eastchester, waar het zich voedt met zowel de yuppiehuizen als de weinige yuppies die zich daarin hebben verschanst. Michela Burpee zal straks naar haar kelder rennen, maar dan is het te laat; haar keuken zal om haar heen exploderen, en het laatste wat ze op aarde te zien krijgt is haar smeltende koelkast.

De soldaten die bij de grens van Tarker en Chester staan – het dichtst bij de oorsprong van deze catastrofe – strompelen achteruit terwijl het vuur met machteloze vuisten tegen de Koepel slaat en hem zwart maakt. De soldaten voelen de hitte erdoorheen komen. De temperatuur stijgt binnen enkele seconden met tien graden en de bladeren aan de dichtstbijzijnde bomen verschrompelen. Een van de soldaten zal later zeggen: 'Het was alsof we voor een glazen bol stonden waarin een atoombom was ontploft.'

De mensen die tegen de Koepel gedrukt staan, worden nu gebombardeerd met dode en stervende vogels, want de vluchtende mussen, roodborstjes, bootstaarten, kraaien, meeuwen en zelfs ganzen smakken tegen de Koepel die ze zo snel hebben leren mijden. En over het weiland van Dinsmore komt een troep honden en katten uit het dorp aangestormd. Er zijn ook stinkdieren, eekhoorns en stekelvarkens. Herten springen ertussendoor, en ook een stel stuntelig galopperende elanden, en natuurlijk het vee van Alden Dinsmore, met rollende ogen en loeiend van ellende. Als ze bij de Koepel komen, lopen ze ertegen te pletter. De dieren die geluk hebben, gaan dood. De dieren die geen geluk hebben, liggen languit op speldenkussens van gebroken botten, blaffend, piepend, miauwend en loeiend.

Ollie Dinsmore ziet Dolly, de prachtige Brown Swiss waarmee hij eens een prijs heeft gewonnen (zijn moeder heeft haar die naam gegeven, denkt Ollie, en Dolly is gewoon heel schattig). Dolly galoppeert op de Koepel af terwijl iemands weimaraner naar haar poten hapt, die al onder het bloed zitten. Ze botst tegen de barrière met een dreun die hij in het gebulder van het vuur niet kan horen... alleen kan hij hem in gedachten wél horen, en als hij ziet hoe de al evenzeer ten dode opgeschreven hond zich op de arme Dolly stort om haar weerloze uier open te scheuren, is dat nog erger dan toen hij zijn vader dood aantrof.

De aanblik van de stervende koe die eens zijn lieveling was, doorbreekt de verlamming van de jongen. Hij weet niet of er zelfs maar een kleine kans is dat hij deze verschrikkelijke dag overleeft, maar plotseling ziet hij twee dingen volkomen helder. Het ene is de zuurstoffles waaraan de Red Sox-pet van zijn dode vader hangt. Het tweede is opa Toms zuurstofmasker aan de haak van de badkamerdeur. Als Ollie naar de boerderij rent waar hij zijn hele leven heeft gewoond – de boerderij die straks niet meer zal bestaan –, heeft hij één volkomen samenhangende gedachte: de aardappelkelder. Die kelder, die onder de stal begint en zich uitstrekt tot onder de heuvel daarachter, is misschien veilig.

De ballingen staan nog aan de rand van de boomgaard. Barbie heeft zich niet verstaanbaar kunnen maken, laat staan dat hij hen in beweging heeft kunnen krijgen. Toch moet hij hen naar de boerderij en de auto's terugbrengen. Snel.

Van hieruit hebben ze een panoramisch zicht op het hele dorp. Barbie kan de weg zien die het vuur zal volgen, zoals een generaal op luchtfoto's de waarschijnlijkste route van een invasieleger kan zien. Het beweegt zich naar het zuidoosten en blijft misschien aan de westelijke kant van de Prestile. Die rivier is weliswaar droog, maar kan toch nog als een natuurlijke brandgang fungeren. Ook de hevige storm die door het vuur is opgewekt kan het misschien uit het noordelijkste deel van de gemeente vandaan houden. Als het vuur helemaal doorgaat tot aan de grenzen met Castle Rock en Motton – de hak en zool van de laars –, zouden de delen van Chester's Mill die aan de TR-90 en het noorden van Harlow grenzen misschien gespaard blijven. Tenminste, voor het vuur. Maar het vuur is niet zijn grootste zorg.

Zijn grootste zorg is die wind.

Hij voelt hem nu. De wind waait zo hard over zijn schouders en tussen zijn gespreide benen door dat zijn kleren ervan opbollen en Julia's haar zich om haar gezicht slingert. De wind waait bij hen vandaan om het vuur te voeden, en omdat Chester's Mill nu een bijna gesloten ruimte is, komt er maar heel weinig goede lucht in de plaats van de lucht die verloren gaat. Er staat Barbie een spookbeeld voor ogen van goudvissen die dood op het water drijven in een aquarium waaruit alle zuurstof is verdwenen.

Julia kijkt hem aan voordat hij haar kan vastpakken en wijst op iets beneden: een figuur die over Black Ridge Road sjokt en iets meetrekt wat wielen heeft. Op deze afstand kan Barbie niet zien of de vluchteling een man of een vrouw is, en dat doet er ook niet toe. Wie het ook is, die persoon zal bijna zeker de verstikkingsdood sterven voordat hij of zij het hoger gelegen deel heeft bereikt.

Hij pakt Julia's hand vast en brengt zijn lippen bij haar oor. 'We moeten hier weg. Neem Piper mee en laat haar iedereen meenemen die ze verder nog bij zich heeft. Iedereen...'

'En hij dan?' schreeuwt ze. Ze wijst nog naar de sjokkende figuur, die misschien een kinderwagen achter zich aan trekt. Die wagen is beladen met iets wat wel zwaar moet zijn, want de figuur loopt voorovergebogen en komt maar moeizaam vooruit.

Barbie moet het haar duidelijk maken, want ze hebben nog maar weinig tijd. 'Laat hem. We gaan naar de boerderij terug. Nú. We pakken elkaars hand vast, dan blijft er niemand achter.'

Ze wil zich omdraaien om hem aan te kijken, maar Barbie houdt haar tegen. Hij buigt zich weer dicht naar haar oor, want ze moet het begrijpen. 'Als we nu niet gaan, is het misschien te laat. Straks hebben we geen lucht meer.'

Eindelijk begrijpt Julia het.

Op Route 117 leidt Velma Winter in haar Datsun-pick-up een optocht van vluchtende voertuigen. Ze wordt volkomen in beslag genomen door het vuur en de rook in haar spiegeltje. Met een snelheid van honderdtien kilometer per uur rijdt ze tegen de Koepel, die ze in haar paniek helemaal vergeten is (ze is in feite dus een van de vele vogels, maar dan op de grond). De botsing doet zich voor op dezelfde plaats waar Billy en Wanda Debec, Nora Robichaud en Elsa Andrews een week eerder aan hun eind zijn gekomen, kort nadat de Koepel is ontstaan. De motor van Velma's lichte pick-up schiet naar achteren en scheurt haar in tweeën. Haar bovenlichaam verlaat de wagen door de voorruit, gevolgd door darmen als serpentines, en spettert als een sappig insect tegen de Koepel. Dit is het begin van een kettingbotsing van twaalf voertuigen die veel mensen het leven kost. De meesten zijn alleen maar gewond, maar ze zullen niet lang lijden.

Henrietta en Petra voelen hoe de hitte tegen hen aan golft. De honderden mensen die tegen de Koepel gedrukt staan, voelen dat ook. De wind tilt hun haar op en waait door kleren die straks in brand zullen staan.

'Pak mijn hand vast, meisje,' zegt Henrietta, en Petra doet het.

Ze zien de grote gele bus een grote dronken bocht maken. Hij hobbelt door de greppel en gaat rakelings langs Richie Killian, die eerst wegduikt en dan soepel naar voren springt en de achterdeur van de rijdende bus vastgrijpt. Hij trekt zijn voeten op en hurkt op de bumper neer.

'Ik hoop dat ze het halen,' zegt Petra.

'Ik ook, meisje.'

'Maar ik denk niet dat het lukt.'

Nu staan sommige herten die uit het naderende vuur komen aangerend ook in brand.

Henry heeft het stuur van de bus overgenomen. Pamela staat naast hem en houdt zich aan een chromen stang vast. Aan boord hebben ze ongeveer tien dorpelingen, die voor het merendeel al eerder in de bus zijn gezet omdat ze fysieke problemen hadden. Onder hen bevinden zich Mabel Alston, Mary Lou Costas en Mary Lou's baby, die Henry's honkbalpet nog op heeft. De gevreesde Leo Lamoine is ook ingestapt, al lijken zijn problemen eerder van emotionele dan van fysieke aard; hij jammert van angst.

'Gas geven en naar het noorden!' roept Pamela. Het vuur heeft hen bijna bereikt, het is nog geen vijfhonderd meter bij hen vandaan, en het geluid ervan is oorverdovend. 'Rij zo hard als je kunt en stop nergens voor!'

Henry weet dat het hopeloos is, maar omdat hij ook weet dat hij liever op deze manier aan zijn eind komt dan hulpeloos met zijn rug tegen de Koepel gedrukt, doet hij de koplampen aan en geeft een stoot gas. Pamela wordt naar achteren geworpen en belandt op de schoot van Chaz Bender, de geschiedenisdocent – Chaz is in de bus geholpen omdat hij hartkloppingen kreeg. Hij pakt Pammie vast om haar in evenwicht te houden. Er wordt gegild en geschreeuwd van schrik, maar Henry hoort het nauwelijks. Hij weet dat hij ondanks de koplampen straks de weg niet meer kan zien, maar wat maakt het uit? Als politieman heeft hij dit stuk wel duizend keer gereden.

Gebruik de kracht, Luke, denkt hij als *Star Wars*-liefhebber, en hij rijdt lachend de vlammende duisternis in, het gaspedaal helemaal ingedrukt. Richie Killian, die zich aan de achterdeur van de bus vastklampt, krijgt plotseling geen lucht meer. Hij heeft nog net de tijd om te zien dat zijn armen vlam vatten. Even later gaat de temperatuur buiten de bus naar vierhonderd graden en wordt hij van zijn plek gebrand als een stukje vlees van een heet barbecuerooster.

De lichten boven het middenpad van de bus zijn aan en werpen het zwakke schijnsel van een nachtsnackbar over de angstige, bezwete gezichten van de passagiers, terwijl de wereld buiten pikzwart is geworden. Draaikolken van as wervelen in de opeens veel kortere lichtbundels van de koplampen. Henry stuurt op geheugen en verwacht elk moment dat de banden onder hem zullen exploderen. Hij lacht nog steeds, al kan hij zichzelf niet horen, want de motor van bus 19 krijst als een geschroeide kat. Hij blijft op de weg; dat gaat tenminste goed. Hoe lang duurt het tot ze aan de andere kant van de muur van vuur zijn? Kunnen ze daar eigenlijk wel doorheen? Hij begint het gevoel te krijgen dat het zou kunnen. Allemachtig, hoe breed kan dat vuur zijn?

'Je redt het!' roept Pamela. 'Je rédt het!'

Misschien wel, denkt Henry. *Misschien red ik het.* Maar jezus, de hítte! Hij steekt zijn hand uit naar de knop van de airconditioning om hem op de hoogste stand te zetten, en op dat moment springen de ramen naar binnen en vult de bus zich met vuur. *Nee! Nee! Niet nu we zo dichtbij zijn!* denkt Henry.

Maar als de geschroeide bus uit de rook opduikt, ziet hij alleen maar een barre zwarte vlakte. De bomen zijn afgebrand tot gloeiende stompjes en de weg zelf is een pruttelende greppel. Dan valt er van achteren een mantel van vuur over hem heen en weet Henry Morrison niets meer. Bus 19 raakt van de resten van de weg af en kantelt, terwijl de vlammen uit alle kapotte ramen spuwen. De boodschap op de achterkant wordt snel zwart: LANGZAAM RIJDEN, VRIEND! WIJ HOUDEN VAN ONZE KINDEREN!

Aan de andere kant van de muur van vuur rent Ollie Dinsmore naar de schuur. Hij heeft het zuurstofmasker van opa Tomlinson om zijn hals en draagt twee zuurstofflessen met een kracht waarvan hij nooit heeft geweten dat hij hem had (de tweede had hij zien staan toen hij door de garage rende). Hij vliegt op de trap af die omlaagleidt naar de aardappelkelder. Boven hem is een scheurend, grommend geluid te horen: het dak vliegt in brand. Aan de westkant van de stal vatten de pompoenen ook vlam. Dat doen ze met een diepe, weeïge geur, als Thanksgiving in de hel.

Het vuur beweegt zich naar de zuidelijke kant van de Koepel en verplaatst zich met enorme snelheid over de laatste honderd meter. Met een harde knal vliegen de schuren van Dinsmore de lucht in. Henrietta Clavard kijkt naar het naderende vuur en denkt: *ach, ik ben oud. Ik heb mijn leven gehad. Dat kan dit arme meisje niet zeggen.*

'Draai je om, schat,' zegt ze tegen Petra, 'en leg je hoofd tegen mijn boezem.'

Petra Searles kijkt Henrietta met een betraand en erg jong gezichtje aan. 'Doet het pijn?'

'Heel even maar, meisje. Doe je ogen dicht, en als je ze opendoet, sta je met je voeten in een koele beek.'

Petra spreekt haar laatste woorden uit. 'Dat klinkt mooi.'

Ze doet haar ogen dicht. Henriette doet dat ook. Het vuur neemt hen op. Het ene moment zijn ze er nog, en het volgende moment zijn ze... weg.

Cox staat nog dicht bij de andere kant van de Koepel, en de camera's draaien nog vanaf hun veilige positie op het veld van de vlooienmarkt. Iedereen in Amerika kijkt met ontzetting en verbijstering toe. De commentatoren zijn zo diep geschokt dat ze zwijgen, en het enige geluid komt van het vuur, en dat zegt genoeg.

Een ogenblik ziet Cox nog steeds de lange menselijke slang, al zijn de mensen die de slang vormen niet meer dan silhouetten tegen de achtergrond van het vuur. De meesten van hen – zoals de ballingen op Black Ridge, die nu eindelijk teruglopen naar de boerderij en hun auto's – houden elkaars hand vast. Dan kolkt het vuur tegen de Koepel en zijn ze weg. Alsof de Koepel hun verdwijning wil goedmaken, wordt hij nu zelf zichtbaar: een grote geblakerde muur die zich tot hoog in de lucht verheft. Hij houdt de meeste hitte binnen, maar er straalt nog zoveel naar buiten dat Cox zich omdraait en wegrent. Onder het lopen rukt hij zijn rokende overhemd van zijn lijf.

Het vuur heeft de schuine route gevolgd die Barbie heeft voorzien, en is van noordwest naar zuidoost over de gemeente Chester's Mill getrokken. Als het dooft, zal het dat opmerkelijk snel doen. Het heeft zuurstof tot zich genomen en allerlei stoffen achtergelaten: methaan, formaldehyde, zoutzuur, kooldioxide en kleinere hoeveelheden van andere gassen die al even giftig zijn. En ook verstikkende wolken van deeltjes: verbrande huizen, bomen en – natuurlijk – mensen.

Wat het achterlaat, is gif.

22

Achtentwintig ballingen en twee honden begaven zich naar de plaats waar de Koepel aan de TR-90 grensde. Die plaats stond bij oude dorpelingen bekend als Canton. Ze zaten verspreid over drie busjes, twee auto's en de ambulance. Toen ze daar aankwamen, was het donker geworden en werd het steeds moeilijker om adem te halen.

Barbie trapte op de rem van Julia's Prius en rende naar de Koepel, waar een zorgelijke luitenant-kolonel en zes andere militairen hem tegemoet kwamen. Het was een klein eindje lopen, maar toen Barbie bij de rode streep kwam die met spuitverf op de Koepel was aangebracht, hijgde hij. De goede lucht verdween als water door een afvoerputje.

'De ventilatoren!' hijgde hij naar de luitenant-kolonel. 'Zet de ventilatoren aan!'

Claire McClatchey en Joe kwamen de bestelbus van het warenhuis uit, allebei wankelend en naar lucht happend. Vervolgens verscheen het busje van het telefoonbedrijf. Ernie Calvert stapte uit en zakte na twee stappen op zijn knieën. Norrie en haar moeder probeerden hem overeind te helpen. Ze huilden allebei.

'Kolonel Barbara, wat is er gebeurd?' vroeg de luitenant-kolonel. Volgens het naamstrookje op zijn uniform heette hij STRINGFELLOW. 'Breng verslag uit.'

'Pleur op met je verslag!' schreeuwde Rommie. Hij had een half bewusteloos kind – Aidan Appleton – in zijn armen. Thurse Marshall kwam achter hem aan gestrompeld met zijn arm om Alice heen. Haar hemdje, dat versierd was met glinsterende sterretjes, zat aan haar vastgeplakt; ze had de voorkant van haar shirtje weggerukt. 'Pleur op met je rapport. Zet die ventilatoren aan!'

Stringfellow gaf het bevel, waarop de vluchtelingen met hun handen tegen de Koepel neerknielden. Gretig zogen ze de zwakke bries van schone lucht in die de gigantische ventilatoren door de barrière wisten te stuwen.

Achter hen woedde het vuur.

OVERLEVENDEN

1

Niet meer dan driehonderdzevenennegentig van de tweeduizend inwoners van Chester's Mill hebben het vuur overleefd. De meesten van hen bevonden zich in het noordoostelijke deel van de gemeente. Als de avond valt en de smoezelige duisternis in de Koepel compleet is, zullen het er nog honderdzes zijn.

Als op zaterdagmorgen de zon opkomt en zwak door het enige deel van de Koepel schijnt dat niet helemaal zwartgeblakerd is, bestaat de bevolking van Chester's Mill uit nog maar tweeëndertig zielen.

2

Ollie gooide de deur van de aardappelkelder dicht en rende naar beneden. Hij drukte ook op de knop van de lampen, al wist hij niet of ze het nog deden. Ze deden het nog. Toen hij de trap af strompelde naar de kelder van de stal (daar was het koel, maar niet lang meer, want hij voelde de hitte al die achter hem aan kwam), herinnerde Ollie zich de dag, vier jaar geleden, waarop de mannen van Ives Electric uit Castle Rock waren gekomen om de nieuwe Honda-generator uit te laden.

'Het is die rotzak met zijn woekerprijzen geraden dat die generator het goed doet,' had Alden gezegd, kauwend op een grashalm, 'want ik zit tot aan mijn strot in de schuld vanwege dat ding.'

De generator had het inderdaad goed gedaan. Hij deed het nog steeds goed, maar Ollie wist dat het van korte duur zou zijn. Het vuur zou hem verslinden zoals het al het andere had verslonden. Als hij ook nog maar een minuut licht over had, zou het hem verbazen.

Misschien leef ik over een minuut niet eens meer.

Midden op de vuile betonvloer stond de sorteermachine, een complex geval van riemen, kettingen en tandraderen dat eruitzag als een eeuwenoud martelinstrument. Daarachter lag een grote berg aardappelen. Het was een goed najaar voor hen geweest, en de Dinsmores waren pas drie dagen voor de komst van de Koepel klaar geweest met de oogst. In een normaal jaar zouden Alden en zijn jongens de aardappelen de hele maand november hebben gesorteerd om ze op de coöperatieve markt van Castle Rock en in allerlei kraampjes in Motton, Harlow en Tarker's Mills te verkopen. Dit jaar geen piepergeld. Toch dacht Ollie dat ze misschien zijn leven zouden redden.

Hij rende naar de stapel toe en bleef even staan om naar de twee zuurstofflessen te kijken. Volgens de wijzerplaat van de ene fles was hij maar half vol, maar de naald op de fles uit de garage stond helemaal in het groen. Ollie liet de halfvolle fles op de betonvloer vallen en bevestigde het masker aan die uit de garage. Dat had hij vaak gedaan toen opa Tom nog leefde. Het was een kwestie van een paar seconden.

Net op het moment dat hij het masker weer aan zijn hals had hangen, ging het licht uit.

Het werd warmer. Hij liet zich op zijn knieën zakken en begroef zich in de koude aardappelhoop. Hij zette zich met zijn voeten af, beschermde de lange zuurstoffles met zijn lichaam en trok hem met één hand onder zich mee. Met de andere hand maakte hij stuntelige zwembewegingen.

Hij hoorde een lawine van aardappelen achter zich en vocht tegen de paniekerige aandrang om weer uit de berg te kruipen. Het was of hij levend begraven werd, en toen hij zichzelf voorhield dat hij vast en zeker zou sterven als hij níét levend begraven werd, hielp dat niet erg. Hij pufte en hoestte en het leek of hij net zoveel aardappelstof binnenkreeg als lucht. Hij schoof het zuurstofmasker over zijn gezicht, en toen... niets.

Hij frommelde een eeuwigheid aan de afsluiter van de zuurstoffles, en intussen bonkte zijn hart in zijn borst als een dier tegen de tralies van een kooi. Rode bloemen openden zich in de duisternis achter zijn ogen. Het koude aardappelgewicht drukte op hem neer. Het was idioot van hem geweest om dit te doen, zoals het idioot van Rory was geweest om met een geweer op de Koepel te schieten, en daar zou hij nu de prijs voor betalen. Hij zou sterven.

Toen kregen zijn vingers de afsluiter eindelijk goed te pakken. Eerst wilde het ding niet draaien, en toen besefte hij dat hij het in de verkeerde richting probeerde. Hij ging met zijn vingers de andere kant op en meteen stroomde er koele, heerlijke lucht in het masker.

Ollie lag diep ademhalend onder de aardappelen. Hij schrok even op toen het vuur de deur boven aan de trap indrukte; een ogenblik kon hij zien in wat voor een vuil bed hij lag. Het werd warmer, en hij vroeg zich af of de halfvolle tank die hij had achtergelaten zou ontploffen. Hij vroeg zich ook af hoeveel extra tijd de volle tank hem opleverde, en of dat het waard was.

Maar dat was zijn verstand. Zijn lichaam had maar één doel, en dat was leven. Ollie kroop dieper in de aardappelhoop weg. Hij trok de zuurstoffles mee en stelde het masker telkens bij wanneer het scheef voor zijn gezicht kwam te hangen.

3

Als je er bij de bookmakers van Vegas op had kunnen inzetten wie de bezoekersdag zouden overleven, zou er in het geval van Sam Verdreaux duizend tegen één zijn uitbetaald. Maar er zijn wel kleinere kansen uitgekomen – daardoor blijven mensen gokken – en Sam was degene die Julia moeizaam over Black Ridge Road had zien lopen, kort voordat de ballingen naar de auto's bij de boerderij renden.

Sam Slobber de spiritusdrinker bleef in leven om dezelfde reden als Ollie: hij had zuurstof.

Vier jaar geleden was hij naar dokter Haskell gegaan (de Wiz; je kent hem nog wel). Toen Sam zei dat hij de laatste tijd moeite had met ademhalen, luisterde dokter Haskell naar de piepende luchtwegen van de oude dronkenlap en vroeg hem hoeveel hij rookte.

'Nou,' had Sam gezegd, 'toen ik nog in het bos werkte wel vier pakjes per dag, maar nu ik arbeidsongeschikt ben en van een uitkering moet leven, rook ik wat minder.'

Dokter Haskell vroeg hem waarop zijn daadwerkelijke consumptie dan neerkwam. Sam zei dat hij zich beperkte tot zo'n twee pakjes per dag. American Eagles, het zware spul. 'Vroeger rookte ik Chesterfields, maar die zijn tegenwoordig meer filter dan tabak,' legde hij uit. 'Ze zijn ook duur. Eagles zijn goedkoop en je kunt het filter eraf halen voor je opsteekt. Zo makkelijk als wat.' Toen hoestte hij.

Dokter Haskell constateerde geen longkanker (dat was nogal een verrassing), maar op de röntgenfoto's was een heel duidelijk geval van emfyseem te zien, en hij zei tegen Sam dat hij waarschijnlijk de rest van zijn leven extra zuurstof zou moeten gebruiken. Dat was een foutieve diagnose, maar je moet een beetje consideratie met de man hebben. Zoals artsen zeggen: ga af op het meest voor de hand liggende. Bovendien hebben mensen de neiging datgene te vinden waar ze naar zoeken, nietwaar? En hoewel je zou kunnen zeggen dat dokter Haskell een heldendood gestorven is, heeft niemand, ook Rusty Everett niet, hem ooit als briljant beschouwd. In werkelijkheid had Sam bronchitis, en niet lang nadat de Wiz zijn diagnose had gesteld, kreeg Sam er minder last van.

Inmiddels was Sam aangemeld voor zuurstof, dat elke week werd aangeleverd door Castles in the Air (een firma die uiteraard in Castle Rock was gevestigd), en hij had zich nooit afgemeld. Waarom zou hij? Net als zijn middel tegen hoge bloeddruk werd de zuurstof gedekt door wat hij HET FONDS noemde. Sam had HET FONDS nooit helemaal begrepen, maar hij begreep wel dat de zuurstof hem niets kostte. Hij ontdekte ook dat je er een goed gevoel van kreeg als je pure zuurstof inademde.

Toch gingen er soms weken voorbij zonder dat het bij Sam opkwam naar het vervallen schuurtje te gaan dat hij bij zichzelf 'de zuurstofbar' noemde. En als de mannen van Castles in the Air de lege flessen kwamen ophalen (waarmee ze nogal laks waren), ging Sam naar de zuurstofbar, draaide de flessen open, liet ze leeglopen, legde ze in de oude rode wagen van zijn zoon en karde ze naar de knalblauwe vrachtwagen met luchtbellen erop.

Als hij nog aan Little Bitch Road had gewoond, in het oude huis van de Verdreaux, zou Sam binnen enkele minuten na de eerste explosie zijn opgebrand als een strootje (zoals Marta Edmunds was overkomen). Het huis en de bospercelen eromheen waren al lang geleden wegens belastingschulden in beslag genomen (en in 2008 voor een prikje aangekocht door enkele vennootschappen van Jim Rennie), maar zijn jongere zus bezat een stuk land op God Creek, en daar verbleef Sam op de dag dat de wereld in de lucht vloog. Het hutje stelde niet veel voor en hij moest gebruik maken van een privaat (stromend water kwam alleen uit een oude handpomp in de keuken), maar in elk geval werden de belastingen betaald, daar zorgde zijn zusje wel voor... en hij had HET FONDS.

Sam was niet trots op zijn rol bij het aanzetten tot de voedselrellen. Hij had in de loop van de jaren veel whisky's en biertjes met de vader van Georgia Roux gedronken en het zat hem niet lekker dat hij een steen in het gezicht van de dochter van die man had gegooid. Hij moest steeds weer aan het geluid denken dat het stuk kwarts had gemaakt toen het doel trof, en dan zag hij weer voor zich hoe Georgia's gebroken kaak omlaag was gezakt, zodat ze eruitzag als een buiksprekerpop met een kapotte mond. Jezus nog aan toe, het had haar dood kunnen worden. Waarschijnlijk was het een wonder dat hij haar niet had vermoord... Niet dat ze daarna nog lang had geleefd. En toen kwam er een nog triester idee bij hem op: als hij geen steen naar haar had gegooid, zou ze niet in het ziekenhuis zijn geweest. En als ze niet in het ziekenhuis was geweest, zou ze waarschijnlijk nog in leven zijn.

Als je het zo bekeek, had hij haar inderdaad vermoord.

Door de explosie bij het radiostation schoot hij recht overeind uit een dronken slaap. Hij greep naar zijn borst en keek in paniek om zich heen. Het raam boven zijn bed was uit de sponningen gevlogen. Steker nog, alle ramen van zijn onderkomen waren eruitgevlogen, en de voordeur aan de westkant was finaal uit de scharnieren gerukt.

Hij stapte eroverheen en stond als aan de grond genageld in zijn voortuin vol onkruid en autobanden. Hij keek naar het westen, waar de hele wereld in brand leek te staan.

4

In de schuilkelder onder de plek waar ooit het gemeentehuis had gestaan, draaide de generator – klein, ouderwets en nu het enige wat de gebruikers van de kelder uit het hiernamaals vandaan hield – gestaag door. Batterijlampen wierpen een gelig schijnsel vanuit de hoeken van het hoofdvertrek. Carter zat in de enige stoel. Grote Jim nam het grootste deel van het oude tweepersoonsbankje in beslag en at sardientjes uit een blikje. Hij plukte ze er een voor een met zijn dikke vingers uit en legde ze op toastjes.

De twee mannen hadden elkaar weinig te zeggen; de portable tv die Carter in de slaapkamer onder het stof had aangetroffen, nam al hun aandacht in beslag. Er was maar één station op te krijgen – WMTW vanuit Poland Springs –, maar dat was genoeg. Eigenlijk was het te veel; de ravage was bijna niet te bevatten. Het dorp was verwoest. Op satellietfoto's was te zien dat de bossen bij Chester Pond tot sintels waren vergaan, en de menigte van de bezoekersdag bij Route 119 was nu stof in de steeds zwakkere wind. De Koepel was tot een hoogte van zesduizend meter zichtbaar geworden: een eindeloze, roetzwarte gevangenismuur om een gemeente die nu voor zeventig procent verbrand was.

Kort na de explosie was de temperatuur in de kelder aanzienlijk opgelopen. Grote Jim zei tegen Carter dat hij de airconditioning moest aanzetten.

'Kan de generator dat wel aan?' had Carter gevraagd.

'Anders worden we levend gebraden,' had Grote Jim geërgerd geantwoord, 'dus wat maakt het uit?'

Snauw niet tegen mij, dacht Carter. *Snauw niet tegen mij, want het komt door jou dat dit is gebeurd. Jij bent hiervoor verantwoordelijk.*

Hij was opgestaan om de airconditioning te zoeken, en toen hij hem vond, kwam er nog een gedachte bij hem op: die sardientjes stonken. Hij vroeg zich af wat de baas zou zeggen als hij tegen hem zei dat het spul dat hij in zijn mond stak naar oude dode kut rook.

Aan de andere kant had Grote Jim hem 'zoon' genoemd alsof hij het meende, en dus hield Carter zijn mond. En toen hij de airconditioning aanzette, was het ding meteen aangeslagen. Het geluid van de generator was wel een beetje dieper geworden, alsof het apparaat een extra zware last te torsen kreeg. Op deze manier zou hun gasvoorraad veel eerder opbranden.

Het geeft niet. We hebben het nodig, zei Carter tegen zichzelf terwijl hij naar de televisiebeelden vol verwoesting keek. De meeste beelden kwamen van satellieten en hoog vliegende verkenningstoestellen. Meer naar beneden toe was het grootste deel van de Koepel ondoorzichtig geworden.

Maar niet aan de noordoostelijke kant van de gemeente, hadden Grote Jim en hij ontdekt. Om ongeveer drie uur 's middags kregen ze daar opeens iets van te zien. De beelden kwamen van een bedrijvige legerpost in het bos.

'Dit is Jake Tapper in de TR-90, een niet in een county ingedeeld gebied even ten noorden van Chester's Mill. We mogen niet dichterbij komen, maar zoals u kunt zien, zijn er overlevenden. Ik herhaal: er zijn overlevenden.'

'Hier zitten ook overlevenden, dombo,' zei Carter.

'Hou je mond,' zei Grote Jim. Het bloed steeg naar zijn hangwangen en vormde een golvend lijntje op zijn voorhoofd. Zijn ogen puilden bijna uit hun kassen en zijn handen waren tot vuisten gebald. 'Daar heb je Barbara. Daar heb je die bliksemse Dale Barbara!'

Carter zag hem tussen de anderen. De beelden kwamen van een camera met een extreem lange lens, waardoor alles een beetje trilde – het was of hij door een hittewaas naar mensen keek –, maar toch was het duidelijk genoeg te zien. Barbara. De brutale dominee. De hippiedokter. Een stel kinderen. Die vrouw van Everett.

Dat kreng heeft de hele tijd alles gelogen, dacht hij. *Alles gelogen, en stomme Carter geloofde haar.*

'Het bulderende geluid dat u hoort komt niet van helikopters,' zei Jake Tapper. 'Als we een beetje achteruit kunnen gaan...'

De camera ging achteruit en liet een rij kolossale ventilatoren op dolly's zien, elk verbonden met zijn eigen generator. De aanblik van al die kracht op maar enkele kilometers afstand maakte Carter misselijk van jaloezie.

'U ziet het nu,' ging Tapper verder. 'Het zijn geen helikopters maar industriële ventilatoren. Wel... Als we weer kunnen inzoomen op de overlevenden...'

De camera deed het. Ze knielden of zaten aan de rand van de Koepel, vlak voor de ventilatoren. Carter zag hun haar bewegen in de wind. Niet zomaar een beetje, maar echt bewegen. Als planten in een langzame stroming onder water.

'Daar heb je Julia Shumway,' zei Grote Jim verbaasd. 'Ik had dat wijf moeten doodmaken toen ik de kans had.'

Carter luisterde niet naar hem. Hij keek strak naar de tv.

'De gecombineerde kracht van vijftig van die ventilatoren zou eigenlijk genoeg moeten zijn om die mensen om te gooien, Charlie,' zei Jake Tapper, 'maar van hieruit gezien lijkt het of ze net genoeg lucht krijgen om in leven te blijven in een atmosfeer die veranderd is in een giftig mengsel van kooldioxide, methaan en god mag weten wat nog meer. Onze deskundigen zeggen dat de beperkte voorraad zuurstof in Chester's Mill voor het grootste deel is opgebrand. Een van die deskundigen – Donald Irving, hoogleraar chemie in Princeton – heeft me via de mobiele telefoon verteld dat de lucht binnen de Koepel op dit moment misschien niet veel verschilt van de atmosfeer van Venus.'

Het beeld ging over op een zorgelijk kijkende Charlie Gibson, veilig in New York. (*De bofkont*, dacht Carter.) 'Nog nieuws over de mogelijke oorzaak van de brand?'

Terug naar Jake Tapper... en dan naar de overlevenden in hun kleine capsule van bruikbare lucht. 'Nee, Charlie. Het was een explosie, dat is wel duidelijk, maar verder is er niets bekendgemaakt door het leger en ook niet vanuit Chester's Mill. Sommige mensen die je op je scherm ziet moeten een telefoon hebben, maar als ze communiceren, doen ze dat alleen met kolonel James Cox, die hier ongeveer drie kwartier geleden is geland en meteen in bespreking is gegaan met de overlevenden. Terwijl de camera op een afstand moet blijven en deze grimmige taferelen in beeld brengt, zal ik bezorgde kijkers in Amerika – en over de hele wereld – de namen geven van de mensen die nu bij de Koepel zijn en van wie de identiteit bekend is. Ik denk dat er nog beelden zijn van verscheidenen van hen, en misschien kunnen ze in beeld worden gebracht terwijl ik de namen noem. Ik geloof dat mijn lijst alfabetisch is, maar pin me daar niet op vast.'

'Dat zullen we niet doen, Jake. En we hebben ook beelden, maar doe het wel langzaam.'

'Kolonel Dale Barbara, voorheen luitenant Barbara, Amerikaanse landmacht.' Er verscheen een foto van Barbie in woestijncamouflage op het scherm. Hij had zijn arm om een grijnzende Irakese jongen. 'Veteraan met onderscheidingen en tot voor kort kok van het restaurant in het dorp.'

'Angelina Buffalino... Hebben we een foto van haar?... Nee?... Oké.'

'Romeo Burpee, eigenaar van het warenhuis in het dorp.' Er verscheen een foto van Rommie. Daarop stond hij met zijn vrouw naast een barbecue in een tuin en droeg hij een schort met KOOK JIJ OF KOOK IK.

'Ernest Calvert, zijn dochter Joan en Joans dochter Eleanor Calvert.' Deze foto leek genomen op een familiefeest; er waren overal Calverts. Norrie, die er heel serieus en toch leuk uitzag, had haar skateboard onder haar arm.

'Alva Drake... haar zoon Benjamin Drake...'

'Zet uit,' gromde Grote Jim.

'Ze zijn tenminste in de openlucht,' zei Carter verlangend. 'Ze zitten niet opgesloten in een gat in de grond. Ik voel me verdomme net Saddam Hoessein toen hij op de vlucht was.'

'Eric Everett, zijn vrouw Linda en hun twee dochters.'

'Weer een gezin!' zei Charlie Gibson op zo'n toon dat hij aan een mormoon deed denken. Dat was genoeg voor Grote Jim; hij stond op en zette de tv zelf met een snelle polsbeweging uit. Hij had het blikje met sardientjes nog in zijn hand en morste olie op zijn broek toen hij de tv uitzette.

Dat krijg je er nooit meer uit, dacht Carter, maar hij zei het niet.

Ik zat naar dat programma te kijken, dacht Carter, maar hij zei het niet.

'De krantenvrouw,' mompelde Grote Jim toen hij weer ging zitten. De kussens bezweken sissend onder zijn gewicht. 'Ze was altijd al tegen mij. Alle trucjes die er maar zijn, Carter. Alle katoenplukkende trucjes. Wil je nog een blikje sardientjes voor me pakken?'

Haal het zelf, dacht Carter, maar hij zei het niet. Hij stond op en pakte nog een blikje.

In plaats van een opmerking te maken over het onwelriekende verband dat hij tussen sardientjes en overleden vrouwelijke geslachtsorganen had gelegd, stelde hij de vraag die voor de hand lag.

'Wat gaan we doen, baas?'

Grote Jim haalde het sleuteltje van het blikje, stak het in het lipje en rolde de bovenkant weg om een nieuw peloton dode visjes bloot te leggen. Ze glansden in het schijnsel van de noodverlichting. 'We wachten tot de lucht weer zuiver is en gaan dan naar boven en ruimen de rommel op, zoon.' Hij zuchtte, legde een druipnat visje op een toastje en at het op. De toastkruimels plakten aan de oliedruppels op zijn lippen vast. 'Dat doen mensen zoals wij altijd. De verantwoordelijke mensen. De mensen die de kar trekken.'

'En als de lucht nou niet zuiver wordt? Op de tv zeiden ze...'

'Lieve help, de wereld vergaat, lieve help, de wereld vergaat!' riep Grote Jim met een vreemde (en vreemd genoeg ook verontrustende) falsetstem uit. 'Dat roepen ze toch al jaren? De wetenschappers en die bange progressievelingen. De Derde Wereldoorlog! Kernreactoren die smelten tot aan het midden van de aarde! Computers die de gekste dingen gaan doen bij de millenniumwisseling! Het einde van de ozonlaag! Smeltende ijskappen! Dodelijke wervelstormen! Opwarming van de aarde! Schijterige atheïsten die niet op de wil van een liefhebbende, barmhartige God willen vertrouwen! Die weigeren te geloven dat er inderdaad zoiets bestáát als een liefhebbende, barmhartige God!'

Grote Jim wees met een vettige maar nadrukkelijke vinger naar de jongere man.

'In tegenstelling tot wat de ongelovige humanisten geloven, vergaat de wereld níét. Ze kunnen het niet helpen dat ze zo laf zijn, zoon – "de schuldige vlucht, al vervolgt niemand hem," je weet wel, het boek Leviticus –, maar dat verandert niets aan Gods waarheid: "Zij die in Hem geloven zullen niet vermoeid raken doch opstijgen met vleugels als die van adelaren" – het boek Jesaja. Daarbuiten is het vooral smog. Die trekt wel op.'

Maar twee uur later, toen het net vier uur was geweest op die vrijdagmiddag, kwam er een schel *piep-piep-piep* uit de nis met de apparatuur van de schuilkelder.

'Wat is dat?' vroeg Carter.

Grote Jim, die nu met zijn ogen halfdicht (en met sardinevet op zijn wangen) onderuitgezakt zat op de bank, kwam overeind en luisterde. 'Luchtzuivering,' zei hij. 'Een soort grote spuitbus van Airwick. We hebben er ook een in de autoshowroom op de zaak. Een handig ding. Het houdt niet alleen de lucht mooi fris, maar voorkomt ook die statische elektrische schokken die je krijgt als het kou...'

'Als de lucht in het dorp zuiverder wordt, waarom gaat de luchtzuivering dan aan?'

'Waarom ga je niet naar boven, Carter? Zet de deur op een kier en kijk hoe het daar gaat. Zou dat je een beetje geruststellen?'

Dat laatste was volgens Carter de vraag, maar hij wist dat hij gek werd als hij nog langer hier beneden moest zitten. Hij ging de trap op.

Zodra hij weg was, stond Grote Jim op en liep naar de rij laden tussen het kooktoestel en de kleine koelkast. Voor zo'n grote man kon hij zich verrassend snel en geruisloos bewegen. In de derde la vond hij wat hij zocht. Hij keek over zijn schouder om er zeker van te zijn dat hij nog alleen was en pakte wat hij wilde hebben.

Op de deur boven aan de trap zag Carter een nogal onheilspellend bord:

HEEFT U EEN STRALINGSMETER NODIG?
DENK NA!!!

Carter dacht na. En hij kwam tot de conclusie dat Grote Jim bijna zeker uit zijn nek lulde als hij het over die luchtzuivering had. Die mensen die daar voor die ventilatoren stonden bewezen dat er bijna geen lucht werd uitgewisseld tussen Chester's Mill en de buitenwereld.

Evengoed zou het geen kwaad kunnen om te kijken.

Eerst wilde de deur niet in beweging komen. Uit paniek, ontketend door de vage gedachte aan levend begraven te worden, begon hij nog harder te duwen. Ditmaal ging de deur een klein beetje open. Hij hoorde vallende bakstenen en schrapend hout. Misschien kon hij de deur verder openzetten, maar daar was geen reden voor. De lucht die door de kier naar binnen kwam was helemaal geen lucht, maar iets wat rook als de binnenkant van een uitlaat terwijl de motor nog draaide. Carter had geen verfijnde apparatuur nodig om te weten dat hij buiten de schuilkelder binnen twee of drie minuten dood zou zijn.

De vraag was: wat moest hij tegen Rennie zeggen?

Niets, zei de koude stem van het zelfbehoud. *Als hij dat hoort, wordt hij alleen maar erger. Lastiger in de omgang.*

En wat betekende dát nu precies? Wat maakte het uit, als ze toch in de schuilkelder zouden doodgaan zodra de generator geen brandstof meer had? Trouwens, wat maakte íets dan nog uit?

Hij ging de trap weer af. Grote Jim zat op de bank. 'Nou?'

'Het ziet er niet mooi uit,' zei Carter.

'Maar de lucht is in te ademen, hè?'

'Dat wel. Maar je zou er behoorlijk ziek van worden. We kunnen beter wachten, baas.'

'Natuurlijk kunnen we beter wachten,' zei Grote Jim, alsof Carter iets anders had voorgesteld. Alsof Carter de grootste stommeling van het universum was. 'Maar het komt wel goed met ons, en daar gaat het maar om. God zal voor ons zorgen. Dat doet hij altijd. Intussen hebben we hier beneden goede lucht. Het is niet te heet en we hebben genoeg te eten. Ga maar eens kijken wat er voor lekkers is, zoon. Chocoladerepen en zo. Ik heb nog steeds trek.'

Ik ben je zoon niet. Je zoon is dood, dacht Carter... maar hij zei het niet. Hij ging naar de slaapkamer om te kijken of daar repen op de planken lagen.

5

Om ongeveer tien uur die avond viel Barbie in een onrustige slaap. Julia lag dicht tegen hem aan, lepeltje lepeltje. Junior Rennie walste door zijn dromen: Junior die voor zijn cel in het kippenhok stond. Junior met zijn pistool. En ditmaal zou er geen redding komen, want de lucht buiten was in gif veranderd en iedereen was dood.

Die dromen verdwenen uiteindelijk, en toen sliep hij dieper. Hij lag – net als Julia – met zijn hoofd naar de Koepel, waar de frisse lucht doorheen sijpelde. Het was genoeg om in leven te blijven, maar niet genoeg om je op je gemak te voelen.

Om ongeveer twee uur 's nachts werd hij wakker van iets. Hij keek door de vlekkerige Koepel naar de gedempte lichten van het legerkamp aan de andere kant. Toen kwam het geluid opnieuw. Het was gehoest, diep, schor en wanhopig.

Rechts van hem scheen een zaklantaarn. Barbie stond zo zachtjes mogelijk op, want hij wilde Julia niet wakker maken, en liep naar het licht. Daarvoor moest hij over anderen heen stappen die in het gras lagen te slapen. De meesten hadden alleen nog hun ondergoed aan. De schildwachten op drie meter afstand droegen dikke duffelse jassen en handschoenen, maar hier was het warmer dan ooit.

Rusty en Ginny knielden bij Ernie Calvert neer. Rusty had een stethoscoop om zijn hals en een zuurstofmasker in zijn hand. Dat masker was bevestigd aan een rood flesje met **CR ZKH AMBULANCE NIET VERWIJDEREN ALTIJD VERVANGEN**. Norrie en haar moeder keken bezorgd toe, hun armen om elkaar heen.

'Sorry dat hij je wakker heeft gemaakt,' zei Joanie. 'Hij is ziek.'

'Hoe ziek?' vroeg Barbie.

Rusty schudde zijn hoofd. 'Ik weet het niet. Het klinkt als bronchitis of een zware verkoudheid, maar natuurlijk is het dat niet. Het komt door de lucht. Ik heb hem zuurstof uit de ambulance gegeven, en dat hielp even, maar nu...' Hij haalde zijn schouders op. 'En het geluid van zijn hart staat me niet aan. Hij heeft onder grote druk gestaan, en hij is niet jong meer.'

'Heb je geen zuurstof meer?' vroeg Barbie. Hij wees naar de rode gasfles, die eruitzag als het soort brandblusser dat mensen in een keukenkast hadden staan en altijd vergaten te laten keuren. 'Is dat alles?'

Thurse Marshall kwam bij hen staan. In het licht van de zaklantaarn zag hij er grimmig en moe uit. 'We hebben er nog eentje, maar we hebben afgesproken – Rusty, Ginny en ik – dat we die voor de kleine kinderen bewaren. Aidan hoestte ook al. Ik heb hem zo dicht mogelijk bij de Koepel – en de ventilatoren – gebracht, maar hij hoest nog steeds. We geven Aidan, Alice, Judy en Janelle de overgebleven lucht in rantsoenporties als ze wakker worden. Als het leger meer ventilatoren zou brengen...'

'Hoeveel frisse lucht ze ook naar ons toe blazen,' zei Ginny, 'er komt altijd maar een beetje door de Koepel heen. En hoe dicht we ook bij de Koepel gaan zitten, we ademen nog steeds die troep in. En de mensen die het moeilijk hebben, zijn precies degenen van wie je dat zou verwachten.'

'De oudsten en de jongsten,' zei Barbie.

'Ga maar weer liggen, Barbie,' zei Rusty. 'Spaar je krachten. Je kunt hier niets doen.'

'Jij wel?'

'Misschien wel. We hebben in de ambulance ook een middel om luchtwegen vrij te maken. En desnoods hebben we epinefrine.'

Barbie kroop langs de Koepel terug en draaide zijn hoofd daarbij naar de ventilatoren – dat deden ze nu allemaal automatisch – en schrok ervan hoe moe hij zich voelde toen hij bij Julia was aangekomen. Zijn hart bonsde en hij was buiten adem.

Julia was wakker. 'Hoe erg is het met hem?'

'Dat weet ik niet,' moest Barbie bekennen, 'maar het kan niet goed zijn. Ze hebben hem zuurstof uit de ambulance gegeven, en daar werd hij niet wakker van.'

'Zuurstof! Is er nog meer? Hoeveel?'

Hij legde het uit. Het deed hem pijn om te zien dat het licht in haar ogen een beetje doofde.

Ze pakte zijn hand vast. Haar vingers waren klam en koud. 'Net alsof we in een ingestorte mijn opgesloten zitten.'

Ze zaten met hun gezicht naar elkaar toe, met hun schouders tegen de Koepel. Er trok een heel zwak briesje tussen hen door. Het gestage bulderen van de Air Max-ventilatoren was achtergrondlawaai geworden; ze verhieven hun stem om zich verstaanbaar te maken, maar waren zich er verder niet van bewust.

We zouden het merken als ze ophielden, dacht Barbie. *In ieder geval wel enkele minuten. Daarna zouden we niets meer merken, nooit meer.*

Ze glimlachte vaag. 'Maak je maar geen zorgen om mij, als je dat doet. Ik doe het niet slecht voor een republikeinse dame van middelbare leeftijd die niet goed op adem kan komen. Het is me tenminste gelukt nog een nummertje te maken. En niet zomaar een nummertje.'

Barbie glimlachte terug. 'Geloof me: het was me een genoegen.'

'En hoe zit het met die minikernraket waarmee ze het zondag gaan proberen? Wat denk je?'

'Ik denk niet. Ik hoop.'

'En hoeveel hoop heb je?'

Hij wilde haar de waarheid niet vertellen, maar ze had er recht op de waarheid te horen. 'Op grond van alles wat er gebeurd is en het weinige dat we weten over de wezens die het kastje hebben neergezet: niet veel.'

'Zeg dan dat je het niet opgeeft.'

'Dat kan ik wel zeggen. Ik ben niet eens zo bang als ik waarschijnlijk zou moeten zijn. Misschien omdat het... omdat het zo sluipend is. Ik ben zelfs al gewend aan de stank.'

'Echt?'

Hij lachte. 'Niet dus. Jij wel? Bang?'

'Ja, maar vooral bedroefd. Zo komt er een eind aan de wereld: niet met een klap maar met een zucht.' Ze hoestte weer en drukte haar vuist tegen haar mond. Barbie hoorde anderen hetzelfde doen. Een van hen zou de kleine jongen zijn die nu Thurston Marshalls kleine jongen was. *Hij krijgt morgenvroeg wat beters*, dacht Barbie, en toen herinnerde hij zich hoe Thurston het had gesteld: *lucht in rantsoenporties*. Zo zou een kind niet moeten ademhalen.

Zo zou niemand moeten ademhalen.

Julia spuwde in het gras en keek hem toen aan. 'Ik kan bijna niet geloven dat we onszelf dit hebben aangedaan. De wezens die het kastje hebben neergezet – de leerkoppen – zijn weliswaar de aanstichters, maar ik denk dat het gewoon kinderen zijn die er voor de lol naar kijken. Misschien is het voor hen zoiets als een videospelletje. Zij zijn buiten. Wij zijn binnen, en we hebben het onszelf aangedaan.'

'Je hebt al genoeg problemen zonder dat je jezelf daar ook nog verwijten over gaat maken,' zei Barbie. 'Als er iemand verantwoordelijk is, dan is het Rennie. Hij heeft het drugslaboratorium opgezet, en hij heeft daar propaan uit de hele gemeente naartoe gebracht. Hij is vast ook degene die daar mannen heen heeft gestuurd, met een confrontatie tot gevolg.'

'Maar wie hebben hem gekozen?' vroeg Julia. 'Wie hebben hem de macht gegeven om die dingen te doen?'

'Jij niet. Jouw krant heeft campagne tegen hem gevoerd. Of heb ik het nu mis?'

'Je hebt gelijk,' zei ze, 'maar alleen sinds de laatste acht jaar. Eerst dacht *The Democrat* – met andere woorden: ik – dat hij het geweldigste nieuws was sinds de uitvinding van het gesneden brood. Toen ik erachter kwam wat hij werkelijk voor iemand was, zat hij al stevig in het zadel. En toen liet hij die arme, glimlachende, domme Andy Sanders de klappen voor hem opvangen.'

'Toch kun je jezelf niet de schuld geven van...'

'Dat kan ik niet en dat doe ik niet. Als ik had geweten dat die vechtlustige, onbekwame schoft ooit de leiding zou krijgen in een crisis, zou ik... zou ik hem als een kat hebben verzopen.'

Hij lachte en moest meteen hoesten. 'Je klinkt steeds minder als een republikein...' begon hij, maar hij ging niet verder.

'Wat?' vroeg ze, en toen hoorde zij het ook. Er ratelde en piepte iets in het donker. Het kwam dichterbij en ze zagen iemand die sjokkend een kinderwagen achter zich aan trok.

'Wie is daar?' riep Dougie Twitchell.

Toen de sjokkende nieuwkomer antwoord gaf, klonk zijn stem een beetje gesmoord. Dat kwam doordat hij een zuurstofmasker droeg.

'Goddank,' zei Sam Slobber. 'Ik deed een dutje naast de weg, en ik was bang dat ik door mijn lucht heen was voordat ik hier was. Maar daar ben ik dan. Net op tijd, want ik heb bijna niks meer.'

6

Het legerkamp aan Route 119 in Motton maakte die vroege zaterdagochtend een troosteloze indruk. Er waren maar veertig militairen en één Chinook overgebleven. Tien mannen laadden de grote tenten en enkele extra Air Max-ventilatoren in die Cox naar de zuidkant van de Koepel had gestuurd zodra het bericht over de explosie binnenkwam. De ventilatoren waren niet gebruikt. Toen ze op hun bestemming aankwamen, was daar niemand die kon profiteren van het beetje lucht dat ze door de barrière konden stuwen. Om zes uur was het vuur uit, gesmoord door gebrek aan brandstof en zuurstof, maar iedereen aan de Chester's Mill-kant was dood.

De tent voor medische bijstand werd door tien man afgebroken en opgerold. Degenen die daar niet mee bezig waren, kregen de oudste taak die voor militairen is weggelegd: de rommel opruimen in de omgeving. Het was dom werk, maar niemand vond het erg. Niets kon hen de nachtmerrie laten vergeten waar ze de vorige middag getuige van waren geweest, maar het opruimen van papiertjes, blikjes, flesjes en sigarettenpeuken hielp een beetje. Straks zou het ochtend zijn en zou de grote Chinook zijn motor starten. Ze zouden instappen en ergens anders heen gaan. Dat kon de leden van deze bijeengeraapte eenheid niet snel genoeg gebeuren.

Een van hen was soldaat Clint Ames uit Hickory Grove in South Carolina. Hij had een groene plastic vuilniszak in zijn hand en liep langzaam door het platgetrapte gras. Nu en dan raapte hij een geplet colablikje op om de indruk te wekken dat hij aan het werk was, voor het geval die lastige sergeant Groh zijn kant op keek. Hij viel bijna staande in slaap, en in het begin dacht hij dat het kloppen dat hij hoorde (het klonk als knokkels op een dik plastic bord) bij een droom hoorde. Dat móést bijna wel, want het leek van de andere kant van de Koepel te komen.

Hij gaapte en rekte zich uit met zijn hand tegen de onderkant van zijn rug. Toen hij dat deed, was het kloppen er weer. Het kwam wel degelijk van achter de zwart uitgeslagen Koepel.

Toen klonk een stem. Zwak en onpersoonlijk, als de stem van een geest. Er ging meteen een huivering door hem heen.

'Is daar iemand? Kan iemand me horen? Alsjeblieft... Ik ga dood.'

Jezus, kende hij die stem? Het leek wel...

Ames liet zijn vuilniszak vallen en rende naar de Koepel. Hij steunde met zijn handen op het zwarte, nog warme oppervlak. 'Koeienjongen? Ben jij dat?'

Ik ben gek, dacht hij. *Dit kan niet. Niemand kan die brand hebben overleefd.*

'AMES!' brulde sergeant Groh. 'Wat doe je daar?'

Hij wilde zich net omdraaien toen hij de stem achter het geblakerde Koepeloppervlak weer hoorde. 'Ik ben het. Niet...' Er volgde een raar gehoest. 'Niet weggaan. Als je daar bent, soldaat Ames, ga dan niet weg.'

Er verscheen nu een hand. Die was even spookachtig als de stem, de vingers besmeurd met roet. De hand wreef een plekje schoon aan de binnenkant van de Koepel. Even later verscheen er een gezicht. Eerst herkende Ames de koeienjongen niet. Toen besefte hij dat de jongen een zuurstofmasker droeg.

'Ik heb bijna geen lucht meer,' piepte de jongen. 'De wijzer staat in het rood. Al een halfuur.'

Ames keek in de angstige ogen van de koeienjongen, en de koeienjongen keek terug. Er kwam maar één gebod bij Ames op: hij mocht die jongen niet laten doodgaan. Niet na alles wat hij had overleefd... al kon Ames zich bijna niet voorstellen hóé hij het had overleefd.

'Jongen, luister. Ga op je knieën zitten en...'

'Ames, waardeloos stuk vreten!' bulderde sergeant Groh, die naar hem toe kwam. 'Hou op met lijntrekken en doe wat! Dat gekloot van jou hangt me de keel uit!'

Soldaat Ames negeerde hem. Hij was helemaal geconcentreerd op het gezicht dat hem van achter die groezelige glazen wand aankeek. 'Laat je zakken en schraap de troep van de onderkant. Doe het nu, jongen, nu meteen!'

Het gezicht verdween uit het zicht. Ames moest maar hopen dat de jongen deed wat hem gezegd werd en niet het bewustzijn had verloren.

Sergeant Grohs arm drukte op zijn schouder. 'Ben jij doof? Ik zei...'

'Haal de ventilatoren, sergeant! We moeten hier de ventilatoren hebben!'

'Waar heb je het o...'

Ames schreeuwde van de gevreesde sergeant Groh in het gezicht. 'Er is daar iemand in leven!'

7

Toen Sam Slobber in het vluchtelingenkamp bij de Koepel aankwam, lag er nog maar één zuurstoffles in de rode wagen, en de naald op de wijzerplaat zat nog maar net boven de nul. Hij maakte geen bezwaar toen Rusty het masker pakte en op het gezicht van Ernie Calvert legde, en kroop naar de plek waar Barbie en Julia bij de Koepel zaten. Daar liet de nieuwkomer zich op handen en knieën zakken en haalde diep adem. Horace de corgi, die naast Julia zat, nam hem belangstellend op.

Sam draaide zich op zijn rug. 'Het is niet veel, maar het is beter dan wat ik had. Het laatste beetje uit die flessen is nooit zo lekker als het bovenste.'

Toen stak hij ongelooflijk genoeg een sigaret op.

'Doe hem uit. Ben je gek geworden?' zei Julia.

'Ik had er zo'n trek in,' zei Sam, terwijl hij met voldoening inhaleerde. 'Je mag niet roken bij zuurstof, weet u. Grote kans dat de boel ontploft. Al zijn er mensen die het doen.'

'Laat hem maar,' zei Rommie. 'Het kan niet erger zijn dan de troep die we inademen. Wie weet, beschermen de teer en de nicotine in zijn longen hem juist.'

Rusty kwam naar hen toe en ging zitten. 'Die tank is leeg,' zei hij, 'maar Ernie heeft er nog een beetje lucht uit kunnen krijgen. Hij slaapt nu minder onrustig. Dank je, Sam.'

Sam wuifde het weg. 'Mijn lucht is jouw lucht, dokter. Tenminste, dat was zo. Zeg, kun je niet meer lucht maken met iets in je ambulance daar? De kerels die mijn zuurstofflessen brengen – tenminste die dat deden voordat al deze rottigheid begon – konden zuurstof maken in hun wagen. Ze hadden een hoe-heet-het, een soort pomp.'

'Je bedoelt zuurstofextractie,' zei Rusty. 'En je hebt gelijk. We hebben zo'n ding aan boord. Jammer genoeg is het kapot.' Hij liet zijn tanden zien voor iets wat als grijns bedoeld was. 'Het is al drie maanden kapot.'

'Vier,' zei Twitch, die naar hen toe kwam. Hij keek naar Sams sigaret. 'Je hebt er zeker niet meer, hè?'

'Haal het niet eens in je hoofd,' zei Ginny.

'Bang dat ik dit tropische paradijs met rook vervuil, schat?' vroeg Twitch, maar toen Sam Slobber hem zijn gehavende pak American Eagles voorhield, schudde Twitch zijn hoofd.

Rusty zei: 'Ik heb zelf het verzoek ingediend voor een nieuwe O_2-extractor. Bij het bestuur van het ziekenhuis. Ze zeiden dat het budget al helemaal besteed was, maar dat ik misschien hulp van de gemeente zou kunnen krijgen. En dus stuurde ik het verzoek naar het gemeentebestuur.'

'Rennie,' zei Piper Libby.

'Rennie,' beaamde Rusty. 'Ik kreeg een officiële brief terug. Daarin stond dat mijn verzoek aan de orde zou komen tijdens de begrotingsbesprekingen in november. Dus dan zien we wel verder.' Hij wapperde met zijn handen in de lucht en lachte.

Er kwamen nu ook anderen bij staan. Ze keken nieuwsgierig naar Sam. En vol afschuw naar zijn sigaret.

'Hoe ben je hier gekomen, Sam?' vroeg Barbie.

Sam wilde maar al te graag zijn verhaal vertellen. Eerst vertelde hij dat hij, nadat er emfyseem bij hem was vastgesteld, dankzij HET FONDS regelmatig zuurstof kreeg en dat hij soms volle flessen overhield. Hij vertelde dat hij de explosie had gehoord, en wat hij had gezien toen hij naar buiten ging.

'Ik wist wat er zou gebeuren zodra ik zag hoe groot die explosie was,' zei hij. Tot zijn gehoor behoorden nu ook de militairen aan de andere kant van de Koepel. Een van hen was Cox, gekleed in een boxershort en een kakihemd. 'Toen ik in het bos werkte, heb ik wel vaker enorme branden meegemaakt. Een paar keer moesten we alles laten liggen en wegvluchten, en als een van die oude International Harvester-vrachtwagens die we in die tijd hadden in de modder was blijven steken, zouden we nooit zijn weggekomen. Vuur in de boomtoppen is het ergst, want dat maakt zijn eigen wind. Ik had meteen in de gaten wat er deze keer ging gebeuren. Het was echt een joekel van een ontploffing. Wat was het?'

'Propaan,' zei Rose.

Sam streek over zijn kin met witte stoppels. 'Ja, maar niet alleen propaan. Er zaten ook chemicaliën bij, want sommige vlammen waren groen. Als het mijn kant op was gekomen, zou ik er zijn geweest. En jullie ook. Maar in plaats daarvan ging het naar het zuiden. Dat zal wel met de vorm van het terrein te maken hebben. En met de rivierbedding. Nou, ik wist wat er ging gebeuren, en dus pakte ik de flessen uit de zuurstofbar...'

'De wat?' vroeg Barbie.

Sam nam een laatste trek van zijn sigaret en drukte hem toen uit op de grond. 'O, zo noem ik de schuur waar ik die zuurstofflessen bewaar. Nou, ik had vijf volle...'

'Vijf!' zei Thurston Marshall bijna kreunend.

'Ja,' zei Sam opgewekt, 'maar ik had er nooit vijf in de kar kunnen meenemen. Ik word een jaartje ouder, weet je.'

'Had je geen auto kunnen vinden?' vroeg Lissa Jamieson.

'Mevrouw, ik ben zeven jaar geleden mijn rijbewijs kwijtgeraakt. Of misschien acht. Te vaak met een slok op achter het stuur. Als ik nog eens achter het stuur word betrapt van iets wat groter is dan een skelter, kom ik in de bak en er nooit meer uit.'

Barbie dacht erover hem op de fundamentele fout in die redenering te wijzen, maar waarom zou hij zijn adem daaraan verspillen terwijl de lucht zo schaars was?

'Nou, ik dacht dat ik wel vier flessen in dat rode karretje van me kon trekken, en ik had nog geen halve kilometer gelopen of ik nam al trekjes uit de eerste. Ik moest wel.'

'Wist je dat wij hier waren?' vroeg Jackie Wettington.

'Nee, mevrouw. Dit is hoog terrein; dat is alles. En ik wist dat mijn ingeblikte lucht niet eeuwig zou duren. Ik wist niets van jullie, en ik wist ook niets van die ventilatoren. Ik kon gewoon nergens anders heen.'

'Waarom deed je er zo lang over?' vroeg Pete Freeman. 'Het kan niet veel meer dan vijf kilometer zijn tussen God Creek en hier.'

'Nou, dat is gek,' zei Sam. 'Ik kwam over de weg – je weet wel, Black Ridge Road – en ik kwam ook over de brug... nog steeds lurkend aan de eerste tank, al werd het wel verrekte heet, en... hé! Hebben jullie die dooie beer gezien? Die eruitzag alsof hij zijn eigen hersens heeft kapotgeramd tegen een telefoonpaal?'

'Ja, die hebben we gezien,' zei Rusty. 'Niks zeggen. Een eindje voorbij de beer werd je duizelig en ging je van je stokje.'

'Hoe weet je dat?'

'Wij zijn daar ook langsgekomen,' zei Rusty, 'en er is daar een of andere kracht aan het werk. Het schijnt dat kinderen en oude mensen daar het gevoeligst voor zijn.'

'Zo oud ben ik niet.' Sam klonk beledigd. 'Ik ben alleen vroeg grijs, net als mijn moeder.'

'Hoe lang was je bewusteloos?' vroeg Barbie.

'Nou, ik heb geen horloge, maar het was al donker toen ik eindelijk weer verderging, dus het moet nogal een tijdje zijn geweest. Ik werd wakker doordat ik bijna geen lucht meer kreeg, schakelde over op een van de volle flessen en ging weer slapen. Gek, hè? En een dromen dat ik had! Als een circus! De laatste keer dat ik wakker werd, was ik echt wakker. Het was donker, en ik ging over op de volgende fles. Het was nogal lastig om over te schakelen, want het was inmiddels pikkedonker. Dat moet ook wel, het moet ook wel donkerder dan het poepgat van een kat zijn, met al dat roet dat door het vuur op de Koepel kwam, maar er was een beetje licht waar ik lag. Je kunt het overdag niet zien, maar 's nachts is het net of daar een miljard glimwormen zijn.'

'De gloedgordel, noemen wij het,' zei Joe. Norrie, Benny en hij stonden dicht bij elkaar. Benny hoestte en hield zijn hand voor zijn mond.

'Goeie naam,' zei Sam. 'Nou, ik wist dat hier íémand was, want toen hoorde ik ook die ventilatoren en zag ik de lichten.' Hij knikte naar het kamp aan de andere kant van de Koepel. 'Ik wist niet of ik het zou redden voordat ik door mijn lucht heen was – die helling is steil en ik zoog de O_2 in mijn longen dat het niet mooi meer was –, maar ik heb het gered.'

Hij keek Cox nieuwsgierig aan.

'Hé daar, kolonel Klink, ik zie je adem. Trek maar een jas aan of kom anders hierheen. Hier is het warm.' Hij moest er zelf om lachen, zodat zijn weinige overgebleven tanden te zien waren.

'Het is Cox, niet Klink, en ik heb geen jas nodig.'

'Wat droomde je, Sam?' vroeg Julia.

'Gek dat u dat vraagt,' zei hij, 'want ik kan me er maar één van het hele stel herinneren, en die ging over u. U lag in de muziektent in het plantsoen, en u huilde.'

Julia kneep hard in Barbies hand, maar ze bleef Sam aankijken. 'Hoe wist je dat ik het was?'

'Omdat u bedekt was met kranten,' zei Sam. 'Nummers van *The Democrat*. U drukte ze tegen u aan alsof u er naakt onder lag, neemt u me niet kwalijk, maar u vroeg ernaar. Is dat niet de gekste droom die u ooit hebt gehoord?'

Cox' walkietalkie piepte drie keer. Hij pakte hem van zijn riem. 'Wat is er? Vertel het vlug, want ik heb het hier druk.'

Ze hoorden allemaal de stem die antwoord gaf: 'We hebben een overlevende aan de zuidkant, kolonel. Ik herhaal: we hebben een overlevende.'

8

Toen op de ochtend van 28 oktober de zon opkwam, was 'overlevende' het enige wat op het laatste lid van de familie Dinsmore van toepassing was. Ollie lag tegen de onderkant van de Koepel gedrukt en kreeg net genoeg lucht van de grote ventilatoren binnen om in leven te blijven.

Het was een ware wedloop geweest om aan zijn kant voldoende van de Koepel vrij te maken voordat de resterende zuurstof in de fles op was. Het was de fles die hij op de vloer had laten liggen toen hij onder de aardappelen vandaan was gekropen. Hij had zich afgevraagd of de fles zou ontploffen. Dat was niet gebeurd, en dat was een heel goede zaak geweest voor Oliver H. Dinsmore. Als de fles wel was ontploft, zou hij nu dood in een grafheuvel van aardappelen liggen.

Hij was aan zijn kant van de Koepel neergeknield en had de zwarte aankoeklaag weggekrabd, in de wetenschap dat een deel van dat spul bestond uit menselijke resten. Daaraan werd hij herinnerd doordat hij zich steeds weer aan botsplinters prikte. Zonder de aanmoediging van soldaat Ames zou hij het vast hebben opgegeven. Maar Ames gaf het niet op en bleef hem aansporen te krabben verdomme, krab die troep weg, koeienjongen, want anders heb je niets aan de ventilatoren.

Volgens Ollie had hij het niet opgegeven omdat Ames zijn naam niet wist. Ollie was door de kinderen op school voor 'schijtboer' en 'tietentrekker' uitgemaakt, maar hij verdomde het om dood te gaan terwijl een of andere zwerver uit South Carolina hem een koeienjongen noemde.

De ventilatoren waren bulderend aangeslagen en hij had de eerste vage luchtstromen op zijn oververhitte huid gevoeld. Hij trok het masker van zijn gezicht en drukte zijn mond en neus dicht tegen het vuile oppervlak van de Koepel. Toen ging hij, hoestend en roet uitspuwend, verder met het schoonkrabben van de aangekoekte barrière. Hij kon Ames aan de andere kant zien, op zijn handen en knieën en met zijn hoofd schuin als iemand die in een muizenhol probeert te kijken.

'Goed zo!' riep hij. 'Er komen nog twee ventilatoren aan. Ga door, koeienjongen! Geef het niet op!'

'Ollie,' had hij hijgend gezegd.

'Wat?'

'Ik heet... Ollie. Noem me geen... koeienjongen.'

'Vanaf nu zal ik voor eeuwig Ollie tegen je zeggen, als je maar een plekje vrijmaakt, zodat die ventilatoren hun werk kunnen doen.'

Het was Ollies longen op de een of andere manier gelukt genoeg lucht die door de Koepel sijpelde binnen te krijgen om in leven en bij bewustzijn te blijven. Hij zag de wereld licht worden door zijn opening in het roet. Het licht hielp ook, al deed het hem verdriet om te zien hoe het rozige schijnsel van de dageraad werd bevuild door het laagje vuil dat nog op zijn kant van de Koepel zat. Het licht deed hem goed, want binnen de Koepel was alles donker, zwartgeblakerd, hard en stil.

Om vijf uur wilden ze Ames aflossen, maar Ollie riep dat hij moest blijven en Ames weigerde weg te gaan. Degene die de leiding had, gaf toe. Beetje bij beetje, en terwijl hij telkens even zijn mond tegen de Koepel moest drukken om meer lucht binnen te krijgen, vertelde Ollie hoe hij het had overleefd.

'Ik wist dat ik zou moeten wachten tot het vuur uit was,' zei hij, 'en dus deed ik zuinig met de zuurstof. Opa Tom heeft me eens verteld dat hij de hele nacht met één fles toe kon als hij sliep, en dus bleef ik heel stil liggen. Een hele tijd hoefde ik helemaal geen zuurstof te gebruiken, want er zat lucht onder de aardappelen en die ademde ik in.'

Hij bracht zijn lippen naar de Koepel, proefde het roet, wist dat het misschien wel een restant was van iemand die vierentwintig uur eerder nog in leven was geweest, en trok zich daar niets van aan. Hij zoog gretig en rochelde een zwarte drab op voordat hij verder kon gaan.

'Eerst was het koud onder de aardappelen, maar toen werd het warm en daarna werd het heet. Ik dacht dat ik levend zou verbranden. De stal brandde boven mijn hoofd af. Alles stond in de fik. Maar het was zo heet dat het niet lang duurde, en misschien heeft dat me gered. Ik weet het niet. Ik bleef waar ik was tot de eerste fles leeg was. Toen moest ik eruit. Ik was bang dat de andere fles was ontploft, maar dat was niet gebeurd. Al zal het niet veel hebben gescheeld.'

Ames knikte. Ollie zoog weer lucht in door de Koepel. Het was alsof hij probeerde te ademen door een dikke, vuile doek.

'En de trap. Als die niet van beton maar van hout was geweest, was ik er niet uitgekomen. Eerst probeerde ik het niet eens. Ik kroop onder de aardappelen terug omdat het zo heet was. Die aan de buitenkant van de stapel kookten in hun schil – ik kon ze ruiken. Toen kreeg ik bijna geen lucht meer en wist ik dat er ook niet veel meer in de tweede fles zat.'

Hij hield even op, want hij kreeg een hoestbui. Toen die achter de rug was, ging hij verder.

'Ik wilde vooral nog een keer een menselijke stem horen voordat ik doodging. Ik ben blij dat jij het was, soldaat Ames.'

'Ik heet Clint, Ollie. En je gaat niet dood.'

Maar de ogen die door de vuile opening onder aan de Koepel keken, als ogen die door een glazen ruitje in een doodkist tuurden, zagen eruit alsof ze een andere, echtere waarheid kenden.

9

De tweede keer dat de zoemer afging, wist Carter wat het was, al werd hij erdoor uit een droomloze slaap gewekt. Want een deel van hem zou niet meer echt slapen totdat dit was afgelopen of hij dood was. In dat deel zat zijn overlevingsinstinct, nam hij aan: een nooit slapende wachter, diep in de hersenen.

De tweede keer was het ongeveer halfacht zaterdagmorgen. Hij wist dat omdat hij een horloge had dat licht gaf als je op een knop drukte. De noodverlichting was in de loop van de nacht uitgevallen en het was volslagen donker in de schuilkelder.

Hij ging rechtop zitten en voelde dat er iets tegen zijn nek porde. De zaklantaarn die hij de vorige avond had gebruikt, nam hij aan. Hij tastte ernaar en deed hem aan. Hij zat op de vloer. Grote Jim lag op de bank. Grote Jim had hem aangepord met de zaklantaarn.

Natuurlijk heeft hij de bank, dacht Carter met de nodige rancune. *Hij is de baas, nietwaar?*

'Ga dan, zoon,' zei Grote Jim. 'Zo vlug als je kunt.'

Waarom moet ik het doen? dacht Carter... maar hij zei het niet. Hij moest het doen omdat de baas oud was, en omdat de baas dik was, en omdat de baas een hartkwaal had. En natuurlijk omdat hij de baas was. James Rennie, de keizer van Chester's Mill.

Keizer van tweedehands auto's; meer ben je niet, dacht Carter. *En je stinkt naar zweet en sardientjesolie.*

'Toe dan.' Rennie klonk prikkelbaar. En bang. 'Waar wacht je op?'

Carter stond op. Het licht van de zaklantaarn gleed over de volle planken van de schuilkelder (al die blikjes met sardientjes!) en ging de slaapkamer in. Daar brandde nog één noodlamp, maar die sputterde en was bijna uit. De zoemer was nu luider, een gestaag AAAAAAAAAA-geluid. Het geluid van de naderende ondergang.

We komen hier nooit meer uit, dacht Carter.

Hij scheen met de zaklantaarn op het luik voor de generator, die nog steeds dat irritante toonloze gezoem uitzond dat hem om een of andere reden deed denken aan de baas als die een toespraak hield. Misschien omdat beide geluiden neerkwamen op hetzelfde domme gebod: *Voed mij, voed mij, voed mij. Geef me propaan, geef me sardientjes, geef me ongelode benzine voor mijn Hummer. Voed me. Ik ga toch dood, en dan ga jij ook dood, maar wie kan het wat schelen? Wie kan het een fuck schelen? Voed me, voed me, voed me.*

In de voorraadkast stonden nu nog maar zes flessen propaan. Als hij de fles die bijna leeg was had vervangen, waren er nog maar vijf. Vijf kleine rotflessen; tanks kon je het niet noemen. Vijf flessen voor hen samen, totdat ze stikten doordat de luchtzuiveraar ermee stopte.

Carter tilde een van de flessen van zijn plaats, maar zette hem naast de generator zonder hem aan te sluiten. Hij was niet van plan de eerste fles weg te halen voor hij helemaal leeg was, ondanks dat ergerlijke AAAAAAA. Nee. Nee. Zoals ze altijd van Maxwell House-koffie zeiden: goed tot op de laatste druppel.

Aan de andere kant werkte die zoemer op zijn zenuwen. Carter dacht dat hij het alarm wel kon vinden en uitzetten, maar hoe zouden ze dan weten wanneer de generator bijna zonder propaan zat?

We zijn net twee ratten die gevangenzitten in een omgekeerde emmer.

Hij rekende het in zijn hoofd uit. Nog zes flessen, elk goed voor ongeveer elf uren. Maar ze konden de airconditioning uitzetten, en dan deden ze misschien twaalf of zelfs dertien uren met een fles. Laten we voor alle zekerheid zeggen: twaalf. Twaalf keer zes was... eens kijken...

Het AAAAAAAA maakte het rekenen moeilijker dan het zou moeten zijn, maar eindelijk wist hij het. Nog tweeënzeventig uur en dan stond hun hier beneden in het donker een ellendige verstikkingsdood te wachten. En waarom was het donker? Omdat niemand de moeite had genomen de accu's van de noodverlichting te vervangen; daarom. Waarschijnlijk waren ze in minstens twintig jaar niet vervangen. De baas had *geld bespaard*. En waarom stonden er maar zeven miezerige tanks in de opslagruimte onder de vloer, terwijl er ongeveer een triljoen liter propaan had gestaan bij WCIK, klaar om in de lucht te vliegen? Omdat de baas alles graag precies op de plaats had waar hij het wilde hebben.

Toen hij daar zat en naar het AAAAAAA luisterde, herinnerde Carter zich een van de dingen die zijn vader altijd zei: *Pot een cent op en raak een dollar kwijt.* Dat was typisch Rennie. Rennie de keizer van tweedehands auto's. Rennie de grote politicus. Rennie de drugsbaron. Hoeveel had hij met zijn drugshandel verdiend? Een miljoen dollar? Twee? En maakte het iets uit?

Hij zou het waarschijnlijk nooit hebben uitgegeven, dacht Carter, *en nu gaat hij het helemaal niet meer uitgeven. Er is hier niets om het aan uit te geven. Hij heeft alle sar-*

dientjes die hij op kan, en ze zijn gratis.

'Carter?' Grote Jims stem zweefde door de duisternis naar hem toe. 'Ga je die fles verwisselen, of blijven we naar dat gezoem luisteren?'

Carter deed zijn mond open om te roepen dat ze zouden wachten, dat elke minuut telde, maar op dat moment kwam er een eind aan het AAAAAAA. En ook aan het *piep-piep-piep* van de luchtzuiveraar.

'Carter?'

'Ik ben ermee bezig, baas.' Carter klemde de zaklantaarn onder zijn oksel, trok de lege fles naar voren en zette de volle op een metalen platform dat plaats bood aan een tank die tien keer zo groot was. Vervolgens bracht hij de verbinding tot stand.

Elke minuut telde... of niet? Waarom eigenlijk, als ze uiteindelijk toch zouden stikken?

Maar de overlevingswachter in hem vond dat een absurde vraag. De overlevingswachter vond dat tweeënzeventig uur tweeënzeventig uur was, en elke minuut van die tweeënzeventig uur telde. Want wie wist wat er zou gebeuren? Misschien vonden de militairen eindelijk een manier om de Koepel open te krijgen. Misschien verdween de Koepel uit zichzelf, even plotseling en onverklaarbaar als hij was gekomen.

'Cárter? Wat doe je daar nou? Mijn katoenplukkende opoe kan het vlugger, en die is dood!'

'Bijna klaar.'

Hij zorgde ervoor dat de verbinding goed vastzat en legde zijn duim op de startknop (hij dacht dat ze in de problemen kwamen als de startbatterij van de kleine generator net zo oud was als de accu van de noodverlichting). Toen dacht hij na.

Het was tweeënzeventig uur als ze met zijn tweeën waren. Maar in zijn eentje kon hij het misschien negentig uur of zelfs wel honderd uur uithouden, als hij de luchtzuiveraar uitzette tot de lucht echt benauwd werd. Hij had dat idee aan Grote Jim voorgelegd, maar die had meteen zijn veto uitgesproken.

'Ik heb een zwak hart,' had hij tegen Carter gezegd. 'Hoe benauwder het is, des te groter is de kans dat het gaat haperen.'

'Cárter?' Luid en eisend. Een stem die zijn oren inging zoals de stank van de sardientjes zijn neus was ingegaan. 'Wat gebeurt er daar achter?'

'Het is klaar, baas!' riep hij, en hij drukte op de knop. De startmotor snorde en de generator sloeg meteen aan.

Ik moet hierover nadenken, zei Carter tegen zichzelf, maar de overlevingswachter dacht daar anders over. De overlevingswachter dacht dat elke minuut die verstreek een verloren minuut was.

Hij is goed voor me geweest, zei Carter tegen zichzelf. *Hij heeft me verantwoordelijkheden gegeven.*

Vuile klusjes die hij zelf niet wilde doen – die gaf hij je. En een gat in de grond om in dood te gaan. Dat ook.

Carter nam een besluit. Hij trok zijn Beretta uit de holster en liep naar het hoofdvertrek terug. Hij dacht erover hem achter zijn rug te houden, dan zag de baas hem niet, maar zag daarvan af. Per slot van rekening had de man hem 'zoon' genoemd, en misschien had hij dat ook wel gemeend. Hij verdiende iets beters dan een onverwacht schot in zijn achterhoofd, een onvoorbereide dood.

10

In het uiterste noordoosten van de gemeente was het niet donker. Hier zaten er lelijke vlekken op de Koepel maar was hij verre van ondoorzichtig. De zon scheen erdoorheen en maakte alles felroze.

Norrie rende naar Barbie en Julia toe. Het meisje hoestte en was buiten adem, maar ze rende evengoed.

'Mijn opa heeft een hartaanval!' jammerde ze, en toen viel ze rochelend en naar adem happend op haar knieën.

Julia sloeg haar armen om het meisje heen en draaide haar gezicht naar de bulderende ventilatoren. Barbie kroop naar de plaats waar de ballingen om Ernie Calvert, Rusty Everett, Ginny Tomlinson en Dougie Twitchell heen zaten.

'Geef ze een beetje ruimte, mensen!' snauwde Barbie. 'Geef de man wat lucht!'

'Dat is juist het probleem,' zei Tony Guay. 'Ze hebben hem gegeven wat er over was... het spul dat voor de kinderen bestemd was... maar...'

'Epi,' zei Rusty, en Twitch gaf hem een injectiespuit. Rusty injecteerde het. 'Ginny, begin met de compressies. Als je moe wordt, neemt Twitch het over. En dan ik.'

'Ik wil het ook doen,' zei Joanie. De tranen liepen over haar wangen, maar ze maakte toch een beheerste indruk. 'Ik heb een cursus gevolgd.'

'Ik ook,' zei Claire. 'Ik kan helpen.'

'En ik,' zei Linda zachtjes. 'Ik heb vorige zomer nog een opfriscursus gevolgd.'

Het is een klein plaatsje en we staan allemaal achter het team, dacht Barbie. Ginny – haar gezicht nog gezwollen van haar verwondingen – begon met de borstcompressies. Ze maakte plaats voor Twitch op het moment dat Julia en Norrie naar Barbie toe kwamen.

'Kunnen ze hem redden?' vroeg Norrie.

'Ik weet het niet,' zei Barbie. Maar hij wist het wél; dat was de ellende.

Twitch nam het over van Ginny. Barbie zag dat de zweetdruppels van Twitch' voorhoofd donkere vlekken op Ernies overhemd maakten. Na ongeveer vijf minuten hield hij hoestend op. Toen Rusty het wilde overnemen, schudde Twitch zijn hoofd. 'Hij is er niet meer.' Twitch wendde zich tot Joanie en zei: 'Ik vind het heel erg, mevrouw Calvert.'

Joanies gezicht trilde en vertrok. Ze slaakte een kreet van verdriet die in een hoestbui overging. Norrie sloeg haar armen om haar heen en hoestte zelf ook weer.

'Barbie,' zei een stem. 'Kan ik je even spreken?'

Het was Cox. Hij droeg nu een bruin camouflagetenue en een fleecejasje tegen de kou aan de andere kant. De sombere uitdrukking op Cox' gezicht stond Barbie helemaal niet aan. Julia ging met hem mee. Ze bogen zich dicht naar de Koepel toe en probeerden langzaam en regelmatig adem te halen.

'Er is een ongeluk gebeurd op de luchtmachtbasis Kirtland in New Mexico.' Cox probeerde zacht te spreken. 'Ze deden de laatste tests met de minikernraket die we wilden uitproberen, en... shit.'

'Is hij ontploft?' vroeg Julia verschrikt.

'Nee, dat niet, maar er heeft wel een meltdown plaatsgevonden. Er zijn twee mensen omgekomen, en nog eens zes gaan waarschijnlijk dood aan brandwonden of door de straling. Maar we zijn de kernraket kwijt. We zijn die verrekte raket kwijt.'

'Was het een defect?' vroeg Barbie. Hij hoopte bijna dat het dat was geweest, want dat betekende dat de raket toch niet zou hebben gewerkt.

'Nee, kolonel, dat was het niet. Daarom gebruikte ik het woord "ongeluk". Ongelukken doen zich voor als mensen haast hebben, en we hebben ons allemaal uit de naad gelopen.'

'Ik vind het heel erg van die mannen,' zei Julia. 'Weet hun familie het al?'

'Gezien de situatie waarin u zelf verkeert, stel ik het op prijs dat u daaraan denkt. Ze worden binnenkort op de hoogte gesteld. Het ongeluk deed zich vannacht om één uur voor. Het werk aan Little Boy 2 is al begonnen. Die moet over drie dagen klaar zijn. Hooguit vier.'

Barbie knikte. 'Dank je, maar ik weet niet of we zoveel tijd hebben.'

Achter hen was opeens de lange, ijle jammerklacht van een kind te horen.

Toen Barbie en Julia zich omdraaiden, ging het geluid over in de schorre hoestbui van iemand die geen lucht kreeg. Ze zagen Linda neerknielen bij haar oudste dochter en het meisje in haar armen nemen.

'Ze kan niet dood zijn!' riep Janelle uit. '*Audrey kan niet dood zijn!*'

Maar ze was het wel. De golden retriever van de Everetts was 's nachts gestorven, stilletjes en zonder drukte te maken, terwijl de kleine J's aan weerskanten van haar sliepen.

11

Toen Carter in het hoofdvertrek terugkwam, at de eerste wethouder van Chester's Mill ontbijtvlokken in de vorm van ringetjes uit een doos met een tekenfilmpapegaai op de voorkant. Carter herkende die mythische vogel van veel ontbijten uit zijn kinderjaren; Toucan Sam, de beschermheilige van Froot Loops.

Dat moet zo muf zijn als de pest, dacht Carter, en heel even had hij medelijden met de baas. Toen dacht hij aan het verschil tussen tweeënzeventig uur lucht en tachtig of honderd uur. Dat staalde zijn hart.

Grote Jim graaide nog wat uit de doos en zag toen de Beretta in Carters hand.

'Wel,' zei hij.

'Ik vind het heel erg, baas.'

Grote Jim opende zijn hand en liet de Froot Loops als een waterval in de doos terugvallen, maar zijn hand was plakkerig en sommige felgekleurde ringetjes plakten aan zijn vingers en handpalmen vast. Het zweet glom op zijn voorhoofd en liep uit zijn uitgedunde haardos.

'Zoon, doe dat niet.'

'Ik moet wel, meneer Rennie. Het is niet persoonlijk.'

Dat was het inderdaad niet, dacht Carter. Zelfs niet een klein beetje. Ze zaten hier in de val als twee vossen in een ingestort hol. Zo simpel lag het. En omdat het allemaal door beslissingen van Grote Jim was veroorzaakt, zou Grote Jim de prijs moeten betalen.

Grote Jim zette de doos Froot Loops op de vloer. Hij deed dat zorgvuldig, alsof hij bang was dat er iets uit de doos zou vallen als hij er ruw mee omsprong. 'Wat is het dan?'

'Het komt allemaal neer op... lucht.'

'Lucht. Ik begrijp het.'

'Ik had hier met een pistool achter mijn rug kunnen binnenkomen en een kogel in uw hoofd kunnen pompen, maar dat wilde ik niet doen. Ik wilde u de tijd geven om u voor te bereiden. Want u bent goed voor me geweest.'

'Laat me dan niet lijden, zoon. Als het niet persoonlijk is, laat me dan niet lijden.'

'Als u niet beweegt, is het gauw voorbij. Zoals wanneer je een gewond hert afschiet in het bos.'

'Kunnen we erover praten?'

'Nee, meneer Rennie. Mijn besluit staat vast.'

Grote Jim knikte. 'Goed dan. Mag ik eerst even bidden? Wil je me dat toestaan?'

'Ja, u mag bidden, als u wilt. Maar doet u het wel snel. Dit is ook moeilijk voor mij, weet u.'

'Dat wil ik wel geloven. Je bent een goede jongen, zoon.'

Carter, die niet meer had gehuild sinds hij veertien was, voelde dat er iets in zijn ooghoeken prikte. 'Het helpt u niet als u me zoon noemt.'

'Het helpt míj wel. En dat ik zie dat je ontroerd bent... Dat helpt mij ook.'

Grote Jim kwam met zijn dikke lijf van de bank en liet zich op zijn knieën zakken. Toen hij dat deed, gooide hij de Froot Loops om en liet een sneu grinniklachje horen. 'Als galgenmaal stelde het niet veel voor.'

'Nee, waarschijnlijk niet. Dat is jammer.'

Grote Jim, die nu met zijn rug naar Carter toe zat, zuchtte. 'Maar over een minuut of twee eet ik rosbief aan de tafel van de Heer. Dus het komt wel goed.' Hij gaf met zijn dikke vinger een plek hoog in zijn nek aan. 'Hier. De hersenstam. Goed?'

Carter slikte iets weg. Het voelde aan als een grote droge stofbol. 'Ja, meneer Rennie.'

'Wil je met me bidden, zoon?'

Carter, die nog langer niet had gebeden dan dat hij niet had gehuild, zei bijna ja. Toen herinnerde hij zich hoe sluw de baas kon zijn. Misschien was dit geen sluwheid, waarschijnlijk was hij de sluwheid al voorbij, maar Carter had de man aan het werk gezien en nam geen risico's. Hij schudde zijn hoofd. 'Zeg uw gebed. En als u helemaal tot amen wilt gaan, moet u het een kort gebed maken.'

Op zijn knieën, met zijn rug naar Carter toe, vouwde Grote Jim zijn handen op het kussen van de bank, dat nog een kuil had van het gewicht van zijn niet onaanzienlijke achterste. 'Lieve God, dit is Uw dienaar, James Rennie. Ik denk dat ik nu naar U toe kom, of ik dat nu leuk vind of niet. De beker is naar mijn lippen gebracht, en ik kan niet...'

Er ontsnapte hem een lange droge snik.

'Doe het licht uit, Carter. Ik wil niet huilen waar jij bij bent. Zo moet een man niet sterven.'

Carter stak het pistool uit tot het de nek van Grote Jim bijna raakte. 'Oké, maar dat was uw laatste verzoek.' Toen deed hij het licht uit.

Zodra hij het deed, wist hij dat hij een fout maakte, maar toen was het te laat. Hij hoorde de baas bewegen, en die was verrekte snel voor een dikke man met een zwak hart. Carter schoot, en in de vuurflits zag hij een kogelgat verschijnen in het ingedeukte bankkussen. Grote Jim knielde daar niet meer voor neer, maar hij kon niet ver zijn gekomen, hoe snel hij ook was. Toen Carter met zijn duim op de knop van de zaklantaarn drukte, kwam Grote Jim aangestormd met het slagersmes dat hij uit de la naast het kooktoestel van de schuilkelder had gepakt. Vijftien centimeter staal gleed in de buik van Carter Thibodeau.

Carter schreeuwde van pijn en schoot opnieuw. Grote Jim voelde dat de kogel langs zijn oor floot, maar hij trok zich niet terug. Hij had ook een overlevingswachter. Die had hem in de loop van de jaren goed gediend en zei nu dat hij zou sterven als hij zich terugtrok. Hij wankelde overeind en trok het mes omhoog terwijl hij opstond, zodat hij de jongen die had gedacht Grote Jim Rennie te slim af te zijn helemaal van onder tot boven openhaalde.

Carter schreeuwde opnieuw. De bloedspatten sproeiden op Grote Jims gezicht, voortgestuwd door wat naar hij vurig hoopte de laatste adem van de jongen was. Hij duwde Carter achteruit. In het schijnsel van de op de vloer gevallen zaklantaarn wankelde Carter weg, knerpend over gemorste Froot Loops, zijn handen tegen zijn buik. Het bloed stroomde over zijn vingers. Hij graaide naar de planken en viel op zijn knieën in een regen van Vigo Sardines, Snow's Clam Fry-Ettes en Campbell's Soups. Een ogenblik bleef hij zo zitten, alsof hij van gedachten was veranderd en toch nog ging bidden. Zijn haar hing voor zijn gezicht. Toen verloor hij zijn greep op de planken en zakte in elkaar.

Grote Jim dacht aan het mes, maar dat was te arbeidsintensief voor een man met hartklachten (hij beloofde zichzelf opnieuw dat hij daar iets aan zou laten doen zodra de crisis voorbij was). In plaats daarvan raapte hij Carters pistool op en liep daarmee naar de domme jongen.

'Carter? Ben je daar nog?'

Carter kreunde, probeerde zich om te draaien, gaf het op.

'Ik schiet een kogel in je nek, precies zoals jij bij mij van plan was. Maar eerst wil ik je een laatste goede raad geven. Luister je?'

Carter kreunde opnieuw. Grote Jim vatte dat als instemming op.

'Die raad is deze: geef een goede politicus nooit de tijd om te bidden.'
Grote Jim haalde de trekker over.

12

'Ik denk dat hij doodgaat!' riep soldaat Ames. 'Ik denk dat de jongen doodgaat!'

Sergeant Groh knielde naast Ames neer en keek door de doorzichtige plek aan de onderkant van de Koepel. Ollie Dinsmore lag op zijn zij en drukte zijn lippen bijna tegen een oppervlak dat ze nu konden zien, dankzij het vuil dat er nog aan vastgeplakt zat. Met zijn beste sergeantsstem riep Groh: '*Yo! Ollie Dinsmore! Kijk naar voren!*'

Langzaam deed de jongen zijn ogen open en keek naar de twee mannen die nog geen halve meter bij hem vandaan – maar in een koudere, schonere wereld – bij hem neergehurkt zaten. 'Wat?' fluisterde hij.

'Niets, jongen,' zei Groh. 'Ga maar weer slapen.'

Groh keek Ames aan. 'Maak je niet druk, soldaat. Hij mankeert niets.'

'Dat is niet zo. Kijk dan naar hem!'

Groh pakte Ames bij zijn arm vast en hielp hem – niet onvriendelijk – overeind. 'Nee,' beaamde hij zachtjes. 'Hij mankeert van alles, maar hij leeft nog en hij slaapt, en op dit moment is dat het beste wat we kunnen verlangen. Op die manier verbruikt hij minder zuurstof. Ga jij nu iets eten. Heb je wel ontbijt gehad?'

Ames schudde zijn hoofd. De gedachte aan ontbijten was niet eens bij hem opgekomen. 'Ik wil hier blijven voor het geval hij bijkomt.' Hij zweeg even en gooide het er toen uit. 'Ik wil erbij zijn als hij doodgaat.'

'Hij gaat voorlopig nog niet dood,' zei Groh. Hij wist niet of dat waar was of niet. 'Ga iets uit de wagen halen, al is het maar een stuk worst met een boterham eromheen. Je ziet er belabberd uit, soldaat.'

Ames wees met zijn hoofd naar de jongen die met zijn mond en neus bijna tegen de Koepel aan op de geschroeide grond lag te slapen. Er zaten strepen van vuil op zijn gezicht en ze konden zijn borst amper op en neer zien gaan. 'Hoe lang denk je dat hij nog heeft, sergeant?'

Groh schudde zijn hoofd. 'Waarschijnlijk niet lang. Vanmorgen is al iemand van de groep aan de andere kant gestorven, en met sommige anderen gaat het niet goed. En daar is het beter. Schoner. Je moet je op het ergste voorbereiden.'

Ames barstte bijna in tranen uit. 'Die jongen heeft zijn hele familie verloren.'

'Ga nu iets eten. Ik blijf bij hem tot je terug bent.'

'Maar mag ik daarna blijven?'

'Als de jongen jou wil, soldaat, dan krijgt hij jou. Je mag hier blijven tot het eind.'

Groh zag Ames vlug naar de tafel bij de helikopter lopen, waar voedsel was neergezet. Hierbuiten was het tien uur op een mooie najaarsochtend. De zon scheen en liet het laatste beetje rijp smelten. Maar op amper een meter afstand was er een afgesloten wereld van eeuwige schemering, een wereld waar de lucht vergiftigd was en de tijd geen enkele betekenis meer had. Groh herinnerde zich een vijver in het park van de plaats waar hij was opgegroeid. Dat was Wilton in Connecticut. Er hadden goudkarpers in die vijver gezwommen, grote, oude joekels. De kinderen hadden ze altijd gevoerd. Dat wil zeggen: tot op een dag een van de plantsoenarbeiders een ongelukje kreeg met kunstmest. Zeg maar dag, visjes. Alle tien of twaalf kwamen dood bovendrijven.

Toen hij naar de vuile slapende jongen aan de andere kant van de Koepel keek, moest hij onwillekeurig aan die karpers denken... Alleen was een jongen geen vis.

Ames kwam terug. Zo te zien at hij iets tegen zijn zin. Als soldaat stelde hij niet veel voor, vond Groh, maar hij was een goede jongen met een goed hart.

Soldaat Ames ging zitten. Sergeant Groh kwam bij hem zitten. Om een uur of twaalf hoorden ze van de noordkant van de Koepel dat een van de andere overlevenden daar was gestorven. Een jongetje dat Aidan Appleton heette. Ook een kind. Groh geloofde dat hij de vorige dag de moeder van het kind had gesproken. Hij hoopte dat hij zich daarin vergiste maar dacht van niet.

'Wie heeft het gedaan?' vroeg Ames hem. 'Wie heeft deze ellende veroorzaakt, sergeant? En waarom?'

Groh schudde zijn hoofd. Dat waren vragen die zijn verstand te boven gingen.

'Het is zo zinloos!' riep Ames uit. Voorbij hen bewoog Ollie. Hij raakte zijn luchttoevoer kwijt en bracht zijn slapende gezicht weer naar het dunne stroompje lucht dat door de barrière heen sijpelde.

'Maak hem niet wakker,' zei Groh, en hij dacht: *als hij in zijn slaap doodgaat, is dat beter voor ons allemaal.*

13

Om twee uur hoestten alle ballingen, behalve – raar maar waar – Sam Verdreaux, die blijkbaar op de slechte lucht gedijde, en Little Walter Bushey, die niets anders deed dan slapen en nu en dan melk of sap lebberen. Barbie zat met zijn arm om Julia heen tegen de Koepel aan. Niet ver bij hen vandaan zat Thurston Marshall naast het afgedekte lijk van de kleine Aidan Appleton, die angstaanjagend plotseling was gestorven. Thurse, die nu gestaag hoestte, had Alice op schoot. Ze had zichzelf in slaap gehuild. Zes meter bij hen vandaan zat Rusty met zijn vrouw en dochters, die zich ook in slaap hadden gehuild. Rusty had de dode Audrey naar de ambulance gebracht, dan hoefden de meisjes niet naar haar te kijken. Al die tijd hield hij zijn adem in; zelfs vijftien meter verder de Koepel in was de lucht verstikkend. Zodra hij weer op adem was, zou hij hetzelfde met de kleine jongen doen. Audrey zou goed gezelschap voor hem zijn; ze had altijd van kinderen gehouden.

Joe McClatchey plofte naast Barbie neer. Nu leek hij echt sprekend op een vogelverschrikker. Zijn bleke gezicht was bespikkeld met puistjes en er zaten paarse kringen onder zijn ogen.

'Mijn moeder slaapt,' zei Joe.

'Julia ook,' zei Barbie, 'dus zachtjes praten.'

Julia deed één oog open. 'Slaap niet,' zei ze, en ze deed meteen het oog weer dicht. Ze hoestte, hield daar even mee op en begon toen weer te hoesten.

'Benny is heel ziek,' zei Joe. 'Hij heeft koorts, net als dat jongetje voordat hij doodging.' Hij aarzelde. 'Mijn moeder heeft ook verhoging. Misschien komt het alleen doordat het hier zo heet is, maar... dat denk ik niet. En als ze nu eens doodgaat? Als we nu eens allemaal doodgaan?'

'Dat gaan we niet,' zei Barbie. 'Ze vinden er wel iets op.'

Joe schudde zijn hoofd. 'Nee. En dat weet u ook. Want zij zijn buiten. Niemand die buiten is kan ons helpen.' Hij keek naar het zwartgeblakerde land waar de vorige dag nog een dorp was geweest en lachte – een schor, krakend geluid dat erger was doordat het op de een of andere manier echt geamuseerd klonk. 'Chester's Mill is een gemeente sinds 1803 – dat hebben we op school geleerd. Meer dan tweehonderd jaar. En een week was genoeg om het van de aardbodem weg te vagen. Eén week, verdomme. Wat zegt u daarvan, kolonel Barbara?'

Barbie wist niet wat hij moest zeggen.

Joe legde zijn hand op zijn mond en hoestte. Achter hen bulderden aanhoudend de ventilatoren. 'Ik ben een slimme jongen. Weet u dat? Ik wil niet opscheppen, maar... ik ben slim.'

Barbie dacht aan de videocamera die de jongen had opgesteld bij de plaats van de raketinslag. 'Ik spreek je niet tegen, Joe.'

'In een film van Spielberg komt de slimme jongen altijd op het laatst met een oplossing, nietwaar?'

Barbie voelde dat Julia weer bewoog. Ze had nu beide ogen open, en ze keek Joe ernstig aan.

De tranen liepen de jongen over de wangen. 'Nou, een mooie Spielbergjongen ben ik! Als we in Jurassic Park waren, zouden de dinosaurussen ons vast en zeker opvreten.'

'Als ze nou maar eens moe werden,' zei Julia dromerig.

'Huh?' Joe knipperde met zijn ogen.

'De leerkoppen. De leerkopkínderen. Kinderen worden altijd moe van hun spelletjes en gaan dan iets anders doen. Of...' Ze hoestte hard. 'Of hun ouders roepen hen omdat het etenstijd is.'

'Misschien eten ze niet,' zei Joe somber. 'Misschien hebben ze ook geen ouders.'

'Of misschien is de tijd iets anders voor hen,' zei Barbie. 'Misschien zijn ze in hun wereld nog maar net om hun versie van dat kastje heen gaan zitten. Misschien is het spel voor hen nog maar net begonnen. We weten niet eens zeker of het wel kinderen zijn.'

Piper Libby kwam naar hen toe. Ze was rood aangelopen en haar haar plakte aan haar wangen. 'Het zijn kinderen,' zei ze.

'Hoe weet je dat?' vroeg Barbie.

'Ik weet het gewoon.' Ze glimlachte. 'Ze zijn de God waarin ik de afgelopen drie jaar niet meer heb geloofd. God blijkt een stel ondeugende kleine kinderen te zijn die met een interstellaire Xbox spelen. Is dat niet grappig?' Haar glimlach werd breder, en toen barstte ze in tranen uit.

Julia keek naar het kastje met zijn flikkerende paarse licht. Ze had een peinzende, dromerige uitdrukking op haar gezicht.

14

Het is zaterdagavond in Chester's Mill. Dat is de avond waarop de dames van het Eastern Star-genootschap altijd bijeenkwamen (en na de bijeenkomst gingen ze vaak naar Henrietta Clavards huis om wijn te drinken en hun beste schuine moppen te tappen). Het is de avond waarop Peter Randolph en zijn maten altijd pokerden (en ook hun beste schuine moppen tapten). De avond waarop Stewart en Fern Bowie vaak naar Lewiston gingen om in een bordeel aan Lower Lisbon Street een paar hoeren te bezoeken. De avond waarop dominee Lester Coggins altijd gebedsbijeenkomsten hield in de pastorie van de Heilige Verlosser en Piper Libby tienerfeestjes organiseerde in het souterrain van de Congo-kerk. De avond waarop de Dipper uit zijn dak ging tot één uur (en om halftwaalf riepen de dronken bezoekers altijd om hun lijflied, 'Dirty Water', een nummer dat alle bands uit Boston goed kenden). De avond waarop Howie en Brenda Perkins altijd hand in hand over het plantsoen wandelden en andere echtparen die ze kenden gedag zeiden. De avond waarop Alden Dinsmore, zijn vrouw Shelley en hun twee zoons wel eens een balletje overgooiden in het licht van de volle maan. In Chester's Mill (zoals in de meeste andere kleine plaatsen waar iedereen achter het team staat) was de zaterdagavond meestal de beste van de week, de avond om te dansen, te neuken en te dromen.

Maar niet deze zaterdagavond. Deze avond is zwart en er lijkt geen eind aan te komen. De wind is gaan liggen. De giftige lucht hangt heet en roerloos over het land. Waar vroeger Route 119 was, totdat de helse hitte alles wegbrandde, ligt Ollie Dinsmore met zijn gezicht tegen het vrijgemaakte stukje Koepel en klampt hij zich nog koppig aan het leven vast, met op nog geen halve meter afstand soldaat Clint Ames die geduldig bij hem waakt. Een slimme jongen wilde een schijnwerper op de jongen zetten; Ames (gesteund door sergeant Groh, die toch wel meeviel) kon dat voorkomen met het argument dat je felle schijnwerpers op terroristen zette om ze uit de slaap te houden, niet op tienerjongens die waarschijnlijk dood zouden zijn voordat de zon opkwam. Maar Ames heeft een zaklantaarn, en nu en dan schijnt hij daarmee op de jongen om er zeker van te zijn dat hij nog ademhaalt. Dat doet hij, maar telkens wanneer Ames de zaklantaarn weer gebruikt, verwacht hij te zien dat er een eind aan de ondiepe ademhaling is gekomen. In zekere zin hoopt hij daar al op en heeft hij zich neergelegd bij de waarheid: hoe vindingrijk Ollie Dinsmore ook is geweest en hoe heldhaftig hij ook heeft gestreden, hij heeft geen toekomst. Het is verschrikkelijk om te zien hoe hij blijft vechten. Kort voor middernacht valt Ames zelf in slaap, rechtop zittend, de zaklantaarn losjes in zijn hand.

Slaapt gij? Zou Jezus aan Petrus hebben gevraagd. *Slaapt gij? Kunt gij niet één uur waken?*

Waaraan Chef Bushey misschien zou hebben toegevoegd: *het boek Matteüs, Sanders.*

Kort na één uur wordt Barbie wakker geschud door Rose Twitchell. 'Thurston Marshall is dood,' zegt ze. 'Rusty en mijn broer leggen het lijk onder de ambulance, dan schrikt het meisje niet zo erg als ze wakker wordt.' En dan zegt hij: 'Tenminste, áls ze wakker wordt. Alice is ook ziek.'

'We zijn nu allemaal ziek,' zegt Julia. 'Allemaal, behalve Sam en die drugsbaby.'

Rusty en Twitch komen vlug van de wagens terug. Ze laten zich voor een van de ventilatoren neervallen en halen diep en gierend adem. Twitch hoest en Rusty duwt hem nog dichter naar de lucht toe, zo hard dat Twitch met zijn voorhoofd tegen de Koepel komt. Ze horen allemaal de dreun.

Rose is nog niet helemaal klaar met haar inventaris. 'Benny Drake is er ook slecht aan toe.' Ze fluistert nu bijna. 'Ginny zegt dat hij de ochtend misschien niet haalt. Konden we maar iets dóén.'

Barbie geeft geen antwoord. Julia ook niet. Ze kijkt weer in de richting van het kastje dat weliswaar nog geen vierhonderd vierkante centimeter groot is, en nog geen drie centimeter dik, maar toch niet in beweging te krijgen is. Ze kijkt wazig, peinzend.

Eindelijk dringt een rossige maan door het aangekoekte vuil op de oostelijke wand van de Koepel heen en laat zijn bloederige licht op hen vallen. Het is eind oktober en in Chester's Mill is oktober de wreedste maand, de maand waarin herinneringen vermengd worden met verlangen. Er zijn geen bloemen meer in dit dode land. Geen bloemen, geen bomen, geen gras. De maan kijkt neer op een ravage en weinig anders.

15

Grote Jim werd in het donker wakker en greep naar zijn borst. Zijn hart sloeg weer op hol. Hij sloeg erop. Toen ging het alarm op de generator af omdat de propaanfles in de gevarenzone was gekomen: AAAAAAAAAAA. Voed me, voed me.

Grote Jim gaf een schreeuw van schrik. Zijn arme gekwelde hart bonkte, hield zich in, maakte een sprongetje en zette het toen op een lopen om de achterstand in te halen. Hij voelde zich net een oude auto met een slechte carburateur, zo'n rammelkast die je als inruiler accepteerde maar die je nooit kon verkopen, zo'n wagen die alleen maar goed was voor de schroothoop. Hij pufte en hijgde. Dit was net zo erg als de aanval waardoor hij in het ziekenhuis belandde. Misschien zelfs erger.

AAAAAAAAAAA: het geluid van een kolossaal, afschuwelijk insect – bijvoorbeeld een cicade – hier bij hem in het duister. Wie wist wat er naar binnen was geslopen terwijl hij sliep?

Grote Jim tastte naar de zaklantaarn. Met zijn andere hand sloeg en wreef hij over zijn hart. Hij zei tegen zijn hart dat het tot bedaren moest komen, dat het niet zo'n katoenplukkend watje moest zijn. Hij had dit alles niet doorstaan om hier nu zomaar dood te gaan in het donker.

Hij vond de zaklantaarn, krabbelde overeind en struikelde over het lijk van wijlen zijn adjudant. Hij gaf weer een schreeuw en zakte op zijn knieën. De zaklantaarn brak niet maar rolde wel bij hem vandaan en wierp een bewegende lichtkring over de laagste plank aan de linkerkant, een plank vol dozen spaghetti en blikken tomatenpuree.

Grote Jim kroop erachteraan. Toen hij dat deed, bewógen Carter Thibodeaus open ogen.

'Carter?' Er liep zweet over Grote Jims gezicht; zijn wangen voelden aan alsof ze bedekt waren met een dun laagje stinkend vet. Hij voelde dat zijn overhemd aan zijn huid plakte. Zijn hart maakte weer een van die grote sprongen en viel toen wonder boven wonder in zijn normale ritme terug.

Nou. Nee. Niet precies. Maar tenminste wel in iets wat dichter bij het normale ritme kwam.

'Carter? Zoon? Leef je nog?'

Belachelijk natuurlijk; Grote Jim had hem opengesneden als een vis op een rivieroever en hem daarna in zijn achterhoofd geschoten. Hij was zo dood als Adolf Hitler. Toch had hij kunnen zweren... nou ja, bíjna kunnen zweren... dat de ogen van de jongen...

Hij verdrong het idee dat Carter zijn hand zou kunnen uitsteken om hem bij de keel te grijpen. Hij zei dat het normaal was dat hij zich een beetje

(doodsbang)

nerveus voelde, want per slot van rekening had de jongen hem bijna doodgemaakt. Toch verwachtte hij elk moment dat Carter overeind kwam, hem naar zich toe trok en zijn hongerige tanden in zijn keel begroef.

Grote Jim drukte zijn vingers onder Carters kin. De huid, die plakkerig van het bloed was, voelde koud aan en er was geen enkele hartslag te bespeuren. Natuurlijk niet. Die jongen was dood. Hij was al minstens twaalf uur dood.

'Jij eet aan de tafel van je Heiland, zoon,' fluisterde Grote Jim. 'Rosbief met aardappelpuree. Appeltaart als toetje.'

Daardoor voelde hij zich beter. Hij kroop achter de zaklantaarn aan, en toen hij dacht dat hij iets achter zich hoorde bewegen – misschien een hand die blindelings over de vloer rondtastte – keek hij niet om. Hij moest de generator van gas voorzien. Hij moest het aaaaaa tot zwijgen brengen.

Toen hij een van de vier overgebleven gasflessen uit de opslagruimte tilde, sloeg zijn hart weer op hol. Hijgend ging hij naast het open luik zitten en probeerde zijn hart in een regelmatig ritme terug te hoesten. En hij bad, zonder te beseffen dat zijn gebed in feite een reeks eisen en rechtvaardigingen was: laat het ophouden, dit was niet mijn schuld, haal me hier weg, ik heb mijn best gedaan, maak alles weer zoals het was, ik ben teleurgesteld door onbekwame figuren, genees mijn hart.

'Om Jezus' wil, amen,' zei hij. Maar die woorden verkilden hem in plaats van troost te bieden. Het waren net botten die in een graf ratelden.

Toen zijn hart weer enigszins tot bedaren was gekomen, was er ook een eind gekomen aan de schorre cicadenkreet van het alarm. De gasfles was leeg. Afgezien van het schijnsel van de zaklantaarn was het in de tweede kamer van de schuilkelder nu net zo donker als in de eerste; de overgebleven noodverlichting had hier zeven uur geleden voor het laatst geflikkerd. Grote Jim haalde met enige moeite de lege fles weg en zette de nieuwe op het platform naast de generator. Hij kon zich vaag herinneren dat hij niets ondernemen had gestempeld op een verzoek om de schuilkelder op te knappen dat een jaar of twee geleden op zijn bureau was terechtgekomen. In dat verzoek was waarschijnlijk ook de prijs van nieuwe accu's voor de noodverlichting genoemd. Toch kon hij het zichzelf niet kwalijk nemen. Een gemeentebegroting was nu eenmaal aan grenzen gebonden en mensen hielden altijd hun hand op: *voed me, voed me.*

Al Timmons had het uit eigen beweging moeten doen, zei hij tegen zichzelf. *Allemachtig, is een beetje eigen initiatief nou te veel gevraagd? Is dat niet een van de dingen waarvoor we het onderhoudspersoneel betalen? Hij had naar die maloot van een Burpee kunnen gaan en hem om een schenking kunnen vragen, jezus nog aan toe. Dat zou ik hebben gedaan.*

Hij verbond de gasfles met de generator. Toen raakte zijn hart weer in galop. Zijn hand maakte een rukbeweging en liet de zaklantaarn in de opslagruimte vallen, waar hij tegen een van de resterende tanks stootte. De lens ging aan scherven en Rennie zat weer in volslagen duisternis.

'Nee!' riep hij uit. '*Nee, godverdomme, néé!*'

Maar er kwam geen antwoord van God. De stilte en de duisternis drukten op hem neer en zijn overbelaste hart had de grootste moeite op gang te blijven. Het verraderlijke ding!

'Laat maar. Er ligt nog een zaklantaarn in de andere kamer. Daar zijn ook lucifers. Ik moet ze alleen nog vinden. Als Carter daar meteen een voorraadje van had gemaakt, kon ik er zo op af gaan.' Dat was waar. Hij had die jongen overschat. Hij had gedacht dat Carter veelbelovend was, maar uiteindelijk was er niets van die belofte terechtgekomen. Grote Jim lachte en dwong zich toen daarmee op te houden. Het geluid klonk spookachtig in die totale duisternis.

Laat maar. Start de generator.

Ja. Goed. De generator kwam op de eerste plaats. Hij kon de verbinding controleren als het zaakje eenmaal draaide en de luchtzuiveraar weer aan het werk was. Dan zou hij weer een zaklantaarn hebben, misschien zelfs een gaslamp. Genoeg licht voor de volgende flesvervanging.

'Zo pak je dat aan,' zei hij. 'Als je in deze wereld wilt dat iets goed gebeurt, moet je het zelf doen. Vraag maar aan Coggins. Vraag maar aan dat wijf van Perkins. Zij weten het.' Hij lachte nog wat meer. Hij kon het niet helpen, want het was echt een goeie! 'Zij hebben het ondervonden. Je gaat geen grote hond plagen als je alleen maar een klein stokje hebt. O nee. Nee, meneer.'

Hij tastte naar de startknop, vond hem, drukte erop. Er gebeurde niets. Het leek alsof het opeens veel benauwder werd in de ruimte.

Ik drukte op de verkeerde knop. Dat is alles.

Hij wist wel beter maar geloofde het omdat je sommige dingen nu eenmaal moest geloven. Hij blies op zijn vingers als een gokker die een koud paar dobbelstenen warmte en geluk wilde inblazen. Toen tastte hij in het rond tot zijn vingers de knop vonden.

'God,' zei hij, 'hier is Uw dienaar, James Rennie. Alstublieft, laat dat verrekte ouwe ding starten. Ik vraag het in de naam van Uw Zoon, Jezus Christus.'

Hij drukte op de startknop.

Niets.

Hij zat in het donker met zijn voeten in de opslagruimte en vocht tegen de paniek die over hem neer wilde dalen om hem levend op te vreten. Hij moest nadenken. Alleen dan kon hij in leven blijven. Maar het was moeilijk. Als je in het donker zat en je hart elk moment in opstand kon komen, viel het niet mee om na te denken.

En wat nog het ergste was? Alles wat hij had gedaan, alles waarvoor hij in de afgelopen dertig jaar van zijn leven had gewerkt, leek opeens zo irreëel. Bijvoorbeeld zoals de mensen aan de andere kant van de Koepel eruitzagen. Ze liepen, ze praatten, ze reden in auto's, ze vlogen zelfs met vliegtuigen en helikopters. Maar hier onder de Koepel was dat allemaal van geen enkel belang.

Laat je niet zo gaan. Als God je niet wil helpen, help dan jezelf.

Oké. Eerst had hij licht nodig. Zelfs een luciferboekje was al goed. Er móést iets zijn op een van de planken in de andere kamer. Hij zou blijven tasten – heel langzaam, heel systematisch, tot hij het vond. En dan zou hij batterijen vinden voor die katoenplukkende startmotor. Er waren batterijen, daar was hij zeker van, want hij had de generator nodig. Zonder de generator ging hij dood.

Stel dat je hem weer aan de praat krijgt, wat gebeurt er dan als het propaan op is?
Ja, maar er zou heus wel iets gebeuren. Hij was niet voorbestemd om hier beneden te sterven. Rosbief met Jezus? Nou, eigenlijk had hij niet zo'n trek. Als hij niet aan het hoofd van de tafel kon zitten, hoefde het van hem niet zo.

Daar moest hij weer om lachen. Hij liep heel langzaam en voorzichtig terug naar de deur van het hoofdvertrek. Als een blindeman stak hij zijn handen voor zich uit. Na zeven stappen raakte hij de muur. Hij ging naar rechts, bewoog zijn vintertoppen over het hout, en... ja! De deuropening. Mooi.

Hij schuifelde erdoorheen en bewoog zich nu ondanks de duisternis met wat meer zelfvertrouwen. Hij kon zich de indeling van de kamer precies herinneren: planken aan weerskanten, de bank recht voor h...

Hij struikelde weer over die verdomde katoenplukkende jongen en viel languit. Hij sloeg met zijn voorhoofd tegen de vloer en gaf een schreeuw – meer van schrik en verontwaardiging dan van pijn, want de klap werd gedempt door vloerbedekking. Maar o god, er lag een dode hand tussen zijn benen. Het leek wel of die hand zijn ballen vastgreep.

Grote Jim ging op zijn knieën zitten, kroop naar voren en stootte weer zijn hoofd, ditmaal tegen de bank. Hij gaf weer een schreeuw, kroop toen op de bank en trok zijn benen vlug op, zoals iemand zijn benen uit het water trekt als hij net tot het besef is gekomen dat het vergeven is van de haaien.

Hij bleef bevend liggen en zei tegen zichzelf dat hij tot bedaren moest komen. Hij moest kalm worden, anders kreeg hij écht een hartaanval.

Als je die ritmestoornissen voelt, moet je je concentreren en langzaam en diep ademhalen, had de hippiedokter tegen hem gezegd. Op dat moment had Grote Jim gedacht dat het new age-gewauwel was, maar nu hij niets anders had – hij had zijn Verapamil niet –, moest hij het maar proberen.

En blijkbaar werkte het. Na twintig keer diep inademen en langzaam uitademen kwam zijn hart een beetje tot rust. De kopersmaak verdween uit zijn mond. Jammer genoeg leek het of er een gewicht op zijn borst rustte. De pijn kroop door zijn linkerarm. Hij wist dat dit de symptomen van een hartaanval waren, maar hij dacht dat het net zo goed indigestie kon zijn, veroorzaakt door al die sardientjes die hij had gegeten. Dat was eigenlijk veel waarschijnlijker. Met dat langzame ademhaling kreeg hij zijn hart wel weer in het gareel (maar toch zou hij ernaar laten kijken als hij uit deze puinhoop was; misschien zou hij zich zelfs gewonnen geven en die bypass-operatie nemen). De hitte was het probleem. De hitte en de benauwde lucht. Hij moest die zaklantaarn vinden en de generator weer aan de praat krijgen. Nog één minuut, misschien twee....

Er haalde hier iemand adem.

Ja, natuurlijk. Ikzelf haal hier adem.

En toch was hij er vrij zeker van dat hij iemand anders hoorde. Zelfs meer dan één persoon. Het leek er sterk op dat er meer mensen bij hem in de kamer waren. En hij meende ook wel te weten wie.

Dat is belachelijk.

Ja, maar een van de ademhalers bevond zich achter de bank. Er zat er een in de hoek. En er stond er een op nog geen meter afstand tegenover hem.

Nee. Hou op!

Brenda Perkins achter de bank. Lester Coggins in de hoek, zijn mond wijd openhangend.

En recht tegenover hem...

'Nee,' zei Grote Jim. 'Dat is onzin. Dat is gelúl.'

Hij deed zijn ogen dicht en concentreerde zich op diep en langzaam ademhalen.

'Het ruikt hier goed, pa,' zei Junior tegenover hem. 'Het ruikt net als in de provisiekast. En mijn vriendinnen.'

Grote Jim gilde.

'Help me overeind, man,' zei Carter vanaf de vloer. 'Hij heeft me flink opengehaald. En ook op me geschoten.'

'Hou op,' fluisterde Grote Jim. 'Ik hoor er niets van, dus hou ermee op. Ik tel mijn ademhaling. Ik breng mijn hart tot bedaren.'

'Ik heb de papieren nog steeds,' zei Brenda Perkins. 'En veel kopieën. Straks hangen ze aan elke telefoonpaal in de stad, net zoals Julia het laatste nummer van haar krant heeft aangeplakt. "Maar uw zonde zal u vinden" – Numeri, hoofdstuk tweeëndertig.'

'Jij bent daar niet!'

Maar toen kuste er íets – het voelde aan als een vinger – zijn wang.

Grote Jim gilde weer. De schuilkelder zat vol mensen die dood waren en toch de steeds vuilere lucht inademden, en ze kwamen dichterbij. Zelfs in het donker kon hij hun bleke gezichten zien. Hij kon de ogen van zijn dode zoon zien.

Grote Jim sprong van de bank af en sloeg met zijn vuisten in de zwarte lucht. 'Ga weg! Jullie allemaal, ga bij me weg!'

Hij rende naar de trap en struikelde over de onderste tree. Ditmaal was er geen vloerbedekking om de klap te verzachten. Het bloed droop in zijn ogen. Een dode hand streelde zijn nek.

'Jij hebt me vermoord,' zei Lester Coggins, maar met zijn gebroken kaak kwam het eruit als *Jijemmemoo*.

Grote Jim rende de trap op en smakte met zijn aanzienlijke gewicht tegen de deur bovenaan. Die vloog open en duwde puin en verkoold hout voor zich uit. Hij ging zo ver open dat Grote Jim zich erdoorheen kon persen.

'*Nee!*' grauwde hij. '*Nee, raak me niet aan! Niemand van jullie mag me aanraken!*'

In de puinhopen van wat de vergaderkamer van het gemeentehuis was geweest, was het bijna net zo donker als in de schuilkelder, maar met één verschil: de lucht was waardeloos.

Grote Jim besefte dat toen hij voor de derde keer probeerde adem te halen. Zijn hart, hopeloos gekweld door deze laatste beproeving, sprong weer omhoog in zijn keel. Ditmaal bleef het daar zitten.

Grote Jim voelde zich plotseling alsof hij van zijn keel tot zijn navel door een vreselijk gewicht werd verpletterd: een lange jutezak vol stenen. Hij strompelde naar de deur terug als iemand die door modder waadt. Hij probeerde zich door de opening te persen, maar ditmaal bleef hij klem zitten. Er kwam een vreselijk geluid uit zijn wijd open mond en dichtgesnoerde keel, en dat geluid was AAAAAAAA: voed me voed me voed me.

Hij sloeg weer om zich heen, en toen nog een keer: een hand die zich uitstrekte, die een greep deed naar een laatste redmiddel.

Die hand werd gestreeld vanaf de andere kant. '*Paaapa*,' fluisterde een stem.

16

Kort voordat het op zondagmorgen licht werd, schudde iemand Barbie wakker. Hij ontwaakte moeizaam en hoestend en keek instinctief naar de Koepel en de ventilatoren daarachter. Toen het hoesten eindelijk was opgehouden, keek hij wie hem wakker had gemaakt. Het was Julia. Haar haar hing in slierten en haar wangen waren rood van de koorts, maar haar ogen stonden helder. Ze zei: 'Een uur geleden is Benny Drake gestorven.'

'O, Julia. Jezus. Wat erg.' Zijn schorre stem sloeg over en klonk helemaal niet als zijn eigen stem.

'Ik moet naar het kastje dat de Koepel maakt,' zei ze. 'Hoe kom ik bij het kastje?'

Barbie schudde zijn hoofd. 'Dat kan niet. Zelfs als je er iets aan kon doen: het staat op de heuvel, meer dan een halve kilometer hiervandaan. We kunnen niet eens naar de wagens lopen zonder onze adem in te houden, en die staan hier maar vijftien meter vandaan.'

'Er is een manier,' zei iemand.

Ze keken om en zagen Sam Slobber Verdreaux. Hij rookte de laatste van zijn sigaretten en keek hen met nuchtere ogen aan. Hij wás nuchter; voor het eerst in acht jaar helemaal nuchter.

'Er is een manier,' herhaalde hij. 'Ik kan het jullie laten zien.'

DRAAG HEM
NAAR HUIS,
HET LIJKT
NET EEN
JURK

1

Het was halfacht 's morgens. Ze waren allemaal bij elkaar gekomen, zelfs de doodongelukkige, diepbedroefde moeder van Benny Drake. Alva had haar arm om de schouders van Alice Appleton. Alle pit en lef van dat kleine meisje waren verdwenen, en als ze ademhaalde, reutelde de lucht in haar smalle borst.

Toen Sam klaar was met wat hij te zeggen had, volgde er een korte stilte... natuurlijk afgezien van het eeuwige gebulder van de ventilatoren. Toen zei Rusty: 'Het is krankzinnig. Het wordt je dood.'

'Gaan we dan niet dood als we hier blijven?' vroeg Barbie.

'Waarom zou je zelfs maar zoiets proberen?' vroeg Linda. 'Zelfs als Sams idee werkt en je daar aankomt...'

'O, ik denk dat het werkt,' zei Rommie.

'Natuurlijk,' zei Sam. 'Een zekere Pete Bergeron heeft het me verteld, vlak na de grote brand in Bar Harbor in 1947. Je kon een heleboel van Pete zeggen, maar niet dat hij een leugenaar was.'

'Zelfs als het werkt,' zei Linda, 'waarom zou je het dan doen?'

'Omdat er één ding is wat we niet hebben geprobeerd,' zei Julia. Nu ze haar besluit had genomen en Barbie had gezegd dat hij met haar mee zou gaan, was ze volkomen kalm. 'We hebben nog niet gesmeekt.'

'Je bent gek, Julia,' zei Tony Guay. 'Denk je dat ze het zelfs maar hóren? Of naar je willen luisteren?'

Julia keek Rusty ernstig aan. 'Die keer dat je vriend George Lathrop mieren levend verbrandde met zijn vergrootglas, heb jíj die toen horen smeken?'

'Mieren kunnen niet smeken, Julia.'

'Je zei: "Ik besefte dat mieren ook hun kleine leventjes hebben." Waarom besefte je dat?'

'Omdat...' Zijn stem stierf weg en hij haalde zijn schouders op.

'Misschien heb je ze gehoord,' zei Lissa Jamieson.

'Met alle respect: dat is onzin,' zei Pete Freeman. 'Mieren zijn mieren. Ze kunnen niet smeken.'

'Maar mensen wel,' zei Julia. 'En hebben wij niet ook onze kleine leventjes?'

Daar had niemand een antwoord op.

'Wat kunnen we anders nog proberen?'

Achter hen klonk de stem van kolonel Cox. Ze waren hem al bijna vergeten. De buitenwereld en de bewoners daarvan leken niet meer ter zake te doen. 'Ik zou het doen, als ik in jullie schoenen stond. Jullie mogen me niet citeren, maar... ja, ik zou het doen. Barbie?'

'Ik ben al akkoord gegaan,' zei Barbie. 'Ze heeft gelijk. Er is niets anders.'

2

'Laat die zakken eens zien,' zei Sam.

Linda gaf hem drie groene vuilniszakken. In twee daarvan had ze kleren voor haarzelf en Rusty en een paar boeken voor de meisjes gestopt (de shirts, broeken en sokken en het ondergoed lagen nu achteloos neergeworpen tussen het groepje overlevenden). Rommie had de derde zak gefourneerd, waarin hij twee jachtgeweren had gehad. Sam bekeek ze alle drie, ontdekte een gat in de zak waarin de geweren hadden gezeten en gooide hem weg. De twee andere waren intact.

'Goed,' zei Sam. 'Luister goed. De auto van mevrouw Everett moet naar het kastje rijden, maar we hebben hem eerst hier nodig.' Hij wees naar de Odyssey. 'Weet u zeker dat de ramen dicht waren, mevrouw? U moet daar zeker van zijn, want er hangen levens van af.'

'Ze waren dicht,' zei Linda. 'We hadden de airco aan.'

Sam keek Rusty aan. 'Je gaat daarheen rijden, dokter, maar het eerste wat je doet is de airco uitzetten! Het is zeker wel duidelijk waarom?'

'Om de atmosfeer in de auto te beschermen.'

'Er zal iets van de slechte lucht binnenkomen als je de deur opendoet, maar niet veel, als je vlug bent. Er zal nog goede lucht in zitten. Gewóne lucht. De mensen die erin zitten hebben genoeg lucht om bij het kastje te komen. Dat oude busje is niet goed, en niet alleen omdat de ramen openstaan...'

'We móesten wel,' zei Norrie met een blik op het gestolen telefoonbusje. 'De airco was kapot. Dat zei o-opa.' Er rolde een traan uit haar linkeroog;

hij liep door het vuil op haar wang. Er was nu overal vuil, en uit de troebele lucht dwarrelde roet omlaag, zo fijn dat je het bijna niet kon zien.

'Dat geeft niet, schatje,' zei Sam tegen haar. 'Die banden zijn toch al geen moer waard. Je ziet meteen uit wiens autohandel dat vehikel afkomstig is.'

'Dat betekent dat we mijn wagen moeten gebruiken als we er nog een nodig hebben,' zei Rommie. 'Ik ga hem halen.'

Maar Sam schudde zijn hoofd. 'We kunnen beter de wagen van mevrouw Shumway nemen, want die heeft kleinere banden, die gemakkelijker te hanteren zijn. En ze zijn ook gloednieuw. De lucht erin zal verser zijn.'

Joe McClatchey grijnsde plotseling. 'De lucht uit de banden! Doe de lucht uit de banden in de vuilniszakken! Zelfgemaakte zuurstoftanks! Meneer Verdreaux, dat is geniaal!'

Sam Slobber grijnsde zelf ook, zodat zijn zes resterende tanden te zien waren. 'Ik mag de eer niet opeisen, jongen. De eer gaat naar Pete Bergeron. Hij vertelde me over een paar mannen die in de val zaten achter die bosbrand in Bar Harbor, toen de bomen daar in lichterlaaie stonden. Ze waren ongedeerd, maar de lucht was niet geschikt om in te ademen. Nou, toen haalden ze het ventiel van de band van een houtwagen en ademden de inhoud om beurten in, totdat er wind kwam die de lucht zuiverde. Volgens Pete zeiden ze dat het vies smaakte, als oude dode vis, maar het hield ze in leven.'

'Is één band genoeg?' vroeg Julia.

'Misschien wel, maar we kunnen de reserveband niet vertrouwen, als het een van die zogenaamde thuisbrengers is, waar je hooguit dertig kilometer mee kunt rijden.'

'Dat is hij niet,' zei Julia. 'Ik heb de pest aan die dingen. Ik vroeg Johnny Carver om een nieuwe, en die heeft hij me geleverd.' Ze keek naar het dorp. 'Johnny zal nu wel dood zijn. Carrie ook.'

'Voor alle zekerheid kunnen we er ook een van de auto halen,' zei Barbie. 'Je hebt je krik, hè?'

Julia knikte.

Rommie Burpee grijnsde zonder veel plezier. 'We maken er een wedstrijd van, dokter. Jouw wagen tegen Julia's hybride.'

'Nee, ík rijd in de Prius,' zei Piper. 'Jij blijft waar je bent, Rommie. Je ziet er belazerd uit.'

'Dat zegt een dominee,' mopperde Rommie.

'Wees maar blij dat ik me nog levendig genoeg voel om lelijke taal uit te slaan.' In werkelijkheid zag dominee Libby er verre van levendig uit, maar Julia gaf haar toch de sleutels. Ze leken geen van allen fit genoeg voor een avondje uit, maar Piper was er niet het slechtst aan toe; Claire McClatchey was zo wit als melk.

'Oké,' zei Sam. 'We hebben nog één ander probleem, maar eerst...'

'Wat?' vroeg Linda. 'Welk ander probleem?'

'Maak je daar nu nog maar niet druk om. Laten we eerst ons rollend materieel hierheen halen. Wanneer willen jullie het proberen?'

Rusty keek de predikante van de Congregationalistische Kerk van Chester's Mill aan. Piper knikte. 'Laten we geen tijd verspillen,' zei Rusty.

3

De overgebleven dorpelingen keken toe, maar ze waren niet alleen. Cox en bijna honderd andere militairen hadden zich aan hun kant van de Koepel verzameld en keken met de stille aandacht van toeschouwers van een tenniswedstrijd.

Rusty en Piper hyperventileerden bij de Koepel om zo veel mogelijk zuurstof in hun longen te krijgen. Toen renden ze hand in hand naar de auto's. Daar aangekomen gingen ze uit elkaar. Piper viel op haar knie en liet de sleutels van de Prius vallen. Iedereen die toekeek, kreunde.

Toen pakte ze ze vlug uit het gras en richtte zich weer op. Rusty zat al in de Odyssey en had hem al gestart toen ze de deur van de groene Prius openmaakte en naar binnen sprong.

'Hopelijk denken ze eraan de airco uit te zetten,' zei Sam.

De auto's keerden bijna precies tegelijk. De Prius volgde de veel grotere auto als een terriër die een schaap hoedt. Ze reden vlug naar de Koepel, stuiterend over de ruwe grond. De ballingen gingen opzij. Alva droeg Alice Appleton en Linda had een hoestende J onder elke arm.

De Prius stopte op nog geen halve meter afstand van de vuile barrière, maar Rusty draaide met de Odyssey en reed er achteruit naartoe.

'Je man heeft een goed stel ballen en een nog beter stel longen,' zei Sam zakelijk tegen Linda.

'Ja, doordat hij is gestopt met roken,' zei Linda. Ze hoorden geen van beiden het gesmoorde snuiven van Twitch of deden alsof ze het niet hoorden.

Goede longen of niet, Rusty treuzelde niet. Hij gooide het portier achter zich dicht en liep vlug naar de Koepel. 'Een makkie,' zei hij... en hoestte.

'Kun je de lucht in de auto inademen, zoals Sam zei?'

'In de auto is de lucht beter dan hier.' Hij lachte vaag. 'Maar hij heeft gelijk wat iets anders betreft: telkens wanneer het portier opengaat, ontsnapt er een beetje goede lucht en komt er een beetje slechte lucht binnen. Waarschijnlijk kun je wel bij het kastje komen zonder bandenlucht, maar ik weet niet of je dan ook terug kunt komen.'

'Zij gaan niet rijden, geen van beiden,' zei Sam. 'Want ík ga rijden.'

Barbie voelde dat zijn lippen de eerste echte grijns in dagen vormden. 'Ik dacht dat je je rijbewijs kwijt was.'

'Ik zie hier geen politie,' zei Sam. Hij wendde zich tot Cox. 'En jij, kolonel? Zie je ook juten of koddebeiers?'

'Niet één,' zei Cox.

Julia nam Barbie apart. 'Weet je zeker dat je dit wilt doen?'

'Ja.'

'Je weet dat de kansen ergens tussen nul en bijna nul liggen, hè?'

'Ja.'

'Hoe goed ben je in smeken, kolonel Barbara?'

Hij dacht meteen weer aan de gymnastiekzaal in Fallujah: Emerson die zo hard tegen de ballen van een gevangene schopte dat ze voor hem omhoogvlogen, Hackermeyer die een andere gevangene aan zijn *keffiyeh* omhoogtrok en een pistool tegen zijn hoofd drukte. Het bloed had tegen de muur gespat zoals het altijd tegen de muur spat, al vanaf de tijd dat mannen met knotsen vochten.

'Ik weet het niet,' zei hij. 'Ik weet alleen dat het mijn beurt is.'

4

Rommie, Pete Freeman en Tony Guay krikten de Prius op en haalden er een van de banden af. Het was een kleine auto en onder normale omstandigheden hadden ze het achtereind met hun blote handen kunnen optillen. Maar nu niet. Hoewel de auto dicht bij de ventilatoren geparkeerd stond, moesten ze, voordat ze klaar waren, herhaaldelijk naar de Koepel terugrennen om frisse lucht in te ademen. Uiteindelijk nam Rose de plaats in van Tony, die te hard hoestte om verder te kunnen gaan.

Uiteindelijk stonden er twee nieuwe banden tegen de Koepel.

'Tot nu toe gaat alles goed,' zei Sam. 'Nu dat andere probleempje. Ik hoop dat iemand een oplossing heeft, want ik heb zelf geen idee.'

Ze keken hem allemaal aan.

'Mijn vriend Peter zei dat die kerels het ventiel losmaakten en de lucht rechtstreeks uit de band inademden, maar dat gaat hier niet lukken. We moeten die vuilniszakken vullen, en dat betekent dat we een groter gat moeten hebben. Je kunt de banden doorprikken, maar als je niets hebt om in de gaten te steken – een rietje of zoiets –, verlies je meer lucht dan je opvangt. Dus wat doen we?' Hij keek hoopvol om zich heen. 'Er heeft zeker niemand een tent meegebracht? Zo eentje met holle aluminium stokken?'

'De meisjes hebben een speeltent,' zei Linda, 'maar die ligt thuis in de garage.' Toen herinnerde ze zich dat de garage weg was, net als het huis waar hij aan vastzat, en ze lachte hard.

'En de schacht van een pen?' vroeg Joe. 'Ik heb een balpen...'

'Niet groot genoeg,' zei Barbie. 'Rusty? Heb je iets in de ambulance?'

'Een tracheacanule?' vroeg Rusty twijfelend, en toen gaf hij antwoord op zijn eigen vraag. 'Nee. Nog steeds niet groot genoeg.'

Barbie draaide zich om. 'Kolonel Cox? Ideeën?'

Cox schudde met tegenzin zijn hoofd. 'We hebben hier waarschijnlijk wel duizend dingen die te gebruiken zijn, maar daar hebben jullie niets aan.'

'We laten ons hier niet door tegenhouden!' zei Julia. Barbie hoorde frustratie en ook een portie pure paniek in haar stem. 'Dan maar zonder die zakken! We nemen de banden en ademen daar rechtstreeks uit!'

Sam schudde al zijn hoofd. 'Dat is niet goed genoeg, mevrouw. Sorry, maar dat kan echt niet.'

Linda boog zich dicht naar de Koepel toe, haalde een paar keer diep adem en hield de laatste ademtocht vast. Toen ging ze naar de achterkant van haar Odyssey, wreef een beetje roet van de achterruit weg en tuurde naar binnen. 'De draagtas is er nog,' zei ze. 'Goddank.'

'Welke draagtas?' vroeg Rusty, en hij pakte haar schouders vast.

'Die van de Best Buy met je verjaardagscadeau erin. Je bent op 8 november jarig, of was je dat vergeten?'

'Ja. Met opzet. Wie wil er nou veertig worden? Wat is het?'

'Ik wist dat je het zou vinden als ik het mee naar huis bracht voordat ik het kon inpakken...' Ze keek naar de anderen. Haar gezicht was zo ernstig en vuil als dat van een straatschoffie. 'Hij is een nieuwsgierig oud wijf. En dus liet ik het in de wagen liggen.'

'Wat heb je voor hem gekocht, Linnie?' vroeg Jackie Wettington.

'Ik hoop dat het een cadeau voor ons allemaal is,' zei Linda.

5

Toen ze klaar waren, omhelsden en kusten Barbie, Julia en Sam Slobber iedereen, zelfs de kinderen. Er stond weinig hoop te lezen op de gezichten van de meer dan twintig ballingen die zouden achterblijven. Barbie zei tegen zichzelf dat ze alleen maar moe waren en inmiddels ook in chronische ademnood verkeerden, maar hij wist wel beter. Het waren afscheidskussen.

'Veel succes, kolonel Barbara,' zei Cox.

Barbie knikte hem toe en wendde zich toen tot Rusty. Rusty die er écht toe deed, want hij was onder de Koepel. 'Geef de hoop niet op en laat hen ook de hoop niet opgeven. Als dit niet slaagt, zorg dan voor hen zo lang als je kunt en zo goed als je kunt.'

'Oké. Doe je best.'

Barbie wees met zijn hoofd naar Julia. 'Het komt voornamelijk op haar aan, denk ik. En ach, ook als het niet lukt, komen we misschien wel terug.'

'Natuurlijk,' zei Rusty. Hij klonk opgewekt, maar in zijn ogen stond te lezen hoe hij er werkelijk over dacht.

Barbie klopte hem op de schouder en ging toen met Sam en Julia naar de Koepel, waar ze opnieuw de frisse lucht die daardoorheen sijpelde diep opsnoven. Tegen Sam zei hij: 'Weet je echt zeker dat je dit wilt doen?'

'Ja. Ik heb iets goed te maken.'

'Wat dan, Sam?' vroeg Julia.

'Dat durf ik niet te zeggen.' Hij glimlachte even. 'Zeker niet waar de dame van de krant bij is.'

'Ben je klaar?' vroeg Barbie aan Julia.

'Ja.' Ze pakte zijn hand vast en gaf er een hard kneepje in. 'Zo klaar als ik kan zijn.'

6

Rommie en Jackie Wettington posteerden zich bij de achterportieren van de auto. Toen Barbie 'Nu!' riep, maakte Jackie een van de portieren open en gooide Rommie de twee Prius-banden naar binnen. Barbie en Julia doken er meteen achteraan, en een fractie van een seconde later werden de portieren achter hen dichtgegooid. Sam Verdreaux, oud en met een drankhoofd maar nog zo kwiek als een kievit, zat al achter het stuur van de Odyssey en liet de motor draaien.

De lucht in de auto stonk naar wat nu de buitenwereld was – een geur van geschroeid hout met daaronder een zweem van verf of terpentijn –, maar was altijd nog beter dan wat ze bij de Koepel hadden ingeademd, ondanks de tientallen ventilatoren die daar stonden te bulderen.

Dit moet niet te lang duren, dacht Barbie. *Niet nu we hier met zijn drieën aan het ademen zijn.*

Julia pakte de opvallende geel-met-zwarte Best Buy-zak en keerde hem om. Er viel een plastic cilinder uit met de woorden PERFECT ECHO erop. En daaronder: 50 LEGE CD's. Ze plukte even tevergeefs aan de cellofaanverpakking. Barbie greep naar zijn zakmes en schrok. Het mes was er niet meer. Natuurlijk niet. Het was nu niet meer dan een stukje gesmolten metaal onder wat er van het politiebureau was overgebleven.

'Sam! Alsjeblieft, zeg dat je een zakmes hebt!'

Zonder een woord te zeggen gooide Sam er een naar achteren. 'Het was van mijn pa. Ik loop er mijn hele leven al mee rond en ik wil het terug hebben.'

De zijkanten van het heft waren ingelegd met hout dat in de loop van de jaren bijna helemaal glad gesleten was, maar toen hij het openmaakte, was het lemmet scherp. Het was goed genoeg om de verpakking ermee open te krijgen en in de banden te prikken.

'Schiet op!' riep Sam, en hij gaf nog meer gas. 'We gaan pas weg als jullie zeggen dat jullie hebben wat jullie nodig hebben, en ik denk niet dat de motor het lang volhoudt in deze lucht!'

Barbie sneed door het cellofaan. Julia trok het weg. Toen ze de plastic cilinder een halve slag naar links draaide, liet hij aan de onderkant los. De lege cd's die voor Rusty Everetts verjaardag waren bedoeld, zaten op een zwarte plastic spindel. Ze liet de cd's op de vloer van de auto vallen, sloot haar vuist om de spindel en perste haar lippen op elkaar van inspanning.

'Laat mij d...' zei hij, maar toen had ze het ding afgebroken.

'Meisjes zijn ook sterk. Vooral wanneer ze doodsbang zijn.'

'Is hij hol? Zo niet, dan zijn we terug bij AF.'

Ze hield de spindel voor haar gezicht. Barbie keek erdoorheen en zag haar blauwe oog aan het andere eind. 'Rijden, Sam,' zei hij. 'We gaan het doen.'

'Weet je zeker dat het werkt?' riep Sam terug, terwijl hij naar DRIVE schakelde.

'Reken maar!' antwoordde Barbie, want van 'Hoe moet ik dat nou weten?' zou niemand blij worden. Ook hijzelf niet.

7

De overlevenden van de Koepel keken zwijgend naar de auto die zich over de onverharde weg bewoog naar wat Norrie Calvert 'het flitskastje' was gaan noemen. De Odyssey vervaagde in de smog, veranderde in een fantoom en verdween toen helemaal.

Rusty en Linda stonden bij elkaar, elk met een kind in de armen. 'Wat denk je, Rusty?' vroeg Linda.

'We moeten er maar het beste van hopen,' zei hij.

'En ons op het ergste voorbereiden?'

'Dat ook,' zei hij.

8

Toen ze langs de boerderij reden, riep Sam: 'We gaan nu de boomgaard in. Hou je vast, mensen, want ik stop niet, al scheurt het hele chassis onder de wagen vandaan.'

'Zet hem op,' zei Barbie, en werd toen door een grote hobbel de lucht in gesmeten, met zijn armen om een van de autobanden heen. Julia klampte zich aan de andere kant vast als een schipbreukeling aan een reddingsboei. Appelbomen flitsten voorbij. De bladeren zagen er vuil en verlept uit. De meeste appels waren op de grond gevallen, losgeschud door de wind die na de explosie door de boomgaard was getrokken.

Weer een harde hobbel. Barbie en Julia vlogen omhoog en kwamen samen neer, Julia languit op Barbies schoot met de band nog in haar armen.

'Waar heb jij je rijbewijs gehaald, ouwe lul?' riep Barbie. 'Bij het winkeltje om de hoek?'

'Bij de Walmart!' riep de oude man terug. 'Want álles is goedkoper bij Wally World!' Toen hield hij op met lachen. 'Ik zie het. Ik zie dat knipperende rotding. Fel paars. Ik ga er wel naast stoppen. Wacht tot we stilstaan voordat jullie in die banden gaan prikken, want anders scheur je ze nog helemaal open.'

Even later trapte hij op de rem en kwam de Odyssey knarsend tot stilstand. Barbie werd tegen de rugleuning van de achterbank gegooid. *Nu weet ik hoe een balletje in een flipperkast zich voelt*, dacht hij.

'Jij rijdt als een taxichauffeur in Boston!' zei Julia verontwaardigd.

'Als je er maar aan denkt een fooi van...' Sam kreeg een hevige hoestbui. '...

twintig procent te geven.' Zijn stem klonk gesmoord.

'Sam?' vroeg Julia. 'Gaat het een beetje?'

'Niet zo erg,' zei hij op zakelijke toon. 'Ik bloed ergens. Het kan mijn keel zijn, maar volgens mij zit het dieper. Misschien heb ik een long gescheurd.' Hij hoestte weer.

'Wat kunnen we doen?' vroeg Julia.

Sam overwon de hoestbui. 'Ervoor zorgen dat ze die verrekte stoorzender uitzetten. Dan kunnen we hier weg. Mijn sigaretten zijn op.'

9

'Ik ga dit doen,' zei Julia. 'Dat je het maar weet.'

Barbie knikte. 'Ja.'

'Jij zorgt alleen voor de lucht. Als het mij niet lukt, kunnen we van taak wisselen.'

'Misschien zou het helpen als ik precies wist wat je van plan bent.'

'Daar is niets precies aan. Het enige wat ik heb is mijn intuïtie en een beetje hoop.'

'Doe niet zo pessimistisch. Je hebt ook twee autobanden, twee vuilniszakken en een holle spindel.'

Ze glimlachte, waardoor haar gespannen, vuile gezicht weer ging stralen. 'Dat ook.'

Sam hoestte weer, dubbelgeklapt over het stuur. Hij spuwde iets uit. 'Lieve God en zijn zoontje Jezus, wat smaakt dat vies,' zei hij. 'Schiet óp.'

Barbie stak met het mes in een band en hoorden het *pwoesjjj* van lucht zodra hij het eruit trok. Met de efficiency van een OK-zuster gaf Julia hem de spindel aan. Barbie stak hem in het gat, zag dat het rubber hem vastgreep... en voelde toen dat er een heerlijke luchtstroom in zijn bezwete gezicht spoot. Hij haalde een keer diep adem; dat kon hij niet helpen. De lucht was veel frisser, veel rijker, dan wat de ventilatoren door de Koepel persten. Het was of zijn hersens ontwaakten, en hij nam meteen een besluit. In plaats van een vuilniszak over hun geïmproviseerde tuit te doen scheurde hij een lange, onregelmatige strook van een van de zakken af.

'Wat dóé je?' riep Julia uit.

Hij had geen tijd om tegen haar te zeggen dat zij niet de enige met intuïtie was.

Hij stopte de spindel dicht met het plastic. 'Vertrouw op me. Ga nou maar naar het kastje en doe wat je moet doen.'

Ze keek hem nog even met grote ogen aan en maakte toen het achterportier van de Odyssey open. Ze viel bijna op de grond, krabbelde overeind, struikelde over een bult en zakte naast het flitskastje op haar knieën. Barbie volgde haar met beide autobanden. Hij had Sams mes in zijn zak. Hij liet zich op zijn knieën zakken en bood Julia de band aan waar de zwarte spindel uitstak.

Ze trok de stop van plastic eruit, ademde in – met ingetrokken wangen van de inspanning –, ademde uit en ademde nog eens in. De tranen rolden over haar wangen en maakten daar schone plekken. Barbie huilde ook. Het had niets met emotie te maken; het was of de ergste zure regen van de wereld hen te pakken had gekregen. Dit was veel erger dan de lucht in de Koepel.

Julia zoog nog wat meer lucht in. 'Heerlijk,' zei ze bij het uitademen. Ze sprak het woord bijna fluisterend uit. 'Wat heerlijk. Niet vissig. Stoffig.' Ze ademde weer in en hield hem toen de band voor.

Hij schudde zijn hoofd en duwde hem terug, al protesteerden zijn longen. Hij klopte op zijn borst en wees naar haar.

Ze haalde nog eens diep adem, en daarna nog een keer. Barbie drukte op de bovenkant van de band om haar te helpen. Vaag, in een andere wereld, hoorde hij Sam aan één stuk door hoesten.

Hij scheurt zichzelf aan stukken, dacht Barbie. Hij had zelf ook het gevoel dat hij uit elkaar zou scheuren als hij niet gauw lucht kreeg, en toen Julia hem de tweede keer de band voorhield, boog hij zich over het geïmproviseerde rietje en zoog de lucht diep in. Hij probeerde de stoffige, heerlijke lucht helemaal tot op de bodem van zijn longen te krijgen. Er was niet genoeg. Het leek wel of het nooit genoeg zou kunnen zijn. Een ogenblik dreigde de paniek

(God, ik verdrink)

zich van hem meester te maken. De aandrang om naar de auto terug te rennen – laat Julia maar, Julia kan voor zichzelf zorgen – was bijna onweerstaanbaar, maar toch verzette hij zich ertegen. Hij deed zijn ogen dicht, haalde adem en probeerde het koele, kalme middelpunt te vinden dat ergens moest zijn.

Rustig. Langzaam. Rustig.

Hij nam een derde lange, langzame teug lucht uit de band, en zijn bonkende hart kwam enigszins tot bedaren. Hij zag dat Julia zich naar voren boog en het kastje aan weerskanten vastpakte. Er gebeurde niets, en dat verbaasde Barbie niet. Ze was immuun voor de schok omdat ze de eerste keer dat ze hier kwamen het kastje had aangeraakt.

Toen welfde ze plotseling haar rug. Ze kreunde. Barbie bood haar het spindelrietje aan, maar ze negeerde het. Uit haar neus en rechteroog sijpelde bloed. Rode druppels rolden over haar wang.

'Wat gebeurt er?' riep Sam. Zijn stem klonk gedempt, gesmoord.

Ik weet het niet, dacht Barbie. *Ik weet niet wat er gebeurt.*

Maar hij wist één ding: als ze niet meer lucht nam, ging ze dood. Hij trok de spindel uit de band, klemde hem tussen zijn tanden en stak Sams mes in de tweede band. Hij duwde de spindel in het gat en stopte hem dicht met het stuk plastic.

Toen wachtte hij.

10

Dit is de tijd die geen tijd is.

Ze is in een enorme witte kamer zonder dak, met daarboven een hemel die een vreemde groene kleur heeft. Het is... wat? De speelkamer? Ja, de speelkamer. Hún speelkamer.

(Nee, ze ligt op de vloer van de muziektent.)

Ze is een al wat oudere vrouw.

(Nee, ze is een klein meisje.)

Er is geen tijd.

(Het is 1974 en er is alle tijd van de wereld.)

Ze moet ademhalen uit de autoband.

(Dat hoeft niet.)

Er kijkt iets naar haar. Iets verschrikkelijks. Maar zíj komt zelf ook verschrikkelijk over, want ze is groter dan ze zou moeten zijn, en ze is hier. Ze zou hier niet moeten zijn. Ze zou in het kastje moeten zijn. Toch is ze nog onschuldig. Het weet dat, ook al is het

(nog maar een kind)

erg jong, eigenlijk amper uit de luiers. Het spreekt.

Jij bent fantasie.

Nee, ik ben echt. Alsjeblieft, ik ben echt. Dat zijn we allemaal.

De leerkop kijkt met haar gezicht zonder ogen. Haar mondhoeken wijzen omlaag, al heeft ze geen mond. En Julia beseft hoe blij ze mag zijn dat ze er eentje alleen heeft getroffen. Er zijn er meestal meer, maar ze zijn

(naar huis voor het avondeten naar huis voor het middageten naar bed naar school

op vakantie, maakt niet uit ze zijn weg)
ergens heen. Als ze hier samen waren, zouden ze haar wegjagen. Deze kan haar in haar eentje ook wegjagen, maar ze is nieuwsgierig.
Ze?
Ja.
Deze is vrouwelijk, net als zij.
Alsjeblieft, laat ons gaan. Alsjeblieft, laat ons onze kleine leventjes leiden.
Geen antwoord. Geen antwoord. Geen antwoord. Dan:
Jij bent niet echt. Jij bent...
Wat? Wat zegt ze? *Jullie zijn speelgoed uit de speelgoedwinkel?* Nee, maar zoiets is het wel. Julia herinnert zich opeens weer de mierendoos die haar broer had toen ze nog kinderen waren. Die herinnering komt en gaat in minder dan een seconde. Dat van die mierendoos klopt niet, maar 'speelgoed uit de speelgoedwinkel' komt dicht in de buurt. Het zit er niet ver naast.
Hoe kunnen jullie levens hebben als jullie niet echt zijn?
WIJ ZIJN WEL ECHT! roept ze uit, en dit is het gekreun dat Barbie hoort. – NET ZO ECHT ALS JULLIE!
Stilte. Een ding met een bewegend leren gezicht in een enorme witte kamer zonder dak die op de een of andere manier ook de muziektent van Chester's Mill is. Dan:
Bewijs het.
Geef me je hand.
Ik heb geen hand. Ik heb geen lichaam. Lichamen zijn niet echt. Lichamen zijn dromen.
Geef me dan je geest!
Het leerkop kind doet het niet. Wil het niet.
En dus neemt Julia hem.

11

Dit is de plaats die geen plaats is.
Het is koud in de muziektent, en ze is zo bang. Erger nog, ze is... vernederd? Nee, het is veel erger dan vernedering. Als ze de uitdrukking 'in het slijk trappen' kende, zou ze zeggen: *Ja, ja, dat is het, ik ben in het slijk getrapt.* Ze hebben haar broek afgenomen.
(En ergens schoppen soldaten naakte mensen in een gymnastiekzaal. Dit is de schaamte van iemand anders, vermengd met de hare.)

Ze huilt.

(Hij heeft zin om te huilen, maar doet het niet. Op dit moment moeten ze zich goed houden.)

De meisjes hebben haar alleen gelaten, maar haar neus bloedt nog – Lila heeft haar geslagen en gezegd dat ze haar neus zou afsnijden als ze het iemand vertelde. Ze hebben allemaal op haar gespuugd en nu ligt ze hier en ze moet wel heel hard hebben gehuild want ze denkt dat niet alleen haar neus maar ook haar oog bloedt en ze kan niet goed op adem komen. Maar het kan haar niet schelen hoeveel ze bloedt of waar. Ze bloedt nog liever dood op de vloer van de muziektent dan dat ze in haar stomme babyonderbroekje naar huis loopt. Desnoods zou ze wel uit honderd plaatsen willen doodbloeden als dat betekende dat ze niet hoefde te zien hoe de soldaat

(Hierna doet Barbie zijn best om niet aan die soldaat te denken, maar als hij dat toch doet, denkt hij 'Hackermeyer het hackermonster'.)

de naakte man omhoogtrekt aan het ding

(hajib)

dat hij op zijn hoofd draagt, omdat ze weet wat er nu komt. Dat komt altijd als je onder de Koepel bent.

Ze ziet dat een van de meisjes is teruggekomen. Kayla Bevins is teruggekomen. Ze staat daar en kijkt neer op die stomme Julia Shumway die dacht dat ze slim was. Die stomme kleine Julia Shumway in haar babybroekje. Is Kayla teruggekomen om de rest van haar kleren uit te trekken en ze op het dak van de muziektent te gooien en moet ze dus naakt naar huis lopen, met haar handen over haar woefie? Waarom zijn mensen zo gemeen?

Ze doet haar ogen dicht tegen de tranen, en als ze ze weer opendoet, is Kayla veranderd. Nu heeft ze geen gezicht, alleen een veranderlijke leren helm zonder medegevoel, zonder liefde, zelfs zonder haat.

Alleen... nieuwsgierigheid. Ja, dat wel. Wat doet het als ik... dít doe?

Julia Shumway is niets meer. Julia Shumway doet er niet toe; zoek het minste van het minste, kijk dan daaronder, en daar is ze, een wegrennend Shumway-kevertje. Ze is ook een naakte kevergevangene, een kevergevangene in een gymnastiekzaal met niets meer over dan de slaphangende hoed op zijn hoofd en onder die hoed een laatste herinnering aan geurige, pas gebakken *khubz* dat zijn vrouw hem aanbiedt. Ze is een kat met een brandende staart, een mier onder een microscoop, een vlieg die op het punt staat zijn vleugels te verliezen aan de nieuwsgierige plukkende vingers van een derdeklasser die zich verveelt op een regenachtige dag, een spel voor verveelde kinderen zonder lichaam en het hele universum aan hun voeten. Ze is Barbie, ze is Sam die sterft in de auto van Linda Everett, ze is Ollie die sterft in de as, ze is Alva Drake die om haar dode zoon rouwt.

Maar ze is vooral een klein meisje dat ineengedoken op de splinterige planken van de muziektent ligt, een klein meisje dat gestraft wordt voor haar onschuldige arrogantie, een klein meisje dat de fout beging te denken dat ze groot was toen ze klein was, dat ze ertoe deed toen ze er niet toe deed, dat de wereld om haar gaf terwijl de wereld in werkelijkheid een kolossale dode locomotief was, met een motor maar zonder koplamp. En met heel haar hart en geest en ziel roept ze uit:

ALSJEBLIEFT, LAAT ONS LEVEN! IK SMEEK HET JE! ALSJEBLIEFT!

En één ogenblik is zíj de leerkop in de witte kamer; zíj is het meisje dat (om redenen die ze zelf niet eens weet) naar de muziektent is teruggekomen. Eén verschrikkelijk moment is Julia degene die het heeft gedaan in plaats van degene die het is aangedaan. Ze is zelfs de soldaat met het geweer, het hackermonster waar Dale Barbara nog van droomt, degene die hij niet heeft tegengehouden.

Dan is ze alleen nog maar zichzelf.

Ze kijkt op naar Kayla Bevins.

Kayla komt uit een arm gezin. Haar vader werkt in de bosbouw in de TR en drinkt in Freshie's Pub (die na verloop van tijd de Dipper zal worden). Haar moeder heeft een grote roze vlek op haar wang, en dus noemen de kinderen haar Kers of Aardbeikop. Kayla heeft geen mooie kleren. Vandaag draagt ze een oude bruine trui, een oude geruite rok, versleten schoenen en witte afgezakte sokken. Ze heeft een schaafwond op haar knie doordat ze op het schoolplein is gevallen of omvergeduwd. Ja, het is Kayla Bevins, maar haar gezicht is nu van leer. En hoewel het veel vormen aanneemt, zijn die geen van alle ook maar enigszins menselijk.

Julia denkt: *ik zie hoe het kind naar de mier kijkt, wanneer de mier opkijkt vanonder het vergrootglas. Wanneer hij opkijkt, kort voordat hij in brand vliegt.*

ALSJEBLIEFT, KAYLA! ALSJEBLIEFT! WIJ LEVEN!

Kayla kijkt op haar neer zonder iets te doen. Dan slaat ze haar armen over elkaar – in dit visioen zijn het menselijke armen – en trekt haar trui over haar hoofd. Als ze spreekt, klinkt er geen liefde in de stem door, geen spijt of wroeging.

Maar misschien heeft ze wel medelijden.

Ze zegt

12

Julia werd van het kastje weggesmeten alsof een hand haar had geslagen. De adem die ze had ingehouden, ontsnapte. Voordat ze opnieuw kon ademhalen, greep Barbie haar bij haar schouder vast, trok het stuk plastic uit de spindel en duwde haar mond erop, in de hoop dat ze haar tong niet sneed of dat – alsjeblieft niet – het harde plastic zich niet in haar verhemelte boorde. Maar hij moest voorkomen dat ze de vergiftigde lucht inademde. Omdat ze zo'n tekort aan zuurstof had, kon die lucht haar stuipen bezorgen of zelfs haar dood veroorzaken.

Waar ze ook was geweest, Julia begreep blijkbaar wat hij bedoelde. Ze verzette zich niet maar sloeg haar armen krampachtig om de Prius-band heen en zoog koortsachtig aan de spindel. Hij voelde dat er immense rillingen door haar heen golfden.

Sam was eindelijk opgehouden met hoesten, maar nu was er een ander geluid. Julia hoorde het ook. Ze nam weer een teug lucht uit de band en keek op, haar ogen groot in hun diepe, donkere kassen.

Er blafte een hond. Het moest Horace zijn, want hij was de enige hond die nog leefde. Hij...

Barbie pakte haar arm zo stevig vast dat ze dacht dat hij hem zou breken. Op zijn gezicht tekende zich pure verbazing af.

Het kastje met het vreemde teken hing een meter boven de grond.

13

Horace was de eerste die de frisse lucht voelde, omdat hij het laagst bij de grond was. Hij blafte. Toen voelde Joe het: een briesje, verrassend koud, op zijn bezwete rug. Hij leunde tegen de Koepel, en de Koepel bewoog. Bewoog omhóóg. Norrie had met haar rode gezicht tegen Joe's borst geslapen, en nu zag hij dat een lok van haar vuile, samengeklitte haar in beweging kwam. Ze deed haar ogen open.

'Wat...? Joey, wat gebeurt er?'

Joe wist het maar was te verbijsterd om het haar te vertellen. Hij voelde iets koels langs zijn rug strijken, als een eindeloze glasplaat die omhoogging.

Horace blafte nu uitzinnig, zijn rug gekromd, zijn snuit op de grond. Het was zijn *Ik-wil-spelen*-houding, maar Horace speelde niet. Hij stak zijn neus onder de stijgende Koepel door en snoof koude, heerlijke, frisse lucht op.

De hemel!

14

Aan de zuidkant van de Koepel was soldaat Clint Ames ook in slaap gesukkeld. Hij zat met gekruiste benen in de berm van Route 119, met een deken om zich heen alsof hij een indiaan was. Plotseling werd het donkerder, alsof de nare dromen die door zijn hoofd vlogen een fysieke gedaante hadden aangenomen. Toen werd hij wakker van zijn eigen gehoest.

Er dwarrelde roet om zijn soldatenschoenen heen. Het bleef op de pijpen van zijn kakiuniformbroek liggen. Waar was dat in godsnaam vandaan gekomen? Alleen binnen de Koepel was brand geweest. Toen zag hij het. De Koepel ging als een gigantisch rolgordijn omhoog. Het was onmogelijk – het ding was niet alleen duizenden meters hoog geweest maar was even ver de grond in gegaan, zoals iedereen wist –, maar het gebeurde.

Ames aarzelde niet. Hij kroop op zijn knieën naar voren en pakte Ollie Dinsmore bij zijn armen vast. Een ogenblik voelde hij dat de stijgende Koepel over het midden van zijn rug schoof, glazig en hard, en even dacht hij: *als hij nu weer omlaag komt, word ik in tweeën gesneden*. Toen trok hij de jongen eruit.

Een ogenblik dacht hij dat hij aan een lijk trok. 'Nee!' riep hij uit. Hij droeg de jongen naar een van de bulderende ventilatoren. 'Heb niet het lef nu nog dood te gaan, koeienjongen!'

Olie hoestte, boog zich opzij en braakte zwakjes, terwijl Ames hem vasthield. De anderen kwamen juichend aangerend, sergeant Groh voorop.

Ollie gaf weer over. 'Noem me geen koeienjongen,' fluisterde hij.

'Laat een ambulance komen!' riep Ames. 'We hebben een ambulance nodig!'

'Nee, we brengen hem met de helikopter naar het Central Maine General,' zei Groh. 'Heb je ooit in een helikopter gezeten, jongen?'

Olie schudde zijn hoofd; zijn ogen waren wazig. Toen kotste hij de schoenen van sergeant Groh onder.

Groh straalde van blijdschap en schudde Ollies smerige hand. 'Welkom terug in de Verenigde Staten, jongen. Welkom terug in de wereld.'

Ollie sloeg zijn arm om Ames' hals. Hij wist dat hij het bewustzijn verloor. Hij probeerde bij zijn positieven te blijven om 'dank je' te kunnen zeggen, maar dat lukte hem niet. Voordat de duisternis weer over hem neerdaalde, besefte hij nog dat de soldaat uit het zuiden hem op de wang kuste.

15

Aan de noordkant was Horace er als eerste uit. Hij rende recht op kolonel Cox af en danste om hem heen. Horace had geen staart, maar dat gaf niet; zijn hele achtereind kwispelde.

'Wel alle...' zei Cox. Hij pakte de corgi op, en Horace likte enthousiast aan zijn gezicht.

De overlevenden stonden aan hun kant bij elkaar (de demarcatielijn was duidelijk zichtbaar in het gras, dat aan de ene kant fris groen en aan de andere kant lusteloos grijs was). Ze begonnen het te begrijpen maar durfden het niet helemaal te geloven. Rusty, Linda, de kleine J's, Joe McClatchey en Norrie Calvert, met hun moeders aan hun zij. Ginny, Gina Buffalino en Harriet Bigelow met hun armen om elkaar heen. Twitch hield zijn zus Rose vast, die snikkend Little Walter in haar armen wiegde. Piper, Jackie en Lissa hielden elkaars hand vast. Pete Freeman en Tony Guay, het overgebleven personeel van *The Democrat*, stonden achter hen. Alva Drake leunde tegen Rommie Burpee aan, die Alice Appleton in zijn armen hield.

Ze zagen het vuile oppervlak van de Koepel snel omhooggaan. De herfstbladeren aan de andere kant waren hartverscheurend schitterend.

De heerlijke frisse lucht tilde hun haar op en liet het zweet op hun huid opdrogen.

'Want wij zagen door een spiegel in een duistere rede,' citeerde Piper Libby. Ze huilde. 'Maar nu zien wij van aangezicht tot aangezicht.'

Horace sprong uit de armen van kolonel Cox en rende rondjes op het gras, Hij kefte, snuffelde en probeerde overal tegelijk te pissen.

De overlevenden keken ongelovig op naar de heldere hemel die zich over een herfstige zondagochtend in New England welfde. En boven hen ging de vuile barrière die hen gevangen had gehouden nog steeds omhoog, steeds sneller. Op het laatst leek de Koepel niet meer dan een lange potloodstreep op blauw papier.

Een vogel vloog door de plaats waar de Koepel was geweest. Alice Appleton, die nog steeds door Rommie werd gedragen, keek ernaar op en lachte.

16

Barbie en Julia knielden neer met de autoband tussen hen in en ademden beurtelings uit de spindel. Ze zagen dat het kastje langzaam verder omhoogging. Eerst ging het langzaam, en op twintig meter hoogte leek het of het opnieuw zou blijven hangen, alsof het twijfelde. Toen schoot het recht omhoog met meer snelheid dan voor het menselijk oog waarneembaar was, net zomin als je een kogel in volle vlucht met je ogen kunt volgen. De Koepel vloog omhoog of werd op de een of andere manier *opgehaald*.

Het kastje, dacht Barbie. *Het trekt de Koepel omhoog zoals een magneet ijzervijlsel met zich mee trekt.*

Er kwam een bries naar hen toe. Barbie kon de voortgang volgen door naar het rimpelende gras te kijken. Hij schudde Julia aan haar schouder en wees pal naar het noorden. De vuile grijze hemel was weer blauw en bijna te licht om naar te kijken. De bomen waren weer scherp in zicht gekomen.

Julia hief haar hoofd van de spindel en haalde adem.

'Ik weet niet of dat zo'n goed...' begon Barbie, maar toen kwam de bries. Hij zag dat de wind Julia's haar optilde en voelde dat het zweet op zijn met vuil besmeurde gezicht opdroogde. De bries was zo zacht als de handpalm van een minnaar.

Julia hoestte weer. Hij sloeg op haar rug en ademde voor het eerst ook zelf de lucht in. De lucht stonk nog en brandde in zijn keel, maar hij kon ademen. De slechte lucht waaide naar het zuiden en maakte plaats voor frisse lucht uit de TR-90-kant van de Koepel – wat de TR-90-kant van de Koepel was gewéést. De tweede keer ademhalen was beter; de derde keer nog beter. De vierde keer was een geschenk van God.

Of van een leerkopmeisje.

Barbie en Julia omhelsden elkaar naast het zwarte vierkantje grond waar het kastje had gestaan. Er zou daar niets meer groeien, nooit meer.

17

'Sam!' riep Julia uit. 'We moeten Sam halen!'

Ze hoestten nog toen ze naar de Odyssey renden, maar Sam hoestte niet meer. Hij zat over het stuur gebogen, oppervlakkig ademhalend, zijn ogen open. De onderste helft van zijn gezicht had een baard van bloed, en toen Barbie hem overeind trok, zag hij dat het blauwe shirt van de oude man in modderig paars was veranderd.

'Kun je hem dragen?' vroeg Julia. 'Kun je hem naar de soldaten toe dragen?'

Het antwoord was bijna zeker 'nee', maar Barbie zei: 'Ik kan het proberen.'

'Niet doen,' fluisterde Sam. Hij keek hen aan. 'Doet te veel pijn.' Bij elk woord sijpelde er bloed uit zijn mond. 'Hebben jullie het gedaan?'

'Julia heeft het gedaan,' zei Barbie. 'Ik weet niet precies hoe, maar ze heeft het gedaan.'

'Het kwam ook door die man in de gymzaal,' zei ze. 'De man die door het hackermonster is doodgeschoten.'

Barbies mond viel open, maar ze merkte het niet. Ze sloeg haar armen om Sam heen en kuste hem op beide wangen. 'En jij hebt het ook gedaan, Sam. Je hebt ons hierheen gereden, en je zag dat kleine meisje in de muziektent.'

'In mijn droom was je geen klein meisje,' zei Sam. 'Je was volwassen.'

'Maar het kleine meisje was daar nog.' Julia tikte op haar borst. 'Ze is daar nog steeds. Ze leeft.'

'Help me de auto uit,' fluisterde Sam. 'Ik wil frisse lucht ruiken voordat ik doodga.'

'Je gaat niet...'

'Stil, vrouw. We weten allebei wel beter.'

Ze pakten allebei een arm vast, tilden hem voorzichtig achter het stuur vandaan en legden hem op de grond.

'Moet je die lucht eens ruiken,' zei hij. 'O God.' Hij haalde diep adem en hoestte toen een wolk van bloed uit. 'Ik ruik kamperfoelie.'

'Ik ook,' zei ze, en ze streek zijn haar van zijn voorhoofd.

Hij legde zijn hand over de hare. 'Hadden ze... hadden ze spijt?'

'Het was er maar een,' zei Julia. 'Als er meer waren geweest, zou het niet zijn gelukt. Ik denk niet dat je iets kunt beginnen tegen een menigte die op wreedheid uit is. En nee – ze had geen spijt. Ze kreeg medelijden, maar ze had geen spijt.'

'Dat is niet hetzelfde, hè?' fluisterde de oude man.

'Nee. Helemaal niet.'

'Medelijden is iets voor sterke mensen,' zei hij, en hij zuchtte. 'Ik kan alleen maar spijt hebben. Wat ik heb gedaan, kwam door de drank, maar evengoed heb ik spijt. Ik zou het ongedaan maken, als ik kon.'

'Je hebt het uiteindelijk goedgemaakt,' zei Barbie. Hij pakte Sams linkerhand vast. De trouwring hing om zijn middelvinger, absurd groot voor zo'n magere hand.

Sams ogen, flets yankee-blauw, keken hem aan, en Sam probeerde te glimlachen. 'Misschien deed ik het... om het te doen. Want ik vond het fijn toen ik het deed. Ik denk niet dat je zoiets ooit kunt goedmaken...' Hij hoestte weer en er liep nog meer bloed uit zijn grotendeels tandeloze mond.

'Stop,' zei Julia. 'Stop met praten.'

Ze knielden aan weerskanten van hem neer. Ze keek Barbie aan. 'Je mag hem niet verplaatsen. Er is iets binnen in hem gescheurd. We moeten hulp halen.'

'O, de hemel!' zei Sam Verdreaux.

Dat was het laatste. Hij zuchtte tot zijn borst plat was en er kwam geen lucht meer binnen om zijn borst omhoog te tillen. Barbie wilde zijn ogen sluiten, maar Julia pakte zijn hand vast om hem tegen te houden.

'Laat hem kijken,' zei ze. 'Laat hem kijken zo lang als hij kan, ook nu hij dood is.'

Ze zaten naast hem. Er zongen vogels. En ergens blafte Horace nog steeds.

'Ik moet mijn hond maar eens gaan opzoeken,' zei Julia.

'Ja,' zei hij. 'De auto?'

Ze schudde haar hoofd. 'Laten we gaan lopen. Ik denk dat we wel een kleine kilometer kunnen lopen als we het rustig aan doen. Denk je ook niet?'

Hij hielp haar overeind. 'We kunnen het proberen,' zei hij.

18

Toen ze daar liepen, hun handen verstrengeld boven de grasstrook in het midden van de oude onverharde weg, vertelde ze hem zoveel als ze kon over 'in het kastje zijn', zoals ze het noemde.

'Wel,' zei hij, toen ze klaar was. 'Je hebt haar verteld over de verschrikkelijke dingen waartoe wij in staat zijn – of je hebt ze haar laten zien – en toen liet ze ons toch vrij.'

'Ze weten alles van verschrikkelijke dingen,' zei ze.

'Die dag in Fallujah is de ergste herinnering in mijn leven. Het is vooral zo erg omdat...' Hij probeerde zich te herinneren hoe Julia het had gezegd. 'Omdat ik degene was die het deed in plaats van degene die het werd aangedaan.'

'Je hebt het niet gedaan,' zei ze. 'Die andere militair deed het.'

'Dat doet er niet toe,' zei Barbie. 'Wie het ook deed, die man was net zo dood.'

'Zou het ook zijn gebeurd als jullie met zijn tweeën of drieën in die gymnastiekzaal waren geweest? Of als jij daar alleen was geweest?'

'Nee. Natuurlijk niet.'

'Geef dan de schuld aan het lot. Of aan God. Of het universum. Maar geef jezelf niet de schuld.'

Misschien zou hij zichzelf altijd de schuld blijven geven, maar hij begreep wat Sam op het laatst had gezegd. Spijt van iets verkeerds wat je had gedaan was beter dan niets, nam Barbie aan, maar hoeveel spijt je achteraf ook had, het woog nooit op tegen het plezier dat je aan de vernietiging had beleefd, of je nu mieren had verbrand of gevangenen had doodgeschoten.

Hij had in Fallujah geen plezier gevoeld. Wat dat betrof, was hij onschuldig. En dat was goed.

Er renden soldaten op hen af. Ze zouden nog maar heel even met elkaar alleen zijn. Even maar.

Hij bleef staan en pakte haar armen vast.

'Ik hou van je om wat je hebt gedaan, Julia.'

'Dat weet ik,' zei ze kalm.

'Het was erg moedig wat je deed.'

'Vergeef je me dat ik uit je herinneringen heb gestolen? Het was niet mijn bedoeling; het gebeurde gewoon.'

'Het is je volkomen vergeven.'

De soldaten kwamen nu dichterbij. Cox rende met de rest mee en Horace danste om hem heen. Straks zou Cox hier zijn en zou hij vragen hoe het met Ken ging, en met die vraag zou de wereld hen weer voor zich opeisen.

Barbie keek op naar de blauwe hemel en zoog de steeds zuiverder wordende lucht diep in zijn longen. 'Ik kan niet geloven dat de Koepel weg is.'

'Denk je dat hij ooit terugkomt?'

'Misschien niet op deze planeet, en niet door dat stel kinderen. Ze zullen opgroeien en niet meer in hun speelkamer komen, maar dat kastje blijft bestaan. En andere kinderen zullen het vinden. Vroeg of laat spat het bloed altijd tegen de muur.'

'Dat is afschuwelijk.'

'Misschien wel, maar mag ik iets tegen je zeggen wat mijn moeder altijd zei?'

'Natuurlijk.'

Hij citeerde: '"Na elke duisternis wordt het twee keer zo licht."'

Julia lachte. Het was een prachtig geluid.

'Wat zei het leerkopmeisje op het laatst tegen je?' vroeg hij. 'Zeg het vlug, want ze zijn er bijna en dit is alleen van ons tweeën.'

Ze keek verrast, vond het blijkbaar vreemd dat hij het niet wist. 'Ze zei wat Kayla zei: "Draag hem naar huis, het lijkt net een jurk."'

'Had ze het over die bruine trui?'

Ze pakte zijn hand weer vast. 'Nee. Over ons leven. Onze kleine leventjes.'

Hij dacht na. 'Als ze het aan jou heeft gegeven, laten we het dan aantrekken.'

Julia wees. 'Kijk eens wie daar aankomt!'

Horace had haar gezien. Hij ging nog harder lopen, tussen de rennende mannen door, en zodra hij hen voorbij was, liet hij zich laag naar de grond zakken en ging op de vierde versnelling over. Er kwam een grote grijns op zijn kop. Zijn oren kwamen plat te liggen. Zijn schaduw rende met hem mee over het met roet bevlekte gras. Julia knielde neer en stak haar armen uit.

'*Kom bij mama, schatje!*' riep ze uit.

Hij sprong. Ze ving hem op en viel lachend om. Barbie hielp haar overeind.

Samen liepen ze de wereld weer in, als het ware gehuld in het geschenk dat hun was gegeven: het leven.

Medelijden was geen liefde, bedacht Barbie... maar als je een kind was en een kledingstuk gaf aan iemand die naakt was moest dat wel een stap in de juiste richting zijn.

22 november 2007 – 14 januari 2009

NAWOORD

In 1976 deed ik mijn eerste poging om *Gevangen* te schrijven, maar na twee weken werk, waarin ik ongeveer vijfenzeventig bladzijden op papier had gekregen, liep ik er met hangende pootjes bij weg. Het manuscript was allang zoekgeraakt toen ik er in 2007 voor ging zitten om opnieuw te beginnen, maar ik herinnerde me het begin – 'Het vliegtuig en de bosmarmot' – goed genoeg om het bijna precies opnieuw te kunnen schrijven.

Ik had geen moeite met het grote aantal personages – ik hou van romans met royale populaties – maar wel met de technische problemen waarvoor het verhaal me stelde, vooral de ecologische en meteorologische gevolgen van de Koepel. Doordat die problemen het boek juist belangrijk voor me maakten, voelde ik me laf – en lui –, maar ik was erg bang dat ik het zou verknoeien. En dus ging ik op iets anders over, al bleef het idee van de Koepel in mijn achterhoofd zitten.

In de jaren daarna heeft mijn goede vriend Russ Dorr, een praktijkondersteuner uit Bridgeton, Maine, me met de medische details in veel boeken, met name *De beproeving*, geholpen. In de nazomer van 2007 vroeg ik hem of hij bereid was een veel grotere rol te spelen, namelijk die van hoofdresearcher voor een lange roman die *Gevangen* ging heten. Hij ging akkoord, en het is aan Russ te danken dat de meeste technische details waarschijnlijk wel juist zijn. Russ deed onderzoek naar computergestuurde raketten, straalwindpatronen, methamfetaminerecepten, draagbare generatoren, straling, mogelijke nieuwe ontwikkelingen op het gebied van mobiele telefonie, en nog wel honderd andere dingen. Russ was ook degene die Rusty Everetts zelfgemaakte stralingspak bedacht en die besefte dat mensen lucht uit autobanden konden halen, in elk geval een tijdje. Hebben we fouten gemaakt? Zeker. Maar in de meeste gevallen zal blijken dat het mijn fout is, doordat ik sommige van zijn oplossingen verkeerd heb begrepen of verkeerd heb geïnterpreteerd.

Mijn eerste twee lezers waren mijn vrouw Tabitha en Leonora Legrand, mijn schoondochter. Beiden waren fantastisch, menselijk en behulpzaam.

Nan Graham bracht het boek van de oorspronkelijke dinosaurusomvang terug tot een beest van iets meer hanteerbaar formaat; ze heeft elke pagina van het manuscript voorzien van haar notities. Ik ben haar erg dankbaar voor de vele ochtenden waarop ze om zes uur opstond en haar potlood ter hand nam. Ik heb geprobeerd een boek te schrijven waarin het gaspedaal voortdurend helemaal ingetrapt is. Nan begreep dat, en telkens wanneer ik verzwakte, drukte ze haar voet op de mijne en riep ze (in de marges, zoals redacteuren doen): 'Sneller, Steve! Sneller!'

Surendra Patel, aan wie het boek is opgedragen, is dertig jaar een vriend en een trouwe bron van troost geweest. In juni 2008 hoorde ik dat hij aan een hartaanval was gestorven. Ik ging op het trapje van mijn werkkamer zitten en huilde. Toen dat voorbij was, ging ik weer aan het werk. Dat zou hij van mij hebben verwacht.

En jij, Trouwe Lezer. Bedankt voor het lezen van dit verhaal. Als je er net zoveel plezier aan hebt beleefd als ik, kunnen we beiden tevreden zijn.

S.K.